UNIVERSITÉ DE PARIS

BIBLIOTHÈQUE

DE LA

FACULTÉ DES LETTRES

XXIII

A PROPOS DU CORPUS TIBULLIANUM

UN SIÈCLE DE PHILOLOGIE LATINE CLASSIQUE

Librairie FÉLIX ALCAN, 108, Boulevard Saint-Germain, Paris, 6e

BIBLIOTHÈQUE
DE LA
FACULTÉ DES LETTRES DE L'UNIVERSITÉ DE PARIS

CHARTRES. — IMPRIMERIE DURAND, RUE FULBERT.

UNIVERSITÉ DE PARIS

BIBLIOTHÈQUE

DE LA

FACULTÉ DES LETTRES

XXIII

A PROPOS DU CORPUS TIBULLIANUM

UN SIÈCLE DE PHILOLOGIE LATINE CLASSIQUE

PAR

A. CARTAULT

PROFESSEUR DE POÉSIE LATINE
A LA FACULTÉ DES LETTRES DE L'UNIVERSITÉ DE PARIS

PARIS

FÉLIX ALCAN, ÉDITEUR

ANCIENNE LIBRAIRIE GERMER BAILLIÈRE ET CIE

108, BOULEVARD SAINT-GERMAIN, 108

1906

SOMMAIRE DES CHAPITRES

PRÉFACE

Ce livre n'est pas un répertoire bibliographique, bien qu'il puisse jusqu'à un certain point en tenir lieu, étant donné le nombre des ouvrages examinés : c'est une étude d'histoire et de méthodologie.

Je me suis proposé de faire connaître le travail philologique consacré pendant le xix⁰ siècle au Corpus Tibullianum. Le choix et la limitation du sujet sont arbitraires ; mais l'arbitraire ici s'imposait : écrire une histoire de la philologie latine classique pendant les cent dernières années est une besogne au-dessus des forces humaines, à moins qu'on ne s'en tienne aux généralités[1] ; c'est déjà une tâche énorme que d'exposer l'effort fait sur un terrain restreint comme celui du Corpus Tibullianum. Du reste cet effort est représentatif des principes et des directions de la philologie, de sorte qu'une étude partielle approfondie vaut dans une certaine mesure pour l'ensemble et l'éclaire. Quant aux bornes de temps, remonter jusqu'aux origines eût été rendre d'une autre façon la tâche trop lourde ; les inconvénients sont atténués ici par le fait que les travaux des premiers savants ont été utilisés par leurs successeurs ; nous aurons à en mentionner un certain nombre en cours de route ; la philologie dans son développement se nourrit de ce qui mérite de durer en en rapportant l'honneur à qui de droit ; elle laisse derrière elle des champs couverts d'une végétation desséchée, soit que celle-ci fût naturellement mort-née, soit que la sève en ait été extraite. Pourtant au moment où commence cette étude, c'est-à-dire au seuil du xix⁰ siècle, le travail savant sur Tibulle est dans une dépendance si étroite d'un

1. Comme l'a fait C. Bursian, Geschichte der classischen Philologie in Deutschland von den Anfängen bis zur Gegenwart, 1883. München und Leipzig. 2 vol. in-8.

certain nombre d'œuvres alors classiques, qu'il fallait nécessairement donner une idée de ces œuvres, pour faire comprendre la continuité et en même temps le progrès de la recherche philologique : le but de l'*Introduction* est justement de mettre sous les yeux la matière sur laquelle on opère et qu'on transforme. Je n'ai pas à m'excuser d'avoir empiété sur les premières années du xxᵉ siècle et mené l'investigation jusqu'à nos jours.

L'ordre adopté est l'ordre chronologique ; c'était l'ordre nécessaire ; j'ai présenté en historien les manifestations successives et continues du savoir philologique. Or la production philologique est multiple et dispersée. Il eût mieux valu que, dès le début, on se fût rendu compte de l'ensemble des questions à résoudre, de la suite d'après laquelle elles devaient être abordées et qu'on eût aménagé scientifiquement l'œuvre des générations. Mais les lumières manquaient pour établir, pour réaliser un pareil programme et l'autorité pour l'imposer. Encore aujourd'hui les efforts sont isolés et fragmentaires ; tout est commencé en philologie et rien n'est fini. Sans doute on reprend chaque problème là où le dernier ouvrier l'a laissé et les moyens d'information sont si nombreux et si perfectionnés, qu'il est facile de le faire ; mais les problèmes sont variés et la solution de l'un réagit sur celle de l'autre ; d'où un perpétuel recommencement. Les maîtres impriment une direction ; mais ils sont nombreux, les travailleurs disséminés et souvent indépendants, de sorte que tout est mené de front. Il en résulte que l'exposé du labeur progressivement accompli se présente fatalement en ordre dispersé et fait sans cesse passer le lecteur d'un sujet à l'autre. Je me suis appliqué à remédier à cet inconvénient par des renvois des études similaires les unes aux autres et par une table méthodique qui permet d'isoler telle ou telle question des questions ambiantes et parallèles et de suivre un fil dans l'écheveau.

L'œuvre de l'historien de la philologie ne consiste pas seulement à donner un tableau des faits, mais principalement à déterminer les procédés employés, à juger et ces procédés et la façon dont ils ont été mis en pratique, par suite la valeur des résultats, à distinguer ce qui a abouti et ce qui a échoué et à montrer pourquoi. Ce livre est donc surtout une initiation à la méthodologie : la méthode n'a pas été créée en un jour ; elle est sortie de tâtonnements prolongés ; on la verra se former et se préciser, se rapprocher peu à peu de la rigueur scientifique sans pouvoir y atteindre absolument, par suite des conditions mêmes de la matière à ouvrer : les sources sont souvent si insuffisantes et le point de départ si chancelant, qu'en mainte occasion on n'édifie que des conjectures ; la perspicacité naturelle et la divination jouent un rôle important ; c'est là l'attrait et aussi le danger du métier. Le chercheur imagine des systèmes, qui fréquemment sont ruineux ; il abat sans cesse pour reconstruire ; il est aussi occupé à réfuter qu'à découvrir et c'est pourquoi, dans une enquête comme celle-ci on constate une dépense énorme de peine et d'intelligence pour arriver à des gains minimes. Le grand défaut des philologues, je parle des mieux doués, c'est de ne pas tenir un compte assez exact des conditions de leur savoir et d'affecter une confiance hautaine, un ton décisif, qui conviennent mal à la fragilité de leurs constructions. Pour soumettre à une critique utile et solide tant de travaux qui contiennent une somme considérable de conscience et de talent, deux qualités sont indispensables : la compétence et l'impartialité ; de la première il ne m'appartient pas de parler ; quant à la seconde, je l'ai appliquée intégralement ; on n'a pas le droit de reprocher à un jugement d'être sévère, s'il est fondé ; je n'ai cherché que la vérité, sans respect superstitieux pour les grands noms ; c'est peut-être la première fois qu'on verra les mérites et les faiblesses appréciés sans préjugés d'école et avec le recul nécessaire. J'ai voulu porter un jugement sain sur le passé et, en dégageant le bon du mauvais, mettre en lumière le bénéfice net que les études Tibulliennes ont retiré du travail du siècle dernier et le point exact où elles sont arrivées.

Je ne prétends pas être tout à fait complet : si abondantes que soient les ressources dont on dispose à un moment et dans un endroit donnés, elles offrent des lacunes[1]. En outre il est presque impossible de connaître tout ce qui a été dit sur Tibulle dans des ouvrages qui ne le concernent pas directement. Enfin j'ai négligé de parti pris les traductions dans les diverses langues, les Anthologies où Tibulle ne figure que par extraits et qui sont rédigées dans un but scolaire, en général les histoires de la littérature latine qui ne font que résumer les travaux originaux. Tout ce qui est de pure vulgarisation n'entrait pas dans mon plan. Un point embarrassant était la mesure à garder dans la mention des efforts fourvoyés et du fatras qui ne mérite que l'oubli ; paraître ignorer

---

1. Si ces lacunes ne sont pas trop considérables, je le dois à l'obligeance de M. Chatelain, le savant administrateur de la Bibliothèque de l'Université, de M. Mortet, etc. J'ai aussi des remerciements à adresser aux directeurs des Bibliothèques universitaires de Strasbourg, de Halle et à d'autres.

tout ce qui est stérile, c'était exposer les chercheurs à le redé-
couvrir et à perdre leur temps ; de plus il est instructif d'indiquer
en quoi et pourquoi nos prédécesseurs se sont trompés : il y a là
à opérer un redressement des procédés, qui n'est pas sans intérêt ;
je n'ai donc pas exclu le mauvais grain, mais je l'ai séparé du
bon.

Mon but sera pleinement atteint si, après lecture de ce livre,
on a une connaissance d'ensemble du monument imposant élevé
à Tibulle par la philologie pendant ces cent dernières années, si
on en distingue clairement les parties durables et celles qui sont
tombées en poussière, si on se rend compte exactement que la
qualité des résultats provient de l'application régulière ou défectueuse de la méthode, à laquelle s'est trop souvent substituée la
fantaisie individuelle, si enfin on a une vue précise de ce qui
reste à faire sur le Corpus Tibullianum.

A. Cartault.

Paris, janvier 1906.

INTRODUCTION

LES ÉDITIONS DE SCALIGER 1577, 1582, 1600, 1607. — L'ÉDITION DE BROEKHUISEN 1708. — LA *VITA TIBULLI* D'AYRMANN 1719. — L'ÉDITION DE VOLPI 1749. — LES ÉDITIONS DE HEYNE 1755, 1777, 1798.

§ 1, 1. — Le travail de Scaliger sur Tibulle mérite de figurer en tête de cette étude, d'abord par l'influence considérable qu'il a exercée postérieurement, soit qu'on le suive soit qu'on le combatte, ensuite par la part durable de vérité qu'il contient.

C'est après ses voyages en Italie, en Angleterre et en Écosse, sa visite en Dauphiné à Jacques Cujas chez qui il trouva aide et protection, son séjour en Suisse consécutif à la Saint-Barthélemy et son retour en France, après avoir publié ses ouvrages sur Varron, sur Lycophron, sur l'Appendice de Virgile, sur Ausone, son édition géniale de Festus, que J. J. Scaliger[1], né à Agen en Guyenne en 1540, fit paraître à l'âge de 37 ans, en 1577, son édition des trois élégiaques latins[2], dont une réimpression fut donnée en 1582, augmentée en ce qui concerne Tibulle des notes de Muret[3]. Attaqué par les savants italiens, dont il repoussait les

[1]. Joseph Justus Scaliger von Jacob Bernays. Mit einem Portrait Scaligers, ausgewählten Stücken aus seinen seltneren Schriften und einigen bisher nicht gedruckten Briefen. Berlin, 1855, Wilhelm Hertz. 8, iv-316 p., 3 p. non numérotées.

[2]. Catulli, Tibulli, Properti noua editio. Josephus Scaliger Jul. Caesaris f. recensuit. *Eiusdem in eosdem Castigationum liber.* Ad Cl. Puteanum Consiliarium Regium in suprema Curia Parisiensi. Lutetiae, Apud Mamertum Patissonium, in off. Rob. Stephani, 1577. in-12.

[3]. Même titre que précédemment. Antverpiae, Apud Aegidium Radaeum, 1582.

XXIII. — CARTAULT.   1

conjectures, il se tourna vers les travaux historico-critiques, édition de Manilius, 1579, *De emendatione temporum*, 1583 (ouvrage qui parut complètement remanié en 1598), édition du *Canon Paschalis* de Sedulius, 1595. Il se décida à s'établir en Hollande, où il eut pour élèves Jan Dousa, Hugo Grotius, etc., où Daniel Heinsius lui témoigna une admiration enthousiaste et d'où il entretint des rapports avec les savants d'Angleterre et d'Allemagne. Tout en se consacrant à la préparation d'un *Thesaurus temporum*, dont la première édition parut en 1606, il ne perdait pas de vue les élégiaques latins, dont il donna en 1600 une édition corrigée[1], qui fut réimprimée en 1607, deux ans avant sa mort[2].

Le travail personnel de Scaliger n'a porté que sur les éditions de 1577 et de 1600; celle-ci exprime sa dernière pensée. Il y a introduit des changements, qui ne visent que le détail, mais qui sont importants. Il a en quelques endroits heureusement corrigé le texte[3]. Il a relu avec soin et souvent remanié ses *Castigationes*; il y témoigne d'un certain repentir pour de mauvaises leçons qu'il conserve pourtant, mais sur lesquelles son opinion s'est modifiée[4]. Il renonce à quelques conjectures malheureuses, non introduites du reste dans son texte. Il complète ses notes ou en rédige de nouvelles, quelquefois pour insister sur des erreurs précédentes ou pour en commettre d'autres, mais souvent aussi pour réparer des fautes, ajouter des citations, faire ressortir des

Elle contient: *M. Antonii Mureti in Tibullum scholia* et *Ex M. Antonii Mureti Variarum Lectionum libro XIII, Cap. VII, III, Cap. VII, V, Cap. II*.

1. Même titre que précédemment. *Eiusdem in eosdem Castigationum liber auctus et recognitus ab ipso auctore.* In bibliopolio Commeliano 1600.

2. Même titre que précédemment. Lugduni, Apud Anthon. de Harsy, 1607. Au titre des *Castigationes*: excudebat Jacobus Stoer. Cette reproduction mal imprimée corrige quelques fautes précédentes, mais en contient un grand nombre de nouvelles. Sur ces éditions, v. F. L. A. Schweiger, Handbuch der classischen Bibliographie, zweites Theiles erste Abtheilung, Leipzig, 1832, p. 79-80.

3. Ainsi I 1, 6 (je cite dans tout le courant de cet ouvrage d'après les chiffres de l'édit. de Hiller, 1885) il abandonne *exiguo*, qu'il ne défend plus que mollement dans sa note, pour revenir à *adsiduo*, sur l'autorité de Marius Victorinus, qu'il avait négligée; 3, 77 il revient au texte correct: *Tantalus est illic et circum stagna* au lieu de *circat stagna* et supprime la note dans laquelle il avait défendu sa conjecture; II 1, 27 il se rapproche du texte exact *fumosos... Falernos* en lisant *fumosum... Falernum*, tandis que précédemment il lisait: *nunc mihi nunc fumos ueteris proferte Falernos consulis*, etc.

4. Ainsi il continue à imprimer I 7, 18 *Palaestino... suo*, mais en reconnaissant que *Palaestino... Syro* est possible; 10, 55 *subfusa*, qu'il persiste à défendre, mais en convenant qu'on peut lire aussi *sublusa*; IV 2, 20 *Eois... equis*, mais en avouant que *Eois... aquis* peut signifier *Oceano Indico*, etc.

particularités grammaticales, éclaircir des réalités que ses études postérieures lui avaient fait mieux connaître.

2. — La faiblesse essentielle de l'œuvre provient de la précipitation avec laquelle elle a été faite. Scaliger dans sa *Dédicace* la donne comme accidentelle : relevant de maladie et ne se sentant pas encore en état de se livrer à une besogne sérieuse, il s'est mis à lire Catulle, Tibulle et Properce. Il a été frappé de l'incorrection du texte et il a voulu y remédier. Le tout ne lui a pas pris un mois entier[1] ; il a tenu à l'attester, moins, comme on l'a cru, par vanité, que pour indiquer, tout en reconnaissant la nécessité de procurer un texte correct des auteurs[2], qu'il entendait réserver à d'autres études la part sérieuse et appliquée de son activité scientifique[3].

3. — Le titre qu'il a donné à ses notes, *Castigationes*, montre qu'il a surtout voulu faire une œuvre critique. Comment s'y est-il pris et jusqu'à quel point a-t-il réussi ? Les principes qui l'ont guidé sont excellents : il a remarqué que le texte des trois élégiaques avait été corrompu en partie par l'ignorance de la leçon ancienne et par l'impéritie des *grammatistae*, de la *plebes grammaticorum*[4], en partie par la témérité des *correctores*, qu'il appelle *una fatalis librorum pestis* ; il s'est donné beau jeu contre eux en prenant pour point de départ la première Aldine, sans tenir compte des améliorations apportées postérieurement, en particulier par Muret, ce qui est arbitraire ; mais, en ce qui con-

---

1. Deum testem laudo, ne integrum quidem mensem illis tribus poetis recensendis impendimus. Tamen, ne quid dissimulem, meliorem partem harum Criticarum commentationum vindicat sibi stilus, et scriptio. Quum enim quae in animo habebam, ea chartae commendarem, cui rei viginti tantum dies dedimus, sub acumen calami, ut solet, longe plura cadebant, quam inter legendum auctores ipsos commentati fueramus. Il a donc pris une dizaine de jours pour lire les auteurs et sans doute dépouiller ses mss. ; il a écrit ses *Castigationes* en vingt jours et c'est pendant cette période que la plupart de ses corrections lui sont venues à l'esprit.

2. Numquam parcemus operae, quin quodcunque nobis a grauioribus studiis vacabit, totum id bonis auctoribus iuuandis impendamus... quare pauculas horas male me collocasse putabo, si effeci, ut illos tres simul vel quinis mediocriter doctus nunc intelligat?

3. Id quod testatum volumus, ne forte quispiam putet nihil aliud nos, quam haec Aristarchea nec velle nec posse tractare.

4. Il entend se distinguer d'eux par l'étendue et la profondeur de ses connaissances ; il dit dans sa *Dédicace* : Nos... non solum illa habemus omnia, quae illos commendant, sed et ea praeterea, quae illi in nobis negligunt, quia in se non esse sentiunt.

cerne Tibulle, il a eu le grand mérite de proclamer que les manuscrits du xv° siècle, sur lesquels reposaient les éditions
antérieures, avaient été outrageusement interpolés par les Italiens
et n'offraient pour la constitution du texte qu'une base sans solidité [1]. Si ses successeurs s'étaient pénétrés de ce principe, ils se
seraient épargné une somme prodigieuse d'efforts dépensés en
pure perte à bâtir sur le sable mouvant des *deteriores*.

A yant constaté la mauvaise qualité des matériaux employés, il
essaya de s'en procurer d'autres et il y réussit partiellement. Il a
trouvé dans la bibliothèque de son protecteur Jacques Cujas un
manuscrit fragmentaire, le *Fragmentum Cuiacianum*, communément désigné depuis par la lettre F, et un manuscrit complet le
liber Cuiacianus. F paraît définitivement perdu et pendant longtemps on n'en a connu que les leçons mentionnées par Scaliger
dans ses *Castigationes*; on a enfin retrouvé la collation qu'il en
avait faite (ainsi que celle de ses autres sources) sur un exemplaire de l'édition Plantinienne de 1569 aujourd'hui conservé à
la bibliothèque de Leyde (cf. § 81). Le *liber Cuiacianus* a été
également retrouvé (cf. § 130). Scaliger a utilisé en outre les
citations des grammairiens et des *Excerpta peruetusta*, qui ont été
identifiés depuis avec les *Excerpta Parisina*. Pour sa seconde
édition il paraît avoir jeté les yeux sur quelques manuscrits inférieurs, mais sans en rien tirer.

Un premier reproche à lui faire, c'est qu'au lieu d'adopter pour
chacun de ses manuscrits un notation invariable, comme de nos
jours dans l'apparat critique normal, il se sert de désignations
très diverses. Cette imprécision n'a pas grand inconvénient pour
F, qu'il nomme d'une façon élogieuse [2]; nous ignorons pourtant
où il commençait exactement [3]. Quant au *liber Cuiacianus* [4], avant

---

1. *Castig.* ad I 1, 1 : Huius poetae ea omnia quotquot in Italia extant, exem-
plaria, recentiora sunt, quam ut inter vetustos libros censeri debeant. Quin correctorum audacia multa perabsurda illis admista sunt. Ce jugement est l'expression
exacte de la vérité.

2. Fragmentum peroptimum et quam emendatissimum, fragmentum illud quo
vetustius exemplar Tibulli extare non puto, fragmentum illud emendatissimum,
optimus codex, optimus liber, optima membrana, liber peroptimus, peruetustum
illud schedium etc.

3. La première variante qu'il cite se rapporte à III 4, 65 ; mais dans ses *Castig.*,
ad I 1, 1, il dit qu'il contenait *quarta Elegia Libri tertii ad finem usque* et,
ad III 4, 65, Haec elegia cum reliqua parte libri huius, item et toto quarto ex
Bibliotheca clariss. viri Jac. Cuiacii.

4. Vetus membrana, codex infimae vetustatis, scriptus liber, vetus scriptura,

le moment où commence **F**, il ne peut résulter de confusion, mais il n'en est pas de même ensuite, excepté lorsqu'il les accole tous deux ou emploie le pluriel[1] ; il y a quelques cas obscurs et où il paraît s'être exprimé inexactement. D'une façon générale le maniement des *Castig.* est rendu par là assez délicat.

Un reproche plus grave, mais qui s'applique également à tous les savants de l'époque, étrangère à l'exactitude minutieuse moderne, c'est que Scaliger n'a relevé les variantes de ses manuscrits que d'une façon arbitraire ; il n'en a pas donné une collation complète et rigoureuse. Ainsi pour **F**, lorsqu'il n'a rien noté sur la Plantinienne, nous ne sommes pas sûrs que la leçon de la Plantinienne fût celle de **F**, et, comme **F** est perdu, il subsiste encore aujourd'hui sur ce point pour la constitution du texte une incertitude irrémédiable.

4. — Comment Scaliger a-t-il apprécié ses sources et les a-t-il utilisées ? Le jugement très favorable qu'il a porté sur **F²** a été unanimement ratifié et c'est une des plus graves erreurs de ses successeurs immédiats que de ne pas en avoir tenu compte. Il a tiré de ce manuscrit un certain nombre de bonnes leçons, qui ont considérablement amélioré le texte et qui y sont restées. Il a pourtant laissé à faire après lui et l'utilisation de **Ḟ**, telle qu'il l'a pratiquée, n'est pas définitive[3].

Avec le *lib. Cuiac.* il avait un guide moins sûr et il en a un peu surfait la valeur[4], bien qu'il ne se fît pas illusion sur son âge.

infimae vetustatis liber, noster liber, noster, scriptura, vetus lectio, codex noster, membrana nostra, scripta lectio, scripta membrana, prisca scriptura, antiqua scriptura, vetus liber. On dirait qu'il s'applique de parti pris à varier.

1. Optimus codex et alter scriptus, optimus codex et ille infimae vetustatis, veteres libri, omnis vetus scriptura, libri nostri, duo nostri libri, nostri codices, veteres nostri libri.

2. Ad I 1, 1 : Qui liber, etsi imperfectus, tanti apud me momenti est, ut non meminerim me ullum vetus exemplar emendatius legisse.

3. Tantôt il lui accorde une confiance peut-être trop grande : ainsi II 4, 65 il lit avec lui : *sacuus Amor docuit uerbera sacua pati* ; mais les *Excerpta Frisingensia* (cf. § 42, 5) qu'il ne connaissait pas ont avec la tradition autorisée des mss. complets : *uerbera posse pati*. On peut hésiter entre les deux leçons et ici Scaliger est insuffisamment informé. Tantôt au contraire il le corrige à tort : ainsi IV 1, 210 il lit avec les mss. complets : *in quencunque hominem me longa receperit aetas*. **F** a correctement : *quandocunque hominem*... Ici Scaliger n'applique pas avec assez de rigueur son système sur l'excellence de **F**, etc.

4. Ad I 1, 1 : Meliora quaedam in eo, quam alii in suis, inuenimus. Neque puto meliorem librum eo hodie extare. Nam quaedam etiam vetustatis retinet vestigia,

Son tort ici c'est qu'il l'utilise sans méthode et le suit ou
l'abandonne non d'après une règle fixe, mais d'après son instinct.
Or, si perspicace que soit l'instinct philologique même d'un
Scaliger, il est souvent en défaut. Il lui emprunte quelques
bonnes leçons qu'il a le mérite de faire prévaloir sur la vulgate[1];
mais il ne s'aperçoit pas que la bonne leçon dans le *lib. Cuiac.*,
qui n'est en somme qu'un des *deteriores*, provient non pas de la
tradition, mais d'une correction heureuse introduite dans le
texte par interpolation[2]. Il le délaisse avec raison dans nombre
de cas, où il est manifestement fautif[3]. En revanche il a tort
d'admettre sur son autorité un certain nombre d'interpolations[4]
et, d'autre part, de rejeter quelques bonnes corrections des Italiens[5] ; le texte de Tibulle nous est arrivé en fort mauvais état et

quum paulo ante incuntem typographicam artem scriptus sit, et nondum correctorum
audacia ita licenter in bonis auctoribus peruagaretur.

1. Ainsi I 2, 7 difficilis *domini*, il s'agit du mari de Delia qui la tient sous clef,
mss. infér. *dominae*, correction provenant de ce que *domini* n'a pas été compris ;
II 3, 44 portatur ualidis *mille* columna iugis, mss. infér. *multa*, correction provenant de ce qu'on n'a pas vu que *mille* se rapportait à *iugis* ; 5, 23 *formauerat*,
mss. infér. *fundauerat*, qui est la *lectio facilior*, etc.

2. Ainsi I 8, 51, à propos de : non illi *sontica* causa, il dit : liquida scriptura in
nostro ; la leçon, qui est excellente, est celle des *Exc. Frising.* ; mais dans le *lib.
Cuiac.* elle n'était sans doute qu'une correction savante, attendu que le texte est
altéré ici dans les mss. complets ; de même IV 1, 1, quanquam *me* cognita uirtus
terret, il donne *me* comme étant in veteri scriptura. Or les mss. complets et la
Plantinienne ont *mea*, faute qui s'explique par le voisinage de cognita uirtus et qui
renvoie à *me*, mais *me* est une correction, etc.

3. Ainsi il lit avec raison, I 7, 3, *fundere*, leçon autorisée, au lieu de *spargere*
du *Cuiac.* ; il se refuse à admettre avec le *Cuiac.* qu'au v. II 5, 39 commence une
élég. nouvelle et, ad II 5, 121, il donne une raison décisive, à savoir que l'invocation
de la fin à Phoebus correspond à celle du début ; III 6, 33 le *Cuiac.* avec la tradit.
des mss. complets commençait une élég. nouvelle ; Scaliger a bien vu qu'il n'y avait
qu'une seule élég. dans laquelle se succèdent des mouvements contraires, mais il
aurait dû ajouter que la restitution est de Muret, etc.

4. Ainsi I 1, 22 nunc agna exigui est hostia *magna* soli ; la tradit. autorisée est
parua ; *magna* est une correction savante, pour établir une antithèse, à l'éclat de
laquelle Scaliger a tort de se laisser prendre ; 5, 12 carmine cum magico *procu-
buisset* anus, correctorum inuentum est *praecinuisset*. Nam scriptura vetus *procu-
buisset*. En réalité *praecinuisset* est la leçon autorisée et la bonne leçon ; *procu-
buisset* est une interpolation stupide.

5. Ainsi III 2, 29 la trad. autorisée lit av. le *Cuiac. causa* Neaerae ; Scal. a
tort de défendre cette leçon, qui n'offre en réalité pas de sens, et de repousser *cura*,
correction des mss. infér. qui paraît nécessaire ; 4, 9 sq. il défend la leçon et *uanum
uentura* hominum genus omina noctis farre pio placant, etc. contre la conj. des mss.
infér. et *natum in* curas : « Haec omnia vulgus interpolatorum conspurcauit » ; mais

les Italiens du xvᵉ siècle étaient des gens habiles, qui ont parfois retrouvé par conjecture la vérité. En somme Scaliger se comporte avec le *lib. Cuiac.* au petit bonheur ; tantôt il voit juste, tantôt il se trompe.

Pour l'utilisation des *Excerpta,* il eût fallu se rendre compte du but qu'avait poursuivi l'auteur des extraits et des déformations systématiques auxquelles il avait soumis le texte pour réaliser ses intentions. C'était un travail très délicat que Scaliger ne s'est pas donné la peine d'entreprendre. Il avait l'esprit trop sagace pour ne pas flairer çà et là le procédé ; mais tantôt les résultats lui en paraissent assez séduisants, pour qu'il ne les repousse que mollement [1] ; tantôt il le constate très nettement et, par une aberration singulière, il adopte les interpolations auxquelles il aboutit [2]. Ailleurs il paraît flotter au hasard [3].

En résumé il a su se procurer pour la constitution du texte des éléments supérieurs à ceux dont ses prédécesseurs avaient disposé ; il ne les a pas toujours mis en œuvre d'une façon normale.

5. — Il ne se proposait pas seulement d'établir le texte le plus correct, auquel la tradition permît de remonter, mais de restituer la main même de l'auteur ; or, pour cela, les manuscrits étant tous plus ou moins fautifs, il n'avait d'autre instrument que la conjecture. Il s'en est servi, non pas en l'entourant des précautions qui en limitent l'arbitraire, c'est-à-dire après avoir scrupuleusement constaté l'état de la tradition et la nature des fautes, après avoir étudié à fond les habitudes grammaticales et styli-

---

il ne sait pas que la leçon autorisée fautive est *natum maturas* qui renvoie à *natum in* curas, tandis que *uanum uentura* est une mauvaise correction, etc.

1. Ainsi I 1, 50, II 1, 8, 3, 40 l'*excerptor* a modifié les fins de vers pour éviter la clausule trisyllabique du pentamètre. Scaliger ne le suit pas, mais, à ce qu'il semble, avec regret ; car il constate que les vers sont ainsi plus élégants.

2. Ainsi il lit I 9, 51, au lieu de la bonne leçon : *tu procul hinc absis...*, avec les *Excerpta* : *sit procul a nobis...*, en ajoutant : hanc Chriam in gnomen conuertunt Eclogaria illa ; II 6, 19, au lieu de la bonne leçon : *iam mala finissem leto sed...*, avec les *Excerpta* : *finirent multi leto mala*, en ajoutant : Excerpta gnome hanc periodum comprehendunt... quod melius. L'*excerptor* donne en effet parfois la forme de sentences aux vers qu'il extrait du contexte, pour leur assurer une existence indépendante ; mais il est évident qu'il ne faut pas le suivre.

3. Ainsi il rejette avec raison I 1, 49 sit diues *rure*, 5, 70 orbe *cito* ; mais il adopte à tort I 1, 25 *quippe ego iam possum* ; il faut reconnaître que dans ce dernier cas il obtenait au moins un sens satisfaisant et qu'il ignorait l'excellente leçon des *Exc. Fris. iam modo iam possim,* qui après son apparition a été si longtemps méconnue.

stiques de l'écrivain, mais en se fiant à son flair philologique, soutenu il est vrai par d'abondantes lectures et une grande connaissance de l'antiquité. En pareil cas la conjecture est une divination qui vaut exactement ce que vaut celui qui la pratique. Il a été parfois très heureux et, si c'est une gloire pour un philologue que d'avoir introduit dans le texte d'un auteur des corrections évidentes et qui y sont demeurées, cette gloire lui appartient[1] ; elle était plus facile à acquérir alors que maintenant, les textes classiques étant encore remplis de fautes grossières. D'autres corrections sans s'imposer absolument méritent l'attention et sont très ingénieuses[2] ; mais parfois, tout en s'attaquant à des passages corrompus, il ne voit pas où est la faute et comment il faut y remédier[3].

Au lieu de reconnaître une lacune, là où elle est évidente, il aime mieux supprimer les vers avoisinants qui sont absolument sains[4]. Son principal défaut, c'est de sévir sans mesure et sans discrétion sur des passages intacts et de s'abandonner à une fantaisie désordonnée ; les *Castig.* renferment à cet égard les inventions les plus bizarres ; puisque Scaliger les y a confinées, sans les introduire dans son texte, qu'il en a même plus tard effacé quelques-unes, il faut les laisser en paix, comme des saillies passagères et mal venues ; il en reste encore assez qui défigurent le texte : Scaliger se laisse égarer par un rapprochement décevant[5] ; il

---

1. Ainsi I 7, 9 il a lu *Tarbella* Pyrene, au lieu de la tradition *tua bella* Pyrene, qui avait méconnu le nom géographique ; II 1, 34 et magna intonsis gloria uictor *auis,* au lieu de la tradition *ades* ; *ades* était venu là du v. suivant par l'inadvertance d'un scribe.

2. Ainsi I 2, 65 *fuat* (cf. § 310).

3. Ainsi I 4, 71 sq. blanditiis uult esse locum Venus ipsa : querellis supplicibus, miseris *fletibus* illa fauet. La trad. autorisée est *flentibus* corrigé par Statius en *fletibus* qui s'impose. Scaliger lit : *blanditis* uult esse locum Venus ipsa querelis : supplicibus miseris *flentibus* illa fauet, etc.

4. Ainsi I 2, 25 le pentamètre du dist. est perdu ; les Italiens ont comblé la lacune de différentes façons ; au lieu d'expulser simplement le v. interpolé, Scaliger condamne tout le dist. ; II 3, 14ᵃ, ᵇ, ᶜ, il rejette avec indignation ces trois vers comme ὑποσολοίκους, βαρβαρίζοντας καὶ ἀνακολούθους ; ils souffrent d'une lacune et 14ᶜ est altéré ; mais il semble bien que Tibulle devait décrire en détail les besognes rustiques auxquelles Apollon se trouvait condamné, etc.

5. Ainsi I 3, 71, au lieu de la trad. autorisée : tunc niger in porta *serpentum* Cerberus ore stridet, il lit : tum niger in porta *Serpens* : *tum* Cerberus ore stridet, parce que Virgile a placé l'Hydre à la porte des Enfers et non à celle de la Sedes Scelerata ; mais il n'était pas indispensable que Tibulle en fît autant et *stridet* ne peut s'entendre que du grincement des serpents implantés dans le dos de Cerbère ;

prend, soit avec la langue, soit avec la métrique, des libertés hardies [1]; quelques conjectures — et c'est là un cas exceptionnellement grave — proviennent de ce qu'il n'a pas compris le passage [2]; d'autres sont de simples improvisations fantaisistes [3].

6. — Pour donner une idée de ce que vaut actuellement le travail critique de Scaliger, j'ai collationné l'édition de 1577 sur celle de Hiller (§ 189) qui, sans fournir un texte définitif, met cependant en œuvre d'une façon judicieuse et à peu près normale les ressources dont nous disposons aujourd'hui; j'ai constaté que le texte de Scaliger diffère environ 340 fois de celui de Hiller; c'est dire combien il était encore défectueux.

7. — Ceci ne concerne que la leçon; le vice fondamental du travail de Scaliger, ce sont les transpositions téméraires et sans mesure qu'il s'est permises. Elles ont été surtout funestes par l'exemple et par les conséquences. L'idée s'est conservée plus ou moins latente parmi les critiques que les distiques de Tibulle nous étaient parvenus bouleversés par le caprice du sort et dans un désordre complet, qu'une des tâches fondamentales de la philologie était de retrouver la succession primitive par des tâtonnements analogues aux jeux de patience des enfants. Elle s'est réveillée à diverses reprises et c'est ainsi que l'élég. I 1 et d'autres ont été l'objet de tentatives illusoires de décomposition et de recomposition, dont l'origine remonte à Scaliger et dont il est responsable en toute justice. Il n'entre pas dans mon plan de donner le tableau de ses transpositions : elles ont laissé indemnes les liv. III et IV; mais, dans les deux premiers livres, il n'a

III 3, 7 sed tecum ut longae *sociarem* gaudia uitae, il lit *satiarem* et ajoute : bene conuenit quod Lucretius praecepit, e uita ut saturum conuiuam recedere; mais *sociarem* est excellent et Lucrèce n'a rien à faire ici, etc.

1. Ainsi II 1, 21 tunc nitidus plenis confisus rusticus *agris*, il lit *arcis*, parce que c'est une fois que la récolte est sur l'aire que le paysan peut compter sur elle et que *arcis* paraît aller mieux avec *plenis*; mais on ne trouve pas chez Tibulle de synyzèse identique, etc.

2. Ainsi IV 3, 5 sed procul abducit uenandi *Delia cura*, il paraît prendre *Delia* pour un vocatif et *cura* pour un nominatif et lit bien à tort *deuia cura*; 8, 4, au lieu de *amnis*, il lit *annus* « quum amnis quantumuis frigidus nihil nocere possit »; mais une rivière donne beaucoup d'humidité et de fraîcheur à une maison située sur ses bords.

3. Ainsi I 7, 12 à la leçon bien autorisée et qui ne soulève aucune objection *flaui* il substitue *fluuii*, etc.

épargñé que les élég. I 3, 7, 9 et 10 et II 1, 2, 4, soit 7 pièces
sur 16. Il procède de trois façons : il rompt les unités traditionnelles ; c'est ainsi qu'il a partagé le 1ᵉʳ livre en 11 pièces au lieu
de 10, le 2ᵉ en 7 au lieu de 6 ; il fond ensemble des morceaux de
pièces séparées dans la tradition, sans même respecter les limites
des livres ; c'est ainsi que son élég. I 9 est formée de I 8, 1-66,
de II 3, 75-78 et de I 8, 67-78 ; enfin dans une élégie il boule-
verse absolument l'ordre traditionnel et range les distiques à sa
guise. Scaliger est donc un révolutionnaire ; ces mots de révolutionnaire et de conservateur, si usités en philologie, devraient en
être bannis, puisqu'il s'agit de science ; la hardiesse n'est pas condamnable par elle-même, mais il faut qu'elle résulte de l'état de
la matière. Scaliger a voulu justifier la sienne et il l'a fait par le
témoignage de Lilius Gyraldus, d'après lequel l'archétype du
Corpus Tibullianum aurait été bouleversé par le déplacement d'un
certain nombre de feuillets [1] ; mais il n'en parle pas dans sa
1ʳᵉ édition et il ne paraît l'avoir appelé plus tard à la rescousse
que pour les besoins de la cause. Ensuite il n'est pas certain que
le manuscrit en question fût l'archétype ; c'était sans doute un
manuscrit quelconque. Enfin les remaniements de Scaliger sont
trop nombreux et trop menus pour s'expliquer par le déplacement de quelques feuillets, par exemple l'hypothèse que les v.
75-78 auraient été introduits à tort dans II 3. Le système de Scaliger pèche donc par la base. En réalité on voit bien que l'auteur
a été guidé par de tout autres raisons que des raisons paléographiques ; il a cru découvrir un manque de suite dans les idées et
il a voulu y remédier *ex ingenio*. Or, pour qu'une transposition
soit légitime, il faut que le morceau en jeu interrompe nettement
la suite des idées dans l'ordre traditionnel, qu'il le rétablisse et
comble une lacune dans l'ordre nouveau. C'est une démonstration que Scaliger ne fournit point. Tantôt il se borne à décider d'un

---

1. *Castig.* ad I 1, 1 : Lege vitam huius poetae apud Lilium Gyraldum. Ibi videbis
exemplar, ex quo omnia Tibulliana, quae hodie extant, propagata sunt, aliquot
pagellis transpositis turbatum fuisse. Et tamen quibusdam doctis mirum visum nos
dixisse quaedam in hoc poeta alio ordine posita, ac ab illo relicta erant. Quod ita
perspicuum est, ut hoc negare sit caecitatem oculis suis consciscere. Heyne, dans sa
1ʳᵉ édit , 1755, Praef. p. 20 note *d*, déclare ce témoignage controuvé : vita ea legitur
Dial. IV p. 222, ed. Ienens., sed de eo, quod Scaliger inde memorat, ne vestigium
quidem videre potui. J. H. Voss, dans la Préf. de son édit. de 1811, p. IV, a renvoyé
au passage.

ton d'oracle [1]; tantôt il affirme qu'il restitue la suite des idées troublée d'une façon absurde dans la vulgate [2]; quelquefois il esquisse une justification, mais d'une façon très insuffisante [3]. Toute tentative de ce genre doit être précédée d'une étude approfondie de la façon dont l'auteur enchaîne ses pensées; sans doute la logique domine avec une autorité absolue la production de la pensée humaine; mais l'ordre poétique n'est pas l'ordre strictement logique et chaque écrivain a sa manière d'entendre la composition: Tibulle ne compose ni comme Properce, ni comme Ovide. Or cette étude, Scaliger ne l'a pas faite. Pour tous ces motifs ses transpositions sont caduques en principe : elles ne relèvent que de sa fantaisie.

8. — Les *Castigationes* ne sont pas un commentaire. Scaliger y fait pourtant preuve d'une connaissance très méritoire de l'antiquité; il y a inséré quelques notes instructives et des rapprochements intéressants avec les écrivains latins et grecs ; mais rien de tout cela n'est complet. L'interprétation du texte est parfois erronée [4].

9. — Scaliger croit à l'authenticité du 3e livre. Toutefois, dans sa seconde édition, il remarque que III 5, 17 sq. fait difficulté ; il n'arrive pas à s'expliquer comment Ovide a pu dire qu'il était plus jeune que Tibulle, s'ils étaient nés tous deux la même année; il soulève la difficulté en laissant à d'autres le soin de la résoudre [5].

1. Ad I 1, 24 : Post duo haec disticha illud huc retrahendum ; ad I 8, 66 : Ab hoc pentametro duo disticha ex secundo libro retrahenda sunt.
2. Ad I 1, 11 : Ante hoc distichon collocauimus illud : HIC EGO PASTOREMQUE MEUM. Sententia ipsa cum suo loco restituit, ut absurditas eum loco alieno expulit.
3. Ad I 4, 15 : Quam recte ante hoc distichon illud collocauimus, quum sententia ipsa tam clare aperiat, quid opus est dicere? Hic enim est principium praeceptorum et regularum illius ἀσελγοτεχνίας... ; ad II 5, 112 : Huc traducenda duo disticha, quae in sequenti elegia ordine leguntur, ACER AMOR FRACTAS. Hoc enim continuandum cum iis quae superius dixit... Sane ubi hodie leguntur illi quatuor versus nec sibi nec alteri prodesse possunt.
4. Ad I 1, 11 il a tort de croire que le *lapis* est un *terminus* ; les mots *in triuio* montrent qu'il se trompe ; ad I 6, 56 *si tamen admittas* ne signifie pas : si tibi uidetur, si hoc tibi cordi est ; ad I 7, 12 *caerula lympha* veut dire tout simplement que l'eau de la Loire est bleue et non pas que la Loire forme des estuaires où pénètre l'eau bleue de la mer, etc.
5. Equidem hoc non possum concoquere... Istos scrupulos merito inicit mihi hic versiculus, de quo eruditioribus amplius deliberandum relinquimus.

10. — Quant au panégyrique, auquel il donne ce titre, parce que dans **F** il est intitulé Panegyricus Messalae, il en est fort embarrassé. Il reconnaît qu'il est très différent de l'œuvre de Tibulle ; il y verrait volontiers un essai d'enfance, si le poète n'y apparaissait déjà comme ruiné ; malgré les difficultés il se décide à le lui attribuer [1].

11. — Il a imprimé la *uita* des manuscrits et l'épigramme dont il attribue d'après **F** la paternité à Domitius Marsus. Sans faire une biographie complète de Tibulle, il émet çà et là quelques opinions, qui témoignent de la liberté qu'on laissait alors à l'imagination en pareille matière. Il suppose que Tibulle a été ruiné non par un partage de terres aux vétérans, mais par ses prodigalités galantes [2] ; il en conclut que I 1 est la dernière élégie qu'il ait écrite. Il identifie la Pholoé de Tibulle avec celle d'Horace [3] et Neaera avec Glycera [4]. Il considère l'élég. I 10 comme ayant été écrite par Tibulle au moment où Messalla l'invitait à le suivre en Orient [5]. Il n'a rien compris à la situation représentée par les poèmes IV 2-12 et se figure que Messalla était amoureux de Sulpicia.

12. — La réimpression de 1582 contenant les *Scholia in Tibullum* de Marc Antoine Muret et des extraits de ses *Variae lectiones*, c'est l'occasion d'en dire quelques mots.

Ses *Scholia* sont une œuvre à la fois d'exégèse et de critique [6]. Au premier point de vue il donne un commentaire succinct, entremêlé de rapprochements intéressants, de citations grecques et latines, de renseignements mythologiques assez développés. Plus

---

1. Ad IV 1, 1 : Ego... crederem hoc carmen excidisse Tibullo admodum adolescenti aut potius puero, nisi viderem tunc scriptum fuisse, quum iam patrimonium prodegisset... si titulum Tibulli non praeferret, ego illud infimo poetae attribuissem... sine ullo dubio Tibulli auctoris est, non Tibulliani characteris.

2. *Castig.* ad I 1, 1 et IV 1, 190.

3. *Ibid.* ad I 8, 69.

4. *Ibid.* ad III 2, 29.

5. *Ibid.* ad I 10, 11.

6. *Var. Lect.* Lib. V, Cap. 11 : quantum licuit per angustias temporis, perque occupationes quibus distinebar, operam dedi, ut mea industria poeta ille et emendatius legi, et minore negotio intelligi posset ; multos enim locos depravatos restitui, obscuros declaravi, nonnullos etiam, qui integri putabantur, mancos ac mutilos esse indicavi : ne quem obducta forte cicatrix falleret. Le programme est excellent ; il n'a été réalisé que d'une façon imparfaite et incomplète.

d'une fois il établit l'interprétation vraie de passages mal compris par les commentateurs antérieurs ; mais il commet aussi de graves erreurs [1] ; chez les savants du xvi° siècle on trouve à côté d'indications lumineuses des bourdes énormes.

Dans ses notes critiques il se réfère à un *meus vetus liber*, à des *libri veteres, quidam libri*. Il se propose donc, comme le fit plus tard Scaliger, de corriger la vulgate au moyen des manuscrits. Malheureusement ses manuscrits, sur lesquels d'ailleurs il ne donne aucun renseignement, sont interpolés ; pour dégager le bon du mauvais, il n'a que sa sagacité personnelle ; sa critique du reste est molle et incertaine : souvent il cite les variantes sans se décider. Dans l'ensemble l'œuvre de Scaliger est bien supérieure à la sienne, quoiqu'il lui arrive d'avoir raison là où Scaliger, pourtant averti, mais qui ne l'aimait pas, s'est gravement égaré. Ses *libri veteres* lui ont fourni de bonnes leçons [2], mais aussi de mauvaises [3], bien qu'à l'occasion il sache se mettre en garde contre celles-ci [4]. De son *vetus liber* il a tiré quelques bonnes leçons [5], sans se rendre compte si elles étaient traditionnelles ou si elles étaient le résultat d'une correction heureuse. D'autres fois il ne cite pas exactement l'origine des variantes qu'il discute et conclut tantôt bien, tantôt mal [6].

A l'époque de Muret et de Scaliger les savants s'expriment souvent d'une façon si vague, qu'il n'est pas facile de savoir si la leçon qu'ils proposent est une conjecture personnelle ou la variante d'un manuscrit, laquelle peut du reste être elle-même une conjecture anonyme ; il est permis de croire que cette imprécision est parfois voulue et cache le désir de s'approprier tacitement le

1. Ad II 2, 1 il a tort de dire : natalem aut suum aut Cherinti celebrat, il ne saurait être question du *natalis* de Tibulle ; ad III 4, 20 il explique faussement *sollicitas domos* par : quas incolunt navi et industrii homines, etc.

2. Ainsi il défend avec raison I 1, 72 *capite* contre *capiti*, 3, 34 *menstrua* contre *mascula*, III 2, 7 sq. uitaeque fateri tot mala perpessae *taedia nata* meae contre l'interpolation grossière *tot superesse* ; Scaliger a été moins heureux en lisant *taedia nota*, etc.

3. Ainsi il préfère à tort I 2, 3 *perfusum* à *percussum*, 3, 24 *sistra* à *aera*, 5, 53 *escas* à *herbas*, etc.

4. Ainsi il rejette I 7, 16 Taurus *arat* Cilicas ; Scaliger a défendu avec acharnement cette faute grossière provenant de ce qu'un correcteur malavisé a pris *Taurus*, nom propre géographique, pour *taurus*, bœuf laboureur.

5. Ainsi II 1, 88 *matris* au lieu de *Martis*, III 4, 9 *natum in curas* au ieu de *uanum metuens*, 5, 29 *at uobis* au lieu de *atque mihi*, etc.

6. Il défend avec raison I 1, 14 *agricolae... deo*, 2, 22 *abdere*, III 2, 29 *cura* à tort II 1, 11 *discedite ab aris*, 6, 10 *grata*, etc.

bien d'autrui. Parmi les conjectures de Muret il y en a quelques-unes qui méritent d'attirer l'attention[1]. Il a eu raison de reconnaître que le texte traditionnel du Corpus Tibullianum présente quelques lacunes, ce que Scaliger s'est opiniâtrement refusé à admettre. Mais il opère à l'aventure et n'est pas infaillible[2].

Muret ne doute pas que le 3ᵉ livre ne soit de Tibulle, qui y aurait pris le nom de Lygdamus. Il est pourtant très embarrassé pour rendre compte de la situation. Le seul moyen qu'il trouve pour sortir d'embarras, c'est d'admettre que Tibulle avait épousé sa cousine, que celle-ci l'avait quitté — casu aliquo — et que Tibulle espérait que le mariage pourrait se renouer[3]. Il n'y a là que de l'ingéniosité mal employée.

Les extraits des *Variae lectiones*[4] contiennent un commentaire intéressant de trois passages, I 3, 89 sq., 6, 26, II 1, 88.

§ 2, 1. — En 1708[5] parut à Amsterdam une édition de Tibulle sans nom d'auteur[6], conçue d'après un plan tout autre que celle

---

1. Ainsi I 3, 12 *e trinis* paraît être une conj. de Muret et pourrait bien être la vraie leçon ; III 4, 59 diuersasque *suis* agitat mens impia curas, *suis* = suorum curis peut se soutenir ; Neaera n'est pas d'accord avec ses parents, cf. III 4, 93 sqq. ; Lygdamus tient à le faire ressortir ; III 1, 5 sq. l'idée d'établir un dialogue entre les Muses et le poète n'est pas, je crois, la meilleure correction du passage, mais elle est au moins plausible.

2. Il a raison d'en signaler une après I 10, 25, une autre dissimulée par une interpolation des Italiens après II 3, 14ᵃ ; il en suppose une assez à la légère après I 6, 76 ; du fait que I 4, 8 manque dans *quidam libri* et que ces mêmes mss. portent à la marge ғʀᴀɢᴍ. il soupçonne qu'il manque plusieurs vers : etenim quae respondet Priapus non pertinent ad id, quod ex ipso quaesiverat Priapus ; ces vers auraient contenu une obscénité conforme au caractère de Priape. Ce n'est pas le meilleur moyen de résoudre la difficulté (cf. § 292).

3. Ad III 1 ; 23 : Hoc probabilius afferre nunc quidem non possum.

4. L'auteur a donné lui-même les 7 premiers l. de ses *Variae lectiones* à Venise en 1559 ; dans la réimpression faite par Chr. Plantin à Anvers en 1580 les 7 livres suivants ont été ajoutés avec la permission de Muret ; les 4 derniers ont été publiés par M. Velser en 1600 à Augusta Vindelic. avec son *Observationum Iuris liber singularis*. Cf. l'édition (commencée par Fried. Aug. Wolf) donnée par Jo. Huldr. Faesi, Halle, 1791, t. I, p. VIII.

5. Sur les travaux consacrés au Corpus Tibullianum de 1700 à 1878 on trouve une bibliographie très abondante dans la Bibliotheca scriptorum classicorum d'Engelmann-Preuss, achte Auflage, 2ᵗᵉ Abtheilung : Scriptores Latini. Leipzig, 1882, p. 408 et 666-673.

6. Albii, Tibulli Equitis Rom. quae exstant, Ad fidem veterum membranarum sedulo castigata. Accedunt Notae, cum Variar. Lectionum Libello, et terni Indices, *quorum primus* Omnes Voces Tibullianas *complectitur*. Amstelaedami Ex officina Wetsteniana. 1708. 4°.

de Scaliger, mais qui, à des titres différents, marque elle aussi
une époque. Elle est de Jan van Broekhuisen [1] (en latin Broukhusius), né à Amsterdam en 1649, mort en 1707, homme d'action,
érudit et poète. Broekhuisen eut pour maître Hadrianus Junius,
qui lui communiqua l'amour de la poésie latine. Il eut une carrière militaire bien remplie, consacra ses loisirs à la littérature,
fut en relations avec les savants de son temps et procura une édition de Properce. Celle de Tibulle ne vit le jour qu'après sa
mort.

2. — Elle réimprime les recherches par lesquelles Dousa a
essayé de fixer la date de la naissance de Tibulle, en même temps
que la chronologie de Gallus, Virgile, Horace, Properce et Ovide [2].
Dousa a raison de protester contre l'opinion qui fait naître Tibulle
la même année qu'Ovide et de signaler les impossibilités chronologiques qui en résultent. Son hypothèse que le pentamètre
III 5, 18 a été interpolé d'Ovide est arbitraire; mais, du moment
qu'il croyait le 3ᵉ livre de Tibulle, il ne pouvait guère sortir
autrement d'embarras. Il place la naissance de Tibulle en 65 av.
J.-C. pour cette double raison que le mot *iuuenis* pouvait s'appliquer en latin à un âge assez avancé (d'après la constitution de
Servius Tullius on était dans la catégorie des *iuniores* jusqu'à
46 ans) et parce que Tibulle était plus âgé que Properce né en
59 av. J.-C. Mais la constitution de Servius Tullius n'a rien à
faire ici et la date de naissance de Properce n'est déterminée que
par hypothèse. Les résultats de Dousa sont donc erronés.

3. — L'édition de Broekhuisen contient en outre les Notes de
Nic. Heinsius sur Tibulle et des extraits de ses *Adversaria* [3]. Les
Notes de Heinsius renfermant celles de Guyet, c'est l'occasion de
caractériser celles-ci. Guyet s'est proposé de rechercher dans les
manuscrits la bonne leçon; il avait pour cela à sa disposition,
outre les manuscrits déjà connus, un *Codex Thuani*, des *Excerpta
nescio quae rudi stylo descripta* et un *Codex Regius*. Ces manu-

---

1. Nouvelle Biographie générale d'Hoefer, Paris, Firmin Didot, t. 7, 1855, col.
471. Cf. Luc. Müller, Geschichte der klassischen Philologie in den Niederlanden,
Leipzig 1869, p. 48-49.
2. P. 467-476 Jani Dousae Nordovicis schediasma succidaneum nuperis ad Tibullum Praecidaneis addendum.
3. P. 442-458 Nicolai Heinsii Notae in Tibullum. P. 459-466 Ex adversariis
Nicolai Heinsii.

scrits appartenant à la classe des *deteriores,* si justement caractéri-
sés par Scaliger, c'était une œuvre de pure divination que d'y
démêler la bonne leçon ou traditionnelle ou déjà conjecturale.
Guyet y a parfois assez bien réussi et il a fait preuve de sagacité
critique [1]; il se fourvoie aussi et approuve des leçons, qui ne doivent pas prévaloir contre la tradition autorisée, telle que nous la
connaissons aujourd'hui [2], montrant ainsi le peu de confiance
que mérite le flair critique réduit à ses seules forces; pourtant
dans cette chasse à la bonne leçon il ne s'est trompé tout à fait
grossièrement qu'un nombre de fois restreint.

En outre Guyet fait des conjectures; il y en a dont la paternité
est douteuse; elles se trouvent en effet dans les manuscrits.
Guyet les a-t-il retrouvées ou simplement transcrites, c'est ce qu'il
a négligé de nous dire [3]. Quelques-unes sont séduisantes et méritent d'être sérieusement discutées [4]; d'autres sont ingénieuses,
sans pourtant devoir être substituées à la leçon autorisée [5]; la
plupart sont inutiles et parfois franchement mauvaises [6]. En

1. Ainsi il recommande avec raison I 2, 3 *perculsum* avec les mss. d'Ach. Statius, 19 *derepere* « ex antiquis Gruteri schedis apud Gebhardum », 95 *circumterit*
« ex codice Regio et Gebhardi libris », 6, 40 *et fluit* « ex scriptis Gebhardi », 10,
37 *perscissisque* « ex Scaligeri codice », IV 1, 210 *quandocumque* « ex optimo
codice Scaligeri », etc.

2. Ainsi il recommande à tort I 5, 67 *faliscit* « ex Thuaneo et Sfortiano » contre
patescit, 9, 60 *quam plures* « ex codice Regio et codicibus Palatinis » contre *uel
plures* ; c'est une correction absurde amenée par le comparatif et qui fait contresens; II 4, 10 *ira* contre *unda,* etc.

3. Ainsi il lit avec raison I 4, 56 *uelit,* mais c'est la leçon de l'**Ambr.**, 6, 46 *non
amens*; la leçon autorisée fautive est *non et amans,* mais le Thuan. avait *nec
amens,* 10, 23 *liba ipse,* la trad. autorisée fautive est *ipsa,* mais des *deteriores*
ont *ipse,* III 6, 44 *posse cauere tuo,* « Guyetus cum Gulielmio. Et sic unus Palatinus Gebhardi »; c'est la leçon des *Exc. Fris.*; IV 5, 17 *tectius* « Guyetus ex illo
Nasonis: vir male dissimulat, tectius illa cupit »; la leçon autorisée fautive est *tutius,*
mais elle a été corrigée de bonne heure, etc.

4. Ainsi I 6, 33 la ponctuation : *quid tenera tibi coniuge opus? tua si bona
nescis seruare,* etc. a été adoptée par Hiller. Il en est de même des leçons I 9, 40 *sit
leuis illa,* III 4, 4 *in nobis*; un certain nombre d'autres sont parmi les restitutions
possibles de passages corrompus.

5. Ainsi I 1, 35 *pastorumque deum* (sans doute pour avoir une correspondance
exacte avec *Palem* du v. 36) au lieu de *pastoremque meum*; II 2, 17 *uiden ut*
au lieu de *utinam,* etc.

6. La liste en serait longue; en voici quelques-unes : I 1, 57 *quaero* pour *curo*
traditionnel, qui est excellent, 7, 8 *portauit* (de *portabit* de la plupart des mss., en
particulier du *Regius* et du *Thuaneus*) p. *portabat,* 64 *redi* sans nécessité p. *ueni,*
9, 22 *pectus* p. *corpus,* sans doute pour obtenir une correspondance exacte avec
terga, II 2, 9 *rogaris* p. *rogabis,* 18 *aurea* p. *flauaque,* etc.

somme, quand Guyet invente, le gain est beaucoup moindre que quand il se borne à choisir parmi les leçons qu'il a sous les yeux. Il a déclaré interpolés, sans donner de raison suffisante de ses décisions, des vers qu'il n'y a pas lieu de suspecter[1].

4. — Comme Guyet, Nic. Heinsius s'est proposé de décider entre les variantes des manuscrits connus et des anciennes éditions ; il a quelquefois la main heureuse et fait prévaloir la bonne leçon[2] ; c'est aussi quelquefois le contraire[3] ; au surplus l'autorité des manuscrits, autorité qu'il n'avait pas à l'époque le moyen de déterminer, ne paraît pas faire grande impression sur lui. Ce qui l'attire ce sont les conjectures ; il cite purement et simplement, il approuve ou rejette souvent d'un mot celles de ses prédécesseurs. Il s'occupe surtout d'en apporter de nouvelles, ou sans aucune explication, ou avec une justification très brève ; quelques-unes sont discutées dans les *Adversaria*. Comme Guyet, il a un goût prononcé pour la divination, avec plus de facilité et de brillant ; il excelle à transformer un mot en un autre par la modification de quelques lettres, à substituer à un mot un autre de même mesure. Il ne s'illusionne pas sur la solidité de ses résultats, car il n'introduit souvent sa conjecture que par un *forte* dubitatif, ou il en propose plusieurs sur un même passage, sans conclure. Depuis l'excellent[4] jusqu'au pire toute la gamme est représentée chez Heinsius ; il y en a d'ingénieuses et vraisemblables, qui ont pris place dans les éditions de ses successeurs[5] ; il y en a de plus ou moins brillantes, mais qu'il y a des

1. Ainsi II 3, 31-32, III 2, 7-8, 4, 89-90, etc.

2. Ainsi II 3, 42 *ut multa innumera iugera pascat oue*, sic excerpta et vetus codex Scaligeri, bene, 6, 10 *facta tuba est*, MS. Schefferi, IV 1, 18 rectius Aldina, *alter dicat*, 112ᵇ veteres editiones inserunt versum, *namque senex longae peragit dum saecula uitae*, 133 lege, *additus*, quomodo editiones nonnullae, 202 *Adversaria* : scribe ex vestigiis veterum librorum, *uel bene sit notus*, etc.

3. Ainsi I 10, 26 lege ex scriptis, *hostia erit* ; c'est la leçon des *deteriores* ; il faut conserver la leçon autorisée en marquant avant ce vers une lacune ; IV 1, 105 *Adversaria* : opinor, *sitque duplex geminis uictoria castris*, non *gemini casus*. idque excerpta Italica Colotiana apud me unius codicis vetusti confirmant ; en réalité *geminis castris* est la leçon des *deteriores*, qui ne doit pas prévaloir ; IV 1, 73 lege, *consumsit in ore*, sic MS. Schefferi ; *in ore* est en effet la leçon autorisée ; mais la correction *more* paraît s'imposer, etc.

4. Ainsi III 6, 58 lege, *Marcia*, aquam Marciam innuit.

5. Ainsi I 10, 61 *rescindere*, « nam unus Palatinus *praescindere* » ; c'est sans doute partir d'une faute, mais *rescindere* a été adopté par Hiller ; II 2, 21 sic

raisons sérieuses de repousser [1] ; beaucoup de simplement possibles [2] ; Tibulle aurait pu écrire ainsi, mais, si on tient compte de
la tradition, il est à peu près certain qu'il ne l'a pas fait ; sans
valeur réelle pour l'amélioration du texte, elles montrent au moins
combien dans la poésie dactylique il est facile de remplacer une
expression par une autre très admissible au premier abord et la
constatation n'est pas inutile, puisque c'est là une cause fréquente
de corruption. Enfin il y a les corrections tout à fait mauvaises [3]
— et c'est malheureusement la catégorie la mieux fournie —, les
éclairs qui ont traversé un instant l'esprit du critique, auxquels
il n'attribue lui-même qu'une importance médiocre et qu'il communique par une sorte de coquetterie. Quelquefois il s'amuse à
remanier les conjectures de ses prédécesseurs, qui elles-mêmes
n'étaient pas nécessaires. En somme Heinsius se joue avec une
souplesse très amusante du texte de Tibulle ; c'est un merveilleux
dilettante, dont il est intéressant de suivre les prestigieux exercices, le plus souvent stériles et parfois dangereux.

5. — L'édition de Broekhuisen est à la fois critique et explicative. Pour la critique il a procédé d'une façon toute différente
de Scaliger. Scaliger condamnant avec décision tous les *dete-*
riores avait choisi quelques manuscrits qui lui paraissaient
meilleurs. Broekhuisen s'est entouré de toutes les ressources dont

distingue : *Huc ueniat natalis, anis prolemque ministret,* ministret avis prolem,
non tantum parentibus. Vel, *Hac ueniat natalis aui.* Expliquée d'une façon con-
tradictoire dans les *Notae*, plus nettement dans les *Adversaria*, où Heinsius propose à tort *uenias*, cette dernière correction figure dans l'édit. de Hiller de 1885 ;
II 3, 61 lege, *At tibi dura Ceres* et 62 forte *semina certa* ; la correction donne
au moins un sens possible ; de même II 4, 5 seu *nil peccauimus* ; III 5, 3 lego,
Baiarum proxima lymphis, la conj. a été adoptée par Hiller ; elle est du reste de
Scioppius, etc.

1. Ainsi I 1, 50 forte, *tristes Hyadas* ; la raison tirée du voisinage de *imber* pour
repousser *pluuias* ne vaut rien ; *Hyadas* est sans doute élégant, mais il ne s'agit
pas d'embellir Tibulle ; 2, 67 ferreus ille, *sinu* qui, etc., c'est faire disparaître la
difficulté, mais sans expliquer comment la tradition a *fuit*, 7, 1 forte, *hunc cecinere*
ducem, la personification de la *journée, diem,* est très acceptable, etc.

2. Ainsi I 1, 10 *spumea* musta pour *pinguia*, 45 quam *iuuet* p. quam *iuuat*,
8, 30 ut *foueas* p. *foueat*, 10, 37 *exesisque* p. *perscississque*, II 1, 15 lu-
centes p. *fulgentes*, etc.

3. Ainsi I 1, 48 forte, *fouente* ; *imbre fouente* n'a véritablement aucun sens ;
2, 19 *descendere* avec Dousa P. ; comme l'a vu Guyet *derepere* est bien meilleur ;
3, 93 forte, *ocius hunc utinam.* forte, *mox precor huc illum.* lego, *hoc precor,*
hunc uoueo nobis ; des trois conjectures c'est la plus mauvaise que s'arrête Heinsius ; 7, 36 an *adductis ?* absurde, etc.

on disposait alors ; il a réuni une masse imposante de manuscrits,
dont l'utilité actuelle n'est que de montrer d'une façon saisissante à quel degré de corruption le texte du Corpus Tibullianum
était arrivé au xve siècle[1]. Ce sont, outre la leçon de quelques
éditions anciennes, en particulier celle de Venise de 1475, qu'il
considérait à tort comme la *princeps*, des *excerpta* de Juste-Lipse
ex codicibus Romanis, les variantes d'Ach. Statius (p. 410 usus
est... Statius codicibus antiquis non minus decem), de Janus
Gebhardus (variae lectiones sex codicum Palatinorum et membranarum Comelianarum), deux manuscrits de Jean de Witt, les *libri
Heinsiani* comprenant les manuscrits de Scaliger et les 5 *Angli-
cani*, parmi lesquels le *tertius Eboracensis*[2] distingué plus tard
par Lachmann (§ 37, 1), les variantes de manuscrits de Rome et
de Florence réunies par Antonius Perrejus, celles d'un *Colbertinus*, diverses leçons consignées par une main inconnue à la marge
de la Brixiensis de 1486, les variantes d'un manuscrit de Gulielmus
mus Laudus, archevêque de Canterbury, les *excerpta* de M. Antonius Pocchus, les *variae lectiones* d'un manuscrit de Jo. Marius
Mattius. Enfin Broekhuisen s'est servi de trois manuscrits qui lui
appartenaient en propre.

6. — Il a eu le bon esprit de ne pas donner à ses trois manuscrits la prépondérance que Scaliger avait attribuée aux siens. Ils
sont en effet fortement interpolés[3] et ne sortent pas du commun
des *deteriores*. Tout en paraissant croire qu'ils ajoutaient du prix
à son édition, il ne s'est pas laissé fasciner par eux et reconnaît
implicitement leur peu d'originalité, puisqu'il ne s'en sert guère
que pour appuyer, d'un appui du reste sans valeur pour nous,
des leçons connues d'ailleurs. Bien qu'il leur ait fait quelques emprunts fâcheux[4], il sait résister à la tendresse secrète qu'il a pour
eux[5] et ils n'ont exercé sur son édition qu'une influence restreinte.

1. Il a énuméré ses ressources dans sa Préface et en tête du *Variarum lectionum
Libellus*, p. 409 sq.
2. P. 410, omnium, quos vidi, vetustissimus.
3. Ainsi I 5, 2, où la leçon autorisée est *abest*, « in nostro secundo, itemque in
uno Heinsiano sic legebatur : ... *habet* », c'est-à-dire : il en tient, ce qui est absurde.
4. Ainsi IV 6, 1, au lieu de *turis aceruos* autorisé, il imprime *turis honores*,
qu'il trouve « in nostro tertio, inque uno item Heinsiano », et qui n'est qu'une
interpolation pour l'élégance, 10, 6, au lieu de *maxima causa* autorisé, *maxima
cura*, qu'il trouve dans les « editiones anteriores, et duo scripti e nostris », etc.
5. Ainsi III 5, 1, tout en conservant *fontibus* autorisé, « vix ausim rejicere Vati-
cani libri scripturam, quam et meus tertius habet, *montibus* », IV 1, 140, tout en

7. — Il s'est imposé comme règle de s'écarter le moins possible des manuscrits. Mais, la vérité y étant sans cesse mêlée à l'erreur, il s'est trouvé dans un grand embarras, qu'il n'a pas dissimulé ; dans sa préface, après avoir déclaré qu'il ne s'était permis que peu de conjectures, il ajoute : « In ceteris libros secuti sumus saepe parum concordes, interdum et absurdos ». Son embarras aurait été bien plus grand, s'il s'était rendu compte qu'il se trouvait en présence de leçons traditionnelles et d'interpolations anonymes intimement mélangées, et qu'il n'avait aucun moyen de distinguer les unes des autres. En réalité ce qu'il regarde comme la tradition n'est souvent qu'une conjecture et il se fourvoie là-dessus perpétuellement [1], sans que nous puissions lui en vouloir, puisque tout criterium lui manquait. Quand il s'agit de distinguer entre les variantes, il ne fait du reste pas toujours preuve d'un esprit critique bien aiguisé [2].

A moins d'aller complètement au hasard, il devait essayer de se guider par des principes : il s'est réclamé de plusieurs, qui ont chacun leur légitimité, mais entre lesquels il flotte, parce qu'il voit bien qu'ils ne lui garantissent pas des résultats certains. Ainsi il invoque le nombre, c'est-à-dire qu'il préfère la leçon représentée par tous les manuscrits ou par la plupart ou par beaucoup d'entre eux. C'est un principe d'une application parfois difficile — car les manuscrits ne donnent pas toujours une majorité bien nette — parfois illusoire — car la bonne leçon n'est souvent conservée que dans un petit nombre de sources. Rigoureusement suivi, il pouvait cependant servir à éliminer un certain nombre d'interpolations qui n'avaient encore infecté qu'une partie restreinte de la tradition. Dans la pratique Broekh. en tire tan-

---

conservant *regia lympha* autorisé, « in uno meo est *regia nympha*, quod nescio quomodo adblanditur : videtur enim significare, aquam Choaspis regibus Persarum non solum esse in deliciis, verum etiam in amoribus », etc.

1. Ainsi I 6, 34 il écrit : « interjectionem *ah*, quae erat ante adverbium *frustra*, eliminarunt homines novatores pravo maloque exemplo » ; c'est justement le contraire ; la leçon autorisée (mss. complets et *Exc. Fris.*) est *seruare frustra* ; les mss. inférieurs ont ajouté *ah, heu, ac, et* pour corriger une leçon qu'ils jugeaient fautive ; si l'interpolateur a eu tort ou raison, c'est une autre affaire ; II 1, 89 il préfère à *furuis* qu'il considère comme une correction, *fuscis* qu'il trouve dans plusieurs mss. ; or c'est également une conjecture, etc.

2. Ainsi II 3, 42 en présence des deux leçons, qui pour lui sont à peu près également autorisées, ut *multo innumeram iugere pascat ouem* et ut *multa innumera iugera pascat oue*, il choisit la 1re, tandis que c'est la seconde, autorisée pour nous par l'accord des mss. complets et des *Exc. Par.*, qui est la bonne.

tôt le texte correct[1], tantôt au contraire le texte corrompu[2]. Il reconnaît du reste lui-même que le principe des *multi libri* ne saurait être suivi aveuglément[3] et à l'occasion il l'abandonne, parce qu'il lui fournit une leçon manifestement mauvaise[4].

Un autre principe qu'il invoque est celui de l'ancienneté. Il n'a pas une valeur absolue ; ce ne sont pas nécessairement toujours les manuscrits les plus anciens qui ont conservé la bonne leçon ; toutefois il pouvait servir à débarrasser le texte des fautes et corrections récentes. Malheureusement Broekh. n'avait pas sur l'âge des manuscrits et sur l'histoire du texte les informations que nous possédons aujourd'hui. Du reste la masse des manuscrits qu'il utilisait étaient des manuscrits du xv° siècle, c'est-à-dire peu différents par l'âge ; il ne paraît pas s'être rendu compte que les véritablement anciens étaient F et les *Excerpta* de Scaliger, de sorte que le maniement du principe est entre ses mains illusoire et que, comme le précédent, il lui fournit des résultats tantôt bons[5],

1. Ainsi il préfère avec raison I 2, 1 à *graues... furores nouos... dolores*, qui se trouve dans « omnes libri Achillis Statii ; Gebhardi duo ; sex nostri ; et quinque Heinsiani, cum Lipsianis excerptis », 79 à *magno* de Passerat *magnae*, « habent omnes libri, epitheto dearum solenni et perpetuo », 3, 24 à *sistra* que Muret prétendait avoir trouvé « in libris veteribus » *aera* : « nostri scripti cum Italianis *aera* habent magno consensu » ; 9, 57 contre *sint externa tuo semper...* il dit avec raison : « hunc ordinem verborum aliter conlocant scripti libri magno numero, tum et priscae editiones hoc modo : *semper sint externa tuo vestigia lecto.* Mutarunt, opinor, qui penthemimerin desiderari putabant, homines inepti ; II 3, 41 il adopte avec raison *obsidere* : « plures libri *obsidere* habent » ; mais ici lo cas est assez particulier ; il s'agissait d'une correction qui s'était propagée, car pour nous la tradit. autorisée des mss. complets est *obsistere* fautif ; les *Exc. Parisina* ont *obsidere*, etc.

2. Ainsi I 6, 59 à *haec mihi te adducit...* il préfère à tort *haec te deducit* de « plures libri » ; ici les « plures libri » avaient une interpolation ; IV 1, 19 il lit avec « plures libri » : qualis in *immensum descenderit aera* tellus, qui ne fait pas de sens ; la tradition autorisée est : in *immenso desederit aere* ; 93 à *passu* il préfère *cursu* qu'il trouve « in undecim libris » ; mais les onze mss. ne peuvent prévaloir pour nous contre l'accord des bons mss. complets, des *Exc. Par.* et de F ; c'est un des meilleurs exemples pour montrer combien le nombre brut des mss. peut être un guide trompeur, etc.

3. Ainsi I 5, 28 « Multi libri *Pro segete et spicas* habent : nimirum a liberalitate eorum, qui ut versus staret metuebant » ; *et* est bien la leçon autorisée, mais elle est sûrement fautive, etc.

4. Ainsi I 8, 28 « in multis libris est *prosequitur* : quod non possum probare » ; par de bons rapprochements avec César, Cicéron, Salluste il montre que la latinité réclame *persequitur*, etc.

5. Ainsi I 1, 71 il défend avec raison la « vetus et recepta lectio » *decebit* contre *licebit* de Gebhardus « ex uno Palatino et Comelini membranis » et du « prior

tantôt mauvais[1]. D'ailleurs il n'a pas appliqué le principe de la *uetus lectio* avec une rigueur absolue, pas plus que celui des *multi libri* ; il sait s'en affranchir à l'occasion[2].

Un troisième principe, qui de temps à autre le détermine, est la fidélité aux *libri meliores*. Mais sur la valeur respective des manuscrits il n'a que des idées vagues ; il ne possède pas à cet égard la sûreté de jugement et l'intuition d'un Scaliger. S'il apprécie parfois F comme il convient[3], il n'accorde pas aux *Exc.* de Scaliger[4], ni aux *Exc. Frisingensia*, sur lesquels il a quelques renseignements par Gruter, l'attention qu'ils méritent. Quant aux autres manuscrits la distinction qu'il établit entre les bons et les mauvais est très incertaine. Il lui arrive de tomber juste[5] ; quand les prétendus *libri meliores* ont par conjecture la bonne leçon, l'erreur de son diagnostic n'a pas de conséquence fâcheuse

Wittianus » ; 6, 84, à propos de *quod sit acerba*, il dit avec raison : « Multo rectior est scriptura veterum librorum *quàm sit acerba* » ; mais la question ne se présente pas comme il le croit ; la tradition ancienne fautive est *quod* ; *quam*, qui paraît nécessaire, est une correction ; de même I 8, 11 « scribendum *genas*, quod libri veteres servarunt » ; *genas* s'impose ; mais c'est une conjecture des Italiens ; la tradit. concordante des bons mss. complets et des *Exc. Par.* est *comas*. Dans l'état de ses connaissances Broekh. ne pouvait appliquer avec sûreté le principe de l'ancienneté.

1. Ainsi I 8, 30 « in codice archiepiscopi Eboracensis omnium Tibullianorum vetustissimo erat *foueas*. Rectissime vidit, et notavit Nicolaus Heinsius » ; or nous avons actuellement une tradition plus ancienne que celle de l'*Eboracensis* et elle est en faveur de *foueat* ; 10, 26 « Melius multi libri prisci, *Hostia erit*; nam et salus poscitur et precium promittitur » ; or la leçon ancienne est *Hostiaque e...* ; *hostia erit* est une correction des mss. récents pour avoir un texte lisible ; c'est une correction fourvoyée ; la véritable est de marquer une lacune avant ce vers, etc.

2. I 8, 52 « Libri veteres hic fere *luteo* habent ; sed *luto* est in Colotiano, et in primo Vaticano » ; la tradit. ancienne fautive est bien *luteo* ; *luto* est une correction des Italiens, qui s'impose.

3. Ainsi IV 1, 205 « in libris omnibus *fato properat mihi mortem* legebatur ; sed bene, ni fallor, *celerem* pro isto *fato* reposuit Scaliger ex codice Jacobi Cujacii, ut *celer mors* opponatur *vitae longae* ».

4. Ainsi I 1, 25, à propos d'un passage où les *Exc.* sont il est vrai interpolés, « illa excerpta tanti esse non debent, ut propterea elevetur fides omnium aliorum codicum scriptorum, quotquot in hunc diem innotuerunt » ; il ne sait pas que, là où les *Exc.* ne sont pas interpolés, leur tradition balance celle des mss. complets et parfois doit l'emporter.

5. Ainsi il lit avec raison I 2, 7 *domini* avec la « potior pars librorum » ; *domini* est bien la leçon autorisée, *dominae* celle des mss. inférieurs ; 10, 58 *lentus*, « Nihil mutant libri meliores. At Gebhardus ex binis Palatinis *laetus* ivit nobis suppositum. Rustice profecto, atque inperite », etc.

pour la qualité du texte[1] ; il en est autrement lorsqu'ils sont fautifs[2].

Là où aucun de ces trois principes ne lui donne un résultat satisfaisant, soit que la tradition la plus générale, la plus ancienne, la meilleure ne puisse être établie, soit qu'elle soit manifestement fautive, il fait appel à la *ratio*. C'est là en effet la règle suprême qui doit tout dominer ; l'illogisme et l'absurdité n'ont pas droit à l'existence. Mais il faut définir ce qu'on entend par *ratio* ; c'est ce que n'a pas fait Broekh. et le principe demande pour être appliqué correctement une lucidité et une maîtrise qu'il ne possédait pas. Il l'a fait pourtant prévaloir quelquefois heureusement[3] ; mais le plus souvent sous prétexte de *ratio* il se laisse influencer par des motifs fort légers, un sentiment tout subjectif de convenance et d'élégance, et il s'égare[4]. Il est dans la bonne voie en recherchant l'usage de Tibulle et en s'efforçant d'y conformer le texte ; la connaissance de la langue, du style de l'auteur est pour l'éditeur un auxiliaire indispensable ; mais cette connaissance doit reposer sur une étude méthodique et approfondie, non sur un sentiment vague ; dans quelques cas Broekh. s'en est servi heu-

---

1. Ainsi I 5, 16, à propos de *Triuiae*, « sic libri meliores » ; or *Triuiae* est bien la bonne leçon, mais conjecturale ; les bons mss. tels que nous les connaissons actuellement, c'est-à-dire l'**Ambr**. et le **Vat**., ont, le 1er, *creme*, le 2e *chreme* ; 6, 46 « Scripserat poeta *non amens uerbera torta timet*, quae scriptura hodie quoque conspicitur in codicibus notae melioris » ; or ce sont justement les mss. interpolés qui ont la correction nécessaire *non amens* ; l'**Ambr**. et le **Vat**. ont *non et amans*, etc.

2. Ainsi I 6, 3, à propos de au gloria magna *est* : « Verbum substantivum non habent meliores libri qua scripti, qua cusi » ; la tradition autorisée a *est*, etc.

3. Ainsi I 2, 22 blandaque compositis *abdere uerba notis*, il remarque que la majorité des mss. a *addere* et ajoute : « Sed nec numerus, nec junctae umbone phalanges, ut ait poeta Aquinas, tanti hic esse debent, ut ratio propterea deseratur » ; en réalité *abdere* est la leçon autorisée, *addere* celle des mss. inférieurs ; 3, 34 reddereque antiquo *menstrua* tura Lari, « in primo nostro inque uno Heinsii erat *mascula* tura. Quod tamen ab hoc loco est alienum » ; il montre bien qu'il s'agit du sacrifice mensuel aux Lares, *mascula* n'est du reste qu'une interpolation isolée, etc.

4. Ainsi I 4. 35 à *exuit*, particulièrement bien autorisé pour nous, puisqu'à la tradit. des bons mss. complets se joint celle des *Exc. Paris.*, il préfère *exuat* : « in Sfortiae libro *exuat* invenit Achilles Statius ; quod et Gebhardus notavit, sed rejicientis stomacho. Haec tamen est ipsissima Albii manus... Indignatio est animi non frustra commoti » ; c'est là embellir Tibulle ; 5, 67 la leçon autorisée est *patescit* ; *fatiscit* adopté par Passerat et qui est en effet dans quelques *deteriores* lui paraît « elegans et quantivis precii scriptio » ; 8, 55 à *spernis* autorisé il préfère *spernit*, « est in nonnullis *spernit* ; verius atque figuratius » ; on ne voit pas trop ce qu'il veut dire, etc.

reusement[1]. Il s'appuie également sur les habitudes des autres écrivains latins, en particulier des poètes[2] et il institue des rapprochements nombreux et intéressants. C'est là un louable souci, mais il faut user de beaucoup de sagacité et de prudence, quand il s'agit de corriger un écrivain avec le secours des autres ; si on opère brutalement, on n'arrive qu'à supprimer l'originalité personnelle et à uniformiser tous les textes dans la banalité. Les rapprochements peuvent servir à montrer qu'une leçon est possible ; ils n'impliquent pas toujours qu'elle est nécessaire ; les deux expressions en présence peuvent être également légitimes et il y a lieu de tenir compte des circonstances dans lesquelles elles sont employées et des intentions de l'auteur. Broekh. a vu lui-même le danger du procédé[3] ; il en tire parfois des conclusions judicieuses[4] ; trop souvent il se laisse séduire par des analogies qui ne sont pas décisives et mutile le texte[5].

---

1. Ainsi I 3, 33 il conserve *at* mihi contingat... contre *fac* que Statius avait trouvé à la marge d'un *Vaticanus* et ajoute : « Nec improbarem ego, nisi scirem particulam *At* esse nostro perquam familiarem in transitione » ; II 1, 8 il repousse la leçon des *Exc.* de Scaliger *uertice stare boues*, en remarquant que Tibulle n'admet pas après une finale brève un mot commençant par *sc*, *sp*, *sq*, *st*. « Ex Tibullo probanda est Tibullianae scriptionis consuetudo », etc.

2. Ad I 1, 25 « pro ratione nobis esse debet recte loquentium consuetudo, quamvis eius consuetudinis certa ratio reddi non queat », ad I 1, 12 « semel monendum fuit, ne chartis annosis plus fidei habeatur, quam sincero sermoni ».

3. Ad II 2, 7 repoussant la conj. de Nic. Heinsius *Assyria* ... nardo, fondée sur le fait qu'Horace c. 11 11. 16 donne au nard le qualificatif d'*Assyria*, il dit avec beaucoup de bon sens : « Recte sane Horatius ; sed et recte noster Albius, cui aliter loqui visum fuit. »

4. Ainsi I 5, 13, à propos de *ipse procuraui...*, « notavit Statius, codicem Florentinum habere, *Ipse ego curavi*. Credo ; non sequor » ; et il établit par des citations de Cic. et de Phèdre, que *procurare* est le mot propre, lorsqu'il s'agit d'empêcher un mauvais présage de se réaliser ; II 5, 23, *formauerat* est bien défendu contre *firmauerat* de « unus noster » par des citations de Cic., Suétone, Stace prouvant que le mot signifie tracer un plan, etc.

5. Ainsi I 2, 6, tout en constatant que *firma* est dans un plus grand nombre de manuscrits que *fulta*, il adopte cette dernière leçon, parce qu'elle est dans deux passages d'Ovide : « Non curabimus numerum, sed Statii ac Mureti et Pocchi Heinsiique scripturam amplectemur, ut altera ista concinniorem » ; mais *firma* est bien autorisé et il n'est pas nécessaire que Tib. ait écrit exactement comme Ovide ; 19, il connaît *derepere*, la leç. excellente des *Exc. Fris.*, et il lui préfère la correction de Dousa P. *descendere*, en montrant par une foule d'ex. qu'on disait *scandere*, *inscendere* cubile et au contraire *descendere*, *delabi* : « Derepere, quod e Frisingensibus scidis huc protulit Gruterus, vehementer placeret, nisi obstarent tot clara pro *descendendi* verbo argumenta » ; mais *derepere* s'applique ici à

Tels sont les divers principes critiques qu'il fait prévaloir à tour de rôle ; leur multiplicité même indique qu'aucun n'avait pour lui de valeur absolue ; il va de l'un à l'autre en dilettante, il ne suit pas une règle fixe ; il les manie plus ou moins industrieusement et en obtient des résultats tantôt satisfaisants, tantôt défectueux. Son principal défaut c'est encore d'en faire fréquemment bon marché pour ne se guider dans l'utilisation des manuscrits que sur sa fantaisie et d'aller chercher çà et là des interpolations isolées, dont il s'engoue et qu'il recueille pour le plus grand dommage de la valeur de son texte[1] ; bien entendu pourtant il rejette nombre de leçons grossièrement fautives, dont les critiques avisés avaient déjà fait justice et qui s'excluaient d'elles-mêmes.

8. — Le travail critique de Broekh. n'a pas consisté uniquement à se débrouiller au milieu de la masse des variantes, qui n'étaient souvent, sans qu'il le sût, que des conjectures anonymes, mais aussi à examiner les conjectures signées, empruntées parfois à des manuscrits inférieurs. Il est sévère pour le vulgaire des correcteurs téméraires et ignorants et écarte nombre de bourdes, qui méritaient à peine une mention. Il recueille çà et là quelques corrections réussies[2] ou qui, sans s'imposer, méritent l'attention[3]. Les grands critiques ont fait sur lui une impression profonde. Il respecte Scaliger et le défend contre les attaques inconsidérées. Il signale en termes sympathiques la perspicacité de Fruterius. Il n'est pas très favorable à Guyet, mais il admire la facilité brillante de Nic. Heinsius et témoigne d'une propension exagérée à le suivre. Pour se guider dans le choix des conjec-

---

une circonstance spéciale, dans laquelle il s'agit de glisser furtivement et sans bruit à bas du lit, etc.

1. Ainsi il préfère à tort I 5, 41 à *discedens* autorisé *descendens* d'« unus scriptus Gebhardi, cum uno Heinsii Anglicano », 7, 43, à *luctus* autorisé *uultus*, qui se trouvait « in Sfortiae libro... probante Statio » et qui est une correction provenant de ce que la construction grammaticale n'a pas été comprise, II 1, 20 à *tardior* autorisé *segnior* : « Ego istud malo. Dicitur enim *segnis quasi sine igne* », III, 5, 29 à *numina lymphae* correct *gramina nymphae* « Nymphae est in uno nostro, unoque item Anglicano... Deinde pro *numina*, habebat Colbertinus liber *carmine* ; Thuaneus vero, *cramina*, hoc est *gramina*. Intelligit campum, quo exercebantur ante lavationem et natationem ». Il y a là des hérésies qui font frémir, etc.

2. Ainsi I 7, 57 *quem* Tuscula tellus.

3. Ainsi III 6, 3 pariter *medicande*, IV 10, 6 *cedam* de Statius, etc.

tures il n'avait naturellement que son instinct personnel ; il en adopte d'excellentes [1], ou qui valent la peine d'être discutées [2] ; il en admet trop souvent qui, tout en étant brillantes, ne doivent pas prévaloir contre la tradition [3], et, bien que son respect pour ses illustres devanciers n'aille pas jusqu'à la superstition, bien qu'il condamne leurs écarts choquants [4], il se laisse aller à leur emprunter nombre d'inventions inutiles ou même détestables [5]. Il n'a donc pas tenu rigoureusement la promesse qu'il avait faite dans sa préface de réduire au minimum la part de la conjecture. Son plus grand péché est encore d'avoir adopté en bloc et sans les discuter les transpositions de Scaliger [6], ce qui rend son édition, comme celle de Scaliger, d'un maniement extrêmement incommode.

9. — Enfin à la masse des conjectures antérieures il en ajoute quelques-unes qui lui sont personnelles. Il le fait avec modestie, sans les imposer d'un ton tranchant et souvent en les laissant confinées dans ses notes. Il n'est pas un correcteur génial, mais c'est un esprit sensé et appliqué [7]. Certaines de ses conjectures sont fondées sur des raisons qui peuvent se discuter, mais qui ne

1. Ainsi II 1, 34 *auis* de Scaliger, 2, 15 *Indis* de Fruterius (sans savoir que c'est la leçon des *Exc. Par.*), 5, 18 *quid canat* de Nic. Heinsius, 20 *raptos* de Scaliger, III 4, 80 *felix hoc, alium...* (c'est-à-dire felix hoc coniugio) de Saumaise, IV 1, 103 *seiunctim* de de Saumaise, etc.

2. Ainsi I 3, 12 *e trinis* de Muret, 10, 61 *rescindere* de Nic. Heinsius, II 2, 21 *hac uenias Natalis aui* de Nic. Heinsius, IV 1, 13 *tectis* de Muret, 4, 5 *tabentes* de Nic. Heinsius, etc.

3. Ainsi I 1, 50 *Hyadas* de Nic. Heinsius, 3, 29 *noctes* de Livinejus et Scaliger, 10, 11 *dulcis* de Nic. Heinsius, II 2, 17 *uiden ut* de Guyet et Nic. Heinsius, IV 6, 16 *clam sibi* de Nic. Heinsius, etc.

4. Ainsi il rejette I 4, 30 *ante* comas de Scaliger approuvé par Passerat, 71 sq. *blanditis* et *flentibus* de Scaliger, 72 *cauërem* de Scaliger ; I 8, 54 il conserve *omnia* plena avec une note qui est caractéristique du dévergondage philologique de ses devanciers : « Passeratius malebat *lomina plena*, hoc est *lumina*. Fruterius autem *somnia plena* ; vel *omina plena*, pro *ora*, quia Festus *omina* dici tradat quasi *oremina* ; vel denique *omnia plana* », etc.

5. Ainsi I 6, 64 *conteruisse* de Nic. Heinsius « qua correctione nihil est certius », 10, 68 *perpluat* de Nic. Heinsius, qu'il appelle « bellissima emendatio » (dans le lemme de sa note il imprime pourtant *perfluat*), IV 1, 72 *sorbēret* de Guyet et de Nic. Heinsius « ἀρχαϊκῶς », etc.

6. I 1, 2-3 il opère même la transposition que Scaliger s'était borné à proposer dans sa seconde édition sans l'introduire dans son texte.

7. Ainsi I 6, 37 et II 5, 79 il rétablit la ponctuation correcte.

doivent pas faire sacrifier la tradition[1]. D'autres sont sans excuse[2].

10. — De tout cela résulte un texte bigarré et artificiel. Pour en apprécier la valeur actuelle, je l'ai collationné avec celui de Hiller ; j'ai trouvé environ 390 divergences c'est-à-dire sensiblement plus que pour Scaliger.

11. — La partie la plus solide et la plus instructive de l'édition c'est le Commentaire. Il est caractéristique et montre quelles idées on se faisait alors des devoirs de l'exégèse. Broekh. énumère dans sa préface les études préliminaires par lesquelles il s'y est préparé : il a lu tout ce qu'on avait écrit d'utile sur Tibulle[3]. Chose curieuse et vraiment méritoire, étant donné les habitudes contraires, non seulement il ne se vante pas, mais il ne dit pas tout. Il était familier avec tous les commentaires savants consacrés jusque-là aux écrivains latins et en outre avec tous les ouvrages d'érudition, qui résumaient les recherches faites jusqu'alors sur l'archéologie classique. Les sources où il a puisé sont actuellement vieillies : elles sont au moins d'une richesse extraordinaire ; un coup d'œil jeté sur l'*Index Auctorum* suffit pour s'en convaincre et cet *Index* n'est pas une liste d'ouvrages dont l'auteur ne connaît que les titres ; il s'en est assimilé le contenu. En possession de matériaux si considérables il ne pouvait écrire qu'un commentaire très abondant ; celui-ci prend en effet un tel développement qu'il remplit des pages entières, parfois en en expulsant le texte. La tâche que s'est imposée Brockh. est immense : Tibulle ne pouvant être compris que par l'intelligence complète du milieu dont il s'est inspiré, il prétend fournir

---

1. Ainsi I 2, 87 *lentus*, « habet haec vocula significationem quamdam securitatis cum contemtu coniuncta », 3, 3 *tectis*, Tibulle malade était logé chez un inconnu, 47 non *animi*, non ira fuit, non bella, « ut ita gradatim ex animorum concertatione, ira exsistat : ex ira nascatur bellum », 7, 58 candida *quem*, complétant, sans nécessité du reste, la correction des Italiens au v. précédent, « Nec taceant de tua munificentia et Albani et Tusculani », etc.

2. Ainsi I 3, 7, au lieu de *dedat*, *fundat*, qui est sûrement très usuel dans ce sens ; mais c'est remplacer le mot significatif par le mot banal, II 1, 90, au lieu de *nigra*, *uara*, en partant de la leçon *uana*, qui n'est elle-même qu'une interpolation, etc.

3. « Et interpretes poetae omnes evolveram ; et si quid in aliis scriptis suis, vel inlustrandis vel emendandis his carminibus, salutiferae opis adtulissent viri alii eruditi, haud indiligenter sua quodque sede enotaveram. »

au lecteur, sans qu'il ait besoin d'aller chercher ailleurs, tous les
renseignements utiles à ce point de vue ; il en donne même de superflus ; il se laisse aller à des digressions et il espère qu'on les lui
pardonnera à cause de leur intérêt. Il prétend donc éclairer tout
le domaine de ce que nous appelons les réalités : il offre de longues notes sur la mythologie[1], sur la religion et le culte[2], ainsi
que sur les présages, sur la magie[3], sur les usages funéraires[4],
militaires[5], sur la vie privée et sur une foule de questions diverses[6]. Parmi les réalités celles qui intéressent le plus directement l'intelligence de Tibulle sont celles de la vie galante. Il
insiste sur un certain nombre d'entre elles[7]. Les nombreux rapprochements avec les comiques montrent qu'il se rend bien
compte que la galanterie telle que la représentent les élégiaques
latins remonte en grande partie à celle qui fleurissait du temps
des auteurs de la Comédie nouvelle attique ; mais ce n'est là
qu'un aperçu qu'il appartenait aux modernes d'approfondir.

12. — L'explication des choses est une des grandes divisions
du commentaire de Brockh. ; l'explication des mots en est une
autre et toutes deux s'entre-croisent. Brockh. aime à détacher un
mot du contexte pour en déterminer le sens précis et l'emploi ; ses
notes contiennent un certain nombre de dissertations spéciales,

1. Ainsi I 1, 9 sur la déesse Spes, 2, 40 sur la naissance de Vénus de la mer,
3, 23 sur Isis déesse des navigateurs, 35 sur l'âge d'or, 41 sur Saturne et sur l'innocence primitive, 59 sur les Champs-Élysées, etc.

2. Ainsi I 1, 20 sur les offrandes aux Lares rustiques, 38 sur les vases d'argile
dans les sacrifices, 3, 28 sur les ex-voto de guérison à Isis, 30 sur l'attitude et sur
les vêtements de lin des suppliants d'Isis, 43 sq. sur la plantation et la consécration
du Terminus, etc.

3. Ainsi ad I 2, 43, 45, 46, 61, 62, 5, 10, 41, etc.

4. Ainsi I 3, 7 sur les parfums offerts aux morts, 8 sur les larmes dans les funé-
railles, etc.

5. Ainsi I 1, 54 sur l'habitude de suspendre aux portes les dépouilles guerrières,
57 sur les *laudationes castrenses*, 7, 8 sur les chevaux blancs des triomphateurs, etc.

6. Ainsi I 2, 25ᵃ sur les *grassatores*, voleurs de nuit, 4, 38 sur les cheveux longs
des adolescents, 80 sur la *deductio*, 9, 21 sq. sur les supplices infligés aux esclaves
et aux criminels, II 5, 8 sur les vêtements de cérémonie, etc.

7. Ainsi I 2, 11 sur les flatteries et les injures que les amants adressaient à la porte
de leur maîtresse, 21 sur le langage conventionnel des amoureux furtifs, 5, 44 sur
les cheveux *flaui, fului, aurei, rutili*, 6, 13 sur les divers ingrédients servant à
effacer de la peau les marques révélatrices, 29 sq. sur un lieu commun de l'érotique,
les excuses des amants, qui prétendent avoir agi par une force supérieure, 69 sur les
conventions formelles dans les unions libres, etc.

qui témoignent d'une remarquable connaissance de la latinité [1]. Il s'applique en outre — et ceci est très délicat et très important — à démêler les éléments qui constituent la phraséologie de Tibulle. Elle est composite et formée d'emprunts faits aux divers parlers spéciaux: celui de la conversation [2], ceux des diverses directions de la pensée et de l'activité humaine — religion, culte, magie [3], vie rustique [4], guerre et chasse [5], etc. — Il détermine l'origine et la provenance des expressions les plus saillantes. En outre les poètes dactyliques latins, surtout ceux d'une même époque, écrivent une langue assez uniforme et fixe ; ils puisent dans un fonds commun constitué par leurs prédécesseurs ; il ne faudrait pas considérer comme originale telle expression qui est traditionnelle et se retrouve chez tous. C'est ce qui n'a pas échappé à Broekh. [6] ; il voit bien l'unité fondamentale de la langue poétique dont chaque écrivain use à sa guise ; son défaut est de n'avoir pas essayé d'en suivre le développement historique ; il la considère

1. Ainsi I 1, 57 il explique bien la différence entre *non cupio* et *non curo* : « Est... *non cupere*, carere aequo animo iis rebus, quas non habeas ; *non curare* vero valet contemnere, atque pro nihilo ducere, nec pili facere » ; citations de Cic. Hor. Ov. Perse Ausone ; 8, 67 il fait ressortir la différence entre *desistere* et *desinere* : « *Desistere* non est plane idem quod *desinere* ; habet enim quamdam mutatae mentis ac consilii significationem » ; cit. de Cés. Cic. Virg. Prop. ; 67 il distingue *frangi* de *flecti* : « ut flecti dicuntur homines ingenio mitiore ac faciliore ; sic *frangi*, quibus durior est natura atque inclementior » ; cit. de Cic. Prop. Ov. Sén. le tragique, qui éclairent la propriété de *frangitur* dans le passage de Tibulle, etc.
2. Ainsi I 5, 2 *longe abesse* paraît être de la langue courante, Cés. Cic. Virg. Ov. Stace, 30 *nihil esse* est une locution familière, comme le montrent deux ex. de Cic., 6, 26 *per causam* est une expression usuelle en prose, Cés. Cic. Suét., etc.
3. Ainsi I 2, 46 *elicere* est usité d'une façon spéciale dans les pratiques religieuses et magiques, Cic. Varr. Tite-Live Tertull. Hor. Ov. Sil. Ital. Stace, 3, 34 *reddere*, faire aux dieux l'offrande due, est un « verbum sacrorum solenne », 7, 54 « verbum *ferendi* proprium est in sacrificiis », etc.
4. Ainsi I 9, 8 « proprie *opus* dicitur de agricultura et labore rustico » ; II 6, 21 sq. *credere*, *fenus*, *reddere* sont des mots usités en agriculture, Varr. Ov. Manil. Sén. le Trag., etc.
5. Ainsi I 2, 26 « *praemium* saepe idem est quod praeda, praesertim in re bellica et venatica ; quibus duabus artibus suam ferme artem comparare solent laverniones », Virg. Prop. Ov. ; 10, 14, à propos de *latus* : « est omnino ex disciplina militari. Alioqui noster eques dixisset non incommode, *Haesura in nostro pectore tela gerit* », Cic. Virg. Ov., etc.
6. Ainsi I 7, 40 *sollicitauit*, mot dont le sens propre est d'après Festus « loco suo mouere », est appliqué au travail du laboureur, non seulement par Tib., mais aussi par Virg. et Ov. ; 38 *moueri* et *motus* appliqués à la danse se retrouvent chez Lucr. Virg. Hor. Ov. Perse Valère-Maxime Arnobe ; 10, 4 *uia mortis* n'a pas été inventé par Tib., cf. Lucr. Virg. Hor. Prop. Sén. le Trag. Val. Flacc., etc.

comme un bloc tout fait, qu'il connaît du reste fort bien ; il n'a pas
étudié les efforts successifs par lesquels ce bloc a été constitué, la
part de création qui revient à chaque écrivain et son originalité
dans l'usage qu'il en fait. Enfin les élégiaques ont un langage
spécial, celui de la galanterie littéraire, assez différent sans doute
de celui de la galanterie réelle ; ils l'ont établi en excluant
les mots grossiers et en prenant ceux de la langue courante dans
un sens érotique déterminé ; Broekh. l'a vu très nettement[1] ;
son défaut ici encore c'est de ne pas s'être placé au point de vue
historique, c'est-à-dire de n'avoir pas étudié comment il s'était
formé ; il remonte aux comiques, bien qu'il s'en distingue ; il a
été constitué par les élégiaques, qui se transmettaient le fonds
commun, mais en y ajoutant et en le modifiant, chacun suivant
son originalité et sans imitation servile (cf. § 291).

13. — Le commentaire de Broekhuisen est très riche en rapprochements ; l'auteur puise sans doute chez ses prédécesseurs,
mais il semble qu'il ait personnellement présente à l'esprit toute
la littérature romaine ; son érudition à ce point de vue est prodigieuse ; la lecture de ses notes n'est pas seulement une initiation
à Tibulle, mais à toute la poésie latine. De ces confrontations
sortent de temps en temps quelques jugements littéraires : Broekh.
n'insiste pas beaucoup sur l'art de Tibulle ; il lui reconnaît pourtant la sobriété, l'élégance, l'agencement ingénieux. Quelques
qualificatifs caractérisent d'une façon générale les autres écrivains : Virgile est le maître inimitable qui atteint la perfection ;
Stace est ambitieux et magnifique, Pétrone aimable et séduisant
dans sa perversité, etc. À propos de l'allusion courte et sobre de
Tib. aux enfers I 10, 35 sqq. il fait ressortir les procédés d'amplification banale de Sén. le Trag. À propos de I 10, 55 sqq. il
oppose la simplicité gracieuse de Tib. à l'exubérance d'Ov. et
note la différence de ces deux conceptions de l'art. Ce ne sont
pas seulement les anciens qu'il rapproche de Tibulle, ce sont aussi
les modernes, particulièrement ceux qui ont fait des vers latins ;
il s'était exercé lui-même dans ce genre et ne semble pas avoir
bien compris la différence qui existe entre cette reproduction

1. Ainsi I 3, 73, à propos de Iunonem *tentare*, « tentare verbum est libidinis ac
nequitiae » ; 5, 8 *componere* est un « verbum amoris » qu'on retrouve avec ce sens
chez Lucilius Prop. Ov. ; 39 *tenere* était un mot usité « in re venerea », 69 *potior*
désigne l'amant favorisé : « Est omnino huius voculae peculiaris quaedam energia in
re amoris », etc.

morte et la poésie sincère. L'étude de Tibulle est pour lui un
moyen de former à l'élégance les poètes latins modernes. Il institue des comparaisons avec eux et aussi avec les auteurs italiens,
hollandais, français [1]. Ce ne sont pourtant que des digressions
isolées et il se tient d'habitude dans le domaine de la poésie romaine. Les citations grecques sont peu abondantes, le plus souvent traduites en latin, et faites plutôt en vue de l'explication des
réalités que de la recherche des sources de Tibulle.

14. — En enveloppant Tibulle d'un commentaire si copieux,
Broekh. a cru sans doute qu'il ne laissait pas grand'chose à faire
à ses successeurs; il est certain qu'il a exercé sur eux une véritable fascination et que ceux-ci lui ont fait de perpétuels emprunts. Pourtant ce commentaire est loin de répondre aux exigences actuelles de la philologie; il contient une foule de choses
qui seraient plus à leur place dans des ouvrages spéciaux; s'il
offre souvent le superflu, il ne fournit pas toujours le nécessaire;
il ne serre pas la pensée du poète et ne nous la fait pas pénétrer.
Quand on l'a lu, on se trouve en mesure d'aborder Tibulle, mais
on ne l'a pas encore fait. La fixation exacte du sens ne joue chez
Broekh. qu'un rôle secondaire; il le définit pourtant quelquefois
avec perspicacité et rectifie ses prédécesseurs [2]; mais il lui arrive
aussi de se tromper [3]. Les remarques grammaticales, peu abondantes, sont parfois justes ou à peu près [4], parfois grossièrement
erronées [5]; il ne touche que très peu à la prosodie et à la métrique [6].

1. Ainsi ad I 8, 54 il passe en revue les anciens et les modernes qui, ayant à
parler de larmes abondantes, les ont assimilées à une source, à un ruisseau, à un
fleuve, à la pluie, à la neige fondue, à des ondes et aj. : « Paulo licentius exspatiati
sumus, sed in gratiam liberalioris juventutis, cui volui gustum anteponere excerp-
torum poeticorum » et, de fait, il y a çà et là des passages charmants; ad II 6, 43
il cite de beaux vers italiens et français sur le langage des yeux en amour; ad III 4,
29 il cite, en parlant du Cantique des cantiques, de fort jolis vers latins et italiens
où la beauté féminine est comparée à l'éclat de la lune, etc.

2. Ainsi I 1, 12 il ne commet pas l'erreur de Scaliger sur le sens de *lapis*, etc.

3. Ainsi I 5, 68 il ne comprend pas *plena* bien expliqué pourtant avant lui et
croit qu'il s'agit de coups violents, IV 4, 17 *candida* exprime non pas, comme il
l'entend, la beauté, mais la loyauté, etc.

4. Ainsi I 1, 25 sur l'emploi de *paruo* substantivé, 2, 92 sur *uelle* qui lui semble
explétif, 3, 13 sur le pluriel de *reditus*; il signale la bonne orthographe *umeri* I 4,
50, *conicit*, I 8, 54, mais il a tort de ne pas l'introduire dans son texte; il adopte
avec raison *arta* I 2, 95, etc.

5. Ainsi I 1, 11 il considère *deserere* comme synonyme de *defigere*, 9, 82 il
croit qu'on disait *palma* p. *parma*, etc.

6. Ainsi I 6, 66 il sait que la finale de *sanguis* était primitivement longue; I 5,

15. — En tête de son édition il a fait figurer des *Selecta claro-rum virorum de Aulio* (sic) *Tibullo judicia*, depuis Ovide jusqu'à Petrus Lotichius secundus, liste souvent reproduite avec plus ou moins de modifications. On y voit comment Tibulle était apprécié au XVI° et au XVII° siècles. Les jugements sont sommaires, souvent vagues et d'un enthousiasme banal, quelques-uns intéressants. Jul. Ces. Scaliger insiste sur le caractère rustique de la poésie de Tibulle ; Andreas Schottus fait remarquer — c'est là une indication qu'il était réservé aux modernes d'approfondir — qu'il a puisé largement aux sources grecques.

16. — Broekh. n'a pas rédigé une biographie complète de Tibulle ; il se prononce, trop souvent à l'aventure, sur quelques points. Il a fait des recherches sur la *gens Albia* [1] et suppose ingénieusement que le prénom du poète pouvait être *Aulus*, qui aura disparu devant *Albius*. En vertu de la *uita* il considère Tibulle comme un chevalier romain. Repoussant les inventions de Petrus Crinitus et de Lilius Gyraldus, il pense avec Doüsa que Tib. n'a pu naître en 43 av. J.-C. et regarde le v. III, 5, 18 comme interpolé d'Ovide pour remplir une lacune [2] ; à tort et par suite de l'attribution du panégyrique à Tib. il croit probable que le poète a accompagné Messalla dans son expédition contre les Pannoniens [3] ; il admet sans preuves qu'après avoir été malade à Corcyre il a rejoint Messalla dans sa mission en Cilicie, en Syrie et en Égypte [4]. Contre Scaliger et Dacier il soutient qu'il a été ruiné par les partages de terres aux vétérans — c'est une hypothèse vraisemblable, non certaine — et non par ses prodigalités en amour [5].

Il reconnaît d'après Apulée, Apol. c. x, que Delia s'appelait de son vrai non *Plania* et se livre à quelques recherches sur la *gens Plania* [6]. Delia était une affranchie ; elle était mariée [7]. Contre Scaliger il identifie le Titius de I 4 avec le Titius Septimius d'Hor. Ép. I 3, Marathus et Pholoé avec le Cyrus et la Pholoé d'Hor., C.

33 il a tort d'admettre qu'une finale en -*um* était allongée par un *h* initial suivant ; II 2, 14 il fait une bonne remarque sur la distribution des adjectifs-épithètes dans le pentamètre, etc.

1. P. 1.
2. P. 335.
3. P. 367.
4. P. 53.
5. P. 3 et 377.
6. P. 23 sq.
7. P. 33 sq.

I 33. Marathus se serait appelé de son vrai nom Cyrus, son surnom lui serait venu de sa ville natale Marathus en Phénicie; tout
ceci est arbitraire et témoigne d'une mauvaise méthode; il faut se
garder des identifications hâtives et qui ne reposent que sur une
similitude de noms. Il se refuse avec raison à confondre Nemesis
avec la Glycera d'Hor. et, contre Torrentius et Dacier, montre que
iunior C. I 33, 3 doit se prendre au sens propre[1]. Arbitrairement
il suppose que si Hor. n'est pas nommé chez Tibulle, c'est parce
que nous avons perdu les pièces où il l'était. Il croit sans preuves
que Cerinthus est un nom d'emprunt qui recouvre et dissimule un
jeune Romain[2].

17. — Sur la chronologie des élégies il n'a pas de système
complet. Contre Scaliger il démontre avec raison que I 1 n'est
pas la dernière élégie de Tibulle et a dû précéder les pièces à
Nemesis[3]. Il place I 7 un an après le triomphe sur les Aquitains,
ce qui n'est pas tout à fait exact[4]. I 10 aurait été écrit avant I 3,
alors que Tibulle était adjoint malgré lui à la cohorte de Messalla[5].

18. — Il ne doute pas de l'authenticité du troisième livre; il
adopte l'opinion courante que le Panégyrique est mauvais, et
confesse qu'on peut douter qu'il soit de Tibulle[6]. Il attribue
IV 2-12 à la poétesse Sulpicia qui a vécu du temps de Domitien[7];
c'est une grosse erreur; il regarde IV 13 comme étant de Tibulle
— ce qui est vraisemblable — mais hors de sa place et devant
être restitué au troisième livre[8] — ce qui est arbitraire et inexact;
c'est sans doute ce qu'il pense aussi de IV 14, bien qu'il ne le
dise pas explicitement. Quant aux deux Priapées[9] il en refuse la
paternité à Tibulle; la première aurait été d'après le témoignage
de Petrus Bembus trouvée par Bernardus Bembus dans les ruines
d'une chapelle, à 3 milles de Padoue, gravée sur un marbre antique enfoui dans les décombres; les imprimeurs l'auraient jointe

1. P. 242.
2. P. 388.
3. P. 2.
4. P. 160.
5. P. 193.
6. P. 350.
7. P. 384.
8. P. 403.
9. P. 406.

au corps des Priapées avec quelques variantes ; il a un manuscrit
qui ne la contient pas. La seconde n'est pas de Tibulle, parce
qu'elle ne se trouve dans aucun de ses manuscrits, que celui-ci
est un élégiaque et que nous n'avons aucun témoignage qu'il ait
jamais écrit des ïambes.

§ 3, 1. — La biographie de Tibulle publiée par Ayrmann en
1719 est restée longtemps classique[1]. Elle se termine par une
Tibulli uitae synopsis chronologica, dans laquelle l'auteur a résumé ses résultats. Indépendamment de la vie de Tibulle Ayrmann
a étudié celle de Messala ; il donne quelques indications biographiques sur les poètes amis et contemporains de l'auteur, établit
la suite de ses aventures galantes, porte sur son œuvre un jugement esthétique[2] et résume ce qu'il appelle ses études philosophiques[3].

Il a abordé sa tâche dans un esprit véritablement scientifique :
il a voulu écrire une biographie d'ensemble de Tibulle qui n'existait pas et la débarrasser des fables accumulées par une érudition
fantaisiste, suivant en cela l'exemple de Broekhuisen et n'hésitant
pas à se séparer de lui dans les cas où il se trompe[4]. Il s'est ap-

---

1. Albii Tibulli equitis romani poetarumque elegiacorum principis Vita poematum
eius enarrationi temporumque, quibus ille uixit, ac Messalae inprimis uitae rerumque gestarum illustrationi inseruiens. — Autore Christoph. Friderico Ayrmanno
L. A. M. et Facult. Phil. in Acad. Vitebergensi Adiuncto. — Vitebergae *Ex
Officin. Typogr. Librar. Gerdesiana.* 1719. in-12. 12 pages non numérotées,
160 pages.
2. P. 140 sq.: Prima... Tibulli uirtus in proprio ac natiuo dicendi genere, uerbo-
rumque delectu et copia posita est... Aliam uirtutem conspicimus in molli ac deli-
cata aequabilique uerborum compositione et consecutione, naturalique nec anxie
quaesito dispositoque cogitationum et sententiarum ordine. P. 143: Tantam... in
affectibus et moribus exprimendis prodit peritiam, ut in eius carminibus interiorum
humanae mentis animique uiuam quasi picturam intueri uideamur. Il reconnaît
pourtant quelques défauts à ses premières œuvres. P. 144 il déclare : cum non male
pro principe semper Elegiacorum poëtarum esse habitum. P. 149 sq.: Hinc factum,
quod potiorem optimae aetatis partem in Graecorum scriptorum et poëtarum inprimis lectionem impenderit.
3. P. 149 sqq.
4. Praef. p. 6 sq. : Non diu est, quod Janus Broukhusius P. Criniti et Lilii
Gyraldi, qui Tibulli uitam concinnauerunt, commenta notauit, et passim in Com
mentario suo ueritatem in claram lucem exposuit. Vix tamen est, ut meliorem
antiquis naeniis de hoc Poëta narrationem inueniamus. Quamuis igitur celeberrimus
ille uir, quem primo loco nominabam, totum propemodum hoc negotium confecisse
uideri potuerit, quoniam tamen quae eo pertinent per Commentarium, qui in pauci
nostratium uersatur manibus, sunt dispersa, neque talia omnino, quae nostra auger

puyé sur les documents qui étaient à sa disposition — on n'en a pas trouvé depuis de meilleurs — spécialement sur Tibulle lui-même, en faisant appel à sa sagacité et à la vraisemblance pour compléter et expliquer [1]. Il aurait véritablement fondé la biographie scientifique de Tibulle, s'il avait soumis ses sources à une critique rigoureuse ; malheureusement il ne l'a pas fait. Il ne se demande point quelle est la valeur de la *uita* et s'en sert comme d'un document parfaitement authentique. Il utilise le Panégyrique, qui est apocryphe. Sur certains points il s'abandonne tout simplement à son imagination et lui permet de déplorables écarts. Les qualités et les défauts de son travail sont ceux de sa méthode. Il tient la vérité là où il s'appuie sur des documents sûrs ; il s'en éloigne quand ils sont mauvais ou qu'il n'écoute que les suggestions de sa fantaisie.

2. — Contre Dousa (§ 2, 2) il a fixé avec toute la vraisemblance qu'on peut atteindre dans la question la date de la naissance de Tibulle ; il la place en 49 av. J.-C. ou quelques années plus tôt, mais en tout cas pas avant 54 [2] ; il est impossible de préciser davantage et il semble bien que c'est entre ces deux dates, peut-être même en 49 ou en 48 qu'il faut faire naître Tibulle. Il a également déterminé de la façon qui paraît la plus vraisemblable la date des campagnes de Messalla, qui intéressent la chronologie des élégies du premier livre, bien que sur ce point la discussion reste ouverte, puisqu'on n'a pas de preuve décisive ; c'est en 30

industria, et probabiliori saepe coniectura illustrari nequeant, operae pretium me facturum existimaui, si isthaec in nostrorum saltem hominum gratiam, in unum conducta locum, alio modo atque instituto proferrem, et nouis etiam obseruationibus locupletarem.

1. Praef. p. 4 : Non inanem tamen, et superuacuam plane suscipi operam, si, quae his de rebus sciri possunt, ex monumentis fide dignis, ipsorumque potissimum autorum scriptis, eruantur, et probabilitati rerumque analogiae innixa animi sagacitate indagentur atque illustrentur, ex multis praestantissimorum uirorum lucubrationibus constat. Les modèles dont il s'est inspiré sont H. Dodwell dans la vie de Velleius Paterculus, de Quintilien, de Stace, G. Masson dans celle d'Horace. Il est malheureusement dans l'application des principes qu'il énonce moins sévère qu'on ne le croirait à l'entendre.

2. P. 126-137 et 157 pour justifier l'année 49 il se fonde pourtant sur une raison détestable : il corrige ainsi III 5, 18 cum *cessit* fato consul uterque pari, et voit là la désignation de l'année où les deux consuls C. Claudius Marcellus et L. Cornelius Lentulus ont dû fuir avec Pompée devant César. Mais outre que cette correction est arbitraire, elle ne sert à rien dans l'espèce, le 3e livre n'étant pas de Tibulle. Les notes d'Ayrmann sont du reste remplies de conjectures fantaisistes et sans valeur.

av. J.-C. que Messalla aurait réprimé la révolte des Aquitains, expédition dans laquelle Tibulle fit partie de son entourage[1]; c'est au début de 29 qu'il serait allé en Asie et aurait été suivi par Tibulle; celui-ci tombé malade à Corcyre revint à Rome; c'est bien là la succession des événements qui paraît expliquer les choses de la façon la plus naturelle. Que Tibulle soit né de parents aisés, dont les propriétés se trouvaient dans la région de Pedum, qu'il ait passé sa jeunesse à la campagne, qu'il ait perdu son père de bonne heure, qu'il ait été élevé par sa mère, qu'il ait été appauvri sans être réduit à la misère, non par ses prodigalités personnelles, mais peut-être par des distributions de terre aux vétérans, c'est ce qui paraît ressortir des textes et ce qu'a bien vu Ayrmann; les quelques erreurs mêlées à cet exposé proviennent de l'utilisation illégitime du Panégyrique; quant à la *uita*, elle est plus suspecte que ne le pense Ayrmann.

3. — Ayrmann a été beaucoup moins heureux en voulant reconstituer les amours de Tibulle et établir la chronologie des élégies. Cela tient d'abord à ce qu'il accepte en bloc comme authentiques toutes les parties du Corpus Tibullianum, à ce qu'il les considère comme nous étant parvenues dans un désordre chronologique absolu, ensuite que de cette masse inorganique il tire en ne s'inspirant que de son imagination des conclusions fantaisistes, dans lesquelles la vérité ne figure qu'à dose infinitésimale. Voici le curieux système qu'il édifie[2] et malheureusement sa façon de procéder a trouvé des imitateurs. Le premier amour de Tibulle est Delia; il l'aurait chantée d'abord vers 32 av. J.-C. et suiv. sous son vrai nom de jeune fille qui était Sulpicia dans les pièces IV 2-12 qu'Ayrmann attribue indistinctement à Tibulle et auxquelles il ajoute II 2, IV 13 et 14. Tibulle aurait dissimulé son nom — on ne voit pas pourquoi — sous celui de Cerinthus; il n'avait pas du reste l'intention de publier ces poèmes; Sulpicia étant une jeune fille de bonne famille, il faut renoncer à faire de Delia une affranchie. Tibulle ayant quitté Rome pour suivre Messalla — c'est à ce moment que se placerait I 10 — pendant son

---

1. P. 62 le v. I 7, 9 non sine me est tibi partus honos est très bien expliqué et d'une façon qui aurait dû prévenir les erreurs ultérieures : « Id est, me comite tuo, conuictore tuo... in Gallia existente, cum tecum in prouincia essem. Honos per μετωνυμίαν consequentis pro antecedenti uictoria, quae triumphum meruerat, ponitur.

2. P. 91-122.

absence de 30 à 29 sa maîtresse ne lui resta pas fidèle ; c'est à propos de son infidélité qu'il composa son troisième livre, où il l'appelle Neaera, parce que Neaera aurait été chez les érotiques latins le nom conventionnel de l'amante infidèle ; il aurait pris pour lui le pseudonyme de Lygdamus. De retour à Rome il l'aurait trouvée mariée et son nom de femme d'après le passage d'Apulée corrigé arbitrairement aurait été *Planca* ; il aurait continué à l'aimer et dans des pièces qu'il destinait à la publicité il l'aurait appelée Delia ; il aurait écrit avant son retour I 3, puis successivement I 1, 6, 5 et 2. Ces rêveries étant étrangères à toute méthode, il n'y a rien à en tirer.

Ayrmann a été un peu moins fantaisiste à l'égard de Nemesis, dont il place la liaison avec Tibulle v. 24 av. J.-C.[1], mais qu'il identifie sans raison suffisante avec la Glycera d'Horace ; ce sont ses rigueurs qui auraient poussé Tibulle dans les bras de Marathus et c'est alors, peu de temps avant sa mort, que celui-ci aurait écrit I 4, 8 et 9.

4. — Ovide n'a connu que les élégies à Delia et à Nemesis, qui étaient peut-être plus nombreuses que celles qui sont conservées ; l'édition que nous possédons du Corpus Tibullianum a été procurée soit peu de temps avant la mort de Tibulle par Tibulle lui-même, soit plutôt par un critique[2] après sa mort.

5. — Ayrmann a eu raison de protester contre la docilité avec laquelle Brockhuisen a adopté les transpositions de Scaliger ; il tombe dans un excès contraire en se portant garant que tous les vers de Tibulle sans exception nous sont parvenus dans l'ordre primitif[3]. Il y a au moins une transposition certaine celle des v. IV 4, 21-22.

1. P. 122-125 ; il a bien vu que Nemesis était une courtisane, mais il fait un singulier contresens sur II 3, 78 : « Meretricium cultum, *laxam* scilicet togam, ei noster attribuit. »

2. P. 148 sq. : Non male colligas, tunc temporis solas eius in Deliam Nemesimque Elegias, sed maiori forsan numero, quam qui in uulgaribus hodie editionibus inuenitur, editas, earundemque puellarum nominibus inscriptas fuisse : eam uero, quam nunc habemus editionem, siue a Tibullo non longe ante ipsius obitum, siue, quod mihi probabilius uidetur, post illum a Critico quodam curatam esse : in qua scilicet multae, quae puncta acutorum iudicium non tulerant, Elegiae omissae, aliae seorsum editae insertae, et integri forsan lib. III et IV primum adiecti fuerint.

3. P. 98 sq. : uir... doctissimus... male inductus est a Scaligero, ut detestandam eius in Tibulli... poëmata licentiam probaret et sequeretur, eiusque exemplo uersus

§ 4, 1. — Gian Antonio Volpi (en latin Vulpius) né à Padoue en 1686, fils d'un apothicaire, avait fait de bonnes études latines au collège des Jésuites. Il fonda avec son frère Gaetano en 1717 un établissement typographique, la *libreria Cominiana* ou *Volpi-Cominiana* pour publier correctement les classiques latins, professa à partir de 1727 la philosophie à l'Université de Padoue, succéda à Lazzarini en 1736 dans la chaire d'éloquence latine et mourut en 1766[1].

2. — Il avait donné en 1710 une édition de Catulle, Tibulle et Properce, qui est à négliger, parce qu'elle ne marque pas un effort personnel[2]. C'est en 1749 qu'il a publié sa grande édition de Tibulle[3]. Comme l'annonce le titre, elle est surtout explicative : la critique du texte passe au second rang. Pourtant, comme ses prédécesseurs, Volpi a voulu apporter de l'inédit. Il a eu à sa disposition un *codex Guarnerianus*, dont il mentionne les variantes[4]

complures pro lubitu pristino loco moueret, et in alium nouumque coniiceret, cum tamen ratio, si modo semper poetae nostri lectioni adhibeatur, certe nobis persuadere queat, ut ne unico quidem loco cum, qui in ueteribus codicibus et editionibus conspicitur, uersuum et Elegiarum ordinem numerumque immutandum esse censeamus.

1. Vitae Italorum doctrina excellentium qui saeculis XVII et XVIII floruerunt. Vol. XIII, Auctore Angelo Fabronio... Pisis, 1787. Aloysius Raphaellius. P. 263-298 Jo. Antonius Vulpius. Les p. 297-298 contiennent la liste des œuvres de Volpi.

2. Patavii, 1710, Apud Josephum Corona, pet. in-4, 48 p. non numérotées, 634 p., 162 p. non numérotées. Comme nous l'apprend l'*Epistola ad lectorem*, il n'a pas vu les mss. et s'est contenté de faire un choix parmi les variantes accumulées en suivant « cum... legendi atque interpungendi... rationem, quae... elegantior, et veritati propior est ». Il a repoussé les conjectures téméraires en n'admettant que celles « quas et multa veterum testimonia, et calamo exarati codices firmo consensu juvarent ». On ne voit pas trop ce qu'il entend par là. En réalité, ne connaissant pas encore l'édit. de Broekhuisen, il a reproduit celle de Scaliger, débarrassée d'un certain nombre de fantaisies, mais avec les transpositions : « perturbatas paginas incredibili sagacitate disposuit ». Les *Observationes* au bas des pages forment un commentaire succinct et très élémentaire qui laisse de côté les réalités : « personam grammatici saepenumero sustinui, et ad humiliora descendi, ut nitenti quidem, verum imbecillae, tyronum turbae manum porrigerem, ac subvenirem ».

3. Albius Tibullus, eques romanus ; et in eum Jo. Antonii Vulpii philologi ac rhetoris in gymnasio Patavino novus commentarius diligentissimus. Patavii, 1749. Excudebat Josephus Cominus superiorum permissu. in-4. xxxvii-340 et 93 p.

4. P. xiv « quas ex Forojuliensi ms. codice Guarneriano Bibliothecae S. Danielis exscriptas misit mihi Utino jampridem vir eruditus et amicus *Dominicus Ongarus*... Codex est membranaceus in folio... elegantissime scriptus saeculo XV. cura et sumtibus Francisci Guarnerii.. » Ces variantes sont données p. xxx-xxxv.

et un exemplaire de l'editio princeps de 1472, « sine loci nota-
tione », ignorée de Broekhuisen, qui considérait comme princeps
la Veneta de 1475. De ces ressources personnelles il n'a pas tiré
grand fruit ; l'editio princeps lui sert çà et là à appuyer quelques bonnes leçons ; le *Guarnerianus* ne se distingue pas de l'ensemble des manuscrits inférieurs ; il contient les interpolations
des Italiens et en particulier les remplissages par lesquels ils ont
dissimulé les lacunes de la tradition. Volpi lui laisse à bon droit
pour compte un grand nombre de leçons erronées ; il aurait pu
lui en emprunter quelques bonnes dont il n'a pas su apprécier la
valeur.

3. — Son mérite véritable comme critique est d'être conservateur. Après l'essor effréné des conjectures et les licences de
toutes sortes qui, depuis la Renaissance, avaient défiguré le texte,
une réaction était nécessaire. La tâche qui s'imposait était de le
nettoyer et de le purifier. Mais elle était presque impossible à
exécuter en l'absence de criterium et Volpi n'avait pas la perspicacité indispensable pour la mener à bien. Sa profession de foi
est nette et sensée[1], mais elle n'aboutit qu'à revenir à la vulgate,
sans qu'il explique ce qu'il entend par là. En réalité il s'est borné
à suivre le texte de Broekhuisen, sans le soumettre à un examen
attentif et sagace. Les discussions critiques sont assez rares chez
lui et son incapacité s'y révèle. Il loue parfois Broekh. lorsqu'il a
raison, sans que ses arguments aient beaucoup de poids, mais il
lui arrive aussi de le louer lorsqu'il a tort[2], ou de le blâmer

---

1. P. xiv sq. : Aspernatus... sum duriores quasdam lectiones et insolentes, tum
Criticorum conjecturas leves, audaces, et parum aptas ; quod Tibulli suavitati, sim-
plicitati, elegantiae, nitori minus convenirent : quas interdum viri docti proponere
et inculcare non dubitant, de genio nimirum et charactere scriptoris quem illustran-
dum susceperunt, minime cogitantes, et id tantummodo studentes, nova et admi-
rabilia dicere. Monui praeterea non semel, cum pudore ac religione libris bonorum
auctorum manum esse admovendam, neque vulgatas lectiones temere ac de nihilo
sollicitandas : et quandoquidem vetera monumenta sana omnino et integra habere
non possumus, nova saltem vulnera iis infligenda non esse. In quo genere confi-
dentiam Criticorum saepius et majore cum periculo peccavisse et quotidie peccare,
quam veterum librariorum inscitiam et negligentiam, satis compertum est. Monui,
emendandi, seu corrumpendi potius et misere vexandi, scriptores optimos finem esse
faciendum, ac tandem a Criticae abusu temperandum, quo Historici antiqui, Ora-
tores, Poetae, ita immutati sunt, ut non cognoscas eosdem esse. Cette condamnation
de la critique conjecturale arbitraire et dévergondée part d'un jugement sain et
mérite de rester.

2. Ainsi I 2, 25 il le félicite d'avoir après Scaliger supprimé ce distique ; il ignore

lorsqu'il est dans le vrai [1]. Quand Broekh. a adopté la mauvaise variante, il signale souvent dans sa note la bonne, mais il ne sait pas la faire prévaloir [2] ou même il la condamne expressément [3]. Il a parfois une propension fâcheuse pour la mauvaise [4]. Il n'avait ni l'intuition de Scaliger, ni l'infatigable activité d'esprit et la diligence de Broekhuisen ; pourtant, comme il opère sur une édition assez aventureuse, il se trouve qu'en ramenant le texte à la vulgate son goût conservateur l'a sur quelques points bien servi. Tantôt il restitue la bonne leçon sans rien dire et par un instinct qui reste mystérieux pour nous [5] ; tantôt il donne ses raisons ; ce ne sont jamais celles qui nous déterminent actuellement, parce que Volpi ne sait pas de quel côté est l'autorité, ce que valent les *ueteres libri* de Broekh., comment la faute s'est produite, qu'il examine les choses du dehors et sans aller au fond ; il y en a pourtant d'ingénieuses [6] ; la plupart du temps elles sont insuffi-

que, si le pentamètre est interpolé, l'hexamètre est authentique ; la contradiction qu'il signale provient de ce que le pentamètre a été refait maladroitement ; I 7, 43 il l'approuve d'avoir préféré à *nec luctus* authentique *nec uultus* interpolé : Haec est lectio Sfortiani codicis, quam Statius, et Broukhusius merito probaverunt... vultus, nempe facies tristis et severa, opponitur hilaritati, etc.

1. Ainsi III 1, 21 il préfère *nympham* à *meritam* : « Graecissat hoc loco Tibullus : nam Graecis νύμφη *nupta* est. Haec lectio praeferenda videtur vulgatae *meritam*, quum proxime fiat mentio conjugii », etc.

2. Ainsi I 5, 67 il imprime avec Broekh. *fatiscit* interpolé tout en disant : Nihilominus patescit quod est in editionibus, probum et sententiae accommodatum ; de même IV 1, 19 pour *descenderit* : Legitur et *desederit* : verum sententia eodem recidit, etc.

3. Ainsi III 4, 9 : Broekh. *Et uanum uentura...* : Probo lectionem Broukhusii, quam praeferunt multi codius mss. ... Fuerunt nihilominus qui legerent, *Et vel At natum in curas hominum genus...* quae lectio elegans et argula, sed fortasse a Tibulli simplicitate aliena, ex Platonicis fontibus hausta videri potest. En réalité, *natum in curas* se tire sûrement de la faute de la tradition et n'est pas une conjecture provenant d'une réminiscence de Platon, etc.

4. Ainsi II 1, 34, à propos d'*auis*, correction excellente de Scaliger, adoptée par Broekh. : Sunt qui legant ex vetusto libro : *Et magna intonsis gloria uictor, ades.* Quod ita explicari posset : magna gloria Cilicibus, quos vicisti ; gentibus horrido et intonso capillo. Gloriantur enim Cilices a te potissimum se victos fuisse, si vincendi fuerant a duce aliquo Romano. L'explication est détestable, etc.

5. Ainsi il restitue avec raison I 2, 6 *firma*, 4, 28 *remeatque*, 35 *exuit*, 6, 35 *absentes*, 86 *simus*, 7, 54 *liba et*, etc.

6. Ainsi il lit avec raison I 4, 22 *freta summa* contre *freta longa* de l'Eboracensis tertius : « ostendit poëta juramenta haec amantium rem esse pluma leviorem, quam propterea venti facillime jactent per superficiem terrae ac maris » ; 23 *pater ipse* : « Broukhusius, Nic. Heinsium secutus, hoc versu Tibulli mavult legere *pater*

santes et médiocres[1]. Le résultat final de tout ceci, c'est qu'il
améliore le texte de Broekh. dans une soixantaine de passages ;
il le déprave,dans une dizaine.

Là où il est le plus faible, c'est lorsqu'il risque une conjecture
personnelle ; il n'y en a pas une seule qui mérite autre chose que
l'oubli. Il a au moins la modestie de les laisser confinées dans ses
notes.

La seule décision louable et vigoureuse qu'il ait prise, c'est,
tout en témoignant de son respect pour Scaliger[2], de rendre à
Tibulle sa physionomie traditionnelle en le débarrassant des
transpositions ; son édition est donc encore actuellement facilement maniable. Il a même essayé dans quelques cas de montrer
pourquoi les transpositions de Scaliger sont à rejeter ; sa discussion est fragmentaire et peu approfondie ; elle contient pourtant
quelques indications justes[3].

4. — C'est sur le Commentaire qu'a porté son principal effort.
A cet égard il a exposé son programme dans sa Préface. Après
avoir nommé Bernardinus Cyllenius, Achilles Statius, M. Ant.
Muretus, J. Scaliger, Janus Dousa, Janus Gebhardus, Broukhusius, il déclare qu'il marche sur leurs traces[4]. Il s'est surtout
beaucoup servi de Broekhuisen pour lequel il ne cache pas son

---

ille : sed τὸ ipse magnam ἔμφασιν continet ac propterea mordicus retinendum » ;
IV 3, 7 *quae mens* : « Douza filius et Broukhusius versum corrumpunt legentes,
demens. Tollunt siquidem venustam et efficacem ἀναφορὰν, et inducunt odiosam
κακοφωνίαν *demens, densos* », etc.

1. Ainsi il a raison d'adopter I 5, 41 *discedens* ; mais c'est parce que « *descendere* turpissimam interdum habet significationem, cujus hoc loco suspicionem amo-
liri, satius mihi videtur, II 4, 43 *seu ueniet tibi mors, nec erit*, que Broekh.
trouvait peu harmonieux, mais le motif qu'il donne est ridicule : « quid mihi
misero fiet ? Delector enim et mirifice delector : sunt enim modi convenientes rei
lugubri ».

2. P. xii : hominem κριτικότατον colo, suspicio, laudibus orno.

3. Ainsi I 2, 65 il reproche à Scaliger d'avoir détaché de l'ensemble « haec
optime cum superioribus cohaerentia » ; 79 « Haec existimavit Scaliger hiulca esse...
Sed reputare debuerat homo acutus, in quam multas formas vertant se amantium
animi : dolent scilicet, desperant, paullo post laetitiam et spem recipiunt, mox in
tristes affectus relabuntur » ; 5, 71 « Haec quoque pessime vexaverat Scaliger, et in
Elegiam sequentem transtulerat. Poëta superius rivalem suum timere jusserat ;
nunc ea recenset, propter quae is timere debeat » ; la remarque est excellente, etc.

4. Praef. p. xi : satis beatus mihi videbor, si virorum doctissimorum vestigia
persequi potuerim, eorumque industriam et solertiam his meis qualibuscumque cona-
tibus imitari.

admiration [1] et qu'il abrège souvent ainsi que Scaliger [2], en rendant à chacun son bien. Pourtant il s'est proposé une tâche qui n'avait pas encore été faite, à savoir d'éclaircir le texte lui-même et d'en expliquer les passages difficiles. Il s'est préoccupé de ne laisser nulle part d'obscurité [3]. Il a multiplié les rapprochements entre Tibulle et les meilleurs écrivains [4]. Il l'a surtout comparé à Ovide, qui l'imite souvent [5].

5. — Tel est le plan ; voyons l'exécution. Le Commentaire de Broekh. était trop récent et trop important pour ne pas être à la fois une commodité et une gêne. Volpi n'a pas cherché à dissimuler ce qu'il lui devait et il le cite perpétuellement. Quand il se trouve en présence d'une recherche, qu'il ne veut pas refaire, mais dont les résultats sont intéressants, il renvoie purement et simplement à son prédécesseur [6] ou bien il le résume et engage le lecteur à se reporter à l'original pour plus de développement [7]. Ce

1. P. xi : In primis... Broukhusii Commentarios evolvi, miram elegantiam et doctrinae copiam ubique praeferentes, iisque ad mea locupletanda identidem usus sum ; neque admirationi, neque laudibus parcens...

2. P. xiii : Interdum... quae Scaliger et Broukhusius copiose persecuti fuerant, contrahenda mihi et in angustum deducenda esse censui... omnia tamen ad suos auctores cum fide retuli.

3. P. xv : Mihi... propositum fuit, Equitem hunc Romanum ita illustrare, ut caligine omni discussa, nihil in eo perplexum, nihil inexplicatum, quoad fieri posset, remaneret... In eo totus fui, ut Latinorum verborum et locutionum, quibus Tibullus utitur, proprietatem, sententiarum suavitatem, inventionis varietatem, affectuum vim, colores poeticos, versuum et numerorum artificium, quae plerique interpretes animadvertere non solent, et indicarem juventuti et commendarem.

4. P. xv : Exemplis... abundat commentarius noster, Tibullum confert ubique cum aliis optimis auctoribus.

5. P. xvi : Ovidium cum Tibullo passim contulimus, quem sic plures admirantur, ut prae illo Tibullum et Propertium fere contemnant...: ignorant consuevisse Ovidium, quantumvis ingeniosum, hos Elegiae Latinae duumviros in deliciis habere, illorum scrinia compilare, ex eorum rivulis purissimis prata sua et hortos ubique irrigare.

6. Ainsi I 2, 43 : Magicorum praestigiorum, quae hoc loco Tibullus commemorat, pleni sunt poetarum libri. Singula Broukhusius exsecutus est : quem consulere potest quisquis tralaticiis delectatur ; l'hommage est ici assaisonné d'une critique ; 4, 18 : Ignis et humor dicuntur peredere. Testimonia scriptorum attulit Broukhusius ; IV 6, 13 : Deorum paene omnium ac dearum pallam indumentum fuisse, coacervatis optimorum auctorum testimoniis ostendit elegantissimus Broukhusius, etc.

7. Ainsi il résume en quelques mots I 8, 13 une note de deux colonnes : *Amictum*, esse id quod vestibus interioribus super imponitur, puta pallium, aut velum, ostendit Broukhusius luculentis veterum testimoniis, 9, 58 une note de plus d'une colonne et demie sur le sens érotique du mot *cupidus* : Cupidi hic sunt prurientes, salaces, vim Lucilii vomere optantes. Exempla collegit Broukhusius.

procédé de l'emprunt textuel et signé s'affirme surtout à propos du Panégyrique. Volpi avait ici à sa disposition les notes de Passerat, qui sont en général courtes et contiennent soit une explication de mot appuyée sur une ou deux citations, soit une détermination de sens ; elles ressemblent beaucoup à celles que Volpi lui-même a rédigées sur Tibulle. Désespérant de faire mieux, il les transcrit avec le nom de l'auteur ; il les fait suivre au besoin de fragments du Commentaire de Broekh., donnés comme tels ; son annotation devient une sorte de mosaïque. Malgré sa loyauté, ce serait une erreur de croire qu'il n'utilise Broekh. que là où il le cite. En réalité il a extrait et fait passer dans son œuvre presque toute la substance de l'érudition de son prédécesseur.

S'il n'avait fait que cela, il serait un simple compilateur ; or il s'est donné beaucoup de peine pour sortir de ce rôle. Il rédige des notes mixtes, c'est-à-dire où il complète son prédécesseur[1] et par une adroite cuisine mélange ses propres ingrédients à ceux employés avant lui, remplaçant partiellement les anciens par de nouveaux[2]. Il rédige des notes similaires, c'est-à-dire qu'il diversifie au moyen d'éléments nouveaux une matière au fond identique[3]. Il rédige des notes parallèles, c'est-à-dire que négligeant le point de vue de son prédécesseur il fait porter l'explication sur autre chose[4]. Profitant de ce que le Commentaire de Broekh. est sporadique, il s'applique à éclaircir les vers ou les parties de vers que son devancier n'a pas touchés[5]. En somme il fait d'industrieux

1. Ainsi I 2, 54 : Haec fuit vetorum superstitio, ut in sacris magicis, in avertendo fascino, in amoribus conciliandis ter despuerent. Vide, si vacat, Broukhusium. Addo ego Varronem lib. I. de R. R. cap. 2. *Hoc ter novies cantare jubet, terram tangere, despuere, jejunum cantare*, etc.

2. Ainsi I 1, 14 sur l'offrande des prémices aux dieux Lares Broekh. s'était contenté d'un ex. de Pline, Volpi le reproduit et en ajoute un de Censorinus ; 2, 96 sur la superstition exprimée par le mot *despuit* il a en commun avec Broekh. le renvoi à Pline, mais il substitue à la citation de l'*Asinaria* de Plaute une citation des *Captifs*, à celle de Lucien deux de Théocrite et une d'Apollonius de Rhodes, etc.

3. Ainsi I 1, 54 comme Broekh. il illustre la coutume qu'avaient les triomphateurs d'orner leurs maisons des dépouilles conquises, mais par d'autres citations, etc.

4. Ainsi I 7, 48 Broekh. a une note sur l'origine de la *cista* dans le culte bachique ; Volpi décrit la *cista* ; il évite ainsi le double emploi ; II 3, 40 Broekh. a une note de métrique (pentamètres terminés chez Tib. par un trisyllabe), Volpi une note de réalités (les éperons des navires), etc.

5. Ainsi I 2, 81 *sedes adiisse deorum*, Broekh. avait expliqué *adire*, Volpi laisse ce mot de côté et explique *sedes* dans le sens de temple considéré comme le séjour des dieux ; 7, 47 *dulcis tibia cantu*, la note de Broekh. porte sur *tibia*, celle de Volpi sur *cantu* appliqué aux instruments de musique, etc.

efforts pour conserver une certaine indépendance au milieu des
liens qui l'enserrent de tous côtés.

6. — Les deux commentaires diffèrent moins par la nature
même que par la proportion donnée aux éléments mis en
œuvre.

Volpi a comme Broekh. des notes de réalités ; mais son prédécesseur lui avait laissé peu de chose à faire, excepté sur la géographie. En général il est bref [1], sauf lorsqu'il trouve le champ libre [2] ;
mais cela est rare et il ne lui reste qu'à glaner. Son érudition,
dont rend compte son Index III, est moins vaste ; il embrasse
moins et spécialise davantage ; il ne rédige pas les divers chapitres d'un traité d'archéologie. En particulier il est moins riche
sur la vie galante.

Il a comme Broekh. des notes de latinité, souvent exactes [3],
quelquefois erronées [4], en somme instructives, la plupart du temps
courtes. Il réduit le nombre des exemples et se propose de justifier l'emploi d'un mot dans un passage spécial plutôt que de faire
une étude d'ensemble. Rarement il s'étend [5]. Il fait intervenir,
d'une façon, il est vrai, élémentaire, le grec, dont Broekh. ne
s'était pas préoccupé [6]. Il signale lui aussi, mais moins fréquemment, les locutions usuelles [7], les termes techniques empruntés

---

6. Ainsi I 1, 56 ... *ianitor*... quae mancipia servabant januam, ea plerumque
religata erant, 67 sq. *solutis crinibus*, Mulieres in carorum funeribus capillum
solvebant, scindebant, et interdum etiam secabant, ac sepulcris imponebant, etc.

2. Ainsi I 9, 15 il a une note très développée sur le hâle des voyageurs, de
habitués du grand air, sur le teint pâle des citadins ; Broekh. n'avait rien là-dessus
de même II 2, 3 sur l'usage de brûler des essences odoriférantes, etc.

3. Ainsi I 1, 41 *requirere* significat rei amissae, vel quodammodo sibi debitae
desiderium, ex. de Cic. ; 4, 81 *lentus amor* hoc loco est, quem rumpere et a quo t
expedire non facile possis, ex. de Plaute, etc.

4. Ainsi I 4, 13 sur *adest* dans un sens voisin de *est* ; il est inexact de dire
adest pro *est* ; il y a une différence ; 5, 42 il a de bons rapprochements sur *narrare*
mais il a tort de dire : *narrare* hoc loco est *dicere*, *profiteri* ; il y a une nuance d
familiarité, etc.

5. Ainsi I 3, 62 il fait une dissertation dans le goût de Broekh. sur *benignu*
dans le sens d'abondant et sur son opposé *malignus*, 4, 17 sur *dies* dans le sens d
temps il compose un véritable article lexicographique, etc.

6. Ainsi I 2, 47 sq. *iam... iam* rapproché de ἄλλοτε... ἄλλοτε, 3, 62 *benigna* =
fertilis rapproché de ἄφθονος, etc.

7. Ainsi I 4, 71 *esse locum* locution usuelle comme le montrent des ex. d'Ho
Cic., 10, 60 *e caelo deripere deos* videtur locutio παροιμιακή, et vulgi sermone trit
quum de atroci aliquo facinore mentio facta esset, etc.

aux métiers et professions[1], ceux qui sont de la phraséologie galante[2].

Il multiplie les notes de sens rares chez Broekh. Tantôt il expose la situation et fait ressortir les intentions du poète[3], mais il se borne à des indications isolées. Tantôt il paraphrase en prose les vers de Tibulle, alors même que ceux-ci n'offrent pas de difficulté bien sérieuse[4]. Il lui arrive de descendre à des interprétations si élémentaires, qu'elles seraient tout au plus à leur place dans un livre de classe[5]. Pour la détermination du sens il ne fait pas preuve de plus de perspicacité que pour la critique du texte. Son principal défaut est une incertitude perpétuelle. Très souvent il juxtapose plusieurs interprétations divergentes ; lorsqu'il se décide, les autres ne sont que des doutes superflus[6] ; mais fréquemment il ne se décide pas ; le bon et le mauvais sens sont indiqués côte à côte[7] ; trop heureux quand il ne choisit pas le mauvais. Son interprétation est donc hésitante et décevante. En outre, s'il est incontestable qu'en maint passage il voit juste, dans d'autres il s'égare étrangement[8].

1. Ainsi I 3, 44 *regere fines*, locutio jurisconsultorum solennis ; 7, 5 *evenio*, augurale verbum ; II 3, 4 il s'étend sur l'existence d'une langue rustique ayant ses particularités, etc.

2. Ainsi I 3, 64 *proelia* dans le sens érotique ; 5, 7 *foedus* désignant un accord entre amants ; 8, 15 *venire* dicuntur mulieres quum amatoribus copiam sui facturae sunt ; 9, 63 nox... obscaenis vocabulis interdum annumeratur, etc.

3. Ainsi I 2, 57 *tu tamen abstineas aliis*] Astute mulierculam adoritur, quam cupit sibi uni facilem, ceteris omnibus difficilem, II 1, 67 Incipit παρέκβασις ἐρωτική, quales amat Tibullus, etc.

4. Ainsi I 1, 29 *Nec tamen interdum p. t. b.*] otiari quidem volo ; non ita tamen ut ab opere faciundo omnino desistam, I 3, 15 *ipse ego solator*] qui solari conabar Deliam ejusque dolorem verbis et argumentis lenire, etc.

5. Ainsi I 10, 39 *prole parata*] Liberis ex conjuge susceptis, II 1, 81 *pone sagittas*] Depone, missas fac, etc.

6. Ainsi II 5, 119 *pia det spectacula turbae*] Ob filii triumphum exhibeat munus gladiatorium vel amphitheatri venationem, vel certamen quadrigarum in Circo ad favorem vulgi captandum... vel ipsum triumphi spectaculum poeta significat, a patre Messalini adornatum. Vel, quod verissimum existimo, pium spectaculum erat ipse pater, filii triumpho plaudens. Les deux premières explications sont absurdes, etc.

7. Ainsi I 9, 39 *nisi et ipse fores in amore puellae*] vel, puellam amares, vel, ab illa amarere : nam haec locutio utrumque significare potest : ac τὸ *puellae* potest esse et patrius casus et dativus. La seconde explication est absolument exclue par le contexte, etc.

8. Ainsi I 1, 46 *Domina* tenero sinu, est puella mammosa, c'est un c. s. absurde ; 48 *sequi somnos* hoc loco Tibulli nihil aliud est quam *somnos continuare*, παννύχιον εὕδειν, totam noctem dormire, etc.

Quand il se trouve en concurrence avec Broekh. il lui arrive de le suivre là où il a manifestement tort et de pécher par dépendance aveugle[1]. Pourtant il se sépare de lui à l'occasion et tantôt il a raison[2], tantôt il se trompe[3]. Il ne manque pas de cas où les deux explications divergentes sont également mauvaises[4].

Broekh. avait inséré çà et là quelques notes de grammaire, de prosodie et de métrique; il avait montré la voie pour les recherches postérieures. Volpi le suit et va un peu plus loin que lui, sans embrasser l'ensemble de la question. A son exemple il sème çà et là quelques appréciations esthétiques[5], parfois personnelles, mais très banales[6], bien que la finesse, l'élégance, le pathétique soient des qualités qui ne lui échappent pas. Il est trop élogieux pour Lygdamus, qu'il ne distingue pas de Tibulle, et dans le style duquel, par une aberration assez amusante, il croit reconnaître Tibulle lui-même[7]. Il est pourtant choqué çà et là de ses défauts, la redondance et la froideur[8], les répétitions de mots

1. Ainsi IV 1, 131, à propos de *caelo uicinum Olympum*, il se trompe à la suite de Broekh., qui lui-même s'était trompé à la suite de Dousa : Douzae... filio assentior, qui ex Homero interpretatur Olympum θεῶν ἕδος. Hanc autem deorum sedem Tibullus noster caelo altiorem et superiorem facit, unde tamen in caelum proximus sit descensus. Tibulle ne dit rien de pareil, etc.

2. Ainsi I 5, 68 *plena est percutienda manu*] Auro scilicet plena; ut optime olim explicaverat Bernardinus Cyllenius, cujus simplicitatem Broukhusius videtur injuria vellicare. Nam quod ipse intelligendum putat de nocturna forium oppugnatione, probarem si sententia pateretur ; IV 4, 17 *candida*] Broukhusius interpretatur *formosa*. Sed hoc loco candida, est simplex, aperta, sine dolo et fallaciis, et animo redamans amatorem, etc.

3. Ainsi I 6, 17 *Neu juvenes celebret multo sermone caveto*] Broukhusius : *Neu sermones frequentes caedat cum juvenibus*. Et haec explicatio vera esse possit nihilominus aliam praetulerim : *Ne nimia sit in laudanda et celebranda juvenum forma*. Le vers suivant montre que c'est l'explic. de Broekh. qui est la bonne, etc.

4. Ainsi I 9, 82 Broekh. croit que *palma* n'est autre chose que *parma* : parmam intellige sive clypeolum brevem, in quo signarentur bini versiculi sequentes Volpi : vovet... Tibullus manum auream, quae subsequens distichon in parieto vel tabula scripsisse videatur. Il s'agit en réalité d'une palme, symbole de la victoire sur l'amour, accompagnée d'une inscription dédicatoire.

5. Ainsi I 5, 38 Broekh. : elegans inventio, et venustatis poeticae plenissima Volpi : suaviter dictum atque eleganter ; il ajoute du reste une réflexion très prosaïque ; II 3, 4 Broekh. : Urbanissime. Volpi : elegantissima sententia et perquam suavis, etc.

6. Ainsi II 1, 69 : Locus pulcherrimus, et mira venustate, II 4, 11 : O versus pulchros ! O candorem plane invidendum ! etc.

7. Ainsi à propos de III 5, 26 dont il rapproche I 10, 43 sq. : Tibullus a se ipso non abit.

8. Ad III 4, 36.

fatigantes[1] et aussi des imperfections du Panégyrique, bien qu'il le croie de Tibulle[2]. Malgré ses erreurs d'attribution qui l'égarent, on s'aperçoit sans peine que Volpi a du goût et le sentiment de la poésie.

Les rapprochements, en particulier avec les poètes, même les poètes modernes, surtout les Italiens, sont fréquents chez lui comme chez Broekh. Après Broekh. il a entrevu que le style des dactyliques latins repose sur un fonds commun, constitué par des éléments qui se transmettent, par des formules traditionnelles. S'il n'a pas traité le sujet à fond, il a au moins apporté une contribution intéressante[3]. Il a bien vu également que beaucoup des situations que présente Tibulle, des idées qu'il exprime ont été déjà utilisées avant lui et n'offrent pas le caractère de la nouveauté[4]. Tibulle invente donc peu : il dispose d'une phraséologie déjà constituée en partie et il se meut dans un milieu connu d'avance et dont les principaux traits ont été envisagés et développés avant lui.

Ce qui marque un progrès sur Broekh., c'est que Volpi, dans les rapprochements avec les autres écrivains, ne se contente pas d'analogies vagues, mais cherche les rapports directs ; il rétrécit le champ, mais il précise ; en outre il ne se borne pas à mettre en face les uns des autres des passages similaires, il essaie de déterminer en quoi ils sont similaires, c'est-à-dire de surprendre

1. Ad III 4, 17, 68.

2. IV 1, 201 : Languida haec sunt, pace mihi liceat dicere Nostri Equitis, exsanguia et exsucca, neque satis inter se cohaerentia, usque ad poematis finem.

3. Ainsi I 2, 87 At tu qui laetus rides mala nostra est très analogue à Hor. Épod. 15, 17 et tu quicumque est felicior ; I 6, 22 sacra Bonae maribus non adeunda deae, Mart. I 90, 4 turba tui sexus, non adeunte viro, des mots de même mesure se retrouvent souvent aux mêmes places du vers ; I 5, 33 tenera coniux se trouve chez Hor., C. I, 1, 26 ; I 7, 31 commisit semina terrae est une expression virgilienne, Géorg., I 223 debita quam sulcis committas semina ; de même I 8, 28 tristia facta = Én. II, 548 mea tristia facta ; II 3, 65 sq. agris abdere = Hor., Epîtr. I 1, 5 abditus agro ; III 6, 20 uina iocosa rappelle Catulle 12, 2 in ioco atque uino ; III 6, 53 longas requiescere noctes = Buc. 1, 79 hanc mecum poteras requiescere noctem, etc.

4. Ainsi I 4, 11 sur les jeunes gens qui faisaient de l'équitation au Champ de Mars et nageaient dans le Tibre et sur le motif érotique, Hor. C. III,7 dit des choses analogues ; I 5, 45 les comparaisons entre les belles amoureuses du temps présent et les anciennes héroïnes se trouvent chez Cat. et Prop. ; I 8, 72 sur l'insensible atteint à son tour par l'amour, Volpi renvoie à une épigramme de l'Anthol. et à des poètes latins ; II 6, 44 l'amant qui excuse sa maîtresse en accusant la vieille, mauvaise conseillère, est déjà dans l'*Asinaria* de Plaute, etc.

l'imitation là où elle existe. S'il se trompe quelquefois, il a du moins indiqué la méthode. Par exemple il signale quelques emprunts faits par Tibulle à Virgile[1] et aux Grecs[2]. En revanche il fait ressortir l'influence que Tib. a eue sur les poètes postérieurs[3]; il a surtout insisté sur celle qu'il a exercée sur Ovide et en lisant son annotation on constate la dépendance étroite de celui-ci[4]. A propos des pièces IV 2 et .suiv. il relève un certain nombre de rapprochements et, contre Broekh., qui les attribuait à la poétesse Sulpicia, contemporaine de Domitien, il fait observer que c'est bien Ovide qui est l'imitateur et non le contraire.

En résumé le commentaire de Volpi dérivé de celui de Broekh. ne s'en distingue pas essentiellement par la conception et le plan. Il émane d'un homme qui était inférieur à Broekh. par l'érudition et par les qualités naturelles de l'esprit. Dans l'exécution il constitue pourtant un léger progrès, en ce sens que, s'il est loin d'atteindre l'exactitude moderne, il se perd moins dans les digressions, serre le texte de plus près et s'y adapte mieux. Il esquisse assez mollement un pas en avant.

7. — Volpi a inséré dans son édition une biographie de Tibulle[5], dont le principal défaut est qu'il n'a pas eu entre les mains l'ouvrage d'Ayrmann[6]. Elle n'a aucun mérite et contient des er-

---

1. Ainsi II 5, 58 : hanc imaginem Cereris de caelo arva prospicientis a Virgilio Tibullus fortasse sumpsit. Georg. I, 96. Cf. Ov. Fast I, 85 ; III 4, 71 perluconti cantum meditabar auena. Virgilius, Ecloga I 2 siluestrem tenui musam meditaris auena. Ex quo Maronis uersu hic Tibulli ductus uidetur ; III 5, 4 purpureum uer se trouve déjà chez Virg. Egl. IX 40, etc.

2. Ainsi I 5, 35 Eurusque Notusque est la trad. de l'expression homérique Εὐρός τε Νότος τε ; II 1,87 sq. de : currumque sequuntur Matris... sidera, il rapproche Théocr. Id. II, 166 ἀστέρες, εὐκάλοιο κατ᾽ ἄντυγα Νυκτὸς ὀπαδοί, etc.

3. Ainsi I 4, 34 stultos praeteriisse dies, Perse I 60 Tunc crassos transisse dies « mirum ni a Tibullo sumsit » ; I 7, 53 tibi dem turis honores, Prop. costum molle date et blandi mihi turis honores ; I 9, 80 et geret in gremio regna superba tuo, « eodem modo Propertius » IV 7, 50 longa mea in libris regna fuere tuis; III 2, 7 sq. uitae... tot mala perpessae, « a Tibullo Silius Italicus, lib. 2, v. 619 ... perpessaeque ultimae uitae », etc.

4. Ainsi I 2, 33 parcite luminibus se retrouve dans les Métam. V 248, épisode de Persée ; I 2, 34 celari uult sua furta Venus, Ars Am. II, 607 praecipue Cytherea iubet sua furta tacori, rapprochement déjà fait par Broekh.; I 3, 60 dulce sonant tenui gutture carmen aues, Am. I 13, 8 et liquidum tenui gutture cantat auis, etc.

5. P. xvii-xx.

6. P. xiii : ... hujusmodi transalpinae merces in Italiam perraro advehuntur. Les temps sont bien changés.

reurs. A l'explication élégante de Broekh. sur l'absence de prénom il en ajoute une autre qui ne lui fait pas honneur [1]. Il fait
naître Tibulle à Rome « ut perantiquae membranae testantur [2] » ;
mais quelles sont ces perantiquae membranae ? Aux arguments
de Dousa pour prouver que Tibulle n'a pas pu naître en 43 av.
J.-C. il en ajoute un, déjà donné dans sa première édition et qui
n'est pas mauvais, à savoir que, si le fait était vrai, Ovide n'aurait
pas manqué de le relever [3]. S'il n'a jamais nommé Auguste, ce
serait parce qu'il lui en voulait à cause de la spoliation [4]. Par une
mauvaise interprétation de l'Épître d'Horace, Volpi croit que Tibulle était épicurien [5] et lui reproche de ne pas être toujours resté
fidèle à ses principes. Il y a encore dans tout cela beaucoup de
rêveries.

L'ignorance du livre d'Ayrmann lui a servi sur un point : il se
fait de Delia une idée juste [6]. Il voit dans Sulpicia la fille du jurisconsulte Servius Sulpicius et ne tombe pas dans l'erreur de Barth
et de Broekh. Quant à Cerinthus ce serait le personnage d'Hor.
Sat. I 2, 81. Il aurait été de basse naissance [7].

8. — Volpi ne doute pas que le troisième livre ne soit de Tibulle et, tout en laissant ouverte la possibilité que Lygdamus ne
soit qu'un pseudonyme pris par le poète [8], il pencherait à croire
que Tibulle l'a écrit pour un de ses amis [9]. Les pièces IV 2-12 auraient été de même écrites par Tibulle pour Cerinthus et Sulpicia ;

1. P. xvii « sive poeta nullum gesserit ». P. 3 le nom de Tibulle lui paraissant
venir de Tibius, nom servile dans l'ancienne comédie grecque, il en conclut « Tibulli
majores peregrinae ac servilis, forsitan Phrygiae conditionis fuisse : nam τιϐία,
ἡ ὅλη Φρυγία Suidae. »
2. P. xvii.
3. P. xviii.
4. P. 298. C'est pour cela qu'il aurait préféré Valgius à Virgile, p. 3o3. Mais à
l'époque du Panégyrique, qui du reste n'est pas de Tibulle, Virg. n'était pas encore
un poète épique.
5. P. 8, 17, 76, 334.
6. P. 78 : Hinc recte quis colligat, Deliam mulierem fuisse nuptam, sed homini
pauperi, et libertinae conditionis, quae scilicet pluribus, etsi clam, sui corporis
potestatem faceret.
7. Il conclut de IV 3, 23 « venatoris filium fuisse Cerinthum ; et fortasse hominem
servilis, aut saltem libertinae conditionis ».
8. P. 216-217.
9. P. xix : Fortasse (nihil enim commodius in mentem venit) sub Lygdami et
Neaerae nomine cuipiam amicorum gratificatus est ; non suis, at alienis amoribus,
castis tamen et conjugalibus inserviens.

il montre bien que le style et la métrique sont de Tibulle[1], mais il
ne distingue pas entre les deux groupes 2-6 et 7-12. Il attribue
le Panégyrique à Tibulle, dont ce serait le début[2]. La classification
critique des divers éléments du Corpus Tibullianum n'est pas encore commencée.

§ 5, 1. — Christian Gottlob Heyne[3], né en 1729 à Chemnitz en
Saxe, étudia à l'Université de Leipzig. Il était très pauvre. En
1753 il entra comme copiste à la Bibliothèque du comte de Brühl
avec un traitement de 100 thalers. Poussé par le besoin il se mit
à écrire et publia à 26 ans en 1755 une édition de Tibulle qu'il
dédia à son protecteur[4].

2. — La préface est remplie d'idées enfantines. Heyne se met
en garde contre le reproche d'immoralité, en faisant observer que
Tibulle n'est pas plus dangereux pour les jeunes gens que les
poètes français comme Gresset, Grécourt, Chaulieu, Lafare. En
le leur interdisant on ne fait qu'exciter chez eux une curiosité
malsaine. Du reste l'étude exclusive des classiques sérieux ne
produit que des pédants sans usage du monde : de là le décri où
sont tombées les écoles publiques. Le commerce avec Tibulle est
particulièrement apte à donner aux jeunes gens l'élégance et
l'agrément utiles pour approcher les grands de la terre, l'esprit et
la vivacité nécessaires en société[5], les lumières pour juger les
poètes modernes, qui font une si large place à l'amour. Après

1. P. 312 : Hic... quartus liber a tribus libris antecedentibus stilo differre videtur
Broukhusio ; quamvis auctor ejus Tibullum imitari conatus fuerit, nec sine successu.
Ego vero dissimilitudinem aliquam agnosco, sed quae tanta non sit ut iccirco ad
alium auctorem sit confugiendum.
2. P. 261 il constate que la latinité est bien celle du siècle d'Auguste. P. xx :
voluit... auctor in illo poemate egredi gyrum ingenii sui ; adeoque nil mirum, si ei
non successerit.
3. Art. de Bursian dans l'*Allgemeine deutsche Biographie*, 12ter Band, 1880,
p. 375-378.
4. Albii Tibulli quae extant carmina nouis curis castigata illustrissimo domino
domino Henrico comiti de Brühl inscripta. Lipsiae, sumtibus haeredum Lankisia-
norum, 1755. pet. in-8. 80-416 p. Index non numéroté. C'est un bouquin de
méchante apparence qui ne soutient pas la comparaison avec les belles éditions de
Broekhuisen et de Volpi.
5. Praef. p. 12 : Ingenium... facilitatem aliquam et festiuitatem atque hilari-
tatem ex frequenti eorum poetarum usu contrahit : quae res nostris temporibus,
quibus accommodare se quiuis sapiens debet, multo maiorem laudem et gloriam
comparare nobis potest, quam accuratissima metaphysicorum praeceptorum cognitio.

une comparaison assez inexacte entre les trois élégiaques latins,
Heyne définit ce qu'il a voulu faire : donner une édition élémentaire et à bon marché[1]. Comme il était de bonne composition,
désireux de satisfaire à la fois ceux qui mettaient au-dessus de
tout l'établissement du texte et ceux qui attachaient une importance capitale à l'interprétation, il s'est astreint à une double tâche,
critique et exégétique.

3. — Pour sa besogne critique il avait à sa disposition les variantes connues. Il note avec raison que les anciens critiques se
sont exprimés d'une façon si vague qu'avec Muret par exemple on
ne sait pas trop si on a à faire ou à la leçon d'un manuscrit ou à
celle d'une édition ou à une conjecture[2]. Pour les manuscrits
existants il adopte le jugement de Scaliger : sauf F, les *Exc.* de
Scaliger et peut-être un Anglicanus de Heinsius, ils ne remontent
pas plus haut que le xive siècle — pour être exact il aurait dû dire
le xve — et dérivent tous d'un même archétype aujourd'hui
perdu puisqu'ils ont tous les mêmes mutilations[3]. Ils ne méritent
donc que peu de confiance. Indépendamment de ces ressources
banales il s'en procura de particulières, un manuscrit de la Bibliothèque royale de Dresde, qu'il appelle le *Regius*, offrant aux
lacunes les interpolations des Italiens avec les noms de leurs auteurs[4] et auquel, dans sa deuxième édition, il s'est reproché
d'avoir accordé trop d'importance, bien qu'il lui doive peu de
chose[5]. Il avait en outre réuni quelques anciennes éditions, la

1. Praef. p. 15 : Inuitabat me... illud, quod eum nondum cum diligentibus commentariis ea forma excusum viderem, quae parabilem cum et iuuentuti idoneum
redderet. Nam Traiectina, notis variorum instructa, indiligenter et indocte adornata
est. Broukhusiani commentarii tantum aliqua loca, saepe intellectu facillima, illustrant. Cl. Vulpii praestantissima editio in nostris terris parum frequens et cara
nimis est.

2. Praef. p. 24 : Ea tamen in eo cautio adhibenda esse videtur, ut ne ubique,
dum *alios sic legere* affirmat, libros laudari scriptos putes ; saepe enim nihil aliud
quam virorum doctorum coniecturas, vel editionum varietates affert.

3. C'est ce qu'il paraît vouloir dire Praef. p. 23, bien qu'il s'exprime mal ; il le
dit plus nettement dans sa 2e édit.

4. Praef. p. 30 sq. : Iam de Philelpho et Aurispa omnia satis nota : sed quis ille
Seneca fuerit, nondum mihi liquido constat : nam de antiquo illo vix accipi potest.
Cette naïveté a disparu des édit. postérieures, où Heyne reconnaît que ce Seneca
était un interpolateur du xve s.

5. Praef. p. 30 : Non... multa singularia in poëtae lectione, aut a vulgata diuersa,
offerebat ; nonnullas tamen lectiones unius vel paucorum librorum auctoritate sub-
nixas suo suffragio confirmabat.

Romana de 1475, une qu'il croit être la Lipsiensis de Thamner —
ces deux éditions ayant à ses yeux la valeur de manuscrits — en
outre la Brixiana, les Venetae de 1500 et 1520, la Regio-Lepidina
et la Basileensis, indépendamment des plus récentes. C'était un
apport sans valeur (cf. 11).

4. — Très timide par nature, persuadé que la critique conjecturale avait plus nui que servi à Tibulle, Heyne se proposait de
rechercher par la confrontation des anciennes éditions l'origine
et le progrès de la vulgate, sans doute pour s'y arrêter. Cette
tâche, il ne l'a pas accomplie, parce qu'il n'a pas pu se procurer
l'édition de Statius, par l'ennui de la besogne — motif indigne
d'un philologue — et par suite, dit-il naïvement, de préoccupations et de chagrins, qui ne lui laissaient pas la liberté d'esprit
nécessaire[1]. Il s'est donc résigné à reproduire le texte de Volpi
de 1749 en déclarant qu'il ne le corrige qu'en 20 passages dont
il donne la liste[2]: chose singulière, et qui montre la mauvaise
qualité du travail de Heyne et son incurable faiblesse, les passages cités sont au nombre non pas de 20, mais de 47. Si nous
examinons de près cette liste, nous ne sommes pas au bout de
nos étonnements. Plusieurs fois il conserve dans son texte la
leçon de Volpi qu'il condamne[3]; dans huit des passages, où il annonce que son texte diverge de celui de Volpi, en réalité il concorde et ce texte concordant est quelquefois défendu dans ses
Obseruationes[4]. En revanche il diffère de Volpi dans des passages

1. Praef. p. 17 sq. : ... in ea re... eo, quo volebamus, procedere non licuit, cum et
Statianam editionem, a superioribus discedentem, nancisci nunquam potuerimus,
et taedio rei victa mens, iam aliis curis distenta et graui aegritudine et aerumna
oppressa, eam, quam res requirebat, diligentiam adhibere detrectaret.

2. Praef. p. 19 : Loca, quae mutaui, aut potius, quae mutata, e libris restitui,
ultra viginti non sunt, quae ut uno conspectu cognosci possint, indicare hoc loco
non grauabor.

3. Ainsi il imprime avec Volpi I 4, 27 *transiet*, 5, 41 *discedens deuotum*,
IV 2, 16 *succis*, mais dans ses *Obseruationes* il défend *transiit, deuotum discedens, fucis*. Il témoigne, en omettant de faire concorder son texte avec ses notes,
d'un sans-gêne extraordinaire ; ainsi il imprime I 6, 39 *colit*, 40 *lapsa*, dont le 1er
est correct et le 2e fautif, et recommande dans ses *Obseruationes colis* et *laxa* de
Volpi ; I 8, 66 il imprime *pedes* avec Volpi, mais il recommande *pedem* de Scaliger. Dans la liste de la p. 19 ne figure pas II 3, 73, où il imprime *dolentes*
correct, tandis que Volpi a *uolentes* ; mais dans sa note, qu'il a du reste supprimée
dans sa 2e édit., il explique *uolentes* et, dans ses *Obseruationes*, il flotte entre les
deux leçons avec une prédilection pour *dolentes*.

4. Ce sont I 1, 43, 2, 69, 89 ; III 1, 15, 6, 29 ; IV 1, 127, 206 ; IV 5, 9. Faut-

non signalés à la p. 19[1]. L'exactitude philologique est une chose
à laquelle Heyne n'a jamais pu se plier ; mais ici vraiment il exagère la somnolence.

Quant à la valeur de la leçon, si on laisse de côté les cas douteux, son texte divergent de Volpi est parfois également fautif[2],
parfois plus mauvais[3], plus souvent meilleur[4] ; le gain est peu
important, mais il est réel. La leçon de Heyne est celle de Volpi
légèrement améliorée, comme celle de Volpi était celle de Broekh.
débarrassée d'un certain nombre de conjectures (cf. 12).

5. — Si les résultats sont pauvres, en revanche l'ambition critique, que témoigne Heyne dans ses *Obseruationes* (264 pages),
est extraordinaire. Il se propose d'examiner les variantes importantes et d'en déterminer la valeur, en signalant l'origine des
fautes et en distinguant les erreurs de lecture des corrections
voulues[5]. Cela était prématuré ; car, pour réaliser ce programme,
il eût fallu avoir des collations exactes et complètes des manuscrits et non des indications partielles, des moyens de s'orienter

il croire que tous ces chiffres sont fautifs ? Il est certain que IV 1, 127 doit être lu
IV 1, 129.

1. Ainsi 1 1, 19 *agri*, Volpi, *horti*, tout en expliquant *agri* ; Heyne a raison
de voir là une erreur de l'imprimeur ou une réminiscence déplacée de l'auteur ; 34
de magno est praeda petenda grege, Volpi *de magno praeda petenda grege
est*.

2. Ainsi I 4, 48 Volpi avec Broekh. avait lu *opere*, Heyne *operi*, tout en disant :
codices fere *opera* exhibent ; or *opera* est la leçon autorisée et correcte ; les mss.
inférieurs se partagent entre *operi* et *opere*.

3. Ainsi il a tort de préférer I 2, 6 *fulta* av. Broekh. à *firma*, 6, 86 *stemus* av.
Broekh. à *simus*, etc.

4. Il a raison de préférer I 1, 50 *pluuias* à *Hyadas*, 2, 26 *petat* à *ferat*, 44
fluminis à *fulminis*, 47 *tenet* à *ciet*, 6, 11 sq. *tunc... tunc* à *nunc... nunc*, 7, 43
luctus à *uultus*, 56 *ueneranda* à *uenerata*, 9, 36 *fulminis esse* à *fluminis ire*,
II 1, 31 *sed, bene Messalam*, à la suppression des deux virgules, 3, 38 *hinc cruor*
à *hinc furor*, 43 *cui* à *quid* ; II 3, 76, il expulse l'interpolation et marque une
lacune ; il préfère à bon droit II 6, 4 *ire* à *ille*, 8 *leuem* à *leui* ; III 6, 15 *Arme-
nias* à *Armeniae* ; IV 1, 25 *seu, quod spes abnuit, ultra* à *sed quod spes
abnuit ultro*, 72 *rabidas* à *rapidas*, 181 *non* à *nam*, 207 *rigidos* à *gyro*, 210
receperit à *refecerit*, 4, 24 *laetus* à *lotus*, 6, 11 *uigilans* à *uigilax*.

5. Praef. p. 16 sq. : In obseruationibus,.. cum hoc agerem, ut lectionis receptae
vel recipiendae rationes redderem, potiores variantes ex libris a Statio maxime et
Broukhusio collatis, memoraui, quantum quaeque vel veritatis, vel verisimilitudinis,
haberet, indicaui, inprimisque id operam dedi, ut, unde diuersae illae lectiones
ortae fuerint, vel oriri potuerint, utrum librarii incogitantiae, an correctoris audaciae deberentur, indagarem.

sur le plus ou moins de confiance que méritaient les manuscrits un criterium plus certain que le flair personnel pour se guide parmi les variantes, enfin une vigueur et une netteté d'espri peu communes ; or toutes ces choses manquaient à Heyne. Le seu intérêt actuel des *Obseruationes*, c'est qu'elles permettent d constater que la critique était alors rudimentaire et qu'elle n disposait que de matériaux très défectueux.

Trop souvent Heyne a fait bon marché de ses promesses ; a lieu de discuter les variantes intéressantes, comme il s'y était en gagé, il entasse pêle-mêle les fautes grossières du *Regius* et de anciennes éditions [1]. Ainsi il ne sait pas distinguer le travail util de la peine perdue et se noie dans le fatras. Au lieu de discute sérieusement les leçons, comme il l'avait promis, il y en a beau coup qu'il cite purement et simplement, d'autres qu'il approuv ou rejette d'un mot, mais sans donner de raisons [2]. Il renvoie l plus souvent aux manuscrits ou aux éditions; mais il se content aussi d'indications très vagues [3]. Fréquemment il se réfère à l vulgate, mais, comme il n'a pas défini ce qu'il entend par là, c'es pour nous un mot vide de sens : elle représente tantôt la leço autorisée, tantôt l'interpolation [4].

De plus il ne constitue pas son texte d'après un système. San doute ses maîtres lui ont enseigné quelques principes, qu'il ap plique judicieusement le cas échéant : il montre qu'un copiste demi savant a changé une terminaison pour établir un rappo qu'il croyait nécessaire avec un mot voisin [5], que la leçon auther

---

1. A quoi bon nous apprendre que le *Regius* a 1 1, 62 *testibus* au lieu de *tr stibus*, 2, 31 *Lydia* au lieu de *Delia*, 2, 63 *totusque abesset* au lieu de *eg totus abesset*, la *Romana* 1 2, 72 *solido* au lieu de *solito*, la *Basileensis* I 4, 1 *Arcas* au lieu de *arcus*, etc.? Ceci ne peut servir qu'à montrer à quel degré de dépr vation le texte était arrivé dans les mauvais mss. et dans les édit. anciennes. Je citerai que la note suivante qui est caractéristique : IV 1, 18 *Cres tulit*] Sic Regi cum Ed. Rom. at Lips. Reg. Lep. *Chres*. In aliis, *Res, Tres, Tros, Cras tul Transtulit, Detulit.*

2. Ainsi 1 1, 59 et 60 vitioso, 2, 22 male, 50 verius, 51 vulgata verior, 3, male, 4, 53 male, etc.

3. Ainsi I 2, 51 quidam, 4, 44 in quibusdam, 8, 19 *fruges* est in plerisque : quibusdam *segetes* vel *messes*, 11 3, 3 nostri cum aliis, 4, 43 nostri cum meli ribus... in aliis, etc.

4. Ainsi 1 10, 62 vulgo, ut etiam in nostris, *ornatas — comas* : c'est une co rection des Italiens ; II 5, 63 vulgo *lauros* : c'est la leçon des mss. inférieurs ; IV 202 vulgo *vel bene si totus*, c'est une bourde qui n'a pas de sens, etc.

5. Ainsi I 1, 14 il explique la faute *agricolam... deum* pour *agricolae... de Deum* : nempe mutatum propter τὸ ante quod non meminerant Tibullo absolu

tique a pu être expulsée par un mot avoisinant[1], ou par une réminiscence d'un passage analogue[2], ou par l'intrusion d'une glose[3] ou par celle d'un mot plus usuel pour le copiste[4]. Il défend la leçon des manuscrits contre des conjectures téméraires[5]. Il se défie de l'interpolation isolée et lui oppose comme barrière le nombre et l'ancienneté des manuscrits[6], il proteste contre les corrections infligées au texte d'après des passages similaires d'autres auteurs[7]. Quelquefois il met bien à nu la lacune dissimulée par l'interpolation[8] et parmi les variantes il sait reconnaître la bonne leçon[9]. Tout ceci est louable, bien qu'en général élémentaire. Mais il s'en faut qu'il manie toujours aussi adroitement l'outil critique ; sa science est souvent courte et sa sagacité bornée. Sur les fautes que commettent les scribes, il n'a que des idées extrêmement vagues : il confond perpétuellement l'*aberratio librarii* avec la correction voulue[10], bien qu'il se soit fait fort de

poni... alii adeo *agricolam* reposuere, scilicet ut τῷ Deum conueniret ; 7, 54 *mella* est in plerisque, sed ex culpa librarii propter vicinum *dulcia*... Passeratius tamen inde faciebat : *Mopsopiae dulcia mella*, h. Atticae ; la correction de Passerat est des plus mauvaises puisqu'elle légitime une faute de lecture, etc.

1. Ainsi à propos de *pudeat* substitué à *pigeat* I 1, 31 : repetitum est ex v. 29.

2. Ainsi I 4, 7 rustica *proles* est devenu *pubes* à cause de *rustica pubes* de I 1, 23 ; à propos de *pinguia* substitué à *candida* musta I 5, 24 : videtur mihi hoc ex El. I 10, 10 ab aliquo refictum esse, etc.

3. Ainsi I 1, 24 *aera* a été remplacé par sa glose *sistra*, 10, 13 *micante* par *tremente* (dans sa 2ᵉ édit. il reconnaît que la rem. est de Broekh.), etc.

4. Ainsi I 3, 7 il défend bien *dedat* contre *fundat* : Si hoc a Tibulli manu fuisset, quomodo tam obuium verbum in illud deprauari potuit ? etc.

5. Ainsi IV 6, 11 à propos de *uigilax* de Broekh. : eiusmodi (2ᵉ édit. delicias) contra omnium librorum consensum (2ᵉ édit. nec ulla alia idonea de causa) inferre parum tutum duco, etc.

6. Ainsi I 2, 44 il préfère *fluminis... uertit* à *fulminis... sistit* dont Broekh. avait trouvé chacun des mots dans un ms. différent et qui lui paraît influencé par Ovide : certe uni isti libro parcere spreta omnium librorum et Edd. auctoritate nolui ; I 7, 56 contre *uenerata* il fait prévaloir la leçon *ueneranda* : quod ea in omnibus fere libris, etiam Regio, et utraque Edd. esset, praeter paucos eosque parum vetustos, in quibus *uenerata*, quod primum reposuit Statius, et ab eo Scaliger, etc.

7. Ainsi I 2, 47 il défend bien *tenet* contre *ciet* ; *ciet* vient de passages analogues, où il est à sa place ; mais ici le sens réclame *tenet* ; 9, 72 il a raison de ne pas corriger avec Broekh. Tibulle d'après Prop. et dans sa 2ᵉ édit. il proteste contre ce procédé, etc.

8. Ainsi II 3, 76 : Reliqui... vacuum locum hexametro, quippe qui dudum ante eos, quos habemus, libros scriptos, periit.

9. Ainsi IV 1, 139 : ex quibus ego veram lectionem esse censeo, *Theraeo tellus obsessa colono* ; il a du reste dans son texte la mauvaise leçon *te Tyrio*, etc.

10. Ainsi I 1, 48 à propos de *imbre, igne*, il croit avec Broekh. « *igne* e libra-

les distinguer ; il signale le phénomène de la *permutatio* et nulle
part il ne cherche à le tirer au clair ; dans les manuscrits de Tibulle
les humanistes du xv° siècle ont souvent remplacé un mot par un
autre de mesure identique qu'ils trouvaient ailleurs ; c'est un jeu
auquel on s'est livré antérieurement ; Heyne paraît croire qu'il
s'agit de confusions faites par des scribes inattentifs[1]. Il prend
la leçon correcte et autorisée pour la glose[2]. Il fait profession de
rétablir la vulgate et il l'abandonne sans raison suffisante[3]. Il a
quelquefois des imaginations bizarres[4] et émet sur l'origine des
fautes des suppositions aussi contraires au bon sens qu'à la méthode[5].

Avec Heyne la critique paraît retombée dans l'enfance:
elle balbutie, elle s'essaie gauchement. Il n'était pas homme à lui
faire faire des progrès. Sans doute il serait injuste de s'acharner

---

riorum lapsu esse » ; 2, 29 sur *sidera* du Regius pour *frigora* il dit.: « quae aberratio librariorum valde obuia » ; II 1, 56 sur *ab urbe* d'un certain nombre d'anciennes
édit. au lieu de *ab arte*: « Sed est frequens ea librariorum aberratio » ; 2, 9 il croit
que « *Cornute* deprauatio vocis *Cerinthi* est », etc. En réalité dans tous ces passages
il s'agit de corrections conscientes dont il est facile de déterminer les raisons.

1. Ainsi I 2, 1 à propos de *dolores* remplacé arbitrairement par *furores*: per-
mutantur fere inter se *dolor* et *furor* ; 4, 9 à propos de *credere* remplacé arbitrairement par *tradere*: permutatione crebra ; 22 sur *summa* et *longa*: cum saepe
haec duo verba permutentur ; 9, 80 : *regna* et *sceptra* interdum permutata videas ;
82 *palma* constanter scribitur pro *parma*, etc. Il s'agit là d'interpolations manifestes.

2. Ainsi I 2, 6 à propos de *fulta, firma*: est hoc haud dubie istius interpretamentum ; or *firma* est la leçon autorisée, *fulta* une interpolation qui vient probablement d'Ovide ; 5, 67 il croit que *patescit* est l'interpretamentum de *fatiscit* ;
or *fatiscit* paraît être une correction pour l'élégance ; IV 1, 195 il considère *obsistere* comme l'interpretamentum de *subsistere* ; c'est peut-être une faute d'haplo-
graphie ; IV 5, 9 : *dona... veram esse lectionem, tura vero eius interpretamentum,
dubitari vix potest* ; c'est juste le contraire qui est la vérité, etc.

3. Ainsi I 8, 15 à *pallentibus*, qu'il trouve « in libris et Editt. », il préfère
pollentibus, parce que c'est une épithète fréquente des herbes malfaisantes, IV 6, 1
à la vulgate *aceruos* il substitue *honores* tiré par Broekh. de 2 mss. parce que
« epitheton *sanctus* videtur accommodatius esse τῷ honoribus », etc.

4. Ainsi IV 3, 20 il croit que *tange*, leçon autorisée et correcte, et *tende* de
quelques mss. et de Broekh. sont une corruption de *pange*, déjà proposé du reste
avant lui ; IV 14, 3 à propos du vers irréprochable : *crimina non haec sunt nostro
sine facta dolore*, il constate qu'au lieu de *crimina* le Regius cum aliis a *carmina*
(qui est une bourde) et il s'imagine que *facta* a été interpolé à cause de *carmina*, etc.

5. Ainsi III 5, 11 il trouve dans les mss. *ignes* et *aegros* ; il croit que les deux
mots ont pu être confondus par les copistes et, dans sa 2° édit., s'expliquant plus
clairement il dit : vitiosa pronuntiatio et scriptio *egnes* facile fraudem facere
potuit, etc.

sur ses erreurs ; qu'il se trompe sans cesse sur l'état du texte, sur les
meliores libri, sur les *antiqui libri,* c'est ce qui est jusqu'à un certain point excusable, puisque le criterium manquait. Si, comme
ses prédécesseurs, il adopte trop souvent la mauvaise leçon tout
en connaissant la bonne, c'est que celle-ci était si étroitement
amalgamée avec l'interpolation, qu'il eût fallu une sagacité sur-
humaine pour l'en dégager toujours. Mais ce qui est son défaut
capital et personnel, c'est une mollesse, une impuissance à se
décider qui le paralyse ; il expose le pour et le contre, mais il ne
conclut pas et il laisse le lecteur dans l'incertitude[1] ; il imprime
la mauvaise leçon, mais il approuve en note la bonne[2], ou réciproquement il imprime la bonne, mais en note il fait ressortir le
mérite de la mauvaise, comme s'il voulait lui donner une fiche de
consolation[3] ; il lui arrive même d'afficher un détachement qui
n'est pas de saison et, après avoir cité deux leçons, de dire qu'il
importe peu qu'on choisisse l'une ou l'autre[4]. Il se laisse donc aller
à un dilettantisme indifférent qui est la négation même de la critique ; à quoi bon la pratiquer si c'est pour aboutir au néant ? Or
Heyne, se rendant peut-être compte de la vanité de ses efforts, est
arrivé à cet égard à un scepticisme déplorable. La preuve c'est
que, tout en protestant dans sa Préface de ses tendances conser-
vatrices, il fait dans ses *Obseruationes* bon marché des manuscrits
et de la vulgate et se livre à une véritable débauche de corrections
inutiles, quand elles ne sont pas détestables, auxquelles il

1. Ainsi I 5, 65 il se révolte contre le rôle du *pauper*, mais il n'arrive à rien de
net sur le passage et dans sa 2ᵉ édit. il juge ainsi sa propre discussion : Ita olim
commentabar : in quo prorsus coecutii ; II 5, 27 : Ed. Rom. cum multis aliis ante
Statium *umbram*, quod exquisitius, quidam *umbra*, nec id male. En réalité la
leçon correcte est *umbrae*, etc.
2. Ainsi I 2, 3, *percussum* et *perfusum* se trouvant dans un nombre à peu près
égal de mss., il imprime *perfusum*, mais il dit de *percussum* préféré par Heinsius :
hoc et ipse verius puto, tanquam exquisitius, et il l'explique fort bien ; 25 il reconnaît que l'hexamètre n'a rien de suspect et pourtant il ne l'imprime pas ; 6, 16 il
convient que *minus* est fautif et provient d'Ovide ; il le conserve pourtant « quia
non multum referebat, utro modo legeretur », etc.
3. Ainsi I 4, 35 il imprime *exuit*, mais en disant de *exuat* de Brockh. : quod
sane est elegantius ; 69, après avoir bien expliqué *expleat*, il cite *impleat* de l'ed.
Rom. cum multis aliis en ajoutant : forte rectius ; II 5, 97 Cyllenius avait lu *sacris*
au lieu de *sua*, d'après son ms. Heyne imprime *sua* correctement, mais il dit de
sacris : et videtur haec lectio verior esse, dum intelligas *sacras* = *festas*, etc.
4. Ainsi I 1, 37 à propos de *e* et de *de* : hoc loco nil refert utrum serues ; 8, 55
à propos de *spernis* et *spernit* : nec multum refert ; IV 1, 14 à propos de *pacauit*
et *placauit* : nec multum refert, etc.

ne parait pas attacher lui-même une grande importance, puisqu'il ne les introduit souvent qu'avec une formule de doute ou
qu'il les abandonne à peine nées[1]. Il part du reste parfois de
leçons fautives, ce qui enlève à ses conjectures toute autorité[2].
Pourtant, comme il n'est pas dénué de facilité, de ce fatras émergent çà et là quelques conjectures ingénieuses et qui méritent
encore aujourd'hui l'attention[3].

6. — Heyne a entendu son rôle de commentateur de la façon
suivante : il explique le texte dans de courtes notes au bas des
pages à l'usage des débutants; il a réservé pour les *Obseruationes* les discussions détaillées[4]. Il s'inspire beaucoup de ses prédécesseurs, en particulier de Volpi, sans méconnaître ce qu'il leur
doit[5]. Son commentaire est une réduction à l'usage de la jeunesse des recherches antérieures plutôt qu'un effort pour renouveler l'interprétation ; c'est l'œuvre d'un esprit réceptif, mais non
créateur. Sa passivité et sa dépendance s'affirment par un certain
nombre de contresens qu'il a recueillis sans sourciller[6]. Il a ce-

1. Ainsi I 3, 25 Coniiciebam aliquando : *pureque lauari Te membra et puro...*;
7, 3 Putabam aliquando legendum : *Nunc fore...*; 9, 35 coniiciebam quidem aliquando : *Illis eriperes verbis mihi — pronas fluminis esse vias*, etc.

2. Ainsi IV 1, 20 forte fuit *refluxerit*, ut refluum mare dicitur ; la conj. est
détestable et part de la mauvaise leçon de multi et du Regius *defluxerit* ; 57 de
uncta mauv. leçon de l'ed. Lipsiensis cum aliis il tire dubitativement *usta*, etc.
C'est là du travail pitoyable.

3. Ainsi I 6, 7 il pense qu'Ovide a lu dans ce passage : *Illa quidem iurata
negat* ; 7, 49 forte fuit : *et genium ludo geniumque choreis Concelebra*, figura
inprimis Ouidio solenni ; IV 6, 19 Proxime ad veterem scripturam legeris : *Sit
iuueni grata : ac veniet c.*, etc.

4. Praef. p. 16 : ... ipsis poëtae verbis notas, quibus, quaecunque difficiliora videri
poterant, vel vulgo animaduerti a pueris in tali lectione non solent, explicarentur, su-
bicci, obseruationes vero in calce adicci, in quibus de lectionis inprimis veritate dispu-
tarem, et loca, quorum interpretatio fusior et disertior esse debebat, constituerem.

5. Praef. p. 16 : In verbis quidem interpretandis permulta a superioribus inter-
pretibus, et inprimis a Cl. Vulpio, me mutuasse, libenter et ingenue fateor. Vir
hic inter paucos Italorum doctissimus, prouinciam, quam susceperat, ita gessit, ut
nemo ne cogitare quidem melius possit. Indicaui tamen fere, cuius interpretis acu-
mini et doctrinae haec vel illa explicatio referenda sit, idque propterea, ut, si cui
plura inquirere luberet, is, quem adiret, haberet. Hoc inprimis mihi faciendum
putaui, quoties copiosas et fusas dissertationes Broukhusii ad breuem notam redegi.

6. Ainsi il croit I 1, 11 avec Broekh. et Volpi que *desertus* signifie *defossus*
« uti *inserere* est *infigere* », 4, 33 avec Volpi qu'il faut construire *iam iuuenem*
= *qui paulo ante, modo iuuenis erat*, 9, 82 avec Broekh que *palma = parma*,
IV 1, 44 avec Volpi que *inaequatum = aequatum*, 74 avec Passerat que *pascua*
= *armenta quae pascuntur*, etc. Ce sont là des erreurs grossières.

pendant l'ambition de ne pas rester toujours à la suite. Tantôt il compense ses retranchements par des additions, ajoutant, à propos d'un passage sur lequel ses prédécesseurs sont restés muets, une explication élémentaire, parfois utile, complétant les rapprochements et renvois de Broekh. et de Volpi par d'autres empruntés à ses lectures ou aux commentateurs plus anciens. Tantôt il rectifie l'explication du sens [1]; malheureusement dans quelques cas son interprétation marque non pas un progrès mais un recul [2]. Parfois il choisit bien entre les diverses possibilités entre lesquelles flotte Volpi; trop souvent il imite sa mollesse, qui était du reste conforme à sa propre nature, il reste en suspens entre plusieurs explications dont aucune n'est correcte. Enfin il a à son compte un certain nombre de contresens avérés [3] (cf. 14).

7. — Particulièrement approprié par sa nature au travail d'extraits et de compilation qui se fait dans les bibliothèques, Heyne a signalé quelques manuscrits qui n'avaient pas été utilisés [4], mais après s'être étonné qu'on ne les eût pas encore appelés en témoignage, il convient qu'il n'y a sans doute pas grand'chose à en tirer. Il a énuméré quelques exemplaires d'éditions portant à la marge des variantes écrites à la main tirées des manuscrits. Enfin il a commencé à cataloguer les anciennes éditions de Tibulle [5], travail qu'il a complété postérieurement (cf. 15).

---

1. Ainsi il explique bien I 1, 40 *facilis = argilla quae tractari et fingi potest* et non *uilis* comme le disait Volpi, 48 *somnos sequi = somno indulgere*, et non avec Volpi *somnos continuare*; IV 1, 154 il relève un contresens de Passerat sur un passage facile que ni Broekh. ni Volpi n'avaient expliqué, etc. C'était là une besogne aisée.

2. Ainsi I 2, 50 *aestiuo orbe* est bien expliqué par Volpi : quum orbis aestatem agit; Heyne revient à l'explication erronée de Passerat adoptée par Broekh. : orbis est tempus anni, qui in orbem agitur; III 5, 4 il explique *purpureo* par *pulchro* et renvoie à Volpi; mais Volpi avait dit : candido, pulchro, *splendenti*... et ajouté que c'est à ce moment que le soleil commence à briller de tout son éclat, etc.

3. Ainsi I 1, 3 il entend à tort *labor* par *periculum*, 5, 25 à propos de *consuescet numerare pecus*, il dit : haec de Delia : at reliqua de Tibullo intelligenda ; il a rectifié cette erreur dans sa 2e édit., etc. Ce qui est fâcheux chez Heyne c'est moins la quantité que la qualité des contresens qui sont souvent d'un latiniste bien inexpérimenté.

4. Praef. p. 32 : Eorum aliquos, partim e bibliothecarum catalogis, partim aliunde notatos, recensere non pigebit.

5. Praef. p. 39 : Horum Codicum ope loca nonnulla in nostro restitui posse non dubito ; sed tamen non aegre, maxima certe eorum parte, carebimus, cum fere recentiores sint, neque quicquam praeclarum polliceantur.

8. — Avec son respect exagéré pour la besogne faite, il réimprime le *De vita Tibulli* de Volpi et la *Synopsis chronologica* d'Ayrmann. Il accompagne l'essai de Volpi de notes abondantes, dans lesquelles il le confronte avec les autres savants qui ont traité la question. Il repousse un certain nombre d'erreurs ; mais il témoigne d'une grande paresse de jugement et d'une indifférence répréhensible. Ainsi entre les deux dates de la naissance de Tibulle 65 av. J.-C. (Dousa) et 49 (Ayrmann) il ne se prononce pas [1] ; il se borne à dire que le v. III 5, 18 est interpolé, que Tibulle doit être né sensiblement avant 43, qu'on ne saurait préciser à la légère et que cette indication suffit bien pour l'intelligence du poète. Il est peu disposé à identifier la Glycera d'Horace avec Nemesis, chose qui lui paraît du reste sans importance, et l'identifierait plus volontiers avec Neaera [2]. Il ne considère pas comme démontré qu'Hor. C. I 33 et Épît. I 4 se soit adressé à Tibulle [3], mais il se contente d'émettre un doute et ne cherche pas à tirer la chose au clair. Il refuse à Tibulle la paternité des poèmes IV 2-12, imagine qu'ils ont été écrits par Sulpicia (cf. 16) et par d'autres dans la maison de Messalla, ajoutés au recueil par le grammairien qui l'a formé [4] ; il adopte l'erreur d'après laquelle Messalla aurait été amoureux de Sulpicia [5]. Sur le panégyrique il est très flottant ; Tibulle pourrait en être l'auteur, les faiblesses s'expliqueraient par ce fait que c'est une œuvre de jeunesse et que le genre ne lui convenait pas ; il se pourrait aussi que le panégyrique fût d'un autre et qu'il eût été ajouté au recueil pour remplir des pages vides [6] (cf. 16). Dans la *Synopsis chronologica*

1. P. 64, note *q* ; il a raison de se défier de la rigueur décevante de ceux qui, sans tenir compte de l'insuffisance des documents, décident à tout prix et donnent comme certains des résultats hypothétiques, mais il tombe dans l'excès contraire qui est de se contenter du vague et de s'y trouver à son aise.

2. P. 67, note *f*.

3. P. 69, note *i*.

4. P. 68, note *g* : Ut adeo non improbabili coniectura colligi posse putem : *Carmina illa libri IV. eodem tempore, quo Tibullus vixerat, in domo Messalae, a Sulpicia et aliis scripta, a Grammatico, qui Tibulli elegiarum libros recenseret, cum panegyrico iis adiecta fuisse. Si tamen de his alicui aliter videbitur, ipse cum eo contendere non ausim.*

5. P. 143 : Messala amauit Sulpiciam. Cette assertion conservée dans la 2e édit. : unde etiam intelligitur Messalam amauisse Sulpiciam, n'est plus dans la 3e qu'un simple soupçon : unde etiam suspicio fit, Messalam amauisse. Une fois englué par l'erreur Heyne a toutes les peines du monde à s'en tirer.

6. P. 339-341.

il a supprimé ce qui ne lui paraissait pas prouvé et ajouté ce qui lui paraissait l'être[1]. Les suppressions portent sur certains détails de la carrière de Messalla, sur l'identification de Delia avec Sulpicia et Neaera, sur l'ordre de publication des élégies. Heyne place en 27 av. J.-C. la liaison avec Marathus et l'édition du premier livre, en 24 la publication du deuxième, ensuite la liaison avec Neaera et la composition du troisième livre ; II 2 étant consacré à Cerinthus, à qui Sulpicia était promise, IV 2-12 sont antérieurs. Heyne a laissé tomber des hypothèses absurdes d'Ayrmann, mais il est loin d'avoir fait la lumière sur les points obscurs et difficiles (cf. 16).

9. — Si on remarque que l'édition est imprimée sur mauvais papier, qu'elle est pleine de fautes d'impression grossières, qui défigurent même le texte, on s'étonnera encore davantage que cette œuvre débile et vacillante ait été portée aux nues en Allemagne[2] : « Cette édition a toutes les qualités d'une édition parfaite. Elle offre un texte correct, donne des explications courtes, témoigne d'une critique saine... » Le référent était un homme qui se contentait de peu. Elle a été appréciée plus exactement 22 ans plus tard, par l'auteur lui-même[3] : « Travail juvénile, entrepris par hasard par M. le conseiller aulique, qui ne se doutait pas que ce genre d'études deviendrait sa carrière et sa vocation,... extrêmement fautif. »

10. — La situation pécuniaire de Heyne s'améliora peu à peu et il put enfin sortir de la gêne. Il fut nommé en 1763 professeur d'éloquence et directeur du séminaire philologique, bibliothécaire, puis bibliothécaire en chef et membre ordinaire de la Société des sciences de Göttingen, en 1770 inspecteur du paedagogium d'Ilfeld, secrétaire de la Société des sciences et rédacteur des *Gelehrte Anzeigen,* dans lesquels il inséra par la suite une quantité prodigieuse de comptes rendus. Il avait publié son édition de Virgile, celle de Pindare, quand, revenant à Tibulle, il fit

---

1. P. 71.
2. C. r. anonyme des Göttingische Anzeigen von gelehrten Sachen unter der Aufsicht der königl. Gesellschaft der Wissenschaften, 14 avr. 1755, p. 409-411.
3. *Ibid.,* 8 Nov. 1777, p. 1073 sq. Il dit de cette première édit. dans la Préf. de la seconde, p. v : Prodiit ante hos viginti annos Tibullus iuuenilibus meis curis expolitus ; sed habitu externo tam parum comto et concinno, vitiis autem typographicis tam foede coinquinatus, ut eum inspicere pigeret puderetque.

paraître en 1777 sa seconde édition[1], qui marque sur la première un progrès incontestable, encore que modéré.

11 (cf. 3). — Pour la constitution du texte il disposait d'un plus grand nombre d'éditions anciennes[2], entre autres la Vicentina, les Aldines, celles de Colinaeus, de Gryphius, de Plantin. Il avait sous les yeux des variantes mises par une main anonyme à la marge d'un exemplaire de la Vicentina, d'autres de Jac. Tollius, enfin les leçons d'un manuscrit nouveau, un *Coruinianus,* sur la valeur duquel il ne se faisait guère d'illusions[3]. Surtout il déclare non sans fierté qu'il avait acquis une plus grande habitude de la critique — ce qui n'était pas inutile — ; il avoue n'avoir pas toujours vu clair sur l'origine des variantes — ce qui est malheureusement trop certain. Il se repent d'avoir encore suivi de trop près Scaliger et Broekh. et accentue son conservatisme prudent[4] (cf. 19).

12 (cf. 4). — Si, pour avoir tout de suite une idée des résultats obtenus par Heyne, on compare le texte de la seconde édition avec celui de la première, on constate qu'il a été amélioré. L'orthographe est moins mauvaise et certaines fautes ont été corrigées[5], la ponctuation, encore bien imparfaite, a été quelquefois rectifiée, la leçon est souvent meilleure[6]. Par contre elle

1. Albii Tibulli carmina libri tres cum libro quarto Sulpiciae et aliorum. Nouis curis castigauit Chr. G. Heyne, M. Britan. regi a consil. aul. eloqu. ac poes. p. p. o. et bibliothecarius Georgiae Augustae. Editio altera emendatior et auctior. — Lipsiae apud Joannem Fridericum Junium 1777. in 8 ᴛ.xxɪɪ-206-244 p. Index non paginé.

2. Praef. p. vɪɪ.

3. P. xxɪɪ : Pauca... obseruare potui, quae non in ceteris quoque scriptis occurrerent : et omnino liber ille Coruinianus satis recens esse debuit, saeculo, puto, xv, exaratus.

4. P. vɪɪ : primum... me Scaligeri et Broukhusii auctoritati, etsi ab ea iam ante in multis locis recesseram, nimium tamen in aliis etiamnum tribuisse videbam ; tum... in lectionis Tibullianae fontibus, et riuulis propagatis, superiores interpretes secutus, prorsus caecutieram.

5. Ainsi il a remplacé *coelum* par *caelum, solers* par *sollers, foemina* par *femina, sylua* par *silua,* etc.

6. Ainsi il imprime I 1, 2. *multa* et non plus *magna,* 4, 55 *mox* et non *post,* 7, 27 *pubes* et non *proles,* 55 *nec taceat* et non *nec taceant,* II 1, 12 *hesterna* et non *externa,* 40 *domum* et non *casam,* 43 *consita* et non *insita,* 59 *primum* et non *primam* conj. de Scaliger, 5, 63 *laurus* et non *lauros,* 66 *iactauit fusas et caput ante comas* et non *iactauit fusa sed caput ante coma,* 70 *pertuleritque* (des mss. inférieurs, mais qui paraît nécessaire) et non *perlueritque,* III 4, 9

a été sûrement, en laissant de côté les cas douteux, détériorée dans certains passages[1], et, quoique les améliorations soient plus nombreuses, en définitive le gain n'est pas très considérable. D'autre part, tout en faisant profession de s'éloigner de plus en plus de Scaliger, Heyne, s'inspirant de son hypothèse sur l'état défectueux de l'archétype perdu des manuscrits complets, l'avait arbitrairement modifiée et était arrivé à une idée fausse, qui l'a entraîné à de graves erreurs. Scaliger avait prétendu que différents feuillets de l'archétype avaient été détachés, puis transposés au hasard, ce qui avait produit des désordres, auxquels il s'était proposé de remédier. Heyne, sans avoir sur l'archétype d'informations nouvelles, se convainquit qu'il avait perdu un certain nombre de pages ; nous n'aurions donc souvent, au lieu d'élégies complètes, que des fragments que les copistes ont réunis les uns aux autres sans s'apercevoir que c'étaient là des morceaux isolés. La tâche du critique consisterait, non pas à opérer des transpositions, mais à séparer les uns des autres les fragments agglutinés à tort ; c'est ce qu'a fait Heyne en marquant par des astérisques un grand nombre de lacunes[2]. Que le texte traditionnel de Ti-

---

et natum in curas et non et uanum uentura, 74 dominam et non dominum, 82 ah ego ne possim et non ah ego non possum, 5, 14 aduersos et non auersos, 6, 17 ualet (des mss. inférieurs, mais qui paraît nécessaire) et non uolet, IV 1, 19 qualis in immenso desederit aere tellus et non qualis in immensum descenderit aera tellus, 95 quis, parma seu dextra uelit et non quid, parma seu dextra uelis, 139 Theraeo et non te Tyrio, etc.

1. Ainsi il lit dans sa 2ᵉ édit. I 1, 37 de au lieu de e, 46 detinuisse au lieu de continuisse, 8, 43 tum studium formae au lieu de tum studium formae est, II 1, 41 primum au lieu de primi, 3, 22 e templis au lieu de a templis, 4, 40 diripiant au lieu de eripiant, 5, 68 -que quod monuit au lieu de quod admonuit, III 1, 19 referat au lieu de referet, 4, 89 Scyllaue au lieu de Scyllaque, 6, 55 nec merito nobis, nec amica au lieu de nec merito nobis inimica, IV 1, 25 sed quod spes abnuit ultro, au lieu de seu, quod spes abnuit, ultra, 27 nomine au lieu de carmine, 33 stemmate au lieu de nomine, 78 errorum misero au lieu de erroris miseri, 5, 9 dona au lieu de tura, 5, 20 clamue palamue au lieu de clamne palamne (des mss. inférieurs, mais qui paraît nécessaire), etc.

2. Sa 1ʳᵉ édit. ne reconnaît pas toujours les lacunes certaines, la seconde ne les distingue pas mieux, mais en indique qui n'existent pas ; ainsi après I 1, 34, 64 et 78, soit qu'il manque quelque chose après ces vers, soit que ce soient là des fragments d'autres élégies. Après I 5, 37 commencerait une nouvelle élégie ou plutôt un fragment ; I 5, 69 sqq. serait un fragment d'élégie maladroitement réuni à ce qui précède ; II 3, 33-60 n'appartiendraient pas à la même élégie que les v. 1-32 et 61 sqq. devraient être joints au v. 32 ; les v. 75-78 seraient un morceau d'une autre élégie ; I 4, 55-60 formeraient également un fragment déplacé, etc. Dans certains

bulle en présente quelques-unes, c'est ce qui n'est pas niable,
puisqu'il y a des distiques qui ne sont pas complets. Que quelques distiques complets soient tombés çà et là, c'est ce qui paraît
résulter du contexte même. Mais le mal n'a pas atteint les proportions que suppose Heyne et son système n'est pas admissible[1].
Scaliger par une fantaisie sans fondement avait bouleversé Tibulle ; le prudent et circonspect Heyne l'a lacéré.

13. — La nature de son travail critique dans les *Obseruationes*
n'a pas été foncièrement modifiée. Celles-ci ont subi un gonflement qu'il aurait pu leur épargner ; car elles contenaient beaucoup de fatras qu'il n'y avait qu'à expulser purement et simplement. Mais Heyne ne l'entend pas ainsi ; il a pour son écriture
un respect superstitieux et, lors même qu'il a reconnu une
erreur, il la reproduit complaisamment pour la rectifier
ensuite ; il tient à ne rien perdre et ses suppressions sont
presque insignifiantes. En revanche il ajoute beaucoup : il avait
essayé de donner dans sa première édition un tableau des variantes et des conjectures ; mais le travail était hâtif et fait avec
des documents incomplets. Ici il a regardé de plus près et tiré
de ses sources, en particulier de l'édition de Broekh., bien des
choses qu'il y avait primitivement laissées. En outre il a maintenant entre les mains un plus grand nombre d'anciennes éditions,
dont il extrait les variantes ; il note la leçon du *Coruinianus*; il
se rapproche donc davantage du but qu'il s'était proposé. Il est
certain qu'à beaucoup d'inutilités il en ajoute d'autres, mais il
nous donne une vue plus complète de la dépravation du texte. Il
perfectionne encore dans un autre sens ; sa première édition se
contente souvent sur la provenance des variantes d'indications
vagues : ici il leur assigne un état civil plus régulier[2]. Il montre

cas, tout en protestant contre la façon dont Scaliger traite le texte, Heyne est visiblement sous l'influence de ses soupçons.
  1. Obseru. p. 3 sq.: Luxata esse multa, in primis maxime elegiis, recte vidit
Scaliger; nec habemus utique in primis paginis nisi particulas et excerpta e
pluribus carminibus. Sed haec vulnera nequaquam eiusmodi sunt, ut ulla medela
critica sanari possint; verum ea indicasse satis est. P. 4 il dit de l'archétype : lacer
ille et attritus multis paginis, prioribus imprimis, legentis et describentis librarii
oculos fugisse videtur. Descripta igitur sunt, relictis ceteris, ea, quae legi poterant;
signa tamen, quibus interualla inter excerpta diuersa designarentur, aut apponere
oblitus est librarius, aut apposita, ab iis, qui inde noua exempla petierunt, neglecta
sunt.
  2. Ainsi I 2, 1 dans sa 1ʳᵉ édit. il rapportait simplement *graues* à « quidam »;

que les prétendues corrections de ses prédécesseurs viennent parfois des manuscrits ou des éditions qu'ils avaient sous les yeux[1] et qu'au contraire il leur arrive d'invoquer l'autorité des manuscrits lorsqu'il ne s'agit que de conjectures proprement dites[2]. Il détermine à quelle époque et dans quelle édition telle variante a paru pour la première fois, comment elle s'est propagée et la suit ainsi dans les éditions anciennes, sans pourtant faire une histoire complète et systématique de la leçon et sans sortir des renseignements fragmentaires[3]. Ceci n'a du reste actuellement pour nous qu'un intérêt de curiosité, mais est instructif pour nous montrer de quelle façon les anciennes éditions ont été faites. Certaines observations témoignent qu'il a réellement fait quelques progrès en ce qui concerne la critique : sur la valeur des manuscrits de Tibulle dont il dispose, il n'a plus guère d'illusions[4] et se range au jugement sévère de Scaliger ; mais cela l'amène à un scepticisme, qui tend à paralyser tout effort sérieux

dans la seconde il dit que *graues* vient de la 1re Aldine et de ses succédanées, ainsi que de certains mss. de Muret ; 51 il avait rapporté *artes* à « quidam », il aj. « apud Statium et Gebh. » ; II 5, 95 il avait dit : « Libri ap. Broukh. aliquot, pauci quidem, antiqui tamen » ; il précise : « Pocchi et Perreii ac Colot. Exc. » etc.

1. Ainsi II 5, 91 *comprensis* Gyraldus, Liuineius aliique emendarant : primus recepit Scaliger ; e codd. iam Statius praetulerat : accedunt alii apud Broukh. ; IV 5, 9 : Est vero *Magne* ex correctione Scaligeri, quanquam iam in Gryph. 1546 ita inueni exaratum, etc.

2. Ainsi p. xiv, à propos des variantes que Janus Dousa le père avait reçues de Lipsius, « quas ille, dum Romae esset, ex antiqua membranaceorum codicum fide excerpserat », il dit de quelques-unes qu'elles ne se trouvent pas dans nos mss. et qu'il semble au premier abord qu'elles ont été prises dans un ms. plus ancien que les nôtres ; mais, ajoute-t-il, « sunt eae fere eiusmodi, ut e viri alicuius docti ingenio profectae esse videri possint ».

3. Ainsi I 1, 57 c'est de l'ed. Rom. que *cupio* s'est glissé dans les autres ; 2, 4 *amans* est dans l'ed. Reg. Lep. et Lips., dans l'Ald. sec. et celles qui l'ont copiée ; 3, 14 *quin* vient de la 1re Ald., les anc. édit. et les mss. ont *quum, cum, quom* ; 6, 5 *iam* fig. pour la première fois dans la 2e Ald. ; 18 *laxo* est la leçon des anc. édit. : ce sont les Aldines qui ont introduit *lasso* (c'est du reste la leçon fautive de la tradition) ; Muret a rétabli avec raison la vulgate ; 46 il fait remonter *non amens*, non plus à Broukh., mais à la 2e Ald. (c'est du reste la leçon des mss. inf.), etc.

4. Ainsi I 1, 6, à propos de *assiduo, exiguo*, après avoir dit, comme dans sa 1re édit. : « codicum auctoritas fere par », il ajoute : « si omnino in Tibullo ex librorum auctoritate quicquam constitui potest ; nam numero fere librorum lis transigi solet, quandoquidem vetustatis vel diligentiae et doctrinae auctoritas vix de uno et altero codice prodita est ab iis qui eos versauerunt ». Heyne du reste raisonne ici très faiblement suivant son habitude ; si en effet on peut être fixé sur l'ancienneté et l'excellence d'un ou deux mss, il n'y a pas lieu de désespérer et de se laisser aller à la dérive.

XXIII. — CARTAULT. 5

et qui ne se concilie guère avec la prétention qu'il affiche de rétablir la bonne tradition ; si on ne peut réussir à la déterminer, on
va à l'aventure. Il se fait une idée assez exacte de la condition
des *Excerpta* de Scaliger [1]. Il proteste contre le manque de méthode, qui consiste à faire prévaloir une variante isolée contre la
tradition constante appuyée par le sens [2], à introduire de prétendues élégances auxquelles l'auteur n'a nullement songé [3]. Il continue d'ailleurs à donner des preuves de son incurable somnolence
en défendant dans ses notes la bonne leçon et en conservant
dans son texte la mauvaise, en instituant des discussions qu'il
est incapable de faire aboutir, en proposant pour les difficultés
des solutions différentes, sans donner la préférence à aucune. A
ses anciennes corrections proposées d'une façon dubitative, mais
qu'il laisse subsister, il en juxtapose d'autres qui ne sont pas
meilleures ou qui sont même plus mauvaises [4]. Il formule des
athétèses à l'étourdie et, sans paraître se douter de la gravité de
ce qu'il fait, il sème des soupçons arbitraires [5]. Il lui arrive trop
souvent de maintenir d'anciennes erreurs et de les aggraver [6] ou
même d'en commettre de nouvelles, qui sont bien étonnantes [7].

1. Ad I 1, 25 il avait dit dans sa 1re édit., à propos de la leçon des *Excerpta*,
« Sed hoc interpolatricem manum nimis aperte prae se fert » ; il aj. dans la 2e :
« quae omnino in illis Excerptis saepe sententiarum capita aliter constituit ; nimirum
ut iis sensus constaret seorsum lectis », ce qui est très juste.

2. Ad I 7, 42 : Sed quorsum in una variante, quae omnino ex correctione orta
videtur, haeremus, ubi vera lectio codd. auctoritate et sensus ratione se probat satis ?

3. Ad I 10, 68 : ... verendum est ne poetam elegantia aliqua, quam aut noluit
aut non recordatus est, oneraverimus. Et ita centies passim in poetis et Graecis et
Romanis factum suspicor...

4. Ainsi I 3, 7 à sa 1re conj. *reddat* pour *dedat* correct il en aj. une autre ;
accommodatius etiam forte : *didat* ; 16 désespérant d'expliquer la faute *arat*, il
propose : in tonsos Taurus abit Cilicas... *Tonsi*... Cilices recte, ut solent montani
populi, de cultu corporis parum solliciti, ce qui est absurde, etc.

5. Ainsi il considère I 1, 3-4 comme très suspects : Aut.... exoleverant litterarum
ductus et male reparati sunt, aut debetur totum distichon homini docto ex seriore
aevo ; 3, 72 il trouve le vers « ieiunus et hoc poeta vix dignus... Totum distichon
ab aliena manu venisse suspicor » ; I 5, 33 ; vix hoc distichon a Tibulli manu venire
potuit. Nitor omnis abest et ipsa sermonis ratio, etc.

6. Ainsi I 3, 58 contre *in* autorisé il justifie *ad* par une assertion ridicule : solent
poetae, quae vulgari oratione per *in* efferuntur, pronuntiare per *ad* ; il accentue son
erreur 4, 15 en défendant l'ordre interpolé comme « concinnior », 27, en disant de
transiit : pro *transit* elegante et poetis solenni enallage dictum, IV 1, 78 en appré-
ciant ainsi *erroris miseri*, excellente leçon de F : lectio haec a mera oscitatione in
Ed. Scalig. profecta, etc.

7. Ainsi II 5, 41 : Scribasne Juppiter, an non, nil refert. Ipso tono duplicanda

Il se rectifie pourtant au besoin, signale et retire bien des fautes de sa première édition [1] ; il n'est que juste de le reconnaître, mais il est affligeant de constater que, s'il se corrige, c'est quelquefois en mal [2] et que même dans ses rectifications tout n'est pas toujours à approuver (cf. 19).

14 (cf. 6). — Tout en conservant son caractère élémentaire, le commentaire a été remanié ; Heyne, suivant son système, a peu retranché ; il a modifié parfois la répartition de la matière entre le bas des pages et les *Obseruationes* ; il a surtout développé : tantôt, en respectant le noyau primitif de sa note, il allonge, soit pour améliorer la rédaction, soit pour ajouter à ses explications ; tantôt il introduit des notes qui ne figuraient pas précédemment. Tout ce qui paraît nouveau au premier abord ne l'est pas en réalité ; il a revu soigneusement Broekh. et Volpi pour en tirer davantage. Il a cependant fait un effort personnel : il profite de ses études sur les poètes et en particulier sur Virgile qu'il connaît mieux et qu'il rapproche plus exactement de Tibulle ; il utilise ce qu'il a appris d'archéologie depuis sa première édition soit pour extraire des données nouvelles des ouvrages récents, soit pour renvoyer aux monuments figurés, peintures d'Herculanum, vases étrusques, pierres gravées ; il a illustré son texte de quelques

est littera ; III 1, 21, il se demande comment *meritam* a pu venir de *nympham*, qu'il considère comme primitif, tandis que c'est une interpolation récente et savante ; IV 5, 9 il s'arrête à la leçon *Alme*, d'où *Mane* serait venu par corruption : Arguit autem haec duplex lectio ex binis saltem fontibus nostros scriptos fluxisse, etc. On n'est pas plus incompétent.

1. Ainsi I 6, 64 il reconnaît que *conteruisse* serait absurde : Ferenda itaque et notanda est illa ratio tecum contribuisse, non mutanda ; 8, 11 il défend bien *fuco* contre *succo* et ajoute : Calidius adeo recepta videtur Scaligerana immutatio, quam par erat ; mais il a tort de conserver *onerasse* ; II 1, 43 il rétablit *consita* contre *insita* de Broekh. par de bonnes raisons ; 56, après avoir soutenu dans sa 1re édit. que *ab arte* et *ab urbe* étaient confondus parfois par les scribes, il reconnaît que *ab urbe* vient « ex Venetis cum Cyllenii commento excusis » et aj. que *ab urbe* s'y trouvait : *forte casu* ; il se trompait du reste là-dessus, car il dit dans sa 3e édit. : sed video *ab urbe* etiam legi in Guelf. 1, etc.

2. Ainsi III 1, 19 il introduit dans le texte *referat*, qu'il s'était borné à approuver dans sa 1re édit. ; 5, 13, après avoir lu dans sa 1re édit. *insana... mente*, il adopte *insanae... linguae*, qui était la vulgate depuis les Aldines, et, en constatant que *insanae... mentis* (qui est la leçon autorisée) se trouve « in multis libris », il aj. : Scilicet aberratio haec erat ; quam emendatione corrigere, et veram alteram librorum lectionem negligere bonus criticus non debet ; en réalité il s'éloigne un peu plus de la vérité ; IV 1, 25 après avoir bien défendu dans sa 1re édit. la leçon autorisée contre la mauvaise conj. de Volpi, il adopte maintenant cette conj. etc.

vignettes. Il détermine le sens de passages précédemment laissés de côté et s'étend au besoin sur la signification générale d'un morceau ; il donne une analyse des élégies, explique la situation, la suite des idées et formule quelques appréciations esthétiques sur le charme, l'élégance, la grâce de la poésie de Tibulle, appréciations souvent justes, mais peu approfondies et exprimées en termes monotones [1].

Malheureusement ses additions sont parfois d'une valeur douteuse ou franchement mauvaises : Heyne n'amplifie sa note que pour tourner autour du sens, sans parvenir à le préciser et pour se perdre dans un inutile verbiage [2] ou bien il ajoute simplement à la liste déjà longue de ses contresens [3]. Pour les rectifications il n'avait que l'embarras du choix et il en opère un certain nombre qui sont louables [4], mais, quand on se corrige, il ne faut pas se corriger en mal ; c'est ce qui arrive à Heyne [5], lequel flotte sans cesse et ne peut entrer résolument dans la voie du progrès incontestable (cf. 20).

15 (cf. 7). — Il a complété la liste des éditions antérieures. Il reconnaît que les exemplaires enrichis de variantes manuscrites n'ont pas autant de valeur qu'on pourrait le croire, ces variantes, qui se transmettent de main en main, ayant été souvent recueillies pour la première fois par quelqu'un qui n'entendait rien à la

1. Ainsi I 1, 1 : ornate statim hoc ; 31-32 : ad sensum humanitatis hoc iucundum est ; inde delectant versus ; 57 : ut ad suauitatem sequentium versuum percipiendam animos iuuenum excitemus, necesse vix est ; 3, 78 : ornate ; 84 : sunt autem quae sequuntur exquisitae suauitatis propter delectum rerum ad sensum et recordationem iucundarum ; 4, 24 : suauiter ; 81 : suaue hoc ; 5, 19 : suauissimus sequitur locus sententiarum simplicitate, rerum in animum reuocatarum iucundidate ; 7, 38 : eleganter, etc.

2. Ainsi à propos de ferro uincta de I 1, 64 sq. ; I 3, 82 il flétrit des superstitions dont il ne semble pas qu'il soit en effet question ; I 4, 65 il se refuse à reconnaître la vérité, que Volpi avait bien vue, parce qu'elle lui paraît immorale, etc.

3. Ainsi I 7, 5 il explique à tort pubes par exercitus ; il n'a pas bien compris II 1, 46, 5, 54, etc.

4. Ainsi I 5, 29 il retire un c. s. après l'avoir religieusement recopié ; ita olim perperam statuebam, dit-il ; 9, 21 il retire l'approbation donnée jadis à une explication inexacte de Volpi ; II 5, 71 il explique bien la construction, sur laquelle il s'était trompé précédemment ; 6, 2 entre les deux sens proposés par Volpi il se décide cette fois nettement pour le bon, etc

5. Ainsi I 6, 48 il annule la bonne explication qu'il avait entrevue de inulta pour en substituer une plus mauvaise ; II 1, 66 il préfèrerait maintenant entendre par tela la barre transversale du métier, tandis qu'auparavant il avait bien vu qu'il s'agissait de la toile, etc.

collation des manuscrits[1]. Il parle maintenant *de visu* d'un certain nombre d'éditions anciennes, sur lesquelles primitivement il n'avait que des renseignements indirects. L'amélioration sur ce point est sensible (cf. 21).

16 (cf. 8). — Il a peu modifié son annotation de la *Vita Tibulli* de Volpi. Il s'aperçoit pourtant que rien ne prouve que Tibulle soit né à Rome. Il a changé quelques termes de la *Synopsis* d'Ayrmann. Sur le système des viri docti qui adoptent 65 av. J.-C. et celui d'Ayrmann qui propose 49 (en tout cas pas plus tôt que 54) pour la date de la naissance, il dit : Neutrum certa et explorata fide. Il complète la *Synopsis* par des renvois à Dion, des opinions de Sanadon, des détails tirés du panégyrique, mais considérés comme contestables ; certaines assertions sont atténuées, des expressions changées.

Il traite plus à fond quelques questions. Il ne paraît plus disposé à admettre l'identification de Neaera avec Glycera, quoiqu'il ajoute avec son apathie usuelle, que ce sont là des choses qu'on ne peut savoir et qu'il est inutile de creuser[2]. Il expose sa liaison avec Tibulle, en commettant une grosse erreur causée par un contresens[3], à savoir qu'à un certain moment elle aurait quitté Rome avec sa mère. Tout en admettant l'authenticité du troisième livre, il signale pourtant la faiblesse de l'élég. 4[4]. Quant au panégyrique il y voit maintenant une œuvre d'école, composée par un de ces rhéteurs d'époque postérieure, qui allaient volontiers chercher leurs sujets dans le siècle d'Auguste[5]. Pour les élég. IV 2-12 il reprend avec plus d'assurance et d'ampleur le système de sa première édition. Il les intitule *Sulpiciae et aliorum elegidia*. Sans se douter qu'elles se divisent en deux groupes et les considérant en bloc il les trouve charmantes, mais si différentes de celles de Tibulle qu'il s'étonne qu'on ait pu les lui attribuer[6]. Il n'est pas sûr que celles même qui paraissent être

1. P. xxviii sq.
2. Ad III 1, 1.
3. Sur le mot *reditus* III 3, 27.
4. Observ. p. 150 : otiosa rerum ac verborum copia laborare videtur totum carmen ; etsi sint alia in eo Tibullo digna, nec dubitare liceat, Tibullum eius esse auctorem.
5. Observ. p. 177 : ex hoc genere habendum esse arbitror Tibullo perperam tributum hoc carmen in Messalam.
6. Ad IV 2, 1 : Carmina... mollitissima et venustissima ex tota antiquitate

de Sulpicia soient d'elle en réalité ; elles peuvent avoir été faites par un poète parlant en son nom. Quelques-unes ne sont certainement ni d'elle ni de Cerinthus ; elles ne se distinguent pas pourtant des autres par le style [1]. Il est probable qu'il y en a de Sulpicia ; les autres ont été composées en différentes circonstances par des hommes nobles, élégants, lettrés du temps d'Auguste. Tout cela est assez flottant. Sur la raison qui a fait réunir ces pièces à celles de Tibulle, Heyne reste dans le vague [2] (cf. 22).

17. — Il a, en conservant l'anonymat, donné de son édition un compte rendu [3] qui expose si clairement ses intentions et le but poursuivi, qu'il est encore aujourd'hui utile de le lire avant d'aborder son livre. On regrette d'y trouver des illusions comme celles-ci [4] : « il ne s'agissait pas seulement de traiter Tibulle en et pour lui-même au point de vue critique, mais d'offrir au jeune humaniste un manuel, où il pût apprendre toute la méthode de l'interprétation et de la critique d'un poète ». Le jeune humaniste, qui, pour se former à la critique et à l'exégèse, prendrait pour guide cette refonte médiocre d'un travail très faible, se gâterait irrémédiablement.

18. — Heyne était à l'apogée de sa réputation, quand il donna, en 1798, une troisième édition de Tibulle revue de nouveau et qui contient sa dernière pensée [5] ; elle diffère moins de la seconde

Romana : diuersae utique indolis adeoque diuersi coloris a superioribus, ut, quomodo a viris doctis Tibullo tribui potuerint, vix intelligas.

1. *Ibid.* : Discriminis tamen aliquid inter hos et illos elegos ex carminis indole vel colore deprehendi non potest.

2. *Ibid.* : Ut in Tibulli codicem ea reiicerentur, cum aliae causae casusque ferre potuere, tum argumenti similitudo, et temporum forte, quibus ea scripta sunt, a Tibullo non remotorum ratio. Tum vero lib. II. Tibulli duae sunt elegiae ad Cerinthum scriptae, qui utique idem cum hoc haberi potest, quem Sulpicia amauit : etsi puella, quam sibi e. l. desponsam habet, Sulpicia esse nequit. Heyne n'a pas débrouillé la question ; il a simplement pataugé. C'est un exercice qui du reste ne lui déplaît pas.

3. Gött. Anz., 8 nov. 1777, p. 1073-1077. Il a fini par découvrir quel était le Seneca qui a interpolé Tibulle en lui prêtant des vers de sa façon ; p. 1077 : il a vécu vers la fin du xve siècle ; il s'appelait Thomas Seneca Camers et eut un ennemi violent dans la personne de Basinius de Parme, parce que lui et Porcellius ne savaient que le latin, tandis que Basinius mettait le grec au-dessus de tout.

4. *Ibid.*, p. 1074.

5. Albii Tibulli carmina libri tres cum libro quarto Sulpiciae et aliorum. Nouis curis castigauit Chr. G. Heyne. Editio tertia emendatior et auctior. Lipsiae apud Ioannem Gottlob Feindium 1798. in-8, xcii-222-343 p.

que celle-ci ne différait de la première. En revenant après plus de 40 ans à ses premières amours, il affirme que les études Tibulliennes ont développé chez lui le penchant à la douceur et à la bonté [1] — résultat appréciable, encore qu'inattendu. En relisant ses notes et ses *Obseruationes* il s'est proposé de corriger, de supprimer et d'ajouter, selon ce que l'âge et l'expérience lui avaient appris [2]. En réalité il a peu supprimé.

19 (cf. 11). — Au point de vue critique il a eu entre les mains de nouvelles ressources [3], 4 *Guelferbytani,* qu'il décrit et qu'il a collationnés en entier. Ils sont de la classe des manuscrits récents et, s'il déclare qu'il en a tiré quelque profit, ce n'est là qu'une phrase banale.

Pris en gros le résultat de sa revision critique est qu'il a amélioré le texte dans quelques rares passages [4], mais qu'il l'a dépravé dans quelques autres un peu plus nombreux [5] (cf. 12).

Quant à la nature même de son travail elle est restée sensiblement la même (cf. 13). Les *Obseruationes* comptent maintenant 268 pages au lieu de 240; elles se sont donc encore développées: Heyne modifie sa rédaction pour plus de clarté ou pour renforcer un argument; il fait des emprunts à ce qui a paru sur Tibulle depuis 20 ans, cite quelques conjectures nouvelles, mais surtout donne la leçon des *Guelferbytani* d'une façon qui montre qu'il a fait quelques progrès dans la lecture et dans l'utilisation des manuscrits : il distingue la leçon elle-même de ce qu'il appelle la variante, dit où se trouve cette variante, à la marge ou dans l'interligne, s'efforce de ne pas confondre les différentes mains [6].

1. Praef. p. iv : multum illa opera in Tibullo posita mihi profuit ad molliorem aliquem animi sensum induendum, quo ad beneuolentiam humanitatemque animo imbibendam procliuior essem, ita ut grata aliis facere, iniucunda aliis fugere adsuescerem.

2. Praef. p. vi.

3. P. xxxvi sq. : reperi... varietates nonnullas memorabiles, tum interpolationum partim vestigia noua, partim alia, quae suspiciones meas de interpolationibus et corruptelis certorum locorum aut lacunis et fragmentis firmarent.

4. Ainsi il lit avec raison I 4, 25 *sinit* et non plus *sinet,* IV 1, 115 *audet* et non *gaudet,* 4, 3 *nec te iam* et non *nec iam te,* revenant ainsi à la tradition autorisée, etc.

5. Ainsi il marque une lacune après I 1, 24; il abandonne à tort I 3, 9 *Delia non usquam* pour *Delia non usquam est,* 58 *in Elysios* pour *ad Elysios,* 4, 28 *stat remeatque* pour *stat remeatue,* 7, 53 *dem* pour *dum,* etc.

6. Ainsi III 1, 15, à propos de *umbram:* Guelf. 2. adscr. ab alia manu *undam,* 2, 15 : legitur in Guelf. 2. *togatae,* superscr. *rogate,* 4, 6 : *manent* Guelf. 2. at

Mais il était incapable de faire une besogne en perfection et ses collations offrent de nombreuses négligences [1]. Il énonce çà et là des idées saines, par exemple sur les rapprochements qui éclairent le texte, mais sans pouvoir servir à fixer la leçon [2] ; il montre bien qu'il y a des cas douteux, où une décision prématurée n'est que de l'arbitraire, mais il fallait ajouter que, pour Tibulle, cette incertitude provenait de l'état même dans lequel se présentait la tradition, et ne pas tomber dans un scepticisme complet et général [3]. Il a raison de protester contre la substitution de la fantaisie à la méthode [4] ; il entrevoit souvent la vérité, mais il ne sait pas s'y tenir fermement.

Ses additions ne sont pas toujours heureuses ; il multiplie ses soupçons [5], sans essayer de leur donner un fondement plus solide. Il se laisse séduire par les *Guelferbytani* dont il exagère la valeur [6] et dont il vante à tort l'excellence [7], obéissant à la tendance très humaine mais dangereuse et condamnable de surfaire les manuscrits qu'on utilise le premier. Il revient sur une décision juste [8] ou aggrave une faute antérieure. Ses corrections sont tantôt bonnes [9],

emendat alia manus *monent*, 63 il note que le *Guelf.* 2 a *illis* a pr. m. Ces indications et beaucoup d'autres sont exactes, comme l'atteste l'apparat critique de Baehrens.

1. Ainsi I 3, 86 *deducat* vel *deducas* Guelf. 2 ; il fallait dire que *deducas* est de la 2ᵉ main ; 5. 29 il donne *reget* comme du Guelf. 2. ; mais il est possible que le second *e* soit d'un correcteur ; II 5, 91 il donne *comprensis* comme du Guelf. 2., mais en réalité l'*n* est d'un correcteur et la leçon primitive était *compressis*, etc.

2. Ad I 1, 6 : haec tantum illustrant lectionem, non stabiliunt.

3. Ad I 1, 22 : sunt innumera, inprimis in poëtis, de quibus nulla nec iudicii subtilitate nec auctoritate pronuntiari potest, ita ut arrogantiae aut pertinaciae sit, alios ad assensum cogere velle.

4. Ad II 5, 117 : de hoc quod in animum venire possit, non quaeritur in recensione poëtae ; tenendum est, quod aut carminis lex aut sententia aut orationis genus et proprietas, aut criticum iudicium postulat.

5. Ainsi I 1, 7-8 pourrait être un fragment venu d'ailleurs ; 7, 39-40 de même : nimis aliena est Bacchi commemoratio ; IV 9, 3-4 aurait été ajouté par un ignorant pour remplir une lacune, etc.

6. Ad I 6, 46 il fait figurer le Guelf. 3. parmi les *meliores libri*.

7. Ainsi I 7, 54 : nouam et elegantem lectionem offert Guelf. 2. *tibi dem turis honorem, Libem et Mopsopio dulcia mella fauo* ; c'est une interpolation ; I 8, 29 il approuve à tort *neu* isolé du Guelf. 3., etc.

8. Ainsi I 2, 7 après avoir dans sa 1ʳᵉ édit. préféré *domini* à *dominae*, il dit maintenant : utrumque bene, etc.

9. Ainsi I 3, 29, tandis que dans ses 2 1ʳᵉˢ édit. il avait traité la conj. de Scal. *noctes* de « satis probabilis », elle n'est plus maintenant que « primo adspectu probabilis » ; 37 il s'aperçoit qu'il a eu tort de ne pas faire venir *contexerat* de

tantôt mauvaises [1] et la rectification est entre ses mains parfois une ascension vers le mieux, tantôt une chute dans le pire.

20 (cf. 14). — En ce qui concerne le commentaire, Heyne a consacré en partie sa préface à justifier le genre d'interprétation qu'il a appliqué à Tibulle et à Virgile. Il admet la légitimité des éditions critiques, des éditions explicatives, de celles qui sont à la fois critiques et explicatives, mais il est porté à mettre l'interprétation au-dessus de la critique [2] — qui du reste ne lui a que médiocrement réussi. Par interpréter il paraît entendre faire ressortir nettement des mots la pensée de l'auteur, en complétant la chose par des jugements sur la pensée elle-même et sur les réalités et par des réflexions sur le vrai et le beau [3]. La définition n'est pas précise, mais peut-on attendre de Heyne la précision ?

Les divergences avec la deuxième édition consistent en additions et en rectifications. Entre le texte et les notes il ajoute la mention des transpositions de Scaliger et de Henley : c'est toujours l'ambition que son travail résume tous les précédents et en tienne lieu. Les notes existantes sont développées pour modifier la rédaction, ajouter des renvois ou citations, compléter l'explication [4]. Il en insère quelques nouvelles. Ses additions ne sont parfois qu'un bavardage inutile. Il y en a de franchement mau-

---

contegere ; 4, 34 il est désabusé des corrections *en decet, hinc decet, quam decet !* etc.

1. Ainsi I 1, 6, après avoir amélioré sa note sur ce passage, il conclut d'une façon tout à fait inattendue : omnibus expensis pronior sum in alteram lectionem *exiguo* ; 2, 69 il croit qu'ici les *praecepta critica* doivent s'incliner devant la raison de sens et n'est pas éloigné de penser : veram lectionem esse *contectus* = praeda onustus, ce qui est sûrement inexact ; II 5, 23, après avoir dans ses 2 1res édit. préféré *formauerat* à *fundauerat*, il dit maintenant : Utrumque bene se habet. Ergo retinere praestat, quod semel tenemus, ce qui en réalité ne signifie rien, etc.

2. Praef. p. vii : Saepe… facilius est criticam exercere quam bene interpretari.

3. *Ibid.* : Laus porro sua esto etiam ei commentandi generi, in quo sententiarum caussae ex ipsa sermonis, seu recte seu usu constituti, ratione (licet enim corum, quae legas, sensum qualemcunque animo tenere, ut tamen nec verba singula nec verborum ac sententiarum vim assequaris), ex scriptorum usu, aetatum opinionibus ac iudiciis, ductae apponuntur ; admonitiones quoque breues et utiles de ipsis sententiis ac rebus aut de vero pulcroque subiiciuntur. Qu'entend-il au juste par *sententiarum caussae* ?

4. Citons pour faire comprendre le procédé du gonflement progressif la note sur I 2, 27 : la 1re édit. dit simplement : Cf. cum his Propert. III, 4, 11 sqq. ; la 2e : Cf. cum his Propert. III, 14, 11 sqq. Mox *pigra frigora* proprio ac perpetuo epitheto ab effectu ; la 3e : Cf. cum his Propert. III, 14, 11 sqq. Mox *pigra frigora* proprio ac perpetuo epitheto ab effectu : rigentibus gelu membris et aegre se mouentibus.

vaises pour justifier ses lacérations[1]. Ses corrections ne sont pas toujours à approuver[2] et en général elles sont timides[3].

21 (cf. 15). — La dissertation sur les manuscrits et les éditions de Tibulle a passé de 40 à 62 pages ; elle a donc été notablement complétée.

22 (cf. 16). — Sur la biographie de Tibulle et l'attribution des pièces il a peu modifié. Il émet le soupçon[4] que Neaera était une étrangère et ne pouvait être épousée en justes noces par un chevalier romain comme Tibulle. Il paraît faire assez bon marché de son système sur les élég. IV 2-12 et laisse chacun libre de penser comme il lui plaît[5] ; il faut assurément le louer de ne pas vouloir imposer à toute force des résultats erronés ; mais ce qu'on doit lui reprocher c'est de n'avoir pas vu que ses recherches étaient trop mal conduites pour aboutir et que le procédé des hypothèses en l'air doit être absolument banni des études philologiques[6].

23. — En somme le travail de Heyne pèche par la faiblesse de la conception et de l'exécution ; ses remaniements successifs ne l'ont pas rendu vigoureux et sain. Au point de vue critique l'auteur opère sur une matière trouble, qu'il n'avait pas le moyen de clarifier, et de temps en temps paraît se rendre compte de l'inutilité de ses efforts. Il a quelques témérités qu'il aurait pu s'épargner. Dans le commentaire il est trop souvent imprécis et vacillant ; la décision lumineuse lui fait défaut, bien qu'il ait çà et là des éclairs d'intelligence. Pour trancher les questions d'authenticité la perspicacité lui a manqué et l'esprit de découverte.

1. Ainsi I 5, 37 il aj. une note pour expliquer qu'il s'agit d'un fragment d'un autre poème dont il analyse le contenu, etc.
2. Ainsi I 7, 3 il juge impossible un sens très bon adopté précédemment et recourt à une correction inutile ; 8, 53-54 il recommande à tort de joindre *uel* à *absenti*, ce qu'il n'avait pas fait précédemment.
3. Ainsi I 1, 3 il continue à expliquer *labor* = periculum, en ajoutant : exempla tamen huius usus desidero. Il eût mieux fait de ne pas maintenir son interprétation.
4. Ad III 1.
5. P. 203 du texte, il conclut ainsi : In re... quae in varias partes disputari potest, suo ut unusquisque fruatur iudicio aequum est.
6. Le c. r. anonyme que Heyne a donné dans les Gött. Anz. du 28 avr. 1798, p. 667-669, est surtout une annonce et une analyse ; un peu plus modestement qu'auparavant, l'ouvrage est présenté p. 668 comme une aide destinée à la première formation du jeune humaniste qui se perfectionnera ensuite en étudiant l'édit. de Virgile.

CHAPITRE PREMIER

DU COMMENCEMENT DU XIXe SIÈCLE A L'ÉDITION
DE LACHMANN 1829

§ 6. — Au début du xixe siècle les études tibulliennes sont
en Allemagne sous l'influence absolument prépondérante de
Heyne. Ses élèves s'efforcent de maintenir et d'améliorer l'œuvre
du maître, ses adversaires en signalent les défauts et veulent la
détruire et la remplacer.

§ 7. — En 1800 C. G. Mitscherlich a donné la mesure fort
restreinte de ses moyens et un exemple de l'incertitude dans le
maniement de la méthode en discutant 16 passages de Tibulle[1].
Il propose 7 corrections, substituant à des mots qui ne lui paraissent pas offrir de sens des mots de forme assez analogue[2]. Mais
la tradition est correcte et il ne fait en général qu'empirer le texte
de Heyne. Dans 7 autres passages, il flaire des interpolations, mais,
sauf dans un cas[3], ses soupçons ne sont pas fondés et Heyne avait
eu raison de conserver les vers mis en suspicion. Il repousse une
explication de Broekh.[4] pour en adopter une qui est juste, mais
qui est de Heyne. Ailleurs[5] il ajoute quelque chose au commen-

---

1. Ad audiendam orationem pro loco in Facultate philosophica rite obtinendo
die 30. Augusti 1800... habendam... inuitat Chr. Guil. Mitscherlich. — *Praemittitur
tentamen criticum in aliquot Tibulli loca.* — Gottingae, ap. Henr. Dieterich.
in-4, 12 p.

2. I 2, 40 *isse* p. *esse*, 4, 26 *cristas* p. *crines*, 69 *implicet* p. *expleat* (en
partant de leçons fautives), 10, 9 *aries* p. *arces*, II 5, 76 *ortus* p. *annus*, III 1, 3
crebra p. *certa*, 6, 11 *inire* p. *mite* (cette dernière correction est intéressante).

3. I 6, 42 il considère *aut alia stet procul ante uia* comme interpolé, mais il
ne circonscrit pas avec assez de précision les limites de l'interpolation. Cf. § 292.

4. I 5, 67.

5. I 8, 9.

taire de celui-ci et, faisant une digression, il réfute deux conjectures inutiles en effet de Markland sur Claudien et Stace. Sauf sur un ou deux points, il n'y a rien à tirer de cette dissertation, dont la direction seule est intéressante, puisqu'elle montre le cas qu'on faisait alors en Allemagne de la critique, pratiquée du reste sans grand succès.

§ 8. — Io. Aug. Goerenz a exercé sa sagacité critique sur 25 passages de Tibulle[1] et il ne s'est pas toujours trompé. Il a rejeté trois des lacunes arbitraires marquées par Heyne[2]. Il a six fois bien défendu la bonne leçon[3]. Il fait preuve de jugement et quelquefois d'ingéniosité[4]. Mais le plus souvent ses efforts n'aboutissent pas et il va jusqu'au détestable[5]. Il a pourtant le mérite d'avoir amélioré sur quelques points le texte de Heyne.

§ 9. — Je n'ai pas eu entre les mains : H. C. Abr. Eichstaedt, *Progr. in quo disputantur nonnulla de eis, quae novo Tibulli editori vel cavenda vel facienda sunt.* Ienae 1806. Folio.

§ 10, 1. — En 1808 Car. Fr. Wunderlich a donné une édition de Tibulle[6]; c'est l'essai d'un débutant. Elle est sous la dépendance directe de la dernière édition de Heyne, comme l'indique

1. Ad examen publicum in Lyceo Zwiccaviensi d. 14. April. ... celebrandum... invitat M. Ioannes Augustus Goerenz Lycei rector et biblioth. — *Praemittitur tentamen criticum in loca quaedam carminum Tibullianorum.* — Zwiccaviae ex officina Hoeferi. in-4, 10 p.

2. Après I 1, 24 et 34 et 5, 36.

3. I 1, 5 *uita... inerti* contre *uitae... inerti* conservé par Heyne qui pourtant s'en montrait peu satisfait, 2, 25 l'hexamètre contre Heyne, 3, 26 *memini* entre parenthèses et se rapportant aux deux propositions (mais c'est ainsi qu'imprime Heyne), 6, 3 *saeuitiae* contre *saeue puer* adopté par Heyne, 5 *nam* premier contre *iam* de Heyne (mais à tort *nam* second contre *iam* de Heyne), 7, 15 *alat* contre *arat* de Heyne; l'origine de la faute est expliquée d'une façon vraisemblable, p. 9 : *miseri... scribae* non de Tauro monte, sed de tauro ad arandum idoneo cogitabant.

4. Ainsi I 2, 88, au lieu de *unus* qui ne paraît pas pouvoir s'expliquer d'une façon satisfaisante, il propose *uni is*, qui est à repousser pour d'autres raisons, mais qui paléographiquement est séduisant, 6, 11 et 12 il défend ingénieusement *nunc* en entendant *didicit* par *haec scit, tenet*, etc.

5. Ainsi II 4, 5 il propose de remplacer *seu... seu* par *heu... heu*, ce qui fait un v. faux, etc.

6. Albii Tibulli carmina libri tres cum libro quarto Sulpiciae et aliorum. — Ex recensione Heyniana cum animadversionibus edidit Car. Fr. Wunderlich philosophiae in Academia et literarum... in Gymnasio Gottingensi doctor. — Gottingae, apud Vandenhoeck et Ruprecht, 1808. pet. in-8, xvi-150 p.

le titre et comme le déclare dans sa préface l'auteur, qui a pour
son maître une profonde admiration[1]. Il n'a prétendu faire
qu'une édition à l'usage des écoles et des leçons académiques et
il ne l'a entreprise que parce que Heyne, qui ne pouvait s'y consacrer à cause de ses nombreux travaux, l'a engagé à s'en
charger.

2. — Au point de vue critique il n'a pas eu à sa disposition de
ressources nouvelles, sauf les conjectures de Valentin Slothouwer
et de C. Ferdin. Nagel[2], qui n'offrent rien d'utile[3], mais qu'il
énumère avec soin. Il se proposait primitivement de reproduire
purement et simplement la récension de Heyne, mais — il le dit
sans malice, bien que ce soit là une sérieuse critique — il a
remarqué que son maître avait laissé subsister dans son texte un
certain nombre de leçons qu'il réprouvait; en outre, en présence
des variantes accumulées, il s'est demandé s'il ne pourrait pas en
tirer quelque profit. En réalité il n'a modifié le texte que très
rarement et, si on laisse de côté les passages douteux ou également fautifs, on trouve qu'il l'a amélioré et détérioré un nombre
de fois à peu près égal, une douzaine environ[4]. Ce n'est pas là
un progrès; ce qui en est un, c'est qu'il a fait disparaître du texte
toutes les lacunes marquées arbitrairement par Heyne. Il s'est
appliqué à montrer que les soupçons de celui-ci n'étaient pas

---

1. Praef. p. v il dit de lui, après avoir nommé Brookh. et Volpi : tertius, isque
princeps, veterum poëtarum interpres.

2. Dans les Acta literaria Societatis Rheno-Trajectinae, t. III, p. 146-149, et IV,
p. 256-268.

3. Praef. p. xiv : Inde vero quam parum fructus in Tibulli carminum integri-
tatem et nitorem redundarit, in animadversionibus est demonstratum. Heyne avait
ainsi caractérisé les conj. de Nagel dans les Gött. gelehrte Anz. du 5 nov. 1804,
p. 1768 : beyläufig aufgestossene oder aufgesuchte Conjecturen, oder Bestreitungen,
die, wie gewöhnlich, wieder bestritten werden können.

4. Il lit avec raison I 4, 36 *ullam* et non *illam*, 10, 64 *quo* et non *quoi*, II 2,
17 *utinam* et non *uiden ut*, 3, 78 *laxam... togam* et non *in laxa... toga*, III 4,
59 *tuas* et non *tuis*, IV 1, 14 *placauit* et non *pacauit*, 209 *uolucris... pennis* et
non *uolucri... penna*, qui est resté dans le texte par erreur, 3, 13 *cerui* et non
ceruae, 15 *si* et non *sic* (Heynio volente), 8, 4 *Aretino* (c.-à-d. Arretino) et non
Eretino, 9, 2 *iam* et non *nunc*. — En revanche il a tort de préférer I 1, 6 *exiguo*
à *assiduo*, 9, 13 *persolues* à *persoluet*, qui est resté dans le texte par erreur,
68 *et* à *aut*, 10, 46 *aratores* à *araturos*, II 3, 9 *quum* à *quod*, III 3, 35 *reditus* à
reditum, 4, 28 *spirabat* à *stillabat*, IV 1, 2 *ualeant* à *nequeant*, 113 *reuoca-
uerit* à *renouauerit* (qui figure dans le texte de Heyne contre sa volonté), 205 *fato*
à *celerem*, qui est resté dans son texte par erreur, 2, 3 *sed* à *at*, 10, 6 *nec* à *ne*.

fondés et à faire ressortir la suite des pensées de Tibulle[1] dans des *Arguments*, qui malheureusement ne l'indiquent qu'en gros, et sans résoudre les difficultés qui se présentent dans le détail. Il a du reste été trop absolu dans la question des lacunes ; il n'en a laissé subsister qu'une II 3, 75 ; or cet exemple d'un distique incomplet aurait dû l'avertir que Tibulle, pas plus que les autres poètes, n'a été à l'abri des omissions involontaires des copistes, ce qui n'a du reste aucun rapport avec l'hypothèse de l'état fragmentaire des élégies. Il a corrigé l'orthographe souvent fautive de Heyne en lui donnant plus d'uniformité. Il a également réformé la ponctuation, lorsqu'elle contrariait le sens, qu'elle n'était pas adaptée à la structure grammaticale, qu'elle était superflue ou gênante, par exemple dans les phrases enchevêtrées. Il l'a améliorée dans un certain nombre de cas, mais il a laissé beaucoup à faire.

3. — La nature spéciale de son édition l'a empêché d'examiner les questions soulevées par Eichstaedt (§ 9) ; il se réservait de le faire plus tard.

4. — Ses *Observationes in Tibullum* rappellent Heyne non pas seulement par le titre, mais par la façon dont elles sont conçues, puisqu'elles mêlent la critique et l'exégèse. Pour l'explication du texte, il s'est efforcé d'être très bref[2]. Il suit le plus souvent son maître en l'approuvant ; il témoigne pourtant d'une certaine indépendance[3], qui lui a valu les compliments de Voss, mais qui l'égare parfois[4]. Il profite des repentirs que Heyne n'avait exprimés que mollement, sans avoir le courage de les faire prévaloir, et il en

1. Praef. p. xi : Tibullum... tenuissimo saepe filo orationis seriem contexuisse cum ab aliis erat animadversum, tum me ipsum non fefellerat.

2. Praef. p. xvi : ut non commentatoris munere, sed annotatoris leviori officio defungerer.

3 Ainsi I 1, 11 à propos de *desertus* il adopte contre Heyne l'explication de Burmann ad Aen. II, 714, sans faire preuve du reste d'originalité, puisqu'il en doit la mention à Heyne lui-même ; 2, 92 il voit bien contre Heyne que *uelle* n'est pas un mot surabondant ; 5, 65 : Versum sanum judico et de juvenum compotationibus interpretor, ad quas puellam suam cuique adducere liceret ; Heyne divague sur ce passage ; Wunderlich entrevoit la vérité, mais il craint comme Heyne de donner à Tibulle un rôle répugnant ; II 2 il rapporte avec raison cette pièce au natalis de de Cerinthus et non à celui de la puella : nam ne ullum quidem natalis puellae vestigium comparet, etc.

4. Ainsi I 5, 52 il fait un c. s. qui n'était pas chez Heyne ; 6, 56 il rapporte *leuis* à Bellona, Heyne à la prêtresse ; il se peut que tous deux se trompent.

tire ce qu'ils contiennent de bon ; lorsque Heyne propose plusieurs sens, il lui arrive de dégager le vrai plus décidément. Plus
que Heyne il a le goût des choses grammaticales et il fait à cet
égard quelques bonnes remarques. Pour les passages contestés
et véritablement difficiles il n'apporte pas grande lumière ; il
rétablit quelquefois avec justesse la suite des idées, là où Heyne
n'avait vu que des fragments de provenance différente.

5. — Heyne a rendu compte avec bienveillance de l'essai de
son disciple[1], « premier fruit des efforts d'un esprit ardent ».
Il le félicite de ne pas s'être borné à la pure critique, dont à cette
époque de sa vie il est désenchanté. Il admet comme légitime la
tentative pour démontrer l'unité des élégies et faire disparaître les
astérisques dont il avait parsemé le texte et reconnaît qu'elle n'a
pas mal réussi à Wunderlich. Pour l'approbation ou le blâme dans
le détail Heyne fait jusqu'à un certain point abstraction de ses
préférences personnelles, ce qui ne veut pas dire qu'il a toujours
raison : il reste beaucoup de subjectif. Son jugement sur le
point de vue spécial, auquel doit se placer la critique lorsqu'elle
traite de Tibulle, n'est pas acceptable : « On ne saurait considérer Tibulle comme un poète correct ; il exprime naturellement
ce qu'il sent, enchaîne ses pensées comme elles viennent, prend
l'expression comme elle se présente, écrit pour lui et se laisse
aller. C'est ainsi qu'il faudrait le prendre et, une fois ce principe
admis, en poursuivre l'application avec rigueur. » Comme il
mourut peu de temps après, en 1812, on peut dire qu'il est mort
avec des vues fausses sur l'art de Tibulle.

§ 11, 1. — Il vécut encore assez pour assister à l'attaque violente que dirigea contre ses travaux sur Tibulle Joh. Heinr. Voss[2],
son ennemi acharné. Né en 1751 à Sommersdorf, dans le Meck-
lenburg-Schwerin, celui-ci alla en 1772 à Göttingen, où il
étudia la théologie et la philologie et fut l'élève de Heyne.
Il fonda avec d'autres jeunes gens le célèbre Bund. Très pauvre,
il trouva des moyens d'existence dans la publication du Musen

---

1. Dans les Göttingische gelehrte Anzeigen du 25 juin 1808, p. 1005-1007.
L'article est anonyme, mais il est bien de Heyne, cf. Die Mitarbeiter an den Göttin-
gischen gelehrten Anzeigen in den Jahren 1801. bis 1830. von F. Wüstenfeld.
Göttingen, 1887, Dietrische Verlagsbuchhandlung. in-4, 87 p.
2. Johann Heinrich Voss von Wilhelm Herbst, Leipzig, B. G. Teubner, in-8,
1. Band, 1872, II. Band, 1ste Abtheil. 1874, 2te Abth. 1876.

Almanach que lui céda en 1775 Boie, dont il épousa la sœur en 1777. Il alla s'établir en 1802 à Jéna, qu'il quitta, malgré les instances de Goethe, pour se fixer en 1805 à Heidelberg. La publication de sa traduction de l'Odyssée à Hamburg, en 1786, occasionna entre Heyne et lui une polémique qu'il soutint avec une grande vivacité. Ses travaux sur Virgile furent l'occasion de nouvelles inimitiés entre lui et son ancien maître. Il avait 59 ans quand il donna en 1810 une traduction de Tibulle[1], qu'il compléta l'année suivante par une édition critique[2] destinée à faire connaître et à justifier le texte qu'il avait suivi. Il trouvait devant lui Heyne, contre lequel il dirigea, sans jamais prononcer son nom, une polémique acerbe.

2. — Pour la biographie de Tibulle il accorde une certaine confiance à la *uita* des manuscrits[3]. Du ton des rapports de Tibulle avec Horace et Messalla, il conclut qu'il devait être à peu près du même âge que l'un et que l'autre. Horace lui parle comme à quelqu'un qui a l'expérience du monde et avec une confiance qu'il n'aurait pas témoignée à un tout jeune homme. Pour cette raison, très contestable, il place sa naissance entre celle d'Horace 65 av. J.-C. et celle de Messalla qu'il met en 59[4]. Comme ni Glycera, ni aucune autre maîtresse lui ayant préféré un amant plus jeune ne figurent dans ses œuvres, il faut que les élégies à Glycera aient été composées après la publication du deuxième livre vers 22 et qu'elles aient été perdues ; c'est pourquoi Ovide n'en parle pas. Tibulle aurait eu environ une quarantaine d'années quand il mourut. Après avoir adressé à Messalla en 31 le poème de félicitations connu sous le nom de Panégyrique[5], il fut invité par celui-ci à le suivre dans l'expédition contre Antoine. Il avait déjà fait campagne et refusa par l'élég. I 1[6]. Il consentit au contraire à l'accompagner en Aquitaine,

1. Albius Tibullus und Lygdamus übersetzt und erklärt von Johann Heinrich Voss. — Tübingen, in der J. G. Cottaischen Buchhandlung, 1810. in-12, xxxii-384 p.

2. Albius Tibullus und Lygdamus nach Handschriften berichtiget von Johann Heinrich Voss. — Heidelberg bei Mohr und Zimmer, 1811. in-12, xxxii-494 p.

3. P. 433 de son édit. : Cette vie de Tibulle, faite par un grammairien qui lisait encore Domitius Marsus, mérite d'être prise en considération.

4. Trad. Vorrede p. vii.

5. Il l'intitule : An Messala. Glückwunsch zum Konsulat. Ce titre convient mieux que celui de panégyrique.

6. Trad. Anmerkungen p. 10.

parce qu'il s'agissait d'une guerre extérieure, et composa à cette occasion I 10[1]. Après cette expédition, fin de 31 et 30, il le suivit en Asie, composa en chemin I 2, 65-98[2], tomba malade à Corcyre à la fin de l'été de l'an 30 et y écrivit I 3[3], revint à Rome, y trouva Delia mariée et composa I 2, 1-64[4]. Cette chronologie est tout à fait arbitraire.

3. — L'originalité et le mérite de Voss c'est de s'être posé nettement la question de savoir ce qu'il y a de Tibulle dans le Corpus Tibullianum. S'il n'a pas su la résoudre entièrement, au moins est-il arrivé à propos du troisième livre à un résultat qui n'a pas été accepté sans peine, mais qui a fini par s'imposer. Déjà en 1786[5] il avait exprimé l'opinion que ce troisième livre n'était pas de Tibulle ; c'est cette opinion qu'il reprend maintenant en l'appuyant par des arguments[6]. L'auteur du troisième livre se donne 5, 17-18 comme né en 43 av. J.-C. ; cette date, on l'a souvent remarqué, ne saurait être celle de la naissance de Tibulle. Or ce distique n'est ni interpolé ni corrompu. Si on l'applique à Tibulle, il faut que celui-ci ait aimé et chanté Neaera avant Delia ; mais nous savons par Ovide Amor. III 9, 31 sq. que Delia fut le premier amour de Tibulle, au moins son premier amour poétique. Donc le troisième livre n'est pas de Tibulle. Quant au problème que soulève le rapport des vers 5, 16-20 avec des vers d'Ovide, Voss le résout ainsi[7] : Ovide, né la même année que l'auteur du troisième livre, s'est approprié textuelle-

---

1. *Ibid.* p. 133.
2. *Ibid.* p. 32.
3. *Ibid.* p. 44.
4. *Ibid.* p. 22.
5. Musen Almanach für 1786 hrsggb. von Voss u. Goeking. Hamburg bey Carl Ernst Bohn. Voss a publié, p. 80-89, une trad. de I 1. En note, p. 80 sq., il proteste contre la théorie de Scaliger, que l'ordre traditionnel résulte du déplacement de quelques feuillets, contre celle de Heyne, qu'il ne s'agirait que de fragments fortuitement réunis de plusieurs élégies. Sur l'attribution du 3e livre à Tibulle, il s'exprime avec la causticité qui lui est naturelle : « Aber so wenig der abstechende Ton von dieser Elegieen, als dass der Verfasser seine Geliebte Neära, und sich selbst Lygdamus nennt, befremdete die gelehrten Männer. Sie fanden lauter Natur und Sprache des Herzens ; Neära? ei, die konnte ja auch anders heissen ; und Lygdamus war offenbar nichts weiter als Albius, der Vorname *(sic)* Tibulls... Denn Albius, sagte man, bedeutet soviel als albus weiss ; und der lygdinische Marmor, der vielleicht auch der lygdamische geheissen hat, war ganz ausserordentlich weiss. »
6. Trad. Vorrede p. XI-XXII.
7. Anmerkungen p. 371.

ment le vers 18, avec quelques modifications les vers avoisinants.

Du reste entre les élégies de Tibulle et celles du troisième
livre il y a une grande différence de ton : la monotonie et la
sécheresse de l'auteur du troisième livre n'ont rien à voir avec la
vivacité, la fraîcheur et les autres qualités de la poésie de Tibulle.
L'amour de Tibulle pour la campagne fait défaut là où l'auteur
aurait pu l'exprimer : dans la troisième élégie, il le remplace
par des banalités sur la vanité des richesses. La façon plate dont
il envisage l'existence avec Neaera n'a rien de commun avec les
accents qui partent du cœur de Tibulle, lorsqu'il imagine l'existence qu'il mènerait aux champs avec Delia.

L'auteur du troisième livre nous a donné loyalement son nom :
il s'appelle Lygdamus. A l'hypothèse que Lygdamus serait la
traduction d'Albius Voss oppose que λύγδος est non pas un
marbre blanc mais un onyx apparenté à l'albâtre. Au surplus
quelle raison aurait eu Tibulle de prendre un pseudonyme dans
une pièce qui, sans la moindre allégorie, traite un sujet réel et
justement dans une épitaphe qui devait offrir le nom vrai ?
L'amant de Neaera s'appelait Lygdamus ; c'était un Grec, affranchi
ou fils d'affranchi.

Ce n'est pas seulement par le ton, mais aussi par le mérite
poétique que les élégies de Lygdamus se distinguent de celles
de Tibulle. Lygdamus n'a ni l'esprit, ni l'invention, ni le jugement, ni l'intimité de Tibulle ; il l'imite non sans adresse, anime
ses descriptions par le coloris du style et l'art des vers. Mais ce
n'est pas un élégiaque de premier ordre ; il est donc naturel
qu'il ne soit cité ni par Quintilien, ni par Ovide, qui du reste
Pont. IV, 16 ne nomme pas tous les poètes de talent et qui
l'estimait, puisqu'il lui a fait des emprunts.

Cette argumentation est convaincante dans ses traits généraux ; en distinguant nettement Lygdamus de Tibulle, Voss a
fait une découverte importante ; il a raison de dire [1] : « Si ces
élégies ne se trouvaient pas annexées dans nos manuscrits à
celles de Tibulle, personne n'aurait l'idée de leur donner un
autre auteur que Lygdamus. » S'il a fait là de bonne besogne,
c'est qu'il a examiné le texte sans parti-pris et qu'il en a simplement tiré ce qu'il contenait.

Il a été moins heureux pour le reste. Dans le Musen Almanach

---

1. Trad. Vorrede p. xviii.

de 1786[1] il avait protesté contre l'attribution à Tibulle des
« pitoyables hexamètres » du poème de félicitations à Messalla.
Il se fait maintenant le champion de cette attribution[2], peut-être
simplement parce que Heyne l'avait contestée. Aux reproches
adressés à l'auteur de n'avoir pas pris le ton héroïque, de tomber
dans la platitude et dans l'enfantillage il répond qu'il se peut
que Tibulle n'ait pas pu ou n'ait pas voulu se hausser à cette
pompe, qui n'est devenue que plus tard la caractéristique des
Panégyriques. Comme Théocrite dans ses Charites, Tibulle, qui
s'adresse à Messalla pour obtenir son appui contre une spoliation
ultérieure, est noble et élevé quand il parle de son protecteur,
familier quand il s'agit de lui-même. Ce n'est là qu'une impression et Voss n'entre pas dans le vif de la question.

Quant aux poèmes IV 2-12[3], il leur rend le titre d'*epistolae*,
parce qu'il se trouve dans la *uita* et dans les manuscrits et qu'ils
ont presque tous le caractère épistolaire — ce qui n'est pas
exact. Repoussant l'identification de Sulpicia avec la poétesse
du temps de Domitien adoptée par Broekh. après Caspar Barth,
l'hypothèse de l'existence à l'époque d'Auguste d'une femme
auteur de ce nom, fondée sur l'expression *docta puella*, il reproche
au critique frivole qu'est Heyne d'avoir intitulé ces pièces *Sulpiciae et aliorum elegidia*. Pour lui tout est de Tibulle : Tibulle
aurait travaillé sur les billets originaux dans lesquels la jeune
fille avait exprimé les impressions ressenties au cours de son petit
roman et qu'elle lui aurait confiés, consciente de l'innocence de
son amour, tendant avec ardeur et opiniâtreté à une union éter-
nelle ; « c'est lui qui, par le choix de ce qui était important, par
un arrangement convenable, par l'expression nerveuse des termes
et de la mélodie du vers, en a fait une œuvre d'art...[4] » Voss a
été bien près de la vérité ; il lui suffisait de s'apercevoir que les
matériaux mis en œuvre par le poète étaient justement les pièces
IV 7-12. Cela lui a échappé et il est passé à côté de la découverte qui était réservée à Gruppe.

Il n'a pas compris grand'chose au roman, dont le fond lui
paraît être que la noble Sulpicia est courtisée par Cerinthus,
jeune homme riche, d'origine grecque, qui se heurta à la résis-

1. *L. c.*
2. Trad. Vorrede p. xxii-xxiv.
3. *Ibid.* p. xxiv-xxxi.
4. *Ibid.* p. xxx.

tance des parents à cause de l'infériorité de sa naissance. Il s'agit d'un amour chaste, qui n'aurait jamais vu le jour s'il n'avait été couronné par un mariage comme le prouve l'élég. II 2. Voss n'a pas vu que II 2 n'a rien à faire ici, puisque la pièce est adressée à un certain Cornutus, au nom duquel les manuscrits inférieurs ont substitué celui de Cerinthus, par suite de la fausse étymologie qui fait dériver Cerinthus de κέρας. La croyance à l'amour chaste provient du parti pris si longtemps prédominant en Allemagne de voir les choses antiques à travers la pudeur germanique et de considérer comme le devoir strict du philologue de sauver l'honneur des personnages dont il s'occupait[1]. C'est là un point de vue légèrement ridicule et enfantin, qui ne peut que fausser l'histoire. Il a entraîné Voss à méconnaître l'esprit d'un certain nombre de pièces et la situation qui en fait le fond. Il accumule du reste les impossibilités et les absurdités : IV 4 serait une lettre de Tibulle à Cerinthus pendant la maladie de Sulpicia ; dans IV 8 Sulpicia supplierait Messalla de ne pas l'accompagner avec une sollicitude indiscrète pendant les promenades solitaires où elle rêve de Cerinthus ; dans IV 12 elle s'excuserait de s'être éclipsée trop tôt un soir que Cerinthus était en visite ou à dîner chez ses parents. Ce sont là des fantaisies de bon bourgeois allemand, qui n'entend rien au tempérament méridional. Quant à la chronologie que Voss a donnée de ces pièces[2], il n'y a pas lieu de s'y arrêter : elle est de pure fantaisie.

4. — Il s'est proposé dans ses *Anmerkungen* d'éclaircir pour le lecteur les points que la traduction laissait obscurs. Il paraphrase le texte et le met en prose pour plus de clarté ; il donne les explications mythologiques, religieuses et autres nécessaires à l'intelligence du fond : il est court, net, élémentaire. Il se trompe quelquefois[3], mais souvent il voit juste : ainsi il s'est aperçu qu'il y avait chez Tibulle de l'*humour*[4], mais dans la pratique l'idée n'est pas toujours appliquée là où il fau-

1. Trad. Anmerkungen p. 317 Voss, par un Don Quichottisme déplacé, se vante d'avoir sauvé l'honneur de la noble Sulpicia.

2. *Ibid*. p. 318.

3. Ainsi il a tort de voir, p. 74, dans la *lena* de I 5 la propre mère de Delia, de croire, p. 33, que I 2, 69 sq. fait allusion au triomphe, p. 202, que dans II 5, 9-10 Tibulle pense à Auguste, etc.

4. Ainsi I 2, 43 et 6, 45 Tibulle s'accommode aux croyances de Delia pour l'amener à ses fins, mais il ne faut pas l'accuser lui-même de superstition.

drait[1]. L'hypothèse souvent reprise jusqu'à nos jours que les poèmes à Marathus ne reposeraient sur rien de sérieux et ne seraient qu'un jeu de la fantaisie n'est pas impossible en elle-même ; mais elle émane visiblement du désir de libérer Tibulle d'une passion contre nature, désir honorable mais tout arbitraire. Quand il arrive à Lygdamus, Voss accumule les remarques désobligeantes contre la pauvreté et la faiblesse de sa poésie, qui est en effet assez médiocre[2] ; il n'a pas tort, mais il s'acharne. Il insiste avec raison sur la servilité avec laquelle Lygdamus imite Tibulle et montre bien qu'autant le modèle est vivant et poétique, autant la copie est languissante et fastidieuse.

5. — Après avoir dans la Préface de sa traduction protesté contre les transpositions de Scaliger, le découpage en fragments d'un autre bourreau de Tibulle, il revient là-dessus dans la Préface de son édition, donne le renvoi exact au fameux passage de Lilius Gyraldus, qui les a égarés[3], apprécie rapidement le travail de ses devanciers[4] et dresse contre Heyne, qu'il appelle simplement son « compatriote », un acte d'accusation en règle. Il lui reproche d'avoir sévi sur les deux premiers livres autrement que Scaliger, mais d'après le même principe faux qu'il avait pourtant condamné, de n'avoir pas fait de recherches personnelles sur la biographie de Tibulle, dont la connaissance est si nécessaire à l'intelligence de ses poèmes, de ne pas s'être préoccupé de l'authenticité des diverses parties du recueil, d'avoir parlé de ces questions avec légèreté et dédain, de ne pas avoir dépouillé aussi exactement qu'il le prétend les variantes connues, d'avoir attaché trop peu d'importance aux manuscrits non encore collationnés et passé sous silence un grand nombre de bonnes leçons[5],

1. Ainsi II 4 est une explosion de passion violente ; Voss a tort de ne voir là que des exagérations humoristiques.
2. P. 346 il caractérise ainsi III 3 : éternelles redites sur un lieu commun banal qui vous étourdissent la tête.
3. Édit. Vorrede p. iv sq. : *Dial. IV.* p. 496 ed. Bas. 1545.
4. *Ibid.* p. vii il reconnaît à Broekh. de l'application et un jugement sain ; p. ix il trouve que le texte de Volpi, éclectique plutôt qu'établi avec une critique rigoureuse, offre pourtant un ensemble supportable.
5. *Ibid.* p. xvi sq. Voss en mentionne 50 comme authentiques ou voisines des leçons authentiques ; il n'y en a là-dessus que 3 qui aient été adoptées par Hiller ; deux I 4, 56 *uelit* et IV 1, 51 *decurreret* sont en effet les leçons autorisées, la 3e, I 3, 18 *Saturniae sacram* n'est qu'une conjecture ; les autres sont ou des interpolations ou des fautes d'écriture et n'ont aucune valeur. Certaines sont citées par

de n'avoir pas toujours mis son texte d'accord avec les indications de ses *Obseruationes*. En revanche il vante les services
rendus par les trois critiques intelligents Goerenz, Eichstaedt,
Wunderlich, qu'il félicite de son indépendance vis-à-vis de son
bienfaiteur, tout en regrettant qu'il n'ait pas eu plus de décision.
« Nous attendons encore, dit-il[1], une édition vraiment critique
de Tibulle, une édition tirée soigneusement des sources avec
intelligence et sentiment poétique, avec une connaissance mûrie
des antiquités, de la langue poétique, de l'ordre des mots et de
l'art des vers, surtout avec une loyauté incorruptible. » Il se
défend modestement d'avoir la prétention de donner cette édition, mais en réalité c'est ce qu'il a voulu faire.

6. — Il s'est entouré de ressources nouvelles : indépendamment des éditions empruntées à diverses bibliothèques, il a eu à
sa disposition 11 manuscrits qu'il a collationnés lui-même ou
fait collationner, un Monacensis, un Hamburgensis, un Gothanus,
un Bernensis, 5 manuscrits d'Isaak Vossius à Leyde, un Vindo-
bonensis et un Askewianus. Par Spalding il a eu communication de papiers et d'éditions avec notes manuscrites de la
bibliothèque de Santen.

Le mérite de son travail est d'être original. Tout en citant
parfois les manuscrits utilisés jusque-là, Voss s'appuie sur les
siens pour constituer le texte. Son erreur initiale est de les avoir
surfaits : « Bien que, dit-il[2], de tous ces manuscrits, dont pourtant un ou deux paraissent pouvoir prétendre à plus d'ancienneté, aucun ne remonte plus haut que le xv° siècle, nous autres
admirateurs de Tibulle nous en recevons avec reconnaissance la
communication soignée. Chacun sert à combattre la légende
préjudiciable d'une origine plus récente des fautes ; chacun a
propagé des leçons propres provenant de manuscrits plus anciens
divergents entre eux, qui n'avaient en commun que quelques
corruptions primitives ; chacun donne une plus complète autorité à des leçons dignes d'être choisies, qui paraissaient encore
douteuses ; plusieurs en révèlent pour la première fois qui se
recommandent d'elles-mêmes. » Ce ne sont malheureusement là

Heyne comme possibles, sans indication d'origine, ainsi I 1, 74 *conseruisse*, 3, 54
inscriptus. Voss témoigne là de plus de passion que de jugement et d'exactitude.

1. *Ibid.* p. xx.
2. *Ibid.* p. xxx sq.

que des mots ; les manuscrits de Voss sont tous très inférieurs ; ils ont été transcrits avec beaucoup de négligence et contiennent les fautes les plus grossières et les interpolations les plus audacieuses[1]. La bonne leçon gît souvent au milieu de ce fatras ; mais on n'a pas de moyen certain de la distinguer et de savoir si elle vient de la tradition ou d'une correction heureuse.

7. — On ne conçoit pas comment Voss a pu considérer comme d'utiles instruments de travail des sources aussi corrompues, et ceci montre dès l'abord que le niveau de sa capacité critique est aussi bas que celui de Heyne. Il ne s'exprime du reste pas toujours avec assez d'exactitude pour qu'on puisse savoir ce qui revient à chacun de ses manuscrits[2], et on le regretterait s'il y avait véritablement intérêt à être informé avec plus de précision. Dans sa Préface il nous avait mis l'eau à la bouche à propos de l'importance de la leçon de ses manuscrits. En réalité il ne donne souvent qu'un fouillis de fautes négligeables. Toutes les variantes sont à considérer, lorsqu'il s'agit de reconnaître le mode de confection et la valeur d'un manuscrit. Pour constituer le texte, les bourdes isolées ne servent à rien ; Voss ne paraît pas plus en état que Heyne de les distinguer des variantes intéressantes et il communique le tout pêle-mêle sans critique[3].

1. Ainsi le Monacensis a les fautes de lecture I 1, 15 *ubi* pour *tibi*, 6, 63 *siue diu* pour *uiue diu*, 80 *fractaque* pour *tractaque*, etc., les interpolations I 1, 42 *agro* p. *auo*, 2, 25 le pentamètre d'Aurispa, 4, 25 *sinet* (av. l'Askew., le 1er et le 5e Voss.) p. *sinit*, parce qu'il semble qu'il s'agisse du futur, etc., l'Hamburgensis les fautes de lecture I 1, 55 *retinet* p. *retinent*, 58 *uomer* p. *uocer*, 66 *refere* p. *referre*, etc., les interpolations I 1, 62 *feres* p. *dabis*, 2, 19 *deducere* (sc. pedem) p. *derepere*, 25 le pentamètre d'Aurispa, 29 *brumae* p. *noctis*, 57 *noscet* p. *cernet*, etc., le Gothanus a les fautes de lecture I, 1, 47 *Ausper* p. *Auster*, 49 *fauorem* p. *furorem*, 57 *totum* p. *tecum*, les interpolations I 1, 18 *saeuas* p. *saeua*, 2, 25 la moitié de l'hexamètre authentique et la fin du pentamètre interpolé : *en ego cum teneris me facit esse Venus* ; c'est un des plus mauvais ; la négligence du scribe passe toutes les bornes ; le Bernensis a les fautes de lecture I 2, 63 *mitius* p. *mutuus*, 95 *nunc* p. *hunc* et *aucta* p. *arta*, etc., les interpolations I 1, 1 *congregat* p. *congerat*, 71 *licebit* p. *decebit*, 2, 13 *iuuet* p. *decet*, 3, 9 *quam* p. *cum* (à cause de ante), etc. On allongerait la liste à l'infini : l'inspection des autres mss. donne les mêmes résultats ; ils sont pleins de bourdes énormes et de corrections sans valeur.

2. Ainsi ad I 1, 17 drei der meinigen haben *in ortis*, 24 den Schreibfehler *clamat* haben drei ; eine zugleich *messe*, 29 in sechs der meinigen ist *bidentes*, 54 für *hostiles* vier *exiles*, 2, 22 *abdere*... erkennen sechs meiner Handschriften, 52 zwei Vossische Handschriften haben *echates*, etc.

3. Ainsi quel intérêt avons-nous à savoir que le 3e Voss. a l 1, 6 *mens* p. *meus*,

Il a exécuté son travail dans les 358 pages de ses *Kritische Beiträge*. Il le caractérise ainsi[1] : « La plupart des corrections et les plus sûres, s'il en existe de telles, sont tirées des manuscrits collationnés autrefois et récemment ; d'autres, là où des corruptions évidentes avaient fait disparaître presque toute trace de l'original, se sont présentées au traducteur comme d'elles-mêmes dans la chaleur de la communion d'impression avec l'auteur. » La première assertion serait assez rassurante, si elle avait passé méthodiquement dans la réalité ; la seconde prépare le dévergondage le plus complet de la fantaisie.

Avant de se servir de ses manuscrits, Voss aurait dû en examiner la valeur ; il ne l'a pas fait ; ce qu'il entend par l'autorité des manuscrits reste vague. Il semble que toute leçon qui se trouve dans un manuscrit ait pour lui de l'autorité, davantage si elle figure dans plusieurs ; il n'érige pourtant pas le nombre en principe décisif[2]. Il choisit sans méthode aucune parmi les leçons qu'il a sous les yeux, tombant tantôt bien, tantôt mal. Il fait du reste bon marché des manuscrits et les abandonne, lorsque cela lui plaît, sans le moindre scrupule[3].

C'est que, tout en se prétendant conservatrice, la critique de Voss ne se préoccupe en aucune façon d'établir la tradition pour la suivre. Elle se guide sur de tout autres principes : le premier est la recherche intuitive et divinatoire de l'expression poétique élégante, forte, harmonieuse[4]. Or c'est là un procédé décevant, car il est purement subjectif. Voss n'a pas de la poésie le même sentiment que Tibulle, ce qui l'amène sans cesse à méconnaître

le 1er Voss. I 1, 36 *Pales* p. *Palem*, l'Askew. I 1, 36 *nocte* p. *lacte*, le 3e Voss. I 2, 5 *naturae* changé en *mater* p. *nostrae*, etc. ?

1. Édit. Vorrede p. xx sq.

2. Ainsi il adopte I 4, 25 *sinet*, interpolation du 1er et du 5e Voss., de l'Askew. et du Monac., 5, 4 *uagor*, interpolation isolée du 4e Voss., 40 *destituit* de 4 de ses mss., 9, 1 *teneros* de 5 de ses mss., 80 *gremio* du 5e Voss. et de l'Askew., etc. Aucune de ces interpolations n'a pour elle le poids du nombre.

3. Ainsi I 1, 29 quoique six de ses mss. aient *bidentes*, il imprime *bidentem*, 50 contre les mss. il adopte la correction d'Heinsius *Hyadas*, parce qu'elle a pour elle la raison, 2, 6 il préfère *fulta* à *firma* qu'ont la plupart de ses mss., 50 malgré tous ses mss. il lit *fugit ab orbe dies*, 5, 35 il lit *caurusque*, quoique l'autorité concordante de ses mss. soit pour *eurusque*, etc.

4. Heyne dans sa 3e édit. *Obseru.* p. 231, avait caractérisé d'avance le procédé de Voss en disant : talis est pruritus ille, elegantiolas quas quis ex recenti lectione animo teneat, ubique inserendi, ut nullo cum iudicio, an opportune satis fiat, dispici soleat.

la bonne leçon sous de fallacieux prétextes[1]. En outre il ne se doute pas que les humanistes du xv° siècle se sont déjà placés au même point de vue que lui, de sorte que des leçons qu'il considère comme traditionnelles et qu'il adopte avec enthousiasme ne sont que des corrections résultant du même système que le sien. Nous tenons là le vice capital de son édition : l'arbitraire y règne en maître, sous couvert de sentiment littéraire, et il opère son action dévastatrice en parant Tibulle d'embellissements auxquels il n'a jamais songé.

Un autre principe moins aventureux est celui de la convenance au sens. Mais il faut le manier avec réserve et sagacité, sous peine de prêter à l'auteur des intentions qu'il n'a pas eues ; il a été pour Voss une source d'aberrations[2].

Enfin il invoque quelquefois la grammaire ; mais sa doctrine grammaticale est souvent fort erronée[3].

Dans tout ceci, s'il applique maladroitement les principes, au moins il s'en réclame et se place sous leur protection ; mais le plus souvent il répudie jusqu'à l'ombre de la méthode et se livre à son imagination ; de là le flot des conjectures personnelles,

1. Ainsi I 1, 34, comme en une foule d'autres passages, il supprime *est*, parce que cette suppression lui paraît plus poétique, 2, 73, au lieu de *te dum liceat teneris*, il lit avec Scaliger *te dum teneris liceat*, parce que cette construction est plus pathétique, 3, 18 il remplace *tenuisse* par *timuisse*, comme ayant plus de force, 21 il substitue *nemo* à *ne quis*, qui lui paraît avoir un vilain son, 50, au lieu de *leti mille repente uiae*, il adopte *leto multa reperta uia*, en disant : celui qui peut tirer des mss. au lieu de *mille uiae* l'expression poétique *multa uia*, au lieu de *repente* l'expression convenable *reperta*, au lieu de *leti leto* se rapportant à *reperta* et qui préfère conserver les anciennes fautes d'écriture est un être désespéré pour la critique. Il est impossible de se tromper plus grossièrement et il n'y a qu'à retourner les termes mêmes de la phrase contre Voss pour avoir la vérité.

2. Ainsi I 1, 6 il lit *exiguo* comme convenant à la pauvreté de Tibulle ; *assiduus ignis* serait d'un prodigue ; c'est pourtant la leçon autorisée ; 22 pour préférer *hostia magna*, dit-il, il n'y a pas besoin d'être arrogant ou entêté, il suffit d'être sensé (contre Heyne), 44 il préfère *referre* à *leuare*, comme exprimant mieux l'idée du repos habituel, 2, 3 il trouve *percussum* trop fort, 7 rapportant *difficilis* à *ianua* il ne trouve pas de sens à *domini* ; mais il se trompe sur la construction ; 4, 23 il rejette *ipse* comme n'ayant aucun sens approprié ; le sens au contraire est excellent, etc.

3. Ainsi I 1, 36 il lit *Palen*, 2, 52 *Hecates*, qui convient mieux au ton élevé de Tibulle et produit une cacophonie qui s'accorde avec le caractère de l'abominable déesse ; ceci est puéril, comme lorsqu'il trouve II 5, 117 que l'acc. pluriel de la 4° déclin. *laurus* est une forme noble appropriée au général triomphant, tandis que le simple soldat doit se contenter de la forme de tous les jours *lauro*, etc.

qui inondent le texte, bien qu'un certain nombre ne soient pas sorties des *Kritische Beiträge*. Elles s'abattent en général sur des passages parfaitement sains et n'ont aucune utilité. Encore, s'il s'agissait de la fantaisie légère d'un Heinsius, qui se promène à travers le texte en le modifiant d'une façon ingénieuse et amusante, on pourrait être indulgent. Mais Voss prétend établir ses conjectures sur un fondement scientifique et il se lance dans des invraisemblances et des absurdités qui font dresser les cheveux sur la tête à quiconque a la moindre idée des conditions de la critique[1]. Il fait passer délibérément ses partis pris par-dessus l'évidence. Sur la glose et ses empiétements il émet les théories les plus arbitraires[2].

Il ne sait pas distinguer la faute de lecture de la correction voulue et confond sans cesse l'une avec l'autre[3]. Il impute aux copistes des corruptions compliquées, qui n'ont jamais existé que dans son imagination, qui font plus d'honneur à la fécondité de son invention qu'à son jugement et à ses connaissances, et, partant de ces prétendues corruptions, il se livre à un travail parfaitement illusoire[4]. Il offre perpétuellement la caricature de la méthode.

---

1. Ainsi, bien qu'Aurispa ait signé le pentamètre qui suit I 2, 25, il n'admet pas qu'il soit de sa fabrication, mais qu'il l'a trouvé dans un ms. meilleur que les nôtres. Il reprend cette théorie ailleurs et se refuse à reconnaître des interpolations manifestes, comme celle de Seneca II 3, 75, etc.

2. Ainsi I 3, 27, l'Hamburgensis ayant *precor* au lieu de *mihi*, il suppose que *precor* est la glose de *mihi* ; II 6, 12 il croit que *grandia* est la leçon primitive et *fortia* l'explication ; Heyne avait vu plus juste : « in Italicis Heinsii *grandia* ex interpretatione » ; 37 il adopte *noua somnia* de quelques mss. au lieu de *mala somnia* autorisé en disant que *noua* a été glosé par *mala* introduit ensuite indûment dans le texte, etc.

3. Ainsi I 5, 35 il croit que la plupart des copistes ont remplacé le Caurus par l'Eurus qu'ils connaissaient mieux ; ils auraient donc commis sans accord préalable la même faute ; en réalité *Caurus* est une interpolation savante des anciennes édit. ; il se laisse du reste ici égarer par Heyne sans le dire ; II 4, 10 il préfère *ira maris* à *unda maris* qui est la leçon autorisée, parce que jamais un copiste n'aurait changé le mot commun *unda* en *ira*, tandis que le contraire est possible ; mais *ira maris* était dans Ovide et a été transporté ici par un correcteur savant, etc. Voss ne se fait aucune idée des origines du texte de ses mss. Il croit avoir à faire à une tradition fautive mais loyale et ne se rend nullement compte des remaniements que lui ont fait subir les humanistes italiens ; on était pourtant suffisamment averti depuis Scaliger.

4. Ainsi I 3, 13 il croit que Tibulle avait écrit : *haud deterrita frustra est.*

Ce qui est peut-être plus étonnant, c'est que tout en reprochant avec raison à Heyne ses inconséquences il en commet pourtant de toutes pareilles, bien qu'il ait l'esprit moins mou et plus décidé. Les *Kritische Beiträge* fourmillent d'hésitations, de repentirs, et il lui arrive perpétuellement d'approuver une autre leçon que celle qui figure dans son texte[1].

De pareilles pratiques ne pouvaient aboutir qu'à des résultats déplorables. Voss a sans doute eu le mérite de faire disparaître les indications de lacunes prodiguées par Heyne ; mais il avait été précédé dans cette voie par Wunderlich. Il a protesté contre les procédés de Scaliger ; mais il a pourtant constitué onze élégies avec les dix du premier livre et sept avec les six du deuxième[2]. Si on examine la leçon, en ne tenant pas compte des variantes purement orthographiques, on trouve que son texte est décidément supérieur à celui de Heyne dans un peu plus de soixante passages ; en revanche, en excluant les cas douteux ou également fautifs, il est décidément inférieur plus de 270 fois. Ce n'était pas la peine, pour en arriver là, de se montrer si virulent à l'égard du bonhomme Heyne, d'autant que Voss concorde avec lui en mal plus de 70 fois.

8. — A l'exemple de Heyne, il a mêlé à ses notes critiques des notes explicatives. Il complète dans les *Kritische Beiträge* de son édition, tout en restant succinct, le commentaire des *Anmerkungen* de sa traduction. En général il est plus précis que Heyne et il voit parfois très nettement la vérité[3]. Il rectifie quelquefois heureusement ses prédécesseurs, et en particulier Heyne,

---

Au-dessus de *frustra* on mit la glose *nequicquam* d'où des copistes ont fait : *est deterrita quicquam* ou *nusquam*, puis d'une façon moins absurde *nunquam*. Telle serait la genèse de la leçon qui est en réalité la leçon autorisée : *est deterrita nunquam*; III 4, 66 il explique que *saeua* au lieu de *posse* provient de (pos)se pa(ti), etc. Ce sont là des billevesées pitoyables.

1. Ainsi il imprime I 2, 47 *tenet*, mais recommande (à tort) *ciet*, 3, 81 *uiolauit* et *optauit*, mais recommande (à tort) *uiolarit* et *optarit*, 6, 16 *minus* tout en paraissant reconnaître que c'est là une interpolation qui vient d'Ovide ; c'était aussi l'opinion de Heyne, qui pourtant, lui aussi, conserve *minus* dans son texte, etc.

2. I 2, 65-98 est devenu pour lui I 3 ; II 3, 33-60 est devenu II 4.

3. Ainsi I 1, 4 il entend bien *classica* par : sonneries ; 26 il explique bien *longae deditus uiae* ; Volpi est moins précis ; 3, 29 il a raison d'entendre avec Statius *notiuas... uoces* par : les chants promis ; 4, 69 il explique bien *expleat* sur lequel Broekh., Volpi, Heyne ne disent rien, etc.

en continuant contre lui sa polémique à mots couverts[1]. Il lui
arrive aussi de se tromper, soit seul[2], soit avec lui[3].

§ 12. — Jo. Fr. Weingart a commenté dans un travail d'élève
sans originalité et sans mérite l'élég. I 3 d'après le texte de
Heyne[4]. Il a pillé consciencieusement le commentaire de Heyne
en l'allongeant de notes mythologiques ou de notes de sens qui
n'ont pas d'intérêt. Çà et là des contresens et des fautes d'impression.

§ 13. — Dans ses *Opuscula*[5] publiés en 1812 le Hollandais
H. Waardenburg discute dix passages du Corpus Tibullianum.
Il fait preuve d'un esprit judicieux. On peut l'approuver pleinement lorsqu'il défend la tradition contre des attaques inconsidérées[6] — c'est du reste là le terrain le plus favorable aux critiques — bien que les raisons et explications qu'il donne ne
soient pas toujours acceptables[7]. Il a raison de chercher à restituer des passages où la tradition est manifestement corrompue,

1. Ainsi I 1, 11 il explique bien *desertus* par : peu visité ; Heyne après Broekh.
et Volpi entendait : defixus, defossus ; 6, 13 il a raison contre Volpi et Heyne de
prendre *dedi* dans son sens propre ; 56 contre Scaliger, Broekh., Volpi, Heyne il
paraît avoir raison de rapporter *louis* à *poena*, etc.

2. Ainsi I 9, 62 il a tort d'entendre *rota* dans le sens de : l'orbite, la révolution,
tandis que Heyne entendait : le char, sans nommer du reste Dousa le fils, à qui
remonte cette explication ; II 3, 77 il voit à tort dans *clausa mea est* une clau-
stration à la ville, etc.

3. Ainsi I 8, 26 contre Cyllenius, Muret et Volpi il veut avec son « prédécesseur »
donner un sens honnête à ce passage ; 9, 82 il fait avec lui le c. s. traditionnel
palma = parma ; III 6, 13 sq. il a tort de croire avec Heyne qu'il s'agit ici d'Amor
et non de Bacchus, etc.

4. Albii Tibulli elegiarum libri primi elegiam tertiam illustrare tentavit Johannes
Fridericus Weingart, Gymnas. Ohrdruf. Alumnus — Ohrdruffii, 1811. pet. in-8,
16 p.

5. Henrici Waardenburg, Harlemensis Gymnasii Rectoris Opuscula oratoria,
poetica, critica. Harlemi apud... Loosjes, P. F. 1812. Ex typis J. Brill. Leide.
in-8, p. 174-187 : Observ. crit. ad Tibullum, et p. 202 et 284 sq. dans ses Observ.
crit. ad Propert.

6. I 3, 37 *contemserat* contre Heyne, 7, 3 *hunc fore Aquitanas posset qui
fundere gentes*, contre les soupçons de Heyne, qui l'a pourtant conservé dans son
texte, IV 2, 20 *Eois... aquis*, changé en *equis* par Scaliger suivi par Heyne et
Voss.

7. Il a raison de défendre contre Heyne le dist. I 1, 3-4 et montre contre Scaliger et Broekh. qu'il ne doit pas être déplacé, mais il présente une conjecture inutile ; il défend également I 1, 25-26 mais en donnant à ce distique une forme inacceptable, etc.

bien qu'il le fasse avec des succès divers[1]. Il communique quelques conjectures de son maître Wassenberg. Il est rare qu'un
travail comme celui-là emporte une approbation absolue. Waardenburg a au moins entamé sur quelques points les idées erronées de Heyne.

§ 14, 1. — E. C. Chr. Bach, qui avait donné trois ans auparavant une édition scolaire de morceaux choisis de Tibulle et de
Properce[2], a discuté en 1812 dix-huit passages de Tibulle et
contesté l'authenticité du Panégyrique[3].

Tout en dédiant ses recherches à Eichstaedt, l'ami de Voss, et
en faisant de celui-ci un éloge très exagéré[4], il le juge, après
Schaefer dans une édition récente, beaucoup trop aventureux[5],
et réclame la liberté d'exprimer à son tour son opinion, ce que
l'invite à faire la passion généreuse d'Eichstaedt et de Voss pour
la vérité. Il n'y a rien de plus honorable que cette indépendance
intellectuelle unie au respect moral; il faut la signaler là où elle se
rencontre: trop souvent, en Allemagne, la docilité propage l'erreur.

1. Ainsi il donne à II 1, 57-58 une forme acceptable, si l'on admet qu'il faille se
tenir le plus près possible de la tradition : huic, datus a pleno, memorabile munus,
euili dux pecoris, *curtas* (s. *paruas*) *auxerat* hircus *opes*. Il ajoute qu'il préférerait actuellement la correction de Wassenberg : dux pecoris, hircus : *auxerat*
hircus *opes* ; II 4, 38 la restitution : fecit ut infamis *nec* deus esset Amor, appuyée
sur des passages d'Eurip., de l'Anth. grecque, de Sén. le Trag. est au moins ingénieuse. Il est moins heureux ailleurs.

2. Geist der röm. Elegie..., 1809. Heyne, sous le voile de l'anonymat, a jugé
favorablement cet essai dans les Gött. gel. Anz. du 6 juillet 1809, p. 1055-1056. Il
admet les soupçons de Bach sur l'authenticité du 3ᵉ livre, mais ce ne sont que des
soupçons qui ne peuvent prétendre à la certitude ; Tibulle était assez sensuel pour
qu'il n'y ait pas lieu de réduire le nombre de ses maîtresses. En ce qui concerne les
élég. du 4ᵉ livre que Bach considère comme écrites par Tibulle d'après les billets de
Sulpicia, Heyne trouve que c'est réduire le poète à un rôle indigne de lui ; ces pièces
sont trop sincères pour qu'on n'y voie que l'œuvre d'un messager d'amour.

3. Epistola critica in Tibullum, Pseudo-Tibullum et Propertium ad... Henr.
Carol. Abr. Eichstadium... Auctore Ernest. Carol. Chr. Bach, conrect. Lycei Ordru-
fiensis. Gothae, apud Ettingerum, 1812. in-12, 107 p., 3 p. d'*Emendanda et
corrigenda*. L'étendue de l'erratum s'explique par le nombre considérable des
fautes d'impression qui défigurent cet opuscule.

4. P. 6 : ... id... haud dissimulare licet, huic editioni tantam cum a correctione
ocorum corruptorum, tum ab interpretatione inesse commendationem, ut novum
merito sospitatorem admiremur. J'ai montré qu'en réalité la tradition correcte était
sortie méconnaissable des mains de Voss.

5. P. 6 : Ad hoc... libertatis et, fere dicam, audaciae saepe processit, ut conjec-
turis, quaecunque sibi placerent, quamquam codd. auctoritate destitutis locum
concederet. Ce jugement n'est guère conciliable avec le précédent.

Une tentative de cette sorte, où l'auteur n'a que sa perspica- cité personnelle pour se débrouiller au milieu de leçons, dont l'autorité n'est pas régulièrement établie, et de conjectures, aboutit nécessairement à des résultats mélangés. Bach, qui ne manque ni de sagacité ni de bon sens, a défendu six fois la bonne leçon, qui est pour nous celle de la tradition autorisée[1]; dans sept passages il cherche à justifier de mauvaises leçons et des conjectures[2]. Dans cinq autres il adopte ou propose des con- jectures inadmissibles. Il n'a pas toujours tort, mais il a plus souvent tort que raison.

2. — Dans une seconde partie il démontre contre Voss dans son édition l'inauthenticité du Panégyrique, soutenue d'abord par Casp. Barth, puis par Heyne, Hoogeven, Voss en 1786, Mitscherlich, Eichstaedt.

Comme précédemment il a tantôt raison, tantôt tort dans ses discussions de texte : le principal est son argumentation contre l'authenticité.

S'occupant d'abord du détail[3], il trouve l'exorde empreint à la fois de jactance et de servilité — défauts étrangers à Tibulle —, les exemples mythologiques mal choisis par un débutant inex- périmenté ; à propos de *nam* du v. 28 il blâme la froideur et la répétition des particules de ce genre ; la comparaison de Mes- salla avec Ulysse est puérile : dans ses digressions Tibulle ne perd jamais de vue le principal ; les miracles des v. 124-129 con- viendraient mieux à la poésie bucolique ; la descente de Jupiter est un dérangement inutile du père des dieux et des hommes ; la description des zones est prolixe et déplacée ; Tibulle ne parle nulle part de Valgius ; la spoliation ne prouve pas l'identité avec Tibulle, qui n'a pas été le seul à être dépouillé ; la répétition des promesses de l'auteur à la fin est fastidieuse ; ce n'est pas Tibulle qui se recommanderait à son protecteur d'une façon si

1. I 1, 2 *multa* contre *magna* de Voss et Schaefer, 61 *me* av. Schaefer contre *mea* de Voss, 3, 7 *dedat* contre *condat* de Voss, 93 *hunc illum* contre *hoc ! illum* de Heyne et Voss, 7, 3 *hunc fore* contre Voss et d'autres, II 6, 12 *fortia* contre *grandia* de Voss.

2. I 1, 6 *exiguo* avec Voss, 34 *est* à la fin du vers (Voss le supprime à tort complètement), 10, 37 *perculsis* avec Voss, 46 *aratores* av. Wunderlich, Schaefer, II 4, 10 *ira maris* av. Voss, 6, 53 *uiues* ; II 4, 38 *sic deus* de Voss est une conj. possible sur un passage altéré.

3. P. 31-51 In singula loca observationes.

niaise et si plate ; ce n'est pas suivant la doctrine de la métempsychose que Tibulle se représente la destinée de l'homme après la mort.

Passant à des considérations plus générales[1], Bach oppose la bassesse avec laquelle l'auteur déplore la perte de ses biens à la dignité avec laquelle Tibulle se contente de ce qui lui reste. Sa platitude honteuse et sa servilité à demander protection n'ont rien à voir avec l'indépendance de Tibulle et son goût pour un repos honorable ; ce courtisan, qui s'humilie, n'est pas Tibulle, qui vit avec Messalla sur le pied d'une familiarité honorable et ne le célèbre pas ex professo. L'homme n'est donc pas le même dans les Élégies et dans le Panégyrique, l'écrivain non plus. Tout en avouant sa faiblesse, l'auteur du Panégyrique est un vaniteux ; nous sommes loin de la modestie sincère de Tibulle, qui ne songe qu'à exprimer ce qu'il a au fond du cœur. L'auteur masque la pauvreté de son invention par des digressions intempestives, à moins qu'il ne mette tout simplement en œuvre les préceptes de l'école. Il reprend à satiété les mêmes mots ; sa versification n'a pas la douceur et la facilité de celle de Tibulle ; son style est froid, sa construction dure et contournée. On met ces défauts sur le compte de la jeunesse[2] ; mais le temps qui sépare le Panégyrique des premières élégies est trop court pour qu'on puisse admettre que Tibulle a changé ainsi du tout au tout.

Suit la réfutation des arguments de Voss : on ne saurait dire légitimement que Tibulle a voulu prendre le ton héroïque, mais qu'il ne l'a pas pu : I 7 et II 5 montrent qu'il en était capable ; on ne saurait dire non plus que, s'il n'a pas pris le ton épique, c'est qu'il ne l'a pas voulu ; il devait faire de son mieux pour se recommander à Messalla et à un si parfait lettré il ne pouvait offrir de gaité de cœur une si misérable production. La règle de la solennité du panégyrique daterait de plus tard ; mais l'auteur est justement plein des défauts de l'âge postérieur ; ces défauts ne se trouvent pas chez Tibulle. Peut-être avons-nous affaire à une mauvaise amplification faite par un débutant sur le modèle de quelques pièces perdues adressées par Tibulle à Messalla et maladroitement gâtées. Plus vraisemblablement l'œuvre n'a rien à voir avec Tibulle et provient d'un inconnu qui, lésé par les

---

1. P. 52-67 Commentatio de iis, quae ad ingenium et virtutes auctoris spectant.
2. V. d. in nova bibliotheca paedagogica a Gutsmuthsio edita 1811, mens. april., p. 316.

partages des terres, en craignant de nouveaux en 31 av. J.-C., a imploré la protection de Messalla en essayant de l'intéresser à son talent [1].

Le mérite durable de l'*Epistola critica* est d'avoir tenté une démonstration en règle que l'auteur du Panégyrique est différent de Tibulle comme homme et comme écrivain et ne saurait en aucune façon être identifié avec lui. Les grandes lignes de cette démonstration subsistent. Bach a également bien vu que le Panégyrique est sûrement daté de 31 av. J.-C. Cf. § 24 l'édition qu'il a donnée de Tibulle.

Un anonyme a consacré à ce travail un compte rendu qui en est une approbation élogieuse [2].

§ 15. — Dans deux Ind. lect. de Marburg, de 1813 et de 1815 [3], Car. Fr. Chr. Wagner a proposé deux explications de Tib. II 4, 53 sq., qu'il soumet au jugement et au choix des savants. D'après la première le passage de Tib. recevrait la lumière de celui de Juv. I 3, 33 Et praebere caput *domina* uenale sub *hasta* ; p. 203 : Ad *ite sub imperium* ... supplendum est *hastae*; *ite sub imperium hastae* vero, s. *ite sub hastam dominam* nihil aliud est nisi *vendimini publice*. D'après la seconde l'*imperium* serait celui du préteur, en vertu duquel celui-ci adjugeait les biens mis en vente publique et soumis aux enchères ; l'*hasta* étant le signe de la puissance publique là où on l'exerçait, ici, par l'intermédiaire du préteur, il n'est pas étonnant que Juvénal l'ait appelée *domina*. La seconde explication précise la première ; Gronov, suivi par Heyne et Voss, s'était trompé sur ce passage.

§ 16, 1 [4]. — Préludant à sa future édition de Tibulle, I. G. Huschke a publié en 1814 un commentaire des élég. I 1, 3 et 7 [5];

1. P. 67 : Hac in trepidatione poëta, nescio quis, fortunam viribus ingenii experturus, potentissimum Augusti amicum carmine adibat, ejusque in gratiam eo facilius se insinuaturum sperabat, quo magis illius doctrinae studium sibi cognitum erat.

2. Gött. gel. Anz., 28 juin 1813, p. 1031.

3. Actuellement dans : Car. Fr. Chr. Wagneri professoris Marburgensis opuscula Academica. — Vol. 1. — Marburgi 1832. Sumtibus et typis librar. Academ. N. G. Elwertianae. P. 201-205, Adnotatio ad Tibul. Eleg. II 4, 53 sq.

4. F. A. Menke, Observationes criticae in Statii Achilleida et alios passim scriptores 1814, cap. 2, a communiqué incidemment une conj. de K. Reisig sur Tib. I 1 (au v. 51 commencerait une nouvelle élégie ; c'est une assertion sans fondement).

5. Albii Tibulli elegiae tres. — Diversitatem lectionis Vossianae suasque animad-

c'est la réunion de trois programmes académiques, dont le premier a paru en 1813. Ce travail a été suscité par l'édition de Voss, qui donne au texte un aspect si nouveau[1], ce qui, par conséquent, provoque la discussion critique[2].

Huschke s'est proposé principalement de repousser les leçons aventureuses introduites par Voss dans le texte et il s'acquitte heureusement de cette tâche, sans qu'on puisse toujours et dans tous les détails approuver sa discussion. Il est quelquefois trop absolu dans son parti pris et il rejette quelques leçons admissibles ou même légitimement autorisées[3]; mais il a opéré un nettoyage qui était nécessaire. Ce n'est pas seulement contre Voss, c'est aussi contre Heyne qu'il se prononce à l'occasion : ainsi pour la suppression des astérisques (avec Wunderlich et Voss) et pour quelques leçons peu nombreuses. Les conjectures personnelles hasardées dans les notes sont sans valeur. Le commentaire, issu des exposés académiques, offre un nombre considérable de rapprochements, surtout avec le grec ; il y en a de bons, d'autres tout à fait inutiles ; Huschke croit trop facilement à une imitation directe de Tibulle et confirme le texte par des passages qui, à ce point de vue, ne prouvent rien. Ses digressions ont du reste surtout pour but de faire éclater sa virtuosité, soit qu'il s'agisse de rejeter des corrections antérieures, soit d'en proposer de nouvelles sur de nombreux auteurs grecs et latins ; on est souvent loin de Tibulle.

2. — Un référent anonyme des Gött. gel. Anz.[4] a approuvé en

versiones adiecit Immanuel G. Huschke. — Rostochii ex officina Alderiana, 1814. in-4. iv-71 p. Addenda.

1. P. iii sq. : ... Jo. Henr. Vossius editionem paravit, a caeteris adeo discrepantem, ut, si quis, pristinis adsuetus exemplaribus, hoc in manus sumpserit, haud raro in alio rerum orbe versari sibi videatur, Tibullumque saepe in Tibullo quaerat.

2. Après avoir dit que cette édit. ne convient pas aux écoles, Huschke aj. non sans ironie p. iv : Erunt fortasse etiam, qui eiusmodi editiones ne Academicae quidem iuventuti in manum tradendas esse dicant, tamquam nugatorias et omnem Antiquitatis fidem infirmantes. Verum in Academiis quodam artis criticae veluti gustu imbuendi sunt adolescentes, ut certa a dubiis discernere aliquando discant, tandemque intelligere incipiant, non semper veram esse, quam in suo quisque exemplari reperit, lectionem. Quo nomine dici vix potest, quantam commendationem habeat ista a Vossio adornata Tibulli editio.

3. Ainsi I 3, 18 Saturniie n'est pas plus mauvais que Saturni aut ; ce sont deux conjectures ; 7, 16 alat n'est qu'une correction, mais qui paraît s'imposer ; I 3, 54 inscriptis, 63 ac, 7, 23 possim, 58 candidaque sont les leçons autorisées.

4. Gött. gel. Anz. 7 mars 1814, p. 391-392.

général et dans la plupart des détails le travail sur la première élégie :
« Savoir critique, sentiment juste et fin, lectures étendues dont
l'auteur fait bon usage » ; le compte rendu de la troisième et de
la septième élégie [1] n'est pas moins approbateur : « La vulgate est
presque partout défendue, à bon droit d'après le référent, particulièrement contre Voss, qui rejette certaines leçons et introduit
d'habitude dans le texte celles qui lui sont propres en ne consul-
tant que son oreille. Ce n'est pas ainsi que procède la saine critique ! » Il était naturel qu'une Revue si longtemps dirigée par
Heyne fît bon accueil à un travail conçu dans son ensemble contre
Voss.

F(ranz) P(assow) fit des réserves sur cette « espèce de
pamphlet dirigé contre Voss » dans un article aigre-doux [2], où il
reproche à Huschke de s'appuyer sur des raisons qui ne signifient
pas grand'chose [3], de s'en tenir à la *scriptura vulgaris*, de se
laisser entraîner par l'amour de la contradiction au delà des
bornes de la vérité, même au delà d'un examen sérieux des points
à discuter. F. P. est particulièrement incisif et met le doigt sur
le point faible, lorsqu'il prend à partie les corrections personnelles de Huschke et signale le mauvais usage de ses lectures,
les rapprochements superficiels, inutiles, sans valeur pour l'établissement de la leçon. Il ne défend pourtant pas Voss, là où il
n'est pas défendable, et reconnaît au besoin les mérites de
Huschke.

§ 17. — Né à Braunschweig en 1793, Karl Lachmann [4] quitta
en 1809 le gymnase de sa ville natale pour aller étudier la théologie et la philologie à Leipzig, puis la philologie à Göttingen
sous Heyne, bien vieux à cette époque, et sous Mitscherlich,
Wunderlich et Dissen. Il donna à 22 ans les premiers résultats de
ses recherches sur Tibulle [5]. Il proteste avec raison contre l'opi-

1. *Ibid.* 22 oct. 1814, p. 1702-1704.
2. Jenaische Allgemeine Literatur-Zeitung, n°s 203 et 204, Nov. 1815, p. 185-
195.
3. P. 186 : non hoc adhuc offensionis aliquid apud alios habuit (3, 54) ; ou :
ut adhuc omnes dederunt editores (3, 57) ; ou : adhuc satis placet scriptura vulgata
(3, 91). Ceci en effet n'est pas démonstratif.
4. Allgemeine deutsche Biographie, 17ter Band 1883, p. 471-481, art. de Scherer.
5. Observationum criticarum capita tria. Consentiente amplissimo philosophorum
ordine pro facultate legendi adipiscenda a. d. XV. April. 1815. publice def. auct.
C. L. philos. doct. Gottingae, typis I. C. Baier, typ. acad. Caput. II. De tribus
Tibulli locis. Actuellement dans : Kleinere Schriften, p. 45-46.

nion alors dominante que tout ce qui était chez les poètes latins provenait directement de passages grecs correspondants qui permettaient de corriger leur texte. Il discute trois vers de Tibulle : dans l'un il modifie légèrement le sens donné à un mot par Voss et par Huschke [1], sur le travail duquel le sien s'appuie directement, dans le deuxième il propose une interprétation inexacte [2], dans le troisième il change inutilement le texte autorisé [3] ; c'est là un début modeste, qui ne fait pas prévoir un grand critique, mais où l'auteur témoigne pourtant d'un esprit réfléchi et d'une connaissance étendue de la poésie grecque et latine.

§ 18. — L'année suivante, dans les notes de son édition de Properce [4], il fit une assez grande place à la critique du texte de Tibulle. On sent déjà chez lui l'observance des principes justes, directeurs de la critique sérieuse, qui lui fait rechercher les bons manuscrits et parfois mettre la main sur la bonne leçon [5]. Mais il se trompe comme les autres, lorsqu'il se laisse guider par des raisons de sentiment [6]. Il forge des règles arbitraires [7]. Il formule des conjectures réfléchies et qu'il motive, mais dont aucune ne paraît devoir prendre place définitivement dans le texte [8]. Il considère le troisième livre comme étant de Lygdamus et non de Tibulle et ne croit pas à l'authenticité du Panégyrique.

1. I 1, 11 *desertus* signifie non pas in loco deserto h. e. infrequente positus, mais solus vel solitarius.

2. I 1, 27 il explique *riuos* par : des ruisseaux artificiels.

3. I 7, 1 sq. il conjecture : Hunc cecinere diem — Hunc *dare*, Aquitanas posset qui fundere gentes.

4. Sex. Aurelii Propertii carmina — Emendavit ad codicum multorum fidem et annotavit Carolus Lachmannus — Lipsiae apud Gerhard Fleischer jun. 1816. in-8.

5. Ainsi il recommande avec raison I 5, 60 *nam* contre *non*, 9, 1 *miseros* c. *teneros*, III 5, 10 *trita* c. *certa*, 13 *mentis* c. *linguae*, etc.

6. Ainsi I 5, 6 et IV 5, 16 il préfère *post haec* à *posthac* comme plus poétique ; or il se trouve que la tradition autorisée lui donne raison dans le 1er cas, mais tort dans le second, etc.

7. Ainsi d'après la règle que *est* doit être exprimé à la fin du vers après une syllabe brève, sous-entendu autant que possible après une longue, il blâme avec raison I 8, 51 *causa* de Voss pour *causa est*, mais il approuve à tort I 6, 7 *durum* de Voss p. *durum est*. Il repousse avec raison II 5, 117 *laurus, lauro*, mais sous le prétexte que le même mot ne doit pas figurer dans le même vers avec deux déclinaisons différentes, etc.

8. I 7, 13 *tactis qui leniter uluis*, au lieu de *tacitis qui leniter undis*, pour faire disparaître le pléonasme, est au moins très ingénieux.

§ 19. — La même année, se préparant à son édition, Huschke a écrit sur I 9, 23-26 une de ces dissertations qui passaient alors pour le comble de l'art et de l'érudition[1]. Il s'étend à droite et à gauche et voit surtout dans son sujet un prétexte à citer et à discuter les auteurs grecs, défend son commentaire sur les 3 élégies, combat les interprétations ou les corrections de différents critiques sur les auteurs grecs les plus divers. Le fragment d'Euripide qu'il discute avait été déjà rapproché du passage de Tibulle ; il rejette l'opinion de Valckenaer sur ce fragment, ce qui n'a avec Tibulle aucun rapport. Sur Tibulle il n'apporte rien de nouveau[2], sauf une conjecture, qu'il a admise plus tard dans son édition[3] ; elle ne vaut pas mieux que celle de Voss qu'il combat ; il appelle Voss avec raison « insignis Tibulli interpolator ».

§ 20. — Je n'ai pas eu entre les mains : Albius Tibullus — Mit teutscher Uebersetzung und einer Auswahl der vorzüglichsten prüfenden und erläuternden Anmerkungen verschiedener Gelehrten (von Conr. Alo. Bauer). in-4. Regensburg 1816 (Leipzig, Köhler). On verra au § 34 la critique très vive que Lachmann a dirigée contre ce travail.

§ 21, I. — L'édition de Heyne était universellement considérée comme démodée ; ses disciples eux-mêmes ne la maintenaient pas intégralement et ses adversaires l'avaient vivement battue en brèche. Avant de mourir, Heyne avait chargé Wunderlich de la remanier. Celui-ci avait reçu de Goerenz la collation de deux codices Zwicenses du xv° siècle et une collation du Gothanus plus soignée que celle dont s'était servi Voss, de Gurlitt un exemplaire de Tibulle où étaient notées plus exactement les leçons du Hamburgensis, de Bardili une collation faite à Paris et des renseignements sur les édit. princeps. Mais il mourut en 1816 et ne put achever sa tâche. On songea à la confier à Huschke qui

---

1. Litterarische Analekten, hrsggb. von Fried. Aug. Wolf. — I. Berlin 1816, p. 164-184 : Commentatio ad Tibulli 1 9, 23 sqq. comparatos cum fragmento Euripidis, quod tractavit Valckenarius..., par I. G. H.

2. Il approuve avec raison au v. 23 contre Voss la leçon tirée par Scaliger de ses *Excerpta : Nec tibi celandi spes sit peccare paranti*, et au v. 24 contre les anc. édit. : *Est deus occultos qui uetat esse dolos*, mais c'est le texte de Heyne ; au v. 25 il se donne beaucoup de peine pour défendre, dans un passage corrompu et qui n'a pas encore été restitué d'une façon satisfaisante, l'interpolation de certains mss. *lena* ; c'est le texte de Heyne.

3. II 4, 29 *Haec dat auaritiae caussas*.

accepta d'abord, reçut les papiers de Wunderlich, puis tergi-
versa, finit par se dérober et rendit les papiers, sauf les commu-
nications de Bardili, que celui-ci l'autorisa à garder. Pressé par
le libraire, Dissen prit en main l'édition et l'acheva le plus vite
possible avec des ressources incomplètes[1]. Au moment de sa
mort Wunderlich avait remis à l'imprimeur le premier livre avec
les notes et les *Observationes*. Dissen a fait imprimer les trois
derniers livres, en donnant textuellement du travail de Wunderlich
ce qui avait reçu une forme définitive et en n'ajoutant aux notes et
aux *Observationes* que ce que celui-ci eût sans doute approuvé
lui-même. Il n'a modifié le texte qu'avec précaution et là où il
avait des indications précises de la volonté de son ami.

2. — La forme extérieure de l'édition de Heyne a été respec-
tée. C'est dans les *Observationes* que Wunderlich opère son travail[2], facile à distinguer de celui de Heyne, puisque, soit qu'il
intercale ses remarques, soit qu'il les mette à la suite, elles sont
signées de son initiale. La rédaction, qui résulte de ce procédé,
ressemble à un manteau d'arlequin et est fort mauvaise[3]; mais
c'est celle qu'avait toujours pratiquée Heyne; une refonte complète eût été préférable. Aux variantes recueillies par Heyne il en
ajoute d'autres, empruntées soit aux Zwicenses, soit aux manuscrits de Voss, le Gothanus étant cité plus exactement; mais
comme ces manuscrits ne sont pas bons, il ne fait souvent qu'al-
longer la liste des variantes fautives et sans intérêt. Il n'a pas
cherché à se faire par un travail personnel une idée nette de la
valeur des manuscrits qu'il utilisait et à établir la tradition autorisée pour en faire le fondement de son texte. Il fait quelquefois
appel heureusement à l'*auctoritas codicum*[4], mais le plus souvent

1. Albii Tibulli carmina libri tres cum libro quarto Sulpiciae et aliorum Chr.
G. Heynii editio quarta nunc aucta notis et observationibus Ern. Car. Frid. Wun-
derlichii. — Lipsiae, 1817 sumtibus Frid. Christ. Guil. Vogelii. 2 vol. in-8, LXXX-
274 et 491 p. Corrigenda. Les renseignements sur les péripéties de l'édit. sont empruntés à la Préf. de Dissen, qui se plaint vivement de la conduite louche de Huschke.
2. P. III Dissen apprécie ainsi son mérite : Erat... hic vir quum aliis rebus
apprime doctus tum linguae latinae peritissimus... Habebat ingenium acre et subtile, plane factum ad linguarum studium ; erat scientia grammaticae accuratissima...;
erat industria assidua et generosa gloriae cupiditas.
3. Ainsi *Observ.* p. 4 Wunderlich laisse subsister la note de Heyne sur les
prétendues lacunes, bien que dans son texte elles soient supprimées, etc.
4. Ainsi I 3, 15 il défend bien *dedissem* contre *dedisset*, var. du Guelf. 3 :
vulgata vel propter auctoritatem codicum mutari non debet.

ce n'est là pour lui qu'un mot vague et qui n'a pas grand sens [1],
Il a du reste pour les manuscrits de Voss un respect exagéré [2]. Il
a mis les *Observationes* au courant en citant et en discutant les
opinions émises depuis la troisième édition de Heyne, en particulier celles de Mitscherlich, de Goerenz, de Huschke, de Voss.
Naturellement il s'attaque souvent à ce dernier et signale la faiblesse de quelques-uns des principes mis en avant par lui [3]. Il
ne le combat point méthodiquement, comme nous le ferions
aujourd'hui, en lui opposant la saine tradition, qu'il n'a pas de
moyen sûr de reconnaître. Il est obligé de chercher des arguments indirects, dont il fait parfois un usage heureux ; il défend
la bonne leçon par des considérations tirées de la grammaire [4],
du sens et de la latinité [5]. Il n'apporte parfois que des motifs
faibles et insuffisants et n'a pas toujours raison [6]. Vis-à-vis de
Heyne il témoigne une certaine indépendance, sans perdre le
respect ; il repousse, comme il l'avait fait précédemment, ses
idées injustifiées sur les lacunes et l'état fragmentaire du texte.

1. Ainsi I 2, 7 parmi les raisons qui lui font préférer *dominae* à *domini* il cite :
auctoritas codicum. Nam apogr. quoque quatuor (Goth. Hamb.) cum Guarn. dant
dominae ; cela ne suffit pas pour constituer l'autorité ; 4, 27 il défend *transiit* c.
transiet en disant : accedit auctoritas quatuor Vossianorum et Bernatis (*sic*) ; mais
il aj. : at in Zwic. 1. 2. Hamb. Goth. Corv. *transiet* ; alors où est l'autorité ? 56
contre *uelit* de Voss il dit : Scio Tibullum coniunctivum pro futuro ponere, nec
tamen ob codicum auctoritatem (quibus add. Zwic. 1. 2.) et quod futura praecedunt,
vulgatam movere sustinui ; or *uelit* est pour nous la leçon autorisée (comme plus
haut *domini* et *transiet*), etc.
2. Ainsi I 2, 44, à propos de la mauvaise leçon *fulminis... sistit* : Cum ad auctoritatem Aldinarum, quae *fulminis* habent, nunc quatuor codices Vossiani et Ask.
accedant, cum Vossio reduxi *fulminis... sistit* ; 6, 86, à propos de la mauvaise leçon
stemus : Firmatur lectio *stemus* codicum quoque Voss. 3. Bern. et Ask. auctoritate, etc.
3. Ainsi ses prétentions d'euphonie et ses efforts pour tirer la leçon d'une faute
accidentelle ; ad I 3, 21 : Vitiis librariorum, quorum causas non perspicis, cave
utaris ad sollicitandas bonas integrasque lectiones ; ad I 3, 36 : Quam stulte in codicibus modi verborum vitiati essent, apographa illum sua satis docere poterant, etc.
4. Ainsi I 2, 31 il justifie grammaticalement le présent *laedit* ; 71 *si* ; 95 il fait
une bonne observation sur l'orth. *arta* et non *arcta* ; 3, 75 il défend avec raison la
forme *Tityos*, etc.
5. Ainsi I 3, 47 il dit très justement de la leçon autorisée *Non acies, non ira
fuit : acies* est exercitus ad proelium paratus, *ira* autem rabies, furor, quo concitati
milites pugnant ; 4, 7 sq. rejetant les altérations que Voss a fait subir à ce passage,
il montre que *mihi* est nécessaire à cause de *ego*, que *sic* au début de la seconde
moitié du pentamètre a une force particulière, que *tum* et *sic* ainsi placés se retrouvent ailleurs, etc.
6. Ainsi I 3, 63 il a tort de préférer *hic* à *ac* de Voss ; la raison qu'il donne
n'est pas décisive et force le sens, etc.

Tout en étant en général moins indécis que Heyne, il flotte
pourtant lui aussi quelquefois et ne met pas rigoureusement ses
préférences d'accord avec son texte [1]. Comme à ses prédécesseurs,
il lui arrive trop souvent de repousser nettement la bonne leçon
pour adopter la mauvaise [2].

Wunderlich ne s'est point proposé d'opérer une récension nouvelle et indépendante du texte, mais, à peu près comme l'avait
fait Huschke pour trois élégies, de maintenir, en la corrigeant çà
et là, la leçon de Heyne contre celle très fantaisiste de Voss. De
cette tentative superficielle on ne pouvait attendre des résultats
importants ; le nombre des passages où son texte est meilleur que
celui de Heyne n'atteint pas 4o ; celui où il est plus mauvais
atteint 25. Il y a donc un progrès, mais peu considérable. En
outre presque partout où Wunderlich diverge d'avec Heyne il
s'accorde avec Voss ; il témoigne donc de peu d'originalité ; ce
qui fait honneur à son bon sens, c'est qu'il suit Voss un peu plus
souvent en bien qu'en mal. Il a corrigé çà et là la ponctuation ;
en revanche de nombreuses et grossières fautes d'impression,
qui n'étaient pas dans la troisième édition, défigurent le texte ;
elles ont été relevées dans les *Corrigenda*.

3. — Comme dans la troisième édition le commentaire est
réparti entre les notes et les *Observationes*. Wunderlich reproduit
le travail de Heyne et y adapte le sien sous forme d'additions
intérieures ou finales ou de notes nouvelles. Il corrige tacitement
des fautes évidentes de latinité ou de rédaction, des chiffres
inexacts, précise des renvois [3] ; ces petites rectifications sont
nombreuses et elles étaient nécessaires étant donnée la négligence perpétuelle de Heyne. Il supprime peu [4] et conserve reli-

---

1. Ainsi il imprime 1 1, 44 à tort *referre* en montrant que *leuare* est très convenable, 2, 4o à tort *rabido* en montrant que *rapido* est possible, 47 avec raison
tenet, mais en justifiant décidément *ciet*, etc.

2. Ainsi I 1, 5 il repousse à tort *uita... inerti* contre Goerenz ; 6 il a tort de
préférer *exiguo* avec Eichstaedt et Voss ; 46 de rejeter *continuisse* mal expliqué
du reste par Hand ; 2, 3 de préférer avec Voss et pour la raison qu'il donne *perfusum* à *percussum* ; 19 de rejeter *derepere* adopté avec raison par Voss, etc.

3. Ainsi dans la note sur 1 2, 1 il corrige sans rien dire II 6, 63 en III 6, 63,
mais il ne s'aperçoit pas que le renvoi est encore fautif et qu'il faut lire 62 ; 1 2, 3
il corrige 1o57 en 1o51, *grauis* en *graui*, 469 en 461 et la ponctuation, etc. Les
notes de Heyne fourmillent de ces inexactitudes.

4. Pourtant I 1, 69 il fait disparaître tacitement l'erreur de Heyne croyant que
contexit amores de Catulle renvoyait à *contexere* et non à *contegere*, etc.

gieusement une masse de matière inutile ; il respecte les notes erronées, sauf à les combattre [1] ; il s'en faut du reste qu'il ait tout corrigé et il réimprime purement et simplement des erreurs manifestes [2]. Son intervention est pourtant parfois heureuse ; il éclaircit quelques points négligés ; il choisit le bon sens, parmi ceux entre lesquels flottait Heyne [3], corrige un contresens [4]; mais il a aussi des défaillances [5]. Il a ajouté peu de chose à l'explication des réalités, mais fait preuve de connaissances grammaticales intéressantes [6].

§ 22. — Deux ans plus tard Dissen ajouta un supplément [7] à cette édition faite précipitamment. Bardili avait offert de nouveau à Dissen ce qu'il avait communiqué précédemment à Wunderlich et à Huschke, dont Dissen se repent maintenant d'avoir suspecté

1. Ainsi I 1, 3-4 il reproduit l'explication erronée de *labor assiduus* pour la faire suivre d'une meilleure ; 11 le c. s. sur *desertus* et renvoie aux *Observ.* où il le rectifie ; 2, 50 *orbis* est annus, qui in orbem agitur, pour rectifier : *orbis aestivus* est caelum, quale aestate esse solet, serenum ; 88 il conserve une note, qui ne s'applique plus à rien, puisqu'il a modifié le texte ; II 6, 7 sq. il réimprime ces lignes qui sont un bel exemple de niaiserie : galeam dixit *levem*, leviorem utique velitis, quam hastati, principis, aut triarii, etc.

2. Ainsi I 3, 54 où Heyne entend *lapis* « de sarcophago, quo urna conditur aut de cinerario vel columbario » ; 5, 16 où il entend *uota dedi* par *persolui* ; que signifierait alors *persolui* au v. suivant? 6, 53 où Heyne entend *attigeris*, fidem eius labefactare ausus fueris ; il s'agit d'un attouchement matériel, etc.

3. Ainsi I 2, 92 Heyne considérait d'abord *uelle* comme surabondant, puis ajoutait que ce n'était bien sûr ; Wunderlich donne à *uelle* un sens précis ; 3, 51 Heyne flottait entre l'explication de *pater* par *Iuppiter* ou par *Pluto* (Santen) ; Wunderlich montre que la 1re interprétation est la bonne, etc.

4. Ainsi I 6, 13 Heyne avait hérité de Volpi le c. s. *dedi* signifiant monstrare, docere ; W. avec raison : at verbum *dedit* amatorem ipsum herbas praebuisse significat ; 37 Heyne : dicit se ianitoris loco futurum ; W. avec raison : modo Deliam custodire sibi detur, servilem poenam et contumeliam non abnuit, etc.

5. Ainsi I 2, 8 il ajoute une note pour expliquer *Iouis imperio* par *caelo*, ce qui est une grosse erreur déjà faite d'ailleurs avant lui ; 4, 57 Heyne entend *artes miseras* par *poeticen*, qui particularise trop, mais W. beaucoup plus mal par *artes malas*, c.-à-d. avaritia, luxuria, lascivia, socordia, etc.

6. Ainsi I 2, 83 il a une note instructive sur l'emploi du datif chez les poètes, au lieu de *ad* av. l'acc. ; 3, 17 il relève la variation dans la construction ; 28 il remarque l'emploi poétique de l'abl. local sans *in*, l'emploi de *multus* avec un sing. collectif ; 5, 18 il fait une bonne remarque sur l'emploi de *ille* et sur la place que lui donne Tibulle ici et ailleurs, etc.

7. Supplementum editionis Albii Tibulli carminum Heynio-Wunderlichianae. Edidit Ludolphus Dissenius professor Gottingensis. — Lipsiae 1819 sumtibus Frid. Christ. Guil. Vogelii. in-8. viii-63 p.

la délicatesse [1]. Les *Addenda et Corrigenda notitiam Tibulli litte-rariam spectantia* contiennent des additions et corrections faites par Bardili à l'énumération donnée par Heyne des manuscrits et éditions, en particulier la description de 4 éditions princeps, une maior et une minor de 1472, les deux autres sans date, en outre la liste des travaux postérieurs à la troisième édition de Heyne. Suivent 3 collations : celle d'un Parisinus faite par Bardili sauf pour le Carmen ad Messallam (dont Huschke a communiqué la collation qu'il s'était procurée) et qui n'avait été utilisée que par-tiellement et inexactement par Wunderlich de I 4, 68 à I 7, 23, puis celle de l'édition princeps maior faite par Bardili sauf pour le Carmen ad Messallam (dont la collation est l'œuvre de Waentjen qui a revu tout le quatrième livre) utilisée par Wunderlich d'une façon fragmentaire et fautive de I 4, 68 à I 7, 23, enfin celle de l'édition princeps minor de 1472 non faite par Bardili, non utili-sée par Wunderlich, communiquée par Huschke. Dissen en met-tant à la disposition du monde savant ces ressources nouvelles croyait rendre un service signalé à la critique ; ce n'étaient en réa-lité que des documents sans valeur pour la constitution du texte. Il a du reste remanié ces collations pour les mettre d'accord avec d'autres éditions que celles sur lesquelles elles avaient été faites, ce qui laisse bien des chances à l'erreur.

§ 23. — En donnant en 1818 une édition de la dixième élégie du premier livre [2], G. Klindworth, très au courant de tout ce qui a été publié sur Tibulle, cherche à démêler la bonne leçon parmi les variantes accumulées et y réussit assez bien, quoique dans 5 ou 6 cas il déploie toute sa sagacité et sa science pour combattre ce qui est en réalité la leçon autorisée et correcte. Après Wunder-lich il se préoccupe surtout d'établir l'usage latin et dans son commentaire, qui est copieux, insère des dissertations détaillées, par exemple sur l'emploi de *est,* que Voss a expulsé autant qu'il l'a pu de Tibulle, sur l'acc. avec l'inf. après *licet,* etc. Quoique l'édition soit dédiée à Eichstaedt, l'ami de Voss, Klindworth s'attaque vivement à Voss ; c'est un esprit indépendant, qui s'en prend parfois à Broekh. et n'épargne pas Heyne ; il lui reproche [3]

1. Il avait déjà fait amende honorable dans les Hallische Jahrbücher de 1818.
2. Albii Tibulli elegia decima libri primi. — Annotationem adjecit Georgius Klindworth philosophiae in Academia Gottingensi doctor societatisque latinae Jenensis sodalis ordinarius. — Lipsiae sumtibus Gerhardi Fleischeri jun. 1818. in-4. 56 p.
3. P. 52 sqq.

d'avoir fait preuve d'une extrême négligence dans la façon dont il
a cité les éditions de Scaliger, sans s'apercevoir qu'elles diver-
geaient entre elles, de n'avoir pas été plus exact pour les autres
anciennes éditions, si bien que son travail est tout entier à refaire.
Il excuse Wunderlich, qui prenait surtout pour guide dans la
constitution du texte la latinité, de ne pas avoir relevé toutes les
inexactitudes des *Obseruationes,* mais il ne le pardonne pas à
Voss [1], qui s'est fait une spécialité de la critique de Heyne et qui n'a
pas montré combien les renseignements que celui-ci nous donne
sur la leçon sont erronés. En revanche il salue avec enthousiasme
l'édition attendue de Huschke [2], qui devait reposer sur l'utilisation méthodique des anciennes éditions ; il ne savait pas combien
cette source était trouble et trompeuse (cf. § 26).

§ 24 (cf. § 14), 1. — En publiant dans la collection des classiques latins de la librairie Hahn une édition de Tibulle [3], Bach,
d'après le conseil de Ruhkopf et de Seebode, s'est proposé de
l'adapter aux besoins non pas seulement des jeunes gens qui se
destinent aux hautes études, mais de tous ceux qui aiment les lettres. Sans être très volumineuse, elle contient la constitution
critique du texte, un commentaire explicatif, une étude biogra-
phique sur Tibulle et les personnages de ses élégies, des renseignements chronologiques sur la date des élégies, une appréciation
du génie de Tibulle, un examen de l'authenticité des diverses parties du Corpus Tibullianum.

2. — Pour la besogne critique il a utilisé les anciennes éditions et les manuscrits connus, en accordant plus d'importance

1. Il apprécie ainsi le travail de Voss p. 56 : dum omnem emendationem e suorum
codicum fide suspensam esse voluit, dum Latinae linguae non nisi vulgarem scien-
tiam ad susceptum opus attulit, dum ingenio et arbitrio suo tantopere indulsit,
quantopere e priorum aetatum criticis sibi indulsisse neminem scimus, ecce textum
consarcinavit, quem, si reviviscat Tibullus, aegre sit agniturus.

2. P. 56 : ... Albii sospitatorem... Immanuelem G. Huschkium dico, τὸν μακα-
ρίτην, *animam qualem neque candidiorem terra tulit,* quemque in justa et constante Tibulliani textus recensione omnium editionum principum ope adornanda,
tanta doctrina et diligentia, tanta religione et fide, tanta denique sagacitate et ἀγχινοίᾳ
versatum esse scimus, ut omnium praeclaram, quam de ejus studio et opera con-
ceptam habent, exspectationem re longe longeque sit superaturus.

3. Albii Tibulli carmina textu ad codd. mss. et editiones recognito insigniori lectionis varietate notis indicibusque adiectis edidit Ernest. Car. Christianus Bach ad
s. Trinitatis aedem, quae Ordrufii est, pastor, et societatis lat. Ien. sodalis. —
Lipsiae in libraria Hahnia. 1819. in-8. xLviii-381 p.

que ses prédécesseurs aux manuscrits de Scaliger et aux Angli-
cani de Heinsius [1], en quoi il faisait preuve de jugement. Comme
ressources personnelles il a eu 4 manuscrits de Berlin, provenant
de Dietz, le premier utilisé par Voss d'après une collation très
superficielle, le deuxième et le troisième lui paraissant devoir être
identifiés avec FF de Broekh. Il en a donné une collation avec la
troisième édition de Heyne [2]. La bonne leçon y émerge çà et là,
noyée parmi les interpolations.

Sur l'état de la tradition Bach s'est trompé en adoptant contre
Heyne l'opinion de Voss, à savoir que, malgré leur concordance
sur les lacunes et les fautes, nos manuscrits ne dérivent pas de la
même source, parce qu'ils divergent trop [3]. Il aurait dû voir que
ces divergences résultent de l'interpolation perpétuelle, à laquelle,
comme il en convient lui-même, le texte très fautif a été soumis
par les savants de la Renaissance. En revanche il a bien vu que
l'utilisation des manuscrits avait été faite par ses prédécesseurs
sans méthode ; ils s'en sont servi au hasard sans les classer [4]; de
là l'incertitude de leurs résultats. Ce qui est étonnant, c'est
qu'après avoir signalé ce que le procédé avait de détestable il
l'ait appliqué à son tour, choisissant, comme on l'avait fait avant
lui, un peu à l'aventure parmi les variantes.

Il faut reconnaître qu'il s'est mis à l'œuvre avec des intentions
louables [5]: débarrasser le texte des incorrections les plus graves

1. P. xxvi : His... maiorem prae aliis fidem habendam duxi, utpote qui parcius,
quam Italici, manus experti fuerint emendatrices. Heyne, Wunderlich et Voss les
avaient négligés.

2. P. 346-381.

3. P. xxi : ... quod in locis mutilis vel manifeste corruptis omnes libri conspirant
in corruptelam, id pro argumento satis ponderoso vix haberi potest, quum vel in
singulis lectionibus, vel in quibusdam carminum partibus disponendis tanta appareat
discrepantia, ut, quomodo haec ex uno eodemque libro enata fuerit, vix ac ne vix
quidem intelligatur.

4. P. xxii sq., après avoir parlé des interpolations du xve siècle, il ajoute : Ab
istis ut poëta liberari et omnino rectum de lectionis veritate atque auctoritate iudicium fieri posset, eos, qui ad emendandum textum studia sua conferrent, oportuit,
codicum origine ac fonte indagato et certis illorum classibus familiisque constitutis,
diligenter investigare, quae librorum sit conditio, quae fides. Haec quidem pro-
vincia quanta incuria vel iis, qui codices mss. inspexerunt et tractarunt admini-
strata fuerit, non est, quod operosius demonstremus. Iam satis habuerunt, certis
aut numeris aut nominibus distinguere libros in usum collatos. Ex hac ipsa re intelligi poterit, cur criticorum subsidiorum usus tam vagus atque incertus, et commoda
ad restituendum textum adhuc fuerint tam exigua.

5. P. iv : ... textum poëtae nisi integritati suae restitutum certe a gravioribus,
quae vel nimia superstitio (ceci pour Heyne), vel poëticus quidam calor (ceci pour

provenant d'un conservatisme aveugle ou d'une témérité sans
règle, ne s'inféoder ni à Heyne ni à Voss, constituer le texte par
ses efforts personnels, en n'abandonnant les manuscrits que là où
ils sont manifestement corrompus et où la tradition n'offre rien
de satisfaisant, en ne citant que les variantes qui servent à caractériser les manuscrits ou qui intéressent le sens, en jetant par-
dessus bord l'amas des fautes isolées dans lequel Heyne et Voss se
sont complu, en indiquant çà et là l'origine des fautes pour former
les jeunes gens à la critique.

Ce sont là de belles promesses, qui font bien dans une préface;
elles n'étaient pas faciles à tenir. En fait les notes au bas des
pages sont intéressantes parce qu'elles indiquent où se trouve telle
ou telle leçon, par qui elle a été combattue ou défendue : c'est
un historique utile. Le travail personnel qu'elles contiennent est
médiocre. Bach s'appuie volontiers sur l'*auctoritas codicum*, soit
qu'il invoque le nombre[1], soit qu'il se guide sur la qualité. Mais
sur le nombre il n'est pas très précis et sur la qualité il a des
idées erronées[2]. Du reste il n'applique pas les principes avec une
rigueur systématique et se laisse volontiers séduire par d'autres
considérations[3]. Parfois il décrète d'une façon autoritaire qui
l'égare[4]. Il s'en tient donc tout comme ses prédécesseurs à un dilettantisme arbitraire. Son principal objet est de réfuter les conjectures de Voss, dont il signale à plus d'une reprise les erreurs

Voss) inflixit, vulneribus sanatum et ad potiorum librorum fidem criticasque leges
refictum exhibere studui. Hinc in proclivi est videre, cur neque vulgatam, quam
dico Heynianam, neque Vossianam lectionem pressius sequutus sim.

1. Ainsi I 1, 6 il sacrifie *exiguo* défendu dans l'*Epistola critica* à *assiduo*
attesté par « longe plurimi codices scripti »; Heyne avait dit à tort : « codicum
auctoritas fere par ; 78 il conserve la leçon autorisée : Scripturam libris scrptt. fere
communem ; 3, 7 il défend bien *dedat* en disant : Vulg libb. scrptt. et edd. auctoritate munitam suspicione puto carere, etc.

2. Ainsi I 3, 11-12 pour préférer l'orth. *retulit* à *rettulit* il s'appuie sur les
« libri meliores v. c. Beroll. 3, 4 »; mais les *Berolinenses* n'ont aucun droit à fig.
parmi les *meliores*, etc.

3. Ainsi I 2, 71 il repousse *si* autorisé en disant : in multis : *si* ; quod propter
modo ferri nequit ; 3, 49 tout en reconnaissant que *et*, leçon autorisée, est dans
« plerique libri », il préfère *hunc* de plusieurs mss. comme plus vif ; 4, 27 il rejette
transiet bien autorisé : Forma ista Tibulli aevo parum digna, neque ex Plauto hic
intrudi debet, etc.

4. Ainsi I 1, 46 il rejette *continuisse* autorisé en disant : vix commodum habet
sensum ; 4, 25 il se borne à dire qu'il a préféré *sinet* de plus. mss. et édit. à la
vulgate *sinit*, leçon autorisée ; 28 il préfère *ne* de Heinsius, Voss. 4, à *que*
« quod omnium libb. est » et qui est la leçon autorisée, sans autre raison que le dic-
tatorial : « recte », .

de jugement ; mais cette réfutation avait déjà été faite, partiellement par Huschke, plus complètement par Wunderlich ; les
termes mêmes dont se sert Bach témoignent d'ailleurs qu'il est
souvent sous la dépendance directe de Wunderlich.

Ainsi, après avoir heureusement défini la méthode correcte,
Bach ne l'a pas appliquée ; on ne voit pas trop comment il s'y serait
pris pour le faire, étant donnée la mauvaise qualité de ses instruments. En définitive son texte comparé à celui de Heyne-Wunderlich, en ne tenant pas compte des passages douteux, est sûrement supérieur dans un peu plus de 40 cas, inférieur dans un peu
plus de 80 ; ce n'est pas un progrès, c'est un recul.

3. — Le commentaire explicatif mêlé à l'annotation critique au
bas des pages est élémentaire et peu original. Bach choisit entre
les explications de ses prédécesseurs, donnant raison tantôt à
l'un tantôt à l'autre. Il est fortement influencé par Heyne-Wunderlich qu'il cite à l'occasion, mais ses citations ne donnent qu'une
idée insuffisante de ses emprunts. Une comparaison attentive
montre qu'il résume souvent Wunderlich, dont il reproduit fréquemment les termes mêmes. Bien qu'il ait l'esprit net et voie
souvent juste, il conserve pourtant des erreurs manifestes [1]. Il se
place volontiers au point de vue grammatical et, s'il a des remarques exactes, d'autres en trop grand nombre témoignent d'une
doctrine erronée [2].

4. — Sur la biographie de Tibulle et de ses personnages Wunderlich n'avait rien changé aux idées de Heyne dans sa troisième
édition, lequel s'en était tenu aux travaux d'Ayrmann et de Volpi
légèrement modifiés. Bach a rédigé une biographie [3] où il replace
Tibulle dans son milieu historique, qui d'ailleurs n'apporte rien
de nouveau et contient quelques assertions erronées [4]. Il fait
naître Tibulle en 59 av. J. C.

1. Ainsi I 2, 8 contre Voss, qui expliquait avec raison *Iouis imperio* par *Ioue
iubente*, il entend avec Wunderlich : *Iovis imperio* i. q. alias regno i. e. coelo ;
4, 57 il emprunte à Wunderlich son explication fautive de *artes* ; 9, 82 il maintient le c. s. traditionnel qui fait de *palma* « brevis clypeolus titulo inscriptus », etc.

2. Ainsi I 1, 8 il croit qu'il faut s. ent. ut, tamquam avec rusticus ; 3,|| il ex-
plique ainsi *ibitis* : Observes graecam elegantiam, qua futurum indicat, vim optativi
sive imperativi adsciscit, etc.

3. P. viii-xiv Vita Tibulli.

4. P. xii : Amisso iam patre proscriptionis sub triumviris factae iniuriam expe-
ritur .. Principis gratia recuperavit agellum.

Quant à la chronologie des élégies il donne celles du premier
livre comme composées en 31/27 av. J. C., celles du second en
24/20[1]. Mais il paraît se contredire, car, d'après lui, I 4 et 8 ne
sont pas antérieures à 24[2] et il n'explique pas comment des élégies de même époque se trouveraient les unes dans le premier,
les autres dans le deuxième livre.

Contre Ayrmann il fait de Delia une affranchie ; Tibulle l'aurait
aimée alors qu'elle était jeune fille et aurait songé à en faire sa
femme ; elle se serait mariée pendant son absence, mais ne l'aurait
pas rebuté à son retour[3].

En somme Bach n'a pas repris ces recherches en regardant de
près, avec sagacité et décision.

5. — Son étude sur le caractère et le génie de Tibulle[4] ne
manque pas de finesse et contient des renvois intéressants à
R. van Ommeren sur l'idéalisme de Tibulle, à Wieland sur sa sen-
sualité affinée, aux Suppléments à Sulzer sur son penchant aux
impressions tranquilles et graves, à l'enthousiasme et à la douceur, sur le brusque revirement de ses sentiments, sur ses em-
portements qui tombent, à Ramdohr sur sa capacité à ressentir
l'amour.

6. — Il a repris à nouveau la question de l'authenticité des diverses parties du Corpus Tibullianum (cf. § 14,2)[5].

Sur le troisième livre après avoir été sur le point d'adopter les
idées de Voss et d'Eichstaedt, il les repousse maintenant et oppose à l'argumentation de Voss une réfutation en règle : 1° Si
Ovide n'a pas parlé de Neaera, c'est qu'il n'a voulu mentionner
que les principales maîtresses de Tibulle, celles qui avaient occupé
la fin de sa vie ; il n'a pas non plus parlé de Sulpicia ; 2° les différences signalées dans la nature de la poésie tiennent à l'époque
où Tibulle a composé le troisième livre ; il était très jeune,
vivait à Rome et ne rêvait pas au bonheur de la vie champêtre.
Les faiblesses de l'écrivain s'expliquent par ce fait qu'il n'était
pas encore formé ; 3° l'épitaphe ne prouve rien. Un affranchi grec

1. P. xxxv sq.
2. P. 41 et 85. Il croit que I 9 ne se rapporte pas à Marathus.
3. P. xxxv sq.
4. P. xv-xx De Tibulli morum atque ingenii indole.
5. P. xxxv-xlviii Commentatio critica de Tib. carminum authentia.

n'aurait pas écrit des poèmes où tout est romain. Du reste l'auteur est riche et n'est pas de condition servile. Les commentateurs ont eu raison de voir dans Lygdamus une traduction d'Albius. Tibulle a dissimulé son nom pour des raisons que nous ne connaissons pas ou par fantaisie de jeune homme ; 4° le distique III 5, 17-18 a été interpolé d'Ovide ; il interrompt la suite des idées ; d'autre part Ovide n'a jamais imité Tibulle littéralement.

Ce qui prouve que le troisième livre est bien de Tibulle, c'est qu'Ovide s'en est inspiré. Il n'aurait pas fait cet honneur à un Lygdamus, dont il n'a pas même prononcé le nom quand l'occasion s'en présentait.

Tibulle a écrit ce livre vers 43 av. J.-C. (et non en 27-22 comme le veut Bauer) ; il n'avait pas encore souffert des proscriptions ; la vivacité des sentiments montre qu'il parle en son nom. Il a voulu épouser une certaine Neaera, probablement d'origine grecque, de parents nobles et riches. La mère a empêché ce mariage en emmenant sa fille de Rome [1].

Cette réfutation de Voss est malheureuse ; elle est pleine d'assertions arbitraires.

Contre Voss également et pour les motifs donnés dans l'*Epistola critica*, Bach avec Ernesti, Lachmann continue à considérer le Panégyrique comme non authentique. Ici il a parfaitement raison.

Comme il n'a pas su distinguer les deux groupes entre lesquels se répartissent IV 2-12, ce qu'il dit de ces poèmes est mêlé de vérité et d'erreur et n'a qu'un intérêt de curiosité. Ils sont de Tibulle qui y a célébré les amours de Sulpicia, fille de Servius Sulpicius, mort en 44 av. J. C., ami de Cicéron et d'Hortensius, avec Cerinthus, moins noble qu'elle, mais comme elle beau, distingué, instruit et qu'elle épousa, ainsi que le prouve II 2. Ils doivent être de la jeunesse du poète, à cause de l'âge de Sulpicia et parce que, tout en révélant ses qualités, ils n'ont pas l'abondance et le fini des œuvres de l'âge mûr. Voss a eu tort d'y voir les *epistolae* de la *uita*. Une autre *uita* mentionne des *epistolae ad familiares* en vers et en prose. Ils sont antérieurs aux livres 1 et 2.

L'hypothèse de Bach sur IV 13 n'est qu'une fantaisie singulière. Contre Broekh. et Bauer, qui rapportent cette pièce aux élégies du livre 3, contre Voss qui la croit adressée à Nemesis, il sup-

1. Ceci provient d'un c. s. sur III 3, 27.

pose que Tibulle a pu lui aussi aimer Sulpicia et qu'il exprime
ici ses sentiments à son égard [1].

Le compte rendu anonyme de cette édition dans les Gött. gel.
Anz.[2] n'est qu'une annonce élogieuse.

§ 25. — Fr. Chr. Frenzel[3] recommande avec raison[4] dans
l'élégie I 2, 44 *fluminis* (mais en conservant à tort *sistit*) contre
fulminis adopté par Bach après Broekh. et Voss. Il croit que ce
vers est imité de Virg. Én. IV 489 *sistere aquam fluuiis*. Il n'y a
pas lieu de tenir compte de Sénèque Herc. Oet. 469 *et cantu
fugax stet deprehensum fulmen*, parce qu'on ne saurait imputer à
la bonne époque les exagérations absurdes d'écrivains voulant à
tout prix enchérir sur leurs devanciers.

§ 26, 1. — Huschke[5] a voulu établir d'une façon indépendante
le texte de Tibulle sur des fondements nouveaux ; malheureusement il s'est complètement trompé sur la valeur de ces fondements. Il a pris pour base les anciennes éditions presque aussi
anciennes, dit-il, que les manuscrits dont nous disposons et qui
ne leur sont pas inférieures en autorité et prétend montrer comment ce texte a été peu à peu défiguré par les copistes des manuscrits récents et par les interpolations des savants[6]. Il a eu à

1. P. 291 : Potuit... ipsi Tibullo curae cordique esse Sulpicia. Quod quidem si
verum est, suos sensus atque cogitationes ut antea in Lygdamum, sic in Cerinthum
nunc transtulisse Tibullum credere licet. In nostro igitur carmine, partibus Cerintho
abrogatis, suam ipse suo nomine caussam agit poëta et tenerrimi amoris sensus tam
vere vivideque describit, ut non nisi Tibullum amatorem agnoscas.
2. 18 oct. 1821, p. 1664. « Peu d'ecclésiastiques pourraient se montrer aussi
habiles critiques et commentateurs. »
3. Kritische Bemerkungen über einige lateinische Schriftsteller. — Eine Einladungschrift zur Einführung des Herrn Professor's Brieglob von Franz Christoph
Frenzel... — Eisenach, mit Müllerschen Schriften, 1819. in-12.
4. P. 8 sq.
5. Albii Tibulli carmina ex recensione et cum animadversionibus Immanuelis G.
Huschkii. Accedit specimen editionis Venetae A.M.CCCC.LXXII. aeri incisum. —
Lipsiae Apud Gerhardum Fleischerum. 1819. 2 vol. in-8. xc-872 p.
6. Praef. p. v : Hoc in primis propositum habui, ut Tibulli Carmina accurate
exigerem ad Editiones veteres, libris scriptis, quibus hodieque utimur, auctoritate
non inferiores, aetate propemodum pares, planumque facerem, quo olim illa habita
expressa, quas mutationes vel a codicibus recens comparatis vel a doctorum hominum ingeniis paullatim subierint, quo denique iure nova quaevis lectio substituta sit
antiquiori ; unde, facile intelligebam, pendere huius operis, toties recocti, recen-
sionem paullo accuratiorem.

sa disposition une collation faite à ses frais de l'editio princeps
minor de 1472, dont l'existence à la bibliothèque royale de Paris
lui avait été signalée par Bardili et que Volpi avait connue, mais
dont il s'était à peine servi, et en outre une collation faite par
Bardili de l'editio princeps maior de 1472, qui est une Veneta.
Heyne l'avait confondue avec la précédente. Il a aussi utilisé les
éditions anciennes qu'avaient eues ses prédécesseurs, ainsi que
leurs manuscrits. Il a eu en propre une collation du manuscrit
n. 7989 de la bibliothèque royale de Paris, faite sauf pour le
Carmen ad Messallam par Bardili; ce manuscrit est daté du 20
novembre 1423. Il a collationné lui-même le cod. Lipsiensis
Biblioth. Senat. Rep. I n. 85.

Disons d'abord que le maniement de cette édition est assez incommode. Huschke l'a commencée sans avoir sous la main tous
ses matériaux. Le premier livre a été imprimé sans qu'il possé-
dât encore la collation de l'editio minor de 1472 et celle du cod.
Lipsiensis. C'est dans ses *Analecta* qu'il en communique la leçon,
et les notes du bas des pages doivent être sans cesse complétées
par le dépouillement des *Analecta*.

De plus il proclame que les éditions les plus anciennes sont à
peu près contemporaines des manuscrits. Or le Parisinus dont il
s'est servi est de 1423. Le codex archiepiscopi Eboracensis le
plus ancien est de 1425[1]. Ils sont antérieurs d'environ une cinquantaine d'années aux éditions princeps de 1472. Il y a là une
contradiction dont on s'étonne qu'il ne se soit pas aperçu.

Enfin il surfait singulièrement la valeur de l'editio minor de
1472. Il la considère comme représentant un manuscrit perdu et
pour en démontrer l'importance cite quatre leçons que personne
peut-être, dit-il, ne se refuserait à restituer à Tibulle, si le nombre et l'autorité des manuscrits ne s'y opposaient : or ce sont des
interpolations grossières[2]. Les autres exemples qu'il cite ensuite
n'ont pas plus de poids ; il y a quelques bonnes leçons, mais qui
proviennent de corrections savantes. Il suffit de jeter un coup
d'œil sur la collation de Huschke pour se convaincre que cette

1. P. xv sq.
2. P. viii l 3, 29 *poenas* pour *uoces*, 76 *sanguine* p. *uiscere*, IV 1, 72 *cur-*
reret p. *serperet*, 13, 13 *et templo* p. *e caelo*. Dans ses *Analecta* Huschke
condamne du reste lui-même formellement *poenas* et se borne à citer *sanguine*
sans l'approuver ; dans sa note sur IV 13, 13 il reconnaît avec beaucoup de bon sens
que *et templo* est une faute de lecture pour *extemplo*, qui est l'interpolation d'un
grammairien. Il a donc ruiné lui-même sa démonstration.

édition est pleine de fautes d'impression et d'interpolations[1]. L'editio maior de 1472, dont il fait un éloge moins enthousiaste, mais qui pourtant lui sert à constituer son texte, n'est pas meilleure, quoique moins défigurée par des fautes grossières[2]. Le Parisinus, qui contient de bonnes leçons, est en général fort incorrect[3], le Lipsiensis dépasse toutes les bornes[4]. On est confondu qu'un esprit sérieux et perspicace comme l'était Huschke se soit si complètement aveuglé sur la qualité des matériaux qu'il employait.

2. — Pour la mise en œuvre la première chose à faire était de déterminer nettement le rôle qu'il prétendait faire jouer aux manuscrits et aux éditions dans la constitution du texte. Dans sa préface il paraît décidé à n'appeler les manuscrits en témoignage que pour montrer comment le texte des premières éditions y a été défiguré. Mais ce n'est pas à cela que pouvait servir le Parisinus, très antérieur aux éditions de 1472. Or sur l'autorité du Parisinus en face de ces éditions et sur l'usage qu'il entendait en faire Huschke ne s'est pas expliqué.

Quant aux éditions il fait profession d'opérer sur elles avec une rigueur systématique[5]. Quand il trouve dans les éditions de 1472 une leçon correcte en elle-même, mais expulsée par les éditeurs plus récents, il se demande si elle est latine et, en cas d'affirmative, il la rétablit. Il cite 4 exemples et il est certain que dans 3 cas il a ainsi retrouvé la bonne leçon[6]. En cas de divergence entre les éditions de 1472 il consulte l'usage de Tibulle — sur 2

1. Ainsi elle a II 1, 5 *humi* p. *humus*, qui n'a pas été compris, 18 *lemitibus* p. *limitibus*, 19 *claudat* p. *cludat*, 20 *caelites tardior ogna lupos* p. *celeres tardior agna lupos*, 24 *arte* p. *ante*, 27 *famosos veteres* p. *famosos ueteris*, 33 *aquilaneae* p. *Aquilanae*, etc.

2. Ainsi elle a II 1, 16 *victaque* p. *uinctaque*, 28 *heu timeat* p. *neu timeat*, 22 *ingerat* p. *ingeret*, 24 *arte* p. *ante*, 27 *proferre phalernos* p. *proferte Falernos*, 35 *nunc* p. *huc*, etc.

3. Ainsi il a II 1, 9 *sunt* p. *sint*, 12 *externa* p. *hesterna*, 18 *uestris* p. *nostris*, 23 *sacri* p. *saturi*, 25 *uides* p. *uiden*, 41 *primum* p. *primi*, 44 *ortus* p. *hortus*, 45 *antea* p. *aurea*, etc.

4. Ainsi il a II 1, 12 *externa* p. *hesterna*, 23 *satiri* p. *saturi*, 25 *et uentura pcor molem ut* p. *eucntura precor. uiden ut*, 27 *nunc mihi uetes proferte falernos*, 43 *uictis* p. *uictus*, *pomis* p. *pomus*, 44 *tunc bibit riguas* p. *tum bibit irriguas*, etc.

5. P. xxiii sq.

6. Il faut remarquer que I 3, 50 *nunc leti mille repente uiae* est la leçon imprimée par Heyne.

cas qu'il cite, il s'est trompé une fois[1] — ou l'usage ancien — il cite un exemple où il a raison[2]. Il semble que c'était là l'occasion de faire intervenir le Parisinus.

En réalité la pratique ne répond pas chez lui à la théorie. Dans chaque cas il pèse la valeur intrinsèque de la leçon et c'est par là qu'il se décide plus que par l'autorité. Il opère donc comme ses prédécesseurs en dilettante et le procédé l'a conduit comme ses prédécesseurs tantôt à la vérité[3], tantôt à l'erreur[4].

Il n'a, dit-il, eu recours à la conjecture que là où les manuscrits et les éditions l'abandonnaient, en ne la faisant intervenir que dans les passages désespérés et en se gardant de l'erreur des critiques qui effacent chez les auteurs anciens ce qui leur paraît insolite pour y substituer quelque chose de plus usuel. Là encore il n'a pas tenu exactement sa promesse ; il propose au contraire dans ses notes un certain nombre de conjectures, qui ne sont pas nécessaires ; il faut du reste le louer de les y laisser généralement confinées et de ne pas les faire apparaître dans le texte[5].

Tout en étant beaucoup plus décidé que Heyne dans sa critique, il lui arrive pourtant aussi de préférer dans sa note une leçon autre que celle qu'il imprime[6].

Si détestable qu'il soit au point de vue de la méthode, le travail de Huschke n'a pourtant pas donné des résultats aussi désas-

---

1. III 2, 27 la leçon autorisée est *causam*. Le passage de Tibulle allégué pour justifier *casum* n'est pas analogue ; II 3, 80 *nego* est déjà le texte de Heyne.

2. Mais c'est déjà le texte de Heyne.

3. Ainsi I 1, 71 il a raison de lire *decebit* ; mais il dit à propos de *licebit* : hoc edd. veteres expresserunt, certe ed. min. 1472, Venet. 1475, Reg.-Lep. et Lips. apud Heynium. En faveur de *decebit* sont, outre la plupart des mss., « Venet. Aldd. et sic pono ». S'il eût été fidèle à ses principes, il eût imprimé *licebit*, etc.

4. Ainsi I 1, 22 les codd. Paris. et Lips., les edit. mai. et min. de 1472 ont *parua* ; l'autorité ici n'est donc pas douteuse ; il n'en lit pas moins *magna* recommandé par Muret, adopté par Scaliger ; 37 les codd. Par. et Lips., les édit. de 1472, les Vic. Reg.-Lep. Venett. Aldd. ont *e*, qu'il devrait adopter d'après ses principes ; il préfère pourtant *de* avec Brockh., d'après plusieurs mss. ; il fait donc prédominer ici les mss. sur les édit. ; 2, 6 : omnes ante Broukhusium factae Edd. pro *fulta* habent *firma* ; c'est aussi la leçon du cod. Par. ; il préfère pourtant *fulta* qui est l'interpolation, etc.

5. Ainsi I 4, 7, au lieu de *Sic ego. Tum...* irréprochable, il propose *Haec ego. Tum...*, parce que « in aliis quibusdam legi aiunt *Hic ego, tum* ; 13 : Mihi Tibullus scripsisse nunc videtur *Hic niveo placidam...* ; c'est une simple impression donnée sans preuves, etc.

6. Ainsi I 4, 7 il imprime *respondet* correct et préfère en note *respondit* ; 15 il imprime *negarit* avec Heinsius et qqs. mss. secondaires et dit en note : fortasse scribendum *negauit* ; la leçon correcte est *negabit*, etc.

treux qu'on pourrait s'y attendre, parce que l'auteur avait de la
sagacité, du bon sens, une grande connaissance du latin. Si l'on
compare son texte à celui de Heyne-Wunderlich, en laissant de
côté les passages douteux ou également fautifs, on trouve qu'il
diverge en bien un peu plus de 45 fois, en mal un nombre de
fois à peu près égal. Il n'y a donc sur l'ensemble ni progrès ni
recul, bien que ce ne soit pas le *statu quo* dans le détail.

3. — Le commentaire est de nature analogue à celui qu'il avait
esquissé dans son édition des 3 élégies (§ 16) et qu'il reproduit
souvent avec quelques modifications. Il est d'un niveau scientifique plus élevé que celui de Heyne. Huschke cherche à illustrer
les idées de Tibulle et la façon dont il les exprime par des rapprochements avec les auteurs grecs et latins, en croyant du reste
trop facilement à l'emprunt direct du grec alors qu'il s'agit d'une
influence moins immédiate. Il est certain qu'il sait beaucoup et
domine sa matière.

4. — Il n'était pas nécessaire de reproduire au pied du texte la
leçon de Voss, dont les témérités avaient été suffisamment réfutées. Mais ce qui rend le travail de Huschke intéressant encore
aujourd'hui au moins au point de vue historique, c'est qu'il a
réalisé ce que Heyne avait ébauché mais sans consistance et d'une
façon imparfaite, ce que Bach avait tenté après lui. Il dit exactement où, à quelle époque telle ou telle variante apparaît et dans
quelle direction elle s'est propagée ; il établit la filiation des
éditions et fait l'historique de la leçon depuis les premières éditions.

Il a donné[1] des éditions depuis 1472 jusqu'aux premières années du xviiᵉ siècle un catalogue plus soigné que celui de Heyne,
rectifié par des recherches personnelles, et qui abonde en renseignements précis. Au début il n'avait pu que reproduire la mention faite par Morelli de la Pinelliana (cf. §42, 5 et 52) et de la Bartóli-
niana. En terminant[2] il a pu fournir une collation de celle-ci avec
l'Aldine de 1502. La Bartoliniana n'a pas la valeur qu'il lui attribuait. Le service que Huschke a rendu à la critique de Tibulle
n'est point celui qu'il se proposait ; il a montré définitivement que
les éditions du xvᵉ siècle non seulement sont très fautives, mais

1. P. xxxi-lxxx De editionibus Tibulli.
2. P. 845-873 à la suite d'un échange de lettres avec le comte Bartolini.

ne reposent sur aucun manuscrit supérieur à ceux qu'on possédait alors. Il a mis en lumière, sans le vouloir, leur inutilité.

En ce qui concerne les manuscrits il a fait de bonnes recherches sur les corrections opérées par les Italiens [1], Pontanus qui attribuait à un manuscrit plus complet que les autres les vers de sa fabrication, Seneca dont les interpolations se trouvent déjà dans le Parisinus de 1423. Il donne des renseignements sur les *Excerpta Perreii*, consignés sur un exemplaire de l'Aldine de 1515 à la Bibliothèque royale de Berlin.

5. — Pour la biographie de Tibulle il s'est borné à imprimer à la suite de la *uita* déjà connue une *Tibulli Vita* auctore Hieronymo Alexandrino [2]. C'est une compilation sans aucune autorité.

6. — Il n'a pas examiné la question de l'authenticité des diverses parties du Corpus Tibullianum. Il croit que tout est de Tibulle, qui, après avoir chanté ses propres amours, aurait célébré ceux, réels ou supposés, d'autrui, de Lygdamus et de Neaera dans le troisième livre, de Cerinthus et de Sulpicia dans le quatrième [3]. Ces deux livres, qui dans la plupart des manuscrits ne sont pas séparés, pourraient suivant lui porter le titre d'*Epistolae* [4], mais surtout le troisième, qui a un caractère spécialement épistolaire : les Muses servent de messagères, Apollon apporte la réponse.

Il s'approprie l'opinion de Volpi sur le Panégyrique : il peut être de Tibulle jeune ; mais il a été défiguré par des interpolations surtout à la fin ; les vers 197-203 sont absolument indignes de Tibulle.

7. — Un référent anonyme [5], en se félicitant que Tibulle ait suscité en si peu de temps tant d'éditions, reconnaît que le principal mérite de Huschke est de nous éclairer sur les éditions primitives ; mais sur la valeur de ces éditions il est muet.

---

1. P. xi sq.
2. P. lxxxix sq.
3. P. 419 : ... librum tertium Lygdamo Vossius, quartum Sulpiciae aliisque auctoribus tribuit Heynius, neuter iis argumentis, quae Tibulli auctoritatem convellant.
4. P. 422.
5. Gött. gel. Anz., 3 avr. 1820, p. 550-552.

§ 27. — La dissertation inaugurale de Bellermann[1] touche honnêtement à divers domaines de la philologie. Il explique d'une façon peu vraisemblable la fiction poétique que représente I 2[2], fait bien ressortir, contre Voss, l'unité de la pièce, mais ne réussit pas à donner une interprétation satisfaisante de I 2, 65 sqq. Il discute la leçon avec plus ou moins de succès, mais ingénieusement[3]. Il a quelques remarques grammaticales passables et, dans I 9, propose timidement de placer les vers 21-22 après 28, ce qui n'est guère admissible. Il est bien au courant des travaux de Voss et de Huschke et conteste quelques-uns de leurs résultats.

§ 28, 1. — Après Ayrmann, dont il n'a connu le travail que par des extraits, en particulier ceux de Heyne, Spohn[4] s'est proposé de donner une biographie détaillée de Tibulle, en partant de cette idée très juste que la connaissance de la vie du poète est capitale pour l'intelligence de ses œuvres et que, lorsqu'on lit les commentateurs depuis Broekh. jusqu'à Huschke, on se trouve en présence de tant d'affirmations contradictoires qu'on ne sait plus où est le vrai et où est le faux[5]. Il a prétendu instituer des recherches complètes[6] ; mais il n'a rédigé que les cinq premiers

1. De versibus nonnullis Tibulli. — Amplissimi philosophorum ordinis Ienensis auctoritate ad consequendos summos in philosophia honores scripsit Ioannes Fridericus Bellermannus Erfordiensis Ienae typis Car. Guilielm. Theod. Iochii 1819. pet. in-8. 4 p. non numérotées, 31 p.

2. P. 5 : Putandum... est, poetam, cum vinum amicae desiderium, ut fieri solet, magis magisque incendisset, convivium reliquisse et ad Deliae domum sese contulisse, mox autem, quia intrare non licuit, eo reversum vini lenimentum quaesivisse, etc.

3. Il défend à tort I 1, 55 *uictum* contre *uinctum*, avec raison I 2, 79 *magnae* contre *magno* ; I 9, 25 *lena* et *lingua* paraissent également fautifs.

4. De A. Tibulli vita et carminibus disputatio — Partis I. c. I-IV. — Scripsit et... ips. cal. septembr. a. 1819... publice defendet Frid. Aug. Guil. Spohn litt. graec. et lat. prof. ordin... Partis I. c. V.... — Lipsiae impressit Benedictus Gotthilf Teubner. in-8. 103 p.

5. P. 2.

6. P. 6 : Diuisi eam in duas partes, quarum prior in septem capita distincta, de annis quibus natus et mortuus videatur Tibullus, deinde de eius amoribus, praecipue vero de Delia et Nemesi, porro de Neaera et libro elegiarum tertio agat. Postea videamus, quaenam fuerint Delia, Glycera, Neaera, quis Lygdamus ; tum horum nominum causas et originem inuestigemus et quam egregie conspirent omnia doceamus ; praeterea indicemus, quid de Maratho statuendum sit ; denique quid de Sulpicia et libri quarti elegiis II-XII. Altera vero pars vitam Tibulli e nostra sententia descriptam et ad annos digestam exhibebit, additis variis obseruationibus et tabula, qua, quibus annis singula carmina scripta sint declaremus. Deinde disseramus de carmine panegyrico in Messalam (s. IV. 1.) et Epimetrum addamus.

chapitres de la première partie de son travail ; après quoi la mort
l'a interrompu.

La méthode qu'il prétend inaugurer est excellente : laisser de
côté toutes les hypothèses formulées jusqu'alors, s'adresser au
poète lui-même et au témoignage des anciens[1]; il déclare que
cette méthode lui a procuré des résultats lumineux. En réalité
il ne l'a pas suivie ; loin de négliger les hypothèses antérieures,
il les a soigneusement recueillies, ce qui nous renseigne sur
toutes les opinions émises avant lui ; c'est donc au milieu des
systèmes de ses prédécesseurs qu'il se fraie sa voie ; le malheur
c'est qu'il n'est pas moins aventureux qu'eux.

2. — Cap. I[2]. Il commence par établir très nettement, ce qui
donne une idée favorable de sa rigueur scientifique, que tout ce
qu'on sait certainement de Tibulle, c'est qu'il est mort à la fin de
19 av. J.-C ou au commencement de 18, qu'il a suivi Messalla
dans son expédition contre les Aquitains (qu'il place en 31 et 30),
qu'il a voulu l'accompagner dans une autre expédition, mais qu'il
a été obligé par la maladie de s'arrêter à Corcyre.

Puis il reprend, ce qui n'était pas bien utile, la démonstration
de Dousa que Tibulle n'a pas pu naître en 43 av. J.-C et énumère
tout ce qu'on a depuis ajouté pour et contre. Abordant les vers
III 5, 17-18, il se range à l'opinion de Scaliger, Guyet, Dousa,
Volpi, Sanadon, Masson, Brockh., Heyne, qui ont jugé le pentamètre ou même le distique interpolé et étend le système aux
vers 15-20. Ovide ne saurait être l'imitateur ; bien des choses
dans ce passage ne sont pas à leur place, tandis qu'elles le sont
chez Ovide ; les vers 15-20 font double emploi avec 6 et 23 sqq. ;
l'auteur n'avait aucune raison de donner ici son âge. Ces vers
sont de la catégorie de ceux insérés dans le texte de Tibulle par
Philelphus, Aurispa, Seneca, Pontanus. Ils doivent naissance à un
interpolateur qui a voulu développer la seconde raison donnée
par l'auteur pour fléchir les dieux, sa jeunesse, et qui, sachant
que Tibulle était contemporain d'Ovide, a exprimé la date de sa
naissance avec les termes mêmes d'Ovide. Il a ajouté quelques

1. P. 4 sq. : ... non potui impetrare a me, quin sepositis omnibus commentis,
ipsum auctorem, quod in eiusmodi quaestionibus facere soleo, solum audire vellem
et sequi, atque in hac quidem re ipsius poetae vestigiis et antiquorum testimoniis
fretus et confisus nouam quaererem viam.

2. P. 7-32.

autres images empruntées à d'autres passages d'Ovide. Spohn
réfute ensuite la correction d'Ayrmann sur le vers 18.

C'est là une démonstration bien déduite, mais qui pèche par
la base ; elle repose sur des assertions arbitraires ; nous voici
déjà loin de la rigueur scientifique.

Reconnaissant ensuite que le mot *iuuenis* chez Domitius Marsus
est élastique, il montre bien qu'on ne saurait établir certainement la date de la naissance de Tibulle, repousse la date de 64
av. J.-C., ce qui donnerait à Tibulle au moment de sa mort 45 ans,
et s'arrête à 59 (Bach). Il déclare lui-même que ce ne peut être
qu'une approximation, mais il aurait dû se demander si cette
approximation concorde bien avec ce qu'on peut induire d'ailleurs.

3. — Cap. ii[1]. Tibulle malade à Corcyre a composé I 3 et à
son retour à Rome I 1. Delia, sa première maîtresse, n'était pas
encore mariée à cette époque (c'est ce qu'il aurait fallu démontrer) ; elle épousa depuis un mari riche dont il est question dans
I 2, 5 et 6. De I 6, 67 sq. on a tiré la conclusion que Delia était
une affranchie. Avec Bauer il repousse cette conclusion parce
qu'ainsi compris le passage manquerait de délicatesse[2] (mais c'est
là une raison de pur sentiment). Il adopte donc l'explication de
Bauer : Tibulle souhaite que Delia, bien qu'elle ne soit pas
une Vestale, se conduise moins librement qu'elle ne le fait[3]. On
voit que Spohn n'est pas aussi indépendant qu'il le déclare des
hypothèses de ses prédécesseurs. Sur l'identification de Delia
avec Plania, rien de nouveau. Spohn prétend distinguer par le
ton les élégies à Delia jeune fille et à Delia mariée.

Sur la courtisane Nemesis, rien qui ne soit connu. Spohn
plaçant, arbitrairement du reste, l'admission de Messalinus dans
le collège des décemvirs en 20 av. J.-C. conclut, ce qui concorde avec Ovide, que la liaison avec Nemesis est de la dernière
partie de la vie de Tibulle. Il caractérise bien cette liaison en la
différenciant de celle avec Delia.

1. P. 32-50.
2. P. 42 : Parum apte, opinor, diceret : « doceas filiam pudicam esse et minus
peccare, quanquam libertina sit », et nescio an parum conueniret, ac deceret ipsum,
ut nobiliore loco natum, facta eius rei mentio. Mireris enim poëtam, qui amicam et
dilectissimam amicae matrem, admoneat humilioris sortis, et inferioris loci, quo
sunt natae. Avec de pareils scrupules on peut aller loin.
3. P. 44 : ... hoc dixit Tibullus : fac ut filia in posterum, etiamsi peccet, minus
tamen id faciat, quam hoc tempore. La demande serait au moins bizarre et naïve.

Il ne comprend pas comment on a pu mettre l'amour pour Marathus à la même époque que l'amour pour Delia.

Avec Mitscherlich et Heyne il ne regarde pas comme possible l'identification de Glycera et de Nemesis. Il ne croit pas, après Mitscherlich, que Tibulle ait composé des élégies à Glycera qui se soient perdues.

4. — Cap. III [1]. Discutant les opinions des critiques sur Neaera il réfute un certain nombre d'erreurs : que Neaera avait quitté Rome avec sa mère et qu'on attendait son retour (Heyne), que la mère s'opposait au mariage (Bach), que des élégies où Tibulle célébrait Neaera ont été perdues (Heyne, Bach), que le nom de Neaera avait été employé de préférence par les poètes pour désigner une jeune fille légère (Bach), que Neaera doit être identifiée avec Nemesis (Ayrmann), etc... Ce sont là des fantaisies sans consistance sur lesquelles il suffit de souffler pour les faire évanouir. Pour Spohn Neaera est une jeune fille de bonne famille, née de parents riches et honorables, que Tibulle a aimée pour le bon motif et dont il voulait faire sa femme.

5. — Cap. IV [2]. Ici Spohn essaie de réfuter les quatre arguments par lesquels Voss a refusé le troisième livre à Tibulle ; le premier tombe naturellement, puisque III 5, 17-18 sont interpolés ; quant au deuxième, Ovide ne pouvait mentionner Neaera avec Delia et Nemesis ; sur le troisième Spohn se réserve de s'expliquer dans son chapitre VI ; le quatrième, à savoir la différence de coloris et de style entre les élégies du troisième livre et celles des deux premiers, lui paraît se résoudre par la constatation que le talent de Tibulle était très divers. L'auteur du troisième livre n'est pas un affranchi grec sans ressources, c'est un homme qui mène une vie honorable, aisée, et qui n'est pas dénué de talent poétique. Après Bauer, Spohn croit qu'Ovide Amor. III 9, 17 en parlant de Tibulle fait allusion à la fois à II 5, 113 sq. et à III 4, 43 sq. Donc pour Ovide Lygdamus n'est autre que Tibulle. Contre Volpi il soutient que l'auteur du 3e livre y exprime non pas les sentiments d'autrui, mais les siens propres et que tout y part du cœur.

6. — Ch. V [3]. Nous arrivons ici au résultat auquel Spohn veut

1. P. 50-59.
2. P. 59-74.
3. P. 75-103.

nous amener : Ovide n'a parlé que de deux maîtresses de Tibulle ;
or l'identification de Delia et de Nemesis, celle de Neaera et de
Nemesis sont impossibles ; au contraire celle de Delia et de Neaera
s'impose. Les vers du troisième livre sont ceux où Tibulle s'est
plaint qu'on lui ait ravi Plania, qu'il avait d'abord célébrée sous
le nom de Delia, à laquelle dans des circonstances d'une gravité
exceptionnelle il s'adresse en lui donnant le nom de Neaera et en
prenant le pseudonyme de Lygdamus [1] ; c'est à ce moment
qu'Hor. lui écrivit l'Ode I 33 et l'Épître I 4, contenant des exhor-
tations plus sérieuses ; Tibulle ne renonça pas à Plania, mais il
l'aima d'une autre façon qu'il ne l'avait aimée d'abord, bien
qu'elle ne lui fût pas plus fidèle qu'à son mari. Ainsi les élégies
à Delia et celles à Neaera sont l'expression d'un roman unique,
dont elles expriment les diverses phases dans l'ordre suivant :
I 3 et 1, III 4, 3, 1, 2, 6, 5, I 5, 6, 2. C'est là une hypothèse qu'il
n'y a pas lieu de réfuter, puisqu'elle ne repose sur rien. Spohn
prétend faire de la science et s'abandonne à son imagination. Il
signale ce que les systèmes de ses prédécesseurs ont d'aventureux et il n'est pas moins aventureux lui-même. On ne saurait
faire un plus mauvais usage d'une force de travail et d'argumentation, qui, bien que dévoyée, reste remarquable.

§ 29, 1. — La démonstration que le troisième livre n'est pas
de Tibulle a été reprise par Eichstaedt dans 4 écrits académiques [2]
sur un ton caustique et acerbe qui ne manque pas de saveur.

2. — Se rappelant avec délices son intimité avec Voss pendant
son séjour à Jéna et leurs entretiens, qui roulaient souvent sur

---

1. P. 92 sq. : Tibullum simillima expertum esse atque perpessum iis, quae libri
tertii carminibus describuntur, negare nemo poterit, qui eius vitam animumque
fuerit contemplatus. Planiam Deliae nomine personatam cognouimus ; ut Neaerae
persona eam dissimularet, grauiore de causa factum est, quam quae Deliae fictum
nomen commendauerat. Mutata rerum facie etiam hoc mutandum ac semet ipsum,
quod inde propemodum iam intelligitur, ficto quodam nomine celandum censuit.
Ce ne sont là que des mots.

2. Q. D. B. V. Novi Prorectoratus auspicia die VII. Augusti 1819 rite capta
civibus indicit Academia Ienensis. — De Lygdami carminibus quae nuper appellata
sunt commentatio I. Scripsit Henr. Carolus Abr. Eichstadius Eloqu. et Poes. Prof.
P. O. Ex officina Caroli Schlotteri, in-fol., p. III-VI. — Commentatio II. ... Ienae,
typis Georg. Schreiberi et soc., 1823. in-4, 10 p. — Commentatio III. Ienae, Typis
expressit Io. Georgius Schreiberus, 1824, in-fol., p. 6-12. — Commentatio III.
Ienae, Prostat in libraria Braniana, 1835, in-4, p. 5-12.

le troisième livre, Eichstaedt, sans adopter les idées de Voss sur
la personnalité de Lygdamus, démontre par des arguments qui
lui sont propres, c'est-à-dire en insistant sur la faiblesse de l'auteur[1], que ce troisième livre ne saurait être de Tibulle. À propos
de III 1 il reproche à l'auteur de ne pas avoir su tirer parti de
l'opposition, bonne en elle-même, des cadeaux vulgaires et du
libellus, de faire jouer aux Muses un rôle ridicule, de s'exprimer
d'une façon obscure et inepte. Il trouve inique le jugement porté
sur Voss par Bach, qui ne l'a pas nommé pour ce qu'il a de bon
et a affaibli la force de ses arguments pour mieux le réfuter. Il
reconnaît les mérites critiques de Huschke, en regrettant qu'il
n'ait pas apporté à l'édition d'un poète plus de sens poétique.
Quant à l'hypothèse qu'il a reprise de Muret que Lygdamus et
Neaera, qui se marièrent puis se séparèrent, étaient cousins, elle
est au contraire au texte[2].

3. — II. La pièce III 4 est la plus faible du recueil ; la fiction du
songe et l'intervention d'Apollon sont des imaginations misé-
rables ; la description, qui commence au vers 29, est trop longue
et peu à sa place. Prenant pour base le texte de Heyne-Wunderlich et examinant les leçons proposées par Voss, Bach, Huschke,
Eichstaedt montre combien le poète exprime maladroitement
et gauchement ce qu'il veut dire. Il a parfois raison, mais le point
faible de sa discussion c'est qu'il ne distingue pas assez nettement
les passages altérés de ceux qui ne le sont pas et qu'il impute à
Lygdamus des âneries qui ne sont que des corruptions du texte.

4. — III. Il termine l'examen de la pièce en insistant toujours
sur l'ineptie du poète ; il le fait avec un esprit de chicane et une
exagération qui sont manifestes[3] ; mais les vers qu'il examine
sont faibles en réalité.

1. P. iv : Illorum quisquis fuit auctor, exigua ei fuit ingenii dos, minor iudicii,
dicendi autem ea infantia, qua fere laborare videmus tirones, qui exemplorum
praestantia moti, optima illi quidem sequuntur, sed per virium tenuitatem non asse-
quuntur.

2. P. vi : idem maritus eodem tempore nonne etiam fuit frater ? quo pacto igitur
vir *quondam*, *nunc* frater dicit poterat ? Aut quomodo Neaera, quae nupta simul
et uxor *fuerat* et soror, nunc dicatur (v. 26) *futura* soror ?

3. Voici quelques expressions qui caractérisent le tour de ses critiques : somniabat
scilicet poëta ; Noster, inania verborum captans, suam ipse sententiam obscuravit ;
quam inepta est... ista poëtae h. l. compellatio ! misere languet ; his versibus vix
quicquam umquam absurdius legi, etc.

5. — IV. Il est arrivé à Eichstaedt une singulière mésaventure et qui témoigne d'une certaine somnolence sénile. Pressé d'écrire un opuscule de circonstance il s'est reporté à de vieux papiers et ne s'est pas aperçu qu'il reprenait le sujet traité dans sa troisième dissertation. Il n'a reconnu sa méprise que le travail achevé et, comme il contenait quelques nouveautés et quelques divergences d'avec la précédente mise en œuvre des mêmes notes, il l'a laissé subsister.

En somme il a réussi à démontrer sa thèse[1], déjà esquissée par Voss, que la poésie du troisième livre est pauvre et indigne de Tibulle.

§ 30, 1. — Dans son étude sur la biographie de Tibulle[2] A. de Golbéry s'est fortement inspiré de Spohn[3], en complétant son travail laissé imparfait et en s'en écartant souvent. Il est aussi malheureux lorsqu'il le suit, que quand il l'abandonne. Sa dissertation est divisée en cinq parties.

2[4]. — Considérant et le troisième livre et le distique 5, 17-18 comme authentiques, il tire de ce distique la date de la naissance de Tibulle, mais en entendant arbitrairement *natalis* dans le sens d'anniversaire, si bien que Tibulle serait né en 44 av. J.-C. Discutant ensuite les quatre vers d'Ovide, Tristes IV 10, 51 sqq., il croit qu'ils signifient que Properce a succédé à Virgile, Tibulle à Gallus : Ovide voudrait dire tout simplement que Virgile et Gallus avec Properce, plus jeune qu'eux toutefois, appartiennent à une génération plus ancienne que la sienne et celle de Tibulle[5].

1. IV p. 5 : ... dissertationes Lygdamicas... olim eo consilio institueram, ut, quam indignus sit Tibullo insertus eius carminibus tertius liber, quem Vossius noster Lygdamo cuidam tribuit, et quantopere quum ceterae libri illius elegiae tum maxime quarta frigeant, diligenti censura demonstrarem.
2. De Tibulli vita et carminibus disseruit Philippus Amatus de Golbéry. Paris, Dondey-Dupré, 1824. in-8. 78 p. Actuellement dans son édit de Tibulle, p. 419-494.
3. Il exprime son admiration pour lui dans ces termes très exagérés, p. 419 : Hunc, si de Tibulli vita scriptisque edoceri cupis, lege atque iterum perlege ; nullus omnino tanta doctrina tantisque ingenii viribus, rem, quae antea in desperatis erat, refecit atque recreavit.
4. De anno Tibulli natalitio p. 419-445.
5. P. 430 : quo sensu Gallus et Virgilius majores natu erunt cum Propertio ; ita tamen ut Propertius illis sit minor, Tibullus vero et Ovidius minores quam omnes supradicti poetae.

Le texte ne permet pas cette interprétation et, si subtile et si
adroite que soit l'argumentation de de Golbéry, elle est inadmissible. On y relève pourtant quelques idées qui méritent l'attention : que le passage des *Tristes* peut très bien se rapporter, non
pas à la date matérielle de la naissance des quatre élégiaques,
mais à leur entrée dans la carrière littéraire, ce qui exclut la
nécessité de faire naître Tibulle longtemps avant Properce, la
date de la naissance de ce dernier étant du reste incertaine ; que
Tibulle paraît avoir été fort jeune, quand il prit part à l'expédition d'Aquitaine et quand il aima Delia ; qu'il n'est nullement
impossible qu'Ovide ait imité l'élégie III 5.

3 [1]. — De Golbéry adopte purement et simplement les idées de
Spohn sur l'identification de Delia-Plania avec Neaera et avec
Glycera, c'est-à-dire que lui aussi il intercale les élégies du livre 3
dans celles du livre 1, tout en différant sur le classement qu'il
établit ainsi ; I 10, 3, 1, IV 13, III 2, 3, 4, 6, 5, I 2, 5, IV 14, I 6.
Il n'y a pas lieu de discuter cette élucubration, qui ne repose sur
rien de solide. Chemin faisant, il identifie avec Nemesis Phryné
de II 6, 45 (le nom n'est même pas sûr), croit que dans I 10
Tibulle pense à Delia sans la nommer, que son amour pour Delia
à duré jusqu'en 20 av. J.-C. ; tout cela n'a aucune vraisemblance.
Une idée qui mérite l'attention c'est que l'amour de Tibulle pour
Delia a bien pu commencer pendant un séjour que celui-ci aurait
fait à Rome après son retour de l'expédition d'Aquitaine et avant
son départ pour l'Asie [2].

4 [3]. — De Golbéry s'efforce de démontrer contre Voss l'authenticité du troisième livre en reprenant l'argumentation de Spohn ;
avec Bach il y reconnaît le *vrai Tibulle*. Celui-ci aurait renoncé
pour Plania au pseudonyme de Delia, lorsqu'elle eut quitté Rome
et quand il correspondait avec elle par un intermédiaire ; naturellement il aurait aussi dissimulé son nom [4]. Plus tard il a repris
le pseudonyme de Delia, soit parce qu'il n'avait plus à user d'in-

1. De puellis quas amavit Poeta p. 445-473.
2. Cf. Revue de philol., a. et t. 29, p. 296-305.
3. Lygdamus p. 473-480.
4. P. 479 : Notum profecto erat ab Albio nullam nisi Deliam carminibus peti,
ut eo ipso epistolae apud tabellarios deprehensae, licet falso puellae nomine eas
inscripsisset, occulta divulgassent consilia. Nous sommes en pleine niaiserie.

termédiaires, soit par souvenir du passé. Tout ceci n'est pas moins en l'air que ce qui précède.

5 [1]. — L'auteur place tout à fait à la fin de la vie de Tibulle la liaison avec Nemesis et un peu avant l'affection pour Marathus, qu'il identifie avec le Cyrus d'Horace C. I 33. Il attribue IV 2-12 à Tibulle ; ici c'est surtout Bach qu'il suit.

6 [2]. — Avec Bach il se refuse à attribuer le panégyrique à Tibulle ; on voit que, lorsque Spohn lui manque comme autorité, c'est Bach qui le remplace.

§ 31. — Dans un compte rendu de vastes dimensions [3] Fr. Passow a examiné à la fois les 3 premières dissertations d'Eichstaedt, celles de Spohn et de de Golbéry. Il approuve la critique faite par Eichstaedt des éditions de Bach et de Huschke et particulièrement de leurs polémique contre Voss et, admirant sa maîtrise, se range à ses idées. Il discute très sérieusement les divagations de Spohn et de de Golbéry avec une ampleur caractéristique d'une époque où on travaillait à loisir et où les journaux philologiques, pas plus que leurs lecteurs, ne s'effrayaient de la longueur de la copie. Les points sur lesquels il diffère de Spohn sont les suivants : la difficulté de croire que les pièces à Marathus soient de l'époque de la liaison avec Delia peut se résoudre, si on admet qu'elles ont précédé cette liaison et ne sont que des jeux sans réalité de l'imagination du poète qui ne fait peut-être que s'inspirer des modèles grecs. Les erreurs que Spohn relève chez Voss dans la caractéristique de Lygdamus ne prouvent pas que le troisième livre soit authentique ; les contradictions qu'il lui reproche dans son appréciation du talent de Lygdamus n'existent pas, Voss s'étant borné à opposer au talent créateur de Tibulle la médiocrité de son imitateur qui n'a qu'une habileté acquise. Il ne serait pas étonnant qu'Ovide eût emprunté à Lygdamus quel-

---

1. De Maratho et aliis qui in Tibulli carminibus comparent p. 480-489.
2. De carmine in Messalam p. 489-492.
3. Il a paru dans la Hallische Allgemeine Literaturzeitung de 1825 nos 131-134. Spohn était mort au commencement de 1824 et Passow donne quelques détails sur les modifications qu'il voulait faire subir à son travail dans la rédaction définitive. Ce c. r. se trouve actuellement dans : Franz Passow's Vermischte Schriften... hrsggb. von W. A. Passow... Leipzig. F. A. Brockhaus, 1843, in-8, p. 143-166.

ques passages particulièrement réussis ; Passow croit toutefois
que c'est le contraire qui s'est produit et que Lygdamus a imité
Ovide. Arrivant à de Golbéry, il relève tout ce qui lui appartient
en propre et s'efforce de prouver que ce ne sont en général que
des erreurs ; ce n'est pas toujours une réfutation en règle ; il se
borne à signaler des idées insoutenables, la fixation à 44 av. J.-C.
de la date de la naissance de Tibulle, l'interprétation arbitraire
du mot *natalis*, l'explication erronée d'Ovide, Tristes IV 10,
51 sqq., l'identification de la Pholoé et du Marathus de Tibulle avec la Pholoé et le Cyrus d'Horace, etc. Passow est du
reste trop entier ; il n'épargne rien chez de Golbéry et, en
lui reprochant de ne pas avoir admis avec Voss l'authenticité du
panégyrique, il découvre l'excès de son parti pris. Contre l'identification faite par Spohn et de Golbéry de Delia avec Neaera, il
dirige une argumentation serrée. Il s'appuie sur la théorie que
les érotiques romains substituaient au nom réel de leur maîtresse
un nom fictif de même valeur prosodique, de façon que l'un et
l'autre pussent être interchangés : or Neaera n'équivaut pas à
Delia. D'autre part ce que nous savons de Neaera ne concorde
pas avec ce que nous savons de Delia : Neaera a encore son père
et sa mère : ce sont des gens honorables ; Delia n'a plus que sa
mère, qui favorise les infidélités de sa fille et que Passow a du
reste le tort d'identifier avec la *callida lena* de I 5, 48. Delia
était une romaine de basse naissance, élevée pauvrement, sans
grande éducation, qui céda au caprice de Tibulle, sans que d'aucun côté on songeât à une union légitime. Puis elle se maria
pendant l'absence de Tibulle (c'est là l'opinion généralement acceptée ; elle est contestable), mais au retour elle ne le rebuta
point, pas plus que d'autres. Lygdamus, dès le début, ne songe
qu'à épouser Neaera, qui ne veut pas de lui et lui préfère un
autre. Aussi l'expression de l'amour dans les élégies à Delia et
dans celles à Neaera est-elle absolument différente : Tibulle est
sensuel, Lygdamus chaste. On ne comprend pas pourquoi Tibulle aurait appelé Plania d'abord Delia, puis Neaera, puis de
nouveau Delia. Les deux cycles forment deux ensembles si complets qu'il n'y a rien à y ajouter ni à en retrancher. Le fait que
Delia et Neaera sont deux personnes différentes renverse la démonstration tentée par Spohn de l'authenticité du troisième livre ;
l'argumentation de Voss, malgré quelques détails contestables,
n'est pas ébranlée.

Tout ceci est fort bien déduit, quoiqu'il y ait à faire çà et là

quelques réserves ; il n'était pas bien difficile de combattre des
erreurs aussi grosses que celles de Spohn et de de Golbéry ; Passow l'a fait avec force, suite et bon sens.

§ 32. — Il n'en est que plus étonnant qu'après avoir protesté
si nettement contre la confusion des diverses maîtresses de Tibulle, Passow[1] soit à son tour tombé dans la même erreur ; cela
prouve qu'à cette époque la méthode était fort incertaine, mal appliquée, et que les philologues comptaient surtout sur leur imagination divinatoire pour faire des découvertes retentissantes, lesquelles au demeurant n'étaient que de pures billevesées. Il
reprend à son compte l'identification proposée en passant par
Scaliger de Glycera avec Nemesis, bien que sa théorie que les
érotiques latins choisissaient pour leur maîtresse un nom supposé
de même valeur prosodique que le nom réel, le premier destiné
aux exemplaires pour le public, le deuxième à l'exemplaire pour
la personne aimée, ne se réalise ici qu'imparfaitement, puisque
le nom de Glycera ne peut pas être substitué partout à celui de
Nemesis. Contre Voss qui croit que Glycera fut aimée de Tibulle
après Nemesis et chantée dans des élégies composées vers 22 av.
J.-C. et perdues après la mort du poète, il remarque qu'Horace
n'a guère pu faire allusion à des élégies qui n'étaient pas publiées
et que, si elles étaient connues, Ovide aurait dû parler de Glycera,
tandis que Nemesis est pour lui la dernière maîtresse de Tibulle.
Glycera ne peut pas être identifiée avec Delia parce que les deux
noms diffèrent au point de vue prosodique, que le qualificatif
d'*immitis* ne convient pas à Delia, que Tibulle aima Delia étant
fort jeune, qu'il n'avait pas dépassé la trentaine lorsqu'elle le
trompa et qu'il n'avait pas grand' chose à craindre d'un rival plus
jeune, qu'en réalité Delia épousa un mari riche et probablement
plus âgé que Tibulle (Passow confond à tort le mari avec le *diues
amator* de I 5, 47). En revanche le qualificatif d'*immitis* convient
à Nemesis et les élégies auxquelles Horace fait allusion sont II 3,
4 et 6. Horace C. I 33 l'a désignée sous son nom réel de
Glycera dans une circonstance grave où il s'agissait de détacher
définitivement Tibulle d'une personne indigne. Celui-ci d'après
la chronologie de Voss et de Spohn adoptée ici avait une quarantaine d'années ; il pouvait être sacrifié à un plus jeune. Il se

1. Ueber Tibull's Glycera. Seebode Archiv 1825 p. 189-199. Actuellement
dans : Franz Passow's Vermischte Schriften p. 167-175.

flattait de conserver les bonnes grâces de Nemesis par ses prodigalités; Horace lui montre qu'il se rendrait ridicule en continuant à rivaliser avec de plus jeunes que lui et lui enlève sans
ménagement une illusion funeste. Il ne réussit pas d'ailleurs; il
est probable que Tibulle mourut de son amour pour Nemesis.

Le malheur de cet ingénieux système c'est qu'il ne repose sur
rien; Passow a commis une double erreur, en substituant le rêve
imaginatif à la recherche scientifique, en suppléant à l'insuffisance
des documents par l'invention.

§ 33. — On peut négliger l'édition sans commentaire de Tibulle par F.-G. Pottier[1]. Elle n'est pas originale. L'auteur s'en
tient à Heyne dont il considère l'édition comme « la plus estimée
et sans contredit la plus estimable[2] ». Il paraît ignorer ce qu'on a
fait depuis. « Je me suis, dit-il, rarement écarté de son édition;
seulement je me suis permis de rétablir quelques leçons anciennes, qui m'ont paru préférables aux nouvelles que cet éditeur
avait adoptées. J'ai cru devoir aussi en admettre quelques autres
qu'il approuve lui-même, mais qu'il s'était fait scrupule d'introduire dans le texte[3] ». Il conserve les astérisques indiquant des
lacunes injustifiées, qui avaient disparu de toutes les éditions postérieures à la troisième de Heyne. La *Vie de Tibulle* contient des
âneries[4]. Sur les pièces IV 2-12 il s'en tient à l'opinion de Heyne,
en disant[5] que « la question offre peu d'intérêt ». L'ignorance et
l'apathie rivalisent.

§ 34 (cf. § 20), 1. — En 1816 Lachmann s'était habilité à Berlin. Il fut nommé en 1818 professeur à l'Université de Koenigs-

---

1. Collection des auteurs latins publiés et collationnés sur les manuscrits de la
Bibliothèque du Roi par F.-G. Pottier, C. Valerius Catullus. Albius Tibullus.
Recensuit et emendavit F.-G. Pottier. Paris, chez Malepeyre, 1825. in-8. Sillig, en
rendant compte du Catulle dans les Jahrb. f. Philol. u. Paed. 1ster Jahrg. 1ster Band
2tes Heft 1826, p. 422-425, a reproché à l'auteur d'avoir manqué à ses promesses
en se bornant à suivre le texte de Doering modifié çà et là en mal sans recourir
aux mss. Mais l'auteur avait averti lui-même dans la Préf. de son procédé.

2. Préf. p. v.

3. Préf. p. v sqq. il propose deux mauvaises conjectures, l'une originale, l'autre
empruntée, sur I 5, 65 et III 6, 3.

4. P. xv : Les savants ne sont pas d'accord sur ses prénoms. Les uns l'appellent
Aulus, les autres Albius, quelques-uns Aulus Albius. L'opinion la plus générale
s'est réunie à l'autorité d'Horace et lui a conservé celui d'Albius.

5. P. xx.

berg, en 1825 à celle de Berlin. Il s'était livré à d'importants travaux sur le moyen haut Allemand et sur les tragiques grecs,
quand il revint à Tibulle en 1826 par un compte rendu très détaillé de la traduction et de l'édition de Voss, des traductions de
Koreff, de Bauer et de Mollevaut[1]. A propos de cette dernière il s'est
laissé aller à des attaques de mauvais goût, fruit de son caractère
étroit et détestable, contre les Français[2]; son travail n'en est pas
moins très important, bien qu'il ne puisse prétendre à l'infailli-
bilité dans le détail. C'est une défense très décidée de Voss, défense un peu tardive au bout de 15 ans, mais qui n'était pas inutile, puisque celles des idées de Voss qui étaient justes n'avaient
encore trouvé que peu d'approbateurs et que les partisans de
Heyne tenaient toujours le haut du pavé. La forme que Lachmann
lui a donnée est celle d'une réfutation de la critique totale acerbe
que Bauer avait dirigée contre le travail de Voss. Il est certain
que Lachmann est un autre philologue que Bauer, lequel se donne
du reste lui-même modestement pour un dilettante, et il le rappelle avec raison à la méthode lorsqu'il l'avertit[3] qu'il faut réfuter
Voss, lorsqu'il se trompe, par une critique rigoureuse et serrée,
au lieu de se contenter d'un mot dédaigneux. Il énumère d'abord
toutes les appréciations, auxquelles ont donné lieu la traduction
et l'édition de Voss, fournissant ainsi un résumé très commode,
et proteste, en dépassant sensiblement les limites du vrai, que
la polémique de celui-ci provient non pas d'une inimitié personnelle, mais du souci de l'exactitude. Il juge ainsi les deux adversaires[4]: « Etant donné le grand nom du savant de Göttingen, on
est trop porté à ne pas voir que les trois éditions de Tibulle, qui
lui ont acquis une renommée si considérable, ne sont qu'un
trompe-l'œil. Les fautes les plus risibles se propagent de la première édition à la troisième. Pourtant il parle de lui et de ce qu'il
a fait sur un ton important et arrogant; bref, il agit comme quel-

1. Ergänzungsblätter zur Jenaischen Allg. Literatur-Ztg., 1826, 2ᵉ vol., p. 113-
152. Actuellement dans: Kleinere Schriften, T. II, 1876, p 102-145: Ueber Vossens
Tibull und einige andere Tibullübersetzungen.
2. Il a raison de reprocher à Mollevaut d'embellir et de défigurer Tibulle, mais
il était inutile de se livrer, p. 142, à des considérations injurieuses sur la décadence
des Français (die Dummstolzen), qui n'ont pas en eux une parcelle de l'esprit grec
et romain et qui ne connaissent plus les grandes œuvres de l'antiquité. Cette gros-
sièreté teutonne est amusante.
3. P. 111 sq.
4. P. 106 sq.

qu'un qui veut délibérément jeter de la poudre aux yeux. Un pareil procédé doit irriter tout honnête homme, sans l'empêcher de reconnaître d'autre part les mérites de l'éditeur. M. Bauer lui est inféodé corps et âme... Tandis que Heyne suit presque toujours aveuglément les anciennes éditions, sans tenir compte des manuscrits collationnés postérieurement, Voss accorde à chaque manuscrit une confiance absolue, sans s'apercevoir que la plupart sont plus ou moins altérés. Mais il cherche toujours avec un soin prolongé des raisons pour justifier l'adoption d'une nouvelle leçon ou la conservation de l'ancienne ; il apprécie et décide d'après un examen personnel, sans se laisser dominer par les autorités ; il ne passe par-dessus aucune difficulté, pas même celles qu'il s'est créées lui-même. Un effort si honorable et une application si constante ne méritent-ils pas malgré bien des erreurs d'être mentionnés avec éloge ? » Dans le détail il réfute le plus souvent avec raison les critiques dirigées par Bauer contre Voss ; toutefois, bien qu'il n'approuve pas toujours celui-ci et qu'il ne s'aveugle pas sur ses faiblesses, il a pour lui des condescendances exagérées ; il n'a pas un mot de blâme pour la façon pitoyable dont Voss a constitué le texte ; il admet qu'au vers I 2, 65 une nouvelle élégie commence et trouve acceptable le procédé qui consiste à détacher de II 3 les vers 33-60[1]. Il approuve des leçons manifestement mauvaises[2]. Il est impossible de souscrire à ce jugement[3] : « A la vérité le texte est dans sa forme actuelle (celle que lui a donnée Voss) bien éloigné de son aspect primitif, mais il a été en réalité rectifié un nombre incalculable de fois, plus d'après les manuscrits et des conjectures d'autrui, que d'après des conjectures personnelles. » Le texte de Voss marque un recul sensible sur celui de Heyne (cf. § 11,7).

2. — En ce qui concerne la biographie de Tibulle et de ses personnages et l'authenticité des diverses parties du Corpus Tibullianum, Lachmann a raison de prendre parti pour Voss contre Bauer (bien qu'il y eût des réserves à faire sur la façon dont Voss

---

1. P. 108. Il a abandonné la 1re idée dans son édit. de 1829, mais II 3, 35-58 sont séparés du reste par des blancs.

2. Ainsi 1 1, 2 *magna* p. *multa*, 28 *ad riuum* p. *ad riuos*, 44 *referre* p. *leuare*, 2, 71 *tecum modo sim, mea* p. *mea, si tecum modo*, 3, 58 *ad Elysios* p. *in Elysios*, 7, 49 *sanctum* p. *centum*, II 2, 7 *illius et pura* p. *illius puro*, etc. Aucune de ces leçons n'a passé dans l'édit. de 1829. Lachmann fait donc preuve de précipitation et de légèreté.

a compris les pièces IV 2-12). Il dit justement[1] : « Ce que Voss a découvert sur Tibulle, Sulpicia et Lygdamus n'a pas été le moins du monde entamé par les objections faites jusqu'à présent. Quelques détails encore discutables, par exemple si Lygdamus était un Romain authentique ou un fils d'affranchi, s'il n'y a rien à redire à la moralité de Sulpicia, etc., n'ont aucune influence sur l'ensemble. — La croyance à un Tibulle déplorablement bouleversé a disparu ; il est vraisemblable qu'il manque quelques distiques. — L'inauthenticité du panégyrique a été soutenue contre Voss par tous ceux qui ont fait connaître leur jugement et Bach a montré l'inanité des raisons donnés par son défenseur. »

§ 35, 1. — De Golbéry n'avait aucune des qualités nécessaires pour éditer Tibulle[2]. Dans une préface niaisement humoristique il feint que Tibulle lui apparaît en songe avec Delia, se plaint des mutilations que lui ont fait subir les éditeurs antérieurs, surtout Scaliger et Voss, et lui indique le moyen d'y remédier[3] : ce sera de choisir parmi les leçons des manuscrits les meilleures, c'est-à-dire les plus simples, celles qui donnent le sens qui se présente de lui-même, de repousser celles qui sont cherchées et tirées de loin ; la poursuite de l'élégance et du sens alambiqué a égaré les interprètes. Tout cela est assez vague. De Golbéry déclare[4] qu'il s'est appuyé sur les manuscrits sans jamais s'en écarter ; il ignorait que la difficulté commençait lorsqu'il fallait déterminer la méthode pour utiliser des manuscrits diversement interpolés. En réalité il n'a pas pris directement contact avec eux. Il s'est borné à s'éloigner le plus possible de Voss pour se rapprocher de Huschke[5]. Il prétend que sur chaque cas il a exprimé son sentiment personnel ; en réalité il n'est pas indépendant.

Ses notes sont surtout consacrées à la discussion du texte ; mais aucun principe ne le guide. Sans règle pour juger les variantes, il les énumère et avoue son impuissance à choisir ; il laisse au

---

1. P. 123.
2. Albii Tibulli quae supersunt omnia opera varietate lectionum novis commentariis, excursibus imitationibus gallicis vita auctoris et indice absolutissimo instruxit Philipp. Amat. de Golbéry e regia antiquariorum societate et in suprema Alsatiae curia consiliarius, etc. — Parisiis colligebat Nicolaus Eligius Lemaire poeseos Latinae professor. 1826. in-8. cxvi-580 p., 4 p. non numérotées.
3. P. xvi.
4. P. xviii.
5. P. xvi : Utere, quaeso, utere doctorum lucubrationibus, ut in commentariis plerumque Huschkii vestigiis insistas, et H. Vossium praecipue refugias.

lecteur à faire la besogne dont il est incapable [1]. Quand il allègue des raisons, elles sont souvent d'une faiblesse enfantine [2]. Il ne renseigne du reste que très insuffisamment sur l'origine de la leçon et ne cite les manuscrits que d'une façon approximative [3]. Il ne se doute pas qu'il est impossible de discuter une leçon si on n'en connaît pas la source exacte et son exemple a fait en France beaucoup de mal ; il a habitué les éditeurs à jeter au bas des pages des variantes détachées, sans état civil, ce qui donne inutilement l'illusion d'un travail critique qui n'existe pas. Ce travail ne se trouve pas chez de Golbéry à l'état le plus rudimentaire ; il était trop incompétent même pour l'ébaucher.

On se demande ce que serait devenu Tibulle entre les mains de de Golbéry, si celui-ci avait fait réellement une récension personnelle ; il n'en est rien heureusement, et il s'est borné à suivre la plupart du temps Huschke. Si on compare les deux textes, en laissant de côté les variantes sans importance et les passages douteux ou également mauvais, on constate que de Golbéry s'écarte de Huschke environ 22 fois en bien, environ 20 fois en mal ; en apparence son texte n'est donc pas plus mauvais que les meilleurs textes allemands de l'époque ; mais quelques divergences en mal sont graves ; il réimprime en effet des vers interpolés à la Renaissance et dont l'inauthenticité était depuis longtemps démontrée.

1. Ainsi I 1, 6, à la fin de la discussion sur les deux variantes *assiduo* et *exiguo* : Eligat lector ; 2, 26 après avoir imprimé un pentamètre interpolé, sans se porter du reste garant de son authenticité : Causam et rationem, cur veteri textui acquiescendum censemus, jam tenes, amice lector ; ipse nunc decerne, etc.

2. Ainsi I 1, 18 il défend *saeua*, qui est en effet la bonne leçon, mais il ne trouve rien autre chose à dire que : « nam vulgata lectione nihil simplicius » ; 37 il dit de la leçon *neu uos de* : « procul dubio genuina est » ; la bonne leçon est : *nec uos e* ; 46 à propos de *detinuisse*, qui n'est pas la bonne leçon : « est sane elegantius » ; 2, 33 à propos de *fias*, qui n'est pas la bonne leçon : « melius vulgat. esse e seq. apparet » ; 44 il adopte *sistit*, fautif, comme « aptius, et certo sensum praebet validiorem quam languidum illud *vertit* » ; 72 il préfère *in solo*, mauvaise conjecture, en disant : « recte. In libris legitur *in solito*, quod ab editoribus vitiosum dicitur », etc. C'est là un bavardage sans portée, qui n'a aucun rapport avec la critique sérieuse.

3. Ainsi I 1, 22 : Multis codicibus editionibusque inerat lectio *parva* ; sed Muretus et Scaliger e suis MSS. *magna* reposuere » ; 42 « quidam codices loco τοῦ *avo* exhibent *agro* » ; Heyne-Wunderlich renvoyaient aux mss. qui donnent cette variante d'ailleurs sans importance ; 2, 3 à propos de *perfusum* : « Ita editum constanter : sicque nostri cum multis aliis scriptis » ; mais *nostri* avait un sens chez Heyne, qui parlait de *ses* mss. ; il n'en a plus chez de Golbéry ; 6 dans une note signée Heyne il cite le *Guelf.* 14 ; Heyne avait exactement *Guelf.* 1, 4, etc.

Il déclare avoir emprunté beaucoup de notes à ses prédécesseurs et en avoir ajouté d'autres [1]. Ses additions sont peu de
chose et n'offrent d'ordinaire qu'une compilation sans critique.
Les notes signées ne sont souvent qu'un résumé fautif où on ne
retrouve ni la main ni la pensée de l'auteur original. Il aime à
remonter à Broekh. et à le prendre en faute ; mais ce sont des
erreurs redressées depuis longtemps ; il consulte les autres commentaires et en coud bout à bout des fragments mal appareillés ;
il court de Broekh. à Heyne, de Heyne à Bach, de Bach à
Huschke et polémise contre Voss. On retrouve là tout le fatras
accumulé autour du texte de Tibulle et l'impression qu'on retire
de son annotation est décourageante ; il n'a pas vu ce qu'il y avait
à faire pour sortir de cette confusion et on est tenté de croire
qu'il n'y a qu'à s'enliser avec lui [2]. De grosses fautes d'impression montrent que la forme n'a pas été plus soignée que le fond ;
les noms propres sont sans cesse estropiés.

2. — G. H. B. a rendu longuement compte de cette édit. [3] ; tout en
opposant au travail sans cesse renouvelé et opiniâtre des Allemands pour trouver du nouveau l'indolence française qui se contente
de faire un choix parmi les résultats acquis et de les communiquer au public, il constate pourtant que la collection Lemaire est
supérieure aux autres collections françaises [4] et à celle publiée à

1. P. xviii : doctorum quotquot dixi virorum labores adhibui, notasque quam
plurimas, proprio ex fonte haustas, addidi.
2. Quelques exemples donneront une idée de ce que la rédaction des notes a de
déplorable : I 1, 9 l'auteur copie une partie de la note de Broekh. et la réfute par
le début de la note de Bach ; 20 il cite Huschke pour la constitution du texte,
Broekh. pour les réalités ; 36 il résume la note mythologique de Broekh., reproduit
celle de Heyne sur les réalités, résume celle de Huschke sur l'orthographe ; 44 la
note est faite de 3 fragments empruntés à Broekh., Heyne, Bach ; 57 il résume la
note de Broekh. en la criblant de fautes ; 69 il reproduit la note de Heyne d'après
la 3ᵉ édit. avec un c. s. qui a disparu de la 4ᵉ ; 2, 31 la 1ʳᵉ partie de la note est
signée : Heyne ; la seconde, qui ne l'est pas et qui par suite paraît originale, est
également de Heyne, etc.
3. Gött. gel. Anz. 8 août 1829 p. 1265-1276 ; d'après *Die Mitarbeiter...* p. 8
l'art. est de Georg Heinr. Bode.
4. Celle publiée chez Malepeyre : Collection des auteurs latins publiés et collationnés sur les mss. de la Bibliothèque du roi ; celle publiée chez Gosselin : Auteurs
classiques avec des commentaires anciens et nouveaux publiés par des professeurs de
l'Académie de Paris et de l'ancienne Université ; celle de Pankoucke : Bibliothèque
Latine-Française ou traduction des classiques latins avec le texte en regard, par
M. Jules Pierrot.

Londres par Valpy. Il ne saurait être bien sévère pour de Golbéry, puisque celui-ci prend pour guides Heyne et Huschke, se
refuse à attribuer avec Voss le troisième livre à Lygdamus et s'inspire de Spohn pour la biographie. Il trouve pourtant sa préface
bizarre et burlesque, son latin mauvais, la fixation de la naissance
de Tibulle à 44 av. J.-C. inadmissible, ainsi que la chronologie
de ses œuvres[1]. Il ne lui reproche pas de n'avoir pas utilisé de
manuscrits nouveaux, puisque cela n'avait pas réussi à Voss qui n'a-
vait fait qu'empirer le texte, tandis que Huschke avec des moyens plus
restreints et les anciennes éditions en a donné un meilleur. Mais
il n'a pas suffisamment étudié l'esprit des élégiaques, exercé sa critique d'une façon conséquente et logique ; il est frivole, ne conclut
pas et flotte entre Heyne et Huschke comme Bach flottait entre
Heyne et Voss.

Ce qu'il faut ajouter c'est que la faiblesse de l'œuvre provient
en partie de la mauvaise qualité des matériaux employés ; il ne
faut pas vouloir compiler les résultats de la science allemande,
lorsqu'on n'est pas personnellement capable de démêler ce qu'elle
contient de bon et de mauvais ; c'est un principe que nous avons
trop oublié nous autres Français au xixe siècle ; on n'aboutit dans
ces conditions qu'à des œuvres informes.

§ 36. — La période qui vient de nous occuper est, sauf les
réserves qui vont suivre, une période d'abondance stérile : on
serait tenté d'admirer la ténacité avec laquelle les philologues
allemands s'acharnent à la besogne, si cette besogne n'était pas
extrêmement médiocre.

La constitution du texte reste à peu près stationnaire, sauf en
ce qui concerne l'hypothèse d'un bouleversement profond et celle
des lacunes perpétuelles, qui sont écartées comme arbitraires,
condamnées par Lachmann. On a versé au fonds commun les
leçons d'un certain nombre de manuscrits et des anciennes éditions.
Mais les anciennes éditions sont sans valeur ; on n'a mis la
main sur aucun manuscrit qui offre une base solide. Les manuscrits
ont du reste été étudiés superficiellement et les renseignements communiqués sur eux ne sont pas toujours sûrs. On n'a mis en œuvre
pour les utiliser aucun principe sérieux ; on patauge dans la mare
aux variantes ; on essaie d'améliorer la vulgate de Heyne, mais,

---

1. P. 1272 : Dans toute cette recherche l'auteur paraît avoir eu pour but la nouveauté plus que la vérité.

si on la corrige sur quelques points, on la gâte sur d'autres. Voss, qui s'en dégage résolument, tombe à un niveau plus bas.

Le commentaire explicatif fait aussi peu de progrès. On reste sous la dépendance de Heyne en remontant plus haut pour aller chercher chez les commentateurs antérieurs ce qu'il avait négligé à tort ou à raison. On corrige un certain nombre de ses c. s. et on en commet d'autres ; tout cela reste incertain et de qualité inférieure.

Sur la biographie de Tibulle le principe qu'il faut s'en tenir à ce que les anciens et lui-même nous apprennent de certain n'est énoncé que pour être violé outrageusement. On supplée à l'information exacte par des inventions parasites que la critique a le devoir de balayer sans pitié.

Ce n'est que sur la question des éléments constitutifs du Corpus Tibullianum que le progrès se dessine. Bach démontre convenablement que le panégyrique n'est pas authentique et son opinion est généralement adoptée. Voss restitue le troisième livre à Lygdamus, mais cette découverte est énergiquement combattue par les élèves et les partisans de Heyne, tant les yeux des philologues allemands s'habituent difficilement à une lumière nouvelle. L'énigme de IV 2-12 n'est pas résolue et on continue à divaguer sur cette question.

CHAPITRE DEUXIÈME

DE L'ÉDITION DE LACHMANN 1829 AUX TIBULLISCHE BLÄTTER DE BAEHRENS 1876.

§ 37, 1. — Lachmann, qui avait été nommé en 1827 professeur ordinaire à l'Université de Berlin et qui depuis 1829 dirigea la division latine du séminaire philologique, publia en 1829 une édition de Tibulle[1] en même temps que de Catulle et de Properce. Son intervention dans la critique de Tibulle marque une ère nouvelle ; c'est la fin du système dominant depuis Broekh. et remontant plus haut, qui consistait à chercher partout les variantes et les conjectures pour s'y perdre[2]. Passant par-dessus les successeurs de Broekh. et Broekh. lui-même, il se rattache à Scaliger et reprend sa méthode qui consiste à recourir aux sources autorisées du texte et à négliger celles qui sont manifestement interpolées[3]. Il renonce à interroger des manuscrits nouveaux, qui ne donneraient rien de mieux que ce qu'on a tiré depuis deux cents ans de ceux qu'on a fait connaître, et choisit ceux qui lui ont paru les plus anciens et les meilleurs à savoir le troisième Eboracensis d'Hein-

---

1. Albii Tibulli libri quattuor ex recensione Caroli Lachmanni. — Berolini typis et impensis Ge. Reimeri. A. 1829. in-8. viii-72 p.

2. Praef. p. vi : ... qui tempus inutiliter terere volent, facili opera et mendas portentis similes et doctorum Italorum commenta iniumera coacervare poterunt ; ad quod genus eorum pleraque omnia referenda sunt, quae Statius Broukhusius Vossius ex suis exscripserunt... On voit que son estime pour le travail de Voss s'est refroidie depuis qu'il s'est occupé personnellement de constituer le texte de Tibulle.

3. P. iii : ... Scaliger... libros optimos tamquam fidissimos duces habens ab audacia correctorum sibi diligenter caverat, at post eum grammatici cum elegantias et ratiunculas venari et bene observatis pravo iudicio uti consuevissent, nec iam ut antea boni codices in honore essent, sed per se sapiens iudicium, tunc illa pestis ingruit, quae integerrima horum carminum membra depasta est, minus sana corripuit, pro vulneribus emplastra et foedissimas cicatrices reliquit.

sius de 1425, **A**, le Parisinus de 1423, **B**, d'après les collations employées par Dissen et Huschke, révisées dans les cas douteux par Car. Ben. Hase, le consensus c'est-à-dire l'original perdu, **C**, de trois manuscrits très inférieurs, un Wittianus, **c**, connu par Broekhuisen et deux manuscrits de Berlin, un Datamus, **d**, et un Askewianus, **e**, très mal cité par Voss. A ces manuscrits complets il a ajouté un certain nombre d'*Excerpta*, ceux de Scaliger, dont Heinsius a reporté les notes sur un exemplaire de l'Aldine de 1515, **E**, ceux de Puccius qu'il considère comme ayant eu un manuscrit plus ancien que les nôtres [1], mais dont il n'a les émendations que d'une façon incomplète et avec des mélanges, **P**. Enfin il s'est servi du *Fragm. Cuiac.*, **F**, en utilisant la reproduction de la collation de Scaliger par Heinsius. La mort de l'intermédiaire auquel il s'était adressé l'a empêché d'avoir les *Frisingensia* actuellement à Münich, qu'il croyait à tort analogues aux *Excerpta* de Scaliger. Avec ces ressources il a constitué un apparat critique dans la forme moderne, c'est-à-dire qui offre au bas des pages les leçons divergentes des manuscrits utilisés. Nous sommes loin des verbeuses et fautives *Obseruationes* de Heyne.

. 2. — Il a très nettement défini le but qu'il poursuivait : constituer un texte débarrassé de toutes les interpolations qui y avaient été introduites depuis quatre cents ans [2], c'est-à-dire depuis le xv⁰ siècle. L'intention était louable. Comment l'a-t-il réalisée ?

D'abord en concluant avec une témérité singulière du peu de valeur des manuscrits découverts précédemment à l'inutilité des recherches nouvelles, il a eu sur ses compatriotes, respectueux de l'autorité, une influence funeste. Il a paralysé pour près d'un demi-siècle les fouilles dans les bibliothèques, qui renfermaient pourtant, comme l'a prouvé l'exemple de Baehrens, des manuscrits meilleurs que ceux dont on disposait alors.

Ensuite il n'a pas fait lui-même tous les efforts désirables

---

1. Il s'est trompé sur ce point. L. Müller, N. Jahrb. f. Phil. u. Paed., 39⁹ᵗᵉʳ Jahrg. 99ˢᵗᵉʳ Band 1869, p. 66 : De nombreux indices font croire qu'outre les mss. usuels de son temps Puccius n'a eu entre les mains que les extraits de Vincent de Beauvais ou une compilation analogue.

2. P. III sq. : ego... omnia sub severam legem revocanda esse existimavi, ut singula verba ac paene litteras a quam veterrimis memoriis repeterem, coniecturae autem seu nunc sive ante quattuor saecula natae ne in apertis quidem vitiis locum concederem nisi certae.

pour atteindre les sources les plus pures et en vérifier la pureté.
Un peu d'insistance l'aurait mis en possession des *Exc. Fris.*,
sur lesquels il s'est gravement mépris. Il ignorait que les *Exc. peruetusta* de Scaliger existaient dans les manuscrits, que sa collation
de **F** existait également. Il n'a pas essayé de tirer au clair ce
qu'étaient les *Exc. Puccii*, dont il s'est servi en leur témoignant
peu de confiance. Cette négligence étonne chez un critique tel
que Lachmann.

En outre la mise en œuvre méthodique des manuscrits les plus
anciens et les meilleurs devait sûrement lui donner un texte supérieur à celui qu'on tirait au hasard des manuscrits inférieurs et
c'est bien ce qui est arrivé. Mais, du moment qu'il considérait tous
les manuscrits complets comme dérivant d'un même archétype,
c'est cet archétype qu'il fallait restituer ; or pour cela il ne suffisait pas de consulter quelques-unes des copies qu'il jugeait les
moins infidèles ; il fallait comparer les copies que nous possédons
et en déterminer la valeur, car en théorie rien n'empêchait que
des exemplaires interpolés eussent conservé çà et là la bonne leçon
disparue dans d'autres. Il était conforme à la méthode d'opérer
sur l'ensemble et non sur quelques exemplaires tirés de la foule
par une décision dictatoriale. Un fait aurait dû ouvrir les yeux à
Lachmann : Comment se fait-il que le *consensus* de trois mauvais
manuscrits c d e soit bon ? C'est que l'interpolation s'est propagée
individuellement et que, là où un certain nombre de manuscrits
s'accordent, on a chance d'avoir un texte relativement pur, remontant tout au moins à l'archétype commun. Si, au lieu de con-
fronter trois *deteriores* pris au hasard, Lachmann en avait comparé
un plus grand nombre, les résultats seraient plus solides. Au
lieu d'être établie scientifiquement, la base de son travail est
arbitraire.

Enfin, disposant de manuscrits différents, il avait le devoir de
déterminer leur valeur respective et de fixer les règles d'après
lesquelles il procédait en cas de divergences ; ces règles il ne les
a pas exposées et il semble qu'il n'en ait pas eu. Il se décide
suivant son sentiment personnel ; il travaille donc en dilettante
sur des matériaux dont quelques-uns lui sont mal connus et qu'il
a choisis par un acte de bon plaisir. Naturellement il fait en général prédominer **ABC** concordant contre les manuscrits secondaires, les premières éditions, la vulgate et ainsi il expulse une
foule de mauvaises leçons ; mais contre **ABC** fautifs il fait prévaloir — avec raison du reste — des leçons de source très peu au-

torisée [1], sans nous dire s'il les considère comme des corrections heureuses ou comme des restes de la bonne tradition ; il fallait avoir une théorie à cet égard. Il a également raison de faire prédominer **ABC** concordant contre les conjectures et il a ainsi nettoyé le texte de beaucoup d'interpolations ; mais, dans sa crainte d'adopter des corrections qui ne soient pas certaines, il a laissé subsister des fautes manifestes [2] ; en revanche malgré sa prudence il accueille quelques conjectures d'une valeur douteuse [3]. Lorsque ses sources principales divergent, son procédé est très incertain. D'habitude il fait prédominer **AB** contre **C** et la plupart du temps il a raison ; mais il préfère aussi **C** à **AB**, tantôt avec raison [4], tantôt à tort [5]. De même quand il s'agit de **AC** contre **B** [6], de **BC** contre **A** [7]. En général il fait prévaloir **ABC** contre **E** ou contre **P** ; il y a pourtant des cas où il se décide pour **E** ou pour **P** parfois avec raison, parfois à tort [8]. Il y a naturellement un certain nombre d'autres groupements ; lorsque dans ces différents cas on étudie la décision de Lachmann, on ne découvre souvent d'autres motifs que sa sagacité et son bon sens, qui d'ailleurs sont remarquables. Un de ses mérites est d'avoir reconnu, après Scaliger, l'importance de **F** ; il avait été précédé dans cette voie par Huschke ; mais il applique le principe de l'excellence de **F** avec plus de résolution et de conséquence que Huschke [9]. Il a

1. Ainsi il préfère I 5, 74 à *ipse* de **ABC** *usque* de la Regiensis de 1481, 7, 57 à *quam* de **A** et *quae* de **BC** *quem* de la Regiensis, 8, 51 à *sentica* de **C**, *sentita* de **B** et *rustica* de **A** *sontica* de la Regiensis, etc.

2. Ainsi il imprime I 1, 14 *agricolae... deum* avec **ABC** contre la conjecture certaine de Muret *agricolae... deo*, 7, 16 *arat* de **ABC** c. la conj. des Italiens *alat*, 10, 36 *Stygiae nauita puppis aquae* de **ABC** c. *st. n. turpis a.* des Italiens (il est possible d'ailleurs que la conj. des Italiens ne porte pas sur le mot corrompu et qu'il faille lire : *Stygiae nauita puppis atrox*), 37 *percussisque* c. *perscissisque* de Scaliger, II 1, 1 *ualeat* c. *faueat* de Scaliger, etc.

3. Ainsi I 5, 30 *at iuuet* des Italiens ; la tradition autorisée est *adiuuet* ; il est possible qu'il faille lire *ac iuuet* ; II 1, 65 *Mineruae* des Italiens ; *Mineruam* des mss. paraît pouvoir être conservé, etc.

4. Ainsi il a raison de préférer I 1, 19 *felicis* à *felices*, 54 *hostiles* à *exiles*, 4, 40 *uincit* à *uincet*, II 1, 12 *hesterna* à *externa*, etc.

5. Ainsi il a tort de préférer I 1, 12 *florea* à *florida*, 8, 29 *nec* à *ne*, 35 *succumbere* à *concumbere*, 66 *pedem* à *pedes*, etc.

6. Ainsi il a tort de préférer I 10, 46 *panda* de **B** à *curua* de **AC**, etc.

7. Ainsi il a tort de préférer I 8, 30 *foucas* de **A** à *foueat* de **BC**, etc.

8. Ainsi il a tort de préférer I 8, 11 *succo* de **E** à *fuco* de **ABde** (c a *suco*), etc.

9. Ainsi il lit avec **F** III 5, 10 *trita* contre *tetra* de Scal. Huschke, IV 1, 2 *nequeant* c. *ualeant* de H., 39 *nam quis te* c. *nec quisquam* de H., 40 *hic aut hic* c. *hinc aut hinc* de H., 78 *erroris miseri* c. *errorum misero* de H., etc.

tenté un certain nombre de conjectures personnelles, qu'il laisse
ordinairement dans l'apparat critique ; quelques-uns méritent
l'attention : aucune ne me paraît s'imposer.

Le résultat d'ensemble constitue un progrès très sensible. Si, laissant de côté les passages douteux ou également fautifs, on compare le texte de Lachmann à celui de Huschke, on trouve qu'il en
diffère en bien dans près de 180 passages, en mal dans un peu
plus de 20. L'amélioration est donc notable. Elle l'est d'autant
plus que Lachmann n'a pas prétendu donner un texte absolument
correct et le plus voisin possible de la main même de Tibulle,
mais la tradition la plus autorisée à laquelle on puisse remonter,
débarrassée des interpolations accumulées et sur laquelle il fût
permis de travailler avec quelque sûreté. C'est ce qu'on n'a pas
toujours compris en Allemagne même ; de là parfois des critiques
qui ne portent pas. Mais il ne faut pas dire d'autre part que Lachmann a posé les bases définitives de la récension critique du texte
de Tibulle ; son seul principe, à savoir qu'il faut se tenir le plus
près possible des bons manuscrits, est celui de Scaliger et, comme
on a trouvé depuis des manuscrits meilleurs que les siens, son travail est caduc.

3. — Il ne croit pas que le troisième livre soit de Tibulle ; le
troisième livre aurait été publié avec le quatrième après la mort
de celui-ci. Lachmann émet une hypothèse singulière en disant
que c'est sans doute l'éditeur qui aura donné au poète le nom de
Lygdamus, comme à l'ami de Tibulle celui de Cerinthus[1] ; on ne
voit pas trop ce qu'il entend par là. A propos de Lygdamus il rappelle que Voss et Huschke ont signalé quelques différences dans
l'emploi des particules entre Tibulle et Lygdamus et en communique quelques autres qu'il doit à Fr. Jacob. Il amorce ainsi les études sur les divergences entre la langue de Tibulle et celle de Lygdamus. Il ajoute que Lygdamus ressemble pourtant d'une façon
étonnante à Tibulle qu'il imite. Il l'a pris également pour maître
dans la versification et se montre sur un point plus sévère que
lui : il ne coupe jamais l'hexamètre après le trochée quatrième.

---

1. P. 44 : *multo... rectius iudicant, qui haec carmina non Tibullo sed
alii poetae ascribunt. ei Lygdamum et amico Tibulli Cerinthum nomen fecisse
puto qui hunc librum cum secundo et quarto edidit, post obitum Tibulli,
nisi fallor : certe Ovidius neque in epistolis neque in epicedio Tibulli ex eis
quicquam imitatus est, quod tamen postea saepe fecit.*

Lachmann réimprime à la fin les deux Priapées, que Scaliger avait attribuées à Tibulle d'après **F**.

34 — Dans un compte rendu élogieux G. H. B.[1] s'applique surtout à montrer que les anciens ne redoutaient pas comme nous la répétition du même mot à courte distance, le redoublement de la même syllabe dans deux mots consécutifs, qu'ils n'avaient pas de l'harmonie la même idée que les modernes et que par conséquent il ne faut pas corriger les textes d'après nos sentiments sur ces trois points ; ceci serait plus à sa place à propos de Voss que de Lachmann. Il se trompe parfois dans la discussion de la leçon[2]. Il n'a pas su apprécier à leur juste valeur les mérites et les défauts de l'édition de Lachmann.

§ 38. — Fr. Passow[3] a tenté de déterminer l'ordre chronologique des élégies du premier livre, en s'appuyant sur les résultats obtenus par Voss, à savoir que Tibulle est né vers 59 av. J. C. (ceci n'est pas certain), que le panégyrique a été composé en 31, qu'il est de Tibulle (ceci est faux), que les élégies du premier livre ont été écrites de 39 à 27 (ces deux dates ne sont rien moins que sûres), celles du 2ᵉ de 26 à 21, que les pièces IV 2-12 sont authentiques et que ce sont les *epistolae* de la *uita*, que le troisième livre, qu'il soit de Lygdamus ou d'un autre, n'est pas de Tibulle. Le vrai et le faux se trouvent mêlés dans ces prémisses.

Les élégies à Marathus I 4, 8 et 9, que rien ne permet de dater, seraient une œuvre d'imagination ou une imitation des modèles grecs sans aucune racine dans la réalité. Tibulle les aurait écrites en premier lieu, quand il vivait encore à la campagne et qu'il ne connaissait pas Delia (c'est là une simple hypothèse).

Passow démontre en revanche très nettement que, l'élég. I 7 ayant été composée pour l'anniversaire de la naissance de Messalla qui suivit son triomphe et ce triomphe ayant été célébré le 7 des

1. Gött. gel. Anz. 2 févr. 1833, p. 177-189. D'après *die Mitarbeiter*... p. 18 ces initiales désignent Georg. Heinr. Bode.

2. Ainsi II 1, 1 il a tort de considérer *quisquis ades faueas* comme étant l'écriture de Tibulle, 4, 36 *addidit* comme la leçon primitive, *attulit* comme une correction de grammairien.

3. De ordine temporum, quo primi libri elegias scripsit Tibullus, commentatio. Progr. de 1831. Actuellement dans : Francisci Passovii opuscula Academia. Disposuit Nicolaus Bachius. Lipsiae 1835. Sumtibus Fr. Chr. Guil. Vogelii, p. 280-300.

cal. d'oct. 27 av. J. C., elle se place nécessairement entre cette date et le 7 des cal. d'oct. 26.

Or Messalla fut envoyé en Gaule contre les Aquitains et les vainquit en 30 av. J. C., de là il passa en Asie, puis en Égypte (ceci est très vraisemblable). Tibulle, qui l'avait suivi tomba malade à Corcyre et écrivit I 3 à la fin de 30 (ceci ne peut être qu'approximatif). Mais pendant son absence Delia s'était mariée ; le poète qui passa à Rome l'hiver de l'an 30 comme le prouve I 2, 29 sqq. (ceci hasardé, comme le mariage pendant l'absence) le constata à son retour ; I 1 est donc antérieure au départ du poète, puisqu'elle respire encore un amour confiant et tranquille qui n'aurait pas été à sa place au retour et a été composée pour refuser l'invitation de Messalla à Tibulle de le suivre dans la guerre d'Actium (ceci est arbitraire). Tibulle aurait refusé parce qu'il ne voulait pas prendre part à une guerre civile et parce qu'il aimait Delia. I 1 fut écrite vers le printemps de 31, environ 22 mois avant I 3 — ceci contre Heyne qui date I 1 du retour à Rome — parce que l'amour pour Delia n'y apparaît pas encore comme troublé. Viennent ensuite les élégies où la passion revêt une forme plus violente à cause de l'infidélité de Delia, dans l'ordre suivant 2, 6, 5 parce que dans 6 Tibulle n'en est encore qu'aux simples soupçons et que dans 5 ces soupçons se sont changés en certitude. Ces 3 élégies ont dû se suivre très rapidement ; Passow place 5 en 29 (arbitrairement), si bien que le dernier acte de la liaison avec Delia aurait été très court.

Reste I 10. Passow a très bien montré que le sujet en est le départ forcé pour une expédition militaire, avant laquelle Tibulle n'avait pas quitté ses pénates et qu'elle est d'une époque où le poète ne connaissait pas encore Delia — ceci d'après une indication de Heyne — ; or, comme dans I 1 qui précède immédiatement la guerre d'Actium, Tibulle est déjà l'amant de Delia, I 10 doit être reportée plus haut. Les circonstances qui l'ont inspirée seraient la nécessité d'accomplir le service militaire qu'en sa qualité de chevalier romain Tibulle devait à partir de dix-sept ou dix-huit ans. L'élégie serait de 39 et c'est à ce service de plusieurs années que I 1 ferait allusion (ceci est arbitraire) [1].

---

1. Passow résume ainsi son système, p. 299 sq. : veri est simile, elegiis tribus de puerorum amoribus tempus ceteris prius assignandum esse, quippe quas poeta otiosus rure nondum relicto ante annum vicesimum luserit. Excipit eas decima patrio foco vale dictura, et hanc vitae *Tibullianae* partem absolvit. Sequitur iam complurium annorum series absque ullo monumento poetico : expleta erat erroribus bellicis,

Le travail de Passow est beaucoup plus sérieux que celui de Spohn. Passow inaugure une méthode plus rigoureuse en partant des dates établies et en cherchant dans les élégies elles-mêmes sans parti pris les arguments pour les classer ; il n'est pas encore assez sévère et considère comme certaines des choses qui ne sont pas démontrées. En outre l'ordre traditionnel étant, selon toute vraisemblance, celui choisi par Tibulle lui-même, il fallait chercher dans quels cas et pour quelles raisons Tibulle a sacrifié l'ordre chronologique ; celui-ci doit être présumé, là où ces raisons n'apparaissent pas. Or il opère comme si le premier livre nous était parvenu dans un désordre absolu, fruit du hasard, et si le problème consistait à retrouver par des indices extérieurs et intérieurs un ordre primitif bouleversé par des circonstances inconnues. C'est là le défaut initial de sa recherche et de toutes celles qui ont été entreprises jusqu'à nos jours sur le même sujet.

§ 39. — Malgré l'école de Heyne l'opinion que le troisième livre n'est pas de Tibulle avait recruté des adhérents importants : une des tâches que s'impose désormais la philologie allemande est de percer le mystère de la personnalité de Lygdamus pour l'identifier avec quelqu'un de connu. Il aurait fallu auparavant se demander s'il y avait là un mystère : or cela n'est pas certain. Étant donné l'état fragmentaire de nos connaissances sur la littérature latine, il n'est pas imposible qu'il ait existé à l'époque de Tibulle et d'Ovide un individu s'appelant réellement Lygdamus et ayant composé dans une circonstance de sa vie quelques élégies sans grand mérite, qu'Ovide a imitées sans en nommer l'auteur. La philologie s'égare, lorsqu'elle veut en savoir plus que ce que comportent nos documents. Ce qui est certain c'est qu'aucune des identifications proposées jusqu'à ce jour pour Lygdamus n'est convaincante.

reditque noster viginti fere sex annos natus. Incipit hinc novus rerum ordo : videt *Deliam*, mira eius pulchritudine capitur, amor nascitur vehementissimus perduratque ad aetatis usque annum undetricesimum vel tricesimum. Huic vitae spatio quinque debemus elegias omnium pulcherrimas : prima beatissimum mutui amoris tempus comprehendit, secunda post absentiam unius et dimidii anni paulo ante reditum ex Corcyra scripta est, tres reliquae colori decursu amoris discidium conficiunt. Transit iterum annus cum dimidio, clauditque elegia gratulatoria ad *Messallam* temporis spatium decem fere vel duodecim annorum, aetatis *Tibulli* duodevicesimum ad tricesimum usque. Tout ceci est bien ordonné, mais la fantaisie tient une grande place dans cette ordonnance.

Fr. Oebeke est le premier qui soit entré dans cette voie[1]. Il considère Lygdamus comme un pseudonyme, mais naturellement sans pouvoir expliquer pourquoi l'écrivain aurait tenu à se dissimuler. Contre Voss et avec Wagner il essaie de montrer que Lygdamus est un Romain (mais un fils d'affranchi devait tenir à se faire passer pour un Romain d'origine et parler en conséquence), qu'il a une certaine aisance, de l'élégance, des sentiments élevés (ceci est admissible), que Neaera était de bonne naissance et d'une famille distinguée. De III 6, 39-42 il tire la conclusion que l'écrivain est sous l'influence de Catulle (mais le passage prouve simplement que les plaintes d'Ariane étaient célèbres), de la comparaison des passages communs à Lygdamus et à Ovide que c'est Ovide qui est l'imitateur. Pour reculer l'époque de Lygdamus il voit dans ce qu'on a regardé de sa part comme maladresse et manque de talent de l'archaïsme. Il trouve chez lui un respect de la religion et des dieux, en particulier du culte de Bona dea III 5, 7-8, qui n'existe plus du temps d'Ovide. Tibulle lui-même par I 6, 21-24 se révèle comme postérieur à Lygdamus ; c'est donc Tibulle qui l'a imité et non le contraire.

Tout ceci pour amener l'identification de Lygdamus avec Cassius de Parme, dont Horace Épît. I 4, 3 cite les *opuscula* comme inférieurs aux élégies de Tibulle. Les preuves directes de l'identité sont très faibles : la magnanimité, la constance, l'opiniâtreté dont Cassius de Parme a fait preuve dans sa vie se manifesteraient par le sérieux que Lygdamus apporte dans l'amour, dans l'amitié, etc. (en réalité ce sont là des choses sans rapport entre elles). La difficulté de la date de la naissance est levée par l'adoption de la conjecture inadmissible d'Ayrmann sur III 5, 17-18 et par l'hypothèse qu'il s'agirait des événements de l'année 83 av. J.-C.

La thèse d'Oebeke est ingénieuse et patiemment déduite ; mais son argumentation n'est pas acceptable. C'est là un de ces travaux systématiques, construits avec art, mais qui aboutissent à des conclusions sans valeur et dont le résultat final est nul.

§ 40. — En 1833 T. Baden a publié[1] des corrections sur 11

1. Jahresbericht über das Königl. Gymn. zu Aachen für das Schuljahr von Michaelis 1831 bis dahin 1832... — Vorausgeht : De vero elegiarum auctore, quae tertio Tibulli libro vulgo continentur. Von dem Oberlehrer Fr. Oebeke (p. III-XXII). Aachen, gedruckt in der Rossel'schen Buchdruckerei.

1. Archiv f. Phil. u. Paed. hrsggb. v. dr. Gottfried Seebode... 2ter Band,

passages de Tibulle tirées des cahiers de son père Jacob Baden, professeur d'éloquence à l'Université de Copenhague. Elles n'ont pas de vraisemblance [1].

§ 41, 1. — Hermann Paldamus [2] a exprimé sur l'élégie romaine des idées générales, dont quelques-unes sont intéressantes [3]: dans les derniers temps de la République romaine s'était formée une société riche, intelligente, dénuée de préjugés, celle des chevaliers et, à côté d'elle, un *demi-monde* d'affranchies grecques joignant aux charmes physiques une certaine culture d'esprit et dont le commerce attirait les jeunes gens élégants. C'était là un sol favorable au développement de l'élégie latine, imitée de l'élégie Alexandrine, mais supérieure à elle parce qu'elle repose sur des réalités. Paldamus la caractérise heureusement en disant qu'elle est uniforme, c'est-à-dire que le contenu en est formé d'un certain nombre de motifs qui reviennent sans cesse et auxquels Tibulle, Properce, Ovide parviennent à donner une expression individuelle ; elle est empreinte, excepté chez Ovide, d'une mélancolie et d'un sérieux, qui n'excluent pas à l'occasion l'ardeur et la volupté sensuelles. Cette tristesse provient de ce que l'amour élégiaque est en contradiction avec les institutions nationales, en particulier avec le mariage, et que pour les poètes les éléments perturbateurs qui contrarient le cours de leurs amours sont de perpétuels motifs de plaintes.

2. — Au point de vue de la biographie de Tibulle [4], Paldamus dénie avec raison toute valeur à la *uita* des manuscrits et à celle d'Hieronymus d'Alexandrie. Repoussant pour la date de la naissance 64 av. J.-C. et 49 il s'arrête à 54, c'est-à-dire qu'il adopte une opinion moyenne. Il insiste sur la nécessité de ne pas faire Tibulle trop vieux pendant la période de sa vie que nous connaissons. Il débarrasse sa biographie des rêveries de Spohn ; tout en poussant le scepticisme un peu loin, il voit bien qu'on ne peut fixer avec

---

1stes Heft 1833 : Mittheilungen aus dem litterarischen Nachlasse meines Vaters. *Tibullus*, p. 428 sq.

1. Sauf une IV 2, 23 *hoc sumite* qui mérite d'être discutée ; III 6, 13 il revient avec raison à *dites*, mais c'est la leçon des mss. ; III 4, 3 *uani* est également la leçon des mss., mais reste douteux.

2. Römische Erotik. Greifswald, bei C. A. Koch. 1833. in-8. VI-96 p.

3. Cap. IV p. 36-48.

4. Cap. V p. 48-58.

certitude la date de la publication des livres 1 et 2. Il caractérise bien Delia[1] et écarte comme non authentique le livre 3 et IV 1.

Il identifie à tort IV 2-12 avec les *epistolae amatoriae* de la *uita*, proteste contre la disposition fantaisiste que leur a donnée Voss et considère le tout comme de Tibulle sauf IV 8 et 10 dont le style forcé, contourné, obscur ne permet pas de les lui attribuer. Après d'autres il identifie arbitrairement Cerinthus avec le Cerinthus d'Horace Sat. I 2, 80-81, la Glycera d'Horace C. I 33 avec Nemesis. Si dans les élégies à Nemesis il n'est pas question d'un rival plus jeune préféré à Tibulle, c'est que quelques-unes ont été perdues (ceci est arbitraire).

3. — Il y a dans la caractéristique de Tibulle comme écrivain quelques observations justes : Tibulle manifeste parfois une certaine ironie humoristique ; l'idée vient de Voss, qui ne l'a pas toujours appliquée judicieusement ; quoique simple, le style de Tibulle est pourtant assujetti à certains procédés oratoires, par exemple les répétitions de mots[2].

§ 42, 1. — Lachmann avait renouvelé la critique du texte de Tibulle : Dissen[3] a renouvelé le commentaire. Pas plus que l'œuvre de Lachmann la sienne n'est définitive ; elle a singulièrement vieilli ; elle contient pourtant encore beaucoup de bien. Mais, tandis que l'édition critique de Lachmann a été remplacée et que nous possédons maintenant un texte établi sur des bases meilleures, un commentaire rédigé d'après les principes et les ressources de la science moderne manque encore.

2. — Pour la biographie de Tibulle[4] il opère sur l'ensemble des travaux de ses prédécesseurs, en rapportant leurs opinions et en cherchant la vérité. Il adopte avec Voss pour la date de la

---

1. En renvoyant à Huschke Litt. Anal. p. 298 et Leipziger Litteraturztg. 1825. n° 237.

2. Dans le c. r. de G. Jacob, N. Jahrb. f. Phil. u. Paed. 1834, p. 21-35, ce qui concerne Tibulle est simplement analysé. Un c. r. anonyme a paru dans la Zeitschrift f. d. Alterthumswissenschaft 1834, col. 953-960, etc.

3. Albii Tibulli carmina ex recensione Car. Lachmanni passim mutata explicuit Ludolphus Dissenius societat. reg. Gotting. sodalis Academ. Bavar. respondens per epistolas. Gottingae, 1835. Typis et impensis librariae Dieterichianae. 2 vol. in-8. cxcii-128 et 476 p. Corrigenda.

4. T. I, p. xii-xxxvi.

naissance 59 environ av. J.-C. Il place I 10 au moment du commencement du service militaire avec Passow. Ce service aurait duré
dix ans de 41 à 32, époque où Tibulle serait revenu à Rome (ceci
ne repose sur rien de sérieux).

Tibulle aurait refusé au commencement de 31 de suivre Messalla dans la guerre contre Antoine et aurait composé I 1 (en
réalité il n'y a pas dans cette pièce d'allusion à une invitation et
par suite pas de refus). Il aimait Delia-Plania, que Dissen croit
arbitrairement avoir appartenu à une famille aisée. Il suivit Messalla en Aquitaine à la fin de 31, tomba malade à Corcyre dans
l'automne 30 et écrivit I 3. De retour à Rome il constate que
Delia l'a trahi; suit le *discidium*·; vers l'été 29 il écrit I 5. —
avec Bach et Spohn Dissen repousse l'hypothèse de Voss que I 6
a précédé I 5 —; à ce moment Delia se marie. Tibulle renoue avec
elle, écrit I 2 dans l'hiver de 29/28; trompé de nouveau il écrit
I 6 en 28. (Cette chronologie ne paraît pas correspondre à la réalité.)

Ici contre Passow Dissen place les élégies à Marathus. La publication du premier livre a pu avoir lieu en 26 (c'est là une approximation qui paraît exacte, quoique 25 soit aussi vraisemblable).

Dissen se refuse avec raison à identifier Glycera soit avec
Delia (Spohn) soit avec Nemesis (Passow) et fait d'elle une personne distincte, aimée par Tibulle en 25 et 24; mais les élégies
qui la concernaient n'ont pas été éditées et c'est pour cela qu'Ovide
ne parle pas d'elle; IV 13 est peut-être une de ces élégies (ceci
est hypothétique, mais raisonnable).

Tibulle a pu écrire IV 2-12 en 23, alors qu'il n'était pas amoureux lui-même (on ne voit pas trop pourquoi il était nécessaire
qu'il ne fût pas amoureux; c'est un arrangement artificiel).

L'amour pour Nemesis paraît avoir commencé vers 23; les
élégies qui la concernent peuvent avoir été écrites dans l'ordre
où elles nous sont parvenues; elles n'ont pas été revues par l'auteur qui était encore tout entier à son amour quand il mourut.
C'est après sa mort et sans qu'il y ait mis la dernière main que
le deuxième livre parut.

C'est là une biographie sérieusement faite, débarrassée de ce
qu'on y avait introduit de particulièrement aventureux. Certaines
assertions doivent être rectifiées.

3. — A la suite de Lachmann Dissen refuse le troisième livre à
Tibulle; contre Voss et avec Oebeke il considère Lygdamus

comme un Romain et comme un homme à son aise. Il ne cherche pas à l'identifier : c'était peut-être un ami plus jeune et un imitateur de Tibulle : il se peut qu'il soit mort jeune, que Tibulle ait recueilli ses élégies pour les publier et qu'on les ait trouvées dans ses papiers (c'est une hypothèse, mais qui n'a rien d'absurde). Le nom de Lygdamus aurait été inventé par Tibulle ou donné par l'éditeur qui ne savait pas si l'œuvre était de Tibulle ou non (ceci tout à fait invraisemblable. [1])

Le panégyrique n'est pas de Tibulle, mais il est du temps ; l'éditeur a pu ne pas savoir si l'auteur était ou non Tibulle.

Les *elegidia* IV 2-12 trouvées dans les papiers de Tibulle, non éditées par lui, mais qui sont bien de lui, ont été mises à la suite. Cerinthus serait un nom forgé donné par Tibulle à son ami ou substitué par l'éditeur au nom véritable (ici nous sommes en plein arbitraire ; puisque le nom de Sulpicia était conservé, quel besoin y avait-il de déguiser celui de l'amant ?)

Les Priapées ne sont pas de Tibulle : on ne sait comment elles ont été insérées dans le *Fragm. Cuiac.* de Scaliger.

4. — Les prédécesseurs de Tibulle s'étaient bornés à interpréter les vers du poète isolément, les uns après les autres. Dissen s'est proposé de donner de son auteur une vue totale et d'ensemble, comme il l'avait fait pour Pindare, et il a écrit des Prolégomènes [2] qui sont verbeux et parfois erronés dans le détail, mais utiles à lire encore aujourd'hui parce qu'ils donnent du talent et de l'art de Tibulle une idée générale qui doit précéder et dominer toute explication particulière.

Dissen a bien déterminé les deux sources de l'inspiration de Tibulle, la peinture de la vie rustique considérée dans ses travaux et dans ses fêtes religieuses comme un idéal de simplicité voisin de l'âge d'or, l'amour, associé d'abord à la vie des champs, puis s'en dégageant ensuite. Il oppose le caractère des deux maîtresses du poète, si différentes l'une de l'autre, en insistant sur la religiosité de Delia, dont Tibulle se sert avec humour pour avancer ses affaires. Il montre non sans finesse que l'érotique de Tibulle et son goût pour la vie rustique s'accordent intimement

1. Lygdamus serait la traduction d'Albius « cum sit λύγδος, albus (Passow) ». L'éditeur aurait désigné ainsi l'auteur « optime sic nominans eum, qui nec Albius certo dici posset, nec non dici Albius, et esset quasi alia quaedam persona dubia Albii ». Ce n'est là qu'un jeu d'imagination.

2. T. I, p. xxxvii-cxcii.

dans une aspiration fondamentale vers la tranquillité [1], l'amour étant pour lui l'apaisement des désirs dans une harmonie qui supprimait toute dissonance et amenait l'âme à une calme et délicieuse félicité. Bien entendu ses maîtresses étaient réfractaires à cet idéal et il a cherché de plus en plus le plaisir. Il ne chante pas les joies de l'amour mais ses tristesses et il est naturellement plaintif. Dissen a tort de ne voir que dans les pièces à Marathus cette ironie légère, signalée par Voss, et à laquelle Tibulle s'abandonne parfois.

Ce qui distingue Lygdamus (ceci avec Voss contre Bach), c'est son indifférence pour les choses rustiques, la chasteté extrême de son amour, qui ne tend qu'au mariage, sa faiblesse languissante si contraire à l'ardeur de Tibulle.

Dans les *elegidia* les ressemblances et les dissemblances avec Tibulle s'expliquent par le fait que la réalité et la fiction sont mêlées. Pas de peintures rustiques, point de ruses et de perfidies amoureuses, quelques pièces qui expriment la joie, moins de force que dans les deux premiers livres, mais le même amour brûlant, la même simplicité, la même absence d'affectation.

Dans l'étude de la composition des élégies Dissen procède d'une façon mécanique et artificielle, assez rebutante, et découpe toutes les pièces en trois morceaux : introduction, corps du poème, conclusion ; il se trompe parfois sur les limites de ces fractions ; mais il a bien reconnu l'harmonie de l'ensemble, laissée de côté par Heyne et Voss, l'existence d'un motif dominant, intellectuel ou sensible, d'un thème, qui n'est pas nécessairement simple et peut provenir de la combinaison de deux idées, mais auquel les détails se subordonnent pour le mettre en valeur. L'introduction manifeste avec une énergie toute spéciale la disposition de l'âme du poète et met au courant du sujet. La conclusion apporte la solution de l'agitation psychologique dans un sens ou dans l'autre [2] Properce ne procède pas ainsi et n'a pas toujours soin de terminer en mettant fin à la dissonance des sentiments. C'est dans le corps du poème que se déploie l'abondance propre à Tibulle ; il y a de la variété, mais chaque développement a des dimensions

---

1. P. LI : Quemadmodum rura vidimus propter tranquillitatem vitae securam et simplicitatis priscae retentam similitudinem placere Tibullo, sic amor ei summa harmonia animi omninoque vitae videbatur, sibi ipsa sufficiens neque egens divitiis aut honoribus ad felicitatem.

2. P. XCVI : Ut uno verbo describam totum cursum, *querela exordii transit in conatum tollendi miseriam, conatus exit in requiem curarum qualemcumque.*

assez considérables ; ce sont des tableaux plus ou moins longs composés par opposition soit de distiques, soit de masses plus importantes, par gradation, etc. On trouve beaucoup de descriptions, qui plaisent par la simplicité naturelle de l'invention, dont toutes les parties sont nettement distinctes et souvent fortement contrastées, ce qui donne à l'art du poète beaucoup de vigueur : la division dans l'unité y est accentuée. L'analyse des pièces, en séparant les plus courtes des plus compliquées, celles de description et celles de passion ardente, tout en contenant quelques erreurs, fait en général saisir la suite des pensées. Quelques autres formes de composition sont signalées : la répétition, dans les élégies courtes une correspondance analogue à celle de la strophe, de l'antistrophe et de l'épode [1].

Lygdamus, qui manque d'abondance et de vigueur, n'a pas la variété des peintures et des sentiments de Tibulle. Ses descriptions, très uniformes, se rapportent à des objets matériels tels qu'on les voit et n'ont pas la diversité, l'émotion, l'imagination de celles de Tibulle ; il n'y a pas chez lui une seule pièce qui reproduise la perfection de la composition de son modèle.

Dissen a bien vu que les qualités maîtresses du style de Tibulle étaient la vigueur et la simplicité jointes à la largeur de l'exposition ; la largeur de l'exposition est obtenue par la division de la pensée en ses parties, tandis que Properce préfère la répétition. Lorsque le distique est rempli tout entier par une seule période, ce sont généralement les mots significatifs qui sont réservés pour le pentamètre ; il en résulte une grande force. Quand le distique est formé de plusieurs membres, ces membres ne sont pas aussi menus que chez Ovide ; Tibulle préfère la coupe bipartite, qui lui permet d'opposer vigoureusement le vers au vers, l'un des deux membres pouvant à son tour être subdivisé en parties qui s'opposent ; en général Tibulle s'en tient à la robuste symétrie du distique. Il augmente la netteté de ses divisions par les oppositions de mots à l'intérieur du distique. Il procède rarement par amplification provenant de redites ; c'est au contraire l'artifice favori de Lygdamus, qui n'a jamais les divisions nerveuses de Tibulle.

L'étude des figures de rhétorique est intéressante. Dissen montre

---

1. P. cix : ... Non de paritate quadam metrica duarum priorum partium agitur, nam similis longitudo sufficit, sed de divisione rerum antistrophicis compositionibus simili.

bien quel parti en tire Tibulle, en particulier de la répétition des mots et surtout de l'anaphora, qui sert à renforcer les divisions, à souligner les similitudes. Lygdamus plus mou n'a pas ces divisions, oppositions, gradations, dans lesquelles l'anaphora resplendit chez Tibulle. Il y a moins à garder des observations grammaticales plus imparfaites et reposant souvent sur des théories vieillies.

En résumé sous des formes plates et ennuyeuses, en paraissant se traîner dans la rhétorique conventionnelle, Dissen a caractérisé d'une façon remarquable l'art de la composition et du style de Tibulle ; il a montré qu'il se retrouvait jusqu'à un certain point dans les *elegidia*, qu'il était tout à fait absent chez Lygdamus.

5. — Son travail critique est peu important[1] ; son apparat est un abrégé de celui de Lachmann; il y justifie d'un mot la leçon adoptée, sans renvoyer exactement aux manuscrits et en distinguant simplement les bons des mauvais. Il y a pourtant quelques rectifications[2] et une addition qui aurait pu être importante : Dissen a reçu de Lachmann communication des *Exc. Fris.*, que celui-ci n'avait pas eus à temps pour les utiliser dans son édition ; malheureusement il ne s'est pas rendu compte de leur valeur[3] et il ne les cite pas d'une façon exacte et complète[4]. Il indique parfois les leçons des éditions antérieures et les propositions de différents critiques[5]. Il n'ignorait pas que la récension de Lachmann, qu'il suivait, avait pour prétention de représenter le texte traditionnel autorisé avec ses fautes et que ces fautes avaient besoin d'être corrigées. De là un certain nombre de conjectures, confinées en général dans l'apparat et qui sont de valeur différente. Il a eu raison de ne pas introduire dans le texte cette revision timide : si, dans quelques passages corrompus, il approuve des conjectures

1. Il a donné, t. I, p. 99-128, une collation de la Pinelliana, que Huschke n'avait pas pu se procurer. Elle n'a d'autre intérêt que de montrer que cette ancienne édition est mauvaise et qu'il n'y a rien à en tirer.

2. Ainsi il insère I 10, 23 une rectification de Lachmann sur la leçon de l'Eboracensis, II 2, 6 un renseignement de Lachmann constatant une faute d'impression dans son apparat, etc.

3. Ainsi il a tort de repousser d'excellentes leçons I 2, 19 *molli furtim derepere*, 7, 12 *Carnutis*, etc.

4. Ainsi I 1, 25 il ne cite pas complètement la leçon des *Fris. iam modo iam possim*, qui met fin à toute discussion sur ce passage et qui lui aurait épargné une conjecture inutile, 71 il leur attribue *neque* tandis qu'ils ont *nec*, etc.

5. Quelques-unes de Lachmann lui-même depuis son édit. ainsi II 5, 68 *Phoeto Graiaque*, III 6, 44 *cauere*.

qui paraissent s'imposer, d'autre part il en recommande qui n'ont
pas de valeur et qui sont sûrement inférieures à la tradition[1].
Quelques conjectures personnelles, très peu nombreuses, sont
sans intérêt.

Si on veut se rendre compte du résultat définitif, on trouve,
en laissant de côté les passages douteux ou également fautifs,
que Dissen améliore le texte de Lachmann à peine plus d'une
dizaine de fois, le déprave environ une quinzaine. Il ne saurait
donc être question de progrès.

6. — Son effort a surtout porté sur le commentaire explicatif.
Il a pris pour base les commentaires antérieurs et les a eus perpétuellement sous les yeux. Les diverses interprétations de chaque passage sont mentionnées et discutées; puis il établit la
sienne. Il donne donc un résumé substantiel des travaux précédents et qui peut jusqu'à un certain point en tenir lieu. Pourtant,
en ce qui concerne les réalités, il se borne souvent à y renvoyer
sans les transcrire, pour ne pas enfler ses notes outre mesure ;
il renvoie également aux ouvrages archéologiques plus modernes,
qui ont rajeuni les questions. Pour tenir l'interprétation de Tibulle
au courant il consulte perpétuellement les commentaires récents
des autres écrivains anciens et puise à plein dans l'exégèse des
classiques, telle qu'elle était alors constituée. Profitant de ses
études personnelles, il institue des rapprochements avec Pindare,
qui ne sont pas toujours nécessaires, mais il se garde de l'abus.
Allégé sur certains points, rajeuni sur d'autres, ce commentaire
a avec celui de Broekhuisen souvent utilisé ce caractère commun
qu'il est total et prétend épuiser les questions. Il s'en distingue à
deux points de vue : d'abord, comme le font prévoir les Prolégomènes, Dissen ne se contente pas de l'explication du détail, il
prend les choses de plus haut; Tibulle est un élégiaque, c'est-
à-dire qu'il cultive un genre nettement caractérisé; c'est donc

---

1. Il a raison d'approuver I 1, 14 *deo*, 29 peut-être *bidentem*, mais uniquement
pour des raisons de sens et sans apporter l'autorité des *Exc. Par.*, 5, 42 *meam*, mais
sans rendre cette conj. à son véritable auteur, 8, 73 *lacrimas*, sans pourtant se prononcer d'une façon décisive, II 5, 35 *dili*, conj. de Muret. Il a tort de repousser I 1, 51
pereat potiusque, qui est la leçon autorisée et de lui substituer *potius pereatque*
« linguae causa », IV 5, 20 *clamne palamne*, qui paraît une correction nécessaire,
d'approuver I 3, 9 *non usquam esi*, tout en reconnaissant que ce n'est pas la leçon
autorisée, 4, 27 *transiit*, très insuffisamment autorisé, 7, 51 *illius e* des mss. inférieurs, 8, 17 *pollentibus* des mss. inférieurs, 35 *inueniet*, conj. de Scaliger, 36
tumet, conj. de Scaliger, 53 *uae* des Italiens, etc.

par les conditions de ce genre qu'il faut l'interpréter ; il a exprimé
dans ce genre des émotions qu'il puisait dans la vie ; d'où la nécessité de rattacher son œuvre à ce que nous savons de son existence ; il y a réalisé une conception d'art qui lui appartient ; d'où
la nécessité d'étudier les procédés qui lui sont propres ; sur ce
dernier point Dissen opère lourdement avec des répétitions fatigantes, un formalisme dénué de vie, une phraséologie très prosaïque. Il n'en est pas moins vrai qu'il a fait là-dessus bien des
observations justes et fines et envisagé l'esthétique de Tibulle à un
point de vue autrement large et compréhensif que Heyne. Ensuite
dans le détail Dissen s'est efforcé d'approprier le commentaire
au texte plus nettement qu'on ne l'avait fait avant lui, c'est-à-dire
qu'au lieu de se perdre dans des inutilités à côté il éclaircit
d'une façon perpétuelle ce que Tibulle a voulu dire et cherche à ce
qu'il ne demeure aucun doute ni aucune obscurité sur sa pensée.
L'exécution n'a pas toujours répondu à l'excellence de l'intention.
Dissen n'a pas cette perspicacité clairvoyante qui démêle toujours le vrai ; il reste souvent dans le vague et dans l'erreur et,
alors même que ses prédécesseurs ont vu juste, il ne sait pas toujours le reconnaître[1].

L'impression a été négligée et les fautes abondent.

7. — Une édition si importante ne pouvait manquer de susciter
une très vive attention.

D(issen) lui-même la signala dans les Gött. gel. Anz.[2] en exposant ses idées sur la rénovation de l'interprétation des poètes et
en montrant comment il les avait appliquées à Tibulle.

---

1. Ainsi I 1, 48 *somnos sequi* n'est pas dit : de eo, qui non turbatus continuat
somnum non interruptum, 61 il est impossible d'entendre : *Flebis et me*, ut ego te
amore maximo amplector, 74 *rixas inseruisse* est expliqué d'une façon vague et
inadmissible ; on ne saurait admettre qu'il faille I 2, 2 en suivant Heyne sous-
entendre *uino* avec *fessi*, 8 en suivant Wunderlich expliquer *Iouis imperio* par
de caelo ; I 3, 22 *sciat* ne signifie pas : damno suo discat, mais : qu'il sache par mon
expérience ; 24 *repulsa* est mal expliqué par concussa ; 4, 57 *miseras artes* ne
signifie pas : malas, ut largitio, avaritia ; 69 *expleat* ne signifie pas percurrat et doit
être mis en relation avec le nom de nombre tercentenas ; 79 *ferentem* ne veut pas
dire : ferentem mecum, ut thesaurum, habentem, mais proferentem ; 5, 64 *subiiciet
manus*, subter brachia puellae puta, est tout à fait inexact ; il ne s'agit pas de prendre
la jeune fille sous les bras, etc. Trop souvent la connaissance de la latinité, la précision, l'intelligence exacte des mots manquent chez Dissen qui laisse échapper les
plus gros contre sens.

2. 28 nov. 1835, p. 1865-1873.

Dans le compte rendu du livre de son ami Lachmann[1] a vu une occasion qu'il a saisie avec empressement de discuter l'établissement du texte, les questions d'authenticité et de chronologie et d'opposer sa façon de concevoir l'interprétation des poètes à celle de Dissen.

Il commence par définir le but de sa propre récension[2] prise par Dissen pour base, caractérise, sans leur donner assez d'importance, les *Exc. Fris.*, et reconnaît qu'il s'agit maintenant, en partant de la tradition, de pousser plus loin la critique du texte. Sur la façon particulière dont se présente la constitution du texte de Tibulle et sur l'état des sources[3] il regrette que Dissen ne nous ait pas renseignés ; car c'est seulement lorsqu'on est fixé là-dessus qu'on peut discuter utilement telle ou telle leçon. Il approuve en général Dissen, là où il s'écarte de lui, et expose ses vues actuelles sur certains passages[4].

Sur les questions d'authenticité il est d'accord avec Dissen. Il

---

1. Hallische Allgem. Literatur-Ztg., 1836, t. 2, p. 250-263. Actuellement dans : Kleinere Schriften, 2ter Band, 1876, p. 145-160 : Ueber Dissen's Tibull.

2. P. 145 sq. : Il s'est proposé modestement de donner l'état complet de la tradition authentique en excluant les fantaisies postérieures et espère avoir atteint complètement ce but, après des travaux préparatoires étendus, en utilisant tous les témoignages nécessaires et en rejetant ce qui n'est pas valable, jusqu'à ce que, ce qui jusqu'à présent n'est pas à espérer, s'ouvrent des sources beaucoup plus anciennes.

3. P. 146 : Les *Exc.* des deux sortes ne nous aident que rarement et seuls les *Fris.* sont exempts de modifications voulues ; le texte, jusqu'à III 4, 65, où intervient le *Fr. Cuiac.* dont Scaliger ne nous fait connaître qu'incomplètement la leçon, repose sur un ms. corrompu qui a été perdu et dont les copies du xvᵉ siècle sont interpolées.

4. Il a raison I 10, 5 de continuer à défendre : *An nihil ille miser...* en rectifiant la ponctuation fautive de son édition, II 3, 42 *ut multa innumera iugera pascat oue*, bien qu'il considère à tort *pascat* comme fautif, 5, 15 de déclarer l'addition de *est* inutile. Il repousse quelques-unes des propositions de Dissen qui ne sont pas acceptables. Il est maintenant d'avis qu'il faut lire I 10, 61 *rescindere*, II 5, 35 *dili*, IV 1, 110 *Testis Arupinis et pauper natus in aruis*, etc... Toute cette partie de son c. r. est l'appendice indispensable de son édit. — Lachmann n'a jamais perdu de vue les études tibulliennes ; dans son Commentaire sur Lucrèce publié en 1850, p. 76 il insiste sur l'impossibilité de scander I 7, 61 *agricolā* (dans son édit. : *agricola, e magna*), p. 159 il recommande d'écrire I 4, 32 *Eleost* (dans son édit. : *Eleo ost*), p. 207 I 4, 27 *At si tardueris* (dans son édit. *tardus eris*), *errabis : transiet aetas. Quam cito non segnis stat remeatque dies !* Quam cito, inquit, dies non stat, hoc est qui modo stare videbatur... inclinat ac deficit, et remeat, cum post noctem redit (toute l'explication de ce passage est manquée), p. 246 il observe que Tibulle n'a jamais postposé *nam* et lit II 4, 12 avec les *Exc. Par. omnia nunc* (dans son édit. : *omnia nam*), p. 267 il recommande I 9, 69 *istaec* (dans son édit. : *Ista haec* qui paraît préférable).

émet dubitativement l'opinion que Lygdamus, dont il considère le nom comme supposé, pourrait être l'auteur du panégyrique, écrit en 31 av. J.-C. Il signale la découverte de Gruppe (§ 46, 3) que IV 2-7 sont un ensemble composé par Tibulle et IV 8-12 les pièces mêmes de Sulpicia qui lui ont servi de modèle. Il croit que Cerinthus est un nom de guerre et que le mélange des poèmes de Tibulle avec ceux de ses amis n'a pu avoir lieu qu'après la mort de Messalla ou tout au moins après que celui-ci eut perdu la mémoire (hypothèse arbitraire).

Il a repris à son tour la question de la chronologie des élégies du premier livre et estime qu'elles sont dans l'ordre de composition sauf 10 et 3 : elles se classeraient 10. 3. 1. 2. (4.) 5. 6. 7. 8. 9. Dans 10 (contre Dissen) il ne saurait être question des dix ans de service militaire, puisque Tibulle a l'espoir de rester dans ses foyers, et alors on ne peut dire de combien la pièce est antérieure à 31 av. J.-C. Elle ne pouvait figurer en tête d'un recueil d'élégies parce qu'elle ne parle pas d'une liaison amoureuse. Ensuite viendrait 3 (fin de l'été 30) qui ne pouvait non plus figurer en tête du recueil ; 1 postérieur est de 30 ou 29, car (contre Dissen) le v. 56 doit faire allusion à ce que Delia est mariée et Tibulle exclu par le mari. Or elle ne l'était pas en septembre 31 quand Messalla partit pour la Gaule et à Corcyre en 30 Tibulle ne savait pas qu'elle le fût (Lachmann adopte l'opinion ancienne du mariage de Delia pendant la liaison avec Tibulle). Elle l'était quand Tibulle revint. C'est entre 2 et 5 qu'eut lieu le *discidium*. Lachmann combat la manière de voir de Dissen sur la place donnée à 2 et l'approuve d'avoir montré que 6 n'était pas antérieur à 5. Le premier livre peut avoir paru entre 27 et 26. Il est probable que Properce avait publié son premier livre depuis 2 ans ; le passage célèbre d'Ovide sur la chronologie des élégiaques se rapporte donc à l'ordre des naissances ou à celui des décès. — Je ne crois pas que dans cette recherche Lachmann atteigne absolument la vérité ; mais il la serre de plus près que Dissen.

Il serait disposé (contre Dissen) à identifier Glycera avec Némesis (ceci est arbitraire). La liaison avec Nemesis aurait commencé plutôt que ne le croit Dissen, au plus tard vers 24.

Tout en rendant justice au mérite de l'interprétation de Dissen, il lui oppose sa conception personnelle qui est de partir non pas de l'intelligence, mais du sentiment de l'art, de s'assimiler autant que possible l'impression intime, le contenu et le ton du poème, de considérer le sentiment même et non pas comme Dissen l'expression du sentiment et la pensée maîtresse. Il est certain que la conception de Lachmann est plus poétique, a moins de sécheresse et de raideur que celle de Dissen. Son analyse de II, 5 contient bien des choses contestables.

Un référent anonyme[1], tout en comblant Dissen d'éloges, a pourtant fait observer qu'il n'était pas un critique doué d'une grande pénétration, qu'il a eu tort de ne pas donner intégralement la leçon des *Exc. Fris.*, que son commentaire repose sur les matériaux accumulés précédemment. Il considère sa méthode d'interprétation comme constituant un progrès considérable ; il fait pourtant deux réserves : tout en reconnaissant que la poésie de Tibulle repose sur la réalité de ses sentiments, c'est aller trop loin que de dire que Nemesis a causé sa mort ; ce n'est pas ainsi qu'Ovide Amor. III 9 a représenté les choses. D'autre part Dissen se trompe souvent en imposant aux élégies des divisions arbitraires.

Après avoir signalé les mérites de l'interprétation nouvelle, F. Haase[2] émet un certain nombre d'idées personnelles : la tentative pour établir la chronologie se heurte au manque de données précises ; pour la naissance de Tibulle il préfère la date de 64 av. J.-C. ou même de 69, ne voyant pas de difficulté à le faire mourir à environ 50 ans ou même plus (ceci paraît impossible). Il proteste contre l'hypothèse des 10 années de service militaire, montre que I 1 n'a pas été composé après une aussi longue absence et déclare que jusqu'à 31 on ne peut rien établir de précis. Sur la formation du Corpus Tibullianum il expose[3] un système qui n'est qu'une hypothèse adroitement échafaudée mais qui, sauf pour les points les plus contestables, a eu auprès de ses successeurs un succès extraordinaire : le recueil que nous avons ne provient ni de Tibulle lui-même ni de sa maison. C'est une sorte de livre de famille, qui a pris naissance chez Messalla, où se réunissaient des amis instruits, hommes de goût s'intéressant chaudement à la poésie ; Tibulle tenait le rang le plus important et exerçait une grande influence dans ce cercle, qui n'était pourtant pas une école poétique. Messalla conserva soigneusement les poèmes de Tibulle son intime ami, qui lui étaient en partie adressés, et rechercha

1. Gelehrte Anzeigen hrsggb. von Mitgliedern der K. bayer. Akademie der Wissenschaften. 3tter Band, oct. 1836, p. 545-548, 553-559, 561-567, 572-574.
2. Jahrb. f. wissenschaftliche Kritik hrsggb. v. der Societät für wissenschaftliche Kritik zu Berlin. Jahrg. 1837, 1ster Band, Janvier, p. 33-40, 41-45, 49-56, 57-64.
3. P. 39-41.

ceux qui lui manquaient. Cela forma le noyau du recueil, dans lequel furent admis ensuite des poèmes non authentiques, le mauvais panégyrique de Messalla, les lettres d'amour à et de Sulpicia ; il résulte de IV 8, 5 que ces lettres d'amour étaient en rapport étroit avec Messalla et par là on est amené à croire que Cerinthus, à qui Tibulle a adressé deux élégies II 2, et 3 (ceci est inexact — il s'agit de Cornutus), n'était autre que le fils aîné de Messalla (ceci est purement arbitraire). Il n'est pas étonnant que des poèmes authentiques IV 13 et 14 aient pu s'égarer là. Les élégies de Lygdamus se rapporteraient à une histoire d'amour, qui intéresserait par quelque côté la famille de Messalla. On n'y découvre pas il est vrai d'indice de cette nature, parce que toute base historique nous manque, à moins que III 5 et IV 8 ne fassent justement allusion à la même propriété de Messalla (ceci est absolument en l'air). Mais, comme le poète s'est formé d'après Tibulle, il est vraisemblable qu'il appartenait au cercle mentionné plus haut ; peut-être encore pourrait-on prendre le nom de Lygdamus pour une traduction de Lucius, prénom du second fils de Messalla (rien n'est moins vraisemblable). Quoi qu'il en soit, le Corpus Tibullianum a pris naissance dans la maison de Messalla, ce qui en explique la composition et mainte autre circonstance ; il est possible d'ailleurs que le premier livre ait été publié par Tibulle. Tel est ce système très conséquent avec lui-même et qui est très ingénieusement imaginé.

Haase croit que Delia était de basse condition, d'une famille peu aisée et qu'elle n'a pas reçu une éducation libérale. Il observe qu'il est périlleux de vouloir tirer des élégies la succession chronologique des amours de Tibulle, que Dissen s'est trop laissé entraîner à sauvegarder la pureté morale de Tibulle, qu'il l'a fait trop sérieux et trop triste. Au point de vue critique il note bien la différence du texte de Lachmann et de celui de Dissen[1], en préférant souvent les leçons de Lachmann à celles de Dissen. Il reproche aux préliminaires sur les élégies d'être verbeux, au commentaire de ne pas renvoyer aux Prolégomènes, ce qui vient de ce que ceux-ci n'ont été imprimés qu'après. S'attachant à I 1 il montre bien que Dissen ne s'est pas fait une idée exacte de la situation ; il recommande avec raison I 1, 5 uita... inerti qu'il explique bien, 51 pereat potiusque, mais avec une erreur grammaticale.

1. P. 57 : Le critique du texte est parfois obligé d'établir un texte fautif, mais au delà duquel il ne peut remonter par suite des circonstances ; l'interprète veut arriver jusqu'à l'auteur même.

Ellendt[1] fait des réserves sur la biographie de Tibulle : la propriété de Tibulle à Pedum n'a pas dû être diminuée par les distributions de terre aux vétérans qui n'atteignirent pas le Latium ; Tibulle ayant probablement servi sous Brutus (ceci est tout à fait arbitraire), ce serait pendant son absence que sa fortune et ses domaines ont souffert. A l'époque de Tibulle les jeunes chevaliers n'étaient pas tenus à faire dix années consécutives de service militaire. Le panégyrique peut être une œuvre maladroite de Tibulle qui avait besoin de flatter Messalla et qui ne sut pas trouver le ton convenable (ceci est invraisemblable). Ellendt avec Spohn ne voit pas pourquoi au début Tibulle n'aurait pas voulu épouser Delia ; les poèmes IV 2-12 ne sont pas de Tibulle, bien qu'ils ne soient pas indignes de lui (tout ceci est en l'air). Là où Ellendt est intéressant, c'est dans la critique des idées de Dissen sur la forme artistique des élégies. Il n'admet pas que le poète dans chaque pièce suive un plan artificiel, toujours le même[2]. L'effort constant pour déterminer l'introduction, le milieu, la conclusion de chaque pièce est un schématisme vide et dans bien des cas il n'y a pas d'introduction et de conclusion au sens formel où l'entend Dissen. Pour le corps du poème celui-ci invente parfois des formes qui ne correspondent point à la réalité ; il voit une composition par gradation là où il n'y a pas de gradation du tout ; la forme de la dépendance, celle qui consiste à motiver provient de l'essence même du poème et se retrouve partout où il n'y a pas simple description. Il ne faut pas considérer chaque pièce de Tibulle comme une construction artificielle, pour ainsi dire architectonique. Le meilleur chapitre de Dissen est celui sur l'élocution.

Paldamus[3], qui a ses idées sur Tibulle, qui les a déjà exprimées, juge celles de Dissen par rapport aux siennes. Son compte rendu très détaillé comprend quatre parties :

a) Sur la biographie. Pour la date de la naissance il continue à défendre 54 av. J.-C. I 10 est probablement la première élégie, mais elle ne précède pas dix années de service militaire continu, cet usage étant alors tombé en désuétude. Tibulle n'a pas perdu

---

1. N. Jahrb. f. Phil. u. Paed. 7ter Jahrg. 19ter Band 1837, p. 428-436.
2. P. 432 : Si on introduit dans de pareils poèmes une disposition régulière, nécessaire même, on rabaisse le poète au rôle de rhéteur, on réduit sa création inconsciente à n'être plus qu'une recherche voulue de l'effet et on témoigne d'un jugement prévenu qui ne peut ou ne veut pas comprendre la liberté de la production poétique.
3. Zeitschrift für die Alterthumswissenschaft. Sept. 1837, col. 937-944.

ses biens par suite d'un partage de terres aux vétérans : ses propriétés auraient été simplement dévastées pendant les troubles
qui ont suivi la mort de César [1]. Il maintient à tort l'identification
de Glycera avec Nemesis, tout en étant moins éloigné qu'autrefois de prendre *iunior* dans son sens propre et naturel. Il continue à croire à tort que le troisième livre malgré ses défauts peut
bien être une œuvre de la jeunesse de Tibulle, le vers 5,18 étant
sans doute interpolé, que tout au plus peut-on dire que le troisième livre est indigne de l'auteur du premier sans pouvoir établir qui l'a écrit et comment il a été incorporé à l'œuvre de Tibulle [2]. Sur l'origine des *epistolae* du quatrième livre Dissen n'apprend rien de nouveau. Paldamus est très froissé qu'il n'ait
pas tenu compte de son hypothèse à cet égard et d'une façon
générale de son Erotik ; il termine en disant [3] : « Sauf qu'il a
combattu l'identification de Glycera et de Nemesis, M. Dissen a
traité la vie de Tibulle de telle façon qu'il a en partie répété ce
qui était ancien, en partie laissé de côté les hypothèses nouvelles,
pour leur en substituer de beaucoup moins fondées. Ainsi cette
nouvelle édition de Tibulle ne fait faire à la biographie du poète
aucun progrès essentiel. »

b) Sur la poésie. Paldamus constate que Dissen a étudié la
poésie de Tibulle d'une façon magistrale en se félicitant de ce
que pour les traits principaux il s'accorde avec ce qu'il avait dit
lui-même. A propos de la composition et de la forme des élégies
il trouve que Dissen est parfois fatigant, que son interprétation
reste extérieure et qu'il ne pense sans doute pas que Tibulle ait
procédé aussi consciemment dans des productions si artistiques.
Il signale quelques additions à faire au chapitre de l'élocution.

c) Sur le texte. Il se borne à discuter la leçon de trois passages, sans rien apporter qui s'impose.

d) Sur l'exégèse. Il désapprouve la méthode qui consiste à
mettre bout à bout les opinions de tous les commentateurs, lesquelles remplissent à peu près la moitié de l'édition. Il reproche
à l'auteur de n'être pas au courant de ce qui a été dit de Tibulle

1. On ne voit pas comment Paldamus peut affirmer qu'il n'est pas question d'un
amoindrissement du domaine, cf. I 1, 22 *nunc* agna *exigui* est hostia parua *soli.*

2. Col. 939 : Mes progrès dans l'étude de la poésie romaine me convainquent de
plus en plus que les Romains réunissaient, sans se soucier du nom de l'auteur, ce
qui leur paraissait analogue pour le fond et la forme, que le Ciris et le Culex ont
été attribués à Virgile avec autant de droit que le Pulex, etc., à Ovide et le 3ᵉ livre
à Tibulle.

3. Col. 940 sq.

en dehors des éditions de Tibulle. Pour l'explication des mots, c'est le procédé de Heyne et de Wunderlich, mais avec plus de pénétration et de finesse. Paldamus ajoute quelques observations sur l'élégie I 1 et, arrêtant son compte rendu à la nouvelle de la mort de Dissen, il conclut en disant que son édition ne rend pas inutiles celles de Broekhuisen, de Heyne, de Voss, de Huschke, mais que l'auteur a achevé le critique esthétique de Tibulle, fait faire des progrès sensibles à l'exégèse et donné pour l'explication des poètes romains un modèle qui répondra pour longtemps aux besoins de la science.

§ 43. — J. M. Rabus [1] a discuté vingt-six passages de Tibulle au point de vue critique et explicatif; il est souvent d'accord soit en bien soit en mal avec Dissen et sur ces points son travail a peu d'intérêt. Lorsqu'il diverge, son texte est parfois également ou plus mauvais [2]; il a quelquefois raison [3]. L'interprétation n'est pas toujours satisfaisante [4].

§ 44. — Je ne connais le travail de Praefcke [5] que par les comptes rendus de Paldamus [6] et de [J] [7]. Praefcke examine au point de vue critique un certain nombre de passages de I 10, 3 et 1; il défend

1. Sollemnia Anniversaria in Gymnasio Regio Augustano... d. 28. Aug. 1837. rite celebranda... indicit Johannes Michael Rabus, Gymnasii professor. Praemittuntur Observationes in Tibulli carmina (p. 3-16). — Augustae Vindelicorum. Typis Withianis. 1837. 4°.

2. Ainsi I 1, 25 Dissen avait conjecturé : *iam modico possum contentus uiuere in aruo*, il propose : *iam modico possum contentus uiuere paruo*, c'est-à-dire iam modico contentus sum, ideoque paruo uiuere possum, plate tautologie ; 2, 88 *non ullus saeuiet usque deus* est impossible ; 3, 71 *tum niger in porta serpens* est une ancienne conjecture qu'il n'y avait pas lieu de ressusciter ; 7, 16 *arat* est défendu à tort ; 10, 37 *percoctisque genis* est décidément très mauvais, etc.

3. Ainsi il a raison I 1, 5 de recommander *uita... inerti*, mais c'est déjà ce qu'avait fait Haase, 2, 71 de défendre *si* contre *sim* ; 6, 41-42 il a bien vu que la dernière partie du pentamètre était interpolée et il a rétabli le sens en lisant : *Stet procul aut alia se occulat ante uia*, conj. que dans son apparat critique Baehrens donne comme de Bücheler, etc.

4. Ainsi I 6, 17 il a tort d'expliquer contre Dissen *celebrare* par *laudare*; en revanche I 4, 48 il voit bien contre Dissen que *opera* est un ablat. et non un acc. plur. sujet, etc.

5. Ad examen sollemne in Schola Friedlandiensi invitat *Herm. Schmidt...* 1. Commentatio de difficilioribus quibusdam Albii Tibulli locis. Scripsit *Carolus Praefcke...* Brandenburg, Nov. 1837, 42 (24) p. gr. in-4.

6. Zeitschrift f. d. Alterthumswissenschaft, 29 sept. 1837, col. 948-949 (à la suite du c. r. du Tibulle de Dissen).

7. N. Jahrb. f. Phil. u. Paed. 9ter Jahrg. 25ster Band 1839, p. 79-82.

XXIII. — CARTAULT.   11

en général la leçon des manuscrits contre les conjectures, mais il lui arrive à lui aussi de vouloir corriger le texte à sa fantaisie ; suivant la loi constante, il a d'habitude raison dans le premier cas, tort dans le second. Dans ses recherches sur la chronologie des élégies du premier livre il s'accorde en général avec Dissen sauf pour I 10 et I 1. La première aurait été écrite en 32 av. J.-C., la seconde devrait être partagée en deux élégies I 1, 1-50 où Tibulle a perdu son bien devant être avec les élégies I 4, 8 et 9 de ses dernières années, 51-78 où il se représente comme un homme riche ayant été écrit peu de temps après I 3 c'est-à-dire après 30 av. J.-C. C'est là une fantaisie inadmissible.

Paldamus adopte les vues de Praefcke sur la date de I 10, tout en insistant sur ce fait que les indices historiques dans les élégies sont trop faibles pour asseoir une chronologie. Il croit que si la division de I 1 telle que la propose l'auteur était dans les manuscrits il ne viendrait à personne l'idée de réunir ces deux morceaux, ce qui prouve tout au moins que toutes les élégies ne présentent pas l'unité qu'y a signalée Dissen.

[J] profite de l'occasion pour soutenir l'authenticité du troisième livre. Il y retrouve ce penchant vers la vie tranquille du foyer et des champs qui est caractéristique de Tibulle, sa façon bienveillante de considérer le monde et la vie. Dissen n'a vu ces choses que superficiellement ; les différences de forme qu'il signale n'intéressent que la rhétorique. Les élégies du livre 3 découlent d'un tout autre état d'esprit que celles des livres 1 et 2, ce qui explique une certaine diversité. Dissen a laissé de côté les particularités de pensée et de style, qui sont probantes, parce qu'elles sont individuelles, et qui partout révèlent le même auteur (on ne saurait se tromper plus complètement). [J] ne croit pas que I 10 ait été écrit avant la fin de 31 av. J. C., quand Messalla partit en Gaule et que Tibulle hésitait à quitter sa maîtresse ; Tibulle a pu composer I 3 à Corcyre au printemps de 29, I 1 après son retour en Italie en avr. 28 pour la fête des Palilia ; la division de cette pièce en deux élégies n'est pas fondée ; la perte des biens est antérieure aux campagnes de Tibulle, puisque c'est pour y remédier qu'il partit à la guerre.

§ 45. — Dans une adresse de félicitations à Chr. Zeh L. S. Obbarius[1] a inséré une explication de Tib. I 7, 17-18 ; c'est une

1. Epistola qua viro magnifico Christiano Zeh... a. 1838... gratulantur Gymnasii

occasion pour lui de faire preuve d'érudition, de rattacher à des
croyances religieuses le respect des Syriens pour les colombes,
de raconter la légende de *dea Syria* et de signaler le fait que la co-
lombe était consacrée à Vénus en en indiquant les causes. Un
certain nombre de fautes d'impression grossières.

§ 46, 1. — Les recherches d'O. Gruppe[1] ne sont pas d'un philologue, mais d'un dilettante. Elles procèdent non de la méthode
scientifique, mais du sentiment esthétique et de l'imagination.
Elles contiennent une part de vérité au milieu de beaucoup d'erreurs : c'est cette part de vérité qu'il convient de dégager. L'auteur a fait sur une partie du Corpus Tibullianum une découverte
importante.

De l'explication du détail et des mots telle que la pratiquait
Heyne Dissen s'était élevé à l'explication de chacune des élégies,
considérée comme un tout harmonieux. Gruppe a été plus loin :
il réunit les pièces isolées de façon à constituer de grandes unités
esthétiques, ce qui révèle des beautés non encore signalées et fait
saisir le développement régulier du talent de l'auteur. C'est un
procédé qui a son utilité, mais qui est dangereux à manier parce
qu'il ouvre la porte toute grande à la fantaisie.

2[2]. — Les appréciations de Dissen n'atteignent point à l'esthétique ; elles sont de pure rhétorique et n'ont rien de commun
avec l'art du poète ; c'est cet art que Gruppe veut faire sentir en
se plaçant à un point de vue nouveau et pour cela il analyse I 10
et 3 ; de cette dernière pièce il dit : « Ici comme précédemment
l'ensemble est composé d'une trame de traits extrêmement pittoresques, qui deviennent de plus en plus vifs vers la fin et réser-
vent pour une conclusion frappante la plus belle situation érotique. La division de cette élégie diffère seulement en ce qu'ici
l'auteur a ménagé des terrains de repos plus larges entre lesquels

Fridericiani professores interprete L. S. Obbario. Rudolstadii. Typis descripsit G.
Froebel. pet. in-4. 11 p.
1. Die römische Elegie. Erster Band, Kritische Untersuchung mit eingefloch-
tenen Uebersetzungen. Von O. F. Gruppe. 1838. Zweiter Band. Albius Tibullus et
Sex. Aurelius Propertius secundum ordinem et numerum restituti. Accedunt Publii
Ovidii Amores. Edidit Otto Fridericus Gruppe, philosophiae doctor. 1839. Leipzig,
Verlag von Otto Wigand. (Le second volume ne sert qu'à présenter le texte dans
l'ordre qui ressort des recherches de l'auteur et à donner une vue d'ensemble de ses
résultats.)
2. L'art élégiaque de Tibulle p. 1-23.

se glissent les transitions les plus animées et des tableaux plus
petits... Mais il ne s'agit pas seulement d'un contraste entre des
peintures ; continuellement se croisent les tableaux et les considérations, la vision et le sentiment, le récit et le discours, la description et l'exhortation... Ainsi l'ensemble devient une perpétuelle variation, mais où tout se fond harmonieusement. Et quelle
série d'états d'âme parcourt le poète en une seule élégie! C'est
comme s'il s'était imposé chaque fois d'épuiser pour ainsi dire
toutes les nuances des sentiments : abandon et jalousie, amour et
malédiction, joie et soucis, plaisir et angoisse... Si le poète a été
maltraité par les commentateurs, c'est qu'ils n'ont pas pu se retrouver dans la marche flottante et balancée des idées et qu'ils ont
voulu, au lieu de cela, un progrès prosaïque d'après la logique
commune et les exigences d'une composition scolaire. » Gruppe
étudie ensuite le distique : « Chaque distique est un tableau qui
se suffit, une situation ; plusieurs se réunissent pour former un
tout homogène » ; suivent des vues intéressantes sur la structure
du pentamètre, surtout quand la première moitié est formée de
deux adjectifs, la seconde de deux substantifs et du verbe.

3[1]. — La grande nouveauté du livre, c'est que Gruppe a résolu
le problème des poèmes IV 2-12 d'une façon qui paraît définitive,
bien qu'il se soit trompé sur quelques détails ; la découverte est
si simple, qu'on s'étonne qu'elle n'ait pas été faite plus tôt. Ces
poèmes forment deux ensembles distincts : les premiers sont une
œuvre d'art écrite à tête reposée par un poète, les derniers sont
de courtes indications jetées sur le papier dans des circonstances
réelles ; l'auteur ne paraît pas avoir fixé exactement la limite des
deux groupes : il rapporte l'élégie 7 au premier, tandis que je
crois qu'elle appartient au second ; c'est une chose qui a été
maintes fois discutée depuis. Mais il a montré définitivement que
les pièces de Sulpicia, que ses prédécesseurs et lui encore appellent
des billets, reproduisent les phases réelles de son aventure avec
Cerinthus, qu'elles ont été écrites au jour le jour, qu'elles sont
caractérisées par une certaine dureté de l'expression et par des
constructions pénibles (ce qui en expliquerait l'obscurité à l'exclusion des corruptions du texte ; mais ces corruptions existent çà et
là) ; il a vu là du « latin de femme », expression qui a fait fortune, bien qu'elle ne soit pas tout à fait juste ; il suffisait de dire

1. Le livre de Sulpicia p. 25-64.

du latin familier. Ces pièces sont uniques pour nous dans la littérature romaine : ce ne sont pas des élégies artistement composées, c'est l'expression d'un amour réel, très particulier, puisque c'est Sulpicia qui est éprise de Cerinthus et veut lui faire partager sa passion. Tibulle a eu ces pièces sous les yeux et s'en est servi, puisqu'on retrouve dans les siennes les mêmes personnages, les mêmes sentiments, le même fond de réalité, mais le tout épuré, idéalisé, converti en œuvre d'art. Le tort de Gruppe a été de vouloir rattacher à ce cycle II 2 comme en formant la conclusion morale nécessaire c'est-à-dire le mariage qui couronne l'amour. Il croit que II 2 a été mis à cette place, parce que II 3 est également adressé à Cerinthus ; mais la raison ne vaut rien, II 2 et II 3 étant d'après la bonne tradition adressés à Cornutus. Sauf erreur dans le détail, Gruppe, contre Voss, dont il combat les inventions bizarres, a donné l'explication naturelle de IV 2-12.

4[1]. — Sur le livre de Nemesis, qu'il considère comme le dernier qui ait été composé par Tibulle et dont il fait bien ressortir la différence avec celui de Delia, Gruppe a deux théories, la première sûrement fausse, la seconde très contestable. D'abord, comme il a exclu II 2, il lui reste 5 élégies. Il essaie de montrer par des raisons qui ne soutiennent guère l'examen que ces 5 élégies se tiennent de très près et forment un ensemble voulu et bien ordonné. Ensuite il croit que les difficultés qu'elles soulèvent proviennent uniquement de ce que Tibulle n'a pas eu le temps d'y mettre la dernière main ; il insiste surtout là-dessus à propos de II 5 qui ne serait qu'un premier jet, des éléments que Tibulle, surpris par la mort, n'a pas eu le temps de coordonner définitivement. Par cette théorie (hasardée) il lave le poète du reproche de négligence et prétend le surprendre en plein travail.

5[2]. — Avec Voss il ne croit pas à l'authenticité du troisième livre, mais non pour ses raisons, qu'il juge faibles. Il ne trouve pas Lygdamus aussi médiocre que le veut Voss (ceci pour préparer l'identification à laquelle il va arriver). Il a raison de penser que le cadeau que Lygdamus voulait offrir à Neaera aux calendes de Mars était constitué par les quatre premières élégies qui forment un tout ; les deux autres sont à part. Avec Lachmann il regarde

1. Le livre de Nemesis p. 65-101.
2. Le livre de Lygdamus p. 103-143.

Lygdamus comme ayant été marié à Neaera ; le fond réel qui a
donné naissance à III 1-4 serait un divorce (ce n'est pas la seule
explication possible), mais un divorce voulu par les parents de
Neaera (ceci est en contradiction avec la façon dont Lygdamus en
parle et l'attitude qu'il leur prête). Ce fond ne saurait être inventé ;
le poète n'écrit pas pour le public ; il ne demande à ses vers qu'un
résultat, celui de lui rendre sa femme (ceci est exagéré ; car alors
Lygdamus aurait écrit en prose). Nous avons donc là une œuvre
unique, qui a les qualités et les défauts de la situation et qui ne
ressemble pas à la poésie de Tibulle. Les élégies 5 et 6 n'ont au
contraire aucun but pratique et la poésie s'y développe librement.
Lygdamus est un pseudonyme (ceci n'est pas démontré). Examinant alors les passages communs avec Ovide, Gruppe démontre
(avec succès à mon sens) que c'est Ovide qui est l'imitateur et il
arrive enfin à l'identification à laquelle il tend dès le début : Lygdamus n'est autre qu'Ovide lui-même ; Neaera serait sa seconde
femme, que ses parents lui auraient reprise, sans doute parce qu'il
se conduisait mal. C'est là une hypothèse gratuite, attendu qu'il
ne semble pas que ce soient les parents de Neaera qui l'aient
poussée au divorce, que nous ne savons pas si c'est contre sa volonté qu'Ovide s'est séparé de sa seconde femme ; en tout cas il
supporta cette séparation d'un cœur léger. Quant à l'effort de
Gruppe pour retrouver dans les vers de Lygdamus les qualités
d'Ovide, la rondeur, le poli, la grâce aimable et l'élégance enjouée,
il est tout à fait manqué. On ne peut donc considérer que comme
une curiosité l'affirmation qu'Ovide se serait imité lui-même, d'autant plus facilement que les vers en question n'étaient pas destinés à la publicité, que III 5 aurait été adressé à Messalla qui se
trouvait alors avec ses amis dans sa propriété d'Arretium, que
c'est par ce canal que nous serait parvenue l'œuvre de Lygdamus.

6 [1]. — Gruppe ne trouve rien dans le panégyrique, composé
en 31 av. J.-C., qui empêche de l'attribuer à Tibulle très jeune,
très inexpérimenté, sortant de l'école et qui, voulant se recommander à Messalla, ne pouvait parler autrement qu'il ne l'a fait. La
situation est celle de Tibulle, qui, atteint par les partages de
terres de 41, veut se mettre à l'abri de ceux de 31. Gruppe a
bien vu qu'il fallait démontrer qu'entre le panégyrique et les
élégies de date voisine il n'y avait pas de divergences excluant

1. Le panégyrique, p. 145-163.

l'identité d'auteur. Il a essayé de retrouver dans I 7 quelques-uns des défauts du panégyrique ; il n'y a pas réussi ; entre les deux poèmes il y a un abîme.

7 [1]. — Pour les élégies à Delia Gruppe adopte l'ordre de Dissen 1, 3, 5, 2, 6 parce qu'elles s'enchaînent ainsi de façon à former un tout artistique. Les liens esthétiques qu'il croit découvrir, préparations, allusions, contrastes, sont de pure imagination. De l'organisation intime de l'ensemble, qu'il prétend avoir constaté, il tire une conclusion qui est importante : Tibulle n'a pas écrit ces élégies séparément dans des circonstances isolées et tout ne s'y rapporte pas à des réalités prosaïques. Il a attendu que sa liaison avec Delia fût terminée et il l'a représentée d'une façon poétique en mêlant le réel et le fictif et en composant un tout esthétique : ceci contre les exagérations des commentateurs qui ont voulu tirer de chacune des assertions de Tibulle une réalité vécue et reconstituer le roman au jour le jour, comme l'a fait Dissen. La vérité paraît être que Tibulle n'écrit pas, comme Properce, à propos de tous les incidents de sa liaison amoureuse, que chaque pièce chez lui résume une situation ; mais le système de Gruppe est d'imagination pure.

8 [2]. — Ici une invention bizarre : I 4, 8 et 9 formeraient un tout artistique ; mais 9 doit se lire avant 8 ; 9 exprime la jalousie du poète, 8 montre que cette jalousie était fourvoyée ; dans 9 le poète croit que Marathus s'est laissé corrompre par les cadeaux d'un vieux débauché ; or il n'en était rien ; Marathus ne s'est introduit dans la maison que parce qu'il s'est épris de la femme de son pseudo-séducteur : Tibulle le reconnaît dans 8 et trouve fort juste que l'amour naturel l'emporte sur l'autre. Tout ceci est de simple fantaisie ainsi que les conclusions tirées de ce que le livre de Marathus contient 3 élégies, celui de Delia 5, celui de Sulpicia 7 (ceci erroné) : le nombre normal pour les ensembles symétriques que construisait Tibulle aurait été 3 — introduction, milieu, conclusion — ce nombre peut être augmenté de 1 ou 2 membres (c'est là de la divagation).

1. Le livre de Delia p. 165-195. Les remarques de Gruppe sur la constitution du texte n'ont généralement aucune valeur. Il a pourtant donné peut-être la vraie lecture de I 5, 42 : Et — pudet — *enarrat* scire nefanda meam.

2. Le livre de Marathus p. 197-215.

9 [1]. — IV 13 et 14 seraient les restes des élégies consacrées par Tibulle à Glycera ; pour reconstituer l'ensemble Gruppe complète l'élégie 14 et en compose deux autres de son crû (ce n'est là qu'un jeu).

10 [2]. — Il considère les deux Priapées comme authentiques et en ajoute une autre.

11 [3]. — Ces recherches aboutissent à une biographie littéraire, qui est ingénieuse, mais sans fondement réel. Né en 54 ou plutôt en 49 av. J.-C. Tibulle écrit le panégyrique en 31, à 23 ou plutôt à 18 ans, et obtient de Messalla d'être garanti contre une spoliation nouvelle. Ce panégyrique qui trahit l'embarras et la gaucherie juvéniles repose sur une instruction rhétorique soignée et sur une érudition de fraîche date : il contient des traces de talent. En 30, au moment de suivre Messalla en Gaule, Tibulle écrit I 10 déjà très en progrès ; à cet âge les progrès sont rapides ; I 7 est de 27. Le poète n'a composé jusque-là que des élégies isolées ; il s'applique désormais à des ensembles. La liaison avec Delia terminée, il la résuma en 5 élégies formant un tout dont les parties sont soigneusement liées ; l'art y a pourtant encore quelques maladresses et on sent grincer le mécanisme. Le livre de Marathus est bien supérieur ; les jointures sont simples et solides, l'idée fondamentale très fine, les couleurs éclatantes, la fantaisie sensuelle hardie sans rien de choquant. Le livre de Sulpicia est aussi bien au-dessus de celui de Delia : il puise dans la réalité qu'il élève et ennoblit et témoigne d'une connaissance approfondie du cœur humain. Même maîtrise dans le livre de Glycera (refait presque entier par Gruppe) où apparaissent à la fois tant d'imagination et un langage du cœur si chaleureux. Le livre de Nemesis, le dernier, est resté inachevé ; il se distingue de celui de Delia par l'amour qu'il exprime, qui est celui d'un homme fait, et qui ne pouvant remplir l'œuvre entière sert de fond à la manifestation d'idées plus hautes, parmi lesquelles se dégage celle de la grandeur de Rome.

12. — L. Doederlein [4] a exposé les résultats de ce travail aven-

1. Le livre de Glycera p. 217-232.
2. Les Priapées p. 233-248.
3. Chronologie et vue d'ensemble p. 249-270.
4. Gelehrte Anzeigen hrsggb. v. Mitgliedern der K. bayer. Akademie der Wissenschaften, 8ter Band, mai 1839, p. 753-58, 761-68, 769-76, 783-84.

tureux en laissant à l'avenir le soin d'en déterminer la solidité et
en parlant de hardiesse géniale. Il aurait dû se montrer plus
sévère et fait preuve d'une inconcevable mollesse. Il discute
quelques passages pour apporter sa contribution à l'amélioration
du texte ; bien qu'il ait plus de compétence que Gruppe, cette
contribution est sans grande importance[1].

Hertzberg[2] a montré plus de compétence et de décision. Tout
en reconnaissant que Gruppe ajoute à l'étude littéraire de Dissen
sur Tibulle, principalement pour la structure du pentamètre, il
lui reproche d'attribuer au poète la compréhension, la richesse,
la hardiesse dans les transitions, plutôt que la simplicité noble et
l'uniformité coulante de la diction[3]. Les recherches sur les élégies de Sulpicia sont la partie la plus réussie du livre, mais parmi
les choses contestables, il faut placer la prétendue découverte
d'un « latin de femme ». Gruppe apporte dans son argumentation
une ardeur passionnée, qui n'est pas scientifique, et il veut trop
prouver, par exemple lorsqu'il soutient que II 5 n'est pas une
pièce de circonstance. Son défaut, comme celui de Dissen, est
de croire que le poète dispose son œuvre dans le détail le plus
minutieux d'après des lois fixes : l'existence de 5 pièces dans le
livre de Nemesis n'est pas voulue et Gruppe a tort d'attribuer une
valeur à ce nombre 5. C'est à propos de Lygdamus qu'il laisse le
plus percer ses défauts, instituant une recherche en apparence
scientifique et désintéressée, en réalité dirigée dès le début avec
parti pris. Hertzberg réfute pas à pas ses idées ; l'imitation de
Lygdamus par Ovide ne prouve rien, Ovide étant un improvisa-
teur doué d'une excellente mémoire et qui reproduisait avec la
plus grande facilité ce qui l'avait frappé. Les faits ne sont pas
favorables à l'identification ; le style et la versification des deux
poètes sont très différents ; la seule chose à retenir c'est que Lygdamus était un Romain ; la famille conservait comme cognomen
le nom du premier ancêtre qui avait été affranchi peut-être depuis bien longtemps ou qui avait obtenu d'une façon quelconque

---

1. Ainsi I 5, 33 il propose : *et tantum uenerata uirum hunc, hunc sedula
curet* ; IV 6, 19 *sit iuueni grata, ac, ueniet*... qui est déjà la leçon de Heyne-
Wunderlich, etc.

2. Hallische Jahrbücher für deutsche Wissenschaft und Kunst... 2ter Jahrg.
mai 1839, p. 1009-15, 1016-24, 1025-32, 1038-40.

3. Hertzberg a donné une courte caractéristique du style de Tibulle dans : Zur
öffentlichen Prüfung der drei unteren Klassen des Königl. Domgymnasiums zu Hal-
berstadt... 1842. Inhalt : 1. De poetarum elegiacorum apud Romanos principum
ingenio et arte, p. 6.

le droit de cité. L'auteur du panégyrique n'est ni le même écrivain, ni le même homme que Tibulle ; les mœurs, l'esprit, l'éducation diffèrent. La conception des élégies à Delia comme un
drame élégiaque en 5 actes est artificielle. Le triomphe définitif
de cette méthode à demi savante rabaisserait la science au charla-
tanisme et ses résultats à d'agréables mensonges.

   L'anonyme des Gött. gel. Anz.[1] n'imite pas cette critique vigoureuse ; il se contente de faire ressortir les qualités de l'auteur et
réserve sur sa méthode et ses résultats le jugement des philologues
conservateurs.

   § 47, 1. — Fr. A. Rigler[2] a examiné tout le texte du Corpus
Tibullianum au point de vue critique et exégétique, mais surtout
critique, en suivant pas à pas Lachmann et Dissen et en soumet-
tant à une discussion serrée les résultats auxquels ils étaient arrivés. Cette revision était nécessaire. Lachmann en constituant le
texte tel que le représente la tradition l'avait débarrassé de la
plupart des interpolations introduites par les savants Italiens et
parmi lesquelles ses prédécesseurs se perdaient. Mais il ne les
avait pas discutées. Restait à montrer que c'étaient bien là des
leçons inférieures à la tradition pour empêcher les éditeurs postérieurs d'y revenir et rendre durable le nettoyage opéré par
Lachmann. C'est ce qu'a fait Rigler avec netteté et précision ; ses
discussions sont claires, faciles à suivre et elles aboutissent. Ses
qualités du reste ne sont pas seulement des qualités de forme ; il
voit souvent juste. Sur une foule de mauvaises leçons il porte un
jugement définitif ; elles sont désormais dûment condamnées. Son
travail est l'illustration et le complément de celui de Lachmann.
Là est son mérite, mais il ne va pas plus loin et n'apporte pas au
texte un perfectionnement sensible. Il l'améliore rarement et sans
témoigner d'une grande originalité[3] ; il l'empire un peu plus sou-

   1. Juillet 1842, p. 1150-1160.
   2. Dans 3 programmes du gymnase royal de Postdam de 1839. pet. in-4. 1842.
in-4. 1844. gr. in-4. Decker. Insunt : ... Annotationes ad Tibullum. Partie. I, p. i-
xxxi. Partie. II, p. i-xl. Partie. III, p. i-xl. Scripsit *Fr. A. Rigler.*
   3. Ainsi I 1, 14 il recommande après Dissen, avec Muret, *agricolae... deo*, 2, 58
illa avec Dissen contre *ipse* qui est la tradition mais qui paraît fautif, 3, 63 *ac*
contre *at* de Lachmann-Dissen, 7, 16 *alat* avec Dissen, 8, 11 *fuco* dubitativement
35 *inuenit* imprimé par Lachmann et Dissen contre *inueniet* que Dissen recommande, 9, 31 *nullo te* (assez probable, mais avec Heyne, Huschke) contre *nullius* de
Lachmann-Dissen, 48 *et* de Lachmann contre *at* de Dissen, 69 sq. il a raison
d'ajouter le point d'interrogation, etc.

vent[1]. Dans les passages douteux ou désespérés ses tentatives
sont souvent ingénieuses, mais ne résolvent pas les problèmes où
ses prédécesseurs avaient échoué[2]. Enfin il approuve parfois
Lachmann et Dissen là où il doivent être sûrement corrigés[3].
Pour l'interprétation il remonte rarement aux commentaires anciens, mais il a sous les yeux Heyne, Huschke, Wunderlich,
Dissen, Gruppe. Tout en rendant justice à ses prédécesseurs, il
est indépendant, souligne les fluctuations et les à peu près de
Heyne, reproche à Huschke d'abuser des citations grecques, de
prodiguer une érudition inutile, de rapprocher des passages en
réalité dissemblables et dont il n'y a rien à tirer. Il rectifie parfois heureusement Dissen, qu'il surpasse en netteté. Il a des connaissances grammaticales ; parfois il subtilise.

2. — Un référent anonyme [G][4] reproche à Rigler de ne pas
tenir compte dans ses discussions des circonstances spéciales
dans lesquelles chaque poème a été composé, des particularités de
la langue de Tibulle, de ne pas se décider pour les leçons également possibles d'après un examen de la valeur des manuscrits
(mais c'est justement ce qu'avait fait Lachmann), de ne pas toujours justifier d'une façon probante les leçons qu'il adopte. [G]
n'ajoute rien au résultat du travail et n'a pas toujours raison contre l'auteur[5].

1. Ainsi il a tort 1 1, 51 de préférer *potius pereatque* (Heyne, Huschke, Dissen)
à *pereat potiusque* (Lachmann), 2, 40 d'approuver dubitativement *rabido* (Gruppe),
71 de préférer *solo* (Dissen) à *solito* (Lachmann) ; 4, 26 au lieu de *crines* il conjecture *gryphes* qui est ingénieux mais inadmissible ; 48 il défend à tort *operi*
contre *opera*, mal expliqué il est vrai par Dissen ; 57 il propose *heu male nunc*l
artes... inadmissible ; 5, 3 il préfère à tort *turbo* à *turben* (Lachm., Dissen); 32
detrahet à *detrahat* (Lachm., Dissen), 42 il propose à tort *et putet et narret*
scire..., 6, 3 *quid tibi saeuitiae est in me*, etc.
2. Ainsi I 1, 25 il réfute très bien les conj. proposées, mais *iam tandem pos-*
sum... ou *sic ego iam possim* n'est pas la lecture définitive ; 2, 88 *mox tibi nam*
durus saeuiet usque deus est une conj. sans vraisemblance ; 4, 43 sq., *quamuis*
praetexat picea ferrugine caelum uenturam minitans imbrifer arcus aquam
est ingénieux, mais ne se tire pas naturellement de la tradition ; 9, 25 *lingua* est
ingénieux, mais ne paraît pas être la leçon primitive, etc.
3. Ainsi il approuve à tort avec Lachm., Dissen I 1, 5 *uitae... inerti*, 12 *florea*,
4, 37 et 8; 41 *iuuenta*, 8, 66 *pedem*, 73 *lacrimis*, etc.
4. N. Jahrb. f. Phil. u. Paed. 9ter Jahrg. 26ster Band 1839, p. 477-479, 12ter
Jahrg. 36ster Band 1842, p. 126-127, 16ter Jahrg. 47ster Band 1846, p. 111-
112.
5. Ainsi I 1, 3 il préfère dubitativement *magna* à *multa*, 14 *agricolae... deum*,

Hertzberg dans son compte rendu de la Partie. III[1] est injuste
en disant que c'est une « interpretatio familiaris prolixe et re-
battue, qui suffit peut-être pour une classe de première, quand
l'exposition est animée par la parole, mais qui n'apporte pour la
science aucune nouveauté notable. »

§ 48. — M. Haupt[2] après Jacob et Lachmann a repris l'étude
de quelques particularités grammaticales et métriques. Tibulle
n'a jamais employé *quare* ni *etenim*, Lygdamus use de l'un et de
l'autre. Il ne croit pas que Tibulle ait jamais employé *ac* devant
c, g, q[3], il n'use du reste de *ac* que très rarement et à cet égard
Haupt établit l'usage d'Horace et de Virgile ; Lygdamus ne s'en
est jamais servi. Suit l'étude chez Tibulle, Lygdamus, dans le
Panégyrique de *et* postposé. Tibulle admet deux fois une élision
comme *uidi ego*, Lygdamus également deux fois. Haupt donne ici
le modèle d'un genre de recherches qui était destiné à se
développer et qui, intéressant en lui-même, rend en outre des
services dans les questions d'attribution. En ce qui concerne les
particules et certains détails insignifiants au premier abord,
chaque écrivain a ses habitudes à demi inconscientes parfois, qui
marquent son style à son insu.

§ 49. — C. Fr. Hedner[4] a caractérisé Tibulle, Properce et
Ovide en 127 distiques élégiaques qui contiennent à côté d'assertions contestables des appréciations fines et d'un sentiment
délicat. Quatre pages d'*Animadvertenda* offrent quelques renseignements intéressants sur le distique élégiaque où l'hexamètre
représente le caractère épique, le pentamètre le caractère lyrique,
si bien que l'élégie tient le milieu entre l'épopée et le lyrisme, sur

---

c'est-à-dire le dieu Lar du laboureur, soit de Tibulle lui-même, ce qui est absurde ;
25 il propose *iam modo iam possum*, ce qui ne vaut pas mieux que les conj. de
Rigler ; 7, 1 sq. il ne veut pas admettre, ce qui ressort du texte, que la victoire de
Messalla a eu lieu le jour anniversaire de sa naissance, etc.

1. Philologus, 2ter Jahrg. 1847, p. 557.
2. Actuellement dans : Mauricii Hauptii Opuscula. Vol. prim. Lipsiae, impr.
Salomonis Hirzelii, 1875. Observationes criticae [Lipsiae apud Weidmannos 1841],
p. 73-142.
3. I 3, 87 il lit *at circa* peut-être avec raison ; 5, 72 il semble qu'il ait tort de
corriger *ac crebro*.
4. Tibullus, Propertius et Ovidius Elegiacae apud Romanos Poeseos triumviri. —
Specimen Academicum, quod... publicae censurae subjicit Andreas Hedner... Lun-
dae, typis excudit Carol. Fr. Berling... 1841. in-12. 16 p.

la façon dont Tibulle a été jugé par les anciens et les modernes, à côté d'erreurs comme l'attribution de tout le Corpus Tibullianum à Tibulle. L'idée que l'élégie est vraiment romaine est à discuter et l'originalité des Romains sur ce terrain n'est pas telle que le croit l'auteur.

§ 50 [1]. — Je n'ai pas eu entre les mains : Dieterich, Herm. Alb., De Tibulli amoribus sive de Delia et Nemesi. Diss. inaug. Marburgi, 1844. 8°. 63 p. Cf. § 55, 1.

§ 51 [2]. — Dans une recherche consacrée à l'histoire de la tradition manuscrite de Catulle et de Properce Haupt [3] a soutenu qu'au xive siècle Guillaume de Pastrengo, l'ami de Pétrarque, connaissait Tibulle [4]. Il dit en effet dans son De originibus rerum fol. 86 [b] : Osiris Aegyptiorum deus aratra primus apud Aegyptios fecit, terram ferro sollicitavit et inexperta (sic) semina commisit, poma ab ignotis legit arboribus, palis vitem adiunxit viridemque comam dura falce caedere docuit et ex matura uva suavis liquores expressit, c'est-à-dire qu'il met en prose Tibulle I 7, 29-36 (mais cela prouve uniquement qu'il connaissait ce passage ; reste à savoir comment il le connaissait).

§ 52. — Huschke (§ 26, 4) n'avait pas eu communication d'une des plus anciennes éditions de Tibulle décrite par J. Morelli

1. Sans valeur scientifique est : (dans un progr. de Wolfenbüttel de 1842) Tibulli lib. I. carm. 1, quod vertit et commentario instruxit Dr. Otto Dressel [24 (17) p. in-4] ; l'auteur suit en général le texte de Disson et caractérise ainsi son commentaire : Commentarium scripsi, ut eius rationis, qua Tibullum aliosque veterum poetas explicandos censeo, qualecumque specimen darem. Exquisitae et reconditae doctrinae copiam afferre nec volui nec potui ; sententiarum vero nexum et singula in quibus haerere unus et alter possit diligenter exposui. Cf. N. Jahrb. f. Phil. u. Paed. 15 ter Jahrg. 33 ster Band 1845, p. 367.

2. A partir de 1848 on a comme répertoire bibliographique : Bibliotheca philologica oder geordnete Uebersicht aller auf dem Gebiet der classischen Alterthumswissenschaft wie älteren und neuern Sprachwissenschaft neu erschienenen Bücher. hrsggb. v. Carl Joh. Fr. W. Ruprecht. Erster Jahrg. Die literarischen Erscheinungen v. 1848... (Mit einem alphabetischen Register). Verlag von Vandenhoeck u. Ruprecht in Göttingen. Le dernier fascicule paru est le 4e de l'année 1897.

3. Actuellement dans : Mauricii Hauptii Opuscula. Vol. prim. Lipsiae, 1875. Aus den Berichten der K. Sächs. Gesellschaft der Wissenschaften, p. 276-280. Beiträge zur Geschichte der handschriftlichen Überlieferung des Catullus und Propertius [15. dec. 1849].

4. P. 276 sq.

dans la Bibliotheca Pinelliana et par Dibdin dans la Bibliotheca
Spenceriana. Comme on ignorait où se trouvait l'exemplar Pinel-
lianum, l'exemplar Spencerianum passait pour un unicum. On
en a retrouvé deux exemplaires l'un à la Bibliothèque de Vienne,
l'autre à la Bibliothèque de Munich. La collation de cet exemplaire [1] a complété les recherches de Huschke. Cette édition pas
plus que les autres utilisées par Huschke n'a d'intérêt pour la
constitution du texte de Tibulle ; sa connaissance ne fait que
combler une lacune dans l'histoire des anciennes éditions.

§ 53. — A. Petersen [2] s'est proposé de rechercher si les élégies IV 2-12 étaient de Tibulle, en laissant de côté les considérations générales tirées de la beauté de la forme et de l'art, considérations suffisamment exposées par Dissen et Gruppe et en
étudiant de près le détail. C'était une besogne qui restait à faire
et qui était intéressante. Petersen a raison d'affirmer que, parce
que l'auteur célèbre dans IV 2-12 les amours d'autrui, tandis que
dans les deux premiers livres Tibulle parle en son nom, ce n'est
pas une raison pour que ces élégies ne soient pas de Tibulle.
Elles émanent du milieu même où il vivait, celui de Messalla
(mais Petersen a tort de croire que II 2 et 3 sont adressés à
Cerinthus). Des deux côtés c'est la même religiosité, le même
amour tendre et passionné (il a tort de caractériser l'amour de
Sulpicia comme un amour chaste). Il rapproche IV 6 de II 2,
pièces qui ont en effet des affinités. L'absence du goût prononcé
pour les champs et les choses rustiques ne prouve rien, puisque
Tibulle ne parle pas en son nom et n'avait pas à faire exprimer
ses propres préférences par ses personnages. Petersen énumère
les situations et les idées communes, montre que les expressions
qui caractérisent les dieux sont identiques. Arrivant à des arguments plus précis il mentionne les passages parallèles de ces
élégies et des autres livres, examine l'usage de certaines figures

1. Archiv f. Phil. u. Paed. 15ter Band 1849 = N. Jahrb. f. Phil. u. Paed.
15ter Supplementband 1849, p. 537-549 : Collatio editionis Tibulli a. 1472 typis
Florentini de Argentino impressae omniumque editionum, in quibus Tibullus seorsum a Catullo et Propertio prodiit, primae, cum editione I. G. Huschkii. Lipsiae
1819 (Ger. Fleischer) 2 tom.
2. Zu der öffentlichen Classenprüfung der Schüler unserer Gelehrtenschule Mit-
woch den 28. bis Sonnabend den 31. März, ladet... ein Dr. J. F. Horn... — Voran :
De quarti libri Tibulliani elegidiis eorumque auctore pauca disputat A. Petersen...
(p. 1-24). — Glückstadt, 1849. Gedruckt bei J. W. Augustin. in-4.

de rhétorique, qui, suivant Dissen, donnent au style de Tibulle
un coloris particulier, comme l'anaphora, surtout celle des pronoms, et des deux côtés constate un emploi très analogue. De
même pour la répétition des adverbes de temps, l'accumulation
des synonymes insistant sur l'idée et la présentant sous différentes
faces très semblables, la fréquence de *at* suivi d'un pronom personnel et marquant une opposition vigoureuse entre les personnes.
Il fait alors la contre-épreuve et aboutit à ce résultat que les
différences de style entre IV 2-6 et les élégies authentiques de
Tibulle ne sont ni nombreuses ni importantes. En somme il a
bien démontré que IV 2-6 ne pouvaient guère être que de Tibulle
et ses résultats subsistent. Si les élégies du quatrième livre
n'étaient pas de Tibulle, les rapports avec les élégies authentiques forceraient à les attribuer à un imitateur ; or les ressemblances ne sont pas de celles qui s'expliquent par l'imitation,
mais par l'identité de main.

Dans la seconde partie de sa dissertation il a également bien
vu, contre Gruppe, que 7 appartient au second cycle et non pas
au premier, mais il a eu tort contre lui en prétendant prouver
que 7-12 sont également de Tibulle. Certes les objections de
Gruppe contre ce second cycle ne sont pas toujours fondées ;
Gruppe prétend que *iam* et *nunc* y sont insérés au hasard ; or
ils sont employés dans leur sens propre et à leur place ; une objection plus importante est la maladresse du style qui est pénible,
contourné, à peine correct : mais dans certains cas Petersen
montre bien que le texte est corrompu, dans d'autres que les
scrupules de Gruppe ne sont pas fondés ; il a raison de ne pas
accepter la définition de « latin de femme ». Jusqu'ici il est dans
le vrai ; c'est maintenant qu'il s'égare. Comme il est bien obligé
de reconnaître que, malgré tout, la dureté, l'embarras, le pro-
saïsme, bien des difficultés de pensée et de style signalés par
Gruppe dans ce second cycle sont parfaitement réels, il explique
ces défauts par le fait que Tibulle se serait négligé dans ces petites
pièces [1]. L'invention manque de vraisemblance. Petersen a beau
atténuer de son mieux la diversité entre 2-6 et 7-12, cette diversité subsiste et l'hypothèse de Gruppe l'explique de la façon la

---

1. P. 23 : ... ad plurimorum antiquiorum interpretum sententiam redimus ut
ipsum Tibullum quamvis interdum dormitantem hic nos audire putemus. P. 24 :
Neque praetermittendum est in hac quaestione, Tibullum, quum praematura morte
abreptus sit, etiam alia non pauca, summae illi poëticae arti, quam in plurimis ejus
poëmatis admiramur, minus congruentia reliquisse.

plus satisfaisante. Il a raison du reste de repousser le système de Haase (§ 42, 7) sur la provenance du Corpus Tibullianum d'un livre de famille conservé dans la maison de Messalla.

§ 54. — Un article d'encyclopédie ne peut guère être qu'un résumé des travaux antérieurs ; tel est bien le caractère de celui de W. S. Teuffel[1]. Les conditions étaient ici particulièrement défavorables, étant donné les divergences des savants sur tout ce qui concernait Tibulle et la nature flottante de l'information à son égard. Teuffel n'a pas fait preuve d'une critique pénétrante, mais il montre un certain bon sens et de la répugnance pour les hypothèses aventureuses. Pour la biographie il a tort de s'appuyer sur la *uita* et surtout sur la compilation d'Hieronymus Alexandrinus et de faire état du panégyrique. Il croit à tort que Tibulle a pris part à la guerre d'Actium ; mais il se garde des rêveries de Spohn et de de Golbéry, déjà négligées du reste par Dissen. Quoique trop influencé par Gruppe, il proteste avec raison contre le système qui voit dans les cinq élégies à Delia un tout artistique[2], mais il a tort d'adopter ce système pour les élégies à Marathus et celles à Nemesis. Sur la plupart des points il se borne à indiquer l'état de la question et il est renseigné. Il fait bien ressortir que pour l'authenticité du panégyrique tout revient à savoir s'il est admissible que Tibulle ait pu s'élever d'un poème si imparfait jusqu'aux élégies qui en sont voisines pour la date. La caractéristique du talent et de l'art de Tibulle est particulièrement réussie. Teuffel a vu juste en signalant chez le poète à la fois un art consommé et une fraîcheur d'impression reposant sur la réalité même.

§ 55, 1. — En tête de sa traduction métrique de Tibulle de 1853 W. S. Teuffel[3] a étudié d'une façon complète toutes les questions qui intéressent le poète et son œuvre.

1. Real-Encyclopädie der classischen Alterthumswissenschaft... hrsggb. v. August Pauly... nach dessen Tod fortgesetzt v. Chr. Walz und W. S. Teuffel, 6ster Band 115te u. 116te Lieferung. P. 1949-52, Tibullus par W. T.

2. P. 1950 : Chaque élégie considérée en elle-même est une œuvre complète en soi, qui parcourt toute la gamme des sentiments, une symphonie.

3. Actuellement dans : Studien und Charakteristiken zur Griechischen u. Römischen... Literaturgeschichte. Von W. S. Teuffel. Leipzig. Druck und Verlag von B. G. Teubner. 1871. in-8. p. 344-386 : Tibullus (aus der metrischen Uebersetzung der tibullischen Gedichte. Stuttgart (Metzler). 1853. L'auteur a ajouté quelques notes à propos d'ouvrages récents. Une 2e édition modifiée a paru chez Teubner en 1889.

La biographie est faite avec soin et débarrassée des fables et conjectures arbitraires. Elle repose sur une connaissance étendue des travaux antérieurs. La date de la naissance est fixée à 54 av. J.-C. comme étant celle qui concorde le mieux avec les dates connues d'ailleurs. Tibulle est donné avec tous les biographes antérieurs comme étant d'une famille équestre — à cause de la *uita* que Teuffel fait intervenir ainsi que le panégyrique. L'auteur n'est plus absolument sûr que Tibulle ait suivi Messalla à Actium et place l'expédition d'Aquitaine en 28 av. J.-C.

Delia est caractérisée comme une Romaine de naissance libre, mais de basse origine, sans instruction profonde, superstitieuse, bonne enfant, sensuelle et belle, Nemesis comme une hétaire avide et frivole. A propos de Glycera Teuffel montre bien que le témoignage d'Ovide Amor. III 9, 31 sqq. ne prouve nullement, comme on l'a répété à satiété, que Tibulle n'a eu que deux maîtresses, mais simplement que Delia fut la première et Nemesis la dernière; il a pu en avoir d'autres dans l'intervalle. Il expose et réfute le système de Dieterich (§ 50) d'après lequel Glycera ne serait autre que Nemesis: Tibulle dans les élégies du deuxième livre aurait mis le nom réel et c'est sous cette forme qu'il les aurait communiquées à son ami; Horace aurait remplacé le nom réel par un nom forgé celui de Glycera. Tibulle fut empêché par la mort de préparer l'édition de son deuxième livre; l'ami qui le publia remplaça le nom réel, non par celui de Glycera qui ne convenait pas à certains passages, par exemple II 4, 51, mais par celui de Nemesis qui lui semblait caractériser exactement le rapport de cette courtisane avec Tibulle. Quant à Horace il ne put changer le nom de Glycera parce que C. I 33 était publié ou il ne le voulut point parce que ce pseudonyme lui paraissait convenir aussi bien que celui inventé par un autre. Teuffel n'a pas de peine à détruire ce système compliqué et invraisemblable et à montrer que Glycera ne saurait être identifiée avec Nemesis. Après Gruppe suivi en dernier lieu par Hertzberg il voit dans IV 13 et 14 les restes des élégies mentionnées par Horace et dont la plus grande partie aurait été perdue.

2. — Marchant sur les traces de Gruppe, dont il modifie le système, mais en faisant encore beaucoup trop de place à l'arbitraire, il expose le développement poétique de Tibulle.

Celui-ci aurait débuté par le panégyrique, qui accuserait surtout un manque de goût et que Teuffel défend contre les critiques de Hertzberg qu'il trouve exagérées; il le compare avec I 7 où il trouve (à tort) les mêmes défauts, quoique moins sensibles. Tibulle ne serait devenu poète. que peu à peu, bien que le panégyrique témoigne déjà de certaines qualités (Gruppe).

Entre le panégyrique et I 7 Tibulle ayant suivi Messalla en Gaule et n'ayant pas eu le temps de compléter son éducation, il n'est pas étonnant que cette pièce ne marque pas un grand progrès.

Les premiers fruits du séjour à Rome seraient les élégies à Marathus, dont l'antériorité sur celles à Delia serait démontrée en partie par l'erreur qui a présidé au choix du sujet, en partie par les faiblesses de l'exécution (l'une et l'autre raison sont sans valeur). Tibulle n'y fait preuve d'aucune expérience du commerce des femmes (ceci est contredit par l'élégie 8), ni d'aucun amour pour la campagne. Teuffel adopte trop docilement l'ordre proposé par Gruppe 4, 9, 8 ainsi que le développement artificiel de l'aventure qui en résulte. Mais il a une comparaison intéressante entre I 4 et Hor. Sat. II 5, qui sont deux pièces didactiques ironiques, celle d'Horace étant supérieure; contre Gruppe il place ces élégies malgré leurs qualités au-dessous de celles à Delia.

Au même niveau d'art se placerait I 10 antérieur aux élégies à Delia, parce qu'il n'y est question de l'amour qu'en général, sans rapport avec la personne du poète. Teuffel essaie assez vainement de prouver que la pièce a les mêmes caractères que les élégies à Marathus. Elle serait d'une époque où Tibulle, après l'aventure de Marathus, serait allé se retremper à la campagne et aurait été écrite vers 25 av. J.-C. à propos d'une expédition qui nous est totalement inconnue (ceci est purement arbitraire).

La période de maîtrise comprendrait les élégies à Delia (environ de 24 av. J.-C. à 20). L'auteur adopte l'ordre de Gruppe et trouve qu'ainsi disposées les élégies se préparent l'une l'autre et sont reliées par des rapports étroits. Mais si ceci était vrai, comme il n'y a pas de raison pour ne pas admettre que le premier livre n'ait été publié par Tibulle et que l'ordre traditionnel ne soit précisément celui adopté par le poète, comment expliquerait-on que celui-ci se soit arrêté à une disposition qui brouille tout et empêche justement de sentir les prétendus rapports esthétiques? Teuffel donne du reste des élégies à Delia des analyses intéressantes.

Les élégies IV 2-12 seraient postérieures à la fin de la liaison avec Delia, antérieures à une nouvelle (en partant de l'idée un peu puérile que Tibulle n'a pu s'intéresser aux amours d'autrui que lorsqu'il avait lui-même le cœur libre). Cerinthus se serait appelé de son vrai nom Cornutus, cf. II 2 et 3 (Teuffel ne paraît pas se douter que l'identification des deux personnages vraisemblablement sans aucun rapport l'un avec l'autre est le fait des manuscrits inférieurs). Sur ce cycle l'auteur adopte les idées de Gruppe dans ce qu'elles ont de vrai et aussi dans ce qu'elles ont de faux, même l'expression de « latin de femme ». Il étudie du reste le latin dans le détail et montre ce qui le distingue de celui de Tibulle, mais sans tenir compte du travail de Petersen et en reproduisant des erreurs réfutées par celui-ci. Il a bien vu que les pièces de Sulpicia elles-mêmes supposent une certaine connaissance et jusqu'à un certain point l'imitation du style élégiaque de Tibulle.

A la même période de perfection esthétique appartiennent IV 13 et 14 qui ne sont pas de nouvelles élégies à Delia (Passow, Dieterich) mais qui se rapportent à Glycera (Gruppe). Elles sont de la meilleure manière de Tibulle.

Au cycle de Nemesis Teuffel attribue un caractère enjoué et humoristique (il ne s'est pas aperçu que certaines pièces respirent une passion violente). Sur l'inachèvement et les rapports artistiques des diverses pièces il reproduit les idées de Gruppe. Il signale des défauts — usage de la mythologie, penchant à la rhétorique — qui indiqueraient une certaine décadence ; après avoir eu beaucoup de peine pour porter son talent à la hauteur des élégies de Delia, de Sulpicia, de Glycera, Tibulle n'aurait pu l'y maintenir.

A propos du troisième livre Teuffel croit contre Gruppe que Lygdamus est un simple fiancé. Il montre bien que Lygdamus s'inspire mécaniquement de Tibulle sans reproduire l'esprit intime de sa poésie et l'étude de cette imitation est faite avec finesse : elle fait bien comprendre ce qui manque à Lygdamus pour être l'égal de Tibulle : la façon de penser et le ton ne sont pas les mêmes, le style a des manies, le vocabulaire est pauvre et admet des particules prosaïques, la versification est monotone, l'idée dépasse les limites du distique et le pentamètre ne forme pas avec l'hexamètre un tout organique. L'identification avec Ovide a contre elle les faits et le style ; là-dessus Teuffel réfute très exactement Gruppe en se référant en partie à Hertzberg. Repoussant les identifications proposées, il se borne à voir dans Lygdamus un contemporain de Tibulle, plus jeune que lui, appartenant comme lui au cercle de Messalla, ayant eu connaissance de toute son œuvre, même du deuxième et du quatrième livre et qui pourrait être jutement son éditeur posthume (ceci tout à fait en l'air). Le fait qu'il n'a pas été connu s'expliquerait non seulement par l'insignifiance des 6 élégies (J. H. Voss, Hertzberg), mais parce que, son œuvre ayant été dès l'origine jointe à celle de Tibulle, il n'a jamais eu d'individualité séparée.

Une caractéristique intéressante de Tibulle termine ce travail qui est plein de qualités littéraires, mais qui est sous une dépendance trop directe de Gruppe, bien qu'il fasse justice de quelques erreurs.

3. — Hertzberg [1] a fait un grand éloge des qualités de Teuffel et de la façon dont il s'est acquitté de sa tâche, exposant nettement sur chaque point les opinions antérieures, exerçant sur elles une critique personnelle et mettant le lecteur à même de se former un jugement. Sur un point important il se sépare de lui : il n'admet pas l'attribution du panégyrique à Tibulle, parce que entre le panégyrique et les élégies comparées par Teuffel il n'y a pas seulement une différence de technique ; le panégyriste n'a ni la noble façon de penser, ni le génie de Tibulle ; or ce sont des choses qui ne s'apprennent pas, qui ne se révèlent pas après 22 ans, âge auquel Tibulle aurait composé le panégyrique. Sur le reste il s'accorde avec Teuffel en le félicitant de n'avoir pas cru avec Gruppe que Tibulle avait composé ses élégies livre par livre comme une sorte d'exercice sans racine dans la réalité, mais qu'il a librement puisé dans les sensations de son cœur de poète en idéalisant par des formes d'art dégagées de la platitude de la vie.

§ 56. — Lachmann s'était efforcé de donner le texte traditionnel de Tibulle débarrassé des corrections arbitraires, mais non corrigé. Restait à rectifier cette tradition dans ce qu'elle avait de fautif. C'est la tâche que n'avait pas accomplie Dissen et qu'a entreprise M. Haupt [2]. Dans un certain nombre de passages où Lachmann avait laissé la blessure à nu Haupt a essayé de la guérir [3] ; beaucoup de ses corrections ne s'imposent pas définitivement, mais peuvent se discuter ; la plupart étaient connues et quelques-unes viennent de propositions faites par Lachmann lui-

---

1. Zeitschrift f. d. Alterthumswissenschaft, 12ter Jahrg. 1854, p. 350-356.
2. Catullus. Tibullus. Propertius. Lipsiae apud S. Hirzelium 1853. in-12.
3. Ainsi il lit I 2, 88 *non uni* contre *non unus*, 7, 49 *et genium ludo genium-*

même postérieurement à son édition. Le travail n'a pas été poussé bien loin, car si on laisse de côté les passages douteux ou également fautifs on trouve que Haupt a amélioré sûrement le texte de Lachmann dans une vingtaine de passages[1], mais qu'il l'a détérioré non moins sûrement dans une douzaine d'autres[2]; le gain n'est donc pas considérable; en outre Haupt concorde en mal avec Lachmann au moins 45 fois. C'est là que sa critique aurait pu s'exercer d'une façon plus éveillée et plus fructueuse (cf. § 64).

§ 57. — F. Rossbach[3] a donné une édition de Tibulle précédée d'une *Diversitas lectionis Lachmannianae* qui contient six corrections de Bergk dont aucune ne s'impose, mais qui méritent d'être discutées[4]. Il a revu assez attentivement le texte de Lachmann; il l'a modifié dans environ une soixantaine de passages, seize fois incontestablement en bien, quatorze fois incontestablement en mal. Restent une trentaine de passages qui sont douteux ou dans lesquels le texte tout en étant meilleur que celui de Lachmann n'est pourtant pas le texte définitif. Parmi ses corrections personnelles aucune ne s'impose: quelques-unes sont intéressantes[5]. Il ne témoigne du reste pas de qualités critiques marquées et fait preuve d'une certaine négligence[6].

Si on compare son texte à celui de Haupt en laissant de côté les passages douteux ou également fautifs on trouve qu'il en diffère un peu plus de vingt fois en bien, la plupart du temps en revenant à la leçon de Lachmann abandonnée à tort par Haupt, au moins une trentaine de fois en mal. Rossbach reste sensiblement inférieur à Haupt.

---

que choreis c. *et centum ludos geniumque choreis*, 9, 25 *lingua* c. *lene*, II 1, 58 *curtas auxerat hircus opes* c. *hircus auxerat hircus oues*, 3, 14[c] *lacteus et mixtu subriguisse liquor* c. *lacteus et mixtus obriguisse liquor*, etc.

1. Ainsi il lit avec raison I 1, 5 *uita... inerti* contre *uitae... inerti*, 14 *agricolae... deo* c. *agricolae... deum*, 25 *iam modo iam possim* c. *iam modo non possum*, 2, 7 *domini* c. *dominae*, 78 *posset* c. *possit*, etc.

2. Ainsi il lit à tort I 1, 67 *tum manes* contre *tu manes*, 8, 35 *inueniet* c. *inuenit*, 36 *dum tumet* c. *dum timet*, 53 *uae miser* c. *uel miser*, etc.

3. Albii Tibulli libri quattuor. — Recognovit Augustus Rossbach. Lipsiae, sumptibus et typis B. G. Teubneri, 1855. pet. in-8.

4. Ainsi IV 1, 175 Bergk lit *tulerint*, qui donne un sens possible.

5. Ainsi II 3, 61 il lit *sit tibi dura seges, Nemesim qui abducis ab urbe*, correction adoptée par Baehrens; II 5 il transpose 77-78, 75-76, etc.

6. Ainsi I 3, 49 il a mal lu l'apparat de Lachmann, comme le lui fait observer un anonyme S dans le Rhein. Mus. N. S. 19[ier] Jahrg. 1864, p. 141.

Il a eu raison de considérer IV 7 comme faisant partie des pièces authentiques de Sulpicia et comme n'appartenant pas à Tibulle.

§ 58, 1. — Reprenant son hypothèse sur l'origine du Corpus Tibullianum (§ 42, 7) Haase[1] suppose que Tibulle a dû faire cadeau de ses élégies à Messalla, puis qu'il les a publiées peut-être en les corrigeant. Cette édition qui représentait la dernière main de Tibulle a péri ; c'est elle que citent les grammairiens anciens, ce qui explique pourquoi ils suivent une récension différente de la nôtre dans les livres 1 et 2 et ne mentionnent rien des livres 3 et 4. Aux poésies de Tibulle conservées chez Messalla s'en joignirent d'autres non authentiques et c'est l'exemplaire de la maison de Messalla édité plus tard qui a survécu. La preuve qu'il donne est que les poèmes de Sulpicia n'ont pas été écrits pour être publiés, qu'ils ne l'ont sûrement pas été de son vivant et avec son consentement. Or cette preuve est faible. En effet dans IV 7 Sulpicia dit positivement qu'elle se moque du qu'en dira-t-on ; si elle a confié ses effusions poétiques à Tibulle pour qu'il en fît une œuvre d'art, c'est qu'elle ne tenait pas au secret ; la pièce IV 7 paraît bien avoir été mise par elle en tête du petit recueil qu'elle confiait à Tibulle justement pour justifier la publicité ; elle y fait bon marché de toute pruderie. Mais alors même que les deux séries de pièces n'auraient pas été destinées à la publicité, c'est plutôt dans les papiers de Tibulle que chez Messalla que l'éditeur posthume a dû les trouver.

2. — La nouveauté du travail de Haase c'est qu'après avoir mis le lecteur en garde contre la témérité des transpositions de Scaliger, il en propose de toutes pareilles. Ainsi vont recommencer à sévir, d'une façon plus scientifique mais sans arriver à plus de vraisemblance, des tentatives qu'on pouvait croire condamnées. Ce sera pendant de longues années un exercice que pratiqueront avec ardeur les philologues allemands, maîtres et apprentis; ils y dépenseront beaucoup d'ingéniosité et de savoir ; ce sera de la peine dépensée inutilement et de la science fourvoyée.

Haase croit que les vers I 10, 51-68 ne sont pas à leur place, qu'ils constituent la fin de II 1 et doivent être replacés après le

---

1. Index lectionum in Universitate litterarum Vratislaviensi per aestatem a. 1855 ... habendarum. Inest Fr. Haasii disputatio de tribus Tibulli locis transpositione emendandis (p. 3-16). Typis Universitatis. in-4.

vers 90 de cette élégie. Dans le manuscrit original d'où dérivent tous les nôtres une erreur aurait été commise par le copiste : un feuillet contenant au recto les 90 premiers vers de II 1 sur 2 colonnes à 45 vers et au verso ceux qui forment maintenant I 10, 51-68 aurait été détaché du manuscrit qu'il copiait et se serait présenté à lui à l'envers sans qu'il s'en aperçût. Ceci ne serait pas impossible ; mais les raisons pour lesquelles Haase veut détacher de I 10 les vers 51-68 sont faibles (ce qui est vrai c'est qu'avant le vers 51 il y a une lacune), celles par lesquelles il prétend démontrer que ces vers forment la conclusion naturelle de II 1 sont plus faibles encore. En effet dans II 1 il n'est pas question d'étrangers qui soient venus célébrer chez Tibulle la fête rustique et qui doivent s'en retourner le soir. D'autre part la fête familiale de II 1 est célébrée en pleine paix ; *at nobis pax alma ueni* n'aurait donc à la fin aucun sens, tandis que ces mots en ont beaucoup à la fin de I 10 puisque Tibulle dans cette pièce fait allusion à une guerre réelle, à laquelle on veut le forcer à prendre part et qu'il invoque tout naturellement la Paix bienfaitrice.

Haase s'attaque ensuite à la première partie de I 1 dont il lit les 34 premiers vers dans l'ordre suivant : 1-6, 25-34, 7-12, 15-18, 13-14, 19-24, 35 sq. Ce n'est pas le lieu de suivre la démonstration qu'il tente que l'ordre traditionnel est inadmissible et que le sien remet tout à sa place. Il suffit de voir si le fondement de sa démonstration est acceptable : il pose en principe qu'au début de I 1 Tibulle a dû développer d'un seul trait d'une part tout ce qui concerne la description de la vie rustique en mettant en tête d'abord les agréments et en passant ensuite aux travaux, d'autre part tout ce qui concerne la piété envers les dieux ; or il a pu aussi bien mélanger ces deux éléments. Quant aux manques de suite qui résultent des transpositions de Haase ils sautent aux yeux ; le vers 35 n'a rien à faire après le vers 24, tandis qu'il est parfaitement à sa place après le vers 34. Mais ce qui est surtout inadmissible c'est la suite 15-18, 13-14 [1]. En somme le travail de Haase n'aboutit à rien d'acceptable (cf. § 59).

1. Haase lit :

17   pomosisque ruber custos ponatur in hortis
18   terreat ut sacra falce Priapus aues,
13   et quodcumque mihi pomum nouus educat annus
14   libatum agricolam ponitur ante deum.

Le rapprochement de *ponatur* et de *ponitur* n'est pas heureux, mais surtout le passage du subj. à l'indic. ne peut s'expliquer. Haase fait preuve d'une irréflexion extraordinaire.

§ 59 (cf. § 58). — La tentative de Haase a provoqué une réfutation sensée de Haupt[1]. Après une caractéristique impartiale des qualités et des défauts de Scaliger, Haupt lui reproche d'avoir soumis Tibulle et Properce à des transpositions violentes, sans avoir commencé par se rendre compte de la suite et de la marche des idées. Scaliger n'a pas rapporté exactement le propos qu'il prête à Lilius Gyraldus ; celui-ci du reste n'a jamais montré à personne son prétendu très ancien manuscrit, qui n'était probablement qu'un manuscrit maltraité par l'arbitraire d'un Italien du xv° siècle. Les quelques lacunes, qui se trouvent en réalité dans le texte de Tibulle, ne justifient nullement les transpositions forcenées qu'il opère[2]. Haupt s'étonne qu'un philologue raisonnable comme Haase ait suivi ses traces. Il analyse avec beaucoup de finesse I 10 que Dissen prévenu par l'idée des *decem stipendia* et bien réfuté par Lachmann n'a pas entièrement compris. La situation est que Tibulle est appelé à prendre part à une expédition guerrière, mais qu'il espère encore y échapper. A la rigueur le vers 50 pourrait terminer la pièce, mais ce serait une conclusion brusque qui n'est pas dans les habitudes de Tibulle. Il est naturel qu'il finisse en appelant de ses vœux la paix, qui seule peut le préserver de ce qu'il redoute ; mais avant le vers 51 il faut marquer une lacune d'un distique. Quant à II 1 les vers 87-90 terminent la pièce de la façon la plus heureuse. Les 18 vers ajoutés par Haase n'ont rien à faire avec elle, puisque Tibulle n'y apparaît pas comme menacé par la guerre. C'est le bon sens même qui parle par la bouche de Haupt.

§ 60, 1. — Dans une dissertation inaugurale d'une latinité obscure et incorrecte H. Kemper[3] s'est livré à des recherches critiques et exégétiques sur les passages douteux du texte de Tibulle, en s'appuyant sur la connaissance du caractère et de la nature spéciale de l'écrivain : Tibulle n'est pas comme Catulle et Pro-

1. Actuellement dans : Mauricii Hauptii Opuscula. Vol. tertii pars prior 1876 Akademische Reden und Abhandlungen, p. 30-41. Ueber Joseph Scaliger und die von Haase vorgeschlagene Umstellung Tibullischer Versreihen [19. januar 1857. Vgl. Monatsb. 1857 s. 53].

2. P. 36 : qu'un scribe ait passé une couple de vers et les ait ensuite reportés à la marge, qu'un autre les ait remis dans le texte hors de leur place, cela n'a rien d'étonnant ni qui soit rare ; on ne peut rien expliquer chez Tibulle ni chez Properce par des déplacements de feuillets.

3. Henr. Kemper, Quaestiones Tibullianae. Monasterii 1857. E. C. Brunn. in-8. 46 p.

perce tributaire de l'érudition Alexandrine (il y a là-dessus des réserves à faire ; la question n'avait pas encore été examinée sérieusement); il a un tempérament déterminé et exprime d'une façon sincère ce qu'il pense et ce qu'il sent. Le principe en lui-même est excellent : la connaissance approfondie de la poésie Tibullienne est un instrument important pour la critique et l'explication.

2. — Tibulle dont le style est très simple n'évite pas la répétition des mêmes mots à des intervalles rapprochés. Partant de cet axiome Kemper défend avec raison un certain nombre de répétitions suspectées par quelques éditeurs. Mais il se laisse parfois entraîner à des erreurs [1].

Il a raison de reprocher à Voss d'avoir fait disparaître sous prétexte de cacophonie des répétitions de syllabes licites. Il montre bien que Tibulle reprend quelquefois l'expression de la même idée, donne le tableau de toutes les répétitions de mots de I 10 (quelques exemples ne sont pas probants) et cherche les raisons qui rendent ces retours moins choquants dans la séparation par une ponctuation forte, la distance, la différence de terminaison, la dissemblance de place qui accentue plus ou moins le mot, le changement dans la signification. Les répétitions sont en effet un des caractères de l'élocution de Tibulle et elles sont bien étudiées.

3. — Tibulle s'exprime avec sincérité, clarté, facilité. Il ne faut donc pas l'interpréter d'une façon cherchée et subtile. Kemper donne des exemples de cas où il faut préférer la leçon et l'explication simples [2] et repousse quelques corrections ou interprétations forcées. Il vaut mieux corriger que de soutenir une interprétation obscure [3] ou d'attribuer à Tibulle une structure de phrase

1. Ainsi il défend à tort I 6,5 *iam... iam* contre *nam... iam* autorisé, 42 *stet procul ante, alia stet procul ante uia* ; il a tort de dire : cognosco manum Tibulli ; il y avait là une lacune, qui a été comblée *grosso modo* avec les mots avoisinants, etc.

2. Il a pourtant tort de préférer I 1, 2 *magna* à *multa* sous prétexte que dans le choix de ses épithètes Tibulle ne recherche pas la vérité logique, mais le sentiment : *iugera magna* serait, d'après lui, une expression émue.

3. Il montre bien que I 7, 16 *arat* est une faute de copiste : Librarii equidem oscitantis vel dormitantis manu excidisse manifestum habeo, cui taurus arator obversabatur, que I 10, 37 *percussis* ne convient pas (mais sans reconnaître l'excellence de la leçon *perscissis*), etc.

embrouillée ou contournée. Le principe est bon en lui-même ; l'application qu'en fait Kemper n'est pas toujours heureuse[1]. Il admet à bon droit avec Haupt une lacune avant I 10, 51, plutôt que d'établir un lien artificiel entre des idées qui ne se suivent pas. Il combat avec plus de détail que ne l'avait fait Haupt et par des arguments excellents la proposition de Haase de rejeter I 10, 51-68 à la fin de II 1.[2].

4. — Tibulle a un style bien ordonné et symétrique, comme on le voit par l'opposition des membres de phrase, des attributs et des mots entre eux ; le pentamètre complète nettement l'hexamètre. Kemper applique ces principes à la critique du texte et prouve bien que le distique I 1, 3-4 est à sa place (contre Scaliger et Broekh., mais qui n'avaient pas été suivis).

En somme, malgré des réserves à faire dans le détail[3] et bien que les résultats ne soient pas considérables, Kemper a bien montré qu'il fallait connaître à fond Tibulle pour le corriger et l'expliquer.

§ 61. — Th. Bergk[4] a proposé de lire I 5, 16 *Cyrnae* ; mais la correction n'est pas méthodique ; la faute de la tradition renvoie sûrement à *Triuiae*.

§ 62. — F. Kindscher[5] a repris à nouveau la question de la chronologie des poèmes de Tibulle. Il adopte 54 av. J.-C. pour la date de la naissance. Du fait que Tibulle n'est pas encore nommé dans les Satires d'Horace il conclut que des rapports d'amitié ne s'établirent entre eux qu'après 30, environ à partir de 29. L'Épître I 4 est postérieure à 29 ; elle peut être de 27 ou 26. Si Horace y compare Tibulle à Cassius de Parme, c'est que, celui-ci ayant été tué au plus tard en 30, un lieutenant d'Octavien Quintus Attius Varus avait apporté d'Athènes à Rome un *scrinium* avec

---

1. Ainsi I 9, 25 *lena* n'est pas la correction définitive ; son interprétation de I 4, 28 n'est pas admissible.

2. En revanche il a tort d'approuver d'un mot les transpositions de Haase sur I 1, 1-36.

3. Ainsi I 2, 88 *mox tibi iam lusus saeuiet usque deus* est inadmissible.

4. Philologus, 12ter Jahrg. 1857, p. 580-81.

5. Zeitschrift f. d. Gymnasialwesen begründet im Auftrage des Berlinischen Gymnasiallehrer-Vereins hrsggb. von Dr. Julius Mützell... 13ter Jahrg. 2ter Band 1859, p. 289-301 : Chronologie der Gedichte Tibulls par F. Kindscher.

des livres de Cassius de Parme peut-être des *opera elegiaca* (ceci est
arbitraire). En tout cas à l'époque de l'Ép. I 4 la gloire de Tibulle
comme élégiaque était fondée ; elle se serait établie de la façon
suivante : contestant que l'élégie I 4 ait été imitée d'Hor. Sat. II 5
(Teuffel) et en admettant tout au plus l'influence de la Sat. I 8,
Kindscher place les pièces à Marathus I 4, 9 et 8 en 33 (ceci est
arbitraire). Il paraît avoir raison de faire commencer l'expédition
d'Aquitaine immédiatement après Actium, soit à la fin de 31, de
mettre l'expédition d'Asie tout de suite après ; mais que celle-ci
ait commencé au milieu de 30 et non en 29 c'est ce qui n'est pas
prouvé. Il suppose que l'amour pour Delia prit naissance avant la
fin de 31 et que Tibulle composa I 10 vers la fin de 31 (mais comme
il n'y est pas question de Delia, il est vraisemblable que Tibulle ne
la connaissait pas encore). Tibulle aurait suivi Messalla de Gaule
jusqu'à Corcyre sans revenir à Rome (ceci est arbitraire). C'est à
Corcyre, au milieu de 30, que Tibulle aurait composé I 3. Rentré
dans sa patrie au commencement de 29 il aurait écrit I 1 où Delia
est mariée et qui est peut-être de l'époque du *discidium* ; ensuite
seraient venues I 5 en 29, puis I 2 et I 6 où il prend congé de
Delia (la fin de la pièce est absolument en contradiction avec
cette manière de voir). Kindscher a agité de nouveau la question
controversée de la chronologie du premier livre, mais sans faire
la lumière : il croit comme ses prédécesseurs que Tibulle a connu
Delia jeune fille et qu'elle s'est mariée en son absence ; il
place les débuts de la liaison avant l'expédition d'Aquitaine, bien
que I 10 ne fasse pas allusion à Delia, il suppose sans preuves
cette expédition fort courte, il ne veut pas qu'entre l'expédition
d'Aquitaine et celle d'Asie Tibulle soit revenu à Rome, il met
arbitrairement I 2 entre I 5 et I 6 ; il essaie de tirer des pièces
elles-mêmes des renseignements sur la saison où elles ont été
composées et n'arrive pas à des résultats plausibles. Il réfute
heureusement Teuffel qui met la liaison avec Delia et les pièces
qui s'y rapportent de 24 à 20.

Après la liaison avec Delia, sans qu'on puisse déterminer la
date exactement, peut-être déjà en 27 ou 26, vient la liaison avec
l'anonyme de IV 13 et 14. C'est à cette époque que fut adressée
par Horace à Tibulle l'Épître I 4 dont le vers : *an tacitum siluas
inter reptare salubres* serait une allusion à *sic ego secretis possum
bene uiuere siluis* : Horace aurait voulu rappeler à Tibulle un
passé très récent. Un rival supplanta Tibulle et Horace essaya
de consoler celui-ci par C. I 33 qui peut être de 26 ; Kindscher

entendrait volontiers *iunior* dans un sens qu'il est impossible d'admettre : quelqu'un que la maîtresse de Tibulle connaissait depuis peu de temps, tandis que lui était pour elle un ancien amant ; Tibulle n'ayant pas encore désigné cette maîtresse par un nom poétique, Horace choisit celui de Glycera. Tibulle ne la nomme pas encore dans II 1 qui n'est pas très éloigné du triomphe de Messalla et qui peut être de 26. Plus tard il l'appela Nemesis et la chanta sous ce nom dans II 3, 4, 5 et 6 postérieures à 26, au plus tard de 23 à 19.

Tout ceci est ingénieux mais reste tout à fait en l'air. Kindscher croit l'identification de Glycera et de Nemesis nécessaire parce qu'Ovide ne cite que deux maîtresses de Tibulle ; pas plus que ses prédécesseurs il n'a vu qu'Ovide veut dire que cette Delia tant aimée avait au moment de la mort du poète été remplacée par Nemesis, ce qui n'exclut pas qu'entre Delia et Nemesis Tibulle n'ait eu d'autres amours. Quand on reprend une question souvent débattue, mais non encore résolue définitivement, il faut s'affranchir des idées préconçues qui ont empêché jusque-là d'aboutir ; c'est ce que ne fait pas Kindscher.

§ 63. — La dissert. d'Östling[1] n'a d'autre mérite que d'avoir valu à son auteur le titre de docteur devant une Faculté indulgente. L'auteur touche à beaucoup de points intéressant la biographie et les poèmes de Tibulle sans apporter aucune solution originale. Il est assez bien au courant des travaux antérieurs, bien qu'il ne cite ni Teuffel ni Kindscher. Dans sa caractéristique de Tibulle il mélange sans toujours les accorder les idées de Dissen et celles de Gruppe. Pour la biographie il ne retombe pas dans les grosses erreurs suffisamment réfutées. Il croit pourtant encore aux dix années de service militaire, qui auraient suivi I 10 composé en 42 av. J.-C., au mariage de Delia pendant la liaison avec Tibulle, etc. Il a raison de considérer Glycera et Nemesis comme deux personnes distinctes.

§ 64 (cf. § 56). — La revision de Haupt[2], dans sa deuxième édition de Tibulle, a été surtout orthographique ; elle a con-

---

1. De Albii Tibulli vita et carminibus quaestiones. — Dissertatio Academica... Nicolaus Ostling... 1860. Upsaliae, typis Edquist et soc. in-8. 21 p.

2. Catulli Tibulli Propertii carmina a Mauricio Hauptio iterum recognita. — Lipsiae, apud S. Hirzelium, 1861. in-12.

sisté à substituer uniformément *tum* à *tunc* devant une consonne,
à écrire *magnast,* etc., et non plus *magna est, durumst,* etc., et
non plus *durum est.* Le texte a été à peine touché, pas toujours
heureusement[1]. Quelques fautes d'impression, qui ne se trouvent
pas dans la première édition (cf. § 87).

§ 65. — En 1858 Carl Prien s'appuyant sur la démonstration,
évidente selon lui, faite par Müllenhof que les élégies de Properce
étaient composées selon un système strophique, et prétendant
que ce même système se retrouvait, quoique non encore signalé,
chez Catulle et dans les Églog. de Virgile, l'avait appliqué à
Horace en essayant de montrer que les strophes des Odes se
groupaient naturellement pour le sens en ensembles de dimensions égales symétriquement disposés[2]. Il a voulu retrouver cette
correspondance strophique dans les élégies consacrées par Tibulle
à Sulpicia[3]. Il commence par partir de l'idée fausse de Gruppe
que IV, 7 appartient à Tibulle et que II 2[4] se rattache à l'ensemble ; dans ce tout arbitrairement constitué il voit une œuvre
d'art dont les parties se correspondent exactement. De même à
l'intérieur de chaque pièce il existe une symétrie voulue, une
correspondance strophique. Cette disposition symétrique se ré-
vèlerait à l'attention par le fait que les idées se répartissent naturellement en groupes de distiques de mêmes dimensions et se
répondant. Par exemple IV 2 se distribue ainsi : Introduction A,
2 distiques, vers 1-4, exprimant le thème de la pièce ; développement B, 5 distiques, v. 5-14 : charmes extérieurs de Sulpicia, B[1]
5 distiques, vers 15-24 : ornements précieux qui doivent rehausser sa beauté. La pièce serait donc formée d'une entrée en ma-

1. Haupt adopte avec raison II 1, 1 *faueat* conj. de Scaliger au lieu de *ualeat*
fautif de la tradition ; il a tort de lire maintenant II 2, 1 *dicamus bona uerba*
(*uenit natalis*) *ad aras,* III 4, 21 *ab Oeta* conj. de Markland au lieu de *ab ortu*
autorisé ; I 9, 49 *istaec* au lieu de *ista haec,* II 3, 59 *iste* au lieu de *ipse,* 4, 12
nunc au lieu de *nam* restent douteux.
2. Rhein. Mus. N. F. 13ter Jahrg. 1858, p. 321-376 : Der symmetrische Bau
der Oden des Horaz. Sendschreiben an Prof. Georg Curtius in Kiel, par Carl Prien.
3. N. Jahrb. f. Phil. u. Paed. 31ster Jahrg. 83ster Band 1861, p. 149-157 : Die
symmetrische Anlage der Sulpicia-Elegieen, par Carl Prien.
4. P. 155, en note, il considère *Cornute* autorisé au 2e livre comme le nom fictif
et *Cerinthe* autorisé au 4e livre comme le nom réel. Il tire de là la conclusion que
Tibulle a préparé pour l'édit. le livre 2, tandis que IV 2-7 ont été publiés sans son
concours ; car il aurait substitué des noms fictifs aux noms réels de Cerinthus et de
Sulpicia. En réalité Cornutus et Cerinthus sont deux personnages différents.

tière suivie de deux parties séparées par le sens et de forme symétrique ; dans chacune de ces 2 parties les 5 distiques se répartissent en $4+1$, le dernier formant conclusion, d'une part la comparaison avec Vertumne, de l'autre l'appel à Apollon et aux Muses. Mais ceci ne correspond pas à la réalité : B^1 se compose uniquement de 3 distiques, vers 15-20. Les vers 21-24 sont étroitement liés et forment la conclusion de toute la pièce ; il est arbitraire de détacher le dernier distique qui tient au précédent pour l'opposer à celui de Vertumne. Au point de vue du sens la pièce se partage ainsi : Introduction A, 2 distiques, vers 1-4. Développement B, 5 distiques, vers 5-14 : charmes extérieurs de Sulpicia, B^1, 3 distiques, vers 15-20 : ornements précieux qui doivent les rehausser ; conclusion C, 2 distiques, vers 20-24 : appel à Apollon et aux Muses ; soit $2+5+3+2$ distiques, nombres qui n'ont rien de symétrique. Dans les autres pièces les groupes de distiques que Prien constitue ne correspondent pas mieux aux coupes naturelles du sens ; dans IV 3 il est obligé pour obtenir une prétendue symétrie de supprimer les vers 5-6, qui, quoi qu'il en dise, ne présentent rien de suspect. L'hypothèse de la correspondance strophique est démentie par la réalité des faits et est appliquée de force à une matière qui ne s'y prête pas ; c'est un élément perturbateur introduit dans les études philologiques ; il va y faire de grands ravages, bien qu'il n'ait aucune solidité et qu'il suffise d'examiner les choses sans parti pris pour voir la fausseté du système. Cf. la suite du travail de Prien § 82.

§ 66. — R. Törnebladh[1] s'est proposé de réunir en faisceau les arguments donnés jusqu'alors pour prouver l'inauthenticité du troisième livre et de les compléter, particulièrement en ce qui concerne l'élocution[2].

Il est impossible que Tibulle soit né en 43 av. J.-C. puisqu'il a pris part à l'expédition d'Aquitaine en 31/30. Neaera ne nous est pas connue comme maîtresse de Tibulle ; or Ov. Amor. III 9, 49

1. Till Vetenskapernas och den Allmänna Undervisningens Befordrare och Vänner vördsamt af Pehr Sjöbring Rector vid Kalmar högre elementar-läroverk. — 1. De elegiis Lygdami commentatio quam scripsit D : R. Törnebladh, eloquentiae et poesis lector (p. 3-14). — Kalmar Tryckt hos Otto Westin, 1861. in-4. 37 p.

2. P. 3 : Quum... argumenta, quibus ille (Dissen) sententiam firmavit, dispersa fere inveniantur, eaque magis ad inventionem atque compositionem quam ad ipsam elocutionem pertineant, non erit omnino supervacaneum de re separatim ita quaerere, ut et argumenta iam allata in unum congerantur et addantur, quae praeterea afferri posse videntur.

sqq. ne pouvait l'omettre, puisque Lygdamus dans la deuxième
élégie souhaite qu'elle lui rende les derniers devoirs ; Ovide connaissait Lygdamus, puisqu'il l'a imité. La nature de l'amour n'est
pas la même ; Tibulle se représente vivement son bonheur futur
et le joint à la satisfaction de la vie rustique ; rien de pareil chez
Lygdamus. Tibulle descend dans son cœur et exprime ce qu'il
sent ; Lygdamus fait prédominer la peinture des choses extérieures
et use de rhétorique. Il noie son chagrin dans le vin ; Tibulle n'y
peut réussir ; il songe à se tuer, Tibulle se rattache à l'espérance.
Il est plus chaste que Tibulle. Le passage d'Ovide montre que
Tibulle n'a pas aimé Neaera avant Delia ; après il ne l'eût pas aimée comme Lygdamus, jusqu'à vouloir l'épouser. Ce qui concerne
les dieux est différent ; Tibulle ne fait parler que Priape; Lygdamus les Muses (ceci simplement d'après une conjecture de Muret)
et Apollon qui est assez ridicule. Tibulle fait souvent figurer
Vénus et Amor, Lygdamus seulement deux fois Vénus et deux fois
Amor.

Il est impossible d'admettre que Tibulle soit bien l'auteur du
troisième livre, mais qu'il ait chanté les amours d'autrui ; car il
n'eût pas dépouillé ainsi sa personnalité.

Sur la composition l'auteur ne fait que résumer Dissen parfois
erroné ; il s'étend sur l'élocution. Tibulle divise la pensée, Lygdamus l'amplifie. Les oppositions chez Lygdamus sont moins simples et ont moins de vigueur : ce sont souvent des oppositions de
couleur. L'anaphora est moins fréquente ; il a des périodes longues, tandis que Tibulle n'en a presque pas. Quand la pensée est
répartie entre plusieurs distiques, elle ne l'est pas de la même
façon chez Tibulle et chez Lygdamus. On constate une différence
dans le choix des adjectifs-épithètes chez Tibulle et chez Lygdamus ; sans doute Tibulle n'est pas absolument identique à lui-
même dans le premier et dans le deuxième livre, mais un certain
nombre d'épithètes très usuelles chez Tibulle ne se retrouvent pas
chez Lygdamus et d'autres, qui sont fréquentes chez Lygdamus, ne
se trouvent qu'une ou deux fois chez Tibulle ; les mêmes épithètes n'ont pas toujours le même sens chez les deux poètes.
Lygdamus met quelquefois dans chaque moitié du pentamètre un
substantif accompagné de son épithète, Tibulle jamais ; Lygdamus joint trois fois deux adjectifs à un substantif, Tibulle point.
La prolepse de l'adjectif, l'alliance de deux adjectifs semblables
à deux substantifs, la réunion d'un adjectif et d'un adverbe du
même sens se trouvent chez Tibulle et paraissent étrangères à

Lygdamus ; Lygdamus accumule les mots pour insister sur l'idée
mais d'une autre façon que Tibulle. On ne trouve pas chez Lyg
damus l'emploi métonymique, fréquent chez Tibulle, de *uenus*
amor perpétuel chez Tibulle, souvent au pluriel, ne figure che
Lygdamus que deux fois, au singulier ; *Cypria* particulier à Lyg
damus provient de ce que celui-ci aime le style orné. Jacob e
Lachmann ont signalé les divergences dans l'emploi des part
cules. Lygdamus emploie *quamuis* avec l'indicatif, *postquam* ave
le plus-que-parfait ; il a 2 fois *tamen* à la fin du pentamètre, c
que ne fait pas Tibulle ; il dit *a pereat*, Tibulle *o pereat* ; il n'en
ploie pas *heu*, fréquent chez Tibulle. Tibulle joint la conjonctio
que à un verbe, comme si ce verbe précédait déjà ; il la joint à u
verbe tandis qu'elle devrait être jointe à un autre mot ; rien d
pareil chez Lygdamus. L'auteur énumère un certain nombre d
particularités du style de Lygdamus.

Au point de vue de la métrique Tibulle a environ le cinquièm
de ses hexamètres coupés après le trochée troisième, Lygd. n'e
a que deux. Tibulle coupe assez fréquemment l'hexamètre apr
le trochée quatrième, Lygdamus jamais ; Tibulle forme assez sou
vent la deuxième moitié du pentamètre avec un mot de 5 sylla
bes suivi d'un mot de 2, Lygdamus beaucoup plus rarement.

Ce travail est en somme un bon résumé fait avec clarté et inte
ligence, qui met sous les yeux le principal des divergences entr
Tibulle et Lygdamus. L'auteur dépend étroitement de ses préd
cesseurs, mais la mise en œuvre est nette et alerte.

§ 67, 1. — F. Kindscher[1] a étudié avec méthode les lacun
de la tradition du texte de Tibulle, qui n'ont rien de commu
avec celles imaginées par Heyne. Il a bien vu, après Pontanus e
Muret, que dans I 10 il est impossible de construire le vers 26 av
le vers 25. Il suppose donc après 25 une lacune de 2 vers, qu'
supplée du reste assez mal. Avec Haupt il en signale une autre c
deux vers également après 50, auquel on ne saurait rattacher 5
Ces deux lacunes séparées par 25 vers peuvent provenir d'un acc
dent arrivé à la partie supérieure ou inférieure d'un feuille
Après I 2, 25 il manque un pentamètre ; après II 3, 14ª (127ᵉ ve
du deuxième livre) au moins un pentamètre ; après II 3, 34 (à
v. de distance) nouvelle lacune ; de même après II, 3, 58 (à 24

1. Rhein. Mus. N. F. 17ᵗᵉʳ Jahrg. 1862, p. 148-152 : Zu Tibull, par F. Kir
scher.

de distance — celle-ci n'est pas certaine —); après II 3, 74 (à
16 v. de distance) il manque au moins un hexamètre. Sans qu'on
soit forcé d'attribuer toutes ces lacunes à la même cause, on peut
admettre que I 10, comptant primitivement 72 vers, commençait
avec une page et en remplissait trois. Ceci est bien observé et
l'hypothèse de certaines mutilations existant dans l'archétype se
présente comme naturelle.

2. — Kindscher se laisse ensuite séduire par l'idée alors en
vogue de la division strophique. Après avoir renvoyé à Kemper
pour réfuter l'invention de Haase qui détache de I 10 les 18 derniers vers, il partage ainsi la pièce : A 4 vers B 10; C 10 D 10.
C' 10 D' 10; B' 10 A' 4. E 4. En admettant que ce schéma soit symétrique (en réalité il ne l'est pas : que vient faire E 4 ?) il serait
facile de montrer que ces coupes ne correspondent pas aux divisions naturelles du sens. La conclusion n'est formée que d'un
seul distique vers 67-68; en revanche 59-66 forment un seul développement; on ne peut séparer ni 61 de 60, ni 65 de 64
comme le fait l'auteur et cela suffit pour renverser l'édifice.

§ 68. — La critique de texte tient à bon droit une place prépondérante dans les études philologiques en Allemagne : elle est
souvent exercée d'une façon médiocre. Drenckhahn[1], partant du
texte de Dissen, a discuté la leçon dans 20 passages; les cas où
il se trompe[2] sont à peu près aussi nombreux que ceux où il a
raison[3], et, là où il a raison, il ne fait qu'appuyer des leçons qui
étaient connues. Il n'apporte donc rien de nouveau.

§ 69, 1. — Dans une dissertation inaugurale de Bonn, par-

1. Programm des königlichen Paedagogium zu Putbus... Inhalt : 1. Zur Kritik
des Tibull. Von dem adjuncten Drenckhahn (p. 1-14)... Putbus 1862. Druck der
Fürstlichen Buchdruckerei von August Knaak. in-4.

2. Ainsi I 1, 25, au lieu d'accepter la bonne leçon des *Exc. Fris.* recueillie par
Haupt, il revient à la conj. ancienne (dans Wissensch. Jahrb. de 1815, p. 719),
iam modulo possum contentus uiuere paruo, 3, 37 il repousse la leçon autorisée
contempserat, pour reprendre la conj. de Gruppe *conscenderat,* 5, 42 il propose
oh ou *pro pudor ! et narrat...* ou même *et pubi narrat...* qui est détestable ; il
supprime avec Gruppe I 5, 45-46.

3. Ainsi I 10, 51 sq. il a raison de repousser la transposition de Haase, mais elle
avait été déjà suffisamment combattue et il n'est pas vraisemblable que les v 51-52
soient une interpolation. II 1, 65 sq. et IV 7, 1-2 il recommande un bon texte,
mais il l'explique mal, etc.

tant de la remarque exacte de Dissen, que chez Tibulle les idées opposées sont parfois contenues dans un nombre égal de vers, H. Bubendey[1] a poussé plus loin la recherche et croit avoir constaté que, dans un certain nombre de pièces les idées sont organisées suivant une division strophique, que dans d'autres cette division ne s'applique qu'à certaines parties, ce qui prouve que dans ces dernières le poëte n'a pas déployé toutes les ressources de son art ou qu'elles sont altérées. L'auteur établit la division strophique dans I 5, I 4, III 1 (Lygdamus), II 1. Prenons comme exemple I 5, dont il répartit les distiques de la façon suivante :

$$2 \times 4 + 1 \; ; \; 2 \times 4 + 1 \; ; \; 4 + 1 \; ; \; 4 + 1 \; ; \; 4 + 1 \; ; \; 4$$

v. 1-8	9-16	17-18	19-26	27-34	35-36	37-44	47-48	49-56	57-58	59-66	67-68	69-70
A	B	a	C	D	b	E	c	F	d	G	e	H

On aurait ainsi 2 systèmes consécutifs de $4 + 4$ distiques suivis d'un distique intercalaire, puis 3 systèmes consécutifs de 4 distiques suivis d'un distique intercalaire, enfin un système de 4 distiques, soit $4 + 4 + 1 \; 4 + 4 + 1 \; 4 + 1 \; 4 + 1 \; 4 + 1 \; 4$, nombres qui présentent évidemment une certaine régularité, mais qui ne sont pas absolument symétriques. Cette symétrie, qui reste imparfaite, aurait certainement pu être indiquée dans les manuscrits et rendue sensible à l'œil ; mais à l'audition on se demande comment on aurait pu s'en rendre compte. A la rigueur on aurait pu saisir la symétrie de $4 + 1$ se répétant indéfiniment, mais le fait que le distique intercalaire vient tantôt après $4 + 4$, tantôt après 4 et finit par manquer est de nature à brouiller tout. Le schéma ne représente donc rien de net[2]. En outre, et sans insister sur ce qu'il exige la suppression de 45-46 (avec Gruppe) bien qu'il n'y ait rien d'étonnant à ce que Tibulle, pour donner

---

1. Quaestiones Tibullianae. — Dissertatio philologica quam... in universitate Fridericia Guilelmia Rhenana... defendet Henricus Bubendey Hamburgensis. — Bonnae typis Caroli Georgii A. 1864. in-8. 38 p.

2. H. Weil, Rhein. Mus. N. F. 17ter Jahrg. 1862 : Ueber Spuren strophische Composition bei den alten griechischen Elegikern, p. 1-13, avait cru remarquer qu'une élégie de Solon (Bergk fr. 13) se divisait en 2 moitiés de 32 v., dans lesquelles les dist. se groupaient 2 par 2 ; il y aurait là quelque chose de constant et de perceptible à l'oreille ; toutefois, il signalait que le groupement des dist. était plus sensible dans la première moitié que dans la seconde ; dans la conclusion — 12 vers — les dist. se grouperaient par 3. Il a cru également découvrir des strophes dans d'autres pièces ; mais ces strophes se composent toujours du même nombre de vers.

une idée éclatante de la beauté de Delia la compare à Thétis, il ne correspond pas à la division du sens. Les 4 premiers distiques, dont Bubendey fait un tout, se partagent en 2 + 2, chaque groupe contenant une idée différente ; il marque une division après le vers 26 ; or il n'y a là aucune coupe de sens ; les vers 25-26 et 27-28 appartiennent au même tableau, qui est la description de l'activité rustique de Delia ; au point de vue du sens, les vers 19-36 se partagent ainsi : 19-20 1 distique, Tibulle introduit son rêve, 21-34 7 distiques, il expose ce rêve, 35-36 1 distique, il conclut en disant que ce rêve s'est envolé, soit 1 dist. + 7 + 1, ce qui ne concorde nullement avec la répartition de Bubendey ; ceci suffit pour montrer combien son système est artificiel. Cf. une nouvelle étude de la question par l'auteur § 126.

2. — Les discussions de texte que contient la seconde partie de la dissertation ne sont pas toujours heureuses. A propos de II 1, 57-58 l'auteur montre bien qu'il y a eu là une lacune comblée ensuite maladroitement avec des mots voisins et rapproche un certain nombre d'autres passages où le texte a été altéré de la même façon. Contre O. Korn[1] il défend l'unité de I 6 mais en admettant que Delia est manifestement mariée dans la première partie de la pièce et ne paraît pas l'être dans la seconde. Il proteste, ce qui n'était plus bien utile, contre la transposition de I 10, 51-68 faite par Haase, mais au lieu de reconnaître avec Haupt une lacune avant 51 il lit 45, 46, 49, 50, 47, 48, 51, 52, ce qui ne donne pas une suite d'idées satisfaisante. A propos de II 5 il n'admet pas l'opinion de Gruppe que le poème ait été laissé inachevé par Tibulle, mais il regarde 21-38 comme ayant été interpolés pour développer 55-56, ce qui est peu vraisemblable. Il se trompe complètement sur la restitution de III 4, 9, etc.[2].

3. — A. Eberz[3] suivant Bubendey pas à pas a bien prouvé que celui-ci n'avait pas réussi à établir le fait de la composition strophique des élég. de Tibulle, qu'en maint passage ses divisions sont

---

1. Dans une diss. de Bonn 1863. Sent. contr. 5.

2. Il dit dans ses Sent. contr. I : Elegiae primi libri Tibulliani, quod ad compositionis tempus attinet, in rectum ordinem redigi nequeunt. On peut au moins arriver à des vraisemblances.

3. N. Jahrb. f. Phil. u. Paed. 35ster Jahrg. 91ster Band 1865, p. 851-59.

arbitraires et ne concordent pas avec le sens ; il défend d'une
façon particulièrement heureuse l'authenticité de I 5, 45-46. Dans
diverses pièces un certain nombre de distiques se groupent par 2,
par 3, ou par 4 ; mais cela ne constitue pas une symétrie mécanique constante voulue par le poète. Il défend l'authenticité de
II 5, 31-38 (à l'exception de 31-32 qu'il abandonne), mais avec
Bernhardy il pense que Tibulle n'a pas mis la dernière main à
cette pièce et que du reste la composition d'un ensemble comme
celui-là dépassait ses moyens. Il considère à tort les vers 7-8
comme particulièrement détestables et destinés à disparaître ;
I 8, 36 il approuve à tort le changement de *conserit* en *conserere*.

§ 70. — Reprenant à son compte l'hypothèse de Scaliger, combattue en dernier lieu par Haupt, de l'archétype aux feuillets vio-
lemment déplacés, O. Korn[1] a prétendu prouver que, là où la
tradition nous offre une élégie une en apparence, nous n'avons
parfois que des fragments arbitrairement rapprochés. La chose
serait possible en principe ; elle reste à démontrer ; Korn n'y a
pas réussi dans les deux exemples qu'il a choisis.

D'après lui I 6 est formé de deux morceaux qui n'ont aucun rapport entre eux, d'une part 1-42, de l'autre 57-86, réunis grossièrement par une interpolation, 43-56. La preuve que ces deux
morceaux n'étaient pas faits primitivement pour aller ensemble,
c'est que dans le premier Delia est mariée et que dans le second
elle ne l'est pas, ce qui résulterait d'une façon décisive de 66-67
sit modo casta, doce, *quamuis non uitta ligatos impediat crines nec*
stola longa pedes ; mais Delia pouvait être mariée et l'être à un
affranchi ou à un homme de basse condition, et n'avoir pas le
droit de porter le costume des matrones, la *uitta* et la *stola* ;
l'argument est donc sans valeur ; d'autre part la façon dont Tibulle
parle de Delia dans ce passage paraît à Korn exclure l'idée de
mariage : il ne se fait pas une idée exacte de ce qu'était alors le
mariage romain, surtout dans le monde dont il s'agit : il n'empêchait sûrement pas les aventures galantes ; l'application sans
discernement des idées de moralité germanique aux circonstances
et aux personnages dépeints par les élégiaques est une des
causes qui ont faussé le plus complètement le jugement des philologues allemands ; il faut laisser cela de côté, si on veut comprendre Tibulle. Les vers 43-56 ne se rapporteraient à aucun des

1. Rhein. Mus. N. F. 19ter Jahrg. 1864, p. 497-504 : Zu Tibull, par O. Korn.

deux fragments et ne se rattacheraient ni à ce qui précède ni à ce qui suit : ceci est tout à fait en l'air. En réalité nous avons à faire à une invention ingénieuse de Tibulle, pour donner plus de poids à sa tentative d'écarter de Delia les galants ; il n'en était pas dupe bien entendu. Dans le premier morceau 21-26 paraissent s'expliquer difficilement ; mais le remède que propose Korn, à savoir de les transporter après le vers 40, est pire que le mal ; ils interrompent là très nettement la suite des idées. Cf. § **72**.

II 5 se composerait de deux fragments sans rapport entre eux 1-80 et 81-122 ; dans le premier Messalinus serait représenté comme un quindecemvir qui inaugure sa charge, à propos de quoi Tibulle insiste sur l'importance des prophéties Sibyllines, dans le second comme un jeune triomphateur, qui va entrer à Rome après une conquête heureuse ; ce seraient deux situations différentes. En réalité l'objection ne porte pas ; Tibulle au début de la pièce célèbre les premiers pas de Messalinus dans la carrière des honneurs, à la fin il lui prédit le couronnement de cette carrière et il a soin de laisser la chose au futur. Il est tout à fait absurde de voir dans *adnue* au vers 121 une apostrophe à Nemesis et de déclarer le distique indigne de Tibulle.

Il n'y a rien à tirer de cet article, dont l'argumentation ne soutient pas l'examen. Korn n'a eu connaissance de la diss. de Bubendey qu'après l'avoir écrit.

§ **71** [1]. — L'année suivante O. Korn [2] examinait ce qu'on peut tirer des lacunes traditionnelles pour la reconstitution de l'archétype de Tibulle. Avec Kindscher il admet la lacune après I 10, 25, mais il l'explique autrement que lui ; il ne croit pas que 26 soit authentique et regarde ce vers comme une interpolation ; il remarque qu'il y a une autre lacune après le v. 50 ; or entre les 2 lacunes il y a 12 distiques. Il y a également 2 lacunes dans II 3, après le v. 34 et après le v. 58 ; or entre les deux lacunes il y a également 12 distiques. On peut partir de là pour calculer le

---

1. M. Haupt, dans un Ind. lect. aestiv. 1864 (actuellement : Opuscula, vol. sec., 1876, p. 260-261), après avoir nié avec raison que dans Tib. I 1, 7 sq. *spes* désigne une déesse rustique explique ainsi ces vers : « postquam consueta ratione spęm se non destituturam esse dixit, tenuit hanc orationis figuram spęque tribuit quae proprie dicendum erat pomos et vites praebituras esse speranti. » Ceci n'offre pas de sens satisfaisant.

2. Rhein. Mus. N. F. 20ster Jahrg. 1865, p. 167-175 : De codice archetypo carminum Tibullianorum, par O. Korn.

nombre de vers de chaque page. Après I 10, 25 il manque 3 vers
qui devaient se trouver au bas d'une page de l'archétype, après 50
deux distiques qui ont disparu également par suite du mauvais
état de ce bas de page : chaque page de l'archétype contenait
14 distiques. Comptant les pages jusqu'à II 3, 34 Korn arrive à
ce résultat que c'est le mauvais état du haut de la page qui a
causé cette lacune, ainsi que celle correspondante après le v. 58.
Pour que le système soit admissible, il faut que le v. I 10, 26 soit
interpolé. Il doit l'être d'après Korn, parce que l'hypothèse de
Kindscher n'est pas possible, parce que le v. lui-même offre des
difficultés, parce qu'il y a dans Tibulle des v. interpolés, par
exemple II 6, 23-24 (avec G. Fischer). L'argumentation est faible :
I 10, 26 est très bon et rien ne prouve qu'il ne soit pas de Tibulle ;
le système reste donc en l'air.

L'auteur reconstitue ensuite l'archétype, en ne laissant qu'une
ligne pour le titre de chacun des 2 livres et en admettant que
les élégies se suivaient sans intervalle. Dans cette restitution il
n'a pas tenu compte des v. I 6, 45-56, de sorte qu'il suffit que ces
vers soient authentiques — et il n'y a pas de raison pour les suspecter — pour qu'elle s'écroule. Qu'il y ait dans le texte des
lacunes, provenant de trous dans l'archétype, c'est ce qui n'est
pas impossible.

§ 72. — W. Wagner[1] a combattu les idées de Korn sur I 6
(§ 70). Au lieu de voir dans les aveux, les conseils et les prières
de Tibulle au mari un simple jeu d'esprit, il prend tout cela au
sérieux et croit que Tibulle lui demande réellement la permission
d'être le sigisbée de sa femme ; ceci est inadmissible et il est bien
certain que la pièce n'était pas faite pour être mise sous les yeux
du mari ; ce qui suit est plus intéressant : il n'est pas choqué de
la répétition de l'idée aux v. 23 et 37, parce que, dit-il, un poème
de Tibulle ressemble à une musique, dans le cours de laquelle un
thème peut apparaître, puis disparaître et se montrer ensuite de
nouveau pour former le point central de nouveaux accords ; il ne
voit donc rien à dire sur la suite des idées dans la première
partie de la pièce (la question n'est pas définitivement résolue).
Quant à la seconde partie, il n'a pas été convaincu par les arguments de Korn que Delia y soit caractérisée comme non mariée.
La mère peut habiter chez son gendre ; les v. 77 sqq. ne s'appli-

1. Rhein. Mus. N. F. 20ster Jahrg. 1865, p. 314-319 : Zu Tibull, p. W. Wagner.

quent pas nécessairement à une femme non mariée ; les v. 67-68 s'expliquent par ce fait que Delia, qui était avant son mariage une affranchie, l'est restée après ; par *casta* Tibulle entend *uno amatore contenta,* comme l'explique Broekhuisen. Delia mariée ne portait pas le costume des matrones. Cette réfutation paraît bonne. Pour les v. 43-56 soi-disant interpolés Wagner trouve avec raison que 43 se rattache bien à 42 ; si l'oracle après une introduction pompeuse est trivial et pauvre, c'est sans doute la faute de la prêtresse de Bellone ou de Tibulle (ceci n'est pas compris ; Tibulle est humoristique ; il met en scène à grand fracas la prêtresse de Bellone, pour arranger ses propres affaires et peut-être pour frapper l'imagination de Delia). Wagner ne voit pas provisoirement pourquoi au v. 56 *illa* ne se rapporterait pas à *sacerdos* ; au v. 57 *parco* s'explique naturellement : Tibulle détourne de Delia les malédictions de la prêtresse ; la seule chose choquante, c'est qu'on ne connaît que des prêtres et non des prêtresses de Bellone. Quoi qu'il en soit, Wagner paraît avoir raison de conclure contre Korn à l'unité de I 6 ; il ne connaît pas la dissertation de Bubendey. Cf. § 73.

§ 73 (cf. § 72). — Piqué par le ton un peu vif de Wagner, Korn lui a répondu[1] en maintenant ses idées sur I 6 qui serait formé de 3 fragments sans lien entre eux et sans communauté d'origine. Il montre que Wagner s'est trompé sur le sens d'Ov. A. a. III, 483 sq. ; mais il ne répond pas à l'assertion que les affranchies mariées n'avaient pas le droit de porter le costume des matrones. Cf. § 74, 3.

§ 74, 1. — De la traduction de Tibulle par A. Eberz[2] l'introduction seule nous intéresse ici ; encore n'est-ce qu'une œuvre de vulgarisation, clairement et agréablement rédigée, mais qui n'apporte rien de nouveau.

Pour la biographie il part de la *uita* anonyme et de celle d'Hieronymus d'Alexandrie, en remarquant, il est vrai, que les

1. Rhein. Mus. N. F. 20ster Jahrg. 1865, p. 471-473 ; Zu Tibull, par O. Korn.
2. Albius Tibullus, im Versmasse der Urschrift übersetzt und mit Einleitung und Anmerkungen versehen v. Dr. Anton Eberz, Professor am Gymnasium zu Frankfurt a. M. Frankfurt am Main, J. D. Sauerländer's Verlag, 1865. pet. in-8. viii-173 p. Druckfehler.

auteurs de l'une et de l'autre ne paraissent pas avoir eu d'autres
sources que celles que nous possédons (pour la *uita* anonyme il
y avait quelques passages à discuter) ; mais alors on ne voit pas
pourquoi il en fait état. Il place l'expédition d'Aquitaine en 26
av. J.-C., ce qui ne paraît pas admissible, et a raison contre Dié-
terich en disant qu'il n'y a pas lieu de faire de Tibulle un poète
maladif.

2. — Avec Gruppe et Teuffel il place avant les élégies à
Delia celles à Marathus, pour lesquelles il adopte l'ordre et le
roman fantaisiste de Gruppe, sans pourtant les admirer autant
que lui.

I 10 ne serait pas comme le veulent Lachmann, Dissen, etc., la
première pièce de Tibulle, mais formerait la transition entre les
élégies à Marathus et celles à Delia.

Pour les élégies à Delia Eberz adopte l'ordre de Dissen-
Gruppe. Après avoir mentionné les hypothèses proposées pour le
choix du nom de Delia, il croit que le poète a été guidé simplement par l'euphonie, ce qui est peu vraisemblable. Suivant Gruppe
et Teuffel, il admet que les 5 élégies ont été écrites d'ensemble ;
Delia se serait mariée avec le *dines amator*, etc. Tout ceci n'est
que fantaisie. Il a raison de reconnaître que les circonstances de
la liaison avec Delia ne sont guère morales ; Tibulle vit dans une
société peu sévère et relâchée et, dans la pratique, ne s'élève pas
au-dessus de son niveau.

Contre Teuffel, avec Dissen, Lachmann et d'autres, il place I 7
après les élégies à Delia, apprécie avec Dissen la pièce beaucoup
plus justement et plus favorablement que ne l'avait fait Teuffel ;
elle est très supérieure au panégyrique et on ne saurait l'invoquer pour prouver que le panégyrique est de Tibulle.

Avec Dissen, Lachmann et d'autres, contre Teuffel, il place la
publication du premier livre en 26 av. J.-C. ; contre la date trop
tardive assignée par Teuffel à la composition des élégies à Delia
proteste le renseignement donné par Ovide, Tristes, II, 463 sq.,
qu'en 27 Tibulle était connu.

Avec Gruppe il admet l'inachèvement du deuxième livre ; il lui
semble que Tibulle est mort en pleine liaison avec Nemesis, sans
qu'il faille croire avec Teuffel que c'est cet amour qui l'a tué.
Avec Voss il voit dans II 3 et 4 une certaine humour, ce qui
paraît contraire à la vérité, ces pièces étant l'expression de la
passion dans toute sa violence.

IV 13 et 14 sont rapportées par Eberz à Glycera, parce qu'on
ne peut les rapporter ni à Delia, ni à Nemesis et que, dans ce que
nous savons à propos de Tibulle, on ne voit personne autre à
qui elles puissent être destinées.

Adoptant sur IV 2-12 les idées de Gruppe, il attribue avec
Rossbach IV 7 à Sulpicia, en ajoutant que le titre d'*epistolae* ne
convient pas même à toutes les pièces de la seconde série, ainsi
à 7 et à 8, ce qui est bien vu. Il termine, suivant l'erreur courante, le cycle des pièces de Tibulle par II 2 et les place à un
moment où Tibulle n'était pas amoureux, sûrement après celles à
Delia, avant celles à Nemesis, sans qu'on puisse dire si elles sont
antérieures ou postérieures à celles à Glycera.

Il apprécie les élégies du troisième livre sans exagération de
blâme ni d'éloge, en se tenant à égale distance de Voss et de
Gruppe, et les attribue à Lygdamus, en remarquant qu'on ne sait
rien sur lui que ce qu'il nous apprend lui-même et en repoussant
les identifications avec Cassius de Parme et avec Ovide.

Il refuse à Tibulle les deux Priapées[1].

Sur l'art. de Tibulle il reproduit l'appréciation de Bernhardy.

C'est un travail honnête de professeur de gymnase, fait avec
bon sens par un homme bien au courant, qui rejette un certain
nombre d'erreurs de ses devanciers, mais qui en reproduit encore
trop.

3. — Dans son compte rendu[2], après avoir constaté que l'auteur repousse les hypothèses hasardeuses et cherche à s'en tenir
aux faits constatés, Wagner poursuit sa polémique avec Korn,
contre la division de I 6 en deux fragments (cf. § 73). Il explique
les v. 67 sq. en disant que Delia y est considérée comme une
affranchie mariée, n'ayant pas contracté un *connubium* légitime
et ne pouvant par conséquent prétendre au costume des matrones.
Au v. 56 il lit sans vraisemblance *ira* au lieu de *illa*. Il a raison
de dire que Tibulle n'a jamais songé à épouser Delia, qu'il croit
du reste libre pendant la première partie de la liaison, et montre
bien que la situation poétiquement décrite I 5, 19-34 ne pouvait
être au point de vue juridique qu'un concubinat. Il admet que le
deuxième livre n'a pas été achevé par Tibulle, mais proteste contre

1. La première avec Osann, Zeitschrift f. d. Alterthumswissenschaft 1851, col.
134-138.
2. N. Jahrb. f. Phil. u. Paed. 36ster Jahrg. 93ster Band 1866, p. 262-265.

la suppression opérée par Korn dans II 5 et contre les conséquences qu'il tire de son hypothèse sur l'archétype de Tibulle, hypothèse dénuée de tout fondement.

Jos. Schlüter[1], extrêmement sévère, reproche à Eberz de manquer totalement d'originalité ; pas la moindre trace de pensée indépendante, d'étude personnelle. Eberz a été visiblement d'avis qu'il n'est pas bon que l'homme soit seul ; c'est pour cela qu'il marche tantôt avec Voss, Dissen ou Lachmann, tantôt avec Gruppe ou Bernhardy ou en autre bonne compagnie. Les remarques destinées aux gens cultivés, qui ne peuvent pas lire le texte original, sont très faibles.

§ 75, 1. — Dans une dissert. inaug. de Bonn O. Richter[2] s'est proposé d'établir la valeur et l'origine des *Excerpta* dont s'est servi Scaliger. Lachmann avait reconnu que ces *Exc.* sont ceux qui figurent dans le Speculum doctrinale de Vincent de Beauvais et augmenté d'une vingtaine de passages la connaissance qu'on en avait. Scaliger en a fait prédominer la leçon largement et selon son bon plaisir ; Lachmann ne les a suivis que 7 fois contre les manuscrits complets. Richter est d'avis qu'entre la confiance trop grande de Scaliger et la défiance exagérée de Lachmann il y a un juste milieu à tenir. Pour savoir comment on doit les utiliser, il faut d'abord déterminer quel en est l'auteur et comment ils ont été faits, condition indispensable et conforme à la méthode. Le principe était bon, mais la recherche a été mal faite et le résultat fautif. Richter arrive en effet à cette conclusion que Vincent de Beauvais a extrait lui-même d'un manuscrit complet de Tibulle les morceaux qu'il a insérés dans son Speculum doctrinale et dans son Speculum historiale et s'appuie pour le prouver sur les raisons suivantes : examinant les très nombreuses citations d'Ovide que Vincent a introduites dans ces deux ouvrages, il étudie la façon dont Vincent les a altérées, puis il montre que les citations de Tibulle souffrent d'altérations de même nature et non d'autres. Les citations d'Ovide ayant été puisées par Vincent dans des manuscrits complets, il en conclut qu'il a dû en être de même pour Tibulle, sans quoi on serait obligé d'admettre qu'un autre

1. Zeitschrift f. d. Gymnasialwesen. N. F. 1ster Jahrg. Der ganzen Reihe 21ste Jahrg. 2ter Band 1867, p. 870-878.
2. De Vincentii Bellovacensis excerptis Tibullianis. Dissert. quam... in Academi Fridericia Guilelmia Rhenana... a. 1865... defendet Otto Richter Berolinensis. — Bonnae, 1865. Typis expresserunt Rosenthal et soc. Berolinenses. in-8. 77 p.

faiseur d'extraits a opéré sur Tibulle en suivant la même méthode
que Vincent, ce qui n'est pas vraisemblable. Or l'argumentation
est fausse : en effet les modifications analogues du texte d'Ovide
et de Tibulle, que signale Richter, ont pour but de donner aux
vers détachés du contexte une individualité propre, de façon qu'ils
puissent se lire et se comprendre d'une façon indépendante et en
outre de supprimer ce qui est érotique; or c'est ainsi que devait
procéder n'importe quel faiseur d'extraits moraux. L'hypothèse
de Richter est du reste ruinée par le fait qu'on a depuis découvert les extraits de Tibulle dans des manuscrits qui ne doivent rien
à Vincent. C'est donc bien un manuscrit d'extraits et non un manuscrit complet que Vincent a utilisé. Toutefois, Richter ayant exactement déterminé les principes qui ont guidé l'excerptor et par
suite la méthode à suivre dans l'utilisation des *Excerpta*, son
erreur initiale n'aurait pas eu de conséquence trop fâcheuse sur
la façon dont, dans la seconde partie de sa dissertation, il a fait
servir les *Excerpta* à la constitution du texte, s'il ne s'était fréquemment trompé, en considérant comme étant la leçon du manuscrit original ce qui n'est que la modification voulue de l'excerptor. Par exemple à la clausule trisyllabique donnée par les
manuscrits complets à un certain nombre de pentamètres il
préfère la clausule bisyllabique des extraits, sans s'apercevoir que
c'est là une correction systématique opérée par l'excerptor dans
un but d'élégance métrique [1]. L'hypothèse de la correspondance
strophique le compte parmi ses adhérents [2]. Cf. sur l'origine des
Excerpta § **88.**

2. — Il a trouvé dans Eberz [3] un censeur de peu de décision
et de peu de portée. Tout en signalant quelques citations
inexactes, Eberz est d'avis qu'il a démontré sa thèse. Il le suit
trop souvent dans l'utilisation qu'il a faite des extraits, bien qu'il
ne le suive pas toujours : ainsi il élève quelques doutes et se
déclare encore hésitant sur l'expulsion des clausules trisyllabiques.

---

1. Ainsi il fait prévaloir à tort II 1, 8 *uertice stare boues* sur *stare boues capite*, II 6, 20 *et melius cras fore semper ait* à *et fore cras semper ait
melius*, etc.

2. Il dit dans ses *Sententiae controuersae* 6 : Versuum responsionem, quam H.
Bubendey... quibusdam Tibulli carminibus inesse animaduertit, certe per totum
librum tertium persequi licet.

3. N. Jahrb. f. Phil. u. Paed 37ster Jahrg. 95ster Band 1867, p. 197-208 :
Zur Litteratur des Tibullus.

§ 76,1. — H. Graef[1] s'est livré sur le texte de Tibulle à un travail médiocre, dont le niveau est celui de la besogne ordinaire des professeurs de gymnase. Lorsqu'il discute la leçon, il se décide assez ordinairement pour la mauvaise[2] ; ses corrections personnelles ne valent rien et celles qu'il donne pour telles ne lui appartiennent pas toujours[3].

Il exerce sa virtuosité en appliquant la théorie de la composition strophique, sans en examiner personnellement la valeur. La division qu'il propose pour IV 6 est certainement meilleure que celle de Prien ; mais ses tentatives se heurtent aux mêmes objections que celles de ses prédécesseurs ; il établit des coupes de sens, là où il n'y en a certainement pas, par exemple, dans II 4 après le vers 32 ; or les vers 31-32 et 33-34 sont étroitement réunis par le sens. Pour arriver à la correspondance strophique, il opère des suppressions violentes de distiques, qui n'ont d'autre tort que de le gêner[4] ; c'est du reste l'usage des partisans du système, qui dans bien des cas se trouve condamné par le fait même que les distiques expulsés n'ont rien de suspect.

2. — A. Eberz[5] conserve à propos de la théorie de la symétrie strophique l'attitude qu'il avait prise dans le compte rendu de la diss. de Bubendey, c'est-à-dire qu'il reste sceptique ; il signale les coupes inexactes de sens et l'expulsion arbitraire de distiques. Dans la discussion de la leçon il n'est pas toujours d'accord avec l'auteur ; il a tantôt raison, tantôt tort, soit qu'il l'approuve,

---

1. V. Jahresbericht über das städtische Gymnasium zu Memel... — Inhalt : Annotationes ad Tibullum. Von dem Gymnasiallehrer Herrn Hermann Graef (p. 3-12). — Memel. Gedruckt bei August Stobbe, 1865. in-4.

2. Ainsi il adopte à tort I 1, 2 *magna* contre *multa*, sous prétexte que c'est la leçon des 5 mss. de Lachmann et que ces mss. doivent prévaloir contre les *Exc.* de Scaliger et contre les *Frising.*, ce qui est une forte hérésie, 5 *uitam... inertem*, conj. de Haase, c. *uita... inerti* bien autorisé, 10, 5 *at nihil* c. *an nihil*, etc.

3. Ainsi I 1, 25 il propose *dummodo nunc possim* contre *iam modo iam possim*, bien autorisé et excellent ; 67 il dit : conicio : *Tum Manes ne laede meos* ; mais la conjecture n'a pas dû lui donner beaucoup de peine ; c'est le texte de Haupt ; 10, 25 il propose *Hostia sit* ou *Postque cadet*, en supprimant la lacune, qu'ont eu raison d'admettre Kindscher et Korn, etc.

4. Ainsi il supprime pour la symétrie II 1, 53-56 et 57-58, qu'il attribue à un Italien qui voulait faire preuve d'érudition, II 4, 13-14 inventé « ab aliquo Italo lacunarum investigatore » et 17-18 ; mais nous avons actuellement des mss. plus anciens que ceux dont on disposait alors et dans lesquels ces vers se trouvent.

5. N. Jahrb. f. Phil. u. Paed. 37ster Jahrg. 95ster Band 1867 : Zur Litteratur des Tibullus, p. 197-199.

soit qu'il le blâme ; sa critique est vacillante et sans qualités
décisives.

§ 77. — W. Wagner[1] pendant un séjour en Angleterre dans
le Yorkshire a cherché où pouvait se trouver le manuscrit **A** de
Lachmann, qui a appartenu à un archevêque d'York et dont la
collation par Nic. Heinsius est actuellement conservée à la bibliothèque royale de Berlin. Une visite à la bibliothèque de la cathé-
drale d'York l'a convaincu qu'il n'y était pas. D'après une lettre
du Révérend J. Raine d'York, qui s'est occupé d'une biographie
générale des archevêques de cette ville, ce manuscrit a pu appartenir à John Williams, qui fut archevêque d'York de 1641 à 1650
et qui, disgracié pendant les guerres civiles, mourut dans la
retraite au pays de Galles. Il est à craindre que le manuscrit n'ait
été détruit pendant les guerres civiles.

§ 78. — Enderlein[2] a discuté 4 passages du Corpus Tibullianum,
avec des succès divers [3].

§ 79. — Tout en déclarant que les tentatives de Scaliger, de
Heyne, de Voss pour désagréger le texte traditionnel sont
tombées dans l'oubli, et que les transpositions de Haase n'ont
aucune vraisemblance, A. Mau[4] croit que les restes de la poésie
de Tibulle nous sont parvenus extrêmement mutilés et que ce que
nous lisons comme une élégie complète n'est parfois qu'un assemblage de fragments. Ce sont donc en réalité les théories de Scaliger et de Heyne qu'il reprend à son compte (on ne voit pas pourquoi
il commence par les blâmer) et qu'il vérifie à propos de I 2 dont
justement Heyne et Voss avaient nié l'unité, mais d'une façon qui,

1. Rhein. Mus. N. F. 21ster Jahrg. 1866, p. 134-135 : Ueber die Tibullhand-
schrift A, par W. Wagner.
2. Blätter für das Bayerische Gymnasialschulwesen... 2ter Band 1866, p. 87-88 :
Zu Tibull, par Enderlein.
3. I 10, 5 il approuve avec raison *an nihil* de Lachmann et blâme sa ponctuation, mais il ne paraît pas savoir que Haupt a donné la ponctuation correcte, II 1,
34 il se demande, ce qui est absurde, si *uictor* n'aurait pas le sens d'un comparatif
et si *auis* ne serait pas à l'ablatif, III 1, 7 il défend la leçon traditionnelle contre
Eichstädt et Dissen, III 2, 1 et 2 il montre bien contre Dissen que ces deux vers
offrent un sens satisfaisant.
4. Zu der öffentlichen Classenprüfung... ladet... ein Dr. Ph. E. G. Chr. Voll-
behr... Glückstadt 1866. Druck von W. Augustin. in-4. — De Tibulli elegia libri
primi secunda scripsit Augustus Mau.

selon lui, n'est pas satisfaisante. 1-32 et 33-64 correspondraient
à deux situations très différentes et seraient deux fragments qui
n'ont aucun rapport ensemble. Dans 1-32 il croit, en partie avec
Dissen, que Tibulle, ayant un rendez-vous avec Delia mariée, s'est
rendu devant sa porte et l'a trouvée fermée, celle-ci n'ayant pas
osé tromper ses gardiens. Tibulle retourne à l'endroit où il
pensait l'emmener, là il se plaint et exhorte de loin la jeune fille
à tromper son mari (ceci est assez bizarre et n'a guère de point
d'appui dans le texte). Dubitativement il exprime l'idée que
25+ le pentamètre manquant et 29-32, dont il fait un tout, forment
un nouveau fragment sans rapport avec le précédent, appartenant
peut-être à une élégie où Tibulle racontait son amour à un ami
et lui disait qu'il était insensible aux intempéries pourvu que
Delia le reçut (mais nous n'avons chez Tibulle aucun autre
exemple d'une pièce reposant sur de pareilles confidences). Dans
33-64 le poète se représenterait comme conduisant en lieu sûr
Delia sortie de la maison ; tant qu'il est près de la maison, il est
inquiet et apostrophe les passants, puis, lorsqu'il se sent assez
loin, il se met à causer familièrement avec la jeune fille (la
situation est bizarre et nous n'avons rien dans la poésie élégiaque
latine qui y soit analogue). Les vers 65-78 forment un nouveau
fragment, sans rapport avec ce qui précède ni avec ce qui suit : le
ton en est assez tranquille et le poète paraît avoir éprouvé les
maux d'un amour infortuné, mais ces maux sont passés. Dans le
fragment 79-98 il se donne comme très malheureux, il profère les
plaintes les plus vives et voudrait à tout prix voir le terme de ses
souffrances. Il résulterait de tout ceci que nous avons là les
fragments de 4 ou 5 élégies ; Tibulle aurait donc chanté Delia
dans beaucoup plus de pièces que nous n'en avons conservé et il
avait traité poétiquement les vicissitudes de son amour. Après que
l'ensemble des élégies de Tibulle eut été mutilé, quelqu'un s'est
donné la tâche de reconstituer des élégies complètes avec les
fragments, car ce n'est pas au hasard qu'il faut attribuer la chose.
Les premiers vers de I 2 sont bien le commencement d'une
élégie, les derniers la fin d'une autre. Entre ce début et cette fin
on a intercalé des morceaux ayant quelque ressemblance entre
eux de façon qu'ils aient l'air de se suivre *grosso modo*. Pour que
cette hypothèse prît corps, il faudrait expliquer comment s'est
produite la mutilation profonde de l'œuvre de Tibulle, à quelle
époque on a essayé de la reconstituer par une falsification plus ou
moins adroite : ce sont là des questions que Mau n'aborde pas.

Je n'ai pas à entrer ici dans le détail de son argumentation pour prouver l'état fragmentaire ; lorsqu'on le suit de près, on voit que les contradictions qu'il signale n'existent pas dans la réalité, qu'il part d'idées préconçues sur le sens des différentes parties de la pièce, lesquelles doivent être comprises autrement qu'il ne le veut. Son travail n'est qu'une curiosité, un exemple de recherches fourvoyées, de facultés intellectuelles mal employées. Sacrifiant à la théorie de la correspondance strophique, alors à la mode et à laquelle du reste il ne paraît attacher qu'une importance secondaire, il donne à quelques-uns de ses fragments la forme de strophes, en méconnaissant du reste bien plus cavalièrement que ne l'ont fait ses prédécesseurs la continuité et les véritables divisions du sens.

§ 80, 1. — Le 26 mai 1866 Fr. Ritschl [1] lut à la Société royale des sciences de Saxe un mémoire qui est important comme spécimen d'erreur méthodique ; il est conçu avec une rigueur scientifique en apparence impeccable ; le raisonnement en est serré, inattaquable au premier abord ; pourtant les résultats sont faux, parce que les constatations dont part l'auteur sont inexactes ; le mémoire se termine par des affirmations tranchantes, caractéristiques de l'esprit absolu de Ritschl, mais qui ne contiennent rien de vrai. Bien qu'il professe que Scaliger n'a pas usé avec assez de réflexion du procédé de la transposition, Ritschl exalte les mérites de sa critique négative, se réclame avec décision de sa méthode et l'applique à I 4, tout en considérant la reconstitution de cette pièce par Scaliger comme manquée, les tentatives de transpositions opérées sur d'autres pièces, en particulier celles de Haase, comme n'ayant donné que des résultats médiocres. D'après lui l'ordre traditionnel de I 4 n'est pas logiquement compréhensible ; voici ses critiques ; les vers 57-70 ne sauraient appartenir au discours de Priape ; ils ne conviennent pas à la personne d'un dieu aussi réaliste que possible, incapable d'apprécier les mérites de la poésie ; ils sont adressés aux *pueri* dont Priape parle au début à la troisième personne ; c'est au poète qu'ils devraient l'être. Il est facile de répondre : dans la compréhension de la poésie de Tibulle il faut apporter non la logique

---

1. Ueber Tibull's vierte Elegie des ersten Buchs. Actuellement dans : Friedrich Ritschl's kleine Philologische Schriften, 3ter Band : Zur Roemischen Litteratur. — Leipzig Druck und Verlag von B. G. Teubner 1877, in-8, p. 616-636 [aus den Berichten der phil.-hist. Classe der kön. Sächsischen Gesellschaft der Wissenschaften (Bd. XVIII. 1866)].

brutale, mais l'esprit de finesse ; or Tibulle, comme ses confrères
élégiaques, insiste souvent sur le caractère pratique de sa poésie ;
en face de rivaux qui avaient pour réussir un moyen plus gros-
sier mais plus efficace, l'argent, il se pose comme le poète qui
distribue la gloire et à qui ses vers, cadeaux précieux, doivent
ouvrir toutes les portes. Mettre dans la bouche de Priape lui-
même l'éloge de la poésie considérée comme le plus bel hommage
à l'amour est une invention humoristique très spirituelle. Il est
regrettable pour Ritschl qu'il ne l'ait pas senti. D'autre part, si
Priape dans cette péroraison s'adresse non pas à Tibulle mais aux
pueri, c'est qu'il eût été parfaitement inutile et déplacé de rappeler au poète l'importance de son art, tandis qu'il fallait la faire
comprendre aux *pueri*. — En second lieu les divers développements ne seraient pas rattachés les uns aux autres par des transitions appropriées. Ritschl a raison pour le vers 15 où *sed* est en
effet incompréhensible ; mais, pour faire disparaître la difficulté,
il y a un autre remède que la transposition (cf. § 291) —. Enfin les
conseils du dieu, tantôt généraux, tantôt particuliers sont enche-
vêtrés sans ordre : vers 15-20 — général — il faut savoir user de
patience, 21-26 — particulier — on peut sans scrupule employer
les serments, 27-38 — général — il faut profiter du temps qui
passe vite, 39-56 — particulier — il faut déployer la plus entière
complaisance. Si cette répartition correspond à quelque chose de
réel, c'est ce qu'il eût fallu approfondir : en quoi le troisième
conseil est-il plus général que le quatrième ? Passons là-dessus :
Tibulle aurait certainement pu mettre ensemble d'une part les
conseils généraux, de l'autre les conseils particuliers ; mais il
n'était pas tenu à le faire sous peine d'absurdité ; l'ordre traditionnel ne choque pas à la lecture réfléchie. Les critiques préliminaires de Ritschl n'étant pas fondées, tout ce qu'il déduit à
partir de ce moment n'est, sous des formes rigoureuses, que pure
fantaisie. Il établit ainsi la suite de la pièce : 1-14 39-56 71-72
21-26 15-20 27-38 73-84 57-70 et met les critiques au défi de
nier que tous les défauts de l'ordre traditionnel disparaissent dans
l'ordre nouveau, qui est irréprochable ; en réalité l'ordre nouveau est détestable ; dans la tradition la pièce se termine de la
façon la plus naturelle ; il n'en est pas de même avec l'addition
de 57-70 qui ne se rattachent pas à 84 et forment hors-d'œuvre ;
le *heu* par lequel débute 57 est malheureux après *heu heu* de 81 ;
artes qui résume tous les moyens et toutes les habiletés énumé-
rées dans les vers qui précèdent 57 n'a plus de sens après 84.

En outre le vers 39 *tu puero*, etc., ne se rattache pas au vers 14.
La place donnée aux vers 15-20 est singulière ; ce développement
ne vient plus qu'en troisième lieu ; or il doit être en tête, puisqu'il
recommande de ne pas se laisser décourager par les difficultés du
début, etc. Ritschl ne s'arrête pas là ; il explique le soi-disant
désordre de la tradition par un déplacement de feuillets d'un
manuscrit en onciale ou en majuscule de la période du Vᵉ au VIIIᵉ
siècle contenant 6 vers à la page en 12 lignes ; 71-72 étant isolés
font difficulté ; il suppose qu'ils étaient primitivement à la marge
et qu'ils ont été introduits à une place qui ne leur appartenait
pas. Dans le poème reconstitué il trouve une composition symétrique qui, comme l'a pensé Eberz, ne proviendrait pas d'une
loi formelle à laquelle Tibulle se serait assujetti, mais d'un sentiment naturel de l'harmonie auquel il obéissait moitié consciemment, moitié inconsciemment, sans faire violence à la liberté de
sa pensée et à la succession de ses impressions ; c'est supposer
chez lui un état psychologique assez singulier et qui reste bien
vague. Quant au schéma établi par Ritschl, on se demande comment les auditeurs auraient pu en reconnaître la symétrie ; il reste
problématique même sur le papier : on voit dans le dernier
ensemble 2 2 2 correspondre à 2 3 2 ; où est la parité ? Enfin le
groupement des distiques ne concorde pas toujours avec le sens ;
Ritschl place une division après le vers 50 ; or 51-52 font corps
avec ce qui précède et non avec ce qui suit. De même la coupe
après le vers 32 tombe à contretemps ; 33-34 se rattachent à 32
et non à 35 sq. Nous sommes en présence d'un effort systématique
complètement fourvoyé ; Ritschl y a dépensé une somme d'invention et une force de raisonnement remarquables, mais le tout
est en pure perte ; nous avons ici toutes les apparences de la
science, rien de la science elle-même.

2. — Avec la mollesse habituelle de son jugement, Eberz[1]
accepte le résultat obtenu par Ritschl tout en le trouvant sur-
prenant. Il formule une timide objection sur la transposition
de 57-70, qu'il trouve peu à leur place à la fin de la pièce ; il
préférerait y voir un fragment d'une autre élégie. Le procédé
du copiste en face des feuillets déplacés ne lui paraît pas toujours expliqué naturellement ; au vers 33 il défend avec raison

---

1. N. Jahrb. f. Phil. u. Paed. 37ster Jahrg. 95ster Band 1867 : Zur Litteratur
des Tibullus, p. 203-208.

iam contre *olim* proposé par Ritschl. Fasciné par le grand nom de l'auteur, il souhaite que le travail du maître génial en suscite d'autres analogues ; c'est le contraire qu'il aurait fallu souhaiter.

§ 84. — C. M. Francken[1] a étudié de près les conditions de la critique du texte de Tibulle et fait une découverte intéressante. Après avoir bien caractérisé l'édition de Lachmann comme représentant fidèlement l'état de la tradition fautive de laquelle il faut partir pour restituer par conjecture un texte plus correct, il montre combien les manuscrits complets qui sont du XV° siècle et paraissent dériver d'un même exemplaire récent contiennent d'erreurs ; d'où la nécessité de recourir aux autres moyens d'information que nous possédons, les *Excerpta* de Vincent de Beauvais, que celui-ci ne paraît pas avoir tirés lui-même d'un manuscrit complet (cf. § 75) et les *Frisingensia* reçus trop tard par Lachmann et communiqués par lui à Dissen. Enfin il a découvert à la Bibliothèque de Leyde sous la cote XVIII Lips. N° 59 une édition de Catulle Tibulle et Properce de Plantin, in-12, Anvers, 1569, qui offre à la marge les collations de Scaliger : ce sont les leçons du *codex Cuiacii* (vetus) qu'il désigne par CC et dont la première mention est à III 4, 65, celles des *Excerpta peruetusta*, VA, et celles du *Cuiacianus recens*, V. Francken montre bien que les *Excerpta* remontent à une source plus ancienne que les manuscrits complets, mais ne doivent être utilisés qu'avec précaution ; ils renferment en effet des altérations voulues qui sont le fait de l'epitomator et qui diminuent leur valeur. Le *fragm. Cuiac.* au contraire mérite grande confiance et il y a grand intérêt à en connaître la leçon aussi exactement que possible. Examinant alors les systèmes de Kindscher et de Korn, il se refuse, à tort semble-t-il, à admettre les lacunes après les vers 25 et 50 de I 10 ; dans le premier cas il suffirait de lire *hostia erit...* (l'abréviation de *erit* mal lue aurait donné e, on aurait ensuite ajouté *que* pour la métrique) ; dans le second le texte donnerait un sens satisfaisant et *que* rejeté après le troisième mot n'est pas choquant chez Tibulle. En revanche il a raison de dire que l'hypo-

---

1. Over de Grondslagen van de Kritiek van Tibullus. Bijdrage van C. M. Francken. Dans : Verslagen en Mededeelingen der koninklijke Akademie van Wetenschappen. — Afdeeling Letterkunde. Tiende Deel, 1866, p. 30-61. Court résumé dans le t. XXVIII du Philologus, 1869, p. 572-573.

thèse de Korn sur l'archétype (§ 71) aurait besoin d'un autre
fondement pour acquérir quelque vraisemblance et que, quand
même on admettrait des lacunes après II 3, 34 et 58, il y aurait
pour expliquer la chose d'autres possibilités que celles admises
par Korn. Pour éviter toute subjectivité il faut partir des lacunes
certaines, c'est-à-dire I 2, 25^b, II 3, 14^b, II 3, 74 qui ne permettent pas de reconnaître comment le texte était réparti entre les
différentes pages de l'archétype. (Il considère II 3 14^c et ^d comme
de même fabrique que les vers d'Aurispa, de Thomas Seneca,
mais un peu plus anciens.) La conclusion de Francken paraît
valable contre le système de Korn qui reste en l'air, mais il va
trop loin en niant les deux lacunes de vers dans I 10 et celles de
mots dans des vers qui n'ont pas complètement disparu, c'est-à-dire
I 5, 61, 6, 42, II 1, 58. Quant à l'hypothèse de Scaliger, que les
élégies de Tibulle auraient été dépecées en fragments réunis ensuite
tant bien que mal, que l'ordre traditionnel ne représente qu'une
succession de morceaux mal agencés, elle repose, selon lui, sur
ce fait qu'on a méconnu la nature de la poésie de Tibulle et ses
habitudes de composition. Tibulle est un contemplatif; il s'abandonne aux sentiments généralement sombres qui s'emparent de
lui ; peu influencé par l'érudition Alexandrine, il expose avec
sincérité l'état de son âme. Les objets de son amour sont indignes
de lui : Delia appartient à la classe des affranchies vénales ; Nemesis lui préfère des adorateurs plus riches ; toujours malheureux,
il est le jouet d'impressions rapidement effacées par d'autres :
d'où une succession rapide de pensées, qui n'obéissent pas à la
stricte logique et procèdent par soubresauts brusques. Ainsi dans
la première élégie les mêmes sentiments reviennent à des places
différentes, sans qu'il y ait lieu d'opérer des transpositions ; parce
que Tibulle parle d'amour I 1, 51-58 et 2, 67-78 ce n'est pas une
raison pour introduire, avec Scaliger, ces derniers vers dans la
première élégie. L'auteur énumère un certain nombre de sentiments et d'idées, qui reviennent sans cesse chez Tibulle, fait ressortir la liberté avec laquelle il passe d'une idée à une autre et
les revirements caractéristiques. Il applique ces idées à I 6 où les
sentiments sont instables et où Tibulle flotte entre les contraires,
à I 4 en supposant une lacune après le vers 14, à II 3 où sans
admettre de lacunes il voit un poème complet et digne de Tibulle,
mais où, malgré la subtilité de son analyse, il n'arrive pas à
résoudre les difficultés ; il ne serait du reste pas éloigné de voir
dans cette pièce trois élégies complètes, trois brusques explosions

du dépit de Tibulle à propos de la mésaventure qui le prive de sa maîtresse emmenée à la campagne.

On ne peut accepter dans le détail toutes les assertions de Francken ; mais il a rendu un grand service en signalant l'existence des collations de Scaliger ; il juge sainement les manuscrits complets qu'il fait dériver tous d'une source unique et récente, les *Exc.* de Vincent de Beauvais, le *Frag. Cuiac.* Il se refuse à tort à reconnaître certaines lacunes ; mais il a raison de déclarer que les lacunes certaines comblées par les Italiens ne donnent pas le moyen de retrouver la répartition du texte dans l'archétype et que la suite un peu lâche des idées dans la plupart des élégies ne provient pas de l'état fragmentaire de la tradition, mais des habitudes de penser de Tibulle lui-même.

§ 82[1] (Cf. § 65), 1. — Après avoir prétendu établir à propos des poésies lyriques d'Horace[2] le principe de la correspondance strophique, C. Prien entend maintenant l'imposer à Catulle, Tibulle et Properce[3]. Pour Tibulle il commence par les pièces IV 2-6 (contre Gruppe il attribue avec raison 7 à Sulpicia) qui forment un cycle symétrique et croit trouver à l'intérieur de chaque pièce une correspondance strophique qui compléterait dans le détail la symétrie extérieure de l'ensemble. Il applique ensuite le procédé à II 2, I 5, II 6, I 7, 3, 10, 1, II 1, I 8, II 4, I 4, 6, II 3 c'est-à-dire à 13 des 16 pièces qui forment les 2 premiers livres. La base du système est que[4] « la correspondance strophique correspond à l'organisation du contenu et qu'une étude attentive du contenu conduit naturellement aux divisions indiquées ». Il faut remarquer d'abord que pour établir son système l'auteur supprime dans IV 3 les vers 5 et 6, marque dans II 6 une lacune de deux vers après 35, supprime dans I 10 les vers 11-12, marque dans II 1 une lacune de 4 vers après 56 en supprimant les

1. K. Boysen a donné un répertoire commode des travaux consacrés au Corpus Tibullianum de 1867 à 1876 dans le Philologus, 39ster Band, 1880, Bibliographischer übersicht 1867-1876. Zweite Abtheilung. — Lateiner I p. 638 sqq., p. 712 sqq. et 40ster Band, p. 492 et 640 sqq.

2. Rhein. Mus. N. F. XIII, p. 321 sqq. et Die Symmetrie und Responsion der Sapphischen und Horazischen Ode. Lübeck, 1865.

3. Einladung zu den auf den 10ten... April 1867 angeordneten... Prüfungen... der Schüler des Catharineums in Lübeck... — Inhalt 1) Die Symmetrie und Responsion der römischen Elegie von Prof. Dr. Carl Prien (p. 1-85). — Lübeck, 1867. Gedruckt in der Rathsbuchdruckerei. in-4.

4. P. 20.

vers 57-58. Il déclare [1] que dans tous ces cas sa critique ne tient
aucun compte du système et ne se règle que par des considérations
de logique et de langue; il n'en est rien : ni ses athétèses ni ses
lacunes ne sont fondées et, par cela seul, l'hypothèse croule. En
outre, pour juger si le principe est juste, car on ne saurait le
repousser *a priori*, il faut l'examiner d'après 2 critères ; le premier
dont il ne parle point et dont l'importance lui a échappé est le
suivant : les schémas qu'il construit sont-ils de telle nature que
l'oreille puisse en saisir sans peine la régularité ? Si la correspondance
strophique ne s'établit pas d'elle-même pour l'oreille, les
signes dont on la marquerait sur le papier ne signifieraient rien et
on ne saurait voir là une intention du poète. Le second critère,
auquel Prien fait appel, est que la division en strophes et en antistrophes doit correspondre naturellement aux divisions du sens.
Un exemple pris au hasard suffira pour montrer si l'hypothèse de
Prien satisfait à ces deux conditions. Le schéma qu'il donne de
I 5 est le suivant :

$$\underbrace{\alpha\,(4\ \text{dist.}) + \beta\,(4+1)}_{A} = \underbrace{\alpha'\,(4) + \beta'\,(4+1)}_{A'} \text{ et } \underbrace{\gamma\,(5)}_{B} = \underbrace{\gamma'\,(5)}_{B'} \underbrace{\delta\,(1+4)}_{C} = \underbrace{\delta'\,(1+4)}_{C'}$$

Il est assez compliqué ; il se compose de 3 groupes, les deux derniers formés chacun d'une strophe et de son antistrophe, le premier
de deux strophes inégales suivies de leurs antistrophes; on se
demande comment l'auditeur pouvait être averti que la pièce
commençait par 2 strophes inégales l'une de 8, l'autre de 10 vers,
que c'était seulement après ces deux strophes que venaient les
antistrophes, tandis qu'ensuite l'antistrophe venait immédiatement
après la strophe. Si l'auditeur n'avait pas préalablement le schéma
sous les yeux, il était impossible qu'il le devinât et en eût
conscience. En outre les strophes ne correspondent pas aux divisions naturelles du sens ; ceci est surtout sensible pour les vers
19-36 qui forment suivant Prien les antistrophes α' β' ; au point
de vue du sens ils ne se partagent pas en groupes de 8 et 10 vers,
mais de la façon suivante : 19-20 : 1 distique, annonce du développement ; 21-34 : 7 distiques, développement; 35-36 : 1 distique,
conclusion du développement. Si on veut sectionner les 7 distiques qui développent le thème, les divisions naturelles du sens
sont : 21-24 2 distiques, 25-26 1 distique, 27-30 2 distiques,
31-34 2 distiques. Ailleurs le schéma de Prien n'est pas moins

1. P. 84.

arbitraire : il attribue les vers 57-58 à la strophe δ ; or ils sont
la conclusion de ce qui précède ; après avoir maudit l'entremetteuse et lui avoir souhaité un châtiment exemplaire, Tibulle
déclare que ce châtiment s'accomplira ; ils n'ont rien à faire avec
ce qui suit où Tibulle se tournant vers Delia lui expose l'avantage
qu'il y a à avoir un amant pauvre. La coupe de sens est après le
vers 58 et non avant le vers 57. *At tu* au vers 59 montre nettement que Tibulle passe à un autre ordre d'idées. De même 67-68
dont Prien fait à tort les premiers vers de l'antistrophe δ' se rattachent étroitement à ce qui précède et sont la conclusion de 59-66
at tu au vers 69 indique encore le passage à un autre ordre
d'idées. L'examen des autres schémas construits par Prien donne
un résultat identique ; ils sont arbitraires et font violence à la
réalité. Il exprime en terminant la prétention d'avoir trouvé une
règle et un point de vue nouveau pour l'appréciation esthétique de
Tibulle ; il s'est complètement fourvoyé et il n'y a rien à tirer de son
travail. Voir la suite de l'application du principe par Prien § 100

    2. — Christian Cron [1], qui se donne comme n'étant ni l'ami
inconsidéré ni l'ennemi systématique des nouveautés, se borne
exposer la théorie de Prien et ne se sent pas la compétence
nécessaire pour la juger ; il se borne à faire observer qu'il serait
injuste de la rejeter d'un mot dédaigneux et qu'elle doit être
examinée de près, que les anciens bien plus que les modernes se
soumettaient à des règles formelles étroites, sans que leur génie
en fût embarrassé et sans que la liberté créatrice en souffrît. C'est
une attitude prudente d'expectative sympathique.

    Eberz [2] moins réservé s'est déclaré converti aux idées de Prien
Il ne croit pourtant pas que ces schémas artificiels auxquels se
serait assujetti Tibulle ajoutent à la valeur poétique de ses œuvres
Il formule quelques observations justes ; ainsi à propos de IV 2
montre nettement que les vers 21-24 ne peuvent pas comme le
veut Prien être réunis à 15-20 pour former une strophe, mais
qu'ils sont la conclusion de toute la pièce. Il a le tort de vouloir
établir une autre correspondance strophique en supprimant 13-1
et en supposant après 20 une lacune de deux vers, ce qui est
encore plus arbitraire que le système de Prien. Il s'exerce sur
d'autres poèmes à constituer une autre division strophique qu

    1. Blätter für das Bayerische Gymnasialschulwesen, 4ter Band 1868, p. 112-12
    2. N. Jahrb. f. Phil. u. Paed. 39ster Jahrg. 99ster Band, 1869 : Zur Litterat
der römischen Elegiker, p. 334-338.

celle de Prien, sans s'apercevoir qu'il fallait que la théorie fût
toute subjective pour se prêter à des applications si diverses.

§ 83, 1. — O. Ribbeck[1] s'est attaqué de nouveau à l'ordre
traditionnel de I 1, 1-36 en approuvant Scaliger et Haase de
s'être aperçus que cet ordre n'était pas acceptable et en protestant
contre l'opinion de Bernhardy que la composition de Tibulle est
si lâche qu'on peut avec une égale vraisemblance proposer des
transpositions et les réfuter. Ribbeck n'admet cependant pas les
transpositions de Haase et les combat très heureusement. On ne
peut s'empêcher de remarquer que les partisans de ce procédé ne
sont jamais satisfaits de l'emploi qui en a été fait avant eux ; cela
ne suffit certainement pas à le condamner mais crée tout au moins
un préjugé défavorable ; si les transpositions opérées par un
critique sur Tibulle sont infailliblement rejetées par le suivant,
c'est sans doute qu'elles ne s'imposent pas et que l'ordre traditionnel n'est pas si mauvais qu'on le prétend. Quoi qu'il en soit,
la suite des idées dans I 1 s'établirait ainsi selon Ribbeck : 1-6,
9-10, 25-28[2], 7-8, 29-34, 11-12, 35-36, 13-24, 37 sqq. Cette soi-
disant restitution n'est pas plus valable que celle de Haase ; par
exemple dans les vers 5-10 Tibulle oppose à la vie guerrière
caractérisée par la richesse qu'elle procure en échange d'un
service pénible et dangereux la vie rustique caractérisée par une
pauvreté relative mais en revanche par des travaux moins pénibles ; ces travaux sont exprimés par les vers 7-8 ; si on supprime
ces vers, l'antithèse entre la vie rustique et la vie guerrière reste
boiteuse ; ils sont donc nécessaires à la place qu'ils occupent ; ils
interrompent la suite des idées à l'endroit où les met Ribbeck ;
car alors au vers 29 *tamen* n'a plus aucun sens ; il en a au
contraire un très satisfaisant dans l'ordre traditionnel : après
27-28 où Tibulle exprime l'intention de se reposer, il est naturel
qu'il ajoute que *pourtant* il ne reculera pas devant certains
travaux. L'intercalation de 11-12 entre 34 et 35 est particulièrement absurde, etc. Pour expliquer le désordre du morceau
Ribbeck adopte l'hypothèse émise par Ritschl son maître de
l'archétype de 6 vers à la page, dont deux feuillets auraient été

---

1. Index scholarum in Academia Christiana Albertina per... semestre aestivum...
A. 1867... habendarum. — Prooemiatus est de Tibulli Elegia I et Propertii III (II)
34 Otto Ribbeck. — Kiliae ex officina C. F. Mohr. in-4. 12 p.
2. En lisant contre la leçon des *Exc. Frising.* à laquelle il n'y a rien à changer :
a modo nunc possim.

transposés ici ; Ritschl embarrassé par les 2 vers 71-72 de I 4 avait été obligé d'admettre qu'ils avaient été passés par le copiste et mis à la marge. Ribbeck abuse de l'expédient en l'appliquant à 7-8, 9-10, 11-12, c'est-à-dire que le ou les copistes sur les 6 premiers distiques en auraient passé 3 ; on les aurait ensuite transcrits avec des sigles indiquant leur place sur une page qui se serait trouvée entre le premier et le deuxième feuillet ; un autre copiste les aurait mis indûment tous les trois après les vers 1-6. Avec des hypothèses comme celles-là rien n'est impossible ; on se demande si l'auteur lui-même les prend au sérieux. Un travail comme celui-là n'est qu'une mystification ou une joyeuseté de philologue en goguette.

2. — Eberz[1], malgré toute sa bonne volonté, et tout en trouvant la disposition proposée par Ribbeck séduisante, n'a pu se décider à l'adopter dans son ensemble. Il accorde que l'ordre traditionnel n'est pas absolument satisfaisant (ce qui est inexact), mais il trouve qu'il n'offre pas de plus grosses difficultés que celui inventé par Ribbeck ; ainsi il montre bien que les vers 7-8 sont à leur place, la *uita iners* de 5 ne désignant pas un désœuvrement absolu, mais il a tort de convenir qu'ils se relient également bien aux vers 29 sqq. comme le veut Ribbeck ; il trouve la transition entre 24 et 25 très dure, qu'on lise *possum*, qu'il est disposé à admettre à tort, ou *possim* ; mais ces vers ne le choquent pas plus à la place qu'ils occupent qu'à celle que leur assigne Ribbeck, etc. Il y a dans tout ceci beaucoup de mollesse et de flottement.

§ 84, 1. — W. Fuss[2] est revenu à propos du troisième livre à des hypothèses compliquées et arbitraires qui florissaient quarante ans auparavant et qu'on pouvait croire abandonnées pour toujours. Après avoir exposé avec un soin méritoire les opinions des critiques, il déclare qu'il reprend contre Voss les idées de Spohn, bien qu'elles n'aient trouvé d'écho que chez de Golbéry et que seul Passow ait jugé à propos de les réfuter. Ce sont les arguments de

---

1. N. Jahrb. f. Phil. u. Paed. 39ster Jahrg. 99ster Band 1869 : Zur Litteratur der römischen Elegiker, p. 331-334.
2. De Elegiarum libro quem Lygdami esse putant quidam. — Commentatio philologica quam... in... Academia Monasteriensi... die V. mensis Junii a. 1867... defendet scriptor Matth. Guilelmus Fuss Marcoduranus. — Monasterii ex typographia E. C. Brunn. in-8. 77 p.

Spohn qu'il reproduit en y ajoutant les siens et il se fait bien à tort le champion de l'attribution à Tibulle :

1º Les vers III 5, 17-18 ne prouvent rien, car ils sont interpolés d'Ovide (Spohn), étant superflus ici, nécessaires chez Ovide. Il en est sans doute de même de 19-20 qui sont bien à leur place chez Ovide, mais non point ici (Spohn).

2º Le passage connu d'Ovide prouve que Tibulle n'a eu que deux maîtresses. Glycera doit être identifiée non pas avec Delia (Spohn), mais avec Nemesis (Scaliger, Passow, Weichert, Dieterich, etc.), Neaera avec Delia (Spohn). Plania-Delia était non pas une affranchie, mais une romaine de basse condition, qui menait la vie galante et qui fit un riche mariage, ce qui concorde bien avec ce que nous savons de Neaera. Le poète du troisième livre qui n'était pas, comme l'a voulu Voss, un affranchi a été son amant et espérait l'épouser ; mais elle lui a préféré un autre. Acceptant ainsi les identifications de Spohn, de Delia et de Neaera, de Tibulle et de Lygdamus, Fuss se sépare de lui pour l'arrangement des élégies et le développement du roman. Tibulle qui a aimé Plania-Delia après un certain nombre de campagnes refuse à Messalla dans l'élégie I 1 de l'accompagner dans la guerre contre Antoine, bientôt après pourtant il le suit en Orient I 3. Pendant son absence Delia se refroidit I 5. Les événements se continuent par le troisième livre dont Fuss range ainsi les élégies 4, 2, 3, 5, 6. Ce qui advint ensuite nous l'apprenons par I 2 (le mari est retourné à la guerre pour continuer à s'enrichir et Tibulle engage Delia à le tromper) et I 6 (après le retour du mari Tibulle essaie de faire alliance avec lui).

3º Le nom de Lygdamus que se donne le poète ne prouve rien. Tibulle avait primitivement désigné Plania par le pseudonyme de Delia : au moment de son mariage, par discrétion et pour ne pas l'exposer à des dangers, il lui donna un autre nom fictif, celui de Neaera et prit lui-même celui de Lygdamus ; il dépistait ainsi les soupçons. Il revient au nom de Delia dans I 2 parce que le mari était absent de Rome et dans I 6 où il lui signale l'inconduite de sa femme ; peut-être la chose s'explique-t-elle simplement parce que, quand il édita son premier livre quelques années après, cela n'avait plus d'inconvénients. Le troisième livre fut retrouvé dans ses papiers et édité tel quel.

4º Tibulle n'avait pas à entretenir Neaera de son amour pour la campagne, peut-être y fait-il allusion au début de l'élégie 5 ; d'ailleurs dans son troisième livre il poursuivait un but pratique

(Gruppe) ; l'auteur n'était pas un si mauvais écrivain que l'a
voulu Voss ; les imitations de Tibulle ne sont que des emprunts
que le poète se fait à lui-même.

Fuss réfute ensuite les arguments qui ont été apportés postérieurement à l'appui de la thèse de Voss. Eichstaedt ne dit rien
de nouveau. Lachmann au contraire est entré dans une voie
nouvelle en signalant les différences grammaticales et métriques
entre Tibulle et Lygdamus. Fuss chicane très adroitement sur les
observations de détail, en se retranchant soit sur l'incertitude du
texte, soit sur le fait qu'il n'est pas nécessaire que le même écrivain emploie toujours les mêmes conjonctions construites de la
même façon dans tous ses écrits ; l'œuvre de Lygdamus est du
reste trop courte pour permettre des conclusions probantes.

Naturellement les identifications de Lygdamus avec Cassius de
Parme (Oebeke) avec Ovide (Gruppe réfuté par Hertzberg), avec
Valerius Messalinus (Haase [1]) sont à rejeter.

Cette tentative pour faire revivre des idées sans consistance, des
identifications arbitraires de personnages distincts, des mélanges
absurdes entre les diverses parties du Corpus Tibullianum est
véritablement affligeante. Elle marque un recul sensible ; la philologie était arrivée depuis longtemps à des méthodes plus saines.

2. — Chr. Bähr [2] a donné une analyse détaillée de ce ramassis
d'erreurs en exprimant çà et là son approbation ; il croit que l'auteur
a réfuté d'une façon frappante les arguments de Voss. Il le félicite de n'avoir pas conclu du vers III 5, 17 sq. à l'inauthenticité de
tout le troisième livre et d'avoir bien vu qu'il y avait là une interpolation d'après Ovide. Il accepte le résultat de l'attribution du
troisième livre à Tibulle. On ne saurait témoigner d'un manque
de clairvoyance plus complet.

§ 85. — C. Stumpe [3], sans connaître le travail de Fuss, a consacré au troisième livre une dissert. inaug. qui se compose de
deux parties. Dans la première il expose d'abord les opinions for-

1. Miscellan. philolog., 1861, p. 27.
2. Heidelberger Jahrbücher der Literatur, 60ster Jahrg. 1867, n° 40, p. 637-
639.
3. De Lygdami, qui vocatur, elegiis. — Dissert. inaug. philosophica, quam... in
Academia Fridericiana Halensi cum Vitebergensi consociata... die XIII. M. Augusti
A. 1867... defendet... Carolus Stumpe, Marchichus. Halis Saxonum, typis Schmid-
ljanis; in 8. 24 p.

mulées antérieurement sur le troisième livre et, comme elles étaient dispersées, il est commode de les trouver là réunies. Il montre ensuite que le troisième livre diffère des deux premiers par le sujet — les descriptions de la vie rustique y sont remplacées par d'autres artificielles et sans intérêt, l'ardeur amoureuse de Tibulle par une langueur gémissante dénuée d'agrément — par le style — il est enflé mal à propos ; les Muses et Apollon ne sont invoqués que pour être rabaissés à des rôles insignifiants ; on est fatigué par les répétitions, les pensées froides et absurdes — par des particularités grammaticales — l'auteur qui suit Lachmann et Haupt fait bien ressortir la longueur des périodes — par des particularités métriques — plus souvent que dans les 2 premiers livres, la première moitié du pentamètre est composée uniquement de spondées, etc. C'est un bon résumé des observations faites jusqu'alors sur les différences qui distinguent Lygdamus de Tibulle. L'auteur reprend alors l'argumentation de Dissen d'après laquelle Lygdamus né en 43 av. J.-C. ne saurait être Tibulle, montre, ce qui avait été fait avant lui, que le vers III 5, 18 n'est pas interpolé d'Ovide et qu'il n'est pas corrompu, qu'il est inadmissible que Tibulle ait chanté sous le nom de Lygdamus les amours d'autrui ; comment aurait-il écrit le troisième livre si faible pendant ou après les 2 premiers qui témoignent d'un si grand talent poétique ? Stumpe insiste sur le fait que l'auteur imite maladroitement Tibulle et repousse l'opinion déjà réfutée de Gruppe que Lygdamus n'est autre qu'Ovide.

Cette première partie n'est qu'une œuvre de patience ; la seconde est originale ; Stumpe ne croit pas avec Voss que Lygdamus ait été un affranchi grec (la chose n'est pas absolument sûre, mais elle reste possible : un affranchi pouvait affecter de parler comme un citoyen romain pour faire oublier ses antécédents et il pouvait être riche). Il pense que Neaera n'était ni la maîtresse, ni la fiancée de Lygdamus, mais sa femme, qui venait de divorcer (ceci peut se soutenir à la rigueur, Lygdamus s'exprimant d'une façon assez vague). Quant aux concordances avec Ovide, Stumpe nie qu'Ovide soit l'imitateur, parce qu'il est inadmissible que celui-ci ait emprunté à un poète inconnu sans le nommer un vers entier, ce qui constituerait un véritable plagiat, et que ces mauvaises élégies aient fait sur lui assez d'impression pour qu'il les sût par cœur, puisqu'il les aurait imitées dans ses premiers poèmes et dans ceux qui suivent beaucoup plus tard (c'est en effet une objection, mais elle n'est pas irréfutable). Stumpe donne alors sa solution personnelle du problème : l'auteur a voulu décrire soit une aventure réelle arrivée à un de ses amis, soit une aventure imaginaire ; comme il avait peu de vigueur et de netteté d'esprit, il n'a pas su caractériser assez clairement les circonstances pour que nous puissions nous en rendre un compte absolument exact ; il a été incapable de peindre d'une façon naturelle et vraie les sentiments qu'il croyait devoir prêter à Lygdamus, et même de représenter toujours ses personnages de la même manière ; impuissant sur ce terrain, il s'est abandonné à la description des objets extérieurs. Il a imité à la fois Tibulle et Ovide. Ses élégies ont été jointes à celles de Tibulle par la négligence des éditeurs, qui les lui ont attribuées, parce qu'ils y constataient une certaine couleur Tibullienne. Postérieures à la mort de Messalla, elles ne sauraient, comme l'a prétendu Hertzberg, avoir été trouvées dans sa maison avec les autres poèmes qui constituent le Corpus Tibullianum[1]. Cf. § 105.

Le système de Stumpe est ingénieux ; mais ce n'est qu'une hypothèse créée de toutes pièces et qui n'a pas de fondement réel. Pour qu'elle acquît de la vraisemblance, il faudrait qu'il fût démontré qu'Ovide n'a pas pu imiter Lygdamus ; or la preuve n'est pas faite.

§ 86. — La dissert. inaug. de E. Lehmann[2] sur les adjectifs dans la composition desquels entre une particule n'est à mentionner ici que parce que c'est chez les élégiaques ainsi que chez Virgile et Horace que l'auteur a relevé les adjectifs qu'il étudie ; il eût mieux fait d'opérer sur l'ensemble des écrivains latins. Il commence par examiner la nature des prépositions, la façon dont elles entrent en composition, distingue les adjectifs composés et les adjectifs dérivés en recherchant l'étymologie et le sens primitif, note les modifications que subit la seconde partie des adjectifs composés. Puis il étudie les particules *in-*, *ne-*, *dis-*, *ue-*. Pour ce qui nous concerne il n'y a à relever que la remarque sui-

1. Parmi les *theses* qui terminent la dissert. on peut signaler : I Carmen in honorem Messallae conscriptum Tibullo esse abjudicandum. III De elegiis Sulpiciae Gruppium recte judicasse.
2. De adjectivis compositis apud Catullum, Tibullum, Propertium, Vergilium, Ovidium, Horatium occurrentibus quorum priore parte particula continetur. — Diss. inaug. philol. quam... in Academia Albertina... die XIX. m. Decembris a. 1867... defendet... Eugen Lehmann. — Regimonti Pr. Typis Academicis Dalkowskianis. in 8. 57 p.

vante[1] : sur 130 participes passés passifs composés avec *in-* 50 seulement se trouvent chez plusieurs poètes du siècle d'Auguste ; des 80 qui restent 40 sont propres à Ovide, 20 à Virgile, 19 à Horace, 1 à Tibulle (*inaequatus*, qui en réalité appartient au panégyrique). Quoique ce soit Ovide qui a le plus d'ἅπαξ εἰρημένα, si on ne s'en tient pas au résultat brut, qu'on fasse entrer en ligne de compte certaines circonstances et qu'on cherche la proportionnalité, c'est Horace qui, à cet égard, est le poète le plus libre.

§ 87 (cf. § 64). — En publiant une troisième édition de son Tibulle[2], Haupt a sans doute voulu satisfaire à des besoins de librairie ; en la donnant comme une troisième récension il a mal renseigné le public. Que ce soit une réimpression de l'édition de 1861 c'est ce que prouvent des fautes d'impression communes[3]. Les deux corrections II 5, 68 *Phyto* au lieu de *Phoeto*, IV 6, 3 *lota* au lieu de *tota* ne suffisent pas à constituer une récension nouvelle. *Ille* pour *illa* au vers I 6, 66 est sans doute une correction voulue, mais au vers II 6, 36 *si* pour *sis* est sûrement une faute d'impression. Cf. la quatrième édition § 146.

§ 88. — Sous ce titre inexact « Un nouveau manuscrit de Tibulle » — il s'agit de simples extraits — E. Wölfflin[4] a communiqué une découverte importante pour la constitution méthodique du texte. Lachmann avait reconnu que les *Excerpta peruetusta*, que Scaliger tenait en haute estime, n'étaient autres que ceux qui figuraient chez Vincent de Beauvais. O. Richter (§ 75) avait cherché à prouver qu'on ne leur avait pas encore accordé l'importance qu'ils méritaient, Lachmann et Haupt ne les ayant suivis qu'exceptionnellement ; on regrettait toujours que Scaliger dans ses *Castigationes* ne les eût pas reproduits intégralement. Wölfflin les a retrouvés dans un manuscrit de Paris le Nostradam. 188 du xiii⁰ siècle, qui, d'après Roth, praef. Suet. xxxiii sq., Philol. XVII 342, est identique à celui dont s'est servi Vincent. Après avoir indiqué le contenu du manuscrit

1. P. 51.
2. Catulli Tibulli Propertii carmina a Mauricio Hauptio tertium recognita. Lipsiae, apud S. Hirzelium, 1868. in-12.
3. I 5, 59 *at ut* pour *at tu* qu'ont correctement la 1re et la 4e édit. D'autres fautes portent sur la ponctuation.
4. Philologus, 27ster Band 1868, p. 152-157 : Eine neue handschrift des Tibull, par Eduard Wölfflin.

Wölfflin donne la collation complète des fragments de Tibulle
faite sur l'édition de Rossbach. Il serait donc inutile maintenant de
recourir sur ce point à Vincent et à Scaliger, puisque nous avons
la source où ils ont puisé. Wölfflin rappelle que les citations des
classiques faites par les auteurs du moyen âge sont ordinairement
empruntées non pas à des manuscrits complets mais à des anthologies. Il montre que ces anthologies ne doivent être utilisées par
nous qu'avec précaution et donne comme exemple quelques
passages de Salluste qui ont subi certaines modifications destinées
à leur faire prendre une physionomie indépendante. Accablé par
la besogne scolaire, il n'a pas eu le temps d'étudier les modifications imposées par l'excerptor au texte de Tibulle et signale
rapidement les suivantes : les particules de liaison ont été remplacées par d'autres mots qu'admettait la mesure ; altérant plus
profondément, l'excerptor s'est préoccupé de mettre le texte
d'accord avec ses idées de morale chrétienne. Il ne faut donc pas
perdre de vue les principes qui l'ont guidé ; toutes les fois qu'il y
a lieu de croire que la leçon a été interpolée d'après ces principes,
elle n'a pas de valeur ; mais, les extraits émanant d'un manuscrit
de beaucoup antérieur aux manuscrits complets dont nous disposons, lorsque leur leçon divergente n'est pas suspecte d'altération
arbitraire, il y a présomption qu'elle provient d'une tradition
meilleure en tant que plus ancienne. N'ayant pas eu le loisir
d'approfondir la question, Wölfflin se trompe quelquefois dans le
détail[1]. Les extraits de Vincent et de Scaliger cessent avec le
troisième livre ; notre manuscrit montre qu'ils s'étendaient au
panégyrique. Le cod. Parisiensis 13582, du XIIIe siècle d'après
L. Delisle ou de la première moitié du XIVe, contient avec des
extraits d'autres auteurs quelques extraits de Tibulle peu
nombreux, dont la source paraît être le Nostradam. 188. Cf. § 90.

§ 89. — Dans un catalogue inséré aux pages 218-219 d'un
manuscrit de la Bibliothèque royale de Berlin, le Santenianus 66,
qui est du IXe siècle, Haupt[2] a trouvé la mention suivante : *Albi
Tibulli lib. II.* C'est la plus ancienne mention que nous ayons d'un
manuscrit de Tibulle au moyen âge. Haupt pense, avec raison à

---

1. Ainsi il a tort de recommander I 1, 50 *et caeli nubila ferre potest,* 10, 8
ante merum, etc.
2. Actuellement dans : M. Hauptii Opuscula, t. III, p. 2. Leipzig, 1876. (Ex
Herma Berolinensi [t. III, 1869, p. 221-223]). Analecta, n° LXXXIII, p. 425-428.

ce qu'il semble, qu'il s'agit d'un manuscrit incomplet et, pour éviter les conj. sans fondement, s'interdit de songer au *fragm. Cuiac.*, dont la première mention faite par Scaliger se rapporte à III 4, 65. Ce qui confirme cette explication, c'est que le passage concernant Tibulle se trouve entre celui concernant Juvénal dont 3 livres seulement sont signalés et celui concernant Horace qui ne mentionne que l'Ars poetica. Haupt fait observer que les manuscrits que nous possédons divisent le Corpus Tibullianum en 3 livres (les troisième et quatrième livres des éditions étant réunis) et qu'ils proviennent probablement de celui que lisait au xiv° siècle Guilelmo Pastrengo, lequel l'avait sans doute reçu de Petrarque.

§ 90. — Luc. Müller [1] a publié les *Exc. Fris.*, dont Dissen s'était servi sur l'indication de Lachmann mais sans les donner d'une façon complète et sans en apprécier le caractère. Le premier Luc. Müller en a signalé l'importance : ils sont anciens, puisqu'ils remontent au xi° siècle ; ils contiennent des emprunts aux quatre livres, tandis que les *Excerpta* de Vincent et de Scaliger se bornent aux 3 premiers et que ceux du manuscrit Notre-Dame 188 n'ajoutent que quelques passages concernant le panégyrique ; enfin leur prix vient de la façon dont le rédacteur a fait les extraits ; sans doute il a sacrifié à la tendance universelle au moyen âge de recueillir des idées générales et des sentences morales, mais il a aussi été guidé par des considérations grammaticales et lexicographiques en détachant du contexte des locutions et des mots. Insistant sur le fait capital que ces extraits ne sont pas interpolés, Luc. Müller en discute la leçon et montre qu'elle est presque toujours authentique ; il se trompe quelquefois dans sa discussion [2].

1. N. Jahrb. f. Phil. u. Paed. 39ster Jahrg. 99ster Band 1869, p. 63-77 : Ueber die handschriftliche Ueberlieferung des Tibullus im Mittelalter, par Lucien Müller.

2. I 1, 25 il a tort de ne pas admettre la leçon excellente *iam modo iam possim contentus uiuere paruo* sous prétexte que Tibulle ne pouvait émettre le vœu qu'il lui fût permis de vivre en se contentant de peu, parce que cette décision dépendait de lui et non d'autrui. En réalité Tibulle fut obligé d'entreprendre des campagnes qui devaient réparer les pertes de son patrimoine par quelqu'un qu'il ne nomme pas et qui avait autorité sur lui ; il peut craindre que cette influence ne s'exerce encore et qu'il ne soit obligé d'y céder de nouveau. I 2, 40 il a tort de rejeter *rapido* sous prétexte que le contexte réclame une expression plus énergique ; 7, 12 on ne voit pas pourquoi il n'adopte pas la leçon *Carnutis* ; 9, 45 il se trompe en accordant de l'importance à *o miser* ; *o* a été substitué à *tum*, parce que *tum*, qui est à sa place dans le contexte, n'avait plus de sens une fois le vers isolé de son entourage, etc.

Arrivant alors aux *Excerpta* de Vincent, de Scaliger et du
manuscrit Notre-Dame 188 (cf. § 88) il pose la question autrement
qu'elle n'avait été posée et autrement qu'elle ne doit l'être : il se
demande si le rédacteur des extraits avait des raisons d'interpoler
et il répond par l'affirmative, si les scribes des manuscrits
complets en avaient de leur côté et il répond par la négative. Ici
il prend d'une façon tout à fait inattendue la défense des manuscrits complets : il croit que les Italiens du xve siècle (il ajoute et
du xive) n'avaient aucune raison d'altérer le texte de Tibulle, qui
est un écrivain d'un style simple, sans recherche de l'érudition
et des curiosités, qui plaisait justement par sa grâce sans fard, si
bien que les autres poètes ont pu être interpolés d'après lui, mais
non lui d'après eux. Sur les manuscrits italiens il faut s'en tenir
à l'appréciation de Scaliger (§ 1, 3), et il semble que ce soit par
pur esprit de contradiction que Luc. Müller en a pris le contre-
pied. Il a raison de rappeler avec Richter et Wölfflin les principes
interpolateurs qui ont guidé l'excerptor (il ne croit pas que
Vincent ait puisé dans un manuscrit complet), mais il a tort de ne
pas admettre que là où ces principes interpolateurs n'avaient pas
lieu de s'exercer les *Excerpta* plus anciens que les manuscrits
complets puissent avoir conservé des leçons meilleures et qu'il
faille tenir compte de leur témoignage. Sa théorie à leur égard
est celle-ci[1] : les *Excerpta* étant de toute évidence largement
interpolés dans la plupart des passages pour des raisons métriques,
grammaticales et particulièrement logiques, dans tous les autres
cas où ils présentent des leçons aussi bonnes ou meilleures que les
manuscrits complets on ne peut attribuer à leur témoignage une
plus grande valeur qu'à n'importe quelle conjecture et on ne doit
leur emprunter que ce qui se recommanderait sans l'attestation
d'aucun manuscrit. Laissant de côté les passages des 3 premiers
livres qu'il réserve pour un travail ultérieur, il prétend démontrer
la chose par les témoignages nouveaux apportés par Wölfflin
concernant le panégyrique. En effet ces variantes sauf une[2] ne
sont que des interpolations. Mais ce cas unique empêche que la
démonstration ne soit faite ; elle aurait dû d'ailleurs porter non
pas sur un fragment pris arbitrairement des *Excerpta* mais sur
l'ensemble. Cf. § 92.

1. P. 71.
2. IV 1, 96 *ueniat grauis* est, quoi qu'en dise Luc. Müller la bonne leçon, puis
qu'ici les *Exc. Par.* concordent avec le *fragm. Cuiac.*

Luc. Müller passe alors à un travail hypothétique de reconstitution de la tradition manuscrite de Tibulle pendant la première
moitié du moyen âge. A l'époque de Pépin ou à l'époque carolingienne il devait exister quelque part un manuscrit contenant les
4 livres, les 2 priapées et l'épigramme de Domitius Marsus. C'est
l'archétype d'où dérive à partir du ixe siècle une triple tradition :
I. D'abord à un moment où l'original était encore complet en
provint le manuscrit de Cujas dont, dans le cours des siècles,
toute la partie antérieure jusqu'à III 4, 65 se perdit. II. A la
même époque ou même plus tôt on en fit une autre copie d'où les
2 priapées furent exclues, sans doute à cause de leur obscurité ;
avec elles disparut l'intitulé de l'épigramme de Domitius Marsus
considéré comme le dernier trimètre de la deuxième priapée et
passé comme tel. Dans beaucoup de manuscrits l'épigramme a été
mise à la suite de la *uita* fabriquée au xive ou au xve siècle par
les Italiens. Cette seconde copie ou un exemplaire en provenant
revint au jour au xive siècle ; le quatrième livre n'y était pas séparé
du troisième ou ne l'était que d'une façon peu visible : un
exemplaire de la copie en question parvint en Allemagne et d'elle
dérivèrent les *Exc. Fris.* III. Après que les 2 copies ci-dessus
eurent été prises, l'archétype subit un grave dommage : le quatrième livre disparut avec les appendices ; car les *Exc.* de Vincent
et ceux de Scaliger étant très abondants à propos des 3 premiers
livres et ne donnant rien du quatrième il faut qu'au moment où ils
furent faits le rédacteur n'ait pas eu le quatrième livre sous les
yeux. Dans cette troisième copie la séparation entre le deuxième
et le troisième livre avait disparu : c'est ce qui explique que
Vincent donne comme du deuxième livre tous les vers qu'il cite du
troisième ainsi que l'indication découverte par Haupt : *Albii
Tibulli lib. II* (§ 89). C'est l'exemplaire qui a servi à la confection des extraits qu'ont utilisés Vincent et Scaliger. Ceux
découverts par Wölfflin ont avec les précédents une origine
commune, ce qui résulte de leur accord avec eux. Mais l'auteur
de ceux-ci paraît avoir ajouté à ceux du premier rédacteur des
passages pris dans le panégyrique.

Le travail de Luc. Müller est d'une valeur inégale : Luc.
Müller a bien reconnu l'importance des *Exc. Fris.* ; il a
par un parti pris visible diminué celle des *Exc. Parisina* ;
il s'est livré sur l'histoire de la tradition du texte pendant
le moyen âge à une reconstitution arbitraire et prématurée. Il
a condamné d'un mot la manie de la correspondance strophique

XXIII. — CARTAULT. 15

qui sévissait alors d'une façon aiguë. Cf. l'édition de Luc. Mülle
§ 95.

§ 91. — C. M. Francken[1] a relevé quelques inexactitudes com
mises par Luc. Müller parce qu'il n'a pas connu la découverte de
collations de Scaliger (§ 84). A propos de IV 1, 96 Lachmann sui
par Luc. Müller a imputé à Scaliger une erreur qu'il n'a pa
commise. La copie faite par Heinsius et utilisée par Lachmann d
la collation de Scaliger du *frag. Cuiac.* et des *Excerpta* peut êtr
actuellement complétée et rectifiée. Heinsius a commis des omis
sions là où l'écriture de Scaliger était peu lisible. Francken monti
par deux exemples que l'identité des extraits de Vincent et de cen
de Scaliger, supposée seulement par Luc. Müller, est absolumer
sûre ; il croit que Vincent et Scaliger n'ont pas eu entre les mair
le même manuscrit, sans quoi Scaliger aurait mentionné I 2, 8
damnasset et III 3, 32 *uitae munere*. Ceci n'est pas convaincant
ce sont deux interpolations si manifestes que Scaliger a pu le
laisser de côté.

§ 92 (cf. § 90), 1. — Dans une bonne dissert. inaug. faite av
les conseils de Bücheler E. Protzen[2] rectifie les inexactitud
commises par Luc. Müller à propos des *Excerpta* et traite
question à fond. Il est d'avis que nous n'aurions des *Frisingens*
qu'une rédaction remaniée ; le premier rédacteur aurait extra
des sentences dont l'ordre n'est troublé que dans quelques pa
sages et Protzen essaie d'une façon qui n'est pas toujours convai
cante d'expliquer ces dérogations ; pour des motifs grammatica
ou glossématiques il aurait aussi extrait des mots qu'il aurait m
à la marge ; des copistes postérieurs auraient confondu le tou
Protzen publie à son tour les *Frisingensia* en leur restituant
forme qu'il croit primitive et qui reste hypothétique. Il s'est ser
d'une copie de Wilh. Meyer qui lui a permis d'être sur certai
détails plus exact que Luc. Müller ; il accepte ses conclusions s

1. N. Jahrb. f. Phil. u. Paed. 39ster Jahrg. 99ster Band 1869, p. 207-2c
Ueber die handschriftliche Ueberlieferung des Tibullus im Mittelalter, par C.
Francken.
2. De excerptis Tibullianis. — Dissert. inaug. philol. quam... in Universi
Gryphiswaldiensi... die V. m. Augusti a. 1869... defendet scriptor Ernestus Prot
Stargardiensis. — Gryphiswaldiae, 1869. Typis expressere Herreke et Lebeli
Sedinenses. in-8. 56 p.

la valeur de ces extraits et se sépare de lui sur quelques points dans la discussion de la leçon [1].

Il reproduit les extraits du manuscrit Notre-Dame qui concernent Tibulle et traite de l'origine et du lien de parenté de ceux-ci avec les extraits de Vincent de Beauvais et de Scaliger. Lachmann a cru que les extraits de Vincent et ceux de Scaliger provenaient d'une même source, O. Richter qu'ils étaient identiques — en prêtant faussement cette opinion à Lachmann — et qu'ils avaient été faits par Vincent ; mais alors il faudrait que Scaliger eût eu entre les mains les extraits faits par Vincent ; or cela est impossible puisque les extraits de Scaliger contiennent des passages qui ne sont pas chez Vincent ; d'autre part Vincent ne saurait être l'auteur de ses extraits : ils concordent en effet avec ceux du manuscrit Notre-Dame dans des altérations qui n'ont pas pu être opérées deux fois isolément ; il faudrait donc que les extraits de Vincent fussent la source des extraits Notre-Dame ; mais cela est impossible, car les extraits Notre-Dame ont des passages du quatrième livre, tandis qu'il n'y en a pas chez Vincent. Vincent s'est donc servi non pas d'un manuscrit complet, mais d'un manuscrit d'extraits ; il en est de même du scribe Notre-Dame, car, étant donné la parenté des extraits Notre-Dame avec ceux de Vincent, s'il était l'auteur des premiers, il serait aussi l'auteur des seconds ; or il y a chez Vincent des vers qui ne figurent pas dans le manuscrit Notre-Dame. Conclusion : les extraits de Vincent, ceux de Scaliger, ceux du manuscrit Notre-Dame remontent à la même source c'est-à-dire à un manuscrit d'extraits ; ce manuscrit était plus complet que le manuscrit Notre-Dame. On ne peut ni affirmer ni nier que Vincent et Scaliger aient eu sous les yeux le même exemplaire.

Quant à l'autorité des Nostradamensia, Protzen est en désaccord complet avec Luc. Müller et c'est lui qui a raison. Il soutient à bon droit que les manuscrits complets ont été outrageusement interpolés par les Italiens [2], que, si les extraits l'ont été aussi, il est facile de déterminer et de circonscrire ces interpolations, qui

---

1. I 1, 25 il défend bien *iam modo iam possim*, 34 il montre par l'usage de Tibulle qu'il faut lire *magno est*, 7, 11 il recommande la graphie *Garunna*, II 3, 10 la graphie *pussula*.

2. P. 39 : ... quod elegantia magis venabantur et intellectu facilia adripiebant, quam vera rimabantur vel difficilia perscrutabantur, immensum mendarum et interpolationum numerum non modo reliquerunt sed etiam ultro auxere.

sont dues à des intentions bien visibles, que là où leur leçon n'est
pas suspecte d'altération systématique elle vient en balance avec
celle des manuscrits complets, qu'il n'est pas vrai que les extraits
aient été faits à une époque où l'archétype était amputé du
quatrième livre, puisque les *Nostradamensia* contiennent des
passages se rapportant au panégyrique et que vraisemblablement
les extraits de Scaliger avaient des passages de tout le quatrième
livre[1]. Partant de ce principe que l'autorité des *Excerpta* est au
moins égale à celle des manuscrits complets sur lesquels ils ont
l'avantage d'une ancienneté plus grande, il discute la leçon en
répartissant les fautes en classes : fautes de lecture dues à
l'erreur ou à l'ignorance du copiste, interpolations voulues
consistant en suppression des particules copulatives et changement
d'autres particules, conjonctions, pronoms, temps, modes, pour
rendre plus facile l'intelligence des passages une fois isolés
modifications pour généraliser, pour rendre plus clair, plus moral
pour donner à la métrique plus d'élégance. Dans l'examen des
leçons qu'il n'y a pas lieu de suspecter d'interpolation Protzen fait
preuve de sagacité et de prudence, non sans se tromper dans
différents cas[2]. Cf. § 95.

2. — Ch. L.[3] exagère en disant qu'après l'article de L. Müller
il ne restait plus à Protzen que quelques additions et rectifications
Il paraît médiocrement disposé à reconnaître aux *Excerpta* l'auto
rité que leur attribue l'auteur et avertit que dans la pratique il
ne faut les utiliser qu'avec la plus grande prudence.

Dans un compte rendu d'une grande netteté un anonyme[4]
accepte les résultats de Protzen sur le rapport des divers recueils
d'extraits entre eux et avec les manuscrits complets et sur le fait

1. P. 41 sq. à propos de la leçon *ueniat grauis* de IV 1, 96 il soutient que par
« omnis uetus scriptura » Scaliger entend le *fragm. Cuiac.* et les *Excerpta.*
2. Ainsi I 1, 43 *uno* qu'il recommande est inadmissible (mais il est possible que
les mss. complets soient ici fautifs et qu'il faille tirer de ce mot par correction la
leçon authentique), 48 *igne* des mss. complets doit être préféré à *imbre* des *Ex
cerpta*, 2, 89 *damnasset* des *Exc.* ne saurait être préféré à *lusisset* des mss
complets, 10, 40 *occulit* à *occupat*, II 1, 13 *mente* à *ueste*, etc. Parmi les *theses*
on peut relever cette observation juste : I. Quam proposuit Bubendeius (quues
Tibull., Bonnae, 1864), p. 27-28, versuum transpositionem in Tibullo, I 10, 45-5
tolerari non posse.
3. Literarisches Centralblatt, 16 avr. 1870, n° 17, col. 471-472.
4. Philologischer Anzeiger, 2ter Band [1870]. Göttingen 1871, Mai 1870, n° ?
p. 250-252,

que Vincent de Beauvais n'est pas l'auteur des siens. Contre
Luc. Müller il reconnaît l'autorité des Nostradamensia lorsqu'ils
ne sont pas interpolés systématiquement. Dans trois cas il discute
la leçon et montre que Protzen s'est trompé.

§ 93. — Au vers II, 1, 67 R. Klotz[1] a proposé de lire *inter apros*.
Le texte des manuscrits est altéré, mais cette conjecture est inadmissible. Tibulle en effet se représente l'Amour comme né non
pas parmi les animaux sauvages mais parmi les animaux domestiques. Les *indomitae equae* font allusion aux transports furieux des
cavales en troupeaux dont Virgile parle Géorg. III, 266 sqq.

§ 94. — L'étude de Zingerle[2] sur les rapports d'Ovide avec les
poètes latins antérieurs et contemporains est spécialement consacrée à éclairer un des côtés les plus intéressants de l'art d'Ovide,
comment il emprunte et comment il fond ses emprunts dans le
large courant de son talent poétique. Il y a çà et là sur l'art de
Tibulle des remarques intéressantes, en particulier sur la nature
de ses élégies qui sont plus romaines, moins dépendantes des
modèles grecs que celles de Catulle et de Properce, sur le caractère de sa composition qui est un va-et-vient et comme un flottement de pensées et de sentiments spontanément éclos dans son
âme. Ceci du reste a déjà été dit. Tout en distinguant ce qui est
sûrement de Tibulle et ce qui est ou douteux ou non authentique,
Zingerle étudie l'imitation d'Ovide sur le Corpus Tibullianum
considéré comme un tout ; il n'admet pas que ce soit Lygdamus
qui ait imité Ovide. Contre Gruppe, qui, pour favoriser son
système de l'identification de Lygdamus et d'Ovide, avait prétendu qu'Ovide imitait Lygdamus avec moins de réserve que
Tibulle, et avec Teuffel, mais d'une façon plus détaillée, Zingerle
montre qu'il ne semble pas qu'Ovide imite différemment Lygdamus et Tibulle.

§ 95, 1. — Dans la préface de son édition de Tibulle Luc. Müller[3]

1. N. Jahrb. f. Phil. u. Paed. 39ster Jahrg. 99ster Band 1869, p. 793-794 :
Zu Tibullus II 1, 67, par Rheinhold Klotz.
2. Ovidius und sein Verhältniss zu den Vorgängern und gleichzeitigen Römischen Dichtern. Von Anton R. Zingerle. 1stes Heft : Ovid, Catull, Tibull, Properz.
Innsbruck. Verlag der Wagner'schen Universitaets-Buchhandlung, 1869. in-8. 136 p.
3. Catulli Tibulli Propertii carmina. Accedunt Laevii Calui Cinnae aliorum

a reproduit avec quelques modifications très peu nombreuses son article sur l'archétype de Tibulle (§ 90). Il s'excuse de n'avoir pas connu le mémoire de Francken (§ 84) et en donne les résultats. Il expose à nouveau sa théorie sur les trois copies de l'archétype. Il n'est pas aussi sûr que Haupt que Guilelmo Pastrengo ait au xive siècle lu Tibulle en manuscrit, parce que les huit vers qu'il cite peuvent provenir d'un exemplaire soit des scholies de Juvénal, soit de Servius plus complet que ceux que nous possédons. Il réimprime son jugement sur le *fragm. Cuiac.* et sur les *Exc. Fris.* qu'il publie une seconde fois, mais sans reprendre la discussion de leurs leçons. Le travail de Protzen (§ 92) ne l'a pas fait changer d'avis sur la valeur des *Exc. Paris.*, bien qu'il reconnaisse qu'il y a çà et là quelque chose à leur prendre, c'est-à-dire qu'il maintient la rigueur de sa théorie, mais qu'il l'adoucit dans la pratique (cf. § 98). Il continue à croire que les manuscrits complets sont corrompus plutôt qu'interpolés, que les grammairiens du xve siècle ne se livraient pas à des fantaisies aussi audacieuses que les moines contemporains de Charlemagne et de ses successeurs ; les manuscrits du xve siècle souffriraient surtout de lacunes et de transpositions.

Suit un jugement rapide sur les services rendus par ses devanciers à la restitution du texte : Scaliger par l'utilisation de **F** et par la force de son esprit a été très utile à Tibulle, mais il lui a nui plus encore par ses transpositions exagérées et presque puériles ; sa nature ne le rendait pas propre à apprécier judicieusement Tibulle. Broekhuisen a bien corrigé des passages corrompus mais a suivi des manuscrits interpolés d'après Ovide ; son commentaire est très docte, mais s'attache aux mots plus qu'aux pensées. Heyne, qu'il faut juger en le replaçant à son époque, avait le sens du beau, mais manquait de sévérité critique et de connaissances grammaticales ; on lui doit de bonnes conjectures mais il s'est montré nonchalant ; Voss n'a pas rendu de grands services à Tibulle, mais a démontré que le troisième livre n'était pas de lui ; Huschke et Wunderlich ont eu leurs mérites ; après tous ces éditeurs, qui s'en étaient laissé imposer par les manuscrits interpolés, Lachmann a rétabli la tradition la plus ancienne mais corrompue et appelant la correction : toutefois sa tentative comme celle de Scaliger a plus nui à Tibulle qu'elle ne lui a servi

reliquiae et Priapea. Recensuit et praefatus est Lucianus Müller. Lipsiae in aedibus B. G. Teubneri, 1870. pet. in-8.

parce qu'on a considéré son édition comme parfaite, que, par
respect pour lui, on n'a pas osé faire preuve de critique personnelle et qu'on a laissé dans l'oubli les travaux des critiques antérieurs. On n'a même pas cru devoir utiliser comme il convenait
les *Exc. Fris.* plus anciens de 400 ans que les manuscrits courants ;
témoin Dissen, qui a bien apprécié la beauté des poèmes de
Tibulle, mais qui n'a fait faire que peu de progrès à l'interprétation (ceci est exagéré), aucun à l'amélioration du texte. Du reste
on n'a pas trouvé de manuscrits supérieurs à ceux de Lachmann ;
du manuscrit **A** Luc. Müller fait un peu plus de cas que n'en avait
fait Lachmann lui-même.

Dans ses notes critiques il justifie la leçon qu'il a adoptée et
insère des conjectures non introduites dans le texte et qui ne méritaient pas d'y figurer[1] et des repentirs quelquefois heureux,
beaucoup plus souvent malheureux[2] Ils prouvent que le texte
était imprimé avant les notes critiques, ce qui est un procédé condamnable.

Suit un court exposé de la métrique de Tibulle, ainsi que de
Lygdamus, de Sulpicia et de l'auteur du panégyrique, qui sont si
semblables à Tibulle qu'il est visible qu'ils l'ont pris pour modèle.
Au point de vue de la coupe le panégyrique a une fois IV 1, 168
l'hephthémimère sans la trihémimère ou la fin de mot au trochée
troisième. Lygdamus et les élég. du quatrième livre s'abstiennent
en outre de l'hephthémimère avec la fin de mot au trochée troi-

---

1. Ainsi il défend avec raison II 6, 23 contre Fischer, mais il a tort de suspecter
le v. 24 ; III 1, 12 au lieu de *facta* il propose dubitativement *festa*, qui n'a pas
de sens ; IV 1, 13 au lieu de *laeta* il propose dubitativement *lenta*, qui n'est pas
acceptable ; IV 1, 146 il propose dubitativement *Macrones*.

2. Ainsi il se repent de n'avoir pas infligé à I 4 les transpositions de Ritschl et
promet de réparer cette faute dans sa grande édit. (qui n'a jamais vu le jour) ; il
regrette avec raison de n'avoir pas conservé *nam* I 6, 5 et II 4, 12 ; il a tort d'approuver I 4, 81 *eheu* de Ritschl contre *heu heu* ; I 7, 11 il imprime *Garonna*, mais
recommande dubitativement *Garunna* de Protzen ; 35 il imprime *iucundos* et
recommande *iocundos* des *Exc. Fris.* ; 61 il imprime correctement *canit* et paraît
croire à tort que *canet* des Italiens vaut mieux ; II 3, 1 *Cornute* et il se demande
à tort si *Cerinthe* des Italiens ne vaut pas mieux ; 5, 79 *fuerunt* et il approuve
dubitativement *fuerint* de Broekh. ; III 6, 2 *feras* et il approuve dubitativement
geras ; 43 *multos* et il recommande à tort *multas* de **A** ; IV 1, 78 *erroris* et il
approuve dubitativement *errorum* ; 2, 20 *aquis* et il recommande *equis* de Scaliger. P. XII il regrette à tort d'avoir imprimé III 3, 20 *inuidia est*, avec raison
d'avoir imprimé III 6, 46 *prece* avec les *Exc. Paris.* et Scaliger au lieu de *fide* des
mss. Ces deux ex. paraissent prouver que les notes critiques étaient imprimées quand
il a écrit le reste de la préface.

sième, que se permet Tibulle. Lachmann a fait observer que
Lygdamus ne finit pas un mot avec le trochée quatrième. Pour le
cinquième pied il est formé cinq fois dans les deux premiers livres,
six fois dans le panégyrique d'un mot pyrrhique et de la dernière
syllabe d'un mot spondaïque ou anapestique ; jamais chez Lygdamus ni Sulpicia. Cette étude succincte est instructive, mais
incomplète.

La comparaison du texte de Luc. Müller avec celui de Haupt
donne le résultat suivant : si on néglige, outre les divergences
insignifiantes, les passages douteux ou également fautifs, on
trouve que Luc. Müller s'écarte de Haupt environ une vingtaine
de fois en bien, 47 fois en mal. Dans son ensemble le texte de
Luc. Müller est donc moins correct que celui de Haupt ; parmi ses
incorrections je compte les transpositions injustifiées, par exemple
celles de Haase adoptées pour I 1, et les ouvertures de lacunes
également arbitraires, ainsi après I 3, 52 et III 6, 38. Luc. Müller
attribue avec Rossbach IV 7 à Sulpicia.

2 [1]. — O. Richter[2], dans un compte rendu détaillé, maintient,
sans paraître connaître la réfutation de Protzen (§ 92), sa théorie que Vincent de Beauvais est l'auteur de ses extraits. Il trouve
maintenant qu'il a été trop loin dans la confiance qu'il leur a
accordée et admet le déchet qu'Eberz a fait subir à son point de
vue (§ 75, 2), mais sans adopter le jugement trop sévère de
Luc. Müller, qui les déclare sans valeur pour la constitution du
texte. En revanche il blâme son enthousiasme pour les *Exc. Fris.* :
ceux-ci ont beaucoup de bonnes leçons, mais ils les ont en commun avec les manuscrits complets ; en outre ils ont leurs fautes
propres (mais O. Richter ne paraît pas voir que ce sont des fautes
de lecture sans importance et condamne quelques bonnes leçons[3]) ;
ils ne présenteraient que dans trois passages les traces d'une
meilleure récension I 1, 2 *multa* c. *magna*, 5 *uita* aussi dans les
Exc. Paris. c. *uitae*, III 6, 44 *cauere* av. le *fragm. Cuiac.* c. *ca-*
rere ; ils n'offriraient de véritablement nouveau que I 1, 25 *iam*

---

1. Le référent anonyme des Heidelberger Jahrbücher der Literatur, 1870, n° 57,
p. 907-912, s'est borné, en ce qui concerne Tibulle, à analyser le travail de Luc.
Müller sans émettre aucune opinion personnelle.

2. N. Jahrb. f. Phil. u. Paed. 41ster Jahrg. 103ster Band 1871, p. 453-460.

3. Ainsi I 7, 12 *Carnutis* à qui il préfère *Carnoti* des mss., II 3, 10 *pussula* à
qui il préfère *pustula* des mss. ; I 3, 86 il méconnaît la supériorité de *colu*
sur *colo*.

modo iam possim — déjà admis par Haupt — 2, 19 *derepere*; c'est bien quelque chose et O. Richter fait preuve de parti pris en disant qu'ils ne méritent pas pour cela qu'on les considère comme un rameau particulier de la tradition ou qu'on leur donne la première place à côté du *fragm. Cuiac.* Il montre avec raison que Luc. Müller s'est trompé en admettant dans son texte de mauvaises conjectures des éditeurs qui ont précédé Lachmann et que, quant à ses conjectures personnelles, elles sont inutiles et fautives ; c'est là la meilleure partie de son compte rendu. Il est fâcheux qu'il ait terminé en félicitant Luc. Müller d'avoir adopté les transpositions de Haase pour I 1 et approuvé celles de Ritschl pour I 4.

Un référent anonyme[1] qui signe **A** a fait remarquer que Luc. Müller se contredit à propos des manuscrits complets qu'il appelle, dans un passage, corrompus plutôt qu'interpolés, et, dans un autre, en partie gravement interpolés, et qu'il rejette à tort d'emblée le témoignage des *Exc. Paris.* : en présence de deux sources également interpolées, il n'y a pas lieu de suivre aucune des deux absolument ; il faut examiner en elle-même chaque leçon particulière. Du reste Luc. Müller a fait fléchir sa théorie dans la pratique. Le référent l'approuve dans un certain nombre de changements qui sont inacceptables[2] et lui reproche à tort de n'avoir pas adopté les transpositions certaines de Ritschl sur I 4. L'*Index grammaticus* ne lui paraît pas révéler la même compétence que le petit résumé *De metris*[3].

§ 96. — Sur l'impulsion de Lehrs W. Gebhardi[4] a consacré une dissert. inaug. à des recherches intéressantes sur un point de la métrique des élégiaques, qui n'avait été touché avant lui qu'en passant par Wackernagel, Gruppe, Luc. Müller, la construction du pentamètre (qu'il appelle hexamètre élégiaque) renfermant

1. Philolog. Anzeiger, 3ter Band [1871], No 10, Oct. 1871, p. 488-492.
2. Ainsi I 1, 13 *donum* p. *pomum*, 10, 5 *a nihil...* p. *an nihil...*, etc.
3. Le référ. anonyme du Literarisches Centralblatt, 14 Oct. 1871, no 41, col. 1040-1041, s'occupe exclusivement de Catulle et trouve que la critique conjecturale de Luc. Müller apporte beaucoup de choses pénétrantes et ingénieuses, d'autres douteuses et discutables.
4. De Tibulli Propertii Ovidii distichis quaestionum elegiacarum specimen. — Dissert. inaug. philol. quam... in Academia Albertina... die XXVI. ... m. Martii... defendet... Gualtherus Gebhardi Lyccensis. — Regimonti Pr., 1870. Typis Hartungianis. in-8. 56 p. 1 tableau synthétique.

deux substantifs pourvus d'attributs. Il distingue 24 formes plus
ou moins usitées et en établit l'emploi chez Tibulle, Properce et
Ovide, en notant les différences entre chacun des livres de ces
poètes et en se servant de ses recherches pour apporter quelque
lumière à la question des Héroïdes, mais non à celle de Lygdamus. Pour la sévérité et la simplicité des formes employées, c'est
Tibulle qu'il faut mettre au premier rang, pour la variété et le
nombre Ovide; Properce se rapproche dans ses premiers poèmes
de la simplicité de Tibulle, dans les derniers il surpasse même
Ovide pour le nombre. Sur l'ensemble des pentamètres ceux construits avec 2 subst. et 2 attributs forment environ le 5ᵉ chez
Tibulle, le quart chez Ovide, le 5ᵉ dans les 3 premiers livres de
Properce, le tiers dans le 4ᵉ, presque la moitié dans le 5ᵉ. Parmi
ces formes il y en a que, par un remarquable accord, les trois
élégiaques, bien que différant entre eux dans leur emploi, ont
préféré de beaucoup à toutes les autres ; ce sont [1] :

b | $\beta \alpha a$ Ultores rapiant turpe cadauer equi.

$b \beta$ | $a \alpha$ Tristia cum multo pocula felle bibat.

b | $\alpha a \beta$ Nostraque adhaererent ossibus ossa tuis.

Parmi les autres quelques-unes sont encore assez fréquentes,
tout en l'étant beaucoup moins. Cherchant la raison qui a fait
préférer certaines formes, Gebhardi la voit dans l'effort pour
poursuivre un double but : placer les attributs avant les substantifs, ménager la possibilité de l'homoeoteleuton en plaçant l'attribut et le substantif à la fin des deux membres du pentamètre.

Jusqu'à quel point les élégiaques se permettent-ils de répéter
à la suite la même forme du pentamètre ? Chez Tibulle I
1, 8, 10 et 12 on trouve 3 fois de suite (et c'est le seul cas)
b | $\beta \alpha a$, qui est la forme qu'il préfère. La répétition triple, toujours d'une des formes les plus usitées, se trouve aussi chez
Ovide et Properce. Sans exactitude complète, c'est-à-dire avec
un des 3 vers ayant la forme voisine b | $a \beta \alpha$, on la retrouve 2 fois
chez Tibulle I 10, 22, 24, 26 (mais il fallait faire observer qu'il y
a très vraisemblablement une lacune avant 26) et 36, 38, 40 (mais
il fallait faire observer que 36 a été rétabli par conj.). On la
trouve également chez Properce et Ovide. De deux pentamètres
identiques se suivant il y a des exemples chez Tibulle, Properce

---

1. a désigne le 1ᵉʳ subst., b son attribut, α le second subst., β son attribut, | la
séparation des 2 moitiés du pentamètre.

et Ovide. L'auteur donne le détail des formes et des nombres ;
il trouve l'occasion de suspecter certaines Héroïdes.

Quant à la nature des attributs terminant le pentamètre, sur
796 cas c'est 718 fois un pronom possessif; l'auteur examine les 78
cas qui font exception et déterminent l'usage des 3 élégiaques : on
ne trouve qu'un exemple chez Tibulle I 8, 46 « nouam », un chez
Lygdamus III 4, 30 ; les autres élégiaques sont plus libres.

Cette dissertation est malheureusement défigurée par un grand
nombre de fautes d'impression[1].

§ 97. — W. Wisser[2], après avoir résumé d'une façon commode
les tentatives faites antérieurement soit pour transposer les vers
de Tibulle, soit pour dépecer en fragments les élégies qui
nous sont parvenues comme complètes[3], déclare que la critique
n'aura pas de fondement solide, tant qu'on n'aura pas nettement
distingué dans le texte ce qui est authentique et ce qui ne l'est
pas. D'après lui le procédé de l'interpolation a fortement sévi sur
l'œuvre de Tibulle et le premier il étudie d'ensemble ses ravages.
La théorie est hardie, mais sa hardiesse n'est pas une raison pour
qu'on la condamne *ipso facto;* il serait possible que le texte de
Tibulle nous fût en effet parvenu très fortement interpolé ; toute
la question est de savoir si les preuves données par Wisser sont
valables : il supprime dans II 1 les vers 51-60 en partie avec Graef
(mais il est faux de dire que 51-54 sont inintelligibles), 39-42 et
63-66 suspectés par Graef (ces vers ne sont pas absolument nécessaires ; ils font partie d'une énumération qui peut être plus ou
moins longue ; c'est tout ce qu'on peut dire et on ne saurait aller au
delà); dans I 3 les vers 69-72 déjà déclarés interpolés par Mitscherlich — 71-72 ont été suspectés par Heyne — (mais ils forment
un contraste indispensable avec la description de l'Elysée), 77-78
comme étrangers au plan de l'auteur qui ne veut présenter ici que

1. Le référ. anonyme du Philolog. Anzeiger, 4ter Band [1872], no 1, Janv. 1872,
p. 39-40, indique rapidement le sujet et fait ressortir les résultats obtenus à propos
des Héroïdes.
2. Quaestiones Tibullianae. Scripsit Guilielmus Wisser. Kiliae, in aedibus Schwer-
sianis. A. 1870. in-8. 34 p.
3. Dans les 2 premiers livres, Scaliger n'a laissé que 7 élégies intactes ; il en a
fait 18 au lieu de 16. Henlei a opéré des transpositions sur I 2, Haase sur I 1 et 10,
Ritschl sur I 4, Ribbeck sur I 1. Heyne a laissé 10 élég. intactes ; avec les autres,
il a fait 17 fragments ; Mau a procédé de même pour I 2, Korn pour I 6, II 5.
Voss a partagé I 2 et II 3 chacune en 2 élég.

des criminels contre l'amour (ceci est arbitraire); dans I 10 les vers 51-52 avec Drenckhahn. L'auteur a choisi d'abord ces 3 élégies parce qu'on ne peut leur appliquer pour les rendre saines le remède de la transposition et que le mal dont elles souffrent est évidemment l'interpolation. Elles donnent donc un critérium pour déterminer ce qui est de Tibulle et ce qui n'est pas de lui. Se servant désormais de l'expérience acquise il s'attaque aux autres élégies et supprime dans I 8 les vers 25-26 (mais c'est alors que les idées ne se suivent pas) 35-38 (mais il est naturel d'opposer au plaisir de l'argent les plaisirs de l'amour) et 39-40 : il remarque que les 6 premiers sont obscènes, ce qui n'est pas les habitudes de Tibulle ; dans II 4 les vers 29-30 (mais la mention de l'auaritia est nécessaire) et 35-38 (son argumentation dans ce dernier cas est particulièrement faible); dans II 3 les vers 17-24, tellement ineptes à son avis et tellement ridicules que Tibulle même sommeillant n'a jamais pu les écrire, et 41-46 (mais après 37-40 ils sont tout à fait à leur place). Soit en tout 46 vers que Wisser retranche ; ses raisons sont ou qu'ils interrompent la suite du sens qui se rétablit quand on les supprime ou qu'ils sont mauvais ; nulle part elles ne produisent la conviction ; de la corruption du texte il tire parfois un indice d'interpolation, ce qui est illégitime. Le fait que ses suppressions opérées il prétend obtenir une correspondance strophique (parfois absolument arbitraire) est naturellement sans valeur; il condamne du reste les excès de Prien dans cette voie. Il ne semble pas qu'il y ait rien à tirer des soupçons de Wisser et par suite de son travail.

§ 98 (cf. § 95, 1). — G. Meyncke[1] a découvert un nouveau manuscrit des *Exc. Paris.* et a repris la question après O. Richter, Wölfflin, Luc. Müller, Protzen. O. Richter a exagéré la valeur des *Exc.* de Vincent de Beauvais; Luc. Müller les a trop dépréciés, ainsi que ceux du manuscrit Notre-Dame 188 (aujourd'hui manuscrit latin 17903). Protzen a bien montré la méthode à suivre ; mais il s'est fondé sur la publication de Wölfflin, qui n'avait pour but que de comparer la leçon des extraits à celle des manuscrits complets; là où il n'y avait pas de variantes signalées il a cru que les vers manquaient et par là s'est trouvée viciée sa démons-

---

1. Rhein. Mus. N. F. 25ster Band, 1870, p. 369-392 : Die Pariser Tibull-Excerpte, par Gustav Meyncke.

tration que les *Exc.* de Vincent n'étaient pas identiques avec les *Parisina* : en réalité les vers notés en plus chez Vincent figurent dans les *Exc. Paris.* Si le Nostradamensis a correctement Tibullus, tandis que Vincent a Tibullius, un autre manuscrit de Paris plus ancien porte également Tibullius. Ce manuscrit qui a autrefois appartenu à de Thou et qui est actuellement coté 7647 est un manuscrit sur parchemin ; G. Meyncke donne la description de la partie qui contient des extraits de différents auteurs latins et qui est du commencement du xiiiᵉ siècle ou de la fin du xiiᵉ, renseigne sur les différentes mains, sur les lettres faciles à confondre, sur les grattages prouvant que les copistes avaient à leur disposition des leçons différentes. Sans exclure la possibilité que Vincent eût connaissance d'un manuscrit complet de Tibulle, il affirme avec Protzen qu'il cite d'après un florilège analogue à ceux que nous possédons. Celui-ci n'était pas plus étendu que l'original du Thuaneus et du Nostradamensis, qui, bien que provenant de la même source ne sont pas toujours absolument d'accord et se complètent réciproquement. Les divergences des deux manuscrits résultent de ce que l'auteur avait marqué sur le manuscrit complet l'étendue des chapitres, leur titre, les modifications à faire subir au texte : le copiste du Thuaneus a confondu les interpolations et le texte primitif et s'est corrigé à la revision ; d'autres erreurs proviennent de l'usage courant au moyen âge de noter à côté des mots leurs synonymes. Meyncke montre par les grattages du Thuaneus que le copiste avait bien sous les yeux le texte authentique et le texte interpolé ; il rapproche un certain nombre de variantes du Thuaneus et du Nostradamensis, où la leçon primitive alterne avec l'interpolation. Dans l'ensemble le copiste du Thuaneus a par la confusion de la leçon authentique et de l'interpolation fabriqué un texte qui s'écarte moins de notre vulgate que celui du Nostradamensis. C'est du Thuaneus que se rapprochent le plus les extraits de Scaliger et Vincent s'accorde aussi avec lui dans de petits détails intéressants. L'interpolation a gagné davantage dans le Nostradamensis ; cependant ce manuscrit plus récent sert à compléter le plus ancien ; il reproduit plus exactement les suscriptions, distingue plus soigneusement les divers chapitres et contient quelques morceaux absents du Thuaneus. Meyncke, après avoir indiqué parallèlement le contenu des deux manuscrits en ce qui concerne les extraits des différents auteurs, publie les extraits de Tibulle d'après le Thuaneus avec les variantes du Nostradamensis. C'est une édition diplomatique qui reproduit même les abréviations.

§ 99. — O. Richter[1] s'est proposé d'éclaircir la réalité à laquelle correspondent les élégies à Delia et le lien qui les unit ; il admet la succession chronologique proposée par Lachmann c'est-à-dire 3, 1, 2, 5, 6, qui, à mon avis (cf. § 310), n'est pas tout à fait exacte ; mais il y a un point sur lequel il a raison et, cette partie de sa démonstration admise, on arrive assez facilement à la vérité : c'est la question du mariage de Delia. Jusqu'alors on avait généralement fait intervenir dans le classement cette considération fondamentale que dans certaines élégies Delia apparaît comme mariée, dans d'autres non. Or elle l'est sûrement dans I 2 et dans I 6 qui ne doit pas comme le veut Korn après Livineius être partagée en deux fragments (§ 70.) C'est une affranchie, qui a conclu un de ces mariages conformes au relâchement des mœurs du temps et compatibles avec les aventures galantes ; son mari ferme les yeux sur ses désordres soit par aveuglement, soit pour toute autre raison. Toute l'histoire de sa liaison avec Tibulle tient dans ceci, que Tibulle a eu le premier ses faveurs, que ces faveurs elle les a ensuite étendues à d'autres, que Tibulle en a souffert et qu'il a fini par rompre avec elle. Richter croit à tort que la mère de Delia, qui avait à l'origine favorisé les amours de Tibulle, en a dans la suite également favorisé d'autres ; nous ne savons rien là-dessus et l'hypothèse repose sur l'identification arbitraire et sans vraisemblance de la mère avec la *lena* de I 5, 47 sqq. Il a raison de reprendre l'idée de Lachmann qu'il n'y a pas de motif pour considérer I 2 comme postérieur à I 5 ; mais alors, comme dans I 2 Delia est mariée, il faut bien qu'elle le soit aussi dans I 5. Le *discidium* dont il y est question a été causé par le soupçon de Tibulle ou la certitude qu'il n'était pas le seul amant favorisé. Comme dans I 6 Delia est sûrement mariée, voilà un premier groupe de trois élégies sûrement écrites après le mariage ; restent I 1 et 3 ; or il est à remarquer — et ici Richter a pleinement raison — que Tibulle, qui se plaint si souvent de son malheureux sort, ne parle jamais d'un mariage survenu au cours de la liaison, ce qui était le coup le plus fort qui pût lui être porté et ce qui aurait

---

1. Rhein. Mus. N. F. 25ster Band, 1870, p. 518-527 : Delia. Ein Beitrag zur Lebensgeschichte Tibulls, par Otto Richter.

forcément excité chez lui une explosion de reproches. S'il avait trouvé Delia mariée au retour de ses campagnes avec Messalla, il serait extraordinaire qu'il n'eût pas déploré dans les élégies qui suivirent un changement si pénible pour lui. D'autre part dans I 1, 56 les *durae fores* sont, comme l'a bien vu Lachmann, les portes fermées par la volonté du mari. Le souhait d'avoir Delia à lui seul à la campagne ne prouve rien, puisqu'il se retrouve dans I 2 et 5. En outre Tibulle n'a jamais manifesté l'intention d'épouser Delia. Lachmann croit que celle-ci n'était pas mariée, quand Tibulle écrivit la troisième élégie ; ce qui le prouverait ce sont les vers 83-92 ; ils ne disent rien de pareil : il est naturel que Tibulle séparé de Delia depuis longtemps, pensant toujours à elle, se l'imagine menant dans sa maison une vie tranquille, se représente lui-même introduit brusquement près d'elle, comme il l'avait été sûrement déjà, et ne pense point au mari qui, dans ces circonstances, était pour lui comme s'il n'existait pas. Tibulle n'a donc connu Delia que mariée ; l'argumentation de Richter sur ce point paraît décisive. Avec Lachmann il a raison de placer I 1 après I 3 ; I 1 a été écrit après le retour de Corcyre à Rome et pour s'excuser jusqu'à un certain point envers Messalla de la résolution de ne plus le suivre dans ses expéditions. Ce qui a empêché Richter de voir toute la vérité, c'est la place arbitraire qu'il a assignée après Lachmann à I 2.

§ 100 (cf. § 82). — Poursuivant la démonstration de son système de correspondance strophique avec l'entêtement d'un logicien égaré, C. Prien[1] l'applique aux élégies I 1 et 10. Pour les 36 premiers vers de I 1 il réfute successivement les **transpositions** de Scaliger, de Haase, de Ribbeck, puis il déclare les vers 7 et 8, 33 et 34 interpolés, comme interrompant la suite des idées : or il n'en est rien et ces vers sont utiles à la place qu'ils occupent ; comme c'est sur cette suppression que repose tout le système et que cette suppression est illégitime, les prémisses étant inadmissibles, le système tombe et n'est qu'une simple curiosité. L'ordre adopté par Prien est : 1-6, 9-18, 25-32, 35-36, 19-24, 37 sqq. c'est-à-dire qu'indépendamment des suppressions indiquées plus haut il place 19-24 après 36 ; mais 35-36 ne se rejoignent pas à 32 ; on ne voit pas pourquoi Tibulle mentionne des sacrifices à

1. N. Jahrb. f. Phil. u. Paed. 40ster Jahrg. 101ster Band, 1870, p. 689-709 : Zur Kritik und Erklärung des Tibullus Erster Artikel, par Carl Prien.

Palès, si cette mention ne vient pas après qu'il a dit qu'il avait
quelque chose à lui demander, à savoir la protection de son troupeau contre les voleurs et les loups ; pour la même raison les
sacrifices aux Lares ne sont plus à leur place. Il établit alors la
correspondance strophique, soit 4 fois 8 distiques répartis chaque
fois en 4 + 4 et la plupart du temps chacun de ces 4 + 4 en 2 + 2 et
à la fin 5 distiques. On se demande comment l'auditeur aurait senti
à l'audition le groupement 8 + 8 au lieu de celui plus simple de
4 + 4. En outre 2 + 2 correspond parfois à 3 + 1, ce qui détruit la symétrie. Tout reposant sur la transposition des 3 distiques
19-24, Prien l'explique par ce qu'il appelle la belle découverte de
Ritschl, c'est-à-dire l'archétype de 6 vers à la page en 12 lignes.
Le copiste aurait passé un feuillet et copié trop tôt les vers 19-24,
puis il se serait aperçu de son erreur et aurait alors copié les
6 distiques passés, soit 25-30 et 31-36 : ceci est ingénieux, mais
arbitraire. Quant à I, 10 Prien renvoie pour 1-44 à son travail
précédent et, examinant 45-68, il constitue le schéma : 6 distiques
+ 5 + 5 + 6 + 7 + 7 + 1, où il est difficile de voir une symétrie régulière. Quant à sa prétendue découverte que la lacune marquée par Haupt après le vers 50 aurait contenu 3 distiques, elle
n'a naturellement pas de valeur.

§ **101.** — A propos de IV 1, 146 Haupt[1] a remarqué que le
nom de peuple *Magynos* n'est pas connu, que la correction de
J. H. Voss *Gelonos* n'est pas probable, que celle d'Is. Voss *Sigynos*
mérite plus d'attention qu'on ne lui en a accordé, qu'en tous cas
celle des Italiens *Mosynos* est impossible, attendu que géographi-
quement ce peuple n'a rien à faire ici et que métriquement il est
inadmissible, la bonne orthographe du nom comportant *ss*.

§ **102.** — A propos d'une Valeria, Messalarum soror, dont
Hieronym. adv. Jovian. I, 46 Vall. vante la fidélité à son mari
mort Servius, Haupt[2] pense que les deux frères dont il est question sont M. Valerius Messalla Coruinus, le célèbre orateur, consul en 31 avant J.-C. et M. Valerius Messalla Potitus, consul
en 22. Avec Lachmann il admet que le Corpus Tibullianum tel

1. Varia. Actuellement dans : Mauricii Hauptii Opuscula, vol. III, pars 2, 1876,
p. 486-487, n° XLVII = Hermes, t. IV, 1870, p. 342.
2. Varia. Actuellement dans : Mauricii Hauptii Opuscula, vol. III, pars 2, 1876,
p. 502-503, n° LXII = Hermes, t. V, 1871, p. 32-34.

que nous le possédons provient de la maison du consul de l'an 31,
protecteur de Tibulle, et a été publié après sa mort, ou au moins
après qu'il avait perdu la mémoire. Ce Corpus contient des pièces
où il est question de Sulpicia et Haupt, sur la foi de l'indication
(mal comprise) du *fragm. Cuiac.* qui porte avant IV 8 *Sulpitia ad
Messallam* (cf. § 103), attribue IV 2-7 à Tibulle et 8-12 à Sulpicia.
Cette Sulpicia était la fille, non pas de Servius Sulpicius Rufus,
consul en 51 av. J.-C., dont la femme s'appelait Postumia, mais de
son fils Servius Sulpicius Rufus, qui avait peut-être épousé Valeria,
la sœur de Messalla. L'an 63 av. J.-C. il fut *subscriptor* avec M. Cato
et Cn. Postumius et il était *adulescens* quand son père accusa
L. Murena (Cic. pro Murena § 54). Il devait donc être né vers 80
av. J.-C. et la Sulpicia célébrée par Tibulle pouvait être sa fille.
Cette hypothèse paraît plausible et sensée.

§ 103. — Adoptant l'opinion de Gruppe et de Teuffel, d'après
laquelle IV 2-7 sont des variations composées par Tibulle sur les
thèmes fournis par Sulpicia IV 8-12, A. Zingerle[1] s'est proposé
d'éclaircir 2 points grâce à des secours critiques mis par hasard à
sa disposition.

Dans II 2 et 3 les manuscrits du Vatican du xvᵉ siècle 1609, 1610,
1611, 2794, 3270, 3271, 3272, 3175, Palatin. 910 (de l'an 1467),
Palatin. 1652, Urbin. 641 ont en très grande majorité, dans le
texte la leçon *Cornute*; c'est aussi celle des meilleurs manuscrits
l'Eboracensis **A** et le Parisinus. Bien que les manuscrits du Vatican
n'aient pas grande valeur pour la constitution du texte, leur accord avec les meilleurs permet de constater définitivement que
Cornute est bien la leçon autorisée. Il est singulier que cette
constatation n'ait pas fait apercevoir à Zingerle la vérité. Avec
Gruppe et Teuffel il croit que II 2 doit être rattaché au cycle de
Sulpicia et forme la conclusion naturelle des poèmes IV 8-12.
Avec Teuffel il admet que dans II 2, composé à une époque où
Cornutus-Cerinthus venait d'épouser Sulpicia, Tibulle a inséré le
nom réel Cornutus, qu'il n'y avait plus lieu de dissimuler, tandis
qu'au quatrième livre il s'était servi du nom fictif Cerinthus.
Prien a supposé le rapport contraire. En réalité Cornutus est un
personnage différent de Cerinthus et II 2 n'a rien à voir avec le
cycle de Sulpicia.

1. Kleine philologische Abhandlungen von Dr. Anton Zingerle, professor am
K. K. Gymnasium zu Innsbruck. — 1ᵗᵉˢ Heft. Innsbruck. 1871. p. 22-30 : II.
Bemerkungen zu den Sulpiciaelegien des Tibullus.

En second lieu, avec Gruppe et Teuffel contre Rossbach et
Luc. Müller approuvés par Eberz et Prien, Zingerle attribue IV 7
à Tibulle, parce que les Vatic. 1609 et 3270 ont en tête de la
pièce 8 *Sulpicia Messalæ*. Ce fait joint à ce que dans **F** la mention
Sulpitia ad Messallam se trouve avant cette pièce l'ont déterminé à
commencer là l'œuvre de Sulpicia. Mais cette mention provient
d'un grammairien qui a tout simplement voulu dire que IV 8
était adressé par Sulpicia à Messalla. La conclusion de Zingerle
est illégitime (Cf. § 119).

Du témoignage des manuscrits qu'il a communiqués il n'a donc
rien tiré de valable.

§ 104,1. — A. Fürth[1] a consacré un court travail aux interpolations et aux corruptions du texte de Tibulle. Après avoir mentionné d'après Huschke les interpolations de Pontanus, Seneca,
Aurispa, Philelphus et approuvé Praefcke qui a condamné I 5, 45-46
et qui a été suivi par Gruppe et Bubendey, il signale comme interpolés II 4, 57-58 parce que la construction change, que *alias
herbas* au v. 60 ne se comprend pas étant donné que le distique
précédent parle d'un autre genre de poison, que la mention de
l'*hippomanes* est anti-esthétique (aucune de ces raisons n'est décisive) et II 6, 23-24, parce qu'ils interrompent la gradation et
conviennent mal au passage (Heyne), qu'*ante* est inutile, qu'ils
détruisent la correspondance strophique (ces raisons sont faibles).

2. — Il corrige II 4, 37-38 *hic deus* en *candidus* (le passage
paraît corrompu, ce n'est pas la meilleure correction) I 10, 11
uulgi en *uel si* dans le sens optatif, en se rattachant à Huschke
qui avait lu dans un autre sens *uel ubi* (détestable).

Il n'y a rien à tirer de ce travail médiocre d'un professeur de
gymnase.

§ 105, 1. — Dans une dissert. inaug. L. Bolle[2] a repris à

1. Jahresbericht über das städtische Progymnasium zu Jülich. Schuljahr 1871-
1872... Observationes Tibullianae, vom... Dr. Augustin Fürth. — Jülich, 1872.
Druck von Jos. Fischer. gr. in-4. 8 p.
2. De Lygdami carminibus. — Dissert. inaug. philol. quam... in Academia
Georgia Augusta... scripsit Ludovicus Bolle Detmoldensis. — Detmoldae. Typis
Meyeranis. 1872. in-4. 19 p.

peu près les idées de Stumpe (§ 85), à qui il reproche de se contredire en cherchant à déterminer par des réalités la personne de Lygdamus et en admettant ensuite que l'auteur raconte une aventure qui lui est étrangère et qui est de pure invention. Il relève également une contradiction chez Teuffel, d'après lequel les poèmes de Lygdamus n'auraient été réunis à ceux de Tibulle qu'après la mort de Messalla, 6 après J.-C., ou 2 ans plus tôt après que Messalla eut perdu la mémoire, et qui admet pourtant qu'Ovide aurait imité Lygdamus en 14 ou 2 av. J.-C., à une époque où il était inconnu. Des passages où l'imitation entre les deux écrivains doit être considérée comme certaine, il ne retient que Lygdamus 5, 17 sq., Ov. Tristes IV 10, 5 sq. et Lygdamus 5, 19 sq., Ov. Amor. II 14, 23 sq. Or il trouve que ces vers sont parfaitement à leur place chez Ovide, non chez Lygdamus (la chose est contestable ; Ov. Amor. II 14, 23 sq. paraît faire une parodie). Comme Lygdamus III 4, 10 a imité Hor. C. III 23, 20, il a pu imiter Ovide ; il n'a donc pas écrit avant la publication des Tristes et n'a pas pu naître en 43 av. J.-C. Toutes les réalités qu'il a insérées dans ses pièces n'ont pour but que de leur donner une solidité apparente. L'œuvre est une falsification faite par un homme instruit ; elle a été insérée dans celle de Tibulle par une interpolation. Le poète s'est proposé de délayer des banalités ou des imitations de Tibulle dans une abondance énorme de phrases. Le sujet des six élégies a été pris à Tibulle par quelqu'un qui ne ressentait aucune passion, mais qui voulait composer un pastiche (l'aventure de Neaera n'a pourtant pas son pareil chez Tibulle). Passant au détail, Bolle énumère les inepties de Lygdamus, ses termes emphatiques pour dire des choses terre à terre, les mots qui n'ont vraiment pas de sens et qui ne sont mis là que pour faire des phrases, les expressions rares qui sont ridicules (cette critique acerbe a déjà été exercée contre Lygdamus et Bolle n'invente pas). Il examine ensuite comment Lygdamus a imité Tibulle, montre qu'il le fait avec impropriété, maladresse, dans un style ampoulé. Le fond est juste, mais dit avec exagération, pour amener la conclusion que l'auteur ne s'est pas proposé réellement d'émouvoir Neaera, mais de faire du style. Il y a bien çà et là quelques vers heureux, mais qui prouvent justement plus de souci des mots que des choses. Le troisième livre a été composé à une époque que nous ignorons, mais qui doit être postérieure à celle d'Ovide et de Messalla.

Dans une seconde partie Bolle discute divers passages de

Tibulle[1]; il y fait preuve d'insuffisance. Le travail manque de capacité philologique et de maturité.

2. — R. Richter[2] félicite à tort Bolle d'avoir vu que ce n'est pas Ovide qui a imité Lygdamus, mais le contraire. Outre la raison de convenance de l'idée chez Ovide qui n'existe pas chez Lygdamus, il ne considère pas comme vraisemblable qu'Ovide ait transporté presque littéralement deux distiques contigus d'un autre poète l'un dans un de ses premiers poèmes, l'autre dans un de ses derniers. Il n'admet pas le système d'après lequel Lygdamus ne serait qu'un simple plagiaire; l'appréciation très défavorable formulée sur Lygdamus est en partie empruntée à Dissen, Teuffel etc., en partie inexacte; quant aux conjectures de Bolle, elles ne valent rien.

§ 106, 1. — Fr. Teufel[3] a appliqué à Catulle, Tibulle et Properce le genre de recherches dont le modèle a été donné par Zange-meister, De Horatii verbis singularibus, Berlin, 1862. Par *uoces singulares* il entend les mots qui ne se retrouvent pas ailleurs ou qui tout au moins ne figurent que chez les derniers écrivains latins. Chez Tibulle il n'arrive à relever parmi les mots grecs que deux noms propres : *Herophile* et *Phyto* (conj. de Haupt), pour les mots latins trois adj. géographiques : *Marpesius, Tar-bellus, Aquitanus* (ce mot ne se trouve ailleurs que comme subst. ; l'adj. est *Aquitanicus*) et *quotuscunque*. Le résultat de la recherche est donc presque négatif; mais il n'est pas indifférent; il montre que pour le vocabulaire Tibulle n'a pas de prétention à l'originalité et se tient dans les limites de la langue courante.

2. — Après avoir rappelé que jusqu'alors on a cherché à dé-

1. Il propose de lire III 4, 3-4 *Ite procul uani falsique auertite uisus* (qu' n'est pas impossible), 11-12 *siue illi uera monere mendaces somni prodere siue solent*, 5, 7-8 *sacra mouere deae*, 6, 20 *uerba* au lieu de *uina*, 23 *hic* avec Voss au lieu de *his*, 26 *siquis* au lieu de *siqua est* (ce ne sont là que de mauvaises altérations de passages sains).

2. Jahresbericht über die Fortschritte der classischen Alterthumswissenschaft von Conrad Bursian, 1ster Jahrg. 1873, 2ter Band 1876, p. 1449-1450.

3. De Catulli Tibulli Propertii vocibus singularibus. — Dissert. inaug. quam amplissimo Friburgensium ordini... obtulit Franciscus Teufel. Friburgi Brisiga-vorum typis Lehmanni 1872. in-8. 57 p. et 3 non numérotées.

montrer l'inauthenticité du panégyrique par l'examen de la composition, du style, de la psychologie de l'auteur, Teufel signale comme plus probante l'étude des faits grammaticaux, en particulier celle des particules (telle que l'a faite Teuffel pour le troisième livre) des faits métriques (Luc. Müller les a énumérés pour le panégyrique dans son édition). Il mentionne les particules et quelques tournures, qui sont employées par l'auteur du panégyrique et non par Tibulle ; puis, appliquant le genre de recherches qu'il a choisi, il signale comme propres à cet ouvrage les noms propres : *Artacie, Magyni* (peuple inconnu), *Padaeus, Diaspes* (sans doute corruption pour *Choaspes*), les adjectifs dérivés de noms propres : *Arecteus, Arupinus, Meleteus, Molorcheus*, les noms communs : un substantif *domator* (peut-être corrompu), un adjectif *inaequatus*, un verbe *confindere*. Les noms propres et les adjectifs qui en dérivent ne prouvent rien, sinon que le Panégyrique a eu à parler de choses qui n'étaient pas du domaine de Tibulle ; ceux-ci mis de côté les différences sont peu nombreuses ; il y avait pourtant intérêt à les signaler.

§ 107, I. — La diss. inaug. de Groth[1] est consacrée en grande partie à combattre la tendance alors dominante à soumettre les élégies de Tibulle à une prétendue correspondance strophique et à supposer que l'ordre des vers a été absolument bouleversé par la tradition et doit être rétabli par la perspicacité personnelle. Ce travail témoigne d'un jugement sain ; ce n'est pas faire progresser la science, mais c'est pourtant la servir que de détruire les végétations parasites qui l'obstruent, de faire justice des systèmes qui l'engagent dans la voie de l'erreur stérile.

Après des généralités sur l'état dans lequel nous est parvenu le texte et sur les éléments qui composent le Corpus Tibullianum[2], Groth aborde le système de Prien. En ce qui concerne I I il montre que Prien a eu tort de rejeter les vers 7-8 exprimant les travaux inhérents à la vie rustique et préparant l'espoir qu'ils seront couronnés de succès, 33-34 sans lesquels le distique suivant ne se comprend pas — *de magno est praeda petenda grege*

---

1. Quaestiones Tibullianae. — Dissert. inaug. quam... in... Universitate Fridericiana Halensi cum Vitebergensi consociata... die XXIII. m. Julii a. 1872... defendet Hermannus Groth Berolinensis. — Halis, typis expressum Lipkianis. in-8. 34 p.

2 P. 7 Groth confond J. H. Voss avec Isaac Voss.

forme une sorte de parenthèse —. Il repousse également la transposition de 19-24, mais sans comprendre exactement le vers 25. Les postulats de Prien étant réfutés, la construction symétrique de 1-36 tombe ; pour 37-78 il essaie de montrer qu'on pourrait concevoir une autre division strophique, laquelle est décidément mauvaise. Dans I 10 il prouve qu'on ne peut supprimer les vers 11-12 qui forment une transition nécessaire (en lisant à tort *uulgo* avec Haupt), qu'entre 25 et 26 il manque quelque chose, qu'il est arbitraire après 50 de remplir la lacune par trois distiques ; le schéma de Prien est donc ruiné ; il est du reste obscur et compliqué, comme ceux de I 3, 5, 7, auxquels on n'arrive au surplus que par des conjectures gratuites. Dans II 6 Prien suppose à tort qu'il manque deux vers entre 35 et 36, qui se suivent parfaitement ; il fait une strophe de 7-14 ; mais il y a une pause de sens entre 10 et 11, etc. Pour que la symétrie strophique fût légitime, il faudrait qu'on pût l'établir sans recourir à des remaniements arbitraires, en observant rigoureusement les divisions de sens, que des indices extérieurs comme la répétition d'un mot au début de la strophe, la chute identique, un vers intercalaire indiquassent nettement la forme.

On s'étonne après cette démonstration que Groth tente d'établir la composition strophique de IV 2-7 (en attribuant à tort avec Gruppe la pièce 7 à Tibulle). Il suit plus exactement que Prien les divisions du sens ; il a pourtant tort de ne pas réunir dans IV les vers 3-4 à 1-2, dans IV 5 3-4 à 5-6 et de joindre à 17-18 19-2 qui forment nettement conclusion, etc. S'il admet dans ce poèmes la correspondance strophique qu'il ne reconnaît dans aucune des pièces des livres 1 et 2 c'est qu'il les croit écrits avec plus de soin (ceci est arbitraire).

2. — Quant aux transpositions violentes inaugurées par Scali ger et celles de même nature tentées par Haase, Ribbeck Ritschl, il montre que, si on voulait obtenir partout un ordre strictement logique, il faudrait les multiplier ; ainsi dans I 1 le poète revient 4 fois sur la même idée. Prenant pour exemple le transpositions de Ritschl sur I 4 (§ 80), il faut bien voir, tout e ayant tort au vers 15 de défendre *sed* par une transition sous entendue, que *tu* du vers 39 transposé là par Ritschl est encor plus mauvais, tandis qu'à la place traditionnelle 39 sqq. font tr bien suite à ceux qui précèdent ; aux vers 21-26 le précepte n'es pas tellement spécial qu'il ne puisse figurer au milieu de plu

généraux. Groth approuve à tort le rejet de 57-70 à la fin de la pièce.

3. — Un référent anonyme[1] a approuvé, sans admettre toujours ses arguments, la réfutation faite par l'auteur du système de Prien. Il remarque avec raison que Tibulle oppose parfois de parti pris deux développements de dimensions égales et reproche à Groth d'avoir soumis IV 2-7 à une symétrie régulière, sans arriver à convaincre plus que Prien, bien qu'il soit plus sage et ne recoure pas à l'hypothèse de lacunes et d'interpolations. Le référent nie totalement la justesse de la théorie et professe que la symétrie régulière ne se trouve pas plus dans les élégies à Sulpicia que dans les autres. Dans I 4 les vers 57-70 sont rejetés à tort à la fin.

§ 108, 1. — Tout en blâmant la témérité des transpositions de Scaliger, Schneider[2] s'autorise de Haase et de Ritschl, garants plutôt fâcheux, pour s'attaquer à deux pièces respectées jusque-là à ce point de vue I 3 et 6.

Dans I 3 deux choses le choquent : il est absurde suivant lui qu'après s'être lamenté à propos de la mort qui le menace, le poète se figure tout à coup son retour auprès de Delia ; il est absurde qu'il demande à Jupiter de lui élever un tombeau ; Schneider transpose donc les vers 83-94 entre 52 et 53. Il obtient ainsi un ordre assurément ingénieux. Mais 1° Tibulle ne demande pas à Jupiter de lui élever un tombeau, mais de faire en sorte qu'on lui en élève un, ce qui n'est pas la même chose ; 2° il est ridicule de demander ce service à Delia, qui n'avait sûrement pas de correspondant à Corcyre ; 3° dans l'ordre traditionnel la pièce se termine par un rayon d'espérance et c'est sur cette image consolante que le poète a voulu rester.

Le bouleversement est plus complet dans I 6 que Schneider lit ainsi : vers 1-14 77-86 73-76 43-72 15-42 ; or il déplace 73-76 parce que là où ils se trouvent ils ne peuvent s'appliquer qu'à la mère de Delia ; il faut y mettre de la mauvaise volonté pour ne pas voir que Tibulle apostrophe Delia elle-même ; après le vers

1. Philolog. Anzeiger, 5ter Band [1873] n° 11, Nov. 1873, p. 546-548.
2. Jahresbericht des Königlichen katholischen Gymnasiums zu Gleiwitz für das Schuljahr 1871-72... Inhalt. 1° — De versuum in duobus Tibulli carminibus ordine immutando. Von dem Oberlehrer Schneider (p. 3-8)... — in-4.

14 le vers 77 *at quae fida fuit nulli*... n'a aucun sens ; il est faux de dire que 43 sqq. ne s'appliquent pas aux galants dont il est question vers 39 sqq. ; les vers 43 sqq. sont la suite naturelle de 39-42, etc. La tentative de Schneider est tout à fait manquée et il n'y a rien à en conserver.

2. — C. Hartung[1] a réfuté sans peine la transposition qui concerne I 3, mais en changeant vers 56 sq. *fac-stet* en *et-stat* (ce qui donne un sens absurde) et *sed-ducet* en *fac-ducat*. Pour I 6 il montre que l'ordre traditionnel est satisfaisant et que le bouleversement de Schneider ne l'est pas. Mais il a tort de croire qu'au vers 16 *quoque* n'a pas de sens et doit être remplacé par *duce* ; qui pourrait comprendre *me duce seruato* ? R. Richter[2] a du reste fait observer que Hartung a oublié qu'Ovide, Tristes, II, 458 a cité ce vers avec *quoque*.

§ 109. — Au vers IV 6, 16 sq. E. Baehrens[3] a proposé de lire *iam tua*, conj. qu'il a insérée dans son édit. Il entend que Sulpicia ayant déjà en elle-même choisi son époux appartient à Junon interpellée dans le passage. Mais ce sens est inattendu, alambiqué et l'opposition du vers avec le précédent disparaît ; *iam sua*, bien autorisé, donne, quoi qu'en dise Baehrens un sens satisfaisant. La mère de Sulpicia continue à vouloir diriger les sentiments de sa fille dans le sens de ses propres idées ; mais celle-ci se considère en elle-même comme émancipée. Baehrens s'est donc attaqué indûment à un passage sain et son premier essai sur la critique de Tibulle n'est pas heureux.

§ 110, 1. — J. Soury[4] a écrit sur Delia un de ces essais brillants, qui ont été longtemps caractéristiques du goût français et qui maintenant nous font sourire par leur naïveté ambitieuse et leur parfaite inutilité. Il prétend faire revivre par une évocation hardie non pas seulement Delia, mais Tibulle et le temps où ils ont vécu. Il n'est pas complètement ignorant ; il a lu Tibulle et il

1. Philolog. Anzeiger, 5ter Band [1873] no 7, Juillet 1873, p. 355-357.
2. Jahresbericht... von C. Bursian, 1ster Jahrg., 2ter Band 1876, p. 1454.
3. N. Jahrb. f. Phil. u. Paed. 42ster Jahrg. 105ster Band 1872 : Kritische Satura, par Emil Baehrens, p. 625. XV. Tibullus IV 6 13 ff.
4. La Délia de Tibulle. Revue des Deux Mondes, 3e période, t. CI, 1872, p. 68-100. Actuellement dans : Portraits de Femmes, par Jules Soury. Paris, Sandoz et Fischbacher, éditeurs, 1875, in-12, p. 1 104.

a un certain sentiment de sa poésie ; il a feuilleté quelques travaux allemands et il croit tout savoir ; mais il ne nous apprend rien de nouveau. Sous le vernis superficiel de connaissances puisées au hasard apparaissent de graves erreurs[1]. Du reste l'auteur se propose surtout de faire passer devant nos yeux des images pittoresques et de nous communiquer ses impressions ; mais son imagination travaille à vide et enfante des conceptions bizarres et creuses. Voici par exemple le portrait qu'il fait[2] de la mère de Delia « décrépite, hideuse... A la vue des dariques, ses petits yeux perçants comme des vrilles s'allument et pétillent, son cou se gonfle comme celui d'un reptile, et sur son front terreux s'agitent quelques rares cheveux gris qui semblent jaunes sous l'étoffe rouge dont se coiffaient à Rome les femmes de cet âge et de cet état ». Il sait de quelle maladie a souffert Delia[3]. « Il semble qu'elle était en proie à une de ces fièvres d'automne si fâcheuses à Rome. Le bon Tibulle fut navré. De sa tristesse il ne dit rien... » Que voilà donc de jolies choses !

2. — Cet essai a été caractérisé exactement par R. Richter[4] en quelques mots plutôt bienveillants : « Peinture de civilisation et de caractères, tirée sans critique approfondie des matériaux fournis par l'érudition allemande, avec de nombreuses digressions sur des généralités, des phrases abondantes embellissant la réalité historique, une exposition vive et variée, qui ressort comme tout à fait intéressante, mais qui n'offre à peu près rien à la science. »

§ 111, I. — Après avoir combattu sur l'élégie I 2 le système de Scaliger qui en expulse les vers 65-98 pour les transporter ailleurs, celui de J. H. Voss qui fait de la pièce 2 élégies dont la première commencerait au vers 65 et croit qu'au vers 65 il s'agit de Tibulle lui-même, l'opinion de Heyne qui pense que le vers 65 doit être pris d'une façon générale, ce qui est impossible avec le texte traditionnel, F. Seiler[5] prétend que tout est en

---

1. Après d'autres, mais sans aucune preuve, il identifie la mère de Delia avec l'entremetteuse de I 5. Pour constituer la biographie de Tibulle il se sert d'Hieronymus d'Alexandrie. Il repousse l'indication d'Apulée que Delia se serait appelée de son vrai nom Plania, etc.

2. P. 37.

3. P. 72.

4. Jahresbericht... v. C. Bursian, 10ter Band, 5ter Jahrg. 1877, 2te Abtheil. 1879, p. 294-295.

5. Viro illustrissimo praeceptori summe venerabili Godofredo Bernhardy... gra-

ordre si on admet que le *ferreus ille* est le propre mari de Delia, qui avait quitté sa femme pour prendre part à l'expédition de Cilicie et qui la faisait pendant son absence sévèrement garder par ses esclaves ; ni du vers 21 ni du vers 41 on ne serait autorisé à conclure que le mari de Delia fût alors à Rome (c'est pourtant ce qui ressort nettement du texte et par suite rend l'explication de Seiler inadmissible).

2. — Un référent anonyme [1] a bien montré, après Rigler, qu'elle était à rejeter, parce que dans le reste de la pièce le mari est supposé présent. Mais, quoi qu'il en dise, on ne peut s'en tenir à l'hypothèse de Dissen, que le vers 65 ferait allusion à un ancien amant de Delia qui serait parti en Cilicie, comme Tibulle était alors sollicité de le faire ; la remarque de Seiler subsiste que Tibulle n'aurait pas manqué de se plaindre de ce rival et de reprocher à Delia sa légèreté, comme il le fait toujours lorsqu'il se trouve en présence d'un rival, soit dans les élégies 5 et 6 du premier livre [2].

§ 112 [3], 1. — Comme annonce d'une édition de Tibulle, qui n'a

tulantur sodales seminarii philologici Halensis. — ... Halis Saxonum die 3o. m. octobris a. 1872. in-fol. IV. p. 27-29 : De Tibulli elegia I, 2 scripsit F. Seiler.

1. Philolog. Anzeig., 6ster Band [1874] no 2, Févr. 1874, p. 72-75. Göttingen 1876.

2. Dans l'introduction de ses leçons sur l'explication de Properce (en dernier lieu hiver 1872, actuellement dans : Mauricii Hauptii Opuscula, vol. III, pars 1, 1876, p. 205, en note), Haupt a bien caractérisé la nature de l'élégie comme tenant le milieu entre la poésie épique et la poésie lyrique, donné un court aperçu de l'élégie Alexandrine, telle que l'avait constituée Antimachos, cherché à déterminer qui avait introduit l'élégie à Rome et comparé les 3 élégiaques du siècle d'Auguste au point de vue de la poésie et du style. « Chez Tibulle, dit-il, domine l'élément lyrique ; presque partout pure représentation, gracieuse et claire, mais monotone, d'un amour intime étroitement mêlé à un vif sentiment pour la vie rustique. Tibulle a la sincérité de l'impression, le charme et la transparence de l'exposition, mais il n'est pas riche en pensées et il est peu inventif... Sa langue est simple et transparente ; il n'aime pas à chercher l'ornement d'allusions savantes... »

3. On peut négliger ici : Propyläen zu den Vier Büchern Elegieen des A. Tibullus von J. H. E. Delagrise, Dr. — Helmstedt. In Commission bey W. Beier. 1872. pet. in-8. vii-100 p. Erratum. C'est une traduction donnée sous un titre bizarre, qui signifie que l'auteur la considère comme une introduction au texte de l'original. Il a suivi l'édit. de Rossbach, en indiquant les cas où il s'en écarte ; ainsi I 4, 54 il lit *arta* au lieu de *apta*, I 1, 25 (dans un Excursus p. 95-100) il recommande *iam modo non possum contentus uiuere paruo*, qu'il regarde comme la leçon autorisée, etc.

jamais paru, R. Richter[1] a communiqué sur les 3 premières
élégies quelques observations critiques et exégétiques de valeur
diverse. L'auteur repousse l'hypothèse sans fondement de
Schoene[2], qui fait de I 1 deux pièces séparées — 1-34 et 35-78
— mais il supprime à tort les vers 39-40 comme interrompant la
suite des idées et divise la pièce en deux parties symétriques de
38 vers chacune; cette symétrie ne signifie pas grand'chose. Au
vers 5 il considère à tort *traducat* comme un subj. concessif et
non comme un optatif. Il établit l'ordre 1-6, 25-32 (en lisant à
tort au vers 25 *dummodo iam possim*), 7-24, 33-36 (en lisant à tort
au vers 35 *hoc*), transposition qui n'est pas plus acceptable que
celles tentées par ses devanciers. Au vers 49 *sit diues iure* est bien
défendu contre les corrections et bien expliqué; 55 *uictum* des
Italiens défendu ingénieusement, mais à tort; 57 la ponctuation
mea Delia: tecum bien défendue; 61 *et* mal expliqué par *etiam*;
Dressel a bien vu qu'il correspondait au second *et*; 72 *capiti* préféré à tort avec Drenkhahn contre Graef à *capite*; 75 expliqué avec
une subtilité inutile. — Richter a bien vu contre Dissen que la
deuxième élégie n'est pas un παρακλαυσίθυρον et que l'auteur parle
chez lui; il a tort pour expliquer le revirement de croire que
2 vers au moins ont disparu entre 8 et 9; v. 8 *Iouis imperio* est
correctement entendu : par la volonté de Jupiter; 14 le subj. avec
cum comme circonstanciel; 17 *seu qui iuuenis* de Luc. Müller
sous prétexte d'euphonie rejeté; 25 hexamètre authentique, qui n'a
pas été numéroté par Luc. Müller et doit l'être; 35 sq. il s'agirait
de rencontres possibles avec les domestiques dans la maison de
Delia; 63 sq exprime le refus de Tibulle d'être guéri de son amour
par la magicienne; 65 sq. il ne saurait être question ni du mari ni
d'un prétendu rival; le vers doit être pris avec Heyne dans un sens
général, mais la correction *suam* n'a aucune vraisemblance; 69 sq.
la construction n'est pas comprise et il n'est pas vrai que le poète
ait choisi les Ciliciens comme un peuple quelconque, sans allusion
à l'expédition de Messalla; 79-80 sont considérés à tort comme
interpolés; c'est l'explication du distique précédent. — Dans
3, 7 *dedat* est bien défendu, mais l'explication incertaine; 11 sq.
la correction *e cistis* est dénuée de vraisemblance; il ne s'agit pas

---

1. Gymnasium zu Zwickau. — Jahresbericht über das Schuljahr von Ostern
1872 bis Ostern 1873... Voran geht eine Abhandlung des 7. Oberlehrers Richard
Richter : *De Albii Tibulli tribus primis carminibus disputatio* (p. 1-20). —
Zwickau, Druck von R. Zückler. 1873. gr. in-4.

2. Dans les *theses* jointes à Ad quaest. Hieronym. capita selecta. Berol. 1864.

des *sortes praenestinae*; 17 sq. la mention de Saturne est une
preuve du mélange des cultes à cette époque ; 29 les *uotiuas uoces*
sont les prières que Delia a promises à Isis et qu'elle récitera
pendant les stations devant le temple ; 37 la correction de *contempserat* en *temptauer at* est inutile et fautive; 51 sq. les critiques
de Luc. Müller contre ces vers sont bien réfutées. En résumé ce
travail est médiocre ; les tentatives critiques sont généralement
malheureuses, l'interprétation est meilleure, quoique parfois
erronée.

2. — R. Ehwald[1] approuve à tort les transpositions de I 1, blâme
avec raison la suppression de 39-40 comme non motivée, remarque
que la division de la pièce en deux parties d'égale longueur constitue un schématisme, mais non une composition artistique et
conjecture très malheureusement au vers 25 *iam mora, iam
possum*... Dans l'élégie 2 il propose inutilement de lire 13-14
avant 9, entend à tort le vers 65 d'un rival auquel il serait fait
allusion vers 9 et 57. Dans la troisième, vers 37 où il n'y a qu'à
s'en tenir à la leçon des manuscrits, il conjecture *conspexerat*. Il
n'apporte rien de nouveau qui ait de la valeur et est plutôt trop
indulgent pour Richter.

L'auteur donnant une analyse de son travail[2] maintient à tort
l'interprétation concessive de I 1, 5 et repousse avec raison la
conjecture d'Ehwald sur le vers 25.

§ 113. — Dans une dissert. inaug. faite avec soin et méthode
et qui s'appuie sur la métrique de Luc. Müller B. Engbers[3] a
relevé les divergences qui distinguent la prosodie et la métrique
des diverses parties du Corpus Tibullianum entre elles et avec
Properce et, le cas échéant, des livres de Tibulle et de Properce
à un quadruple point de vue : le traitement de la voyelle brève
par nature devant une muette suivie d'une liquide, les synalèphes,

1. Philol. Anzeiger, 6ster Band [1874] n° 7, Juillet 1874, p. 351-352. Göttingen,
1876.

2. Jahresbericht... v. C. Bursian, 1ster Jahrg. 1873, 2ter Band 1876, p. 1452-
1453.

3. De metricis inter Tibulli Propertique libros differentiis quaestionum pars prima
continens capita de positione ante mutam cum liquida, de synaloephis, de caesuris,
de metricis finibus. — Dissert. philol. quam consensu... philosophorum ordinis...
litterarum Universitatis Rostochiensis... edidit Bernardus Henricus Engbers pres-
byter Cincinnat. — Monasterii. Ex typographia Theissingiana. 1873. gr. in-8. 67 p.

les césures, la fin des séries métriques. Ses recherches sont conduites avec patience et, sauf quelques erreurs et omissions, avec exactitude. D'une façon générale, étant donnée l'inégalité de dimensions des œuvres qu'il examine, il aurait dû adopter le procédé du pourcentage par lequel les différences se présentent clairement aux yeux, tandis que le nombre brut des cas où tel phénomène métrique ou prosodique se présente chez Tibulle ou Properce n'offre rien d'absolument net à l'esprit. On peut lui faire certaines objections particulières ; en ce qui concerne la place où les poètes admettent l'élision dans le vers[1], il se borne à constater que celle-ci est surtout fréquente au temps faible du premier pied et au temps fort du second, que pour les élisions qui se trouvent ailleurs, il n'y a pas de règle ; on aurait pu préciser davantage. Pour les césures il essaie de déterminer où se trouve la coupe principale, quand le vers offre la penthémimère et l'héphthémimère ou la trihémimère, la penthémimère et l'hephthémimère[2] et fait intervenir des considérations de sens, de ponctuation et autres qui n'ont sans doute rien à faire ; il arrive à couper différemment les deux vers :

nec tamen interdum pudeat ‖ tenuisse bidentes
ille meos numquam ‖ patitur requiescere postes,

ce qui est sûrement arbitraire. Ses conclusions[3] sont les suivantes : pour le maintien de la brève avant la muette suivie d'une liquide, c'est Lygdamus qui est le plus strict et le plus soigneux, Properce ne s'éloigne pas beaucoup de lui, viennent ensuite le panégyriste et Tibulle. Pour l'élision des voyelles brèves Lygdamus observe les règles plus sévèrement que personne ; Tibulle s'est montré réservé ainsi que le panégyriste et Sulpicia, Properce est plus libre ; on peut dire à peu près la même chose de l'élision des finales en -*m* et des voyelles longues, et de l'aphérèse de *e* dans *est* ; même résultat pour les vers contenant deux élisions ou davantage. C'est Tibulle qui est resté le plus fidèle à la nature de l'élégie dans le choix des césures ; au point de vue des hexamètres le panégyriste peut être joint à lui ; Properce et Lygdamus viennent en dernier à peu près sur le même rang. Lygdamus l'emporte en ce qui concerne l'observance des

1. P. 38.
2. P. 38 sqq.
3. P. 67.

règles sur la fin des séries métriques, bien que Tibulle apparaisse
aussi comme sévère, si on le compare à Properce et au panégyriste. Il résulte de ces études que le 3° livre et le panégyrique
ne sont pas de Tibulle et sont assez différents pour qu'il faille les
rapporter à deux auteurs plutôt qu'à un seul.

§ 114, 1. — E. Dietrich [1] dans une diss. inaug. a défendu l'ordre traditionnel de I 1, la pièce la plus tourmentée par les critiques. Il débute par une observation très juste, qui caractérise ses
compatriotes respectueux de l'autorité même dans leurs plus
grandes hardiesses : fascinés par Scaliger et acceptant comme un
dogme que les 36 premiers vers de I 1 avaient été bouleversés,
une foule de savants se sont efforcés de remédier au désordre,
sans vérifier s'il existait réellement ; il fallait d'abord démêler la
pensée de Tibulle et voir si les idées ne se suivaient pas
naturellement. Ribbeck, considérant comme démontré un
point qui ne l'est pas du tout, est parti du principe qu'il
fallait mettre ensemble d'une part tout ce qui concerne la
description de la vie rustique, de l'autre toutes les invocations aux
dieux ; il n'a constitué qu'un schématisme plat, tout à fait indigne
de Tibulle. L'auteur réfute son hypothèse (qui avait été déjà
suffisamment combattue) par des raisons qui, étant tirées de son
système particulier, lequel est faux, ne sont pas toujours bonnes.
Entre temps il repousse comme aussi peu applicable à Tibulle
que la division tripartite de Dissen le système de correspondance
par strophes égales soutenu par Bubendey, Prien, Wisser et
établit que, dans les dimensions de ses développements, Tibulle
n'a tenu compte que des nécessités de son sujet. Cette partie de
réfutation est ce qu'il y a de meilleur et de plus solide dans son
travail.

Dans la partie originale il défend avec raison l'ordre traditionnel, mais pour de mauvaises raisons et en prêtant à Tibulle un
plan, qui n'est pas conforme à la réalité. Il croit que Tibulle a
voulu décrire la vie rustique dans l'ordre des saisons et, selon lui,
la pièce se diviserait ainsi : v. 1-4 sujet, 5-6 transition à la description de la *uita iners*, 7-24 le printemps avec les travaux de

1. Quaestiones Tibullianae et Propertianae. — Dissert. inaug. quam... philosophorum Marburgensium.... auctoritate die XIII. m. Decembris a. 1873... defendet
Evaldus Dietrich Luckaviensis. — Marburgi Cattorum. Typis C. L. Pfeilii. in-8.
50 p.

plantation et de culture accompagnés par les vœux du paysan pour la réussite, 25-36 l'été jusqu'à la moisson, 37-44 description rapide de la moisson et de l'automne, 45-48 joies de l'automne terminant la description de la vie rustique. Or le texte proteste contre ce système : ce n'est pas pendant l'été qu'on laboure avec les bœufs v. 30, et ce n'est pas à ce moment qu'on se préoccupe particulièrement de l'élève du bétail ; voir dans 37-44 la description du temps de la moisson est une fantaisie qui ne repose sur aucune réalité.

Au vers 25 l'auteur a tort de ne pas accepter la leçon des *Exc. Fris.* et de revenir à celle de Lachmann *iam modo non possum* en entendant *modo non* par μόνον οὐχί = presque et en comprenant *longae uiae* comme la visite quotidienne du paysan à son champ (comme si ce champ était nécessairement éloigné et qu'il y eût là une marche fatigante à faire). Au vers 35 il lit inutilement *hunc* (gregem).

Il expose sa prétendue découverte avec une suffisance naïve ; sa dissert. est défigurée par les fautes d'impression les plus grossières.

2. — R. Richter[1], partisan des transpositions, n'est pas disposé à admettre qu'elles ne soient pas nécessaires. Il reproche à l'auteur le ton d'assurance qu'il a pris et montre par quelques exemples que sa tentative est manquée.

§ 115[2], 1. — M. Krafft[3] dans une dissert. inaug. a étudié certains points de la métrique de Tibulle (I, II, IV 2-7[cette dernière pièce à tort] 13, 14) et de Lygdamus. Étant données certaines dispositions de mots normales dans le vers, il examine quelles

1. Jahresbericht... v. C. Bursian, 1ster Jahrg. 1873 2ter Band 1876, p. 1450-1452.
2. A partir de 1874 et jusqu'à nos jours nous avons un guide bibliographique très sûr dans la Bibliotheca Philologica classica. — Verzeichniss der auf dem Gebiete der classischen Alterthumswissenschaft erschienenen Bücher, Zeitschriften, Dissertationen, Programm-Abhandlungen, Aufsätze in Zeitschriften und Recensionen. Beiblatt zum Jahresbericht über die Fortschritte der classischen Alterthumskunde. Erster Jahrgang 1874. — Berlin, 1875. Verlag von S. Calvary und C°.
3. De artibus quas Tibullus et Lygdamus in versibus concinnandis adhibuerunt. — Dissert. inaug. philol. quam... in Academia Fridericiana Halensi cum Vitebergensi consociata... d. IX. m. februarii a. 1874... defendet Maximilianus Krafft Coburgensis. — Halis, 1874. in-8. 32 p.

sont les raisons métriques ou stylistiques, qui ont décidé les poètes à les modifier et arrive ainsi à signaler quelques différences entre Tibulle et Lygdamus et à défendre souvent le texte des bons manuscrits contre celui des mauvais.

Pentamètre (qu'il appelle vers élégiaque). — Partant du type I 1, 78 *despiciam dites despiciamque famem*, où les mots se suivent de la façon la plus simple, il montre que, lorsque Tibulle adopte l'ordre inverse, c'est pour raison métrique : II 4, 34 éviter le spondée premier, ou pour raison stylistique : II 6, 52 le premier *teneat* est accentué, le second ne l'est pas. Lygdamus va plus loin que Tibulle dans la conservation de l'ordre normal : il ne craint pas de terminer les deux hémistiches par le même mot.

Quand un substantif et l'adjectif qui s'y rapporte — ou le gén. déterminatif — sont répartis entre les 2 hémistiches, on place l'adjectif le premier, le substantif le second pour soutenir l'attention, en général chacun à la fin de l'hémistiche ; 257 ex. de cette disposition chez Tibulle, qui a pour elle beaucoup de penchant. Il aime pourtant mieux la sacrifier que d'admettre le spondée premier I 7, 30 ; dans 2 des 3 cas où il la conserve avec le spondée premier l'auteur voit un effet de style. De même il aime mieux négliger de mettre l'adj. à la fin du premier hémistiche que de commencer le vers par un mot spondaïque ; en cas contraire l'auteur voit un effet de style, ce qui n'est pas toujours sûr. La disposition du subst. et de l'adj. à la fin des 2 hémistiches est plus fréquente chez Tibulle — 36,9 % — que chez Lygdamus — 26,9 % — Lygdamus craint moins que Tibulle de commencer le pentamètre par un mot spondaïque — 11,7 % contre 1,7 %.

En cas de deux substantifs joints à deux adjectifs dans le pentamètre, l'auteur cherche, lorsque la disposition n'est par normale, à déterminer les motifs qui ont décidé le poète (ses explications ne sont pas toujours convaincantes) et à limiter les cas où on ne peut saisir les motifs.

Hexamètre. — Tibulle et Lygdamus diffèrent en ce qui concerne la coupe. Tibulle emploie volontiers l'hephthém. accompagnée de la trihém., plus rarement l'hephtgém. seule ou l'hephthém. avec la penthém. ; dans ce cas on reconnaît que l'hephthém. est principale à ce qu'elle coïncide avec la coupe de sens — G. Hermann — ou à l'importance du mot qui y est placé (ceci reste contestable). Adoptant l'ordre chronologique de Teuffel (qui est faux) Krafft arrive à ce résultat que Tibulle a rarement employé l'hephthém.

dans ses premières pièces, plus souvent à l'époque de la pléni-
tude de son talent — un tiers des vers — moins fréquemment
dans les pièces inachevées (il resterait à prouver qu'il y en a de
telles.) Lygdamus n'a usé de l'hephthém. que quatre fois, dont
trois fois avec la trihém.

Quand un substantif et un adjectif se trouvent dans le premier
hémistiche, Tibulle pour la disposition se préoccupe surtout
d'éviter le spondée premier ; Lygdamus suit cette règle, mais
plus négligemment. Tibulle n'admet le mot spondaïque premier
que dans une intention stylistique et alors il le recherche ; Lygdamus est plus négligent et n'a pas toujours d'excuse.

Quand le substantif et l'adjectif ou le génitif déterminatif sont
répartis entre les deux hémistiches, l'adjectif précède. La force
est jointe à l'élégance, quand l'adjectif est à la fin du premier
hémistiche, le substantif à la fin du second. L'auteur étudie
cette correspondance suivant qu'elle se produit entre les deux
parties séparées par la penthémimère ou dans les deux membres
formés par la trihémimère et l'hephthémimère, et les raisons métriques ou de sens pour lesquelles Tibulle n'a pas toujours observé
la symétrie. L'usage de Lygdamus se rapproche de celui de
Tibulle, bien qu'il évite moins soigneusement le spondée au
premier pied. En outre la structure que Tibulle affectionne « aut
gelidas hibernus aquas » I 1,47 ne se trouve chez lui qu'une fois
« carminibus celebrata tuis » III 4,57.

La loi d'après laquelle dans les hexamètres construits symétriquement l'adjectif ou le génitif déterminatif précèdent le substantif est observée par Tibulle et Lygdamus. Avant l'hephthém.
le substantif ne précède que cinq fois chez Tibulle sur 95 cas,
une fois chez Lygdamus sur 19, avec excuse de sens. Même observation pour les mots cohérents répartis entre les deux hémistiches, mais non symétriquement ; sur 60 vers de cette nature
Tibulle n'en a que trois, sur 23 Lygdamus un seul où l'adjectif soit postposé sans excuse de sens. Quand l'adjectif et le
substantif se suivent avant et après la penthém. le substantif n'est
postposé que lorsque le poète veut insister : illa gerat uestes
tenues II 3,53. En pareil cas la coupe est penthém., le sens complet et l'adjectif qui n'est pas attendu frappe davantage.

L'adjectif ou le participe appartenant pour le sens à l'hexamètre et rejetés dans le pentamètre acquièrent par là même une
grande force.

Lorsqu'il y a dans l'hexamètre deux couples de mots cohérents,

XXII. — CARTAULT.   17

Krafft énumère les différentes formes qu'on trouve chez Tibulle et chez Lygdamus. Là où l'ordre symétrique n'existe pas il en cherche la raison dans le sens (il ne paraît pas connaître le travail de Gebhardi § 96).

Un certain nombre de fautes d'impression.

2. — R. Richter[1] reproche à l'auteur d'expliquer parfois d'une façon peu satisfaisante les exceptions aux règles qu'il a posées. Dans des questions de ce genre il faut laisser une certaine part à la fantaisie des poètes et ne pas les assujettir à des lois trop rigoureuses. Il résume les résultats obtenus sur les différences entre la versification de Tibulle et celle de Lygdamus et ces résultats lui paraissent maigres.

§ 116, 1 — Après avoir énuméré les diverses observations for-mulées sur II 5, en particulier l'hypothèse de Gruppe que cette pièce, comme toutes celles du deuxième livre à l'exception de II 2 est restée inachevée, W. Wisser[2] énonce son système : la pièce n'est pas inachevée, elle n'est pas formée de fragments, elle ne souffre ni de lacunes ni d'interpolations, elle est inauthentique et à ce point de vue se trouve dans des conditions différentes des autres parties inauthentiques du Corpus Tibullianum : Lygdamus et Sulpicia se nomment ; le panégyriste n'essaie pas de se faire passer pour Tibulle ; c'est ce que fait l'auteur de II 5, écrivain médiocre, qui n'était pas contemporain des circonstances décrites ; car il ne pouvait offrir à Messalinus une œuvre de sa fabrication sous le nom de Tibulle, du vivant de celui-ci. La démonstration repose sur les fautes, obscurités, etc., que présente le poème dans l'ensemble, dans la composition, et sur les impossibilités du détail. Elle est faible et ne porte pas. Wisser voit au début deux idées hétérogènes : Apollon invoqué comme le dieu dont la faveur est demandée pour le nouveau quindecemvir et sollicité de venir exécuter un chant pour le célébrer. Or Tibulle demande à Apollon d'assister au sacrifice solennel que Messalinus récem-ment nommé va lui offrir, de lui indiquer par quelques accords de sa lyre le ton — et l'inspiration (Dissen) — de l'hymne que lui

1. Jahresbericht... v. C. Bursian, 10ter Band, 5ter Jahrg. 1877, 2te Abth. 1879, p. 275-276.
2. Zu der... öffentlichen Prüfung sämmtlicher Classen des Gymnasiums zu Eutin ladet... ein Dr. Ch. Pansch... — Inhalt : 1. Ueber Tibull II. 5. Von Herrn Dr. W. Wisser (p. 1-30)... Eutin, 1874. Buchdruckerei von G. Struve. gr. in-4.

Tibulle, va chanter en l'honneur du dieu, enfin de donner à Messalinus l'intelligence des oracles sibyllins; il n'y a rien là de choquant. Le vers 5 mal expliqué par Wisser veut dire tout simplement qu'Apollon doit apparaître dans son costume le plus magnifique, celui qu'il a revêtu pour célébrer Jupiter vainqueur des Titans. Wisser reproche à l'auteur comme une faute de composition insupportable la parenthèse des vers 23-38 et la brusque entrée en scène de la Sibylle au vers 39, sans qu'on sache même que c'est elle qui prend la parole. Mais les vers 23-38 ne forment pas parenthèse ; c'est une digression, par laquelle Tibulle paraît avoir voulu reproduire les libertés du lyrisme. Après avoir parlé du moment où la Sibylle a adressé sa prédiction à Énée, moment où Rome n'existait pas encore, il se laisse aller à décrire le site où elle devait s'élever et, par un contraste cher aux poètes du siècle d'Auguste, à faire ressortir la sauvagerie de ces lieux où ils voyaient maintenant une ville superbe; puis il revient brusquement à la prédiction annoncée au vers 19 sqq.; la possibilité qu'il ait disparu deux vers après 38, comme l'a supposé Haupt, n'est pas exclue; mais peut-être Tibulle a-t-il voulu imiter la brusquerie et l'imprévu du lyrisme. Quant à l'idée que les vers 23-38 nuisent à l'effet de la prophétie, parce qu'ils font prévoir la fondation de Rome, on peut la négliger. Les autres critiques de Wisser n'ont pas plus de justesse. En outre il ne paraît pas s'être aperçu que la pièce renfermait un nombre considérable de vers grandioses ou charmants qui ne peuvent être que de Tibulle ; c'est une mauvaise méthode que de laisser de côté les qualités essentielles d'une œuvre et de procéder comme si elles n'existaient pas.

2. — R. Richter[1] n'admet ni le système de Wisser, ni la plupart de ses critiques. Wisser trouve maladroit que les prospérités futures dépendent vers 81 sqq. de l'heureuse combustion du laurier, condition qui peut manquer ; mais le contexte indique qu'elle est remplie. L'auteur au lieu de se livrer à des peintures de félicité rustique aurait mieux fait de parler des victoires extérieures et du rétablissement de la concorde entre les citoyens : mais ce bonheur idyllique montre que les conditions politiques sont favorables et en le décrivant Tibulle obéit à sa nature même,

1. Jahresbericht... v. C. Bursian, 10ter Band, 5ter Jahrg. 1877, 2te Abtheil. 1879, p. 279-276.

etc. Richter a pleinement raison de remarquer qu'il y a dans la
pièce des morceaux excellents et qui portent la marque incontestable du génie de Tibulle. Il admet en revanche toutes les critiques adressées à la composition de la pièce et conclut ou que
l'unité primordiale a été rompue et que les fragments ont été
maladroitement rapprochés ou que nous n'avons là qu'une
ébauche dont Tibulle n'a pas agencé définitivement les parties.
Il ne fait que se conformer à l'opinion dominante alors, sans
examiner si elle est fondée ou non.

§ 117, 1 — Dans un programme, qui renferme trop de choses
pour être approfondi, R. Bolzenthal[1] traite de la métrique de
Tibulle, comparée çà et là à celle de Catulle, Properce, Ovide, et de
son style. A la fin en une page il condamne les transpositions
tentées depuis Scaliger, discute sans les approuver celles de
Ritschl sur I 4 en reconnaissant à la pièce certains défauts qu'il
impute à la jeunesse de Tibulle, condamne le système strophique
imposé au poète par Bubendey et ses successeurs, et admet qu'on
peut découvrir dans son texte des interpolations. Sur la métrique
il met bout à bout des observations qui prétendent embrasser toute
la matière ; vingt-deux lignes lui suffisent pour traiter toute la question des césures. Il n'est pas seulement superficiel, mais très
ignorant ; il confond la coupe métrique et la coupe de sens. Pour
lui le vers I 1, 11 nam uencror seu stipes habet desertus in agris
a la coupe trihémimère, le vers I 7, 53 sic uenias hodierne : tibi
dem turis honores, la 3e trochaïque ; II 1, 79 a miseri, quos
hic grauiter deus urget! At ille aurait la trihémimère et l'en-
néhémimère, etc. Dans les remarques de style il ne fait guère
que s'inspirer de Dissen et de Gruppe, ce dont il ne se cache pas
trop d'ailleurs. Il n'y a rien à tirer de cet essai hâtif et plein
d'inexpérience.

2. — Un référent anonyme[2] lui a fait divers reproches : il n'a
pas connu l'édition de Luc. Müller dont les indications sur la
métrique lui auraient permis d'être plus correct dans la question ;

1. Raths- und Friedrichs-Gymnasium zu Cüstrin. — Schul-Jahr. 1873-1874.
VI. Inhalt: 1) De re metrica et de genere dicendi Albii Tibulli scr. Dr. Rudolfus
Bolzenthal (p. 1-7)... Cüstrin, 1874. C. Nigmann's Buch- und Steindruckerei
[F. Koenig] in Cüstrin. gr. in-4.
2. Philolog. Anzeiger, 6ter Band [1874] no 9, Sept. 1874, Göttingen 1876,
p. 443-445.

ses relevés sont faits trop vite et incomplets ; il n'est pas permis de prendre *Aquiloni* ou *terebintho* pour des dispondées ; il n'a pas bien compté chez Tibulle et chez Ovide les pentamètres à clausule hyperdisyllabique ; ce qu'il dit des césures est insuffisant et erroné ; il y a lieu de compléter et de rectifier ce qu'il dit de la synizèse et de l'élision ; I 7, 3 il a mal scandé *Aquitanas*. Les renvois sont pleins de fautes d'impression[1].

R. Richter[2] est moins précis ; il reproche à l'auteur de n'avoir pas donné des listes complètes des faits qu'il étudie et d'en mentionner qui sont sans intérêt, par exemple *cui* toujours monosyllabe chez Tibulle, *bene, male* toujours scandés comme pyrrhiques. Il n'apporte pas grand'chose de nouveau et ne fait pas ressortir le caractère propre de la métrique de Tibulle. R. Richter tombe quelquefois à faux dans ses critiques ainsi en préférant I 6, 53 *attigeris* à *attigerit,* etc.

§ 118, 1. — Dans une dissert. inaug. Fr. Hankel[3] a dépensé beaucoup de savoir et de méthode à soutenir une cause perdue, l'attribution du panégyrique à Tibulle.

I. Réfutation de l'opinion de Heyne adoptée par Weichert que le panégyrique n'est qu'un exercice de style composé par un écrivain postérieur. Contre Weichert : la mention de Valgius provient non pas d'un ignorant qui connaissait vaguement Valgius de nom sans savoir qui il avait été, mais d'un contemporain, qui n'avait pas à citer de poète épique plus illustre, Virgile n'étant pas encore connu comme tel et qui d'ailleurs ne mentionne pas Valgius comme un grand poète épique, mais fait simplement allusion à ce qu'on attendait alors de lui. Contre Heyne : l'auteur n'est pas un de ces jeunes apprentis écrivains qui s'exercèrent plus tard à prendre pour sujet de compositions laudatives les personnes et les faits du règne d'Auguste ; il ne cherche pas à se faire passer pour Tibulle en le pastichant ; il n'aurait pas négligé la partie la

1. H. K. Benicken, dans les N. Jahrb. f. Phil. u. Paed., 46ster Jahrg. 114ter Band 1876, p. 363-365, s'est borné à donner le contenu du travail, sans aucune appréciation personnelle.

2. Jahresbericht... v. C. Bursian, 10ter Band, 5ter Jahrg. 1877, 2te Abth. 1879, p. 274-275.

3. De panegyrico in Messallam Tibulliano Dissert. quam summorum in philosophia honorum ab... philosophorum ordine Universitatis Lipsiensis... obtinendorum causa scripsit Frid. Hankel Thuringus Esperstadiensis. — Lipsiae. Typis B. G. Teubneri, 1874. in-8. 42 p.

plus brillante de la carrière de Messalla pour y substituer une prédiction d'exploits de fantaisie ; il n'aurait pas pris avec une humilité si profonde un rôle de suppliant sans réalité et sans utilité ; le style du poème et le coloris montrent qu'il n'a pas eu entre les mains les œuvres de Virgile, d'Horace, d'Ovide ; il paraît avoir imité Ennius, Lucrèce et les autres poètes anciens. Heyne l'a supposé identique à l'auteur du panégyrique de Pison, qu'on place généralement à l'époque de Néron. Or les deux poèmes sont très différents. (La réfutation de l'hypothèse de Heyne et la datation du panégyrique en 31 av. J.-C. sont les deux seules choses solides du travail ; le reste n'est qu'une curiosité.)

II. Réfutation du système qui dénie à Tibulle la paternité du panégyrique pour des raisons tirées du poème lui-même : Bach, Dissen, Hertzberg. Hankel classe leurs arguments sous cinq chefs.

1° Humilité exagérée confinant à la servilité. Certains passages peuvent se défendre ; pour les autres il faut tenir compte de l'inexpérience et de la jeunesse de l'auteur et des circonstances : il était très embarrassé et ne savait comment s'y prendre dans sa démarche ;

2. Éloge poussé jusqu'à l'hyperbole. Tous les panégyristes exagèrent le mérite de leur héros. L'abus de la flatterie était dans les mœurs du temps. Tous les poètes du siècle d'Auguste ont adulé les puissants. Il n'est pas exact de dire avec Hertzberg que les vers 181-189 ne sont pas d'un homme réservé et honorable ;

3. Abus des digressions mythologiques. Il y a dans les élégies nombre de passages où Tibulle mentionne rapidement ou développe les fables grecques. Il le fait davantage dans les premières, moins à mesure qu'il avance en âge, sans jamais s'en abstenir. Les digressions du panégyrique ont leur équivalent dans I 7 et II 5. Jeune, Tibulle a pu être plus porté à ce genre d'amplifications et plus maladroit. S'il fait allusion à des légendes obscures ou éloignées, au moins n'est-il pas tombé dans la banalité ;

4. Prétendues contradictions : Tibulle abandonne à un autre la description du monde et plus loin il décrit les zones. Il promet de se consacrer à la gloire de Messalla et il a fait tout autre chose. Les vers 206-211 sont ineptes. Mais ces vers ne sont que la mise en œuvre d'une idée pythagoricienne. Pour le reste les défauts signalés prouveraient simplement que le panégyrique est inférieur aux élégies, mais non qu'il n'est pas de Tibulle ;

5. Particularités du style. La longueur des périodes a été exagérée par Hertzberg. Du reste la période s'étend plus naturelle-

ment dans le mètre héroïque ; II 5 en contient pourtant une de 16 vers, 67-82. Les objections sur l'emploi de certaines particules n'ont pas de valeur. Quelques-unes se retrouvent dans les élégies ; pour les autres il est invraisemblable que Tibulle à peine sorti de l'école se soit imposé des règles de style telles qu'il n'ait pas rejeté plus tard quelques mots dont il s'était servi dans son premier ouvrage.

III. Preuves positives que le panégyrique est bien de Tibulle. Le panégyrique ressemble aux élégies pour les pensées, le style, la métrique ; presque à tous les points de vue il offre des marques certaines du génie et du caractère de Tibulle. Il a des descriptions rustiques, vers 161-174 et 183-187. Il contient beaucoup de géographie, I 7 en contient aussi. Il ne parle pas plus d'Octavien que les élégies. La similitude du style résulte de l'emploi de termes qui ne sont pas courants et qui se retrouvent surtout dans les premières élégies ; quelques-uns n'ont pas été employés par Lygdamus ; et est postposé ; il y a de nombreux exemples de l'anaphora. L'identité de la métrique a été signalée par Luc. Müller ; en ce qui concerne les coupes l'hephthémimère accompagnée de la trihémimère et de la trochaïque est un peu plus fréquente dans les élégies, ce qui s'explique par le caractère plus vif du genre. Pour le reste, si Tibulle est un peu plus sévère dans les élégies, c'est qu'il s'est perfectionné avec l'âge.

IV. Réfutation des objections tirées des dates. Tibulle est né entre 54 et 49 av. J.-C. ; le panégyrique est de 31, l'élégie I 7 de 27 ; elle ressemble beaucoup au panégyrique ; Passow, Kindscher et la plupart des éditeurs placent toutes les élégies du premier livre avant 27. Mais la règle à suivre est que les écrivains vont de l'imparfait au parfait (Gruppe, Teuffel). On ne peut mettre l'expédition d'Aquitaine en 31/30, car on ne comprendrait pas pourquoi le triomphe de Messalla a été reculé jusqu'en 27. Messalla après Actium accompagna sans doute Octavien en Asie, revint avec lui et fit la campagne d'Aquitaine en 29/28, ce qui réfute la chronologie de Kindscher. On ne peut tirer aucune date certaine d'Horace, Épitre I 4. L'élégie I 10 se rapporte à la guerre d'Aquitaine ; c'est la première élégie de Tibulle ; celles à Delia sont trop parfaites pour être de cette époque ; entre le panégyrique et I 10 il s'est écoulé trois ans ; c'est ce qui explique le progrès dont témoignent I 10 et surtout I 7. (Cette chronologie est sujette à caution car I 3 se rapporte à la mission de Messalla en Orient et il y est question de Delia.)

Il est étonnant que Hankel qui est si consciencieux n'ait pas senti la différence de mérite littéraire entre le panégyrique et les élégies, différence si profonde qu'il est impossible de ne pas les attribuer à deux auteurs séparés ; l'appréciation esthétique n'est pas une chose purement subjective ; c'est un critérium ; mais il faut qu'elle soit exercée par des gens compétents ; or aucun de ceux-là n'attribuera le panégyrique à Tibulle.

2. — O. Ribbeck[1] n'accepte pas les résultats de Hankel ; il n'admet pas que, même en trois ans, l'auteur du pitoyable panégyrique ait pu s'élever au niveau de l'élégie I 10 si limpide, si douce et si charmante.

R. Richter[2] déplore que Hankel ait déployé tant de qualités en pure perte. Si, au point de vue de la langue, il n'y a pas de trop grosses différences entre le panégyriste et Tibulle les raisons qu'il apporte ne sont cependant pas suffisantes pour établir l'identité. Il essaie vainement d'atténuer les monstruosités morales et esthétiques, qui empêchent de l'admettre. Même en tenant compte des habitudes de l'époque, on sent que le panégyriste est un mendiant et un homme dénué de goût. Même en 3 ans Tibulle n'aurait pu se transformer jusqu'à devenir capable d'écrire I 10 ; quant à I 7, il y a un abîme entre cette pièce et le panégyrique. Richter montre excellemment combien elle est supérieure au point de vue de la poésie et de la dignité de l'hommage. Le panégyrique est bien du reste de 31 av. J.-C.

§ 149. — E. Hiller[3] a examiné à Bonn l'exemplaire de la Plantinienne de 1569, retrouvé par Francken (§ 84) et sur lequel Scaliger a consigné la collation de ses manuscrits. Il s'est proposé de compléter la communication de Francken et s'est demandé si Scaliger et Heinsius ont eu sous les yeux sur les *Excerpta* et sur le *fragm. Cuiac.* d'autres renseignements que ceux reportés sur la Plantinienne. Ses résultats sont les suivants :

Les annotations de Heinsius ont été puisées dans l'exemplaire de Scaliger. Certaines inexactitudes de Heinsius, reproduites dans

---

1. Jenaer Literaturzeitung im Auftrag der Universität Jena hrsggb. v. Anton Klette. 2ter Jahrg., n° 25, 19 juin 1875, p. 451-452.
2. Jahresbericht... v. C. Bursian, 10ter Band, 5ter Jahrg. 1877, 2te Abtheil. 1879, p. 281-283.
3. Rhein. Mus. N. F. 29ster Band 1874, p. 97-106 : Ueber die Lesarten der Tibull-Handschriften Scaligers, par E. Hiller.

l'apparat de Lachmann, s'expliquent par la façon dont les remarques de Scaliger étaient portées sur son exemplaire. L'auteur le montre par quatre exemples. Indépendamment de l'exemplaire de Scaliger, Heinsius avait à sa disposition les *Castigationes* et avec elles il a corrigé 3 fois les indications de l'exemplaire, 2 fois avec raison, une fois à tort. Trois autres inexactitudes de l'apparat de Lachmann paraissent provenir de l'emploi fait par Heinsius des *Castig.* ; mais Heinsius ne communique rien qui ne soit pris de l'exemplaire de Scaliger ou des *Castig.* ; comme nous possédons ces deux sources, ses annotations n'ont plus pour nous de valeur.

En rédigeant ses *Castig.* Scaliger avait-il à sa disposition d'autres renseignements sur les *Exc.* et sur le *fragm. Cuiac.* que ceux consignés sur son exemplaire de la Plantinienne ? La question est difficile à résoudre à cause de la négligence avec laquelle Scaliger s'exprime dans ses *Castig.* L'auteur en donne quatre exemples et conclut que, lorsque Scaliger dans ses *Castig.* parle de ses *veteres libri* ou emploie une expression analogue, mais que l'exemplaire ne porte la leçon que d'un manuscrit, nous ne pouvons induire du pluriel des *Castig.* que cette leçon se trouvait aussi dans les autres manuscrits.

En ce qui concerne les *Excerpta* Hiller ne croit pas que pour la rédaction des *Castig.* Scaliger ait eu d'autres renseignements que ceux inscrits sur l'exemplaire. Deux passages pourraient faire croire le contraire et, en fait, on ne voit pas pourquoi Scaliger, après avoir collationné les *Excerpta,* ne les aurait pas gardés sous la main pour faire au besoin çà et là une vérification rapide. Mais la question n'a pas pour nous grande importance : actuellement les 2 manuscrits de Paris nous fournissent une connaissance complète de l'archétype de la collection des extraits et par conséquent les indications de Scaliger à leur endroit sont devenues superflues.

Il en est autrement pour le *fragm. Cuiac.* qui est perdu. Un exemple, la leçon *trita* III 5, 10, paraît prouver qu'indépendamment des renseignements de l'exemplaire, Scaliger en avait d'autres en rédigeant les *Castig.* ; mais c'est le seul[1] ; pour le

---

1. Un autre passage paraît pourtant prouver qu'en rédigeant les *Castig.* Scaliger avait le *fragm. Cuiac.* sous les yeux. On lit dans les *Castig.* IV 1, 140 *vel regia. lympha Diaspes*] Nulla est mutatio in veteribus libris ne in optimo quidem. Or il n'a rien noté sur la Plantinienne, qui a bien *Diaspes* ; mais il n'est pas vraisem-

cod. Cuiac. la chose est démontrée par plusieurs passages.

Quand Scaliger dans ses *Castig.* apporte pour une leçon l'autorité de ses manuscrits au pluriel et que sur la Plantinienne cette leçon n'est notée que du *Cuiac. recentior* nous ne sommes pas en droit de conclure qu'elle était aussi dans le *fragm. Cuiac.* ; nous sommes peut-être en présence d'une négligence de Scaliger. Quand il y a des divergences entre le renseignement inscrit sur la Plantinienne et celui donné dans les *Castig.*, celles-ci ayant été rédigées avec beaucoup de rapidité, c'est le premier que nous devons tenir pour exact.

Hiller termine en complétant et en rectifiant à l'aide des notes de Scaliger l'apparat de Lachmann. Ce qu'il dit à propos de IV 8 est particulièrement intéressant : une des raisons qui ont décidé Gruppe et d'autres à commencer avec cette pièce l'œuvre de Sulpicia, c'est que dans l'espace entre 7 et 8 le *fragm. Cuiac.* aurait porté la mention : *Sulpicia.* Or en tête de IV 8, comme en tête de toutes les autres pièces, la Plantinienne a la suscription AD MESSALAM ; immédiatement à gauche de ces mots, sur la même ligne, avec des caractères de même dimension, Scaliger a ajouté SVLPITIA et un peu à gauche CC qui est la notation du *fragm.* Il a voulu dire tout simplement que la pièce avait dans le *fragm.* la suscription *Sulpicia ad Messalam*, laquelle n'a évidemment aucun rapport avec la paternité de IV 8-12. Hiller continue pourtant à attribuer IV 7 à Tibulle [1].

§ 420, 1. — Dans Tibulle I 3, 93 Fr. Hankel [2] a proposé de lire : *hunc olim* au lieu de *hunc illum.*

2. — R. Richter [3] fait observer avec raison que *olim* repousserait la chose dans un temps trop éloigné, que d'après Kleemann Tibulle n'a employé *olim* que deux fois en le rapportant au passé,

---

blable que dans ses *Castig.* il tire une conclusion de son silence. Il s'exprime d'une façon si nette qu'on peut croire qu'il avait le *fragm. Cuiac.* sous les yeux.

1. R. Richter a donné une simple analyse de ce travail, dont la nature ne comportait pas autre chose, dans le Jahresbericht... v. C. Bursian, 10ter Band, 5ter Jahrg. 1877, 2te Abtheil. 1879, p. 285.

2. Commentationes philologae. — Scripserunt semin. philol. Lipsiensis... sodales. Lipsiae, Giesecke... 1874 (Georgio Curtio... pietatis ergo). Miscella, p. 283 : Tibull I, 3, 93, par Friedrich Hankel.

3. Jahresbericht... v. C. Bursian, 10ter Band, 5ter Jahrg. 1877, 2te Abtheil. 1879, p. 294.

Lygdamus une fois en le rapportant au futur ; *illum* emphatique est défendu par les passages analogues de Virgile.

§ 121, 1. — N'adoptant ni l'hypothèse de Haase (§ 58, 2) qui transporte I 10, 51-68 après II 1, 90 ni celle de Haupt (§ 59) qui laisse ces vers à leur place mais marque une lacune après 50, Martin Hertz[1] place tout simplement 51-52 à la fin de II 1, I 10, 53 sqq. se joignant alors naturellement à 50.

2. — R. Richter[2] repousse avec raison cette transposition, en renvoyant à Fritzsche (§ 125) et à Haupt.

§ 122. — Le travail de R. Richter[3] sur les élégies du quatrième livre se compose de deux parties : dans la première il réfute avec vivacité et en général avec justesse les erreurs courantes sur ces élégies ; dans la seconde il propose une hypothèse inadmissible.

Contre Gruppe, Prien, Teuffel qui attribuent IV 7 à Tibulle comme une pièce artistement composée, il montre que tel n'en est pas le caractère et qu'avec Rossbach et Luc. Müller elle doit être donnée à Sulpicia : elle est beaucoup plus courte que IV 2-6, elle ne contient qu'une idée exprimée dans un élan de passion ; rien ne rappelle l'art de composition de Tibulle ; la construction du premier distique est contournée ; la négation est répétée au vers 8 avec une certaine négligence ; Tibulle, qui invoque souvent Vénus, ne l'appelle jamais Cytherea. Tout révèle une autre main que celle de Tibulle, celle qui a écrit les pièces suivantes.

Contre Gruppe et ses satellites qui terminent l'aventure par II 2 R. Richter fait observer avec raison que IV 7 indique nettement qu'il s'agit d'un amour illicite, que c'est une préoccupation de vieille femme que de vouloir terminer tous les romans par un mariage, que II 2 n'est qu'une pièce de circonstance, insérée ici (ceci sans doute à tort) par l'éditeur posthume de Tibulle, que Cornutus dont elle célèbre l'anniversaire n'a rien à faire avec

---

1. N. Jahrb. f. Phil. u. Paed. 44ster Jahrg. 109ster Band 1874. Miscellen. 46. p. 576.

2. Jahresbericht... v. C. Bursian, 10ter Band, 5ter Jahrg. 1877, 2te Abth. 1879, p. 294.

3. Programm des Königlichen Gymnasiums zu Dresden-Neustadt... I. Inhalt : I. De quarti libri Tibulliani elegiis imprimisque de quinta disputatio. Vom conrector Professor Richard Richter (p. 1-10)... Dresden. Druck von B. G. Teubner. 1875. gr. in-4.

Cerinthus et que personne ne pouvait songer à traduire ainsi le nom de Cornutus en oubliant que la première syllabe de κέρας était brève.

Tout ceci est excellent, parce que l'auteur, secouant la torpeur traditionnelle et l'asservissement aux idées admises, envisage les choses sans parti pris et telles qu'elles apparaissent d'elles-mêmes. Il a également bien caractérisé l'aventure, qui fait le fond des élégies en question, en montrant la fausseté des conceptions qu'on se transmettait depuis longtemps sans les vérifier : la liaison n'a rien de chaste, comme l'a prétendu Gruppe[1] ; il s'agit d'une passion libre, telle que celles célébrées par les élégiaques, avec cette différence que c'est la femme qui joue le premier rôle, tandis que l'amant n'est qu'un personnage muet ; ni Tibulle, ni Sulpicia ne se proposent autre chose que d'exprimer un ardent amour triomphant des obstacles de convenance et de moralité ; seuls les désirs charnels et la beauté physique sont en jeu. Nous sommes peu renseignés sur les personnages ; nous ne savons pas si Cerinthus était un grec ou si son nom est un nom supposé (cette dernière hypothèse est peu vraisemblable). Richter nie à tort que Sulpicia fût plus noble que Cerinthus, ceci ressort de IV 10, 4 sqq. *Serui filia Sulpicia, ignoto toro.* Il nie que Cerinthus fût un timide (en tout cas c'est Sulpicia qui fait les avances, ce qui est naturel, puisqu'il s'agit d'une grande dame éprise d'un beau jeune homme d'une condition inférieure à la sienne).

Il s'éloigne de la vérité en contestant que IV 2-6 forment un ensemble composé de parties qui s'opposent avec un art conscient, en déclarant que si on changeait l'ordre des éléments, si on en supprimait un quelconque, il n'apparaîtrait pas de perturbation. Non seulement le poète et Sulpicia prennent successivement la parole, ce qui donne la symétrie PSPSP ; mais les deux premières pièces ont chacune 24 vers, la pièce centrale 26, les deux dernières chacune 20 ; d'où l'ensemble offre une construction régulière P 24 S 24 P 26 S 20 P 20, dont la symétrie n'est pas fortuite.

Si Richter le méconnaît, c'est qu'il s'achemine par là vers l'hypothèse qui fait l'originalité de son travail et qui est absolument inadmissible. Constatant entre IV 5 et 6 un grand nombre de traits semblables et dans 5 des analogies avec les élégies de Ti-

---

1. P. 7 sq. : Ingentem profecto risum haec tanta simplicitas animi cieret, si lasciuioris illius aetatis calidiorisque solis homines haec explicantem audire possent philologum barbarum.

bulle, il conclut que cette pièce est d'un contemporain, familier
du poète, qui l'a écrite soit pour rendre hommage à celui-ci, soit
pour s'exercer. Ce serait donc un pastiche, dans lequel l'auteur
aurait laissé quelques traces de lui-même par des particularités
de style, qui distingueraient nettement la pièce de celles qui l'entourent. L'invention est bizarre et arbitraire ; elle n'a naturellement trouvé aucune approbation[1].

§ 123, 1. — Par son importance, par la compétence de l'auteur, par la façon approfondie dont le sujet est traité, le travail
d'E. Eichner[2] dépasse le niveau ordinaire de ceux des professeurs
de gymnase. Ce sont des recherches d'une portée générale sur la
structure du distique chez les quatre grands élégiaques latins.
Elles intéressent Tibulle en ce que l'auteur note avec soin la fréquence relative chez chacun des poètes des phénomènes qu'il étudie. Il n'en tire cependant pas de conclusions d'ensemble résu-
mées dans un exposé spécial sur le caractère de la construction
du distique chez chacun des quatre poètes. Pour faire suite aux
études magistrales consacrées à l'hexamètre et au pentamètre et
pour les compléter, Eichner se place à un point de vue nouveau.
Considérant que le distique est une unité dans laquelle se fon-
dent l'hexamètre et le pentamètre, il embrasse cette unité et n'en
examine le détail qu'en tant qu'il est conditionné par l'unité à laquelle il est astreint. Pour lui le distique s'organise en quatre
parties : I du début de l'hexamètre à la coupe principale, II de la
coupe principale de l'hexamètre à la fin, III et IV les deux parties du pentamètre. Après avoir montré que le distique se répartit
sans peine en ces quatre membres, que ceux-ci se groupent en
une unité et comment, étudié les coupes de l'hexamètre, coupe
principale et coupes accessoires, moyens (ingénieux mais parfois
incertains) de distinguer la principale, il établit la structure métrique et le caractère rythmique de chacun des quatre membres,
en faisant porter ses recherches sur les points suivants : le pied

1. R. Richter a analysé son travail dans le Jahresbericht... v. C. Bursian, 10ter
Band, 5ter Jahrg. 1877, 2te Abtheil. 1879, p. 283.
2. Königliches Gymnasium zu Gnesen 1875. — Inhalt: Bemerkungen über den
metrischen und rhythmischen Bau, sowie über den Gebrauch der Homoeoteleuta
in den Distichen des Catull, Tibull, Properz und Ovid, vom Oberlehrer Dr. Ernst
Eichner (p. 1-42). — Gedruckt bei J. B. Lange in Gnesen. gr. in-4. Cf. E. Eichner,
de poetarum Latinorum usque ad Augusti aetatem distichis quaestionum metricarum
particulae duae. Sorau, 1866. in-8 (Diss. inaug. de Breslau).

— dactyle ou spondée, façon dont les mots sont disposés pour constituer les pieds — le rythme. Il termine en examinant comment et dans quelle mesure le mot est soumis aux exigences du mètre, comment se concilient avec les exigences du mètre et l'organisation de la strophe les relations des mots entre eux et l'organisation de la proposition. Puis il aborde la question des homoeoteleuta, qui est la conclusion et la pierre de touche de tout ce qui précède ; si les mots accentués sont bien placés à la fin des membres, la grande quantité des flexions identiques doit produire des homoeoteleuta, qui sont des ornements voulus soulignant la structure de la strophe, mais ce n'est qu'à certaines places que la parité de son est sentie comme une espèce de rime. L'auteur détermine alors, non sans subtilité et exagération, où et comment l'homoeoteleuton a lieu. Le travail, plein d'observations ingénieuses et utiles, qui témoigne de beaucoup de finesse en même temps que de méthode, est résumé dans la proposition suivante : nous devons considérer le distique comme une strophe formant un tout complet partagé en quatre séries — dont l'une peut se diviser en demi-séries — d'après des lois métriques fixes qui leur conservent leur caractère rythmique ; elle place et groupe les mots qui expriment la pensée d'après des points de vue grammaticaux et euphoniques ; enfin elle aime à relier entre eux et à orner ses membres par des parités de son.

2. — A. Riese[1] a signalé cette dissertation comme extrêmement soignée et intéressante par les remarques de détail qu'elle contient. Hugo Magnus[2] et R. Richter[3] se bornent à une annonce élogieuse et à une courte analyse, ce dernier trouvant que l'auteur va trop loin en signalant des intentions d'homoeoteleuta là où il n'y en a sûrement point.

§ **124**, 1. — Lierse[4] a repris, pour la traiter d'ensemble à l'aide

1. Jahresbericht... v. C. Bursian, 3ter Band, 2ter u. 3ter Jahrg. 1874-1875, 1ste Abtheil. 1877, p. 237.
2. Zeitschr. f. d. Gymnasialwesen XXXI. Jahrg. 1877. Jahresberichte des philologischen Vereins zu Berlin, 3ter Jahrg. 1877, p. 232-233.
3. Jahresbericht... v. C. Bursian, 6ster Band, 4ter Jahrg. 1876, 2te Abtheil. 1878, p. 300-301.
4. Programm des Königl. Gymnasiums zu Bromberg... Inhalt : 1. Ueber die Unechteit des dritten Tibullianischen Buches nebst einer Untersuchung über die conjonctionen des Tibull und Lygdamus. Vom Gymnasiallehrer Lierse (p. 3-38)... — Bromberg, 1875. Buchdruckerei von F. Fischer. in-4.

des matériaux accumulés, la question du troisième livre, dont l'authenticité n'avait été dans les derniers temps soutenue que par Fuss (§ 84).

Les preuves intrinsèques d'inauthenticité sont les suivantes : 1° L'auteur s'appelle lui-même Lygdamus III 2,29 ; 2° il est né en 43 av. J.-C. III 5, 17 sqq., date qui ne peut convenir à la naissance de Tibulle ; ces preuves subsistent, bien qu'on ait essayé de les infirmer de toute façon ; 3° Ovide Amor. III 9 ne nomme que deux maîtresses de Tibulle ; il ne considère donc pas Neaera comme se rapportant à lui. L'omission de Glycera, qui n'est pas nommée par Tibulle, ne prouve rien ; Ovide ne parle que des personnes qu'il a immortalisées. Donc Lygdamus n'est pas Tibulle.

On a prétendu (Volpi, Huschke) que le troisième livre est pourtant de lui ; il aurait chanté les amours de Lygdamus, comme il l'a fait pour Sulpicia et Cerinthus ; ce n'est là qu'une échappatoire. La principale raison contre cette hypothèse a été donnée par Lachmann ; si Tibulle a chanté les amours de Lygdamus, il n'a pu le faire que très jeune, étant donné le peu de mérite de l'œuvre. Or il s'est révélé comme un maître en 31 av. J.-C. L'amant ou le mari de Neaera n'aurait eu que 11 ans au plus, quand Tibulle l'a célébré.

Cette partie de réfutation n'est pas nouvelle ; elle confirme une opinion depuis longtemps acquise ; mais elle est solide.

Lierse traite ensuite — avec beaucoup de méthode — la question de l'imitation chez Lygdamus. On peut supposer que dans le troisième livre Tibulle s'imite lui-même ; il faut donc déterminer de quelle façon et dans quelle mesure il s'imite dans les pièces authentiques soit I, II, IV 2-6 et 13, 14. C'est ce que fait l'auteur. Il examine ensuite, d'une manière très approfondie, l'imitation de Tibulle par Lygdamus, en complétant et rectifiant sur divers points Teuffel, Stumpe, Bolle, en montrant que c'est bien Lygdamus qui imite Tibulle, et non le contraire, dans quelle mesure et comment. Sa conclusion est[1] qu'au point de vue simplement quantitatif les six élégies, courtes pour la plupart, du troisième livre offrent bien plus de passages parallèles avec les autres livres qu'un nombre égal de vers de Tibulle avec les autres parties de son œuvre. Quant à la nature de l'imitation, il déclare qu'il est invraisemblable que Tibulle dans des poèmes postérieurs ait pillé des pièces précé-

1. P. 11.

dentes, comme cela a lieu ici. Tout ceci est bien étudié et la conclusion légitime.

L'auteur examine ensuite les ressemblances entre Lygdamus et Ovide, en complétant les listes de Gruppe, Stumpe, Zingerle. En se servant de III 5, 19 sq. il tranche la question de savoir lequel d'Ovide ou de Lygdamus est l'imitateur et croit que c'est Lygdamus. Sa principale raison du reste (elle n'est pas décisive) est que les Amores qui offrent le passage en question, sont antérieurs en deuxième édition à 2 av. J.-C. Si c'est Ovide qui imite, il faut qu'à cette époque il ait eu Lygdamus sous les yeux. Or Ovide n'a pas connu Lygdamus isolé (c'est là une opinion sans preuve) mais incorporé à l'œuvre de Tibulle; mais d'après Lachmann et Teuffel le Corpus Tibullianum n'a pu paraître avant la mort de Messalla, ou tout au moins avant le moment où il perdit la mémoire, soit 6 après J.-C. A cause de ses rapports avec les Tristes, Lygdamus n'a pas pu écrire avant 12 après J.-C.

Ici se place l'invention originale et inadmissible de Lierse; III 5, 17 sq. il lit contre Lachmann (dont le texte est bien la leçon autorisée) et avec l'ancienne vulgate

> Natalem nostri primum uidere parentes
> Cum cecidit fato consul uterque pari,

et trouve là l'expression non pas de l'âge de Lygdamus, mais de celui de ses parents. Dès lors rien n'empêche de considérer Lygdamus comme un imitateur des Tristes d'Ovide. Sans chercher à l'identifier, Lierse voit en lui[1] un jeune Romain, qui s'appelait Lygdamus ou qui s'est donné ce nom dans ses vers, qui a composé 6 élégies peu après l'apparition des Tristes d'Ovide, entre 11 et 16 après J.-C., en utilisant d'autres élégies, en particulier celles de Tibulle et d'Ovide. Sur la question de savoir comment ces 6 élégies ont été incorporées au recueil de Tibulle, Lierse s'interdit pour le moment toute hypothèse. Lygdamus a imité d'autres poètes que Tibulle et Ovide et la preuve qu'il n'est qu'un pasticheur, c'est que les situations qui servent de fondement à ses élégies ne concordent pas entre elles (là-dessus il n'est pas probant); il ne serait pas éloigné de croire que Lygdamus a commencé par s'exercer sur certains passages de Tibulle et que c'est d'après cela qu'il a ensuite inventé son sujet.

Si le système de Lierse était juste, il n'aurait guère d'autre effet

1. P. 38.

que d'obliger à reculer la date de la naissance de Lygdamus, sans nous faire du reste connaître qui était ce Lygdamus. Mais il repose sur un texte altéré de III 5, 17 sq. et donne au passage un sens absurde ; il faudrait que le père et la mère de Lygdamus fussent nés le même jour et ni cette particularité, ni la mention de leur âge n'a aucun intérêt dans le contexte.

Nous revenons à un terrain plus solide par l'examen des différences entre Tibulle et Lygdamus ; après avoir résumé celles signalées antérieurement dans leur façon de penser et de sentir et dans leur talent poétique, l'auteur rappelle que Lachmann, Luc. Müller, Gebhardi ont fait ressortir la ressemblance de la métrique, mais que leurs assertions comportent quelques restrictions : Teuffel a montré que dans la fixation de la césure Lygdamus est encore moins varié que Tibulle ; des statistiques de Hultgren il résulte que les vers de Lygdamus contiennent plus de spondées que ceux de Tibulle ; Lygdamus observe moins sévèrement que Tibulle la loi de l'autonomie du distique ; Dissen et Gruppe ont bien fait voir que les rapports entre l'hexamètre et le pentamètre au point de vue de la distribution des termes exprimant la pensée ne sont pas les mêmes chez Tibulle et chez Lygdamus.

En ce qui concerne la langue il rappelle les particularités relevées, qui ne lui paraissent ni assez nombreuses ni assez frappantes pour permettre d'établir des conclusions sûres. Il traite alors d'un façon approfondie la question des conjonctions. Ce qu'on savait jusque-là se réduisait à peu près à la remarque de Lachmann d'après F. Jacob et à l'index de Luc. Müller. Avec Lierse on a maintenant une étude complète sur l'emploi et la place des conjonctions chez les deux écrivains : un résumé donne la liste de celles qui leur sont communes et de celles qui sont particulières à chacun d'eux.

2. — H. Magnus [1] convient avec Lierse que Lygdamus n'est ni Tibulle, ni Ovide et croit que c'est Lygdamus qui est l'imitateur. Mais il n'admet pas la façon dont Lierse entend le texte, interpolé d'ailleurs, de III 5, 17 sq. ; ce serait, dit-il, plus fou que tout ce qu'on peut imputer à Lygdamus lui-même. Il a raison de croire que tout ce que raconte Lygdamus n'est pas de pure invention ;

---

1. Zeitschrift für das Gymnasialwesen. XXXI. Jahrg. 1877. Jahresb. d. philolog. Ver. zu Berlin, 3ᵗᵉʳ Jahrg. 1877, p. 233-235.

XXII. — CARTAULT.   18

mais ce qu'il ajoute est tout à fait en l'air : Lygdamus aurait pu
prendre plus tard pour sujet de poésie sa séparation d'avec sa
femme et s'intituler *iuuenis* à une époque où il ne l'était plus,
parce que c'était une chose qui faisait partie du jargon érotique.
Les pièces n'auraient jamais été envoyées à Neaera.

Harre[1] signale après H. Magnus l'importance du travail de Lierse
sur les conjonctions.

R. Richter[2] a rendu compte de ce travail en même temps que
de celui de Kleemann (§ 129). D'après lui Lierse a étudié d'une
façon plus complète que Kleemann la question des conjonctions,
mais sans faire ressortir assez les résultats. Sur les autres points
la démonstration de l'inauthenticité est mieux faite par Kleemann.
La lecture et l'interprétation de III 5, 17 sq. et les conclusions
qu'en tire Lierse sont tout à fait inadmissibles.

§ 125, 1. — Dans une dissert. inaug. H. Fritzsche[3] a repris la
question de la correspondance strophique et de la symétrie chez
Tibulle. Il est très au courant de tout ce qui a été proposé là-
dessus, ainsi que sur les transpositions, suppressions et lacunes.
Il n'approuve que rarement et partiellement ses prédécesseurs ;
le plus souvent il les combat. Il n'admet pas la correspondance
strophique de Prien, qui a souvent réuni ensemble des pensées
hétérogènes, séparé des idées cohérentes, supposé des interpolations et des lacunes là où personne n'en avait vu avant lui, considéré comme des modèles de composition des passages manifestement corrompus. Il ne condamne pas moins les tentatives faites
dans le même esprit par Kindscher, Graef, Korn, Wisser. Il ne
croit pas qu'il y ait de strophes à proprement parler chez Tibulle,
mais avec Bubendey, Mau, Ritschl, Groth il reconnaît chez lui
une composition symétrique.

Cette symétrie revêtirait 4 formes : tous les systèmes d'un
ensemble sont formés du même nombre de distiques, par exemple
3+3+3 etc., un ou plusieurs groupes de distiques sont encadrés
par un même nombre de distiques, par exemple 1+3+1 ou

1. *Ibid.* p. 392.
2. Jahresbericht... v. C. Bursian, 10ter Band, 5ter Jahrg. 1877, 2te Abtheil.
1879, p. 283-285.
3. Quaestiones Tibullianae. — Dissert. inaug. philol. quam... in Universitate
Fridericiana Halensi cum Vitebergensi consociata... die XVI. m. octobris a. 1875...
defendet Hermannus Fritzsche Saxo-Borussus. Halis Saxonum, formis Karrasianis.
in-8. 33 p.

2+3+3+2, deux systèmes sont formés d'un même nombre de distiques par exemple 2+4+2+4 etc., chaque système est suivi d'un distique isolé, par exemple 4+1+4+1+4+1. Le plus souvent, ajoute-t-il, ces systèmes se correspondent, non seulement par le nombre de vers, mais aussi par la pensée. Ceci est peu compréhensible; en effet la plupart des distiques de Tibulle étant autonomes on peut toujours les grouper comme on veut ; on ne peut établir une symétrie qui ne soit pas absolument fantaisiste que par la symétrie de la pensée.

Quoi qu'il en soit, cette composition symétrique domine, suivant Fritzsche, la poésie de Tibulle et se trouve en totalité dans certaines pièces, en grande partie dans d'autres, isolément ailleurs (ce qui ne laisse pas que d'être assez bizarre; pourquoi cette inégalité)? Il distingue les élégies non corrompues, dans lesquelles la symétrie apparaît d'elle-même, et les élégies corrompues dont il faut rétablir le texte avant que la symétrie apparaisse. Il divise donc sa dissertation en 2 parties, dans lesquelles il range les élégies selon qu'elles sont symétriques totalement, dans leur milieu, dans des passages isolés.

Ce n'est pas ici le lieu d'examiner dans le détail l'application de la théorie de Fritzsche. Remarquons simplement que d'après lui les pièces qui s'y prêtent dans leur état traditionnel sont seulement IV 5 et 6 (totalement symétriques) II 2, IV 2, 4 et 7 (partiellement symétriques) I 2, 6 et 7, II 5 (symétriques dans des passages isolés), soit en tout 10 pièces ; or, en adoptant les idées de Fritzsche sur l'authenticité des diverses parties du Corpus Tibullianum, il en reste 12 qui, pour se plier à la théorie, ont besoin d'être corrigées. Cela suffit pour que celle-ci paraisse fort suspecte de prime abord.

Comme ses prédécesseurs, Fritzsche, pour y soumettre le texte, recourt aux transpositions, suppressions et lacunes et la plupart du temps, malgré les assertions de l'auteur, ces procédés sont absolument injustifiés; à cet égard il mérite pleinement les reproches qu'il adresse à Prien.

Il suffit de prendre le premier exemple qu'il cite et le moins compliqué pour constater l'arbitraire avec lequel il opère : dans IV 5 il voit avec Groth cinq fois deux distiques. Or cette répartition ne concorde pas avec le sens ; le deuxième distique ne saurait être séparé du troisième, *ante alias* du vers 5 se rattachant strictement à *puellis* du vers 3. Il n'y a donc pas lieu de mettre une séparation entre le deuxième et le troisième distique et au contraire le deuxième distique n'a pas grand'chose à faire avec le premier. La répartition de Groth-Fritzsche est donc artificielle ; la démonstration serait naturellement bien plus facile à faire pour les pièces plus compliquées.

L'erreur de Fritzsche provient de ce qu'il veut imposer de force à Tibulle et généraliser outre mesure un procédé que celui-ci a employé quelquefois et qui consiste à exprimer deux pensées qui se correspondent dans un même nombre de distiques. Ce sont là des effets momentanés de style ; ce n'est pas une loi à laquelle il s'assujettisse régulièrement.

Le seul intérêt du travail de Fritzsche c'est la réfutation perpétuelle des idées fausses de ses prédécesseurs [1].

2. — R. Richter [2] a nettement condamné cette tentative. Il remarque avec raison que la divergence des résultats auxquels arrivent les partisans du principe de symétrie dans le groupement des distiques avertit dès l'abord un esprit non prévenu qu'il n'y a pas de raison décisive qui en règle l'application. De ce qu'après ses remaniements Fritzsche avoue que la symétrie n'est pratiquée complètement que dans six élégies — elle n'apparaîtrait dans les autres qu'au centre ou dans des passages isolés — Richter tire un fort argument contre l'hypothèse que Tibulle ait vu là une règle à observer. Il nie avec raison que les schémas de Fritzsche soient toujours symétriques ; la plupart de ses suppressions, transpositions, ouvertures de lacunes sont opérées sans motifs suffisants, bien qu'il soit là-dessus plus réservé que ses prédécesseurs. Comme on voit plus facilement son erreur dans la bouche d'autrui que dans la sienne propre, Richter déclare que, s'il a jadis suspecté les vers I 1, 39-40, il ne les rejetterait plus aussi décidément maintenant sans nouveaux arguments.

§ 126, 1 [3]. — Sous prétexte de développer, de modifier en par-

---

1. Il n'y a pas lieu de s'arrêter à ces 2 *Theses* : I. In Tib. I 2 non v.v. 21-22 cum Mauio ante v. 19 ponendi, sed v.v. 17-18 delendi sunt. II. Tib. I 6, 16 interpolatum esse iudico.

2. Jahresbericht... v. C. Bursian, 10ter Band, 5ter Jahrg. 1877, 2te Abtheil. 1879, p. 276-278.

3. A partir de l'année 1876 et jusqu'à nos jours on peut s'orienter rapidement sur les travaux consacrés à Tibulle par les courtes analyses de la *Revue des Revues* et publications relatives à l'antiquité classique. Première année : Fascicules publiés en 1876. Appendice de la Revue de philologie, année 1877.

tie et de défendre les idées qu'il a jadis émises (§ 69), H. Bubendey[1] a bien montré que la théorie de la correspondance strophique chez les poètes élégiaques n'est qu'une chimère et il a
essayé de déterminer la part de vérité que contenait l'hypothèse
de la composition symétrique. Il a fait là-dessus des observations
fort justes et instructives, bien que ses conclusions souffrent encore quelques restrictions.

La symétrie existe quand des idées correspondantes, opposées
ou d'une façon générale se rapportant entre elles, sont exprimées
dans un nombre égal de vers. Il examine jusqu'à quel point cette
symétrie est pratiquée par les élégiaques latins. Le distique chez
les latins est en général un tout fermé qui forme une unité non
seulement métrique mais grammaticale. Bubendey distingue entre
eux les distiques terminés par une ponctuation forte, contenant
une proposition principale et suivis d'un autre contenant également une proposition principale, renfermant une proposition
principale de laquelle dépend dans le suivant une coordonnée ou
une subordonnée, conservant une certaine indépendance vis-à-vis
du distique suivant tout en étant réunis à lui par certains liens
grammaticaux, enfin les distiques qui ne sont nullement séparés
les uns des autres. A ce point de vue il arrive aux résultats suivants : chez les Grecs — plus encore chez les Alexandrins que
chez les anciens élégiaques — la pensée n'est pas anxieusement
assujettie à se renfermer dans les limites du distique ; au contraire
la tendance à faire du distique un tout grammatical indépendant
prévaut chez les Romains, encore assez flottante chez Catulle, s'ac-
centuant de plus en plus chez ses successeurs pour s'imposer plus
rigoureusement au dernier d'entre eux, Ovide.

Comme le procédé conduirait à une monotonie fatigante, pour
en contrebalancer les effets, pour faire sortir le distique de son
isolement il s'agit de le grouper avec un certain nombre de ses
pareils et de créer des ensembles plus étendus. C'est surtout chez
Tibulle que Bubendey étudie cet effort. Celui-ci réunit surtout
les distiques par l'anaphora, qui est particulièrement frappante
lorsque le mot répété l'est au premier temps fort du vers[2], moins,

1. Gelehrtenschule des Johanneums zu Hamburg. — Schuljahr 1875-1876. —
Inhalt : 1. Die Symmetrie der römischen Elegie. Vom Oberlehrer Dr. *Gerhard
Heinrich Bubendey* (p. 1-26). — Hamburg, 1876. Gedruckt bei Th. G. Meissner...
gr. in-4.
2. Ainsi I 1, 61 *Flebis* et arsuro... 63 *Flebis* : non tua sunt..., etc.

lorsqu'il l'est au premier temps faible[1] ; il n'est pas nécessaire que le mot ait toujours la même forme : le même radical suffit, surtout dans les cas nombreux de pronoms[2]. Un cas signalé par Dissen est celui où une idée accessoire, ordinairement dans le pentamètre, est répétée dans le distique suivant où elle devient principale[3]. Un procédé apparenté à l'anaphora et souvent réuni à celle-ci est le contraste qui consiste dans l'opposition accentuée de mots isolés, particulièrement de pronoms[4] ; il a beaucoup de force. En outre la forme grammaticale des distiques est souvent telle qu'ils nous apparaissent immédiatement comme liés entre eux et séparés des autres : par exemple plusieurs infinitifs dépendent d'un même verbe[5] ; il suffit d'une communauté de temps et de mode, pour que la liaison soit sensible[6]. D'où la conclusion qui est l'expression même de la réalité des choses[7] : dans l'élégie romaine à côté de l'effort pour faire du distique un tout fermé et isolé se trouve en jeu l'effort pour relier entre eux les distiques par des rapports sensibles au lecteur et à l'auditeur.

C'est dans l'application de ce principe qu'il n'est pas toujours possible d'accepter la manière de voir de Bubendey. Ainsi il divise I 5 en tétrades suivies la plupart du temps d'un distique isolé. Il est incontestable qu'il y a dans cette pièce un certain nombre de distiques qui se groupent naturellement par 4 ; mais, outre qu'il faut pour que le schéma soit régulier supprimer les vers 45-46, qui, bien que contestés depuis Gruppe, n'offrent rien de suspect, la division de Bubendey ne concorde pas toujours avec le sens : ainsi les vers 19-36 ne se partagent pas en 4 distiques + 4 + 1 mais en 1 distique + 7 + 1 ; parmi les 7 distiques qui forment le corps du développement, il y en a qui se groupent 2 par 2, mais sans que la symétrie soit complète.

Étudiant les divers groupements de distiques, Bubendey trouve avec raison que le plus fréquent est celui de 2 + 2 ; il en donne de nombreux exemples, justes en général, parfois erronés. Ainsi

1. Ainsi I 3, 15 Ipse *ego* solator... 17 Aut *ego* sum..., etc.
2. Ainsi I 9, 65 At *tua* perdidicit... nec *tu*... 66 cum *tibi*... 67 *Tune* putas... pro *te*..., etc.
3. Ainsi II 2, 18 sq. Flauaque coniugio *uincula* portet Amor, *uincula* quae maneant... etc.
4. Ainsi I 1, 53 *Te* bellare decet... 55 *Me* retinent uinctum..., etc.
5. Ainsi I 1, 25 sq. possim *uinere*... nec deditus *esse*... 27 sed... *uitare*... etc.
6. Ainsi I 9, 13 mihi *persoluet* poenas... 15 *uretur* facies, etc.
7. P. 13.

dans I 1 c'est le groupement par 2 qui prédomine, mais dans le
détail la division 53-56 57-60 61-64 est fausse ; le sens exige 53-58
(car 57-58 se rapportent à ce qui précède et non à ce qui suit)
59-64 (car 59-60 se rapportent à ce qui suit et non à ce qui précède).

Moins fréquent, mais répondant à une intention esthétique bien
arrêtée est le groupement des distiques par 3. Il est certain qu'on
le trouve dans I 4 ; mais Bubendey l'applique de force à des passages dont la structure est tout autre.

Puis vient le groupement par 4 distiques.

Bubendey discute alors la théorie d'après laquelle chaque pièce
serait soumise à une symétrie totale d'après un plan arrêté d'a-
vance. Contre Ellis il soutient qu'on ne trouve chez les anciens
aucune attestation d'une pareille loi. Examinant les systèmes des
modernes, il met en fait qu'on ne peut admettre l'existence de la
symétrie que là où celle-ci est nettement perceptible à l'oreille;
or étant donné un schéma comme celui de Drenckhahn pour Properce III, 19 : 3.5.5.3., on se demande comment l'oreille pouvait
conserver assez longtemps le sentiment des 3 distiques du début,
pour remarquer le retour des 3 distiques de la fin ; en outre il fallait qu'elle sentît que les 5 distiques qui viennent après les
3 premiers forment un tout, et qu'elle perçût la symétrie au retour du même nombre. Aucune oreille ne pourrait se reconnaître
dans ce mélange. En vertu de cette impossibilité, les constructions
de Prien, généralement très compliquées, sont inadmissibles.

Quant à savoir jusqu'à quel point le groupement symétrique
des distiques a été voulu par le poète, Bubendey croit qu'il résulte parfois d'un sentiment secret de l'harmonie, parfois d'une
intention bien arrêtée ; la distinction entre les deux cas est souvent affaire d'appréciation personnelle. Quand la symétrie s'étend
à des poèmes entiers (reste à démontrer qu'il y en a de tels), il
ne faut voir là qu'une extension de la symétrie qui domine dans le
détail et non un plan d'ensemble préconçu ; la chose n'est du
reste fréquente que dans les petites pièces ; elle est exceptionnelle dans les grandes. La loi de la symétrie est d'ailleurs si peu
sûre qu'elle ne saurait servir d'instrument critique ; on ne peut
s'en autoriser pour supprimer ou transposer un distique.

Dans un Excursus l'auteur combat de la façon la plus nette et la
plus heureuse la disposition proposée par Ritschl pour I 4 (§ 80);
on ne saurait faire preuve de plus de bon sens et de justesse. Pour
le vers 15 il ne trouve rien de mieux que d'adopter l'explication

insuffisante de Groth ; mais sa conclusion est excellente [1] : « à l'exception de *sed* vers 15 je ne puis rien trouver de choquant à la disposition traditionnelle du poème ».

2. — H. Magnus [2] a accepté pleinement les résultats de l'auteur. R. Richter [3] n'est pas moins favorable ; il a tort de faire des réserves [4] sur la réfutation de l'hypothèse de Ritschl à propos de I 4. Bubendey a eu raison de dire qu'au vers 71 *blanditiae* (ajoutez *querellae* et *fletus*) désigne très bien le contenu de l'élégie romaine.

§ 127, 1. — C. Boehlau [5], qui ne paraît pas connaître le travail de Lierse (§ 124), s'est proposé de compléter celui de Bolle (§ 105) dont il adopte l'opinion, à savoir que l'auteur du troisième livre a vécu après Ovide, qu'il a eu ses œuvres sous les yeux, que le fond n'a aucune réalité, que le poète s'est simplement occupé d'accumuler sur le sujet choisi une foule d'idées ou banales ou empruntées directement à Tibulle. Mais Bolle n'a donné à l'appui de sa thèse que des raisons secondaires ; Boehlau insiste sur la principale, la contradiction perpétuelle, qui prouve qu'il ne s'agit dans tout cela de rien de réel. Dans certains passages Lygdamus est un romain ; il est célèbre comme poète ; il est jeune ; il possède une certaine fortune. Mais ceci n'est pas d'accord avec le nom de Lygdamus, qui n'est pas un pseudonyme et qui, d'après Properce, est un nom d'esclave. Quand on cherche à se renseigner sur Neaera, dont le nom peut être un nom forgé, sur sa condition, sur sa famille, on ne trouve que contradictions ; les quelques détails qui offrent de la consistance sont banals ; il ne manque pas de passages pour prouver qu'elle était romaine, d'une famille honorable et à son aise ; ailleurs elle paraît rangée dans la classe des hétaires. Dans certains endroits c'est une simple

1. P. 26.

2. Zeitschrift f. d. Gymnasialwesen XXXII. Jahrg. 1878. Jahresb. d. Philol. Ver. zu Berlin, 4ter Jahrg. 1878, p. 109.

3. Jahresbericht... v. C. Bursian, 6ster Band, 4ter Jahrg. 1876, 2te Abtheil. 1878, p. 302-303.

4. Jahresbericht... v. C. Bursian, 10ter Band, 5ter Jahrg. 1877, 2te Abtheil. 1879, p. 293-294.

5. Programm des Fürstlich Hedwigschen Gymnasiums zu Neustettin... — Inhalt : 1. De Lygdami carminibus. Scr. Car. Boehlau (p. 1-8)... Neustettin, Druck von M. Arends. gr. in-4 (1876).

affranchie qui, après avoir été la maîtresse de Lygdamus, l'a quitté pour prendre un autre amant. Ailleurs c'est sa femme légitime, qui a divorcé d'avec lui. Ailleurs encore il s'agit d'un mariage futur ; on a essayé de faire de Neaera la fiancée de Lygdamus, mais parmi toutes les façons dont il la désigne on s'étonne alors de ne pas rencontrer celle de *sponsa*, pas plus que Lygdamus ne s'appelle lui-même *sponsus*. Comment le lien s'est rompu, c'est ce qui donne lieu à autant de contradictions que le reste. En réalité l'auteur a attribué à un personnage quelconque, qu'il nomme Lygdamus, l'aventure d'un divorce, mais il n'a pas été capable de traiter convenablement son sujet, parce qu'il était hanté par une foule de souvenirs des élégiaques s'appliquant aux liaisons des affranchies avec les jeunes Romains. Dans III 5 et 6 il exploite d'autres thèmes qui sont courants et qui n'ont pas plus de réalité que les précédents. (Il y a dans tout ceci beaucoup d'arbitraire et de parti pris).

2. — H. Magnus[1] concède à l'auteur que les réalités décrites par le poète sont pleines de contradictions, que celui-ci a été gêné par ses souvenirs et que les sentiments qu'il exprime manquent de netteté. Mais Boehlau a parfois exagéré les contradictions en ne saisissant pas bien la pensée : rien n'empêche d'admettre que le poète ait voulu chanter une aventure qui lui était arrivée ; les pièces 5 et 6 ne paraissent pas être de pures fictions en l'air.

Dans un compte rendu postérieur H. Magnus[2] déclare prématurée la conclusion que Lygdamus n'a pas chanté ses propres amours. Les prétendues obscurités et contradictions sur la façon dont s'est rompu le lien entre Lygdamus et Neaera lui paraissent pouvoir se résoudre. De ce que le poète est souvent obscur, sans doute gêné par ses lectures, il ne s'ensuit pas que tout chez lui soit imaginé ; il a pu s'inspirer d'un événement réel de sa vie. La netteté de la figure de Neaera a pu souffrir de ce qu'il exprime la réalité en phrases poétiques apprises. Il semble que H. Magnus aurait pu condamner avec plus de décision le système de Boehlau.

1. Zeitschrift f. d. Gymnasialwesen XXXII. Jarhg. 1878. Jahresb. d. philol. Ver. zu Berlin, 4ter Jahrg. 1878, p. 113.
2. Jahresbericht... begründet v. C. Bursian, hrsggb. v. Iwan Müller, 51ster Band, 15ter Jahrg. 1887, 2te Abtheil. 1889, p. 355-356.

§ **128,** 1. — O. Diskowsky[1] a prétendu rectifier, en le conservant en partie, l'ordre inventé par Ritschl (§ 80) pour I 4. Après avoir repoussé avec Groth (§ 107) la symétrie factice imposée à Tibulle par Bubendey (§ 69) et mentionné la réfutation par Groth du système de Ritschl tout en acceptant les idées de celui-ci sur l'archétype de 6 vers à la page des v⁰-vıııᵉ siècles, il lit I-14, 39-52, 21-26, 71-72, 53-56, 15-20, 27-38, 73-84, 57-70. Il est facile de montrer que cette disposition est inacceptable : après les vers 9-14 (évite l'amour des jeunes gens, qui ont tant d'attraits) les vers 39 sqq. (cède à tous les désirs de celui que tu auras choisi) non seulement offrent une idée qui n'a rien à faire avec la précédente mais constituent un véritable non-sens. A la rigueur 21-26 peuvent venir après 52, mais 71-72 sont complètement hors de leur place, les *blanditiae*, les *fletus*, les *querellae* étant choses absolument distinctes des faux serments, etc. O. Diskowsky justifie son hypothèse par le désordre des feuillets du manuscrit de 6 vers à la page ; on peut supposer en effet que ces feuillets fussent détachés et confondus, mais il ne faudrait pas imputer au copiste des procédés invraisemblables et des impossibilités. Or, pour que l'hypothèse de Diskowsky se justifiât, il faudrait que le scribe après avoir copié le recto de II n'en eût copié le verso qu'après le verso de IV, le verso de III, le recto et le verso de V, ce qui ne représente rien de raisonnable.

Il n'y a rien à tirer de cette partie du travail de Diskowsky ; le reste n'est pas moins décevant. L'idée, qui n'est pas neuve, que le degré de développement du talent poétique de Tibulle donne l'ordre chronologique de ses pièces et que par suite I 4, 8, 9 sont des premiers temps, ne conduit qu'à des résultats subjectifs ; l'assertion que l'amour de Tibulle pour Marathus n'a pu être que platonique est une naïveté. Le commentaire que l'auteur donne de I 4 est très élémentaire et n'offre rien d'intéressant. Assez nombreuses fautes d'impression.

2. — R. Richter[2] a bien jugé cette tentative en disant qu'elle laisse subsister un certain nombre des défauts de la disposition de Ritschl et que les divergences ne sont pas des améliorations

---

1. V. Programm des städtischen Gymnasinms zu Kattowitz. Ostern 1876. Inhalt: 1. Tibulli eleg. I 4 enarravit Dr. Oscar Diskowsky (p. 3-17)... Kattowitz, 1876. Druck von G. Siwinna. in-4. .

2. Jahresbericht... v. C. Bursian, 10ᵗᵉʳ Band, 5 ᵗᵉʳ Jahrg. 1877, 2ᵗᵉ Abtheil. 1879, p. 278-279.

(il n'y a pas du reste d'amélioration possible à un système radicalement faux). Il réfute avec bon sens et clarté l'ordre adopté par l'auteur et montre que les 14 derniers vers traditionnels doivent rester à leur place; mais il s'exprime d'une façon énigmatique en disant que la confusion des parties intermédiaires ne peut décidément pas être guérie par des transpositions. En réalité il n'y a pas de confusion.

§ 129, 1. — S. Kleemann[1], très au courant des travaux de ses prédécesseurs, mais ignorant pourtant celui de Lierse (§ 124) a, dans une dissert. inaug., soumis à un nouvel examen la question de Lygdamus.

Commençant par III 5 il réédite la démonstration cent fois faite que l'auteur, né en 43 av. J.-C., ne saurait être Tibulle. Après beaucoup d'autres il ne croit pas à l'imitation d'Ovide et essaie de démontrer par la date, par la métrique et par des observations trop insignifiantes pour être concluantes que la pièce est d'Ovide (avec Gruppe). Ovide, qui a dû faire la connaissance de Tibulle avant son voyage en Grèce et en Asie Mineure, l'aurait adressée vers l'an 21 av. J.-C. à Messalla et à Tibulle, qui se trouvaient alors dans une station balnéaire d'Étrurie ou dans la villa de Messalla sur le territoire d'Arretium traversé par le Tibre (c'est là une hypothèse gratuite).

Les autres pièces du troisième livre lui paraissent être d'un débutant tout jeune mais qui donnait de belles espérances; il les refuse à Tibulle pour les raisons connues : absence de l'amour de la campagne, invraisemblance que Tibulle ait chanté les amours d'autrui; Neaera ne figure pas parmi les maîtresses qui lui sont attribuées; nom de Lygdamus; différence des conditions d'existence de Lygdamus et de Tibulle : impossibilité d'identifier avec Fuss et d'autres Neaera et Delia. Tout ceci est juste, mais rien n'est neuf.

Kleemann aborde alors la métrique : il étudie la clausule hyperdissyllabique du pentamètre, la forme du cinquième pied de l'hexamètre, les coupes de l'hexamètre, le mélange des dactyles et des spondées, en rectifiant les tables d'Hultgren, qui ne sont pas exactes. Il conclut avec raison que Lygdamus n'est pas Tibulle;

---

1. De libri tertii carminibus quae Tibulli nomine circumferuntur. — Ad summos... honores ab... ordine philosophorum Argentoratensi... impetrandos scripsit Selmarus Kleemann Nordhusanus. Argentorati apud Carolum I. Truebner, 1876. in-8. 68 p.

mais, qu'il soit Ovide, c'est ce que les rapprochements qu'il institue ne suffisent pas à prouver.

Passant à la langue, il l'étudie plus exactement qu'on ne l'avait fait et examine les exclamations, les conjonctions (sur ce point il est moins complet que Lierse), les autres mots, les particularités diverses. Tout cela peut servir à démontrer, comme on l'avait déjà fait, que Lygdamus est différent de Tibulle, mais qu'il se rapproche beaucoup d'Ovide c'est ce qui n'est pas évident ; les particularités communes n'autorisent pas l'identification des deux poëtes ; il en est de même de l'apparat mythologique.

Kleemann croit pourtant les preuves suffisantes pour conclure après Gruppe que Lygdamus est bien Ovide. Seulement il ne s'agirait pas d'une tentative d'Ovide pour ramener à lui sa seconde femme, mais d'essais du poète encore presque enfant. Ainsi modifiée l'hypothèse perd encore de sa vraisemblance.

Kleemann montre alors par quelques expressions communes que la pièce 5 n'est pas d'un autre auteur que les autres élégies du troisième livre. Il insiste sur ce fait que Lygdamus n'est pas aussi pauvre qu'on l'a prétendu, que Lygdamus et Ovide ont imité les mêmes auteurs — Lygdamus n'ayant pourtant pas imité Lucrèce et ne faisant d'emprunts qu'aux premiers poëmes de Virgile et non à l'Énéide, ni non plus à Properce, ce qui s'explique par la date où il écrit. — On a beaucoup exagéré (Teuffel, Stumpe) l'imitation de Tibulle par Lygdamus, parce qu'on a confondu les rapports fortuits avec les emprunts directs. Kleemann ne nie pourtant pas qu'il y ait des emprunts au premier livre de Tibulle ; mais un certain nombre de ces expressions se retrouvent chez Ovide. Il donne alors l'énumération des expressions poétiques qui ne se trouvent que chez Lygdamus et Ovide, de celles dont Ovide fait ses délices et qui sont chez Lygdamus, mais non chez Tibulle. Il conclut que Lygdamus est bien Ovide.

Les différences s'expliquent de la façon suivante : si le troisième livre n'a pas le rythme rapide des vers d'Ovide, l'abondance des figures de rhétorique, l'élégance et la facilité, c'est qu'il est l'œuvre d'un débutant très jeune ; Ovide a dû l'écrire vers 16 ou 17 ans ; il a toujours progressé en élégance rythmique jusqu'aux Fastes. Il ne connaît pas Corinna et par suite est encore chaste.

Comment ces élégies ont-elles pu être introduites dans le Corpus Tibullianum ? Il les composa pour s'exercer à la poésie et les soumit à Tibulle, qui était alors un critique très considéré (Hor. Épîtr. I 4) en remplaçant on ne sait pourquoi (c'est

en effet un des points faibles de l'hypothèse) son prénom de
Publius par le nom de Lygdamus. Elles restèrent entre les mains
de Tibulle et après sa mort passèrent avec le reste de ses papiers
dans la maison de Messalla. Comme Ovide était à Rome au moment
de la mort de Messalla, ce n'est que plus tard qu'elles ont été
jointes à celles de Tibulle, car Ovide aurait réclamé son bien.
Messalinus ou un de ses amis les édita vers le moment de la mort
d'Ovide ou quelques années avant, à moins que ce ne soit un critique ou un libraire, qui aura voulu donner un pendant aux
Catalepta de Virgile, à peu près à la même époque. Avec les
élégies à Neaera on trouva chez Messalla l'élégie III 5, qu'on publia
en même temps.

On est étonné de rencontrer dans le même travail des recherches sérieuses conduites avec méthode et des hypothèses aussi
aventurées.

2. — C'est ce qu'ont bien fait ressortir les critiques.

Riese[1], en ce qui concerne l'origine du Corpus Tibullianum,
trouve plus naturel d'admettre qu'après la mort de Tibulle on donna
de ses œuvres une édition augmentée dans laquelle figuraient,
avec le nom de leurs auteurs, des poésies qui avaient avec les
siennes quelque rapport. Il ne serait pas étonnant qu'Ovide les eût
imitées, comme il imitait Tibulle. Il est invraisemblable qu'Ovide
ait choisi le pseudonyme de Lygdamus qui ne rappelle en rien
son nom ; il est inadmissible de dire que Publius = Lygdamus.

Zingerle[2], en faisant bon marché de l'identification de Lygdamus
avec Ovide renouvelée de Gruppe, appelle l'attention sur les matériaux consciencieusement recueillis, agréablement groupés par un
auteur plein de talent, formé à une excellente école, qui conser-
veront toujours pour juger Lygdamus une grande valeur et qui,
à ce point de vue, sont définitifs.

H. Magnus[3] est d'avis que des rapprochements faits entre
Lygdamus et Ovide on ne peut conclure qu'à une *imitatio Ovidiana*
développée. L'auteur n'a pas été plus heureux que Gruppe en
essayant d'identifier Lygdamus et Ovide.

1. Jenaer Literaturzeitung... 3ter Jahrg., nº 17, 22 avril 1876, p. 270.
2. Zeitschrift für die österreichischen Gymnasien. — 28ster Jahrg. 1877 : Ueber
einige neuere Erscheinungen in der Literatur zu römischen Dichtern, par Anton
Zingerle. La diss. de Kleemann est examinée p. 515-516.
3. Zeitschr. f. d. Gymnasialwesen. XXXII. Jahrg. 1878. Jahresb. d. philol. Ver.
zu Berlin, 4ter Jahrg. 1878, p. 114.

R. Richter [1] constate que Kleemann est pour l'étude de la langue plus complet que Lierse, excepté en ce qui concerne les conjonctions, pour la métrique plus complet que Krafft ; il rectifie Hultgren. Ses démonstrations paraissent vider la question de Lygdamus au point de vue négatif. Les rapprochements avec Ovide n'établissent pas l'identité : dans les détails de phraséologie poétique il est difficile de distinguer ce qui est individuel et ce qui est courant ; une comparaison portant sur le haut style, sur la logique poétique, sur le goût montrerait combien Lygdamus est différent d'Ovide.

§ 130. — A. Palmer [2] a été assez heureux pour retrouver le *liber Cuiacianus* de Scaliger. C'est un petit in-8° contenant les poèmes de Properce, Catulle, Tibulle et les Priapées. Il a été acheté vers 1850 à un libraire de Londres par feu M. Allen et porte à la fin, d'une main française, la mention suivante : « Ce manuscrit m'a été donné par l'Abbé Mathon en l'an 1808 ». Après que Scaliger en eut fait usage, il sera retourné à la bibliothèque de Cujas, dont les livres et les papiers furent dispersés à sa mort en 1590. Palmer s'est convaincu qu'il avait bien sous les yeux le *lib. Cuiac.* par l'identité des leçons de Properce qu'on y lit et de celles citées par Scaliger, leçons qui souvent ne se trouvent pas ailleurs et qui sont excellentes. R. Ellis est arrivé à la même conclusion par l'examen des leçons de Catulle et de celles de Tibulle ; il donne la liste des leçons que Scaliger cite comme de « codex noster » ou « codex infimae vetustatis ». Elles concordent avec celles du manuscrit Allen sauf quelques divergences qui s'expliquent facilement. Scaliger paraît du reste s'en être servi pour beaucoup d'autres passages. Ellis ne croit pas qu'il en ait usé pour les Priapées [3].

Le *lib. Cuiac.* n'a pas une grande importance pour la constitution du texte de Tibulle ; il est du nombre des manuscrits interpolés du xv⁰ siècle, mais non parmi les plus mauvais ; il tient entre eux un rang assez honorable ; il est donc intéressant qu'il soit retrouvé.

1. Jahresbericht... v. C. Bursian, 10ter Band, 5ter Jahrg. 1877, 2te Abtheil. 1879, p. 283-285.

2. Hermathena, a series of papers on Literatur, Science, and Philosophy, b Members of Trinity College. Vol. II. 1876, Dublin and London, p. 124-158 : Sca liger's Liber Cujacianus of Propertius, Catullus, etc... By Arthur Palmer... Wit A. Memoir on the same subject by Robinson Ellis...

3. Le c. r. de R. Richter, Jahresbericht... v. C. Bursian, 6ter Band, 4ter Jahrg 1876, 2te Abtheil. 1878, p. 303-304, n'est qu'une simple analyse.

§ **131**, 1. — A. du Mesnil[1] considère III 6, 17 *Amor* comme corrompu et lui substitue *pater* représentant Bacchus ou dubitativement *ille* se rapportant au même dieu. Il n'a pas compris le passage et, avec sa correction, *sed* n'a plus de sens. Lygdamus célèbre la puissance de Bacchus ; entre temps il reconnaît que celle d'Amor est égale et même supérieure ; malgré cela il engage ses amis à demander la liqueur de Bacchus.

2. — R. Richter[2] repousse facilement cette correction malheureuse, mais il a tort de croire qu'au vers 13 *ille... deus* représente Amor ; c'est de Bacchus qu'il s'agit. L'auteur et le référent ont fait d'aussi mauvaise besogne l'un que l'autre.

§ **132**, 1. — M. Ardizzone[3] a donné une biographie banale de Tibulle, montré par les raisons courantes que ni le troisième livre, ni le panégyrique[4] ne sont de lui ; il n'a rien compris à IV 2-12 qu'il regarde comme des lettres échangées entre une femme et son mari ; il ne sait pas qu'il faut distinguer deux groupes. Il croit que les élégies à Neaera sont la reproduction de celles consacrées par Tibulle à Glycera et qui sont perdues sauf IV 13, qu'elles sont souvent imitées de Properce, celles sur les amours de Cerinthus et de Sulpicia imitées de Tibulle. Il caractérise sans originalité Delia et Nemesis et donne une analyse brillante des pièces des 2 premiers livres. Contre Soury et Teuffel il soutient que Tibulle est original, parce que[5], s'il traite de l'amour comme cent autres, il le fait d'une manière qui lui est propre, en peignant son caractère et celui du peuple auquel il appartient. Ce n'est là qu'un essai de vulgarisation, dans lequel on relève de grosses erreurs. Mais l'auteur a un sentiment très vif de la poésie et caractérise Tibulle d'une façon très colorée et très chaude[6].

1. Zeitschr. f. d. Gymnasialwesen. XXX. Jahrg. 1876, p. 553-554 : Zu Tibull, III. 6. 17.

2. Jahresbericht... v. C. Bursian, 10ter Band, 5ter Jahrg. 1877, 2te Abtheil. 1879, p. 294.

3. Studi sopra Catullo Tibullo e Properzio di Matteo Ardizzone. Estratti dalle lezioni dettate nella Regia Università di Palermo nell' anno scolastico 1874-1875. Palermo stabilimento tipographico Lao via Celso 31. — 1876. in-12. 75 p. (Tibulle occupe les p. 29-49).

4. P. 35 il fait un gros contresens sur les v. 204 sqq. en reprochant à l'auteur comme une absurdité de dire qu'il célébrera encore Messalla quand il sera devenu cheval ou taureau ; l'auteur ne dit rien de pareil.

5. P. 49.

6. P. 38 : « Lo amore è l'argomento principale di Tibullo : però questo amore

2. — R. Richter[1] a annoncé cet essai, sans en faire ressortir
ni les défauts ni les qualités.

§ 133. — La longue période que nous venons de parcourir
marque sur certains points des études tibulliennes un progrès notable, moindre pourtant que ne pourrait le faire supposer à première vue l'énorme quantité du travail accumulé ; il y a beaucoup
d'efforts dépensés en pure perte ; il se dégage pourtant de l'ensemble quelques résultats utiles. Ce sont ces résultats qu'il convient de mettre en lumière et de présenter d'ensemble.

Pour la biographie de Tibulle on n'a pas découvert de documents nouveaux ; on les examine de plus près que dans la période
précédente et on s'y attache avec une rigueur plus scientifique en
donnant moins de liberté à l'imagination et aux hypothèses aventureuses ; les documents étant insuffisants, bien des points restent
obscurs, livrés à la fantaisie individuelle ; on n'est pas absolument
d'accord sur les dates et, sur certaines d'entre elles, de notables
divergences persistent. A défaut de la certitude, qu'on ne peut
atteindre, on ne serre pas encore assez strictement le vraisemblable.
Sur les personnages de Tibulle il reste des incertitudes, mais dont le
cercle va se restreignant peu à peu ; on renonce à confondre les unes
avec les autres les maîtresses de Tibulle, à construire d'invraisemblables romans sans base sérieuse ; on commence à se résigner
à ne pas trop dépasser les renseignements que nous fournit le
texte ; on fait apparaître plus nettement les figures de Delia, de
Nemesis. La réalité historique de Sulpicia est fixée définitivement
par Haupt. La chronologie des élégies du premier livre est toujours discutée et la discussion n'aboutit pas, parce qu'on part de
ce principe faux qu'elles nous sont parvenues dans un ordre abso-

quantunque sempre non puro et qualche volta condannato dalla natura, oltre allo
assumere sembianze non voluttuose e lascive ma caste e pudiche, rassegnato ad ogni
sorte, capace di ogni sagrifizio e abbellito da una cara e profonda mestizia e dal pre-
sentimento di una morte vicina, tende alla solitudine ed alla pace e somiglia al
flebile canto dell' usignuolo che non risuona tra i rumori fragorosi del giorno, ma nei
tranquilli silenzi della notte. I più magici quadri campestri interrompono le vicende
di questo amore or felice, or infelice, or calmo, or inquieto e sempre tenero ed
ardente e si congiungono alle più vive pitture dei patri costumi e delle tradizioni
domestiche che richiamano alla mente le più care rimembranze e inondano l'animo
d'ineffabile dolcezza. Anche, quando il poeta con più maschio carme celebra i trionfi
dei duci e la gloria di Roma, non cessa dal toccar le delizie dell' amore e le bellezze
della campagna.

1. Jahresbericht... v. C. Bursian, 6ster Band, 4ter Jahrg. 1876, 2te Abtheil.
1878, p. 304.

lument bouleversé et que le problème consiste à rétablir l'ordre primitif par la divination individuelle, qui reste subjective et impuissante. Le classement d'après le degré de perfection esthétique ne repose que sur des jugements contestables. Quant à la question de savoir si le deuxième livre a été publié par Tibulle, quand et comment s'est formé le Corpus Tibullianum, ce sont là des choses qui continuent à être livrées aux hypothèses.

Au début de la période qui nous occupe Lachmann, coupant court aux discussions vagues sur des variantes sans provenance définie, a prétendu constituer le texte traditionnel dans son état le plus pur. Malheureusement, les matériaux dont il s'est servi étant trop récents, l'interpolation s'y mêle à la tradition proprement dite dans une proportion plus forte qu'il ne croyait et qu'il ne pouvait déterminer. Il n'a pas du reste opéré avec une méthode assez rigoureuse ; grâce à la sagesse d'un jugement sain et à la décision d'une intelligence forte il a pourtant établi une base plus solide que ses devanciers ; Haupt s'est préoccupé de rendre son texte plus correct et plus lisible, et celui auquel il est arrivé, bien qu'encore imparfait, peut cependant passer pour le meilleur qu'il fût alors possible d'atteindre. Indépendamment de la récension de Haupt la discussion de la leçon isolée et la critique conjecturale n'ont donné que de maigres résultats.

Entre temps on a perfectionné, mais d'une façon partielle, l'instrument critique ; si l'on n'a pas découvert de manuscrits complets supérieurs à ceux dont disposait Lachmann, les *Exc. Fris.* ont été publiés et appréciés à leur valeur, qui est grande ; on a retrouvé les propres collations de Scaliger, dont Lachmann n'avait encore que la copie faite par Heinsius ; on a mis au jour les *Exc. Parisina,* déterminé leur rapport avec ceux de Vincent de Beauvais et de Scaliger, caractérisé leur nature et formulé les principes qui doivent présider à leur mise en œuvre ; malgré le parti pris de Luc. Müller à leur égard, leur leçon, là où elle n'est pas suspecte d'interpolation, apparaît comme balançant en autorité celle des manuscrits complets.

L'examen de l'état de la tradition et de son degré de corruption est commencé ; quelques lacunes sont signalées. Là-dessus se greffe le travail prématuré et ambitieux de l'hypercritique, dont les tentatives à grande portée n'aboutissent qu'à des insuccès retentissants. L'effort pour reconstituer l'archétype soit au moyen des lacunes, soit par la constatation de transpositions d'un nombre constant de vers n'amène à rien de certain. Reprenant,

tout en les condamnant pour la forme, les procédés de Scaliger,
on considère les élégies traditionnelles comme n'étant que des
fragments grossièrement mis bout à bout et on les découpe en
morceaux, mais sans parvenir à démontrer que l'unité n'en est
pas réelle ; on suppose que les vers de Tibulle nous sont arrivés
dans un désordre complet et par des transpositions violentes,
dont les auteurs ne s'accordent pas du reste ensemble, on se porte
fort de retrouver l'ordre primitif. On croit également apercevoir
dans le texte diverses interpolations, dont on n'indique pas du
reste l'origine, et on n'arrive qu'à des mutilations injustifiées.
Surgit en même temps l'hypothèse d'une composition matériellement symétrique, d'une correspondance strophique à laquelle Tibulle se serait assujetti et qui serait la clef même de son art. Elle
s'exerce sur les diverses élégies et se discrédite par son caractère artificiel, son désaccord avec le sens, la divergence des résultats, la violence des suppressions, transpositions, lacunes auxquelles elle recourt. La méthode commandait d'étudier d'abord de
quelle façon Tibulle enchaîne ses idées et compose ses élégies ;
faute de l'avoir fait on est tombé dans l'arbitraire dévergondé et
stérile.

Pour le commentaire Dissen a accompli une œuvre qui a de
grands mérites et des défauts ; il n'a pas un sens assez profond de
la poésie de Tibulle et la considère à un point de vue trop for-
maliste ; c'est sur ce commentaire, amélioré sur quelques points
de détail, qu'on continue à vivre, sans essayer de le remplacer,
bien qu'on en reconnaisse peu à peu les faiblesses. L'étude de la
grammaire et du style de Tibulle ne fait que peu de progrès ; on
se préoccupe surtout de distinguer Tibulle de Lygdamus. L'examen de la métrique est poussé plus loin et donne des résultats
intéressants ; il est particulièrement consacré à constater les
différences entre les diverses parties du Corpus Tibullianum.

En ce qui concerne les questions d'authenticité, l'attribution du
troisième livre à Tibulle n'a plus guère de partisans ; on cherche
à démontrer l'inauthenticité par des raisons plus exactes qu'on ne
l'avait fait précédemment et on fait ressortir les différences de
langue et de métrique ; mais on ne veut pas se résigner à ignorer
qui est Lygdamus ; les identifications proposées ne sont pas acceptables et les recherches sur ce terrain n'aboutissent pas. L'idée
préconçue qu'Ovide ne saurait avoir imité un poète aussi médiocre
est généralement acceptée mais conduit à des résultats peu satisfaisants.

Il se rencontre encore des critiques pour admettre que le panégyrique est de Tibulle, bien que l'idée perde du terrain ; la
véritable raison qui démontre l'inauthenticité à savoir que le panégyrique est de 31 av. J.-C., l'élégie I 10 vraisemblablement de
30 et que les deux poèmes ne sauraient être du même auteur a été
énoncée, mais sans produire l'effet décisif qu'elle comporte.

Une découverte importante est celle de Gruppe qui partage
IV 2-12 en deux ensembles, le deuxième comprenant les courtes
effusions de Sulpicia, le premier la transformation par Tibulle
d'essais de circonstance en œuvres d'art ; la délimitation souffre
des contestations et un certain nombre de critiques se refusent à
admettre, ce qui est pourtant la vérité, que IV 7 appartienne à
Sulpicia. La prétention de voir dans IV 5 une falsification n'est
qu'une erreur isolée.

Il en est de même de l'assertion que II 5 n'est pas de Tibulle.

CHAPITRE III

DES TIBULLISCHE BLÄTTER DE BAEHRENS 1876 A L'ÉDITION DE HILLER 1885.

§ 134, 1. — Les Tibullische Blätter de Baehrens[1], élève de Luc. Müller et de Ritschl, inaugurent une ère nouvelle par l'annonce de la découverte d'un manuscrit dont l'apparition va rendre moins incertaine la critique du texte. Ce travail traite en 9 chapitres des questions courantes concernant Tibulle et contient un certain nombre de nouveautés où l'erreur dépasse de beaucoup la vérité ; il va pendant la période qui suit susciter de vives polémiques et un examen approfondi des points contestés.

2. — Pour la biographie Baehrens remet en honneur la *vita* et la corrige : une de ses corrections, peu admissible d'ailleurs, mérite d'être signalée ; elle consiste à lire *eques R. e Gabiis* au lieu de *eques regalis* et donnerait le lieu de naissance de Tibulle. Baehrens y trouve des renseignements qu'il prétend à tort n'avoir pas pu être empruntés aux élégies elles-mêmes et, à cause de quelques tournures, qui ne sont pas caractéristiques et qu'il attribue à la main de Suétone, il y voit un abrégé de la biographie de Tibulle, qui devait se trouver dans le *de poetis* de cet auteur.

En revanche il prétend retrancher des documents à utiliser l'Ode I 33 et l'Épître I 4 d'Horace. Pour l'Ode sa principale raison c'est qu'Ovide dans la pièce consacrée à Tibulle après sa mort Amor. III 9 ne mentionne pas Glycera ; il en conclut que Tibulle n'a jamais aimé une femme de ce nom ; mais, pas plus que ses prédécesseurs, il n'a compris les vers 53 sqq. Ovide met en présence aux obsèques de Tibulle Delia et Nemesis qui échan-

---

1. Tibullische Blätter. — Von Emil Baehrens. — Jena. Verlag von Hermann Duft. 1876. in-8. 91 p.

gent des propos aigres-doux. Il fait dire à Nemesis vers 57 sq. :
*quid, ait, tibi sunt mea damna dolori ? Me tenuit moriens deficiente
manu.* Or Tibulle, dans la ferveur de son premier amour, s'était
adressé ainsi à Delia : I 1, 59 sq. *Te spectem, suprema mihi cum
uenerit hora, Te teneam moriens deficiente manu.* Ces beaux sou-
haits ne s'étaient pas réalisés, puisqu'à Delia avait succédé Nemesis dans son cœur et que Nemesis avait été sa dernière maîtresse ; c'est ce qu'Ovide constate d'une façon piquante ; il
plaisante, en montrant que l'éternité de l'amour, même pour un
Tibulle, n'est qu'un vain mot. Il n'a pas eu l'intention d'énumérer
les diverses maîtresses du poète et le passage si souvent invoqué
contre l'amour pour Glycera ne prouve rien. Bien entendu l'hypothèse de Gruppe, qui voit dans IV 13 et 14 les restes d'un
livre d'élégies à Glycera, pour ingénieuse qu'elle soit, n'est qu'une
possibilité.

Quant à l'Épître I 4 Baehrens l'exclut comme étant en contradiction avec tout ce que nous savons sur Tibulle ; ce n'est
qu'un paradoxe ; il est certain pourtant qu'il y a une difficulté, le
rapport qu'établit Horace entre ce qu'écrit son Albius et les
« Cassi Parmensis opuscula ». La seule information certaine que
nous ayons sur Cassius de Parme paraît être qu'il avait composé
des tragédies ; or il ne paraît pas que Tibulle ait jamais cultivé
le genre tragique. Mais il reste à examiner ce qu'Horace a voulu
dire par le vers 3 *scribere quod Cassi Parmensis opuscula uincat,*
dans quel esprit il a écrit la pièce et dans quelles circonstances ;
on ne l'a jamais fait jusqu'à présent et on s'est buté contre une
difficulté, qu'une interprétation plus délicate et plus intime peut,
comme j'espère le montrer ailleurs, faire disparaître.

3. — Discutant l'ordre chronologique des élégies du premier
livre, il paraît avoir raison de placer, contre Hankel, l'expédition
d'Aquitaine en 31/30 av. J.-C. et la mission politique de Messalla
en Asie et en Égypte en 29/28. Contre Teuffel il défend très
judicieusement I 7, dont il fait ressortir les mérites, la convenance et l'à-propos. Il montre bien que I 10 a été composé à une
époque où Tibulle n'avait encore pris part à aucune campagne et
où il ne connaissait pas l'amour par sa propre expérience, sans
doute au moment du départ pour la Gaule, fin de 31 ou commencement de 30 ; c'est donc la première pièce du premier livre. Il
adopte avec raison l'opinion d'O. Richter que Tibulle n'a connu
Delia que mariée, mais il a tort d'admettre la succession chrono-

logique 1, 2, 3, de croire que 1 est destiné à repousser l'invitation faite au poète par Messalla de le suivre en Orient, que dans 2 le mari est absent, étant parti pour la Cilicie, que 1 prépare à la lecture de 2. Il a bien vu toutefois que 2 ne pouvait être rejeté à la fin de la liaison et est au contraire du début. Quant aux élégies à Marathus il place 4 après 6 et avec Gruppe 9 avant 8, ce qui est arbitraire. Il paraît avoir raison d'admettre qu'en 27 av. J.-C. le roman de Delia était terminé, que la liaison avec Delia a précédé celle avec Marathus, bien qu'il donne pour cela des raisons enfantines. Il met la publication du premier livre en 25/24 ce qui reste hypothétique ; 26/25 conviendrait aussi bien. Dans l'ordre traditionnel, qui remonte à Tibulle, l'auteur aurait suivi le principe de la *uariatio*, séparant ce qui faisait un tout par des éléments hétérogènes (il l'aurait suivi d'une façon bien imparfaite). Baehrens a raison de faire remarquer que dans l'ordre choisi par Tibulle il n'y a pas de dérogation chronologique sensible à première vue pour le lecteur et qui le déroute.

4. — Avec Gruppe il croit à l'état d'inachèvement du deuxième livre et tente de le démontrer par l'examen de II 5, qu'il reprend après Korn, Bubendey, Wisser. Il a bien vu que la pièce était, à propos de l'inauguration par Messalinus de sa dignité quindécemvirale, un hymne à Apollon, dieu des oracles et dispensateur de la prospérité des champs ; mais le reste forme une hypothèse insoutenable : 23-38 serait un premier jet (avec Gruppe) ; 39-64 et 81-122 seraient tronqués au début ; 19-22 dont Gruppe a soutenu l'impropriété et 65-80 seraient l'œuvre d'un interpolateur, l'éditeur du deuxième livre, qui a voulu faire un tout de morceaux détachés. La maladie dont parle Tibulle au vers 109 serait celle dont il est mort. Le deuxième livre a dû être édité vers l'an 18.

5. — Baehrens admet comme démontrée l'inauthenticité du troisième livre. Il prouve bien que l'identification avec Ovide (Gruppe, Kleemann) est aussi impossible que celle avec Tibulle, à cause de la différence du génie poétique. La pièce 5 aurait été écrite après les Tristes, très longtemps après que Lygdamus avait chanté Neaera, à l'âge d'au moins 56 ans ; mais ceci est en contradiction absolue avec les vers où celui-ci se donne comme un jeune homme, 6, 15 sq., 19 sq., 25 sq.

Contre l'authenticité du panégyrique il fait valoir la raison décisive à savoir qu'il est du début de 31, I 10 tout au plus du commencement de 3o. Or il est impossible que ces deux œuvres, dont l'une est très médiocre, l'autre pleine de talent, soient du même auteur.

Pour IV 2-12 il reconnaît la justesse des idées de Gruppe, mais en attribuant 7 à Sulpicia avec Rossbach et en faisant observer que l'identification de Cerinthus avec Cornutus de I 2 ne repose sur rien, que la substitution de Cerinthus à Cornutus dans cette pièce n'est que le résultat d'une interpolation d'un Italien. Les autres affirmations n'ont aucune vraisemblance, à savoir que 7 aurait été écrit en premier lieu et n'est nullement l'aveu d'une liaison clandestine, que l'intrigue ne se termina pas comme l'aurait voulu Sulpicia, que 2-6 ne sont pas de Tibulle, mais peut-être de Messalla.

Il considère IV 13 comme de Tibulle et regarde comme possible, mais non certain que 14 et les deux Priapées soient de lui.

6. — L'origine du Corpus Tibullianum serait la suivante : quelque temps après la mort de Messalla et de Messalinus le contenu des livres 3 et 4 aurait été formé de pièces trouvées dans les papiers de la maison de Messalla et publié en un livre ; la division en deux livres est inconnue des bons manuscrits et doit remonter à un Italien de la Renaissance. La maison de Messalla et celles de ses fils accueillaient les poètes ; les plus célèbres, Virgile et Tibulle, publièrent leurs œuvres ; ce qui resta, c'est-à-dire quelques fragments inédits et surtout les pièces de leurs élèves et de leurs imitateurs, fut publié vers l'époque de Claude en deux recueils, les Catalepta Vergiliana et le Corpus Tibullianum, qui ne sont pas sans rapport entre eux. Est-ce de bonne foi que l'éditeur donna les deux recueils sous les noms de Virgile et de Tibulle, ou faut-il voir là une supercherie littéraire, c'est ce que nous ne saurions décider aujourd'hui. L'hypothèse de Baehrens est ingénieuse ; elle est difficile à vérifier.

7. — Nous arrivons à la partie capitale du travail, la constitution du texte. Tout en rendant justice à Lachmann qui a rompu avec l'éclectisme qui jusqu'à lui présidait au choix des variantes, recherché parmi les manuscrits qui lui étaient accessibles les sources les plus pures de la tradition, Baehrens lui reproche de n'avoir pas pratiqué cette critique pénétrante qui recherche les corruptions profondes, d'avoir publié une tradition souvent fau-

tive, de n'avoir donné qu'un choix trop restreint des conjectures
de ses prédécesseurs, de sorte que Tibulle est le poète auquel il
a rendu le moins de services. Il a eu grand tort de déclarer qu'on
ne trouverait jamais de manuscrits meilleurs que les manuscrits
interpolés dont il s'est servi : plus heureux que lui, Baehrens en
a découvert un nouveau, l'Ambrosianus R. 26 sup. qui paraît
avoir été écrit vers 1375 et qui est par conséquent exempt des
interpolations des Italiens du xve siècle. Sa valeur est prouvée
par ce fait que là où les Italiens ont ajouté des vers de leur
façon, I 2, 25 II 3, 15 et 75 l'Ambrosianus ne les connaît pas et
ne signale pas de lacune. Il passe également sans lacune le
vers III 4, 65 suppléé par conjecture dans les manuscrits inférieurs. Baehrens pense toutefois qu'il ne suffit pas à reconstituer
l'archétype; provisoirement il croit que B. de Lachmann dérive
par plusieurs intermédiaires de l'Ambrosianus; il regarde le
fragm. Cuiac. malgré sa supériorité comme interpolé (il se
trompe dans les exemples qu'il cite et qui sont de bonnes leçons).
Il se réserve d'établir plus tard le rapport des manuscrits en
ruinant les hypothèses de Luc. Müller et en donnant une édition
critique.

8. — Pour que rien ne manque à cette étude plus variée qu'approfondie, il consacre ses deux derniers chapitres à examiner la
question des transpositions et à proposer des conjectures.

I 1. Il place les vers 25-36 entre 6 et 7 en supposant déplacé
un feuillet de l'archétype de Ritschl de 6 vers à la page. Cette
transposition, qui a passé dans son édition, est plus simple que
celles de Haase et de Ribbeck, mais quoi qu'il en dise, l'ordre traditionnel est bon.

I 4. Sans adopter les résultats de Ritschl (§ 80), il trouve
pourtant son argumentation convaincante et la réfutation de Bubendey insuffisante; il lit 1-20; 27-56; 21-26; 71-76; 57-70;
77-84. Il ne déplace que 21-26 (soit 6 vers) et 71-76 (6 vers),
c'est-à-dire le contenu de deux pages, qui aurait été passé par
un scribe, puis transcrit à la marge et rétabli enfin hors de sa
place. Ces transpositions, conservées dans son édition, sont plus
simples que celles de Ritschl; mais la place donnée à 57-70 est
tout à fait impossible.

I 6. Il lit 1-16 21-22 lac. d'un dist. (avec Luc. Müller) 17-20
25-38 23-24 39 sq., ordre conservé dans son édition. L'erreur ne
remonterait pas à la lecture fautive de l'archétype de 6 vers à la

page. La suite des idées offre des difficultés ; mais les transpositions de Baehrens ne remédient à rien.

I 9 et 8. Il retranche de 9 les vers 37-44 pour les transporter
dans 8 entre les vers 26 et 27, où ils n'ont aucun sens, en leur
faisant subir une correction violente et inadmissible. Cette fantaisie a été conservée dans son édition.

En somme il ne fait que reprendre les procédés de ses prédécesseurs, en s'appuyant surtout sur Ritschl. Il n'arrive pas à des
résultats plus acceptables.

Après avoir dans le cours de son travail proposé des corrections sur une douzaine de passages, il en propose encore sur une
quinzaine d'autres dans un chapitre spécial. Sauf quatre elles ont
toutes passé dans l'édition. Je n'en vois qu'une qui ait de la vraisemblance [1].

9. — Une étude, qui touchait à tant de points, ne pouvait
manquer d'exciter l'attention et de susciter de nombreuses contradictions.

A. R(iese) [2] s'étonne que Baehrens puisse supposer que IV 2-6
soient de Messalla qui aurait chanté les amours de Sulpicia pour
un Grec. Zingerle a rendu très vraisemblable que ces pièces sont
de Tibulle. Baehrens a eu tort de faire état de la *uita* qui est des
débuts de l'époque de l'humanisme. Ce qu'il dit de l'Albius
d'Horace mérite l'attention.

H. Magnus [3] conteste l'importance de la *uita* qui ne contient
rien qui ne puisse être tiré de Tibulle, repousse la correction
eques R. e Gabiis, parce qu'en pareil cas les inscriptions n'ont
pas *e*, croit que l'Albius d'Hor. C. I 33 est bien Tibulle, mais
que celui de l'Ép. I 4 n'a que peu de rapports avec lui, relève des
légèretés dans la chronologie, ne conserve rien du traitement
de II 5, qu'il regarde pourtant comme inachevé, fait remarquer
que IV 7 en particulier montre bien que Sulpicia n'est pas inno-
cente, est peu favorable aux transpositions et aux conjectures de
Baehrens (il est encore trop indulgent).

K. P. Schulze [4] conteste lui aussi la valeur de la *uita*, mais
pour des raisons qui ne sont pas toujours bonnes, refuse d'ac-

---

1. I 3, 17 sq. aut *omine diro* Saturni sacram me tenuisse diem.
2. Literarisches Centralblatt. Jahrg. 1877, n° 24, 9 juin, col. 794.
3. Zeitschr. f. d. Gymnasial-Wesen. XXXII. Jahrg. 1878. Jahresb. d. philol.
Ver. zu Berlin. 4ter Jahrg. 1878, p. 110-113.
4. Zeitschr. f. d. Gymnasial-Wesen. XXXII. Jahrg. 1878, p. 658-668.

cepter les corrections de Baehrens, fait voir que les prétendus renseignements spéciaux qu'elle contiendrait dérivent de sources connues ; il croit à tort à l'identité de Glycera et de Nemesis, admet pourtant que Glycera pourrait être une troisième maîtresse, rapporte C. I 33 et Ép. I 4 d'Horace à Tibulle, ne pense pas qu'on puisse établir la chronologie des élégies à Delia et trouve que sur II 5 Baehrens ne fait qu'accumuler des invraisemblances.

R. Richter[1] signale sans faveur le parti pris de Baehrens de substituer hardiment des opinions nouvelles aux anciennes, montre combien sont hypothétiques l'attribution de la *uita* à Suétone et les conclusions tirées par l'auteur de ses corrections, admet que l'identification de Tibulle avec l'Albius d'Horace soulève quelques objections, mais pense que nous ne connaissons pas assez les circonstances de la vie de Tibulle et ce qu'il était comme homme pour la rejeter. Il montre qu'il n'est pas logique de conclure d'Amor. III 9 qu'Ovide ne connaissait pas le 2° livre et comprend mieux que Baehrens la réplique de Nemesis ; il défend avec succès I 7, 9 *non sine me est tibi partus honos* contre la correction de Baehrens ; pour la chronologie des élégies il a raison de dire que I 1 ne prépare pas 2, mais, se refusant à admettre que Tibulle n'ait connu Delia que mariée, il revient à l'ordre inacceptable de Gruppe-Teuffel 1. 3. 5. 2. 6. ; il fait remarquer avec raison que les cinq élégies à Delia ne donnent que quelques étapes de la liaison, mais croit que dans la publication en livre Tibulle a brouillé exprès la succession chronologique, ce qui serait bizarre ; il s'appuie sur la place de 4 ; mais ceci ne prouve rien : 4 a pu être écrit pendant le *discidium* qui a précédé 5. Contre Baehrens il placerait les élégies à Marathus avant celles à Delia ; avec Baehrens et Gruppe il croit à l'état d'inachèvement du 2° livre et en particulier de II 5 et paraît incliner vers le système de Baehrens pour cette pièce, mais en repoussant ses corrections ; il trouve ses transpositions malheureuses et combat avec succès celles qui concernent I 4 et 6 ; il maintient la sienne propre pour I 1 et est choqué que Baehrens l'ait passée sous silence ; il rejette les 15 conjectures de son dernier chapitre, qui lui paraissent détestables.

1. Jahresbericht... v. C. Bursian, 10ter Band, 5ter Jahrg. 1877, 2te Abtheil. 1879, p. 285-293.

A. Reifferscheid[1] a démontré que la *uita* n'avait rien à faire
avec Suétone ; *utiles* corrigé à tort par Baehrens prouve qu'elle est
récente : dans la dernière partie du M.-A., en particulier en
France à partir du xiiie siècle et encore au début de l'humanisme,
on cultivait beaucoup l'art d'écrire des lettres : le qualificatif
utiles indique que l'auteur considère les *epistolae amatoriae*
comme pouvant servir de modèles en ce genre.

§ **135**, 1. — F. Koldewey[2] a traité de la figure ἀπὸ κοινοῦ chez
Catulle, Tibulle, Properce et Horace, en rattachant son étude à
celle des figures de rhétorique chez Tibulle par Dissen. Par
figure ἀπὸ κοινοῦ il entend non pas avec Ramshorn que le prédicat
commun à plusieurs sujets est pris dans chaque proposition dans
un sens différent, mais qu'un mot qui se rapporte pour le sens à
plusieurs membres d'une proposition n'est exprimé que dans un
de ces membres. Il voit avec raison dans la place assignée au
κοινόν une particularité technique par laquelle l'écrivain le fait
ressortir pour lui donner plus d'importance et borne son examen
aux cas où le κοινόν occupe la première place dans le 2e ou le
3e membre. Pour la fréquence de cette figure Catulle, Tibulle,
Properce et Horace se rangent dans cet ordre ascendant, le
dernier l'emportant de beaucoup sur les autres et ayant pour elle
une prédilection prononcée. Koldewey étudie successivement les
cas où le κοινόν est un verbe, un nom, un adverbe ou une locution adverbiale, une conjonction ou une préposition ; les deux
premiers cas sont de beaucoup les plus fréquents. Pour le nom
il examine à part le cas où il s'agit d'un adjectif-attribut et en
particulier d'une épithète d'ornement ; il y a là en effet une difficulté : l'épithète d'ornement étant en accord grammatical avec
l'un des substantifs, on peut se demander si elle se rapporte aux
autres pour le sens ; Koldewey se prononce pour l'affirmative,
sans s'apercevoir que la chose est parfois plus délicate qu'il ne le
pense et en signalant un ἀπὸ κοινοῦ dans des cas où l'épithète ne
peut sûrement se rapporter pour le sens qu'au substantif avec
lequel elle s'accorde. Il exagère donc systématiquement et
parfois méconnaît le sens. Les exemples paraissent relevés avec

1. Jahresbericht... v. C. Bursian, 23ster Band, 8ter Jahrg. 1880, 3tte Abtheil.
1882, p. 284.
2. Zeitschr. f. d. Gymnasial-Wesen. XXXI. Jahrg. 1877, p. 337-378 : die Figura
ἀπὸ κοινοῦ bei Catull, Tibull, Properz und Horaz, par F. Koldewey.

soin ; l'adjonction d'Horace, au lieu d'Ovide, à Catulle, Tibulle et
Properce est arbitraire. En terminant il examine comment les
membres contenant l'ἀπὸ κοινοῦ sont réunis, par des conjonctions,
par l'anaphora ou par une correspondance analogue à celle de
l'anaphora, rarement par l'asyndète.

2. — H. Magnus[1], dans un compte rendu tardif, regrette que
l'auteur ait restreint son sujet à un cas particulier et exclu
Ovide. Il reconnaît que le travail, même ainsi restreint, a son
intérêt, mais fait des réserves sur les cas où Koldewey voit à
tort un ἀπὸ κοινοῦ.

§ 136, 1. — B. Linke[2] s'est proposé de résumer le progrès que
l'art élégiaque a fait de Catulle à Tibulle. Catulle dépend étroitement des Alexandrins pour sa façon de traiter les sujets, pour la
métrique. La dureté relative de son style et de sa versification
provient de ce qu'il appartient à une époque de transition ; il est
pourtant en progrès sur l'ancienne poésie latine ; d'autre part
l'imitation alexandrine a nui à la spontanéité de son inspiration,
sans l'étouffer tout à fait. Tibulle s'est dégagé de l'imitation
alexandrine. Son style évite les anciens mots composés, les
flexions archaïques et n'abuse pas des tournures grecques. Il ne
s'écarte guère de l'usage ordinaire, tout en affectant une certaine
négligence qui convient à l'élégie ; il termine la pensée avec le
dist., s'interdit les longues périodes de Catulle, relie ses dist.
par l'anaphora ou autrement, les construit avec un art consommé,
qui ne se rencontre que par hasard chez Catulle, est plus
réservé et moins dur que lui dans les élisions, plus sévère pour la
fin de l'hexamètre, termine encore, mais moins fréquemment, le
pentamètre par des mots de trois syllabes ; pour le choix des
sujets, il ne fait pas d'emprunts aux Alexandrins (c'était à cette
époque l'opinion courante), suit son inspiration, n'abuse pas de
l'érudition mythologique, circonscrit le domaine de l'élégie, qui
chez les Grecs et encore chez Catulle contient des genres qui n'ont
entre eux de commun que le mètre, la réduit à l'expression de

1. Jahresbericht... v. Iw. Müller, 51ster Band, 15ter Jahrg. 1887, 2te Abtheil.
1889, p. 190-191.
1. Programm des Gymnasiums zu Luckau. — Inhalt: 1. Tibullus quantum in
poesi elegiaca profecerit comparato Catullo Von Dr. Bernhard Linke (p. 1-19)... —
Luckau. Druck von J. Entleutner und Sohn. 1877. gr. in-4.

l'amour et de la plainte qui convient à son caractère mélancolique, joint à la peinture de l'amour, ce qui lui est commun avec
les élégiaques alexandrins, celle de la vie rustique qui paraît leur
être restée étrangère. L'auteur défend en passant contre Teuffel
le mérite de I 7, croit les élégies à Delia antérieures à cette pièce,
n'admet pas avec Gruppe que II 5 soit inachevé, concéderait
volontiers à Groth que la composition de IV 2-7 est symétrique,
mais conteste que Tibulle, lorsqu'il parle en son nom, use de
symétrie arithmétique ; il le montre par l'analyse de I 1.

Ce travail défiguré par de nombreuses fautes d'impression touche élégamment et d'une façon superficielle à beaucoup de choses ;
il n'apporte rien de nouveau.

2. — H. Magnus[1] l'a bien caractérisé en disant que la plupart
des développements sont intelligents et justes, mais qu'ils ne sont
ni neufs ni approfondis. Plus tard[2] il a reproché à l'auteur de
s'être assigné une tâche trop vaste, de s'être posé des problèmes
qui demandaient chacun une recherche spéciale et qui, du reste,
sont en partie résolus.

§ 137, 1. — La réimpression dans les Kleinere Schriften de
Lachmann de son compte rendu de l'édition de Dissen a donné à
O. Ribbeck[3] l'envie de dire son mot sur la question de la chronologie des élégies à Delia, question difficile, parce que le poète
s'est préoccupé de ne pas laisser transparaître crûment la réalité,
mais l'a modifiée suivant sa fantaisie (c'est là une assertion facile
à émettre, mais qu'il faudrait appuyer sur des preuves).

Contre O. Richter (§ 99) et Baehrens (§ 134, 3) Ribbeck considère comme certain que Delia n'a été mariée que pendant une
partie de la durée de sa liaison avec Tibulle. Elle ne l'aurait pas
encore été à l'époque de I 1 (contre Lachmann) 3 et 5, elle l'aurait été à l'époque de 2, 6 et cette suite représenterait l'ordre
chronologique de la composition des élégies. La scène finale de
I 3, 83 sq. lui paraît avec Lachmann exclure l'idée de mariage

1. Zeitschr. f. d. Gymnasial-Wesen. XXXII. Jahrg. 1878. Jahresb. des philol.
Ver. zu Berlin. 4ter Jahrg. 1878, p. 10.
2. Jahresbericht... v. Iw. Müller, 51ster Band, 15ter Jahrg. 1887, 2te Abtheil.
1889, p. 235-236.
3. Rhein. Mus. N. F. 32ster Band 1877, p. 445-449 : Ueber die Deliaelegien
bei Tibull, par O. Ribbeck.

(mais on remarquera qu'il s'agit d'une sorte de rêve : Tibulle,
malade à Corcyre, voudrait se retrouver tout à coup auprès de
Delia et, tombant pour ainsi dire du ciel chez elle, lui apparaître
tandis qu'elle file le soir avec sa mère auprès d'elle et ses ser-
vantes endormies sur leur tâche ; cela ne prouve point qu'elle ne
fût pas mariée ; il n'y a là qu'un jeu d'imagination qui laisse de
côté le mari, personnage superflu et incommode pour l'amant,
lequel n'est pas tenu d'y penser sans cesse). De même Delia n'aurait pu être mariée à l'époque représentée par I 5, 9 sqq., où Tibulle en la soignant espérait acquérir de tels droits à sa reconnaissance, qu'elle le suivrait à la campagne pour y vivre avec lui
(mais ce ne sont encore là que des projets en l'air ; Tibulle ne pouvait-il se figurer que Delia quitterait son mari pour venir avec lui ?
Ce sont là les espoirs de tous les amants). En somme le système
d'O. Richter n'est pas sérieusement ébranlé et Ribbeck n'apporte
pas d'arguments nouveaux. Il voit dans l 2, 65 sqq. une allusion
à un rival antérieur, opinion ancienne et qui n'est guère admissible ; il croit que le *discidium* a duré un certain temps, à cause
de I 5, 39 (ceci est possible ; dans le reste il n'y a qu'impressions
personnelles, sans résultat pratique).

2. — H. Magnus [1] a adopté l'opinion de Ribbeck que I, 3 83-94
exclut la possibilité que Delia fût mariée alors. Dans un compte
rendu très postérieur [2] et qui se rapporte également à l'article de
Goetz (cf. § 142) il affirme que le système qui n'attribue à Delia
mariée que I 2 et 6 et qui est le plus généralement accepté est
celui qui correspond le mieux à la fiction poétique ; mais il ajoute
que de cette fiction il faut se garder de tirer des conclusions sur
la réalité et que d'autre part le *coniunx* pourrait bien n'être
qu'un amant en titre. En somme ni lui ni Ribbeck ne font avancer
la question.

§ 138, 1 (cf. § 103). — Continuant ses recherches sur les élégies
de Sulpicia Zingerle [3] s'est attaché à démontrer que IV 2-7 étaient

1. Zeitschr. f. d. Gymnasial-Wesen. XXXII. Jahrg. 1878. Jahresbericht d. philol.
Ver. zu Berlin, 4ter Jahrg. 1878, p. 113-114.
2. Jahresbericht... v. Iw. Müller, 51ster Band, 15ter Jahrg. 1887, 2te Abtheil.
1889, p. 352-353.
3. Kleine philologische Abhandlungen von Dr. Anton Zingerle. II. Heft. Inns-

de Tibulle ; il l'a fait par l'étude des particularités du style et de
la métrique d'après une méthode très rigoureuse : il compare les
élégies en question avec la partie sûrement authentique du Corpus Tibullianum c'est-à-dire les livres I et II, qu'il examine chacun à part de façon à pouvoir déterminer avec lequel des 2 livres
les élégies ont le plus de rapport ; il considère également à part
II 2, qui d'après une opinion très répandue depuis longtemps
ferait partie du même cycle. Il introduit dans la comparaison les
pièces de Lygdamus, imitateur de Tibulle, pour montrer que
IV 2-7 ne sont pas de la main d'un imitateur de même nature. Il
appelle également en témoignage IV 8-12, qui, depuis Gruppe,
passent pour être de Sulpicia elle-même, Properce, en distinguant
l'un de l'autre ses différents livres, Ovide, en distinguant ses différents ouvrages élégiaques selon les dates et les sujets. Par là,
lorsque l'identité est constatée entre IV 2-7 et Tibulle et que la
même identité ne se retrouve pas entre Tibulle d'une part, Properce et Ovide de l'autre, on est fondé à admettre que la ressemblance qui existe entre IV 2-7 et les 2 premiers livres, mais non
entre IV 2-7 et un autre écrivain, prouve bien que IV 2-7 et les
2 premiers livres sont du même auteur. Il fait porter ses recherches sur certaines particularités qui résultent chez un écrivain
d'habitudes presque inconscientes, qui lui sont propres et qu'il
ne partage pas avec un autre, par exemple l'usage et la
place de certains adjectifs, pronoms et verbes. Ainsi l'emploi de
candidus n'est pas caractéristique ; il figure en effet non seulement dans les 2 premiers livres et dans IV 2-7 mais aussi chez
Lygdamus qui l'affectionne, dans les Amores d'Ovide et chez
Properce. Il en est autrement pour *tener* qui se trouve 28 fois
dans les deux premiers livres (22 fois dans le premier) et 3 fois
dans IV 2-7, c'est-à-dire 1 fois sur 36/37 vers dans le premier
livre, 1 fois sur 40 vers dans IV 2-7, proportion sensiblement la
même, tandis que Lygdamus n'emploie le mot qu'une fois en 290
vers, Sulpicia IV 8-12 jamais, Ovide 27 fois seulement dans les
2 456 vers des Amores. L'examen des relatifs *quicunque* et *quis-*
quis donne des résultats curieux : l'emploi n'en est pas le même
dans les 2 premiers livres et IV 2-7 se rapproche sensiblement du
premier livre : au contraire Sulpicia IV 8-12 n'en offre aucun
exemple ; l'usage d'Ovide s'éloigne beaucoup de celui de Tibulle,

bruck. Druck und Verlag der Wagner'schen Universitaets-Buchhandlung, 1877,
in-8, p. 45-90 : Weiteres zu den Sulpiciaelegien des Tibullus.

l'usage de Properce n'est ni celui de Tibulle ni celui d'Ovide et
diffère suivant les livres : le tout est rendu sensible par des chiffres précis. Sur la métrique et la rythmique Zingerle n'a rien à
ajouter aux travaux récents ; les résultats obtenus sur ce terrain
sont aussi favorables que ceux qu'il tire des particularités de style
pour l'attribution de IV 2-7 à Tibulle. Sa conclusion est la suivante : rien dans les usages de la langue et de la métrique,
dans les rapports avec les autres poètes ne peut faire suspecter l'authenticité du premier groupe des élégies Sulpiciennes ;
loin de là on y découvre des particularités délicates de l'art de
Tibulle, qui ne peuvent provenir d'un imitateur ; contrairement
à ce qui a lieu pour les poèmes de Lygdamus, elles concordent
très heureusement avec les pièces authentiques de Tibulle et cela
sur des points de langue où les habitudes familières à Tibulle atteignent leur point culminant. Les observations métriques les rapprochent spécialement des élégies à Delia et de certains morceaux
plus notablement soignés du deuxième livre, ce qui confirme la
place donnée par Teuffel à ces élég., entre celles à Delia et celles
du deuxième livre, ainsi que le jugement très favorable porté depuis longtemps sur leur compte. Zingerle n'ose se prononcer sur
l'incorporation à ce cycle de II 2, mais il y penche (à tort). Le
seul reproche de méthode sérieux qu'on puisse lui faire, c'est
d'avoir rangé la pièce 7 dans le premier groupe, tandis qu'elle
appartient au suivant ; il aurait dû s'en apercevoir dans le courant
de sa recherche, car la plupart des rapports qu'il signale entre le
premier groupe et les pièces authentiques de Tibulle s'établissent
en réalité avec 2-6, tandis que 7 reste en dehors.

2. — H. Magnus[1] dans un premier compte rendu est d'avis qu'il
n'y a pas de raison pour refuser à Tibulle la paternité des élégies
en question, mais que les ressemblances de langue ne prouvent
pas l'authenticité et qu'on pourrait aussi bien les attribuer à un
imitateur, mieux doué que Lygdamus. Dans un second[2] il admet
avec Zingerle que 7 appartient au premier groupe et reproduit
son jugement précédent, tout en ajoutant, ce qui manque de netteté, qu'il n'y a rien à objecter aux conclusions de l'auteur.

1. Zeitschr. f. d. Gymnasial-Wesen. XXXII. Jahrg. 1878. Jahresb. d. phil. Ver.
zu Berlin. 4ter Jahrg. 1878, p. 116-117.
2. Jahresbericht... v. Iw. Müller, 51ster Band, 15ter Jahrg. 1887, 2te Abtheil.
1889, p. 262-263.

§ 139[1], 1. — Fr. Riemann[2], combattant à la fois le système de
la correspondance strophique soutenu par Prien et celui de la
symétrie arithmétique défendu par Bubendey, a eu le mérite de
montrer l'inanité d'hypothèses déformantes de la poésie de Tibulle, qui avaient été trop longtemps en vigueur. Il examine à
ce point de vue I 1, 5, 7, II 1, IV 2 et 6. Son argumentation consiste à montrer que les athétèses proposées par les partisans de
la composition symétrique ne sont pas fondées et que leurs divisions contrarient le sens, bien que ce soit sur le sens qu'elles aient
la prétention d'être établies.

Sa démonstration emporte en général l'assentiment. Ainsi à
propos de I 1 il fait voir qu'on ne saurait avec Prien rejeter 7-8 et
33-34, ni transposer 19-24 après 36 ; mais il a le tort d'adopter
en partie la disposition de Haase et de lire 1-6, 25-34, 7-24, 35-36
(entre 34 et 7 il n'y a aucun lien et on ne saurait détacher 35 de
34). Pour le reste de la pièce il montre contre Prien que la coupe
de sens est après 5o et non après 52 ; 51-52 appartiennent en
réalité non à ce qui précède mais à ce qui suit ; il a tort en revanche de constituer la clausule de la pièce par 75-78 ; le vers 75
est intimement lié à ce qui précède. Des résultats aussi nets se
dégagent de sa discussion des autres pièces et on ne peut qu'approuver sa conclusion : bien qu'on ne puisse nier que Tibulle
dans la composition de ses élégies se soit appliqué parfois à opposer à une idée une autre enfermée dans le même nombre de vers
(c'est ce qu'avait bien vu Dissen et c'est sur cette observation juste
que s'est greffé le système faux de la symétrie à outrance) dans
aucune pièce cette symétrie ne s'étend à toutes les parties ; on
ne peut donc pas voir là une loi fixe à laquelle Tibulle se soit assujetti ; quant à la correspondance strophique imputée par Prien à

1. Je ne connais : M. Latkóczy, Die neueste Tibullusliteratur, dans l'Egyetemes
Phil. Közlöny 11 1878, p. 379-406, 461-473 (en magyar), que par le c. r. d'H.
Magnus dans le Jahresbericht... v. Iw. Müller, 51ster Band, 15ter Jahrg. 1887, 2te
Abtheil. 1889, p. 361-362. H. Magnus y signale, indépendamment des c. r. d'ou-
vrages, l'idée que le Panégyrique et l'Elegia ad Messallam (Verg. Catalept. XI) sont
du même auteur (inadmissible), une courte mention de 2 mss. de Budapest, dont un
Coruinianus, qui mériteraient de figurer dans un apparat complet (mais les variantes
mentionnées, presque toutes connues, ne sont que des interpolations). Il signale un
travail d'Ernö Finaczy, Ueber die Trägerinnen des Namens Sulpicia in der röm.
Litteratur, dans le même journal, VI 1882, p. 482 sq.

2. Einladungschrift des Gymnasium Casimirianum... — Inhalt 1) De compositione
strophica carminum Tibulli. Von dem Gymnasiallehrer Franz Riemann (p. 3-16)...
Coburg. Druck der Dietz'schen Hofbuchdruckerei. 1878. gr. in-4.

Tibulle, l'examen de la suite des idées montre qu'elle n'existe pas. Ces propositions sont l'expression même de la vérité [1].

2. — W. Velcke [2] tient encore pour les théories de Bubendey et de Prien (mais elles arrivent à des résultats différents) et reproche à l'auteur de n'apporter contre elles aucun argument nouveau et de s'en tenir à des considérations générales qui ne prouvent rien (la réfutation de Riemann est au contraire très précise).

Neuf ans plus tard H. Magnus [3] acceptait pleinement les conclusions de l'auteur en remarquant que Leo (§ 158) les avait exprimées depuis en termes plus frappants.

§ 140, 1. — Se rattachant à la réfutation par Haupt (§ 59) des transpositions de Scaliger, qui ont inspiré Ritschl et Ribbeck après Haase, et prenant comme principe cette pensée de Lachmann qu'en maint passage les difficultés peuvent se résoudre en pénétrant plus finement la pensée ou le sentiment du poète, Vahlen [4] a proposé trois corrections sur trois élégies et essayé de retrouver le plan et l'organisation de l'ensemble.

II 5. Au vers 4 il lit *nouas* au lieu de *meas* et croit avec Lachmann qu'il s'agit d'un chant de triomphe en l'honneur de Messalla; il se trompe : il s'agit d'un hymne à Phoebus. Avec Lachmann il admet les longues parenthèses de cette pièce, qu'on a tort de condamner au nom du goût moderne. Mais en réalité il ne s'agit pas de parenthèses; dans un sujet très différent de celui de ses élégies érotiques Tibulle reproduit les libertés du style lyrique; il s'abandonne à des développements amples et larges, faisant digression, puis revient brusquement à son thème.

I 4. Au vers 15 il lit *Sin* au lieu de *Sed,* correction à laquelle il

---

1. E. H., dans l'Hermes, t. 13 1878, p. 423, extrait d'une lettre de K. Müllenhoff à propos de la symétrie numérique chez Tibulle cette assertion, qu'elle se vérifie parfaitement dans I 3 son plus ancien poème (suivant l'auteur) : 1-10 5 dist. 11-22 6 dist. 23-34 6 dist. 35-50 8 dist. 51-66 8 dist. 67-82 8 dist. 83-94 6 dist., mais que dans le reste de ses élégies il n'a pas trouvé grand'chose de pareil.

2. Jahresbericht... v. C. Bursian, 15ter Band, 6ter Jahrg. 1878, 3tte Abtheil. 1880, p. 168.

3. Jahresbericht... v. Iw. Müller, 51ster Band, 15ter Jahrg. 1887, 2te Abtheil. 1889, p. 351-352.

4. Monatsberichte der königlich Preussischen Akademie der Wissenschaften zu Berlin. Aus dem Jahre 1878. Berlin, 1879. Sitzung der philosoph.-histor. Klasse vom 6 mai 1878, p. 343-356 : Ueber drei Elegien des Tibullus, par Vahlen.

a renoncé plus tard (§ **163**), puis il défend l'ordre traditionnel,
mais d'une façon assez superficielle. Il repousse avec raison les
corrections de Ritschl, mais a tort au vers 27 d'approuver *tardueris* de Lachmann, au vers 28 de rattacher *quam cito* à ce qui
suit et non à ce qui précède, au vers 48 de prendre *opera* pour
un accusatif pluriel. La reconstruction de Ritschl est à bon droit,
mais non pour la première fois, condamnée : les défauts problé-
matiques auxquels Ritschl a voulu remédier sont remplacés par
d'autres, la disposition symétrique n'est qu'une faible compen-
sation pour le mouvement délicat des idées qui disparaît avec
l'ordre traditionnel. La poésie de Tibulle, dans laquelle on trouve
facilement çà et là des groupes de vers égaux en étendue, est
étrangère à la symétrie alexandrine ; elle se meut doucement
comme les vagues qu'on sent toujours monter et descendre, alors
même que l'une d'elles se développe davantage (tout ceci est bien
senti et dit élégamment).

1 1. Vahlen a raison de défendre l'ordre traditionnel, mais il a
tort de faire un groupe de 15-36 (au vers 25 il y a une coupe de
sens marquée), de lire au vers 25 *iam modoiners possim,* au lieu
de la leçon excellente des *Frising. iam modo iam possim*. Il a bien
vu la loi de la composition de l'élégie, dans laquelle la pensée
fondamentale revient à diverses reprises avec des additions nouvelles.

2. — Ce travail a été apprécié, en même temps que la révision de
l'édition de Haupt (§ **146**), par H. Magnus[1] avec un enthousiasme
qui dépasse la mesure et qui se permet à peine de timides réserves. Assurément il est agréable de voir condamnées par un
philologue qui jouit d'une grande autorité des erreurs de méthode
qui n'ont produit que des résultats fâcheux. Mais le respect du
maître ne doit pas rendre aveugle et Vahlen se trompe lui aussi.

§ **141**. — E. Wölfflin[2] a fait sur les élégies de Sulpicia quelques
remarques qui manquent de justesse.

A propos de IV 10, 1 il observe, en citant des ex. de Cicéron,
de Pline le jeune, de Catulle, que la tournure est une formule

---

1. Jahresb. d. phil. Ver. zu Berlin. 9ter Jahrg. 1883, p. 260-269, et Jahresbericht.
v. Iw. Müller, 51ster Band, 15ter Jahrg. 1887, 2te Abtheil. 1889, p. 168-170.
2. Acta seminarii philologici Erlangensis. Ediderunt Iwanus Mueller et Eduardus Woelfflin. Vol. prius. Erlangen. In aedibus A. Deicherti, 1878, p. 100.

épistolaire et il en conclut que les pièces de Sulpicia sont bien des lettres. Mais, en admettant que l'observation soit topique, elle ne vaut que pour IV 10 et non pour les autres pièces ; il peut y avoir dans la collection des petits billets et des réflexions que Sulpicia a notées pour elle.

Il attribue IV 7 à Tibulle et non à Sulpicia pour trois raisons : 1° la suscription de IV 8, mais cette suscription prouve simplement qu'un copiste a cru voir dans cette pièce un billet de Sulpicia à Messalla (§ 119), interprétation du reste fausse ; 2° le fait que IV 7 n'est pas une lettre et devrait être placé après IV 12 ; mais en admettant, ce qui est vraisemblable, que cette pièce ait été écrite la dernière par Sulpicia, celle-ci a bien pu lui assigner cette place où elle sert d'introduction au petit recueil qu'elle remettait à Tibulle, lequel lui donna une forme littéraire ; 3° l'expression *meis Camenis,* parce que IV 1, 24 on retrouve *meaé Camenae,* cf. IV 1, 191 ; mais le panégyrique n'étant pas de Tibulle, l'argument ne porte pas.

§ 142, 1. — Tout en reconnaissant avec O. Ribbeck combien il est délicat de tirer de fictions poétiques des conclusions historiques, G. Goetz[1] a tenu lui aussi à dire comment il comprenait la chronologie des élégies à Delia, afin que, toutes les possibilités ayant été épuisées, on puisse se décider pour la moins improbable. Il admet avec Ribbeck que Delia est représentée comme mariée dans I 2, 6, comme non mariée dans I 1, 3, 5. D'autre part 3 ne lui paraît pas pouvoir avoir été écrit avant 2 ; comment en effet v. 65 sqq. Tibulle pourrait-il faire un crime à un rival — car avec Ribbeck il croit qu'il s'agit d'un rival — d'avoir quitté Delia exactement comme il l'a quittée lui-même ? Quant à la pièce 6 elle appartient aux premiers temps de la liaison, parce que les vers 5 sq. paraissent exprimer les premiers doutes du poète sur la fidélité de sa maîtresse (la raison ne vaut rien, car Tibulle n'a pas été trompé dès le début). Mais si Delia est représentée comme mariée dans une partie des élégies et dans l'autre non, cela ne veut pas dire nécessairement que Tibulle ait connu Delia jeune fille et qu'elle se soit mariée pendant leur liaison ; il est possible qu'elle ait été mariée au moment de leurs premiers rapports et qu'ensuite elle soit devenue libre par les lois civiles ou naturelles. Dans cette hypo-

1. Rhein. Mus. N. F. 33ster Band 1878, p. 145-150 : Zu den Deliaelegien des Tibull, par Georg Goetz.

thèse les choses se présentent ainsi : Tibulle fait connaissance de Delia mariée et triomphe des obstacles que lui oppose le mari ; à cette période correspondent 2 et 6, qui n'a nullement le caractère d'une pièce annonçant la rupture de la liaison ; puis le mari disparaît ; Tibulle s'absente pour un certain temps et écrit 3 à Corcyre. Revenu à Rome il écrit 1 qui représente la période de bonheur qui suit son retour. Survient le *discidium* et Tibulle écrit 5, qui montre que Delia est tombée dans le désordre et n'est plus accessible qu'à l'argent. Entre temps Goetz communique des renseignements sur une édition de Tibulle, que Reisig songeait à donner chez Teubner en 1827 et dont la première feuille seulement a été imprimée ; ces renseignements ne permettent pas de regretter qu'elle en soit restée là.

Le système de Goetz est ingénieux mais sans autorité ; ce n'est en effet qu'une combinaison, un arrangement d'imagination. Goetz n'a pas vu quelle est la façon méthodique qui permet d'arriver au maximum de probabilité ; le premier livre ayant été, selon toute apparence, publié par Tibulle lui-même, la recherche qui s'impose est la suivante : a-t-il suivi l'ordre chronologique et, s'il l'a abandonné, pourquoi et dans quels cas l'a-t-il fait ?

2. — H. Magnus[1] n'admet pas comme démontré que 2 soit antérieur à 3 : Tibulle a très bien pu écrire I 2, 65 sqq. en oubliant qu'il s'était justement mis dans le même cas ; H. Magnus renvoie à I 4, 21-22 ; mais ces vers ne prouvent rien ; il ne s'agit pas ici d'un faux serment. Pour ne pas accepter le système de Goetz, H. Magnus renvoie à Leo (§ 158). En somme tout ceci n'est que verbiage et ne fait pas avancer la question.

§ 143, 1. — Th. Birt[2] a proposé de conserver I 7, 49 sqq. la leçon des manuscrits : *Et centum ludos geniumque choreis concelebra*, en faisant rapporter *centum* à *choreis*.

K. P. Schulze[3] a lu I 4, 54 *arte* au lieu de *apta* des manuscrits.

F. Seitz[4] a lu I 1, 46 *clam tenuisse* au lieu de *continuisse*.

1. Jahresbericht... v. Iw. Müller, 51ster Band, 15ter Jahrg. 1887, 2te Abtheil. 1889, p. 352-353.
2. De Halieuticis Ovidio poetae falso adscriptis. Berlin, 1878, p. 62-63.
3. Zeitschr. f. d. Gymnasial-Wesen. XXXII. Jahrg. 1878, p. 667.
4. De adiectivis poetarum Latinorum compositis. Diss. inaug. de Bonn 1878. *Theses.*

2. — H. Magnus[1] repousse avec raison ces trois tentatives comme inadmissibles.

§ 144, 1. — Les recherches de Baehrens sur les manuscrits ont abouti à une édition[2] précieuse pour les ressources nouvelles qu'elle apporte, mauvaise en somme et viciée par les principes erronés qui ont présidé à la constitution du texte. Sur les manuscrits italiens du xv⁰ siècle Baehrens reproduit l'appréciation exacte de Scaliger : ils sont outrageusement interpolés, comme le prouve le fait que les lacunes certaines, au lieu d'être respectées, ont été dissimulées sous des remplissages modernes. Il a été assez heureux pour découvrir un Ambrosianus d'environ 1374 antérieur par conséquent aux plus anciens d'entre eux d'une cinquantaine d'années, dont la sincérité est entière, car il ne marque pas les lacunes, les ignore et ne contient pas les vers qui y ont été insérés plus tard, quand on les eut découvertes. A ce manuscrit est venu s'ajouter un Vaticanus n° 3270, moins bon, mais dont la première main est si semblable à l'Ambrosianus, que leur accord permet de restituer l'original dont ils dérivent tous deux ; il a été signalé à l'auteur par G. Loewe et collationné pour lui par A. Mau. Les manuscrits interpolés du xv⁰ siècle sont désormais sans valeur. Contre Luc. Müller Baehrens ne croit pas que les Italiens de cette époque aient eu entre les mains les *Excerpta Parisina*, mais il pense que Puccius a dit la vérité, lorsque, faisant en 1502 des corrections sur un exemplaire de la Regiensis, il a prétendu avoir eu entre les mains un manuscrit ancien. Ce manuscrit Baehrens déclare l'avoir retrouvé ; c'est un Guelferbytanus (Ms. Aug. 82, 6 fol.) d'environ 1425, dont Heyne a communiqué quelques leçons sans en reconnaître la valeur et dont la première main paraît à Baehrens représenter une famille autre que celle de **Amb. V**. Il est apparenté de très près aux *Exc. Par.* ; or cette parenté s'expliquerait de la façon suivante : **G** remonte au même original que les *Exc. Par.* ; ceci permet de se reconnaître au milieu des variantes de ces *Exc.* ; là où ils concordent avec **G**, nous tenons la leçon de l'original ; là où ils s'en écartent nous avons à faire aux interpolations de l'excerptor. En outre

1. Jahresbericht... v. Lw. Müller, 51ster Band, 15ter Jahrg. 1887, 2te Abtheil. 1889, p. 289 et 298.
2. Albii Tibulli libri duo. — Accedunt Pseudo-tibulliana. Recensuit Aemilius Baehrens. Lipsiae In aedibus B. G. Teubneri. 1878. in-8. xxvi-88 p.

nous possédons maintenant, pour constituer le texte de Tibulle, deux familles de manuscrits et Baehrens proclame que depuis Scaliger la critique de Tibulle n'a pas fait un plus grand pas que par l'importance reconnue par lui de **G** ; en cas de divergence **Amb. V** l'emportent quelquefois, mais en général **G** est bien supérieur ; la source de **Amb. V** a été souvent interpolée, celle de **G** est plus pure, plus voisine de l'archétype et il ne faut pas s'en écarter sauf les raisons les plus graves ; **G** remonte à un manuscrit du xe ou du xie siècle ; le père de **Amb. V** n'est pas plus ancien que le xiiie ou le xiie siècle ; l'archétype commun remonterait au ixe.

C'est là la grosse erreur de Baehrens, qui pèse lourdement sur son édition ; il s'est trompé sur la valeur de **G** qui est un manuscrit savamment interpolé et sans valeur.

Sur les autres sources du texte, les *Exc. Fris.* et le *Fragm. Cuiac.*, Baehrens n'apporte rien de nouveau. Dans son apparat critique il donne la leçon de la Plantinienne de 1569, en mettant en garde contre l'opinion que celle-ci représenterait toujours le *Fragm.* là où Scaliger n'a rien noté.

Il déclare qu'il lui est impossible de déterminer les rapports entre les *Exc. Fris.* et le *Fragm.* d'une part, O l'archétype commun de **Amb. V** et de **G** de l'autre. On ne peut remonter plus haut que O ; à partir de là tout est ténèbres dans l'histoire du texte.

Il croit que O doit sa naissance à un grammairien de l'époque Carolingienne qui a trouvé un manuscrit de Tibulle en très mauvais état et qui l'a corrigé en maint passage, ce qui rend la critique du texte très incertaine. De ces corrections il cite deux exemples, qui ne sont pas probants, attendu que c'est la bonne leçon, qu'il considère à tort comme corrompue. Il est d'avis qu'on peut donc traiter le texte avec une certaine hardiesse, que toutefois le premier livre nous est parvenu dans un état relativement satisfaisant, mais avec quelques lacunes et quelques vers transposés, et qu'il convient de tenir un juste milieu entre la témérité de Scaliger et le conservatisme de Haupt.

La découverte de **Amb. V** lui paraît rendre absolument inutiles les manuscrits de Lachmann et tous les autres manuscrits italiens du xve siècle. Pour bien marquer que son apparat se substitue totalement à celui de Lachmann, il désigne l'Ambrosianus par la lettre **A**, qui avait servi à Lachmann pour l'Eboracensis.

Comme on l'a constaté depuis, cet apparat a été fait avec une certaine précipitation et contient quelques inexactitudes, ce qui est fâcheux, puisqu'il a pour objet de servir d'instrument à la critique postérieure. Le texte a été constitué d'une façon déplorable ; si on laisse de côté les variantes orthographiques, les passages douteux ou également fautifs, on trouve qu'il diverge en bien de celui de la troisième édition de Haupt un peu plus d'une quarantaine de fois, en mal près de cent quarante fois ; c'est un recul sensible ; ce recul tient à la prédominance inconsidérée donnée à **G**, à d'anciennes conjectures qu'il a fait revivre à tort, et surtout à ses conjectures personnelles prodiguées sans discernement. Tout en ayant découvert de bons éléments, il n'a réussi qu'à gâter le texte.

Il a réuni dans un appendice sous le titre de Pseudotibulliana le contenu des livres 3 et 4, sans mettre entre parenthèses le numérotage traditionnel, qui n'est à la vérité pas ancien mais qui est commode pour les références. En outre le titre ne convient pas, IV 2-6 et 13, 14 étant très vraisemblablement de Tibulle.

2. — Les nouveautés de cette édition ont suscité une vive curiosité et provoqué de nombreux comptes rendus.

K. P. Schulze[1] reconnaît le mérite de Baehrens d'avoir procuré de nouvelles ressources manuscrites, en acceptant l'excellence de **G**, mais lui reproche d'avoir inondé son texte d'un déluge de conjectures sans valeur ; il combat heureusement quelques-unes de ces conjectures[2], sans avoir toujours raison[3], et blâme les transpositions. De la graphie des manuscrits il tire tout à fait à tort des indices de certaines graphies archaïques[4].

A. Riese[5] relève avec raison que les nouveaux manuscrits de Baehrens (il accepte l'excellence de **G**) nous présentent une tradition plus ancienne que celle à laquelle nous sommes habitués, indemne des interpolations du xve siècle, souhaite que ses collations soient plus exactes que celles de son Catulle et constate qu'il

1. Zeitschr. f. d. Gymnasial-Wesen. XXXII. Jahrg. 1878, p. 658-668.

2. Ainsi I 1, 46 il a raison de conserver *continuisse* en signalant la prédilection de Tibulle pour les verbes composés avec *con*.

3. Ainsi il a tort I 4, 44 de défendre *annuntĩat*, sûrement fautif, comme justifié par *alũeo*, I 4, 37 et 8, 41 de repousser *iuuentas*, en se trompant dans le second cas sur la lecture de l'apparat.

4. Ainsi de *lẹdere* de **G** I 6, 9 il tirerait volontiers *loedere* ; suivant lui *neu* de **O** I 4, 41 renverrait à *nei*, *Carnutis* des *Exc. Fris.* I 7, 12 à *Carnutei*, *dulcis* de **Amb.** V I 7, 47 à *dulcei*, *ades* de **O** II 1, 34 à *aueis*, etc. Ce sont là de pures billevesées.

5. Literarisches Centralblatt. Jahrg. 1878, Nº 27, 6 Juillet. col. 883-884.

a été cette fois moins exubérant dans ses conjectures ; il en repousse quelques-unes [1]. Pour les transpositions il est d'avis qu'il faut être réservé, Tibulle, dans l'expression de ses sentiments, étant sujet à de brusques revirements et ne trouve pas que Baehrens ait eu la main heureuse [2]. Il le félicite d'avoir présenté le contenu des livres 2 et 3 comme une suite de petits ensembles séparés. La *uita* est l'œuvre d'un humaniste.

K. Rossberg [3] reconnaît que les matériaux nouveaux fournis par Baehrens rendent son édition désormais indispensable, accepte sa division des manuscrits en deux familles, mais proteste contre son appréciation de G ; il considère G comme provenant d'un scribe qui a purgé le texte des fautes les plus grossières, mais qui y a introduit une foule de corrections arbitraires ; on ne doit l'utiliser qu'avec la plus grande précaution ; la prédominance que lui a attribuée Baehrens et l'adoption de conjectures peu vraisemblables l'ont amené à donner au texte une forme inacceptable. Le mérite de l'édition réside dans l'apparat critique et les prolégomènes.

K. Rossberg [4] est revenu en détail sur la question ; les nouveaux manuscrits n'apportent aucun jour sur le problème des transpositions (mais c'est là une fantaisie moderne sur laquelle ils ne pouvaient renseigner) ; les leçons qu'ils offrent, à de très rares exceptions près, étaient déjà connues ; leur mérite — et il est suffisamment grand — consiste à nous mettre en état de distinguer la tradition ancienne des conjectures souvent fourvoyées des Italiens du xv° siècle et de partir de cette tradition pour essayer de rétablir nous-mêmes le texte authentique (ceci est bien vu). Le titre de l'appendice *Pseudotibulliana* est mal choisi puisque IV 13 est incontestablement de Tibulle. Rossberg adopte la division des manuscrits en 2 familles G *Par.* et **Ambr. V** ; mais il croit que c'est **Ambr. V** qui représente la tradition la plus ancienne et la meilleure. Les fautes d'**Ambr. V** sont en général des fautes d'écriture, commises par des scribes qui se souciaient peu de la prosodie et écrivaient couramment des bourdes ; au contraire le père de G *Par.* a subi une révision qui a fait disparaître beaucoup de fautes grossières, mais qui a largement interpolé. La critique

1. Il a tort d'accepter I 2, 7 *difficilis domitu*.
2. Dans I 6 il recommande l'ordre de Luc. Müller 23-24 33 sqq. en lisant dubitativement au v. 37 *cedas*.
3. Jenaer Literaturzeitung, 5ter Jahrg. 1878, n° 50, 14 Déc., p. 703-704.
4. N. Jahrb. f. Phil. u. Paed., 49ster Jahrg., 119ter Band 1879, p. 71-79.

ne doit donc utiliser **G** que sous le contrôle constant de **Ambr. V.**
Un grand nombre de bonnes leçons de **G** ne sont du reste que de
seconde main, la première s'accordant généralement avec **Ambr. V**,
et par conséquent ces leçons n'ont que la valeur de corrections.
En outre un grand nombre des leçons de la première main ne
sont également que des corrections et Baehrens paraît l'avoir
reconnu en en rejetant une quantité notable ; par conséquent,
lorsque **Ambr. V** offrent une leçon divergente de **G**, mais admissible,
c'est elle qui doit être préférée ; **G** a des transpositions arbitraires
de mots et remplit arbitrairement des lacunes qui se trouvent
dans **Ambr. V.** Dans la plupart des cas où la leçon de **G** est supérieure elle n'est qu'une correction de fautes de lecture, le scribe
agissant avec intelligence et se préoccupant de donner un texte
lisible ; dans 70 ou 80 passages les corrections de **G** doivent être
approuvées, dans les autres elles sont mauvaises. **G** ne mérite
donc pas la confiance et l'estime que lui témoigne Baehrens, qui
d'ailleurs a rendu un grand service en mettant à la disposition de
la critique **Ambr. V.** Ses transpositions, dont quelques-unes sont
séduisantes, ne s'imposent pas ; il donne quelquefois comme de
lui des conjectures déjà proposées. Le référent discute et repousse
comme décidément mauvaises un certain nombre de ces conjectures.

H. Magnus[1] félicite à son tour Baehrens d'avoir découvert de
meilleures sources de la tradition et constate avec justesse que
Ambr. V sont les meilleurs représentants de leur famille, mais
qu'il n'est pas prouvé que la grande masse des manuscrits interpolés dérivent d'eux, que du reste les bonnes leçons que nous
apporte **O** se trouvaient déjà disséminées dans les manuscrits
secondaires ou avaient été rétablies par conjecture : **O** ne nous
apporte donc qu'une confirmation. Magnus condamne avec raison
en bloc la critique conjecturale de Baehrens, tout en reconnaissant que celui-ci en abuse moins qu'il ne l'avait fait à propos de
Catulle ; il montre peu de perspicacité dans la discussion du
texte[2] ; il condamne également ses transpositions comme sans
valeur, en disant à bon droit que, pour justifier le procédé, il ne

1. Jahresb. d. phil. Ver. zu Berlin, 5ter Jahrg. 1879, p. 308-312.
2. Ainsi il approuve à tort I 1, 41 *fructus ne* de **G** *Par.* 2, 21 *uultus* de **G**, 72 *solo*
de Scaliger, 5, 20 *et* de Santen, 7, 3 *frangere* de **G**, II 3, 8 *colenda* de **G**, 31 *cara*
de Guyet, 36 *adoperta* de **G** *Par.*, etc. Il rejette à tort I 1, 72 *capite* de **O** *Par.*,
2, 3 *percussum* de **O**, 3, 4 *Mors modo nigra* de **O**, II 5, 23 *formaucrat* de **O**,
etc. ; II 1, 54 il paraît s'être trompé sur la lecture de l'apparat.

suffit pas de parler vaguement de déplacement de feuillets, mais
qu'il faut faire la preuve évidente que tel ou tel groupe de vers
est impossible à sa place et nécessaire à une autre. Il est sévère
mais juste en concluant que les mérites de l'édition sont réels,
mais largement éclipsés par les fautes et les insanités.

Un anonyme[1], tout en reconnaissant que Baehrens a surfait **G**,
est pourtant d'avis que c'est régulièrement **G** *Par.* qui doivent prévaloir contre **Ambr. V** en cas de divergence et que dans un nombre
assez considérable de cas où *Par.* manquent, c'est **G** qui a conservé la bonne leçon (mais il ne s'aperçoit pas que ces prétendues
bonnes leçons sont des corrections de fautes d'écriture) ; il convient toutefois que **G** est interpolé, que Baehrens lui accorde trop
de confiance et discute quelques passages avec perspicacité et en
faisant preuve de connaissances métriques. Il repousse les transpositions et les conjectures personnelles de Baehrens en l'approuvant d'avoir remis en honneur quelques conjectures anciennes ;
l'apparat lui paraît complet et fait avec soin (il y avait des réserves à formuler) ; pour montrer que Baehrens a eu raison de négliger, sauf dans des passages très corrompus, la leçon des manuscrits interpolés qui sont sans valeur, il donne pour I 1 et 2 la
collation par Stüdemund du codex Magliabecchianus VII 1053
de Florence ; il croit que **V** est plutôt du xve siècle que de la fin
du xive, approuve Baehrens d'avoir supprimé la division des
livres 3 et 4 que la tradition autorisée ne connaît pas, mais lui
reproche bien à tort de ne pas avoir attribué III 5 à Ovide jeune
avec Kleemann, bien que la théorie de celui-ci ne soit pas admissible pour le reste du troisième livre.

A. Zingerle[2] remercie Baehrens d'avoir donné un apparat
critique plus sûr que celui de Lachmann et débarrassé des interpolations italiennes, lui reproche d'avoir encore trop sacrifié à
la conjecture, adopte ses vues sur **G**, regrette qu'il n'ait pas cité
les imitateurs de Tibulle, utiles pour la constitution de son texte
(mais il se trompe en croyant qu'il faut introduire chez Tibulle
des expressions qui sont d'Ovide et, par un nivelage brutal, effacer l'originalité de chacun des deux écrivains) ; il a tort de per-
sister dans l'erreur qui consiste à rattacher IV 7 à ce qui précède.

1. Philolog. Anzeiger, 10ter Band [1879-1880] Göttingen 1880, n° 3, Juillet-
Octobre 1879, p. 178-185.
2. Zeitschrift für die österreichischen Gymnasien. — 30ster Jahrg. 1879, p. 345-
350.

En revenant plus tard sur l'édition de Baehrens, H. Magnus[1] a
bien résumé l'opinion exacte qui s'est dégagée des critiques dont
elle a été l'objet ; Baehrens a porté un jugement trop favorable
sur **G** ; son grand mérite est d'avoir découvert **Ambr.**, bien que ce
manuscrit ne donne pour ainsi dire pas lieu à de nouvelles corrections sûres du texte. Le texte de Baehrens est très mauvais.

Il a reconnu à Rossberg[2] le mérite d'avoir le premier vu nettement le caractère douteux de **G**, bien que depuis la question
ait été serrée de plus près.

§ 145, 1. — Après avoir donné son avis en passant sur quelques
questions intéressant le Corpus Tibullianum — Lygdamus aurait
écrit après les Tristes d'Ovide ; l'éditeur qui publia les livres 3
et 4 réunis comprit dans son recueil tout ce qui lui paraissait
reproduire le génie de Tibulle et illustrer Messalla, peut-être
quelques essais que Tibulle n'avait pas publiés ou avait réservés
pour plus tard ; il y a sûrement dans II 5 des parties qui sont de
Tibulle, mais non à leur place —, C. M. Francken[3] examine I 4
et 6. A propos de I 4 il insiste sur le fait, souvent signalé, que le
vers 15 ne peut pas venir après 9-14 ; des deux solutions de
Baehrens il préfère celle qui suppose une lacune avant 15. Contre
les transpositions de Ritschl (déjà suffisamment réfutées) il fait
valoir que l'ordre traditionnel est très satisfaisant. A propos de
I 6 il repousse avec raison la correction de Baehrens au vers
16, n'admet pas que 23-26 puisse être séparés de 21-22. Il félicite à tort Baehrens d'avoir supprimé dans I 9 les vers 39-44,
mais le blâme avec raison de les avoir insérés après I 8, 26. Sur
II 5 il approuve à tort Baehrens, en faisant quelques réserves. Il
signale son mérite d'avoir renouvelé l'apparat critique, en par-
tageant son erreur sur l'excellence de **G**, et maintient avec lui la
nécessité des conjectures. Il discute un certain nombre des leçons
qu'il a adoptées et a souvent raison contre lui ; quelquefois pourtant il le blâme ou le suit à tort. Entre temps il propose environ
18 conjectures ; il y en a d'ingénieuses, mais je n'en vois aucune
qui s'impose[4]. Il faut protester contre ce procédé de la critique

1. Jahresbericht... v. Iw. Müller, 51ster Band, 15ter Jahrg. 1887, 2te Abtheil.
1889, p. 301-302.
2. Ibid. p. 302-303.
3. Mnemosyne. Nova series. Vol. Sextum 1878, p. 174-189 : Ad Tibullum, par
C. M. Franken.
4. Ainsi I 1, 5 au lieu de *uita traducat inerti*, qu'il explique mal, il propose

hollandaise, qui consiste à semer à profusion et en se jouant des
conjectures sur un texte lu rapidement. La véritable critique
n'agit pas par soupçons et par fantaisie ; lorsqu'elle s'attaque à un
passage, elle commence par établir qu'il a été corrompu et comment il a été corrompu.

2. — H. Magnus[1] a analysé ce travail en combattant le cas
échéant Francken au moyen de Leo (§ 158) ; il reconnaît que
Francken a parfois raison contre Baehrens et dans un certain
nombre de cas interprète exactement. Il n'accepte aucune de ses
conjectures, parfois séduisantes ; il constate donc la faiblesse des
résultats ; c'est au procédé même qu'il fallait s'en prendre.

§ 146 (cf. § 87), 1. — Dans sa révision du Tibulle de Haupt —
4ᵉ édition — Vahlen[2] n'a pas accompli la tâche qui s'imposait et
qui était d'utiliser l'instrument critique procuré par Baehrens
mais dont celui-ci avait fait mauvais usage et d'établir la tradition comme l'avait fait Lachmann, mais avec des éléments nouveaux et plus sûrs. Il se borne à reproduire le texte de la troisième
édition qu'il corrige en bien dans cinq passages[3], en mal dans
deux[4] ; dans sept autres sa leçon, divergente de celle de Haupt,
reste douteuse et discutable (voir la cinquième édition § 191).

2. — Le compte rendu de H. Magnus[5] est une effusion lyrique

---

uitae detrudat inerti, 14 au lieu de libatum qu'il ne comprend pas libandum (il
supprime du reste arbitrairement 11-14 ; mais quel est ce procédé qui consiste à
corriger ce qu'on supprime ?), 6, 21 au lieu de quam saepe, sous prétexte que
quam saepe n'équivaut pas à quoties (mais tam saepe est sous-ent.) quom saepe,
7, 3 au lieu de qui frangere, prosopopée qui serait trop audacieuse pour Tibulle,
quo frangere, etc. Tout cela est non seulement inutile, mais nuisible.

1. Jahresbericht... v. Iw. Müller, 51ster Band, 15ter Jahrg. 1887, 2ᵗᵉ Abtheil.
1889, p. 364-365.

2. Catulli Tibulli Propertii carmina a Mauricio Hauptio recognita. — Editio
quarta ab Johanne Vahleno curata. — Lipsiae apud S. Hirzelium, 1879. in-12.

3. Il lit avec raison I 1, 67 Tu manes au lieu de Tum manes, 7, 3 Hunc fore
au lieu de Hunc dare, 13 tacitis qui leniter undis au lieu de tactis qui leniter
uluis, 9, 69 Ista haec au lieu de Istaec. Il fait disparaître les fautes d'impression
I 5, 59 At ut (At tu), II 6, 36 si (sis) ; mais il conserve I 6, 66 sanguis est tamen
ille (l. illa) tuas ; II 5, 76 equos correct est devenu equo.

4. I 1, 25 il introduit sa conj. inutile iners ; IV 1, 2 il lit à tort terret ne au
lieu de terret ut.

5. Jahresb. d. philol. Ver. zu Berlin, 9ter Jahrg. 1883, p. 260-269. Dans le Jahresbericht... v. Iw. Müller, 51ster Band, 15ter Jahrg. 1887, 2ᵗᵉ Abtheil. 1889, p. 168-
170, il n'ajoute rien de nouveau et énumère les corrections pratiquées par Vahlen.

d'admiration : « Aucun homme n'était aussi qualifié pour cette tâche... Vahlen est un critique de même valeur et aussi génial que Haupt... Il joint à une grande perspicacité une excellente méthode... Haupt détestait les conjectures inconsidérées ; aussi ne modifiait-il la tradition qu'en cas d'absolue nécessité. Vahlen a pourtant réussi dans un certain nombre de passages à conserver la tradition contre Haupt. » Nul ne songe à déprécier Vahlen ; mais il est toujours un peu gênant de voir un thuriféraire casser l'encensoir sur le nez de l'idole. En outre ce n'était vraiment pas le cas ici ; dans le détail du reste Magnus ne suit pas toujours Vahlen.

§ 147. — Baehrens[1] a vivement soutenu l'excellence de G contre Rossberg (§ 144, 2), qu'il déclare incompétent en pareille matière et dont la discussion n'a pas ébranlé sa conviction sur un seul point. Son argumentation consiste à dire que G s'accorde avec les *Par.* sur un certain nombre de leçons et que cela doit donner confiance en lui là où les *Par.* manquent. Il affirme que G offre beaucoup de bonnes leçons, là où celles d'**Ambr. V.** sont plates et vulgaires. Il n'admet pas qu'elles puissent provenir d'un correcteur du moyen âge, lequel aurait été incapable de les inventer — en quoi il a sans doute raison —; mais cela prouve tout simplement que l'interpolation dans G est plus récente. Il défend la leçon de G dans trois passages[2] et n'apporte en somme rien de nouveau.

§ 148, 1. — Après avoir rappelé que les transpositions de Ritschl sur I 4, approuvées par Eberz, Prien et Luc. Müller, ont été modifiées plus ou moins complètement par Groth, Bubendey, Fritzsche, Diskowsky, R. Richter, Baehrens, ce qui fait sept systèmes différents, dont les auteurs ne réussissent pas à s'accorder entre eux, E. Hübner[3] remarque que cela doit donner à réfléchir et permettrait de laisser l'ordre traditionnel se défendre tout seul. Il appelle pourtant l'attention sur deux points qui n'ont pas encore été suffisamment signalés et qui sont importants pour

1. N. Jahrb. f. Phil. u. Paed., 49ster Jahrg., 119ter Band 1879, p. 473-474 : Ueber die handschriften des Tibullus, par E. Baehrens.
2. I 1, 29 *bidentem* contre *bidentes* (mais *bidentem* peut provenir des *Exc. Paris*), 2, 6 *fulta* c. *firma*, qu'il trouve plat, tandis que *fulta* serait une leçon plus choisie, 21 *uultus* c. *nutus* (quoi qu'il en dise, Tibulle, dans ces deux derniers passages, a été corrigé au moyen d'Ovide).
3. Hermes, 14ter Band 1879, p. 307-312 : Die Priaposelegie des Tibullus, par E. Hübner.

l'intelligence de l'élég. La fiction poétique est que la pièce est
une sorte d'épître adressée à Titius, dans lequel Hübner voit
non pas un personnage quelconque (Scaliger, Teuffel), mais un
ami de Tibulle, sans doute le poète Titius d'Horace Épître I 3, 9
(Bach). Dès lors les vers où Priape recommande aux jeunes
garçons d'aimer les poètes sont parfaitement justifiés : il termine
en leur conseillant d'une façon pressante de préférer à l'argent
la poésie vers 61-70 ainsi que les caresses et les plaintes amoureuses, réelles et non poétiques (ceci est contestable) vers 71-72.
Pour résoudre la seconde objection capitale de Ritschl, c'est-à-dire
l'impossibilité d'expliquer raisonnablement *Sed* au vers 15 après
9-14, Hübner rattache ce vers directement et uniquement au précédent, où il est question du jeune garçon timide (mais il est
facile de voir qu'on n'obtient pas ainsi une suite d'idées satisfaisante : fuis l'amour des jeunes garçons ; ils sont tous dangereux
avec des charmes différents ; l'un, etc. ; l'autre est modeste, mais
ne te laisse pas arrêter par sa modestie ; il se rendra à tes instances ; il n'y a pas là de logique raisonnable). Quant aux vers
61 sqq. il n'y a pas besoin pour les expliquer que Titius soit
poète (d'après la fiction il semble bien en tout cas que c'est un
ami de Tibulle). Tibulle, comme tous les élégiaques qui sont plus
à même d'offrir des vers que des cadeaux, fait ressortir la supériorité de l'hommage poétique sur le présent matériel. Hübner a
raison de défendre l'ordre traditionnel mais on ne saurait accepter toujours son argumentation. Suit une critique judicieuse de
la disposition proposée par Ritschl ; mais c'était là de la besogne
déjà faite. Hübner défend à tort au vers 80 avec Scaliger et
Ritschl *domum* contre *senem*.

2. — H. Magnus [1] a montré avec raison que *senem* est défendu
par le contexte : il s'agit d'une époque éloignée. Pour l'interprétation du vers 15 il se borne à renvoyer à Vahlen. Le reste est
une simple analyse.

§ 149, 1. — J. J. Cornelissen [2] a proposé 19 corrections sur le
Corpus Tibullianum ; il promène sa fantaisie sur le texte, suivant
le procédé hollandais ; il omet souvent de dire pourquoi tel mot

1. Jahresbericht... v. Iw. Müller, 51ster Band, 15ter Jahrg. 1887, 2te Abtheil.
1889, p. 353-354.
2. Mnemosyne. — Nova series. Vol. Septimum. — 1879, p. 221-224 : Ad
Tibullum, par J. J. Cornelissen.

qu'il corrige lui déplaît[1] ; quand il le dit on ne peut pas toujours l'approuver[2] ; il fait appel à des principes de critique contestables[3] ; il ne respecte pas toujours la quantité[4]. Ses propositions sont parfois dubitatives, si bien qu'on se demande si l'auteur lui-même y attache une grande importance.

2. — H. Magnus[5] a jugé avec raison ces conj. superflues ou même frivoles ; il ajoute dédaigneusement qu'il serait facile d'en démontrer l'inanité, mais que ce serait perdre sa peine.

§ 150[6], 1. — M. Rothstein[7] a repris la question de la valeur et du rapport des manuscrits de Tibulle, après Baehrens qui ne l'avait traitée que d'une façon superficielle et erronée.

Il blâme Baehrens d'avoir essayé de diminuer la valeur de F et, d'une discussion bien conduite de la leçon, il conclut que, si F offre quelques fautes de lecture, il n'a pourtant pas été interpolé.

Sur les *Exc. Fris.*, dont l'excellence est reconnue, il n'apporte rien de nouveau ; il détermine les raisons qui paraissent avoir

1. Ainsi I 4, 33 il corrige *serior* en *segnior* ; mais qu'y a-t-il à objecter contre *serior* ? I 5, 8 au lieu de *caput* il conjecture *latus* et cite des ex. de « componere *latus* » ; mais en quoi *caput* est-il mauvais ? etc.

2. Ainsi I 3, 3 *ignotis* serait choquant parce que Corcyre était une île célèbre ; mais *ignotis* est dit par rapport à Tibulle qui s'y trouve « en pays inconnu », 10, 15 sq. *cursarem* serait ridicule ; qu'y a-t-il de ridicule dans l'image d'un jeune enfant qui court çà et là dans la maison paternelle ? IV 1, 207 requiritur h. l. laeta et suavis imago ; on ne voit pas pourquoi, etc.

3. Ainsi I 8, 45 à *tollere* il substitue *uellere* de Prop. III 25, 13 ; mais il ne faut pas corriger Tibulle avec Properce, etc.

4. I 4, 9 il lit : O fuge te temerē puerorum...

5. Jahresbericht... v. Iw. Müller, 51ster Band, 15ter Jahrg. 1887, 2te Abtheil. 1889, p. 363.

6. Je n'ai pas eu entre les mains : S. Vacirca, Albio Tibullo, saggio letterario. — Roma, 1879, Barbéra, 41 p. On peut négliger comme n'offrant rien de scientifique : Tibullo polemica fra Giosuè Carducci e Rocco de Zerbi. Milano Fratelli Treves, editori, 1880. in-12. 125 p. Ce recueil d'articles parus dans divers journaux italiens de sept. à nov. 1879 est une polémique dans laquelle de Zerbi soutient que Tibulle est un poète sensuel, profondément imbu de la corruption où il a vécu, Carducci que c'est un poète sentimental et idéaliste. On peut les mettre d'accord en disant que la vie de Tibulle paraît avoir été d'une moralité relâchée, mais que sa poésie est d'un caractère élevé et tendre. De Zerbi, qui est le plus ignorant, donne ainsi, p. 48, la liste des maîtresses de Tibulle : Delia, Sulpicia, Titia, Nemesis, Neaera. Carducci qui, p. 23, fait naître Tibulle en 44 av. J.-C., cite comme autorités pour sa biographie, p. 59, Spohn et de Golbéry, identifie, p. 63, Delia et Neaera, etc. L'un et l'autre, quand ils veulent excuser leurs erreurs, en commettent de plus graves.

7. De Tibulli codicibus. — Scripsit M. Rothstein dr. phil. — Berolini. Apud Mayerum et Muellerum. 1880. in-8. 107 p.

guidé l'excerptor, montre qu'il n'a pas interpolé sauf I 9, 45 (*o* pour *tum*) et peut-être III 3, 22 (*nec* pour *nam*, ceci très douteux).

Pour les *Exc. Par.* il examine les principes de l'auteur dans le choix de ses extraits et la nature des modifications qu'il a apportées au texte. Sur 266 vers qu'ils contiennent il y a plus de 100 leçons qui diffèrent de celles de nos manuscrits. Sur ces 100 leçons il croit pouvoir en attribuer un tiers aux modifications intentionnelles de l'excerptor. Pour les autres il distingue les fautes de lecture, les conj., les bonnes leçons, celles qui restent douteuses. Sa discussion est conduite avec prudence, bien qu'on ne puisse être d'accord avec lui sur tous les points. Le problème de ces *Exc.* lui paraît très délicat et il n'arrive pas à fixer leur parenté avec les manuscrits complets. De même la question de la parenté des deux classes d'extraits et de **F** lui paraît insoluble et il admet avec Baehrens qu'on ne peut pas suivre l'histoire du texte de Tibulle plus loin que l'archétype des manuscrits complets.

Arrivant aux manuscrits de Lachmann, il montre qu'ils dérivent d'un archétype commun, mais indépendamment les uns des autres et sans que deux proviennent d'un même intermédiaire. Lorsque deux s'accordent sur une faute contre le troisième ayant la bonne leçon, la faute a pu être faite d'une façon indépendante par deux copistes ou la bonne leçon a été retrouvée par conj. et non transmise traditionnellement. Nous avons donc en face de nous trois témoins et non deux et lorsque deux s'accordent contre le troisième, ce sont ces deux qui représentent la leçon de l'archétype, principe que Lachmann et ses successeurs n'ont pas toujours observé assez rigoureusement. Quant aux manuscrits découverts par Baehrens, celui-ci a exagéré les services qu'ils peuvent rendre, puisque sauf *Semele* au lieu de *Semeles* III 4, 45 ils n'offrent aucune bonne leçon qui ne fût connue par les manuscrits interpolés ou qui n'eût été retrouvée par conj. En disant que la plupart des manuscrits interpolés dérivaient de **Ambr.** et de **V**, Baehrens a exprimé une opinion en l'air. En réalité **B** de Lachmann remonte au même original que **Ambr.** et **V** et leur est très apparenté, mais sans dériver de **Ambr.** **A** et **C** dérivent indépendamment l'un de l'autre de l'archétype, si bien que nous nous trouvons en présence de 3 familles et que quand **A** et **C** concordent contre l'original de **B Ambr. V**, c'est leur témoignage qu'il faut préférer; Rothstein estime donc qu'en laissant de côté **A** et **C** Baehrens a donné un apparat moins complet que celui de Lachmann. En théorie il paraît n'avoir pas tort ; dans la pratique il en est autrement : **A** et **C** sont tellement interpolés qu'ils sont à peu près inutilisables; lorsque **A** et **C** offrent une bonne leçon contre une faute de **Ambr. V**, elle a été retrouvée par conj. et c'est **Ambr. V** qui représentent l'archétype. **A** et **C** n'ont conservé sur aucun point la tradition ancienne plus fidèlement que **Ambr. V** et ils sont beaucoup plus dépravés ; il suffit de signaler par ς comme l'a fait Baehrens, à côté de **Ambr. V** fautifs, la correction parfois heureuse des manuscrits inférieurs. Rothstein a donc échoué dans sa tentative pour remettre en honneur les manuscrits de Lachmann.

Il a été plus heureux en reprenant sur **G** l'opinion de Rossberg. Il entre plus avant dans la question ; il explique les leçons communes à **G** et aux *Exc. Par.* non par ce fait que **G** et *Par.* dériveraient d'un original commun, mais parce que **G** a été interpolé au moyen de *Par.* et il établit la chose. Pour ce qui est des bonnes leçons, qui, suivant Baehrens, constituent la supériorité de **G**, les unes sont bonnes en réalité, mais elles ont pu être retrouvées par conj., quant aux autres Baehrens s'est trompé ; ce sont de mauvaises corrections qui doivent céder le pas à la leçon de **Ambr. V**.

2. — E. C(hatelain)[1] trouve que les conclusions de Rothstein sont fort contestables, mais que son travail, en provoquant les critiques, contribuera à jeter un peu de lumière sur la question.

Büchle[2] suit pas à pas Rothstein en reconnaissant que ses recherches sont faites d'une façon très étendue, les passages réunis avec soin et d'une manière complète, les points critiques élucidés avec circonspection. Sans exercer à son égard une critique bien décisive, il n'admet pourtant pas ses résultats ; il croit avec Baehrens que **Ambr. V** sont très supérieurs aux manuscrits de Lachmann; il ajoute que **A** est mal connu, que personne sauf Baehrens n'a jamais attribué de valeur à **G**, que Rothstein aurait mieux fait de laisser aux paléographes à débrouiller la question difficile et compliquée de l'archétype des manuscrits de Tibulle et de la valeur de **G**.

§ **154,** 1. — Tout en publiant IV 13 parmi les Pseudotibulliana, Baehrens avait cependant attribué cette pièce à Tibulle ; J. P. Postgate[3] a cherché à démontrer que c'était un centon d'un

1. Revue de Philologie. Année et tome V, 2ᵉ livr. Mai 1881, p. 140.
2. Philologische Rundschau. 28 mai 1881. I. Jahrg. Nᵒ 22, col. 701-703.
3. The Journal of Philology. Vol. IX. Nᵒ xviii, p. 280-286 : Of the genuiness of Tibullus IV. 13. (Read before the Cambridge Philological Society), par J. P. Postgate

versificateur dénué de tout talent poétique et habile seulement à coudre ensemble des lambeaux. On peut lui accorder que la pièce se trouve dans un voisinage compromettant, que l'insertion du nom de Tibulle n'est pas une preuve sûre d'authenticité, puisque ce peut être une ruse du faussaire. Mais les rapprochements avec Tibulle et avec Properce ne suffisent pas à démontrer la thèse ; il y en a qui ne portent que sur des expressions courantes et l'on sait que la langue des élégiaques repose sur un fonds commun ; quant aux rapports plus étroits, il est certain que Tibulle s'imite lui-même et la question des emprunts entre Tibulle et Properce n'est pas encore complètement élucidée, bien que depuis elle ait été étudiée de près. D'autre part, loin d'être un misérable pastiche, cette pièce est empreinte d'une force de passion, d'une simplicité d'émotion qui ne permettent pas d'y voir l'œuvre d'un adroit plagiaire. On n'en trouve pas dans toute la poésie élégiaque latine qui soit inspirée d'un sentiment plus profond et l'erreur de Postgate est surprenante chez un homme de goût. Il discute en terminant une lettre de Baehrens qui ne l'a pas non plus comprise et qui y voit un simple badinage qui aurait été écrit sans beaucoup de soin.

2. — E. Heydenreich[1] se borne à reprocher à Postgate d'ignorer Zingerle ; il aurait appris de lui que le rapprochement entre Tibulle IV 13, 3 et Properce II 7, 19 repose sur une formule presque stéréotypée.

H. Magnus[2] paraît considérer la pièce comme assez médiocre, bien qu'il y reconnaisse de grandes beautés — ce qui s'accorde assez difficilement. Il n'attache pas du reste grande importance à la chose et est d'avis qu'en pareille matière l'appréciation est affaire de goût. C'est parler à la légère : pour l'authenticité d'une œuvre d'art le jugement esthétique est au contraire un criterium très sûr, mais il faut qu'il soit manié par quelqu'un de compétent. Magnus démontre bien du reste que les rapprochements de Postgate n'ont pas de valeur probante. L'idée de celui-ci que le faussaire est l'éditeur du Corpus Tibullianum n'est pas admissible ; tout au plus aurait-il pu prendre un pastiche de Tibulle pour du Tibulle authentique. Mais l'hypothèse même que la pièce n'est pas authentique est très invraisemblable.

1. Jahresbericht... v. Iw. Müller, 51 ster Band, 15ter Jahrg. 1887, 2te Abtheil. 1889, p. 138-139.
2. Ibid. p. 359-361.

§ 152, 1. — Pour montrer combien les transpositions inaugurées par Scaliger, pratiquées par Haase et ses successeurs, sont arbitraires et superflues, Westphal[1] a repris l'examen de celles proposées par Ritschl sur I 4 (§ 80). C'est une besogne qui avait déjà été faite, en outre la façon dont il défend l'ordre traditionnel n'est pas toujours heureuse.

Au vers 15 il lit *Sed* — le trait indiquant une pensée sous-entendue : mais si tu ne veux pas suivre ce conseil ; la question est de savoir si *sed* à lui tout seul peut avoir ce sens.

Pour montrer que 21-26 sont bien à leur place il restitue ainsi la suite des pensées : ne te laisse pas envahir par le découragement (mais sois patient et ne recule devant aucun moyen qui puisse te mener au but) ; n'hésite même pas à employer les serments, car ils sont très utiles pour te conduire à ton but. Si tu recules devant le choix de ces moyens, alors — errabis. Mais il ajoute des choses que Tibulle n'a pas exprimées.

Il a raison de ne pas se choquer du fait que l'éloge de la poésie est mis dans la bouche de Priape, de dire que le pathétique du passage explique l'apostrophe aux jeunes garçons, que Tibulle indigné de la puissance de l'argent est dans son droit en opposant à la séduction par l'intérêt l'hommage de la poésie, mais il a tort de croire que les vers 57-70 forment une digression et qu'aux vers 71-72 Tibulle, soulagé de sa colère, revient à son thème, qui est de recommander l'« obsequium ». Quoi qu'il en dise les « blanditiae », les « querellae », les « fletus » sont autre chose.

Sa conclusion : « où il n'y a pas de maladie, il n'y a pas besoin de remède » est juste. Mais la pièce aurait pu être mieux comprise ; la réfutation des transpositions de Ritschl est ce qu'il y a de meilleur dans le travail, sans que tous les arguments donnés par l'auteur aient une égale valeur. Il a raison de dire en terminant qu'il y a dans la poésie de Tibulle une certaine symétrie et des correspondances, mais que Tibulle n'y a pas introduit de parti pris des formes absolues.

2. — Sans accepter toutes les explications de l'auteur, H. Magnus[2] constate qu'il est arrivé à des résultats exacts. Il

1. Königliches Gymnasium zu Cöslin. — Programm womit zur öffentlichen Prüfung am 20. März... einladet Dr. L. Pitann, Director. — Inhalt : 1. Ueber Ritschls Umstellungen in der vierten Elegie des Tibull ; vom Hülfslehrer Westphal. (p. 1-9). — Cöslin 1880. Gedruckt bei C. G. Hendess. gr. in-4.

2. Jahresbericht... v. Iw. Müller, 51ster Band, 15ter Jahrg. 1887, 2te Abtheil. 1889, p. 354-355.

regrette qu'il n'ait pas connu le travail de Vahlen (§ 140) et remarque que Vahlen et Leo (§ 158) ont éclairci certains points d'une façon plus pénétrante et plus lucide que lui. Il ajoute lui-même quelques observations judicieuses, par exemple que 53-56 doivent venir après que Priape a exposé toutes ses instructions, parce qu'ils expriment la récompense des efforts tentés et de la peine prise.

§ 153, 1. — Dans une diss. inaug. H. Hartung[1] a réfuté heureusement les arguments par lesquels Hankel avait prétendu démontrer que le panégyrique est de Tibulle (§ 118), mais il se fait lui-même de l'œuvre une conception inacceptable.

Il commence par refaire la biographie de Tibulle : si celui-ci est né en 59 av. J.-C. et que le panégyrique soit, comme le veut Hankel de 31, il est ridicule d'attribuer à Tibulle âgé de 28 ans un poème aussi enfantin ; contre Hankel il place, avec raison à ce qu'il semble, la guerre d'Aquitaine avant la mission de Messalla en Asie, I 10 au moment où Tibulle suivit Messalla en Gaule c'est-à-dire fin de 31 et remarque qu'il est absurde de croire que la même année Tibulle a écrit un aussi mauvais poème que le panégyrique et une élégie aussi belle que I 10. De I 1 il ne résulte pas que Tibulle ait été réduit à la misère et cela par suite des distributions de terre — il a pu être appauvri par la négligence ou par les prodigalités de ses ancêtres — et par suite sa situation n'est pas la même que celle du panégyriste IV 1, 183 sqq. Tout ceci est bien vu, ainsi que la nature de la *uita* qui n'est qu'un ramassis de renseignements pris aux sources que nous possédons et qui n'a rien à voir avec Suétone.

Ce qui suit n'est pas admissible ; la mention des pays parcourus par Messalla IV 1, 135 sqq. rapprochée de ceux cités I 7 prouverait que le panégyriste n'a pas écrit en 31, mais plus tard, et n'avait qu'un vague souvenir des campagnes de Messalla. S'il n'a pas parlé d'Octavien, ayant une aussi bonne occasion de se faire bien venir de lui, c'est qu'il ignorait que Messalla eût été le collègue d'Octavien en 31 et ne savait de lui que ce qu'il avait lu chez Tibulle. Tout ceci est pure divagation.

Hartung est plus heureux en déclarant que la ressemblance

---

1. De Panegyrico ad Messallam pseudo-Tibulliano. — Dissert. inaug. quam... in Universitate Fridericiana Halensi cum Vitebergensi consociata... die XII. Maii a. 1880... defendet Hugo Hartung Rudolstadiensis. Halis Saxonum. in-8. 49 p.

entre la métrique de Tibulle et celle du panégyriste ne prouve pas la paternité de Tibulle, parce que les règles métriques de cette époque sont communes à tous les poètes ; il ajoute à tort que, le panégyrique n'étant sûrement pas de 31, la métrique peut en être sous la dépendance de celle de Tibulle.

Hankel prétend que le panégyriste ne connaissait pas les poètes du siècle d'Auguste et qu'il imitait les poètes anciens, en particulier Ennius et Lucrèce, mais les passages cités comme empruntés à ces écrivains ne prouvent rien, car ils ont leurs analogues au siècle d'Auguste. Hartung a raison sur ce point, mais il a tort d'ajouter que le panégyriste a imité Horace, Virgile et peut-être Properce et Ovide. Sauf en ce qui concerne les Satires d'Horace et les Églogues de Virgile, on ne peut voir dans les rapports, s'ils existent, qu'une imitation du panégyrique, qui est bien de 31, par les poètes postérieurs. Hartung commet du reste un certain nombre d'erreurs.

Le ton de Tibulle s'adressant à Messalla est très différent de l'humilité du panégyriste, dont les adulations ne sont pas l'effet de la maladresse et d'une ardeur juvénile, mais qui ont été écrites à tête reposée : si Messalla avait mis Tibulle à l'abri d'une spoliation nouvelle, il serait étonnant que celui-ci ne lui ait pas témoigné sa reconnaissance dans la suite.

L'érudition de Tibulle est toujours appropriée au sujet et contenue dans de justes limites, celle du panégyriste déplacée et encombrante : aux vers 82 sqq. on sent un jeune rhétoricien, qui, pour orner son poème, s'est inspiré de manuels résumés d'art militaire. De même pour la mythologie : Tibulle ne se sert que de fables connues ; il n'en tire que ce qui convient à l'idée et ne les développe pas pour elles-mêmes. Le panégyriste fait appel à des fables obscures ; l'énumération des voyages d'Ulysse vers 48 sqq. est déplacée ; c'est une sorte d'illustration d'une *Tabula Odysseae*.

On avait depuis Bach mis en lumière les inepties du panégyrique et Hartung ne fait que rappeler des choses connues.

Bien des différences entre le style du panégyriste et celui de Tibulle avaient été déjà signalées. Hartung en présente un tableau d'ensemble, qui contient dans le détail bien des traits intéressants, quoiqu'il ait le tort d'admettre que le panégyriste imite parfois Tibulle, mais maladroitement. Il fait bien ressortir la supériorité de I 7 sur le panégyrique et montre qu'il est inadmissible que Tibulle ait présenté à son protecteur et ami une élégie

où il se serait inspiré du panégyrique qu'il lui aurait adressé antérieurement ; mais il a tort de soutenir que c'est le panégyriste qui
s'inspire de Tibulle : les deux pièces sont en réalité sans rapport
entre elles.

L'emploi de certains mots chez le panégyriste et chez Tibulle
ne prouve pas que les deux écrivains ne fassent qu'un : ces mots
sont usuels chez les écrivains latins. Il y a bien des termes dans
le panégyrique qui ne se retrouvent pas chez Tibulle et il
serait étonnant que celui-ci écrivant des élégies ait tout à coup
oublié son vocabulaire. Quand Tibulle répète dans une élégie les
mêmes mots ce sont des termes familiers aux élégiaques ; les mots
répétés par le panégyriste ne se trouvent pas ou rarement chez
Tibulle.

En résumé Hartung a bien démontré contre Hankel que le
panégyrique n'est pas de Tibulle ; mais il a été entraîné à certaines
erreurs par l'idée que le panégyrique n'est pas de l'an 31 et par
l'attribution à un jeune rhétoricien, imitateur de Tibulle et qui
serait de l'époque, sans qu'il fixe exactement la date de l'œuvre.

2. — C'est le jugement que Hugo Magnus[1] a porté sur cette
dissertation.

§ 154, 1. — Benno Ehrlich[2] a étudié l'élocution de Tibulle dans
une dissert. inaug. modelée sur celle de B. Kuttner « De Propertii elocutione quaestiones ». Halle. 1878. Il traite en cinq chapitres : De verbis. De substantivis. De adiectivis. De pronomi-
nibus. De particulis. Ce sont des remarques isolées, çà et là
intéressantes, mais en général assez élémentaires, portant parfois
sur des points où Tibulle ne s'éloigne pas de l'usage courant. On
ne peut faire usage de ce travail qu'avec précaution, l'auteur
manquant de maturité et commettant souvent des erreurs : ainsi
I 10, 45 sq. ne signifie pas : Pax boues... coegit... *ducere* aratra
c'est-à-dire trahere aratra ; II 3, 79 il est faux de dire : idem fere
ualet *ducite*, quod agite ; *ducite* a son sens propre : emmenez-moi ;
I 6, 20 *ducat* a le sens de tracer et n'a rien à voir avec adducere ;
I 1, 60 *teneam* signifie simplement : tenir la main et n'a nullement

1. Jahresbericht .. v. Iw. Müller, 51ster Band, 15ter Jahrg. 1887, 2te Abtheil.
1889, p. 356-357.
2. De Tibulli elocutione quaestiones. — Diss. inaug. philol. quam... in Universitate Fridericiana Halensi cum Vitebergensi consociata... die VIII. M. Julii a. 1880...
defendet auctor Benno Ehrlich Silesius. Halis Saxonum. in-8. 40 p.

le sens érotique qu'il a I 5, 39, 6, 35, II 6, 52, etc. L'auteur se trompant perpétuellement sur le sens des mots, ses considérations sur l'usage qu'en fait Tibulle perdent nécessairement toute justesse.

2. — K. Rossberg [1] remarque que, des particularités signalées par Ehrlich, il n'y en a que très peu qui appartiennent en propre à Tibulle ; la plupart se retrouvent chez d'autres poètes et font partie de la langue poétique usuelle des Romains. L'auteur n'a que peu de lectures ; sans quoi il n'attribuerait pas en propre à Tibulle ce qui est universellement répandu et connu. Tibulle au point de vue grammatical et lexicographique a si peu de particularités qu'on en remplirait à peine deux pages. Cette dissert. contient non seulement beaucoup d'inutile, mais encore beaucoup de faux. *Atque utinam* ne se trouverait qu'une fois chez Ovide ; le référent en cite 11 ex. et on pourrait augmenter ce nombre ; *o quotiens* n'est pas spécial à Tibulle; le référent en cite 7 exemples d'Ovide, qui a aussi *a quotiens* familier à Properce. Divers phénomènes de langue sont mal compris. Ce travail qui pourrait s'intituler : « Sur quelques mots employés par Tibulle » ne contient rien de neuf ou d'original ou même d'absolument juste ; il ne sert en rien à la science.

H. Magnus [2] dans un compte rendu élogieux et trop mou n'a pas assez fait ressortir l'insuffisance de l'auteur. Il lui reproche avec raison d'avoir suivi le texte de Baehrens, sans s'apercevoir qu'il repose souvent sur des conjectures sans valeur et remarque que les recherches de cette nature donnent moins de résultats pour Tibulle que pour Properce, dont la langue est plus spéciale.

§ 155, 1. — A propos d'*originem*, qui dans la *uita* n'offre pas de sens et qui a été diversement corrigé, A. Schaube [3] propose de lire : Albius Tibullus, eques R., e Gabiis originem duxit; insignis forma cultuque corporis obseruabilis. Ante alios Coruinum Messallam dilexit, cuius, etc. Un copiste aurait passé *originem duxit*, puis s'apercevant seulement qu'il avait oublié *originem* aurait rétabli le mot par erreur avant *dilexit*. La conjecture est ingénieuse,

1. Philologische Rundschau. 1882, 2. Jahrg., N° 7, 11 févr., col. 203-205.
2. Jahresbericht... v. Iw. Müller, 51ster Band, 15ter Jahrg. 1887, 2te Abtheil. 1889, p. 308.
3. N. Jahrb. f. Phil. u. Paed., 50ster Jahrg., 121ster Band 1880, p. 496 : Zur vita Tibulli, par A. Schaube.

mais elle se greffe sur celle de Baehrens, dont l'exactitude n'est pas démontrée.

2. — H. Magnus[1] fait observer que dans cette hypothèse l'apposition insignis — obseruabilis ne se trouve pas à la place qu'elle devrait occuper.

§ 156, 1. — Sur les élégies du quatrième livre C. Knappe[2] partage l'opinion de Gruppe, Teuffel, Zingerle, qui font un tout de IV 2-7 et y joint II 2 qui termine le roman d'une façon morale. Contre Teuffel, qui voit dans Cornutus le vrai nom de Cerinthus, il croit que Cornutus est une simple corruption de Cerinthus ; les deux opinions sont aussi inexactes l'une que l'autre.

Gruppe n'ayant donné que quelques arguments pour démontrer que IV 2-7 sont bien de Tibulle, Knappe se propose de faire la démonstration complète en considérant la nature de la poésie elle-même, le style et la métrique. Il n'invente rien, mais, recueillant ce qu'ont dit ses prédécesseurs sur ces trois points, montre que les caractères signalés se retrouvent dans les élégies en question et que les quelques différences s'expliquent par la condition même de IV 2-7 et ne sont pas telles qu'il faille refuser à Tibulle la paternité de ces pièces.

Pour ce qui est de la poésie, si on ne retrouve pas le goût des champs si étroitement uni à l'amour dans les effusions personnelles de Tibulle, c'est qu'il s'agit ici de peindre l'âme de Cerinthus et de Sulpicia, qui ne s'intéressaient pas aux choses rustiques. La religiosité de Tibulle se retrouve. Les négligences de composition et les descriptions un peu longues manquent, parce qu'il s'agit de pièces extrêmement soignées et courtes.

Avec Dissen Knappe reconnaît comme les qualités maîtresses du style de Tibulle d'une part la simplicité et la clarté, de l'autre la vigueur. Le premier caractère résulte de la coïncidence de la période avec le distique, du groupement des distiques autonomes par 2, rarement par 3, plus rarement par 4, de la structure du distique formé de deux pensées qui se juxtaposent et s'opposent,

1. Jahresbericht... v. Iw. Müller, 51ster Band., 15ter Jahrg. 1887, 2te Abtheil. 1889, p. 297.
2. De Tibulli libri quarti elegiis inde ab altera usque ad duodecimam disputatio. — Diss. inaug. quam consensu... philosophorum ordinis... Academiae Georgiae Augustae... scripsit Carolus Christianus Knappe Erfurtensis. — Duderstadt, ex officina Fr. Wagner. 1880. in-8. 44 p.

du peu d'exemples empruntés à la mythologie, de l'emploi de certaines figures toutes naturelles, comme la prosopopée. Le deuxième est obtenu par l'usage de l'anaphora, de l'antithèse entre les idées, de l'apostrophe, de la place des mots, particulièrement de la distribution de deux substantifs et de deux adjectifs dans les deux moitiés du pentamètre, de l'introduction dans le pentamètre de certains pronoms qui soutiennent l'attention. L'auteur rappelle l'usage des particules (avec Lierse), celui de certains mots (avec Zingerle). Or à tous ces points de vue la concordance entre le premier et le deuxième livre d'une part, les élégies IV 2-7 de l'autre est telle qu'elle révèle sûrement le même écrivain.

La même démonstration est faite pour la métrique, d'après les observations de Krafft, Eichner, Bolzenthal sur les coupes du vers, la proportion des dactyles et des spondées, la structure des diverses parties du distique, la clausule du pentamètre, les mots que Tibulle affectionne à certains endroits du vers. Dans tout cela on retrouve, sauf quelques légères différences qui s'expliquent, la même technique.

Pour les rapprochements avec les pièces authentiques l'auteur s'appuie sur Lierse ; il montre qu'il ne s'agit pas d'une imitation comme chez Lygdamus, mais d'une identité de style.

La démonstration est bien conduite et, sauf l'erreur qui rattache la pièce 7 au groupe 2-6, elle est concluante.

Sur 8-12 Knappe émet une opinion particulière qui n'est pas soutenable. Selon lui ces pièces ne sauraient être de Sulpicia ; elles expriment des sentiments trop vifs, trop ardents, pour que, si Sulpicia eût voulu réellement les communiquer à Cerinthus, elle se fût servie d'autre chose que de la prose. Du reste IV 10 contient des « uerba obscoena » (*scortum*, sans doute) qu'on ne saurait attribuer à une jeune fille de condition libre (la raison est puérile). Les quelques différences signalées par Eichner et Bolzenthal sont trop légères pour faire refuser ces pièces à Tibulle ; les duretés de style ne prouvent pas que ces pièces soient d'une femme, du reste IV 11 est très élégant. En réalité ces pièces seraient les brouillons dans lesquels Tibulle aurait noté rapidement et non pour la publicité les points qu'il voulait ensuite traiter à loisir. Les raisons pour lesquelles Knappe réfute l'attribution à Sulpicia sont faibles. En outre pourquoi Tibulle aurait-il écrit des brouillons en vers ? Qui admettra que IV 9 soit l'esquisse de IV 5 ?, etc. La vérité c'est que Tibulle a pris dans les pièces authentiques des motifs qu'il a traités dans un esprit littéraire. Le système de Knappe est une de ces bizarreries qui ne supportent pas l'examen.

2. — H. Magnus [1] l'a repoussé, en observant que les pièces de Sulpicia ne sont pas toutes des billets réels adressés à Cerinthus, que certaines sont de simples effusions qui pouvaient bien être notées en vers. Pour le reste la dissertation atteint son but. Elle ne se distingue pas par des points de vue nouveaux importants, mais contient des remarques de détail profitables.

§ 157[2], 1. — L'édition de B. Fabricius [3] est faite en dehors de toutes les règles de la critique et ne témoigne que de connaissances philologiques par trop élémentaires. Il suffit d'en signaler les caractéristiques pour montrer qu'elle ne rentre pas dans la catégorie des travaux utiles.

2. — Biographie. L'auteur adopte sur I 7, 9 la correction de Baehrens, qui fait disparaître toute preuve que Tibulle ait participé à la guerre d'Aquitaine. Avec Baehrens il exclut Hor. C. I 33 et Ép. I 4 comme ne se rapportant pas à Tibulle.

Questions d'authenticité et de chronologie. Il refuse à Tibulle les élégies à Marathus, parce qu'elles reposent sur un vice contre nature et que dans toutes ses productions poétiques Tibulle suit la nature ; de même pour les deux Priapées. Il néglige le panégyrique comme contesté. Il divise l'activité poétique de Tibulle en périodes. Première période : I 7 qui serait la première en date des pièces conservées et I 10 qui se rapporterait à une expédition quelconque. Deuxième période : Delia ; il adopte l'ordre I 1, 3, 5, 2, 6 et reconstruit le roman d'après cela. Troisième période : Nemesis II 1, 3, 4, 5, 6, IV 13 et 14 (il intitule avec Baehrens ces deux dernières pièces épigrammes). Viennent ensuite les élégies des contemporains et connaissances de Tibulle tirées des papiers de sa succession : IV 2, 3, 4, 6 Sulpicia et Cerinthus quatre élégies d'un poète inconnu (l'auteur ignore les recherches de Zingerle et la démonstration de Knappe), en ap-

1. Jahresbericht... v. Iw. Müller, 51ster Band, 15ter Jahrg. 1887, 2te Abtheil. 1889, p. 358-359.

2. Je n'ai pas eu entre les mains : S. Bernocco, Sopra alcuni passi di poeti latini : ... Tibullo... Ragusa, 1881. 97 p.

3. Die Elegien des Albius Tibullus und einiger Zeitgenossen erklärt von B. Fabricius. — Berlin, Nicolaische Verlags-Buchhandlung R. Stricker. 1881. in-8. XII-149 p.

pendice les billets de Sulpicia, qui ont servi de modèles, précédés d'une introduction c'est-à-dire IV 7 à 12 ; II 2 poème de félicitations à un certain Cornutus, qu'on a identifié à tort avec Cerinthus (ceci très juste) ; ce poème serait très inférieur pour
l'esprit et la manière poétique aux pièces analogues de Tibulle ;
III 1, 2, 3, 4, 6 formant un tout concernant Neaera et portant le
nom de Lygdamus, que l'auteur s'étonne à bon droit qu'on ait pu
attribuer à Tibulle ; III 5 qui serait d'un inconnu ayant imité
Ovide ; IV 5 qui ne serait ni de Tibulle ni du poète qui a écrit
les élégies se rapportant à Sulpicia (avec R. Richter § 122).
Tout ceci est fort arbitraire.

3. — Pour la constitution du texte Fabricius suit de très près
Baehrens, dont il adopte souvent les conjectures, alors même que
celui-ci ne les avait pas introduites dans son texte ; il en ajoute
d'autres encore plus mauvaises. La façon dont il accepte ou rejette les leçons témoigne d'une ignorance outrecuidante ; il les désigne comme « convenant », « ne convenant pas », « bonnes », « mauvaises », sans que ces brefs arrêts aient le moindre fondement[1].
Il croit qu'un certain nombre de pièces du deuxième livre nous sont
parvenues à l'état de projets avec des développements à la marge
que les copistes ou le premier rédacteur du recueil ont introduits
indûment dans le texte, et il rejette à la fin ces développements
parasites, ainsi pour II 1 les vers 39-42, 51-60, 63-66, etc.

4. — Le commentaire est élémentaire, rempli d'explications
inexactes. Cette édition que l'auteur destine « aux débutants philologues, à la lecture privée des hautes classes et enfin aux amis
de l'antiquité classique » ne convient en réalité à personne.

5. — On est étonné du nombre de comptes rendus suscités par
une œuvre si médiocre qu'il suffisait de condamner d'un mot.
Les référents s'abattent volontiers sur la besogne facile[2].

---

1. Ainsi I 1, 51 à *potiusque* des mss., qu'il trouve dépourvu de sens, il préfère
pereantque de Baehrens, 3, 47 à *acies* des mss., dépourvu de sens, *facinus* de
Baehrens, 5, 27 à *uitibus* des mss., très fade, *fructibus* de G, 7, 15 à
aetherio aetherias, comme convenant beaucoup mieux, 56 à *ueneranda*, qui
est languissant, *uenerata* de Baehrens, 10, 10 à *uarias* des mss., qui est fade,
sparsas proposé en note par Baehrens, etc. Tout cela est pitoyable. Un certain
nombre de fautes d'impression.
2. La Revue de Philologie, Ann. et t. V, 2e livr. mai 1881, p. 141, s'est bornée
à l'annoncer brièvement. Je n'ai pas eu entre les mains le c. r. de R. Bonghi,
Nuova Antologia, t. XXVII, 2e Sér., n° 6, p. 718-719.

K. Schenkl[1] montre que l'édition n'est bonne ni pour les débutants philologues, ni pour les élèves des hautes classes, ni pour les amis de l'antiquité classique. C'est l'œuvre d'un dilettante naïf, qui juge sévèrement Dissen et lui a beaucoup emprunté. Dans son commentaire il commet nombre d'erreurs, dont le référent relève quelques-unes. Pour le texte il suit la récension de Baehrens et ses essais personnels de critique sont sans valeur.

A. R(iese)[2] refuse à cette édition toute valeur scientifique. L'auteur aurait mieux atteint son but, louable d'ailleurs, de rendre Tibulle accessible aux amis de l'antiquité non philologues en s'interdisant un bavardage inutile qui explique tout ce qui se comprend de soi-même.

K. P. Schulze[3] reproche à l'auteur de manquer d'esprit critique et de suivre Baehrens aveuglément, de se répandre en assertions qui n'ont d'autre fondement que sa fantaisie subjective, d'ignorer les travaux de Vahlen et il cite un certain nombre de ses erreurs.

A. Zingerle[4] ne blâme pas Fabricius d'avoir suivi l'édition de Baehrens, mais d'adopter des conjectures que Baehrens n'avait fait qu'indiquer, de rédiger des notes critiques vagues, de déclarer en note une leçon préférable à celle admise dans son texte, de condamner d'une façon tranchante de bonnes leçons, des vers non soupçonnés jusqu'ici, qu'il donne comme gloses marginales d'un lecteur instruit ou d'un grammairien ; il n'a pas suffisamment étudié les explications données ; il rédige de grandes listes de parallèles pour les expressions courantes, tandis qu'il se contente de choses insignifiantes sur des points intéressant le style et la versification. Son commentaire ne constitue pas un progrès. Il est moins au courant qu'il ne semble le promettre, etc.

J. Haas[5], dans un long compte rendu consciencieux et qui contient de bonnes choses, ne paraît cependant pas absolument maître de son sujet ; il s'abrite sans cesse derrière Gruppe, Teuffel, Baehrens, qui sont assurément bien au-dessus de Fabricius, mais qui ne sont pas toujours des guides sûrs. Il trouve les libertés prises avec l'ordre des manuscrits peu admissibles et n'ayant pas le moindre support scientifique ; les élégies à Marathus sont

1. Deutsche Litteraturzeitung, II. Jahrg., No 35, 27 août 1881, col. 1372-1373.
2. Literarisches Centralblatt, 12 Nov. 1881, No 46, col. 1580.
3. N. Jahrb. f. Philol. u. Paed., 51ster Jahrg., 123ster Band 1881, p. 637-639.
4. Zeitschrift für die österreichischen Gymnasien, 33ster Jahrg. 1882, p. 273-276.
5. Blätter für das Bayer. Gymnasialschulwesen, 18ter Band 1882, p. 204-213.

rejetées comme abominables et indignes de Tibulle, mais elles
offrent de grandes beautés et sont moins choquantes que mainte
obscénité des élégies authentiques ; J. Haas regrette le panégyrique, que la plupart des savants considèrent comme un produit
de la jeunesse de Tibulle (ceci est inexact) ; il accorde à tort à
l'auteur que les élégies à Nemesis ne sont qu'un premier projet,
bien qu'il lui reproche d'avoir été trop loin en séparant des fragments qui ne seraient que des remaniements ; le référent croirait
plutôt avec Baehrens à des interpolations. Dans la constitution
du texte Fabricius est encore plus aventureux que Baehrens ; il
aurait mieux fait de laisser complètement de côté les notes critiques, qui n'intéressent pas les lecteurs auxquels il s'adresse.
Le commentaire contient de nombreuses répétitions de pensées
et de mots, de verbeuses explications de choses faciles; il eût
gagné à la suppression de tout l'inutile, etc.

H. Magnus[1] ne pardonne pas à l'auteur d'avoir fait du 2ᵉ livre
un vaste monceau de ruines, dans lequel on reconnaît à peine les
nobles formes de la poésie de Tibulle, de ne pas s'être rendu
compte de ce qu'est la science, de confondre les jugements esthétiques et les jugements historico-objectifs, de rejeter naïvement
les élégies à Marathus, parce qu'il les trouve laides. Il caractérise
bien sa subordination à Baehrens, tout en allant plus loin que
lui, sa conception enfantine de la critique du texte, se demande
s'il est utile de donner des exemples de sa stupidité. Il n'y a rien
de plus imparfait que le commentaire. Fabricius connaît la plupart des travaux sur Tibulle, mais est incapable de s'en servir et
ne comprend rien à l'art du poète.

Ailleurs H. Magnus[2] s'est résumé en disant que l'édition est
absolument sans valeur au point de vue scientifique, capable de
troubler et d'égarer les commençants et qu'elle ne doit pas être
recommandée comme introduction à l'étude de Tibulle.

§ 158, 1 — S'inspirant des principes de Vahlen, indiqués par
Lachmann, sur la nécessité d'approfondir l'interprétation de
Tibulle en se rendant compte de l'esprit qui le guide dans l'ensemble et le détail, Fr. Leo[3] a apporté à l'intelligence du poète
une contribution importante.

1. Jahresb. d. phil. Ver. zu Berlin, 9ᵗᵉʳ Jahrg. 1883, p. 269-275.
2. Jahresbericht... v. Iw. Müller, 51ˢᵗᵉʳ Band, 15ᵗᵉʳ Jahrg. 1887, 2ᵗᵉ Abtheil.
1889, p. 307-308.
3 Philologische Untersuchungen hrsggb. v. A. Kiessling und U. v. Wilamowitz-

Il reprend l'étude de II 5 après Lachmann, qui, à propos de
cette pièce, a montré comment il fallait concevoir comme un ensemble une élégie de Tibulle. Selon lui l'idée du poème, après
une introduction qui amène la prière au dieu prophétique en
faveur du nouveau quindecemvir, est de célébrer la grandeur de
Rome pendant le sacrifice auquel le dieu est censé assister : la
cérémonie a lieu dans le temple d'Apollon Palatin où s'élève la
statue d'Apollon kitharoedos de Scopas et, par une fiction poétique, c'est Apollon lui-même qui est censé chanter en s'ac-
compagnant sur la lyre le panégyrique de Rome et de César[1].
Les vers 23 sqq. s'expliquent par le fait que Tibulle nous
montre cette grandeur sortant de l'état pastoral, sur lequel il
s'étend en laissant tomber le ton de plus en plus jusqu'au moment
où le début brusque de la prophétie nous ramène à l'idée de la
grandeur de Rome; il y a là un effet voulu (ceci est bien vu)[2].
Les vers 67 sqq. sont expliqués d'une façon artificielle : les
autres sibylles ont prédit des choses encore plus merveilleuses,
des malheurs épouvantables qui se sont réalisés[3] — l'idée fondamentale étant celle de la véracité des sybilles — mais désormais, Apollon, anéantis les prodiges funestes avant qu'ils ne se
produisent. (Il est plus simple d'admettre que les vers 71-78
forment une digression donnant le contenu des prédictions
mentionnées vers 67-70 et qu'au vers 79 par une anacoluthe le
poète demande à Apollon de faire disparaître définitivement un
passé épouvantable.) Tibulle demande au dieu un signe de son
acquiescement : ce signe obtenu il revient à l'éloge habituel de

Moellendorff. — 2ᵉˢ Heft: Zu Augusteischen Dichtern. — Berlin, Weidmannsche
Buchhandlung, 1881, in-4, p. 1-47 : Ueber einige Elegien Tibulls, par Friedrich
Leo.

1. Au v. 4 Leo au lieu de *meas* lit *sacras*, correction qui ne se justifie pas
paléographiquement; une meilleure explication du sujet permet de conserver *meas*
(cf. § 292).

2. Leo trouve pourtant que les v. 19-22 soulèvent quelques scrupules; au v. 21
il lit *Troiam*. La leçon traditionnelle s'explique tout naturellement; il s'agit de la
prophétie qu'Énée reçut à son arrivée en Italie, à Cumes; après *Lares* il faut une
simple virgule; le sens est: elle fit entendre à Énée un oracle après le moment où,
dit-on, il porta son père et les Lares ravis à l'ennemi et où il ne croyait pas que
Rome dût naître, alors que désespéré il contemplait de la haute mer Ilion et ses
temples en flammes. Le passage dit tout simplement que la prophétie eut lieu après
la destruction de Troie et le départ d'Énée, moment où, devant Troie en flammes,
il ne pouvait deviner la fondation future de Rome.

3. En corrigeant au v. 67 sqq. : quid *quod* Amalthea, quid *quod* Marpesia
dixit...

la vie rustique. Leo termine en adoptant la définition de la pièce
telle que l'a donnée Lachmann.

Il a raison de croire qu'elle s'explique sans qu'on ait besoin
de la considérer comme inachevée ou comme interpolée ; il
paraît pourtant s'être trompé sur le sujet ; c'est, à propos de l'entrée
en charge du nouveau quindecemvir, un hymne en l'honneur
d'Apollon, inspirateur toujours véridique des Sibylles, dont l'une
a prédit la grandeur de Rome, d'autres des prodiges effrayants.
Le poète demande au dieu de clore désormais l'ère des prédictions désastreuses et obtient un signe favorable, gage d'un avenir
prospère.

A propos de I 4 ce fut pendant une assez longue période une
sorte de rite pour la philologie allemande que de réfuter les
transpositions de Ritschl, rite qu'elle accomplissait de temps en
temps. Après Vahlen et Hübner dont il adopte les conclusions,
Leo ne trouve plus à faire que quelques observations de détail,
pour que tout soit parfaitement clair [1]. La pièce est humoristique.

En tête des élégies du premier livre il met avec Lachmann I 10
antérieur à la guerre d'Aquitaine et qui serait de 31/30 avant
J.-C. ; il assignerait volontiers à la même époque les élégies
à Marathus, bien que rien n'autorise à les séparer de celles
à Delia ; I 3 serait de la fin de 30, les quatre autres à Delia de
29 environ ; elles sont antérieures à I 7 qui est de 27 ; il n'y a
pas de raison pour mettre la publication du premier livre beaucoup plus tard. Tout en admettant que les élégies à Delia
reposent sur une liaison réelle, Leo proteste contre le point de
vue de Lachmann-Dissen, qui ont voulu tirer de la fiction poétique l'histoire du roman ; il insiste sur ce qu'elles ont de peu
déterminé et d'irréel : Delia est mariée dans 2 et 6, libre dans
1, 3, 5 (ceci n'est pas certain) ; dans 6 il est question de sa mère,
dans 5 d'une entremetteuse (les deux choses ne s'excluent pas),
dans 3 d'une vieille qui reste auprès d'elle ; Delia est aussi peu
caractérisée que possible (ceci est exagéré): l'assertion d'Apulée,
qu'elle s'appelait Plania, prouve tout simplement que plus tard
on a cherché à l'identifier (mais le renseignement peut provenir
d'une source contemporaine). Les élégies qui la concernent sont

---

1. Au v. 71 il lit : blanditiis uult esse locum Venus ; *illa* querellis... ; la leçon
traditionnelle paraît devoir être conservée ; au v. 43 sq. il donne au mot *admittat*
un sens singulier ; l'explication du v. 28 est manquée.

sans lien entre elles et l'on ne saurait expliquer l'une par l'autre. Derrière la fiction poétique il y a une réalité, mais cette réalité nous n'avons aucun moyen de l'atteindre. Ainsi, tandis que les anciens commentateurs prétendaient reconstituer avec les élégies les détails mêmes de la liaison, Leo croit que de cette liaison les élégies ne nous apprennent pas grand'chose. C'est le point de vue qui va devenir à la mode, une exagération contraire à la précédente et qui ne défigure pas moins la poésie de Tibulle. La vérité c'est que chacune des élégies correspond bien à une situation réelle, mais que Tibulle ne nous a pas raconté les situations intermédiaires et que, par conséquent, nous ne pouvons pas suivre son roman au jour le jour.

Leo n'admet pas que la troisième élégie ait été composée à Corcyre pendant la maladie (on ne voit pas pourquoi elle ne l'aurait pas été). Il en fait une analyse très fine et nous la montre comme une succession naturelle d'images, de pensées, de sentiments qui s'opposent, le tout étant traversé par les terreurs de la mort qui se précisent et s'exaltent pour se résoudre dans la résignation et l'espérance. Il a pénétré profondément dans l'art de Tibulle [1].

Il atteint bien le sentiment fondamental de I 1 qui est le bien-être ressenti à la pensée d'en avoir fini avec les fatigues et les périls de la guerre et de pouvoir s'abandonner à la tranquillité de la vie rustique et à ses travaux, bien-être à peine troublé par l'idée de l'appauvrissement. Tibulle procède par variations sur ce thème qui se retrouve à la fin, variations qui chemin faisant s'enrichissent de traits nouveaux, le bonheur étant impossible au poète sans l'idée de la réunion avec Delia, idée qui devient dominante dans la seconde partie. Le secret de la composition de la pièce est ainsi bien démêlé et par suite l'inanité des transpositions tentées sur les vers 1-36 rendue évidente [2].

La fiction de I 2 est exactement expliquée avec Wunderlich,

1. Au v. 5o il lit : nunc leti mille *patentque* uiae, correction qui ne s'explique pas paléographiquement ; la leçon traditionnelle est excellente ; nunc leti mille repente uiae = nunc mille uiae repentinae leti, soit : actuellement mille voies s'ouvrent brusquement devant nous qui conduisent à la mort ; l'emploi de l'adv. au lieu de l'adj. est usuel en poésie.

2. Au v. 35 il est inutile d'adopter avec Leo la correction de Dieterich *hunc* ; *hic* souvent attaqué s'explique tout naturellement. Tibulle veut écarter les loups et les voleurs du troupeau de sa petite propriété ; il les détourne vers celles des richards et ajoute que dans la sienne — *hic* — il s'acquitte de ses devoirs envers les dieux protecteurs.

sauf dans quelques détails. Tibulle souffre de ce que la porte de Delia lui est fermée et essaie d'endormir son chagrin par le vin. (Leo ajoute, peut-être à tort, parmi ses camarades). Mais l'inquiétude est trop vive : il se croit en imagination transporté devant cette porte[1] ; puis il s'adresse à Delia, lui suggère ce qu'elle pourrait faire pour le rejoindre et l'entretient de son amour ardent[2]. A partir du vers 87 il s'attaque à ceux qui contrarient son amour (Leo a tort de croire qu'il se retourne vers ses camarades au milieu desquels il s'était enivré et qui rient de sa passion).

Les remarques sur I 5 sont justes[3] ; le *quidam* du vers 71 est bien un rival qui attend son tour (avec Wunderlich et Dissen).

Le ton de I 6 qui est humoristique est bien compris : Tibulle plaisante. Pour la composition I 6 ressemble à I 1 : ce sont des variations sur un thème, qui revient à plusieurs reprises et sous des formes diverses ; cette conception rend inutiles les transpositions, qui ne font que tout gâter.

Leo termine par une caractéristique de Tibulle, qui n'a pas emprunté son élégie aux Alexandrins (l'auteur a changé d'avis depuis cf. § 256), qui se réduit à un petit nombre de motifs et agit moins par la pensée que par l'émotion qu'il communique au lecteur, en le faisant passer par la série de ses sentiments. Il s'arrête sur une pensée, sur un sentiment et s'y abandonne, comme s'il était le jouet d'une fantaisie qui domine sa volonté, mais sa nature originale et forte l'empêche de se perdre dans les nuages. Il écrit avec ce qu'il sent et ce qu'il voit et non avec des réminiscences littéraires ; tout est chez lui le résultat d'une sensation objective, tout est pris sur le vif (il y a ici des réserves à faire ; en somme la matière élégiaque est la même chez lui que chez les autres poètes ; Leo du reste paraît se contredire, puisqu'ailleurs il a sensiblement réduit la part de la réalité dans l'inspiration de Tibulle). Les images sont groupées avec un art spécial ; il a échappé à l'Alexandrinisme ; il ne doit rien à l'école ni à la rhétorique ; il

---

1. Au v. 7 *ianua difficilis domini* s'explique, quoi qu'en dise Leo, de la façon la plus naturelle ; c'est par la volonté du mari que cette porte est fermée ; le qualificatif de *difficilis* convient donc parfaitement au mari : c'est un gêneur.

2. Leo a bien vu qu'au v. 65 sq. il s'agit d'une personne indéterminée ; mais le texte traditionnel exclut cette explication et est corrompu.

3. Excepté sur le v. 65 sq., où Leo voit l'assurance qu'avec un amant pauvre Delia ne sera pas compromise, parce que les festins avec ses amis ont lieu en cachette. Il a reculé devant l'explication toute simple des complaisances de l'amant pauvre, parce qu'il a trouvé le trait trop peu moral.

n'imite presque pas les Grecs (ici encore il y a des réserves à faire) ; il prend ses racines dans le sol national et sa poésie est une poésie humaine. Les dernières élégies, celles à Nemesis, commencent a témoigner d'un certain maniérisme.

Tel est ce travail intéressant où le vrai et le faux sont intimement amalgamés, à la manière allemande.

2. — K. P. Schulze.[1] félicite Leo d'avoir abondamment et heureusement glané après Lachmann et Vahlen en suivant leur méthode ; il fait des réserves sur ses corrections.

H. Magnus[2] dans un long compte rendu très favorable fait sur les points de détail des réserves généralement empruntées aux travaux postérieurs ; I 6 n'est humoristique que jusqu'au vers 55 ; à partir de là les sentiments passionnés reprennent le dessus.

§ 159. — Tout en se défendant de faire une récension du travail de Leo et sans vouloir attaquer la mode de plus en plus répandue de dire peu de choses en beaucoup de mots et de répéter sous une forme nouvelle ce qui est connu de tout le monde, H. Flach[3] réserve les droits de la saine critique et présente quelques observations. A propos du système de Leo sur Delia, qui n'aurait pas une vie individuelle, sur Nemesis qui n'aurait pas de traits personnels, il se demande ce que peut bien gagner la philologie à cette méthode, qui consiste à nier et à contester pour de mauvaises raisons et qui ressemble au procédé de l'enfant qui a un morceau de sucre dans la bouche et n'en convient pas. Pourquoi I 3 n'aurait-il pas été composé à Corcyre ? Tibulle ne pouvait-il pendant sa convalescence écrire une douzaine de distiques sans avoir une rechute et son témoignage vers 3 sqq. doit-il être rejeté sans preuves ? Parce que 1, 3, 2, 5, 6 appartiennent à la même direction artistique, est-il légitime de les mettre à la même date et la critique moderne peut-elle ainsi supputer un style par an, mois et jour ? Il conteste l'explication de I 2, 65 sq. en disant qu'il y a d'autres possibilités (il aurait dû dire lesquelles), de même celle de I 2, 87 sq., ainsi que la situation supposée au début de la pièce (mais c'est celle qui ressort le plus naturellement du

1. N. Jahrb. f. Phil. u. Paed. 51ster Jahrg. 123ster Band 1881, p. 640.

2. Jahresbericht... v. Iw. Müller, 51ster Band, 15ter Jahrg. 1887, 2te Abtheil 1889, p. 343-349.

3. Correspondenz-Blatt für die Gelehrten- und Realschulen Württembergs. 36ster Jahrg. 1883, p. 245-248 : Zu Tibullus, par Hans Flach.

texte). Il trouve que l'interprétation des poètes romains, telle qu'elle est actuellement pratiquée de côtés autorisés, constitue un recul sur celle de Haupt et trouve que le mémoire de Leo n'est fait que pour illustrer quelques conjectures douteuses (c'est aller trop loin).

§ **160**, 1. — La diss. inaug. de C. Schneemann[1] sur la construction des verbes composés avec une préposition chez Catulle, Tibulle et Properce traite une question grammaticale intéressante. Elle se rattache, en même temps qu'à la Syntaxe historique de Draeger, aux recherches analogues faites précédemment sur différents auteurs. Elle constitue un fragment d'enquête sur ce point spécial de l'histoire de la langue latine. Schneemann, partant de la règle établie par Lehmann, qu'avec les verbes de cette nature les écrivains anciens aiment à répéter la préposition, tandis que leurs successeurs préfèrent le cas nu, en général le datif, montre qu'elle se vérifie chez les trois élégiaques ; il n'y a entre eux que de faibles différences, ce qui s'explique par le fait qu'ils ne sont pas très distants dans le temps ; la préposition est surtout employée par Catulle, moins par Tibulle, encore moins par Properce, tandis que c'est chez Catulle que le cas nu est le moins fréquent, chez Properce qu'il l'est le plus. Avec Zingerle il considère comme authentiques chez Tibulle IV 2-6 et 13, 14 ; mais il a le tort capital de ne pas distinguer Tibulle de Lygdamus et du panégyrique, de sorte que ses résultats valent pour le Corpus Tibullianum, mais non pour Tibulle en particulier. Sa diss. est du reste un travail de débutant ; elle contient des erreurs, des confusions de cas, quand ils ne se distinguent pas nettement par la forme ; elle est défigurée par des fautes d'impression.

2. — H. Magnus[2] a signalé les relevés de l'auteur, en ce qui concerne Tibulle, comme n'étant pas sans utilité. La liste alphabétique des verbes composés avec leur construction chez Catulle, Tibulle et Properce sera la bienvenue des grammairiens et des lexicographes. Pour le texte, bien qu'il cite d'après les chiffres

1. De verborum cum praepositionibus compositorum apud Catullum Tibullum Propertium structura. — Diss. inaug. philol. quam... in Academia Fridericiana Halensi cum Vitebergensi consociata... scripsit Carolus Schneemann Saxo-Borussus. — Halis Saxonum, 1881. in-8. 54 p.

2. Jahresbericht... v. Iw. Müller, 51ster Band, 15ter Jahrg. 1887, 2te Abtheil. 1889, p. 189.

de l'édition de Luc. Muller, Schneemann s'est malheureusement
laissé influencer par Baehrens.

§ 161, 1. — J. Streifinger[1] a pris pour sujet d'une diss. inaug.
la syntaxe de Tibulle, en faisant remarquer que c'est seulement
lorsque tous les auteurs auront été l'objet de recherches analogues
que l'œuvre entreprise par Draeger pourra être achevée. Il a suivi
l'édit. de Baehrens, tout en adoptant pour la constitution du texte
non pas ses principes, mais ceux de Rothstein. Il a eu soin de
distinguer des pièces authentiques, sans se prononcer d'une façon
expresse sur IV 2-7 et 13, 14, le troisième livre et le panégyrique.
Grâce à cette méthode, qui est la bonne, il a pu noter quelques
différences grammaticales entre Tibulle, Lygdamus, le panégyrique,
Sulpicia et apporter une confirmation intéressante aux arguments
par lesquels on a montré que ces écrivains n'étaient pas identiques.
Il insiste sur l'influence du grec sur la langue poétique des Romains
et, quand il rencontre une construction qui s'écarte de l'usage latin
et est usuelle en grec, il n'hésite pas à y voir un hellénisme, ce en
quoi il va trop loin. Il étudie successivement les nombres, les cas,
les adjectifs, les pronoms, le verbe, la place des mots, la période.
Les observations sont faites avec soin ; çà et là des erreurs [2].

2. — J. Haas[3] voit là une contribution utile qui complète Draeger.
Les recherches de l'auteur sont étendues, approfondies et épuisent
le sujet ; la disposition est claire. Malgré quelques constructions
grecques, par exemple en ce qui concerne les cas, Tibulle, même
dans l'usage de la langue, s'est tenu libre de l'imitation hellé-
nique.

H. Magnus[4] a signalé cette dissertation comme utile ; il reproche

---

1. De syntaxi Tibulliana. Diss. inaug. quam... in alma litterarum Universitate
Wirceburgensi... obtulit Josephus Streifinger. Wirceburgi. In aedibus Adalberti
Stuberi, 1881. in-8. 49 p.
2. Ainsi il croit que Tibulle a employé 3 fois le présent pour le futur ; or I 7, 61
et II 2, 10 il n'est pas question du futur ; I 9, 80 c'est sans doute par erreur que
Baehrens a imprimé *gerit* et non *geret* ; chez Lygdamus 4, 49 sq. *quae dico* signifie
« mes prophéties en général », *quodque feram* « la prophétie particulière que je
vais te faire » ; il n'y a là nulle confusion entre le présent et le futur ; au v. 98 du
Panégyrique *simul* av. le conjonctif lui paraît exprimer la répétition ; mais **Ambr. V**
ont *uenient*, etc.
3. Blätter für das Bayer. Gymnasialschulwesen, 18ter Band, 1882, p. 483.
4. Jahresbericht... v. Iw. Müller, 51ster Band, 15ter Jahrg. 1887, 2te Abtheil.
1889, p. 309.

à l'auteur d'avoir donné trop d'importance aux grécismes, relève quelques-unes de ses erreurs, regrette qu'il se soit attaché au texte de Baehrens sans distinguer ce qui est traditionnel et ce qui est conjectural, si bien qu'on est quelquefois en présence d'une « syntaxis Bachrensiana » et non d'une « syntaxis Tibulliana ». L'adoption des chiffres de Baehrens rend les recherches difficiles. La syntaxe des cas pourrait être complétée par les notes de l'excellente dissertation de Hoerle, De casuum usu Propertiano. Halle 1887.

§ 162, 1. — M. Hansen[1] a, dans une diss. inaug., étudié les tropes et les figures chez Tibulle. Il commence par des renseignements qu'il emprunte à la Préf. de Luc. Müller sur l'histoire du texte et adopte les idées de Baehrens sur la valeur de G. Tout ceci est inutile et erroné[2]. Il a eu raison de s'inspirer de la diss. inaug. de Gebbing De Tropis et Figuris apud Valerium Flaccum. Marburg 1878. C'est par des monographies de ce genre qu'on peut arriver à distinguer les écrivains les uns des autres dans l'emploi de la rhétorique. Un travail comme celui-ci est donc un fragment d'enquête qui vaut par la méthode et l'exactitude. Hansen ne fait point de théorie. Il énumère les tropes et les figures et cite les exemples qu'il en rencontre chez Tibulle. Il commet de singulières erreurs[3] et répète bien des choses qui avaient été dites avant lui, par exemple sur la place de *que, et* etc. et il est moins complet que ses prédécesseurs. Le résultat est que les figures sont nombreuses chez Tibulle, mais en général courantes et n'altérant pas la simplicité de sa diction. Au point de vue où il s'est placé la différence n'est pas très sensible et la proportion des tropes et figures est à peu près la même chez Tibulle, Lygdamus, Sulpicia et dans le panégyrique.

2. — K. Schenkl[4] reproche à l'auteur d'avoir rempli des pages avec des tropes et figures dont beaucoup étaient tellement passés

1. De tropis et figuris apud Tibullum. — Diss. quam... in Academia regia Christiana–Albertina Kiliensi... scripsit Marx Hansen Grumbyensis... Kiliae. Prostat in aedibus Lipsii et Tischeri. Ex officina C. F. Mohr (P. Peters), 1881. gr. in-8. 51 p.

2. P. 4 il fait dire à O. Richter sur la confection des extraits de Vincent de Beauvais (§ 75) le contraire de ce qu'il a dit en réalité.

3. Ainsi l 9, 82 il en est encore à l'absurdité qui veut que *palma* signifie *clipeus* et, comme la métonymie de *palma* pour *parma* lui paraît un peu forte, il conseille d'écrire *parma*.

4. Deutsche Litteraturzeitung. II. Jahrg., n° 40, 1er oct. 1881, col. 1452-1453.

dans l'usage de la langue qu'ils se trouvaient dans la prose usuelle; d'autres étaient acclimatés avant Tibulle dans la langue poétique dont ils formaient un ingrédient nécessaire. L'auteur ne distingue pas ce qui est caractéristique de Tibulle et ce qu'il a de commun avec d'autres. Les sommes des tableaux dans lesquels il résume ses statistiques ne signifient pas grand'chose. Il ne s'est pas aperçu que l'usage des tropes et figures dépend du sujet du poème et du sentiment de l'écrivain. Nombreuses fautes d'impression.

H. Magnus[1] a blâmé Hansen de l'importance qu'il attribue à **G** et relevé un certain nombre des erreurs qu'il a commises : il voit parfois des tropes là où il n'y en a pas.

§ 163 (cf. § 140). — A propos de I 4, 15 Vahlen[2] a repoussé l'explication de Hübner (§ 148) qui rattache *Sed* uniquement à la mention du jeune garçon timide et réservé du v. 13 sq.; il maintient sa propre explication : ne te compromets pas avec les jeunes garçons; mais, si tu le fais et que l'un d'eux ne se rende pas immédiatement, ne te décourage pas. Il abandonne *Sin* qu'il avait proposé et trouve actuellement que la force adversative de *Sed* est suffisante pour contenir la condition qui n'est pas exprimée. Ceci est inadmissible et les exemples qu'il cite ne sont pas identiques.

§ 164. — G. Goetz[3] a examiné la valeur de **G** au moyen d'une collation faite par Loewe et récemment revue par celui-ci; il a constaté que la collation de Baehrens était défectueuse et que son système sur la nature de **G** était faux. Les grandes lignes de cette excellente démonstration sont les suivantes : les cas dans lesquels **G** offre la bonne leçon d'accord avec les *Exc. Par.* ne sont pas aussi nombreux que le prétend Baehrens; Goetz cite 3 cas où cette bonne leçon est de seconde main **g**, tandis que la première main **G** a avec **Ambr. V** la tradition fautive; dans un grand nombre de cas **G** a avec **Ambr. V** la tradition fautive, tandis que

1. Jahresbericht... v. Iw. Müller, 51ster Band, 15ter Jahrg. 1887, 2te Abtheil. 1889, p. 310.

2. Sitzungsberichte der kön. Preussischen Akad. d. Wissenschaften. Jahrg. 1882, 1ster Halbband Januar bis Mai 1882: Ueber zwei Elegien des Propertius, par J. Vahlen, p. 263-280.

3. Rhein. Mus. N. F. 37ster Band 1882, p. 141-146 : Ueber den Codex Guelferbytanus des Tibull, par Georg Goetz.

les *Exc. Par.* ont la bonne leçon. Pour les cas où **G** offre, suivant Baehrens, la bonne leçon, sans que celle-ci soit confirmée par **Ambr. V**, Goetz en a compté 16 où cette bonne leçon est en réalité de g, tandis que **G** s'accorde avec **Ambr. V**. Ce nombre s'accroît considérablement, si on approuve toutes les leçons prétendues bonnes, en réalité fautives de **G**, que Baehrens a introduites dans son texte comme prouvant l'excellence de ce manuscrit et qui ne sont que des corrections d'une main récente. Rossberg a montré que **G** contenait beaucoup de leçons manifestement mauvaises : Goetz en augmente la liste en rectifiant l'apparat de Baehrens ; en somme le nombre des bonnes leçons soit concordantes avec **Ambr. V**, soit isolées, est beaucoup moins grand, celui des mauvaises beaucoup plus considérable que ne le croit Baehrens ; **G** se rapproche donc de **Ambr. V**. Du reste un certain nombre de ses leçons, bonnes ou vraisemblables, se trouvent aussi dans les manuscrits de Lachmann, ce qui paraît favoriser l'opinion que la tradition de **G** est en réalité une tradition jeune et interpolée.

D'autre part, parmi les leçons où **G** et les *Exc. Par.* concordent, il y en a qui sont du fait de l'excerptor, d'où il résulterait que les rapports étroits entre **G** et les *Exc. Par.* proviennent non de ce qu'ils représenteraient réellement une tradition commune, mais de ce que **G** aurait subi l'influence des *Exc. Par.* ou d'autres extraits analogues. Les extraits de Tibulle ont été très répandus, comme le prouvent les recherches récentes dans les Bibliothèques. Goetz publie une lettre de Loewe qui en signale dans le Codex Venetus Bessar. 497 du XIIe ou peut-être du XIe s. Les plus répandus sont les *Exc. Par.* ; or g est influencé par eux ; n'en peut-il être de même de **G** antérieur d'une dizaine d'années ?

En résumé le fond de la leçon de **G** provient d'un manuscrit de la catégorie de **B** de Lachmann ; à cela s'ajoutent d'assez nombreuses leçons empruntées à un manuscrit d'extraits. Ce qu'on y trouve de bon, indépendamment de ces deux sources, dérive de la conjecture. Pour la critique **G** est le fondement le moins sûr qu'on puisse imaginer. Cette conclusion paraît être la vérité même.

§ **165**, 1. — Dans une diss. inaug. inspirée par C. Bursian R. Leonhard[1] examine la solidité des fondements sur lesquels Baehrens a édifié son texte, en se demandant si l'apparat critique

1. De codicibus Tibullianis capita tria. — Ad summos... honores ab... ordine philosophorum Friburgensi... impetrandos scripsit Robertus Leonhard Dr. Phil. — Monachii Theodor Ackermann bibliopola aulae regiae. 1882. in-8. 65 p.

de Lachmann conserve encore une valeur. Il ne paraît avoir connu que tardivement la diss. de Rothstein à laquelle il renvoie dans quelques notes.

Il commence par une étude sérieuse et approfondie sur les sources fragmentaires du texte.

Il reconnaît l'excellence de **F** qu'il défend dans plusieurs passages contre Baehrens, quoique dans trois il le croie interpolé (sauf dans un la chose est douteuse).

Avec Luc. Müller il considère les *Exc. Fris.* comme provenant d'un manuscrit excellent et n'y reconnaît que 3 ou 4 interpolations qu'il attribue à l'excerptor. Il en fait une étude détaillée.

Contre Protzen il croit que Vincent de Beauvais et Scaliger se sont servis de manuscrits du Florilegium Parisinum. Scaliger a pu avoir par de Thou connaissance du Thuaneus de Meyncke (§ 98). Du moment que nous avons le Florilegium Parisinum, les extraits de Vincent et de Scaliger n'ont plus de valeur pour nous. Il énumère les interpolations des *Exc. Par.*, mais considère comme très bon le manuscrit dont ils dérivent.

Sur les rapports de ces diverses sources, il ne parvient pas à déterminer la parenté de F et des *Exc. Fris.* Les *Exc. Par.* lui paraissent apparentés de plus près avec les manuscrits complets qu'avec les *Exc. Fris.*, de plus près avec F qu'avec les manuscrits complets. C'est tout ce qu'on en peut dire.

Il arrive aux manuscrits complets : Ambr. **V G** de Baehrens sont supérieurs à **A B C** de Lachmann, parce qu'ils ne contiennent pas les vers forgés dissimulant les lacunes certaines et parce qu'ils sont à peu près exempts des interpolations des Italiens du xv⁰ siècle. Reste à savoir si **A B C** dérivent d'une autre source que Ambr. **V G**.

Ambr. **V** ont un grand nombre de fautes communes ; ils remontent donc à un même original, mais c'est tantôt l'un, tantôt l'autre qui le représente ; ils ne sont donc pas copiés l'un sur l'autre, dérivent indépendamment du même archétype qui était écrit en lettres lombardes ; c'est de cet archétype qu'il faut partir pour apprécier l'autorité de **A B C**.

B comme le montrent les fautes communes est étroitement apparenté à Ambr. **V**, mais surtout à **Ambr.** De certains indices il paraît résulter qu'il a été copié sur **Ambr.** et non pas qu'il dérive du même original que **Ambr.** En tout cas il n'a plus aucun intérêt pour la critique, car les leçons qu'il a en propre ne sont que de mauvaises interpolations.

A moins étroitement apparenté que **B** avec **Ambr.** paraît provenir par des degrés divers soit de **Ambr.**, soit d'un manuscrit qui lui était très analogue. Son père peut avoir été influencé par un manuscrit de la famille de **G**; en tout cas il n'a guère plus d'autorité que **B** : il n'est pas d'une autre famille que **Ambr.** **V**, il n'a de variantes que celles qui peuvent provenir de la conjecture ou de la contamination avec **G**, il est défiguré par les interpolations des Italiens. On peut le négliger, en tout cas ses leçons n'ont pas plus d'autorité que les conj. modernes.

Quant à **C** il propage les leçons de **Ambr.** **V** très modifiées et très corrompues. Il contient çà et là le vrai, mais ce ne sont que des conj. des Italiens qui ont quelquefois retrouvé la bonne leçon avec une ingéniosité merveilleuse, mais qui ont aussi misérablement corrompu la tradition correcte. S'il a quelque valeur, c'est uniquement pour les bonnes conjectures qu'il contient.

Ainsi, contrairement à Rothstein qui maintenait l'importance des manuscrits de Lachmann, Leonhard les abandonne, ainsi que ceux de même nature qui se trouvent disséminés dans les bibliothèques. Il n'est pas loin d'adopter les idées de Baehrens, puisqu'il les considère comme dérivant de **Ambr.** ou de **V** par des degrés différents, ou tout au moins de leurs frères, en étant de plus en plus envahis par les incorrections et les interpolations.

En ce qui concerne **G**, il contiendrait un très grand nombre de bonnes leçons qui ne se trouvent pas dans **Ambr.** **V** et qu'on ne saurait imputer à la conj. d'un grammairien même très savant et très expert dans la critique (mais Leonhard se trompe dans la liste qu'il en donne, il y en a qui sont décidément mauvaises). Il est frappé de son étroite parenté avec les *Exc. Par.* et croit que **G** *Par.* constituent une famille dont l'ancêtre est plus près de l'archétype, mais a passé par les mains d'un homme instruit qui aurait corrigé ce qu'il ne pouvait pas lire et par suite fortement interpolé ; **Ambr** **V** représenteraient au contraire la main de scribes très négligents, mais qui n'interpolaient pas. Il accepte donc les 2 familles de Baehrens, mais non ses vues sur la manière de s'en servir : en cas de divergences, là où ces divergences paraissent provenir d'une mauvaise lecture, il faut avoir confiance dans **G** ; là où la divergence ne peut s'expliquer ainsi il faut tenir **G** pour interpolé.

Contre Luc. Müller Leonhard regarde tous les manuscrits qui existent aujourd'hui comme remontant à un même archétype. Quand on est arrivé à cet archétype, la voie, comme le dit Baehrens, est coupée. On peut supposer que les *Exc. Fris.* proviennent d'un manuscrit très semblable à l'archétype des manuscrits complets. Quant à **F** on ignore dans quel rapport il pouvait être avec cet archétype.

Dans un appendice, qui n'a rien à faire avec le sujet du travail, Leonhard, tout en admettant que l'archétype contenait des vers interpolés et des séries de vers bouleversés, combat les transpositions tentées sur I 1, 1-40 sur I 9, 39-44 (Baehrens) et discute, sans rien apporter de nouveau, divers passages.

2. — A. R (iese)[1] a annoncé brièvement et favorablement son travail.

J. Streifinger[2] défend **G** encore plus décidément que Leonhard. Il ne voit pas pourquoi il n'aurait pas conservé fidèlement de bonnes leçons remontant à l'archétype des deux familles de manuscrits. Suivant lui **G** doit avoir dans la critique le pas sur **Ambr. V.** Il félicite l'auteur d'avoir justifié le point de vue de Baehrens.

A. Zingerle[3] juge le travail comme fait avec beaucoup de réflexion et de bon sens. Il se borne à discuter quelques points de détail[4].

Cf. § **166**, 2 et 3.

§ **166**, 1. — Sans connaître le travail de Leonhard et avec Rothstein et Goetz, Hiller[5] a admis que **G** n'avait pas d'importance indépendante et que par conséquent c'est un et non pas deux manuscrits du Corpus Tibullianum qui est arrivé du moyen âge au xiv° siècle. Reste à savoir comment il faut reconstituer la leçon de l'archétype.

Ambr. est le plus ancien des manuscrits complets ; il est le seul dont la première main soit complètement exempte des modifications des Italiens ; Hiller démontre par quelques exemples sa fidélité à la tradition. Apparentée de très près à **Ambr.** et peu interpolée est la première main de **V.** Du reste il n'y a pas de passage où **V** nous renseigne plus sûrement que **Ambr.** sur la leçon de l'archétype, sauf les erreurs évidentes de **Ambr.**, dont la correction apparaît d'elle-même.

1. Literarisches Centralblatt. Jahrg. 1884, col. 157.
2. Philologische Rundschau, 4ter Jahrg., n° 35, 30 août 1884, col. 1100-1103.
3. Zeitschrift f. d. österr. Gymn. 36ster Jahrg. 1885, p. 97-99.
4. IV 1, 175 il lit : *per claros ierint* (avec Scaliger), en rappelant l'usage de faire défiler pendant le triomphe des images des hauts faits du vainqueur : 55 *coeptos* en rappelant Ov. ex P. II 7, 17 *coeptos seruantia cursus* ; I 4, 43 sq. il trouve que de *amiciat* d'**Ambr.** le plus simple serait de tirer *alliciat*.
5. Rhein. Mus. N. F. 37ster Band 1882, p. 567-575 : Zur handschriftlichen Ueberlieferung des Tibull, par E. Hiller.

Existe-t-il des manuscrits qui nous fassent connaître par places plus exactement que **Ambr. V** la leçon de l'archétype ? Dans un certain nombre de passages **G B** offrent la bonne leçon contre une corruption de **Ambr.** Il se pourrait que dans ces passages la leçon de l'archétype ait été défigurée par **Ambr. V**, conservée par **G B**, mais toutes ces leçons sont de celles qu'il était facile de retrouver par simple conj. Quant aux rapports entre **G** et *Exc. Par.*, Goetz en a jugé sainement.

Rothstein a prétendu que **Ambr. V** ne représentent l'archétype que là où ils concordent avec A et **C** ; là où **Ambr.** diverge de **AC** concordant, c'est **AC** qui représenteraient l'archétype ; mais Rothstein n'a pas appuyé sa théorie de preuves. Or **AC** offrent après II 3, 14 et 74, ainsi qu'après III 4, 64, les vers inventés par les Italiens pour combler les lacunes, dans maint passage **AC** offrent la mauvaise leçon contre la bonne de **Ambr.** Ces mauvaises leçons ne sont pas des fautes de lecture, ce sont ou des interpolations ou des corrections provenant des *Exc. Par.* Les bonnes leçons de **C** peuvent toutes passer pour des corrections des Italiens.

C'est donc **Ambr.** qui représente le mieux la tradition de l'archétype et tel est le principe que Hiller compte suivre dans l'édition de Tibulle qu'il prépare.

2. — La dissertation de Leonhard, qu'il n'a connue qu'après la rédaction de son article, ne l'a pas fait changer d'avis. **G** a été influencé par les *Exc. Par.* S'il n'a pas recueilli toutes les bonnes leçons qui se trouvent dans les *Exc. Par.* et qui ne proviennent pas toutes de corrections du moyen âge, c'est que l'utilisation des *Exc.* n'a pas été poursuivie d'une façon systématique ou que peut-être le manuscrit employé n'était pas complet. L'hypothèse de Leonhard que l'excerptor ou un correcteur se serait servi de F, ce qui expliquerait que certaines bonnes leçons se trouvent dans les *Exc. Par.* et non dans **G**, est peu vraisemblable. Quant aux bonnes leçons de **G**, généralement avec d'autres manuscrits interpolés, qui se dressent en face de mauvaises de **Ambr. V**, elles sont nombreuses, mais Leonhard conteste à tort qu'on puisse les attribuer toutes à la perspicacité des Italiens. Aucune ne nous oblige à admettre l'hypothèse d'une tradition différente de celle de l'archétype de **Ambr. V**, d'autant qu'on s'accorde à reconnaître que **G** a été fortement interpolé. Même en cas de divergence entre **Ambr.** et **V**, Hiller n'admet pas que **G** puisse servir à retrouver la leçon originale. Souvent **Ambr.** a la bonne leçon ou tout au

moins la leçon originale contre **G** et **V** et, d'autre part, l'hypothèse de Leonhard de modifications arbitraires dans **Ambr.** n'est
pas juste.

3. — Hiller[1] a donné plus tard un compte rendu détaillé de la
diss. de Leonhard. Il accepte dans leur ensemble ses vues sur **F**
Exc. Fris. Exc. Par., bien que dans le détail il ne soit pas toujours du même avis que lui; mais ce sont là des opinions subjectives, où il est permis de diverger. Sur les manuscrits complets il
lui reproche de considérer **Ambr.** comme interpolé en quelques
passages ; par suite de cette erreur et de l'appréciation trop favorable de **G** il déclare parfois la leçon de **Ambr.** mauvaise contre
celle de **V**, tandis que c'est le contraire qui est la vérité. Hiller
discute contre lui quelques passages. **B** est apparenté de très près
à **Ambr.** ; Leonhard le déclare copié sur **Ambr.** mais il ne démontre
pas la chose. Les concordances entre la première main de **Ambr.**
et **B** peuvent être ramenées à l'archétype ; l'idée que les concordances entre **B** et la deuxième main de **Ambr.** proviennent de ce
que **B** dérive de **Ambr.** est en contradiction avec l'assertion de
Baehrens que la deuxième main de **Ambr.** est postérieure à la
première de quelque 5o ans ; or **B** est de 1423 (mais de 1374 à
1423 il y a 49 ans; l'argumentation de Hiller tombe donc). Du
reste la chose a peu d'importance. Sur le fait que **A** et **C** sont sans
valeur Hiller partage l'avis de Leonhard en lui reprochant de
tirer des conclusions sur la leçon de **A** et du Wittianus du silence
de Heinsius et de Broekhuisen. Sur **G** il renvoie à son article et
maintient ses vues que Leonhard aurait sans doute partagées s'il
avait connu les remarques de Goetz. Il discute ensuite l'appendice.
Ce compte rendu paraît avoir été fait par Hiller surtout pour examiner certains passages en vue de la forme qu'il se poposait de
leur donner dans son édition et pour justifier sa manière de les
traiter.

§ 167, 1. — Égaré un instant dans la philologie latine, pour
laquelle il n'était pas fait, G. Larroumet[2] a consacré au 4e livre de
Tibulle une thèse de doctorat sortie des leçons professées à la
Faculté des Lettres de Paris par E. Benoist dans le premier se-

1. Philolog. Anzeiger, 14ter Band [1884], no 1, Janv. 1884, p. 24-32.
2. De quarto Tibulli libro thesim Facultati litterarum Parisiensi proponebat
G. Larroumet... — Parisiis apud Hachette et socios... 1882. in-8. 77 p.

mestre de 1875-1876. Il dit p. 4 : « Si qua bona sunt optimo magistro, si mala mihi tribuenda sunt » ; or il n'y a pas grand'chose de bon. Cette thèse n'est intéressante que pour l'histoire de la philologie latine en France : c'est l'époque où on s'aperçoit qu'on a négligé le travail considérable des philologues allemands, et où on essaie de se mettre hâtivement au courant, où on répète de confiance ce qui s'est dit outre-Rhin sans être capable de distinguer le vrai du faux et sans faire œuvre ni de critique ni d'invention.

La thèse débute par une liste confuse d'ouvrages qui en partie n'ont rien à faire avec le sujet et que l'auteur n'a visiblement pas lus ; elle n'a pour but que d'étaler une érudition de fraîche date. On y peut signaler des omissions. L'auteur déclare qu'il suivra l'édition de Luc. Müller qu'il considère comme la meilleure ; celles de Haupt-Vahlen et de Baehrens n'existent pas pour lui. La biographie de Tibulle, inutile ici, contient des erreurs et n'offre rien qui ne fût depuis longtemps connu. P. 11 la mission de Messalla en Asie serait de 22 av. J.-C. ; Tibulle, après son retour de Corcyre, n'aurait donc vécu à Rome que 3 ans. P. 13 l'auteur attribue à Tibulle IV 2-7, mais page 42 il ne lui attribue plus que IV 2-6. Sur le panégyrique il suit surtout Hankel qui lui paraît avoir définitivement tranché la question, tandis que la réfutation de Hartung serait sans valeur ; il a mal choisi son autorité. Il se borne du reste à reproduire les arguments de Hankel, sans voir où est le nœud de la question. Il rapproche du panégyrique l'élég. I 7 et il déclare que, si on attribue l'élég. à Tibulle, il n'y a pas lieu de nier que le panégyrique soit de lui : on s'étonne qu'il n'ait pas vu la différence entre les deux œuvres. Sur les élég. IV 2-12 il n'apporte rien de nouveau ; sa seule originalité consiste dans la vivacité de l'appréciation littéraire. Il rattache II 2 au cycle en question et on est étonné qu'à la suite de philologues plus pudiques qu'avisés, il tienne, lui, plus avisé que pudique, à donner au roman un dénouement moral. Il considère 7-12 comme des *epistolae*, nom qui, comme on l'avait remarqué antérieurement, ne s'applique pas à toutes les pièces. Il rapporte IV 13 et 14 à Glycera, opinion qui peut être juste, mais qui n'est pas nouvelle.

2. — B. D.[1] a donné un compte rendu de la soutenance et non de la thèse, en particulier des critiques d'E. Benoist.

1. Bulletin critique. 4e année — 1883 — t. IV, no 2, 15 Janv. 1883, p. 15.

D'après un référent anonyme[1] on n'aurait pas contesté ses conclusions, mais on lui aurait reproché de suivre aveuglément le
texte de Luc. Müller.

À propos de ce travail F. Plessis[2] a fait des réserves sur l'attribution du panégyrique à Tibulle et essayé de réhabiliter un peu
Lygdamus.

H. Magnus[3] dans un compte rendu doucement ironique félicite
Larroumet de ses connaissances bibliographiques, tout en lui
signalant des omissions. Il le loue de la finesse de ses appréciations littéraires, mais trouve que ses arguments ont déjà servi et
qu'il se borne généralement à des affirmations superficielles. Il
mentionne malicieusement son jugement vraiment extraordinaire
sur l'élégie I 7, un certain nombre de solécismes et un contresens
singulier sur IV 12, 6 (Larroumet croit que Sulpicia a quitté
brusquement Cerinthus, parce qu'elle ne voulait pas qu'il sût
qu'elle avait la fièvre).

§ 168, 1. — En étudiant la fabrication technique du *uolumen*,
Th. Birt[4] s'est trouvé amené à discuter[5] les vers de Lygdamus
III 1, 9 sqq. Repoussant, sans raison décisive, l'explication des
vers 11-12 qui, au premier abord, paraît la plus naturelle
*littera, facta ut nomen tuum indicet, summa tenuis chartae fasti-
gia praetexat,* il propose de lire :

> Summaque praetexat *titulus* fastigia chartae
> Indicet ut nomen littera facta tuum.

Il est certain qu'il atteint le sens ; il s'agit en effet du *titulus*,
qui, inséré à la partie supérieure du rouleau et rabattu à l'extérieur, avertira le lecteur qu'il a sous les yeux des poésies de Lygdamus à Neaera ; mais la corruption de *titulus* en *tenuis* ne s'explique pas paléographiquement.

1. Revue critique, 17e année, 1er sem., N. S. T. XV, no 6, 5 févr. 1883,
p. 106-107.
2. Bulletin mensuel de la Faculté des Lettres de Poitiers, 1883, no 6, Juin,
p. 208-215.
3. Jahresbericht... v. Iw. Müller, 51ster Band, 15ter Jahrg. 1887, 2te Abtheil.
1889, p. 357-358.
4. Das antike Buchwesen in seinem Verhältniss zur Litteratur... von Theodor
Birt. — Berlin. Verlag von Wilhelm Hertz (Besserschе Buchhandlung), 1882. in-8.
iv-518 p.
5. P. 66-67.

2. — En examinant le Corpus Tibullianum [1], il n'arrive pas, faute de documents, à résoudre d'ensemble la question de savoir comment il s'est formé. Toutefois il remarque que dans les manuscrits nous avons un premier livre composé de 820 vers c'est-à-dire normal suivant ses calculs, un deuxième de 428 vers c'est-à-dire très court, un troisième d'une brièveté inusitée 290 vers (ceci n'est pas exact la subdivision des livres 3 et 4 étant récente) suivi d'une *appendix* contenant le panégyrique, etc. Il n'attache pas grande importance au catalogue du codex Santenianus publié par Haupt (§ 89) et qui a la mention *Albi Tibulli lib. II*, parce que ce catalogue contient des chiffres inexacts. Mais il fait observer que les *Excerpta*, dont l'original paraît appartenir à la dernière période de l'antiquité (ceci est arbitraire), citent comme du deuxième livre des passages appartenant au troisième livre, puis des passages du panégyrique et rien de plus; il en conclut que les *Excerpta* ne connaissent encore que 2 livres de Tibulle. Il n'est pas douteux que le livre de Lygdamus à Neaera n'ait été présenté à celle-ci en un exemplaire séparé; mais les Sosii l'introduisirent à la suite du deuxième livre de Tibulle qui était trop court; c'est ainsi que Lygdamus perdit en librairie sa personnalité pour être confondu avec Tibulle, dont le nom figurait en tête du *uolumen* et ceci explique que l'antiquité n'ait pas connu un élégiaque du nom de Lygdamus; l'antiquité lisait Tibulle en deux *uolumina* de justes dimensions I 820 vers II 718 vers. Mais nos manuscrits connaissent 3 livres; cela provient de ce qu'un copiste s'est aperçu que la première pièce de Lygdamus introduisait en réalité un nouveau livre; le fait a pu se produire lorsque l'œuvre de Tibulle fut transportée des *uolumina* primitifs dans les *codices* sur parchemin; il y eut là une modification dont l'excerptor est demeuré indemne; celui-ci a connu Tibulle sous une forme plus ancienne [2].

C'est là une hypothèse ingénieuse; elle implique que le deuxième livre n'a pas été publié par Tibulle lui-même et, en faisant un sort à part aux poésies de Lygdamus, n'explique pas comment les autres pièces du Corpus Tibullianum sont venues s'y agglutiner.

§ 169. — Rappelant l'usage qu'il a fait dans les Tibullische Blätter de l'archétype de Tibulle de 6 vers à la page pour expli-

1. P. 426-429.
2. H. Magnus, Jahresbericht... v. Iw. Müller, 51ster Band, 15ter Jahrg. 1887, 2te Abtheil. 1889, p. 216, se borne à mentionner le système de l'auteur.

quer les transpositions, E. Baehrens[1] reconnaît qu'il a eu tort de
supposer un manuscrit sur parchemin, dont les pages étaient
écrites de chaque côté. Il s'agit en réalité d'un *uolumen* de *charta,*
ce qui augmente la difficulté. Il croit actuellement que lorsqu'au
iv° ou v° siècle après J.-C. le *uolumen* fit place au *codex* sur parchemin et qu'on transporta de l'un sur l'autre les auteurs anciens,
Tibulle par exemple, les copistes, ne pouvant pas tenir le *uolumen* de la main gauche et en transcrire de la main droite le contenu sur les feuillets de parchemin, dépecèrent le *uolumen* en
pages détachées, qu'ils empilèrent les unes sur les autres ; on
conçoit qu'avec ce procédé il dut facilement se produire des transpositions.

Pour que l'hypothèse prît de la vraisemblance il faudrait que
les transpositions de 6 vers chez Tibulle et par suite l'existence
du fameux manuscrit fussent démontrées, ce qui n'est pas. Ensuite
les copistes n'avaient pas besoin de découper le *uolumen* ; ils
pouvaient l'ouvrir devant eux et l'assujettir de façon à avoir sous
les yeux 4 ou 5 pages ; une fois celles-ci copiées, ils les enrou-
laient et en découvraient d'autres ; c'est le procédé qui paraît le
plus simple.

§ **170**, I. — Baehrens a soutenu que les pièces d'Horace
C. I 33 et Épître I 4 ne se rapportaient pas à Tibulle. L. Grasberger[2] a soumis cette opinion à un examen critique.

Dans C. I 33 il s'agit d'une liaison passagère qu'Ovide n'avait
pas à mentionner, pas plus qu'il n'a mentionné Marathus. Il n'y
a pas lieu de vouloir reconstruire avec les pièces de Tibulle
l'histoire de sa vie, comme l'a fait Dissen. Nous ne pouvons pas
décider si Horace fait allusion à l'avare Nemesis ou à une certaine
Glycera, qui n'est pas un personnage en l'air. Horace paraît simplement avertir son ami non sans humour de ne pas abuser dans
ses élég. du ton plaintif (ceci est vague et peu satisfaisant).

L'Albius de l'Ép. I 4 de 26-25 avant J.-C. serait d'après
Baehrens complètement différent du Tibulle que nous connaissons ; ceci n'est pas exact : il est possible que Tibulle se soit

---

1. N. Jahrb. f. Phil. u. Paed. 52ster Jahrg., 125ster Band 1882, p. 785-790 : Das
antike Buchformat der römischen Elegiker, par E. Baehrens.
2. N. Jahrb. f. Phil. u. Paed. 52ster Jahrg., 125ster Band 1882, p. 838-848 :
Zur Würdigung des Dichters Tibullus. Ein Vortrag, par L. Grasberger. Cet exposé
de forme oratoire a été lu à la Philologisch-historischen Gesellschaft in Würzburg.
9. Sitzung am 9. Mai 1882.

exprimé quelque part favorablement sur les *Sermones* d'Horace :
il est naturel que celui-ci l'en remercie ; il joint à son remerciement quelques réflexions sérieuses avec une conclusion humoristique ; il peut très bien prendre ce ton avec un ami âgé de 10 à
12 ans de moins que lui ; ni l'un ni l'autre ne sont des philosophes *ex professo*, mais ils vivent la philosophie. Horace parle de
diuitiae. Or, si les ancêtres de Tibulle étaient plus riches que
lui I 1, 41 sq., il n'était pas pauvre ; II 1 respire l'aisance. Attribuant à tort le panégyrique à Tibulle, Grasberger reprend l'opinion courante que le poète a pu, grâce à Messalla, échapper à la spoliation. L'Albius de l'Ép. I 4 est un poète de talent ; si ce n'est pas
Tibulle, il est étonnant que Quintilien et Ovide n'en fassent pas
mention. D'après Porphyrio Cassius de Parme avait été avec Horace tribun militaire dans l'armée de Brutus et de Cassius ;
d'après Acro il s'était distingué dans divers genres, entre autres
dans l'élég. et l'épigramme ; il n'était donc pas uniquement un
auteur de tragédies ; Tibulle a pu, comme Ovide, s'exercer dans
la tragédie ; en tout cas Cassius, comme c'était la mode alors,
avait abordé différents genres. Rien d'étonnant à ce qu'Horace
qui, même sous Octavien, avait son franc parler ait rapproché
Cassius de Tibulle. Entre Tibulle et lui, malgré la différence, il
y a quelques analogies. Tous deux aimaient la vie rustique ; Tibulle a appliqué aux pièces de son deuxième livre la forme de
l'épître. Passow met Horace et Tibulle en rapports en 32/31 avant
J.-C., Jahn pas avant 27 ; Horace aurait écrit des *sermones* jusqu'en 27 ; l'ode à Albius serait d'après Kirchner et Lübker de
l'automne 26 ; bientôt après auraient suivi les épîtres.

2. — H. Magnus[1] a accepté l'argumentation de Grasberger
dans ses points essentiels.

§ 171, 1. — Zingerle[2] a examiné les vers I 4, 53 sqq., qui ne lui
paraissent pas avoir encore été expliqués d'une façon satisfaisante.
Il propose d'entendre *rapta dare* dans le sens de *rapere* (cf. Ov.
Amor. II 4, 26 Oscula cantanti *rapta* dedisse uelim) et de lire

pugnabit sed tamen apta *dabis.*
Rapta *dabis* primo...

1. Jahresbericht... v. Iw. Müller, 1ster Band, 15ter Jahrg. 1887, 2ᵉ Abtheil.
1889, p. 341-343.
2. Kleine philologische Abhandlungen. III. Heft. Innsbruck, 1882. I. Fortsetzung
der Beiträge zur Kritik und Erklärung lateinischen Schriftsteller, p. 31-35.

La correction serait possible ; il ne semble pas qu'elle s'impose.

2. — H. Magnus, tout en louant la méthode de l'auteur, qui pèse avec réflexion le pour et le contre, et en convenant qu'on a toujours quelque chose à apprendre de lui, alors même qu'on ne peut accepter ses conjectures sans réserve[1], a bien défendu le texte traditionnel[2]. Certes le jeune garçon résistera — pugnabit — mais Tibulle dit auparavant qu'il est à moitié conquis — tum tibi mitis erit. — Par conséquent, il ne se défendra que pour la forme et oscula... apta *dabit*. La situation est celle représentée par Ov. A. A. I 665 pugnabit primo... pugnando uinci se tamen illa uolet, Hor. C. II 12, 26 *facili* saeuitia negat... quae poscente magis gaudeat eripi.

§ 172 [3]. — Hiller[4] a fait observer que, bien que la chose n'ait pas été relevée dans les éditions et dans les travaux qu'il a eus entre les mains, **F** a été utilisé par les Italiens du xve siècle. Il cite un grand nombre de ses leçons, qui se retrouvent dans les manuscrits interpolés. Restent comme propres à **F** et n'étant connues que par la collation de Scaliger des fautes que les Italiens n'ont pas relevées parce qu'elles ne les intéressaient pas et deux bonnes leçons. Or on n'a encore collationné qu'un nombre restreint de manuscrits inférieurs ; il se pourrait qu'on retrouvât dans d'autres des leçons de **F** que n'ont pas les manuscrits connus. Il serait même possible que des leçons de **F** non relevées par Scaliger aient été recueillies par des manuscrits interpolés ; mais cette possibilité est de peu d'intérêt pour la critique du texte ; car nous n'aurions pour les reconnaître que la perspicacité personnelle, instrument sur lequel on ne peut guère compter ; il ne semble donc pas qu'une inspection à ce point de vue des manuscrits encore inconnus puisse donner des résultats.

---

1. Jahresb. d. phil. Ver. zu Berlin, 9ter Jahrg. 1883, p. 255-256.
2. Jahresbericht... v. Iw. Müller, 51ster Band, 15ter Jahrg. 1887, 2te Abtheil. 1889, p. 263-264.
3. Je n'ai pas eu entre les mains : G. Biuso, la questione del terzo libro di Tibullo. Rieti, 1883, tip. Trinchi. in-8. 20 p.
   C. Schenkl, D. Magni Ausonii Opuscula (Monum. Germ. hist. Auct. Antiquiss., t. V, pars posterior), 1883, Index, p. 269, a signalé les imitations de Tibulle par Ausone. Cf. H. Magnus Jahresb. v. Iw. Müller, 51ster B., 15er Jahrg., 2te Abth. 1889, p. 239.
4. N. Jahrb. f. Phil. u. Paed. 53ster Jahrg., 127ster Band 1883, p. 273-274 : Das Fragmentum Cuiacianum des Tibullus, par Eduard Hiller.

§ 173, 1. — Hiller [1] a cherché à élucider la question de savoir quelles sont les parties du Corpus Tibullianum qui existaient dans l'archétype de tous les manuscrits et comment les autres sont parvenues à nos manuscrits actuels.

Les deux Priapées. Scaliger les a imprimées avec l'attribution à Tibulle dans son édition de l'appendix Virgiliana de 1572 en disant que la première se trouvait dans l'*optima scheda* c'est-à-dire le manuscrit de Cujas avec, au v. 6, la leçon *taceo* au lieu de *tento* et que la deuxième était dans le manuscrit de Cujas. Elles sont dans l'exemplaire de la Plantinienne de 1569 sans aucune observation de sa main et il les a publiées dans son édition en se servant de **F**. Il n'est pas douteux que la deuxième ne fût dans **F**; mais **F** ne la tenait peut-être pas de son original, à plus forte raison de l'archétype de tous nos manuscrits. Un copiste du moyen âge a bien pu remplir une page blanche avec un des poèmes anonymes d'un recueil qui était à sa disposition ; alors même que l'addition au Corpus Tibullianum remonterait à l'antiquité, l'attribution à Tibulle resterait incertaine, puisque dans la même collection se trouvent les élégies de Lygdamus et les pièces de Sulpicia. Quant à la première, Mommsen a fait observer qu'il est singulier que ce poème qui a été composé pour une circonstance et un lieu particuliers, qui a été retrouvé auprès de Padoue et qui est passé de là dans les recueils d'inscriptions du xv⁰ siècle figure aussi parmi les œuvres de Tibulle ; Scaliger n'en donne aucune leçon propre, et au vers 6 son manuscrit concorde sur *taceo*, leçon interpolée de l'appendix Virgilii. Hiller croit que, lorsque Scaliger nota sur la Plantinienne de 1569 les variantes de **F**, il n'en inscrivit aucune pour la première priapée, parce que cette pièce n'existait pas dans **F** ; plus tard, lorsqu'il édita l'appendix Virgilii, il crut se rappeler que non seulement la deuxième priapée, mais aussi la première figurait dans **F**, et, comme il trouvait dans le texte de la Plantinienne *taceo* sans observation de sa part, il crut et dit que **F** avait *taceo*. La première priapée n'aurait été jointe au Corpus Tibullianum que dans les manuscrits récents (cette hypothèse est compliquée et invraisemblable).

L'épigramme. Personne ne doute qu'elle n'ait figuré dans l'archétype. Scaliger la donne comme étant dans **F** et attribuée par **F** à Domitius Marsus.

---

1. Hermes, 18ᵗᵉʳ Band 1883, p. 343-361 : Die Tibullische Elegiensammlung, par E. Hiller.

La *uita*. On peut l'attribuer à la fin de l'antiquité. Les deux renseignements que nous ne trouvons pas ailleurs, à savoir que Tibulle était *eques romanus* et qu'il avait reçu des *dona militaria* peuvent provenir d'une bonne tradition (ceci est contestable). Elle devait donc être dans l'archétype.

La division en trois livres peut remonter à l'archétype. Contre Birt (§ 168) Hiller croit que le deuxième livre tel que nous le possédons et sans les élégies de Lygdamus fut publié après la mort de Tibulle et, avec Baehrens et d'autres, que les pièces suivantes, qui se trouvaient dans la famille de Messalla, furent ajoutées ensemble et comme troisième livre au deux livres déjà publiés de Tibulle. L'hypothèse de Heyne que sous le nom de Lygdamus se cacherait celui d'Albius n'est pas à rejeter ; l'auteur pouvait être un parent plus jeune de Tibulle et il aura grécisé son nom parce qu'il valait mieux dans l'épitaphe avoir deux noms de même nature (ceci est tout à fait en l'air). Aucune des parties du troisième livre n'avait été publiée auparavant d'une façon séparée (ceci est arbitraire). Si on admettait qu'il y a dans Ovide des réminiscences de ces pièces, on pourrait croire que celui-ci les a connues par communication particulière ; mais aucun des passages analogues, sauf une exception dont il sera question plus loin, ne permet de supposer une influence directe de l'un des deux poètes sur l'autre.

IV 2-6 appartiennent à Tibulle. R. Richter (§ 122) a eu tort de lui refuser IV 5. La pièce 7, comme 8-12, est de Sulpicia (Rossbach). Hiller le démontre convenablement ; 7 et 8 ne sont pas des billets à proprement parler, mais de simples effusions ; 7 a été mise en tête par l'éditeur (Il est plus vraisemblable que c'est Sulpicia qui l'a écrite et mise à cette place, lorsqu'elle communiqua ses vers à Tibulle ; elle ne voulait rien cacher).

Le troisième livre n'a été publié qu'après les Tristes d'Ovide ; III 5, 15-20 sont en rapport direct avec trois passages d'Ovide et la coïncidence ne saurait être fortuite. Contre l'imitation par Ovide Hiller ne fait que répéter les raisons connues. Il n'admet pas avec Baehrens que III 5 ait été composé plus tard que les autres pièces ; selon lui III 5 aurait été écrit d'abord sans les vers 15-20 en même temps que les élégies à Neaera et Lygdamus n'aurait rien publié à ce moment. Plus tard, après avoir lu les Tristes, il fit une nouvelle copie de ces six pièces pour les offrir à un ami ou à un protecteur et, comme il était né la même année qu'Ovide, il crut convenable de faire ressortir cette coïncidence

et ajouta les vers 15-20 (cette hypothèse est purement gratuite
et il n'est pas difficile d'en montrer la fausseté : au vers 6 Lygdamus indique nettement pourquoi il demande à Persephoné de
l'épargner : *immerito iuueni* ; les vers 7-14 développent *immerito*,
les vers 15-20 *iuueni* ; si on supprime ces derniers le développement reste boiteux).

2. — On ne retrouve pas toujours dans ce travail, quoi qu'en
dise H. Magnus [1], le jugement sensé habituel à Hiller. Magnus fait
du reste les réserves suivantes : il n'admet pas qu'en affirmant
positivement que la première priapée était dans F Scaliger ait
commis une erreur ; les deux renseignements propres à la *uita*
peuvent avoir été induits de passages de Tibulle lui-même ; sans
considérer comme impossible le remaniement de III 5 par Lygdamus, il aime mieux croire avec le critique du Phil. Anz. X, 183
que III 5 n'est pas de l'auteur des élégies à Neaera (ceci reste très
douteux).

§ 174, 1. — Contre l'opinion courante que la mythologie de
Tibulle n'est pas une mythologie savante, E. Maas [2] a voulu démontrer que dans quelques cas, exceptionnels d'ailleurs, Tibulle
emprunte sa mythologie, non pas aux croyances populaires,
mais à l'érudition des livres et qu'elle revêt alors le caractère spé-
cifique de la poésie hellénistique, sans pourtant que le poète ait
recouru à des sources très abstruses.

2. — Il croit qu'on n'a pas compris jusqu'à présent le mythe
sur lequel repose II 5 et prend pour tâche de résoudre la question suivante : où et quand Énée a-t-il reçu l'oracle de la Sibylle ?
Rappelant Denys, avec qui concorde le récit de Tite-Live et d'a-
près lequel Énée aurait consulté la Sibylle en Troade, il est d'a-
vis que le lieu de l'oracle est la côte Troyenne, le moment, celui
où Énée s'embarque pour la quitter ; les vers 19-20 montrent
qu'il a consulté la Sibylle après le moment où il a porté son père
sur ses épaules, 21-22 qu'il venait d'apprendre sa destinée lorsqu'il apercevait de la mer Troie en flammes ; car que signifierait
de dire qu'il ne croyait pas à l'existence future de Rome, si on
ne venait pas de la lui révéler ?

1. Jahresbericht... v. Iw. Müller, 51ster Band, 15ter Jahrg. 1887, 2te Abtheil.
1889, p. 338-341.
2. Hermes, 18ter Band 1883, p. 321-342 : Tibullische Sagen, par Ernst Maas.

Avec une érudition très ingénieuse Maas démontre ensuite que la Sibylle de Marpesos ne doit son existence qu'au patriotisme local de Demetrios de Skepsis, petite ville de Troade, qu'elle n'est qu'un doublet de la Sibylle d'Érythrée, que c'est l'affranchi de Sylla L. Cornelius Alexander, surnommé Polyhistor, qui a fait rendre à Énée par la Sibylle de Marpesos en Troade l'oracle sur la fondation de Rome. C'est ce système que Tibulle aurait connu par un intermédiaire qui nous échappe et dont il aurait fait le fond de l'élégie II 5.

Cette interprétation soulève plusieurs difficultés ; elle méconnaît la construction grammaticale des vers 21-22 qui dépendent de postquam du vers 19 ; si on admet cette construction, la prédiction n'a pas lieu avant le départ de Troade, mais après : comme elle n'a pas eu lieu en pleine mer, elle ne peut avoir été faite qu'à un des endroits où aborda ensuite Énée et le plus simple est de croire que c'est à son arrivée en Italie, suivant la légende courante immortalisée par Virgile (cf. § 158, note). Ensuite Tibulle au vers 67 sq. nomme Herophilé de Marpesos parmi les Sibylles qui ont prédit des choses funestes ; ce n'est donc pas à elle qu'il pensait à propos de l'oracle rendu à Énée. Maas est obligé de supposer que Tibulle a commis une erreur et qu'en la nommant il a cru nommer une autre Sibylle que la Sibylle Troyenne ; ceci suffit à montrer la fragilité du système.

3. — Dans II 1, 57 sq. Maas voit une allusion à une autre légende savante. Au vers 58 corrompu Tibulle aurait voulu expliquer pourquoi le bouc était la récompense du vainqueur tragique ; il aurait rappelé la légende racontée par Hygin, Astron. II 4, d'après laquelle Ikarios sacrifia à Dionysos le bouc qui avait rongé la vigne plantée par le dieu lui-même ; Maas lit dubitativement *uites hauserat hircus olens* et pense que Tibulle dépend d'Ératosthène. Robert et Knaack [1] ont repris la correction en proposant : *uites roserat ille nouas*. Mais l'hypothèse reste en l'air, puisqu'elle repose sur cette correction.

4. — C. Robert [2] a expliqué trois peintures de Pompéi comme représentant la scène même dans laquelle Énée accompagné par Anchise et Ascagne consulte la Sibylle Troyenne ; il est possible

1. Ibid. p. 480.
2. Ibid. 22ster Band 1887, p. 445-464 : Archaeologische Nachlese, par C. Robert.

que l'explication soit exacte et elle est intéressante pour l'histoire de la légende, mais elle n'apporte bien entendu aucune preuve nouvelle que ce soit celle que Tibulle a adoptée.

5. — H. Magnus [1] trouve le travail de Maas intéressant et instructif. Il serait disposé à accepter son interprétation de II 5, 19 sqq.; il ne formule qu'une objection, à laquelle on regrette qu'il n'attache pas plus de poids, c'est que les v. 15-16, qui parlent magnifiquement de la Sibylle, s'appliqueraient difficilement à la Sibylle Troyenne qui n'est mise qu'une fois, dans un récit très isolé, en rapport avec la fondation de Rome. Quant à la correction de I 1, 58 il remarque qu'il faut partir de *auxerat* et non de *hauserat* et la rejette; il croit que la conj. de Waardenburg (§ 13) est encore la moins invraisemblable — ut in re dubia.

En réalité les recherches de Maas n'aboutissent à rien de solide.

§ 175, 1. — E. Baehrens [2] proteste contre l'opinion de Mommsen, qui a ajouté foi à l'assertion des humanistes du xv° s. d'après laquelle la 1re priapée de Tibulle aurait été découverte dans les environs de Padoue et contre l'idée de Hiller (§ 173) que Scaliger aurait commis une erreur en affirmant que la pièce se trouvait dans F. D'après la graphie *uillice* au lieu de *uilice*, *uiolabit* qui convient moins bien que *uiolarit* et surtout *tento* qui, selon lui, n'a aucun sens, il prétend qu'il ne peut être là question d'une inscription du siècle d'Auguste. La pièce était bien dans F; F fut connu en détail des Italiens (§ 172); il portait la bonne leçon *taceo*; dans une copie se glissa la faute *tento*; c'est cette copie qu'utilisa le faussaire qui déclara que c'était là une inscription trouvée « in agro patauino »; une meilleure copie contenait *taceo* qui est dans la Plantinienne et à propos duquel Scaliger n'a rien noté parce que c'était la leçon de F (ceci est vraisemblable; mais Baehrens se trompe sur la valeur des 2 leçons; c'est *tento* qui est la bonne leçon; elle contient une obscénité qu'on-a fait disparaître en substituant *taceo*). Baehrens cite un autre exemple où Mommsen s'est laissé induire en erreur CIL III 1 p. 462 par un poème qui est dans de bons mss. du xie et qu'il a trouvé dans un recueil hongrois d'inscriptions.

1. Jahresbericht... v. Iw. Müller, 51ster Band, 15ter Jahrg. 1887, 2te Abtheil. 1889, p. 349-351.
2. N. Jahrb. f. Phil. u. Paed. 53ster Jahrg., 127ster Band 1883, p. 860-862 : Zu Tibullus, par Emil Baehrens.

2. — A propos de la correction de Maas, modifiée par un de ses amis (§ 174, 3) Baehrens fait remarquer qu'on réunit ainsi dans un même distique deux motifs qui s'excluent : si un bouc est sacrifié comme victime au dieu et que le chœur chante joyeusement en dansant autour de l'autel, cela a un autre sens que si on donne un bouc comme prix du concours à ceux qui célèbrent les louanges du dieu. Primitivement on danse autour de la victime en témoignant son allégresse ; à ces chants s'en joignent de plus sérieux qui sont récompensés par la peau du bouc ; c'est là une chose secondaire ; un poète peut la faire passer au premier rang ; mais il ne peut pas dire : on donne au paysan un bouc comme prix : car ce bouc avait rongé les vignes ; c'est pour cela qu'il fut immolé. Ce n'est pas là une raison pour qu'il serve de prix. La corruption du passage provient de ce que le 1er *hircus* est une glose et que *oues* provient de *ouili*. La progression des idées doit être la suivante : les chœurs primitivement sans art furent par des concours postérieurs élevés à un plus haut degré et devinrent ce qui plus tard donna naissance à la tragédie; l. *dux pecoris scaenae causa erat hircus auis.* La critique de Baehrens est judicieuse, mais sa conj. n'a aucune vraisemblance.

3. — H. Magnus[1] à propos de la première priapée met en doute qu'au v. 6 *tento* soit dénué de sens et montre que *sed* s'explique bien ; Baehrens ne dit pas d'où proviendrait la leçon soi-disant fautive *tento*.

§ 176, 1. — Se rattachant à la Syntaxe historique de Draeger, O. Wolff[2] a étudié dans une diss. inaug. les propositions interrogatives chez Catulle, Tibulle et Properce, qu'il cite d'après Baehrens, mais sans s'astreindre à son texte, qu'il discute dans un certain nombre de passages. La diss. se divise en 2 parties : I. De la forme grammaticale des interrogations directes. De l'indicatif et du conjonctif. De la forme grammaticale des interrogations indirectes. Du conjonctif et de l'indicatif. II. Sur l'usage rhétorique ou poétique de l'interrogation. L'auteur ne donne sur ce point, qu'il réserve pour plus tard, que des indications som-

1. Jahresbericht... v. Iw. Müller, 51ster Band, 15er Jahrg. 1887, 2te Abtheil. 1889, p. 287-288.
2. De enuntiatis interrogativis apud Catullum, Tibullum, Propertium. — Diss. inaug. ... quam... in Academia Fridericiana Halensi cum Vitebergensi consociata... scripsit Oscarus Wolff Silesius. — Halis Saxonum, 1883. in-8. 62 p.

maires. Il parle d'abord de l'emploi le plus usuel de l'interrogation, celui où elle exprime avec plus de vivacité et de force une
pensée négative ou affirmative ; il examine ensuite comment et
dans quelle mesure les propositions interrogatives sont substituées par les poètes aux propositions conditionnelles, exhortatives
ou analogues ; il termine par les propositions interrogatives qui
ont une valeur exclamative et dit quelques mots de la réponse
ajoutée par un procédé de rhétorique à l'interrogation précé-
dant. Ses relevés paraissent faits avec soin ; sur chaque point il
distingue soigneusement l'usage des écrivains — ainsi c'est Properce, écrivain particulièrement pathétique, qui l'emporte de beaucoup dans l'usage des interrogations de rhétorique. Il rapproche fréquemment et d'une façon étendue les élégiaques des autres auteurs
anciens et même de ceux du moyen et moderne haut allemand.
Il a de sérieuses connaissances grammaticales et approfondit les
choses. On ne peut pas toujours être d'accord avec lui dans ses
interprétations et ses restitutions critiques.

2. — Edm. Hauler[1] fait ressortir l'importance des recherches
de détail pour la grammaire et la lexicographie latines. L'auteur
a souvent des remarques fines, particulièrement sur les différences entre l'usage des trois élégiaques, il possède largement sa
matière, fait preuve d'un jugement sain dans ses observations critiques, d'une lecture étendue qui lui fournit des parallèles presque
toujours justes. Fautes d'impression rares dans le texte, fréquentes
dans les citations.

E. Heydenreich[2] juge cette diss. bien réussie.

H. Magnus[3] y voit un recueil de matériaux qui sera le bienvenu surtout des grammairiens, trouve que l'auteur n'apporte
rien d'important pour la critique et l'explication des élégiaques et
repousse avec raison son interprétation de Lygdamus III 1,
19 sq. d'après laquelle *si* aurait un sens conditionnel et l'interrogation serait à deux membres et non à trois.

§ 177, 1. — Albert Stachelscheid[4] a relevé des conjectures et

1. Archiv für lateinische Lexicographie und Grammatik. 1ster Jahrg. 1884,
p. 140-141.
2. Jahresbericht... v. Iw. Müller, 51ster Band, 15ter Jahrg. 1887, 2te Abtheil.
1889, p. 115.
3. Ibid. p. 186-187.
4. Hermathena. Vol. IV 1883, p. 153-156 : Unedited conjectures of Markland

explications inédites de Markland à propos de Catulle et de Tibulle sur un exemplaire de l'édit. de Paris de 1723 actuellement au Musée Britannique 834. k. 1 (olim Gal. 10 Sd.) Elles n'ont guère qu'un intérêt de curiosité ; bien peu méritent d'être discutées[1].

2. — H. Magnus[2] approuve à tort I 3, 51 parce, *precor* (au lieu de *pater*), fait observer qu'un certain nombre de ces corrections sont connues d'ailleurs et trouve que quelques-unes sont ingénieuses et dignes d'attention.

§ 178, 1. — G. Goetz[3] a été choqué I 3, 69 de la construction hardie Tisiphoneque *impexa feros pro crinibus angues*. On ne voit pas pourquoi ; *impexa crines* est usuel ; dès lors pourquoi Tibulle n'aurait-il pas appliqué la même construction à *angues* c'est-à-dire aux serpents qui servent de cheveux — *pro crinibus* — à Tisiphone. Il propose de lire *gerens* au lieu de *feros*. C'est une simple platitude.

2. — H. Magnus[4] dit avec raison qu'il n'y a rien à blâmer à la tradition.

§ 179. — K. Schenkl[5] a proposé de lire IV 1, 142 en s'appuyant sur les corrections de Lachmann et de Heinsius: aret Arecteis *haut uda* per ostia campis ; « Gyndem enim fluvium describit poeta a Cyro in rivos trecentos sexaginta dispersum, qui facile harena hauriuntur ». Mais comment ces saignées pratiquées au Gyndes peuvent-elles s'appeler *ostia*? En outre comment ces canaux latéraux peuvent-ils être qualifiés de *haud uda*, puisque c'est par eux que l'eau du Gyndes va se perdre dans les sables ?

(communiqué par Albert Stachelscheid). Les conj. concernant Tibulle se trouvent p. 154-155.

1. Ainsi I 10, 43 au lieu de *Sic ego sim*, il propose *Hic ego sim*.

2. Jahresbericht... v. Iw. Müller, 51ster Band, 15ter Jahrg. 1887, 2te Abtheil. 1889, p. 274.

3. Index scholarum aestivarum... in Universitate... Ienonsi a die XVI .M. Aprilis 1883... habendarum. — Insunt observationes criticae Georgii Goetz... p v-vi.

4. Jahresbericht... v. Iw. Müller, 51ster Band, 15ter Jahrg. 1887, 2te Abtheil. 1889, p. 291-292.

5. Wiener Studien. — 5ter Band 1883, p. 165 : De Panegyrici Messalae uu. 140-142, par Carolus Schenkl.

§ **180**, 1. — H. Kraffert[1] a proposé des corrections sur 22 passages du Corpus Tibullianum. Quelques-unes de celles où il s'agit de simples rectifications de la ponctuation courante sont acceptables[2]; les autres sont toutes à rejeter, sauf peut-être III 4, 20 *Somnus* au lieu de *somnus*.

2. — La plupart, dit avec raison H. Magnus[3], sont des fantaisies superficielles. L'auteur n'a pas une connaissance suffisante des travaux récents.

§ **181**, 1. — A. Biese[4] a été choqué de trouver chez Tibulle, poète si soigné, 3 fois en 4 vers au début de I 1 la cacophonie *me mea* vers 5, *ipse seram* vers 7, *poma manu* vers 8; il a étudié cette répétition de syllabes dans divers auteurs, en particulier chez Lucrèce, dans les Géorg. et l'Én. de Virg. et chez les élégiaques. Il a reconnu que l'usage de Lucrèce et de Virgile dans les deux poèmes cités était sensiblement différent de celui des élégiaques qui sont beaucoup plus réservés.

2. — W. Deecke[5] se borne à souhaiter que l'étude soit poursuivie.

§ **182**, 1. — Sans connaître les travaux de Rothstein, Leonhard, Goetz, Hiller, Widder[6] a traité à nouveau la question de l'autorité des manuscrits de Tibulle. Après avoir exposé le système de Baehrens d'après lequel **G** mérite la plus grande confiance et doit prédominer sur **Ambr. V** et celui de Rossberg d'après lequel **G** ayant été fortement interpolé n'a pas de valeur propre, tandis que **Ambr. V** ayant conservé très fidèlement la tradition sans

---

1. Beiträge zur Kritik und Erklärung lateinischer Autoren von Dr. Hermann Kraffert. — III. Theil. — Aurich. Druck von H. W. H. Tapper und Sohn. 1883. in-8. p. 138-139.
2. Ainsi mettre 2 points après I 5, 20, après II 6, 8.
3. Jahresbericht... v. Iw. Müller, 51ster Band, 15ter Jahrg. 1887, 2te Abtheil. 1889, p. 275-276.
4. Rhein. Mus. N. F. 38ster Band 1883, p. 634-637: De iteratis syllabis observatiuncula, par Alfred Biese.
5. Jahresbericht... v. Iw. Müller, 44ster Band, 13ter Jahrg. 1885, 3te Abtheil. 1887, p. 226.
6. De Tibulli codicum fide atque auctoritate disputavit Fridericus Widder. — Beilage zum Programm des Grossh. Gymnasiums in Lahr vom Schuljahre 1883-1884. — Lahrae. Typis J. H. Geigeri. 1884. gr. in-4. 37 p.

interpolation doivent constituer le seul fondement critique pour l'établissement du texte, il se propose d'examiner la question par lui-même et sans parti pris. Constatant que **G** contient un très grand nombre de bonnes leçons, il en conclut qu'il dérive d'un bon original. Sa démonstration est poursuivie soigneusement ; elle est attaquable sur plusieurs points : là où **G** se rencontre pour une bonne leçon avec les *Exc. Par.* la chose ne prouve rien, puisqu'il peut avoir été influencé par les *Exc. Par.* ; là où Widder fait prévaloir **G** contre **Ambr. V** par l'étude de l'usage de Tibulle, l'argumentation n'est pas toujours décisive, les ex. cités n'étant pas absolument identiques et l'usage de Tibulle ne pouvant pas être considéré comme une loi totalement immuable[1] ; il se trompe parfois sur la valeur de la leçon[2] ; enfin la bonne leçon dans **G** n'est souvent — il le reconnaît pour certains cas — que la correction, par une conj. qui s'offrait d'elle-même, de la faute de lecture de **Ambr. V** ; il n'y a aucune bonne leçon de **G**, qui ne puisse passer pour une interpolation intelligente et qui remonte nécessairement à la conservation de la tradition correcte ; or c'est là ce qu'il fallait démontrer.

Avec Rossberg il reconnaît que les scribes de **Ambr.** et de **V** étaient des ignorants, qui écrivaient souvent des choses incompréhensibles, ce qui exclut le soupçon d'interpolation de leur part ; il convient également que **Ambr. V** ont souvent la bonne leçon là où **G** a la mauvaise ; mais il prétend que là où Rossberg voit dans **G** une interpolation voulue il n'y a souvent qu'une faute de lecture (dans quelques cas il a raison, dans la plupart c'est l'explication de Rossberg qui est la plus vraisemblable) ; quant aux passages où l'interpolation dans **G** est manifeste il distingue ceux où l'interpolateur partant d'une faute de l'archétype a cru rétablir la vraie leçon et s'est trompé, ceux où choqué à tort par le texte qu'il avait sous les yeux il a cru devoir le corriger, ceux où il a voulu donner plus de force au sens, ceux où au mot authentique il en a, par une fantaisie qui nous reste obscure, substitué un autre de même signification. Constater les interpolations de **G** est chose facile ; en déterminer la nature est

---

1. Ainsi I 1, 78 la leçon de **Ambr. V** Dites despiciam despiciamque famem peut se défendre par l'importance des mots *dites* et *famem* placés au début et à la fin du vers et opposés par un chiasme ; ce sont les mots sur lesquels Tibulle veut attirer l'attention ; les ex. soi-disant analogues ne contiennent pas cette opposition, etc.

2. Ainsi il a tort de défendre I 2, 21 *uullus* contre *nutus*, I 3, 9 *cum me* contre *me cum* (*me* est ici, quoi qu'il en dise, le mot important), etc.

plus délicat ; Widder témoigne de perspicacité dans cette recherche, bien qu'il se trompe quelquefois[1].

Dans sa conclusion il essaie de prendre entre Baehrens et
Rossberg une position intermédiaire.

Il n'accorde pas à Rossberg que **G** soit tellement interpolé
qu'il ne puisse servir à restituer le texte, que ses bonnes leçons
ne proviennent que de corrections heureuses ; Rossberg, selon lui,
se trompe gravement en attribuant à l'interpolation des leçons qui
prouvent justement la valeur de **G**, en considérant comme résultat
de l'interpolation des fautes qui ne sont que des erreurs d'écriture ; il a pourtant reconnu à bon droit des interpolations dans **G**.

En revanche Widder n'accorde pas à Baehrens que **G** soit
exempt d'interpolation, qu'il doive être considéré comme le fondement principal du texte, que **Ambr. V** soient interpolés ; Baehrens a tort de suivre **G** là même où il est corrompu par négligence ou manifestement interpolé ; il a raison d'introduire en
maint endroit dans le texte la leçon de **G**.

Son système est : que **G** est de bonne race et qu'il a conservé
la bonne leçon là où l'autre famille de manuscrits a été altérée par
négligence, mais qu'il a été lui aussi copié négligemment et en
outre interpolé dans divers passages ; que **Ambr. V** sont d'origine
inférieure, mais non interpolés et copiés avec conscience par des
scribes ignorants et qu'ils offrent la bonne leçon là où **G** est altéré
par négligence ou par interpolation ; en cas de divergence entre
les deux familles il faut examiner la leçon en elle-même et préférer **G** là où il n'est pas suspect d'interpolation ; car il représente
alors la tradition ancienne et correcte.

En somme Widder ne veut faire prévaloir **G** que là où il a évidemment la bonne leçon ; ce qu'il prétend c'est qu'en ce cas elle
provient de la persistance de la tradition et non d'une correction
voulue : il ne semble pas qu'il ait raison.

Son travail est défiguré par un assez grand nombre de fautes
d'impression.

Dans un appendice il discute à propos de différents passages

---

1. Ainsi il a tort de considérer comme non authentiques les v. I 4, 33-34 qui
doivent se construire, ou peut-être : iam uidi iuuenem... ou mieux, à ce qu'il semble : uidi iuuenem, cum senior aetas premeret, iam maerentem, etc. ; il est subtil de
dire que ce ne sont plus des jeunes gens, puisqu'ils sont atteints par senior aetas ;
ce sont en réalité encore des jeunes gens, mais qui ne sont plus de la 1re jeunesse ; I 6, 71-72 sont gravement corrompus, mais la corruption n'éveille pas le
soupçon d'inauthenticité, etc.

la leçon, les transpositions, les athétèses. Il soulève incidemment
la question de l'imitation de Tibulle par Properce.

2. — Hiller [1] a fait observer que l'auteur n'étant pas au courant
des travaux importants sur la question, du reste vidée à ce qu'il
croit pour son compte, ne pouvait rien apporter de nouveau. Du
moment qu'on reconnaît que **G** a été largement interpolé, il est
périlleux d'admettre qu'un certain nombre de ses bonnes leçons
proviennent de la conservation de la tradition. Il faudrait qu'elles
fussent de nature à ne pas pouvoir provenir de l'interpolation ;
or ce n'est pas le cas. L'interpolateur devait être un Italien du
commencement du xvᵉ siècle très familier avec les poètes classiques. Hiller montre bien que dans un certain nombre de cas
Widder, par suite de son appréciation inexacte de **G**, cherche à
faire prédominer sa leçon là où elle ne le mérite pas. Il discute
un certain nombre de passages, dans lesquels il a indubitable-
ment raison contre lui.

§ 183 [2], 1. — Sur la figure ἀπὸ κοινοῦ O. Aken [3] adopte les vues
de Melhorn [4] dont Koldewey (§ 135) n'a connu le travail que de
nom, ce qui fait qu'il s'est trompé sur l'étendue de la figure et
s'est borné aux ex. les plus fréquents et les plus faciles. Il adopte
la définition de Kühner, qui s'appuie sur Melhorn : la fig. ἀπὸ
κοινοῦ se produit partout où un ou plusieurs mots doivent être
empruntés ou complétés en totalité ou en partie sous la même ou
sous une autre forme de ce qui précède ou de ce qui suit. Il diffé-
rencie la figure de l'ellipse, de la brachylogie, de l'aposiopesis ;

1. Berliner Philologische Wochenschrift. 6. Jahrg., nᵒ 13, 27 Mars 1886, col.
390-393.
2. Dans un article du Centralblatt für Bibliothekswesen 1ster Jahrg. 1884, p. 444-
447 : Ein codex Corvinianus in der Hamburger Stadtbibliothek, Isler a signalé un
ms. de la bibliothèque de la ville de Hamburg, sur parchemin fin, en écriture très
ornée, qui contient en 164 feuillets de 26 l. à la page Tibulle, Properce et Catulle.
Tibulle figure de 1 à 38 (manque le 1ᵉʳ feuillet == Tib. I 1 v. 1-45). Ce ms. a
appartenu à Mathias Corvin ; il paraît avoir été volé ; il a souvent été consulté à la
bibliothèque de Hamburg par les éditeurs. Isler en donne la description d'après le
catalogue de l'ancien bibliothécaire Pitiscus, mais n'en communique pas la leçon.
3. Programm des Grossherzoglichen Gymnasium Fridericianum zu Schwerin. —
Ausgegeben Ostern 1884. — Inhalt : De figurae ἀπὸ κοινοῦ usu apud Catullum,
Tibullum, Propertium. Pars I. scr. O. Aken (p. 1-10)... Schwerin, 1884. Gedruckt
in der Bärensprungschen Hofbuchdruckerei. gr. in-4.
4. Schematis 'Απὸ κοινοῦ ratio et usus quidam in Graeca lingua. Progr. de
Glogau 1833.

puis il énumère chez Catulle, Tibulle et Properce les exemples
du cas le plus fréquent et le plus simple, celui où un mot est à
suppléer de ce qui précède ou de ce qui suit ; il en cite 3 chez
Tibulle à propos du verbe, un certain nombre à propos du substantif et n'aborde pas le second cas. C'est un travail grammatical,
où l'auteur choisit ses ex. chez les élégiaques, mais qui est fait
en vue de la fig. elle-même et non pour établir des différences
dans l'usage qu'en font les 3 poètes ; il ne se rattache donc à
Tibulle lui-même que d'une façon occasionnelle.

2. — E. Heydenreich[1] souhaite que ces recherches soient con-
tinuées ; elles sont trop incomplètes pour donner une idée de
l'étendue et de la nature de la figure. H. Magnus[2] renvoie à l'ouvrage de Boldt[3] qui la délimite mieux et qui a sur les élégiaques
des relevés plus étendus.

§ 184, 1. — Ed. Wölfflin[4] recommande de lire I 10, 46 sub
iuga *panda*. D'après lui les anciennes éditions lisent *curua* parce
qu'elles ont été établies d'après les manuscrits Italiens (Ambrosianus, Vaticanus) tandis que les éditeurs plus récents ont remis
en honneur *panda* d'après le Guelferbytanus qui est moins interpolé et d'après les *Exc. Par.* Il se trompe étrangement : les
anciennes éditions n'ont connu ni l'Ambrosianus, ni le Vaticanus
qui ont été découverts par Baehrens ; quant au Guelferbytanus,
c'est un des manuscrits les plus interpolés qui existent. Mais à
propos du flottement du texte sur ces deux mots chez les poètes,
il énonce un bon principe : quand *pandus* est transmis par de
bons manuscrits il faut le conserver, parce qu'il n'est pas vraisemblable qu'un copiste ait introduit de son crû ce mot vieilli ;
quand au contraire la tradition est unanime pour *curuus*, il faut le
conserver, parce que Virgile et d'autres font alterner l'emploi

1. Jahresbericht... v. Iw. Müller, 51ster Band, 15ter Jahrg. 1887, 2te Abtheil.
1889, p. 88.
2. Ibid. p. 191-192.
3. De liberiore linguae graecae et latinae collocatione verborum. Diss. de
Göttingen 1884. P. 289 Boldt fait observer que la leçon des mss. rétablie par Vahlen,
Lygd. III 4, 25-26 : Non illo quicquam formosius ulla priorum Aetas, humanum
nec, uidet, illud opus est inadmissible. Il n'y a pas d'ex. d'un déplacement pareil à
celui de *uidet.*
4. Archiv für lateinische Lexicographie... 1ster Jahrg. 1884, p. 329-343 : Pandus..., par Ed. Wölfflin.

des deux mots. Or dans le passage de Tibulle l'autorité est pour
iuga *curua*.

2. — R. Ehwald[1] est d'avis que dans Tibulle *panda* a été interpolé d'Ovide. H. Magnus[2] accepte cette mânière de voir.

§ 185[3], 1. — Après avoir cherché à établir dans ses Catullforschungen 1881 que les poèmes 1-14 de Catulle sont ordonnés
suivant le principe de la *uariatio*, principe cher aux anciens classiques et d'après lequel ils aimaient, pour éviter la monotonie, à
intercaler entre des pièces de contenu et de mètre identiques
des pièces hétérogènes de contenu et de mètre, K. P. Schulze[4]
prétend démontrer que ce principe a été appliqué par Tibulle,
Properce, Horace dans ses Odes, Virgile dans ses Bucoliques.
En ce qui concerne Tibulle, IV 2-6 est organisé de façon que
le poète parle dans 1, 3, 5, Sulpicia dans 2, 6. Ceci est certain
et il y a là une symétrie voulue; mais elle est différente de ce
que K. P. Schulze paraît entendre par le principe de la *uariatio*.
Ce principe serait appliqué dans le premier livre publié par
Tibulle lui-même. La pièce 1 est, d'après l'expression de Haupt,
une ouverture très appropriée du recueil, puisqu'elle développe
les 2 thèmes qui sont le fondement de la poésie Tibullienne, la
vie rustique et l'amour. Dans la pièce 10, la première en date,
Schulze cherche à voir une conclusion en correspondance directe
avec l'ouverture; après que les 2 thèmes de la vie rustique et de
l'amour ont été traités dans le corps du livre de façons différentes, Tibulle aboutit dans cette élégie à espérer qu'il se repo-
sera dans la solitude de la campagne des tourments de l'amour et
des fatigues de la guerre (ceci est une conception tout à fait inexacte du contenu); I 10, 29 ferait allusion à I 1, 53 : guerre
et richesse, paix et condition modeste sont les contrastes qui
forment le fond des deux pièces.

1. Jahresbericht... v. Iw. Müller, 43ster Band, 13ter Jahrg. 1885, 2te Abtheil.
1887, p. 203.
2. Ibid. 51ster Band, 13ter Jahrg. 1887, 2te Abtheil. 1889, p. 299.
3. Il n'y a pas lieu d'analyser ici, mais il faut signaler le travail de Wil. Meyer Zur
Geschichte des griechischen und des lateinischen Hexameters dans les Sitzungsber.
d. philos.-philol... Classe d. k. b. Akad. d. Wissensch. z. München. 1884 Heft V
1885, p. 979 1089, parce que diverses questions importantes concernant la métrique
des différents auteurs du Corpus Tibullianum y sont magistralement traitées.
4. N. Jahrb. f. Phil. u. Paed. 55ster Jahrg., 131ster Band 1885, p. 857-879 :
über das princip der variatio bei römischen dichtern, par K. P. Schulze.

XXIII. — CARTAULT.   24

La *uariatio* s'établirait dans le premier livre de la façon suivante :

1. — Messalla et Delia.
  2. — Delia.
  3. — Messalla et Delia.
      4. — Marathus.
  5. — Messalla et Delia.
  6. — Delia.
      7. — Messalla.
  8. — Marathus.
  9. — Marathus.
10. —

Le livre 2 ne paraît pas avoir été préparé par Tibulle pour l'édition et le principe de la *uariatio* n'y apparaît pas. Lygdamus, l'imitateur de Tibulle, n'a pas su lui emprunter cet artifice délicat. Rien de pareil dans les pièces de Sulpicia dont 8-12 sont (Baehrens) dans l'ordre chronologique.

2. — Pour la critique du schéma de Schulze, il suffit de renvoyer à H. Magnus [1], qui avait déjà combattu la théorie à propos des Catullforschungen. Il remarque que dans le schéma ci-dessus la *uariatio* n'est pas appliquée d'une façon complète, puisque 8 et 9, qui sont des pièces en rapport étroit pour le sujet, se suivent immédiatement; en outre le thème de 5 n'est pas Messalla et Delia : Messalla ne figure qu'en passant et incidemment dans un petit tableau rustique. Les rapports que Schulze établit entre les élégies se retrouvent aussi bien entre celles qui se suivent directement qu'entre celles qui sont séparées. Il n'est pas sûr qu'il n'y ait pas dans le deuxième livre un plan, qui du reste n'a rien à faire avec la *uariatio* : II 1, avec sa fête rustique et son invocation à Messalla convient bien comme ouverture; 2 — fidélité à l'amour conjugal — s'oppose bien à 3 — tyrannie de la courtisane sans cœur —; le thème de 3 — plaintes sur l'avidité des femmes, décision de s'y soustraire — est développé dans 4; il ne manque pas de rapport entre 5 et 6 (comp. 5 105 sq. avec 6, 1 sq.) (il y a bien des choses là-dedans qui sont arbitraires).

1. Jahresbericht... v. Iw. Müller, 51ster Band, 15ter Jahrg. 1887, 2te Abtheil. 1889, p. 216-224.

Le référent persiste dans son point de vue que les poètes romains n'ont pas ignoré le principe de la *uariatio,* mais qu'ils ne l'ont jamais appliqué systématiquement à la disposition d'un de leurs ouvrages. Il poursuit contre Schulze une longue polémique en remarquant que sa théorie est présentée avec moins de raideur et d'une façon moins absolue qu'autrefois.

§ **186,** 1. — Après avoir rappelé comment nous ont été transmis les v. I 3, 15-18 et comment ils ont été lus par Lachmann, Rossbach, Luc. Müller, Goldbacher[1] repousse la conj. de Baehrens et lit :

> Aut ego sum causatus aues aut — omina dira ! —
> Saturni sacram me tenuisse diem.

Omina dira ! serait dit avec une certaine ironie, le Sabbat des Juifs, pas plus que le heurt du pied qui suit, ne pouvant passer pour un présage bien redoutable (tout ceci n'est guère admissible).

2. — H. Magnus[2] combat à la fois cette ponctuation et celle qui consiste à mettre *omina dira* entre 2 virgules, comme apposition au contenu du pentamètre. Il objecte le pluriel, le fait qu'*omen dirum* comme apposition ou comme exclamation ne convient pas au contenu du v. 18, l'invraisemblance de l'intention ironique, le Sabbat des Juifs étant sérieusement pris en considération par les poètes latins.

§ **187,** 1. — H. Graef[3], en discutant la suite des idées IV 4, 17 sq., paraît s'être trompé sur l'état de la tradition manuscrite. En considérant la plupart des transpositions de Ritschl sur I 4, comme incertaines, il n'a fait que reprendre une question vidée depuis longtemps. Aucune des conj. qu'il propose sur les autres élégies n'est admissible. Dans le texte des élégies IV 2, 4, 6, II 2, qu'il publie sans nécessité, il adopte un certain nombre de corrections connues, etc. Nombreuses fautes d'impression.

---

1. Wiener Studien. — 7ter Band 1885, p. 163-164 : Tibulli eleg. I 3, 17, par Goldbacher.
2. Jahresbericht... v. Iw. Müller, 51ster Band, 15ter Jahrg. 1887, 2te Abtheil. 1889, p. 292.
3. H. Graef, Annotationes ad Tibullum (Particula altera). Memel, 1885. in-4. 14 p.

2. — H. Magnus[4] a jugé comme il convenait ce travail médiocre et duquel il n'y a rien à tirer[5].

§ 188. — La courte période, que nous venons d'étudier, a produit d'heureux résultats et marqué sur certains points un sensible progrès.

La découverte par Baehrens de l'Ambrosianus et du Vaticanus est importante pour la constitution du texte. Grâce à l'Ambrosianus nous remontons à la forme qu'avait le texte à la fin du moyen âge, alors qu'il n'était pas encore rendu méconnaissable par les conjectures des Italiens de la Renaissance. Un témoin plus ancien qu'eux nous met en présence d'une tradition, malheureusement très fautive encore, et qui reste à améliorer par des corrections méthodiques, mais qui nous permet de reconnaître dans son ensemble le travail des humanistes et de le délimiter ; les variantes qu'ils ont accumulées se distinguent nettement de la tradition autorisée ; là où elles corrigent heureusement cette tradition nous devons les accueillir, partout ailleurs les repousser et les remplacer au besoin par d'autres ; par un aveuglement singulier Baehrens n'a pas su tirer un parti scientifique des éléments nouveaux qu'il a apportés ; il s'est trompé sur la valeur des mss. et n'a pas su constituer l'édition destinée à remplacer celle de de Lachmann et représentant une tradition moins trouble, débarrassée des interpolations récentes. Mais les travaux préparatoires à l'accomplissement de cette tâche sont exécutés ; on a examiné avec soin et avec méthode la valeur des différentes sources du texte ; la vérité s'est dégagée des controverses ; les matériaux

---

4. Jahresbericht... v. Iw. Müller, 51ster Band, 15ster Jahrg. 1887, 2te Abtheil. 1889, p. 362-363.

5. En rendant compte de la 2e édit. des Röm. Elegik. de K. P. Schulze dans la Zeitschrift f. d. Gymn.-Wes. XXXIX. Jahrg. 1885, p. 224-225, A. Otto a discuté avec des succès divers certains passages de Tibulle ; il a tort de défendre I 1, 14 *agricolae* qui serait un dat. = ab agricola = a me ; II 1, 67 av. Polster il lirait *agnos* au lieu de *agros* ; IV 6, 19 sq. *sit iuueni grata, ut, ueniet*, etc. Cf. H. Magnus Jahresb. v. Iw. Müller 51ster Band, 2te Abth. p. 294.

K. Schenkl, Calpurnii et Nemesiani Bucolica, Lipsiae-Pragae 1885, Index p. 76 sq., a signalé les imitations de Tibulle par Calpurnius et Nemesianus.

Contre R. Amann, De Corippo priorum poetarum Latinorum imitatore, Progr. d'Oldenburg I. 1885, II. 1888, H. Magnus Jahresb. v. Iw. Müller, 51ster B., 15ter Jahrg., 2te Abth. 1889, p. 239, considère comme douteuse l'utilisation du Corpus Tibullianum par Corippus.

attendent l'ouvrier qui saura les utiliser suivant les principes désormais mis en lumière.

D'autre part la critique, renonçant aux hypothèses hasardées, est entrée dans des voies plus sûres et moins aventureuses que celles qu'elle avait suivies précédemment. Au lieu d'aborder Tibulle avec des partis pris sans fondement, de considérer son texte comme ayant subi des bouleversements profonds dont on n'a aucune preuve, de le soumettre aux hypothèses arbitraires de la composition matériellement symétrique et de la correspondance strophique, d'y ouvrir des lacunes et d'y opérer des transpositions violentes au nom d'une logique abstraite, on commence à étudier les intentions du poète, les habitudes de sa pensée, la façon dont s'enchaînent chez lui les sentiments et les idées. Remettant en honneur le principe de Lachmann qu'il faut chercher à pénétrer et à comprendre la nature même de sa poésie au lieu de lui infliger des bouleversements, qui ne sont souvent que des mutilations fondées sur l'inintelligence, Vahlen et Leo font preuve d'une perspicacité et d'une finesse méritoires. Ce n'est pas seulement par suite du va-et-vient constant des choses d'ici-bas que le courant conservateur succède au courant révolutionnaire, c'est par l'affirmation de ce principe si évident et si rationnel qu'on s'étonne qu'il ait été si longtemps méconnu, à savoir qu'il faut se rendre compte des procédés de la pensée de l'auteur, là où elle se manifeste clairement comme non altérée, pour juger si dans d'autres passages où des contestations sont possibles la tradition est ou non fautive.

Grâce aux méthodes nouvelles de la grammaire historique on étudie la langue et le style de Tibulle et des auteurs compris dans le Corpus Tibullianum, non plus comme précédemment avec des préoccupations exclusivement critiques c'est-à-dire pour distinguer les divers éléments qui composent le recueil, mais pour préparer les matériaux qui doivent servir à l'histoire de la langue et du style des poètes latins ; naturellement ces recherches servent à confirmer les résultats obtenus sur la différence à faire entre les auteurs confondus ici ; c'est le fruit qui sort de ces études, ce n'en est plus le but unique.

En ce qui concerne les questions d'authenticité, l'attribution du 3e l. à Lygdamus n'est plus guère contestée ; on continue à discuter sur la paternité du panégyrique, mais l'attribution à Tibulle ne peut plus guère être considérée que comme un paradoxe ou l'erreur d'un esprit mal informé. L'attribution de IV 2-6 à Tibulle paraît assurée par les recherches pénétrantes de Zingerle. Les avis sont encore partagés sur la pièce 7 et tout le monde ne se résigne pas à y voir la main de Sulpicia.

Baehrens a essayé en vain de donner à la *uita* une autorité nouvelle et malgré lui l'identification de Tibulle avec l'Albius d'Horace reste très probable. Les documents à utiliser demeurant les mêmes, la biographie de Tibulle ne saurait faire de grands progrès. Sur la chronologie des Élég., sur l'état du 2ᵉ livre, sur sa publication, sur l'origine du Corpus Tibullianum on continue à discuter sans que se dégage un principe incontestable qui impose l'accord.

CHAPITRE QUATRIÈME

DE L'ÉDITION DE HILLER 1885 A NOS JOURS

§ **189**, 1. — E. Hiller[1] s'est proposé de donner une édition qui représentât avec le minimum possible de corrections la tradition du texte de Tibulle, telle que l'ont fait connaître les découvertes de Baehrens.

En tête de l'édition se trouvent une *Praefatio,* une *Adnotatio critica* et les *De Tibulli uita et poesi testimonia antiqua.* Il énumère en peu de mots les ressources manuscrites dont nous disposons actuellement et fixe leur valeur. Il ne croit pas que **V** ait été copié sur le même manuscrit que **Ambr.**, mais sur un manuscrit très semblable à **Ambr.** et dans lequel en quelques endroits les interpolations des Italiens avaient été ajoutées à côté des leçons de l'archétype ou substituées à celles-ci. Il a examiné lui-même **Ambr.** en 1884 à Milan[2] et l'a pris pour base de sa récension. Il a voulu reproduire la tradition telle qu'elle résulte de **Ambr. V** ou, lorsque c'est le cas, des *Exc. Par., Exc. Fris.* et **F**, en n'admettant de corrections que là où elle est manifestement fautive. Ces corrections plus ou moins incertaines ont été imprimées en italiques.

Dans l'*Adnotatio critica* il a fait figurer les conj. proposées depuis l'édition de Lachmann en négligeant celles de Baehrens qu'on peut facilement avoir sous la main. Il a fait un choix parmi les conj. plus anciennes. Bien qu'il professe que les manuscrits inférieurs, lorsqu'ils diffèrent d'**Ambr. V**, n'offrent rien qui n'ait pu être trouvé par conjecture, il a distingué des manuscrits inter-

1. Albii Tibulli elegiae cum carminibus Pseudo-tibullianis. Edidit Eduardus Hiller. Accedit index verborum. Editio stereotypa. Ex officina Bernhardi Tauchnitz. Lipsiae 1885. in-8. xxiv-105 pages.

2. D'après Illmann (§ **192**) p. 8 il a corrigé la collation de Baehrens en 18 passages.

polés la première main de G et a cité quelquefois l'Eboracensis,
le Wittianus et les deux Berolinenses de Lachmann, parce que
certains critiques attribuent encore à la persistance de la tradition
quelques-unes de leurs leçons, où il ne voit pour sa part que des
corrections voulues.

Comme Baehrens il a réuni dans un troisième livre tout ce
qui, dans les éditions courantes, forme le 3° et le 4° livre du
Corpus Tibullianum ; mais il a eu soin de conserver, pour la
faculté des recherches, le numérotage usuel.

Il a emprunté à Volpi les *Testimonia antiqua*. Un *index uerborum*, composé par Adolf Brincke, termine le volume.

En somme Hiller a refait avec des éléments meilleurs l'œuvre
exécutée en 1829 par Lachmann avec des ressources de mauvaise
qualité ; il a fait à la conj. une place très restreinte, mais pourtant plus large que Lachmann. On ne saurait dans le détail être
toujours absolument d'accord avec lui ; il s'est du reste légèrement modifié lui-même plus tard (§ 237). Mais il nous donne en
général la tradition la plus fidèle et la plus correcte que nous
puissions reconstituer. Jusqu'à la découverte très problématique
de manuscrits plus anciens et meilleurs, le travail utile sur le texte
ne peut consister qu'à vérifier si, dans tous les cas, Hiller a bien
rétabli la tradition, si parmi les passages qu'il considère comme
sains il n'y en a pas de fautifs, si, dans ceux qui sont manifestement corrompus on ne peut arriver à une restitution plus vraisemblable que celle qu'il a adoptée.

2. — K. P. Schulze[1] remarque judicieusement que Hiller a
recueilli les fruits du travail de Baehrens « dont les éditions sont
indispensables à cause des nouvelles ressources manuscrites
qu'elles contiennent, tandis que les textes qu'il constitue sont à
peu près sans valeur par suite de sa critique dévergondée ». Le
texte de Tibulle est réfléchi, strictement conservateur ; il répond
au point de vue actuel de notre connaissance du poète ; l'auteur
s'est presque complètement interdit les conj. personnelles ; il en
publie dans l'apparat une couple qui sont très intéressantes. K. P.
Schulze discute un certain nombre de passages ; il a parfois
raison, mais il se laisse entraîner à des fantaisies bizarres[2].

1. Wochenschrift für klassische Philologie, 2. Jahrg., N° 19, 6 Mai 1885, col.
595-598.
2. Ainsi il lit I 4, 44 uenturam adnuntiat imbrifer curus aquam, IV 6, 19 sis
iuueni grata ; uoniet cum proximus anuus, etc.

H. Magnus[1] déclare que l'édition répond à tout ce qu'on attendait de l'auteur ; parmi les conj. rapportées par Hiller il y en a qui ne méritaient que l'oubli ; au lieu de mentionner les diverses transpositions il n'y avait qu'à renvoyer à Vahlen et à Leo ; « mais il faut longtemps en philologie pour qu'un mort soit si bien mort qu'on n'en parle plus ». Il regrette que Hiller n'ait pas mentionné l'édition de Haupt-Vahlen de 1879 (mais elle n'a pas l'importance que Magnus lui attribue), qu'il n'ait pas cité une lettre de Petrus Pisanus à Paulus Diaconus et la réponse de celui-ci, qui prouve que Haupt a eu tort de dire que Tibulle n'est pas mentionné au moyen âge avant le ix° siècle. L'assertion que **Ambr.** est absolument libre d'interpolations doit être rectifiée de la façon suivante : Hiller a sans doute voulu dire que **Ambr.** est la seule copie mécanique de l'archétype ; mais l'archétype était interpolé. En outre **Ambr.** a des interpolations qui lui sont propres et qui ne se trouvent pas dans les autres ou dans la plupart des autres manuscrits ; on ne saurait dire qu'il a conservé les fautes d'écriture de l'archétype corrigées dans les autres manuscrits, car, dans la plupart des cas, il ne s'agit pas de fautes d'écriture. Magnus est convaincu qu'il y a avait dans l'archétype de petites lacunes, des mots passés ou illisibles ; c'était une invite à l'interpolation, qui s'explique ainsi dans beaucoup de passages. Sans nier la valeur de **Ambr.**, qui est le meilleur représentant de la seconde famille de nos manuscrits, il ne croit pas qu'il doive être le seul fondement de la constitution du texte. Du reste dans la pratique Hiller s'est montré moins absolu que dans la théorie. C'est un critique sensé, un savant compétent. Comparant son édition à celle de Haupt-Vahlen il trouve que celle-ci dans quelques passages établit le texte d'une façon plus heureuse, mais que l'autre est d'un usage plus pratique à cause de ses précieux appendices (le jugement sur Haupt-Vahlen est beaucoup trop favorable). Ses rares conjectures sont très réfléchies ; aucune n'est absolument certaine ; il tient en général le juste milieu entre le respect exagéré et le mépris de la tradition.

J. Streifinger[2], dans un compte rendu très pauvre d'idées, a analysé le travail de Hiller sans prendre lui-même parti sur rien. Il n'a évidemment pas étudié personnellement les questions dont il s'agit et n'a pas d'autorité.

1. Berliner Philologische Wochenschrift, 5. Jahrg., N° 19, 9 Mai 1885, col. 584-590.
2. Philologische Rundschau., 5. Jahrg., N° 26, 27 Juin 1885, col. 818-820.

R. Ehwald[1] est d'avis qu'il n'y a rien à objecter de sérieux sur les points capitaux aux vues de Hiller concernant la valeur des diverses sources manuscrites et sur la méthode qui doit présider à leur mise en œuvre. Avec Hiller il croit que le copiste de **Ambr.** a reproduit son original aussi fidèlement qu'il en était capable et sans interpolation[2] et que **G** très interpolé ne doit servir que de source secondaire. Il reconnaît que Hiller a réussi à donner avec une critique méthodique et sensée la tradition fondée sur les témoins dont il disposait, en ne la corrigeant que là où elle est manifestement fautive ; une série de leçons excellentes recommandées par la méthode apparaissent pour la première fois soit absolument, soit par rapport aux éditions récentes. Il reproche à Hiller d'avoir dans quelques cas rares abandonné sans raison la bonne tradition et discute un grand nombre de passages, où il a tantôt raison, tantôt tort, et où la décision reste souvent subjective. Il constate, en négligeant les divergences de pure graphie, que dans le premier livre le texte de Hiller diffère environ 56 fois de celui de Lachmann, à peu près autant de fois de celui de Haupt-Vahlen, près de 100 fois de celui de Baehrens ; il est complètement exempt des transpositions et athétèses, qui ont si longtemps sévi, en particulier pour rétablir une prétendue correspondance symétrique. Ehwald discute d'une façon très sensée la question des lacunes et a souvent raison contre Hiller, puis les conj. personnelles ou antérieures qu'il a admises. A propos de II 4, 60 il communique une conj. de R. Schoene, qui consiste à changer *alias* en *malas*[3]. Il a tort de reprocher à Hiller d'avoir attribué IV 7 à Sulpicia.

Dans un compte rendu postérieur, sans être absolument d'accord avec Hiller sur les principes de la constitution du texte, et tout en croyant que **Ambr.** n'est pas absolument exempt d'interpolations et qu'indépendamment de ce manuscrit il y a eu au moins deux copies de l'archétype dont nous avons des descendants, H. Magnus[4] ajoute que dans la pratique cette diver-

1. Philolog. Anzeiger, 15ter Band [1885], N° 11-12 1885, p. 584-593.
2. Il reconnaît avec raison que *igne* I 1, 48 (auquel il a tort de préférer avec Hiller *imbre* des *Exc. Par.*) et *ipse quoque inter agros* II 1, 67 (contre Hiller) était la leçon de l'archétype.
3. H. Magnus a défendu la tradition avec raison, à ce qu'il semble, Jahresbericht... v. Iw. Müller, 51ster Band, 15ter Jahrg. 1887, 2te Abtheil. 1889, p. 297-298.
4. Jahresbericht... v. Iw. Müller, 51ster Band, 15ter Jahrg. 1887, 2te Abtheil. 1889, p. 303-307.

gence n'a pas grande importance, puisque **Ambr.** représente
sûrement la tradition la plus ancienne et la moins interpolée et
que les autres copies ne nous apportent vraisemblablement aucune
bonne leçon qui ne soit connue d'ailleurs. Il approuve nettement
le caractère conservateur de la critique de Hiller et discute tantôt
en ayant tort, tantôt en ayant raison, un certain nombre de passages contre lui et contre Ehwald[1]. Il remarque que Hiller paraît
marquer des lacunes par plusieurs points ou par un trait horizon-
tal, sans qu'on sache exactement ce qu'il veut dire; il eût mieux
valu s'en tenir à la notation usuelle.

§ 190, 1. — C. M. Francken[2] a reproché à Hiller d'avoir exclu
toute transposition du texte de Tibulle et essaie de montrer que
dans I 8 par ex. l'ordre traditionnel est insupportable. Suivant
lui Tibulle interpelle vers 1-8 une jeune fille qui dissimule son
amour ; mais vers 9-16 elle emploie cependant pour plaire les
manèges de la coquetterie. Dans les vers 17-40 Tibulle s'adresse
à lui-même ; il se demande comment il a pu succomber à l'amour
et supplie sa maîtresse de ne pas lui être rigoureuse. Dans 41-78
il invective une beauté rebelle à l'amour. Il y a donc là trois
parties hétérogènes que Hiller aurait dû tout au moins distinguer,
pour que le lecteur ne cherche pas un lien qui n'existe point
(tout ceci repose sur une inintelligence complète de la pièce et
n'a pas besoin d'être réfuté).

Bien que Hiller ait voulu nous représenter les poèmes de Tibulle tels qu'ils nous sont parvenus de l'antiquité, il aurait pu adopter dans quelques passages manifestement corrompus une conj.
admissible. Francken en propose un certain nombre, dont la
plupart ne le sont sûrement pas et qui font parfois trop bon
marché de la quantité.

2. — H. Magnus[3] s'est montré sévère pour la façon dont
Francken traite I 8 : « Celui qui met en pièces de gaîté de cœur

1. Il repousse avec raison l'interprétation de III 1, 9 sqq. qui est tout à fait
manquée (le vers 7 serait la réponse des Muses à la question du poète, le vers 8
exprimerait l'acquiescement du poète, aux vers 9-12 les Muses reprendraient la
parole).

2. Mnemosyne. N. S. Vol XIII 1885, p. 176-187 : Ad Tibullum, par C. M.
Francken.

3. Jahresbericht... v. Iw. Müller, 51ster Band, 15ter Jahrg. 1887, 2te Abtheil.
1889, p. 365 367.

une œuvre d'art qu'il ne comprend pas se conduit comme un barbare. »

Il énumère avec une défaveur marquée les conj. de Francken, qui ne sont pas toutes nouvelles.

§ 191 (cf. § 146), 1. — En donnant une cinquième édition du Tibulle de Haupt, Vahlen[1] l'a soumise à une révision qui a produit de bons résultats. En effet, si on néglige les divergences dont la valeur reste douteuse, on trouve qu'il a sûrement amélioré le texte dans environ 18 passages ; c'est un gain net ; nulle part en effet il n'a introduit une leçon sûrement plus mauvaise. Il restait mieux à faire : utiliser systématiquement les manuscrits découverts par Baehrens ; c'est la tâche qu'à accomplie Hiller. Si on compare les deux éditions, on arrive à la constatation suivante : les divergences purement graphiques et sans importance étant laissées de côté, le texte de Vahlen diffère de celui de Hiller dans environ 36 passages, qui sont discutables et où la décision n'est pas sûre, et dans environ 52 autres où il est manifestement inférieur, quelquefois parce que Vahlen a admis une conjecture là où la tradition est bonne[2], la plupart du temps, parce qu'il n'a pas voulu accepter la leçon des meilleurs manuscrits et s'en est tenu à celle des mss. interpolés[3]. Ce déchet est presque net ; en effet c'est à peine si l'on trouve 6 ou 7 passages dans lesquels son texte soit sans discussion possible préférable à celui de Hiller[4]. Cette édition est donc pour la qualité inférieure à celle de Hiller. Voir la 6° édition § 301.

2. — H. Magnus[5] en a fait un compte rendu dithyrambique. Il

---

1. Catulli Tibulli Propertii carmina a Mauricio Hauptio recognita. — Editio quinta ab Iohanne Vahleno curata. — Lipsiae, apud S. Hirzelium 1885. in-12.

2. Ainsi il lit à tort I 1, 25 *iam modo iners possim* au lieu de *iam modo iam possim*, 4, 27 *tardueris* au lieu de *tardus eris*, III 4, 21 *summa... ab Oeta* au lieu de *summo... ab ortu*, etc.

3. Ainsi il lit à tort I 2, 3 *perfusum* au lieu de *percussum*, 19 *furtim molli decedere* au lieu de *molli furtim derepere*, 4, 37 *Phoebo Bacchoque* au lieu de *Baccho Phoeboque*, 56 *uolet* au lieu de *uelit*, 5, 57 *euenient* au lieu de *eueniet*, 8, 11 *suco* au lieu de *fuco*, 29 *nec poscas* au lieu de *ne poscas*, 35 *inueniet* au lieu de *inuenit*, *succumbere* au lieu de *concumbere*, 73 *lacrimis* au lieu de *lacrimas*, etc.

4. Ainsi I 8, 14 *colligit* paraît valoir mieux que *colligat*, II 3, 59 *nota loquor* doit être conservé contre la conj. *uana loquor*, III, 6, 46 *fide* paraît supérieur à *prece*, etc.

5. Jahresbericht... v. Iw. Müller, 51ster Band, 15ter Jahrg. 1887, 2te Abtheil. 1889, p. 170-173.

exagère lorsqu'il dit que l'application de Vahlen à se rapprocher de la tradition est encore plus sensible dans la 5ᵉ édition que dans la 4ᵉ, qu'il a fait disparaître d'une main sûre bien des fautes invétérées que personne n'avait encore remarquées ; à ce point de vue, il reste encore beaucoup à faire après son travail. Magnus discute un certain nombre de passages ; le plus souvent il a raison[1]; une fois peut-être il a tort[2].

§ 192[3]. — Dans une diss. inaug., qui tient plus que ne promet le titre, Ph. Illmann[4] a examiné à son tour la question de la classification et de l'autorité des manuscrits de Tibulle, en faisant la critique des travaux de ses prédécesseurs et en relevant leurs erreurs.

Dans une première partie il étudie l'aspect extérieur et l'âge de Ambr. et montre (contre Rothstein) que le fait qu'il n'a pas aux lacunes les interpolations des Italiens prouve en sa faveur et que le scribe était un ignorant, qui copiait sans toujours le comprendre ce qu'il avait sous les yeux.

Dans une deuxième partie il compare Ambr. avec les témoins plus anciens du texte.

F. Il le défend contre les soupçons d'interpolation exprimés en particulier par Hiller et atteste son excellence. Il serait d'une autre récension que Ambr.; mais aucun manuscrit ne concorde aussi souvent avec F pour la bonne leçon que Ambr. V, ce qui prouve la bonté de ces 2 manuscrits.

Exc. Fris. Il les défend, sauf en un passage, mais sans lever les difficultés, contre les soupçons d'interpolation formulés par Rothstein et Leonhard. Il atteste leur excellence. Ambr. s'accorde avec eux et en diffère un nombre de fois sensiblement égal; mais, sauf en un passage (il semble bien qu'il y en ait trois), Ambr. n'est pas interpolé.

1. Ainsi il a raison d'approuver Vahlen qui lit maintenant I 1, 46 *continuisse*, 10, 46, *sub iuga curua*, de repousser III 4, 25-26 la construction impossible *humanum nec, uidet, illud opus* (après Boldt), etc.

2. En préférant IV 4, 23 *lautus* de Haupt à *laetus* de la tradition.

3. Je n'ai pas eu entre les mains V. Vaccaro, de αὐθεντίᾳ Tibulli in Messallam panegyrici disputatiuncula. Palermo 1886. 14 pages.

4. De Tibulli codicis Ambrosiani auctoritate. — Diss. inaug. quam... in Universitate Fridericiana Halensi cum Vitebergensi consociata... a. 1886 scripsit Philippus Illmann Vratislaviensis. — Halis Saxonum. — Oderbergae Marchorum. Typis Foistelianis. in-8. 65 pages.

Exc. Par. Il émet l'opinion peu vraisemblable que l'excerptor s'est servi de 2 manuscrits appartenant l'un à la récension des manuscrits complets, l'autre à celle de **F**. Avec Rothstein et Goetz il croit que les manuscrits de Lachmann et surtout **G** ont été influencés par les *Exc. Par.* Ceux-ci nous auraient conservé des leçons provenant de l'une et de l'autre des 2 récensions en présence.

Ambr. V sont les manuscrits qui ont conservé le plus fidèlement la leçon de la récension inférieure. La parenté entre **F** et et les *Exc. Fris.*, entre les *Exc. Fris.* et l'archétype des manuscrits complets est actuellement impossible à établir.

Dans une troisième partie il compare **Ambr.** avec les manuscrits complets.

Ambr. et **V**. Contre Rothstein, qui croit **Ambr.** dérivé de l'original par un intermédiaire, il est d'avis qu'il en provient directement. Contre Baehrens et Leonhard qui croient **V** dérivé directement de l'original, contre Hiller qui le fait provenir d'un manuscrit très semblable à **Ambr.**, il le donne comme dérivé de l'original par un intermédiaire, qui aurait reçu un certain nombre d'interpolations. Pour restituer la leçon de l'archétype **Ambr.** a plus d'autorité que **V**.

Ambr. et **B**. Baehrens considère **B** comme dérivé de **Ambr.** par plusieurs intermédiaires, Leonhard comme copié sur **Ambr.** déjà corrigé, Rothstein comme copié sur le même original que **Ambr.** Illmann le croit dérivé de **Ambr.** par plusieurs intermédiaires de plus en plus corrompus. Mais, quand même on adopterait l'opinion de Rothstein, **B** ne servirait à rien pour restituer le texte de Tibulle, parce qu'il est trop interpolé ; tout au plus pourrait-il servir à prouver que certaines fautes de lecture qui se trouvent dans **Ambr.** proviennent non pas du copiste de **Ambr.**, mais de son original.

Ambr. A et **C**. Baehrens, suivi par Francken, Rossberg, l'anonyme du Phil. Anz. X. p. 182, Leo, Hiller, Widder, n'accorde à **A** et à **C** aucune autorité. Rothstein considère **A** et **C** comme copiés sur l'archétype indépendamment de l'ancêtre de **Ambr. V B**, Leonhard comme dérivant d'un même original copié, indépendamment de **Ambr.** et **V**, sur le même manuscrit qu'eux. D'après Illmann **A** ne dérive pas de l'original de **Ambr. V**, mais d'un frère de cet original copié directement sur l'archétype. Il en résulterait que là où **A** représente exactement son père, son autorité entre en balance avec celle de tous les autres manuscrits complets. Illmann le démontre par trois leçons, qui ne lui paraissent pas pouvoir provenir de l'original de Ambr. **V**, III 3, 17, *erichteo* contre *erithreo*, I 4, 22 *freta longa* contre *freta summa*, I, 3, 4, *mors precor atra* contre *mors modo nigra;* mais ces exemples ne prouvent rien. Le premier offre une faute particulière à **A** dans un nom propre, le 2ᵉ et le 3ᵉ des interpolations voulues. Il n'y a rien là qui remonte à une source différente de l'original de Ambr. **V**; le système d'Illmann n'est donc pas acceptable.

C dérive d'un manuscrit de la famille de **Ambr. V** fortement interpolé.

Cette diss. laborieuse pèche par une méthode souvent fautive ; pour prouver la parenté des manuscrits Illmann se sert de la bonne leçon aussi bien que de la mauvaise. L'originalité de son point de vue est de remettre **A** en honneur ; mais il convient que **A** ne doit être pris en considération que là où il n'est pas interpolé, ce qui lui arrive perpétuellement, et que **Ambr.** a plus d'autorité, parce qu'il reproduit plus fidèlement son original, si bien qu'en pratique son système ne donne pas les résultats qu'on attendrait en théorie. Il termine en examinant l'autorité de l'original de **A** divergeant de l'original de **Ambr.**; mais là où il préfère l'autorité prétendue de l'original de **A**, il s'agit soit de mauvaises leçons visiblement interpolées, soit de bonnes leçons qui ne sont pas particulières à l'original de **A** ou qui ont pu être retrouvées par conj. La tentative pour donner à **A** une autorité spéciale peut donc être considérée comme manquée.

A propos de **G** Illmann ne trouve rien à ajouter à l'étude de Rothstein et de Goetz; il croit que la leçon en est empruntée aux deux familles qu'il a essayé de constituer dans sa diss., que là où il a la bonne leçon, il ne l'a que par conj. et que c'est un des instruments les plus mauvais et les plus dangereux à employer pour la constitution du texte. Cf. § 193.

§ 193. — Le compte rendu détaillé donné par H. Magnus [1] des travaux de Rothstein, Goetz, Leonhard, Hiller, Widder, Illmann, doit être mentionné à part, parce que, s'il ne repose pas sur des recherches personnelles, il a la prétention d'exposer d'ensemble toute la question des manuscrits de Tibulle, de fixer les résultats définitivement acquis à la science c'est-à-dire la valeur des différentes sources et les principes de l'établissement du texte.

1. Jahresbericht... v. Iw. Müller, 51ster Band, 15ter Jahrg. 1887, 2te Abtheil. 1889, p. 312-338.

Sources du texte incomplètes (plus anciennes). **F**. Il n'y a plus de divergence d'opinion sur sa valeur incomparable. Magnus discute, non sans quelques légères erreurs, les passages controversés. Contre la théorie de Baehrens, très atténuée par Rothstein, il croit qu'on ne trouve nulle part dans **F** d'interpolation voulue et que, sauf quelques fautes de lecture, **F** a conservé partout la vraie leçon ou tout au moins ce qui s'en rapproche le plus. Hiller a bien démontré que les Italiens du xv° siècle l'ont utilisé, bien qu'ils aient pu retrouver un certain nombre de leçons — mais non pas toutes — par conj.

Exc. Fris. Sur le plan et le but de l'excerptor le travail de Rothstein est juste et épuise la matière. Sur le rapport des *Exc. Fris.* avec **F** et avec l'archétype des mss complets nous ne savons rien. Avec Leonhard Magnus croit qu'ils dérivent d'un archétype semblable à celui de nos manuscrits. Sur la valeur de leurs leçons on est d'accord; dans le détail Magnus expose les vues, divergentes lorsqu'il y a lieu, de Rothstein, Hiller, Leonhard et se décide ou laisse la chose dans le doute lorsqu'il n'y a pas de raison absolument décisive. La discussion est très sensée[1]. Le manuscrit sur lequel ces *Exc.* ont été faits a une haute valeur.

Exc. Par. Avec Leonhard et Hiller il admet que Vincent de Beauvais et Scaliger ont utilisé un manuscrit de ces extraits, Scaliger probablement le Thuaneus. Leurs citations n'ont donc plus de valeur pour nous. Le plan et le but de l'excerptor ont été bien exposés par Rothstein. Dans le cas où les *Exc. Par.* ont une leçon divergente de celle des mss. complets et qui n'est pas soit une interpolation de l'excerptor, soit une faute d'écriture, quelle en est la valeur? Magnus fait connaître les vues de Rothstein, Leonhard, Hiller. Contre Rothstein il est disposé à attribuer à l'excerptor des interpolations que celui-ci attribue à l'original. En tout cas il est universellement reconnu maintenant que les *Exc. Par.* renferment un grand nombre d'excellentes leçons qui ne sont pas suspectes. Il résume les discussions particulières[2]. Sur le rapport des *Exc. Par.* avec les *Exc. Fris.* et avec **F** on ne peut rien dire de précis.

Manuscrits complets. Ils proviennent tous d'un manuscrit du moyen âge, qui apparaît en Italie au xiv° siècle et qui offrait des interpolations et des lacunes. Nous ne le connaissons que par des copies avec lesquelles il s'agit de le restituer.

---

1. I 2, 19 il a tort d'hésiter à accepter *derepere.*
2. I 1, 48 il a tort d'approuver *imbre* contre *igne.*

Ambr. et **V**. — **Ambr**. est le plus ancien des manuscrits complets et celui qui à première vue mérite le plus de confiance. Non
seulement il ne remplit pas les 4 lacunes certaines, mais il ne
paraît pas les soupçonner; cela le met au-dessus des manuscrits
de Lachmann, sans pourtant enlever à ceux-ci, comme le veut
Baehrens, toute valeur; car ils dérivent aussi de l'original qui les
contenait; toutefois avec Illmann il faut convenir que le fait
qu'ils ont admis les vers interpolés diminue beaucoup leur autorité, parce qu'ils ont dû admettre d'autres interpolations. La constatation que le copiste de **Ambr**. était un ignorant est de nature
à lui valoir la confiance (Illmann); mais les fautes contre la métrique et la grammaire, les amas de lettres monstrueux se retrouvent dans tous les manuscrits et n'excluent pas d'ailleurs la possibilité d'interpolations. Les cas où **Ambr**. améliore le texte sont
peu nombreux; Magnus discute un certain nombre de passages
où il reproduit fidèlement son original et sur ses leçons caractéristiques contre les manuscrits de Lachmann renvoie à Rothstein,
Leonhard, Hiller. Baehrens, Hiller, Illmann ne croient pas qu'il
soit interpolé; Rothstein est moins affirmatif; Leonhard admet
quelques interpolations. Magnus reprend à ce sujet la démonstration qu'il a faite jadis; elle n'est pas toujours probante [1]; les
fautes qui sont dans **Ambr**. **V** remontent à l'original; Magnus
considère comme interpolations des bourdes et de simples
erreurs. Il reconnaît du reste que l'interpolation chez le copiste
de **Ambr**. est rare et timide, que c'est **Ambr**. qui reproduit le plus
fidèlement l'archétype et que c'est le meilleur manuscrit à suivre
pour l'établissement du texte. C'est là la première opinion de
Baehrens, celle des Tibullische Blätter.

Sur **V** les avis sont très différents; Hiller : **V** a été copié sur un
manuscrit très semblable à **Ambr**.; Baehrens et Leonhard : **Ambr**.
et **V** sont les fils d'un même père; Rothstein : le père de **Ambr**.
est le frère de **V**; Illmann : le père de **V** est le frère de **Ambr**. Magnus
professe que la question n'a pas grande importance, puisque
d'après Hiller il n'y a pas un seul passage où **V** nous instruise plus

---

1. Ainsi I 3, 4 sq. Abstineas auidas *mors modo nigra* manus, Abstineas *mors
atra* precor, il a tort de croire que *mors modo nigra* n'est pas la leçon de l'archétype; *modo* est nécessaire au sens et Tibulle l'emploie ailleurs ainsi; on ne voit pas
pourquoi il n'aurait pas dit, en variant l'expression, *mors... nigra*, puis *mors atra*;
c'est un interpolateur qui a voulu égaliser en substituant *mors precor atra* à *mors
modo nigra*; II 5, 95 *operta* était dans l'original et n'est pas une altération voulue
(Illmann), etc.

sûrement que **Ambr.** sur la leçon de l'archétype, excepté ceux
où **Ambr.** est manifestement fautif et où la correction s'offre d'elle-
même.

B. Rothstein: **Ambr.** et **B** remontent au même original, mais
celui-ci par plusieurs intermédiaires; Leonhard : **B** a été copié
sur **Ambr.** à une époque où celui-ci avait subi la récension d'un
correcteur récent; Hiller et Illmann : **B** dérive de **Ambr.** par plusieurs intermédiaires. Magnus se range à cet avis en concluant
que d'ailleurs on admet unanimement maintenant que, depuis la
découverte de **Ambr. V**, **B** est sans valeur et doit être négligé.

A et **C.** Rothstein tient encore à la théorie de Lachmann que
A B et **C** représenteraient trois familles dérivant indépendamment
de l'archétype et admet que dans certains cas **A C** doivent prévaloir contre **Ambr.**; mais dans beaucoup de cas on peut juger
autrement que Rothstein; en outre Rothstein a tort de conclure
la leçon de **A** du silence de Lachmann; Hiller a fait remarquer
que bien souvent c'est **Ambr.** qui représente la bonne leçon contre **A C.** Leonhard considère **A C** comme appartenant à la même
famille que **Ambr. V**, comme fortement interpolés et sans valeur;
Hiller se range à cet avis. Illmann abandonne **C** mais fait provenir
A d'une copie de l'archétype indépendante de l'original de
Ambr. Magnus penche vers ce résultat; il croit qu'il est vraisemblable que **A** dérive de l'archétype d'une façon indépendante,
quoique par plusieurs intermédiaires; il n'est pas disposé à abandonner encore définitivement **C**; en théorie il croit que 3 copies
ont été prises sur l'archétype et qu'il y a trois familles de manuscrits. C'est sur ces principes que devrait être fait l'apparat de la
prochaine édition de Tibulle. Il convient du reste que dans la pratique la décision de cette question est de peu d'importance, car
en présence de l'interpolation audacieuse qui a sévi sur **A** et sur
C il est rarement possible de savoir si on est en présence de la
tradition ancienne ou d'une conj. heureuse; on ne peut rien introduire dans le texte uniquement sur l'autorité de **A C.**

G. Magnus résume la polémique soulevée; le chapitre de
Rothstein sur **G** est le plus réussi et mérite une approbation à
peu près complète. Il adopte sa conclusion à savoir que **G** n'a aucune valeur.

Le principal mérite de ce travail est de mettre sous les yeux du
lecteur avec une grande clarté les résultats de toutes les discussions critiques suscitées par les découvertes de Baehrens. Il est
le fruit d'un esprit judicieux et pondéré.

§ 194, 1. — E. Wölfflin[1] propose de lire I 3, 47 : non *macies,*
non ira fuit, non bella etc., pour ajouter un trait nouveau à la
peinture de l'âge d'or ; il s'agirait de la maigreur causée par les
maladies, qui, aux époques postérieures, étaient souvent occa-
sionnées par une nourriture trop recherchée ; Tibulle ferait donc
allusion aux maladies physiques (cf. Hor. C. I 3,30 sqq.), auxquelles s'ajouterait naturellement une maladie morale, la colère ; mais
chez Horace *macies* est expliqué par le contexte ; ici ce ne serait
qu'une bizarrerie qui resterait fort obscure.

2. — H. Magnus[2] dit avec raison qu'il n'y a aucun motif pour
abandonner la tradition. C'est en effet un passage sain, sur
lequel se sont souvent exercés des médecins maladroits.

§ 195, 1. — J. Senger[3] a traité la question de l'infinitif chez
Catulle, Tibulle et Properce. C'est un travail utile et consciencieux. L'auteur s'appuie sur les études antérieures faites de l'infinitif chez Virgile, sur Draeger et sur Schmalz. Il rectifie et
complète à l'occasion Draeger. Il a des connaissances grammaticales sérieuses et croit peu à l'influence de la langue grecque sur
les constructions infinitives en latin. Il rapproche l'usage des
poètes qu'il étudie de celui des autres écrivains. A côté de la construction infinitive, il note les autres constructions, auxquelles se
prêtent les verbes qu'il examine. Il a eu le tort de prendre pour
base l'édition de Luc. Müller ; c'est celle de Hiller qui pour Tibulle lui aurait fourni le fondement le plus solide et le guide le
plus sûr ; il ne distingue pas suffisamment les diverses parties
du Corpus Tibullianum, quelquefois pourtant il sépare Tibulle de
Lygdamus. Son travail du reste n'aboutit pas à des conclusions
précises sur les différences de langue et de style chez les poètes
qu'il a pris pour sujet de sa recherche ; si ces différences existent, c'est au lecteur à les dégager et à s'en rendre compte. Senger étudie la matière grammaticale en elle-même et non les divergences des écrivains.

1. Rhein. Mus. N. F. 41ster Band 1886, p. 472 : Zu Tibull I 3, 47, par E.
Wölfflin.
2. Jahresbericht... v. Iw. Müller, 51ster Band, 15ter Jahrg. 1887, 2te Abtheil.
1889, p. 299.
3. Ueber den Infinitif bei Catull Tibull und Properz von J. Senger, kgl. Stu-
dienlehrer. — Programm der Kgl. Studienanstalt Speier 1886. — Speier. Buchdruckerei von Jul. Kranzbühler und Cp. Speier 1886. in-8. 44 pages.

2. — Un référent anonyme[1] voit dans ce programme la preuve qu'en ce qui concerne les élégiaques il y a des détails à corriger et à perfectionner chez Draeger. L'auteur a mentionné quelques différences qu'il y avait intérêt à faire ressortir entre le latin de Catulle, qui est celui qui est le plus influencé par la langue vulgaire, celui de Properce qui contient le plus de grécismes, celui de Tibulle qui est le plus classique.

H. Magnus[2] a mentionné brièvement le travail avec une appréciation favorable.

§ 196, 1. — Dissen avait signalé la pureté du style de Tibulle. Dans une diss. inaug. faite sous la direction de Studemund R. Stehle[3] a voulu faire comprendre en quoi consistait cette pureté. Tandis que les premiers écrivains latins ont mêlé tous les styles, à partir du règne d'Auguste les écrivains se sont appliqués à réserver à chaque genre son style propre. Le travail d'épuration que César a opéré sur la prose, Tibulle l'a accompli sur la poésie en n'admettant que les termes élégants, empreints d'urbanité, et en restreignant les usages auxquels on pliait les mots. Choisissant un terrain nettement circonscrit, Stehle étudie l'emploi des verbes composés chez Tibulle, en comparant cet emploi à celui de Catulle, de Properce et d'Ovide dans son œuvre érotique — il fait quelques rapprochements avec les Tristes. — Il a négligé les verbes qui ne se trouvent que chez Tibulle et ceux dont l'emploi est identique chez tous les élégiaques.

I. Un des points qui différencient la diction de Tibulle de celle des autres élégiaques, c'est que la plupart des verbes composés ne sont pris chez lui qu'au sens propre, tandis que ses confrères s'en servent aussi au sens figuré ; Stehle en a relevé 74. L'observation est intéressante ; mais Stehle prétend montrer comment Tibulle a rendu certaines idées que les autres élégiaques exprimaient par ces verbes pris au figuré ; or souvent les idées sont différentes et le terme employé chez les autres élégiaques

1. Archiv f. lat. Lexicographie, 3ter Jahrg. 1886, p. 572-573.
2. Jahresbericht... v. Iw. Müller, 51ster Band, 15ter Jahrg. 1887, 2te Abtheil. 1889, p. 187-188.
3. De Tibullo puri sermonis poetici cultore. — Ad summos in philosophia honores ab... philosophorum ordine Academiae Wilhelmae Argentoratensis... impetrandos scripsit Rodericus Stehle Sigmaringensis. — Argentorati apud R. Schultz und comp. 1886. gr. in-8. 74 pages.

ne conviendrait pas chez Tibulle et réciproquement, de sorte
que la démonstration tentée n'est pas faite.

II. Les verbes composés que Tibulle emploie au sens figuré
n'ont chez lui qu'une seule signification, tandis que les autres
élégiaques les prennent et au sens propre et dans des sens figurés divers. Il y en a 15 de cette nature chez Tibulle. Ici encore
la partie faible de l'exposé c'est la comparaison entre la diction de
Tibulle et celle des autres élégiaques; en réalité il s'agit souvent
non pas de la même idée rendue différemment, mais de nuances
différentes de l'idée.

III. Pour les verbes composés que Tibulle emploie au propre
et au figuré, il est plus soigneux que les autres auteurs, qui leur
donnent souvent plusieurs sens propres et figurés.

Stehle a réussi en somme à montrer que, sur le point spécial
dont il s'est occupé, la langue de Tibulle est plus simple et plus
pure que celle de Properce et d'Ovide. Il aurait dû cependant
tenir compte de ce fait que l'œuvre de Tibulle est beaucoup plus
courte que celle de ses deux confrères, ce qui peut expliquer
l'absence de certains emplois. Il a bien distingué le Tibulle
authentique des Pseudotibulliana; mais il ne semble pas que
IV 2-6 fasse partie de cette seconde catégorie. Le gain de ses
observations pour la critique du texte est problématique[1]. Il a
pris pour base la 4e édition de Haupt-Vahlen; on ne voit pas
pourquoi il ne s'est pas servi de la 5e.

2. — H. Magnus[2] trouve que ses résultats méritent d'être pris
en sérieuse considération; il relève une grave erreur à la p. 16 :
l'auteur, dans Cat. 64, 334, a cru que *contexit* venait de *contexo*.

§ 197, 1. — Fr. Polle[3] a proposé de lire II 1, 83 sq. : Vos
celebrem cantate deum pecorique uocate, Voce palam pecori,
clam sibi quisque uocet.

1. Ainsi I 3, 14 il adopte la correction *despueret*; mais dans les 2 exemples
qu'il cite le mot est pris au sens propre; ils n'autorisent donc pas le sens figuré;
I 4, 55 il repousse *afferet*, parce que Tibulle n'emploie le mot qu'au sens figuré;
reste à savoir si ce n'est pas justement un de ceux qu'il prend au propre et au figuré;
il a raison de repousser I 1, 46 *detinuisse*, II 1, 18 *tollite*.
2. Jahresbericht... v. Iw. Müller, 51ster Band, 15ter Jahrg. 1887, 2te Abtheil.
1889, p. 310-311.
3. N. Jahrb. f. Phil. u. Paed., 56ster Jahrg., 133ster Band 1886, p. 80 : Kritische Miscellen, par Friedrich Polle.

2. — H. Magnus [1] fait observer que c'est la ponctuation de Hiller (mais celui-ci l'a abandonnée dans sa seconde édition) et il la combat à cause de l'usage de la locution constante *uoce uocare* pour les invocations aux dieux et de la répétition *aut etiam sibi quisque palam* au v. 85. (La question reste douteuse).

§ 198, 1. — A. Palmer [2] a proposé de lire I 5, 33 Et tantum uenerata uirum *se* sedula curet; paléographiquement la correction est ingénieuse, mais entre les v. 31-32 et 34 il semble bien que *curet* doive s'appliquer à Messalla ; I 3, 71 *per centum* Cerberus *ora* ; mais *stridet* ne peut s'appliquer qu'au sifflement des serpents et non aux aboiements de Cerbère ; I 2, 50 dubitativement : *aestiuas — aere* ; mais c'est partir de la mauvaise leçon ; I 4, 44 *ortus* av. Baehrens, *nubifer* ou *nimbifer* et *incutiat*; ce n'est pas la correction définitive.

2. — H. Magnus [3] est séduit à tort par la correction du v. I 3, 71.

§ 199 [4]. — Protestant contre l'idée généralement admise qu'en cas de concordance entre Tibulle et Properce, c'est toujours Properce qui est l'imitateur, W. Olsen [5] rapproche les élég. de Tibulle sur Sulpicia de différents passages de Properce et conclut qu'elles offrent des réminiscences de Properce et non le contraire. La démonstration est faite avec méthode ; elle consiste à essayer de prouver que les passages en question sont originaux chez Properce, c'est-à-dire qu'ils sortent de la situation même, que l'inspiration en est spontanée, tandis que chez Tibulle ils ne

---

1. Jahresbericht... v. Iw. Müller, 51ster Band, 15ter Jahrg. 1887, 2te Abtheil. 1889, p. 295.
2. The Journal of Philology. Vol. XV 1886, p. 142-143 : Notes on Tibullus, par A. Palmer.
3. Jahresbericht... v. Iw. Müller, 51ster Band, 15ter Jahrg. 1887, 2te Abtheil. 1889, p. 294.
4. Il faut signaler ici comme intéressant en partie Tibulle une diss. inaug. de Göttingen de 1887 : De similitudinibus imaginibusque apud ueteres poetas elegiacos par C. Hermann Müller, in-8. 69 pages. J. Sitzler, Jahresb. v. Iw. Müller, 75ster Band, 21ster Jahrg. 1893, 1ste Abth. 1894, p. 120-121, fait des réserves et croit que le sujet est à reprendre.
5. Commentationes philologae in honorem sodalitii philologorum Gryphiswaldensis secundum lustrum a. d. IV. kal. Aug. a. 1887 condentis... Berolini apud Weidmannos 1887, p. 27-32 : Properz und Tibull, par Waldemar Olsen.

sont pas nécessaires et proviennent d'une imitation consciente. L'argumentation de l'auteur n'emporte pas toujours l'assentiment et ses conclusions restent subjectives. Certaines concordances portent sur des lieux communs de l'élég. et n'impliquent d'aucun côté une imitation directe; en outre, dans IV 2-6, Tibulle traitant non pas de ses propres amours, mais de ceux d'autrui, il résulte de la situation que ses poèmes n'ont pas l'accent sincère de ceux de Properce qui exprime ses sentiments personnels; dans ce cas particulier on ne peut donc pas trop arguer de la sincérité de Properce pour refuser l'originalité à Tibulle. Enfin le système d'Olsen implique que les élég. sur Sulpicia seraient des derniers temps de la vie du poète, ce qui n'est pas prouvé, et que, lorsqu'il écrivait IV 2, 13 sq., Tibulle avait connaissance de l'élég. à Vertumne, insérée dans le dernier livre de Properce, qui a paru après la mort de Tibulle. Comme en cas de concordance certaine la question de l'imitation est souvent très difficile à résoudre par la simple confrontation des textes, le dernier mot doit rester à la chronologie; or celle-ci n'est pas fixée. Pendant une certaine période de leur production poétique, Tibulle et Properce ont été contemporains; l'influence de l'un sur l'autre a pu être réciproque. Le mérite du travail d'Olsen est d'être une première tentative pour élucider un point très délicat.

§ 200, 1. — Dans une diss. inaug. déparée par de grosses fautes R. Schultz[1] a essayé de résoudre la question de la chronologie du 1er l., en protestant contre l'assertion de Leo, que ces recherches sont oiseuses et insolubles, parce que Tibulle n'aurait pas exprimé son amour pour Delia tel qu'il l'a ressenti et que dans chaque pièce il se fait d'elle et nous soumet une image différente.

Avec Gruppe et Teuffel il fait naître Tibulle entre 54 et 49 av. J.-C., ce qui est une opinion assez vraisemblable, et dénie toute autorité à la *vita* dont l'auteur a puisé dans les sources que nous possédons, les deux seuls détails inédits, à savoir que Tibulle était chevalier romain et qu'il a reçu des *dona militaria* restant fort suspects.

Il fixe ainsi la date des expéditions de Messalla en discutant

1. Quaestiones in Tibulli librum I chronologicae. — Diss. inaug. quam ad summos... honores ab... philosophorum ordine Lipsiensi... capessendos scripsit Rudolfus Schultz Zuellichoviensis. — Fuerstenwaldiae typis expressit H. Richter 1887, in-8. 44 pages.

les systèmes de Baehrens et de Hankel : après avoir commandé
à Actium en 31, Messalla serait parti pour l'Égypte où il assista
aux derniers combats contre les partisans d'Antoine ; Tibulle qui
l'avait suivi à Actium resta malade à Corcyre ; Messalla gouverna
la Syrie et la Cilicie comme proconsul en 30-29, revint à Rome,
fut chargé de l'expédition d'Aquitaine, où Tibulle le suivit, en 28
et triompha à Rome en 27.

Tout ceci est arbitraire : Appien B. C. IV 38 ne dit sans doute
pas que Messalla fut envoyé en Gaule immédiatement après Actium,
mais entre la guerre d'Actium et celle de Gaule il ne place rien
d'intermédiaire. Dion Cassius H. R. 51, 7, après avoir parlé de
la conduite des gladiateurs de Cyzique après Actium, dit que
Messalla en débarrassa Octavien ὕστερον, ce qui ne permet guère,
comme en convient Schultz, de placer l'événement en 30. Le système qui met l'expédition en Gaule en 31/30 et la mission en Asie
en 29/28 reste le plus vraisemblable. C'est l'ordre des faits adopté
par Tibulle dans I 7 : il n'est certainement pas décisif pour la
chronologie, Tibulle ayant pu vouloir placer d'abord les événements les plus importants ; il est pourtant téméraire de le renverser par simple hypothèse. La date du triomphe de Messalla — 27
tandis que la victoire sur les Aquitains serait de 30 —
n'est pas un obstacle : Messalla a fort bien pu aller de Gaule en
Asie, appelé à d'autres fonctions, et cela sans passer par Rome.
D'autre part nous n'avons aucune preuve que Tibulle ait figuré à
Actium. Il a très bien pu ne pas rester en Gaule jusqu'à la pacifi-
cation complète, revenir à Rome et en partir pour rejoindre Messalla en Orient.

La discussion historique de Schultz va donc contre les vraisemblances et prépare une base ruineuse pour la suite de son argumentation où il interroge les poèmes eux-mêmes.

Il réfute bien le système de Teuffel qui cherche à retrouver l'ordre
de composition des élég. d'après leur degré de perfection, ainsi
que celui de Hankel un peu moins inexact, mais fondé sur le même
principe. Il considère, ainsi qu'on l'admet généralement, I 10
comme la première élég. en date, en repoussant l'opinion bien
vieillie de Passow que Tibulle en tant que chevalier romain a dû
accomplir dix années de service militaire, mais en étant porté à
croire avec Lachmann que l'alerte dont il y est question ne fut
pas suivie d'effet, qu'il s'agissait d'une de ces levées de soldats
comme il y en eut dans ces temps troublés et que Tibulle y
échappa nous ne savons comment. Il la place en 33 (ceci est arbi-

traire ; le parti pris de Schultz lui interdisait de mettre I 10 en rapport avec la guerre d'Aquitaine).

Pour les élég. à Marathus 4, 8, 9, — dans cet ordre — il les attribue avec Hübner à la première jeunesse de Tibulle, parce qu'on y trouve des vestiges d'Alexandrinisme et que l'expérience amoureuse du poète paraît provenir de ses lectures et non d'une pratique personnelle ; elles seraient d'environ 33/32 (c'est de la fantaisie); l'idée que les complaisances de 8 prouvent qu'il s'agit d'une amitié avouable est une naïveté.

Parmi les élég. à Delia viendrait d'abord 3, écrite au moment où Tibulle suivait Messalla d'Actium en Égypte en 31, puis 1 écrite en 30 pour s'excuser de ne pas rejoindre Messalla en Orient, une fois rétabli ; 2 où il est question de la Cilicie serait de 29. Les autres pièces ne peuvent se dater que par un examen très délicat. Sur la question du mariage de Delia Schultz discute les opinions de Passow, de Dissen, d'O. Richter, de Ribbeck, de Baehrens, de Goetz et arrive aux résultats suivants : Tibulle a commencé à aimer Delia en 31, écrit I 3 à Corcyre en 31, 1 de retour à Rome ; il constate que Delia s'est détournée de lui et commet des légèretés; celle-ci ayant écouté une *lena* partage ses faveurs entre un *diues amator* et Tibulle qui se plaint dans l'élég. 5 en 29. Il n'obtient rien et Delia épouse le *diues amator* ; sa passion ne s'apaisant pas il essaie de détourner Delia de ses devoirs, élég. 2, et y réussit élég. 6 en 29. Delia tombe dans le désordre et la liaison prend fin, probablement en 28. Tibulle se console pendant la guerre d'Aquitaine, revient guéri à Rome, écrit I 7 en 27 et publie son premier livre.

Tout ceci est un arrangement arbitraire, qui repose sur une disposition contestable des événements historiques et sur l'hypothèse peu vraisemblable du mariage de Delia pendant la liaison. L'auteur ne tient aucun compte de l'ordre traditionnel et n'explique pas comment il s'est établi.

2. — Fritz Hankel[1] fait des réserves sur la date de l'expédition d'Aquitaine et sur celle assignée aux élég. à Marathus. L'ordre donné aux élég. à Delia lui paraît n'avoir rien de forcé et être très séduisant (ce n'est là qu'une assertion en l'air).

1. Wochenschrift für klassische Philologie, V. Jahrg. 1888. No 6, 8 févr., col. 170-172.

E. Hiller[1] dit très justement que cette diss. n'a pas fait
avancer sensiblement la question. Il discute d'une façon très
serrée la chronologie des expéditions de Messalla en Gaule et en
Asie et, bien qu'on ne puisse arriver à un résultat absolument
certain, trouve plus vraisemblable de mettre la guerre de Gaule
immédiatement après Actium soit en 30, la mission en Asie en
28. Contre Mommsen et malgré les objections possibles le fait
que le Temple de Janus fut fermé en 28 et au moins pendant les
premiers mois de 27 l'empêche de placer la guerre d'Aquitaine
à cette date. Quant aux élég. à Delia, Hiller doute fort que celle-ci
ait jamais été légitimement mariée, les v. I 6, 67 sq. lui paraissant exclure un *iustum matrimonium*. En tout cas l'époque où
Delia est libre ayant dû précéder son « mariage » 1, 3 et 5 se rapportent à une date antérieure à 2 et 6. La question de savoir s'il
faut mettre 3 avant 1 ou inversement dépend de la chronologie
qu'on adopte pour les expéditions de Messalla. Du reste Hiller
paraît très influencé par l'opinion de Leo que cette question de la chronologie des élég. est insoluble chaque pièce formant par elle-même un tout où nous n'avons pas à demander
au poète de reproduire dans tous les détails la réalité avec l'exactitude d'une autobiographie ; chaque élég. se suffit à elle-même
pour l'intelligence poétique ; le poète était libre de ne pas mentionner ce qu'il trouvait bon d'ignorer, etc. En somme ce compte
rendu est très mou et on peut reprendre contre Hiller le reproche
qu'il adresse à l'auteur : il ne fait guère avancer la question.

§ 201. — Dans une thèse de doctorat inspirée par E. Benoist
et déparée par des fautes graves et des fautes d'impression
G. Doncieux[2] a touché à la plupart des questions qui concernent
Tibulle. Il ne se pique pas d'originalité ; p. v : « désespérant de
rien trouver de nouveau l'auteur s'est proposé de choisir entre
les nombreuses opinions des critiques, de réunir ce qui est dispersé et de dégager la vérité souvent éclipsée par le faux. » Il
n'avait pas la maturité nécessaire pour réaliser ce plan, si modeste
qu'il fût. Il énumère dans une bibliographie abondante, mais confuse, une foule d'ouvrages dont il ne s'est pas servi et dont par
suite la mention était inutile. Il ne connaît ni l'édition de Hiller, ni

1. Berliner philologische Wochenschrift, 8ter Jahrg., N° 26, 30 Juin 1888, col.
811-816.

2. De Tibulli amoribus thesim Facultati Litterarum Parisiensi proponebat Georgius Doncieux. — Parisiis ex typis F. Levé 1887, in-8. v-102 pages.

la cinquième de Haupt-Vahlen. Un exposé sur la façon de constituer le texte n'offre rien que de banal et repose sur Rothstein et
Leonhard. Rien de nouveau sur les questions d'authenticité; Doncieux n'est pas sûr que le panégyrique ne soit pas de Tibulle; il
rapporte encore II 2 au cycle de Sulpicia; les renseignements
qu'il donne sur la biographie de Tibulle se trouvent partout;
avec Baehrens il attribue la *uita* à Suétone et, contre lui, il rapporte à Tibulle C. I 33 et Ép. I, 4, ce qui est sage. Avec Baehrens il croit que l'ordre traditionnel des élég. à Delia est l'ordre chronologique. L'idée que le mari de Delia à l'époque de I 2
est en Cilicie a contre elle le texte même. L'opinion que I 4 a pu
se glisser parmi les élég. à Delia par la négligence du premier
éditeur est en contradiction avec l'opinion de l'auteur, qui paraît
juste, que l'éditeur du premier livre fut Tibulle lui-même. L'hypothèse que le deuxième livre est resté imparfait n'avait pas
besoin d'être exposée à nouveau. On ne voit pas pourquoi II 5
et non II 6 aurait été la dernière pièce de Tibulle; tirer de II 5
109 sq. la conclusion que Tibulle n'a pas connu Nemesis avant 20
avant J.-C. est tout à fait arbitraire. Cette thèse qui est l'œuvre
d'un jeune homme désireux de s'orienter, sans expérience, consciencieux et sensé, pourrait être laissée complètement de côté
si elle ne contenait quelques appréciations assez délicates de la
poésie de Tibulle.

§ 202, 1. — E. Holzer[1] trouve que II 5, 91-94 à la place qu'ils
occupent interrompent la suite des idées, car au vers 95 *tunc ope-
rata deo* ne peut se rapporter qu'à la célébration des Palilia vers
86 sq. La description de la fête se trouverait ainsi coupée maladroitement par les résultats exprimés dans ces 4 vers. Il les placerait volontiers après le vers 84, si l'hypothèse de Ritschl sur le
nombre de lignes à la page de l'archétype lui paraissait inattaquable. En tout cas, il affirme que Ritschl a démontré qu'on ne
peut se tirer d'affaire dans le texte de Tibulle que par des transpositions et que l'abandon de ce principe marquerait dans la
critique un pas en arrière regrettable. Il met donc 91-94 après 86
et rappelle qu'on peut aussi songer à l'hypothèse de Gruppe, d'a-
près laquelle II 5 n'aurait pas reçu la dernière révision de
l'auteur.

1. Korrespondenz-Blatt für die Gelehrten- und Realschulen Württembergs. —
34ster Jahrg. 1887, p. 32-33 : Analecta 1., par E. Holzer.

2. — H. Magnus[1] a bien démontré que les vers 87-90 se ratta-
chaient étroitement aux vers 85-86 et que par suite il était impossible d'intercaler 91-94 après 86. Au vers 95 *tunc* signifierait :
dans cette année heureuse qui est décrite. En réalité *tunc* a un
sens plus précis. Tibulle veut dire que l'année sera féconde ; quand
cette fécondité sera autre chose qu'une espérance et se sera manifestée par des résultats, *alors* les paysans la célèbreront joyeusement par une fête qui est la même que celle dont il est question
II 1, 21 sqq. Celle-ci est une fête nouvelle, qui, contrairement à
l'opinion de Holzer, n'a rien à faire avec les *Palilia* mentionnés
précédemment.

§ 203. — H. T. Karsten[2] a pris parti résolûment contre le
système des transpositions violentes infligées à l'exemple de
Scaliger au texte de Tibulle et défendu l'ordre traditionnel.

I 1. Il montre heureusement, ce qui du reste avait été déjà
fait, que les transpositions opérées sur les vers 1-36 donnent une
suite d'idées qui n'est pas satisfaisante[3].

Caractérisant ensuite les habitudes de composition de Tibulle,
il fait bien voir que, dans les poèmes un peu longs, le sujet n'est
pas traité tout d'une traite, mais que le poète fait intervenir des
idées voisines qui lui paraissent propres à illustrer et à orner l'i-
dée principale et que parfois, à la suite d'une mention fortuite,
il développe une idée accessoire en s'abandonnant à son inspiration. Ainsi I 1 le sujet c'est la préférence de la vie pauvre et tranquille au métier des armes qui enrichit ; c'est là le sentiment du
début qui se retrouve vers 25 sq. 37 sq. 49 sq. 57 sq. et qui fournit la conclusion. Ce thème est varié par des morceaux sur la vie
rustique et sur l'amour vers 7-36 et 45-74. Il croit que Tibulle,
emporté par son élan, a parfois des sauts brusques et se soucie

---

1. Jahresbericht... v. Iw. Müller, 51ster Band, 15ter Jahrg. 1887, 2te Abtheil.
1889, p. 292-293.

2. Mnemosyne. N. S. Vol. Quintum decimum 1887, p. 211-236 et 305-325 :
De Tibulli elegiarum structura. Scripsit H. T. Karsten.

3. P. 318 sq. il n'a pas compris le sens de *ipse* au vers 7 ; il croit que Tibulle
oppose son activité personnelle à celle du uilicus et des esclaves qui ont jusqu'à
présent accompli ces travaux sur sa propriété ; en réalité les vers 7 sq. sont étroitement unis aux vers 5 sq. après lesquels il faut une simple virgule ; aux vers 5 sq.
Tibulle accepte la pauvreté qui lui garantira une vie tranquille ; aux vers 7 sq. il
souhaite de pouvoir faire paisiblement de ses propres mains — *ipse* — ce que les
gens riches font faire par leurs esclaves.

peu des transitions [1]. Dans cette construction libre des élégies Tibulle obéit à certaines habitudes, comme le montrent les élégies laissées intactes par les philologues qui offrent les mêmes particularités et les mêmes licences que les élégies suspectées, avec une simple différence de degré. Ainsi il aime à traiter en parenthèse quelques sujets mythologiques — rares —, quelques lieux communs qui se retrouvent dans diverses élégies ; il passe d'une idée ou d'un sentiment à un autre ; il apostrophe successivement des personnages et des objets divers. Ce sont là des caractères qui sont communs à toutes les pièces et non particuliers à l'une d'elles [2].

I 2 est, comme le dit judicieusement l'auteur, la mise en œuvre de II 4, 19 sq. : *ad dominam faciles aditus* etc. Il l'a moins bien comprise que la précédente : la situation serait que le poète n'a pas encore été admis par sa maîtresse (Baehrens), bien que le mari soit à la guerre vers 65 sqq. Les *dolores* sont *noui* parce qu'auparavant il était exclu par le mari, tandis que maintenant il l'est par sa maîtresse (tout ceci est inexact). Karsten insiste sur le nombre des apostrophes ; il traite d'excursus le développement sur l'intervention de Vénus et sur son secours efficace vers 17-28, sur le ministère de la saga vers 43-54 ; mais le mot est impropre ; ce sont en réalité des arguments destinés à agir sur l'esprit de Delia. Les membres lui paraissent liés entre eux, mais d'une façon lâche ; il trouve à tort vers la fin des idées qui ne sont cohérentes ni entre elles, ni avec ce qui précède.

I 3. La matière de la pièce est contenue dans les vers 1-34 51-58 65 sq. 81 sq. 83-94. Entre ces parties vitales sont intercalés des développements destinés à les amplifier et à les illustrer, l'éloge de l'âge d'or 35-50 amené par la mention *antiqui laris* — le culte des Lares éveillant toujours chez Tibulle le souvenir de la simplicité et de la félicité anciennes — et lié à la fin par anti-

---

1. P. 220 : ... proprium quendam impetum sequitur. Argumentum incohatum saepius remittit et mox denuo resumit, unde oriuntur repetitiones, subiti transitus, hiatus.
2. P. 221 il dit excellemment à propos des transpositions : Quod si... hac omnes damnandae sunt..., si omne remedium quod temptarunt plus disturbat quam sanat, hoc, opinor, consequens est, ut acquiescamus in vv. ordine in omnibus codicibus tradito utque Tibullum exigamus et interpretemur non ad nostras leges sed ad suam normam atque regulam. P. 222 à propos de I 1 il émet cette idée que la pièce semble avoir été composée à la ville, alors que la reprise de la vie rustique n'était encore pour Tibulle qu'une espérance ; *hic* au v. 35 paraît contraire à cette conception.

thèse au tableau de la malheureuse condition du poète, la description des Champs-Elysées vers 59-64 bien liée au distique qui
précède et rattachée par les derniers vers au destin du poète, le
lieu commun sur les enfers vers 67-80 (mieux traité I 10, 35-38)
qui forme antithèse avec ce qui précède et qui se rattache à la fin
au destin du poète (ceci est finement observé). Karsten trouve
pourtant la composition lâche.

I 4. Le système de Ritschl ayant été suffisamment réfuté, l'auteur n'y insiste pas. Ritschl a omis de rechercher quelle était la
logique de Tibulle et s'il ne se plaisait pas à ce qui nous paraît manquer de régularité. Puis il réfute judicieusement les transpositions
de Baehrens et celles des autres critiques en concluant que ces
tentatives obvient peut-être à quelques inconvénients, mais dans
l'ensemble ont les mêmes défauts et même de plus graves que
l'ordre traditionnel. Il montre bien que dans les conseils que
donne Priape le poète laisse transparaître sa personnalité propre,
qu'il ne se pique pas de s'en tenir toujours à la même fiction
(ceci est finement vu). Il signale quelques inexactitudes d'expression ou de pensée (ses reproches ne sont pas toujours fondés)
qu'il impute à la négligence de Tibulle, suppose avec Baehrens
une lacune avant le vers 15 et mettrait volontiers 71-72 après 58[1].

I 5 est presque la pièce la plus parfaite de Tibulle (l'auteur
conclut à tort des vers 65 sq. qu'elle est supposée chantée aux environs de la maison et du seuil de la personne aimée) ; elle est simple et une. Le poète est plus réservé et mieux ordonné même
dans les parties qui ailleurs sont insérées d'une façon lâche et
traitées avec prolixité, par ex. sur la vie rustique et sur la *lena* ;
il n'y a pas d'excursus. Dans le *quidam* du vers 71 Karsten avec
Baehrens reconnaît, peut-être à tort, Tibulle lui-même.

I 6. Le sujet est embrouillé et Tibulle n'a pas réussi à en tirer
un poème net et clair ; après avoir repoussé les corrections d
Hartung, de Riese, de Baehrens sur le vers 16, les transpositions de Luc. Müller et de Baehrens, le système de Korn sur les

---

1. P. 236 il juge ainsi cette élégie : ... eleganter incohata, lepide clausa, in media
parte easdem refert proprietates et licentias quas deprehendimus in elegiis quae
praecedunt. Alloquitur Priapum et sub illius persona se ipsum, divos, pueros, denique amatores et Marathum. Monologia Priapi parum constanter est pertexta, quum
dei partes paulatim suscipiat poeta et tandem, pro discipulo ipse fiat magister et
puerorum iuvenumque monitor. Insunt repentini transitus, sententiarum saltus,
comparationes minus iustae, repugnantiae, loci communes denique et excursus ; at
frustra fuerunt qui transponendis membris ista vitia sanare conarentur.

interpolations, il expose sa propre conception : il divise la pièce
en 4 parties : vers 1-22 irrité d'être trompé par Delia, Tibulle
demande au mari de la surveiller, en avouant qu'il l'a trompé lui-
même ; vers 23-38, sans se soucier de ce qu'il vient de prévenir le
mari de se garer de lui, il lui demande de lui confier la garde de
sa femme : l. 25-28 31-32 29-30 33-36 ; vers 39-54 il montre qu'il
sera un gardien vigilant ; vers 55-86 il détourne de Delia la colère
de Bellone en lui demandant de rester chaste. Dans chacune de
ces parties le poète a dit assez adroitement ce qu'il avait à dire,
il les a assez bien réussies ; il a inséré çà et là ses ornements ha-
bituels, parenthèses et apostrophes ; mais, comme dans les élégies
construites sur plusieurs idées, il n'a pas su composer un ensemble dont toutes les parties s'équilibrent et soient réunies avec un
art consommé (cette explication est ingénieuse ; en réalité, il
semble bien qu'il y ait un certain désordre dans le 2ᵉ quart de
la pièce).

I 7 est un cadeau pour un anniversaire ; le véritable sujet est
contenu dans 1-22 et 49-64 ; entre ces deux parties sont les digressions sur le Nil et sur Osiris, pour lequel Karsten soupçonne
que Messalla pouvait avoir une certaine dévotion. Il repousse avec
raison les corrections sur les 4 premiers vers en montrant que la
mention du jour est nécessaire pour que nous soyons avertis qu'il
s'agit d'un *Natalis*, qui est le jour même où a été remportée, qui
a remporté la victoire ; il trouve, on ne sait trop pourquoi, cet
exorde froid et languissant ; l'énumération des pays parcourus
par Messalla serait prosaïque et conviendrait à un catalogue ; les
vers élégants ne commencent qu'avec 26 sq. où Tibulle passe
d'une matière qui ne convient pas à son génie — les combats et
les voyages — aux sujets qui lui sont familiers et lui réussissent,
les dieux, la campagne, le vin, l'amour. Les vœux qui terminent
sont simples et à leur place. Sur la valeur de cette pièce Karsten
serait plutôt de l'avis de Teuffel que de celui de Baehrens (ses
critiques ne portent pas toujours).

I 8 se compose de deux parties 1-26 et 27-66 et d'un épilogue.
Au vers 27 Karsten explique ainsi la forme adversative : « quamquam nec de me bene meruit nec non propria sua culpa amore
laborat, ne tu *tamen* ei difficilis sis puella » ; je croirais volontiers
que *tamen* a ici une signification atténuée : « quoi qu'il en soit ».
Il montre bien que le système de Baehrens qui intercale IX 39-44
entre 26 et 27 est inadmissible à cause des corrections qu'il exige
et parce qu'il interrompt la suite des idées. Au vers 35 il défend

at par l'usage de Tibulle et condamne les athétèses de Heyne et Wisser : il croit que *at* oppose *tu* du vers 33 à *Venus* du vers 35 ; en réalité *at* oppose les délices de l'amour jeune à l'opulence avec un amant vieilli. Karsten met avec raison deux points après le vers 70. Il signale les répétitions de cette pièce et l'intercalation des lieux communs, qu'il juge du reste très à leur place et sur lesquels on peut ajouter qu'ils servent à la démonstration. On retrouve donc les mêmes procédés de composition que dans l'élégie précédente.

I 9. Tibulle s'aperçoit qu'il est trompé, maudit Marathus, invective le corrupteur. Le sujet est donc très simple. Karsten fait bien observer qu'il y a un flottement, une inconséquence dans les menaces de Tibulle et que cette inconséquence s'explique par la fluctuation de ses sentiments. Il montre contre Baehrens que 39-44 sont à leur place, que le système de Gruppe sur la transposition de 8 et de 9 est inadmissible. La pièce est charmante : les lieux communs sur l'amour vénal et sur la punition du jeune garçon naissent du sujet et sont bien liés avec lui ; la digression sur le *lucrum* contient l'excuse nécessaire de Marathus ; la digression sur la sœur du *diues amator* montre la sincérité et la haine du poète ; quelques vers seulement 21 sq. 33 sq. 61 sq. sentent la rhéthorique (ceci est contestable pour les deux derniers). Cette élégie par sa vigueur naturelle est parmi les meilleures ; il est étonnant qu'on y ait vu un jeu d'esprit sans réalité [1].

I 10 composée la première contient déjà tout ce qui caractérise la poésie de Tibulle. Sur 68 vers (lac. après 25 et après 50) une trentaine seulement traitent le sujet même ; il y a trois épisodes : le premier 17-24 a pour occasion la mention des Lares, le deuxième 35-42 la mention de la guerre et de la mort prématurée, le troisième 45-66 est le plus beau et le plus étroitement rattaché au sujet. Après chaque épisode Tibulle revient à son sujet par des termes employés ailleurs ou analogues. Il ne termine jamais une pièce par une digression, mais revient toujours au sujet du poème et souvent à sa propre personne.

Le travail de Karsten est une étude pénétrante des procédés de composition de Tibulle.

---

1. P. 323 : Spirat cum haec elegia tum reliquae omnes de Delia et Maratho iuvenilis animi affectus non fucatos, non voluntate provocatos aut imaginarios, sed genuinos et praesentes, natos ex ipsarum rerum quas perpessus est asperitate aut laetitia.

§ 204. — O. Crusius[1] a fait observer qu'au point de vue de la composition les élégies de Tibulle doivent être partagées en deux groupes : 1° les élégies érotiques dont la composition est libre : elles forment un organisme délicat, qu'il ne faut pas soumettre à une division en strophes ou à une disposition schématique. Elles sont généralement constituées par un thème principal, sur lequel le poète exécute des variations en opposant des tableaux les uns aux autres ; 2° les poèmes solennels dans le style des hymnes ; ils sont fortement empreints d'Alexandrinisme ; Tibulle est aussi Alexandrin que Properce, mais il l'est d'une autre façon ; il n'abuse pas des mythes, mais il s'inspire dans la composition de la technique alexandrine. Prenant pour exemple II 5 Crusius essaie de montrer que la pièce reproduit la disposition du Νόμος de Terpandre, tel que l'a restitué Bergk d'après Pollux :

I   1. Ἀρχά vers 1-4.
    2. μεταρχά vers 5-10.
II 3. κατατροπά vers 11-16.
    4. μετακατατροπά vers 17-18.
III 5. Ὀμφαλός vers 19-104.
IV 6. Σφραγίς vers 105-120.
V   7. Ἐπίλογος vers 121-122.

Ainsi seraient composés I 7, II 1 et le Panégyrique.

Ces idées que l'auteur n'a pu développer faute de place[2] sont naturellement très subjectives. La restitution du Νόμος de Terpandre est incertaine ; il est peu probable que Tibulle s'en soit inspiré et son application à II 5 par Crusius n'est qu'une simple curiosité. Il est pourtant certain que II 5 qui est un hymne à Apollon diffère très sensiblement des élégies amoureuses et a été conçu dans la forme solennelle et dans le ton des hymnes.

§ 205, 1. — Sur I 4, 43 sq. Zingerle[3], discutant le texte de Hiller 1885, admet avec lui *picea* et *eurus*, en complétant les rapprochements de Haupt Opusc. I 346 par Ov. Her. 7,42 :

Aspice ut euersas concitet eurus aquas.

---

1. Verhandlungen der 39ster Versammlung Deutscher Philologen und Schulmänner in Zürich vom 28. Sept. bis 1. Okt. 1887. Leipzig 1888, p. 258-275, Vortrag des Prof. Dr. Crusius-Tübingen : Ueber die Nomosfrage.
2. Les points principaux ont été indiqués dans la Wochenschrift f. klass. Phil. II (1885), col. 1293-1300, IV (1887), col. 1380 sqq.
3. Kleine philologische Abhandlungen von Dr. Anton Zingerle… — IV. Heft. 1887 : Beiträge zur Kritik und Erklärung verschiedener Schriftsteller, p. 13-15.

De la tradition de **Ambr.** *amiciat* se tire d'une façon très simple au point de vue paléographique *alliciat*; le sens serait : Der Wolken oder Sturm bringende Wind. Mais on ne peut pas dire que le vent qui apporte la pluie *allicit aquam*; cela n'a absolument aucun sens.

2. — Sur le Pan. vers 175 sq. la leçon de **F** est *ierint*; il est impossible de suivre l'autre leçon *poscent* plus haut que le XIV° siècle et il est difficile d'admettre que *ierint* soit une corruption de *poscent*. Mais au vers précédent la tradition autorisée a *praeclaros* justement corrigé par Scaliger en *per claros*; c'est la faute *praeclaros* qui a amené la correction fourvoyée *poscent* pour donner un sens à un passage qui n'en avait plus. *Per claros ierint* s'explique naturellement par la coutume romaine de faire porter dans les triomphes les images des hauts faits des triomphateurs (cette discussion est très judicieuse et paraît exprimer la vérité).

§ 206[1], 1. — H. Iber[2] a traité dans une diss. inaug. du datif chez Tibulle. Il a choisi ce sujet parce qu'il lui a semblé que Tibulle avait une prédilection pour l'emploi du datif, même là où les écrivains latins emploient de préférence le gén. ou l'abl. avec la prép. « a ».

Il a soigneusement distingué les parties authentiques du Corpus Tibullianum et n'attribue à Tibulle que les livres 1 et 2 et IV 13. Il a tort de ne pas considérer à part IV 2-6 qui offrent souvent des constructions concordantes avec Tibulle et ne semble pas s'être aperçu qu'il y avait là une indication pour reconnaître la main de Tibulle. Il a pris pour base l'édition de Luc. Müller en se servant aussi de celles de Baehrens et de Hiller (indication vague et peu méthodique). Au point de vue théorique il adopte sur la nature du datif l'opinion de Rumpel c'est-à-dire qu'il exclut toute signi-

---

1. On ne peut considérer que comme une curiosité l'hypothèse de J. K. Ammann, Zur Erklärung der zweiten Epode des Horaz (Progr. d. Gymn. zu Bruchsal 1888), d'après laquelle dans sa 2ᵉ épod., pleine, comme l'a remarqué Gruppe, de réminiscences de Tibulle, Horace aurait voulu tourner Tibulle en ridicule. G. Wartenberg, Jahresb. d. phil. Ver. zu Berlin, 16ᵗᵉʳ Jahrg. 1890, p. 251-252, a fait observer que nous ne sommes pas autorisés à croire que Tibulle n'aimait la campagne qu'en paroles et que le faenerator Alfius n'a rien à voir avec le poète Albius Tibullus.

2. De dativi usu Tibulliano. — Diss. inaug. quam ad summos... honores ab... philosophorum Marpurgensium ordine... capessendos scripsit H. Iber Hasso-Nassovus. — Marpurgi Cattorum 1888. in-8. 47 pages.

fication proprement locale. Ses conclusions sont les suivantes :
Tibulle pour l'usage du datif s'accorde de très près avec Virgile
et se règle sur lui. Entre Tibulle et les Pseudo-Tibulliana il y a
de très nombreuses ressemblances ; pour l'emploi du datif
simple avec le verbe substantif il n'y a presque pas de différence,
sauf que les Pseudo Tibulliana admettent la forme « illius » là où
d'ordinaire Tibulle et les Pseudo-Tibulliana ont le datif pour le
génitif ; la construction des verbes transitifs et intransitifs simples est la même, sauf que les Pseudo-Tibulliana sur l'analogie
de la langue grecque joignent comme Virgile « certare » avec le datif ; l'usage des verbes transitifs composés est également le même,
sauf que les verbes composés avec la prépos. « in » admettent
dans les Pseudo-Tibulliana, outre le datif l'abl. seul et joint à la
prépos. « in ». ; le datif en apposition avec le subst. est très rare
(une fois chez Tibulle, deux fois dans les Pseudo-Tibulliana).
Différences : Tibulle ne se sert du double datif qu'avec le mot
« cura » ; cette construction ne se trouve pas dans les Pseudo-
Tibulliana. La plupart des verbes intransitifs composés de Tibulle ne se trouvent pas dans les Pseudo-Tibulliana qui n'ont que
le mot « adsum » joint au datif. Pour le datif construit avec les
formes passives les Pseudo-Tibulliana l'emploient non seulement
avec le part. fut. pass., mais aussi avec le prés. et le parf. passifs
et le participe parf. passif : ils se rapprochent plutôt de Virgile.
Les adj. construits avec le datif ne sont pas en général les mêmes
chez Tibulle et dans les Pseudo-Tibulliana. En résumé Tibulle
dépend presque complètement de Virgile, les auteurs des Pseudo-
Tibulliana ont généralement pris Tibulle pour guide (mais le
Panégyrique est antérieur aux élégies de Tibulle), ils lui ont rarement préféré Virgile.

Les résultats sont maigres. La diss. est faite avec soin ; pourtant elle renferme des fautes provenant de ce que l'auteur a
exécuté ses relevés un peu vite et sans considérer assez le contexte ; il y en a qui ne sont pas à leur place ; un assez grand
nombre de fautes d'impression.

2. — Karl Weymann [1] est d'avis que, si l'auteur s'était mieux
orienté, il aurait choisi un autre sujet. Le travail, qui est au-
dessous du niveau ordinaire de ceux par lesquels débutent les jeunes
philologues, ne rendra pas de grands services à la grammaire

1. Archiv f. latein Lexicogr... 5ter Jahrg. 1888, p. 309-310.

historique. La polémique contre le datif de direction n'est pas justifiée. L'auteur constate simplement qu'entre Virgile et Tibulle d'une part, Tibulle et les Pseudo-Tib. de l'autre, il n'y a pas de différences notables.

§ 207, 1. — Bien qu'elle s'intitule scientifique, l'étude de P. Schwarz[1] a à peine le droit de figurer ici. L'auteur se propose de montrer que la lecture de Tibulle devrait accompagner dans les gymnases celle d'Ovide. Analysant 5 élég. qui figurent dans toutes les anthologies et en outre II 2 et quelques vers de I 6, il en tire, non sans un certain nombre d'assertions contestables, ce qu'elles nous apprennent sur la vie de Tibulle, puis les représentations que ces pièces nous donnent de la nature et de la vie de l'humanité, telles que les conçoit Tibulle. Il insiste sur la valeur éducative, sur la beauté littéraire de cet ensemble de pensées et de tableaux, sur les rapprochements auxquels ils donnent lieu avec les auteurs classiques.

2. — H. Magnus[2] a jugé cet exposé assez favorablement, en disant qu'il offre des points de vue intéressants pour la caractéristique de Tibulle.

§ 208.—G. Doncieux[3] a présenté sur l'identification de Lygdamus une hypothèse nouvelle; le v. III 5, 17 sq., Natalem primo nostrum uidere parentes Cum etc., signifierait : mes parents ont vu pour la première fois l'anniversaire de ma naissance, lorsque, etc. (ce qui est l'interprétation de de Golbéry). Le personnage dont il s'agit serait donc né en 44 av. J.-C. Ce serait le frère d'Ovide, né un an avant lui, et qui aurait composé le 3ᵉ livre à propos de ses amours avec une certaine Neaera. Ovide n'aurait pas parlé de ces vers d'amateur, parce que c'était là une tentative isolée de son frère, inconnu du public, et qu'il ne voulait pas lui imposer une comparaison avec lui-même; mais il leur aurait fait sans scrupule des emprunts, parce que cela ne sortait pas de famille. Si Ovide avait ainsi agi avec son frère, le procédé ne lui ferait

1. Königliches Gymnasium zu Salzwedel. Ostern 1888. — II. Wissenschaftliche Beigabe zum Jahresbericht : Tibullus als Schulschriftsteller... von Dr. Paul Schwartz... A. Menzels Buchdruckerei zu Salzwedel. gr. in-4. 20 pages.
2. Jahresb. d. Philolog. Ver. zu Berlin, 15ster Jahrg. 1889, p. 181.
3. Revue de Philologie. N. S. Année et tome XII 1888, p. 129-134 : Sur la personnalité de « Lygdamus » (Tibulle, l III), par Georges Doncieux.

pas grand honneur. Ce n'est pas là une raison absolument décisive pour repousser l'hypothèse ; mais le mot « natalis » signifie
le jour de la naissance et non l'anniversaire. En outre on ne voit
pas pourquoi dans ses élég. à Neaera le frère d'Ovide aurait
pris un pseudonyme ; Doncieux trouve que Lygdamus pourrait
cacher Lucius ; mais où a-t-il pris que le frère d'Ovide s'appelait
Lucius ?

§ 209. — Le mémoire d'E. Scheidemantel[1] sur les élég. à
Marathus est une de ces contributions insignifiantes qu'on insère
par politesse dans un recueil composé suivant l'usage établi en
Allemagne en l'honneur d'un maître illustre. Avec Teuffel l'auteur place ces élég. avant celles à Delia, parce qu'elles témoignent
d'une ardeur et d'une vivacité juvéniles et qu'elles renferment pro-
portionnellement plus de spondées, surtout au début de l'hexamètre, que les élég. à Delia et que celles du 2e livre. Il réfute d'une
façon très complète et très satisfaisante le système de Gruppe
(§ 46, 8) qui les range dans l'ordre soi-disant chronologique 4,
9, 8 et suppose dans le roman une complication tout à fait bizarre
et démentie par le texte lui-même. Il montre qu'avec l'ordre traditionnel toutes les réalités s'expliquent le mieux du monde. Ceci
est sensé ; mais quel besoin y avait-il de revenir sur une hypothèse ancienne, abandonnée depuis longtemps et d'une absurdité
flagrante ? C'est là noircir du papier sans nécessité.

§ 210. — R. Ehwald[2] est arrivé sur l'histoire des poèmes de
Tibulle au Moyen-Age à des conclusions qui sont négatives, mais
qui n'en sont pas moins intéressantes. Haupt (§ 89) a publié un
catalogue du ixe siècle mentionnant un manuscrit de Tibulle *Albi
Tibulli lib. II*, qui était conservé dans une bibliothèque du royaume
de France. Luc. Müller fait dériver, non sans vraisemblance, nos
sources du texte de Tibulle d'un archétype écrit en Gaule au temps
de Charlemagne.
    Seyffert[3] a affirmé qu'il existait un témoignage prouvant que
du temps de Charlemagne on lisait Tibulle et peut-être Catulle.

---

1. Commentationes Philologae quibus Ottoni Ribbeckio... sexagensimum aetatis
magisterii Lipsiensis decimum annum exactum congratulantur discipuli Lipsienses.
Lipsiae. In aedibus B. G. Teubneri 1888. in-4. p. 373-380 : De quarta octava nona
primi libri Tibulliani elegiis scripsit Eduardus Scheidemantel.
    2. Philologus, 46ster Band 1888 : Curae exegeticae, par R. Ehwald. 4. p. 639-640.
    3. Berl. Phil. Wochenschr. 1885, p. 35 sqq.

Petrus le grammairien, aux environs de 781, faisant l'éloge de
Paul diacre, lui dit qu'il égale *Tibullus eloquio* et Paul répond :
Tibi quoque, Veronensis o Tibulle, conferor. R. Ehwald montre
avec raison qu'il est inexact de conclure de là qu'on lût Tibulle
à cette époque; on savait son nom, rien de plus. Peut-être le
connaissait-on par les *Amores* d'Ovide qui ont été lus pendant le
Moyen-Age. Paul l'appelle *Veronensis,* par suite d'une confusion
avec Catulle, sur la patrie duquel on était renseigné par Ovide.
L'éloquence attribuée à Tibulle pourrait bien provenir d'une
confusion avec Tullius (Cicéron). On serait tenté de citer un autre
témoignage : Alcuin appelle une des filles de Charlemagne *Delia*
(carm. 39, 11, cf. 4o, Dümmler I, p. 253), mais ce n'est pas la Delia
de Tibulle, car cette Delia est appelée *Vergiliana* (Virg. Égl. III
67, VII 29), par Theodulfe (c. 27, 44, Dümmler I, p. 492). Ehwald
cite d'autres exemples de cette époque de mentions d'écrivains
anciens qui ne prouvent nullement qu'on eût leurs ouvrages
entre les mains [1].

§ 244. — C. M. Francken [2] a maintenu contre H. Magnus sa
théorie (§ 190) que I 8 était formé de 3 fragments maladroitement rapprochés 1-16, 17-40, 41-78 : « Primum carmen (ubi leg.
bella v. 15, cf. IV 13, 5) celebrat naturalem venustatem in amore,
alterum puellae commendat iuvenem Marathum (qui initio, v. 17,
compellatur); tertium Pholoae suadet ut misericordia mota fasti-
dium in tempore deponat, ne sero paeniteat. » Cette théorie n'est
pas soutenable, mais contre Magnus Francken a sans doute
raison de rester persuadé que les élég. à Marathus ne sont pas
un simple jeu d'esprit; en tout cas il montre bien que l'intention
du poète n'est pas d'amener Marathus à résipiscence et de le
convaincre par l'exemple de Pholoé de renoncer à son orgueil-
leuse indifférence; les passages où l'auteur recommande à Pholoé
d'accueillir Marathus font bien voir que le but de la pièce est
tout autre.

1. Dans les Blätter f. d. Gymnasialschulwesen, 24ster Band 1888, Satura, p. 480,
Maehly a proposé de lire IV 4, 23 iam *clarus* eris au lieu de iam *laetus* eris de la
tradition ; la correction ne s'impose pas ; il partage la pièce en deux parties vers 1-14
et vers 15-26 ; cette deuxième partie comprendrait la réponse d'Apollon (cette
manière de voir est inadmissible ; la réponse d'Apollon ne pourrait en tout cas être
constituée que par les vers 15-16, 21-22, 17-18).

2. Mnemosyne. N. S. Vol. Septimum decimum 1889 : Miscella, par C. M. Francken, p. 62-63.

§ 212. — H. Belling[1] a inauguré ses recherches sur Tibulle par l'examen de II 4. Il discute le texte dans trois passages avec des succès divers[2]. Ce qui fait l'originalité de l'article, c'est que, partant du fait certain qu'il y avait dans l'archétype de nos manuscrits des lacunes et que ces lacunes, lorsqu'elles comprenaient non pas des vers entiers, mais des fragments de vers, ont été comblées arbitrairement par un correcteur, Belling croit en avoir découvert deux dans la pièce en question : *Hic dat auaritiae causas* au v. 29, *haec denique causa fecit ut infamis hic deus esset Amor* au v. 37 sq. seraient des interpolations destinées à dissimuler une mutilation de texte ; les raisons qu'il donne ne sont pas valables et ne reposent pas sur une interprétation exacte. Voir la suite des recherches de Belling § **238.**

§ 213, 1. — Après avoir montré que la Glycera d'Horace C. I 33 ne saurait être identifiée ni avec Delia, ni avec Nemesis, ni avec Neaera (ce sont là d'anciennes erreurs abandonnées depuis longtemps et qu'il était tout à fait inutile de réfuter à nouveau) C. Pascal[3] examine les v. d'Ovide. Amor. III 9, 31 sq., d'où on a tiré la conclusion fausse que Tibulle n'avait eu que deux maîtresses ; les expression *recens*, au lieu de *recentior*, *primus* au lieu de *prior* au v. 32, lui paraissent prouver qu'Ovide savait bien que Tibulle avait eu d'autres maîtresses, d'autant que plus loin au v. 53 lorsqu'il met en présence Nemesis et Delia il désigne celle-ci par *prior* ; rien n'empêche donc de croire que Tibulle a aimé Glycera. Il est possible que IV 13 lui soit adressé ; le *foedus* du v. 2 expliquerait bien la *laesa fides* d'Horace, les v. 19-22, le qualificatif d'*immitis*. Mais la pièce ne saurait être un des *miserabiles elegi* d'Horace, puisqu'elle est écrite avant l'infidélité. Les *miserabiles elegi* sont perdus. Pascal rassemble alors les preuves qu'il y a des poèmes de Tibulle qui ont été perdus ; la citation faite par Charisius comme de Tibulle *implicuitque femur femini* ne saurait être une

1. Philologus. N. F. 1ster Band (Der ganzen Reihe 47ster Band) 1889, p. 378-382 : Ad Tibulli elegiam II 4, par H. Belling.

2. Il est possible qu'au vers 5 il faille adopter la conj. de Heinsius seu *nil peccauimus* ; au vers 12, au lieu de omnia *nunc* des *Exc. Paris.*, il faut lire avec **Ambr. V** omnia *nam* ; c'est une de ces explications comme les aime Tibulle. Mais au vers 43 il n'y a pas lieu de changer *nec erit* de la tradition en *nec sit*. Tibulle abandonne la forme optative et du reste il s'agit d'une situation différente de celle exprimée dans les vers précédents.

3. Rivista di Filologia e d'istruzione classica. Anno XVII. 1889, p. 438-454 : Note Tibulliane, par Carlo Pascal.

réminiscence de I 8, 26. La *uita,* en qui l'auteur a toute confiance, parle *d'epistolae amatoriae* et la biographie de Hieronymus
d'Alexandrie qu'il croit antique (c'est là une grosse erreur)
reproduit cette mention. D'autre part les *opuscula* dont parle
Horace, Ép. I 4, pourraient bien être les *miserabiles elegi* qui
auraient eu une forme épistolaire (tout ceci est arbitraire). Passant à l'examen de II 5, 45-48, C. Pascal se refuse à admettre
que Tibulle fasse allusion à un fait que nous ne connaissons pas
d'ailleurs l'incendie du camp des Rutules ; observant que *rutilus*
a aussi la forme *rutilis,* il propose de lire (avec une faute de quantité) *ecce mihi lucent rutilis incendia classis.* Si l'on n'admet pas
la correction (il y a peu de chance en effet pour qu'elle soit acceptée), il croit que la seule explication possible est qu'il s'agit
de l'incendie d'Ardée mentionné par Ovide, Met. XIV 572 sqq;
les deux passages ont une certaine .ressemblance ; dans l'un et
dans l'autre, il est dit que la victoire commence enfin à sourire
aux Troyens ; dans l'un et dans l'autre, il est question de la mort
de Turnus.

2. — Ces *Note Tibulliane* ont été insérées par l'auteur, corrigées et mises au courant, dans ses Studi sugli scrittori latini 1900
p. 132-146. J. Tolkiehn en en rendant compte[1] est d'avis que la
question de l'attribution de IV 13 à Glycera et celle des *miserabiles elegi* ne peuvent guère être définitivement résolus avec les
moyens insuffisants dont nous disposons. On ne saurait prouver non
plus que l'antiquité ait connu d'autres poèmes de Tibulle que
ceux que nous possédons.

§ 214. — Dans une diss. inaug. J. Bergmann[2] a d'abord exposé d'une façon très claire et utile pour les débutants le travail
critique opéré sur Tibulle par Lachmann et depuis Lachmann et
indiqué les sources existant actuellement pour la constitution du
texte. C'est de la vulgarisation très bien faite ; il y a peu d'idées
personnelles. Pour les *Exc. Par.,* sur 10 interpolations que
Rothstein attribue à l'original, Bergmann n'en voit guère qu'une
seule qui ne soit pas du fait de l'excerptor. Pour les *Exc. Fris.* il

1. Wochenschr. f. klass. Philol. 17ter Jahrg. No 37, 12 Sept. 1900, col. 1004-
1005.
2. De Tibulli codice Upsaliensi, cum reliquis comparato, Commentatio Academica. Scripsit et... a. d. VI Cal. iunias... defendet Ioannes Bergmann... nat.
Vermel. — Upsaliae. Typis descripsit Edu. Berling 1889. in 8. 58 pages.

ne croit pas que les 4 passages où Leonhard a vu des interpolations doivent être expliqués ainsi. Il adopte la théorie d'après
laquelle A et C de Lachmann ne dérivent pas des manuscrits de
Baehrens, ce que celui-ci a affirmé sans preuves ; ce qui resterait
actuellement à faire pour la critique de Tibulle, ce serait d'acquérir une connaissance plus exacte des familles A et C, de retrouver les manuscrits des extraits sur lesquels le dernier mot n'a pas
été dit, d'examiner les manuscrits non encore collationnés, qui,
dans la pénurie où nous sommes, peuvent être très utiles. Il n'y
a rien à dire à cela au point de vue théorique, mais dans la pratique la tentative qu'a faite Bergmann n'est pas encourageante.

    Il étudie un manuscrit latin n° 32 de la Bibliothèque de l'Uni-
versité d'Upsal, contenant entre autres choses les élégies de
Tibulle et les Bucoliques de Virgile, daté de 1463 et signé de
Jacobus Merswin de Argentina c'est-à-dire de Strasbourg. Il le
décrit très exactement ; le degré d'ignorance du scribe, son orthographe, ses transpositions, ses omissions, ses erreurs sont soigneusement notés, les variantes insérées entre les lignes, les corrections, les omissions réparées, les diverses explications et annotations du scribe complètement mentionnées. L'examen de la leçon
montre que U appartient à la famille **Ambr. V** ; il ne s'accorde
avec **V** contre Amb. que dans quelques passages sans importance ;
il s'accorde au contraire fréquemment avec Ambr. tantôt dans la
bonne, tantôt dans la mauvaise leçon et pour l'orthographe ; d'où
l'auteur conclut qu'il provient d'un frère de Ambr. plus voisin de
Ambr. que de **V**. La comparaison avec les manuscrits de Lachmann, dont les collations ne sont pas suffisamment précises, ne
donne pas de résultats. Si on étudie les leçons propres de U — ce
qui est nécessaire pour se faire une idée de sa valeur — on s'aperçoit que ce sont de simples fautes ou des interpolations ; une seule
fois l'interpolation donne la bonne leçon, qui était facile à retrouver par conj. Donc bien que U dérive de l'archétype commun à
tous nos manuscrits, il ne nous apprend sur la tradition rien de
plus que ce que nous savons par **Ambr. V** ; il est négligeable. L'auteur termine en donnant intégralement les suscriptions de chaque
élég. et un tableau contenant la comparaison du texte de **U** avec
les autres sources pour I 1.

    C'est un travail méthodiquement fait, mais dont le seul
résultat positif est d'avoir valu à son auteur le titre de docteur :
U doit être replongé dans l'oubli, d'où il n'y avait aucun intérêt à
le tirer.

§ 245, 1. — Dans une diss. inaug. R. Ullrich [1] a étudié les questions suivantes : date de l'édition du premier livre, chronologie des élég. qui le composent, date de la publication du deuxième livre, des autres pièces de Tibulle et du Corpus Tibullianum. Il a témoigné de beaucoup de soin et de perspicacité ; ses résultats ne sont cependant pas toujours acceptables, parce qu'il tire souvent des textes des conclusions qu'ils ne comportent pas, remplace par des assertions fermes de simples vraisemblances et se refuse à rien laisser de douteux, alors même que l'état actuel de nos renseignements ne nous permet pas de sortir de l'incertitude.

Pour déterminer la date de la publication du premier livre, il part d'Ovide Tristes II 463 sq. *legiturque Tibullus Et placet et iam te principe notus erat* ; il voit bien que l'intention d'Ovide est de faire remarquer à Auguste qu'en le punissant pour la licence de ses vers il n'a pas été juste, car il n'a pas puni Tibulle, qui en avait composé de fort libres ; pour que Tibulle pût être puni il fallait qu'ils fussent publiés. Or d'une part il croit que *iam te principe* désigne non pas l'année 28 av. J.-C., où Octavien fut proclamé prince du Sénat, mais l'année 27 où il fut proclamé Auguste (ce qui est arbitraire) ; d'autre part il entend les vers d'Ovide dans ce sens : Tibulle était déjà célèbre, quand tu fus nommé Auguste ; comme cette célébrité Tibulle selon lui ne peut l'avoir acquise ni par des récitations partielles (Lachmann, Schultz) ni par la publication des élég. I 1, 2, 3 (Baehrens), qui du reste n'ont pas été composées dans cet ordre et ne contiennent pas les vers scabreux, ni par l'édition du panégyrique, qui n'est pas de lui, et de I 10 (Hankel), il faut qu'elle lui soit venue de la publication du livre premier et que cette publication tombe au début du principat d'Auguste c'est-à-dire en 27.

Mais tout ce raisonnement repose sur une interprétation abusive des vers d'Ovide, qui ne signifient pas autre chose que ceci : tu étais déjà prince [2] à l'époque où Tibulle était connu — soit de 28 date du commencement du principat à 19-18 date de la mort de Tibulle — et tu aurais eu tout le temps de sévir, si tu avais voulu

---

1. Studia Tibulliana. De libri secundi editione. Diss. inaug. quam... in Univers. Frider. Guilelma Berolinensi... die XXXI mensis Julii a. 1889... defendet auctor Richard Ullrich Marchicus. Berolini. W. Weber 1889. in-8. 86 pages.

2. *Iam* doit être construit avec *te principe* : tu étais déjà prince, quand Tibulle était connu. Ullrich recourt à une subtilité impossible en rapportant *iam* à la fois à *te principe* et à *notus erat*. En outre *te principe* ne peut signifier au début de ton principat.

le traiter comme moi. Ce passage n'a rien à faire avec la date de l'édition du premier livre ; il sert seulement à rappeler que la vogue de Tibulle a coïncidé avec une partie assez longue du principat d'Auguste et qu'Auguste, qui avait dès lors tous les pouvoirs nécessaires, ne s'en est pas servi contre lui.

Quant à l'ordre chronologique des élég. du premier livre, Ullrich a raison contre Baehrens de croire que 3 a été écrit avant 1 et que 1 fait allusion à 3, mais il persiste dans l'opinion générale et enracinée que Delia s'est mariée pendant la liaison avec Tibulle et constitue l'ordre arbitraire 3 — 3o avant J.-C. — 1 (Delia encore libre), 5 (au pouvoir d'un amant riche), 2 et 6 (mariée). Il a raison de penser que 10 est antérieur, 7 postérieur à la liaison avec Delia. Pour les élég. à Marathus il adopte le système (arbitraire) de Hübner qu'elles sont antérieures à celles à Delia parce qu'elles témoignent de l'imitation des Alexandrins — malgré l'objection de Hiller que I 7, 28 est imité de Kallimaque, parce qu'ici il s'agit d'un poème d'une autre nature —. Quant au fait que l'allusion au triomphe de Messalla dans II 1, 29-36 prouverait que 7 est la dernière pièce composée avant l'édition du premier livre, cela n'a aucune valeur probante ; Tibulle a pu faire allusion au triomphe de son protecteur quelques années après qu'il avait eu lieu. Ullrich n'a donc pas démontré que le premier livre ait paru en 27, quoique vraisemblablement sa publication ne soit pas de beaucoup postérieure.

Il pense que le deuxième livre a été publié par Tibulle lui-même ; la chose n'est pas impossible, mais les raisons qu'il apporte ne sont pas décisives : il part de l'epicedion d'Ovide Amor. III 9 et il a raison d'admettre que la pièce ne doit être que de peu postérieure à la mort de Tibulle, soit 19 ou 18 après J.-C. ; il est bien certain qu'Ovide n'ignorait pas les élég. à Nemesis, bien que le passage auquel il fait allusion soit tiré du premier livre. Mais, quoi qu'il en dise, la possibilité qu'il en ait eu connaissance, ainsi qu'un certain public, avant qu'elles eussent été réunies en volume, comme l'a soutenu Hiller, n'est pas exclue. En tout cas l'opinion qu'au vers 31 « Delia » et « Nemesis » désigneraient non pas les maîtresses de Tibulle, mais le « livre de Delia » et le « livre de Nemesis » n'est pas acceptable ; car un peu plus loin Delia et Nemesis sont des personnes en chair et en os, qui nous sont présentées comme agissantes. Enfin, alors même que le livre de Nemesis aurait été publié à l'époque de l'epicedion, il n'en résulterait pas que l'édition eût été

procurée par Tibulle lui-même : elle a pu être donnée par un ami
du poète très peu de temps après sa mort. Que dans Ars. am. III
535 sq. c'est-à-dire au plus tard en 1 av. J.-C. Ovide fasse allusion
au livre de Nemesis comme connu depuis un certain temps, c'est
ce qui n'est pas douteux ; de même dans Rem. Am. 763 ; mais
il s'agit d'une époque postérieure et on ne peut rien tirer de là
pour la question qui nous occupe.

Il est bien certain qu'Ullrich n'a pas compris les vers 55-58 de
l'epicedion. Il en ressort de toute évidence que Nemesis a bien
été le dernier amour de Tibulle ; si à ce moment le deuxième
livre avait été publié depuis quelque temps déjà, s'il était de
notoriété publique qu'il l'avait été après que la liaison avec Nemesis avait pris fin, la plaisanterie d'Ovide n'aurait plus eu de sel.
Tibulle aimait sûrement encore Nemesis au moment de sa mort.
Tout ce qu'on peut concéder à Ullrich c'est qu'il ne résulte pas
nécessairement de ce fait que Tibulle n'ait pas publié peu de
temps avant de mourir un livre consacré à cette liaison, quoique
la chose reste absolument douteuse.

C'est surtout à partir d'ici que le système d'Ullrich devient inacceptable ; d'après lui le deuxième livre a été publié par Tibulle
un certain nombre d'années avant sa mort ; c'est ensuite qu'il se
serait épris de Glycera et qu'il aurait célébré les amours de Sulpicia et de Cerinthus.

Ullrich a raison de repousser l'identification, depuis longtemps
abandonnée d'ailleurs, de Glycera et de Nemesis. Il ne croit pas
que IV 13 et 14 se rapportent à Glycera ; c'est là une chose qu'on
ne peut ni démontrer ni réfuter. Les élégies à Glycera se seraient
perdues, parce que Tibulle surpris par la mort n'a pas eu le temps
de les publier (c'est là une hypothèse). Ovide n'aurait pas parlé
de Glycera dans l'epicedion parce que les élégies qui la concernaient n'étaient pas connues soit de lui, soit du public ou parce
que l'intervention d'une troisième maîtresse aurait affaibli la vivacité de la confrontation entre Delia et Nemesis. D'autre part
les trois premiers livres des Odes d'Horace ayant été publiés en
23 av. J.-C. la pièce I 33 est nécessairement antérieure à cette
date. Or, comme Ullrich veut que la liaison avec Glycera soit postérieure à la publication du deuxième livre, il en conclut que ce
deuxième livre a paru avant l'an 23. On voit sans peine combien
tout ceci est arbitraire.

Les élégies sur Sulpicia et sur Cerinthus ne lui paraissent pas
avoir été publiées par Tibulle parce qu'Ovide n'en parle pas dans

l'epicedion (le motif n'a pas de valeur) et parce qu'elles figurent parmi les Pseudo-Tibulliana. Elles seraient postérieures à l'édition du deuxième livre et auraient été écrites de 23 à 19. Ullrich n'admet du reste pas avec Olsen que Tibulle y ait imité Properce, parce que les dates s'opposent à ce qu'il ait pu avoir connaissance du quatrième livre de celui-ci, parce que les vers comparés ne témoignent pas d'une imitation directe, parce que la matière élégiaque étant une il ne faut pas voir d'imitation là où la parité de sujet commandait la parité d'expression. Quant au système de Zingerle que IV 2-7 offrant plus de rapport avec le premier l. qu'avec le second, la composition de ces pièces doit se placer entre celle des deux livres, il le repousse, parce que la nature de ses constatations n'est pas telle qu'elle puisse permettre des inductions chronologiques surtout pour un poète comme Tibulle, dont la production littéraire a été de courte durée. Les similitudes plus grandes avec les élégies à Delia lui paraissent provenir de ce que le sujet se rapproche plus du sujet du premier livre que de celui du second ; il faut en outre faire la part du hasard. Enfin il n'est pas vrai que le deuxième livre soit moins achevé que le premier et II 2 ne fait pas partie du cycle de Sulpicia (Il est certain que nous sommes ici sur un terrain glissant ; mais c'est justement pour cela qu'Ullrich aurait dû être moins affirmatif).

Pour la date de la publication du deuxième livre il tire un argument assez inattendu de II 5. Messalla, vraisemblablement né en 64 av. J.-C. (Nipperdey), n'a pas dû se marier avant 20 ans ; son fils n'a pas dû naître avant 42 ; il avait 18 ans, peut-être un peu moins en 24 : il a pu être nommé cette année-là quindecemvir et c'est cette année que le deuxième livre a été publié (il n'y a rien là qui ressemble à une certitude ; tout au plus l'argumentation tend-elle à prouver que le système d'Ullrich n'est pas absolument impossible).

Sur la question de savoir si le deuxième livre était trop court pour paraître tout seul, comme l'a voulu Birt, Ullrich n'admet pas que la loi du minimum de 500 vers pour le volume poétique ait une valeur universelle et que les poètes s'y soient astreints plus soigneusement qu'aux limites logiques du sujet (il a sûrement raison), que du fait que les *Exc. Par.* citent des vers du troisième livre comme appartenant au second, de la mention des deux livres de Tibulle du catalogue du codex Santenianus (§ 89), il résulte nécessairement que les Sosii aient publié après la mort de Tibulle le livre de Nemesis et celui de Neaera de façon à avoir

428 + 290 = 718 vv. Ce système tombe du reste de lui-même, si on admet que c'est Tibulle qui a édité son second livre.

Reste à déterminer quand les spuria ont été ajoutés au Tibulle authentique. De l'apophoreton de Martial XIV 193 (84 ou 85 apr. J.-C selon Friedländer) *Vssit amatorem Nemesis lasciua Tibullum in tota iuuit quem nihil esse domo* il tire les conclusions suivantes : d'abord, comme le veut Friedländer, Martial ne confond pas Delia et Nemesis (c'est pourtant l'explication la plus vraisemblable) ; il dit que l'effacement que Tibulle souhaitait avec Delia Nemesis le lui a imposé (ce n'est pas là ce que dit *ussit*) ; en tout cas Martial désigne les deux livres « Delia » et « Nemesis ». C'est tout ce qu'il connaissait et tout ce qu'on connaissait alors de Tibulle. Si, comme le prétend Birt, les élégies de Lygdamus avaient été ajoutées au deuxième livre par les Sosii immédiatement après la mort de Tibulle, Martial aurait nommé Neaera. L'auteur croit que Martial a entendu donner tout Tibulle et que Tibulle représentait pour lui le cadeau du *Diues* (telle est la preuve ; on la prendra pour ce qu'elle vaut). C'est donc au second siècle ap. J.-C. que la matière du troisième et du quatrième livre actuels fut ajoutée aux élégies authentiques en appendice informe ; l'éditeur était un ignorant incapable de distinguer ce qui était de Tibulle et ce qui n'était pas de lui. L'appendice fut sans doute ajouté au deuxième livre qui devint un uolumen de IIII vers — il se peut que les deux parties aient été primitivement distinctes et que la distinction ait disparu quand le texte passa des *uolumina* dans un *codex*. — Cela explique que les *Exc. Par.* citent Lygdamus comme du second livre, sans qu'il y ait lieu de recourir comme le fait Hiller à la négligence des copistes. La mention du troisième livre ne doit remonter qu'au xive siècle et provenir d'un copiste qui s'est aperçu qu'après II 6 le livre de Nemesis était terminé. Le quatrième livre doit son origine à un autre copiste qui au xve siècle a distingué les élégies de Lygdamus de ce qui suivait.

Quant aux dimensions restreintes du deuxième livre Ullrich croit que la brièveté s'explique d'elle-même et qu'il ne faut pas en conclure qu'il soit incomplet ; il correspond jusqu'à un certain point au premier livre, si on en retranche les élégies à Marathus ; il est plus simple et mieux composé, parce que Tibulle ne se trouvait pas en présence de matières diverses et que le roman de Nemesis est plus simple que celui de Delia (ceci est pur verbiage). Voir la suite des recherches d'Ullrich § 222.

2. — K. P. Schulze [1] fait des réserves sur les résultats, réserves qui du reste ne sont pas toujours justes.

J'ai moi-même [2], en commettant quelques erreurs, insisté sur ce point que Delia était mariée quand elle a connu Tibulle et l'a été pendant toute la liaison, montré que d'Ov. Trist. II 463 sq. on ne peut tirer la date de la publication du premier livre, que dans Amor. III 9, 31 sq. le pentamètre exige qu'on entende par Delia et Nemesis non pas les deux livres de Tibulle, mais ses deux maîtresses, qu'Ullrich n'a pas bien entendu les vers 53 sqq., qu'Ovide atteste nettement que Nemesis a été le dernier amour de Tibulle et le deuxième livre son dernier ouvrage, que ce deuxième livre peut aussi bien avoir été publié par un ami peu de temps après la mort de Tibulle que par Tibulle lui-même, que la publication en 24 av. J.-C., la place donnée aux élégies à Glycera, à celles sur Sulpicia sont des hypothèses absolument arbitraires.

J. P. P(ostgate) [3] a fait l'éloge du travail d'Ullrich en se bornant à remarquer que tous les résultats n'en sont pas certains.

H. Magnus [4] dit avec raison que la publication du deuxième livre par Tibulle n'a pas été démontrée par l'auteur et reste une simple possibilité ; il explique Amor. III 9, 31 sq. comme je l'ai fait moi-même et croit qu'en 19 les élégies à Nemesis pouvaient être connues autrement que par l'édition en livre. Il réserve sa décision sur la date des élégies du cycle de Sulpicia et croit à tort que II 2 s'y rattache.

E. Hiller [5] trouve que la difficulté provenant de la brièveté du deuxième livre subsiste, qu'il n'est pas admissible que Tibulle l'ait publié parce qu'il renonçait à la poésie, que la tentative d'Ullrich pour expliquer la chose par la nature du sujet et sa comparaison avec le premier livre sont sans valeur. L'opinion courante que le deuxième livre a été publié après la mort de Tibulle n'est pas réfutée. Il admet que l'epicedion d'Ovide présuppose la publication du deuxième livre, mais que les vers 29-34 et 53-58 ont pu être insérés au moment de l'édition des Amores qui est au plus tôt de 15 av. J.-C. (ceci est arbitraire). Il a raison de dire que les vers II 1, 31 sqq. ont pu être écrits par Tibulle

1. Wochenschr. f. klass. Philol. 7ter Jahrg. nº 10, 5 mars 1890, col. 266-268.
2. Revue critique. N. S. 24e année, t. XXIX, 24 Mars 1890, nº 12, p. 223-226.
3. The Classical Review. Vol. IV, Avril 1890, p. 162.
4. Berliner Philolog. Wochenschr. 10ter Jahrg. nº 19, 10 mai 1890, col. 598-600.
5. Deutsche Litteraturzeitung, 11ter Jahrg. nº 30, juillet 1890, col. 1087-1089.

quelques années après le triomphe de Messalla, ce qui ruine le seul argument pour placer la liaison avec Glycera après la composition des élégies du deuxième livre. A propos de Martial XIV 193 et 194 il continue à considérer Tibulle comme le *donum pauperis* et ne pense pas que la publication du troisième livre soit postérieure aux apophoreta — il pouvait subsister encore des éditions en deux livres. — Le passage des Tristes II 463 sqq. est mal expliqué par Ullrich et ne peut servir à fixer la chronologie des poèmes de Tibulle.

§ 216. — Tout en félicitant Baehrens d'avoir abandonné pour les élégies à Marathus l'ordre de Gruppe, R. Baumgartner[1] lui a reproché d'avoir transposé 9, 39-44 après le vers 26 de 8. Baehrens objecte que le vers 41 ne peut faire partie de l'élégie 9 parce que, si Tibulle était informé de la passion de Marathus pour une femme, il ne pouvait plus compter posséder son cœur. Il s'est mépris sur les sentiments de Tibulle pour Marathus : Tibulle ne lui demandait que des plaisirs grossiers et s'accommodait qu'il fût épris d'une courtisane ; il avait du reste consenti à partager Delia avec son mari ; les vers 9, 39-44 doivent donc rester à leur place et 8 a été écrit avant 9. Ceci est exact, mais par trop élémentaire. Ni la fantaisie de Gruppe, ni celle de Baehrens n'avaient plus besoin d'être réfutées.

§ 217. — E. Maas[2] a étudié la légende de la nymphe Nikaia dans Nonnos XV 169 sqq. et celle d'Atalante et de Milanion après Immerwahr[3]. Immerwahr a rapproché Tibulle IV 3, 11-14 de Nonnos XIV 82 et a conclu à une source commune, l'Atalante alexandrine. E. Maas offre de nouveaux rapprochements. Il est vraisemblable que Tibulle a reçu des Alexandrins le motif de la chasse séparant les deux amants et remplissant d'inquiétudes celui qui n'y prend point part ; mais c'est là un motif banal, dont l'utilisation ne suppose pas chez Tibulle une érudition bien curieuse et bien approfondie.

§ 218. — Dans son Histoire de la poésie Romaine O. Ribbeck[4]

1. Wiener Studien, 11ter Jahrg. 1889, p. 323-326 : Quo ordine elegiae in Marathum a Tibullo scriptae sint, par R. Baumgartner.
2. Hermes, t. XXIV 1889, p. 520-529 : Alexandrinische Fragmente, par Ernst Maas.
3. De Atalanta. Berlin 1885.
4. Geschichte der Römischen Dichtung von Otto Ribbeck. II. Augusteisches

a inséré une étude complète et agréable sur Tibulle, mais un peu superficielle, où il résume les recherches de ses prédécesseurs, sans les passer toujours au crible d'une critique assez rigoureuse.

Après de bonnes observations sur les circonstances qui ont favorisé à Rome le développement de la poésie élégiaque amoureuse (sans rien d'original), sur ce qu'il y a de réel et de conventionnel dans l'élégie romaine (il tient le milieu entre les deux opinions extrêmes), Ribbeck aborde la biographie de Tibulle, le fait naître entre 60 et 55 avant J.-C. (ce qui est sans doute trop tôt) d'une famille équestre (emprunt suspect à la *uita*), pense que Messalla après Actium reçut un commandement d'abord en Cilicie et en Syrie, puis en Gaule probablement en 28, que Tibulle le suivit dans la plupart de ses campagnes, qu'après sa maladie à Corcyre il le rejoignit et vit le Cydnus, le Taurus, la Palestine, le Nil (ceci ne paraît pas d'accord avec I 7), qu'il reçut des *dona militaria* (d'après la *uita* suspecte).

Il voit bien que les élégies à Delia n'ont pas été faites comme un ouvrage complet destiné à nous renseigner sur les détails de la liaison, adopte l'ordre arbitraire 1, 3, 5, 2 — Delia mariée à partir de ce moment — et 6. Il caractérise assez bien la liaison avec Nemesis, croit qu'Horace a lu vers 24 avant J.-C. les élégies à Glycera, laisse dans le doute la question de savoir si IV 13 et 14 se rapportent à Glycera, placerait volontiers la liaison avec Marathus après la brouille avec Delia et paraît croire à tort que 8 est postérieur à 9.

A propos du cycle de Sulpicia il caractérise bien 8-12 comme des feuilles d'agenda ou des billets où Sulpicia s'épanche. Il ne se prononce pas sur 2-6 qui sont peut-être de Tibulle, peut-être d'un autre poète. Il considère à tort 7 comme destiné à relier les deux groupes. C'est, en somme, la constatation de son triomphe, l'expression de son mépris pour le qu'en dira-t-on, que Sulpicia a mis en tête des petites pièces qu'elle confiait à Tibulle pour en faire une œuvre littéraire ; 7 appartient au second groupe et n'a rien à faire avec le premier.

Entre 27 et 23 avant J.-C. Horace a adressé à Tibulle l'Ép. I 4 ; la pièce sur Messalinus serait de 25/24 ; avec Maas Ribbeck croit à tort que la prédiction est celle de la sibylle Troyenne ;

Zeitalter. Stuttgart 1889. Verlag der J. G. Cotta'schen Buchhandlung Nachfolger. 3tes Capitel. Die Elegie des Tibullus und Propertius, p. 177-224. (Une 2e édit. a paru en 1900.)

adoptant à demi l'opinion de Crusius, il remarque que, par certains côtés, la pièce se rapproche des hymnes de Kallimaque et inconsciemment du modèle de celui-ci, le Νόμος de Terpandre.

Le panégyrique est bien caractérisé comme n'étant pas de Tibulle ; il aurait été composé très près de 31 avant J.-C. (en réalité dans la première moitié de 31). Par une bizarrerie singulière IV 1, 114 sq. sont rapportés à Messalla.

On ne saurait identifier Lygdamus, contemporain d'Ovide, peut-être son camarade d'école, très différent de lui, mais ayant en commun la technique, certaines tournures que l'un a pu emprunter à l'autre par une réminiscence consciente (ceci est assez vague). Le livre de Lygdamus a pu être primitivement plus long ; en le réunissant à Tibulle on aurait fait un choix (pourquoi?) et placé à la fin les pièces les plus anciennes ; III 5 serait adressé à Neaera et aux siens alors en villégiature dans une ville d'eaux d'Étrurie (il serait en ce cas bien étonnant que Neaera ne fût pas nommée).

La caractéristique de Lygdamus et celle de Tibulle contiennent des choses justes.

Sur l'édition des poésies de Tibulle Ribbeck se tient sur la réserve ; il pense que Tibulle n'a peut-être publié que son premier livre ; que le deuxième a sans doute été édité après sa mort, que, dans l'antiquité on lisait peut-être plus de vers de Tibulle que nous n'en avons, qu'après que les deux premiers livres eurent paru en une seule édition on ajouta dans un troisième livre le reste de l'héritage poétique du cercle de Messalla qui n'était encore connu que par des récitations ou par des copies qu'on se transmettait de main en main.

§ 219. — R. Ehwald[1] a cru pouvoir résoudre la question des rapports d'Ovide et de Lygdamus et cette solution, qui est la plus simple, est aussi la plus vraisemblable. Le nom de Lygdamus peut être un nom véritable ; il est connu comme nom d'esclave et d'affranchi par les poètes et les inscriptions ; en ce cas il faut remarquer que Lygdamus est une forme modifiée par les Romains ; les Grecs disaient Lygdamis ; si c'est un nom de guerre, il vient sans doute de λύγδην (cf. Suidas s. v. et Soph. Oed. Col. 1621) et l'auteur a voulu faire allusion au caractère plaintif de sa poésie. On a proposé beaucoup d'hypothèses pour expliquer comment le

1. Ad historiam Carminum Ovidianorum recensionemque symbolae. Scripsit R. Ehwald. — Gothae typis Engelhardo-Reyherianis 1889. gr. in-4. 20 pages. P. 6.

v. 5, 18 se retrouve textuellement dans les Tristes IV 10, 6. Aucune n'est satisfaisante ; on ne peut admettre que Lygdamus soit l'imitateur ; car il serait absurde qu'étant né en 43 avant J.-C. il se dise *iuuenis* 5, 6, après la date de la composition du quatrième livre des Tristes écrit pendant le second hiver de l'exil, c'est-à-dire en 10 après J.-C. Par conséquent ceux-là seuls ont raison qui, avec J. H. Voss et Zingerle, considèrent que l'imitateur est Ovide ; Kleemann a montré que ce vers n'est pas le seul qui témoigne des rapports entre les deux poètes et Gruppe a signalé la ressemblance entre la première élégie de Lygdamus et la première élégie des Tristes. L'objection que Lygdamus est un poète inconnu et médiocre, Ovide un poète illustre et de grand talent n'a pas de valeur ; le fait que les élégies de Lygdamus ont été jointes à celles de Tibulle montre qu'on faisait cas de lui parmi les poètes qui fréquentaient la maison de Messalla ; Ovide était lui aussi reçu chez Messalla ; dans les Tristes il implore surtout la protection des fils de Messalla ; il était tout naturel qu'il fît principalement figurer dans ses vers des imitations de poètes que leur père avait goûtés ; en fait il n'a copié textuellement que deux vers, celui de Lygdamus et un de Tibulle, II 5, 118 = Tristes IV 2, 52 cf. Amor. I 2, 34. Les vers II 447-662 des Tristes sont faits avec des souvenirs de Tibulle (tout ceci est très sensé, très judicieux ; en dehors de cette explication toute naturelle il n'y a qu'invraisemblance). Dans le Panégyrique (cf. vers 28 sqq. avec Tristes IV, 4) on ne reconnaît pas le coloris d'Ovide.

§ **220**, 1. — Dans une série de 10 programmes souvent défigurés par des fautes d'impression et d'une latinité pénible St. Ehrengruber[1] a examiné dans le plus grand détail si le Panégyrique pouvait être attribué à Tibulle et conclu avec raison par la négative. Il a accumulé un travail énorme avec une patience de bénédictin, mais avec une ignorance stupéfiante de la méthode, de ce qui est utile et de ce qui ne l'est pas, de la grammaire, de la métrique, de l'intelligence des textes, en entassant des citations qui n'ont

---

1. Neununddreissigstes Programm des Kais. Kön. Ober-Gymnasiums der Benedictiner zu Kremsmünster für das Schuljahr 1889. — Inhalt : 1 De carmine panegyrico Messalae Pseudo-Tibulliano scripsit Stephanus Ehrengruber (p. 1-59). — Linz 1889. K. K. Hofbuchdruckerei von Jos. Feichtingers Erben. Verlag der Direction des K. K. Ober-Gymnasiums zu Kremsmünster. in-8. II 1890 73 pages, III 1891 80 pages, IV 1892 75 pages, V 1894 60 pages, VI 1895 68 pages, VII 1896 73 pages, VIII 1897 74 pages, IX 1898 91 pages, X 1899 76 pages.

souvent rien à faire avec ce qu'il prétend démontrer. Il y a quelques
observations utiles à tirer de ce fatras informe, mais la lecture en
est tellement fatigante qu'il est douteux qu'on aille les y chercher.

Après avoir à tort prétendu que des vers 117 sqq. on ne peut
conclure que le panégyrique soit de l'an 31 avant J.-C. et reproduit
toutes les raisons données jusqu'alors pour en refuser la paternité
à Tibulle, il aborde son sujet propre qui est l'étude du vocabulaire et de l'emploi des mots pour prouver que c'est non pas de
Tibulle, mais de Properce, de Virgile, d'Horace et surtout d'Ovide
que le panégyriste se rapproche. L'examen des noms propres
révèle dès l'abord les défauts du procédé de l'auteur : il y a dans
le panégyrique une foule de noms géographiques qui y sont à
leur place, tandis que Tibulle n'avait aucune raison de les employer ; ils n'entrent donc pas en ligne de compte ; sur l'emploi de
certains noms mythologiques l'auteur a quelques remarques utiles.
Dans la déclinaison des noms propres grecs le panégyriste a des
formes grecques ; mais, sauf dans un cas, Tibulle n'offre pas les
formes latines correspondantes ; il n'y a donc là pas grand'chose
de probant. Il relève entre le panégyriste et Tibulle certaines différences de construction, mais il abuse du terme de *grécismes*, ce
qui prouve que la doctrine grammaticale est insuffisante. Il essaie
de montrer que le vocabulaire du panégyriste n'est pas celui de
Tibulle ; mais il fallait tenir compte de ce fait que les genres
sont différents ; ainsi il y a dans le panégyrique une foule de
mots militaires dont Tibulle n'avait aucune occasion de se servir ;
Ehrengruber s'en aperçoit lui-même par moments et convient que
sur ce point sa discussion n'aboutit pas ; il n'a pas vu assez nettement que c'est la nature des choses elle-même qui fait que le vocabulaire d'un panégyriste diffère de celui d'un élégiaque. Il a eu
raison de signaler certains mots que Tibulle emploie dans le sens
propre, le panégyriste dans des sens différents, des vers du panégyrique où se trouvent jusqu'à trois mots qui manquent chez
Tibulle ; mais ses démonstrations ne tournent pas toujours à l'a-
vantage de la thèse qu'il soutient ; ainsi Tibulle et Ovide emploient
fréquemment *assiduus*, le panégyriste n'use de cet adjectif qu'une
fois ; ici il ne se rapproche donc pas d'Ovide contre Tibulle.
L'observation que le panégyriste dit les choses d'une façon plus
prétentieuse que Tibulle, aime les verbes composés, tandis que
Tibulle se contente des verbes simples, paraît être à retenir. Mais
des rapprochements il résulte souvent entre Tibulle et le panégyriste certaines ressemblances qu'Ehrengruber se refuse à re-

connaître, aveuglé qu'il est par le parti pris ; en revanche il en signale avec Ovide qui, en réalité, n'existent pas toujours.

C'est lorsqu'il traite des particules qu'il se perd dans les inutilités et amoncelle des citations brutes qui ne servent à rien. Une de ses recherches les plus vaines est d'étudier leur place dans le vers ; or il ne paraît pas s'apercevoir que celle-ci est souvent déterminée par leur valeur prosodique ; ainsi Ovide dans les 4 premiers pieds de l'hexamètre place *tamen* partout où peut figurer un mot pyrrhique ; il n'y a rien à tirer de là. De même il était parfaitement superflu de dresser la liste des places que *cum* occupe dans le vers ; on le trouve à toutes celles que peut remplir un monosyllabe. Il fait observer que *dum* est souvent chez Virgile au début d'un vers suivi d'un nom propre ; c'est une remarque qu'il fait à propos d'autres particules ; on se demande ce qu'il veut prouver par là et par quelle aberration il a pu croire qu'entre la particule et le nom propre il y avait une affinité quelconque[1]. La seule chose intéressante est d'étudier quelle place les particules occupent dans la proposition, si elles sont en tête à leur place naturelle ou après un ou plusieurs mots. A cet égard Ehrengruber relève entre Tibulle et le panégyriste des différences intéressantes. Il est particulièrement ignorant en métrique et sur la coupe des vers il émet des absurdités qui font frémir ; les scansions incorrectes et les fautes de quantité lui échappent sans qu'il s'en aperçoive.

Il hasarde çà et là des corrections de texte qui sont d'une inconscience rare.

Il conclut naturellement et avec raison que le panégyrique n'est pas de Tibulle ; mais sa conclusion même contient des choses inattendues et bizarres. Étant tombé par hasard sur l'ouvrage suivant : In Serenissimi Invictissimi Potentissimi D. D. Ferdinandi III. Imperatoris Aug. obitum Threni. Viennae, Tobias Pfanner iunior 1657, ouvrage que l'auteur a composé à 17 ans, il y a retrouvé, parfois mis en œuvre avec plus de talent, des procédés analogues à ceux du panégyrique et il attribue celui-ci à un disciple des rhéteurs, qui connaissait les poésies de Tibulle, qui a puisé chez les autres poètes, en particulier chez Ovide et Virgile et qui a composé son poème comme Pfanner a écrit le sien. L'intervention de Pfanner paraît ici tout à fait inutile.

---

1. Part. VII p. 49 note 5 il fait remarquer que la particule *nisi* n'occupe pas dans les vers les mêmes places que le nom propre *Nisi* ; c'est une naïveté extraordinaire.

2. — Dans toute une suite de c. r.[1] St. Sedelmeyer, suppléé de temps à autre par J. Golling, a prodigué à l'auteur des compliments qui semblent indiquer qu'il a mieux aimé le louer que le lire : son travail épuise la question ; il dépasse les limites d'une simple recherche sur l'authenticité du panégyrique ; il est d'une grande importance pour la syntaxe latine, pour la critique et l'exégèse des écrivains appelés en témoignage, etc.

§ 221. — O. Occioni[2] a donné sur la Delia de Tibulle et sur le caractère du poète une étude de vulgarisation brillante, dans laquelle il se montre assez au courant, mais sans critique personnelle, des travaux récents. Il fait naître Tibulle en 55 ou 56 avant J.-C. d'une famille équestre et riche, qui avait été ruinée par les distributions de terre de l'an 41. Tibulle aurait recouvré plus tard une partie de son bien grâce à Messalla. L'expédition d'Aquitaine serait postérieure à la mission en Orient. L'ordre des élégies à Delia serait 3, 1, 5, 2, 6. Delia serait représentée jeune fille dans les trois premières[3], mariée dans les deux dernières (il n'y a rien dans tout cela que de connu et de contestable). Tout en adoptant jusqu'à un certain point les idées de Leo, l'auteur se refuse à les pousser à l'extrême et croit que les élégies contiennent certaines données chronologiques. Il caractérise Delia comme une nature simple, sans grande énergie, qui s'est laissé entraîner au mal, comme une personne assez nulle que Tibulle a idéalisée dans ses premières pièces, mais que dans la dernière il laisse retomber de la hauteur où il l'a placée, Tibulle comme s'abandonnant à elle en tant qu'homme et que poète, parce qu'il trouvait en elle un fond de bonté qui convenait à sa nature, chantant dans un siècle de corruption la famille et la paix domestique, ne songeant qu'à mourir dans les bras de Delia, qu'il transfigure et qui devient la raison nécessaire de son existence. Il dépeint l'amour de la campagne tel que le conçoit Tibulle, ses sentiments religieux, sa mé-

1. Le premier a paru dans la Zeitschrift für die österreichischen Gymnasien, 22ster Jahrg. 1891, p. 849-850. Il est inutile de renvoyer aux autres.

2. Nuova antologia di scienze, lettere ed arti — Terza serie — vol. venticinquesimo Della raccolta volume CIX. 1890. Fasc. II. 16 Gennaio, p. 225-244 : La Delia di Tibullo, par Onorato Occioni.

3. P. 229 : La ingenuità delle imagini i desideri quasi infantili, tutti i colori di questi quadretti mirabili sarebbero una stonatura per una donna già maritata, e molta bellezza dell' arte tibulliana andrebbe perduta, con grande offesa al sommo poeta ed artista.

lancolie. C'est à sa nature douce et expansive que le poète doit
l'existence de ses élégies; l'art y est si bien dissimulé qu'il se
confond avec la nature; bien que d'autres aient eu peut-être un
génie plus fort que le sien, c'est lui qui a donné la véritable élégie romaine (tout ceci est dit avec beaucoup d'élégance, sans
apprendre rien de nouveau).

§ 222, 1. — Reprenant ses recherches sur le deuxième livre
(cf. § 215), Ullrich[1] s'est proposé de démontrer qu'on n'a pas réussi
à prouver que le deuxième livre nous soit parvenu dans un état
imparfait, que Tibulle n'y ait pas mis la dernière main et par conséquent ne l'ait pas publié lui-même; les raisons données sont
sans valeur; le deuxième livre est aussi achevé que le premier.

Les critiques qui de Gruppe à Baehrens ont considéré II 5
comme très imparfait et rempli d'interpolations ont été bien réfutés
par Leo approuvant Haupt et Vahlen; l'auteur n'a rien à ajouter.

II 1 est considéré généralement comme bien composé; l'auteur
défend la pièce contre les soupçons d'interpolation formulés par
Wisser et Fritzsche. Son argumentation est solide et probante.
Ici il condamne le système qui consiste à partager les élégies de
Tibulle en groupes de distiques se correspondant comme des
strophes, des antistrophes et parfois des épodes; on n'arrive à le
réaliser que par la violence, c'est-à-dire en biffant des vers qui
ne sont nullement suspects, et on ne l'établit même pas régulièrement, puisqu'on forme des groupes tantôt de 2 distiques, tantôt de 3, tantôt de 4, tantôt de 5. La vérité c'est que Tibulle
oppose parfois des idées en les exprimant par le même nombre de
vers, mais il ne va pas plus loin dans la recherche de la symétrie
(ceci est sensé, mais n'est pas neuf).

II 3. Après avoir exposé les idées de Scaliger, Heyne, Francken, Karsten, Doncieux, Ullrich montre bien l'unité de la pièce,
dont le thème fondamental est l'éloge de l'amour véritable. Le
seul dommage que la pièce ait subi du fait de la tradition serait
qu'après le vers 14ᵉ il manque un pentamètre, après 74 un hexamètre. Il établit bien contre Dissen que 17-24 n'ont pas été laissés
par le poète inachevés et expriment tout ce qu'Apollon a sup-
porté volontairement pour rester fidèle à son amour; les athétèses
de Fritzsche et de Wisser ne sont donc pas fondées. Emporté par

---

1. Jahrb. f. class. Philol. 17ᵗᵉʳ Supplement-band 1890, p. 383-472 : De libri
secundi Tibulliani statu integro et compositione scripsit R. Ullrich.

son parti pris, il nie que Lachmann ait eu raison de marquer une lacune après le vers 34 ; mais la façon dont il explique le passage est forcée et inadmissible et d'ailleurs, si on impute la lacune non pas avec Dissen au fait que Tibulle a laissé le passage inachevé, mais à une altération de la tradition manuscrite, la constatation n'a rien à faire avec la théorie que II 3 serait resté imparfait. Contre Wisser il a raison de défendre 41-46 qui développent 35 sqq. Contre les anciens interprètes, Lachmann et les éditeurs qui l'ont suivi, sauf Rossbach et Hiller, il soutient qu'il n'y a pas de lacune après 58 et lit avec Hiller *uana loquor* (ceci est contestable). Il défend bien 65-66 contre Fritzsche et repousse les fantaisies de Gruppe sur 35-58. (Il a heureusement démontré que rien n'autorise à admettre que II 3 soit inachevé, que les soupçons d'interpolation ne sont pas justifiés ; mais il considère l'état de la tradition comme meilleur qu'il n'est en réalité).

II 4. Les v. 13-14 et 17-18 rejetés comme interpolés par Graef sont bien en situation, ce qui rend caduque la division strophique de la pièce ; 29-30 et 35-38 ont été suspectés par Wisser ; les premiers sont nécessaires à l'expression de la pensée, qui sans cela serait maigre, les autres sont une partie indispensable de l'ensemble et le v. 38 termine bien la tirade qui commence à 27. Contre Teuffel, suivi par Eberz, qui pense que, si Tibulle avait mis la dernière main à la pièce, il aurait effacé 57-58 comme une faute de goût, contre Fuerth qui regarde ces vers comme interpolés, l'auteur montre qu'ils sont supportables ; l'exagération ne choquait sans doute pas les anciens ; ils pourraient manquer, mais ce n'est pas là une raison suffisante pour les supprimer.

II 6 est la pièce la moins attaquée. Gruppe se borne à dire vaguement qu'il n'y trouve pas le charme d'une œuvre d'art accomplie. Les v. 23-24, qui déplaisaient à Heyne, ont été déclarés interpolés par Fuerth et Fritzsche ; mais c'était pour établir une symétrie strophique.

Combattant l'identification soutenue par Heyne et Dissen du Cornutus de II 2 et 3 et du Cerinthus du 4e l., Ullrich fait observer que dans II 2 et 3 la leçon des bons manuscrits est Cornutus ; celle des manuscrits inférieurs Cerinthus n'est qu'une interpolation. Gruppe et Baehrens ont admis avec raison que Cerinthus était le nom véritable de l'amant de Sulpicia ; ni Sulpicia, ni Tibulle n'avaient de motif pour lui donner un nom fictif ; il en résulte que II 2 n'a aucun rapport avec IV 2-12. Ullrich ajoute conformément à son système (non démontré d'ailleurs) que le 2e l.

est antérieur à l'époque où Tibulle chanta les amours de Sulpicia et de Cerinthus. Contre Gruppe il a raison de soutenir que rien n'indique que la passion de Sulpicia dût être couronnée par un mariage : celle-ci n'en parle pas. Gruppe et Teuffel trouvent que IV 7 ne constitue pas une fin morale; mais il s'agit d'une liaison comme en avaient les grandes dames d'alors, qui étaient fort libres. Il ne manque rien après IV 7 (qu'Ullrich a du reste le tort d'attribuer à Tibulle).

Repoussant l'idée de K. P. Schulze que, les élég. du premier livre étant disposées selon le principe de la *uariatio* et celles du 2° non, il y a là la preuve que le 2° n'a pas été publié par Tibulle, il croit pouvoir justifier l'ordre du 2° l. La pièce 1 a été écrite peu de temps après la publication du premier livre : Tibulle y manifeste ses goûts rustiques et célèbre Messalla qui venait de triompher des Aquitains (ceci est contestable; le rappel du triomphe peut avoir eu lieu quelques années après le triomphe lui-même); 3, 4, 5, 6 se succèdent dans un ordre qui correspond aux progrès de la passion; 3 et 4 sont intimement liés et 4 enchérit sur 3 par la violence de la passion; 5 en rapport moins étroit avec 4 contient pourtant une allusion aux élég. précédentes, puisque Tibulle dit que sa passion dure depuis un an; contre Doncieux Ullrich soutient que 6 termine bien le livre et témoigne d'un état plus désespéré que celui dont il est question dans 4. La pièce 2 ne pouvait être ni insérée parmi les élég. à Nemesis ni mise au début ou à la fin du livre; elle est probablement à sa place chronologique. Il n'est pas vrai qu'elle interrompe entre 1 et 3 (Gruppe) un rapport qui n'existait pas dans la pensée de Tibulle; 2 et 3 se suivent naturellement, étant dédiées à Cornutus. Avec Magnus l'auteur croirait volontiers que Tibulle a voulu opposer son amour tumultueux à l'amour paisible de Cornutus (ceci est subtil et peu vraisemblable).

En somme Ullrich paraît avoir raison en considérant l'ordre des élég. du 2° l. comme étant simplement l'ordre chronologique; il a bien vu que II 2 n'a rien à faire avec le cycle de Sulpicia. Il a justement démontré que les imperfections du 2° l. tiennent non pas à ce que Tibulle l'aurait laissé inachevé, mais à l'état défectueux de la tradition, sans pourtant qu'il faille admettre les nombreuses interpolations signalées par certains critiques; mais il ne résulte pas nécessairement de là que le 2° l. ait été édité par Tibulle lui-même et n'ait pas pu l'être par un de ses amis après sa mort. Ullrich ne s'est pas rendu compte de la façon dont tra-

vaillait Tibulle; il ne composait pas un livre d'élég. comme on
compose un poème didactique ou un poème épique.; il écrivait une
élég. dans une circonstance donnée et sûrement il la communi-
quait à la destinataire ou tout au moins la faisait connaître à ses
amis; ce qu'on pouvait trouver à sa mort, c'était non pas un ensemble de pièces inachevées, mais des élég. terminées non encore
réunies en volume, tout au plus une qu'il aurait été en train
d'écrire et peut-être des brouillons et des projets qu'il aurait
abandonnés sans en rien tirer; les élég. du 2° l. ne sont sûrement
pas de ces projets laissés sans suite; d'autre part le fait que
Tibulle y a mis la dernière main ne prouve pas que ce soit lui
qui les ait publiées en volume.

2. — H. Winther[1] reconnaît qu'Ullrich a défendu heureusement les élég. du 2° l. contre les soupçons d'interpolation; mais
il va trop loin dans sa confiance dans l'intégrité de la tradition,
par exemple en niant la lacune avant II 3, 35. Il n'a pas démontré
que le 2° l. a été publié par Tibulle avant sa mort; il y a
beaucoup de subjectif dans les prétendus rapports étroits établis
entre les élég. du 2° livre.

M. Rothstein[2] admet que l'auteur a réussi à démontrer que les
élég. du 2° l. ne sont pas dans un état tel qu'il faille admettre
que Tibulle les a laissées inachevées ou qu'elles ont été défigurées
par de nombreuses interpolations; mais cela ne tranche pas la
question de savoir si le 2° l. a été publié par Tibulle ou par un
ami après sa mort. Au lieu de s'astreindre à réfuter des fantaisies
qui ne méritent que l'oubli, Ullrich serait arrivé plus sûrement
à son but en montrant par une analyse bien faite que les poèmes
en question ne donnent lieu à aucun reproche.

P. J. Meier[3] se félicite qu'un élève de Vahlen se soit appliqué,
en suivant la méthode de son maître et celle de Leo, à montrer
combien étaient injustifiées les attaques de la critique contre
l'intégrité du 2° l. Il croit à tort que la démonstration est faite
que le 2° l. a été publié par Tibulle. Il est hors de doute que II 2
n'a rien à faire avec le cycle de Sulpicia.

C. Weymann[4] adopte les résultats de l'auteur dans ses deux

1. Wochenschr. f. klass. Philol. 8ter Jahrg. n° 27, 1er Juill. 1891, col. 748-749.
2. Deutsche Litteraturzeitung. 12ter Jahrg. n° 44, 31 Oct. 1891, col. 1604-
1605.
3. Neue Philolog. Rundschau. Jahrg. 1891. n° 25, 5 Déc., p. 387-388.
4. Blätter für das Gymnasial-Schulwesen. 28ster Band 1892, p. 58-59.

mémoires; il y a des réserves à faire sur cette approbation trop
absolue.

§ 223, 1. — P. Rasi[1], élève de Schenkl, a composé sur l'élég.
latine un essai brillant, qui paraît avoir eu surtout pour but de
mettre les Italiens au courant des travaux de la philologie allemande sur le sujet; il se les est assimilés avec une facilité remarquable et les utilise avec intelligence. Il traite de l'histoire et de
la matière de l'élég., ce qui est beaucoup pour un court volume.
On lit avec intérêt ses considérations sur les causes qui ont produit l'essor de la poésie, en particulier de la poésie élégiaque, à
Rome, au siècle d'Auguste, sur la nature du talent de Catulle et
sur les raisons pour lesquelles l'élégie, encore dans l'enfance avec
Catulle, a atteint si vite la perfection avec Tibulle, la caractéristique de Tibulle qui, sans rien offrir de particulièrement original,
est élégante et juste, la comparaison entre Tibulle, Properce et
Ovide. Il expose ensuite brièvement quelle est la matière constitutive de l'élég. romaine, c'est-à-dire quels sont les motifs communs qui se retrouvent chez ses trois représentants principaux,
lesquels ont un domaine et des sources de développement identiques. Il traite ensuite des poetae elegiaci minores postérieurs
aux triumuiri. Voir la suite du travail de Rasi § 245.

2. — Fr. Aly[2] constate que la recherche est approfondie,
l'étendue des lectures de l'auteur remarquable, le jugement
intelligent; les résultats n'apportent rien de nouveau. Il s'étonne
de trouver chez un individu de race latine un rigorisme moral
qui fait plus d'honneur à l'homme qu'au critique d'art (on sait
que, pour les Allemands, nous sommes *a priori* des êtres immo-
raux). La valeur scientifique est à peu près celle d'une thèse de
doctorat consciencieuse et intelligente.

§ 224. — Th. Gottlieb[3], tout en signalant l'intérêt que présente l'étude de la tradition des écrivains latins dans les premiers siècles du Christianisme et au Moyen-Age, fait observer

1. De carmine Romanorum elegiaco — Scripsit Petrus Rasi Dr. phil. — Patavii,
typis seminarii 1890. in-8. xi-165 pages.
2. Jahresbericht... v. C. Bursian hrsggb. v. L. Gurlitt und W. Kroll, 98ster
Band, 26ster Jahrg. 1898, 3tte Abtheil. p. 25.
3. Wiener Studien, 12ter Jahrg., 1stes Heft 1890, p. 130-150: Handschriftliches
zu lateinischen Autoren, par Theodor Gottlieb (p. 148-150: Tibullus).

qu'on a souvent été dupe d'illusions. Il y avait dans l'hexamètre
latin des formules constantes et leur emploi ne prouve pas l'imitation. En outre on a trop négligé l'influence au Moyen-Age
des Florilèges et Recueils d'extraits. Dans les Gesta di Federico I.
in Italia, publiés par Ern. Monaci en 1887 d'après un manuscrit
de la Vaticane, se trouve un poème narratif inachevé des événements lombards de 1152 à 1160. L'éditeur croit qu'au v. 1742 sq.,
où se trouve l'expression *et captos iamdudum compede uinctos*,
il y a une imitation directe de Tibulle II 6 25, mais on peut
aussi bien songer à Ov. ex Ponto I 6, 31, ou à Horace C. IV 11,
24 et Ép. I 3, 3. Le résultat de la recherche est donc négatif et
le passage ne prouve pas que Tibulle fût connu au XIIe siècle.

§ 225. — En reconnaissant avec raison que IV 7 est de Sulpicia, G. Doncieux[1] reprend à son compte l'opinion peu vraisemblable que, si IV 2, 4 et 6 sont bien de Tibulle, 3 et 5 seraient
l'œuvre commune de Tibulle et de Sulpicia; les preuves par lesquelles il l'appuie sont faibles; 3, 15-16 ne sauraient être de
Tibulle à cause du mot *concubuisse*; Tibulle est un poète volup-
tueux, mais non brutal (mais il écrit I 8, 35 At Venus inuenit puero *concumbere* furtim), *lux mea* ne se trouve pas chez
Tibulle (mais celui-ci s'inspire ici de Sulpicia qui a dit 12, 1,
mea lux; par l'emploi de cette expression il a voulu souligner son
imitation, etc.). Sulpicia aurait retravaillé elle-même les petites
pièces qu'elle avait écrites sous le coup des événements et de
l'impression présente; elle se serait fait aider par Tibulle dans
ce remaniement pour les deux pièces 3 et 5; les autres seraient
de Tibulle tout seul. Ce serait là une complication assez bizarre.

§ 226. — G. Doncieux[2], qui continue à croire avec Baehrens
que la *uita* est un résumé de la biographie de Suétone, signale
comme excellente la correction de Baehrens rectifiée suivant
une observation de M. Havet : *eques R. Gabis* (en réalité cette
rectification avait été proposée antérieurement).

§ 227. — J. S. Speijer[3] propose de lire I 5, 9 sq. : Ille ego,

1. Revue de Philologie. N. S. Année et T. XV, 1re livr. 1891, p. 76-81 : De qui
sont les élégies 2-6 du livre IV de Tibulle ? par G. Doncieux.
2. Ibid. p. 82 : Examen d'une correction de Baehrens à la « Vita Tibulli », par
G. Doncieux.
3. Mnemosyne-N. S. Vol. Undevicesimum 1891, p. 41-61 : Observationes ad
poetas latinos. Scripsit J. S. Speijer. Il y est question de Tibulle p. 61.

cum tristi morbo defessa iaceres, te *dico* uotis eripuisse meis. Il
croit que la faute provient d'un grammairien, qui a trouvé la
tournure solécisante ; il est choqué de *dicor* : « Non alieno testi-
monio opus est Tibullo ». En réalité il n'a pas compris ce mot :
Tibulle veut dire qu'il est avéré dans le monde de la galanterie
que c'est lui qui a sauvé la vie à Delia et que par conséquent l'in-
gratitude de celle-ci n'en est que plus choquante ; une affirmation
de lui en pareille matière n'aurait naturellement pas de poids ; il
invoque la voix publique ; cf. I 3, 10 *dicitur* employé exactement
dans le même sens.

§ 228. — Ed. Heiler [1] a relevé avec beaucoup de soin dans le
troisième livre un certain nombre de particularités de grammaire
et de style qui ne sont pas chez Tibulle, mais qui se trouvent
chez Properce. Il en a conclu que l'auteur du troisième livre
était un imitateur de Properce et non de Tibulle. Il est certain
qu'entre la langue de Properce et celle de Lygdamus il y a certains rapports, mais, si ces rapports prouvent l'imitation, c'est là
la question que l'auteur aurait dû serrer de près, ce qu'il n'a pas
fait. Ainsi parce que Lygdamus et Properce emploient : *a pereat,
autem, etenim, quamuis* avec l'indicatif, *postquam* avec le plus-
que-parfait, *atque utinam, ceruix* qui ne sont pas chez Tibulle,
doit-on en conclure que Lygdamus dépend directement de Properce ? Il ne le semble pas, car tout cela peut lui venir d'ailleurs.
Quelques-uns des prétendus rapprochements de l'auteur n'existent pas en réalité [2].

§ 229. — J. P. Postgate [3], modifiant légèrement une correction

1. Abhandlungen.... Wilhelm von Christ zum sechzigsten Geburtstag dargebracht
von seinen Schülern. München 1891. C. H. Beck'sche Verlagsbuchhandlung (Oscar
Beck). P. 404-409 : Wer ist der Verfasser der Elegien des Lygdamus ? von Ed.
Heiler.
2. Ainsi contrairement à Tibulle qui a 11 sentences dans le 2e livre Lygdamus n'en
a qu'une 6, 32 *uenit post multos una serena dies* et il s'appuierait sur Prop. II
28, 16 *extrema ueniet mollior hora die* (les 2 passages n'ont guère de rapport) ;
III 4, 27 *longa ceruice* serait sous l'influence de Prop. II 2, 5 *longae manus* ;
6, 58 *Marcia lympha* rappellerait Prop. III 22, 24 *Marcius umor* (fallait-il donc
imiter quelqu'un pour parler de l'*aqua Marcia* ?), etc. 1, 21 la leçon *nympham*
devrait être adoptée parce que Prop. a dit III 13, 9 Haec etiam *nymphas* expugnant
arma pudicas ; l'auteur ne paraît pas se douter que *nymphas* est une correction
sans autorité.
3. The Journal of Philology, Vol. XX 1892, n° XL, p. 312-314 : Emendations
of Tibullus and Martial, par J. P. Postgate.

de Waardenburg, a proposé de lire II 1, 57-58 Huic datus, a pleno
memorabile muñus ouili, Dux pecoris curtas auxerat *hirtus* opes,
ce qui donne un sens possible ; on ne saurait arriver à une certitude sur ce passage désespéré. Voir la suite des corrections de
Postgate sur Tibulle § 265.

§ 230. — Après avoir rappelé que Tibulle tomba dans l'oubli
de bonne heure, comme le prouve le petit nombre des citations
des grammairiens réunies par Keil G. L. VII page 629 et le fait
que Sénèque (Nat. quaestt. IV 2, 2) confond Tibulle avec Ovide,
M. Manitius[1] énumère les rares allusions à Tibulle ou citations qui
se trouvent chez les écrivains du moyen âge. Leur peu de fréquence est significatif. Il discute alors le célèbre passage du catalogue publié par Haupt (§ 89): *Albi Tibulli lib. II.* Les conclusions
qu'on en a tirées sont erronées parce que presque tous les manuscrits de poètes mentionnés dans ce catalogue sont des fragments ; il s'agit donc tout simplement là d'un manuscrit incomplet
de Tibulle.

§ 231, 1. — W. Y. Sellar[2] a consacré au Corpus Tibullianum
une étude développée et brillante, qui n'est pas exempte d'erreurs.
Il ne croit pas que Tibulle soit né avant 54 av. J.-C., accepte
l'autorité de la *uita* avec la correction de Baehrens et croit que
Tibulle avait sa propriété dans la région située entre Pedum et
Gabii. Contre Baehrens il admet l'identification de Tibulle avec
l'Albius d'Horace. Le C. I 33 aurait été écrit avant la publication
du premier livre des élég. (ceci est arbitraire). Glycera est un
nom en l'air pour désigner une maîtresse et Horace conseille
simplement à son ami de ne pas attacher trop d'importance à
l'infidélité d'une femme. L'Ép. I 4 concorde avec ce que nous
savons de Tibulle et le complète. Horace ne dit point qu'Albius
fût un philosophe de profession; aimer la campagne et la vie
simple c'était pour lui philosopher pratiquement. Tibulle était
sans doute de faible constitution (c'est probablement tirer de
II 3, 9 sq. plus qu'ils ne contiennent : Tibulle veut simplement

---

1. Philologus, 51ster Band 1892, p. 530 535 : Beiträge zur Geschichte römischer
Dichter im Mittelalter, par M. Manitius. 9. Tibullus.
2. The Roman poets of the Augustan age by W. Y. Sellar. Horace and the elegiac
poets with a memoir of the author by Andrew Lang... Oxford. At the Clarendon
Press 1892. Tibullus, p. 223-249. Lygdamus, p. 250-253. Le panégyrique, p. 254-
255. Sulpicia, p. 256-259.

dire qu'il n'est pas un robuste paysan); si Horace lui parle
de sa santé c'est qu'il cherche à dire à chacun dans ses Épîtres ce
qui peut lui être agréable. L'Épître I 4 aurait été écrite avant la
publication du premier livre des élég. et l'édit. par Horace de
ses Odes. Sellar admet avec la *uita* que Tibulle était d'une famille
équestre ; il n'est pas sûr que ce soient les distributions de terres
après Philippes qui aient amoindri sa fortune.

I 10 est sans doute son plus ancien poème et a été écrit en 30
ou 29 av. J.-C. Ensuite Tibulle aurait suivi Messalla en Aquitaine
et reçu les *militaria dona* ; c'est probablement à son retour de
cette campagne qu'il devint amoureux de Delia mariée d'une façon
plus ou moins lâche à un homme qui servait alors en Cilicie
(c'est là une assertion très contestable). Il n'y a pas lieu de douter
que les trois premières élég. ne nous présentent une histoire
réelle d'amour, probablement la première affection profonde des
deux intéressés. I 2 probablement la première pièce concernant
cette liaison (ceci paraît bien vu) aurait été écrit dans l'hiver
qui suivit la campagne d'Aquitaine. Puis serait venu I, 1 (ceci
paraît inexact) écrit pour s'excuser auprès de Messalla de ne
l'avoir pas encore rejoint, sans doute à la ville mais sous l'influence des pensées calmes du foyer rustique. I 3 a été composé
par Tibulle malade ou relevant de maladie à Corcyre [1] ; son retour
ne remplit pas toutes ses espérances., I 5 Delia a cédé aux mauvais conseils d'une *lena* et est entre les mains d'un amant riche.
I 6 le mari est revenu de la guerre (il n'y est sans doute jamais
allé); Tibulle supplie Delia d'être fidèle ; la séparation a lieu
sans que Tibulle montre la même aigreur que Properce.

Sellar croirait volontiers que 4, 8, 9 représentent au moins
une sympathie pour une aberration des sens antérieure à
l'amour profond pour Delia et à l'amitié pour Messalla (ce n'est
là qu'une opinion toute subjective).

I 7. Le ton de toute la pièce est absolument génial.

L'édition du premier livre aurait eu lieu vers 26 ou 25 av. J.-C.
Plusieurs années se seraient écoulées avant la composition du
deuxième livre laissé inachevé par Tibulle. Il n'a sûrement pas
mis la main à II 5 (cette opinion a été suffisamment réfutée).
L'amour de Nemesis est plus dominateur que celui de Delia.

2. — La caractéristique de Tibulle est particulièrement réussie :

1. P. 234 : None of his poems is so full of tender beauty as this.

l'amour est le principal inspirateur du poète et le rend insensible à la réputation et à la fortune. Si Tibulle a moins d'ardeur que Properce, il a plus de tendresse et de renoncement. Virgile seul était capable de pareils sentiments. L'idéal de Tibulle est une union perpétuelle que la mort seule peut rompre. Il est mélancolique, exprime ses soucis plus que ses joies, le charme de la jeunesse et de la beauté et leur peu de durée. Cette sentimentalité n'a rien de romain ; mais nul autre poète excepté Virgile n'est aussi plein de l'esprit de l'Italie, de l'amour pour la campagne et ses travaux, tournant comme chez Virgile à l'idéal de restauration de l'innocence et du bonheur de l'âge d'or ; on sent l'influence des Géorgiques ; mais l'expression de ce sentiment est plus idyllique que chez Virgile et c'est ce qui distingue Tibulle de Properce. Il déteste la guerre et son horreur pour elle est augmentée par la crainte de la mort.

Il a pour Messalla une affection intime. Dans la pièce à Messalinus composée apparemment pour la fête d'Apollon qui précéda les jeux séculaires il a été vraiment un poète national. Son silence sur Auguste ne doit pas être pris comme une marque d'opposition, et montre seulement qu'il vivait à l'écart du monde, indifférent à la faveur, à la prospérité, à l'ambition. Sellar croit à l'influence de l'Énéide.

Tibulle était probablement familier avec les Alexandrins, mais il ne les traduit pas comme Catulle, il ne les imite point comme Properce. Il a peut-être plus tiré des vieilles sources de la poésie grecque que des réservoirs alexandrins. Son inspiration lui appartient.

Il a sans doute profité de ses prédécesseurs, mais il a donné à l'élég. sa perfection artistique. Chaque élég. offre l'unité que lui prête un sentiment dominant diversifiée par la variété des pensées et des peintures, le tout formant des groupements qui se correspondent et se succèdent. La composition est une combinaison harmonieuse, qui n'a rien de mécanique ; les idées s'appellent l'une l'autre par similitude, quelquefois par contraste.

Sellar se fait une idée juste de la perfection de la métrique de Tibulle, qui le premier donna au mètre élégiaque le cours limpide que Virgile avait donné à l'hexamètre dans ses Bucoliques, et de la délicatesse de sa diction qui n'a pas la vivacité d'Ovide, la force créatrice de Properce, mais qui n'est jamais forcée ou artificielle, et qui quoique toujours simple n'a jamais rien de trivial ou de superflu.

P. 247 ; « Tibulle est un de ces poètes qui inspirent l'affection par le caractère personnel qu'ils ont imprimé à leurs écrits ; cette affection résulte de ce qu'on reconnaît une nature simple, tendre et loyale, libre de toute tache de vanité, d'envie ou de malveillance. » Son horreur pour la guerre s'explique par la nature des guerres contemporaines. Il n'a pas une grande puissance intellectuelle, une grande imagination, une grande profondeur, mais il plaît par ses qualités. Sa personnalité est de beaucoup la plus attractive, la plus admirable de celles des trois élégiaques ; dans son art il est le plus impeccable, le plus parfaitement harmonieux.

3. — Sellar ne croit pas que Lygdamus soit un Grec ou un affranchi ; il parle de lui-même comme d'un homme d'une bonne condition sociale (mais les affranchis tenaient parfois à Rome un rang élevé). Il considère Lygdamus comme un surnom et mentionne la conjecture (invraisemblable) d'après laquelle il s'agirait d'un parent de Tibulle, plus jeune que lui, qui aurait pris ce pseudonyme pour se distinguer du grand poète. Il est vraisemblable que Lygdamus a plagié Ovide ; peut-être, comme l'a suggéré Postgate, tous deux ont-ils puisé le pentamètre célèbre à une source commune. Lygdamus est un jeune homme cultivé, de tempérament modeste et d'une nature chevaleresque, rompu à la poésie comtemporaine, mais sans génie original. Il imite Tibulle, ce qui s'explique naturellement si l'on admet qu'il est son jeune parent. Sa diction paraît être un centon des autres poètes, y compris Catulle et Horace aussi bien qu'Ovide et Properce.

4. — Le panégyrique, à cause de son érudition déplacée et de sa rhétorique exagérée, ne saurait être une œuvre de la jeunesse de Tibulle. L'allusion au consulat de Messalla le date de 31 av. J.-C. Il est impossible que Tibulle ait écrit cela, surtout un ou deux ans avant le moment où il devint un écrivain parfait. L'auteur est un jeune poète sans talent du cercle de Messalla.

5. — Sellar caractérise bien Sulpicia et son amour. Nous ignorons la fin du roman, dit-il : il est aussi difficile de se représenter Sulpicia devenant la matrone romaine conventionnelle que de se l'imaginer tombant dans l'immoralité à la mode d'une Julie. Il ne se prononce pas sur l'auteur des élég. 2-6, qui ne lui paraissent pas indignes de Tibulle, bien qu'elles offrent des différences : la façon dont un poète traite objectivement et jusqu'à

un certain point avec enjouement un amour avec lequel il sympa-
thise comme spectateur, n'est naturellement pas la même que
celle avec laquelle il exprime ses propres sentiments.

6. — Avec Postgate il considère IV 13 comme une falsification certaine (on s'étonne qu'il ait accepté cette fantaisie). Il ne
semble pas qu'il y ait plus de raison pour attribuer à Tibulle
l'épigramme et les priapées que le panégyrique.

7. — R. Y. Tyrrell[1] signale le chapitre de Sellar sur l'élégie
romaine comme plein d'un criticisme frais et subjectif. C'est la
première fois que Tibulle reçoit en Angleterre le tribut d'éloges
qui lui est dû comme à un vrai poète.

§ 232. — Dans une série d'articles, dont la réunion forme un
travail considérable, Fr. Wilhelm[2] s'est proposé d'expliquer les
élég. du Corpus Tibullianum et de discuter le texte en faisant
prévaloir avec rigueur la tradition autorisée; dans le premier
cas il s'inspire des principes de Vahlen et de Leo et ses analyses
ont souvent de la finesse; dans le second il a raison de ne pas
s'éloigner sans nécessité de la bonne tradition; mais il en méconnaît parfois les fautes manifestes.

I 2 est pour lui un véritable παρακλαυσίθυρον que Tibulle est
censé prononcer devant la porte de sa maîtresse : il vient d'un
banquet pour faire visite à celle-ci; mais on ne lui ouvre pas.
Pour étourdir sa douleur, son premier mouvement est de retourner
avec ses amis et de s'enivrer; *Adde merum...* est une exhortation
qu'il s'adresse à lui-même; mais ce n'est là qu'un premier mouvement; le poète se décide à rester devant la porte fermée et à
dire ce qu'il a sur le cœur. L'explication est artificielle et impossible; le lecteur ne saurait la tirer du texte. En réalité Tibulle
est chez lui, séparé pour la première fois de sa maîtresse que le
mari fait garder; il est dans l'impossibilité de la rejoindre; il
essaie de noyer sa douleur dans le vin ; en attendant que l'ivresse
vienne, il s'adresse de loin à la porte fermée et laisse parler sa
douleur.

Dans sa critique étroitement conservatrice l'auteur a tantôt
raison, tantôt tort[3]. Voir la suite § 233.

1. The classical Review, vol. VI, n° 5, Mai 1892, p. 221-223.
2. N. Jahrb. f. Phil. u. Paed., 62ster Jahrg., 145ster Band 1892, p. 614-620 :
Zu Tibullus, par Friedrich Wilhelm.
3. I 2, 3 il défend bien *percussum*, mais c'est la leçon adoptée par Hiller ; 3, 14

§ 233 (cf § 232). — Fr. Wilhelm[1] a donné une analyse de III 6, en faisant ressortir la composition de la pièce, en établissant le texte dans les passages douteux et en l'expliquant.

Il n'a pas compris les v. 13-17 qu'il rapporte indûment à Amor. Lygdamus, dans ce qui précède, invite ses amis à boire pour oublier l'amour ; à partir du v. 13 il énumère comme corroborant son exhortation les bienfaits de Bacchus ; *ille deus* se rapporte à *candide Liber* du v. 1, dont l'idée est rappelée entre temps par *pater, baccho, uini* ; au v. 17 il convient qu'on pourrait attendre les mêmes effets de la puissance d'Amor ; mais il ne veut pas pour le moment entendre parler d'Amor, et il invite de nouveau ses amis à faire remplir leurs coupes en les avertissant qu'ainsi ils s'attireront la faveur de Bacchus, tandis qu'autrement ils provoqueront sa colère. Ce contre-sens rend caduques les divisions que l'auteur introduit dans la première partie ; mais il a bien vu que Lygdamus, dans cette pièce, est en proie à deux sentiments qui se combattent et qui prennent successivement le dessus, jusqu'à ce qu'il se débarrasse enfin d'Amor pour s'abandonner à Bacchus ; contre Teuffel il a bien montré que l'élég. n'est pas une suite de mouvements sans plan défini, que, si les transitions sont abruptes, c'est que le poète a voulu faire sentir avec quelle brusquerie les sentiments qui se disputent son cœur se succèdent. Wilhelm a fait ressortir heureusement la chaleur et la tendresse de l'amour exprimé dans cette pièce, la différence de ton avec les élég. larmoyantes qui précèdent (il a l'air de dire : chronologiquement ; là dessus nous n'avons pas de renseignements), l'usage relativement modéré et intelligent des réminiscences de Tibulle mêlées à celles d'autres poètes, sans que l'auteur approche pourtant de l'art inimitable de Tibulle (il aurait fallu insister sur le fait que les revirements sont saccadés et peu justifiés ; il y a là plus d'agitation fébrile que véritable passion). Cf. la suite § 250.

§ 234. — Ed. Wölfflin[2] a fait observer que, dans la déclinaison

il conserve avec K. P. Schulze *respiceretque* ; il n'est pas impossible qu'il faille préférer 4, 30 *alta* de **Ambr. V** à *alba* des mss. interpolés ; 7, 8 *nitidis* de **Ambr. V** à *niueis* des mss. interpolés ; mais IV 1, 173 *confunditur* de **Ambr. V** n'a, quoi qu'il en dise, aucun sens ; et la correction *confinditur* s'impose.

1. N. Jahrb. f. Phil. u. Paed., 63ster Jahrg., 147ster Band 1893, p. 769-777 : Zu Tibullus, par Fr. Wilhelm.

2. Archiv f. lat. Lexicographie, 8ter Jahrg. 1893, p. 420 : Zur Prosodie des Tibull, par Ed. Wölfflin.

de *sacer*, Tibulle a adopté une règle prosodique qui lui est propre ; quand la dernière syllabe est brève, il fait la première longue ; ainsi il mesure toujours — 5 cas — *săcră* (av. Virg. dans 23 cas) ; mais quand la dernière est longue, il fait la première brève, *săcră*, etc. — 12 cas — (l'usage de Virg. varie). Wölfflin en conclut qu'il faut lire I 3, 18 : Saturni*ae* sacram, etc.

§ 235. — A. Palmer[1] a proposé de lire I 6, 71 sq. : ducarque capillis Inmerito propri*is* proripiarque *foras ;* propri*as* de la bonne tradition proviendrait d'un essai de rime avec *foras,* puis *proprias* aurait nécessité le changement de *foras* en *uias*. Le passage étant corrompu se prête à des tentatives diverses ; celle de Palmer ne s'impose pas.

§ 236, 1. — K. P. Schulze[2] a discuté le texte ou l'interprétation de 9 passages de Tibulle. Il a parfois raison, notamment quand il défend la tradition autorisée[3], la plupart du temps du reste déjà adoptée par Hiller. Ailleurs il se livre à des fantaisies qui ne sont pas toujours raisonnables et il prend notamment avec la prosodie des libertés qu'on ne saurait approuver[4]. Cf § 270.

2. — Dans un compte rendu très élogieux Wartenberg[5] me

1. Hermathena. Vol. VIII 1893, p. 16 : Tibullianum I 6, 71, par A. Palmer.

2. Wissenschaftliche Beilage zum Programm des Friedrichs-Werderschen Gymnasiums zu Berlin. Ostern 1893. — Beiträge zur Erklärung der römischen Elegiker. Von Karl Paul Schulze. R. Gaertners Verlagsbuchhandlung Hermann Heyfelder. in-4. Les pages 18-22 sont consacrées à Tibulle.

3. Ainsi I 3, 4 il défend bien *mors modo nigra* contre *mors precor atra* des mss. interpolés ; le correcteur a voulu rendre l'epanalepsis plus régulière ; mais les écrivains latins en pareil cas aiment à varier l'expression ; 14 il est possible qu'il faille conserver *respiceretque*, mais il fallait discuter tout le distique.

4. Ainsi II 1, 57 sq. il défend la tradition autorisée *huic datus a pleno, memorabile munus, ouili dux pecoris hircūs : auxerat hircus oues* ; il entend par *ouili* l'étable des chèvres ; *oues* lui paraît pouvoir désigner les chèvres et les brebis (cf. § 302) ; quant aux fautes de quantité il les justifie par des allongements comme celui de *sanguīs* I 6, 66, sans paraître savoir que dans ce mot la finale est primitivement longue, 8 15 et 59 *quamuīs*, où la dernière syllabe est toujours longue ; IV 6, 19 il défend *sis inueni grată* ; *ueniet*, etc. ; IV 2, 23 il ne s'aperçoit pas que ce qui fait difficulté, c'est que le vers interrompt la suite des idées ; II 1, 66 il entend pas *latere* les poids en brique servant à tenir les fils verticaux ; il s'agirait du choc de ces poids pendant l'opération du tissage ; mais si Tibulle avait exprimé ainsi la chose il eût proposé à ses lecteurs une énigme que ceux-ci n'auraient sûrement pas comprise.

5. Wochenschrift f. klass. Philol., 10ᵗᵉʳ Jahrg. n° 35, 30 août 1893, col. 951-953.

paraît avoir tort d'approuver l'auteur de sa lecture de II 1, 57 sq.
et de le blâmer d'avoir défendu I 3, 4, *mors modo nigra*, 7, 56,
ueneranda.

M. Rothstein[1] est très élogieux ; il considère l'auteur comme
un interprète très intelligent et comme un connaisseur très pénétrant de la poésie romaine ; il trouve pourtant que ses explications sont parfois forcées et ses rapprochements peu probants.

§ 237, 1. — Peu de temps avant sa mort arrivée le 7 mars 1891,
et sans avoir eu le temps de rédiger l'exposé des principes qui
l'ont guidé, Ed. Hiller a donné une nouvelle édition de Tibulle
pour le Corpus poetarum de Postgate[2] ; le texte a été remis à
l'impression « a. d. XIV Kal. apr. a. 1891 ». Il est accompagné
d'un apparat réduit qui opère sur l'*adnotatio critica* de l'édition
de 1885 de larges retranchements et par conséquent ne dispense
pas d'y recourir, mais qui, en revanche, donne la leçon non plus
seulement de **Ambr.**, mais de **O** c'est-à-dire de **Ambr. V** et représente ainsi l'archétype ; cet apparat contient en outre les conj.
méritant une mention qui ont été faites depuis l'édit. de 1885, en
particulier celles de Palmer, Housman, Ramsay, etc. Comme le dit
Postgate dans sa préface, Hiller a pris pour fondement son texte
de 1885, mais avec quelques divergences notables. Si on laisse
de côté les variantes orthographiques, les modifications sans
grande importance, la ponctuation, on voit que le principe qui
l'a guidé est de se rapprocher encore plus de la tradition, même
fautive, là où aucune correction satisfaisante n'a encore été proposée, quitte à indiquer que le passage est corrompu[3] ; les modifications faites dans un autre sens sont très rares[4]. Il y a quelques
fautes d'impression.

1. Deutsche Litteraturzeitung, 14ter Jahrg. no 40, 7 oct. 1893, col. 1254.
2. Corpus poetarum latinorum a se aliisque denuo recognitorum et brevi lectionum varietate instructorum edidit Johannes Percival Postgate. Fasc. I. Londini
sumptibus G. Bell et filiorum 1893. in-4.
3. C'est ainsi qu'il lit I 2, 82 *diripuisse*, 88 *non unus*, 4, 43 *picta*, 44 *nimbifer
arcus*, 6, 7 *tam multa*, 72 † *proprias*, 9, 25 *leue*, 10, 50 *situs.* (sans lacune), II
1, 67 *ipse quoque inter agros*, 3, 14c † *mixtus* 59 *nota... ipse*, 5, 38 *ouis.*,
98 *ipse*, 6, 45 *necat miserum Phryne*, III 2, 24 *diues*, 4, 3 *uani*, 6, 21 *nam
uenit... seueris*, IV 1, 1 *mea*, 82 *nam*, 2, 23 *haec sumet*, 4, 6 *pallida*, 6, 15
praecipit et... quod optat, 19 *sis inueni grata*, *ut*, 8, 6 † *saepe propinque*,
9, 2 *tuo*, 10, 5 *dolori est*.
4. I 1, 61 *flebis in* (douteux), 3, 4 *mors, precor, atra* (sûrement mauvais ;
modo est nécessaire ; cf. § 236), II 1, 83 sq. *uocate uoce* ; *palam...*, etc., IV 7, 1
pudori.

2. — R. Ellis[1] s'est borné à un compte rendu très court et insiste sur ce fait que l'édition porte à la connaissance du lecteur quelques corrections intéressantes des savants antérieurs.

Leo[2] félicite l'auteur d'avoir pris pour base O, c'est-à-dire l'archétype, malheureusement très fautif, au lieu de **Ambr**.

§ 238 (cf. § 212), 1. — H. Belling[3] s'est proposé une tâche utile et intéressante en essayant de déterminer la nature et l'origine des fautes qui se trouvent dans l'original que nous reconstruisons avec **Ambr**. V, les habitudes et les procédés du *librarius archetypi*, copiant un manuscrit qu'il appelle *t* pour indiquer qu'il se rapprochait plus que les nôtres du texte de Tibulle. Il ne l'a malheureusement pas accomplie avec la méthode et la rigueur indispensables en pareil cas, mais s'est livré à une fantaisie désordonnée et perdu dans l'arbitraire, de sorte que ses résultats, qu'il a du reste en partie désavoués plus tard, demeurent en l'air et ne sauraient être acceptés. Il part de cette observation juste que, dans un certain nombre de cas, e *librarius archetypi* s'est trouvé en présence de vers qui, en partie, étaient illisibles ou avaient disparu de *t* par suite de trous dans le manuscrit ; celui-ci a comblé ces lacunes avec des mots pris dans le contexte voisin et qui n'offrent pas toujours de sens. Le fait est constant. Seulement Belling étend la chose outre mesure et applique la théorie à des passages offrant assurément des difficultés, mais qui doivent être résolues autrement, ou même à des passages absolument sains. Ainsi il croit que le *librarius archetypi* n'a trouvé dans *t* I 3, 50 que *nunc mare nunc* (la fin du vers serait de sa fabrication ; mais elle est correcte et authentique), 5, 33 que la fin du vers *hunc sedula curet*, 47 que le commencement du vers *haec nocuere mihi* 7, 56 que le premier mot *augeat*, etc. Tout ceci n'a pas la moindre vraisemblance et est de pure invention. De l'existence de ces lacunes, en comptant le nombre de lignes qui les séparent, Belling s'est autorisé pour reconstituer l'archétype ; entre I 5, 33 dont le commencement aurait disparu et 47 dont la fin aurait subi le même sort, il y avait 14 vers. Les vers 33 et 47 se seraient trouvés en haut ou en bas de la même page et auraient été endommagés par suite du même accident ; *t* avait donc nor-

1. The classical Review, Vol. VIII, n° 7, Juillet 1894, p. 302-304.
2. Götting. gel. Anz., 160ster Jahrg. 1898, n° 10, p. 807-808.
3. Kritische Prolegomena zu Tibull von H. Belling. — Berlin. Weidmannsche Buchhandlung 1893. in-8. 96 pages. Index.

malement 14 vers à la page, quelquefois 13 ou 15 et Belling l'a reconstruit complètement ; mais les lacunes supposées aux vers 33 et 47 sont imaginaires ; son système manque donc de base.

Il passe ensuite aux cas où le *librarius archetypi* s'est écarté de *t*, bien que celui-ci ne fût ni mutilé ni illisible. Il ne voit pas toujours juste et commet bien des erreurs. Ainsi III 2, 24 il pense que le *librarius archetypi* choqué par la répétition de *diues* a écrit comme variante à ce mot *pinguis* et que c'est de là que *pinguis* aurait passé dans les manuscrits inférieurs ; il est probable que *pinguis* ne remonte pas si haut et est une correction des Italiens pour l'élégance. I 3, 4 *mors modo nigra* est la bonne tradition et non pas une invention du copiste, qui aurait voulu éviter la répétition de *mors, precor, atra*. Belling a du reste quelques observations judicieuses sur les confusions des lettres *n* et *u*, sur le remplacement de noms propres peu connus par des mots courants ; I 1, 48 il défend avec raison *igne* qui est la leçon authentique contre *imbre* interpolé des *Exc. Par.* ; mais il a tort de préférer I 1, 2 *iugera magna* à *iugera multa*, 2, 19 *decedere* à *derepere*, etc. Son diagnostic est très peu sûr ; on ne doit le suivre qu'avec une extrême défiance ; il est particulièrement malheureux lorsqu'il prétend restituer le texte et Tibulle serait à plaindre, s'il eût écrit ce que lui prête Belling.

En terminant il fait observer qu'il n'y a pas lieu de considérer les poèmes du deuxième livre comme inachevés, que les fautes qui les défigurent proviennent de l'état de la tradition et ne sont pas différentes de celles du livre premier. Ullrich n'a pourtant pas démontré d'une façon décisive que le deuxième livre ait été publié par Tibulle lui-même avant sa mort.

Contre Birt il croit que la masse des pièces qui composent les livres 3 et 4 des éditions actuelles ont été publiées ensemble, qu'elles ne proviennent pas des papiers de Messalla, mais de ceux de Tibulle. Messalla n'a jamais dû avoir connaissance des poèmes concernant Sulpicia (l'auteur attribue à tort IV 7 à Tibulle et rapporte II 2 à Cerinthus) ; les billets de Sulpicia et la traduction littéraire que Tibulle leur avait donnée ont été trouvés dans ses papiers ; ce n'est que là qu'on a pu recueillir IV 13 et 14. Les élégies de Lygdamus se sont trouvées dans l'héritage de Tibulle ; le panégyrique a pu lui être offert par son auteur ou par le destinataire. L'héritage de Tibulle contenait probablement tout ce qu'il avait écrit, l'éditeur n'a rien laissé de côté ; il a ordonné ces reliques suivant leurs dimensions : livre de Lygdamus, 290

vers, panégyrique, 212, élégies concernant Sulpicia, 124, pièces
de Sulpicia, 30, élégie 13, 24, 14, 4. Avec Lachmann Belling pense
que cette publication n'eut pas lieu avant que Messalla fût mort,
ou tout au moins qu'il eût perdu la mémoire.

2. — Tout en reconnaissant que notre tradition du texte de
Tibulle est très fautive, qu'une partie des fautes peut provenir des
dommages subis mécaniquement par le manuscrit primitif, M.
Rothstein[1] n'a pas été convaincu par les arguments de l'auteur. A
côté de la page normale de 14 lignes, celui-ci en admet fréquemment de 13 et de 15 lignes, ce qui est arbitraire. Mais surtout la façon dont il traite les passages sur lesquels il appuie son
hypothèse ne saurait être acceptée ; I 5,33 offre un sens très satisfaisant : *uenerata* indique le salut respectueux que la maîtresse
de la maison adresse à l'hôte distingué qu'elle reçoit au moment
de son arrivée ; à la nouvelle de sa venue elle a d'abord préparé
le repas frugal ; ensuite elle le sert ; tout cela se succède dans
l'ordre le plus naturel ; il n'y a que la difficulté métrique, qui
n'est pas insurmontable ; I 5, 47 *haec nocuere mihi* ne peut se
rapporter qu'à l'effet magique produit sur le poète par les charmes de Delia. Rothstein admet que dans la suite la tradition est
fautive, mais non pas de la manière que le croit Belling ; en réalité un distique entier a disparu entre *mihi* et *quod adest* (ceci
n'est nullement certain et Rothstein le restitue du reste de la façon la plus maladroite). Ainsi tombe l'hypothèse de Belling sur
l'état du texte dans ce passage. I 3, 50 n'est pas dénué de sens
comme le veut Belling avec Leo (mais l'interprétation de Rothstein qui joint *repente* à *mille* n'est pas la bonne et le passage ne
signifie pas que mille chemins conduisant à la mort se sont ou-
verts tout d'un coup avec l'avènement de Jupiter ; *nunc* s'oppose
à cette explication) ; II 3, 34 tout est en ordre, sauf peut-être l'hypothèse non nécessaire d'une lacune (la lacune s'impose et l'explication de Rothstein n'est pas possible) ; I 7, 56 a été mal expliqué par Belling.

H. Magnus[2] trouve que l'hypothèse de Belling, si elle était
vérifiée, nous obligerait à faire le deuil de la critique de Tibulle ;
le copiste aurait pu interpoler en maint passage, sans que nous

1. Wochenschrift f. klass. Philol., 10ter Jahrg., n° 48, 29 Nov. 1893, col. 1314-
1318.
2. Berliner Philolog. Wochenschrift, 13ter Jahrg , n° 49, 2 Déc. 1893, col. 1546-
1551.

soyons en état de nous en apercevoir ; mais en réalité les fautes
signalées par Belling peuvent s'expliquer autrement qu'il ne le
fait : I 4, 43-44 on ne peut admettre que la première moitié du
pentamètre soit interpolée ; sans doute *admittat* est un essai de
lecture d'un mot corrompu, mais il n'y a rien à blâmer à la liaison avec *uenturam* ; II 4, 29 tout est authentique ; il faut prendre *hic* comme adverbe. H. Magnus passe ainsi en revue les passages suspectés. Il reconnaît du reste que le livre est attrayant
dans ses erreurs même et instructif : il révèle des difficultés qui
jusqu'à présent n'ont pas été suffisamment expliquées ; il contient
des observations de détail qui sont justes. Le référent en discute
un certain nombre. Il croit maintenant avec Ehwald (§ 219)
qu'Ovide a connu et utilisé Lygdamus ; il tient avec Ullrich pour
vraisemblable que Tibulle a édité lui-même son deuxième livre.

Cr(usius)[1] est d'avis que les interpolations sont certaines dans
un grand nombre de passages ; dans d'autres Belling s'est efforcé
de les rendre vraisemblables ; ailleurs il y a d'autres possibilités.
I 4, 43 sq. la bonne correction n'est pas encore trouvée ; I 3, 5o
le référent défend à tort la conj. de Leo *mille patentque uiae* ; I 5,
33 sq. il fait observer que *ipsa ministra* est sorti du même ordre
d'idées que *uenerata* ; I 7, 56 il s'agit de la réunion de la famille
autour de son chef à l'anniversaire de sa naissance et il n'y a rien
là à reprendre etc. En tout cas, le sujet a été approfondi et le travail mérite l'attention.

Voir la suite des recherches de Belling § 244.

§ 239. — Je ne connais l'article de M. Belli[2] sur la magie et
les préjugés chez Tibulle que par le compte rendu de W. Drex-
ler[3]. Celui-ci félicite l'auteur du choix de son sujet ; l'étude des
superstitions populaires chez un écrivain antique donne plus que
la confection, si en faveur en Allemagne pour les thèses, de listes
sur l'usage de telle ou telle particule chez tel ou tel auteur. Malheureusement Belli n'a tiré de son sujet que fort peu de chose[4].

1. Literarisches Centralblatt, 10 Mars 1894. no 11, col. 360-361.
2. Magia e pregiudizi in Tibullo. Venezia. Tipografia già Cordella. 1894 (Estratto
dalla Scintilla 1893). in-8. 34 pages.
3. Wochenschrift f. klass. Philol., 12ter Jahrg., no 20, 15 mai 1895, col. 545-
546.
4. Le travail de J. Soós, Albius Tibullus költészete. kecsmékéti 1893-94 Pr.
ainsi que la récension Egyet. Philol. közlöny, avril 1895, p. 344-345, par G. Némethy, sont restés pour moi inaccessibles à cause de la langue.

§ 240. — Sur l'eurythmie de la composition chez Tibulle, sur la netteté de la disposition des pensées, sans que les groupes opposés soient de dimensions égales, Ed. Wölfflin [1] a émis des observations souvent justes, toujours ingénieuses. Dans I 10 Tibulle ne s'est pas contenté d'opposer la paix à la guerre; il a ajouté une 3e partie, non comprise par Haase (§ 58, 2), v. 51 sqq., où il décrit les batailles amoureuses, qui ont lieu pendant la paix et qui se terminent par un accord, ce qui est une suite logique des deux parties précédentes; après le v. 50 il a dû tomber un distique qui commençait comme le v. 49 par *Pace*. Dans I 1 les 2 parties 1-44, éloge de la vie rustique, 45-78, éloge de Delia (Carl Jacoby), s'unissent étroitement; la *uita iners*, jointe à l'amour de Delia, constitue pour le poète le bonheur suprême; dans la première partie il s'achemine vers ce bonheur en énumérant ce qu'il fera au printemps v. 7 sq., à l'été 27 sq., à l'automne 41 et surtout 45, puis à l'hiver 47; à ce moment on est retenu à la maison, mais c'est peut-être la plus belle saison de l'année puisqu'on jouit de l'intimité de sa maîtresse (il ne semble pas que Tibulle ait songé à nous faire parcourir ainsi le cercle de l'année, mais il est certain qu'il passe insensiblement de la description des charmes de la vie rustique à celle du plaisir qu'il goûtera avec Delia; c'est ce qu'a bien vu Wölfflin). Dans I 3 le début — tristesse de la séparation d'avec Messalla — s'oppose à la fin — bonheur de se retrouver avec Delia — comme un prologue à un épilogue. Les v. 3-82 forment 40 distiques, soit 5 groupes de 8 dist.; les 2 premiers sont séparés des 2 derniers par un groupe central contenant la description de l'âge de Saturne (l'auteur se trompe manifestement dans cette division mathématique; car il n'y a pas de coupe de pensée après le v. 18. Les v. 19-20 appartiennent à ce qui précède et non à ce qui suit; c'est arbitrairement que les v. 51-56 sont considérés comme faisant partie de la description des Champs-Elysées; Wölfflin a tort de défendre au v. 47 sa correction *non macies* pour *non acies;* mais il a raison de dire que les traits des descriptions de Tibulle ne sont pas choisis au hasard, mais se rapportent toujours à la situation).

§ 241 (cf. § 238), 1. — H. Belling [2] a défendu ses idées contre

1. Rhein. Mus. N. F. 49ster Band 1894, p. 270-274 : Zur Composition des Tibullus, par Ed. Wölfflin.
2. Wissenschaftliche Beilage zum Jahresbericht des Askanischen Gymnasiums zu

Rothstein, Magnus et Cr(usius) avec plus d'opiniâtreté que de bonheur. Il maintient que la page normale de l'archétype était de 14 v. ; il n'y a pas lieu de s'étonner qu'elle en contienne parfois 13 ou 15 ; cela peut être expliqué 9 fois par une conj. très plausible, une fois par une conj. possible. Il affirme que son hypothèse de l'archétype de 14 v. subsisterait, alors même qu'on laisserait de côté I 5 33 et 47 comme n'étant pas interpolés par suite de lacunes (mais dans les 2 autres passages qu'il prend pour point de départ, il n'arrive pas exactement au chiffre de 14). Puis il réfute les critiques qui lui ont été adressées à propos de différents passages : I 3, 50, il montre bien que Rothstein et Magnus expliquent mal *repente* (mais cela ne prouve pas qu'il ait raison de supposer une interpolation ; le sens est : actuellement mille voies s'ouvrent brusquement qui conduisent au trépas, par exemple une guerre qui éclate tout à coup, une tempête qui se déchaîne à l'improviste, etc. ; le passage est correct et sain) ; I 4, 44, Magnus a tort de trouver *uenturam admittat* supportable ; *admittat* n'est qu'une correction de fortune d'un mot corrompu (mais cela ne prouve pas qu'il y eût une lacune dans l'archétype ; il y avait un mot illisible) ; I 5, 33, Belling a tort de soutenir contre Rothstein et Magnus que *uenerata* ne peut signifier « accueillir avec des marques de respect » et que, par suite, c'est un mot interpolé pour combler une lacune (il est possible que *uenerata* n'ait pas le sens du passé et signifie tout simplement que Delia prend soin de Messalla en lui témoignant son respect) ; I 5, 47, il est arbitraire de déclarer que Tibulle avait écrit : *haec nocuere mihi ; sed iam dominam tenet alter* (ou *sed nunc excludit amantem*) ; nous sommes en pleine fantaisie, etc. (Il est certain que les critiques de Belling donnent parfois des passages contestés une explication qui n'est pas satisfaisante ; mais leurs erreurs d'interprétation ne prouvent pas que les passages soient interpolés). Belling donne ensuite la liste des passages qui écrits dans *t* à la commissure des pages et tronqués ou mutilés par différents hasards ont, suivant lui, forcé le copiste à interpoler, puis celle des passages où il a interpolé pour des raisons différentes, pour supprimer une répétition ou une abondance d'expression ; dans les deux listes il y en a un certain nombre qui sont parfai-

Berlin. Ostern 1894. — Quaestiones Tibullianae. Scripsit Henricus Belling. — Berlin 1894. R. Gaertners Verlagsbuchhandlung Hermann Heyfelder. gr. in-4. 26 pages.

tement sains. Il défend énergiquement contre Magnus la façon dont il s'est représenté le *librarius archetypi*, décidé à ne pas laisser subsister de lacunes, se bornant, quand il manquait un vers à rapprocher les vers subsistants, comblant la lacune lorsqu'il ne manquait qu'une partie du vers avec les éléments avoisinants. Il attribue pourtant à Ambr. encore plus d'autorité que ne l'a fait Hiller pour restituer dans la première partie du Corpus Tibullianum la leçon de l'archétype. Quant aux leçons divergentes des *Exc. Fris.* et des *Exc. Par.*, il ne leur accorde dans cette partie qu'une confiance très limitée; ces deux recueils d'extraits dérivent en effet suivant lui de l'archétype des manuscrits complets. Ayant collationné personnellement **Ambr.**, il signale les endroits où ni Baehrens ni Hiller n'en ont donné la leçon véritable; ce sont III 2, 5. I 3 titre. I 3, 12, 9, 19. 10, 49. II 1, 42. III 4, 1, 47. IV 1, 64, 70, 82, 108, 139, 165. 12, 2. 5, 16. Il n'y a rien de très important; mais Belling a regardé **Ambr.** de très près et nous renseigne mieux sur les grattages et sur la première main. Il croit que **Ambr.**, qui est le meilleur représentant de la meilleure classe des manuscrits, étant souvent corrompu, il faut recourir aux manuscrits inférieurs, qui remontent à une copie ou à 2 ou 3 autres copies de l'archétype; en conséquence, il donne d'après le manuscrit Diez. Sant. 55.d. de la Bibliothèque de Berlin la collation des manuscrits de Heinsius ABcDE, E représentant l'Eboracensis écrit en 1424, soit A de Lachmann. Cette publication est la bien venue, mais ce qu'il y a à en tirer qui ne se trouve pas dans **Ambr. V**, c'est ce que l'auteur omet de dire. Voir la suite des recherches de Belling § **264.**

2. — M. Rothstein[1] déclare que l'auteur n'a pas réussi à réfuter dans ses Quaestiones les objections faites à ses Prolegomena : Belling persévère dans son opinion précédente à propos des passages connus. Il trouve un nouveau soutien à son hypothèse III 2, 5, dans la leçon *non haec patiem et nostro* (*et* en abrégé) à côté de *non haec patientia nostro;* d'après son système préconçu il croit à une de ces mutilations qui se produisent très facilement au commencement et à la fin d'une page; mais il ne faut voir là qu'une faute usuelle de lecture provenant de la ressemblance des traits de l'écriture et de ce que la liaison *non haec patiemur* s'offrait d'elle-même; *nostro* étant devenu impossible pour la métrique

1. Wochenschrift f. klass. Philol., 11er Jahrg., n° 35, 29 août 1894, col. 947-948.

et pour le sens a été postérieurement remplacé par l'interpolation *aequo*.

H. Magnus[1] persistant dans son point de vue comme l'auteur persiste dans le sien n'admet pas que tous les passages suspectés par Belling soient corrompus et, en cas même de corruption, que le remède qu'il propose soit une panacée. Pour ne pas se perdre dans le détail, il défend II 3, 61-62 la vulgate *at tibi dura seges, Nemesim qui abducis ab urbe, Persoluat nulla semina certa fide,* contre la conj. de Belling. Il n'affirme pas que ce soit certainement ce que Tibulle a écrit, mais il trouve que le texte ainsi constitué n'a rien de choquant. L'auteur a appuyé son hypothèse sur un nouveau passage III 2, 5, mais le processus de la faute tel qu'il le suppose est peu vraisemblable. Son hypothèse ne résout pas définitivement la question de l'archétype ; mais il a le mérite de l'avoir posée et poursuivie énergiquement. Dans ce qui ne dépend pas directement de son hypothèse Magnus est maintenant presque complètement d'accord avec lui.

En rendant compte à la fois des deux ouvrages de Belling J. P. Postgate[2] admet dans un certain nombre de passages la théorie de Belling des interpolations provenant du mauvais état de *t*. I 5, 33 et 7, 56 il a raison de ne pas admettre que l'emploi de *uenerari* révèle l'interpolation ; mais il est en somme trop favorable aux vues de l'auteur ; d'autre part les conj. qu'il substitue à celles de Belling ne sont pas toujours bonnes par ex. I 6, 42 Stet procul aut alio *segreget* ante uia*m*, I 7, 56 l'idée qu'un couplet est tombé, II 2, 21 prolesque ministret... *ut*, II 4, 29 *Addit* auaritiae ou *indit* auaritiae. Il ne se croit pas autorisé à rejeter l'hypothèse de l'archétype de 14 lignes à la page, n'approuve que pour un petit nombre de cas l'opinion que le copiste aurait interpolé pour éviter une tautologie, donne tantôt tort, tantôt raison à l'auteur dans le traitement des passages suspectés, se refuse à admettre, ce qui est pourtant l'explication la plus naturelle, que le contenu des livres 3 et 4 des éditeurs ait été trouvé dans les papiers de Tibulle, que IV 2-6 soient de lui (il a raison de penser contre Belling que IV 7 doit être attribué à Sulpicia). Il reprend avec obstination son ancienne affirmation que IV 13 n'est pas authentique, est d'avis que la transcription des colla-

---

1. Berliner philolog. Wochenschrift, 15ter Jahrg., n° 1, 1er janv. 1895, col. 11-15.

2. The classical Review. Vol. IX, n° 1, févr. 1895, p. 74-78.

tions de Heinsius montre qu'il n'y a rien à tirer de ces manuscrits et termine en déclarant que Belling est éminemment qualifié pour la critique de Tibulle.

R. Ehwald[1] reconnaît que l'auteur a bien démontré que I 3, 12 il faut lire : rettulit e *trinis omnia* certa puer ; mais il ne l'a pas convaincu de la justesse de ses vues sur l'état défectueux de l'archétype et sur l'abondance des interpolations qui en seraient résultées dans nos manuscrits. Des fautes de lecture comme *patiem̃* pour *patiẽtia* III 2, 5 s'expliquent sans cette hypothèse. Ehwald ne croit pas à l'archétype de 14 lignes ; le plus ancien manuscrit élégiaque que nous possédions sont les fragmenta Guelferbytana des Pontiques d'Ovide ; il est du sixième siècle et avait de 25 à 26 lignes. Les lacunes de vers transmises authentiquement dans le texte et qui sont pour nous le plus sûr moyen de conclure pour l'archétype ne concordent pas toujours avec les fins de pages hypothétiques. Les passages d'où est partie la démonstration ne fournissent pas la preuve attendue ; I 5, 33 *uenerari* peut signifier témoigner à quelqu'un son respect, Ov. ex. P. I 7, 7 qui te *uenerantur amantque* ; l'hiatus peut être corrigé au moyen de *tum* (Baehrens), s'il ne se trouve pas de parallèles chez les poètes contemporains. De même I 5, 47 *quod adest huic diues amator* n'est pas corrompu (l'explication que donne Ehwald ne paraît pas satisfaisante : *quod* paraît signifier : quant à ce qui est de ce fait que...) Le référent ne peut reconnaître des interpolations au sens où l'entend Belling dans les autres passages ; il en discute un certain nombre avec des succès divers ; II 2, 21 il lit *sic ueniat natalis auis*; 3, 34 il entend *ut* par *utinam* ; 4, 29 il croit que *hic* représente *murex* du vers précédent (inadmissible).

§ 242. — G. Doncieux[2] a rejeté la leçon traditionnelle de I 5, 65, parce qu'elle fait jouer à l'amant pauvre un rôle déshonnête. S'inspirant de Heyne et de Baehrens et s'autorisant de la leçon de seconde main de G, il lit : *Pauper et obstrictos furtim deducet amictus* et affirme que « *furtim* évoque à merveille le geste insinuant et câlin de l'amant qui déshabille » ; laissons-lui cette trouvaille ; en tout cas *obstrictos* ne va pas avec *deducet* ; il est d'ailleurs ridicule de corriger les élégiaques pour des motifs de

---

1. Deutsche Litteraturzeitung, 16ter Jahrg., n° 30, 27 juillet 1895, col. 937-940.
2. Revue de Philologie. N. S. Année et t. XVIII, 3e livr. Juillet 1894, p. 252-254 : Sur Tibulle I 5, 61-66, par G. Doncieux.

prétendue respectabilité ; *amictus* est sans doute une conj. inspirée par un sentiment analogue à celui qui a guidé Doncieux.

IV 4, 18 il propose de remplacer *credula* par *sedula* ; mais *credula* a un sens bien nettement déterminé par le vers précédent et ne disparaîtrait pas sans grand dommage.

§ 243. — F. K. Ball[1], Cambridge, Massachusetts, préfère I 1, 2 *magna* à *multa*, parce que c'est la lectio difficilior. Mais en lisant son article on s'aperçoit qu'il s'est complètement trompé sur l'utilisation de l'apparat de Baehrens et sur l'autorité respective des 2 leçons, ce qui enlève à son opinion toute valeur. Cf. § 249.

§ 244. — F. Marx[2] a publié dans la nouvelle édition de la Real Encyclopädie de Pauly une étude sur Tibulle et le Corpus Tibullianum qui est à rapprocher de celle que Teuffel avait donnée dans le même recueil sur le même sujet (§ 54). Elle touche à beaucoup de questions intéressantes et, si elle résume les travaux antérieurs, elle est cependant faite avec une certaine indépendance. Je signale surtout ce qui est personnel ou contestable. Marx utilise à tort pour la biographie la *uita*, qu'il fait provenir avec Baehrens de l'ouvrage de Suétone *de poetis*. Il place la naissance de Tibulle vers 54 av. J.-C., ce qui est l'opinion moyenne. Il le fait l'ami de Valgius (sans doute à cause de IV 1, 179 sq. ; mais le Pan. n'est pas de Tibulle). Sa liaison avec Messalla, le fait qu'il ne nomme jamais ni César, ni Mécène, qu'il ne glorifie pas la bataille d'Actium, qu'Horace cite comme son modèle Cassius de Parme, lui paraissent montrer qu'il était républicain (l'opinion peut se soutenir). Il croit que si le premier livre contient 10 élég. c'est pour former un pendant aux Bucoliques de Virgile et au premier livre des Satires d'Horace, que la disposition des pièces du premier livre n'est pas chronologique, que, pour dater les pièces à Delia il faudrait être fixé sur l'époque, la durée, la succession des expéditions de Messalla. Il place la campagne d'Aquitaine immédiatement après Actium (ce en quoi il paraît avoir raison), mais alors on ne voit pas comment il peut dire qu'on ne saurait décider si la mission en Asie est antérieure ou postérieure à la guerre d'Aquitaine. Tout en admettant que Ti-

---

1. The classical Review. Vol. VIII, n° 5, Mai 1894, p. 197-198 : Varia, par F. K. Ball.

2. Pauly's Real Encyclopädie... Neue Bearbeitung... — 1ster Band 1894, col. 1319-1329 : Albius Tibullus, par F. Marx.

bulle a eu une liaison avec une certaine Plania, il se refuse avec Leo
à considérer comme des réalités toutes les particularités des élég.
à Delia et y découvre des contradictions (mais ces contradictions
sont imaginaires) : ainsi I 6 Delia a une mère bien disposée pour
Tibulle, I 5 elle cède aux propositions d'une entremetteuse pour
le tromper (les deux choses sont parfaitement conciliables); je
ne vois pas qu'il y ait contradiction entre la situation de Tibulle
propriétaire aisé dans II 1 et l'allusion que fait Horace à sa fortune; Tibulle a horreur de la guerre et pourtant il a reçu des
dona militaria (mais on peut détester la guerre et à un moment
donné faire son devoir sur le champ de bataille; en outre la
mention des *dona militaria* paraît provenir uniquement de I 7, 9
non sine me est tibi partus honos, qui a été mal compris et qui
veut dire simplement que Tibulle a assisté aux événements guer-
riers, qui ont valu à Messalla le triomphe) etc. L'hypothèse que
les mœurs de Tibulle étaient beaucoup plus pures que ne le font
supposer ses élég. est en l'air; la plupart des érotiques latins se
défendent d'avoir pratiqué ce qu'ils racontent dans leurs vers;
c'était une précaution prise contre des ennuis possibles dans
une société qui cachait sa corruption sous des dehors de pruderie.

Dans le deuxième livre le nom de Nemesis est expliqué d'une
façon bizarre; il représenterait et incarnerait la vengeance contre
l'infidélité de Delia et exprimerait ce que dit Tibulle à Marathus
I 9, 79 *Tum flebis cum me uinctum puer alter habebit.* Marx relève
avec raison dans ce livre des motifs analogues à ceux du premier
et pense qu'il est possible qu'il ait été édité par Tibulle lui-même,
bien que l'argumentation d'Ullrich ne suffise pas à le démontrer;
les pièces y seraient disposées suivant l'ordre chronologique
(Ullrich).

Horace C. I 33 n'aurait, d'après Marx, voulu que recommander
au public romain les élég. de Tibulle, poète célèbre, et en exprimer d'une façon générale le contenu. Le nom de Glycera serait
un nom quelconque pour signifier une maîtresse et pourrait
s'appliquer aussi bien à Delia qu'à Nemesis, plus vraisemblablement à Delia (ceci est tout à fait arbitraire et inconciliable avec
le texte même de la pièce, où Horace conseille à son ami de ne
pas trop déplorer une trahison dans des élég. plaintives; ce serait
une singulière façon de recommander au public un poète élégiaque).

Sur le talent de Tibulle, sur sa versification (d'après W. Meyer)
Marx a de bonnes observations.

Il croit que l'auteur du troisième livre ne s'appelle Lygdamus que par un pseudonyme, qu'il a été autrefois marié avec Neaera, laquelle l'a quitté pour un autre, et qu'il lui demande de nouveau sa main. Ces poésies auraient été écrites vers 13 apr. J.-C. ; l'auteur avait environ 56-57 ans (il y a bien des chances pour qu'il n'y ait rien d'exact là-dedans). Marx juge bien du reste le talent et la versification de Lygdamus.

Il caractérise le panégyrique, qui est de 31 av. J.-C., comme « une lettre de mendiant » et l'apprécie sévèrement.

Il reconnaît avec raison que les pièces propres à Sulpicia commencent avec IV 7 ; il distingue bien Cerinthus du Cornutus du l. 2, qui appartenait peut-être à la famille des Sulpicii et était peut-être le frère de Sulpicia (ceci aurait besoin d'être démontré). L'auteur de IV 2-6 est un inconnu qui rappelle Tibulle par quelques tournures.

IV 13 est sûrement, 14 vraisemblablement de Tibulle ; ce seraient des travaux de jeunesse, que le poète n'aurait pas admis dans son recueil (ceci est tout à fait en l'air).

Le recueil tel qu'il nous est parvenu daterait de l'époque intermédiaire entre Tibère et Domitien.

Les 2 priapées ne paraissent pas être de Tibulle. Elles ont sans doute été ajoutées au manuscrit de Cujas par un scribe du xive ou du xve siècle.

On se demande si un article où il y a tant d'assertions aventureuses convient bien à une encyclopédie qui a pour but de renseigner brièvement, d'après les données les plus exactes, des lecteurs qui veulent se mettre au courant d'un sujet qu'ils ne connaissent pas. Dans un ouvrage de cette nature il ne s'agit pas de procéder par affirmations plus ou moins tranchantes et par un exposé brillant, mais d'indiquer les questions et les difficultés, les solutions qu'elles ont provoquées, en s'arrêtant à la plus vraisemblable et à la plus prudente et en en marquant nettement le degré de vraisemblance. L'article de Marx est de nature à égarer sur bien des points le lecteur qui le croirait sur parole.

§ 245, 1. — Après avoir écrit l'histoire de l'élégie latine (cf. § 223), P. Rasi[1] s'est proposé d'en étudier la forme et la composition. Il commence par dire quelques mots de la forme du distique, en

---

1. De elegiac latinae compositione et forma — scripsit Petrus Rasi Dr. Phil. — Patavii typis seminarii 1894. in-8. vii-195 pages.

insistant surtout sur le pentamètre, et réunit les témoignages
qui contiennent la doctrine des anciens sur la question ; puis il
passe à l'origine du dist. latin, examine les dist. conservés d'Ennius à Catulle, particulièrement ceux de Catulle pour qu'on puisse
constater la différence entre eux et ceux des poètes du siècle
d'Auguste. Il aborde alors son sujet propre qui est la conformation du dist. chez Tibulle (l. 1 et 2 IV 2-6, 13 et 14), Properce
et dans les Amores d'Ovide, en se servant pour Catulle, Properce et Tibulle de l'édition de Luc. Müller. Il débute par des
généralités : la perfection du dist. à l'époque d'Auguste résulte
du fait que le dist. forme d'habitude un tout indépendant embras-
sant une pensée, la monotonie étant évitée par la disposition des
mots dans le dist. et par le groupement des dist., et en outre
de la prédominance attribuée à la clausule dissyllabique, de l'ac-
croissement du nombre des dactyles et de leur disposition appropriée[1]. Il passe ensuite au détail et examine successivement : la
proportion des dactyles et des spondées dans les 4 premiers pieds
de l'hexamètre, dans les 2 premiers du pentamètre — chez
Tibulle presque parité[2], chez Properce prédominance des spondées, chez Ovide prédominance des dactyles — la proportion
du début dactylique et du début spondaïque dans l'ensemble
du distique — le début dactylique prédomine et les élégiaques
se rangent dans l'ordre suivant : Tibulle, Ovide, Properce — la
proportion entre le début dactylique de l'hexamètre et celui du
pentamètre — le début dactylique de l'hexamètre prédomine toujours, avec des chiffres différents chez les 3 élégiaques ; chez
Ovide il y a presque parité — la répartition des dactyles et des
spondées dans l'hexamètre et le pentamètre et les ressemblances
et les différences à ce point de vue des 3 élégiaques entre eux et
avec les élégiaques grecs, la clausule dissyllabique — à ce point de
vue les 3 élégiaques se rangent dans l'ordre suivant : Ovide (sans
exception), Tibulle, Properce (Properce l'emporte sur Tibulle
dans les deux derniers livres, mais lui est inférieur dans les
2 premiers) — la dernière syllabe du pentamètre brève en
syllabe ouverte, la disposition dans le pentamètre du substantif et

1. Il y a çà et là quelques erreurs : p. 116 note 1 le pentamètre réclamant une
clausule dissyllabique, il en restait moins pour l'hexamètre ; p. 160 dans un exemple
forgé par l'auteur il y a une faute de quantité.
2. Tibulle à 50,51 pour 100 de dact. contre 49,49 pour 100 de spond., Lygdamus
42,74 pour 100 de dact. contre 57,26 pour 100 de spond. ; le 3e livre n'est donc
pas de Tibulle.

de l'adjectif ou de l'attribut qui s'y rapporte — la fréquence de AS
est à peu près la même chez Tibulle et chez Properce, elle
diminue chez Ovide; SA va en ordre croissant de Tibulle à
Properce, de Properce à Ovide (Properce dans ses premiers livres
se rapproche de l'usage de Tibulle, dans ses derniers de celui
d'Ovide) — la disposition des deux substantifs et des deux adjectifs. — Properce et Ovide emploient plus de formes que Tibulle,
sans se différencier beaucoup, Tibulle est plus élégant — la
place des deux adjectifs et des deux substantifs par rapport à la
coupe du pentamètre.

Rasi étudie alors comment les distiq. sont groupés ensemble
pour éviter la monotonie; il constate que les élégiaques par un
sentiment inné de l'harmonie ont quelquefois opposé les uns aux
autres des groupes égaux, mais ils ne se sont pas astreints à la
régularité strophique mécanique. Il donne les chiffres chez les
3 élégiaques des groupements par 2, 3, 4 et 5 dist. Properce va
quelquefois plus loin; il ne s'astreint pas aussi rigoureusement
à commencer la pensée avec l'hexamètre pour la terminer avec
le pentamètre; pour la ponctuation forte entre les distiques
Tibulle et Ovide présentent un chiffre sensiblement égal, Properce un chiffre inférieur; il va plus loin même que Catulle pour
la répartition de mots étroitement liés entre plusieurs distiques.

Pour les élisions, généralement très douces, dans la première
moitié du pentamètre l'ordre croissant est Ovide, Tibulle, Properce, dans la deuxième Tibulle, Ovide, Properce. Properce a plus
d'élisions et de plus dures.

La conclusion est que les Romains sont supérieurs aux Grecs
pour la construction du dist. élégiaque.

L'auteur est bien au courant des travaux antérieurs et s'en sert
avec intelligence; sur l'homoeoteleuton il a des idées plus justes
que ses prédécesseurs. Il a poursuivi méthodiquement des recherches personnelles qui lui ont donné des résultats intéressants et
qui nous font mieux connaître les différences de la métrique des
élégiaques latins.

2. — H. Belling[1] trouve que l'ouvrage peut être utilisé
même en Allemagne; l'auteur est bien au courant, il opère avec
prudence et sobriété; son exposition est claire. Sa simplicité

1. Wochenschrift f. klass. Philol., 13ter Jahrg., n° 23, 3 Juin 1896, col. 631-
632.

contraste avec le pédantisme prétentieux avec lequel Frédéric
Hilberg a codifié les lois de la disposition des mots dans le pentamètre ; c'est peut-être un bonheur pour Rasi que de n'avoir pas
connu cet ouvrage.

H. Gleditsch [1] juge le travail fait soigneusement et approfondi.

§ 246. — C. Cali [2] a refusé à Tibulle la paternité des deux
priapées ; pour la première il fait observer que Priape n'avait pas
de temples, que Respectus ou Perspectus n'est pas un nom de
l'antiquité classique, qu'on a perdu toute trace de la pierre où
l'épigramme aurait été gravée, que les témoignages divergent
sur le lieu de la trouvaille. Respectus était peut-être l'ami du
faussaire ; ainsi procédaient les érudits du xiv⁰ et du xv⁰ siècle ;
l'épigramme paraît avoir été composée tardivement par un poète
habile avec des vers anciens et des mots trouvés sur quelque
pierre qui ne nous sera pas parvenue. Elle fut copiée sur un manuscrit de Tibulle peut-être le fragment de Cujas et lui fut attribuée. Marcanova ou Bernardo Bembo ont prétendu l'avoir découverte sur une pierre, suivant le procédé des érudits du temps.
Quant à la seconde priapée, si Tibulle l'avait composée, Ovide,
qui feint de se scandaliser pour beaucoup moins, n'aurait pas
manqué de rappeler la chose Tristes II 447 sqq., où il cherche à
excuser sa licence par l'exemple de Tibulle. Le style en est complètement différent de celui de Tibulle. A cause de la fraîcheur
et de la grâce de la diction et de l'art, de l'excellence de la fac-
ture des vers, l'auteur y voit une production du siècle d'Auguste [3].

§ 247. — E. Hailer [4] a discuté et expliqué quelques passages du
Corpus Tibullianum, sans faire preuve d'originalité ni de perspicacité critique [5]. Il relève dans le panégyrique et dans IV, 6 quel-

---

1. Jahresbericht... v. Bursian hrsggb. v. L. Gurlitt und W. Kroll, 102ster Band,
27ster Jahrg. 1899, 3tte Abtheil. 1900, p. 58.

2. Carmelo Cali — Studi su i Priapea. Catania 1894. in-8. P. 74-83 — 1. *Pseudo-
Tibulliane.*

3. P. T(homas) dans la Revue de l'Instr. publ. en Belgique, t. 38, 4e livr., p. 257,
se borne à signaler les idées de l'auteur.

4. Blätter für das Gymnasial-Schulwesen, 30ster Band 1894, p. 265-267 : Kritische Bemerkungen zu Tibull, par E. Hailer.

5. I 4, 81 il lit avec Huschke *heu, heu, quam lento Marathus me torquet
amore.* Le nom propre Marathus lui paraît suffisamment accentué à cette place ;
Tibulle aime à ajouter à un nom propre un mot qui commence de même ; l'attribut
se trouve bien à la place voulue par le poète qui veut insister sur les rigueurs de

ques libertés de construction qui lui paraissent rappeler ou même dépasser l'usage de Properce et il conclut que l'auteur du Panégyrique et des élégies du quatrième livre (à l'exception de 13 qu'il mettrait à la place de la deuxième du second livre et qu'il rapporte à Nemesis) a dû écrire après la mort de Properce (il est peu vraisemblable que le Panégyrique et IV 2-6 soient de la même main, comme l'auteur paraît l'admettre sans le démontrer).

§ 248[1], 1. — L'édition de Martinon[2] ne nous appartient que pour la Préface, la Notice sur la vie et les œuvres du poète, l'établissement du texte et le commentaire.

Pour la biographie de Tibulle l'auteur, suivant les idées de Baehrens, fait remonter la *uita* à Suétone et l'utilise sans scrupules. Il place l'expédition de Messalla en Asie immédiatement après Actium et celle d'Aquitaine en 27 avant Jésus-Christ (c'est l'ordre contraire qui paraît le plus vraisemblable). Il adopte l'ordre de Dissen pour les élégies à Delia et traite l'idée que Tibulle n'a jamais connu Delia que mariée d'erreur étrange qu'il ne s'explique pas ; il est d'avis que l'élégie I 1 exprime le refus d'accompagner Messalla et croit pouvoir dater les élégies à Delia suivant les saisons (c'est ce qu'avaient fait les anciens commentateurs). Martinon déclare d'ailleurs sur un ton décisif qui ne va pas sans naïveté, que les résultats auxquels il arrive sont absolument certains. Il place hypothétiquement les élégies à Marathus après celles à Delia. I 10 aurait été composé à l'occasion d'une campagne de Tibulle de peu antérieure à l'expédition de Cilicie.

Marathus (il ne semble pas que ces raisons doivent prévaloir contre la tradition autorisée *quam Marathus lento*) : 10, 37 on ne voit pas comment *percussis* aurait le sens de « crevés » ; il faut lire *perscissis* ; IV 1, 2 *ualeant* n'est pas la bonne leçon et Hailer se trompe sur la construction ; 100 il est d'avis de ne pas corriger *defit* en *desit*, mais c'est *desit* qui est la leçon autorisée.

1. Dans un art. du Rhein. Mus. N. F., 50ster Band 1895, p. 286-300 : Römische Dichter auf Inscriften, Carl Hosius, à propos du 1er volume des Carmina latina epigraphica réunis par Bücheler, fait observer que c'est à Virgile que les poètes lapidaires ont fait le plus d'emprunts ; ensuite, mais loin derrière lui, vient Ovide, puis Lucain. Les réminiscences de Tibulle sont rares et isolées comme celles de Lucrèce, Properce, Stace, Silius, Juvénal. Tibulle n'avait pas fait grande impression sur l'imagination populaire et ce n'est pas de lui qu'on s'inspirait.

2. Albii Tibulli libri quattuor. — Les élégies de Tibulle, Lygdamus et Sulpicia. Texte revu d'après les Travaux de la Philologie avec une traduction littérale en vers et un Commentaire critique et explicatif par Th. Martinon. Paris, Thorin et fils, éditeurs. 1895. in-8. xi-303 pages.

P. xxxv il émet l'idée que la composition est le moindre souci de Tibulle.

Il date les élégies 3-6 du deuxième livre de 20/19 avant Jésus-Christ. Les élégies 3 et 5 seraient manifestement incomplètes ou inachevées, d'où l'on peut conclure que le deuxième livre ne fut pas publié par Tibulle lui-même.

Il n'y a dans tout cela aucune recherche opérée méthodiquement et dont on puisse profiter. Martinon a une certaine connaissance, mais incomplète, de ce qui a été dit sur Tibulle ; il recueille des opinions et les arrange à son idée.

Les élégies de Lygdamus ne seraient pas rangées suivant l'ordre chronologique ; 2 devrait être rejeté à la fin, avant ou après 6 (ceci naturellement sans aucune preuve).

Avec Doncieux, qui est pour lui une autorité, Martinon croit que IV 3 et 5 sont de Sulpicia mais corrigées et développées par Tibulle. Il ne s'oppose pas à ce que 2, 4, 6, (qui pourraient ne pas être du même auteur) soient attribuées à Tibulle ; mais il hésite parce qu'il y sent le pasticheur.

Si IV 13 et 14, qu'il rapporte à Glycera, n'ont pas été publiées avec le deuxième livre, c'est que, page xlviii, « sans doute elles auront échappé à l'éditeur de ce livre ».

2. — Guidé par Baehrens il énumère assez exactement les sources du texte ; mais il croit, page lvii, que le gain obtenu par la découverte de manuscrits nouveaux « est assez mince » et qu' « une édition postérieure à Baehrens n'est pas sensiblement différente d'une édition publiée avant lui ». Il ajoute, page lviii : « Depuis la querelle soulevée en Allemagne par les manuscrits de Baehrens, les travaux et les éditions n'ont pas manqué ; mais tous ces travaux de détail, où l'on étudie l'infiniment petit, sont généralement oiseux ; les Allemands ont l'art tout personnel d'écrire trente pages pour décider si un vers est de Tibulle. En somme rien d'important ne s'est produit, sauf peut-être une édition de Hiller, que je ne connais pas » Il est fâcheux que Martinon ne se soit pas rendu compte de l'importance du travail accompli sur les manuscrits qui a permis d'en faire une utilisation raisonnée et qu'il ait négligé l'édition de Hiller qui est l'aboutissement de ce travail ; ici l'ignorance le dispute à la fatuité. Il a prétendu constituer un texte qui nous « affranchisse momentanément du tribut que nous payons à l'Allemagne », page iii. Il paraît, page v, avoir voulu tenir un juste milieu entre Luc. Müller trop

hardi et Haupt revu par Wahlen (*sic*) trop conservateur ; « peut-être, dit-il, nous rapprochons-nous davantage d'Haupt ». Ceci est du verbiage. Si son texte n'est pas trop mauvais, c'est qu'après Haupt-Vahlen il n'était pas possible de se tromper trop grossièrement ; mais son travail soi-disant critique est sans valeur et ses notes souvent inexactes et mal rédigées [1].

3. — Le commentaire explicatif n'a aucune valeur scientifique. Il est parfois tellement élémentaire qu'on ne sait à quel genre de lecteurs il s'adresse. Il est rempli d'erreurs et de contre-sens, sans portée et arbitraire [2].

4. — Ce travail a été l'objet d'un nombre de comptes rendus tout à fait disproportionnés avec son importance.

1. Ainsi p. LVIII note (1) il dit que Mss. dans son commentaire signifie l'accord de l'Eboracensis avec l'Ambrosianus et le Vaticanus ; or I 1, 45 il imprime *continuisse* Mss. ; en réalité A avait *detinuisse* et *continuisse* seulement comme variante ; 3, 50 *reperte* Mss. ; Lachm. dit simplement *reperte d* ; I 9, 25 « L. Müller et Haupt écrivent *lingua* d'après *Par.*, leçon bien médiocre » ; il y a là une grosse erreur ; les *Par.* n'existent pas pour ce vers et *lingua* est une conj. de Rigler. Il repousse souvent sans raison la leçon autorisée : I 2, 3 il préfère *perfusum* à *percussum* comme plus convenable au sens ; 40 il repousse *rapido* comme n'étant pas assez fort pour la pensée ; 3, 9 il adopte *quam* de Dousa contre *cum* des mss., etc. Il opère sans principes, sans connaissances suffisantes, adoptant les jugements d'autrui ou suivant sa fantaisie.

2. Ainsi I 1, 4 *pulsa* : les anciens avaient des instruments qu'on frappait ; mais la trompette n'est pas de ceux-là et le mot est impropre. Martinon abuse de ce terme : il a l'air de croire que Tibulle écrivait mal le latin ; 39-40 distique destiné à expliquer pourquoi les dieux ne doivent pas dédaigner l'argile (la remarque est naïve) ; 2, 51 *tenere* posséder, conserver ou connaître (il fallait se décider). — Médée était après Circé la plus fameuse magicienne de l'antiquité (on le savait de reste) ; 75 *Tyrio* de pourpre, recouvert de la pourpre de Tyr, expression aussi classique que l'idée elle-même ; 3, 24 il croit que le sistre « était un instrument assez analogue au tambour de basque » ; *repulsa* lui paraît impropre ; 56 il trouve l'expression bien plate ; 94 *candida* brillante ou peut-être favorable (il fallait se décider) ; 4, 57 *tractare artes miseras* s'explique très simplement si on le rapporte à ce qui suit : cela signifie mettre en pratique des procédés déplorables (c'est un c. s. ; l'auteur a souvent l'air d'apporter la lumière par une explication très simple sur un passage où ses prédécesseurs ont pataugé ; mais c'est lui qui se trompe, en prenant des airs de supériorité) ; 5, 12 *praecinuisset* non pas chanter avant, mais détourner des enchantements par des chants ; le préfixe a ici la même fonction que *pro* dans *procuravi* et *de* dans *deveneranda* (c'est de la haute fantaisie) ; 74 *exscreat* apparemment pour attirer l'attention ; nous nous bornerions en pareil cas à tousser (c. s. naïf) ; 6, 13 *dedi* j'ai donné, si on le rapporte à *herbas* de préférence, mais j'ai enseigné, si on le rapporte à *sucos... sucos herbasque* hendiadys : des breuvages faits avec des sucs de plantes (l'auteur patauge), etc.

R. Ellis [1], après s'être plaint que les savants anglais ne se soient
pas suffisamment occupés de Tibulle et constaté que Martinon n'a
pas connu l'œuvre posthume de Sellar et les extraits de Ramsay,
se borne à faire l'éloge de la traduction.

E. Thomas [2] entremêle l'éloge et le blâme. Il trouve que cette
édition efface pour les Français la tache d'en être restés à la détestable édition de la Collection Lemaire. L'auteur a fait un effort
méritoire pour se tenir au courant; le commentaire très inégal,
parfois clair, précis et suffisamment nourri, est tout à côté confus
au point d'être inextricable, verbeux et cependant très insuffisant pour une lecture même rapide. Cette œuvre de débutant,
pleine d'inexpérience, sera pourtant utile et goûtée.

P. Thomas [3] abonde dans l'éloge : « Texte, traduction, introduction et commentaire répondent aux exigences de l'esprit moderne et permettent de constater le changement qui s'est produit en France depuis un siècle dans la manière de populariser
les auteurs de l'antiquité. » Il y a pourtant quelques réserves :
Martinon « aurait pu nous faire grâce de sa petite tirade contre
les abus et la surproduction de la philologie allemande. » Le
choix qu'il a fait parmi les variantes et les conj. est en général
judicieux. Il a hasardé deux ou trois corrections personnelles
dont l'une (gratus pour laetus, l. IV, él. 4, v. 24) est digne d'attention. Le commentaire sobre et nourri n'est pas sans défauts;
parfois il témoigne d'une certaine indécision, parfois il glisse sur
des difficultés sérieuses ou y apporte des solutions par trop expé-
ditives.

R. Ehwald [4] trouve que la prétention de Martinon d'affranchir
son pays du tribut payé à l'Allemagne est peu justifiée dans un
livre dont le texte et le commentaire reposent sur les travaux
allemands et auraient gagné à y puiser davantage. Il reproche
naturellement à l'auteur d'écrire Wahlen. Le texte est constitué
avec tact par l'utilisation modeste de ce qui a été trouvé par
d'autres; les quelques corrections personnelles de l'auteur sont à
rejeter. Le commentaire, qui contient des remarques fines, est
tiré avec goût et jugement de celui de Dissen, lequel du reste
n'est guère nommé que pour être blâmé; il n'a d'originalité

1. The Akademy (New Issue), 1er Juin 1895, No 1204, p. 460-461.
2. Revue critique, 17 Juin 1895, no 24, p. 463-465.
3. Revue de l'Instruction publique en Belgique, t. 38, 4e livr. 1895, p. 253-256.
4. Deutsche Litteraturzeitung, 17ter Jahrg., no 22, 30 Mai 1896, col. 680-682.

qu'au point de vue esthético-littéraire. On regrette l'absence de renseignements sur les précédesseurs et les autorités de Tibulle. Le référ. relève un certain nombre d'inexactitudes, regrette l'utilisation de la *uita*, repousse les hypothèses de Doncieux sur Lygdamus et sur IV 2-6; après les remarques de Hennig et de Wilhelm, il croit maintenant que l'usage Tibullien de *que* dans IV 7 ne suffit pas pour refuser cette pièce à Sulpicia.

H. Magnus[1] reproche à l'auteur de n'avoir pas fait suffisamment œuvre personnelle de critique, repousse les quelques conj. qu'il s'est permises, estime qu'il choisit en général d'une façon judicieuse parmi les variantes et qu'on peut le plus souvent adopter ses explications de détail[2]; mais il n'a pas approfondi la structure des élég. et la suite des idées, il ignore des travaux importants, ceux de Vahlen, Leo, Hiller, Belling; son interprétation s'en tient à un point de vue vieilli et dépassé depuis longtemps; le livre ne marque aucun progrès pour la critique ou l'explication.

J. J. P.[3] est d'avis que les philologues les plus indulgents feront sur la constitution du texte des réserves auxquelles il s'associe. Dans le commentaire il aurait fallu supprimer des inutilités, quelques erreurs et gagner de la place pour un index.

Un anonyme[4] signale l'intérêt qu'il y aurait eu pour l'auteur à être mieux au courant. Le texte ne repose pas sur une récension personnelle; c'est une vulgate moderne intelligemment façonnée. Le commentaire offre peu de nouveauté. Martinon n'a pas une connaissance assez approfondie de Tibulle et a négligé les points sur lesquels le travail peut encore être fructueux, par exemple le rapport de Tibulle avec les Grecs.

C. Weyman[5] proteste contre l'assertion qu'il ne s'est rien produit d'important en Allemagne depuis Baehrens. Le commentaire et l'introduction sont parfaitement suffisants pour le but immédiat du livre qui est d'initier à l'intelligence de Tibulle des Français cultivés, mais sans éducation philologique.

H. Belling[6], dans un compte rendu d'une longueur inusitée,

---

1. Berliner philol. Wochenschrift, 16ter Jahrg., no 31/32, 1er août 1896, col. 978-982.
2. Il le blâme à tort de n'avoir pas fait venir II 1, 66 *latere* de *later*, comme l'a proposé K. P. Schulze.
3. Bulletin critique, 2e série, 1896, t. II, no 23, 15 août, p. 446-447.
4. Literarisches Centralblatt, 12 Sept. 1896, no 37, col. 1358.
5. Blätter für das Gymnasial-Schulwesen, 32ster Band 1896, p. 599-600.
6. Wochenschrift f. klass. Philol., 15ter Jahrg., no 13, 23 Mars 1898, col. 345-353.

rappelle que, pendant la période où Martinon trouve que rien d'important n'a paru, Vahlen et Leo ont inauguré des voies nouvelles pour l'intelligence de Tibulle, qu'O. Ribbeck a donné son chap. sur l'élég., H. Magnus ses comptes rendus. L'auteur ne soupçonne pas les difficultés de son entreprise ni les exigences des recherches actuelles sur Tibulle. Si son ouvrage avait paru il y a 15 ans, il aurait été utile, sauf pour la partie critique qui n'a pas de valeur; encore maintenant il contient certaines choses à retenir, mais le mal l'emporte de beaucoup sur le bien; Belling signale un certain nombre d'erreurs; il croit que les élégies du troisième livre forment un tout ainsi composé : 2 + 1 + 2, la pièce centrale ayant à peu près autant de vers que les deux suivantes et que les 2 premières augmentées de l'introduction (ceci repose sur une intelligence inexacte des conditions dans lesquelles ces poèmes se présentent à nous ; le *libellus* offert à Neaera ne contenait sûrement que les 4 premières pièces du livre 3 ; la cinquième n'a rien à faire avec Neaera, et il eût été ridicule d'introduire dans un recueil de pièces destinées à la ramener par des supplications à des sentiments meilleurs la 6e élég. dans laquelle l'auteur, après des hésitations douloureuses, finit pourtant par se résigner à la séparation). Belling trouve que 2. 3. 4. 6, dans cet ordre, représentent un développement logique (mais il n'est pas sûr que 6 ait été composé après 2. 3. 4. ; il est possible que ce soit la première expression du dépit de Lygdamus après que Neaera l'a quitté et qu'il ait composé ensuite le *libellus* pour la fléchir). Il ne pense cependant pas que les 6 poèmes proviennent d'une conception unique, ce qui expliquerait l'obscurité et la confusion qui existent pour nous, lorsque nous essayons de nous rendre compte des rapports réels entre Lygdamus et Neaera ; pas plus chez Lygdamus que chez Tibulle, il ne faut vouloir établir entre les traits de détail une harmonie précise qui n'a jamais existé (mais alors comment 2. 3. 4. 6. représentent-ils un développement logique? En somme Belling n'a pas compris l'ensemble). Sur l'intelligence du début de la pièce 4 le référent a de bonnes observations.

Dans un compte rendu tardif K. Jacoby[1] n'a guère fait que répéter ce qui avait été dit avant lui : l'auteur ne connaît pas suffisamment les travaux récents, n'apporte rien de nouveau dans la biographie, croit que Tibulle ne se souciait pas de la composition et, par conséquent, néglige d'expliquer la suite des idées

---

1. Neue Philologische Rundschau, Jahrg. 1899, n° 26, 30 Déc., p. 604-607.

et la structure de l'ensemble; ses remarques explicatives témoignent en général d'un bon goût et d'un jugement sain ; beaucoup sont erronées, élémentaires, superflues. C'est un travail qui ne répond pas aux exigences allemandes actuelles, mais qui sera le bienvenu des Français cultivés.

§ 249 (cf. § 243). — K. P. Harrington [1], University of North Carolina, a bien montré que F. K. Ball s'était complètement trompé dans sa discussion de Tibulle I 1, 2. L'idée que *iugera magna* provient d'un copiste qui l'aurait préféré à la dictée comme assonant mieux que *iugera multa* est arbitraire : il s'agit d'un embellissement voulu (il n'était pas bien utile de revenir sur une question si souvent débattue, et qui doit être considérée comme tranchée).

§ 250 (cf. § 232 et suiv.). — F. Wilhelm [2] a poursuivi son examen du texte de Tibulle. Ses discussions sont toujours sérieuses et approfondies; mais, lorsqu'il a raison, il n'est généralement pas nouveau et s'accorde soit avec Hiller, soit avec d'autres critiques; il a souvent tort : I 6, 7, la tradition *tam multa negat* paraît fautive; l'explication qu'en donne Voss n'est pas satisfaisante : c'est un passage désespéré, sur lequel la meilleure conj. est encore celle de Heyne, *iurata negat*, bien qu'elle ne rende pas compte de l'origine de la faute; 40, la tradition *effluit* ne paraît pas possible; le passage de Claudien, où il s'agit d'une chlamyde qui flotte derrière le dos, n'est pas analogue ; 42, c'est une gageure que de soutenir que ce vers est excellent et Wilhelm en donne une explication absurde : l'individu auquel s'adresse Tibulle doit se réfugier dans une rue latérale *ante occursum*; mais alors comment sait-il qu'il va rencontrer Tibulle? 69-72, la tradition est défendue habilement, mais il ne semble pas qu'elle puisse être sauvée; 10, 25 Wilhelm se refuse à reconnaître une lacune; il revient à l'explication de Dissen qui est inacceptable; II 6, 49, il est possible qu'il faille lire *saepe ubi nox mihi promissa est*, mais ce v. ne saurait être défendu par 47 qui, métriquement, n'est pas analogue; IV 1, 110, la tradition *armis* est difficilement défendable; qu'est-ce que c'est que d'être *natus in armis Arupinis*? 112[a] *sae-*

1. The classical Review. Vol. IX, n° 2, Mars 1895, p. 108-109 : On Tibullus I 1, 2, par Karl P. Harrington.
2. N. Jahrb. f. Phil. u. Paed., 65ster Jahrg., 151ster Band 1895, p. 113-128 : Zu Tibullus, par Fr. Wilhelm.

cula famae est une erreur manifeste et provient du v. précédent ; le sens du reste s'oppose à cette leçon ; le panégyriste dit bien que la renommée attribue 3 siècles d'existence à Nestor ; il n'en dit pas autant des *Arupini* ; il fait voir simplement qu'à cent ans ils sont encore de hardis cavaliers et que cela rend moins invraisemblable ce qu'on raconte de Nestor ; l'explication que Wilhelm donne de *famae* est mauvaise ; 113, *renouauerat* est grammaticalement impossible ; le plus-que-parfait ne s'explique pas ; IV 10, 1 sq., Wilhelm défend *mihi* contre la correction *tibi* ; mais il a tort de faire dépendre *de me* de *permittis* et non de *securus*; il développe un sens qui n'est pas acceptable et qui ne cadre pas avec les v. 3-4. Prenant comme principe directeur un conservatisme intransigeant, il défend aveuglément la tradition autorisée, alors même qu'elle est corrompue et prétend tout expliquer, même ce qui est inexplicable. Une pareille exagération n'est pas moins nuisible que celle qui consiste à voir partout des altérations et à corriger à tout prix même des passages manifestement sains. Il polémise quelquefois contre Belling. Voir la suite § 251.

§ 251 (cf. § 250). — Fr. Wilhelm[1] a continué dans le même esprit que précédemment ; il faut reconnaître qu'il défend parfois heureusement la tradition contre des attaques injustifiées récentes, ainsi I 1, 2 contre Belling et Ball *multa* qu'il préfère à *magna* ; 3, 4 contre Magnus et Belling *modo nigra*, mais c'est la leçon de Hiller (1885) ; 14 il revient sur *respiceretque*, qu'il faut peut-être en effet conserver ; 5, 47 sq. contre Belling il défend avec raison : *Haec nocuere mihi. Quod adest huic diues amator, uenit*, etc., la ponctuation est bonne ; 8,35 sq. il explique bien la tradition : l'adolescent est tout tremblant et pourtant il se serre contre sa maîtresse ; mais c'est la leçon de Hiller ; 9, 25 il appuie la conj. de Rigler, mais ce n'est qu'une correction de fortune, la véritable n'est pas encore trouvée ; 10, 50 contre Wölfflin il a tort de nier la lacune après ce vers ; II 3, 61 le passage est bien discuté et le texte adopté celui de Hiller ; mais je ne vois pas comment on peut conserver *abducit* de la tradition ; 4, 5 *quid* n'est peut-être pas impossible, mais c'est le texte de Hiller ; 5, 4 il conserve avec raison *meas* et, se référant à Crusius, montre que la pièce est un hymne à Apollon ; III 6, 3 il fait bien obser-

1. N. Jahrb. f. Phil. u. Paed., 65ster Jahrg., 151ster Band 1895, p. 764-778 : Zu Tibullus, par Fr. Wilhelm.

ver que personne n'admettra avec Belling que les trois premiers
mots ne sont pas authentiques; 45 il défend *nec*, mais c'est le
texte de Hiller; IV 1, 1 sq. il voit bien que *mea* renvoie à *me*, mais
la ponctuation de Hiller est meilleure que la sienne; 7, 1 il préfère *pudori* à *pudore*, mais c'est le texte de Hiller dans sa 2ᵉ édition. En somme il n'y a guère de nouveauté dans tout cela. Cf.
la suite § 257.

§ 252, 1. — Fr. Hennig[1] a repris la question de l'authenticité
des poèmes de l'*Appendix Tibulliana*. Selon lui tout le contenu
des livres 3 et 4 provient de l'héritage de Tibulle mort jeune;
Lygdamus et l'auteur du Panégyrique lui ont soumis leurs œuvres
comme à un ami et un maître reconnu. Sulpicia ou Cerinthus ou
tous deux ensemble l'ont pris pour confident et il a eu communication des petites pièces inspirées à Sulpicia par les événements eux-
mêmes. IV 13 et 14 ont été trouvés dans les papiers de Tibulle
et recueillis par l'éditeur. L'ordre, suivi rigoureusement par celui-ci, est, comme l'a vu Belling, fondé simplement sur la dimension des diverses parties (ce n'est là qu'une hypothèse, mais elle
a l'avantage d'être très simple).

Hennig examine ensuite ces diverses parties : Lygdamus III 5,
15-20 n'a pas imité les Tristes d'Ovide, car il n'aurait pu le faire
qu'à une époque où il n'était plus un jeune homme; or il se donne
pour tel dans cette pièce. D'autre part Ovide poète de tant de
talent naturel n'a pas dû piller Lygdamus dans des œuvres différentes et à diverses époques; il n'est pas possible d'ailleurs qu'il
soit l'auteur de III 5 ni des élégies à Neaera à cause de son goût
pour les dactyles légers, tandis que Lygdamus commence bien
plus souvent que lui le pentamètre par un spondée; l'hypothèse
de Hiller que les v. 15-20 ont été interpolés par l'auteur dans
une révision postérieure a été bien réfutée par Belling; Belling
croit qu'Ovide Amor. II 14, 23-24 s'est moqué de Lygdamus et que
pour le dédommager il lui a emprunté un pentamètre Trist. IV
10, 6; ceci est peu vraisemblable. En réalité entre Lygdamus v.
16 et Ovide A. am. II 670 il n'y a d'imitation d'aucune sorte;
c'est une expression courante; les Amores ayant été connus isolément avant d'être réunis en volume les v. 19-20 de Lygdamus
sont une réminiscence d'Amor. II 14, 23-24; celui-ci aurait en-

1. *Untersuchungen zu Tibull. Ein Beitrag zur Echtheitsfrage* — Von Fritz
Hennig — Wittenberg 1895, Buchdruckerei von Fr. Wattrodt. in-4. 20 pages.

tendu lire la pièce dans la maison de Messalla. Quant au v. 18
il aurait été écrit pour une pièce qui figurait peut-être dans les
Amores en 5 livres, mais qui a disparu de l'édition en 3 livres ; c'est
là que Lygdamus l'a pris ; Ovide n'avait pas de raison de ne pas
en faire usage plus tard (tout ceci est ingénieusement combiné,
mais reste parfaitement arbitraire).

L'auteur conteste avec Ribbeck et Schanz l'authenticité du
panégyrique pour les raisons connues.

Il réfute bien l'opinion de Gruppe et de Belling que dans IV
2-12 7 appartient à Tibulle ; ce chant joyeux - de l'aspiration
amoureuse satisfaite est sorti du cœur débordant de Sulpicia elle-
même (Petersen, Luc. Müller, R. Richter, Baehrens, Larroumet,
Hiller, Ribbeck, Schanz). Il tente de le prouver par l'examen du
vocabulaire ; un nombre relativement considérable d'expressions
ne se retrouve pas chez Tibulle ; la construction embarrassée du
premier dist., la prédominance du commencement spondaïque
révèlent une autre main que la sienne ; la franchise des aveux
ne convient qu'à Sulpicia ; la pièce a été mise par l'éditeur entre
les deux cycles, parce qu'elle forme la conclusion des deux cycles
(l'idée est bizarre ; en pareil cas sa place serait évidemment à la
fin). Hennig ne serait pas éloigné de croire que Cerinthus est le
même personnage que Cornutus de II 2 et 3. Il attribue du reste
avec Gruppe le premier cycle à Tibulle, le deuxième à Sulpicia.

IV 13 et 14 sont de Tibulle. Postgate (§ 151) n'a pas réussi à
démontrer que 13 n'est pas authentique. La plupart de ses rapprochements ne sont pas probants ; sa méthode ne vaut rien : étant
donnée l'identité de la matière élégiaque, on pourrait aussi bien,
en appliquant le système, démontrer que presque toutes les élégies du siècle d'Auguste ne sont pas originales. La disposition
des pensées et le manque d'art apparent dans les transitions rappellent Tibulle ; on ne peut restituer le nom de la maîtresse qui
l'a inspiré ; il était de complexion fort amoureuse.

L'auteur, qui ne paraît pas connaître le travail de P. Rasi, résume en deux tableaux les formes de l'hexamètre et du pentamètre dans les livres 1 et 2 de Tibulle. Pour l'hexamètre le début
spondaïque ne figure guère que pour 1/4 dans le premier livre,
1/5 dans le deuxième. Les formes préférées sont *dsss*, *dsds*, *ddss*.
Pour le pentamètre la prédilection pour le début dactylique s'ac-
cuse encore davantage ; la proportion est à peu près la même dans
les deux livres. La forme prédominante est *ds*. Il y a une petite
discordance, mais non décisive pour l'authenticité, avec IV 13.

Ce travail se fait remarquer par la clarté et la netteté ; les démonstrations sont précises ; les résultats positifs — que IV 7 appartient à Sulpicia, que IV 13 est de Tibulle — sont assez maigres :
ceci, et le reste, était connu depuis longtemps. L'hypothèse sur
les rapports d'écrivains entre Lygdamus et Ovide est arbitraire.

2. — Dans un compte rendu favorable Loeschhorn[1] est d'avis
qu'on ne peut peut-être pas accepter sans condition sur tous les
points les assertions de l'auteur, mais que ses vues et ses conclusions sont plus simples que les combinaisons très ingénieuses
dans un certain sens, mais peu vraisemblables de Hiller.

§ 253. — Revenant sur le passage célèbre d'Apulée *Apol.*
c. 10, R. Ehwald[2] fait observer que ce qui lui donne de l'autorité,
c'est que nous pouvons en constater la véracité pour Lesbia-
Clodia et que d'autre part il n'y est pas question de Corinna ; on
ne saurait faire valoir contre l'exactitude du renseignement le fait
qu'Hostia ne peut pas se substituer partout à Cynthia ; car il est
douteux qu'il faille tenir compte de cette possibilité, qui était du
reste exclue une fois les poèmes publiés. En ce qui concerne
Plania, Leo a eu tort de dire qu'on ne connaît pas de gens Plania ; des Planii figurent dans des inscriptions de Rome, d'Italie,
de province ; il n'y a donc rien à dire contre le nom, dont l'exactitude paraît confirmée par le fait que *planus* = δῆλος. Toutefois
on ne comprend pas que Tibulle ait donné à sa maîtresse un surnom de Diane : la mise en rapport avec d'autres déesses moins
chastes paraîtrait plus naturelle. L'origine du pseudonyme s'expliquerait mieux si on lisait Plancia, car les monnaies de la gens
Plancia portent l'image de Diane, et une inscription (C. I. L. VI 1
n. 2210) mentionne un aedituus de Diana Planciana. La Delia
de Tibulle n'en pourrait pas moins être une affranchie et Properce
aurait imité Tibulle dans le choix du nom poétique de sa maîtresse (L'hypothèse est assurément ingénieuse ; mais elle ne
semble pas de nature à contrebalancer l'autorité de la tradition
qui chez Apulée est pour Plania. Le pseudonyme Delia n'a sans
doute aucun rapport avec Plania ; il n'y a là probablement qu'une
allusion apollinienne, les élégiaques considérant leur maîtresse

---

1. Neue Philologische Rundschau, Jahrg. 1895, n° 19, 14 Sept., p. 297-299.
2. Philologus, 54ster Band 1895, p. 455-463 : Ueber Delia und Genossinnen, par
R. Ehwald.

comme la source de leur inspiration, l'assimilant à une poétesse
érotique célèbre).

Un exemple qu'Apulée n'a pas cité est celui de Cerinthus =
Κήρινθος, surnom également connu par les inscriptions et qui
figure dans le cycle de Sulpicia. Quoique II 2 ne forme pas la
conclusion du cycle (Gruppe), Ehwald pense qu'il y est indubi-
tablement question des mêmes personnes ; malgré la différence
de quantité Cerinthus serait le surnom de Cornutus et on l'aurait
choisi en songeant à κέρας = cornu ; nous aurions ici un exemple
du nom propre et du nom forgé subsistant côte à côte dans une
œuvre littéraire, le pseudonyme ayant été employé d'abord, le
nom réel ensuite. Le rapport avec le cycle de Sulpicia ressortirait
d'ailleurs du vers 1 Dicamus bona uerba — uenit natalis —
ad aras comparé avec IV 6, 19 sq. Sic iuueni grato ueniet cum
proximus annus, Hic idem uotis iam uetus adsit amor! cf. II 2,
21 Sic ueniat natalis auis (cf. Belling) (Tout ceci est ingénieux,
mais l'identification de Cornutus et de Cerinthus n'a aucune autorité du côté de la tradition et n'émane que de la fantaisie d'un
humaniste de la Renaissance qui aura fait par avance l'hypothèse
formulée ici par Ehwald).

§ 254. — A. Rocchi[1] s'est efforcé de déterminer quelle est la
route dont Tibulle I 7, 57 sq. célèbre la réfection par Messalla,
sans la désigner par son nom, ce qui rend pour nous le passage
obscur. On sait d'après Suétone de Aug. 30 qu'Auguste s'était
chargé de la réfection de la Via Flaminia jusqu'à Rimini et avait
distribué les autres aux personnages triomphaux pour les
restaurer sur leur part du butin ; bien que Tibulle dise vers 59
opibus.. tuis et non ex manubiali pecunia, ceci ne fait pas difficulté ; car l'argent du butin appartenait à Messalla ou peut-être
avait-il fait une libéralité particulière. A. Rocchi constitue ainsi,
après avoir compulsé les anciennes éditions[2], les vers 57 sq. sq.

---

1. Studi e Documenti di Storia e Diritto. — Publicazione periodica dell' Acca-
demia di conferenze storico-giuridiche. — Anno XVI — 1895. P. 337-350: Sull'
interpretazione di un passo di Tibullo in rapporto ad antiche vie, par A. Rocchi.

2. L'auteur paraît ignorer les éléments de la critique ; il fallait laisser de côté les
anciennes édit. et consulter les mss. Or au v. 57 **Ambr.** a que qui peut renvoyer
soit à quae de **V**, soit à quem conj. des Italiens ; mais **Ambr. V** ont taceat qui
exclut la possibilité que monumenta soit le sujet du verbe et par conséquent renvoie
à : Nec taceat monumenta uiae, quem Tuscula tellus..., le sujet de taceat étant
is antécédent sous-ent. de quem.

Nec taceant monumenta uiae, quae Tuscula tellus Candidaque antiquo detinet Alba lare. Il adopte cette leçon comme étant la plus poétique, parce qu'elle fait parler les monuments ; or il s'agit selon lui des monuments, tombeaux, villas, etc., qui bordent la route ; ces monuments se trouvaient sur le territoire de Tusculum et sur celui d'Albe — *detinet* ; sur le territoire de Tusculum passait la *uia Latina*, sur celui d'Albe la *uia Appia* ; il est donc à la fois question des monuments qui s'élevaient de chaque côté de ces deux routes ; d'où il suit que les réparations de Messalla s'étaient appliquées à la portion de la *uia Latina* qui traversait le territoire de Tusculum ainsi qu'à celle de la *uia Appia* qui traversait le territoire d'Albe et en outre, comme le prouve le vers 61, à la partie de ces deux routes qui s'étendait des deux points ci-dessus jusqu'à Rome. A. Rocchi affirme que c'est là le sens du passage, quelle que soit du reste la lecture qu'on adopte. Il n'en est rien ; avec la leçon autorisée ce sont les habitants de Tusculum et d'Albe qui expriment leur reconnaissance pour Messalla ; ils le félicitent d'avoir laissé un témoignage de sa libéralité en restaurant une route — *monumenta uiae* —, une seule car *uiae* est au singulier ; dès lors le plus simple est d'adopter l'opinion commune qui voit là la *uia Latina* ; celle-ci desservait directement Tusculum et on y descendait d'Albe la Longue par des chemins de traverse ; ceux des Albains qui la rejoignaient par ces chemins de traverse profitaient comme les Tusculans de sa mise en bon état de viabilité par Messalla.

§ 255. — Après avoir résumé le peu que nous savons du Νόμος de Terpandre et rappelé que les critiques littéraires ont essayé d'en retrouver l'imitation, Westphal chez Pindare, Eschyle et Catulle, Bergk chez Kallimaque, K. P. Harrington[1] s'étonne que Crusius (§ 204) ait prétendu en appliquer les formes aux poèmes solennels de Tibulle, qui en réalité diffèrent de ses élégies amoureuses pour le ton, mais non pour la composition. Suivant lui II 5 que Crusius a pris pour exemple se diviserait naturellement ainsi : (1) 1-18 Invocation à Phoebus, pour qu'il manifeste par sa présence en somptueux costume sa faveur envers son nouveau prêtre ; (2) 19-66 C'est sa Sibylle qui a prophétisé à Énée à son arrivée en Italie la

---

1. Transactions of the American Philological Association, vol. 26, ... Proceedings for July 1895, p. v-viii : Is there any trace of the Terpandrian Νόμος ; in Tibullus ? by Professor Karl P. Harrington.

grandeur de Rome; (3) 67-82 Cette prophétie et celles des autres
Sibylles se sont accomplies; qu'Apollon anéantisse les mauvais
présages et donne un *omen* favorable pour l'avenir; (4) 83-104 En
ce cas que les réjouissances rustiques et les petites querelles d'a-
moureux se donnent carrière; (5) 105-122 Mais périssent les flè-
ches de Cupidon; que Nemesis m'épargne pour que je puisse
chanter les exploits de Messalinus et son triomphe. Le schéma
proposé par Crusius interrompt la suite naturelle des idées; par
exemple on ne peut mettre une division entre le vers 4 et le vers
5; la pensée est une. Crusius considère la prophétie de la Sibylle
annonçant à Énée la grandeur future de Rome comme la partie
centrale du poème; mais avec cet arrangement il semble qu'il faudrait une allusion à l'occasion particulière de la pièce ou à Messalinus; pour montrer l'absurdité du système de Crusius, Harrington applique le même schéma à I 1 et conclut: 1° qu'à priori
la théorie de Crusius est inacceptable; 2° que, fût-elle attestée,
elle offre des difficultés sérieuses; 3° qu'on peut y soumettre
aussi bien certaines autres pièces de Tibulle, sinon toutes.

§ 256. — Dans ses recherches sur les originaux de Plaute Leo[1]
montre que les motifs érotiques et les types d'amoureux et de
courtisanes pris dans la vie par les auteurs de la comédie nouvelle
attique ont passé de là dans la poésie hellénistique et surtout
dans l'élégie où les poètes leur ont donné un renouveau d'actua-
lité. Que ce lien existe entre la comédie nouvelle et l'élégie hellénistique, c'est ce que prouve l'élégie romaine. Celle-ci présente
de si nombreux rapports avec la comédie romaine qu'on ne peut
nier qu'il n'y ait là sur elle une influence; mais comment doit
s'expliquer cette influence? Il n'est pas douteux que Tibulle, Properce, Ovide lisaient peu les comédies de Plaute, que les concordances entre la poésie érotique et Plaute renvoient à des originaux communs. Properce et Ovide, Tibulle aussi sans aucun doute
connaissaient la comédie attique et, dans tous les cas particuliers,
on peut soutenir que l'élégiaque romain a lu le comique athénien.
Mais, si on jette les yeux sur le développement des mêmes motifs
dans la littérature érotique des Grecs et des Romains et si on se
rend compte de la parenté étroite entre l'élégie grecque et l'élégie romaine, parenté qui est manifestée par les épigrammes éro-

1. Plautinische Forschungen... von Friedrich Leo... — Berlin Weidmannsche
Buchhandlung 1895, p. 129

tiques, on reconnaîtra que la seule explication naturelle et fondée
en fait est que les élégiaques romains ont emprunté aux élégiaques grecs les motifs qu'ils ont en commun avec la comédie latine
et que ceux-ci les avaient empruntés à la comédie attique. Cette
théorie a une grande importance pour l'histoire de l'élégie latine
en ce qui concerne la part d'originalité qu'il faut attribuer aux
élégiaques latins ; Leo en effet suppose à priori que ceux-ci ont
trouvé chez les Grecs une élégie constituée comme celle dont ils
nous offrent le modèle et qu'ils l'ont, jusqu'à un certain point,
reproduite ; ce n'est là qu'une affirmation ; la démonstration reste
à faire.

§ **257** (cf. **250** et suiv.). — Continuant ses recherches sur
le Corpus Tibullianum, Fr. Wilhelm[1] adopte les vues de Crusius,
d'après lesquelles le panégyrique reproduirait le schéma du Nome
Terpandro-Kallimachéen : les morceaux en seraient rendus reconnaissables par la répétition de la même pensée à la fin ou d'un
mot significatif au début et ceci confirmerait au vers 82 la leçon
traditionnelle *nam*, qui introduirait le deuxième morceau de
l'ὀμφαλός, comme elle avait introduit le premier au vers 45 ; bien
des choses qui ont étonné les commentateurs seraient en réalité
conditionnées par le schéma choisi.

Examinant les 6 premiers mémoires d'Ehrengruber (§ **220**) il
en repousse les conclusions, à savoir que le panégyriste emprunte
son vocabulaire à Horace, Properce, Virgile et surtout Ovide. Il
semble en effet (Richter, Magnus) — l'auteur pourrait être plus
affirmatif —, que le panégyrique a été écrit après l'inauguration
du consulat de Messalla et présenté à celui-ci avant son départ
et celui d'Octave pour la guerre d'Actium. Beaucoup des analogies signalées s'expliquent non par une imitation directe mais par
l'utilisation commune de la phraséologie poétique constituée
depuis Ennius et de la technique établie de l'hexamètre. Entre le
panégyriste et Horace il n'y a pas de rapport étroit. La récolte
des parallèles est également maigre pour Properce ; sauf quelques
commencements et fins de vers analogues, des liaisons de
mots typiques, des lieux communs évidents, on ne trouve
qu'un parallèle frappant, Pan. v. 26 et Prop. I 18, 29 ; mais il
s'agit peut-être d'une tournure connue et, s'il y a imitation, la

---

1. N. Jahrb. f. Phil. u. Paed., 66ster Jahrg., 153ster Band 1896, p. 489-500 :
Zu Tibullus, par Fr. Wilhelm.

question de priorité n'est pas tranchée. Pour Ovide on peut prendre le contre-pied du système d'Ehrengruber : Ovide, qui a pillé abondamment les autres pièces du Corpus Tibullianum, qui vraisemblablement a utilisé Lygdamus, pouvait aussi bien, même en ne se servant que de sa remarquable mémoire, faire des emprunts au panégyrique. Pour un parallèle aussi significatif que Pan. v. 151 et Metam. I 12 on peut songer à une source commune : le panégyriste s'est peut-être servi des Chorographica de Varron de l'Atax. Le rapport du panégyrique avec l'Énéide est incertain ; pour toûs les rapprochements on peut relever des passages analogues ailleurs et surtout chez Virgile ; d'ailleurs la possibilité que Virgile, qui a tant lu et tant étudié avant d'écrire, ait utilisé çà et là le panégyrique n'est pas exclue. En revanche on peut admettre que le panégyriste se soit servi des Églogues ; s'il était en relations avec les amis de Virgile, il a pu avoir connaissance de morceaux isolés des Géorgiques. Avec Tibulle il y a des concordances, mais où l'imitation ne se laisse pas déterminer par elle-même ; il y a aussi des divergences ; la latinité du panégyrique étant très pure, le principal argument contre l'attribution à Tibulle reste encore, après comme avant, la médiocrité et la servilité de la pensée.

Après cette réfutation solide et sensée du système d'Ehrengruber Wilhelm défend avec son parti pris habituel la tradition autorisée de divers passages du panégyrique, en repoussant avec raison du reste certaines corrections impossibles d'Ehrengruber. Il commence par montrer que les passages concordants d'Ovide ne doivent être employés pour l'établissement du texte qu'avec beaucoup de précaution, deux auteurs qui s'imitent ne le faisant pas en général littéralement ; il faut donc, sauf raisons décisives, s'en tenir à la meilleure tradition (il entend par là la concordance de Ambr. V G, donnant ainsi à G une importance qu'il n'a pas). IV 1, 14 il conserve, avec Ehrengruber, *pacauit*, qui n'est peut-être pas absolument impossible ; 22 *hinc* (mais alors il faut sous-entendre *huic* avec *contextus*) ; 55 *Nec ualuit lotos captos conuertere cursus* ; on aurait dit *cursus capere* comme *fugam capere* (très douteux) ; 73 *in ore* (mais *more* est à peine une correction ; *ore*, qui est pris pour Scylla dans son sens propre, serait pris pour Charybde au sens figuré et ne va pas avec les v. 74-75, tandis que chez Ovide Metam. II 16, 26 *ore* est préparé par *saturata* et convient au contexte) ; 87 et 88 il repousse les 2 *ut* des *Exc. Par.* pour conserver les 2 *et* de **Ambr. V G** (il ne semble pas

qu'on obtienne une construction et un sens tolérables); 91 sq.
Et (**Ambr. V**) *quis equum celeremue* (**Ambr. V** *m.* 2 *Exc. Par.*)
arto compescere freno possit et etc. (que signifie *ue*?); 93 sq. il
conserve les 2 *conuertere,* etc. Je ne puis tout citer; dans cet article,
comme dans les précédents, Wilhelm défend parfois avec
raison la tradition autorisée, le plus souvent du reste d'accord
avec Hiller; très fréquemment il pousse son système jusqu'à l'absurdité.
Il est certain que la tradition de **Ambr. V** est très fautive;
c'est faire fausse route que de vouloir la sauver dans tous les
cas.

§ 258. — Sous l'influence de Leo Fr. Wilhelm[1] a inauguré à
propos de l'élég. I 4 un genre nouveau de recherches. I 4 est
une *ars amandi* spéciale, en rapports étroits avec celle d'Ovide,
qui en reproduit presque tous les traits, mais plus développés et
avec les variations nécessaires. Dans la façon de traiter le sujet se
révèle d'ailleurs la différence de talent et de caractère des deux
auteurs : Ovide est plus sensuel, plus hardi, Tibulle plus réservé;
en attribuant le rôle d'entremetteur à Priape Tibulle modifie le
naturel réaliste et obscène du personnage et lui prête sa propre
manière de voir, sur le dédain des cadeaux, sur le rôle élevé de
la poésie; le cadre chez Tibulle reste élégiaque, tandis que l'œuvre
d'Ovide est purement didactique. La conclusion ne surprend pas,
parce que par deux fois v. 27-38 et 57-70 on a dû oublier que
c'est Priape qui est en scène et que, par la bouche du dieu, c'est
Tibulle parlant en son propre nom qu'on entend. Titius n'est ici
qu'un personnage en l'air (ceci n'est pas certain). Ovide a sûrement
imité l'élég. de Priape dans son *ars amandi,* comme il l'a
imitée ailleurs.

Mais de son côté Tibulle a puisé dans des sources grecques,
celles-là même qu'Ovide a utilisées à son tour. Wilhelm montre
par des rapprochements que la plupart des idées de l'élég. de
Priape se trouvent déjà chez les Grecs. Ce genre d'études est
intéressant; mais il est fort délicat : en effet les sources supposées
sont en grande partie perdues; c'est dans des ouvrages d'une
autre nature, souvent postérieurs à l'auteur latin, qu'on prétend
en saisir les traces et on se sert de l'auteur lui-même pour les

1. Satura Viadrina — Festschrift zum fünfundzwanzigjährigen Bestehen des Philologischen
Vereins zu Breslau. — Breslau Schlesische Buchdruckerei, Kunst- und
Verlags-Anstalt v. s. Schottlaender 1896. in-8 P. 48-58 : Zu Tibullus (I 4), par
Friedrich Wilhelm.

reconstituer; il faut avoir toujours présent à l'esprit ce qu'une pareille méthode peut avoir de décevant et d'erroné. C'est une considération qui paraît avoir échappé à Wilhelm. Quoi qu'il en soit, il montre que le précepte de suivre la personne aimée à la chasse, celui de se laisser vaincre par elle dans les exercices du corps se retrouvent chez Plutarque; les flatteries, supplications et pleurs sont des moyens recommandés par l'hétaire chez Lucien, lequel s'inspire de la comédie attique nouvelle. Prop. V 5, 21-60 Ov. Amor. I 8, 23-108, Hor. Sat. II 5, ainsi que Tibulle ici, reposent sur la comédie grecque imitée dans la comédie et la satire latines, sur les traités περὶ κολακείας et les τέχναι ἐρωτικαί, ce qui n'exclut pas que chacun de ces auteurs n'imite son prédécesseur direct. Les préceptes d'Horace Sat. II 5 se retrouvent appliqués à la situation chez les érotiques. Ces *praecepta amandi* figuraient déjà dans l'élég. hellénistique qui puisait dans la comédie nouvelle érotique (c'est la théorie de Leo). Tibulle les a mis dans la bouche de Priape, parce que celui-ci, comme Pan, est une autorité ἐν τοῖς παιδικοῖς. L'imitation de la Μοῦσα παιδική des Grecs chez Catulle et Virgile est remarquable. Le sujet se trouve dans l'ancienne lyrique grecque, Alcée et Anakréon, à l'époque alexandrine, Phanoclès, Théocrite, dans de nombreuses épigrammes qui s'inspirent des prédécesseurs alexandrins. Par de curieux et abondants rapprochements Wilhelm montre bien que Tibulle s'est inspiré des Grecs, qu'il a reproduit les préceptes donnés par eux, que le fond des idées ne lui appartient pas. Mais, suivant le vice incurable des philologues allemands, qui consiste à dépasser dans la conclusion les limites de ce qui a été démontré, Wilhelm tire de là qu'il n'y a jamais eu de rapports réels entre Tibulle et Marathus pas plus qu'entre Horace et Ligurinus, forgé suivant un favori d'Anakréon, ou Lyciscus, qui provient du Lykos d'Alcée. Le nom de Marathus est sans doute fabriqué d'après μαραίνω — celui qui fait languir ses adorateurs — et le personnage n'est qu'une invention pour introduire parmi les motifs érotiques l'amour des jeunes garçons; la sensibilité de Tibulle était trop pure et trop noble pour descendre à de pareilles erreurs. En généralisant, on arrive à cette conception que les élégiaques latins étaient de simples lettrés transcrivant à tête reposée dans leur cabinet les motifs de l'élég. grecque et non de jeunes libertins qui menaient au milieu des courtisanes affluant à Rome de tous les points du monde une existence analogue à celle des jeunes Athéniens du IVe siècle av. J-C. parmi les hétaires; il ne faudrait

chercher chez eux aucune impression directement ressentie, mais
une élégante paraphrase de l'érotique traditionnelle ; or cette
conception est sûrement fausse, et, parce que Tibulle, Properce,
Ovide revêtent de formes empruntées l'expression de leurs amours,
il n'en résulte pas que ces amours soient des amours de tête ; ces
jeunes hommes, d'un tempérament ardent, seraient, s'ils reve-
naient au jour, assurément stupéfaits de se voir transformés par
de doctes commentateurs en simples machines à écrire.

Wilhelm termine par quelques rapprochements qui révèlent
chez Tibulle des réminiscences directes ou indirectes d'écrivains
grecs. Le proverbe de la goutte d'eau qui creuse la pierre est chez
Choirilos fr. 10, l'image des vents emportant les paroles remonte
à Homère, le peu d'importance des serments amoureux est attesté
par Kallimaque ; Hésiode Αἰγίμιος fr. 4 avertit que Zeus lui-même
en a donné l'exemple, etc. Ici on ne peut que souscrire à la conclusion de l'auteur : les anciens critiques ont beaucoup exagéré
en disant que Tibulle est un poète exclusivement latin ; sa culture
est grecque. Voir la suite de ces recherches § 289.

§ 259. — B. Maurenbrecher[1] a consacré aux sources du texte
de Tibulle une étude où tout n'est pas neuf, dont certaines parties
et la conclusion finale ne paraissent pas pouvoir subsister, mais
qui, dans le détail, contient des choses bien vues et intéressantes.

Tout en convenant que G est un manuscrit contaminé, il prétend
montrer qu'il repose sur une tradition plus pure que celle qui
est représentée par Ambr. V ; pour le prouver il cite 8 cas où la
bonté du texte de G divergeant d'avec Ambr. V est attestée par
l'accord avec les *Exc. Fris.* ; mais sur ces 8 cas il y en a 5 où la
leçon de G est celle des *Exc. Par.* et qui s'expliquent, avec l'opinion courante, par l'influence des *Exc. Par.* sur G ; les 3 autres
n'ont aucune valeur : I 1, 63 au lieu de *dura... iuncta* Ambr. V,
G a avec les *Exc. Fris. duro... uincta* ; ce sont deux corrections
qui s'imposent ; un scribe comme celui de G devait les faire ; il
n'y a pas lieu de supposer qu'il ait eu sous les yeux une tradition
meilleure que celle de Ambr. V ; I 8, 51 au lieu de *sentita* Ambr.
V, G a *sontica* avec les *Exc. Fris.* ; mais c'est encore une correction qui s'imposait, *sentita* n'ayant aucun sens. Maurenbrecher

---

1. Philologus, 55ster Band 1896, p. 437-461 : Tibullstudien, par B. Maurenbrecher.

cite en outre 3 cas où **G** s'accorde pour la bonne leçon avec **F** ; de ces 3 cas IV 12, 2 ne prouve rien puisque *uideor* se trouve dans Ambr. **V** dans l'un des deux passages où ils transcrivent cette pièce ; IV 1, 40 **G** a *hic aut hic,* tandis que Ambr. **V** passent le second *hic* ; mais les *Exc. Par.* ont *hec aut hec* ; la correction- était donc facile ; enfin IV 1, 70 **G** a *tergeminae* fautif, Ambr. **V** *terminae* encore plus fautif : le scribe de **G** a corrigé, inexactement du reste, un mot qui n'offrait pas de sens. La démonstration de l'auteur n'est donc pas faite. Quant aux autres cas qu'il cite et où **G** paraît avoir conservé la bonne leçon[1], il affirme qu'elle remonte à la tradition ; mais ce n'est là qu'une affirmation et il n'y a rien en réalité qui dépasse la puissance de correction et les facultés d'un Italien du xve siècle. Pour prouver que **G** est indépendant des *Exc. Par.* Maurenbrecher prétend qu'il ne contient aucune de leurs interpolations, sauf dans un cas ; mais ceci n'est pas exact, car I 1, 41 *fructusue* est une correction grammaticale de *fructusque,* parce que la proposition est négative ; I 8, 10 *saepe et* est une correction de *saepeque,* parce que *que* ne se joint pas d'habitude à un mot terminé en *ĕ* ; II 1, 29 *celebrant* a été écrit par l'excerptor, parce que *celebrent* hors du contexte ne faisait pas de sens, etc. Puisque pour IV 1, 39-47 l'auteur est obligé d'admettre l'influence sur **G** des *Exc. Par.,* on ne voit pas pourquoi il la nie ailleurs. La démonstration que **G** est indépendant des *Exc. Par.* n'est donc pas plus solide que celle en vertu de laquelle il reposerait sur une bonne tradition. L'auteur en revanche a raison de croire que le fond du texte de **G** provient de la même classe de manuscrits que Ambr. **V** et les manuscrits inférieurs. Cela résulte des fautes communes, 160 à 170, qui remonteraient en grande partie à des fautes d'écriture provenant d'un manuscrit en minuscule du moyen âge. Maurenbrecher accepte donc l'opinion courante que **G** est contaminé, qu'il a été outrageusement interpolé (plus de 40 passages) et qu'on n'en peut faire usage qu'avec la plus extrême précaution.

Des nombreuses concordances de **G V** sur des fautes (19 cas) il conclut que **G** et **V** ont un père commun provenant d'une copie de **O** indépendante de celle qui a donné naissance à Ambr.

Arrivant aux manuscrits de Lachmann, il convient qu'ils sont

---

[1] Il faut retrancher I 5, 78 où *nam* est peut-être à conserver, III 4, 64 et 6, 46 où *fide* doit prévaloir contre l'interpolation facile *prece.*

très interpolés, dérivent de O comme **Ambr. V** et n'auraient de valeur que s'ils représentaient une troisième copie de l'archétype indépendante de celles d'où proviennent **Ambr.** et le père de **GV**. Or **B** concordant 34 fois avec **Ambr.**, dont 19 fois sur des fautes, 9 fois avec la deuxième main de **Ambr.**, il faut admettre avec Leonhard et Illmann qu'il descend directement ou indirectement de **Ambr**. Comme il concorde plus de 40 fois avec les leçons propres à **G**, il a été influencé directement par **G** ; dans 4 cas il l'a été par les *Exc. Par.* ; il a des corrections qui lui sont propres ; il est sans valeur. A très imparfaitement connu concordant dans 56 cas avec **Ambr. V.** et dans 17 avec **G**, le fond de son texte remonte à **O** ; il a été influencé par **G** dont il reproduit des corrections de seconde main. Il n'y a pas de traces que le copiste ait eu sous les yeux une meilleure tradition que celle de **O** ; ses bonnes leçons proviennent de conj. ; en outre dans plus de 80 passages il offre des corrections, qui doivent être en grande partie des conj. des savants du xv⁰ siècle. Quant au Wittianus, au Datanus, à l'Askewianus, il est impossible et il serait sans intérêt d'établir leur descendance. Ils montrent le texte de Tibulle arrivé au dernier degré de la contamination et de l'interpolation.

Reste à établir le rapport de O, de F, du manuscrit perdu d'où dérivent les bonnes leçons de **G** (celui-ci, comme nous l'avons vu plus haut, est imaginaire), des *Exc. Fris.* et des *Exc. Par.*

C'est **O** qui nous conduit le moins loin. C'était un manuscrit du moyen-âge en minuscule. D'après les lacunes[1] Maurenbrecher arrive à un manuscrit de 29 à 30 lignes à la page et s'aperçoit tardivement que Kindscher était parvenu à un résultat analogue. Ce manuscrit était défiguré par de nombreuses interpolations arbitraires et accidentelles ; l'auteur, malgré quelques erreurs[2], nous donne une image intéressante de l'étendue et de la nature de la corruption dans ce manuscrit : indépendamment des altérations et dittographies usuelles dans tous les manuscrits du moyen âge, substitutions d'expressions courantes à de plus rares

---

1. Ici la démonstration de Maurenbrecher serait à revoir : celles après II 3, 58, 5, 38 et 70 ne sont nullement sûres.

2. Ainsi 1 1, 25 est très mal discuté ; la vraie leçon est *iam modo iam possim* des *Exc. Fris.* ; prétendre que *possum* est assuré par la concordance de **O** et des *Exc. Par.* est faire un faux raisonnement, car dans les *Exc. Par. quippe ego iam possum* est tout entier interpolé ; 2, 88 la bonne leçon n'est sûrement pas celle des *Exc. Par. mox tibi et iratus* ; 10, 46 *curua* ne paraît pas être une glose, c'est *panda* qui est l'interpolation, etc.

non pas en une fois, mais dans la dégénérescence progressive
d'une tradition sans critique et plate, conj. portant sur des fautes
réelles ou imaginaires, modifications de mots dont nous n'aperce-
vons pas la raison, mais qu'on ne saurait imputer à l'Italien le plus
hardi de la Renaissance. En revanche Maurenbrecher se refuse à
admettre avec Belling qu'on ait affaire à des dommages extérieurs
subis par le parchemin et ayant produit des lacunes comblées
arbitrairement (la chose paraît pourtant constante, quoique Belling l'ait exagérée). La nature de ces fautes lui semble prouver
que le texte de O remonterait à l'antiquité, peut-être au IIIe-IVe siècle
(il n'y en a pas une seule en réalité qui remonte nécessairement à
l'antiquité). Il se serait corrompu par une négligence prolongée
et par l'activité consciente d'un éditeur qui se préoccupait non
pas de la pureté, mais de la lisibilité du texte. Toutefois malgré
les 25 interpolations dans la partie où nous avons le contrôle de
F, les 48 à 53 qu'il faut supposer en suivant la proportion arithmétique dans le reste, l'état de la tradition de O ne justifie pas
le déluge d'athétèses et de conjectures que Belling a remises à la
mode.

En face de cette tradition dépravée nous en avons une autre
qui d'après l'auteur remonterait à une édition critique antique,
laquelle aurait purgé le texte des interpolations. Elle nous serait
représentée par quatre témoins :

1° F qui est le meilleur, quoiqu'il ait quelques fautes de lecture et trois interpolations[1]. Dans 6 cas O et F s'accordent sur
des fautes qui suivant l'auteur remonteraient à l'antiquité. L'édition d'où dérive F contenait la matière des livres 3 et 4 des éditions modernes et le deuxième priapeum (il y a une autre manière
plus simple d'expliquer la présence de cette priapée dans F).

2° Les bonnes leçons de G (ce deuxième témoin doit sûrement
disparaître).

3° Exc. Fris. Ils sont composés de deux parties : des citations
de un à quatre vers qui se suivent à peu près dans l'ordre et qui
ont été choisies pour le contenu, des gloses jetées sans ordre et
en partie intercalées entre les citations : parmi les citations onze
se trouvent dans les Exc. Par., dix-sept non. Les Exc. Fris.
proviendraient de trois sources : le Florilège Parisien, des sentences tirées d'un manuscrit de Tibulle, un glossaire de Tibulle

---

1. C'est pourtant une question que de savoir si III 4, 66 saeua est interpolé ;
IV 1, 175 ierint paraît bien être la bonne leçon.

(les emprunts au Florilège parisien sont rendus invraisemblables
par ce fait, reconnu par Maurenbrecher, que souvent dans les
parties communes les *Exc. Fris.* ont la bonne leçon, les *Exc. Par.*
l'interpolation).

4° Les *Exc. Par.*

Ainsi notre tradition de Tibulle remonterait à deux éditions,
une qui aurait conservé et augmenté les fautes, une autre qui les
aurait expulsées par un travail philologique (ceci est une combinaison tout à fait arbitraire).

Les *testimonia* de l'antiquité sont au nombre de 13 et remontent à un texte plus pur que O ; tous se rapportent aux deux livres
authentiques. L'auteur voit là la preuve que Diomède, Charisius,
etc. lisaient encore Tibulle en deux livres. Peut-être un manuscrit contenant seulement les deux livres authentiques s'est-il per-
pétué jusqu'au Moyen Age, comme paraît le prouver le catalogue
publié par Haupt (cf. § 89) (mais la mention de ce catalogue a
été expliquée autrement).

Maurenbrecher convient qu'on ne saurait dire pourquoi les éditeurs de la fin de l'antiquité préférèrent le Tibulle en trois livres
au Tibulle en deux livres, quand se séparèrent la tradition interpolée et la tradition pure, quelles ressources eurent les philologues qui épurèrent la tradition corrompue, etc.

§ 260. — O. Hirschfeld[1] a communiqué un renseignement
intéressant à propos de la conjecture de Scaliger sur I 7, 11.
D'une lettre de de Vriès le conservateur de la Bibliothèque universitaire de Leyde il résulte que les mots *Testis Atur, Dora-
nusque celer* (et non pas *Duranusque*) sont inscrits à la marge de
la Plantinienne de 1569, sans être suivis d'aucun des sigles par
lesquels Scaliger notait ses manuscrits, d'une écriture plus
grande et plus forte que celle qui mentionne les variantes. De

1. Sitzungsberichte d. kön. preuss. Akademie d. Wissensch. zu Berlin. Jahrg.
1896, 1ster Halbband. Stück I-XXXII, p. 715-716 : Zu Tibullus I 7, 11, par O.
Hirschfeld (L'auteur a utilisé la conj. de Scaliger sur ce passage dans son art. Aqui-
tanien in Römerzeit, p. 434-435 ; au vers 4 il avait conservé *Atax* en remarquant
que l'*Atax* prend sa source dans les Pyrénées et que la guerre a dû s'étendre jusque
dans les vallées des Pyrénées ; au vers 11 il avait lu *Atur Duranusque* parce que,
si Messalla a pu aller jusqu'à la Loire, il n'est pas admissible que son activité se soit
étendue jusqu'à la Saône et au Rhône ; les deux noms géographiques peu connus
Atur Duranusque auraient été remplacés par interpolation par de plus célèbres,
Atax Rhodanusque).

Vriès pense qu'ils ont été ajoutés postérieurement, sans pouvoir dire sûrement si c'est avant ou après la publication des *Castigationes*. O. Hirschfeld est d'avis que Scaliger a fait cette conjecture après l'apparition de ses *Castigationes*, sans quoi il l'aurait mentionnée dans son édition.

§ 261. — W. Hörschelmann[1] a étudié avec soin et méthode les élisions dans le Corpus Tibullianum. Il ne paraît pas avoir toujours tenu assez de compte dans l'appréciation des phénomènes de la nature de la langue. Entre les diverses parties du Corpus Tibullianum il a constaté quelques différences intéressantes. Un pareil travail ne se prête pas à l'analyse ; je relève les points suivants.

En ce qui concerne les élisions rares, le premier livre en offre aux temps faibles 13 de plus que le deuxième, ce qui n'est pas compensé par le fait que le deuxième en offre aux temps forts deux de plus que le premier ; à ce point de vue le deuxième livre est plus correct que le premier. Lygdamus s'accorde avec le premier livre contre le deuxième ; la seule chose qui le distingue du premier, c'est qu'il n'a pas d'élision au cinquième temps faible.

En ce qui concerne l'aphérèse de *est,* la seule chose qui distingue le premier livre du second c'est que seul il la présente à la césure trihémimère. IV 13 et IV A (= le premier cycle des élégies) se rapprochent plus du premier livre que du deuxième, IV B (= le deuxième cycle des élégies) n'en a qu'un seul cas, mais rare ; Lygdamus se rapproche du premier livre. Pour la terminaison des mots Tibulle s'assujettit à des lois sévères.

Le premier livre se distingue en ce qu'il contient un certain nombre de cas isolés ; IV 13 se rapproche du premier livre plus que du deuxième ; IV A offre le seul exemple qui existe dans toute la collection d'un mot iambique, *mali,* et en outre deux fois l'aphérèse à la trihémimère.

Dans le premier et le deuxième livre la brève élidée à la première partie du temps faible du premier pied est toujours ĕ, jamais ă ; au contraire, sur cinq cas de IV A, 3 c'est-à-dire la majorité portent sur ă, deux fois *ipsa ego*, une fois *illa aliud.* Hörschelmann s'étonne de cette différence. Il faut simplement

---

1. Philologus, 56ster Band 1897, p. 355-371 : Beobachtungen über die Elision bei Tibull und Lygdamus, par W. Hörschelmann (†). Cet article posthume a été publié par Crusius avec très peu de modifications qui sont indiquées p. 371.

l'attribuer à ce que dans IV A c'est une femme qui est en scène
et c'est pourquoi on a *ipsa ego*, etc. au lieu de *ipse ego*, etc. Il n'y
a rien là qui puisse faire suspecter la paternité de Tibulle. Quant
à l'observation qu'à cette place l'élision a lieu entre petits mots
légers et peu importants, la chose s'explique par ce fait que c'est
là que se trouvent naturellement les pronoms, conjonctions, etc.
Tibulle s'interdit en principe l'élision de la longue devant la
la brève; il ne se la permet exceptionnellement que par suite de
l'analogie : *ipse etiam* a fait supporter *ipsum etiam*, etc.

En ce qui concerne l'élision de la brève à la deuxième partie
du temps faible les livres 1 et 2 se comportent à peu près de la
même façon pour le premier pied; mais sur 8 élisions de cette
nature au cinquième pied de l'hexamètre le premier en a 6 et le
deuxième seulement 2. Pour les autres pieds le deuxième livre
témoigne également de plus de correction que le premier. Il en
est de même quant à la nature de la voyelle élidée et la forme du
mot auquel elle appartient.

Les élisions de longues sont plus fréquentes dans le premier
livre que dans le second; toutes les élisions dures sont dans le
premier. Les élégies du quatrième livre n'offrent pas d'élisions
de longues. Lygdamus offre quelques différences avec Tibulle.

Tibulle a enfermé dans des bornes très étroites l'élision d'une
brève devant une longue. Les élégies du premier livre et Lygdamus suivent en général les règles tibulliennes, sauf que, comme
toujours, Lygdamus est plus monotone.

Quant aux mots en –*m*, la finale se comporte comme une brève
devant les longues, comme une longue devant les brèves. C'est la
règle qui est adoptée dans les élégies du quatrième livre aussi
bien que dans celles du premier et du deuxième. Lygdamus offre
des divergences sensibles.

§ 262. — B. Maurenbrecher[1] a pensé que le dernier mot n'é-
tait pas dit sur la composition des élégies de Tibulle et ce dernier
mot il s'est proposé de le dire. Il part de ce principe que, si la
composition des élégies est strophique, elle doit se manifester par
l'existence de couplets de sens distincts par leur contenu et
reconnaissables à des signes extérieurs. C'est en effet la condition

---

1. Philologisch-Historische Beiträge Curt Wachsmuth zum 60sten Geburtstag
überreicht. Leipzig, B. G. Teubner 1897. in-8, p. 56-88 : Die Komposition der
Elegieen Tibulls Von Bertold Maurenbrecher in Halle.

nécessaire pour l'admettre et il part d'une base solide. Il arrive aux résultats suivants : la plupart des élégies se partagent naturellement en couplets de sens de 2 à 3 distiques ; ces petits membres se succèdent dans de grands ensembles, ou bien des parties d'étendue diverse alternent régulièrement ou se suivent dans un ordre déterminé ; les strophes de 4 distiques sont rares, celles de 5 encore plus ; la plus grande variété règne dans la combinaison des strophes ; on rencontre des distiques isolés au début ou à la fin des ensembles de strophes ; ou bien ils expriment le thème qui est ensuite diversifié dans le détail, ou bien ils résument un long développement avant qu'on ne passe à un nouveau, ou bien ils terminent la pièce. Pour rendre l'organisation strophique sensible formellement le poète use de 4 moyens : 1. Les distiques réunis en strophe commencent par le même mot (anaphora). 2. Des mots semblables ou se répondant au point de vue du sens ou de la grammaire sont placés en correspondance à un endroit saillant du distique (généralement en tête). 3. Le deuxième distique d'une strophe commence par un mot tiré non pas du début mais de l'intérieur du distique précédent, par exemple du commencement du pentamètre. 4. Deux strophes qui se suivent commencent par le même mot ou par des mots dont la correspondance est visible. Les strophes se groupent en systèmes d'égale longueur qui se correspondent ou qui, étant de longueur inégale, sont ordonnés suivant une régularité déterminée. Cette technique a été empruntée très habilement par Tibulle aux Grecs. L'organisation strophique paraît avoir été pratiquée par certains élégiaques grecs anciens, Tyrtée, Solon (cf. Weil, Rhein. Mus. 17, p. 1), sans qu'elle repose sur les soutiens formels qui la manifestent chez Tibulle ; elle l'a été sûrement par les Alexandrins.

Il est reconnu depuis longtemps que Tibulle groupe avec beaucoup d'art ses distiques qui, étant indépendants les uns des autres, se succèderaient d'une façon très monotone s'ils restaient isolés et qu'il construit des ensembles correspondant au développement d'une pensée et s'opposant les uns aux autres ; làdessus Maurenbrecher a dit des choses fort justes. Reste à savoir s'il a démontré son hypothèse de l'existence de strophes régulières constituant des systèmes. Il a prétendu vérifier son hypothèse par l'examen de toutes les pièces authentiques de Tibulle ; il suffit de la contrôler pour I 7 qui est une de celles, dont, suivant lui, l'organisation ressort de la façon la plus tranchée.

D'après lui I 7 est formé d'une introduction de 8 v. (1-8), de

2 grands morceaux de chacun 20 v. (9-28 et 29-48) et d'une conclusion de 16 v. (49-64). Examinons les 2 ensembles qui forment le corps même du poème : 9-28 comprendraient l'énumération des pays parcourus par Messalla, 29-48 l'éloge d'Osiris. Or cette division est purement arbitraire ; en réalité l'énumération des pays parcourus par Messalla est contenue dans les v. 9-22 ; à partir du v. 23 commence une sorte d'hymne au Nil qui à partir du v. 27 se transforme en un hymne à Osiris. La division de Maurenbrecher est donc contraire au sens ; il est impossible de placer une coupe de sens après le v. 28. Cette simple observation suffit à ruiner son hypothèse.

Examinons maintenant la constitution des strophes. Les 4 distiques de l'introduction se répartissent naturellement en 2+2. Les 2 parties centrales se répartiraient suivant Maurenbrecher, la première en 5 groupes de 2 distiques chacun, la deuxième en 2 groupes de 2 distiques chacun + 2 groupes de 3 distiques. Or dans la première partie 9-12 n'a pas de signe distinctif extérieur ; 13-16 avec *an te... canam* au début correspondrait à 17-20 *quid referam* ; ceci est admissible ; mais *qualis* introduisant 21-24 correspondrait à *quid* introduisant 17-20 ; or ceci est faux, *qualis* n'a rien à faire avec *quid* mais répète en variant *ut* de 17 *utque* de 19, si bien que 17-24 ne se groupent pas en 17-20 et 21-24 mais en 17-22 et 23-24. La division strophique de Maurenbrecher est à la fois contraire au sens et à la grammaire. Dans la seconde partie, il n'y a pas de coupe de sens après 36, 33-38 vont forcément ensemble et la division strophique de Maurenbrecher est aussi contraire au sens que précédemment. Dans la conclusion nous aurions deux distiques isolés 55-56 et 63-64, le premier commençant par *at tibi* le second par *at tu* et entre eux se trouverait une strophe de 3 distiques 57-62 sans signes extérieurs qui la manifestent. On se demande à quoi l'auditeur ou le lecteur l'auraient reconnue.

Ainsi, pour établir son hypothèse, Maurenbrecher ne prend pas moins de libertés avec le sens que ses prédécesseurs ; ce découpage arbitraire n'a rien de commun avec la réalité ; c'est une tentative manquée.

§ 263. — G. Malagoli[1] a décrit et collationné un manuscrit de

1. Studi Italiani di Filologia classica — Vol. quinto — Firenze-Roma 1897, p. 231-240 : Un codice ignorato di Tibullo, par Giuseppe Malagoli.

Tibulle provenant du comte Luigi Tadini de Crema et appartenant
actuellement au municipe de Lovere (Bergamo). C'est un manuscrit
sur papier de 24 feuillets numérotés mesurant 207 × 148 millimètres
et contenant les élégies des 2 premiers livres jusqu'à II 5, 38.
L'auteur l'attribue plutôt à la première qu'à la deuxième moitié
du xv° siècle. Il est interpolé, mais moins grossièrement que
beaucoup d'autres ; il est plus étroitement apparenté avec **Ambr. V**
qu'avec **G** et se rapproche de **Ambr.** plutôt que de **V**, sans pourtant
descendre de **Ambr.** Quelques bonnes leçons qu'il a en commun
avec **G** font croire à l'auteur que son père a été corrigé avec un
manuscrit de la famille de **G** ; il s'accorde 4 fois avec les *Exc.
Par.* contre **Ambr. V G.** Sur quelques points il diffère des manuscrits de Baehrens ; quelques-unes de ces leçons particulières sont
des erreurs du scribe ; les autres sont déjà connues par les manuscrits des anciens éditeurs. Malagoli ne saurait dire si ce sont des
interpolations ou si elles proviennent d'une copie indépendante
de l'archétype ; d'après la liste qu'il en donne, ce ne sont que des
interpolations ; aucune ne remonte à une tradition meilleure que
celle que nous connaissons. Le fait que le manuscrit ne contient
que les élégies des 2 premiers livres paraît à Malagoli avoir une
certaine importance ; mais il n'y a rien à tirer de là puisque nous
sommes en présence d'un manuscrit incomplet. Quant à l'omission
de I 4, 71. II 1, 89-90 on ne peut l'imputer qu'à la négligence
du scribe. Le manuscrit ne paraît pas avoir de valeur sérieuse.

§ 264 (cf. 241), 1. — Dans un nouveau travail sur Tibulle
Belling[1] fait à diverses reprises bon marché de ses résultats antérieurs qu'il traite de fantaisies, confesse sa légèreté et condamne
ses conclusions comme inconsidérées, ce qui témoigne d'un esprit loyal, mais prouve qu'il faut faire peu de fond sur ses assertions. Ses recherches actuelles méritent du reste d'être qualifiées
plus sévèrement que les précédentes ; il édifie sur des preuves
très insuffisantes les systèmes les plus hasardeux et donne une
apparence scientifique à de pures imaginations ; tout cela n'est
qu'un jeu. Après Teuffel, mais d'une façon bien plus aventureuse
que lui, il prétend établir la chronologie des pièces de Tibulle

1. Albius Tibullus. Untersuchung und Text von H. Belling. Berlin 1897. R.
Gaertners Verlagsbuchhandlung Hermann Heyfelder, in-12, 412 et 56 pages (Le
texte n'a pour but que de rendre sensibles aux yeux les résultats auxquels arrive
Belling. Les 125 premières pages de l'Untersuchung ont paru dans la Wochenschrift.
f. klass. Philol. 1897, N°s 1-5, 7-9, 11, 15 et 16).

d'après le développement du talent du poète et ne craint pas de
les dépecer en morceaux, là où il croit reconnaître des parties
appartenant à des périodes diverses de création poétique ; rien
n'est plus arbitraire. En outre il établit les influences subies par
Tibulle en le comparant à ses contemporains ; il prétend distinguer les pièces où Tibulle a imité Properce et celles où il a été
imité par lui ; il ne paraît pas soupçonner combien ce genre de
recherches est délicat ; il se borne en général à mettre en regard
des listes de passages ; parmi ces passages beaucoup n'ont aucun
rapport entre eux ; un certain nombre ne prouvent qu'une chose,
la communauté de phraséologie chez les élégiaques ; quelques-
uns semblent révéler une imitation directe ; mais il faudrait étudier de près qui est l'imitateur et il n'est pas sûr qu'on puisse
toujours arriver à le déterminer ; Belling procède par parti pris
et suppose la question tranchée. En somme il est impossible d'accepter ses résultats généraux ; il y a dans le détail des remarques
fines et ingénieuses.

P. 1-84. Examinant IV 2-12 Belling attribue 7 au poète et non
à Sulpicia pour les raisons suivantes : 7 peut pour le sens former
la conclusion de 2-6 (ce n'est nullement nécessaire) ; entre 7 et
2-6 il y a des rapports (ils s'expliquent tout naturellement si on
admet que le poète s'est inspiré de Sulpicia) ; 7 nous est transmis
après 2-6 et non après 8-12 (la chose s'explique très bien, si on
admet que Sulpicia a composé cette pièce pour introduire les
notations qu'elles transmettait au poète et l'a placée en tête)[1].
Que le contenu des livres 3 et 4 ait été trouvé dans la maison de
Tibulle, c'est ce qui est vraisemblable ; que l'éditeur soit un grammairien (Marx), c'est ce que nous ignorons ; qu'il ait ajouté la
uita (laquelle paraît de beaucoup postérieure) c'est ce qui est
arbitraire. Il est vraisemblable (contre Marx) que le premier
groupe a pour auteur Tibulle. La réfutation de l'argumentation de
Hennig pour refuser 7 à Tibulle par des considérations de vocabulaire, de grammaire et de métrique est ingénieuse et montre
qu'on aurait tort de vouloir tirer d'arguments de ce genre —
surtout lorsqu'il s'agit d'une aussi petite pièce — des résultats
certains. Belling a raison de protester contre l'appellation de latin
féminin donnée au style de Sulpicia (Gruppe-Marx) ; mais rien

---

1. P. 29 n. 2, l'hypothèse que Lygdamus a pris 2-7 pour modèle et que ses six
pièces en sont le parallèle est tout à fait étonnante et montre avec quelle facilité
Belling émet des idées en l'air.

ne prouve que 7 ne soit pas de Sulpicia. Belling complète d'une
façon très précise les rapprochements faits par Zingerle entre les
poèmes authentiques de Tibulle et 2-7 ; mais il aurait dû remarquer que les rapprochements avec 7 sont peu nombreux et nullement probants. Les rapports lui paraissant plus abondants entre
le cycle et II 3, il en conclut de la façon la plus hasardeuse que
le cycle a été composé après II 3 et qu'on en retrouve les échos
dans les ressemblances de II 4-6.

P. 84-125. Delia. Partant de ce point de vue que Tibulle a travaillé sur des matériaux étrangers, Belling considère I 2, 5-86
comme un παρακλαυσίθυρον, imité des Alexandrins ; Tibulle l'aurait
encadré plus tard dans les vers 1-4 et 87-98 ; la pièce ne serait
donc pas d'un seul jet ; l'encadrement aurait été fait d'après des
pièces postérieures et avec ces pièces (nous sommes en plein
arbitraire).

I 6 ne serait également qu'un travail de style ne correspondant
à aucune réalité ; Tibulle y aurait imité la pièce précédente et en
aurait développé les motifs en les projetant dans la vie romaine,
mais non dans des événements qui lui soient personnels. Les
vers 57-86 ne seraient pas de la même époque que le noyau primitif 1-56 : Delia en effet n'y est plus mariée comme dans le reste
de la pièce, c'est une affranchie qui vit chez sa mère.

Viendrait ensuite I 5, où l'hypothèse du mari qui a servi pour
le παρακλαυσίθυρον n'est pas reprise et où Delia est représentée
comme une affranchie libre, ce qui nous rapproche de la réalité ;
le *discidium* est réel. Belling voit dans cette pièce des imitations des pièces précédentes (c'est imputer à Tibulle un singulier procédé de travail ; il ne saurait composer une pièce sans
s'inspirer de celles qu'il a composées immédiatement auparavant). Dans le portrait de la *lena* v. 47-56 Tibulle aurait en outre
utilisé Hor. Sat. I 8 et Épod. 5. La différence de cette pièce avec
les précédentes, c'est qu'elle est plus vivante : nous trouvons
ici les premiers traits individuels de Delia ; il y a donc progrès.
La comparaison avec Thetis v. 45-46 vient de Properce, qui
aimait à comparer sa maîtresse avec les héroïnes de la mythologie ; Tibulle est donc sous l'influence de Properce qui a publié
son premier livre antérieurement. La maladie n'est sans doute
pas réelle ; c'est un morceau d'imitation ; quant aux vers 19 sqq.,
ils ne sauraient être de la même époque que le reste ; ils n'ont
pu être écrits que quand Tibulle, d'un élégiaque érotique habi-
tant Rome, qu'il était jusque-là, est devenu un élégiaque idyl-

lique ; l'épisode n'est pas d'accord avec le ton passionné du début ; il appartient à une autre période de création poétique, celle où Tibulle, détaché de Delia dans la réalité, se sert de son image pour animer ses descriptions de la vie rustique ; il l'a introduit pour élever la pièce à la hauteur poétique à laquelle il était arrivé alors ; I 5 a du reste été écrit après la rupture avec Delia : I 2 et 6 sont les seuls poèmes écrits à l'époque de la liaison et où on puisse suivre le roman ; plus tard viennent les représentations idéales de Delia.

La théorie d'après laquelle Tibulle aurait commencé par des pièces d'imitation pour s'élever ensuite à une inspiration plus personnelle serait acceptable en soi ; mais l'application qu'en fait Belling est de pure imagination ; les mutilations infligées aux poèmes, la tentative pour en séparer les morceaux soi-disant d'époques diverses ne sont que de la fantaisie déréglée.

P. 125-166. Il poursuit l'histoire du développement historico-littéraire de Tibulle par les élégies à Marathus. Avec Ribbeck il les place après le *discidium* d'avec Delia. Tibulle est ici encore influencé par l'Alexandrinisme, mais peut-être par l'intermédiaire de prédécesseurs romains, qui s'étaient adonnés à la Μοῦσα παιδική. I 8 est sous l'influence des pièces plus anciennes 2. 6. 5 (parmi les rapprochements il y en a de purement arbitraires ; la plupart ne prouvent que l'identité de la phraséologie dans des situations identiques) et du premier livre de Properce (parmi les passages cités quelques-uns sont intéressants) ; les vers 19-21 peuvent être inspirés de l'Égl. 8 de Virgile ; c'est Horace qui aurait engagé Tibulle à étudier les Bucoliques (c'est là bien entendu une simple invention). I 8 ne marque aucun progrès, manque de sensibilité vraie, est pauvre d'idées et de mots. Dans I 9 la *puella* de 8 s'efface pour faire place au rival heureux, comme dans 6 le mari-obstacle cède la place à l'amant. Belling essaie de montrer que cette pièce est faite avec les idées et les éléments des pièces précédentes (ainsi Tibulle continuerait à se copier lui-même), qu'ici encore on sent l'influence du premier livre de Properce (beaucoup de rapprochements sont arbitraires) ; l'explication des vers 35 et 44 est absolument erronée ; il y en a beaucoup de cette espèce chez Belling ; il juge la pièce insignifiante ; 54-76 sont répugnants ; Pholoé, le vieillard, sa femme et sa sœur sont des êtres d'imagination ; le rapport avec Marathus n'est qu'un motif poétique ; il est possible pourtant que ces élég. aient été inspirées par une inclination réelle de Tibulle pour un

jeune garçon (Alors pourquoi suspecter la réalité de la liaison
avec Marathus ?). La plupart des préceptes de I 4 peuvent se
tirer de 8 et 9 ; nombreux rapprochements avec les pièces soi-
disant précédentes (il y en a d'inexistants) ; l'élég. serait influencée par le premier livre de Properce (bien des rapprochements
inexistants ; à noter que le même passage de Tibulle est parfois
donné comme provenant de passages différents de Properce)
mais surtout par les Sat. d'Horace 1 8, 2, II 5, par les Égl. de
Virgile. C'est la première pièce qui témoignerait de la connaissance des Géorgiques (rapprochements bien extérieurs). Le poète
est encore dans sa période alexandrine tout en s'appuyant en
partie sur le sol Romain. Elle ne témoigne pas d'emprunts spéciaux aux Grecs (contre Wilhelm) ; elle a été surfaite ; elle ne
renferme point de réalité ; l'auteur l'a composée pour écrire des
vers.

P. 166-203. D'après Belling la première période du développement poétique de Tibulle (Delia) serait antérieure à l'expédition d'Asie I 2, 65 ; la deuxième (Marathus) nous mènerait jusqu'à la guerre d'Aquitaine ; I 9 aurait été composé en campagne
(où Belling a-t-il pris cela ?)

I 7 est le premier fruit de l'amitié avec Messalla ; il y a peu de
rapports avec les pièces antérieures à cause de la différence du
sujet ; quelques rapprochements peu concluants avec les Bucoliques et le poème 64 de Catulle. La pièce témoignerait d'une
connaissance approfondie des Géorgiques ; elle serait en outre
influencée par Lucrèce, par Kallimaque ; elle aurait, comme le
veut Crusius, la forme du Νόμος. L'auteur institue des rapprochements hasardeux avec les Épodes et quelques Odes d'Horace. Il
croit que Tibulle a suivi Messalla en Asie et qu'il raconte ce qu'il
a vu. Le début de I 3 ne contredirait pas cette opinion ; car I 3
n'a pas été composé par le poète malade à Corcyre (Leo) ; 35 50,
59-60 sont sûrement des études postérieures du poète, comme
le montrent les rapprochements (peu probants) avec Virgile.

P. 203-207. Rapports de Tibulle avec le panégyrique. Les
pièces I 7, 3 et 1 rapprochées de date offrent seules des parallèles avec le panégyrique. Belling croit avec raison que le
panégyrique n'est pas une œuvre de pure rhétorique, mais
qu'il a été réellement offert à Messalla dans un but inté-
ressé ; il est postérieur à Janv. 31 av. J. C., antérieur à Juillet 31 ; la forme est celle du Νόμος. Quand Tibulle eut composé I 7, l'auteur voulut rivaliser avec lui et le surpasser en

flatterie : c'est pour cela qu'il ajouta le *uaticinium* contraire à la réalité, vers 118-176 (ceci est de pure fantaisie). Il envoya son œuvre ainsi augmentée à Tibulle qui la lut car *Phaeacia* I 3,3 est imité de *Phaeacia tellus* IV 1,78 (nous sommes en pleine rêverie).

P. 208-268. Quand Tibulle revint de ses campagnes avec Messalla, il vécut à la ville ; ses propriétés avaient sans doute été distribuées aux vétérans après Actium, mais sa famille fut dédommagée en argent. Tibulle avait été élevé à la campagne, comme le prouve l'accueil (de pure invention) qu'il fit aux Géorgiques ; Messalla lui racheta une propriété près de Pedum (où Belling a-t-il pris cela ?), c'est à partir de ce moment que Tibulle vécut à la campagne et devint un poète élégiaque idyllique.

I 1 est dédié à Messalla comme le premier poème écrit par Tibulle dans son domaine ; c'est un remerciement indirect et, comme tel, plus digne du poète et de son protecteur. Cette première élég. d'une manière nouvelle conserve le motif élégiaque ; la situation est imaginaire, la période d'amour représentée antérieure à I 3, et c'est pour cela que la pièce paraît antérieure à I 3. C'est par une fiction poétique — on était alors en pleine paix — que Tibulle refuse d'accompagner Messalla, qu'il avait suivi deux fois, ce qui prouve qu'il était un très brave guerrier (absurde). Properce a inspiré la deuxième partie de l'élég., comme la première Égl. de Virgile a inspiré la première. Il y a moins de rapports qu'on ne devrait s'y attendre avec les pièces d'Horace, qui parlent de la campagne, ce qui prouve que Tibulle devenait plus indépendant. Belling signale les parallèles avec les pièces soi-disant antérieures (mais ces parallèles n'ont aucune valeur chronologique et ne sont intéressants que parce qu'ils montrent que le cercle d'idées et le vocabulaire du poète sont restreints).

L'ordre chronologique des élég. à Delia était 2, 6, 5, 3, 1 ; Tibulle a adopté l'ordre actuel en essayant de mettre les situations diverses, qui résultaient de l'époque et de la composition des poèmes isolés, d'accord avec la place qu'il leur assignait dans l'ensemble ; il a fait des additions : 5, 19-36 est la première en date ; il fond l'élément rustique et Delia jusqu'alors séparés et fait intervenir un troisième motif, l'éloge à Messalla ; viennent ensuite 6, 57-86 et 2, 1-4, 57-98. C'est après avoir envoyé les cinq pièces remaniées à Messalla et peut-être à Plania, que Tibulle, séduit par l'accueil qu'elles avaient rencontré, se décida à donner ses œuvres au public. Comme 7, 4, 8, 9 étaient trop différents pour former une seconde partie du livre, il laissa les deux cycles empiéter l'un sur l'autre. A l'exemple de ses prédécesseurs, il voulut avoir un livre de dix numéros et c'est pour cela qu'il composa la pièce 10 avec des variations sur les thèmes de 1 et 3 ; elle ne correspond à aucune situation réelle (cette hypothèse ne repose sur rien) [1].

Ici, reprenant toutes les pièces précédentes, Belling admet dans le groupement des distiques une certaine correspondance qui n'est pourtant pas l'exacte symétrie et montre que 10 est construit de cette façon. C'est une étude idyllico-élégiaque moins émouvante que 1, parce que 1 partait du cœur, tandis que 10 est faite à tête reposée. Cette dernière pièce et la publication du premier livre ne seraient pas antérieures à 25 av. J.-C. (contre Marx).

I 10 est le lien qui nous conduit de I 1 à II 1, la pièce la plus ancienne du livre 2. L'auteur suivant son habitude fait des rapprochements avec les Géorgiques et avec Horace.

P. 268-291. II 3 témoigne d'une différence de disposition d'esprit qui montre que la pièce a été composée assez longtemps après les précédentes. Elle forme la transition entre 2 périodes, plus près de la première au début, de la seconde au milieu, la fin résumant les 2 éléments. C'est un recul dans la production poétique de Tibulle : il est à la ville et on ne trouve plus chez lui cette émotion intime qui vient du cœur (c'est à peu près le contraire de la vérité). Ce n'est pas par hasard qu'on n'a pas pu identifier Nemesis ; il se peut que Tibulle ait aimé une femme comme celle-là, mais dans les vers qu'il lui adresse on ne retrouve que des motifs qui ont déjà servi pour Delia et Marathus. Nous entrons dans la décadence. L'auteur fait avec les Bucoliques, les Géorgiques, Horace, Properce, des rapprochements dont un certain nombre sont imaginaires : l'explication des vers 33-34 est erronée, la division en groupes de dist. parfois arbitraire. La seule réalité serait la dédicace à Cornutus ; le départ de Nemesis à la campagne avec un *barbarus* n'aurait point de fondement dans la réalité.

P. 291-313. C'est après II 3 que Tibulle a composé les élégies à Sulpicia, qui sont un chef-d'œuvre ; après avoir faibli un instant

---

1. Au vers 11 Belling lit avec Heyne *Valgi* et croit que Valgius avait décrit la vie qui est l'idéal de Tibulle.

Tibulle remonte à la perfection ; il exprime ici l'élégance et la vie de la bonne société à Rome. II 2 suivit, comme le montrent les rapports littéraires. L'identification de Cornutus avec Cerinthus ne fait pas de doute : II 2, 9 Tibulle a sûrement écrit *Cornute,* mais les variantes des manuscrits secondaires remontent à une tradition ancienne et le grammairien qui a publié le Corpus Tibullianum savait encore que Cornutus n'était autre que Cerinthus. L'archétype de nos manuscrits avait encore comme leçon marginale ou interlinéaire *Cerinthe* (ceci est tout à fait invraisemblable ; l'identification est sans doute du xvᵉ siècle).

P. 3o3-382. Dans l'étude des rapports entre Tibulle et Properce et de l'imitation réciproque des deux poètes Belling a intercalé un long excursus sur Tibulle, Horace et Properce considérés comme éditeurs, en partant de cette idée qu'ils regardaient comme normal le chiffre de 10 pièces divisées en 5 + 5 (mais il faudrait alors admettre que le poète composait chaque pièce en vue de la place qu'elle devait occuper dans le livre ou qu'il reliait les pièces existantes par d'autres composées au moment et en vue de l'édition, ce qui n'est pas vraisemblable). Dans la question d'imitation réciproque de Tibulle et de Properce, l'auteur signale une foule de parallèles qui n'existent pas ; il aurait bien dû dire sur quoi il se fondait pour établir la priorité.

P. 383-384. IV 13, dont il ne faut pas séparer 14, est apparenté avec les pièces de Cornutus (on ne voit pas pourquoi). Belling a raison du reste de dire que c'est un chef-d'œuvre dans lequel on sent battre le cœur d'un homme.

P. 384-396. La pièce suivante II 4 marque le point le plus bas qu'ait atteint Tibulle ; l'artiste n'est plus qu'un ouvrier qui travaille mécaniquement et développe la pensée de II 3 (erreur complète ; c'est la pièce la plus pathétique que Tibulle nous ait laissée). Il s'est relevé dans II 5, dont la couleur archéologique vient de Properce. Contre Crusius, qui s'est trompé dans son schéma, Belling en établit la composition symétrique, se ralliant de plus en plus chemin faisant (sous l'influence de Maurenbrecher) à l'hypothèse de la symétrie, qu'il a pourtant blâmée à diverses reprises. II 6 est peu original et formé de motifs traités déjà par Tibulle.

P. 394-404. Le 2ᵉ livre n'étant ni inachevé ni incomplet, il est probable qu'il a été publié par Tibulle, qui considérait comme terminée une période de son activité poétique et sans doute s'arrêta là. L'Ep. I 4 d'Horace semble indiquer que celui-ci

savait que Tibulle avait renoncé à la poésie élégiaque. De là la
question qu'il lui adresse sur les *opuscula* de Cassius de Parme et
sur la philosophie. Cassius de Parme avait composé des tragédies :
Belling qui a identifié Tibulle avec le Lynceus de Properce trouve
la question toute naturelle.

Tel est ce travail parsemé d'interprétations et de discussions
de texte le plus souvent erronées ; en le lisant on est transporté
dans le pays du rêve, parfois du cauchemar ; tout est très ingénieux et rien ne tient debout. Belling ferait peut-être mieux
d'écrire des romans que de cultiver la philologie.

Le texte, disposé d'une façon à laquelle il est impossible de
rien comprendre lorsqu'on n'a pas l'Untersuchung présente à
l'esprit, n'est pas aussi aventureux dans le détail qu'on pourrait s'y
attendre. Il diverge de la 5ᵉ édit. de Haupt-Vahlen en mieux un peu
moins de 20 fois (souvent avec Hiller), en mal un peu plus de 20.

2. — Un anonyme[1] déclare les discussions de Belling si ennuyeuses qu'on a peine à les suivre pour se former une opinion.

Leo[2] approuve à tort le rattachement de IV 7 à 2-6, a raison de ne
pas admettre l'opinion de Belling sur la *uita*, caractérise le latin
de Sulpicia, non comme un latin de femme, mais comme le latin
négligé de l'*urbanitas* non scolaire. Quant à la méthode de Belling : comparaison de Tibulle avec lui-même pour établir la succession chronologique de ses poèmes, avec ses contemporains
pour en conclure la genèse et la date, il la considère comme
erronée et n'accepte pas les résultats. Il n'admet pas dans I 2 la
séparation d'un noyau primitif d'avec une introduction et une fin
postérieures ; l'unité de la pièce est certaine, comme celle de I 4 et 6.
La chronologie de Belling est en contradiction avec tout ce que
nous savons de certain ; les rapprochements avec les pièces dites
antérieures ne prouvent l'antériorité ni d'une seule pièce ni d'un
seul vers et on n'en peut rien tirer d'objectif. Quant à ses devanciers Tibulle ne dépend d'aucun dans la mesure où Ovide dépend
par ex. de Tibulle. On ne peut admettre que Tibulle n'ait pour
ainsi dire pas écrit un vers sans s'inspirer visiblement de Virgile,
d'Horace, de Properce ou même de Lucrèce et de Catulle. Les rapprochements institués ne prouvent à peu près rien ; les conclusions
sur les rapports personnels de Tibulle avec les poètes contemporains, sur son développement poétique et sur la chronologie de

1. Rev. Universitaire, 1897, II, p. 527.
2. Götting. gel. Anz., 160ᵉʳ Jahrg. 1898, nᵒ 1, p. 47-59.

ses poèmes sont erronées. L'imitation des Géorgiques dans I 7 se réduit presque à rien, bien que Tibulle dût les connaître à ce moment. Le premier livre de Properce ayant été vraisemblablement écrit avant le premier livre de Tibulle, la priorité, en cas de rapports directs, paraît devoir être donnée à Properce (de même pour les livres suivants de Properce et le deuxième livre de Tibulle, ainsi que les élégies sur Sulpicia) ; mais ces rapports existent-ils ? Belling se borne à fournir des listes de parallèles ; quand par hasard il discute, il ne donne que des vues subjectives. La plupart des rapprochements s'expliquent par l'utilisation de la phraséologie courante, par des emprunts à l'érotique grecque ; il peut rester quelque chose pour les réminiscences, mais rien qui justifie la théorie d'une dépendance étroite et réciproque entre Tibulle et Properce. La masse des réminiscences supposées d'Horace se réduit à rien. Belling est capable de traiter scientifiquement des questions scientifiques, mais d'ordinaire il dépense son application à propos de billevesées. Il comprend et apprécie bien le poète, mais parfois s'en tient à l'apparence, par exemple pour le groupement des dist. Leo ne pense pas que Crusius tienne encore pour son application du Νόμος ; on ne saurait ramener une forme littéraire à une forme musicale. Dans la discussion du texte Leo a généralement raison contre Belling[1], à qui il reproche de s'en rapporter pour la critique et l'interprétation du détail à l'apparence et de verser dans l'arbitraire et dans des vues personnelles sans utilité pour la science. Cf. la réponse de Belling § 268.

Rud. Helm[2] proteste contre le système de Belling qui voit des emprunts d'un écrivain à l'autre alors que les ressemblances s'expliquent tout naturellement par l'identité des pensées et l'emploi d'une phraséologie poétique courante ; ainsi les expressions communes à I 4 et aux Géorgiques ne prouvent pas l'imitation des Géorgiques par Tibulle. Non moins attaquable est le procédé qui consiste à montrer qu'un poème est postérieur à d'autres parce qu'il leur emprunterait des mots ; Belling prétend que 2 est la plus ancienne élégie de Tibulle et que 6, 5, 8, 9, 4 y ont puisé ; on peut aussi bien dire que 2 a été construit avec des éléments tirés de 6, 5, 8, 9, 4. L'ouvrage, qui contient beaucoup de choses contestables, se recommande par sa sincérité dans

---

1. Il est pourtant difficile de croire que I 6, 7 *tam multa negat* soit authentique ; 72 *ducarque capillis Immerito pronas proripiarque uias* ne paraît pas sensiblement meilleur que *in medias praeceps proripiarque uias*, etc.

2. Deutsche Litteraturzeitung, 19ter Jahrg. nº 6, 12 févr. 1898, col. 228-230.

la recherche du vrai et par l'enthousiasme chaleureux de l'auteur pour les poètes latins, dont il s'efforce de pénétrer la vie intime et le développement.

H. T. Karsten[1] condamne l'idée fausse que Belling se fait de Tibulle en le considérant comme un littérateur uniquement occupé à copier les Alexandrins et les poètes contemporains. Il n'accepte pas ses appréciations esthétiques ; avec Ribbeck il trouve II 4 fort beau, tandis que Belling y voit la plus mauvaise pièce de Tibulle. Les tableaux des passages similaires ne le convainquent pas de l'imitation. Belling a fait de Tibulle une caricature et non pas un portrait. Il n'est pas douteux que l'ordre chronologique assigné aux écrits de Tibulle ne soit erroné.

F. Ramorino[2] a trouvé les 400 pages de Belling, qui se suivent sans têtes de chapitre ni paragraphes, très fatigantes à lire. Il se borne à deux observations : la tentative pour séparer dans les élégies les parties anciennes et les parties récentes n'est pas raisonnable ; dans I 5 les vers 19-36 contiennent un rêve idyllique formant avec la tristesse de la vie présente un contraste qui est la chose la plus belle et la plus caractéristique de la pièce ; ils tiennent à la conception première et ne sont pas une addition postérieure. La plupart des rapprochements tendant à prouver la succession chronologique ne signifient rien : témoin la prétendue démonstration que I 2, 87-98 ont été composés après I 4 ; Tibulle ne pouvait-il écrire *Veneris uinclis subdere colla* qu'après avoir dit *paullatim sub iuga colla dabit?* inventer l'alliance de mots *sibi blanditias componere* qu'après avoir employé le mot *blanditias?* maudire la *lena* dans l'élég. I 5 sans avoir sous les yeux la 5e épode d'Horace ? Une chronologie fondée sur de pareils indices est sans valeur. Le référent loue pourtant l'auteur de la constance avec laquelle il s'applique à étudier Tibulle et de la connaissance approfondie qu'il en a ainsi que des autres poètes latins.

H. Magnus[3], qui met Belling au 1er rang parmi les chercheurs Tibulliens, le loue d'avoir abordé tous les problèmes importants et d'en avoir avancé la solution. Il s'est laissé convaincre par son argumentation que IV 7 est de Tibulle et non de Sulpicia (à tort), qu'il faut lire au vers 1 *pudore* ; dans la question de la réalité

---

1. Museum Maanblad voor Philologie en Geschiedniss, 5de Jaargang, no 12, févr. 1898, col. 356-358.

2. Atene e Roma, Anno I, no 3, Mai-Juin 1898, col. 149-153.

3. Berliner Philolog. Wochenschrift, 19ter Jahrg. no 5, 4 févr. 1899, col. 138-148.

et de la fiction concernant la liaison avec Marathus l'auteur lui
paraît tenir une juste mesure : il admet ses vues sur l'identification de Cerinthus et de Cornutus (peu acceptable). L'explication
de l'Épître d'Horace I 4 est instructive et importante pour l'interprétation d'Horace lui-même. Sur les modèles de Tibulle
Belling a souvent réussi à apporter du nouveau et à mieux établir des idées précédemment exprimées. Le référent admet l'influence de Virgile sur Tibulle telle que Belling l'expose, les
rapports de Tibulle et de Properce tels qu'il les caractérise,
Properce donnant en général et Tibulle recevant ; la masse des
passages probants est énorme ; l'utilisation par Tibulle du livre
Ier de Properce ouvre des horizons. Magnus fait pourtant des
réserves : bien des passages rapprochés n'ont rien à faire les uns
avec les autres ; on ne saurait se représenter Tibulle comme se
bornant à copier des modèles sans faire preuve d'aucune faculté
créatrice. Il reste un assez grand nombre de passages qui démon-
trent les rapports de Tibulle et de Properce, mais il ne suffit pas
de les mettre en parallèle pour trancher la question de priorité ;
il faudrait examiner chaque cas ; souvent la priorité semble acquise
à Tibulle. L'auteur a du reste exagéré l'influence de ces deux
poètes l'un sur l'autre et celle d'Horace sur Tibulle. Les preuves
qu'il donne du remaniement des élégies I 2, 6 et 5 pour l'édition
sont faibles, et celles-ci n'ont jamais existé sous la forme primitive qu'il leur assigne. Toutefois nous avons à faire à un livre non
seulement érudit et pénétrant, mais riche en résultats positifs.
Belling n'a échoué que là où il dépasse les bornes de nos connaissances en Titan qui escalade le ciel et s'élance dans les régions
transcendantales. Dans la critique et l'exégèse de détail on
trouve beaucoup de bien[1]. Le référent le montre par des exemples.
En somme Magnus a vu les faiblesses du travail de Belling ; il en
a singulièrement exagéré les mérites.

Un anonyme[2] trouve que, sauf réserve de détail, l'analyse du
cycle de Sulpicia donne des résultats convaincants, que les déter-

1. I 7, 3 tout en n'admettant pas que *hunc fore* se rapporte à Messalla, Magnus
croit que tous les commentateurs sauf Huschke se sont trompés en pensant que la
victoire sur les Aquitains avait eu lieu le jour anniversaire de la naissance de Messalla ; le sens serait : les Parques ont dit dans leur chant : hoc die nascetur, qui poterit
fundere (peu acceptable) ; I 1, 19 *quondam* ne se rapporterait pas à *felicis*, et
nunc à *pauperis*, mais tous deux à *custodes* ; car Messalla avait vraisemblablement remplacé le domaine patrimonial perdu par le poète par une petite propriété
près de Rome (ceci est arbitraire).

2. Literarisches Centralblatt, 4 Mars 1899, n° 9, col. 315-316.

minations chronologiques de Belling doivent être justes, bien que
les moyens employés aient besoin d'être clarifiés, que sur les
rapports avec Virgile et Properce quelques parallèles frappants,
dont la force démonstrative aurait été approfondie et largement
exposée, seraient plus persuasifs que des colonnes entières d'expressions qui sont un bien commun des poètes. Le grand mérite
de Belling est d'avoir posé et traité d'ensemble pour la 1re fois
des questions importantes ; les contradictions qu'il suscitera les
feront avancer. Le livre excite à la recherche dans tous les sens.

K. Jacoby[1] est d'avis que Belling a bien montré contre Hennig
que IV 7 appartient à 2-6 et non à 8-12 (à tort), contre Hennig
et Marx que Tibulle est le seul auteur de 2-7. Contre Belling il
considère avec raison IV 2 comme une introduction et non comme
une dédicace. Sur les rapports de Tibulle avec lui-même et avec
les poètes contemporains peu des passages parallèles cités sont
à retenir. Tibulle ne disposant que d'un petit nombre de thèmes,
il est naturel qu'il y ait chez lui des répétitions. Il est probable
qu'il connaissait à fond les œuvres des poètes de son époque ;
mais il n'a pas compilé Horace, Virgile et Properce ; Belling lui
laisse si peu d'originalité qu'on ne voit pas comment cela est
compatible avec le génie qu'il lui attribue. Les conclusions chronologiques qu'il tire de pareilles prémisses sont inadmissibles. Le
référent ne croit pas à la composition symétrique pas plus qu'au
schéma du Νόμος découvert par Crusius. Il y a chez Belling à côté
d'interprétations et de remarques fines qu'il doit à ses connaissances étendues bien des fantaisies, ce qu'il avance sur les relations
personnelles des poètes du siècle d'Auguste, sur les politesses
qu'ils se seraient faites les uns aux autres en encadrant dans
leurs vers des emprunts à leurs confrères, sur l'idée que l'inspiration élégiaque de Tibulle se serait épuisée de son vivant. H. Magnus a eu raison de trouver que la lecture de son livre est difficile ;
il écrit un allemand qui décourage. Il a rendu des services à la
critique et à l'exégèse dans le détail ; il ne saurait prétendre
avoir toujours l'approbation des gens compétents.

J. P. Postgate[2] reproche à la science allemande son habitude
de gâter du papier et trouve que les résultats de la critique sur
Tibulle, quoique notables, ne sont pas en proportion de l'activité

---

1. Wochenschrift f. klass. Philol., 16ter Jahrg., no 36, 6 Sept. 1899, col. 976-
984.

2. The classical Review. Vol. XIII. no 7, Oct. 1899, p. 359-361.

déployée. Sans nier l'utilité des rapprochements institués par
Belling, il constate qu'il ne donne pas la preuve de la priorité de
ce qu'il appelle le modèle sur la copie, qu'il ne tient pas compte
de la possibilité d'emprunt au même original. Postgate admet
volontiers entre Tibulle et Properce une influence réciproque ;
mais les rapprochements entre eux ou de Tibulle avec lui-même,
souvent arbitraires d'ailleurs, n'autorisent pas de conclusions
chronologiques. L'hypothèse que certaines pièces ne sont pas
d'un seul jet n'est pas justifiée par l'examen de ces pièces. Postgate n'admet pas (avec raison) que IV 7 soit de Tibulle et discute quelques leçons.

§ 265 (cf. § 229). — J. P. Postgate[1] a discuté la leçon dans
13 passages, souvent d'une façon ingénieuse et intéressante[2] ;
sauf sur I 3, 47, où il défend très heureusement la tradition en
rapprochant Lucain VII 218 sq. 386 sq. 502 sq., je ne vois aucun
cas où on puisse adopter définitivement ses corrections. Il applique la méthode hollandaise qui consiste à promener sa sagacité
sur un texte en flairant les altérations ; elle conduit souvent à
s'attaquer à des passages sains. Voir la suite des Tibulliana
§ 278.

§ 266. — Dans un article intitulé Bukolik Knaack[3] rappelle
que Messalla composa le premier des bucoliques en langue
grecque à l'imitation de Théocrite. Tandis que Belling rattache
l'inspiration rustique des élégies de Tibulle à l'influence des
Bucoliques de Virgile, Knaack y verrait volontiers l'influence des
études bucoliques de Messalla. Mais on se demande pourquoi
Tibulle devrait à d'autres qu'à lui-même son amour pour la
nature.

§ 267. — Je n'ai pas eu entre les mains l'article de G. Melodia[4]
sur IV 4, 17-18.

1. The Journal of Philology. — Vol. XXV n° 49, 1897, p. 50-64 : Tibulliana,
par J. P. Postgate.
2. Ainsi il propose II 5, 69 sq. quaeque Aniena sacras Tiburs per flumina sortes
Raptarat sicco pertuleratque sinu avec une lacune après le pentamètre ; III 6, 3
Aufer et ipse meum, par*iles* medica*te*, dolorem ; 8 en remaniant une conj. de Housman
Idalis au lieu de *Delius* ; 19 sqq. Non uenit... colunt ? Non uenit... seuer*is* ?
3. Pauly's Real-Encyclopädie. Neue Bearbeitung, 5ter Halbband 1897, col. 1010.
4. Rassegna di antichità classica I 1, p. 74 : Tibullo IV 4 (III 10) 17-18, par G.
Melodia.

§ 268. — H. Belling[1] a défendu quelques-unes de ses vues contre Leo (§ 264, 2) : I 2 ne saurait être d'un seul jet, parce que dans les vers 1-6 et 87 sqq. l'amant est supposé assistant à un festin avec des camarades (mais dans 1-6 il peut aussi bien s'enivrer tout seul et au vers 87 *at tu* ne s'adresse pas nécessairement à une personne présente), tandis que dans les vers 7-86 il est devant la porte de sa maîtresse (ceci n'est pas nécessaire ; on peut très bien supposer qu'il est chez lui). Leo ne croit pas que Tibulle se souvienne d'Horace : cela est peu vraisemblable ; quelques-unes des idées que Belling a soutenues ont été émises avant lui : Ribbeck a signalé chez Tibulle des réminiscences de Properce, Olsen a montré que les élégies sur Sulpicia avaient été influencées par Properce ; Korn et Maurenbrecher ont reconnu que I 6 manquait d'unité ; dans sa condamnation sur la chronologie proposée par l'auteur Leo paraît confondre le temps représenté et le moment où ce temps a été représenté, erreur dont il s'était affranchi jadis. Il n'est pas sûr que Crusius ait renoncé à son application du Νόμος. L'argument principal pour la place assignée à I 10 c'est-à-dire la perfection artistique est plus fort que ceux qu'on a donnés pour mettre la pièce avant I 1. Quant au rapport de Tibulle avec ses sources Leo a dit des choses excellentes dans ses Plautinische Forschungen p. 126 sqq. Belling ne croit pourtant pas que le rapprochement entre Tib. I 5, 43 et Afran. 380, celui entre Tib. IV 5, 13 et Tér. Eun. 91 soient probants. Il est sûr que Tibulle a étudié les élégiaques grecs ; mais la question est de savoir jusqu'où s'étend cette influence et s'il n'y en a pas eu d'autres. Ce que Leo considère comme ayant été emprunté par deux poètes latins au grec peut aussi bien avoir été pris par l'un d'eux à son compatriote qui l'avait inventé. On peut se demander si le système actuel de Leo qui fait dépendre Tibulle uniquement des modèles grecs n'est pas aussi exagéré que ses vues antérieures sur l'indépendance du poète ; la vérité paraît être entre les deux. Belling attend avec impatience le commentaire de Tibulle que Leo a en préparation.

§ 269, 1. — E. Kalinka[2] a pris position sur un certain nombre

---

1. Wochenschrift f. klass. Philol., 15ter Jahrg. 1898, no 8, col. 220-224 : Zu Tibullus, par H. Belling. Ibid. no 16, col. 425-432, et no 17, col. 457-462, Belling a discuté un certain nombre de passages de Tibulle.

2. Zeitschrift für die österreichischen Gymnasien, 49ster Jahrg. 1898, p. 481-496 : Zum Corpus Tibullianum, par Ernst Kalinka.

de questions controversées, sans apporter rien de bien nouveau, sauf une hypothèse sur la date de la composition de III 5. Contre Belling dans ses Prolégomènes et avec Marx il ne croit pas qu'Ovide ait imité Lygdamus et reprend la théorie que les vers 16 et 19 sq. ne sont pas à leur place chez Lygdamus, tandis que les mêmes idées sont nécessaires dans les passages correspondants d'Ovide. Il suppose que Lygdamus se rappelant dans son âge mûr, on ne sait à quelle occasion, la lutte terrible de 15 jours qu'il avait soutenue dans sa jeunesse contre la mort, a exprimé ce souvenir dans une pièce à laquelle il a donné la forme d'une lettre écrite pendant la maladie elle-même (ceci est peu vraisemblable).

2. — Avec Ribbeck et Marx il attribue à Sulpicia IV 7 et montre que les arguments de Belling contre cette attribution sont faibles. Si IV 7 se trouve en tête, c'est que l'éditeur a placé les pièces par ordre de dimensions, sauf pour IV 9 à cause du rapport avec IV 8 ; on peut penser que 9, écrit à une époque où le voyage était encore lointain, a précédé 8 où il s'agit des derniers préparatifs du départ (ceci ne s'accorde pas avec le texte). Contre Belling il revient à l'idée que le contenu des l. 3 et 4 a été retrouvé non chez Tibulle, mais chez Messalla ; Tibulle a pu donner à Messalla les pièces IV 13 et 14 (ceci est très en l'air) ; les pièces de Sulpicia et leur mise en œuvre par le poète ont pu être communiquées à Messalla. L'auteur croit du reste que 2-6 sont bien de Tibulle. Quoique l'identification de Cornutus et de Cerinthus ait pour elle des raisons plausibles, il aime mieux voir là deux personnages différents.

3. — Il ne pense pas que Tibulle ait composé des poésies aujourd'hui perdues, bien que Ribbeck ait encore cru à un cycle de Glycera. Dans Charis. I 87 K. et I 130 sq. K. il voit avec Belling une simple réminiscence de Tib. I 8, 26 où il faut lire *femini* et de I 4, 56 où se trouve *implicuisse*.

4. — Il attribue avec Hiller la *uita* aux derniers temps de l'antiquité, lorsqu'on utilisait encore le livre de Suétone sur les Poètes. Les grosses fautes proviennent des abréviations mal lues r͞s et o͞rem.

5. — Rendant compte de l'Untersuchung de Belling il trouve

que les rapprochements entre les pièces soi-disant voisines dans le temps n'ont pas de valeur démonstrative ; on est étourdi par de longues listes de parallèles dans lesquelles il n'y a rien de caractéristique, rien qui ne soit commun aux élégiaques : elles ne prouvent rien pour la chronologie ; parce que deux pièces offrent des ressemblances, elles ne sont pas nécessairement d'époque rapprochée. Belling n'a pas expliqué le désordre dans lequel les pièces se trouveraient dans les manuscrits. On ne saurait accepter la dépendance affligeante que Belling impute à Tibulle vis-à-vis des poètes contemporains. L'hypothèse que certaines pièces à Delia 1 et 3 ont été écrites après la rupture de la liaison est inadmissible ; comment le poète aurait-il pu parler aussi tendrement à une maîtresse qu'il avait quittée et dont il avait à se plaindre ? Les rapports avec Marathus peuvent être fictifs ; mais ils peuvent aussi bien être réels. L'auteur repousse l'idée que I 4 serait postérieur à l'an 28 à cause de l'imitation des Géorgiques, que la description des enfers dans I 3 se rapporte à Hor. C. III 11, lequel pour répondre à ce compliment aurait ajouté plus tard les vers 17-20, la composition symétrique soutenue par Maurenbrecher et Belling ; Belling va beaucoup trop loin à propos de l'influence de Properce sur Tibulle, quoi qu'il admette le croisement des deux influences. Un exemple suffit pour montrer combien décevante est la tentative de Belling pour établir la chronologie des élégies des deux poètes d'après les soi-disant emprunts de l'un à l'autre ; la chute par la fenêtre de la sœur de Nemesis II 6, 37 sqq. remonterait à Prop. IV 7, 16 sqq., où Cynthia rappelle combien de fois elle a été trouver son amant par la fenêtre ; or les deux passages n'ont aucun rapport. Kalinka ne serait pas éloigné d'admettre que Tibulle s'est survécu à lui-même comme élégiaque ; il ne croit pas que le principe du nombre 10, qui se comprend pour les décades de Tite-Live, doive être appliqué aussi rigoureusement que le fait Belling à la publication des œuvres des poètes.

§ 270, 1. — Dans un travail qui fait suite à celui de 1893 (§ 236) K. P. Schulze[1] à propos de *respiceretque* I 3, 14 apporte

1. Wissenschaftliche Beilage zum Jahresbericht des Friedrichs-Werderschen Gymnasiums zu Berlin. Ostern 1898. — Beiträge zur Erklärung der römischen Elegiker. II. Von Karl Paul Schulze. R. Gaertners Verlagsbuchhandlung Hermann Heyfelder. in-4. Les pages 17-22 sont consacrées à Tibulle.

deux nouveaux exemples, qui prouvent que le mot peut se prendre
dans le sens de craindre ; I 7, 3 *hunc* représente *diem* ; il montre
par des exemples que la personnification qui fait du jour où la
victoire a été remportée l'agent de cette victoire n'a rien de choquant en latin ; contre Hirschfeld (§ 260) qui a fait revivre au
vers 11 la conj. de Scaliger *Atur Duranusque* il rappelle que
Messalla a triomphé ex Gallia, que la Saône et le Rhône étaient
de grands fleuves connus des Romains, tandis qu'il n'en était pas
de même de l'Adour et de la Dordogne ; au vers 18 *Palaestino*
spécialisant *Syro* est justifié par des exemples ; le vers 25 sq. lui
paraît imité d'Apollon. Argon. 4, 269 sqq. ; à ce propos il revient
sur l'imitation de Kallimaque par Tibulle ; l'identification insolite d'Osiris avec Bacchus lui paraît provenir de ce que Messalla
était un appréciateur des bons vins (ceci est peu vraisemblable) ;
il a raison de soutenir que I 1, 48 il faut lire *igne* et non *imbre* et
que le passage de Sophocle frg. 579 N², souvent rapproché, n'a
rien à faire ici ; sur II 1, 57 sq. il revient à la leçon des manuscrits
inférieurs *duxerat hircus oues* ; le sens serait que le bouc était
sacrifié parce qu'il avait conduit les brebis brouter les vignobles
(mais comment *duxerat* à lui tout seul pourrait-il faire entendre
tout cela ? Ce serait une énigme que Tibulle proposerait à ses
lecteurs).

2. — G. Wartenberg[1] apprécie très favorablement ce travail,
qui en effet contient beaucoup de bon, et tient encore pour la
leçon *imbre* I 1, 48.

§ 271, 1. — Dans un programme de gymnase G. Friedrich[2] a
discuté divers passages de Lygdamus et de Tibulle.

III (Lygdamus) 5, 15-20. Comparant ces vers avec les vers correspondants d'Ovide, il est d'avis que dans les deux auteurs ils
sont à leur place et qu'ils ont été créés organiquement avec ceux
qui les entourent ; d'autre part ils sont trop bons pour ne pas être
d'Ovide. Leur présence chez les deux écrivains s'expliquerait de
la façon suivante : Lygdamus était un de ces jeunes poètes du cercle de Messalla qui lisaient leurs œuvres à Ovide pour qu'il les

1. Wochenschrift f. klass. Phil., 15ter Jahrg. nᵒ 44, 26 Oct. 1898, col. 1203-
1205.
2. Wissenschaftliche Beilage zum Jahresbericht des evang. Gymnasiums in
Schweidnitz. Ostern 1898. — Zu Tibull und Lygdamus. Von Gustav Friedrich. —
Schweidnitz. — Buchdruckerei von L. Heege (Oscar Güntzel), 1898. in-4. 11 pages.

corrigeât ; les vers en question ont été justement écrits par Lygdamus sous la dictée d'Ovide ; celui-ci n'a pas hésité à en faire
usage plus tard, car ils lui appartenaient ; mais cela prouve qu'au
moment de la composition des Tristes les élégies de Lygdamus
n'étaient pas encore publiées (c'est là une hypothèse qui vient
s'ajouter à beaucoup d'autres et qui n'a d'autre fondement que
l'imagination de l'auteur).

III 4, 91 sqq. n'empêchent pas que Neaera n'ait été une hétaïre ;
l'auteur le prouve par un passage de Maximien 3, 71 sqq. (la
chose en effet n'a rien d'impossible).

I 3, 49-5o. L'auteur défend avec raison la tradition ; mais
repente ne me paraît pas expliqué exactement.

I 4, 28. Il entend *quam cito non segnis* (i. e. *uolucris*) *dies stat
remeatque* ; *stat* serait dit du moment où le soleil atteint son point
culminant sur l'horizon (je doute que ce soit l'explication véritable du passage).

I 5, 47 sq. Il entend : *Haec nocuere mihi, quod adest huic
diues amator* (et quod) *Venit in exilium callida lena meum* ;
nous aurions affaire à la parataxe au lieu de la construction liée
(inadmissible).

I 6, 7-8. Il conserve *tam multa* qu'il prend adverbialement et
dans un sens démonstratif : elle nie avec tant de prolixité, d'abondance de mots (peu satisfaisant).

I 7, 55. Il s'agit de l'anniversaire de Messalla : ses fils, respec-
tables par les honneurs qu'ils ont reçus, l'entourent et leur existence même ajoute à ce que leur père a fait d'utile (je ne crois pas
que ce soit tout à fait cela).

II 2, 21. Il défend la tradition, qui en effet peut sans doute être
conservée.

C'est en somme un travail assez médiocre. L'interprétation de
l'auteur n'atteint guère le vrai. Il n'y a pas grand'chose à tirer de
là.

2. — É. T.[1] se borne à dire que la thèse de l'auteur sur
III 5, 15-20 est ingénieuse, ce qui n'est pas compromettant.

Rud. Hunziker[2] l'accepte, mais croit qu'elle n'entraîne pas que
les élégies de Lygdamus n'aient été publiées qu'après les Tristes
d'Ovide. Il repousse certaines des interprétations de l'auteur,

1. Revue critique, 10 octobre 1898, n° 41, p. 246.
2. Neue Philologische Rundschau. Jahrg. 1900. n° 8, p. 171-172.

accepte celle de I 6,7. Il défend sur I 7, 55 l'explication commune : puissent tes enfants ajouter à tes hauts faits c'est-à-dire
être dignes de toi et marcher sur tes traces ; c'est là le souhait
qui peut être le plus agréable à un père le jour de son anniversaire ; I 4, 28 signifierait — en rapportant avec Baehrens *quam
cito* à ce qui précède — : un jour ne demeure point là paresseu-
sement et ne revient pas.

§ 272. — Faisant observer que les marginalia des éditions imprimées des auteurs classiques sont souvent précieux, comme
pouvant contenir des collations de manuscrits perdus ou des émendations non publiées de savants célèbres, W. M. Lindsay[1] signale
quelques découvertes intéressantes faites à ce point de vue dans
ces dernières années à la Bodléienne. Beaucoup de volumes pourvus de marginalia sont venus à la Bodléienne de la bibliothèque
du Dr. Ed. Bernard (mort en 1697), qui avait fait des acquisitions
importantes à la vente de la bibliothèque de Nicolas Heinsius en
1683. De cette source provient une édition Aldine de Catulle,
Tibulle et Properce (Venise 1515) Auct. II R 6 28 contenant une
collation d'un « codex Romanus vetustissimus » de Tibulle. Lindsay donne la liste complète des variantes de ce manuscrit ; il appartient à la classe des interpolés et ne paraît rien offrir qui lui
soit propre, sauf quelques corruptions particulières ; il ne semble
pas qu'il soit d'aucune utilité pour la critique du texte de Tibulle.

§ 273, 1. — G. M. Columba[2] a donné la description et la collation d'un manuscrit de la bibliothèque de Palerme provenant de
l'achat de la collection Astuto da Noto et qui contient Tibulle,
sauf I 1, 41 à 5, 51 inclus et Catulle. C'est un manuscrit sur
papier, écrit en 1459 ou un peu plus tard ; il est très incorrect :
confusions de lettres, omissions provenant de mots semblables
qui ont parfois produit la réunion de 2 vers en un, autres
omissions de mots et de vers, répétitions de mots hors de leur
place, erreurs de terminaisons provenant des mots voisins,
erreurs de lecture, mots mal coupés, abréviations mal réso-

1. The classical Review. Vol. XII. n° 9, Déc. 1898, p. 445-446 : A Bodleian
collation of a Tibullus MS., par W. M. Lindsay.
2. Rassegna di antichità classica. Parte bibliographica, 1898, Janv.-Févr. n° 2,
p. 65-80 : Un codice interpolato di Tibullo nella Bibl. com. di Palermo, par G. M.
Columba.

lues. Les rubriques concordent sauf quelques divergences avec
celles de **Ambr.** ; sur les 35o passages environ où les manuscrits
de Tibulle offrent des variantes notables, le manuscrit de Palerme
— **P** — concorde 25o fois avec **Ambr.**, quelquefois sur des fautes
manifestes ; il est donc étroitement apparenté avec **Ambr.** Il l'est
également avec le manuscrit du comte Tadini (Lovere) (cf. § 263),
qui d'une certaine façon tient le milieu entre **Ambr.** et **P.** Quand
P s'éloigne de **Ambr.**, c'est en général pour donner une leçon plus
correcte. Il se rapproche alors de **G**, mais il en est indépendant.
C'est un des manuscrits qui correspondent le mieux au texte de
Tibulle tel qu'il a été constitué par la critique moderne ; or ceci
ne peut s'expliquer que de deux façons : ou bien le texte duquel
dérive médiatement ou immédiatement notre manuscrit est le résultat d'une récension critique, qui a précédé de plus de quatre cents
ans le travail des éditeurs modernes, ou il provient d'un manuscrit plus voisin de l'archétype que ne l'est **O** lui-même. Mais il
est invraisemblable qu'un humaniste ait été d'une part capable
d'accomplir le travail de révision étendue et approfondie nécessaire pour constituer le texte de **P** et que de l'autre il ait laissé
subsister des fautes grossières et n'ait pas fait des corrections
qui s'offraient d'elles-mêmes. Il faut donc admettre que le texte
de **P** pris dans son ensemble provient d'un représentant de la tradition plus fidèle que **O**. L'auteur essaie de le démontrer ; mais
les leçons qu'il cite comme appartenant en propre à **P** ne sont
que des fautes ou des interpolations et ne confirment pas le jugement favorable qu'il porte sur son manuscrit.

É. T.[1] croit que Columba a surfait la valeur de son manuscrit.
Les collations de manuscrits interpolés comme celle-ci et celle
de Malagoli (§ 263) n'aboutissent à rien. Il se demande si la
critique sait encore s'orienter sur le texte de Tibulle ; il lui
semble qu'on n'est plus d'accord même sur les principes. Il proteste en passant contre les inventions de Maurenbrecher (§ 259)
(En réalité on sait bien maintenant quels sont les bons manuscrits et comment il faut les utiliser ; c'est quand on veut remonter
plus haut que les témoins existants qu'on se perd).

V(almaggi)[2] paraît disposé à accepter les résultats de Columba
et à attribuer à **P** une importance capitale pour la critique de
Tibulle.

1. Revue critique, 32e année, 23 Mai 1898, no 21, p. 390-391.
2. Bollettino di Filologia classica. Anno V. no 4, Oct. 1898, p. 91-92.

§ 274. — P. Rasi[1] se refuse à reconnaître une valeur absolue
à la règle formulée par Wölfflin (§ 234), d'après laquelle Tibulle aurait fait brève ou longue la première syllabe de *sacer*
lorsqu'elle est suivie de *cr*, selon que la finale était longue ou
brève ; il ne voit là que l'effet du hasard. Si toutefois des observations postérieures la confirmaient, il proposerait de lire I 3,
17 sq. : Aut ego sum causatus aues aut omina dira Saturni*que* sacram me tenuisse diem ; *que* aurait une valeur explicative et signifierait : c'est-à-dire, comme par exemple. Les exemples qu'il cite
pour justifier cette correction sont en réalité différents ; la correction elle-même ne s'impose pas.

§ 275. — R. Sabbadini[2] a examiné un codex Trivulzianus membr.
saec. XV qui contient les élégies de Tibulle anépigraphes et à
la fin la lettre de Thomas Seneca à Giovanni di Rimini publiée
par Baehrens d'après le Vat. 2794 ; le cod. Trivulz. offre quelques
leçons meilleures ; aux émendations et suppléments de Seneca il
en ajoute quelques-uns.

Un autre Tibulle se trouve dans le cod. Classensis 277 cart.
saec. XV copié en 1459 par Battista di Spello et retouché par le
Vicentin Nicola Volpe. Le texte original était divisé en trois livres,
Volpe en a fait quatre ; il avait commencé à écrire des notes
marginales ; mais il s'est arrêté à la première élégie. Sabbadini
donne la leçon du cod. Class. pour la première élégie ; il est de
la famille de **Ambr. V** ; I 1, 36 il a une interpolation particulière
nocte au lieu de *lacte*.

§ 276. — Reprenant la question des rapports de Lygdamus
et d'Ovide F. Ramorino[3] commence par rejeter une demi-dou-
zaine des solutions proposées antérieurement et donne lui-même la
suivante : d'après lui les termes qu'emploie Lygdamus vers III 5,
15 sqq. désigneraient un homme de 30 à 40 ans ; l'élégie aurait
donc été écrite entre 13 et 3 avant J.-C. Lygdamus qu'on peut
supposer âgé de 35 ans aurait imité les vers 19-20 des Amores
d'Ovide édités une première fois vers 15, une seconde vers 9 avant

1. Rivista di Filologia e d'istruzione classica. Anno XXVII. 1899, p. 242-250 :
Di un caso di « syllaba anceps » in Tibullo (I 3, 18), par Pietro Rasi.

2. Rivista di Filologia e d'istruzione classica. Anno XXVII. 1899, p. 402-405 :
Codici latini inesplorati. VII. Tibullo, par Remigio Sabbadini.

3. Rivista di Storia antica e scienze affini — Anno IV 1899, p. 277-282 : Ligdamo
e Ovidio Quistioncina chronologica, par F. Ramorino.

J.-C. Plus tard Ovide aurait à son tour imité dans l'Ars am. publiée en 2 ou 1 avant J.-C. le vers 16 et, dans les Tristes, vers 11
après J.-C., les vers 17-18. Lygdamus était parfaitement capable
d'écrire par lui-même le vers 16 ; quant aux vers 17-18 c'était
peut-être là une expression typique qu'Ovide n'a eu aucun scrupule à reproduire. Ramorino cite la *consolatio ad Liuiam,* qui a pris
beaucoup aux ouvrages d'Ovide et qu'Ovide a utilisée à son tour.
    L'entre-croisement de l'imitation n'a par lui-même rien d'impos-
sible ; mais on ne voit guère l'avantage du système de Ramorino :
si on admet qu'Ovide a imité deux fois Lygdamus, pourquoi ne
l'aurait-il pas fait trois fois ? D'autre part il n'est pas démontré
que Lygdamus eût 35 ans lorsqu'il écrivait cette pièce ; elle paraît être au contraire d'un tout jeune homme ; s'il n'avait que 18
à 20 ans quand il l'écrivit, les vers 19-20 y sont parfaitement à
sa place. Ovide en a fait un usage tout à fait inattendu en les appliquant à une opération à laquelle ils se trouvent en effet exactement appropriés ; la chose lui a paru plaisante et il s'est amusé ;
c'est une gaminerie.

    § 277, 1. — Dans un travail de débutant, inspiré par P. Rasi
et malheureusement criblé de fautes d'impression, P. Paroli[1] a
comparé la métrique de Tibulle (livres I, II, IV 2-6 et 13-14)
avec celle de Lygdamus. Il cite à tort d'après l'édit. de Luc.
Müller. C'est une œuvre de statistique. Les résultats en sont
intéressants quoiqu'ils ne soient pas toujours nouveaux.
    Commencement du vers. En bloc le dactyle initial est beau-
coup plus fréquent chez Tibulle que chez Lygdamus. De même si
on considère séparément l'hexamètre et le pentamètre ; chez les
deux poètes le dactyle initial est plus fréquent au pentamètre qu'à
l'hexamètre.
    Proportion des dactyles et spondées dans les quatre premiers
pieds de l'hexamètre, dans les deux premiers du pentamètre. En
bloc chez Tibulle les spondées sont en nombre à peine supérieur
aux dactyles (ils l'emportent dans l'hexamètre, ils sont en nombre
inférieur dans le pentamètre), chez Lygdamus les spondées l'emportent sensiblement sur les dactyles, plus dans l'hexamètre que
dans le pentamètre.
    Forme de l'hexamètre et du pentamètre. La forme de l'hexa-

    1. Pietro Paroli — De Tibulli arte metrica cum Lygdamo comparata. Brixiae
apud Angelum Canossi 1899. gr. in-8. 71 pages.

mètre prédominante chez les deux poètes, à peu près dans les mêmes proportions, est *dsss*; mais Lygdamus emploie la forme *ssss* environ trois fois, les formes *sdss, sdds, sdsd* environ deux fois plus fréquemment que Tibulle. Pour le pentamètre la forme préférée des deux poètes est *ds*; mais il n'y a aucune forme, qui se présente chez les deux poètes avec la même fréquence; Lygdamus emploie *sd* environ trois fois, *ss* deux fois plus souvent que Tibulle, *ds* et *dd* beaucoup moins souvent que Tibulle.

Mot spondaïque initial. Lygdamus l'emploie en bloc trois fois, dans le pentamètre six fois plus souvent que Tibulle; quelque différence dans la continuité de l'emploi.

Fin de l'hexamètre et du pentamètre. Chez Tibulle la terminaison bisyllabique de l'hexamètre est un peu supérieure à la terminaison trisyllabique, un peu davantage chez Lygdamus, qui se rapproche ainsi plus sensiblement de l'hexamètre épique. La clausule bisyllabique du pentamètre est un peu plus fréquente chez Tibulle que chez Lygdamus, la trisyllabique également. En revanche Lygdamus use plus souvent de la pentésyllabique; pour la trisyllabique il est plus scrupuleux que Tibulle.

Lygdamus termine un peu plus fréquemment que Tibulle l'hexamètre et, ce qui est plus blâmable, le pentamètre par une voyelle brève en syllabe ouverte.

Élisions. Dans l'hexamètre les élisions sont un peu plus nombreuses, dans le pentamètre un peu moins chez Tibulle que chez Lygdamus. Pris en bloc les chiffres sont sensiblement les mêmes. Quant à la place des élisions et à la nature des syllabes élidées Lygdamus est plus libre que Tibulle.

Césures. La semiquinaire est beaucoup moins fréquente dans l'hexamètre de Tibulle que dans celui de Lygdamus. La semisepténaire (que l'auteur n'admet que quand la semiquinaire est impossible) est beaucoup plus fréquente chez Tibulle que chez Lygdamus. Tibulle l'admet sans le soutien de la trihémimère, Lygdamus jamais.

Coïncidence de la pensée avec le distique. Tibulle a plus souvent que Lygdamus une ponctuation forte à la fin du distique.

Groupement des distiques. Tibulle n'a qu'un groupement de cinq distiques, Lygdamus en a quatre; ses distiques sont reliés d'une façon plus lâche que ceux de Tibulle.

Place du substantif accompagné d'un qualificatif. Tibulle fait correspondre bien plus fréquemment que Lygdamus l'adjectif et le substantif à la fin des deux moitiés du pentamètre. Le groupement double est plus fréquent chez Lygdamus que chez Tibulle (environ un tiers) ; mais la prédilection des deux poètes pour les différentes formes possibles n'est pas la même ; ils ne s'accordent pas non plus pour la séparation établie dans les groupes par la césure.

2. — N. Pirrone[1] constate que la méthode de l'auteur est exacte et pour ainsi dire mathématique ; c'est un bon début, quoique Paroli ne connaisse pas les travaux antérieurs sur la métrique de Tibulle.

V. Brugnola[2] loue chez lui la diligence, une minutie singulière, une précision mathématique. Ses calculs paraissent exacts, ce qu'on ne pourrait vérifier qu'en les refaisant.

§ 278 (cf. § 265). — Continuant dans le même esprit son travail critique J. P. Postgate[3] a proposé des corrections sur 9 passages. Elles s'accompagnent souvent de discussions et de considérations paléographiques ingénieuses. Lorsqu'elles s'adressent à des passages généralement considérés comme sains, elles sont parfois séduisantes au premier abord, mais on ne tarde pas à voir les raisons décisives qui obligent à les rejeter[4]. Quand elles s'attaquent à des passages manifestement corrompus, elles ne sont pas assez satisfaisantes pour qu'on y reconnaisse sans hésiter la leçon authentique. Voir la suite § 279.

§ 279 (cf. § 278). — Je ne puis accepter davantage six autres corrections proposées également par Postgate[5]. Il y en a qui sont décidément mauvaises[6] Voir la suite § 284.

1. Rivista di Storia antica. Anno IV. 1899, p. 548-551.
2. Bollettino di Filologia classica. Anno VI. n° 9, Mars 1900, p. 198-199.
3. The Journal of Philology, Vol. XXVI. n° 52. 1899, p. 182-193 : Tibulliana, par J. P. Postgate.
4. Ainsi I 3, 22 il conjecture *sciet* (déjà proposé par Doering) au lieu de *sciat* ; mais avec le futur il faudrait un verbe signifiant : il constatera par lui-même ; *sciat* exprime l'avertissement que donne Tibulle d'après son expérience ; 7, 53 sic uenias hodierne *Geni* ; mais ce n'est pas le Genius qui est interpellé, c'est Osiris ; 9, 60 *emoluisse uiros*, qui est bizarre ; en réalité *emeruisse uiros* est une expression spirituelle tirée de *emeruisse stipendia* et signifie emeruisse mercedem ex pluribus uiris ; IV 5, 1 *Si* mihi te, Corintho, dies dedit hic mihi sanctus, Atque, etc. La correction donne un sens ingénieux, mais elle procède de la faute de **Ambr.** tandis que **F** a conservé la bonne leçon, etc.
5. The classical Review. Vol. XIV, Juillet 1900, p. 295-296 : Tibulliana, par J. P. Postgate.
6. Ainsi I 5, 65 Pauper ad*huc luteos suris* deducet *amictus* ; il est contraire

§ 280. — K. Dziatzko[1] après Birt (§ **168**) a essayé de restituer et d'expliquer les vers III 1, 9-14, qui contiennent la description du *libellus* dédié et adressé par Lygdamus à Neaera. Il lit au vers 10 *Pumex ei* au lieu de *pumice* et au vers 12 *pacta* (anc. conj. qui se trouve dans l'édit. Basil. a. 1569) au lieu de *facta*. Le vers 10 lui paraît signifier qu'avant que le *libellus* soit mis dans sa couverture en parchemin il faut que la pierre ponce en polisse les bords ; ni la restitution ni le sens donné ne sont acceptables : *ei* monosyllabique (ni autrement d'ailleurs) ne se trouve pas chez Lygdamus, pas plus que chez Tibulle ; comment *canas comas* pourrait-il désigner les barbes de la tranche de la *charta* qui est *niuea*? Comment la pierre ponce pourrait-elle *tondere comas* ? Le vers 10 serait entre parenthèses, le sujet de 11 étant *membrana* de 9, sous prétexte que l'étiquette, σίλλυβος, ne saurait protéger le *libellus* ; mais il ne s'agit pas de cela et *praetexat* ne signifie pas protéger. Dziatzko trouve que *facta* ne signifie rien, mais il n'explique pas *pacta*. *Tuum* doit être conservé parce que le titre était probablement *ad Neaeram* précédé ou non du nom du poète. Dziatzko propose très dubitativement à ceux qui tiendraient à ce qu'il s'agisse du nom du poète de changer *tuum* (tuū) en *tamen* (tn̄). Quel que fût le titre, la raison décisive qui fait croire que les mots *ad Neaeram* ne pouvaient manquer et que *tuum* désigne bien le nom de Neaera, c'est que tout ceci est écrit pour la flatter et qu'il n'y a rien de plus flatteur que de recevoir un livre qui porte au titre votre nom.

§ 281. — B. Soldati[2] a communiqué les notes manuscrites qui se trouvent sur un exemplaire de l'édit. de 1493 conservé parmi les incunables de la bibliothèque de Florence et qui sont de la main d'un ancien possesseur.

Tib. I 2, 24 Pontanus autem hoc reposuit :

> Usque meum custos ad latus haeret amor

à la méthode de partir d'une correction de la 2ᵉ main de G qui n'a été imaginée que pour faire disparaître un sens qu'on trouvait trop libre ; la pudique Albion rivalise ici avec la vertueuse Germanie ; IV 1, 39 je ne vois pas comment *inaequatum* pourrait être le participe de *inaequare* = égaliser ; le sens demande : un poids inégal.

1. Untersuchungen über ausgewählte Kapitel des antiken Buchwesens... von Karl Dziatzko. Leipzig, B. G. Teubner 1900. in-8, p. 117-120.

2. Rivista di Filologia e d'istruzione classica. Anno XXVIII. 1900, p. 287-290 : Un emistichio di Manilio e quattro lacune di Tibullo (*appunti di critica umanistica*), par Benedetto Soldati.

I 10, 26 Pontanus in hunc locum interiiciebat hos versus :

> tela,
> Non petat hostili missa sagitta manu,
> Non gladio celer instet eques ; prosint mihi et aris
> Quaeque tuli supplex munera quaeque feram.
> Thure pio caleantque foci, pinguisque trahatur
> Hostia, etc.

II 3, 15 à propos du vers

> Et potum pastas ducere fluminibus.

Hic quoque versus supposititius, quia vacant in hoc loco veteres codices, nec quae sequuntur satis cohaerent, et apparent (sic) plures desiderari versus. Pontanus his supplebat versibus :

> vaccas
> In nemora et pastas inde referre domum.
> Ipse et spumanti fertur mulctralia suco
> Implesse expressis primus ab uberibus.

II 3, 75 à propos du vers

> Ah pereant artes et mollia iura colendi.

Hic versus supposititius et in vetustioribus libris desideratus. Nonnulli ita reposuerunt :

> Mos precor ille redi. Patientur rursus ut olim
> Horrida, etc.

Pontanus autem ita reposuit :

> O valeant cultus et tinctae murice lanae.

Soldati a fait cette communication pour faire connaître les habitudes de la critique des humanistes du xv⁰ siècle. Mais ces habitudes sont connues depuis longtemps et il n'y a rien là d'inédit ; les suppléments de Pontanus se trouvent dans l'apparat de Baehrens.

§ 282. — Repoussant sur I 5, 65 la correction de Doncieux, A. Gulli[1] reprend la conj. de Kraffert: Pauper ad occultos furtim deducet *amores*. Il n'y a vraiment aucun avantage à changer *ami-*

---

1. Bollettino di Filologia classica. Anno VII. n⁰ 5, Nov. 1900, p. 111-112 : Tibullo, Eleg. I 5, v. 61-66, par Alberto Gulli.

cos de la tradition en *amores*. C'est là de la petite besogne inutile et qui n'est pas même originale[1].

§ 283, 1. — I 7, 1 sqq. P. Rasi[2] explique ainsi ces vers: dans
le style ordinaire on aurait dit : Parcae cecinere fore (futurum ou
nasciturum esse) hoc die eum, qui, etc. ; dans son élan lyrique, le
poète change la construction et, comme s'il avait dit précédemment Parcae cecinere de hoc die, il continue par une anacoluthe :
fore (eum), qui posset, etc. (Ceci est tout à fait impossible ; le
sens qui se tire naturellement de ces vers est très admissible).

2. — V(almaggi)[3] trouve cette bizarrerie digne d'attention.

§ 284 (cf. § 279). — J. P. Postgate[4] a encore donné 10 corrections, dont une est très ingénieuse[5] ; les autres se heurtent à
des objections décisives[6]. Voir la suite § 293.

§ 285. — J. Mayer[7] a apporté une contribution à la question de
l'authenticité du panégyrique en étudiant par la méthode statistique l'hiatus dans le poème en question et dans les deux premiers
livres de Tibulle. Résultats :

1. Hiatus à la fin d'un mot à la thesis. Il est évité par le pa-

1. Th Korsch, ad Tibullum [fragm. 1, 15] Filologiceskoje Obozrënije XVI, 2,
p. 145-146. — Ad Tibullum 3, 13 sive 4, 1. Ibid. XVI, 2, p. 145-146, m'est resté
inaccessible.

2. P. Rasi, Contributo alla esegesi di due passi controversi in Orazio e Tibullo
(estr. dalla Bibliotheca delle scuole italiane 1900, nos 10-12, p. 9).

3. Bollettino di Filologia classica. Anno VII, no 11, Mai 1901, p. 259.

4. The Journal of Philology. Vol. XXVIII. no 55, 1901, p. 152-159 : Tibulliana, par J. P. Postgate.

5. IV 1, 68 Magna deum proles louibus *ius diceret* umbris; il est certain que
discurreret n'offre guère de sens.

6. Ainsi I 1, 35 *hinc* i. e. de meo pecore ; on ne voit pas pourquoi *hic*, tant
attaqué, ne signifierait pas : dans ma propriété, le vers précédent demandant aux
voleurs et aux loups d'exercer leurs ravages ailleurs; 2, 7 *dominis*, c'est-à-dire Delia
et Tibulle ; ceci est tout à fait impossible ; on ne voit pas pourquoi Tibulle n'appel-
lerait pas le mari, qui lui interdit sa porte et fait garder sa femme, *difficilis domi-
nus*, etc.

7. XXX. Progr. d. k. k. deutschen Staatsgymnasiums in Budweis, veröffent-
licht am Schlusse des Schuljahres 1900-1901. — Inhalt : 1. Ueber den Hiatus in
den Elegien des Tibullus und im Panegyrikus an Messalla. — Von Prof. Jakob
Mayer, p. 3-25... Budweis. Im Selbstverlage des k. k deutschen Staatsgymnasiums.
in-8.

négyriste; Tibulle a employé l'interj. *heu* deux fois à la thesis en hiatus en laissant la syllabe longue (Le panégyriste n'ayant jamais employé *heu* — il n'avait pas occasion de le faire — ce premier cas ne prouve rien).

2. Hiatus à la fin d'un mot à l'arsis. Le panégyriste l'évite. Tibulle a employé trois fois *heu*, trois fois *o* à l'arsis en hiatus en laissant la syllabe longue (Même observation que précédemment). I 5, 33 la final *ŭm* à la coupe hephthémimère ne s'élide pas et compte pour une longue (Reste à savoir si le passage n'est pas altéré.)

3. Hiatus après élision. 6 fois chez Tibulle (1 fois au premier, 2 fois au cinquième pied) 2 fois dans le panégyrique avec la particule *etiam* (qui figure également 1 fois chez Tibulle) (Étant donné le petit nombre de vers du panégyrique l'usage paraît être sensiblement le même des deux côtés).

4. Hiatus à l'intérieur d'un mot latin. Tibulle : fīat, fīam, fīet, 4 fois illīus, 1 fois nullīus, 1 fois fiĕri, 4 fois illīus. Le panégyriste n'a aucune forme de fieri (ceci n'est qu'un hasard; on ne saurait lui imputer d'avoir évité de propos délibéré un mot si usité); il a illīus et alterīus. (Étant donné le petit nombre de vers, la différence est peu significative.)

5. Hiatus à l'intérieur d'un mot grec avec conservation de la longue. La proportion chez Tibulle est de 1,77 pour 100 (22 cas), chez le pagényriste de 8,53 pour 100 (18 cas). (La différence paraît tenir uniquement à ce que le panégyriste emploie les mots grecs plus fréquemment que Tibulle; croira-t-on que Tibulle a évité *aer* par crainte de l'hiatus, qu'il aurait reculé pour cette considération devant l'emploi d'un mot grec dont il aurait eu besoin?)

6. Hiatus à la fin du vers : en bloc Tibulle 14,62 pour 100, Pan. 8 pour 100; cas où l'hiatus n'est pas adouci par une pause de sens: Tib. 2,42 pour 100, Pan. 0,94 pour 100. (Il est certain qu'il y a là une différence; mais c'est la seule qu'on puisse faire valoir).

L'auteur a régulièrement appliqué la méthode de statistique : elle ne lui a donné que de maigres résultats.

§ **286.** — F. Calonghi¹ est tenté de considérer tous les poèmes
qui remplissent les livres 3 et 4 comme n'étant que des falsifi-
cations. Il regarde Lygdamus comme un imitateur de Tibulle, de
Properce et d'Ovide. Si l'on n'examine que les choses, il peut sem-
bler qu'il ait puisé aux sources grecques qu'ont utilisées les autres élégiaques, mais la forme est empruntée à ses prédécesseurs
latins. A propos de III 5, 17 sq. il revient à la leçon des manuscrits inférieurs Natalem primo *nostri* (vel *primum nostri*) uidere
parentes, etc. et il explique : Nostri (*videlicet mei*) parentes *primum* natalem (vel *primo* natalem) viderunt (quae idem valent atque
nati sunt), cum uterque consul pari fato cecidit. L'auteur a voulu
signaler au lecteur cette particularité que son père et sa mère
étaient nés la même année, celle où avaient péri les deux consuls
et il s'est servi pour cela d'une expression d'Ovide. Mais il s'agit
de l'âge de Lygdamus et non de celui de ses parents, dont on ne
pourrait conclure le sien que d'une façon approximative. Calonghi
a emprunté cette absurdité, sans le dire du reste, à Lierse, § 124 ;
c'est un plagiat malheureux.

§ **287, 1.** — L'étude de D. Menghini² sur Tibulle est un essai
de vulgarisation. C'est une analyse et une appréciation de l'œuvre
de Tibulle ; l'appréciation est inspirée d'un vif sentiment esthétique ; elle est chaude, colorée, contient souvent des choses
justes et bien vues ; mais il n'y a pas là l'ombre d'un travail scientifique. L'auteur connaît assez bien les anciens écrits sur Tibulle,
mais non les plus récents. Il se contente souvent de démarquer
Teuffel, manque de critique, adopte des opinions erronées, imagine et invente. Il croit que Tibulle a pris part à la guerre d'Actium ; il serait porté à admettre l'authenticité du panégyrique ;
il réédite de vieilles erreurs sur les élégies à Marathus. Il dit de
Delia p. 28 : « essendo bella, amava d'essere corteggiata da molti
e per accrescere i suoi vezzi dovea ricorrere, secondo il costume,
a cosmetici d'un prezzo tale che solo un ricco poteva proveder-
glieli » ; ceci est de J. Soury et est absurde. Delia aurait épousé
le *diues amator*. P. 36 l'auteur modernise son étude en employant
des mots comme celui-ci : Nemesis « era in somma, come oggi si
dice, una *cocotte* ». A propos des élégies concernant Sulpicia il

1. Rivista di Filologia. Anno XXIX 1901, p. 273-278 ; De Lygdamo Ovidii imitatore, par F. Calonghi.
2. Domenico Menghini. Gli Amori e i Carmi di Albio Tibullo 1901. Ditta G.
B. Paravia e comp... Torino... in-8. 165 pages.

raconte p. 79 sqq. cette histoire invraisemblable : l'auteur de
ces élégies est Messalla ; celui-ci ayant surpris le secret des amours
de Cerinthus et de Sulpicia fit des reproches à Cerinthus, qui lui
montra les billets de Sulpicia, prouvant que c'était elle qui était
la plus coupable (le vilain homme!). Messalla voulut alors unir en
mariage les deux amants ; mais il fallait obtenir le consentement
de Servius Sulpicius, qui ne voulait pas donner sa fille à un
homme sans naissance. Pour les excuser sur la fatalité de la passion, Messalla raconta l'aventure et il fit appel à la poésie, que
cultivait du reste Sulpicius, pour amener tout doucement le père
de l'idéal au réel. Il imita Tibulle, dont il était l'admirateur, en
restant inférieur à son modèle (aegri somnia).

2. — F. Calonghi[1] tout en reconnaissant le mérite des appréciations esthétiques de l'auteur, la conviction et le feu avec lesquels il les exprime, lui reproche de ne pas connaître les travaux
récents, en particulier celui de Belling. Il adopte l'opinion alors
dominante en Allemagne qu'il y a peu ou point de réalité vécue
chez les élégiaques latins, qui s'inspirent surtout des poètes
alexandrins. Il ne croit pas beaucoup à l'idéalisme de Tibulle
qu'il appelle un érotique sentimental, dont Horace s'est moqué.
Le travail de Menghini est une conférence géniale; il est malheureux qu'il mérite moins d'être loué au point de vue critique.

§ 288. — Ehwald[2] n'adoptant pas les résultats de Birt (§ 168)
et de Dziatzko (§ 280) discute à son tour la leçon de III 1.
Avec Muret il voit dans la pièce un dialogue entre le poète et
les Muses (ce qui est peu vraisemblable). Les vers 5-6 sont la
question du poète, le vers 7 la réponse des Muses, le vers 8 exprime l'acquiescement du poète, les vers 9-14 sont la suite du
discours des Muses. Au vers 12 *tuum* représente le nom de Lygdamus ; après Bubendey, Ehwald ne croit pas que le recueil ait
pu être intitulé « ad Neaeram », parce que celle-ci n'y est pas
interpellée (mais le recueil lui est offert). Au vers 10 il montre
bien qu'il faut partir de *pumicet*, tradition autorisée et lit :
Lutea sed niueum inuoluat membrana libellum Pumice *sed* canas
tondeat ante comas, ce qui donne un sens peu acceptable *membrana* ne pouvant être le sujet de *tondeat*. Ehwald a bien vu que

1. Rivista di Storia antica. N. S. Anno VI. 1902, p. 341-343.
2. Philologus, Band LX, 1901, p. 572-578: Zu Lygdamus c. 1, par R. Ehwald.

les vers 11-12 désignaient l'étiquette ; il prend *facta* dans le sens de *pulche facta, εὖ ποιητός*, proposé depuis longtemps (contre Birt).

La restitution est absolument manquée ; la suite de l'article est plus juste : Ehwald soutient qu'Ovide a imité Lygdamus non pas seulement dans cette pièce, mais dans les autres; c'est en effet la solution la plus naturelle ; toutes les autres sont artificielles et se heurtent à de grosses invraisemblances. Le préjugé qu'un poète comme Ovide n'a pas pu copier un poète comme Lygdamus n'est qu'un préjugé. Ovide a dû connaître Lygdamus dans le cercle de Messalla. Ehwald termine en signalant deux particularités de langue communes à III 1 et à Ovide : l'emploi de *etenim* qui manque chez Tibulle, le changement de mode — indic. et subj. — dans l'interrogation indirecte (mais ces deux particularités n'ont rien à faire avec la question d'imitation).

§ 289 (cf. § 258). — Fr. Wilhelm[1] continue à propos de I 8 et 9 les recherches qu'il a entreprises à l'imitation de Leo et de Hoelzer et qui consistent à retrouver dans la comédie latine, chez les poètes érotiques et élégiaques latins, mais surtout chez les Grecs, en particulier chez les Alexandrins, dans l'Anthologie, chez les romanciers les motifs utilisés par Tibulle ; il ne doute pas que les concordances entre les élégiaques latins et les auteurs grecs de basse époque de romans érotiques ne remontent, comme le prouvent les épigrammes de l'Anthologie, à l'élég. hellénistique. Des recherches de ce genre ne se prêtent pas à l'analyse. Wilhelm conclut que ni Marathus, ni Pholoé ne sont des personnages réels, que la matière mise en œuvre par Tibulle provient de l'élég. hellénistique, dans laquelle tous les éléments du genre érotique depuis Mimnerme jusqu'à la comédie nouvelle attique étaient venus se fondre et avaient donné lieu à des développements nouveaux. Tibulle a lu en outre d'autres poètes grecs, en particulier les chantres de l'amour. Il offre quelques rapports avec l'ancienne lyrique ; il connaît les drames de Ménandre, Théocrite. La plupart des ressemblances avec Virgile et Horace s'expliquent par des emprunts à un fonds commun. Les concordances textuelles avec Properce dans des circonstances parfois très différentes doivent être attribuées en général à l'existence d'une phraséologie qui s'était formée peu à peu et au perfection-

1. Philologus, Band LX, 1901, p. 579-592 : Zu Tibullus I 8 und 9, par Friedrich Wilhelm.

nement de la technique du vers qui se poursuivait dans l'école romaine.

Il est certain que Wilhelm a bien montré que la plupart des motifs qui se trouvent et se répètent sous la plume de Tibulle n'ont pas été inventés par lui ; les rapprochements qu'il a accumulés avec une abondance, qui ne distingue pas toujours assez, devront désormais figurer dans un commentaire approfondi décidé à aller au fond des choses. Mais la question est de savoir si Tibulle n'est qu'un écrivain de sang-froid donnant une forme élégante aux matériaux recueillis dans ses lectures ou s'il les vivifie parce qu'il ressent justement les mêmes passions et qu'il se trouve dans les mêmes circonstances que les écrivains qui l'ont précédé ; c'est ce second point de vue qui est le vrai ; la poésie de Tibulle est trop passionnée pour n'être qu'un exercice de pensée et de style. Voir la suite § 298.

§ 290. — K. P. Harrington[1] est d'avis qu'on place généralement trop tôt la date de la naissance de Tibulle, Teuffel 54 av. J.-C., Schulze 58, Dissen 59.

1. — Il faudrait admettre que Tibulle eût écrit à un âge plus avancé que les autres élégiaques. L'œuvre de Catulle était pratiquement, sinon absolument faite à 30 ans. Properce publia son livre de Cynthia vers 23 ans. Ovide n'avait pas trente ans quand il donna ses Amores. Toute cette poésie est une poésie de jeunesse.

2. — L'époque la plus usuelle à laquelle un jeune Romain de bonne famille faisait son service militaire était celle qui suivait la prise de la toge virile, laquelle n'avait généralement pas lieu plus tard qu'à 17 ans. Si Tibulle a suivi cette coutume en s'attachant à l'état-major de Messalla pendant la guerre d'Aquitaine en 31 av. J.-C. il devait être né vers 48.

3. — On s'explique la brièveté de l'œuvre de Tibulle, si on admet qu'il revint auprès de Delia après sa maladie à Corcyre à 18 ans, qu'il avait terminé sa carrière amoureuse à 29 ans et qu'il mourut sans avoir eu le temps d'entreprendre une œuvre plus

1. Proceedings of the thirty-third Annual Session of the American Philological Association held at Cambridge, Mass. July 1901, p. 137-138 : The Birth Year of Tibullus, by Prof. Karl P. Harrington (32e vol. des Proc. of the Amer. Philol. Assoc.).

sérieuse. Sinon on se demande ce qu'il aurait fait de 25 ou 30 ans à 35 ou 40. Comment dans sa maturité, malgré l'impulsion de Messalla, serait-il resté sans rien produire ?

4. — Si Tibulle était né en 48, Lygdamus étant né en 43, on conçoit plus facilement qu'ils aient été confondus que s'il y avait eu entre eux une différence de 11 à 16 ans (ceci ne prouve rien du tout ; il faudrait savoir quand et comment la confusion s'est faite).

La date la plus probable pour la naissance de Tibulle est donc 48. Il y aurait eu peu de différence d'âge entre lui et Properce ; le renseignement donné par Ovide que Properce succéda à Tibulle doit signifier surtout qu'une grande partie de l'œuvre de Properce fut publiée après celle de Tibulle.

L'auteur propose donc la chronologie suivante : Naissance de Tibulle 48 av. J.-C. Campagne d'Aquitaine 31. Liaison avec Delia 31-23. Liaison avec Marathus 23-21. Liaison avec Nemesis 21-19. Mort de Tibulle 19. Il y a de sérieuses réserves à faire sur plusieurs de ces dates ; mais Harrington paraît avoir raison en supposant que Tibulle était très jeune lorsqu'il écrivit ses élég. à Delia [1].

§ 291, 1 (cf. § 2, 12). — Dans une thèse de doctorat faite sous mon inspiration et qui intéresse directement Tibulle R. Pichon [2] a étudié le langage de la galanterie chez les élégiaques

---

1. Dans les N. Jahrb. f. d. klass. Alterthum, 4ter Jahrg. 1901, Vergils Aeneis im Lichte ihrer Zeit, p. 268-269, Ed. Norden a exprimé incidemment son jugement sur Tibulle, en s'inspirant de Rothstein et de Leo ; il croit que Tibulle a créé un genre nouveau en associant artistiquement le sentiment bucolique avec la forme et la suite de pensées de l'élégie érotique ; quand Properce offre quelque chose de semblable, il est sous l'influence de Tibulle ; le lien du romantisme relie étroitement les élégies de Tibulle aux poèmes rustiques de Virgile ; il faut laisser ouverte la possibilité que Gallus l'ait précédé dans cette voie. Tibulle s'est essayé une fois dans la poésie archéologique II 5 en donnant à la description de la Rome future une couleur romantique et en empruntant des détails à la poésie hellénistique. Properce n'avait pas encore publié son 4e livre. Les deux poètes s'inspirent en s'adonnant à ce genre de l'esprit du temps et sont vraisemblablement sans influence l'un sur l'autre. — Je n'ai pas eu entre les mains : L. Cisorio, dell' idealismo romantico nelle Elegie di Tibullo, dans : Il Torazzo, Mars 1901. L. Cisorio, Tibulliana quaestiuncula. Cremona 1901. 12 pages.

2. De sermone amatorio apud latinos elegiarum scriptores — Thesim proponebat Facultati Litterarum in Universitate Parisiensi René Pichon. Paris, Hachette 1902. in-8. ix-303 pages.

latins. Il a commencé par définir ce qu'il fallait entendre par là et il ne me semble pas qu'il l'ait fait exactement : c'est en somme une langue de convention faite, à l'exclusion des mots obscènes, avec les termes usuels de la langue pris dans un sens particulier ; cette langue est riche en synonymes, mais l'auteur paraît aller trop loin en admettant que les élégiaques emploient les mots les uns pour les autres ; il faut examiner chaque cas en particulier et pénétrer l'intention de l'écrivain. Il a recherché ensuite l'origine du langage de la galanterie et noté les racines qu'il a d'une part dans la comédie latine, de l'autre chez les Grecs en particulier chez les Alexandrins ; mais c'est là un sujet qui en quelques pages ne pouvait être qu'effleuré. Il a fait des observations intéressantes sur les divers ordres d'idées et sur les manifestations de l'activité humaine auxquels les élégiaques empruntent le plus volontiers leurs comparaisons et leurs images. Il a distingué ensuite chacun des élégiaques au point de vue du caractère qu'il donne au style galant. Tibulle, d'un tempérament moins énergique que Catulle et Properce, n'y a pas imprimé une marque bien personnelle. Toutefois on s'aperçoit que bien des mots qui expriment les violences et les fureurs de l'amour manquent chez lui, tandis que ceux qui sont propres à la plainte et à la douleur ou bien aux impressions tendres et douces abondent.

Il y a là des choses finement vues. On aurait pu, en approfondissant davantage, mieux montrer que ne l'a fait Pichon comment le sermo amatorius s'était formé par l'effort successif des poètes pour constituer un fonds commun qu'ils se transmettaient et d'autre part il y avait à signaler plus de différences dans l'emploi particulier à chacun. L'auteur n'a pas tiré de son étude des résultats bien notables pour la constitution du texte. Un index fait avec soin, mais où l'ordre alphabétique n'est pas assez strictement observé, termine cet ouvrage, qui traite avec soin et intelligence un sujet neuf et qui est destiné à rendre d'utiles services.

2. — J'ai formulé dans un compte rendu[1] quelques-unes des réserves mentionnées ci-dessus.

M. Delhez[2] s'est borné à une approbation un peu vague.

---

1. Revue critique, 37e année. N. S. T. 54, no 12, 23 Mars 1903, p. 224-227.
2. Bulletin Bibliogr. et Pédag. du Musée Belge, 7e année, no 5, 15 Mai 1903, p. 197-199.

K. P. Schulze[1] reproche à l'auteur de ne pas connaître sur ce que les élégiaques doivent à la comédie latine et à la comédie grecque les travaux de Leo et de ses successeurs. Il relève quelques erreurs et estime que le lexique aurait pu être restreint aux mots que les élégiaques emploient dans un sens particulier, distinct du sens courant.

L. V(almaggi)[2] trouve que la méthode est bonne et que l'auteur a tenu ses promesses. Son étude, quoique restreinte aux élégiaques, et le lexique, qui termine le livre, sont utiles.

A. Zingerle dans deux comptes rendus[3] croit que l'auteur aurait eu profit à étendre ses recherches aux fragments et aux écrivains postérieurs. Il aurait fallu parler d'une façon plus approfondie de l'influence des Grecs sur la langue de l'élégie latine. L'auteur a négligé quelques ouvrages qui étaient importants à connaître. Zingerle discute III 6, 46 ; il regrette de n'avoir pas trouvé mentionnée la conj. de Bergk, qu'il est disposé à accepter, Aut fallat blanda *perfida* lingua prece.

Edgar Martini[4] constate que l'auteur connaît d'une façon approfondie les auteurs dont il parle ; il regrette l'ignorance des travaux de Leo qui a frayé une voie, de Bürger et d'autres.

A. Grenier[5] signale le livre comme une étude très originale des élégiaques latins. L'index, dans lequel l'auteur distingue le sens de chaque mot et en classe les emplois variés, représente un travail considérable. C'est un instrument désormais indispensable.

K. Fl. Smith[6] juge que le sujet était important et que le livre contribue à nous le faire connaître d'une façon solide. L'auteur a bien montré que le caractère de la langue des élégiaques était de se dégager de la vulgarité.

§ 292. — J'ai proposé[7] sur le Corpus Tibullianum cinq corrections, qu'il ne m'appartient pas d'apprécier. J'ai toujours essayé de déterminer la nature et autant que possible l'origine de la faute.

1. Wochenschrift f. klass. Philol , 20ster Jahrg. n° 30-31, 29 Juill. 1903, col. 831-833.
2. Bollettino di Filologia classica. Anno X. n° 3, Sept. 1903, p. 59-60.
3. Zeitschr. f. d. österreichischen Gymnasien, 54ster Jahrg. 1903, 12tes Heft, p. 1090-1091 et Berliner Philolog. Wochenschrift, 24ster Jahrg. n° 14, 2 Avril 1904, p. 425-427.
4. Literarisches Zentralblatt, 30 Janv. 1904, col. 169.
5. Revue de Philologie. N. S. Ann. et t. 28, 2e livr. Avr. 1904, p. 155.
6. American Journal of philology, vol. 25 1904, p. 90-91.
7. Revue de Philologie. N. S. Ann. et t. 26, 4e livr. Oct. 1902, p. 392-399.

I 4, 9 sqq. au lieu de chercher la faute, comme on l'a fait jusqu'à présent au vers 15 qui ne s'accorde pas avec ce qui précède, lire au vers 9 *Ne* au lieu de *O* ; j'ai constaté depuis que cette conjecture était déjà notée par Perreius, cf. Huschke t. 2 de son édition p. 705 ; l'altération a été faite volontairement, dans un but moral, pour faire disparaître l'inconvenance du conseil. I 6, 42 lire Stet procul aut alia *det mihi terga* uia ; *stet procul ante* de la tradition provient d'une lacune comblée avec les mots avoisinants (ou d'une dittographie). II 1, 39 sq. transposer pour le sens 41-42 avant 39-40 ; les vers 41-42 commençant par *illi etiam* on a cru qu'ils devaient venir après les vers 39-40 commençant par *illi*, tandis que *etiam* enchérit sur le vers 37 sq. et commande tout le développement introduit par *illi*. II 5, 1-11 au lieu de corriger au vers 4 le mot *meas* transposer les vers 3-4 après le vers 10 *laudes meas* désignant l'hymne qui commence avec le vers 11 ; le distique a été déplacé par la négligence d'un copiste. IV 1, 86 *fontibus ut* est une faute de lecture pour *fontis uti*[1].

§ 293 (cf. 284). — J. P. Postgate[2], plaçant la division de la Gaule en quatre provinces en 27 avant J.-C., pense qu'aux vers I 7, 10 sqq. la Saône, le Rhône, la Garonne et la Loire forment avec l'Océan les limites du territoire qu'Auguste ajouta à l'Aquitaine ; si Messalla a été chargé après sa victoire d'organiser la province, la mention des quatre rivières s'explique naturellement. Au vers 4 il serait disposé à admettre la correction de Scaliger *Atur*, mais il en aimerait mieux une autre, qui consisterait à lire *cum* au lieu de *quem,* ce qui modifierait complètement le sens ; le vers peindrait les circonstances dans lesquelles Messalla fut appelé en Gaule : les Aquitains avaient envahi la Province, occupé le cours de l'Aude supérieure et menacé Narbonne (cette correction mérite l'attention ; elle fait disparaître une difficulté) ; Messalla les vainquit, les rejeta dans leur pays et les poursuivit ; il prit ensuite part à la reconstitution de la Gaule et à la formation de

---

1. Paul Maas, Studien zum poetischen Plural bei den Römern (dans l'Archiv f. lat. Lexicogr., 12ter Band, Heft 4 1902, p. 479-550) et Ed. Hailer, Beiträge zur Erklärung des poetischen Plurals bei den römischen Elegikern (Progr. du gymn. de Freising pour 1901-1902) ont étudié la question du pluriel poétique qui intéresse directement le style de Tibulle et s'occupent fréquemment de l'usage qu'il fait de ce pluriel.

2. The classical Review. Vol. XVII. n° 2, Mars 1903, p. 112-117 : Messalla in Aquitania, par J. P. Postgate.

l'Aquitaine nouvelle. Sa campagne d'Aquitaine serait de 28 avant
J.-C. et était terminée au printemps de 27 ; nous savons qu'Auguste visita la Gaule pendant l'été ; Messalla retourna à Rome,
pour célébrer son triomphe en automne.

On a généralement conclu de la *uita* et du vers 9 que Tibulle
avait accompagné Messalla en Gaule ; mais l'autorité de la *uita*
est faible ; elle ne contient pour le reste rien qui n'ait pu être
tiré de Tibulle lui-même ou d'Horace ; quant au vers 9 il est
altéré ; l'expression serait de la part de Tibulle une fanfaron-
nade indécente incompatible avec ce que nous savons de son
caractère (mais on ne voit pas pourquoi Postgate considère
comme impossible l'explication : j'étais avec toi, quand tu méritas
cet honneur ; c'est celle qui ressort naturellement du texte : *non
sine me* n'est pas *non sine mea opera* ; cf. I 3, 1 ibitis *sine
me*). D'après l'auteur Tibulle n'aurait pas vu la Gaule et ce qu'il en
dit lui viendrait de ce qu'on en savait en général et de ce que lui
avait raconté Messalla. La preuve que Tibulle ne parle pas *de
visu*, c'est qu'il dit que les eaux de la Loire sont bleues ; or elles
ne le sont pas (l'argument ne vaut rien ; cela dépend des saisons ;
l'été, quand la Loire ne roule pas comme un torrent, ses eaux
sont d'un bleu qui contraste avec le jaune des sables qu'elle découvre). Postgate adopte pour le vers 9 la correction de Baehrens :
non sine Marte (mais ce n'est qu'une platitude qui n'a guère de
sens ; il est bien certain qu'on n'obtenait pas le triomphe sans
combattre ; d'autre part il faudrait admettre que Messalla a combattu non seulement au pied des Pyrénées, mais aussi en Sain-
tonge, sur les bords de la Saône, du Rhône, de la Loire ; pour
éviter cette nécessité Postgate suppose entre les vers 10 et 11 une
lacune qui aurait contenu l'idée suivante : Tes succès sur le
champ de bataille, Messalla, sont égalés ou surpassés par tes succès comme réorganisateur et comme administrateur. Nous sommes en pleine fantaisie ; il peut être amusant de traiter ainsi les
textes ; mais il n'y a rien de sérieux à tirer de là). Voir la suite
§ 306.

§ 294. — G. Lupi[1] repoussant les corrections qui ont été tentées sur I 3, 18 en particulier celle de Rasi (§ 274) lit : *aut,
omina dira, Saturni sacram me tenuisse diem,* en prenant *omina*

1. Bollettino di Filologia classica. Anno IX. n° 10, Avril 1903, p. 231-233 :
Tibullo I 3, 17 sq., par G. Lupi.

dira comme une opposition à l'idée contenue dans le pentamètre (mais, outre que le pluriel ne s'expliquerait pas, on s'aperçoit en regardant de près qu'on n'obtient ainsi aucun sens ; à la rigueur on peut considérer *dies Saturni* comme un *omen dirum,* mais le fait de n'oser se mettre en route le jour de Saturne n'est pas un *omen dirum* et *Saturni dies me tenuit, omina dira,* ne signifie rien du tout). Lupi croit que le fait que Tibulle a fait la première syllabe de *sacer* suivie de *cr* brève quand la finale est longue, longue quand la finale est brève est l'effet du hasard et ne constitue pas une règle.

§ 295. — Je ne connais le mémoire (en magyar) publié à Budapest en 1903 aux frais de l'Académie hongroise par Geyza Némethy A római elegia viszonya a göröghöz que par l'analyse de J. K.[1]. «Il donne un aperçu général du volume qu'il veut consacrer aux Élégiaques romains. Il combat l'opinion de ceux qui prétendent que Gallus avait pris pour modèle Euphorion, tandis que Tibulle et Properce s'inspirèrent de Philetas et de Kallimaque. Euphorion n'a pas écrit d'élégies et surtout pas d'élégies érotiques, dont Gallus était le premier représentant *original* chez les Romains. Philetas et Kallimaque, quoiqu'ils eussent écrit des élégies érotiques, n'exprimaient pas leurs sentiments propres, mais composaient des récits mythiques à sujet érotique. L'élégie lyrique est donc une création romaine et dans cette création la part de Gallus était très grande. »

§ 296. — Je ne connais que par l'analyse de J. Kont[2] les Parerga Tibulliana de G. Némethy[3]. Némethy croit que Messalla fut envoyé en Aquitaine après la bataille d'Actium, qu'il y resta jusqu'au printemps de 30 avant J.-C., alla ensuite en Orient et ne revint à Rome qu'en 27 (c'est la combinaison qui paraît la plus vraisemblable, bien qu'on ne puisse savoir combien de temps Messalla resta en Gaule). Tibulle, qui tomba malade à Corcyre, n'accompagna pas Messalla en Asie. L'ordre chronologique des élégies à Delia serait 3, 1, 5, 2, 6 (c'est un arrangement arbitraire). Delia n'a jamais été mariée, mais elle avait un amant en titre (il ne semble pas que ceci soit exact ; Tibulle distingue le mari *uir,*

1. Revue critique. 37ᵉ année. N. S. t. LV. nᵒ 18. 4 Mai 1903, p. 357.
2. Revue des Revues. Fasc. parus en 1903, p. 120.
3. Egyetemes Philologiai közlöny. 1903, t. 27, fasc. 8 et 9.

coniunx du *diues amator* et de ses autres rivaux). Il identifie Cerinthus et Cornutus (à tort). Il attribue IV 7 à Sulpicia, IV 2-6
à Tibulle (avec raison). L'ordre chronologique des élégies du
deuxième livre serait 1, 4, 6, 3 (ceci est arbitraire). Cf. l'édition
de Tibulle par Némethy § **304**.

§ **297**. — J. J. Hartman[1] fait observer avec raison que le vers
I 7, 40 n'a jamais pu être expliqué ; à la rigueur on peut admettre le gén. avec *soluere* d'après Cicéron et Horace, mais *disso-
luenda dedit* n'est pas *dissoluit* et réclame après lui un datif. Il
est convaincu que la faute provient de ce que le copiste a écrit,
non pas ce qu'il avait sous les yeux, mais ce qu'il avait dans l'esprit ; le *labor quo pectus agricolae conficiatur* a suggéré au copiste l'idée de *tristitiae* qu'il a écrit machinalement tandis
qu'il avait sous les yeux *laetitiae*, qui est le mot dont s'était
servi Tibulle (c'est une solution élégante de la difficulté ; il va
sans dire qu'elle n'emporte pas l'assentiment. La conj. est du
reste de Muret).

§ **298** (cf. § **289**). — Fr. Wilhelm[2], continuant ses recherches
sur les sources des motifs employés par Tibulle dans ses élégies,
examine II 3 et IV 13 et 14. II 3, à propos de la séparation des
deux amants dont l'un quitte l'autre pour aller à la campagne, il
applique son principe que les élégiaques latins ont beaucoup emprunté aux élégiaques alexandrins qui s'inspiraient des comiques
attiques[3] ; le motif a déjà été utilisé par Plaute et Térence.
L'exemple d'Apollon est un lieu commun des érotiques. Tibulle
en développant cette fable avec l'ampleur familière à Kallimaque
et à ceux qui dérivent de lui, en lui donnant cette couleur bucolique qu'ils aimaient se révèle comme un artiste comparable aux
Alexandrins. Après cette digression il ne revient pas à lui-même,
p. 283 « *quippe cuius ardor commenticius, non verus sit* » (c'est
là la thèse qui est affirmée sans cesse et difficilement admissible),
mais il imagine un autre amant pauvre qu'il invite à quitter le
camp de l'Amour pour venir se fixer dans sa maison, où, lui fai-

1. Mnemosyne. N. S. Vol. tricesimum secundum. Pars II 1904, p. 257-258 : Ad
Tibullum I 7, 39 sq. scripsit J. J. Hartman.
2. Rhein. Mus. N. F. 59ster Band, 2tes Heft 1904, p. 279-293 : Tibulliana, par
Fr. Wilhelm.
3. Cf. Hoelzer, De poesi amatoria a comicis Atticis exculta, ab elegiacis imitatione
expressa. P. I. Marp. Catt. 1899.

sant la leçon, il lui montrera que le siècle de fer dans lequel ils vivent se complaît non point dans l'amour, mais dans la cupidité et le luxe[1]. La malédiction de l'âge de fer est un lieu commun ; les plaintes sur l'avidité des femmes, l'ancien esclave enrichi se trouvent chez les comiques et après eux chez les Alexandrins ; le *genus exsecratorium* pratiqué par Kallimaque et Euphorion a laissé de nombreuses traces ; le souhait du retour de l'âge d'or plus favorable à l'amour provient sans doute des élégiaques alexandrins dépendant jusqu'à un certain point des philosophes populaires, qui ont souvent dépeint le bonheur des temps primitifs. Cette élégie montre mieux que toute autre que Tibulle s'est conformé à l'usage contemporain de remplir ses poèmes de lieux communs sur le modèle des Grecs. Il a réuni dans une seule pièce des motifs que les élégiaques alexandrins avaient sans doute développés dans des élégies diverses et il en a fait un mélange. C'est pour cela que les critiques ont trouvé çà et là le lien un peu lâche entre les parties et que quelques-uns ont partagé en deux ou trois fragments ce poème que l'auteur a prétendu faire un ; leur hypothèse n'a pas besoin d'être réfutée.

Fr. Wilhelm défend l'authenticité de IV 13 et explique la similitude de certains passages avec les vers de Properce par l'utilisation des mêmes sources. Il fait également avec 14 des rapprochements intéressants.

C'est toujours le même parti pris, sur lequel je me suis déjà expliqué ; les parallèles qu'accumule Wilhelm sont parfois un peu lointains et sans rapport direct ; mais le fait que l'invention de Tibulle est assez restreinte, qu'il met en œuvre un fonds préexistant n'est pas discutable ; la question est toujours de savoir sous quelle forme il l'a trouvé et s'il n'a pas versé dans ces moules anciens des impressions très réelles et profondément ressenties. Voir la suite § 312.

§ 299. — E. Gerunzi[2] a donné la description d'un ms. appartenant à Pasquale Papa, qui le tient de G. Orlandi de Bari, lequel

---

1. Après le vers 34 il met deux points (sans lacune) et supplée *scito*. Il explique : Quid tibi vis, tiruncule ? Apage te ex his castris, ubi pauper in honore non est, neve prius huc redieris, quam in Tibulli ducis et magistri domo — haec castra tibi sunto — huius militiae rudimenta deposueris (c'est dire beaucoup en peu de mots. Tibulle n'est pas si concis et si obscur).

2. Atene e Roma. Anno VII. n° 66, Juin 1904, col. 185-186 : Un nuovo codice di Ovidio e di Tibullo, par E. Gerunzi.

déclare l'avoir reçu par héritage de ses ancêtres. C'est un ms. sur parchemin de 18 × 11 centimètres, qui paraît avoir perdu environ 3 centimètres à la marge supérieure. Il semble être de la fin du xv⁰ siècle. Il compte 144 pages de 28 lignes et contient les Amours d'Ovide et les élégies de Tibulle. Le dernier quaternion manque. Le texte de Tibulle se termine à IV 4,13 : Interdum uouet interdum quod langueat illa. II 5 est divisé en 2 élég., dont la deuxième commence au v. 39. Dans une inspection rapide l'auteur a pu constater bon nombre de variantes dont quelques-unes nouvelles; il promet qu'elles seront publiées.

§ 300, 1. — H. de la Ville de Mirmont[1] a repris la question de Lygdamus. Il analyse ses élég. et les caractérise comme sincères et maladroites : ce sont des poèmes chastes et naïfs ; trahi par une expression gauche et par un vocabulaire indigent, l'auteur dit mal ce qu'il sent profondément ; la simplicité monotone du sujet s'enrichit trop souvent et très mal à propos de comparaisons banales, d'amplifications inutiles développées suivant les procédés de l'école de déclamation, de digressions alourdies par une érudition scolaire en mythologie. Avec une érudition abondante mais toutefois incomplète l'auteur dans de longs développements et en remontant jusqu'à J. H. Voss expose à nouveau les vieilles discussions pour savoir si Lygdamus n'est pas Tibulle et combat un certain nombre des identifications proposées, des opinions émises sur les rapports de Lygdamus et d'Ovide. (Rien de tout cela n'est bien utile.) Son système personnel est le suivant : Lygdamus ne saurait être le nom de l'auteur du livre 3 qui est un citoyen romain issu d'ancêtres romains ; ce n'est qu'un pseudonyme. Les ressemblances constatées entre les vers d'Ovide et ceux de Lygdamus viennent de l'enseignement reçu par les deux jeunes gens à l'école de déclamation et de l'influence exercée sur eux par le cercle lettré de Messalla. Ovide et Lygdamus ne s'imitent pas l'un l'autre ; suivant leur talent personnel et leurs réminiscences scolaires, il accommodent au mètre de leurs vers élégiaques la prose des traits brillants, qu'on leur proposait comme exemple des ornements à introduire dans leurs controuersiae. Il est probable que les membres du cercle poétique de Messalla s'exerçaient à exécuter des variations sur un thème poétique donné : le céna-

1. Le Musée Belge, 8ᵉ année, nᵒˢ 3 et 4, 15 Juill. 15 Oct. 1904, p. 339-403 : Le poète Lygdamus, par H. de la Ville de Mirmont.

cle jugeait. Le v. III 5, 18 cum cecidit... etc. a été composé dans le
cénacle de Messalla et est devenu une sorte de propriété commune,
de formule, dont les deux poètes nés la même année se sont servis
indépendamment l'un de l'autre pour désigner la date de leur
naissance. (Le système de De la Ville de Mirmont n'est qu'une vue
subjective des choses ; il est possible en effet que le v. 18, qui
est ingénieux, soit resté dans les esprits comme la caractéristique
de l'année 43 av. J.-C. ; mais rien ne prouve que Lygdamus n'en
ait pas été l'inventeur. Quant aux v. 19-20 il est difficile d'admettre que Lygdamus et Ovide les aient trouvés tout faits et les
aient copiés purement et simplement indépendamment l'un de
l'autre. Je persiste à croire qu'Ovide Amor. II 14, 23 sq. les a pris
à Lygdamus et a trouvé plaisant de les appliquer aux pratiques de
l'avortement auxquelles il se trouve qu'ils conviennent à merveille).
On est étonné de lire, page 403, que les élég. de Lygdamus peuvent
nous donner une idée de celles qui ont disparu de la 2ᵉ édition
des Amores d'Ovide, p. 339, qu'aucun des mss. de Tibulle ne remonte au delà du xvᵉ siècle.

2. — L'auteur a fait suivre cette étude d'une édition et d'une
traduction du 3ᵉ livre[1]. Le texte de Hiller n'a pas été amélioré
décidément dans un seul passage ; en revanche il a subi l'intrusion d'environ 18 leçons des mss. inférieurs ou de conjectures
souvent à la suite de Luc. Müller. On relève quelques contradictions[2]. L'apparat critique est parfois erroné[3].

§ 301 (cf. § 191), 1. — Vahlen[4] a donné une troisième revision
du Tibulle de Haupt. Il a incontestablement amélioré le texte en
10 passages, sur lesquels il s'accorde 9 fois avec Hiller[5] ; son seul

1. Le poète Lygdamus, étude critique suivie d'une édition et d'une traduction des
élégies par H. de la Ville de Mirmont... Louvain, typographie Charles Peeters.
Paris, Albert Fontemoing, 1904. in-8. 91 p.

2. P. 3 l'auteur dit des mss. de Tibulle qu'« aucun ne remonte au delà du
xvᵉ siècle » ; p. 68 il cite « l'Ambrosianus R, 26, de la fin du xivᵉ siècle et le
Vaticanus nº 3270, qui est du xivᵉ ou du xvᵉ siècle ».

3. P. 69 Codices désignerait l'« accord des mss. de Lachmann et de Baehrens ».
Or on lit III 2, 10 supra, codices ; G a super ; 3, 7 sociarent codices ; G a so-
ciarē, etc. ; 5, 16 tacito est donné comme du ms. C (= F) ; c'est en réalité la
leçon des Exc. Par.

4. Catulli Tibulli Propertii carmina a Mauricio Hauptio recognita — Editio sexta
ab Iohanne Vahleno curata — Lipsiae apud S. Hirzelium 1904. in-12.

5. Il lit actuellement avec Hiller I 2, 3 percussum au lieu de perfusum ; 19

mérite en pareil cas est d'avoir enfin accepté la bonne leçon qu'il avait méconnue jusque-là. Dans 4 passages son texte actuel est moins bon que précédemment [1]. Dans un autre il a varié, sans qu'on puisse constater un progrès [2]; dans un enfin il est possible qu'il soit revenu à la bonne leçon [3]. En somme le texte est amélioré, mais non dans des proportions très notables.

2. — K. P. Schulze [4] est incomplet dans le relevé des modifications apportées par Vahlen à la nouvelle édition; il les accepte sans discussion, même le texte qu'il donne actuellement de I 3, 17 sq., qui est difficilement acceptable.

§ 302. — Contre l'opinion qui au v. II 1, 57 sq. entend par *ouili* l'étable commune aux chèvres et aux brebis et corrige *oues* en *opes*, Ed. Wölfflin [5] pense que dans ce passage Tibulle, qui traite la légende très librement, a substitué un bélier au bouc, qui était donné chez les Grecs au vainqueur des concours dramatiques. Le mouton est considéré par lui comme ayant contribué aux progrès de la civilisation en fournissant la laine à filer et à tisser.

§ 303. — F. Jacoby [6], sans connaître le mémoire de Némethy (§ 295) qui est arrivé sur les points importants aux mêmes conclusions que lui [7], a longuement combattu la théorie de Leo sur l'existence d'une élégie hellénistique érotique subjective. De la

molli furtim derepere au lieu de *furtim molli decedere*; 4, 37 *iuuentas* au lieu de *iuuenta*; 56 *uelit* au lieu de *uolet*; 8, 41 *iuuentas* au lieu de *iuuenta*; II 2, 1 *dicamus bona uerba : uenit natalis ad aras* au lieu de *dicamus bona uerba (uenit natalis) ad aras*; 5, 67 *Marpesia* au lieu de *Marpessia*; IV 5, 9 *mane* au lieu de *magne*; 11 *suspiret* au lieu de *suspirat*. Au vers IV 1, 1 sq. *quamquam me cognita uirtus terret; ut...* paraît bien être la bonne leçon.

1. I 3, 17 sq. *Aut ego sum causatus, aues dant omina dira, Saturni sacram me tenuisse diem*; 22 *sciet*; IV 1, 113 *renouauerat*; 115 *gaudet*. Deux fautes d'impression : II 4, 51 *sd* p. *sed*; III 6, 3o *siis* p. *sis*.

2. I 10, 37 il lit *percussisque*; antérieurement *rescissisque*.

3. I 3, 14 *respiceretque* au lieu de *despueretque*.

4. Wochenschrift f. klass. Philol., 21ster Jahrg. no 49, 7 déc. 1904, col. 1342-1345.

5. Archiv f. latein. Lexicogr., 14ter Band, 1stes Heft, 1er Déc. 1904, p. 24 : Ovile, Ziegenstall ? par Ed. Wölfflin.

6. Rhein. Mus. N. F. 60ster Band, 1stes Heft 1905, p. 38-105 : Zur Entstehung der römischen Elegie, par F. Jacoby.

7. Ibid. 2tes Heft 1905, p. 320.

communauté de motifs entre la comédie attique nouvelle et les élégiaques latins on a conclu l'existence d'une élégie alexandrine de cette nature qui aurait servi d'intermédiaire et on a longtemps considéré cette existence comme un dogme, qui en réalité est sans fondement.

L'ancienne élégie ionienne a fait une place à l'amour, mais non prépondérante. Mimnerme, très estimé des poètes hellénistiques, est un érotique, mais il traite moins de la passion chez l'individu que du rôle que l'amour joue parmi les sentiments humains et il philosophe là-dessus en forme de gnome. Au 5ᵉ siècle l'élégie ionienne se démembre; l'aventure amoureuse devient le sujet de l'épigramme, de la poésie populaire des festins. L'élégie littéraire persiste avec un contenu nouveau. Antimachos, le célèbre auteur de la Λύδη, y introduit les légendes épiques en choisissant celles qui étaient érotiques. Ce genre renouvelé a un grand succès: la Λεόντιον d'Hermésianax, la Βίττις de Philetas, l'Ἀρήτη de Parthenios. Kallimachos rompt la continuité des grands poèmes et crée des élégies narratives sans aucune addition subjective. Ce n'est pas de là qu'a pu sortir l'élégie romaine qui est toute subjective et qui en diffère d'une façon fondamentale, étant non point narrative, mais purement lyrique. D'autre part nous n'avons aucune preuve qui nous autorise à croire que Philetas et Kallimachos aient écrit des élégies analogues à celles des poètes romains et qui aient pu leur servir de modèles directs.

Properce seul se réclame des maîtres alexandrins; pour se dire leur disciple alors qu'il composait des élégies subjectives érotiques et eux des élégies érotiques narratives, il avait plusieurs raisons: c'était une règle pour les poètes latins cultivant un genre de nommer leurs prédécesseurs grecs dans le même genre; du reste le criterium est ici le mètre, qui n'a pas de rapport avec le contenu. Il voulait peut-être s'approprier la formule de Kallimachos qui repousse la grande épopée et se cantonne dans de petits poèmes de dimensions restreintes et se soustraire aux instances de l'empereur qui demandait des épopées. En outre l'élégie romaine a emprunté beaucoup à l'élégie hellénistique érotique, d'abord l'apparat mythologique; il est possible que Properce se réfère à Kallimachos et à Philetas, parce qu'il fait grand usage de la mythologie. Les poètes romains s'attribuent à eux-mêmes et à leurs personnages ce que les Alexandrins racontent des héros légendaires; sur ce terrain, ils leur doivent beaucoup. Enfin tous les passages dans lesquels Properce en appelle aux Grecs se rapporter à la différence entre la grande épopée et la petite poésie de l'élégie. On peut en conclure que si, lorsque Properce se donne comme le continuateur de Philetas et de Kallimachos c'est à propos d'élégies dont le contenu est légendaire, il le fait parce qu'il n'y en avait pas d'autres : s'il avait eu sous les yeux des élégies érotiques subjectives de Kallimachos, il n'aurait pas manqué de les mentionner.

Comme preuve que Kallimachos avait composé des élégies érotiques subjectives on cite Ovide Tristes II 367 sq. : Battiade... Delicias uersu fassus es ipse tuas ; mais le vers ne désigne pas une forme littéraire ; il est question ici soit des poésies lyriques, dont les fragments sont d'un caractère décidément érotique, soit plutôt des épigrammes où Kallimachos avait donné libre cours à ses sentiments amoureux.

Il est relativement facile de nier l'existence d'une chose dont on n'a conservé aucun monument et sur laquelle on n'a point de témoignages incontestables. C'est dans la partie de reconstruction positive que le système de Jacoby soulève des objections.

Pour lui le créateur du genre qu'ont cultivé les élégiaques latins est Cornelius Gallus, qui nous est en effet donné comme le 1er des quatre élégiaques de l'époque d'Auguste ; Jacoby écarte les autres d'un mot. Il considère Gallus comme ayant largement usé de l'apparat mythologique, qu'il aurait puisé surtout chez Euphorion et ceci est assez vraisemblable. D'indices insuffisants Jacoby conclut que ses quatre livres d'élégies se seraient appelés Amores et de plus insuffisants encore que le titre d'Amores aurait été celui employé d'une façon courante par les élégiaques romains jusqu'à Lygdamus. Dans son œuvre nous avons le 1er exemple d'une série d'élégies érotiques subjectives consacrées à une seule maîtresse et réunies en livres, dont celle-ci constitue l'unité. Avant Gallus rien de pareil, ni sur le sol grec, ni sur le sol romain. L'influence de Gallus dans le détail sur ses successeurs est démontrée par le *propempticon* érotique auquel Virg. Égl. 10, 46-49 fait allusion et qui se retrouve chez Properce et chez Ovide. De là Jacoby tire par une généralisation plutôt hardie que la plupart des motifs qui se trouvent chez Tibulle et Properce étaient déjà chez Gallus. De l'Égl. de Virgile il conclut, ce qui n'est pas sûr du tout, que Gallus avait fait dans ses élégies une large place à l'élément bucolique et que ses deux grands successeurs se seraient partagé son héritage, Tibulle faisant prédominer l'élément bucolique, Properce l'élément mythologique. C'est une combinaison ingénieuse, mais ce n'est qu'une combinaison.

Avec quels matériaux Gallus a-t-il créé l'élégie romaine? On ne saurait admettre avec Leo l'intervention de l'élégie érotique subjective alexandrine qui n'a jamais existé. La principale source, mais non la seule, car l'utilisation directe de la comédie attique nouvelle est certaine, est l'épigramme; l'élégie narrative hellénistique a également fourni des scènes entières; on s'est en outre servi de la poésie bucolique; l'hypothèse d'une source unique n'est pas acceptable.

Les motifs de l'épigramme, saturée de ceux de la comédie, se retrouvent dans l'élégie littéraire qui n'en diffère que par les dimensions et qui du reste est parfois courte. Certaines épigrammes de Catulle sont de petites élégies. Comme l'épigramme hellénistique l'élégie romaine représente une situation érotique, une disposition sentimentale dans laquelle le poète s'est trouvé. L'épigramme 85 de Catulle reprend un motif de la comédie qui ne l'a pas inventé; Ovide, Amor. III 11, qu'on a eu tort de séparer en deux pièces, développe le thème avec les moyens de la rhétorique et en fait une élégie. Ovide est le 1er qui ait amplifié en une élégie le thème épigrammatique de la mort de l'oiseau favori, celui de l'amant qui essaie de noyer son chagrin dans le vin. Anth. Pal. XII 49 est repris par Properce III 17, qui se l'applique à lui-même et qui le développe par les moyens de la rhétorique, par des emprunts à l'élégie narrative mythologique et à la bucolique. Rien n'autorise à croire qu'il ait existé chez les Alexandrins une élégie analogue que Properce n'aurait fait que traduire et il n'est pas vraisemblable que le procédé de Properce ait déjà été employé à l'époque hellénistique. Jacoby rapproche I 2 de Tibulle, en faisant bien ressortir le caractère très différent du poète et le fait qu'on ne retrouve nulle part chez lui ce rapport si transparent entre l'épigramme et l'élégie constituée par un seul motif; il reconnaît que les situations et les sentiments peuvent être vrais chez lui, bien que pour chacun isolément on puisse remonter à un prototype fourni par une épigramme, une scène de comédie, un morceau bucolique; mais il ne voit là qu'une différence de technique provenant du tempérament de l'auteur. Celui-ci s'éloigne de l'épigramme et la dépasse par la force de sa nature et de son talent conditionné par la vigueur des sentiments qui le possèdent sans que nous soyons autorisés à penser qu'il use de l'intermédiaire d'une soi-disant élégie hellénistique. L'élégie romaine diversifiée par l'individualité de chacun de ses représentants est du reste plus pure et plus élevée de ton que les épigrammes, parce que pour Tibulle et Properce elle n'est pas un jeu, mais l'expression d'émotions sincères. Pour la forme elle est plus voisine de l'ancienne élégie ionienne que de l'élégie légendaire alexandrine, de même jusqu'à un certain point par le contenu. On peut donc admettre que l'élégie romaine retourne en quelque façon à l'ancienne élégie érotique de Mimnerme. Mais l'ancienne forme est remplie par un contenu nouveau, les impressions tirées de la vie, les emprunts à la poésie littéraire des Grecs, surtout la comédie et l'épigramme, mais aussi la poésie mythologique et bucolique. La création est originale, mais l'originalité est faible puisqu'elle ne réside que dans l'assemblage de motifs qui sont grecs. Plaçant la première publication des élégies de Gallus en 39/40 av. J.-C., Jacoby déclare que c'est là la date de la naissance de l'élégie latine. Il considère comme le véritable maître Properce qui a porté le genre à la perfection et qui s'est tenu plus près de Gallus que Tibulle. Son dernier représentant est Lygdamus qui emploie sans grand talent une forme déjà vieillie.

Il y a dans ces conclusions bien des choses aventurées. Quant à la thèse fondamentale, c'est surtout pour Properce et pour Ovide que Jacoby a pu démontrer et seulement par quelques exemples l'influence importante de l'épigramme ; Tibulle ne se prête pas à la combinaison. Il paraît bien que les élégiaques latins ont puisé à des sources diverses ; mais la possibilité qu'ils aient eu sous les yeux des élégies érotiques subjectives hellénistiques subsiste toujours et du fait que celles-ci sont perdues pour nous on ne saurait conclure qu'elles n'ont jamais existé ; ce n'est là qu'une hypothèse.

§ 304 (cf. § 296), 1. — G. Némethy[1] a publié une édition de Tibulle et des petites pièces de Sulpicia ; outre les priapées, Lygdamus et le panégyrique, sur lequel il se propose de revenir, sont exclus. L'édition contient le texte des élégies, quelques-unes précédées de titres, dans l'ordre que l'éditeur considère comme chronologique (ceci est une faute ; le premier livre au moins ayant été

1. Albii Tibulli carmina. Accedunt Sulpiciae elegidia. Edidit, adnotationibus exegeticis et criticis instruxit Geyza Némethy Academiae litterarum Hungaricae sodalis. Budapestini. Sumptibus Academiae litterarum Hungaricae. 1905. in-8, 346 pages (Dans la collection des édit. critiques des auteurs grecs et latins publiée par l'Académie des Lettres de Hongrie).

publié par Tibulle, nous n'avons pas le droit de modifier l'ordre qu'il a choisi), des notes critiques, des excursus destinés surtout à résoudre les questions chronologiques et des addenda.

2. — Les résultats, auxquels arrive l'auteur, sont les suivants : les élégies à Marathus sont les moins bonnes de toutes. C'est le début de Tibulle, qui est encore sous la dépendance directe de la poésie alexandrine ; le sujet et certains détails sont répugnants ; comme Tibulle ne parle ni de Messalla, ni de la guerre d'Aquitaine, ni de l'expédition d'Orient, on peut supposer que Tibulle ne connaissait pas encore Messalla et que ces élégies sont antérieures à 31 av. J.-C. (la conclusion *ex silentio* est très contestable ; Tibulle ne parle pas de Messalla dans toutes ses élégies et on peut admettre aussi bien que, s'il n'en est pas question ici, c'est que le poète n'a pas eu l'occasion de le mentionner).

L'auteur pense que l'expédition d'Aquitaine a précédé celle d'Asie. Il le tire d'Appien B. C. IV 38, à qui il fait dire un peu plus que ce qui ressort du texte, de l'ordre de I 7, qui n'est pas absolument concluant, de I 3, 81-82 et I 25-26 qui montrent qu'avant l'expédition d'Asie Tibulle avait pris part à des campagnes lointaines. Bien que la démonstration ne puisse pas se faire avec une certitude absolue, c'est pourtant encore ce qu'il y a de plus vraisemblable. Messalla se serait trouvé en Gaule à la fin de 31 et au printemps de 30, en Égypte et en Asie de 30 à 28. I 10 a été écrit au moment du départ pour la guerre d'Aquitaine, fin de 31 ; Tibulle a assisté à l'expédition d'Aquitaine ; nous avons là-dessus son témoignage ; quant à la *uita*, que l'auteur fait intervenir, elle n'a pas d'autorité. Némethy a supposé que de Gaule Tibulle revint à Rome ; c'est de là qu'il partit pour aller rejoindre Messalla dans une ville située sur la mer Égée (sans connaître le travail de Némethy et par des recherches indépendantes, je suis arrivé au même résultat cf. § 340) ; il fut arrêté à Corcyre par la maladie.

L'auteur essaie d'établir l'ordre chronologique des élégies à Delia, écrites de 30 à 27, par les allusions de l'une à l'autre, méthode très incertaine et qui le conduit à la disposition fausse 3, 1, 5, 2, 6. Il n'a pourtant pas toujours tort ; il semble bien que 1, 51-52 fasse allusion à 3, 13-14, ce qui est un indice que 3 a précédé 1 ; 5 19-30 peut faire allusion à 1, 7-16 43-46 57-58 ; mais que 2 à cause des vers 71-74 soit postérieur à 5, c'est ce qu'on ne saurait démontrer par ce passage ; en effet Tibulle y souhaite

une situation qu'il a reconnu être impossible à l'époque des vers
5, 19-30 ; en revanche 6, 9-20 paraît bien faire allusion à 2, 15-22.
Némethy a eu raison de ne pas essayer de classer les élégies
d'après le mariage de Delia qui aurait eu lieu pendant la liaison
avec Tibulle ; mais alors pourquoi conserve-t-il l'ordre 5, 2, 6
qui n'a été imaginé que pour justifier cette hypothèse ? D'après
lui Delia n'aurait jamais été mariée ; les raisons qu'il donne sont
sans valeur ; à propos des vers 2, 5 sqq. il prétend que les maris
romains n'imposaient pas à leurs femmes, p. 327, « tam humilem
custodiam » (mais il s'agit du cas spécial d'un mari jaloux) ; les
menaces de 6, 75-82 ne sauraient s'adresser à une femme mariée
(mais ceci tombe si on admet que, quoique mariée, Delia menait
une vie très analogue à celle des affranchies libres et qu'elle comp-
tait surtout sur les libéralités de ses protecteurs pour assurer son
entretien actuel et l'aisance de sa vieillesse).

I 7 a été écrit peu après le triomphe de Messalla de l'an 27.

II 1 aurait été composé peu de temps après la publication du
premier livre. En réalité, sur le laps de temps qui s'est écoulé
entre cette publication et II 1, nous ne savons absolument rien.

Les élégies IV 2-6 viendraient à cette place ; elles auraient été
écrites après l'édition du deuxième livre de Properce qui a paru
environ vers 25 av. J.-C. L'auteur identifie Cerinthus avec Cornutus de II 2 et 3 ; mais la bonne tradition ne connaît pas cette
identification ; c'est une conj. des Italiens. Quant aux similitudes
entre II 2 et IV 2, 15-20, 5, 13-16 et 17-20 elles prouvent l'identité
de la phraséologie de Tibulle, mais non le rapport entre les personnes et les événements. L'auteur montre bien que IV 7 est de
Sulpicia ; c'est la conclusion que Sulpicia donne elle-même de
son aventure ; la pièce ne s'ajouterait que fort gauchement à celles
écrites par Tibulle. Il est d'avis que IV 2-6 sont bien de Tibulle
et insiste avec raison sur l'identité de style ; c'est le même écrivain, ce n'est pas un imitateur. Quant au rapport entre IV 5,
15-16 et Properce II 15, 25-26 il est intéressant ; mais quel est le
modèle ? Quel est l'imitateur ? C'est ce qu'il est difficile de décider.

L'auteur classe les élégies du deuxième livre dans l'ordre suivant : 1 (puis les élégies sulpiciennes et II, 2) 4, 6, 3, 5 pour des
raisons qui ne sont pas probantes ; il les place après l'édition du
troisième livre de Properce en 22, à cause des imitations de Properce par Tibulle (mais en admettant même qu'il y ait imitation
directe, les passages ne permettent pas à eux seuls d'établir la

XXIII. — CARTAULT.   34

priorité). Les élégies à Nemesis seraient de 21-20. Tibulle aurait édité son deuxième livre en 20-19.

IV 13 et 14 seraient peut-être adressés à Glycéra et auraient été écrits après la publication du deuxième livre de Properce vers l'an 25 à cause de IV 13, 8 qui serait imité de Prop. II 25, 29-30 ; mais il s'agit d'une locution courante et proverbiale.

G. Némethy fait preuve dans tout ceci d'intelligence et de perspicacité ; certaines choses sont vues avec justesse ; mais l'ensemble appelle des réserves. L'auteur travaille avec facilité, mais n'approfondit pas toujours assez. Il suit une méthode qui ne garantit pas toujours les résultats qu'il en tire. Il emprunte à ses prédécesseurs sans les nommer. Il paraît avoir pris à Belling le procédé scabreux qui consiste à induire des rapports chronologiques des similitudes de style et d'expression entre Tibulle et Properce.

3. — Le texte établi avec soin est cependant très inférieur à celui de Hiller, ce qui tient aux raisons suivantes. Némethy, qui a de la facilité et de l'indépendance de jugement, mais qui opère un peu vite et superficiellement, fait souvent prévaloir sans motif suffisant la leçon la moins autorisée[1]. Il adopte des conj. de ses devanciers, qu'il eût sans doute repoussées, s'il avait regardé de plus près[2]. Il en risque lui-même un certain nombre, qui sont de celles dont on prend connaissance avec intérêt, mais qu'on se garderait de faire siennes[3].

1. Ainsi il préfère I 2, 7 *dominae* de ς à *domini* de **Ambr. V** très bon ; 3, 37 *conscenderat*, platitude de ς à *contempserat* de **Ambr. V** ; 8, 30 *foueas* de ς à *foueat* de **Ambr.** ; 36 *tumet* de ς à *timet* de **Ambr. V** ; 10, 10 *sparsas* de ς à *uarias* de **Ambr. V** ; IV 5, 9 *magne* de ς à *mane* de **Ambr. V** ; 9, 2 *tuae* de ς à *tuo* de **Ambr. VF**, etc.

2. Ainsi il adopte I 2, 72 *solo* de Scaliger contre *solito* de **Ambr. V** qui est très bon ; 3, 22 *sciet* de Doering-Postgate-Vahlen ; 7, 17 *celebres* de Postgate, mais *crebras* est une caractéristique géographique ; 9, 36 *rubras* de Postgate, sous prétexte que *puras* n'a pas de sens ; 82 *parma* de Scaliger, mais il s'agit d'une palme dorée avec une inscription ; II 1, 58 *paruas* de Postgate, qui est une conj. quelconque, etc.

3. Ainsi I 1, 25 *hic modo iam possim* ; mais la leçon des *Exc. Fris.* est excellente ; 2, 74 *in dura*, pour une raison qui ne vaut rien ; 3, 7 *reddat* qu'il donne comme de lui et qui paraît remonter à Heyne ; 4, 44 *portendat pluuias..*, l'explication de la faute est ingénieuse, mais il faut partir de *amiciat* et non de *annuntiat* et alors le raisonnement tombe ; 7, 13 *tractis*, mais qu'est-ce que *tractis leniter* ? 9, 25 *laeue* = stulte ; mais cette apostrophe brusque sort du style de Tibulle, etc. Il y en a qui sont ingénieuses et qui méritent la discussion : ainsi IV 7, 2 *Fama* au vocatif, qui change complètement la construction. Dans le Rhein.

4. — Le commentaire est un commentaire courant fait avec intelligence, mais qui est souvent par trop élémentaire et qui contient d'assez nombreuses erreurs [1]. Ce qui en fait l'intérêt c'est l'abondance des rapprochements ; les passages analogues de Tibulle sont soigneusement mis les uns à côté des autres et s'éclairent réciproquement ; les passages similaires des autres élégiaques sont également comparés soit au point de vue du fond, soit au point de vue de la forme ; naturellement beaucoup de ces rapprochements avaient été faits déjà ; mais leur masse réunie illustre d'une façon saisissante l'unité fondamentale et formelle de l'élégie latine. Un certain nombre d'étourderies et de fautes d'impression.

5. — F. Skutsch [2] est fort dédaigneux dans son compte rendu le commentaire n'est que l'explication la plus triviale ; l'auteur ne touche à aucune des questions qui intéressent aujourd'hui, comme celles de la composition, de l'imitation des modèles grecs ; pas un mot de ce qu'ont écrit Vahlen, Leo, Wilhelm, Jacoby et tous les autres. L'auteur en est encore à traiter la question de savoir si Delia était mariée (cela a bien son intérêt et Skutsch ne paraît pas se douter que dans les recherches de la philologie allemande actuelle et dans ses partis pris il y a bien des choses contestables).

I. P. Waltzing [3] trouve que le commentaire n'est ni trop long

Mus. N. F. 61ster Band 1906, p. 139, il est revenu III 4, 28 à la conj. de Muret *myrrhea*, déjà dans g.

1. Ainsi I 1, 11 *desertus*, in infrequenti loco positus, ut fere termini ; pourquoi les termes auraient-ils été plantés de préférence dans les lieux déserts ? 74 *inseruisse* sc. Veneri, amoribus ; le mot s'explique par ce qui précède : l'amant enfonce la porte et vient quereller sa maîtresse dans sa maison ; 2, 8 c'est reproduire un c. s. ancien que d'expliquer *Iouis imperio* par ex regno Iouis ; 3, 3 *celebrare* ne signifie pas ici religiose colere et n'a pas ce sens dans le passage d'Ovide cité ; 6, 53 *attigerit* si omissum ; inexact ; 7, 53 *sic uenias* s'adresse à Osiris et non au Genius, *hodierne* n'est pas un vocatif pour un nominatif et signifie : toi que nous fêtons aujourd'hui ; 8, 53 *uel* ne doit pas être construit avec *absenti*, mais introduit par un exemple la façon dont se manifeste la passion de Marathus ; 59 *quamuis* n'est pas un acc. féminin ; 9, 72 *deuoueat* est faiblement traduit par *perdat*, etc. On ne sent pas dans tout cela une connaissance suffisamment précise du latin et de la grammaire.

2. Deutsche Literaturzeitung, 26ster Jahrg. n° 33, 19 Août 1905, col. 2030-2031.

3. Bulletin bibliogr. et pédag. du Musée Belge, 9ᵉ année, n° 8, 15 oct. 1905, p. 330-333.

ni verbeux ni surabondant ; toutes les explications que donne
l'auteur sont utiles. Il a utilisé tout ce qui a été écrit sur Tibulle
depuis Dissen ; les rapprochements avec les autres poètes sont
très instructifs. Il eût été plus sage et plus commode pour le lecteur de ne pas abandonner l'ordre traditionnel, d'autant qu'il
reste bien des incertitudes sur la chronologie des élégies.

K. P. Schulze [1] constate que Némethy a souvent copié Dissen
sans le dire, non seulement dans ses introductions des élégies,
mais aussi dans son commentaire, et modifie quelquefois en mal
sa rédaction. Il s'est souvent servi du Tibulle de Postgate (je
crois que Schulze confond avec les Tibulliana du même auteur).
En revanche on cherche vainement les noms de Vahlen, Leo,
Hiller. Némethy nie l'existence d'une élégie érotique subjective
alexandrine, mais il aurait dû signaler les nombreuses concordances avec les épigrammes et avec la comédie nouvelle. Le
texte se tient très près de **Ambr.** (ceci n'est pas exact). K. P.
Schulze discute quelques passages. Il montre bien qu'au vers
I 1, 35 *hic* s'explique tout naturellement : Tibulle oppose sa petite propriété aux vastes domaines qui contiennent de grands
troupeaux. Le meilleur ce sont les Excursus qui auraient dû être
fondus en une introduction sur la vie et la poésie de Tibulle.

É. T. [2] croit que nous n'avons toujours pas, pour la critique du
texte de Tibulle, d'édition qui fasse nettement autorité (il paraît
oublier celle de Hiller). Il reproche à Némethy de laisser de côté
à peu près toutes les questions controversées qui touchent à Tibulle (mais les 11 Excursus en traitent un certain nombre). C'est
un livre de vulgarisation assez soignée, mais où il ne faut pas
chercher d'originalité bien marquée ni de progrès sensible dans
la solution des difficultés. Il n'est pas sûr du tout comme le dit
É. T. que Titius de I 4 soit un nom fictif.

Un anonyme [3], tout en constatant que l'interprétation ne s'élève
pas au-dessus de l'explication des mots, estime que, dans les
conj. personnelles de l'auteur, il y a bien des choses séduisantes,
que les Excursus traitent avec habileté et avec goût un certain
nombre de questions spéciales ; il recommande aux historiens le
deuxième où la chronologie des expéditions de Messalla est bien
établie. Il ne connaît pas le travail de Némethy sur l'origine de

---

1. Wochenschrift f. klass. Philol., 22ster Jahrg. n° 49, 6 Déc. 1905, col. 1343-
1347.
2. Revue critique, 40e année, 8 Janv. 1906, p. 7-8.
3. Literarisches Zentralblatt, 57ster Jahrg. n° 5, 27 Janv. 1906, col. 178-179.

l'élégie latine ; mais il considère celui de Jacoby comme manqué ; Gollnisch (cf. § 307), dont les recherches seront complétées assez prochainement d'autre part, a eu raison d'admettre pour l'élégie érotique latine des prototypes grecs.

F. Jacoby[1] regrette que la publication de ses propres recherches sur l'origine de l'élégie latine ait empêché Némethy de donner des siennes une traduction latine, accessible à tout le monde. Némethy a eu tort de se contenter de l'explication du détail : Vahlen, Leo, Wilhelm n'existent pas pour lui ; il n'a pas compris la tâche qu'il avait à remplir et qui était, en employant les matériaux maintenant amassés, de nous montrer comment Tibulle travaillait sur les originaux grecs et de faire saisir la suite de la pensée et l'art du poète qui fond ces éléments disparates dans de grands ensembles doués d'unité. La note sur II 3, 11-14 ne nous apprend rien sur le développement de la légende d'Apollon chez Admète et sur son emploi fréquent dans la poésie érotique hellénistique. Némethy n'explique pas toujours les passages difficiles, ne justifie pas les corrections nécessaires. Le commentaire est insuffisant. L'adoption d'un ordre chronologique, problématique d'ailleurs, est injustifiable. Les conj. personnelles à l'auteur ne peuvent être considérées qu'avec un étonnement silencieux.

§ 305. — Ed. Wölfflin[2] a proposé de lire les vers 11-20 de la première élégie du premier livre de Tibulle dans l'ordre suivant : 11-12 15-16 17-18 13-14 19-20. Tibulle exprimerait d'abord sa dévotion au *stipes* et au *terminus,* auxquels il offre des guirlandes de fleurs ; *habet* signifierait ici « recevoir » (ce n'est sûrement pas le sens) ; puis il mentionnerait l'offrande d'une couronne d'épis à Cérès, la promesse d'une statue à Priape, la consécration des prémices des fruits à ce même dieu désigné par les mots *agricola deus,* enfin le sacrifice aux Lares. On obtiendrait une gradation : offrande de fleurs, couronne d'épis, statue de bois, prémices des fruits (je ne vois pas comment et à quel titre les prémices forment gradation), sacrifice d'un animal. On passerait des limites du domaine (mais le *uetus in triuio lapis* n'est pas la borne de la propriété) au champ de blé avec une chapelle, puis

1. Berliner philolog. Wochenschrift, 26ster Jahrg. no 5, 3 févr. 1906, col. 141-145.
2. Archiv f. lat. Lexicogr., 14ter Band, 2les Heft 17 avr. 1905, p. 220 : Deus agricola = Priapus, par Ed. Wölfflin.

au jardin, 2 fois, et à la maison rustique (ceci est un peu enfan-
tin ; la construction *ponatur... et ...ponitur* se justifie difficilement).
Il y a peu de chance pour que cette transposition renouvelée de
Haase ait actuellement plus de succès qu'elle n'en a eu jadis.

§ 306 (cf. § 293). — Continuant ses Tibulliana, Postgate[1] a
proposé 6 corrections. Une est intéressante, c'est celle qui porte
sur le vers IV 1, 142 : le nom propre du début est celui de la ville
d'Ἄραχχα et devrait se lire Aracc(a)eis ; dans le mot corrompu,
qui occupe l'avant-dernière place du vers, Postgate a cherché un
nom géographique et pense qu'il s'agit de l'Oroatis, rivière
connue de la Susiane ; il faudrait donc lire : Aret (av. Lachmann)
Aracc(a)eis aut unda *Oroatia* campis. Les autres conj. sont à
repousser pour des raisons diverses[2]. Cf. l'édit. de Tibulle par
Postgate § 311.

§ 307, 1. — Th. Gollnisch[3], qui n'a connu l'article de Jacoby
(§ 303) qu'une fois son travail terminé, soutient la thèse diamé-
tralement opposée à celle de son prédécesseur, à savoir que les
élégiaques latins ont eu sous les yeux des élégies alexandrines
tout à fait analogues aux leurs. Son originalité consiste à vouloir
démontrer l'existence de ces élégies, existence qu'avant lui on
admettait *a priori*.

Il commence par discuter les deux fragments de Kallimachos
conservés par Stobée (mais dans le premier il n'est pas nécessairement question de confidences amoureuses et le second n'est pas
nécessairement en rapport avec Tibulle I 4, 79 sq.) et les passages
où Properce et Ovide se réfèrent aux modèles alexandrins. Il
considère comme possible que ceux-ci aient dans certains cas en
vue des élégies érotiques subjectives, mais ce n'est qu'une possibilité.

1. The classical Review. Vol. XIX. n° 4, Mai 1905, p. 213-214 : Tibulliana, par
J. P. Postgate.
2. Ainsi I 6, 3 quid tibi, *saeue*, *rei* mecum est ? mais Tibulle ne se plaint pas que
l'Amour s'occupe de lui — il ne saurait vivre sans cela — il se plaint que l'Amour
soit cruel à son égard ; 9, 25 *lene* ne serait autre chose que *lenae* glose de *ministro*
(mais quel rapport y a-t-il entre la *lena* et le *minister*?), glose qui aurait expulsé
le mot *uina*; *permisit uina* signifierait que la divinité lui a permis d'avoir accès
au collier, etc.
3. Quaestiones elegiacae. — Diss. inaug. philol. quam... in Universitate... Viadrina Vratislaviensi... die V. m. Iunii a. 1905... defendet Theodorus Gollnisch
Alsatus. — Vratislaviae H. Fleischmann 1905. in-8. 74 pages. Cette diss. a été
faite sous l'influence d'Ed. Norden.

L'apparition des mêmes motifs dans l'épigramme ou la comédie d'une part, chez les élégiaques latins de l'autre ne lui paraît pas autoriser la conclusion qu'il a existé un intermédiaire dans lequel les Romains auraient puisé et qui serait l'élégie alexandrine. Car Ovide s'est inspiré directement des épigrammes et en a fait des élégies. Les rapprochements lui paraissent prouver que Tibulle, Properce et Ovide ont également utilisé parfois directement la comédie.

En revanche, les épistolographes grecs érotiques étant sous la dépendance des élégiaques alexandrins, lorsqu'ils concordent avec les élégiaques latins, cette concordance lui paraît renvoyer à une source commune qui ne peut être qu'une élégie alexandrine. Il opère la démonstration pour Properce I 2 comparé avec Philostrate 22 (40) 27 (39) et en outre Nonnos Dionys. 42, 74-88, pour Tibulle II 3 comparé v. 1-4 5-10 79-80 avec Philostrate 59 (62) et pour l'épisode d'Apollon 11-28 avec Nonnos Dionys. 10, 322-325, 307-308, etc., v. 67-78 avec un fragment d'élégie grecque récemment découvert, pour Ovide I 10 (ainsi que pour les pièces correspondantes de Properce et de Tibulle où l'amant pauvre est préféré à l'amant riche) comparé avec Philostrate 7 (44) et 23 (45). Il est certain qu'il accumule dans tout cela bien des motifs analogues ; mais parmi ces motifs il y en a un certain nombre qui peuvent provenir de l'élégie légendaire ; en outre il n'arrive à rapprocher que des fragments, sans parvenir à reconstituer une seule élégie alexandrine sûrement subjective, qui aurait fourni le modèle unique.

Il démontre ensuite que les épigrammes des poètes Byzantins dérivent non pas des épigrammes antérieures, mais de l'élégie alexandrine ; en cas de concordance avec les élégiaques latins, il conclut donc à l'imitation de la même élégie qui serait le modèle commun.

Il tire une conclusion analogue en ce qui concerne Prop. I 1ᵇ comparé avec Aristénète II 9, Tibulle I 8 avec Aristénète II 1, en croyant qu'Aristénète s'est tenu plus près du modèle (ici encore nous avons des rapports de détail, mais non pas deux pièces qui se recouvrent exactement l'une l'autre, si bien que la reconstitution du prétendu original reste hypothétique) etc.

2. — Jacoby [1] a naturellement défendu ses idées contre celles

[1]. Berliner philolog. Wochenschrift, 25ᵗᵉʳ Jahrg. n⁰ 38, 23 Sept. 1905, col. 1206-1214.

de l'auteur. Tout en reconnaissant qu'il a eu le mérite de vouloir démontrer l'existence de l'élégie alexandrine subjective érotique, d'admettre l'utilisation directe par les élégiaques latins de l'épigramme et de la comédie, de ne pas se borner à mettre des citations
en face les unes des autres mais de chercher à déterminer les rapports
directs, il ne croit pas qu'il ait fait la preuve de ce qu'il avance. Les
conclusions sont trop hâtives et il y a d'autres possibilités à envisa-
ger. Jacoby fait ressortir entre les élégies appelées en témoignage et le texte des épistolographes des divergences que l'auteur
a négligées et qui s'opposent à l'hypothèse du modèle commun.
Gollnisch conclut trop facilement de l'apparition du même lieu
commun à la dépendance d'un modèle déterminé. Il ne rapproche
du reste que des parties.

K. P. Schulze[1] est d'avis qu'il n'arrive qu'à des vraisemblances.
Il le félicite de sa pénétration et de son érudition, sans prendre
lui-même décidément position dans la question.

§ 308. — Crusius[2] dans un article sur l'élégie n'a utilisé le
travail de Jacoby (§ 303) que pour quelques notes où il n'accepte
pas ses idées[3]. À propos de Tibulle il proteste avec raison contre
la prétendue uniformité qu'on lui attribue (Rothstein). Il regarde
chacune de ses élégies comme étant l'expression d'une situation
ou d'une disposition particulière, montre comment Tibulle compose en procédant par tableaux contrastés jusqu'à ce que la pensée principale se dégage nettement. Il le considère comme le
maître de l'élégie latine, distingue ses différentes pièces selon
leur caractère. Dans II 5 il voit en lui le disciple direct des poètes hellénistiques. Si Tibulle a moins de réminiscences mythologiques que Properce, cela tient à son talent individuel et à la
finesse de son sentiment : il s'adresse à Delia qui est une femme
du peuple ; il ne manque pas d'allusions savantes dans ses poèmes solennels ; déjà Philétas et ses disciples nous transportent
dans un monde idyllique (Norden). IV 1 est une caricature des
panégyriques ; IV 2-6, attribués par Marx à un anonyme, sont

1. Wochenschrift f. klass. Philol., 22ster Jahrg. nᵒ 50, 13 déc. 1905, col. 1366-
1367.
2. Paulys Real-Encyclopädie... Neue Bearbeitung, 10ter Halbband 1905, col.
2260-2307. Les col. 2295-2298 concernent le Corpus Tibullianum.
3. Jacoby en revanche a blâmé sa façon de travailler et maintenu que le titre
usuel des livres d'élégies depuis Gallus était bien *Amores*, Rhein. Mus. N. F.
60ster Band, 3tes Heft 1905, p. 463-464.

sans doute de Tibulle, parce qu'il n'est pas vraisemblable qu'il
se soit trouvé dans l'entourage de Messalla un autre poète d'un
talent si élevé et si original. Il croit avec Marx qu'il y a un certain contraste entre la vie et la poésie de Tibulle, qui avait assez
de souplesse pour se transporter par l'imagination dans la sphère
idyllique des paysans et des femmes du peuple et qui s'assimile
l'âme de la patricienne Sulpicia. Lygdamus, jeune et sincère, amal-
game l'ancien (Catulle) avec le moderne (Ovide) (ceci d'après
Marx et très contestable).

§ 309. — R. Bürger[1] a étudié les élégies de Lygdamus et les
élégies sulpiciennes IV 2-6 pour en déterminer la technique et
l'époque.

III 2 manque d'unité ; dans les vers 9-26 Lygdamus a traité
un des motifs favoris de l'érotique hellénico-romaine, le poète
amoureux mourant jeune et l'attitude de sa maîtresse en cette
circonstance ; il l'a fait d'une façon froide et beaucoup moins pathétique que Properce II 13[b] ; chez Properce Cynthia attire l'intérêt, chez Lygdamus Neaera ne joue qu'un rôle effacé. En
outre dans les vers 9-26 il ne semble pas que Lygdamus soit séparé de sa maîtresse, qui, si elle l'a abandonné, n'a rien à faire
auprès de son tombeau ; la pièce est faite avec deux idées qui ne
vont pas ensemble. Bürger croit que le manque d'unité n'est pas
imputable à une altération de la tradition, mais à l'auteur lui-
même. Il a voulu prendre comme sujet d'une élégie la mort et
le tombeau (9-26) et à cette élégie il a ajouté comme introduction (1-8) et comme conclusion (27-30) l'idée de l'enlèvement,
sans s'apercevoir qu'il aurait fallu modifier le ton de l'élégie.
(Reste à savoir si c'est une idée si extraordinaire de la part d'un
amoureux que de demander à sa maîtresse qui l'a trahi de lui rendre les derniers devoirs.) Bürger ne doute pas que Lygdamus
n'ait eu sous les yeux Properce II 13[b] et Ovide Amor. III 9, 49 sqq.

Malgré Ehwald il considère Lygdamus comme postérieur à
Ovide. Il trouve encore plus supportable de voir dans la pièce 5
un homme de 54 ans s'intituler *innenis* que de faire dire à un
jeune homme de 25 ans, vers 15 : *Et nondum cani nigros laesere
capillos* (je ne vois pas ce que cela a de si grotesque).

L'existence de Lygdamus montre que l'élégie latine ne s'étei-

1. Hermes, 40ster Band, 3ttes Heft 1905, p. 321-335 : Studien zu Lygdamus und
den Sulpiciagedichten, par R. Bürger.

gnit pas avec les grands élégiaques. Lygdamus imite Tibulle, mais il a son domaine à lui : il est exclusivement le poète de l'amour dédaigné. Il domine la technique métrique et connaît la matière élégiaque. La comparaison avec les autres poètes fait voir combien ils lui sont supérieurs.

Toutes les fois qu'il y a des rapports entre les livres III et IV 2-6 d'une part, les poètes contemporains de Tibulle de l'autre, ce sont eux qui ont été les modèles. Mais rien ne prouve que Lygdamus et Ovide aient connu le cycle de Sulpicia et Bürger voit là une preuve que c'est tardivement que ces pièces ont été ajoutées à l'œuvre de Tibulle et qu'elles ont dû être tenues très secrètes, puisque Lygdamus lui-même qui faisait partie du cercle de Messalla n'en a pas eu connaissance. Elles sont sous l'influence de Tibulle et de Properce.

Contre Belling Bürger est d'avis que l'auteur des élégies Sulpiciennes a eu II 2 à sa disposition. Il prétend le prouver en rapprochant IV 2, 15-20 de II 2, 13-16. Tibulle avait parlé des Indiens qui récoltent les perles : l'auteur de IV 2 parlant des mêmes Indiens emploie l'épithète de *niger* ; or on entendait par *niger Indus* l'Éthiopien ; il fait donc une confusion. Cette confusion lui est venue de Properce qui dit IV 3, 10 : *ustus et eoa discolor Indus aqua*. Il a donc imité Tibulle et Properce (reste à savoir si Tibulle peu au courant du teint véritable des Indiens n'a pas pu leur appliquer l'épithète de *niger* ; Ovide A. Am. III 130 leur donne celle de *decolor*.)

Bürger revient alors sur les démonstrations d'Olsen qui a prouvé que, toutes les fois qu'il y a un rapport entre les élégies Sulpiciennes et Properce, c'est Properce qui est l'original ; ainsi IV 2, 5 *illius ex oculis, cum uult exurere diuos, accendit geminas lampadas acer Amor* serait inspiré directement de Properce II 3, 14 *non oculi, geminae, sidera nostra, faces* (le rapport contraire paraît aussi vraisemblable, et peut-être même le vers de Properce, obscur au premier abord, ne s'explique-t-il que par une réminiscence de Tibulle). L'allusion à Vertumne ne s'expliquant que par un ressouvenir de l'élégie de Vertumne du quatrième livre de Properce qui n'a pas paru avant 15, Olsen a cru que Tibulle avait eu connaissance de la pièce avant la publication du livre. Mais elle doit être parmi les dernières ; Tibulle qui mourut en 19 ou 18 n'a donc pu la connaître (reste à savoir si Tibulle ne pouvait pas dire un mot du personnage si connu de Vertumne avant que Properce lui eût consacré une élégie). L'alliance de mots *testudinea...lyra*

ne se trouve que dans IV 2, 22 et Properce IV 6, 32 (mais pourquoi ne serait-ce pas Tibulle qui serait l'inventeur ?). Bien entendu IV 2 va avec les autres pièces du même cycle. IV 3, 15
nous lisons *lux mea*. Tibulle n'emploie jamais ce mot de parti
pris ; il se trouve au contraire chez les autres élégiaques, en particulier chez Properce ; donc l'auteur de IV 3 ne saurait être Tibulle (ici la réponse est facile : Tibulle fait parler Sulpicia en
s'inspirant des pièces qu'elle a composées elle-même ; or IV 12, 1
elle dit *mea lux*). En réalité Bürger n'a pas fait la preuve de ce
qu'il avance.

Il n'admet pas qu'il y ait eu de rapports entre Tibulle l'ami
d'Horace et Properce qu'Horace n'aimait pas. Si Tibulle était
l'auteur des élégies Sulpiciennes, il nous y apparaîtrait comme
très différent de ce qu'il est dans ses pièces authentiques, à cause
des nombreux rapports avec Properce (mais qui nous dit que Properce n'a pas eu en particulière estime des élégies qui sont fort
belles ?). Bürger croit qu'elles sont d'un temps où Ovide faisait
parler de lui ; il s'abstient du reste d'en indiquer l'auteur.

§ 310. — J'ai essayé[1] de remettre en honneur au vers I 2,
65 la correction de Scaliger *fuat* au lieu de *fuit*, en montrant que
le passage étant altéré dans la bonne tradition nécessitait une
correction et que cette correction devait être autre que celle de
la vulgate, que la faute *fuit* pour *fuat* s'expliquait naturellement,
que la forme *fuat* ne devait pas, comme on l'a prétendu, étonner
chez Tibulle, que le passage auquel on n'avait pas réussi jusqu'à
présent à donner un sens satisfaisant en offrait ainsi un excellent.

J'ai éclairci ensuite un point obscur de la biographie de Tibulle :
comment se fait-il que le poète qui avait une horreur profonde
de la guerre s'y soit laissé entraîner ? On dit communément qu'il
a été invité par Messalla à le suivre ; mais il n'y a aucune allusion à cela chez le poète. En réalité il fut contraint par quelqu'un
qui avait autorité sur lui à prendre part à des expéditions où on
pensait qu'il referait sa fortune ; Tibulle, qui se trouvait encore
suffisamment riche, s'y opposa tant qu'il le put et ne céda qu'à
une pression violente.

J'ai enfin abordé la question de l'ordre des élégies du 1er livre

1. Revue de Philologie. Année et t. 29, 4e livr. Oct. 1905, p. 296-305 : A propos
d'une correction de Scaliger sur Tibulle I 2, 65-66, par A. Cartault.

en partant de ce principe que l'ordre actuel est l'ordre adopté par Tibulle lui-même, qu'on ne voit pas qu'il ait rangé ses pièces suivant une disposition provenant de considérations littéraires, que par conséquent l'ordre devait être chronologique sauf exceptions; les exceptions sont au nombre de 2 : la pièce 10 qui est la 1re en date a été rejetée à la fin, la pièce 1 composée après 3 a été mise en tête, parce que c'était celle qui était la mieux appropriée à introduire le recueil; l'ordre chronologique est donc: 10, 2, 3, 1, 4, 5, 6, 7, 8, 9. J'ai cru pouvoir prouver qu'après la guerre d'Aquitaine Tibulle était revenu à Rome et que c'est à ce moment qu'il fit la connaissance de Delia, laquelle était mariée, que, Messalla étant allé directement de Gaule en Grèce, Tibulle partit seul de Rome au moment qui lui convint pour aller le rejoindre dans une ville de Grèce sur la mer Égée, sans doute en passant par le golfe de Corinthe, mais qu'il fut obligé de s'arrêter malade à Corcyre où n'étaient point, comme on l'a cru à la légère, Messalla et sa suite.

§ 311, 1. — En donnant une édition critique de Tibulle, J. P. Postgate[1] s'est attaché à la leçon de **Ambr.** confronté au besoin avec **V**; il considère comme probable que tout ce qu'il y a de bon dans les manuscrits inférieurs provient de la conjecture. Il n'est pas certain que **G** n'ait pas conservé quelques faibles traces de la bonne tradition[2]. Il a examiné lui-même les collations de Scaliger portées sur l'exemplaire de la Plantinienne conservé à Leyde; il a eu, en cas de doute sur la leçon, des renseignements sur **Ambr. V** et les *Exc. Fris.* Il a examiné personnellement le *Cuiacianus* (cf. § 130). Les principes de sa critique sont ultra-conservateurs[3], ce qui est assez inattendu pour les lecteurs de ses *Tibulliana*.

Postgate ayant pris pour base, comme Hiller, la tradition autorisée, son texte est au fond le même que celui de Hiller. Il en diverge sûrement en bien environ 23 fois, la plupart du temps

1. Tibulli aliorumque carminum libri tres recognovit brevique adnotatione critica instruxit Johannes Percival Postgate. Oxonii e typographeo Clarendoniano. in-8. ix pages, le reste non paginé. La préf. est datée de 1905 (Dans la Scriptorum classicorum bibliotheca oxoniensis).

2. Il se trompe sûrement pour I 5, 65 où *amictus* est une interpolation.

3. Praef. p. viii : De caelo descendisse iam illud uolgo uidetur : *standum codicibus.* adiciunt prudentiores *modo si bonis et in re incerta.* ego uero, qui haud paulo audacior sum, *etiam pessimis* inquam et *uel in re manifesta.* C'est là une absurdité, dont il s'est du reste affranchi dans la pratique.

parce qu'il est revenu à la bonne tradition[1], quelquefois parce
qu'il a admis une correction très vraisemblable[2]. Il faut ajouter
que pour les noms de divinités, qui prennent parfois un sens
métonymique, il a essayé de faire un usage méthodique de la majuscule et de la minuscule et qu'il a souvent corrigé judicieusement
Hiller; il ne semble pas toutefois qu'on puisse toujours arriver à
une précision absolue, les deux idées étant moins nettement distinctes pour les anciens que pour nous. En revanche il s'écarte
sûrement en mal environ 26 fois du texte de Hiller, soit qu'il
adopte la leçon des deteriores[3], soit qu'il admette une conjecture
moderne qui ne s'impose pas[4], soit au contraire qu'il s'attache à
la tradition autorisée, mais fautive[5]; de sorte que, si on s'en tient
à l'ensemble, on reperd d'un côté ce qu'on a gagné de l'autre.
Il diffère encore de Hiller dans environ 36 cas dans lesquels la
tradition n'est pas sûre ou est manifestement corrompue et où
par conséquent la discussion reste ouverte. Il a parfois des choses
ingénieuses[6]; Hiller, dans sa seconde édition, avait incliné dans
les passages sûrement altérés à laisser la blessure à nu, plutôt
que de la dissimuler sous une correction incertaine; Postgate a
été plus loin que lui dans ce sens.

En ce qui concerne la leçon l'apparat critique n'apporte de
nouveau que les renseignements qu'il nous donne sur le *Cuiacia-*

1. Ainsi il rétablit I 3, 12 *omnia*, 14 *respiceretque*, 4, 30 *alta*, mais en approuvant dubitativement *alba*, 7, 8 *nitidis*, 8, 14 *colligit*, II 5, 98 *ipse*, 117 *laurus*,
6, 49 *saepe ubi nox mihi promissa est*, IV 1, 165 *rigentes*, etc.

2. Ainsi il lit I 6, 7 *iurata* avec Heyne, 7, 61 *a magna* av. Bachrens, 9, 62
istane conj. personnelle, 10, 68 *profluat* av. Voss, IV 1, 68 *ius diceret* conj.
personnelle, 142 *Araccaeis*, qui paraît la bonne orthogr. Il ponctue bien I 5, 47;
il admet la lacune après I 10, 25, etc.

3. Ainsi I 4, 59 il préfère *tua* à *tu*, 8, 35 *inueniet* à *inuenit*, III 4, 69 *prece* à
fide, IV 1, 27 *nomine* à *carmine*, 5, 9 *magne* à *mane*, etc.

4. Ainsi il lit à tort I 1, 25 *iam mihi* avec Schneidewin, 35 *hinc* conj. personnelle, 5, 21 *et renuente* av. Santen, 6, 3 *quid tibi, saeue, rei mecum est*, conj.
personnelle, 9, 36 *pronas* av. Heyne, II 4, 29 *addit* conj. personnelle, 6, 10 *laeta*
conj. personnelle, III 4, 12 *solent* conj. personnelle, etc. Il n'a donc pas tenu la
promesse faite dans sa Préface.

5. Ainsi I 10, 37 il paraît avoir tort de préférer *percussisque* de **Ambr. V** à
perscissisque des *Exc. Par.*; III 1, 9 il imprime † *natum maturas* †, mais au
point de vue paléographique la correction *natum in curas* est excellente; IV 1, 173
il conserve *confunditur*, qui est impossible.

6. Ainsi III 2, 15 de *rogate* de **Ambr.** il tire *recentem* (mais il n'est pas sûr
qu'il ne faille pas laisser à Lygdamus *rogantes*); il termine le vers IV 1, 116
par ⏑ – – en supposant que *domator* vient d'une abréviation de *moderator* vers
115, etc.

nus. Il contient un choix de conjectures, en particulier de conjectures modernes de Housman, de S. Allen. Postgate y a donné
libre carrière à ses soupçons sur les passages qui lui paraissent
altérés et à des tentatives de restitution qu'il ne présente générale-
lement que sous forme dubitative. Il y a là-dedans bien des choses
inutiles et inadmissibles[1]; il y en a d'autres qui sont intéressantes et qui méritent la discussion[2].

2. — W. Kroll[3] félicite Postgate de s'être montré dans la
constitution de son texte résolument conservateur.

§ 312 (cf. § 298). — Fr. Wilhelm[4], qui n'admet pas la théorie
de Bürger sur l'inauthenticité de IV 2-6 (§ 309), croit que IV 3
est en rapport avec la fable d'Adonis. Les vers 7 sqq. convien-
draient aussi bien à Vénus. Tibulle est, directement ou par l'intermédiaire d'un de ses prédécesseurs, sous l'influence de la poésie alexandrine, dans laquelle la légende d'Adonis a été assez
souvent traitée. On rapprochera les plaintes de Vénus chez Bion.
L'exhortation à ne pas se déchirer les mains et les jambes aux
épines (faible trace chez Bion) repose sur un lieu commun qu'on
varie suivant les besoins. La tâche que Sulpicia est prête à s'attribuer est celle que Vénus prend pour Adonis; le motif est du
reste fréquent. Le souhait de jouir des plaisirs de l'amour dans
la forêt, comme aux temps de l'âge d'or, est un motif courant de
l'érotique et la mention du sanglier fait penser que l'auteur songe
toujours à la fable d'Adonis et non à celle d'Atalante, comme l'a
voulu Immerwahr. La crainte que la chasse ne soit un sujet d'infidélité se retrouve dans les aventures légendaires.

§ 313. — Pendant la période que nous venons de parcourir

1. Ainsi il mentionne en les approuvant les transpositions de Haase sur I 1; il
propose 1 2, 7 *dominis*, mais *domini* est très bon; il considère à tort 1 3, 4 comme
corrompu; il approuve à tort I 3, 9 *quam* de Dousa, 22 *sciet* de Döring, qu'il
avait jadis donné comme de lui, 29 *noctes* de Scaliger; il croit I 3, 50 corrompu;
il approuve à tort dubitativement I 7, 9 la mauvaise conj. de Baehrens, etc.

2. Ainsi II 5, 18 *et euentus* ou *euentusque precor* de S. Allen, pour sauver *quos*
de **Ambr.** est ingénieux; I 4, 51 *paritura* ne paraît pas devoir prévaloir contre
placitura, mais est ingénieux; IV 1, 97 *aptior* de Francken est très vraisemblable, etc.

3. Deutsche Literaturzeitung, 27ster Jahrg. n° 13, 31 Mars 1906, col. 800.

4. Rhein. Mus. N. F. 61ster Band, 1stes Heft 1906 : Zu Augusteischen Dichtern, par Fr. Wilhelm. Les pages 95-99 concernent Tibulle.

les études Tibulliennes sont en pleine activité. E. Hiller a mis
en œuvre d'une façon méthodique les nouveaux éléments procurés
par Baehrens à la critique et le texte qu'il a constitué peut être
considéré, sauf amélioration de détail, comme le texte normal.
Après Hiller on a continué à examiner la tradition qui nous est
représentée par **Ambr. V** : on en a caractérisé l'état en essayant
de déterminer la nature des fautes et la physionomie de l'original
auquel remontent les deux manuscrits. Cette étude méthodique a
remplacé avec grand profit, non pourtant sans qu'on soit tombé
quelquefois dans un conservatisme outré, les hypothèses de pure
fantaisie par lesquelles dans les périodes précédentes on prétendait bouleverser la tradition, avant même de la bien connaître ;
le système des transpositions violentes, du fractionnement des
élégies est presque abandonné. Pour remédier aux altérations de
la tradition, la critique conjecturale apporte son concours malheureusement très incertain et, comme toujours, dans le flot des
inventions personnelles les résultats solides ne se trouvent qu'à
dose infinitésimale. Les tentatives de l'hypercritique pour percer
les ténèbres qui s'étendent de la fin de l'antiquité à la date où
émergent les manuscrits actuellement connus n'ont pas donné de
résultats appréciables.

Sauf réveil imprévu et tardif, sans utilité d'ailleurs, la théorie
de la composition symétrique et strophique passe au rang des
curiosités vieillies ; on se place sur un terrain plus solide en
continuant d'après l'exemple de Vahlen et de Leo à essayer de
surprendre et de déterminer le mode particulier suivant lequel
Tibulle développe et enchaîne ses pensées.

Le commentaire n'a pas fait de progrès bien notable ; ceux de
Martinon et de Némethy sont élémentaires et souvent erronés ;
un certain nombre d'élégies recueillies dans les Anthologies, que
j'ai négligées, sont expliquées surtout pour les besoins classiques.
Mais des études nouvelles s'engagent et se poursuivent qui four-
niront les éléments du commentaire scientifique moderne, lequel
remplacera celui de Dissen. On a fait de longues investigations
dans les œuvres érotiques grecques de toute époque et on y a retrouvé à peu près tous les motifs qui constituent le fond même de la
poésie élégiaque de Tibulle ; Tibulle nous apparaît donc non plus,
ainsi qu'on le croyait autrefois, comme un produit original du sol
natal et de la nationalité romaine, mais comme le continuateur
d'une longue tradition littéraire. On n'a pas manqué de pousser
jusqu'à l'extrême les conclusions qu'on peut tirer de là ; d'une

part on l'a représenté comme un simple arrangeur, un dilettante disposant avec art des idées et des sentiments qui lui seraient étrangers, si bien que nous serions les dupes d'une illusion en cherchant dans ses œuvres l'élan d'une passion personnelle et la sincérité de mouvements psychologiques ; contre cette exagération les élégies de Tibulle se défendent d'elles-mêmes pour quiconque a le jugement esthétique et le sens de la création littéraire suffisamment développés ; d'autre part on a cru que les élégiaques latins s'étaient trouvés en face d'une élégie alexandrine analogue de tout point à celle dont ils nous ont laissé le modèle et qu'ils n'auraient eu qu'à démarquer ; on aurait dû prouver d'abord l'existence de cette élégie alexandrine ; on a récemment essayé de le faire, mais on se heurte à l'absence de documents probants et la controverse n'est pas terminée. En tous cas nous ne nous trouvons en présence que d'une hypothèse.

On a tenté également de déterminer les rapports de Tibulle avec les poètes contemporains. Il est difficile de savoir ce qu'il doit à Gallus, l'œuvre de celui-ci étant perdue. On s'est rattrapé sur Properce ; mais ici l'incertitude des dates rendait les conclusions très périlleuses. On a beaucoup erré dans ce domaine ; on n'a pas suffisamment tenu compte du fait que l'utilisation des mêmes sources et la communauté de la phraséologie élégiaque expliquaient bien des similitudes ; en cas de rapports directs on a tranché la question de priorité par des partis pris, qui demeurent absolument subjectifs. Toute cette enquête conduite d'une façon brutale est à reprendre avec des procédés plus délicats.

L'étude de la grammaire, du style et de la métrique de Tibulle s'est poursuivie dans de bonnes conditions et a donné lieu à des travaux intéressants.

L'idée très exagérée que Tibulle écrit pour écrire et non pour exprimer les sentiments qu'il éprouve a prétendu paralyser l'étude des réalités que contiennent ses élégies. Ces questions n'en restent pas moins intéressantes et de leur solution dépend une intelligence plus intime et plus juste de l'œuvre du poète. Les documents qui sont à notre disposition étant restés les mêmes on ne pouvait renouveler la biographie de Tibulle ; il semble pourtant que dans cette période deux points aient été éclaircis : Tibulle devait être très jeune lorsqu'il a connu Delia et composé ses premières élégies ; il faut donc placer la date de sa naissance plus tard que ne l'ont fait les anciens critiques. D'autre part il n'a pris part aux expéditions de Messalla que contraint et forcé par des influences de famille dont il a parlé à mots couverts, de façon que nous les devinons, sans pourtant pouvoir les déterminer avec une exactitude absolue. La chronologie des élégies du 1er livre ne saurait être fixée avec précision, tant qu'on partira de points de vue subjectifs ; en tenant compte de la tradition, j'ai montré que le problème devait se résoudre autrement, plus simplement qu'on ne l'avait fait jusqu'ici et en réduisant au minimum la part de l'hypothèse. Les questions de la publication du 2e livre, de la formation du Corpus Tibullianum ont été agitées, sans qu'en l'absence de données suffisantes on soit arrivé à des résultats qui s'imposent.

Les questions d'authenticité ont été débattues sans que nous ayons à enregistrer de découverte nouvelle. L'identification de Lygdamus a continué à préoccuper la curiosité ; sur ses rapports avec Ovide, sur la date à laquelle il a vécu on a continué à batailler sans résultat. Les esprits aventureux ont mieux aimé bâtir des hypothèses que de croire avec Ehwald, ce qui paraît ressortir naturellement des choses, que Lygdamus a écrit ses élégies très jeune et qu'il a été imité par Ovide. On a à peu près renoncé à attribuer le panégyrique à Tibulle. Quant aux élégies Sulpiciennes, on est loin d'être d'accord et on remet en question des résultats qui semblent pourtant établis ; on ne veut pas renoncer à mettre en rapport avec ces élégies la pièce II 2, qui ne paraît avoir rien à faire avec elles ; on diverge sur la paternité de IV 7, qui appartient sûrement à Sulpicia ; dans IV 2-6 on veut reconnaître l'influence de Properce, pour ne pas attribuer ces pièces à Tibulle, bien que la vraisemblance soit pour cette attribution. Il s'agit là de piétinements sur place et non de véritables progrès.

CONCLUSION

Arrivés au terme, résumons les progrès accomplis par les études Tibulliennes et indiquons ceux qui restent à faire.

Scaliger avait montré le peu de valeur des manuscrits interpolés, établi le principe qu'il fallait rechercher une tradition meilleure, découvert le *Fragm. Cuiac.* et, malgré tout, traité le texte avec une désinvolture extraordinaire. Après lui Broekhuisen, Volpi, Heyne avec ses continuateurs et ses adversaires revinrent aux manuscrits interpolés, en firent surgir de nouveaux qui n'étaient pas meilleurs que ceux déjà connus et se débattirent péniblement au milieu des variantes accumulées. Lachmann tenta de sortir du bourbier par un acte d'autorité et voulut revenir à la tradition, mais il ne put atteindre qu'une tradition singulièrement altérée; après lui des sources nouvelles devinrent accessibles, malheureusement peu abondantes, les *Exc. Fris.* et les *Exc. Par.* De la tradition soi-disant restaurée par Lachmann Haupt tira, avec prudence et bon sens, un texte passable. Mais les procédés violents de Scaliger retrouvèrent des adeptes; on s'ingénia à sectionner les élégies en fragments, à marquer des lacunes, à transposer les vers au nom d'une logique qui n'était guère que le caprice individuel; Ritschl et ses élèves se distinguèrent dans cette besogne brutale. L'incertitude des résultats fit ouvrir les yeux sur les défauts du procédé. Baehrens découvrit enfin un manuscrit l'**Ambr.** qui n'avait pas, grâce à sa date, souffert des interpolations des humanistes de la Renaissance. Grâce à l'Ambr. et au **Vat.** patiemment étudiés on s'est trouvé en présence d'une tradition plus ancienne et plus pure; c'est cette tradition que fit revivre l'édit. de Hiller, suivi par Vahlen et par Postgate. Il est malheureusement certain que l'archétype des manuscrits complets était assez profondément altéré. La découverte d'un manuscrit meilleur permettrait de rendre au texte

une physionomie plus voisine de l'état primitif ; les espérances
à cet égard ne peuvent être que faibles, les recherches faites
depuis Baehrens dans les bibliothèques n'ayant donné que des
résultats décourageants. On ne saurait actuellement compter que
sur la critique conjecturale, dont les moyens sont restreints, les
tentatives aléatoires, qui signalera peut-être encore quelques
altérations latentes, mais qui vraisemblablement sera obligée de
confesser son impuissance définitive devant les passages désespérés. Ainsi nous possédons un texte de Tibulle sensiblement
meilleur que nos devanciers, mais qui repose pourtant sur une
tradition assez fautive et nous n'avons pas les moyens de remonter
au delà de cette tradition. Jusqu'à nouvel ordre les progrès sur ce
terrain ne peuvent être que modestes.

Le commentaire de Broekhuisen, d'une érudition vaste et profonde, en somme assez mal accommodé au texte, s'était élevé à une
telle hauteur, qu'on renonça pendant longtemps à le dépasser et
qu'on se contenta de l'utiliser en l'améliorant dans le détail. Ainsi
fit Volpi. Heyne tomba d'abord très bas et ne remonta que lente-
ment et pas bien haut ; ses successeurs le corrigèrent sur quelques
points, mais en marchant sur ses traces et sans quitter le terre à
terre. C'est seulement avec Dissen que le niveau se relève décidément. Dissen ne se borna pas à dégager la matière utile contenue
dans les travaux de ses prédécesseurs ; il fit preuve d'orignalité en
considérant d'ensemble les élégies de Tibulle et en essayant d'en
donner une intelligence complète. Bien qu'il n'y ait que médiocrement réussi et qu'il se soit embarrassé dans des formes de
rhétorique qui impriment à son interprétation un caractère
mécanique, il a pourtant beaucoup fait, et, tout en reconnaissant
les imperfections de son travail, c'est sur ce travail qu'on a
pourtant vécu jusqu'à nos jours ; l'interprétation élémentaire de
Martinon, celle de Némethy ne peuvent servir qu'aux besoins
courants. Le commentaire répondant aux exigences de la science
moderne est encore à faire. Il a été annoncé comme devant être
l'œuvre de Leo, mais Leo ne se hâte point de tenir sa promesse ;
on dit même actuellement qu'il y a renoncé. L'intelligence de
Tibulle a du reste singulièrement progressé depuis Dissen ; de
bonnes recherches ont été faites sur la grammaire, sur le style,
sur la métrique ; il reste à en recueillir les résultats et à les
compléter. Lachmann, plus pénétrant que Dissen, a montré
comment il fallait étudier l'organisme délicat de la poésie Tibullienne ; Haupt en a senti toute la finesse ; Vahlen, Leo et d'autres

ont abordé le problème de la composition des élégies, ont signalé le mouvement passionné des sentiments, l'art secret avec lequel ils s'expriment et éclairé l'évolution psychologique de la pensée du poète ; il n'y a qu'à persévérer dans cette voie. Leo encore, Wilhelm et d'autres à sa suite se sont donné la tâche de déterminer les sources où s'est abreuvée l'inspiration de Tibulle et en découvrant ces sources ne se sont pas assez préoccupés de sauver l'originalité de l'écrivain et la personnalité de l'homme ; en continuant ces recherches il faudra y apporter plus de mesure ; en effet, si l'on considère que Tibulle, Properce et Ovide se sont également nourris de l'érotique grecque et qu'ils sont pourtant on ne peut plus différents, il faut bien convenir qu'ils avaient chacun leur tempérament et il ne faut pas prétendre étouffer ce tempérament sous la masse des rapprochements. C'est du reste encore une question que de savoir sous quelle forme les élégiaques latins ont trouvé la matière qu'ils ont mise en œuvre. Avaient-ils sous les yeux des élégies hellénistiques très analogues à celles qu'ils nous ont laissées et dont ils se sont inspirés directement, ou au contraire ont-ils opéré sur l'ensemble de la poésie érotique grecque en s'emparant de motifs disséminés çà et là dont ils ont constitué un fonds commun et ont-ils créé un genre qui n'existait pas avant eux ? Les ravages inintelligents exercés par le temps sur la poésie alexandrine ont posé pour nous un problème dont la solution précise est singulièrement ardue. Enfin on s'est appliqué à démêler les rapports de Tibulle avec les poètes contemporains ; il est certain qu'il n'est pas isolé ; mais il ne faut pas supposer comme Belling qu'il les a sans cesse sous les yeux ou dans la mémoire lorsqu'il prend la plume ; ces recherches doivent être reprises avec un sentiment plus juste des choses. La disparition totale de l'œuvre de Gallus rend impossible de savoir jusqu'à quel point Tibulle a été créateur.

La victoire de l'esprit scientifique a débarrassé sa biographie des fables et des hypothèses que des chercheurs dénués de méthode y avaient amassées. Elle s'est simplifiée et à ce qu'il semble appauvrie ; c'est là l'effet de la critique. Les éléments dont nous disposons pour la constituer n'ont malheureusement pas augmenté et il n'y a guère d'espoir qu'on en découvre de nouveaux. Elle reste donc incomplète et incertaine ; tout au plus pourra-t-on peut-être serrer sur quelques points la vérité de plus près ; on ne doit s'attendre sur ce terrain qu'à des progrès de détail. Il faut souhaiter qu'on renonce à établir la chronologie des élégies du 1er livre par des hypothèses personnelles qui ne donnent que des résultats flottants, qui ne sont édifiés par l'un que pour être détruits par un autre. Il reste un certain nombre d'énigmes qu'on a tournées et retournées en tout sens et qui, avec les moyens insuffisants dont nous disposons, ne paraissent pas pouvoir être résolues avec une évidence qui s'impose définitivement à tous, la question de Glycera, celle de la publication du 2e livre, celle de la formation du Corpus Tibullianum. Il est probable que les esprits aventureux, qui n'aiment dans la philologie que les problèmes insolubles, ne cesseront pas sur ce terrain leurs efforts décevants et stériles ; je n'entrevois guère là-dessus de nouveauté qui mette fin à tout débat.

Sur les questions d'authenticité nous sommes autrement avancés qu'à l'époque de Heyne et il semble bien que toute la besogne vraiment possible ait été faite. La découverte de Voss, que Lygdamus n'est pas Tibulle, subsiste ; la personne de Lygdamus reste toujours entourée d'obscurité ; toutes les identifications proposées ont échoué ; on a tout tenté pour éviter la nécessité d'admettre qu'Ovide l'a imité, nécessité qu'on trouvait déshonorante pour Ovide, mais on n'a abouti qu'à de grosses invraisemblances ; le mieux est encore de prendre son parti de la chose. On n'attribue plus guère à Tibulle le panégyrique ; il est sûrement daté de l'an 31 avant Jésus-Christ. Il faudra sans doute se résigner à n'en jamais connaître l'auteur. Gruppe a le premier divisé les élégies Sulpiciennes en deux groupes, le second ayant été écrit par Sulpicia elle-même, le premier par Tibulle ; cette division s'impose et on ne saurait la contester sérieusement ; sur les limites des deux groupes on ne s'accorde pas ; j'estime que IV 7 appartient sûrement à Sulpicia ; la paternité de IV 2-6 a été confirmée à Tibulle au moyen de bons arguments par Zingerle et d'autres ; elle n'est pas absolument certaine, mais elle est extrêmement vraisemblable. Il semble bien qu'il faille en rester là.

La part prise par les différentes nations au monument élevé à Tibulle pendant les cent dernières années est très inégale. Celle de l'Allemagne est de beaucoup la plus importante ; les autres nations n'ont contribué que mollement. Parmi les vieilles nations qui avaient un passé philologique à continuer, la France, qui a à son actif l'édition géniale de Scaliger, n'a apporté que deux éditions nouvelles, celle de de Golbéry, compilation confuse de médiocres travaux allemands, celle de Martinon, qui repose sur des connaissances incomplètes et superficielles, deux thèses de doctorat, qui ne sont que des efforts hâtifs pour se mettre au courant et qui sont pleines de redites. Quelques conjectures, quelques tentatives de valeur diverse pour résoudre certaines questions que soulève le Corpus Tibullianum, voilà ce qui constitue notre apport : il est maigre. Les Hollandais, après avoir produit la remarquable édition de Broekhuisen, n'ont témoigné que d'une activité sporadique ; ils ont eu le mérite de retrouver les collations de Scaliger, ils ont donné des conjectures et apporté des contributions à certaines questions qui étaient traitées en Allemagne. Les scholars anglais ont retrouvé le *liber Cuiacianus* peu important de Scaliger, pratiqué la critique conjecturale, l'histoire littéraire et l'appréciation esthétique ; il est significatif que Postgate, voulant publier dans son Corpus Poetarum une édition de Tibulle, a dû s'adresser à Hiller ; il vient du reste de reprendre lui-même le travail de Hiller en constituant le texte à son tour d'une façon méthodique et sage. Les pays scandinaves n'ont guère témoigné d'efforts originaux. L'Italie, qui avait à son actif l'édition estimable de Volpi, s'est mise après 1870 à l'école de l'Allemagne et il en est résulté chez elle une renaissance remarquable des études philologiques, qui ont donné des fruits divers ; à côté de quelques travaux sérieux, faits avec une bonne méthode, de jugements littéraires où se révèlent la finesse et l'éclat de l'esprit italien, il y a bien des inutilités et des essais de vulgarisation empreints d'ignorance et d'erreur. La Hongrie nous a envoyé tout récemment quelques contributions intéressantes. L'Amérique, nouvelle venue, s'est éveillée à l'activité philologique, mais n'a encore que peu produit. Puisque le travail philologique devient de plus en plus international, il n'est pas inutile de rappeler quel intérêt il y aurait à ce qu'il usât le plus possible du latin ; les travaux en magyar ou en russe entreront difficilement dans le grand courant scientifique.

Il ne reste plus qu'à juger impartialement ce qu'a fait l'Allemagne en possession pendant une durée si longue d'une hégémonie incontestée. C'est à elle que reviennent tous les résultats importants de ces cent dernières années ; mais elle ne les a pas obtenus par la voie la plus simple et la plus directe ; ils se dégagent d'une quantité prodigieuse de tentatives souvent à demi ou complètement manquées. Ce qui est admirable en Allemagne, c'est l'organisation du travail : des maîtres illustres, indépendants les uns des autres, donnent du haut de leurs chaires des directions et des exemples ; leurs élèves apportent les prémices de leur éducation scientifique ; plus tard dans les gymnases ou les écoles ils

donnent encore les fruits de la culture acquise à l'Université ; de
nombreux périodiques expriment et entretiennent une vie scientifique très développée ; il se trouve des éditeurs pour publier les travaux les plus spéciaux. Quant aux qualités et aux défauts du grand
œuvre philologique, ils résultent, indépendamment du plus ou
moins de compétence des ouvriers, des qualités et des défauts mêmes
de la race. Le savant allemand n'a pas seulement la passion de la
vérité, il met à la poursuivre une patience et une abnégation
vraiment merveilleuses ; il n'hésite pas à reprendre l'étude d'un
problème vingt fois abordé sans résultat ; les échecs antérieurs ne
le découragent point et, d'aboutir à l'insuccès, c'est ce qui ne
semble pas l'effrayer ; mais cette lutte contre l'insoluble, qui
explique en partie l'abondance de la production allemande,
témoigne de plus de bonne volonté que de véritable esprit
scientifique. D'autre part il n'aborde une question qu'après avoir
constaté où l'ont laissée les chercheurs ses devanciers ; il est au
courant, ce qui lui est rendu facile par la perfection de l'outillage
bibliographique ; mais il ne se perd pas dans les redites et il
n'écrit que pour dire à son tour quelque chose de nouveau ; or
c'est là le principe même de tout travail scientifique. Son grand
défaut c'est l'amour de l'hypothèse et l'esprit de système ; il part
généralement d'un fait exact et dûment constaté ; mais sur ce fait
il échafaude toute une construction qui est en disproportion
manifeste, sans paraître apercevoir combien elle est fragile ; il
pousse toujours jusqu'aux dernières conséquences et une fois
embarqué dans l'erreur rien ne peut l'arrêter. Chose curieuse,
une erreur une fois émise trouve des partisans, qui se l'appro-
prient, qui la développent, sans jamais songer à vérifier si la base
n'est pas ruineuse ; ainsi de l'observation que Tibulle groupe
entre eux ses distiques et en fait des ensembles qui se correspondent naît l'hypothèse de la composition strophique, qui se
propage, qui s'impose et qui prend une importance sans rapport
à sa valeur. Le philologue allemand est un imaginatif qui se plie
difficilement à la rigueur de la méthode scientifique ; il s'enchante
de ses raisonnements, de ses déductions et il perd très vite le
sentiment du réel ; l'histoire de la philologie allemande est celle
de romans qui s'ébauchent, s'amplifient et s'évanouissent, de systèmes qui paraissent doués d'une vitalité intense et qui s'écroulent
en se heurtant les uns contre les autres. Il semble que les savants
eux-mêmes se rendent compte de tout ce qu'il y a d'aventureux
dans les recherches auxquelles ils imposent des apparences rigou-

reusement scientifiques et c'est ce qui explique que dans le travail philologique la réfutation joue un rôle capital ; il serait diminué de moitié si elle n'y figurait pas. Le philologue allemand est plus souvent occupé à détruire une erreur qu'à établir une vérité ; la chasse à l'erreur est une de ses préoccupations principales ; au lieu de la laisser tomber purement et simplement, il s'acharne contre elle ; c'est qu'il sait qu'elle est difficile à tuer dans son pays et qu'il veut en circonscrire les ravages. Il suit de là que les progrès sont très lents et qu'on dépense dans la lutte contre le faux une bonne part de l'activité qui serait mieux employée à la découverte du vrai. Enfin, malgré la passion avec laquelle l'Allemagne s'est vouée à l'œuvre qui consiste à ressusciter l'antiquité, il faut bien noter que l'esprit germanique a une grande difficulté à comprendre l'esprit grec ou latin tel qu'il est ; le chercheur allemand ne peut guère se figurer Tibulle que sous les traits de sa race et à travers sa propre culture ; il lui inflige une déformation inconsciente. Et c'est pourquoi, tout en rendant justice aux immenses services rendus par l'Allemagne, on ne peut s'empêcher de conclure que si une nation latine, avec une organisation pareille et douée d'une faculté de travail égale, avait entrepris la besogne philologique, elle l'eût sans doute accomplie avec moins de tâtonnements, mieux et plus vite.

TABLE MÉTHODIQUE DES MATIÈRES

I. — LE TEXTE.

Corrections de Postgate §§ 229, 241, 2, 265, 278, 279, 284, 293, 306.

Manitius énumère les allusions à Tibulle ou citations par les écrivains du moyen âge § 230.

Discussion du texte par Wilhelm §§ 232, 233, 250, 251, 257.

Conjecture de Palmer sur I 6, 71 sq. § 235.

Discussion de 9 passages par Schulze § 236.

Constitution du texte par Hiller dans l'édition de 1891 (1893) § 237.

Étude de Belling sur la nature et l'origine des fautes de l'original de **Ambr. V** ; reconstitution de l'archétype § 238, 1, réserves des référents § 238, 2 ; il défend ses idées, discute l'autorité des mss. et rectifie les collations de **Ambr.** de Baehrens et de Hiller § 241, 1, réserves des référents § 241, 2.

Conjecture de Doncieux sur I 5, 65 § 242.

Discussion de I 1, 2 par Ball § 243 ; réfutation par Harrington § 249.

Discussion de quelques passages par Hailer § 247.

Constitution du texte par Martinon § 248, 2.

Étude des mss. par Maurenbrecher ; théorie sur la tradition du texte § 259.

Hirschfeld communique un renseignement sur la correction de Scaliger à I 7, 11 § 260.

Malagoli signale un nouveau ms. de Tibulle § 263.

Discussion de divers passages par Schulze § 270, par Friedrich § 271.

Lindsay publie une collation anonyme d'un codex Romanus uetustissimus de Tibulle § 272.

Columba donne la collation d'un nouveau ms. de Tibulle § 273.

Discussion de I 3, 17 sq. par Rasi § 274.

Sabbadini signale deux nouveaux mss. de Tibulle § 275.

Discussion de III 1, 9-14 par Dziatzko § 280.

Soldati communique les interpolations de Pontanus § 281.

Gulli reprend sur I 5, 65 la correction de Kraffert § 282.

Discussion de III 1 par Ehwald § 288.

Cinq corrections par Cartault § 292.

Conjecture de Lupi sur I 3, 18 § 294.

Correction de Hartman sur I 7, 40 § 297.

Gerunzi signale un nouveau ms. de Tibulle § 299.

Constitution du texte du 3ᵉ livre par De la Ville de Mirmont § 300, 2.

Constitution du texte par Némethy dans son édition § 304, 3.

Cartault recommande la correction de Scaliger sur I 2, 65 § 310.

Constitution du texte par Postgate dans son édition § 311.

2. — Les interpolations.

Wisser § 97 et Fürth § 104 signalent des interpolations dans le texte.

3. — Les lacunes.

Muret admet quelques lacunes § 1, 12. Scaliger nie l'existence de lacunes dans le texte § 1, 5. Lacunes arbitraires introduites par Heyne § 5, 12 (il est suivi par Pottier § 33) ; Wunderlich les fait disparaître § 10, 2. Étude des lacunes par Kindscher § 67, 1. Reconstitution de l'archétype de 28 vers à la page d'après les lacunes par Korn § 71. Francken n'accepte pas les systèmes de Kindscher et de Korn § 81. Belling signale deux lacunes dans II 4 § 212. Il reconstitue l'archétype d'après les soi-disant lacunes § 238, 1, réserves des référents § 238, 2. Il défend ses idées § 241, 1, nouvelles réserves des référents § 241, 2.

4. — Les transpositions.

Les transpositions de Scaliger et le prétendu bouleversement des feuillets de l'archétype § 1, 7. Broekhuisen adopte les transpositions de Scaliger § 2, 8. Ayrmann nie toute transposition dans le texte traditionnel § 3, 5. Volpi expulse du texte les transpositions de Scaliger § 4, 3. Transpositions de Haase sur I 10 et I 1 § 58, 2. Haupt n'accepte pas la transposition sur I 10 § 59. Kemper la réfute § 60, Bubendey également, mais en propose une autre § 69, 2. Transpositions de Ritschl sur I 4 ; reconstitution de l'archétype de 6 vers en 12 lignes à la page § 80, 1 ; Eberz l'approuve avec quelques réserves § 80, 2. Francken combat les transpositions de Scaliger § 81. Transpositions de Ribbeck sur I 1 § 83, 1 ; Eberz les combat en partie § 83, 2. Transpositions de Prien sur I 1 § 100. Groth réfute le système des transpositions § 107, 2. Transpositions de Schneider sur I 3 et 6 § 108, 1 ; Hartung les combat § 108, 2. Seiler croit que tout est en ordre dans I 2 § 111. Transpositions de R. Richter sur I 1 § 112. Dietrich défend l'ordre traditionnel de I 1 § 114. Hertz place I 10, 51-52 à la fin de II 1 § 121. Bubendey réfute les transpositions de Ritschl sur I 4 § 126. Diskowsky rectifie en le conservant en partie l'ordre de Ritschl dans I 4 § 128, 1 ; R. Richter combat son système § 128, 2. Transpositions de Baehrens § 134, 8. L'étude de Vahlen sur II 5, I 4 et 1 exclut les transpositions § 140. Hübner maintient contre Ritschl l'ordre traditionnel de I 4 § 148. Westphal réfute les transpositions de Ritschl § 152. L'étude de Leo démontre l'inanité de la théorie des transpositions § 158. Baehrens croit que les transpositions se sont produites lors du transport du contenu du *uolumen* dans le *codex* § 169. Holzer transpose II 5, 91-94 § 202, 1 ; Magnus le réfute § 202, 2. L'étude de Karsten sur les élégies exclut les transpositions § 203. Baumgartner réfute la transposition de I 9, 39-44 par Baehrens § 216. Transposition de Wölfflin sur I 1 § 305.

5. — Le fractionnement des élégies.

Scaliger partage le 1er livre en 11, le 2e en 7 élégies § 1, 7. Heyne sectionne les élégies en fragments § 5, 12 ; Wunderlich le réfute § 10, 2. Voss constitue 11 élégies avec le 1er livre, 7 avec le second § 11, 7. Bellermann défend contre Voss l'unité de I, 2 § 27. Praefcke partage I 1 en deux élégies § 44. Korn nie l'unité de I 6 (que maintient Bubendey § 69, 2) et de II 5 § 70. Wagner défend l'unité de I 6 § 72. Polémique entre Korn § 73 et Wagner § 74, 3. Mau nie l'unité de I 2 § 79. Francken proteste contre le découpage en fragments et définit le mode de composition de Tibulle § 81. Il considère I 8 comme formé de 3 parties hétérogènes § 190, 1 (cf. § 211) ; Magnus le combat § 190, 2.

6. — Le système de la correspondance strophique et celui de la composition symétrique (suppressions, transpositions, lacunes arbitraires).

Prien soumet à la correspondance strophique les élégies à Sulpicia § 65. Kindscher adopte la théorie et l'applique à I 10 § **67**, 2. Bubendey l'applique à diverses pièces de Tibulle et de Lygdamus § **69**, 1 ; Eberz le combat § **69**, 3. Graef l'applique § **76**, 1 ; Eberz le combat § **76**, 2. Mau l'admet dans I 2 § **79**. Ritschl croit à une symétrie moitié consciente, moitié inconsciente § **80**, 1 ; Eberz l'approuve jusqu'à un certain point § **80**, 2. Prien soumet Tibulle à sa théorie § **82**, 1 ; Eberz accepte ses idées et diverge de lui dans le détail § **82**, 2. Luc. Müller condamne la théorie § **90**. Prien en poursuit la démonstration § **100**. Groth combat la théorie tout en l'admettant pour IV 2-7 § **107**, 1 ; un anonyme en nie absolument la justesse § **107**, 3. Fritzsche condamne la correspondance strophique de Prien, mais admet la composition symétrique § **125**, 1 ; R. Richter le combat § **125**, 2. Bubendey nie la correspondance strophique et admet le groupement symétrique des distiques § **126**. Linke admet la symétrie dans IV 2-7, la nie dans les élégies où Tibulle parle en son nom § **136**. Riemann proteste contre la correspondance strophique et réduit la symétrie arithmétique à de justes proportions § **139**, 1 ; Velcke le combat § **139**, 2. Vahlen considère Tibulle comme étranger à la symétrie alexandrine § **140**. Ullrich condamne la théorie strophique § **222**. Maurenbrecher la reprend § **262**. Belling s'y convertit § **264**. Kalinka la repousse § **269**, 4.

II. — L'EXÉGÈSE.

1. — Le commentaire.

L'explication du texte par Muret § **1**, 12, par Scaliger dans ses *Castigationes* § **I**, 8. Le commentaire de Broekhuisen § **2**, 11-14.

Le commentaire de Volpi § **4**, 4-6.

Le commentaire de Heyne § **5**, 6, 14, 20 ; il forme la base de celui de Wunderlich § **10**, 4.

L'explication du texte par Voss § **11**, 4, 8.

Commentaire de I 3 par Weingart d'après Heyne § **12**.

Explication de II 4, 53 sq. par Wagner § **15**.

Commentaire par Huschke de I 1, 3 et 7 § **16**, de I 9, 23-26 § **19**.

Revision du commentaire de Heyne par Wunderlich § **21**, 3.

Commentaire de I 10 par Klindworth § **23**.

Le commentaire de Bach § **24**, 3.

Le commentaire de Huschke § **26**, 3.

Explication de quelques passages par Bellermann § **27**.

Le commentaire de de Golbéry § **35**, 1.

Le commentaire de Dissen § **42**, 4 et 6.

Vues de Lachmann sur l'interprétation de Tibulle § **42**, 7.

Obbarius commente I 7, 17-18 § **45**.

Explication du texte par Rigler § **47**.

Explication de I 2, 65 sq. par Seiler § **111**.

Observations exégétiques de R. Richter sur I 1, 2 et 3 § **112**.

Le commentaire de Fabricius § **157**, 4.

Explication du texte par Wilhelm §§ **232**, **233**, **250**, **251**, **257**.

La magie et les préjugés chez Tibulle par Belli § **239**.

Le commentaire de Martinon § **248**, 3.

Rocchi identifie la route dont la réfection fut opérée par Messalla § **254**.
Explication de I 7, 1 sqq. par Rasi § **283**.
Explication de II 1 57 sq. par Wölfflin § **302**.
Le commentaire de Némethy § **304**, 4.

2. — La grammaire de Tibulle.

Indications isolées fournies par Broekhuisen § **2**, 14, par Volpi § **4**, 6, par Wunderlich § **10**, 4, par Bellermann § **27**. Lachmann signale des divergences dans l'emploi des particules entre Tibulle et Lygdamus § **37**, 3. Étude de la grammaire de Tibulle par Dissen § **42**, 4. Haupt étudie quelques particularités grammaticales qui différencient Tibulle et Lygdamus § **48**. Sur les adjectifs composés avec une particule par Lehmann § **86**. Les *uoces singulares* de Tibulle par Teufel § **106**. La construction des verbes composés avec une préposition chez Catulle, Tibulle et Properce par Schneemann § **160**. La syntaxe de Tibulle par Streifinger § **161**. Étude de Wolff sur les propositions interrogatives chez Catulle, Tibulle et Properce § **176**. L'infinitif chez Catulle, Tibulle et Properce par Senger § **195**. Le datif chez Tibulle et dans les Pseudo-Tibulliana par Iber § **206**.

3. — Le style de Tibulle.

Broekhuisen détermine les éléments et la constitution de la phraséologie de Tibulle § **2**, 12. Volpi le suit § **4**, 6. Remarques de G. H. B. sur la répétition des mots à courte distance et des syllabes identiques § **37**, 4. Caractéristique du style de Tibulle par Dissen, étude des figures de rhétorique § **42**, 4. Caractéristique du style de Tibulle et son application à la critique par Kemper § **60**. La figure ἀπὸ κοινοῦ par Koldewey § **135**. Étude sur l'élocution de Tibulle par Ehrlich § **154**. Étude sur les tropes et les figures chez Tibulle et dans les Pseudo-Tibulliana par Hansen § **162**. Les répétitions de syllabes formant cacophonie par Biese § **181**. La figure ἀπὸ κοινοῦ par Aken § **183**. Sur la pureté du style de Tibulle par Stehle § **196**. Étude sur le langage de la galanterie chez les élégiaques par Pichon § **291**.

4. — La prosodie et la métrique de Tibulle.

Indications isolées fournies par Broekhuisen § **2**, 14, par Volpi § **4**, 6. Lachmann signale quelques divergences entre la métrique de Tibulle et celle de Lygdamus § **37**, 3. Dissen étudie la structure du distique § **42**, 4. Haupt signale quelques divergences métriques entre Tibulle et Lygdamus § **48**. Bref exposé de la métrique de Tibulle et des Pseudo-Tibulliana par Luc. Müller § **95**. Gebhardi étudie la structure du pentamètre renfermant deux substantifs pourvus chacun d'un attribut § **96**. Engbers relève des différences prosodiques et métriques entre les diverses parties du Corpus Tibullianum § **113**. Krafft étudie certains points de la métrique de Tibulle et de Lygdamus § **115**. Bolzenthal expose la métrique de Tibulle et des autres élégiaques § **117**. Eichner étudie la structure du distique chez les élégiaques § **123**. Sellar signale la perfection de la métrique de Tibulle § **231**, 2. La prosodie de *sacer* par Wölfflin § **234**. La conformation du distique chez Tibulle et les autres élégiaques par Rasi § **245**. Les formes de l'hexamètre et du pentamètre dans I 1 et 2 par

Hennig § 252. Étude des élisions dans le Corpus Tibullianum par Hörschelmann § 261. Paroli étudie la métrique de Tibulle et de Lygdamus § 277. Mayer étudie l'hiatus chez Tibulle et dans le Panégyrique § 285.

5. — Rapports de Tibulle avec les Grecs.

Rapprochements avec les Grecs par Scaliger § I, 8. Broekhuisen reconnaît la parenté de la vie galante peinte par Tibulle avec celle qui fait le fond de la comédie nouvelle attique § 2, 11. Volpi le suit § 4, 6. Huschke croit à l'imitation directe des Grecs par Tibulle § 16, 1 et 26, 3 ; Passow § 16, 2 et Lachmann § 17 combattent ses exagérations. Rapprochements avec Pindare par Dissen § 42, 6. Kemper croit que Tibulle n'est pas tributaire de l'érudition alexandrine § 60, 1. Zingerle considère Tibulle comme moins dépendant des Grecs que Catulle et Properce § 94. Leo pense que Tibulle n'imite presque pas les Grecs § 158. Maas soutient que Tibulle emprunte parfois sa mythologie à la poésie hellénistique savante § 174 (cf. § 217). Sellar regarde Tibulle comme un imitateur des Alexandrins, mais original § 231, 2. Leo soutient que les élégiaques latins ont emprunté à l'élégie alexandrine les motifs qu'ils ont en commun avec la comédie grecque § 256. Wilhelm prétend démontrer que les principaux motifs de Tibulle proviennent des Grecs et en particulier des Alexandrins et que Tibulle n'a point d'originalité §§ 258, 289, 298. Knaack attribue l'inspiration idyllique de Tibulle aux bucoliques grecques de Messalla § 266. Belling trouve très exagéré le système qui fait dépendre Tibulle étroitement des Grecs § 268. Némethy croit que l'élégie latine est une création originale § 295. Jacoby prétend démontrer qu'il n'y a jamais eu d'élégie alexandrine subjective que les Latins auraient imitée §.303. Gollnisch cherche à démontrer que les élégiaques latins ont eu sous les yeux une élégie alexandrine identique à la leur § 307. Crusius fait dépendre Tibulle des poètes hellénistiques §. 308. Wilhelm met IV 3 en rapport avec la fable d'Adonis § 312.

6. — Rapports de Tibulle avec les Latins.

Rapprochements avec les poètes latins par Scaliger § 1, 8, par Broekhuisen § 2 13, par Volpi § 4, 6, par Huschke § 26, 3. Olsen croit que dans les élégies sur Sulpicia Tibulle imite Properce § 199. Ullrich ne l'admet pas § 215. Sellar pense que Tibulle a profité de ses prédécesseurs, mais qu'il a donné à l'élégie sa perfection artistique § 231, 2. Belling étudie l'imitation réciproque de Tibulle et de Properce et met Tibulle dans une dépendance étroite de Properce et des autres poètes ses contemporains § 264, 1 ; réserves des référents § 264, 2. Il soutient que ce que Leo considère comme emprunté par Tibulle aux Grecs peut aussi bien l'avoir été à ses prédécesseurs latins § 268. Jacoby met Tibulle dans une dépendance étroite de Gallus § 303.

7. — L'art de Tibulle. Appréciations esthétiques.

Les *selecta clarorum uirorum iudicia* § 2, 15. Les appréciations de Broekhuisen § 2, 13. Jugement d'Ayrmann § 3, 1. Appréciations de Volpi § 4, 6, de Heyne § 5, 14. Étude sur le caractère et le génie de Tibulle par Bach et renvois à ses pré-

III. — LES QUESTIONS D'AUTHENTICITÉ

1. — Le 3e livre. Lygdamus. Neaera.

Muret considère le 3e livre comme authentique ; son système sur les réalités § 1, 12. Scaliger reconnaît la difficulté du 3e livre sans pouvoir la résoudre § 1, 9. Dousa croit le pentamètre III 5, 18 interpolé d'Ovide § 2, 2 ; il est suivi par Broekhuisen § 2, 16. Ayrmann identifie Neaera avec Sulpicia et Delia § 3, 3. Volpi quoique choqué du style du 3e livre croit y reconnaître Tibulle § 4, 6 ; Lygdamus serait un pseudonyme de Tibulle ou Tibulle aurait écrit ce livre pour un de ses amis § 4, 8. Heyne considère III 5, 18 comme interpolé § 5, 8 ; il identifierait volontiers Glycera avec Neaera § 5, 8 ; il abandonne cette idée § 5, 16 ; il considère le 3e livre comme authentique quoique faible § 5, 16 ; il pense que Neaera étant une étrangère ne pouvait épouser un chevalier romain § 5, 22. Voss démontre que le 3e livre n'est pas de Tibulle mais de Lygdamus Grec affranchi ou fils d'affranchi et qu'il a été imité par Ovide § 11, 3 et 4. Lachmann refuse le 3e livre à Tibulle § 18. Bach soutient l'authenticité contre Voss § 24,6. Huschke l'admet § 26, 6. Spohn croit III 5, 15-20 interpolé et identifie Neaera et Delia § 28, 4 et 5. Démonstration que le 3e livre n'est pas de Tibulle par Eichstaedt, qui n'admet pas les idées de Voss sur l'état civil de Lygdamus § 29. De Golbéry attribue le 3e livre à Tibulle en identifiant Neaera avec Delia et Glycera § 30, 2, 3 et 4. Passow défend le système de Voss et croit que Lygdamus imite Ovide § 31 (cf. § 38). Lachmann adopte les vues de Voss qu'il soutient contre Bauer § 34, 2, signale les différences de grammaire et de métrique avec Tibulle § 37, 3 et croit que Lygdamus est un nom supposé § 42, 7. Oebeke identifie Lygdamus avec Cassius de Parme § 39. Paldamus § 41, 2, Dissen

§ 42, 3 nient l'authenticité du 3e livre. Dissen voit dans Lygdamus un Romain aisé, peut-être un ami de Tibulle, Haase § 42, 7 le 2e fils de Messalla. [J.] soutient l'authenticité du 3e livre § 44. Gruppe attribue le 3e livre à Ovide, dont Neaera serait la seconde femme § 46, 5. Hertzberg voit dans Lygdamus un Romain, mais non pas Ovide § 46, 11, Teuffel un jeune Romain qui imite Tibulle § 55, 2. Törnebladh réunit les arguments qui prouvent que le 3e livre n'est pas authentique § 66. Eberz repousse les identifications de Lygdamus, sur lequel on ne sait rien § 74, 2. Fuss défend l'authenticité et identifie Neaera et Delia § 84, 1 ; il est approuvé par Bähr § 84, 2. Stumpe croit que l'auteur du 3e livre décrit une aventure arrivée à un de ses amis ou imaginaire et imite Tibulle et Ovide § 85. Zingerle n'admet pas que ce soit Lygdamus qui a imité Ovide, mais le contraire § 94. Luc. Müller signale des différences entre la métrique de Tibulle et celle de Lygdamus § 95. Bolle considère le 3e livre comme l'œuvre sans réalité d'un rhéteur imitateur d'Ovide § 105, 1 ; R. Richter admet que Lygdamus est l'imitateur, mais ce ne serait pas un simple plagiaire § 105, 2. Engbers montre par l'étude de la métrique que Lygdamus n'est pas Tibulle § 113. Krafft signale des différences entre la métrique de Tibulle et celle de Lygdamus § 115. Lierse étudie l'imitation de Tibulle et d'Ovide par Lygdamus, jeune Romain selon lui, § 124. Boehlau croit que Lygdamus a imité Ovide et que le fond n'a aucune réalité § 127, 1 ; Magnus le combat § 127, 2. Kleemann identifie Lygdamus avec Ovide § 129, 1 ; réserves des référents § 129, 2. Ardizzone refuse le 3e livre à Tibulle § 132. Baehrens repousse l'identification de Lygdamus avec Tibulle et Ovide et croit que III 5 a été écrit après les Tristes d'Ovide § 134, 5. Francken place la composition du 3e livre après les Tristes § 145. Fabricius refuse le 3e livre à Tibulle ; III 5 serait d'un inconnu qui a imité Ovide § 157, 2. Streifinger signale quelques différences grammaticales entre Tibulle et Lygdamus § 161. Hiller pense que Lygdamus (= Albius) pouvait être un jeune parent de Tibulle et que le 3e livre n'a été publié qu'après les Tristes § 173. Doncieux identifie Lygdamus avec le frère aîné d'Ovide § 208. Ribbeck n'identifie pas Lygdamus et caractérise sa poésie § 218. Ehwald est d'avis que c'est Ovide qui a imité Lygdamus § 219. Heiler conclut de quelques particularités de grammaire et de style que l'auteur du 3e livre a imité Properce § 228. Pour Sellar Lygdamus, jeune Romain cultivé, peut-être parent de Tibulle, imite Catulle, Tibulle, Horace et Properce ; peut-être Ovide et lui ont-ils puisé le pentamètre célèbre à une source commune § 231, 3. Pour Marx Lygdamus serait un pseudonyme et le 3e livre aurait été écrit vers 13 après J.-C. § 244. Martinon croit que les pièces du 3e livre ne sont pas dans l'ordre chronologique et que 2 doit être rejeté à la fin § 248, 1. Belling discute l'ordre des élégies du 3e livre § 248, 4. D'après Hennig Lygdamus aurait emprunté des vers à des pièces d'Ovide qu'il aurait entendu réciter § 252. Kalinka croit que Lygdamus a composé III 5 dans son âge mûr § 269, 1, Friedrich que les vers qu'il a en commun avec Ovide sont des corrections que celui-ci aurait faites à ses pièces § 271. Ramorino admet entre Lygdamus et Ovide une imitation réciproque § 276. Paroli signale des différences entre la métrique de Tibulle et celle de Lygdamus § 277. Calonghi regarde Lygdamus comme un imitateur de Tibulle, de Properce et d'Ovide § 286. De la Ville de Mirmont ne croit pas qu'il y ait eu d'imitation entre Lygdamus et Ovide § 300, 1. Bürger considère Lygdamus comme postérieur à Ovide § 309.

2. — Le Panégyrique.

Scaliger l'attribue à Tibulle malgré les difficultés § 1, 10. Brockhuisen hésite § 2,

18. Volpi y voit le début de Tibulle § 4, 8. Heyne est très flottant : le panégyrique peut être de Tibulle ou d'un autre § 5, 8 ; il serait une œuvre d'école composée par un rhéteur postérieur § 5, 16. Voss le refuse, puis l'attribue à Tibulle § 11, 3. Bach démontre que le panégyrique n'est pas de Tibulle mais d'un inconnu qui l'a composé en 31 av. J.-C. § 14, 2 (cf. § 24, 6). Lachmann ne croit pas à l'authenticité § 18 et 34, 2. Huschke croit le panégyrique de Tibulle jeune, mais interpolé § 26, 6. De Golbéry le refuse à Tibulle § 30, 6. Passow le lui attribue et le date de 31 § 38. Paldamus ne croit pas à l'authenticité § 41, 2. D'après Dissen il n'est pas de Tibulle, mais il est du temps § 42, 3. D'après Lachmann il pourrait être de Lygdamus § 42, 7, d'après Ellendt de Tibulle, quoiqu'il soit très maladroit § 42, 7. Gruppe l'attribue à Tibulle très jeune § 46, 6 ; Hertzberg le lui refuse § 46, 11. Teuffel adopte l'opinion de Gruppe § 55, 1, Hertzberg maintient la sienne § 55, 3. Teufel le refuse à Tibulle par l'examen des *uoces singulares* § 106, 2, Engbers par l'étude de la métrique § 113. Hankel démontre l'authenticité § 117, 1 ; il est combattu par Ribbeck et R. Richter § 117, 2. L'inauthenticité est soutenue par Ardizzone § 132, par Baehrens § 134, 5. Hartung démontre contre Hankel que le panégyrique n'est pas de Tibulle et l'attribue à un rhéteur § 153. Fabricius le néglige comme contesté § 157, 2. Streifinger note quelques différences grammaticales entre Tibulle et le panégyrique § 161. Larroumet avec Hankel croit à l'authenticité § 167. Doncieux n'est pas sûr que le panégyrique ne soit pas de Tibulle § 201. Ribbeck n'admet pas l'authenticité § 218. Ehrengruber attribue le panégyrique à un disciple des rhéteurs qui a imité Horace, Virgile, Properce et surtout Ovide § 220 ; Wilhelm le réfute § 257. Sellar attribue le panégyrique à un jeune poète du cercle de Messalla § 231, 4. Marx le caractérise sévèrement § 244. Hailer croit que l'auteur l'a écrit après la mort de Properce § 247. Hennig le refuse à Tibulle § 252. Belling étudie les rapports de Tibulle et du panégyrique § 264, 1. Mayer le refuse à Tibulle par l'étude de l'hiatus § 285. Crusius y voit la caricature des panégyriques § 308.

3. — Les poèmes IV 2-12. Sulpicia. Cerinthus.

Scaliger considère les poèmes IV 2-12 comme authentiques et se trompe sur la situation qu'ils représentent § 1, 11. Broekhuisen après Barth les attribue à la poétesse Sulpicia contemporaine de Domitien § 2, 18 ; il voit dans Cerinthus le pseudonyme d'un Romain § 2, 16. Ayrmann identifie Sulpicia avec Delia et Neaera § 3, 3. Volpi voit dans Sulpicia la fille du jurisconsulte Servius Sulpicius et identifie Cerinthus avec le Cerinthus de Horace § 4, 7 ; Tibulle aurait écrit pour eux § 4, 8. Heyne croit que IV 2-12 ont été écrits dans la maison de Messalla, avant le 2e livre à cause de II 2, par Sulpicia et divers personnages § 5, 16 ; il ne tient pas beaucoup à son système § 5, 22. Voss attribue IV 2-12 à Tibulle qui aurait travaillé sur les billets originaux de Sulpicia ; Cerinthus serait un jeune homme riche d'origine grecque ; II 2 est rattaché au cycle ; il se fait une idée fausse du roman § 11, 3. Bach attribue IV 2-12 à Tibulle jeune ; Sulpicia aurait épousé Cerinthus (à cause de II, 2) § 24, 6. IV 2-12 sont attribués à Tibulle par Huschke § 26, 6, par de Golbéry § 30, 5. Lachmann adopte les vues de Voss § 34, 2, puis celles de Gruppe § 42, 7 ; il croit que Cerinthus est un nom de guerre. Passow voit dans IV 2-12 les *epistolae* de la *uita* § 38. Paldamus considère IV 2-12 comme de Tibulle sauf 8 et 10 et identifie Cerinthus avec le Cerinthus d'Horace § 41, 2 (cf. 42, 7). Dissen fait écrire IV 2-12 par Tibulle en 23 av. J.-C. et considère Cerinthus comme un nom forgé § 42, 3. Haase croit que

Cerinthus pourrait dissimuler le fils aîné de Messalla § 42, 7. Gruppe attribue IV 2-7 à Tibulle, 8-12 à Sulpicia § 46, 3. Peterson attribue IV 2-12 à Tibulle § 53. Les idées de Gruppe sont adoptées par Teuffel qui place ces pièces postérieurement à la liaison avec Delia, antérieurement à une nouvelle et identifie Cerinthus avec Cornutus § 55, 2. Rossbach donne IV 7 à Sulpicia § 57 ; Eberz le suit, trouve que le terme d'*epistolae* ne convient pas à toutes les pièces et termine le cycle par II 2 § 74, 2. Haupt détermine la filiation de Sulpicia, lui attribue IV 8-12 et 2-7 à Tibulle § 102. Zingerle attribue IV 7 à Tibulle, rattache II 2 au cycle et identifie Cerinthus et Cornutus § 103. Hiller tout en attribuant IV 7 à Tibulle montre que cette attribution ne saurait être tirée de la suscription de IV 8 § 119. R. Richter attribue IV 7 à Sulpicia, croit que II 2 n'a rien à faire avec le cycle et refuse IV 5 à Tibulle § 122. Ardizzone n'a rien compris à la situation § 132. Baehrens attribue IV 7 à Sulpicia, nie l'identification de Cerinthus et de Cornutus ; 2-6 seraient peut-être de Messalla § 134, 5 ; Riese fait des réserves § 134, 9. Zingerle démontre que IV 2-7 sont de Tibulle et se rapprochent surtout du 1er livre ; il penche pour l'incorporation au cycle de II 2 § 138. Wölfflin croit que les pièces de Sulpicia sont bien des lettres et attribue IV 7 à Tibulle § 141. Knapp joint II 2 au cycle, démontre que IV 2-7 sont de Tibulle et voit dans 8-12 ses brouillons § 156, 1 ; Magnus combat son système § 156, 2. Fabricius attribue IV 2, 3, 4, 6 à un poète inconnu, IV 5 à un autre et nie que II 2 ait rapport à Sulpicia § 157, 2. Streifinger note quelques différences grammaticales entre Tibulle et Sulpicia § 161. Rien de nouveau chez Larroumet, qui rattache II 2 au cycle, § 167. Hiller attribue IV 7 à Sulpicia § 173. Doncieux rapporte II 2 au cycle § 201. Ullrich croit que les élégies Sulpiciennes ont été écrites par Tibulle de 23 à 19 ; II 2 ne s'y rattache pas § 215 (cf. § 222). D'après Ribbeck IV 2-6 peuvent être de Tibulle ou d'un autre poète § 218. Doncieux croit que IV 2, 4, 6 sont de Tibulle, 3, 5 de Sulpicia et de Tibulle § 225. Caractéristique de Sulpicia par Sellar qui trouve que IV 2-6 ne sont pas indignes de Tibulle, mais ne se prononce pas sur la paternité § 231, 5. Belling attribue IV 7 à Tibulle et rapporte II 2 à Cerinthus § 238. Postgate ne croit pas que IV 2-6 soient de Tibulle et attribue 7 à Sulpicia § 241, 2. Marx, qui distingue Cerinthus et Cornutus, rapporte IV 2-6 à un inconnu qui rappelle Tibulle, IV 7 à Sulpicia § 244. D'après Hailer l'auteur des élégies du 4e livre a dû écrire après la mort de Properce § 247. Martinon hésite à attribuer IV 2, 4, 6 à Tibulle et rapporte 3 et 5 à Sulpicia corrigée par Tibulle § 248. Hennig montre que IV 7 appartient à Sulpicia § 252. Ehwald croit que Cerinthus est le pseudonyme de Cornutus, bien que II 2 ne forme pas la conclusion de l'aventure de Sulpicia § 253. Belling attribue IV 7 au poète et non à Sulpicia, croit les élégies Sulpiciennes écrites après II 3 et identifie Cerinthus et Cornutus § 264. Kalinka distingue Cerinthus de Cornutus, attribue IV 7 à Sulpicia, dont les pièces seraient rangées par ordre de dimensions § 269, 2. Menghini attribue les élégies Sulpiciennes à Messalla § 287. Némethy attribue IV 7 à Sulpicia, IV 2-6 à Tibulle qui les aurait écrites après II 1 et après l'édit. du 2e livre de Properce et qui aurait imité Properce ; il identifie Cerinthus et Cornutus § 296 et 304, 2. Crusius attribue IV 2-6 à Tibulle § 308, Bürger les lui refuse, croit que l'auteur est sous l'influence de Tibulle et de Properce et qu'il a eu II 2 à sa disposition § 309.

4. — Les poèmes IV 13 et 14. Glycera.

Scaliger identifie Glycera avec Neaera § 1, 11. Broekhuisen se refuse à l'identifier avec Nemesis et rapporte IV 13 au 3e livre § 2, 16 et 18. Ayrmann identifie Glycera avec Nemesis § 3, 3. Heyne l'identifierait plus volontiers avec Neaera qu'avec Nemesis § 5, 8 ; il abandonne cette identification § 5, 16. Voss place les élégies à Glycera vers 22 av. J.-C. et croit qu'elles ont été perdues § 11, 2. Bach attribue IV 13 à Tibulle amoureux de Sulpicia § 24, 6. Spohn repousse l'identification de Glycera avec Nemesis § 28, 3. De Golbéry l'identifie avec Delia § 30, 3, Passow § 32, Paldamus § 41, 2 (cf. § 42, 7) avec Nemesis. Dissen en fait une personne distincte aimée de Tibulle en 25/24 ; les élégies qui la concernent n'ont pas été éditées, IV 13 peut en être une § 42, 2. Lachmann reviendrait volontiers à l'identification avec Nemesis § 42, 7. Gruppe considère IV 13 et 14 comme les restes des élégies consacrées par Tibulle à Glycera § 46, 9. Teuffel adopte ses idées § 55 1 et 2. Kindscher identifie Glycera avec Nemesis, à qui se rapporteraient IV 13 et 14 et essaie d'expliquer l'intervention d'Horace § 62. Eberz rapporte IV 13 et 14 à Glycera § 74, 2. Fuss identifie Glycera avec Nemesis § 84. Baehrens considère IV 13 comme de Tibulle ; il est possible, mais non certain, que 14 soit aussi de lui § 134, 5. IV 13 est refusé à Tibulle par Postgate § 151, 1 (cf. § 241, 2). Il est combattu par Magnus § 151, 2, par Hennig § 252, suivi par Sellar § 231, 6. Larroumet rapporte IV 13 et 14 à Glycera § 167. Pascal repousse l'identification de Glycera avec les autres maîtresses de Tibulle et admet que IV 13 lui est adressé § 213. Ullrich croit que IV 13 et 14 ne concernent pas Glycera, dont la liaison avec Tibulle est de 23, que les élégies qui s'y rapportaient sont perdues § 215. Ribbeck laisse dans le doute si IV 13 et 14 se rapportent à Glycera et croit qu'Horace a lu vers 24 les élégies qui lui étaient consacrées § 218. Glycera est un nom en l'air pour Sellar § 231, 1. Marx croit que le nom chez Horace désigne une maîtresse quelconque, que IV 13 et probablement 14 sont de la jeunesse de Tibulle § 244. D'après Martinon c'est par oubli que IV 13 et 14 concernant Glycera n'ont pas été compris dans le 2e livre § 248, 1. D'après Hennig IV 13 et 14 sont de Tibulle, sans qu'on puisse déterminer à qui ils sont adressés § 252. Belling met IV 13 et 14 en rapport avec Cornutus § 264. D'après Némethy IV 13 et 14, peut-être adressés à Glycera, ont été écrits après la publication du 2e livre de Properce § 304, 2.

5. — Les Priapées.

Broekhuisen refuse à Tibulle la paternité des deux priapées éditées par Scaliger d'après F § 2, 18. Dissen est d'avis qu'elles ne sont pas de Tibulle et qu'on ne sait comment elles ont été introduites dans F § 42, 3. Gruppe les attribue à Tibulle § 46, 9. Eberz les lui refuse § 74, 2. Baehrens regarde l'attribution comme possible, mais non certaine § 134, 5. Fabricius les refuse à Tibulle § 157, 2. Hiller cherche à déterminer comment elles nous sont parvenues § 173. Contre Mommsen Baehrens nie que la 1re ait été découverte près de Padoue § 175, 1. Marx ne pense pas qu'elles soient de Tibulle § 244. Cali les refuse à Tibulle : la première serait de la Renaissance, la seconde du siècle d'Auguste § 246.

6. — Pièces diverses.

II 5 est considéré comme inauthentique par Wisser § 116, 1 (combattu par R. Richter § 116, 2), IV 5 par R. Richter § 122, I 4, 8, 9 par Fabricius § 157, 2.

IV. — LES QUESTIONS DE BIOGRAPHIE ET DE CHRONOLOGIE.
PUBLICATION DES ŒUVRES DE TIBULLE.

ɪ. — La biographie de Tibulle.

La *uita*, l'épigramme de Domitius Marsus, renseignements fragmentaires donnés par Scaliger § **1**, ɪ ɪ. Fixation de la date de la naissance de Tibulle par Dousa § **2**, ɪ. Renseignements fragmentaires fournis par Broekhuisen § **2**, ɪ6. Biographie de Tibulle par Ayrmann § **3**, par Volpi § **4**, 7. Annotations de Heyne à la biographie d'Ayrmann et à celle de Volpi § **5**, 8, ɪ6, ɪɪ; il ne considère pas comme démontré qu'Hor. C. I 33 et Ep. I 4 soient adressés à Tibulle § **5**, 8. Renseignements biographiques donnés par Voss § **11**, ɪ. Biographie de Tibulle par Bach § **24**, 4. Publication de la *uita* d'Hieronymus d'Alexandrie par Huschke § **26**, 5. Biographie de Tibulle par Spohn § **28**, par de Golbéry § **30**, par Pottier § **33**, par Paldamus § **41**, ɪ (cf. **42**, 7), par Dissen § **42**, ɪ, par Gruppe § **46**, ɪ ɪ, par Teuffel § **54** et **55**, ɪ, par Oestling § **63**, par Eberz § **74**, ɪ, par Ardizzone § **132**. Baehrens remet la *uita* en honneur et soutient qu'Hor. C. I 33 et Ep. I 4 ne se rapportent pas à Tibulle § **134**, ɪ ; réserves des référents § **134**, 9. Biographie de Tibulle par Hartung § **153**, par Fabricius § **157**, ɪ, par Larroumet § **167**. Contre Baehrens Grasberger rapporte à Tibulle Hor. C. I 33 et Ep. I 4 § **170**. Hiller attribue la *uita* à la fin de l'antiquité § **173** ; il est suivi par Kalinka § **269**, 4. Biographie de Tibulle par Schultz § **200**, par Doncieux § **201**, par Ribbeck § **218**, par Occioni § **221**, par Sellar § **231**, ɪ, par Marx § **244**, par Martinon § **248**, ɪ, par Belling § **264**. Harrington place la naissance de Tibulle en 48 avant J.-C. et fixe les principales dates de sa biographie § **290**. Biographie de Tibulle par Némethy § **296** et **304**, ɪ. Sur un point de la biographie de Tibulle par Cartault § **310**.

ɪ. — Delia.

Broekhuisen accepte le renseignement d'Apulée ; il considère Delia comme une affranchie mariée § **2**, ɪ6. Ayrmann l'identifie avec Sulpicia et Neaera § **3**, 3. Volpi adopte sur elle l'opinion de Broekhuisen § **4**, 7. Bach la considère comme une affranchie qui se maria pendant l'absence de Tibulle § **24**, 4. Spohn n'admet pas que ce soit une affranchie et l'identifie avec Neaera § **28**, 3, 4, 5. De Golbéry l'identifie avec Neaera et avec Glycera § **30**, 3 et 4. Passow combat l'identification avec Neaera et la considère comme une Romaine de basse naissance § **31**. Paldamus la caractérise § **41**, ɪ. Dissen croit qu'elle était d'une famille aisée § **42**, ɪ, Haase qu'elle était de basse condition et d'une famille peu aisée § **42**, 7. Teuffel voit en elle une Romaine de basse naissance § **55**, ɪ. Fuss reprend l'identification avec Neaera § **84**. O. Richter n'admet pas qu'elle se soit mariée pendant sa liaison avec Tibulle § **99**. Essai de Soury sur Delia § **110**. Caractéristique par Occioni § **221**. Ehwald penche à croire que son vrai nom était Planca § **253**. Caractéristique par Menghini § **287**.

3. — Marathus.

Broekhuisen l'identifie avec le Cyrus d'Horace § **2**, ɪ6. Voss croit que les poèmes qui le concernent sont un simple jeu de la fantaisie § 11, 4. De Golbéry admet l'identification avec le Cyrus d'Horace § 30, 5. Passow ne voit dans I 4, 8, 9 qu'un jeu d'imagination et une imitation des Grecs §§ 31 et 38. Fabricius refuse à Tibulle I 4, 8, 9 § 157, 2. Sellar y voit au moins une sympathie pour une aberration des sens § 231, 1. Belling considère le rapport avec Marathus comme un simple motif poétique § 264.

4. — Nemesis.

Elle est identifiée par Ayrmann avec Glycera § 3, 3. Spohn la caractérise bien et n'admet pas l'identification avec Glycera § 28, 3. De Golbéry l'identifie avec Phryné § 30, 3. Passow admet l'identification avec Glycera § 32, Lachmann y incline § 42, 7. Théorie de Gruppe sur le livre de Nemesis § 46, 4. Teuffel caractérise bien Nemesis comme une courtisane et réfute l'identification avec Glycera § 55, 1. Kindscher § 62, Fuss § 84 reprennent l'identification. Ribbeck caractérise bien la liaison avec Nemesis § 218. Marx explique le nom de Nemesis § 244. Caractéristique par Menghini § 287.

5. — Pholoé.

Scaliger l'identifie avec celle d'Horace § 1, 11. Broekhuisen admet l'identification § 2, 16; Passow la repousse § 31.

6. — Titius.

Il est identifié avec le Titius d'Horace par Broekhuisen § 2, 16, par Hübner § 148.

7. — La chronologie des élégies.

Indications fragmentaires fournies par Scaliger § 1, 11, par Broekhuisen § 2, 17. Ayrmann mélange les élégies du 1er livre avec celles du 3e et d'autres § 3, 3. Le système de Voss § 11, 2. Spohn intercale les élégies du 3e livre dans celles du 1er § 28, 5. De Golbéry le suit avec quelques divergences § 30. Passow considère les élégies du 1er livre comme écrites de 39 à 27, celles du second de 26 à 21 § 38. Chronologie des élégies des livres 1 et 2 par Dissen ; celles du 2e livre seraient dans l'ordre chronologique § 42, 2. Chronologie des élégies du 1er livre par Lachmann § 42, 7. Haase croit qu'on manque de données pour établir l'ordre des élégies § 42, 7. Recherches de Praefcke sur la chronologie des élégies du 1er livre § 44. Chronologie des élégies à Delia et système de Gruppe ; l'ordre des élégies à Marathus serait 4, 9, 8 § 46, 8. Chronologie des élégies du 1er livre par Teuffel § 55, 1, par Kindscher § 62, par Eberz § 74, 2. O. Richter adopte l'ordre de Lachmann mais nie que Delia se soit mariée pendant la liaison § 99. Chronologie des élégies du 1er livre par Baehrens § 134, 3 ; R. Richter croit que Tibulle a brouillé exprès l'ordre chronologique § 134, 9. Chronologie des élégies à Delia par Ribbeck § 137, par Goetz (Delia se serait séparée de son mari ou serait devenue veuve pendant la liaison) § 142. Chronologie des élégies et division de l'activité poétique de Tibulle en périodes par Fabricius § 157, 2. Chronologie des élégies du 1er livre par Leo, qui croit qu'on n'y peut suivre l'histoire du roman § 158, réserves de Flach § 159. Chronologie des élégies du 1er livre par Schultz § **200**, 1, par Hiller § **200**, 2, par Doncieux § **201**. Scheidemantel réfute l'hypothèse de Gruppe sur l'ordre des élégies à Marathus § **209**. Chronologie des élégies du 1er livre par Ullrich § **215**, par Ribbeck § **218**. Ullrich croit que les élégies du 2e livre sont dans l'ordre chronologique § **222**. Chronologie des élégies du 1er livre par Sellar § **231**, 1. Marx se tient sur la réserve pour les élégies à Delia, parce que tout n'y correspond pas à des réalités ; dans le 2e livre les pièces seraient dans l'ordre chronologique § **244**. Martinon adopte pour les élégies du 1er livre l'ordre de Dissen § **248**, 1. Belling établit la chronologie des élégies du 1er livre § **264**. Chronologie des élégies par Némethy § **296** et **304**, 2. Chronologie des élégies du 1er livre par Cartault § **310**.

8. — La date de la publication des deux livres de Tibulle.

Heyne place l'édition du 1er livre en 27 avant J.-C., celle du 2e en 24 § **5**, 8. Bach date la composition du 1er livre de 31/27, celle du 2e de 24/23 § **24**, 4. Paldamus croit qu'on ne peut fixer avec certitude la date de la publication des 2 livres § **41**, 2. Dissen place la publication du 1er livre en 26 ; le 2e livre n'aurait été ni achevé, ni publié par Tibulle § **42**, 2. Lachmann place la publication du 1er livre entre 27 et 26 § **42**, 7. Gruppe considère II 5 et par suite le 2e livre comme inachevés § **46**, 4. Teuffel le suit § **55**, 2. Bubendey proteste § **69**, 2. Eberz place la publication du 1er livre en 26, et croit à l'inachèvement du 2e § **74**, 2 (cf. § **69**, 3). Baehrens place la publication du 1er livre en 25/24 et croit que le 2e laissé par Tibulle inachevé a été publié en 18 § **134**, 3 et 4. Linke ne croit pas que II 5 soit inachevé § **136**. Leo met la publication du 1er livre peu après 27 et ne croit pas que le second soit inachevé § **158**. Hiller place la publication du 2e livre après la mort de Tibulle § **173**. De la non-application du principe de la *uariatio* dans le 2e livre Schulze conclut qu'il n'a pas été publié par Tibulle § **185**. Ullrich place l'édition du 1er livre en 27, celle du 2e livre en 23 § **215**, 1 ; réserves des référents § **215**, 2. Ribbeck pense que le 2e livre n'a été sans doute publié qu'après la mort de Tibulle § **218**. Ullrich démontre que le 2e livre n'est pas inachevé et qu'il a été publié par Tibulle § **222**, 1 ; réserves des référents § **222**, 2. D'après Sellar le 1er livre a été publié vers 26/25, le 2e a été laissé inachevé § **231**, 1. Belling ne croit pas que le 2e livre soit inachevé, mais il n'est pas démontré qu'il ait été publié par Tibulle § **238**. Marx regarde comme possible que le 2e livre ait été édité par Tibulle § **244**. Martinon accepte l'hypothèse de l'inachèvement et de la non-publication par Tibulle § **248**, 1. Belling ne pense pas que la publication du 1er livre soit antérieure à 25, et soutient que le 2e livre a été édité par Tibulle après qu'il eut renoncé à la poésie élégiaque § **264**. Némethy est d'avis que le 2e livre a été édité par Tibulle en 21/20 § **304**, 2.

9. — La formation et l'édition du Corpus Tibullianum.

Ayrmann pense que l'édition a été procurée par Tibulle un peu avant sa mort ou par un critique après sa mort § **3**, 4, Heyne que le Corpus Tibullianum a été formé par un grammairien qui aurait ajouté le panégyrique et IV 2-12 § **5**, 8, Lachmann que le 3e et le 4e livre ont été publiés après la mort de Tibulle § **37**, 3, que le mélange de ses poèmes et de ceux de ses amis n'a pu avoir lieu qu'après que Messalla fut mort ou tout au moins après qu'il eut perdu la mémoire § **42**, 7, Dissen que les élégies de Lygdamus et IV 2-12 ont été trouvées dans les papiers de Tibulle § 42, 2. Haase considère le Corpus Tibullianum comme un livre de famille formé dans la maison de Messalla où il fut trouvé §§ 42, 7 et 58, 1. Teuffel croit que l'éditeur posthume de Tibulle pourrait être Lygdamus § 55, 2, Stumpe que les élégies de Lygdamus postérieures à Messalla n'ont pu être trouvées chez lui § 85. Kleemann croit que le 3e livre a été publié par Messalinus après ou un peu avant la mort d'Ovide, à moins que ce ne soit un critique ou un libraire qui l'a ajouté à Tibulle § 129, Baehrens que le contenu des livres 3 et 4 provient de la maison de Messalla et a été édité après sa mort et celle de Messalinus § 134, 6, Francken que l'éditeur a compris dans son recueil ce qui lui paraissait reproduire le génie de Tibulle et illustrer Messalla § 145, Birt que le 3e livre a été ajouté par les Sosii au 2e trop court § 168, 2, Hiller que le contenu des livres 3 et 4 fut trouvé dans la famille de Messalla et ajouté comme 3e livre aux deux livres publiés de Tibulle § 173, Ullrich que l'addition des *spuria* au Tibulle authentique eut lieu au second siècle après J.-C. § 215, Ribbeck que le contenu du 3e et du 4e livres provient de l'héritage poétique du cercle de Messalla § 218, Belling des papiers de Tibulle §§ 238, 264. D'après Marx le Corpus Tibullianum date de l'époque intermédiaire entre Tibère et Domitien § 244, d'après Hennig il provient de l'héritage de Tibulle § 252, d'après Kalinka de celui de Messalla § 269, 2.

10. — Y a-t-il eu des pièces de Tibulle perdues ?

Ayrmann pense que les élégies à Delia et à Nemesis étaient peut-être plus nombreuses que celles que nous possédons actuellement § 3, 4, Voss que les élégies à Glycera ont été perdues § 11, 2. Spohn n'admet pas avec Heyne et Bach que des élégies à Neaera aient été perdues § 28, 4. Gruppe § 46, 9, suivi par Teuffel § 55, 1, croit que les élégies à Glycera ont été perdues sauf IV 13 et 14. Pascal a rassemblé les preuves qu'il y a eu des poèmes de Tibulle perdus § 213. Ullrich croit que les élégies à Glycera ont été perdues § 215. Kalinka ne pense pas que nous ayons perdu des poèmes de Tibulle § 269, 3.

CHARTRES. — IMPRIMERIE DURAND, RUE FULBERT.

FÉLIX ALCAN, Éditeur

ANCIENNE LIBRAIRIE GERMER BAILLIÈRE ET Cⁱᵉ

PHILOSOPHIE — HISTOIRE

CATALOGUE

DES

Livres de Fonds

On peut se procurer tous les ouvrages qui se trouvent dans ce Catalogue par l'intermédiaire des libraires de France et de l'Étranger.

On peut également les recevoir franco par la poste, sans augmentation des prix désignés, en joignant à la demande des TIMBRES-POSTE FRANÇAIS ou un MANDAT sur Paris.

108, BOULEVARD SAINT-GERMAIN, 108
PARIS, 6ᵉ

OCTOBRE 1905

Les titres précédés d'un *astérisque* sont recommandés par le Ministère de l'Instruction publique pour les Bibliothèques des élèves et des professeurs et pour les distributions de prix des lycées et collèges.

BIBLIOTHÈQUE DE PHILOSOPHIE CONTEMPORAINE
Volumes in-16, brochés, à 2 fr. 50.
Cartonnés toile, 3 francs. — En demi-reliure, plats papier, 4 francs.

La *psychologie*, avec ses auxiliaires indispensables, l'*anatomie* et la *physiologie du système nerveux*, la *pathologie mentale*, la *psychologie des races inférieures et des animaux*, les *recherches expérimentales des laboratoires*; — la *logique*; — les *théories générales fondées sur les découvertes scientifiques*; — l'*esthétique*; — les *hypothèses métaphysiques*; — la *criminologie et la sociologie*; — l'*histoire des principales théories philosophiques*; tels sont les principaux sujets traités dans cette Bibliothèque.

ALLIER (R.). *La Philosophie d'Ernest Renan. 2ᵉ édit. 1903.
ARRÉAT (L.). * La Morale dans le drame, l'épopée et le roman. 3ᵉ édition.
— *Mémoire et imagination (Peintres, Musiciens, Poètes, Orateurs). 2ᵉ édit.
— Les Croyances de demain. 1898.
— Dix ans de philosophie. 1900.
— Le Sentiment religieux en France. 1903.
BALLET (G.). Le Langage intérieur et les diverses formes de l'aphasie. 2ᵉ édit.
BAYET (A.). La morale scientifique. 1905.
BEAUSSIRE, de l'Institut. * Antécédents de l'hégél. dans la philos. française.
BERGSON (H.), de l'Institut, professeur au Collège de France. *Le Rire. Essai sur la signification du comique. 3ᵉ édition. 1904.
BERTAULD. De la Philosophie sociale.
BINET (A.), directeur du lab. de psych. physiol. de la Sorbonne. La Psychologie du raisonnement, expériences par l'hypnotisme. 3ᵉ édit.
BLONDEL. Les Approximations de la vérité. 1900.
BOS (C.), docteur en philosophie. * Psychologie de la croyance. 2ᵉ édit. 1905.
BOUCHER (M.). L'hyperespace, le temps, la matière et l'énergie. 2ᵉ édit. 1905.
BOUGLÉ, prof. à l'Univ. de Toulouse. Les Sciences sociales en Allemagne. 2ᵉ éd. 1902.
BOURDEAU (J.). Les Maîtres de la pensée contemporaine. 4ᵉ édit. 1906.
— Socialistes et sociologues. 1905.
BOUTROUX, de l'Institut. * De la contingence des lois de la nature. 5ᵉ éd. 1905.
BRUNSCHVICG, professeur au lycée Henri IV, docteur ès lettres. *Introduction à la vie de l'esprit. 2ᵉ édit. 1906.
— L'Idéalisme contemporain. 1905.
CARUS (P.). *Le Problème de la conscience du moi. trad. par M. A. MONOD.
COSTE (Ad.). Dieu et l'âme. 2ᵉ édit. précédée d'une préface par R. Worms. 1903.
CRESSON (A.), docteur ès lettres. La Morale de Kant. 2ᵉ édit. (Cour. par l'Institut.)
— Le Malaise de la pensée philosophique. 1905.
DANVILLE (Gaston). Psychologie de l'amour. 3ᵉ édit. 1903.
DAURIAC (L.). La Psychologie dans l'Opéra français (Auber, Rossini, Meyerbeer).
DUGAS, docteur ès lettres. * Le Psittacisme et la pensée symbolique. 1896.
— La Timidité. 3ᵉ éd. 1903.
— Psychologie du rire. 1902.
— L'absolu. 1904.
DUNAN, docteur ès lettres. La théorie psychologique de l'Espace.
DUPRAT (G.-L.), docteur ès lettres. Les Causes sociales de la Folie. 1900.
— Le Mensonge. *Étude psychologique.* 1903.
DURAND (de Gros). * Questions de philosophie morale et sociale. 1902.
DURKHEIM (Émile), chargé du cours de pédagogie à la Sorbonne. * Les règles de la méthode sociologique. 3ᵉ édit. 1904.
D'EICHTHAL (Eug.). Les Problèmes sociaux et le Socialisme. 1899.

Suite de la *Bibliothèque de philosophie contemporaine*, format in-12, à 2 fr. 50 le vol.

ENCAUSSE (Papus). L'occultisme et le spiritualisme. 2e édit. 1903.

ESPINAS (A.), de l'Institut, prof. à la Sorbonne. * La Philosophie expérimentale en Italie.

FAIVRE (E.). De la Variabilité des espèces.

FÉRÉ (Ch.). Sensation et Mouvement. Étude de psycho-mécanique, avec fig. 2e éd.
— Dégénérescence et Criminalité, avec figures. 3e édit.

FERRI (E.). *Les Criminels dans l'Art et la Littérature. 2e édit. 1902.

FIERENS-GEVAERT. Essai sur l'Art contemporain. 2e éd. 1903. (Cour. par l'Aca fr.).
— La Tristesse contemporaine, essai sur les grands courants moraux et intel-
lectuels du XIXe siècle. 4e édit. 1904. (Couronné par l'Institut.)
— * Psychologie d'une ville. *Essai sur Bruges.* 2e édit. 1902.
— Nouveaux essais sur l'Art contemporain. 1903.

FLEURY (Maurice de). L'Ame du criminel. 1898.

FONSEGRIVE, professeur au lycée Buffon. La Causalité efficiente. 1893.

FOUILLÉE (A.), de l'Institut. La propriété sociale et la démocratie. 4e éd. 1904.

FOURNIÈRE (E.). Essai sur l'individualisme. 1901.

FRANCK (Ad.), de l'Institut. * Philosophie du droit pénal. 5e édit.

GAUCKLER. Le Beau et son histoire.

GELEY (Dr G.). L'être subconscient. 2e édit. 1905.

GOBLOT (E.), professeur à l'Université de Caen. Justice et liberté. 1902.

GODFERNAUX (G.), docteur ès lettres. Le Sentiment et la Pensée. 2e éd. 1906.

GRASSET (J.), professeur à la Faculté de médecine de Montpellier. Les limites de
la biologie. 3e édit. 1906. Préface de Paul BOURGET.

GREEF (de). Les Lois sociologiques. 3e édit.

GUYAU. * La Genèse de l'idée de temps. 2e édit.

HARTMANN (E. de). La Religion de l'avenir. 5e édit.
— Le Darwinisme, ce qu'il y a de vrai et de faux dans cette doctrine. 6e édit.

HERBERT SPENCER. * Classification des sciences. 6e édit.
— L'Individu contre l'État. 5e édit.

HERCKENRATH. (C.-R.-C.) Problèmes d'Esthétique et de Morale. 1897.

JAELL (Mme). * La Musique et la psycho-physiologie. 1895.
— L'intelligence et le rythme dans les mouvements artistiques, avec fig. 1904.

JAMES (W.). La théorie de l'émotion, préf. de G. Dumas, chargé de cours à la
Sorbonne. Traduit de l'anglais. 1902.

JANET (Paul), de l'Institut. * La Philosophie de Lamennais.

LACHELIER, de l'Institut. Du fondement de l'induction, suivi de psychologie
et métaphysique. 4e édit. 1902.

LAISANT (C.). L'Éducation fondée sur la science. Préface de A. NAQUET. 2e éd. 1905.

LAMPÉRIÈRE (Mme A.). * Rôle social de la femme, son éducation. 1898.

LANDRY (A.), agrégé de philos., docteur ès lettres. La responsabilité pénale. 1902.

LANESSAN (J.-L. de). La Morale des philosophes chinois. 1896.

LANGE, professeur à l'Université de Copenhague. * Les Émotions, étude psycho-
physiologique, traduit par G. Dumas. 2e édit. 1902.

LAPIE, maître de conf. à l'Univ. de Bordeaux. La Justice par l'État. 1899.

LAUGEL (Auguste). L'Optique et les Arts.

LE BON (Dr Gustave). * Lois psychologiques de l'évolution des peuples. 7e édit.
— * Psychologie des foules. 10e édit.

LÉCHALAS. * Etude sur l'espace et le temps. 1895.

LE DANTEC, chargé du cours d'Embryologie générale à la Sorbonne. Le Détermi-
nisme biologique et la Personnalité consciente. 2e édit. 1905.
— * L'Individualité et l'Erreur individualiste. 2e édit. 1905.
— Lamarckiens et Darwiniens. 2e édit. 1904.

LEFÈVRE (G.), prof. à l'Univ. de Lille. Obligation morale et idéalisme. 1895.

LIARD, de l'Inst., vice-rect. Acad. Paris. * Les Logiciens anglais contemporains. 4e éd.
— Des définitions géométriques et des définitions empiriques. 3e édit.

LICHTENBERGER (Henri), maître de conférences à la Sorbonne. * La philosophie
de Nietzsche. 9e édit. 1906.
— * Friedrich Nietzsche. Aphorismes et fragments choisis. 3e édit. 1905.

F. ALCAN. — 4 —

Suite de la *Bibliothèque de philosophie contemporaine*, format in-12, à 2 fr. 50 le vol.

LOMBROSO. L'Anthropologie criminelle et ses récents progrès. 4° édit. 1901.
— Les Applications de l'anthropologie criminelle. 1892.
LUBBOCK (Sir John). * Le Bonheur de vivre. 2 volumes. 9° édit. 1905.
— *L'Emploi de la vie. 6° éd. 1905.
LYON (Georges), recteur de l'Académie de Lille. * La Philosophie de Hobbes.
MARGUERY (E.). L'Œuvre d'art et l'évolution. 2° édit. 1905.
MAUXION, professeur à l'Université de Poitiers. * L'éducation par l'instruction
et les *Théories pédagogiques de Herbart*. 1900.
— *Essai sur les éléments et l'évolution de la moralité. 1904.
MILHAUD (G.), professeur à l'Université de Montpellier. * Le Rationnel. 1898.
— *Essai sur les conditions et les limites de la Certitude logique. 2° édit. 1898.
MOSSO. * La Peur. Étude psycho-physiologique (avec figures). 3° édit.
— *La Fatigue intellectuelle et physique, trad. Langlois. 5° édit.
MURISIER (E.), professeur à la Faculté des lettres de Neuchâtel (Suisse). Les
Maladies du sentiment religieux. 2° édit. 1903.
NAVILLE (E.), doyen de la Faculté des lettres et sciences sociales de l'Université
de Genève. Nouvelle classification des sciences. 2° édit. 1901.
NORDAU (Max). *Paradoxes psychologiques, trad. Dietrich. 5° édit. 1904.
— Paradoxes sociologiques, trad. Dietrich. 4° édit. 1904.
— *Psycho-physiologie du Génie et du Talent, trad. Dietrich. 3° édit. 1902.
NOVICOW (J.). L'Avenir de la Race blanche. 2° édit. 1903.
OSSIP-LOURIÉ, lauréat de l'Institut. Pensées de Tolstoï. 2° édit. 1902.
— * Nouvelles Pensées de Tolstoï. 1903.
— * La Philosophie de Tolstoï. 2° édit. 1903.
— * La Philosophie sociale dans le théâtre d'Ibsen. 1900.
— Le Bonheur et l'Intelligence. 1904.
PALANTE (G.), agrégé de l'Université. Précis de sociologie. 2° édit. 1903.
PAULHAN (Fr.). Les Phénomènes affectifs et les lois de leur apparition. 2° éd. 1901.
— * Joseph de Maistre et sa philosophie. 1893.
— * Psychologie de l'invention. 1900.
— *Analystes et esprits synthétiques. 1903.
— La fonction de la mémoire et le souvenir affectif. 1904.
PHILIPPE (J.). L'Image mentale, avec fig. 1903.
PHILIPPE (J.) et PAUL-BONCOUR (J.). Les anomalies mentales chez les écoliers. 1905.
PILLON (F.). * La Philosophie de Ch. Secrétan. 1898.
PIOGER (Dʳ Julien). Le Monde physique, essai de conception expérimentale. 1893.
QUEYRAT, prof. de l'Univ. * L'Imagination et ses variétés chez l'enfant. 2° édit.
— *L'Abstraction, son rôle dans l'éducation intellectuelle. 1894.
— * Les Caractères et l'éducation morale. 2° éd. 1901.
— * La logique chez l'enfant et sa culture. 1902.
— *Les jeux des enfants. 1905.
REGNAUD (P.), professeur à l'Université de Lyon. Logique évolutionniste. *L'En-
tendement dans ses rapports avec le langage*. 1897.
— Comment naissent les mythes. 1897.
RENARD (Georges), professeur au Conservatoire des arts et métiers. Le régime
socialiste, *son organisation politique et économique*. 5° édit. 1905.
RÉVILLE (A.), professeur au Collège de France. Histoire du dogme de la Divi-
nité de Jésus-Christ. 3° édit. 1904.
RIBOT (Th.), de l'Institut, professeur honoraire au Collège de France, directeur
de la *Revue philosophique*. La Philosophie de Schopenhauer. 10° édition.
— * Les Maladies de la mémoire. 18° édit.
— * Les Maladies de la volonté. 21° édit.
— * Les Maladies de la personnalité. 11° édit.
— * La Psychologie de l'attention. 6° édit.
RICHARD (G.), chargé du cours de sociologie à l'Université de Bordeaux. * Socia-
lisme et Science sociale. 2° édit.
RICHET (Ch.). Essai de psychologie générale. 5° édit. 1903.
ROBERTY (E. de). L'Inconnaissable, sa métaphysique, sa psychologie.
— L'Agnosticisme. Essai sur quelques théories pessim. de la connaissance. 2° édit.

Suite de la *Bibliothèque de philosophie contemporaine*, format in-12 à 2 fr. 50 le vol.

ROBERTY (E. de). **La Recherche de l'Unité.** 1893.
— **Auguste Comte et Herbert Spencer.** 2ᵉ édit.
— *Le Bien et le Mal. 1896.
— **Le Psychisme social.** 1897.
— Les Fondements de l'Ethique. 1898.
— **Constitution de l'Éthique.** 1901.
ROISEL. De la Substance
— L'Idée spiritualiste. 2ᵉ éd. 1901.
ROUSSEL-DESPIERRES. L'Idéal esthétique. *Philosophie de la beauté.* 1904.
SCHOPENHAUER. *Le Fondement de la morale, trad. par M. A. Burdeau. 7ᵉ édit.
— *Le Libre arbitre, trad. par M. Salomon Reinach, de l'Institut. 8ᵉ éd.
— Pensées et Fragments, avec intr. par M. J. Bourdeau. 18ᵉ édit.
— Écrivains et style. Traduct. Dietrich. 1905.
SOLLIER (Dʳ P.). Les Phénomènes d'autoscopie, avec fig. 1903.
STUART MILL. *Auguste Comte et la Philosophie positive. 6ᵉ édit.
— * L'Utilitarisme. 4ᵉ édit.
— Correspondance inédite avec Gust. d'Eichthal (1828-1842)—(1864-1871). 1898.
   Avant-propos et trad. par Eug. d'Eichthal.
SULLY PRUDHOMME, de l'Académie française, et Ch. RICHET, professeur à l'Université de Paris. Le problème des causes finales. 2ᵉ édit. 1904.
SWIFT. L'Éternel conflit. 1904.
TANON (L.). * L'Évolution du droit et la Conscience sociale. 2ᵉ édit. 1905.
TARDE, de l'Institut. La Criminalité comparée. 5ᵉ édit. 1902.
— * Les Transformations du Droit. 2ᵉ édit. 1899.
— *Les Lois sociales. 4ᵉ édit. 1904.
THAMIN (R.), recteur de l'Acad. de Bordeaux. * Éducation et Positivisme 2ᵉ édit.
THOMAS (P. Félix). * La suggestion, son rôle dans l'éducation. 2ᵉ édit. 1898.
— *Morale et éducation, 2ᵉ édit. 1905.
TISSIÉ. * Les Rêves, avec préface du professeur Azam. 2ᵉ éd. 1898.
WECHNIAKOFF. Savants, penseurs et artistes, publié par Raphael Petrucci.
WUNDT. Hypnotisme et Suggestion. Étude critique, traduit par M. Keller. 2ᵉ édit. 1902.
ZELLER. Christian Baur et l'École de Tubingue, traduit par M. Ritter.
ZIEGLER. La Question sociale est une Question morale, trad. Palante. 3ᵉ éd t.

BIBLIOTHÈQUE DE PHILOSOPHIE CONTEMPORAINE

Volumes in-8, brochés à 3 fr. 75, 5 fr., 7 fr. 50, 10 fr., 12 fr. 50 et 15 fr.
Cart. angl., 1 fr. en plus par vol.. Demi-rel. en plus, 2 fr. par vol.

ADAM (Ch.), recteur de l'Académie de Nancy. * **La Philosophie en France** (première moitié du XIXᵉ siècle). . . . . 7 fr. 50
ALENGRY (Franck), docteur ès lettres, inspecteur d'académie. *Essai historique et critique sur la Sociologie chez Aug. Comte. 1900. . . . . . . 10 fr.
ARNOLD (Matthew). La Crise religieuse. . . . . 7 fr. 50
ARRÉAT. * Psychologie du peintre. . . . . 5 fr.
AUBRY (Dʳ P.). La Contagion du meurtre. 1896. 3ᵉ édit. . . . . . 5 fr.
BAIN (Alex.). La Logique inductive et déductive. Trad. Compayré. 2 vol. 3ᵉ éd. 20 fr.
— * Les Sens et l'Intelligence. Trad. Cazelles. 3ᵉ édit. . . . . . . 10 fr.
BALDWIN (Mark), professeur à l'Université de Princeton (États-Unis). Le Développement mental chez l'enfant et dans la race. Trad. Nourry. 1897. 7 fr. 50
BARTHÉLEMY-SAINT-HILAIRE, de l'Institut. La Philosophie dans ses rapports avec les sciences et la religion. . . . . 5 fr.
BARZELOTTI, prof. à l'Univ. de Rome. *La Philosophie de H. Taine. 1900. 7 fr. 50
BAZAILLAS (A.), docteur ès lettres, professeur au lycée Condorcet. La Vie personnelle, *Étude sur quelques illusions de la perception extérieure.* 1905. 5 fr.
BERGSON (H.), de l'Institut, professeur au Collège de France. * Matière et mémoire, essai sur les relations du corps à l'esprit. 2ᵉ édit. 1900. . . . . . 5 fr.
— Essai sur les données immédiates de la conscience. 4ᵉ édit. 1904. 3 fr. 75
BERTRAND, prof. à l'Université de Lyon. * L'Enseignement intégral. 1898. 5 fr.
— Les Études dans la démocratie. 1900. . . . . 5 fr.

Suite de la *Bibliothèque de philosophie contemporaine*, format in-8.

BOIRAC (Émile), recteur de l'Académie de Dijon. * L'Idée du Phénomène. 5 fr.
BOUGLÉ, prof. à l'Univ. de Toulouse. * Les Idées égalitaires. 1899. 3 fr. 75
BOURDEAU (L.). Le Problème de la mort. 4ᵉ édition. 1904. 5 fr.
— Le Problème de la vie. 1901. 7 fr. 50
BOURDON, professeur à l'Université de Rennes. * L'Expression des émotions et des tendances dans le langage. 7 fr. 50
BOUTROUX (E.), de l'Inst. Etudes d'histoire de la philosophie. 2ᵉ éd. 1901. 7 fr. 50
BRAUNSCHVICG (M.), docteur ès lettres, prof. au lycée de Toulouse. Le sentiment du beau et le sentiment poétique. *Essai sur l'esthétique du vers.* 1904. 3 fr. 75
BRAY (L.). Du beau. 1902. 5 fr.
BROCHARD (V.), de l'Institut. De l'Erreur. 2ᵉ édit. 1897. 5 fr.
BRUNSCHVICG(E.), prof. au lycée Henri IV, doct. ès lett. La Modalité du jugement.5 fr.
CARRAU (Ludovic), professeur à la Sorbonne. La Philosophie religieuse en Angleterre, depuis Locke jusqu'à nos jours. 5 fr.
CHABOT (Ch.), prof. à l'Univ. de Lyon. * Nature et Moralité. 1897. 5 fr.
CLAY (R.). * L'Alternative, *Contribution à la Psychologie.* 2ᵉ édit. 10 fr.
COLLINS (Howard). * La Philosophie de Herbert Spencer, avec préface de Herbert Spencer, traduit par H. de Varigny. 4ᵉ édit. 1904. 10 fr.
COMTE (Aug.). La Sociologie, résumé par E. Rigolage. 1897. 7 fr. 50
CONTA (B.). Théorie de l'ondulation universelle. 1894. 3 fr. 75
COSENTINI (F.). La Sociologie génétique. *Essai sur la pensée et la vie sociale préhistoriques.* 1905. 3 fr. 75
COSTE. Les Principes d'une sociologie objective. 3 fr. 75
— L'Expérience des peuples et les prévisions qu'elle autorise. 1900. 10 fr.
CRÉPIEUX-JAMIN. L'Écriture et le Caractère. 4ᵉ édit. 1897. 7 fr. 50
CRESSON, doct. ès lettres. La Morale de la raison théorique. 1903. 5 fr.
DAURIAC (L.). Essai sur l'esprit musical. 1904. 5 fr.
DE LA GRASSERIE (R.), lauréat de l'Institut. Psychologie des religions. 1899. 5 fr.
DELBOS (V.), maît. de conf. à la Sorb. La philosophie pratique de Kant.1905.12 fr.50
DEWAULE, docteur ès lettres. * Condillac et la Psychol. anglaise contemp. 5 fr.
DRAGHICESCO. L'Individu dans le déterminisme social. 1904. 7 fr. 50
DUMAS (G.), chargé de cours à la Sorbonne. *La Tristesse et la Joie.*1900. 7 fr. 50
— Psychologie de deux messies. *Saint-Simon et Auguste Comte.* 1905. 5 fr.
DUPRAT (G. L.), docteur ès lettres. L'Instabilité mentale. 1899. 5 fr.
DUPROIX (P.), professeur à l'Université de Genève. * Kant et Fichte et le problème de l'éducation. 2ᵉ édit. 1897. (Ouvrage couronné par l'Académie française.) 5 fr.
DURAND (DE GROS). Aperçus de taxinomie générale. 1898. 5 fr.
— Nouvelles recherches sur l'esthétique et la morale. 1899. 5 fr.
— Variétés philosophiques. 2ᵉ édit. revue et augmentée. 1900. 5 fr.
DURKHEIM, chargé du cours de pédagogie à la Sorbonne. * De la division du travail social. 2ᵉ édit. 1901. 7 fr. 50
— Le Suicide, *étude sociologique.* 1897. 7 fr. 50
— * L'année sociologique : 8 années parues.
 1ʳᵉ Année (1896-1897). — DURKHEIM : La prohibition de l'inceste et ses origines. — G. SIMMEL : Comment les formes sociales se maintiennent. — *Analyses des* travaux de sociologie publiés du 1ᵉʳ Juillet 1896 au 30 Juin 1897. 10 fr.
 2ᵉ Année (1897-1898). — DURKHEIM : De la définition des phénomènes religieux. — HUBERT et MAUSS : La nature et la fonction du sacrifice. — *Analyses.* 10 fr.
 3ᵉ Année (1898-1899). — RATZEL : Le sol, la société, l'État. — RICHARD : Les crises sociales et la criminalité. — STEINMETZ : Classification des types sociaux. *Analyses.* 10 fr.
 4ᵉ Année (1899-1900). — BOUGLÉ : Remarques sur le régime des castes. — DURKHEIM : Deux lois de l'évolution pénale. — CHARMONT : Notes sur les causes d'extinction de la propriété corporative. *Analyses.* 10 fr.
 5ᵉ Année (1900-1901). — F. SIMIAND : Remarques sur les variations du prix du charbon au XIXᵉ siècle. — DURKHEIM : Sur le Totémisme. — *Analyses.* 10 fr.
 6ᵉ Année (1901-1902). — DURKHEIM et MAUSS : De quelques formes primitives de classification. Contribution à l'étude des représentations collectives. — BOUGLÉ : Les théories récentes sur la division du travail. — *Analyses.* 12 fr. 50
 7ᵉ Année (1902-1903). — H. HUBERT et MAUSS : Esquisse d'une théorie générale de la magie. — *Analyses.* 12 fr. 50

Suite de la *Bibliothèque de philosophie contemporaine*, format in-8.

8e Année (1903-1904). — H. BOURGIN : La boucherie à Paris au XIX° siècle. —
E. DURKHEIM ; L'organisation matrimoniale australienne. — *Analyses* 12 fr. 50
EGGER (V.), prof. à la Fac. des lettres de Paris. **La parole intérieure** 2° éd. 1904. 5 fr.
ESPINAS (A.), professeur à la Sorbonne. *La Philosophie sociale du XVIII° siècle
et la Révolution française. 1898.   7 fr. 50
FERRERO (G.). Les Lois psychologiques du symbolisme. 1895.   5 fr.
FERRI (Louis). La Psychologie de l'association, depuis Hobbes.   7 fr. 50
FERRI (Enrice). La Sociologie criminelle. Traduction L. TERRIER. 1905.   10 fr.
FINOT (J). Le préjugé des races. 1905.   7 fr. 50
FLINT, prof. à l'Univ. d'Édimbourg. *La Philos. de l'histoire en Allemagne. 7 fr. 50
FONSEGRIVE, prof. au lycée Buffon. *Essai sur le libre arbitre. 2° édit. 1895. 10 fr.
FOUCAULT, docteur ès lettres. La psychophysique. 1903.   7 fr. 50
— Le Rêve. 1906.   5 fr.
FOUILLÉE (Alf.), de l'Institut. *La Liberté et le Déterminisme. 4° édit.   7 fr. 50
— Critique des systèmes de morale contemporains. 4° édit.   7 fr. 50
— *La Morale, l'Art, la Religion, d'après GUYAU. 5° édit. augm.   3 fr. 75
— L'Avenir de la Métaphysique fondée sur l'expérience. 2° édit.   5 fr.
— * L'Évolutionnisme des idées-forces. 3° édit.   7 fr. 50
— * La Psychologie des idées-forces. 2 vol. 2° édit.   15 fr.
— * Tempérament et caractère. 3° édit.   7 fr. 50
— Le Mouvement positiviste et la conception sociol. du monde. 2° édit. 7 fr. 50
— Le Mouvement idéaliste et la réaction contre la science posit. 2° édit. 7 fr. 50
— *Psychologie du peuple français. 3° édit.   7 fr. 50
— *La France au point de vue moral. 2° édit.   7 fr. 50
— *Esquisse psychologique des peuples européens. 2° édit. 1903.   10 fr.
— *Nietzsche et l'immoralisme 2° édit. 1903.   5 fr.
— Le moralisme de Kant et l'immoralisme contemporain. 1905.   7 fr. 50
— Les éléments sociologiques de la morale. 1906.   7 fr. 50
FOURNIÈRE (E.). *Les théories socialistes au XIX° siècle, de BABEUF à PROUDHON.
1904.   7 fr. 50
FULLIQUET. Essai sur l'Obligation morale. 1898.   7 fr. 50
GAROFALO, prof. à l'Université de Naples. La Criminologie. 5° édit. refondue. 7 fr. 50
— La Superstition socialiste. 1895.   5 fr.
GÉRARD-VARET, prof. à l'Univ. de Dijon. L'Ignorance et l'Irréflexion. 1899. 5 fr.
GLEY (Dr E.), professeur agrégé à la Faculté de médecine de Paris. Études de
psychologie physiologique et pathologique, avec fig. 1903.   5 fr.
GOBLOT (E.), Prof. à l'Université de Caen. * Classification des sciences. 1898. 5 fr.
GORY (G.). L'Immanence de la raison dans la connaissance sensible.   5 fr.
GREEF (de), prof. à l'Univ. nouvelle de Bruxelles. Le Transformisme social. 7 fr. 50
— La sociologie économique. 1904.   3 fr. 75
GROOS (K.), prof. à l'Université de Bâle. *Les jeux des animaux. 1902. 7 fr. 50
GURNEY, MYERS et PODMORE. Les Hallucinations télépathiques, préf. de CH. RICHET.
4° éd.   7 fr. 50
GUYAU (M.). * La Morale anglaise contemporaine. 5° édit.   7 fr. 50
— Les Problèmes de l'esthétique contemporaine. 6° édit.   5 fr.
— Esquisse d'une morale sans obligation ni sanction. 6° édit.   5 fr.
— L'Irréligion de l'avenir, étude de sociologie. 9° édit.   7 fr. 50
— * L'Art au point de vue sociologique. 6° édit.   7 fr. 50
— *Éducation et Hérédité, étude sociologique. 7° édit.   5 fr.
HALÉVY (Élie), docteur ès lettres, professeur à l'École des sciences politiques.
*La Formation du radicalisme philosophique, 3 vol., chacun   7 fr. 50
HANNEQUIN, prof. à l'Univ. de Lyon. L'hypothèse des atomes. 2° édit. 1899. 7 fr. 50
HARTENBERG (Dr Paul). Les Timides et la Timidité. 2° édit. 1904.   5 fr.
HÉBERT (M.). L'Évolution de la foi catholique. 1905   5 fr.
HERBERT SPENCER. *Les premiers Principes. Traduc. Cazelles. 9° éd.   10 fr.
— * Principes de biologie. Traduct. Cazelles. 4° édit. 2 vol.   20 fr.
— * Principes de psychologie. Trad. par MM. Ribot et Espinas. 2 vol. 20 fr.
— * Principes de sociologie. 4 vol., traduits par MM. Cazelles et Gerschel. Tome I.
Données de la sociologie. 10 fr. — Tome II. *Inductions de la sociologie. Relations
domestiques*. 7 fr. 50 — Tome III. *Institutions cérémonielles et politiques*. 15 fr.
— Tome IV. *Institutions ecclésiastiques*. 3 fr. 75. — Tome V. *Institutions pro-
fessionnelles*. 7 fr. 50

Suite de la *Bibliotheque de philosophie contemporaine*, format in-8.

HERBERT SPENCER. * **Essais sur le progrès.** Trad. A. Burdeau. 5ᵉ édit. 7 fr. 50
— **Essais de politique.** Trad. A. Burdeau. 4ᵉ édit. 7 fr. 50
— **Essais scientifiques.** Trad. A. Burdeau. 3ᵉ édit. 7 fr. 50
— * **De l'Éducation physique, intellectuelle et morale.** 10ᵉ édit. 5 fr.
— Justice. 7 fr. 50
— Le rôle moral de la bienfaisance. 7 fr. 50
— La Morale des différents peuples. 7 fr. 50
HIRTH (G.). *Physiologie de l'Art. Trad. et introd. de L. Arréat. 5 fr.
HOFFDING, prof. à l'Univ. de Copenhague. Esquisse d'une psychologie fondée sur l'expérience. Trad. L. POITEVIN. Préf. de Pierre JANET. 2ᵉ éd. 1903. 7 fr. 50
— Histoire de la Philosophie moderne. Traduit de l'allemand par M. BORDIER, préf. de M. V. DELBOS. 1906. T. I. 10 fr. Le tome II terminant l'ouvrage, paraîtra en 1906.
ISAMBERT (G.). Les idées socialistes en France (1815-1848). 1905. 7 fr. 50
JACOBY (Dʳ P.). Études sur la sélection chez l'homme. 2ᵉ édition. 1904. 10 fr.
JANET (Paul), de l'Institut. * Les Causes finales. 4ᵉ édit. 10 fr.
— * Œuvres philosophiques de Leibniz. 2ᵉ édit. 2 vol. 1900. 20 fr.
JANET (Pierre), professeur au Collège de France. * L'Automatisme psychologique. 4ᵉ édit. 7 fr. 50
JAURÈS (J.), docteur ès lettres. De la réalité du monde sensible. 2ᵉ éd. 1902. 7 fr. 50
KARPPE (S.), docteur ès lettres. Essais de critique d'histoire et de philosophie. 1902. 3 fr. 75
LALANDE (A.), maître de conférences à la Sorbonne, *La Dissolution opposée à l'évolution, dans les sciences physiques et morales. 1899. 7 fr. 50
LANDRY (A.), docteur ès lettres, agrégé de philosophie. Principes de morale rationnelle. 1906. 5 fr.
LANESSAN (J.-L. de). La Morale des religions. 1905. 10 fr.
LANG (A.). * Mythes, Cultes et Religion. introduc. de Léon Marillier. 1896. 10 fr.
LAPIE (P.), maît. de conf. à l'Univ. de Bordeaux. Logique de la volonté 1902. 7 fr. 50
LAUVRIÈRE, docteur ès lettres, prof. au lycée Charlemagne. Edgar Poë. *Sa vie et son œuvre. Essai de psychologie pathologique.* 1904. 10 fr.
LAVELEYE (de). *De la Propriété et de ses formes primitives. 5ᵉ édit. 10 fr.
— *Le Gouvernement dans la démocratie. 2 vol. 3ᵉ édit. 1896. 15 fr.
LE BON (Dʳ Gustave). *Psychologie du socialisme. 4ᵉ éd. refondue. 1905. 7 fr. 50
LECHALAS (G.). Études esthétiques. 1902. 5 fr.
LECHARTIER (G.). David Hume, moraliste et sociologue. 1900. 5 fr.
LECLÈRE (A.), docteur ès lettres. Essai critique sur le droit d'affirmer. 1901. 5 fr.
LE DANTEC, chargé de cours à la Sorbonne. L'unité dans l'être vivant. 1902. 7 fr. 50
— Les Limites du connaissable, *la vie et les phénom. naturels.* 2ᵉ éd. 1904. 3 fr. 75
LÉON (Xavier). *La philosophie de Fichte, *ses rapports avec la conscience contemporaine,* Préface de E. BOUTROUX, de l'Institut. 1902. (Couronné par l'Institut.) 10 fr.
LEROY (E. Bernard). Le Langage. *La fonction normale et pathologique de cette fonction.* 1905. 5 fr.
LÉVY (A.), maître de conf. à l'Un. de Nancy. La philosophie de Feuerbach. 1904. 10 fr.
LÉVY-BRUHL (L.), prof. adjoint à la Sorbonne. *La Philosophie de Jacobi. 1894. 5 fr.
— *Lettres inédites de J.-S. Mill à Auguste Comte, *publiées avec les réponses de Comte et une introduction.* 1899. 10 fr.
— *La Philosophie d'Auguste Comte. 2ᵉ édit. 1905. 7 fr. 50
— *La Morale et la Science des mœurs. 2ᵉ édit. 1905. 5 fr.
LIARD, de l'Institut, vice-recteur de l'Acad. de Paris. *Descartes, 2ᵉ éd. 1903. 5 fr.
— * La Science positive et la Métaphysique, 5ᵉ édit. 7 fr. 50
LICHTENBERGER (H.), maître de conférences à la Sorbonne. *Richard Wagner, poète et penseur. 3ᵉ édit. 1902. (Couronné par l'Académie française.) 10 fr.
— Henri Heine penseur. 1905. 3 fr. 75
LOMBROSO. * L'Homme criminel (criminel-né, fou-moral, épileptique), précédé d'une préface de M. le docteur LETOURNEAU. 3ᵉ éd., 2 vol. et atlas. 1895. 36 fr.
LOMBROSO et FERRERO. La femme criminelle et la prostituée. 15 fr.
LOMBROSO et LASCHI. Le Crime politique et les Révolutions. 2 vol. 15 fr.
LUBAC, prof. au lycée de Constantine. * Esquisse d'un système de psychologie rationnelle. Préface de H. BERGSON. 1904. 3 fr. 75
LYON (Georges), recteur de l'Académie de Lille. * L'Idéalisme en Angleterre au XVIIIᵉ siècle. 7 fr. 50

Suite de la *Bibliothèque de philosophie contemporaine*, format in-8.

MALAPERT (P.), docteur ès lettres, prof. au lycée Louis-le-Grand. *Les Éléments du caractère et leurs lois de combinaison. 1897. 5 fr.

MARION (H.), prof. à la Sorbonne. *De la Solidarité morale. 6ᵉ édit. 1897. 5 fr.

MARTIN (Fr.), docteur ès lettres, prof. au lycée Voltaire. *La Perception extérieure et la Science positive, essai de philosophie des sciences. 1894. 5 fr.

MAXWELL (J.), docteur en médecine, avocat général près la Cour d'appel de Bordeaux. Les Phénomènes psychiques. Recherches, Observations, Méthodes. Préface de Ch. RICHET. 2ᵉ édit. 1904. 5 fr.

MÜLLER (MAX), prof. à l'Univ. d'Oxford.*Nouvelles études de mythologie.1898.12 f.50

MYERS. La personnalité humaine. *Sa survivance après la mort, ses manifestations supra-normales.* Traduit par le docteur JANKÉLÉVITCH. 1905. 7 fr. 50

NAVILLE (E.), correspondant de l'Institut. La Physique moderne. 2ᵉ édit. 5 fr.
— *La Logique de l'hypothèse. 2ᵉ édit. 5 fr.
— *La Définition de la philosophie. 1894. 5 fr.
— Le libre Arbitre. 2ᵉ édit. 1898. 5 fr.
— Les Philosophies négatives. 1899. 5 fr.

NORDAU (Max). *Dégénérescence. Tome I. 7 fr. 50. Tome II.7ᵉ éd. 1904. 2 vol.10 fr.
— Les Mensonges conventionnels de notre civilisation. 7ᵉ édit. 1904. 5 fr.
— *Vus du dehors *Essais de critique sur quelques auteurs français contemp.*1903. 5 fr.

NOVICOW. Les Luttes entre Sociétés humaines. 3ᵉ édit. 10 fr
— *Les Gaspillages des sociétés modernes. 2ᵉ édit. 1899. 5 fr.
— La Justice et l'expansion de la vie.*Essai sur le bonheur des sociétés.*1905. 7 fr.50

OLDENBERG, professeur à l'Université de Kiel. *Le Bouddha, sa Vie, sa Doctrine, sa Communauté, trad. par P. FOUCHER, maître de conférences à l'École des Hautes Études. Préf. de SYLVAIN LÉVI, prof. au Collège de France. 2ᵉ éd. 1903. 7 fr.50
— La religion du Véda. Traduit par V. HENRY, prof. à la Sorbonne. 1903. 10 fr.

OSSIP-LOURIÉ. La philosophie russe contemporaine. 2ᵉ édit. 1905. 5 fr.
— La Psychologie des romanciers russes au XIXᵉ siècle. 1905. 7 fr. 50

OUVRÉ (H.), professeur à l'Université de Bordeaux. *Les Formes littéraires de la pensée grecque. 1900. (Couronné par l'Académie française.) 10 fr.

PALANTE (G.). Combat pour l'individu. 1904. 1 vol. in-8. 3 fr. 75

PAULHAN. L'Activité mentale et les Éléments de l'esprit. 10 fr.
— *Les Caractères. 2ᵉ édit. 5 fr.
— Les Mensonges du caractère. 1905. 5 fr.

PAYOT (J.), Recteur de l'Académie de Chambéry. La croyance. 2ᵉ édit. 1905. 5 fr.
— *L'Éducation de la volonté. 21ᵉ édit. 1905. 5 fr.

PÉRÈS (Jean), professeur au lycée de Toulouse. *L'Art et le Réel. 1898. 3 fr. 75

PÉREZ (Bernard). Les Trois premières années de l'enfant. 5ᵉ édit. 5 fr.
— L'Éducation morale dès le berceau. 4ᵉ édit. 1901. 5 fr.
— *L'Éducation intellectuelle dès le berceau. 2ᵉ éd. 1901. 5 fr.

PIAT (C.). La Personne humaine. 1898. (Couronné par l'Institut). 7 fr. 50
— *Destinée de l'homme. 1898. 5 fr.

PICAVET (F.), secrét. général du Collège de France, directeur à l'École des hautes études. *Les Idéologues (Couronné par l'Académie française.) 10 fr.

PIDERIT. La Mimique et la Physiognomonie. Trad. par M. Girot. 5 fr.

PILLON (F.). *L'Année philosophique 14 années : 1890, 1891, 1892, 1893 (épuisée), 1894, 1895, 1896, 1897, 1898, 1899, 1900, 1901, 1902, 1903, 1904. 14 vol. Chac. 5 fr

PIOGER (J.). La Vie et la Pensée, essai de conception expérimentale. 1894. 5 fr.
— La Vie sociale, la Morale et le Progrès. 1894. 5 fr.

PREYER, prof. à l'Université de Berlin. Éléments de physiologie. 5 fr.

PROAL, conseiller à la Cour de Paris. * La Criminalité politique. 1895. 5 fr.
— *Le Crime et la Peine 3ᵉ édit. (Couronné par l'Institut.) 10 fr.
— Le Crime et le Suicide passionnels. 1900. (Couronné par l'Ac. française.) 10 fr.

RAGEOT (G.), professeur au Lycée Saint-Louis. Le Succès. 1906. 5 fr.

RAUH, chargé de cours à la Sorbonne. * De la méthode dans la psychologie des sentiments. 1899. (Couronné par l'Institut.) 5 fr.
— *L'Expérience morale. 1903. (Récompensé par l'Institut.) 3 fr. 75

RÉCÉJAC, doct. ès lett. Les Fondements de la Connaissance mystique. 1897. 5 fr.

RENARD (G.), professeur au Conservatoire des arts et métiers. *La Méthode scientifique de l'histoire littéraire. 1900. 10 fr.

RENOUVIER (Ch.) de l'Institut. *Les Dilemmes de la métaphysique pure. 1900. 5 fr.

Suite de la *Bibliothèque de philosophie contemporaine*, format in-8.

RENOUVIER (Ch.).*Histoire et solution des problèmes métaphysiques. 1901 7 fr. 50
— Le personnalisme, avec une étude sur la *perception externe et la force*.1903.10 fr.
— Critique de la doctrine de Kant. 1906   7 fr. 50
RIBERY, doct. ès lett. Essai de classification naturelle des caractères. 1903. 3 fr.75
RIBOT (Th.), de l'Institut. * L'Hérédité psychologique. 5ᵉ édit.   7 fr. 50
— * La Psychologie anglaise contemporaine. 3ᵉ édit.   7 fr. 50
— *La Psychologie allemande contemporaine. 5ᵉ édit.   7 fr. 50
— La Psychologie des sentiments. 4ᵉ édit. 1903.   7 fr. 50
— L'Évolution des idées générales. 2ᵉ édit. 1903.   5 fr.
— * Essai sur l'Imagination créatrice. 2ᵉ édit. 1905.   5 fr.
— La logique des sentiments. 1905.   3 fr. 75
RICARDOU (A.), docteur ès lettres. * De l'Idéal. (Couronné par l'Institut.)   5 fr.
RICHARD (G.), chargé du cours de sociologie à l'Univ. de Bordeaux. *L'Idée d'évo-
lution dans la nature et dans l'histoire. 1903. (Couronné par l'Institut.)   7 fr. 50
RIGNANO (E.). La transmissibilité des caractères acquis. 1906.   5 fr.
ROBERTY (E. de). L'Ancienne et la Nouvelle philosophie.   7 fr. 50
— * La Philosophie du siècle (positivisme, criticisme, évolutionnisme).   5 fr.
— Nouveau Programme de sociologie. 1904.   5 fr.
ROMANES. *L'Évolution mentale chez l'homme.   7 fr. 50
RUYSSEN (Th.), chargé de cours à l'Université d'Aix. Essai sur l'évolution psycho-
logique du jugement.   5 fr.
SABATIER, doyen de la Fac. des sc. de Montpellier.*Philosophie de l'effort.1903.7fr.50
SAIGEY (E.). *Les Sciences au XVIIIᵉ siècle. La Physique de Voltaire.   5 fr
SAINT-PAUL (Dr G.). Le Langage intérieur et les paraphasies. 1904.   5 fr.
SANZ Y ESCARTIN. L'Individu et la Réforme sociale, trad. Dietrich. 7 fr. 50
SCHOPENHAUER. Aphor. sur la sagesse dans la vie. Trad. Cantacuzène. 7ᵉ éd. 5 fr.
— *Le Monde comme volonté et comme représentation. 3ᵉ éd. 3 vol. chac. 7 fr.50
SÉAILLES (G.), prof. à la Sorbonne. Essai sur le génie dans l'art. 2ᵉ édit.   5 fr.
— La Philosophie de Ch. Renouvier. *Introduction au néo-criticisme*. 1905. 7 fr. 50
SIGHELE (Scipio). La Foule criminelle. 2ᵉ édit. 1901.   5 fr.
SOLLIER. Le Problème de la mémoire. 1900.   3 fr. 75
— Psychologie de l'idiot et de l'imbécile, avec 12 pl. hors texte. 2ᵉ éd. 1902. 5 fr.
— Le Mécanisme des émotions. 1905.   5 fr.
SOURIAU (Paul), prof. à l'Univ. de Nancy. L'Esthétique du mouvement.   5 fr.
— La Beauté rationnelle. 1904.   10 fr.
STEIN (L.), professeur à l'Université de Berne. *La Question sociale au point de
vue philosophique. 1900.   10 fr.
STUART MILL. * Mes Mémoires. Histoire de ma vie et de mes idées. 3ᵉ éd. 5 fr.
— * Système de Logique déductive et inductive. 4ᵉ édit. 2 vol.   20 fr.
— * Essais sur la Religion. 3ᵉ édit.   5 fr.
— Lettres inédites à Aug. Comte et réponses d'Aug. Comte. 1899.   10 fr.
SULLY (James). Le Pessimisme. Trad. Bertrand. 2ᵉ édit.   7 fr. 50
— * Études sur l'Enfance. Trad. A. Monod, préface de G. Compayré. 1898. 10 fr.
— Essai sur le rire. Trad. Terrier. 1904.   7 fr.50
SULLY PRUDHOMME, de l'Acad. franç. La vraie religion selon Pascal.1905. 7 fr.50
TARDE (G.), de l'Institut, prof. au Coll. de France. *La Logique sociale. 3ᵉ éd. 1898. 7 fr. 50
— *Les Lois de l'imitation. 3ᵉ édit. 1900.   7 fr. 50
— L'Opposition universelle. *Essai d'une théorie des contraires*. 1897. 7 fr.50
— *L'Opinion et la Foule. 2ᵉ édit. 1904.   5 fr.
— *Psychologie économique. 1902. 2 vol.   15 fr.
TARDIEU (E.). L'Ennui. *Étude psychologique*. 1903.   5 fr.
THOMAS (P.-F.), docteur ès lettres. Pierre Leroux, sa philosophie. 1904.   5 fr.
— *L'Éducation des sentiments. (Couronné par l'Institut.) 3ᵉ édit. 1904.   5 fr.
THOUVEREZ (Émile), professeur à l'Université de Toulouse. Le Réalisme méta-
physique. 1894. (Couronné par l'Institut.)   5 fr.
VACHEROT (Et.), de l'Institut. * Essais de philosophie critique.   7 fr. 50
— La Religion.   7 fr. 50
WEBER (L.). *Vers le positivisme absolu par l'idéalisme. 1903.   7 fr. 50

F. ALCAN.

COLLECTION HISTORIQUE DES GRANDS PHILOSOPHES

PHILOSOPHIE ANCIENNE

ARISTOTE (Œuvres d'), traduction de J. Barthélemy-Saint-Hilaire, de l'Institut.
— *Rhétorique. 2 vol. in-8. 16 fr.
— *Politique. 1 vol. in-8... 10 fr.
— Métaphysique. 3 vol. in-8. 30 fr.
— Traité du ciel. 1 vol. in-8. 10 fr.
— Table alphabétique des matières de la traduction générale d'Aristote, par M. Barthélemy-Saint-Hilaire, 2 forts vol. in-8. 1892 .... 30 fr.
— L'Esthétique d'Aristote, par M. Bénard. 1 vol. in-8. 1889. 5 fr.
— La Poétique d'Aristote, par Hatzfeld (A.), prof. hon. au Lycée Louis-le-Grand et M. Dufour, prof. à l'Univ. de Lille. 1 vol. in-8 1900.................... 6 fr.
SOCRATE. * La Philosophie de Socrate. p. A. Fouillée. 2 v. in-8 16 fr.
— Le Procès de Socrate, par G. Sorel. 1 vol. in-8...... 3 fr. 50
PLATON. La Théorie platonicienne des Sciences, par Élie Halévy. In-8. 1895 .... 5 fr.
— Œuvres, traduction Victor Cousin revue par J. Barthélemy-Saint-Hilaire : Socrate et Platon ou le Platonisme — Eutyphron — Apologie de Socrate — Criton — Phédon. 1 vol. in-8. 1896. 7 fr. 50
ÉPICURE. * La Morale d'Épicure et ses rapports avec les doctrines contemporaines, par M. Guyau. 1 volume in-8. 5e édit...... 7 fr. 50
BÉNARD. La Philosophie ancienne, ses systèmes. La Philoso-

phie et la Sagesse orientales. — La Philosophie grecque avant Socrate. Socrate et les socratiques. — Les sophistes grecs. 1 v. in-8... 9 fr.
FAVRE (Mme Jules), née Velten. La Morale de Socrate. In-18. 3 50
— La Morale d'Aristote. In-18. 3 fr. 50
OUVRÉ (H.) Les formes littéraires de la pensée grecque. 1 vol. in-8. (Couronné par l'Acad. franç.) 10 fr.
GOMPERZ. Les penseurs de la Grèce.
I. La philosophie antésocratique. Préface de A. Croiset, de l'Institut. 1 vol. gr. in-8 .... 10 fr.
II. Athènes, Socrate et les Socratiques. 1 vol. gr. in-8 .... 12 r.
III. (Sous presse).
RODIER (G.). * La Physique de Straton de Lampsaque. In-8. 3 fr.
TANNERY (Paul). Pour la science hellène. In-8........ 7 fr. 50
MILHAUD (G.). * Les philosophes géomètres de la Grèce. 1 vol. in-8. 1900. (Couronné par l'Institut.) .... 6 fr.
FABRE (Joseph). La Pensée antique De Moïse à Marc-Aurèle. 2e éd. In-8. 5 fr.
— La Pensée chrétienne. Des Evangiles à l'Imitation de J.-C. In-8. 9 fr.
— L'Imitation de Jésus-Christ. Trad. nouv. avec préface. In-8. (Sous presse).
LAFONTAINE (A.). Le Plaisir, d'après Platon et Aristote. In-8. 6 fr.

PHILOSOPHIE MODERNE

* DESCARTES, par L. Liard. 2e éd. 1 vol. in-8 .... 5 fr.
— Essai sur l'Esthétique de Descartes, par E. Krantz. 1 vol. in-8. 2e éd. 1897............. 6 fr.
— Descartes, directeur spirituel, par V. de Swarte. Préface de E. Boutroux. 1 vol. in-16 avec pl. (Couronné par l'Institut) 4 fr. 50
LEIBNIZ. * Œuvres philosophiques, pub. p. P. Janet. 2e éd. 2 v. in-8. 20 f.
— * La logique de Leibniz, par L. Couturat. 1 vol. in-8.. 12 fr.
— Opuscules et fragments inédits de Leibniz, par L. Couturat.

1 vol. in-8 .... 25 fr.
PICAVET. Histoire générale et comparée des philosophies médiévales. 1 v. in-8. 1904 7 fr. 50
WULF (M. de) Histoire de la philosophie médiévale. 2e éd. 1 vol. in-8 .... 10 fr.
SPINOZA. Benedicti de Spinoza opera, quotquot reperta sunt, recognoverunt J. Van Vloten et J.-P.-N. Land. 2 forts vol. in-8 sur papier de Hollande .... 45 fr.
Le même en 3 volumes. 18 fr.
SPINOZA. Inventaire des livres

F. ALCAN. — 12 —

formant sa bibliothèque, publié d'après un document inédit avec des notes et une introduction par A.-J. SERVAAS VAN RVOIJEN. 1 v. in-4 sur papier de Hollande.... 15 fr

SPINOZA. **La Doctrine de Spinoza**, exposée à la lumière des faits scientifiques, par E. FERRIÈRE. In-16............... 3 fr. 50

FIGARD (L.), docteur ès lettres. **Un Médecin philosophe au XVIᵉ siècle.** *La Psychologie de Jean Fernel.* 1 v. in-8. 1903. 7 fr. 50

GASSENDI. **La Philosophie de Gassendi**, par P.-F. THOMAS. In-8. 1889............... 6 fr.

MALEBRANCHE. * **La Philosophie de Malebranche**, par OLLÉ-LAPRUNE, de l'Institut. 2 v. in-8. 16 fr.

PASCAL. **Le scepticisme de Pascal**, par DROZ. 1 vol. in-8....... 6 fr.

VOLTAIRE. **Les Sciences au XVIIIᵉ siècle.** Voltaire physicien, par Ém. SAIGEY. 1 vol. in-8. 5 fr.

DAMIRON. **Mémoires pour servir à l'histoire de la philosophie au XVIIIᵉ siècle.** 3 vol. in-8. 15 fr.

J.-J. ROUSSEAU* **Du Contrat social**, édition comprenant avec le texte définitif les versions primitives de l'ouvrage d'après les manuscrits de Genève et de Neuchâtel, avec introduction par EDMOND DREYFUS-BRISAC. 1 fort volume grand in-8. 12 fr.

ERASME. **Stultitiæ laus des. Erasmi Rot. declamatio.** Publié et annoté par J.-B. KAN, avec les figures de HOLBEIN. 1 v. in-8. 6 fr. 75

PHILOSOPHIE ANGLAISE

DUGALD STEWART. * **Éléments de la philosophie de l'esprit humain.** 3 vol. in-16... 9 fr.

BACON. **Étude sur François Bacon**, par J. BARTHÉLEMY-SAINT-HILAIRE. In-18........ 2 fr. 50
— * **Philosophie de François Bacon**, par CH. ADAM. (Couronné par l'Institut). In-8.... 7 fr. 50

BERKELEY. **Œuvres choisies** *Essai d'une nouvelle théorie de la vision. Dialogues d'Hylas et de Philonoüs.* Trad. de l'angl. par MM. BEAULAVON (G.) et PARODI (D.). In-8. 1895. 5 fr.

PHILOSOPHIE ALLEMANDE

FEUERBACH. **Sa philosophie**, par A. LÉVY. 1 vol. in-8..... 10 fr.

KANT. **Critique de la raison pratique**, traduction nouvelle avec introduction et notes, par M. PICAVET. 2ᵉ édit. 1 vol. in-8. 6 fr.
— **Critique de la raison pure**, traduction nouvelle par MM. PACAUD et TREMESAYGUES. Préface de M. HANNEQUIN. 1 vol. in-8.. 12 fr.
— **Éclaircissements sur la Critique de la raison pure**, trad. TISSOT. 1 vol. in-8.... 6 fr.
— **Doctrine de la vertu**, traduction BARNI. 1 vol. in-8....... 8 fr.
— * **Mélanges de logique**, traduction TISSOT. 1 v. in-8..... 6 fr.
— * **Prolégomènes à toute métaphysique future** qui se présentera comme science, traduction TISSOT. 1 vol. in-8....... 6 fr.
— * **Anthropologie**, suivie de divers fragments, traduction TISSOT. 1 vol. in-8.......... 6 fr.
—* **Essai critique sur l'Esthétique de Kant**, par V. BASCH. 1 vol. in-8. 1896....... 10 fr.
— **Sa morale**, par CRESSON. 2ᵉ éd. 1 vol. in-12........ 2 fr. 50
— **L'Idée ou critique du Kantisme**, par C. PIAT, Dʳ ès lettres. 2ᵉ édit. 1 vol. in-8...... 6 fr.

KANT et FICHTE et **le problème de l'éducation**, par PAUL DUPROIX. 1 vol. in-8. 1897....... 5 fr.

SCHELLING. **Bruno**, ou du principe divin. 1 vol. in-8.... 3 fr. 50

HEGEL. * **Logique.** 2 vol. in-8. 14 fr.
— * **Philosophie de la nature.** 3 vol. in-8............. 25 fr.
— * **Philosophie de l'esprit.** 2 vol. in-8............. 18 fr.
— * **Philosophie de la religion.** 2 vol. in-8.......... 20 fr.
— **La Poétique**, trad. par M. Ch. BÉNARD. Extraits de Schiller, Gœthe, Jean-Paul, etc., 2 v. in-8. 12 fr.
— **Esthétique.** 2 vol. in-8, trad. BÉNARD............. 16 fr.
— **Antécédents de l'hégélianisme dans la philos. franç.**, par E. BEAUSSIRE. In-18. 2 fr. 50
— **Introduction à la philosophie de Hegel** par VÉRA. in-8 6 fr. 50
—* **La logique de Hegel**, par EUG. NOEL. In-8. 1897.... 3 fr.

F. ALCAN.

HERBART. * **Principales œuvres pédagogiques,** trad. A. PINLOCHE. In-8. 1894.......... 7 fr. 50

La métaphysique de Herbart et la critique de Kant, par M. MAUXION. 1 vol. in-8... 7 fr. 50

MAUXION (M.). **L'éducation par l'instruction** et les théories pé-dagogiques de Herbart. In-12. 1901.............. 2 fr. 50

SCHILLER **sa Poétique,** par V. BASCH. 1 vol. in-8. 1902... 4 fr. **Essai sur le mysticisme spéculatif en Allemagne au XIV° siècle,** par DELACROIX (H.), maître de conf. à l'Univ. de Montpellier. 1 vol. in-8, 1900. 5 fr.

PHILOSOPHIE ANGLAISE CONTEMPORAINE

(Voir Bibliothèque de philosophie contemporaine, pages 2 à 10.)

ARNOLD (Matt.). — BAIN (Alex.). — CARRAU (Lud.). — CLAY (R.). — COLLINS (H.). — CARUS. — FERRI (L.). — FLINT. — GUYAU. — GURNEY, MYERS et PODMORE. — HALÉVY (E.). — HERBERT SPENCER. — HUXLEY. — JAMES (William). — LIARD. — LANG. — LUBBOCK (Sir John). — LYON (Georges). — MARION. — MAUDSLEY. — STUART MILL (John). — RIBOT. — ROMANES. — SULLY (James).

PHILOSOPHIE ALLEMANDE CONTEMPORAINE

(Voir Bibliothèque de philosophie contemporaine, pages 2 à 10.)

BOUGLÉ. — GROOS. — HARTMANN (E. de). — LÉON (Xavier). — LÉVY (A.). — LÉVY-BRUHL. — MAUXION. — NORDAU (Max). NIETZSCHE. — OLDENBERG. — PIDERIT. — PREYER. — RIBOT. — SCHMIDT (O.). — SCHOPENHAUER. — SELDEN (C.). — WUNDT. — ZELLER. — ZIEGLER.

PHILOSOPHIE ITALIENNE CONTEMPORAINE

(Voir Bibliothèque de philosophie contemporaine, pages 2 à 10.)

BARZELOTTI. — ESPINAS. — FERRERO. — FERRI (Enrico). — FERRI (L.). — GAROFALO. — LOMBROSO. — LOMBROSO et FERRERO. — LOMBROSO et LASCHI. — MOSSO. — PILO (Mario). — SERGI. — SIGHELE.

LES GRANDS PHILOSOPHES

Publié sous la direction de M. C. PIAT

Agrégé de philosophie, docteur ès lettres, professeur à l'École des Carmes.

Chaque étude forme un volume in-8° carré de 300 pages environ, dont le prix varie de 5 francs à 7 fr. 50.

*Kant, par M. RUYSSEN, maître de conférences à la Faculté des lettres d'Aix. 2° édition. 1 vol. in-8. (Couronné par l'Institut.) 7 fr. 50
*Socrate, par l'abbé C. PIAT. 1 vol. in-8. 5 fr.
*Avicenne, par le baron CARRA DE VAUX. 1 vol. in-8. 5 fr.
*Saint Augustin, par l'abbé JULES MARTIN. 1 vol. in-8. 5 fr.
*Malebranche, par Henri JOLY. 1 vol. in-8. 5 fr.
*Pascal, par A. HATZFELD. 1 vol. in-8. 5 fr.
*Saint Anselme, par DOMET DE VORGES. 1 vol. in-8. 5 fr.
Spinoza, par P.-L. COUCHOUD, agrégé de l'Université. 1 vol. in-8. (Couronné par l'Académie Française). 5 fr.
Aristote, par l'abbé C. PIAT. 1 vol. in-8. 5 fr.
Gazali, par le baron CARRA DE VAUX. 1 vol. in-8. (Couronné par l'Académie Française). 5 fr.

MINISTRES ET HOMMES D'ÉTAT

HENRI WELSCHINGER. — *Bismarck. 1 vol. in-16. 1900...... 2 fr. 50
H. LÉONARDON. — *Prim. 1 vol. in-16. 1901. .... 2 fr. 50
M. COURCELLE. — *Disraëli. 1 vol. in-16. 1901.......... 2 fr. 50
M. COURANT. — Okoubo. 1 vol. in-16, avec un portrait. 1904 .. 2 fr. 50
A. VIALLATE. — Chamberlain. Préface de E. BOUTMY. 1 vol. in-16. 2 fr. 50

BIBLIOTHÈQUE GÉNÉRALE
des
SCIENCES SOCIALES

SECRÉTAIRE DE LA RÉDACTION : DICK MAY, secrétaire général de l'École des Hautes Études sociales.
Chaque volume in-8 de 300 pages environ, cartonné à l'anglaise, 6 fr.

1. **L'Individualisation de la peine**, par R. SALEILLES, professeur à la Faculté de droit de l'Université de Paris.
2. **L'Idéalisme social**, par Eugène FOURNIÈRE.
3. ***Ouvriers du temps passé** (XV° et XVI° siècles), par H. HAUSER, professeur à l'Université de Dijon.
4. ***Les Transformations du pouvoir**, par G. TARDE, de l'Institut.
5. **Morale sociale**. Leçons professées au Collège libre des Sciences sociales, par MM. G. BELOT, MARCEL BERNÈS, BRUNSCHVICG, F. BUISSON, DARLU, DAURIAC, DELBET, CH. GIDE, M. KOVALEVSKY, MALAPERT, le R. P. MAUMUS, DE ROBERTY, G. SOREL, le PASTEUR WAGNER. Préface de M. EMILE BOU-TROUX, de l'Institut.
6. **Les Enquêtes**, pratique et théorie, par P. DU MAROUSSEM. (*Ouvrage couronné par l'Institut.*)
7. ***Questions de Morale**, par MM. BELOT, BERNÈS, F. BUISSON, A. CROISET, DARLU, DELBOS, FOURNIÈRE, MALAPERT, MOCH, PARODI, G. SOREL (*École de morale*).
8. **Le développement du Catholicisme social** depuis l'encyclique *Rerum novarum*, par Max TURMANN.
9. ***Le Socialisme sans doctrines**. *La Question ouvrière et la Question agraire en Australie et en Nouvelle-Zélande*, par Albert MÉTIN, agrégé de l'Université, professeur à l'École Coloniale.
10. ***Assistance sociale**. *Pauvres et mendiants*, par PAUL STRAUSS, sénateur.
11. ***L'Éducation morale dans l'Université**. (*Enseignement secondaire.*) Conférences et discussions, sous la présid. de M. A. CROISET, doyen de la Faculté des lettres de Paris, par MM. LÉVY-BRUHL, DARLU, M. BERNÈS, KORTZ, CLAIRIN, ROCAFORT, BIOCHE, Ph. GIDEL, MALAPERT, BELOT. (*École des Hautes Etudes sociales*, 1900-1901).
12. ***La Méthode historique appliquée aux Sciences sociales**, par Charles SEIGNOBOS, maître de conf. à l'Université de Paris.
13. ***L'Hygiène sociale**, par E. DUCLAUX, de l'Institut, directeur de l'instit. Pasteur.
14. **Le Contrat de travail**. *Le rôle des syndicats pr fessionnels*, par P. BUREAU, prof. à la Faculté libre de droit de Paris.
15. ***Essai d'une philosophie de la solidarité**. Conférences et discussions sous la présidence de MM. Léon BOURGEOIS et A. CROISET, par MM. DARLU, RAUH, F. BUISSON, GIDE, X. LÉON, LA FONTAINE, E. BOUTROUX (*École des Hautes Études sociales*).
16. ***L'exode rural et le retour aux champs**, par E. VANDERVELDE, professeur à l'Université nouvelle de Bruxelles.
17. ***L'Education de la démocratie**, par MM. E. LAVISSE, A. CROISET, Ch. SEIGNOBOS, P. MALAPERT, G. LANSON, J. HADAMARD (*École des Hautes Études soc.*).
18. ***La Lutte pour l'existence et l'évolution des sociétés**, par J.-L. DE LANNESSAN, député, prof. agr. à la Fac. de méd. de Paris.
19. ***La Concurrence sociale et les devoirs sociaux**, par le MÊME.
20. ***L'Individualisme anarchiste**, Max Stirner, par V. BASCH, professeur à l'Université de Rennes.
21. ***La démocratie devant la science**, par C. BOUGLÉ, prof. de philosophie sociale à l'Université de Toulouse. (*Récompensé par l'Institut.*)
22. ***Les Applications sociales de la solidarité**, par MM. P. BUDIN, Ch. GIDE, H. MONOD, PAULET, ROBIN, SIEGFRIED, BROUARDEL. Préface de M. Léon BOURGEOIS (*École des Hautes Etudes soc.*, 1902-1903).
23. **La Paix et l'enseignement pacifiste**, par MM. Fr. PASSY, Ch. RICHET, d'ESTOURNELLES DE CONSTANT, E. BOURGEOIS, A. WEISS, H. LA FONTAINE, G. LYON (*École des Hautes Etudes soc.*, 1902-1903).
24. ***Etudes sur la philosophie morale au XIX° siècle**, par MM. BELOT, A. DARLU, M. BERNÈS, A. LANDRY, Ch. GIDE, E. ROBERTY, R. ALLIER, H. LICHTENBERGER, L. BRUNSCHVICG (*École des Hautes Etudes soc.*, 1902-1903).
25. **Enseignement et démocratie**, par MM. APPELL, J. BOITEL, A. CROISET, A. DEVINAT, Ch.-V. LANGLOIS, G. LANSON, A. MILLERAND, Ch. SEIGNOBOS (*École des Hautes Etudes soc.*, 1903-1904).
26. **Religions et Sociétés**, par MM. TH. REINACH, A. PUECH, R. ALLIER, A. LEROY-BEAULIEU, le baron CARRA DE VAUX, H. DREYFUS (*École des Hautes Etudes soc.*, 1903-1904).

BIBLIOTHÈQUE
D'HISTOIRE CONTEMPORAINE

Volumes in-12 brochés à 3 fr. 50. — Volumes in-8, brochés de divers prix.

EUROPE

DEBIDOUR, inspecteur général de l'Instruction publique. * Histoire diplomatique de l'Europe, de 1815 à 1878. 2 vol. in-8. (*Ouvrage couronné par l'Institut*). 18 fr.

DOELLINGER (I. de). La papauté, ses origines au moyen âge, son influence jusqu'en 1870. Traduit par A. Giraud-Teulon, 1904. 1 vol. in-8. 7 fr.

SYBEL (H. de). * Histoire de l'Europe pendant la Révolution française, traduit de l'allemand par Mlle Dosquet. Ouvrage complet en 6 vol. in-8. 42 fr.

FRANCE

AULARD, professeur à la Sorbonne. * Le Culte de la Raison et le Culte de l'Être suprême, étude historique (1793-1794). 2e édit. 1 vol. in-12. 3 fr. 50
— * Études et leçons sur la Révolution française. 4 vol. in-12. Chacun. 3 fr. 50

CAHEN (L.), agrégé d'histoire, docteur ès lettres. * Condorcet et la Révolution française. 1 vol. in-8. (*Récompensé par l'Institut.*) 10 fr.

DESPOIS (Eug.). * Le Vandalisme révolutionnaire. Fondations littéraires, scientifiques et artistiques de la Convention. 4e édit. 1 vol. in-12. 3 fr. 50

DEBIDOUR, inspecteur général de l'instruction publique. * Histoire des rapports de l'Église et de l'État en France (1789-1870). 1 fort vol. in-8. 1898. (*Couronné par l'Institut.*) 12 fr.

MATHIEZ (A.), agrégé d'histoire, docteur ès lettres. La théophilanthropie et le culte décadaire, 1796-1801. 1 vol. in-8. 12 fr.

ISAMBERT (G.). * La vie à Paris pendant une année de la Révolution (1791-1792). In-16. 1896. 3 fr. 50

MARCELLIN PELLET, ancien député. Variétés révolutionnaires. 3 vol. in-12 précédés d'une préface de A. Ranc. Chaque vol. séparém. 3 fr. 50

DRIAULT (E.), professeur au lycée de Versailles. La politique orientale de Napoléon. Sébastiani et Gardane (1806-1808). 1 vol. in-8 (*Récompensé par l'Institut.*) 7 fr.

SILVESTRE, professeur à l'École des sciences politiques. De Waterloo à Sainte-Hélène (20 Juin-16 Octobre 1815). 1 vol. in-16. 3 fr. 50

BONDOIS (P.), agrégé de l'Université. * Napoléon et la société de son temps (1793-1821). 1 vol. in-8. 7 fr.

CARNOT (H.), sénateur. * La Révolution française, résumé historique. In-16. Nouvelle édit. 3 fr. 50

ROCHAU (M. de). Histoire de la Restauration, In-16. 3 fr. 50

WEILL (G.), docteur ès lettres, agrégé de l'Université. Histoire du parti républicain en France, de 1814 à 1870. 1 vol. in-8. 1900. (*Récompensé par l'Institut.*) 10 fr.
— * Histoire du mouvement social en France (1852-1902). 1 v. in-8. 1905. 7 fr.

BLANC (Louis). * Histoire de Dix ans (1830-1840). 5 vol. in-8. 25 fr.

GAFFAREL (P.), professeur à l'Université d'Aix. * Les Colonies françaises. 1 vol. in-8. 6e édition revue et augmentée. 5 fr.

LAUGEL (A.). * La France politique et sociale. 1 vol. in-8. 5 fr.

SPULLER (E.), ancien ministre de l'Instruction publique. * Figures disparues, portraits contemp., littér. et politiq. 3 vol. in-16. Chacun. 3 fr. 50
— Hommes et choses de la Révolution. In-16. 1896. 3 fr. 50

TAXILE DELORD. * Histoire du second Empire (1848-1870). 6 v. in-8. 42 fr.

TCHERNOFF (J.). Associations et Sociétés secrètes sous la deuxième République (1848-1851). 1 vol. in-8. 1905. 7 fr.

VALLAUX (C.). * Les campagnes des armées françaises (1792-1815). In-16, avec 17 cartes dans le texte. 3 fr. 50

ZEVORT (E.), recteur de l'Académie de Caen. Histoire de la troisième République :
   Tome I. * La présidence de M. Thiers. 1 vol. in-8. 2e édit. 7 fr.
   Tome II. * La présidence du Maréchal. 1 vol. in-8. 2e édit. 7 fr.
   Tome III. La présidence de Jules Grévy. 1 vol. in-8. 2e édit. 7 fr.
   Tome IV. La présidence de Sadi Carnot. 1 vol. in-8. 7 fr.

WAHL, inspect. général, A. BERNARD, professeur à la Sorbonne. * L'Algérie. 1 vol. in-8. 4e édit., 1903. (*Ouvrage couronné par l'Institut.*) 5 fr.

LANESSAN (J.-L. de). ***L'Indo-Chine française.** Étude économique, politique et administrative. 1 vol. in-8, avec 5 cartes en couleurs hors texte. 15 fr.

PIOLET (J.-B.). La France hors de France, notre émigration sa nécessité, ses conditions. 1 vol. in-8. 1900. (*Couronné par l'Institut.*) 1 fr.

LAPIE (P.), chargé de cours à l'Université de Bordeaux. * Les Civilisations tunisiennes (Musulmans, Israélites, Européens). In-16. 1898. (*Couronné par l'Académie française.*) 3 fr. 50

WEILL (Georges), professeur au lycée Louis-le-Grand. L'Ecole saint-simonienne, son histoire, son influence jusqu'à nos jours. In-16 1896. 3 fr. 50

LEBLOND (Marius-Ary). La société française sous la troisième République. 1905. 1 vol. 5 fr.

ANGLETERRE

REYNALD (H.), doyen de la Faculté des lettres d'Aix. * Histoire de l'Angleterre, depuis la reine Anne jusqu'à nos jours. In-16. 2ᵉ éd. 3 fr. 50

MÉTIN (Albert), Prof. à l'Ecole Coloniale. * Le Socialisme en Angleterre. In-16. 3 fr. 50

ALLEMAGNE

SCHMIDT (Ch.), docteur ès lettres. Le grand duché de Berg (1806-1813) 1905. 1 vol. in-8. 10 fr.

VÉRON (Eug.). * Histoire de la Prusse, depuis la mort de Frédéric II. In-16. 6ᵉ édit. 3 fr. 50

— * Histoire de l'Allemagne, depuis la bataille de Sadowa jusqu'à nos jours. In-16 3ᵉ éd., mise au courant des événements par P. BONDOIS. 3 fr. 50

ANDLER (Ch.), prof. à la Sorbonne. *Les origines du socialisme d'État en Allemagne. 1 vol. in-8. 1897. 7 fr.

GUILLAND (A.), professeur d'histoire à l'Ecole polytechnique suisse. * L'Allemagne nouvelle et ses historiens. (NIEBUHR, RANKE, MOMMSEN, SYBEL, TREITSCHKE.) 1 vol. in-8. 1899. 5 fr.

MILHAUD (G.), professeur à l'Université de Genève. *La Démocratie socialiste allemande. 1 vol. in-8. 1903. 10 fr.

MATTER (P.), doct. en droit, substitut au tribunal de la Seine. * La Prusse et la révolution de 1848. In-16. 1903. 3 fr. 50

— Bismarck et son temps. I. *La préparation* (1815-1863). 1 vol. in-8. 10 fr. II. *L'action* (1863-1870). 1 vol. in-8. 10 fr.

AUTRICHE-HONGRIE

BOURLIER (J.). * Les Tchèques et la Bohême contemporaine. In-16. 1897. 3 fr. 50

AUERBACH, professeur à l'Université de Nancy. *Les races et les nationalités en Autriche-Hongrie. In-8. 1898. 5 fr.

SAYOUS (Ed.), professeur à la Faculté des lettres de Besançon. Histoire des Hongrois et de leur littérature politique, de 1790 à 1815. In-16. 3 fr. 50

*RECOULY (R.), agrégé de l'Univ. Le pays magyar. 1903. In-16. 3 fr. 50

ITALIE

SORIN (Élie). *Histoire de l'Italie, depuis 1815 jusqu'à la mort de Victor-Emmanuel In-16. 1888. 3 fr. 50

GAFFAREL (P.), professeur à l'Université d'Aix. * Bonaparte et les Républiques italiennes (1796-1799). 1895. 1 vol. in-8. 5 fr.

BOLTON KING (M. A.). *Histoire de l'unité italienne. Histoire politique de l'Italie, de 1814 à 1871, traduit de l'anglais par M. MACQUART; introduction de M. Yves GUYOT. 1900. 2 vol. in-8. 15 fr.

ESPAGNE

REYNALD (H.). * Histoire de l'Espagne, depuis la mort de Charles III In-16. 3 fr. 50

ROUMANIE

DAMÉ (Fr.). *Histoire de la Roumanie contemporaine, depuis l'avènement des princes indigènes jusqu'à nos jours. 1 vol. in-8. 1900. 7 fr.

SUISSE

DAENDLIKER. *Histoire du peuple suisse. Trad. de l'allem. par Mᵐᵉ Jules FAVRE et précédé d'une Introduction de Jules FAVRE. 1 vol. in-8. 5 fr.

SUÈDE

SCHEFER (C.). * Bernadotte roi (1810-1818-1844). 1 vol. in-8. 1899. 5 fr.

GRECE, TURQUIE, ÉGYPTE

BÉRARD (V.), docteur ès lettres. * La Turquie et l'Hellénisme contemporain. (*Ouvrage cour. par l'Acad. française*). In-16. 5ᵉ éd. 3 fr. 50

RODOCANACHI (E.). *Bonaparte et les îles Ioniennes, (1797-1816). 1 volume in-8. 1899. 5 fr.

MÉTIN (Albert), professeur à l'École coloniale. *La **Transformation de** l'Égypte. In-16. 1903. (Cour. par la Soc. de géogr. comm.)   3 fr. 50

INDE
PIRIOU (E.), agrégé de l'Université. L'Inde contemporaine et le mouvement national. 1905. 1 vol. in-16.   3 fr. 50

CHINE
CORDIER (H.), professeur à l'École des langues orientales. *Histoire des relations de la Chine avec les puissances occidentales (1860-1902), avec cartes. 3 vol. in-8, chacun séparément.   10 fr.
— L'Expédition de Chine de 1857-58. Histoire diplomatique, notes et documents. 1905. 1 vol. in-8.   7 fr.
— L'Expédition de Chine de 1860. Histoire diplomatique, notes et documents. 1906. 1 vol. in-8.   7 fr.
COURANT (M.), maître de conférences à l'Université de Lyon. En Chine. *Mœurs et institutions. Hommes et faits.* 1 vol. in-16.   3 fr. 50

AMÉRIQUE
DEBERLE (Alf.). * **Histoire de l'Amérique du Sud**, in-16. 3° éd. 3 fr. 50

BARNI (Jules). * **Histoire des idées morales et politiques en France au XVIII° siècle.** 2 vol. in-16. Chaque volume.   3 fr. 50
— * Les **Moralistes français au XVIII° siècle.** In-16.   3 fr. 50
BEAUSSIRE (Émile), de l'Institut. La **Guerre étrangère et la Guerre civile.** In-16.   3 fr. 50
LOUIS BLANC. Discours politiques (1848-1881). 1 vol. in-8.   7 fr. 50
BONET-MAURY. ** Histoire de la liberté de conscience (1598-1870). In-8. 1900.   5 fr.
BOURDEAU (J.). *Le **Socialisme allemand et le Nihilisme russe.** In-16. 2° édit. 1894.   3 fr. 50
— *L'évolution du Socialisme. 1901. 1 vol. in-16.   3 fr. 50
D'EICHTHAL (Eug.). Souveraineté du peuple et gouvernement. In-16. 1895.   3 fr. 50
DESCHANEL (E.), sénateur, professeur au Collège de France. *Le Peuple et la Bourgeoisie. 1 vol. in-8. 2° édit.   5 fr.
DEPASSE (Hector). Transformations sociales. 1894. In-16   3 fr. 50
— Du Travail et de ses conditions (Chambres et Conseils du travail). In-16. 1895.   3 fr. 50
DRIAULT (E.), prof. agr. au lycée de Versailles. * Les **problèmes politiques et sociaux à la fin du XIX° siècle.** In-8. 1900.   7 fr.
— * La question d'Orient, préface de G. Monod, de l'Institut. 1 vol. in-8. 3° édit. 1905. (Ouvrage couronné par l'Institut.)   7 fr.
GUÉRIULT (G.). * Le Centenaire de 1789. In-16. 1889.   3 fr. 50
LAVELEYE (E. de), correspondant de l'Institut. Le Socialisme contemporain. In-16. 11° édit., augmentée.   3 fr. 50
LICHTENBERGER (A.). *Le Socialisme utopique, étude sur quelques précurseurs du Socialisme. In-16. 1898.   3 fr. 50
— * Le Socialisme et la Révolution française. 1 vol. in-8.   5 fr.
MATTER (P.). La dissolution des assemblées parlementaires, étude de droit public et d'histoire. 1 vol. in-8. 1898.   5 fr.
NOVICOW. La Politique internationale. 1 vol. in-8.   7 fr.
PAUL LOUIS. L'ouvrier devant l'État. Étude de la législation ouvrière dans les deux mondes. 1904. 1 vol. in-8.   7 fr.
REINACH (Joseph). Pages républicaines. In-16.   3 fr. 50
— *La France et l'Italie devant l'histoire. 1 vol. in-8.   5 fr.
SPULLER (E.). * Éducation de la démocratie. In-16. 1892.   3 fr. 50
— L'Évolution politique et sociale de l'Église. 1 vol. in-12. 1893. 3 fr. 50
TARDIEU (A.). Questions diplomatiques de l'année 1904. 1 volume in-12   3 fr. 50

PUBLICATIONS HISTORIQUES ILLUSTRÉES
*DE SAINT-LOUIS A TRIPOLI PAR LE LAC TCHAD, par le lieutenant-colonel MONTEIL. 1 beau vol. in-8 colombier, précédé d'une préface de M. DE VOGÜÉ, de l'Académie française, illustrations de RIOU. 1895. *Ouvrage couronné par l'Académie française (Prix Montyon).* broché 20 fr., relié amat.,   28 fr.
*HISTOIRE ILLUSTRÉE DU SECOND EMPIRE, par Taxile DELORD. 6 vol. in-8, avec 500 gravures. Chaque vol. broché,   8 fr.

BIBLIOTHEQUE DE LA FACULTÉ DES LETTRES DE L'UNIVERSITÉ DE PARIS

HISTOIRE et LITTÉRATURE ANCIENNES

*De l'authenticité des épigrammes de Simonide, par H. HAUVETTE, maître de conférences à la Sorbonne. 1 vol. in-8. 5 fr.

*Les Satires d'Horace, par M. le Prof. A. CARTAULT. 1 vol. in-8. 14 fr.

*De la flexion dans Lucrèce, par M. le Prof. A. CARTAULT, 1 v. in-8. 4 fr.

*La main-d'œuvre industrielle dans l'ancienne Grèce, par M. le Prof. GUIRAUD. 1 vol. in-8. 7 fr.

*Recherches sur le Discours aux Grecs de Tatien, suivies d'une traduction française du discours, avec notes, par A. PUECH, maître de conférences à la Sorbonne. 1 vol. in-8. 1903. 6 fr.

*Les « Métamorphoses » d'Ovide et leurs modèles grecs, par A. LAFAYE, maître de conférences à la Sorbonne. 1 vol. in-8. 1904. 8 fr. 50

MOYEN AGE

*Premiers mélanges d'histoire du Moyen âge, par MM. le Prof. A. LUCHAIRE, DUPONT-FERRIER et POUPARDIN. 1 vol. in-8. 3 fr. 50

Deuxièmes mélanges d'histoire du Moyen âge, publiés sous la direct. de M. le Prof. A. LUCHAIRE, par MM. LUCHAIRE, HALPHEN et HUCKEL, 1 vol. in-8. 6 fr.

Troisièmes mélanges d'histoire du Moyen âge, par MM. LUCHAIRE, BÉYSSIER, HALPHEN et CORDEY. 1 vol. in-8. 8 fr. 50

Quatrièmes mélanges d'histoire du Moyen âge, par MM. JACQUEM N, FARAL, BÉYSSIER. 1 vol. in-8. 7 fr. 50

*Essai de restitution des plus anciens Mémoriaux de la Chambre des Comptes de Paris, par MM. J. PETIT, GAVRILOVITCH, MAURY et TÉODORU, préface de M. CH.-V. LANGLOIS, prof. adjoint. 1 vol. in-8. 9 fr.

Constantin V, empereur des Romains (740-775). Étude d'histoire byzantine, par A. LOMBARD, licencié ès lettres. Préface de M. Ch. DIEHL, maître de conférences. 1 vol. in-8. 6 fr.

Étude sur quelques manuscrits de Rome et de Paris, par M. le Prof. A. LUCHAIRE, membre de l'Institut. 1 vol. in-8. 6 fr.

PHILOLOGIE et LINGUISTIQUE

*Le dialecte alaman de Colmar (Haute-Alsace) en 1870, grammaire et lexique, par M. le Prof. VICTOR HENRY. 1 vol. in-8. 8 fr.

*Études linguistiques sur la Basse-Auvergne, phonétique historique du patois de Vinzelles (Puy-de-Dôme), par ALBERT DAUZAT, préface de M. le Prof. ANT. THOMAS. 1 vol. in-8. 6 fr.

*Antinomies linguistiques, par M. le Prof. VICTOR HENRY, 1 v. in-8. 2 fr.

Mélanges d'étymologie française, par M. le Prof. A. THOMAS. In-8. 7 fr.

PHILOSOPHIE

L'imagination et les mathématiques selon Descartes, par P. BOUTROUX, licencié ès lettres. 1 vol. in-8. 2 fr.

GÉOGRAPHIE

La rivière Vincent-Pinzon. Étude sur la cartographie de la Guyane, par M. le Prof. VIDAL DE LA BLACHE. In-8, avec grav. et planches hors texte. 6 fr.

HISTOIRE CONTEMPORAINE

*Le treize vendémiaire an IV, par HENRY ZIVY. 1 vol. in-8. 4 fr.

TRAVAUX DE L'UNIVERSITÉ DE LILLE

PAUL FABRE. La polyptyque du chanoine Benoît. in-8. 3 fr. 50

MÉDÉRIC DUFOUR. Sur la constitution rythmique et métrique du drame grec. 1re série, 4 fr.; 2e série, 2 fr. 50; 3e série, 2 fr. 50.

A. PINLOCHE.* Principales œuvres de Herbart. 7 fr. 50

A. PENJON. Pensée et réalité, de A. SPIR, trad. de l'allem. in-8. 10 fr.

G. LEFÈVRE. Les variations de Guillaume de Champeaux et la question des Universaux. Étude suivie de documents originaux. 1898. 3 fr.

A. PENJON. L'énigme sociale. 1902. 1 vol. in-8. 2 fr. 50

ANNALES DE L'UNIVERSITÉ DE LYON

Lettres intimes de J.-M. Alberoni adressées au comte J. Rocca, par Emile BOURGEOIS, 1 vol. in-8.   10 fr.
La républ. des Provinces-Unies, France et Pays-Bas espagnols, de 1630 à 1650, par A. WADDINGTON. 2 vol. in-8.   12 fr.
Le Vivarais, essai de géographie régionale, par BURDIN. 1 vol. in-8.   6 fr.

*RECUEIL DES INSTRUCTIONS

DONNÉES AUX AMBASSADEURS ET MINISTRES DE FRANCE

DEPUIS LES TRAITÉS DE WESTPHALIE JUSQU'A LA RÉVOLUTION FRANÇAISE

Publié sous les auspices de la Commission des archives diplomatiques
au Ministère des Affaires étrangères.
Beaux vol. in-8 rais., imprimés sur pap. de Hollande, avec Introduction et notes.

I. — AUTRICHE, par M. Albert SOREL, de l'Académie française. *Épuisé.*
II. — SUÈDE, par M. A. GEFFROY, de l'Institut............... 20 fr.
III. — PORTUGAL, par le vicomte DE CAIX DE SAINT-AYMOUR..... 20 fr.
IV et V. — POLOGNE, par M. LOUIS FARGES. 2 vol............ 30 fr.
VI. — ROME, par M. G. HANOTAUX, de l'Académie française..... 20 fr.
VII. — BAVIÈRE, PALATINAT ET DEUX-PONTS, par M. André LEBON. 25 fr.
VIII et IX. — RUSSIE, par M. Alfred RAMBAUD, de l'Institut. 2 vol.
    Le 1er vol. 20 fr. Le second vol..................... 25 fr.
X. — NAPLES ET PARME, par M. Joseph REINACH............ 20 fr.
XI. — ESPAGNE (1649-1750), par MM. MOREL-FATIO et LÉONARDON (t. I). 20 fr.
XII et XII bis. — ESPAGNE (1750-1789) (t. II et III), par les mêmes.... 40 fr.
XIII. — DANEMARK, par M. A. GEFFROY, de l'Institut......... 14 fr.
XIV et XV. — SAVOIE-MANTOUE, par M. HORRIC DE BEAUCAIRE. 2 vol. 40 fr.
XVI. — PRUSSE, par M A. WADDINGTON. 1 vol. (Couronné par l'Institut.) 28 fr.

*INVENTAIRE ANALYTIQUE
DES ARCHIVES DU MINISTÈRE DES AFFAIRES ÉTRANGÈRES
Publié sous les auspices de la Commission des archives diplomatiques

Correspondance politique de MM. de CASTILLON et de MARILLAC, ambassadeurs de France en Angleterre (1537-1542), par M. JEAN KAULEK, avec la collaboration de MM. Louis Farges et Germain Lefèvre-Pontalis. 1 vol. in-8 raisin............. 15 fr.
Papiers de BARTHÉLEMY, ambassadeur de France en Suisse, de 1792 à 1797 par M. Jean KAULEK. 4 vol. in-8 raisin. I. Année 1792, 15 fr. — II. Janvier-août 1793, 15 fr. — III. Septembre 1793 à mars 1794, 18 fr. — IV. Avril 1794 à février 1795. 20 fr.
Correspondance politique de ODET DE SELVE, ambassadeur de France en Angleterre (1546-1549), par M. G. LEFÈVRE-PONTALIS. 1 vol. in-8 raisin.................. 15 fr.
Correspondance politique de GUILLAUME PELLICIER, ambassadeur de France à Venise (1540-1542), par M. Alexandre TAUSSERAT-RADEL. 1 fort vol. in-8 raisin .... 40 fr.

Correspondance des Deys d'Alger avec la Cour de France (1579-1833), recueillie par Eug. PLANTET, attaché au Ministère des Affaires étrangères. 2 vol. in-8 raisin avec 2 planches en taille-douce hors texte. 30 fr.
Correspondance des Beys de Tunis et des Consuls de France avec la Cour (1577-1830), recueillie par Eug. PLANTET, publiée sous les auspices du Ministère des Affaires étrangères. 3 vol. in-8 raisin. TOME I (1577-1700). *Épuisé.* — TOME II (1700-1770). 20 fr. — TOME III (1770-1830). 20 fr.

Les introducteurs des Ambassadeurs (1589-1900). 1 vol. in-4, avec figures dans le texte et planches hors texte.   20 fr.

BIBLIOTHÈQUE SCIENTIFIQUE
INTERNATIONALE

Publiée sous la direction de M. Émile ALGLAVE

Les titres marqués d'un astérisque * sont adoptés par le *Ministère de l'Instruction publique de France* pour les bibliothèques des lycées et des collèges.

LISTE DES OUVRAGES

105 VOLUMES IN-8, CARTONNÉS A L'ANGLAISE, OUVRAGES A 6, 9 ET 12 FR.

1. TYNDALL (J.). * **Les Glaciers et les Transformations de l'eau**, avec figures. 1 vol. in-8. 7e édition.　　　　　6 fr.
2. BAGEHOT. * **Lois scientifiques du développement des nations** dans leurs rapports avec les principes de la sélection naturelle et de l'hérédité. 1 vol. in-8. 6e édition.　　　　6 fr.
3. MAREY. * **La Machine animale**, locomotion terrestre et aérienne, avec de nombreuses fig. 1 vol. in-8. 6e édit. augmentée.　6 fr.
4. BAIN. * **L'Esprit et le Corps**. 1 vol. in-8. 6e édition.　6 fr.
5. PETTIGREW. * **La Locomotion chez les animaux**, marche, natation et vol. 1 vol. in-8, avec figures. 2e édit.　　6 fr.
6. HERBERT SPENCER. * **La Science sociale**. 1 v. in-8. 13e édit.　6 fr.
7. SCHMIDT (O.). * **La Descendance de l'homme et le Darwinisme**. 1 vol. in-8, avec fig. 6e édition.　　　　6 fr.
8. MAUDSLEY. * **Le Crime et la Folie**. 1 vol. in-8. 7e édit.　6 fr.
9. VAN BENEDEN. * **Les Commensaux et les Parasites dans le règne animal**. 1 vol. in-8, avec figures. 4e édit.　6 fr.
10. BALFOUR STEWART. * **La Conservation de l'énergie**, suivi d'une *Étude sur la nature de la force*, par M. P. de SAINT-ROBERT, avec figures. 1 vol. in-8. 6e édition.　　　　6 fr.
11. DRAPER. **Les Conflits de la science et de la religion**. 1 vol. in-8. 10e édition.　　　　　6 fr.
12. L. DUMONT. * **Théorie scientifique de la sensibilité**. Le plaisir et la douleur. 1 vol. in-8. 4e édition.　　6 fr.
13. SCHUTZENBERGER. * **Les Fermentations**. 1 vol. in-8, avec fig. 6e édit.　　　　　　　6 fr.
14. WHITNEY. * **La Vie du langage**. 1 vol. in-8. 4e édit.　6 fr.
15. COOKE et BERKELEY. * **Les Champignons**. 1 vol. in-8, avec figures. 4e édition.　　　　　　6 fr.
16. BERNSTEIN. * **Les Sens**. 1 vol. in-8, avec 91 fig. 5e édit.　6 fr.
17. BERTHELOT. * **La Synthèse chimique**. 1 vol. in-8. 8e édit.　6 fr.
18. NIEWENGLOWSKI (H.). * **La photographie et la photochimie**. 1 vol. in-8, avec gravures et une planche hors texte.　6 fr.
19. LUYS. * **Le Cerveau et ses fonctions**. *Épuisé*.
20. STANLEY JEVONS. * **La Monnaie et le Mécanisme de l'échange**. 1 vol. in-8. 5e édition.　　　　6 fr.
21. FUCHS. * **Les Volcans et les Tremblements de terre**. 1 vol. in-8, avec figures et une carte en couleurs. 5e édition.　6 fr.
22. GÉNÉRAL BRIALMONT. * **Les Camps retranchés et leur rôle dans la défense des États**. *Épuisé*.
23. DE QUATREFAGES. * **L'Espèce humaine**. 1 v. in-8. 13e édit.　6 fr.

24. BLASERNA et HELMHOLTZ. * Le Son et la Musique. 1 vol. in-8.
avec figures. 5° édition. 6 fr.

25. ROSENTHAL. * Les Nerfs et les Muscles. *Épuisé.*

26. BRUCKE et HELMHOLTZ. * Principes scientifiques des beaux-
arts. 1 vol. in-8, avec 39 figures. 4° édition. 6 fr.

27. WURTZ. * La Théorie atomique. 1 vol. in-8. 8° édition. 6 fr.

28-29. SECCHI (le père). * Les Étoiles. 2 vol. in-8, avec 63 figures dans le
texte et 17 pl. en noir et en couleurs hors texte. 3° édit. 12 fr.

30. JOLY. * L'Homme avant les métaux. 1 v. in-8, avec fig. 4° éd. *Épuisé.*

31. A. BAIN. * La Science de l'éducation. 1 vol. in-8. 9° édit. 6 fr.

32-33. THURSTON (R.). * Histoire de la machine à vapeur, précédée
d'une Introduction par M. HIRSCH. 2 vol. in-8, avec 140 figures dans
le texte et 16 planches hors texte. 3° édition. 12 fr.

34. HARTMANN (R.). * Les Peuples de l'Afrique. *Épuisé.*

35. HERBERT SPENCER. * Les Bases de la morale évolutionniste.
1 vol. in-8. 6° édition. 6 fr.

36. HUXLEY. * L'Écrevisse, introduction à l'étude de la zoologie. 1 vol.
in-8, avec figures. 2° édition. 6 fr.

37. DE ROBERTY. * La Sociologie. 1 vol. in-8. 3° édition. 6 fr.

38. ROOD. * Théorie scientifique des couleurs. 1 vol. in-8, avec
figures et une planche en couleurs hors texte. 2° édition. 6 fr.

39. DE SAPORTA et MARION. * L'Évolution du règne végétal (les Cryptogames). *Épuisé.*

40-41. CHARLTON BASTIAN. * Le Cerveau, organe de la pensée chez
l'homme et chez les animaux. 2 vol. in-8, avec figures. 2° éd. 12 fr.

42. JAMES SULLY. * Les Illusions des sens et de l'esprit. 1 vol. in-8,
avec figures. 3° édit. 6 fr.

43. YOUNG. * Le Soleil. 1 vol. in-8, avec figures. *Épuisé.*

44. DE CANDOLLE. * L'Origine des plantes cultivées. 4° éd. 1 v. in-8. 6 fr.

45-46. SIR JOHN LUBBOCK. * Fourmis, abeilles et guêpes. 2 vol.
Épuisé.

47. PERRIER (Edm.). La Philosophie zoologique avant Darwin.
1 vol. in-8. 3° édition. 6 fr.

48. STALLO. * La Matière et la Physique moderne. 1 vol. in-8. 3° éd.,
précédé d'une Introduction par CH. FRIEDEL. 6 fr.

49. MANTEGAZZA. La Physionomie et l'Expression des sentiments.
1 vol. in-8. 3° édit., avec huit planches hors texte. 6 fr.

50. DE MEYER. * Les Organes de la parole et leur emploi pour
la formation des sons du langage. 1 vol. in-8, avec 51 figures,
précédé d'une Introd. par M. O. CLAVEAU. 6 fr.

51. DE LANESSAN. * Introduction à l'Étude de la botanique (le Sapin).
1 vol. in-8. 2° édit., avec 143 figures. 16 fr.

52-53. DE SAPORTA et MARION. * L'Évolution du règne végétal (les
Phanérogames). 2 vol. in-8, avec 136 figures. *Épuisé.*

54. TROUESSART. * Les Microbes, les Ferments et les Moisissures.
1 vol. in-8. 2° édit., avec 107 figures. 6 fr.

55. HARTMANN (R.). * Les Singes anthropoïdes. *Épuisé.*

56. SCHMIDT (O.). * Les Mammifères dans leurs rapports avec leurs
ancêtres géologiques. 1 vol. in-8, avec 51 figures. 6 fr.

57. BINET et FÉRÉ. Le Magnétisme animal. 1 vol. in-8. 4° édit. 6 fr.

58-59. ROMANES. * L'Intelligence des animaux. 2 v. in-8. 3° édit. 12 fr.

60. LAGRANGE (F.). Physiol. des exerc. du corps. 1 v. in-8. 7° éd. 6 fr.

61. DREYFUS. * Évol. des mondes et des sociétés. 1 v. in-8. 3° édit. 6 fr.

62. DAUBRÉE. * Les Régions invisibles du globe et des espaces
célestes. 1 vol. in-8, avec 85 fig. dans le texte. 2° édit. 6 fr.

63-64. SIR JOHN LUBBOCK. * L'Homme préhistorique. 2 vol. in-8,
avec 228 figures dans le texte. 4° édit. 12 fr.

65. RICHET (CH.). La Chaleur animale. 1 vol. in-8, avec figures. 6 fr.

66. FALSAN (A.). * La Période glaciaire. *Épuisé.*

67. BEAUNIS (H.). **Les Sensations internes.** 1 vol. in-8. 6 fr.
68. CARTAILHAC (E.). **La France préhistorique,** d'après les sépultures et les monuments. 1 vol. in-8, avec 162 figures. 2° édit. 6 fr.
69. BERTHELOT. **La Révol. chimique, Lavoisier.** 1 vol. in-8. 2° éd. 6 fr.
70. SIR JOHN LUBBOCK. **Les Sens et l'instinct chez les animaux,** principalement chez les insectes. 1 vol. in-8, avec 150 figures. 6 fr.
71. STARCKE. **La Famille primitive.** 1 vol. in-8. 6 fr.
72. ARLOING. **Les Virus.** 1 vol. in-8, avec figures. 6 fr.
73. TOPINARD **L'Homme dans la Nature.** 1 vol. in-8, avec fig. 6 fr.
74. BINET (Alf.). **Les Altérations de la personnalité.** 1 vol. in-8, avec figures. 2° édit. 6 fr.
75. DE QUATREFAGES (A.). **Darwin et ses précurseurs français.** 1 vol. in-8, 2° édition refondue. 6 fr.
76. LEFÈVRE (A.). **Les Races et les langues.** 1 vol. in-8. 6 fr.
77-78. DE QUATREFAGES (A.). **Les Émules de Darwin.** 2 vol. in-8 avec préfaces de MM. E. PERRIER et HAMY. 12 fr.
79. BRUNACHE (P.). **Le Centre de l'Afrique. Autour du Tchad.** 1 vol. in-8, avec figures. 6 fr.
80. ANGOT (A.). **Les Aurores polaires.** 1 vol. in-8, avec figures. 6 fr.
81. JACCARD. **Le pétrole, le bitume, et l'asphalte au point de vue géologique.** 1 vol. in-8, avec figures. 6 fr.
82. MEUNIER (Stan.). **La Géologie comparée.** 2° éd. In-8, avec fig. 6 fr.
83. LE DANTEC. **Théorie nouvelle de la vie.** 3° éd. 1 v. in-8, avec fig. 6 fr.
84. DE LANESSAN. **Principes de colonisation.** 1 vol. in-8. 6 fr.
85. DEMOOR, MASSART et VANDERVELDE. **L'évolution régressive en biologie et en sociologie.** 1 vol. in-8, avec gravures. 6 fr.
86. MORTILLET (G. de). **Formation de la Nation française.** 2° édit. 1 vol. in-8, avec 150 gravures et 18 cartes. 6 fr.
87. ROCHÉ (G.). **La Culture des Mers** (piscifacture, pisciculture, ostréiculture). 1 vol. in-8, avec 81 gravures. 6 fr.
88. COSTANTIN (J.). **Les Végétaux et les milieux cosmiques** (adaptation, évolution). 1 vol. in-8, avec 171 gravures. 6 fr.
89. LE DANTEC. **L'évolution individuelle et l'hérédité.** 1 vol. in-8. 6 fr.
90. GUIGNET et GARNIER. **La Céramique ancienne et moderne.** 1 vol., avec grav. 6 fr.
91. GELLÉ (E.-M.). **L'audition et ses organes.** 1 v. in-8, avec gr. 6 fr.
92. MEUNIER (St.). **La Géologie expérimentale.** 2° éd. In-8, avec gr. 6 fr.
93. COSTANTIN (J.). **La Nature tropicale.** 1 vol. in-8, avec grav. 6 fr.
94. GROSSE (E.). **Les débuts de l'art.** Introduction de L. MARILLIER. 1 vol. in-8, avec 32 gravures dans le texte et 3 pl. hors texte. 6 fr.
95. GRASSET (J.). **Les Maladies de l'orientation et de l'équilibre.** 1 vol. in-8, avec gravures. 6 fr.
96. DEMENY (G.). **Les bases scientifiques de l'éducation physique.** 1 vol. in-8, avec 198 gravures. 2° édit. 6 fr.
97. MALMÉJAC (F.). **L'eau dans l'alimentation.** 1 v. in-8, av. grav. 6 fr.
98. MEUNIER (Stan.). **La géologie générale.** 1 v. in-8, av. grav. 6 fr.
99. DEMENY (G.). **Mécanisme et éducation des mouvements.** 2° édit. 1 vol. in-8, avec 565 gravures. 9 fr.
100. BOURDEAU (L.). **Histoire de l'habillement et de la parure.** 1 vol. in-8. 6 fr.
101. MOSSO (A.). **Les exercices physiques et le développement intellectuel.** 1 vol. in-8. 6 fr.
102. LE DANTEC (F.). **Les lois naturelles.** 1 vol. in-8, avec grav. 6 fr.
103. NORMAN LOCKYER. **L'évolution inorganique.** 1 vol. in-8, avec gravures. 6 fr.
104. COLAJANNI (N.). **Latins et Anglo-Saxons.** 1 vol. in-8. 9 fr.
105. JAVAL (E.). **Physiologie de la lecture et de l'écriture.** 1 vol. in-8, avec 90 gravures. 6 fr

BIBLIOTHÈQUE
SCIENTIFIQUE INTERNATIONALE
(105 volumes parus)

LISTE PAR ORDRE DE MATIÈRES DES VOLUMES

PHYSIOLOGIE

LE DANTEC. Théorie nouvelle de la vie.
GELLÉ (E.-M.). L'audition et ses organes, ill.
BINET et FÉRÉ. Le Magnétisme animal, illustré.
BINET. Les Altérations de la personnalité, illustré.
BERNSTEIN. Les Sens, illustré.
MAREY. La Machine animale, illustré.
PETTIGREW. La Locomotion chez les animaux ill.
JAMES SULLY. Les Illusions des sens et de l'esprit, illustré.
DE MEYER. Les Organes de la parole, illustré.
LAGRANGE. Physiologie des exercices du corps.
RICHET (Ch.). La Chaleur animale, illustré.
BEAUNIS. Les Sensations internes.
ARLOING. Les Virus, illustré.
DEMENY. Bases scientifiques de l'éducation physique, illustré.
DEMENY. Mécanisme et éducation des mouvements, illustré.   9 fr.

PHILOSOPHIE SCIENTIFIQUE

ROMANES. L'Intelligence des animaux. 2 vol. illust.
LUYS. Le Cerveau et ses fonctions, illustré.
CHARLTON BASTIAN. Le Cerveau et la Pensée chez l'homme et les animaux. 2 vol. illustrés.
BAIN. L'Esprit et le Corps.
MAUDSLEY. Le Crime et la Folie.
LÉON DUMONT. Théorie scientifique de la sensibilité.
PERRIER. La Philosophie zoologique avant Darwin.
STALLO. La Matière et la Physique moderne.
MANTEGAZZA. La Physionomie et l'Expression des sentiments, illustré.
DREYFUS. L'Évolution des mondes et des sociétés.
LUBBOCK. Les Sens et l'Instinct chez les animaux, illustré.
LE DANTEC. L'évolution individuelle et l'hérédité.
LE DANTEC. Les lois naturelles, illustré.
GRASSET. Les maladies de l'orientation et de l'équilibre, illustré.
NORMAN LOCKYER. L'évolution inorganique.
JAVAL (E.). Physiologie de la lecture et de l'écriture.

ANTHROPOLOGIE

MORTILLET (G. DE). Formation de la nation française, illustré.
DE QUATREFAGES. L'Espèce humaine.
LUBBOCK. L'Homme préhistorique. 2 vol. illustrés.
CARTAILHAC. La France préhistorique, illustré.
TOPINARD. L'Homme dans la nature, illustré.
LEFÈVRE. Les Races et les langues.
BRUNACHE. Le Centre de l'Afrique. Autour du Tchad, illustré.

ZOOLOGIE

ROCHÉ (G.). La Culture des mers, illustré.
SCHMIDT. Les Mammifères dans leurs rapports avec leurs ancêtres géologiques, illustré.
SCHMIDT. Descendance et Darwinisme, illustré.
HUXLEY. L'Écrevisse (Introduction à la zoologie), illustré.
VAN BENEDEN. Les Commensaux et les Parasites du règne animal, illustré.
LUBBOCK. Fourmis, Abeilles et Guêpes. 2 vol. illustrés.
TROUESSART. Les Microbes, les Ferments et les Moisissures, illustré.
HARTMANN. Les Singes anthropoïdes et leur organisation comparée à celle de l'homme, illustré.
DE QUATREFAGES. Darwin et ses précurseurs français.
DE QUATREFAGES. Les Émules de Darwin. 2 vol.

BOTANIQUE — GÉOLOGIE

DE SAPORTA et MARION. L'Évolution du règne végétal (les Cryptogames), illustré.
DE SAPORTA et MARION. L'Évolution du règne végétal (les Phanérogames). 2 vol. illustrés.
COOKE et BERKELEY. Les Champignons, illustré.
DE CANDOLLE. Origine des plantes cultivées.
DE LANESSAN. Le Sapin (Introduction à la botanique, illustré.
FUCHS. Volcans et Tremblements de terre, illustré.
DAUBRÉE. Les Régions invisibles du globe et des espaces célestes, illustré.
JACCARD. Le Pétrole, l'Asphalte et le Bitume, ill.
MEUNIER (ST.). La Géologie comparée, illustré.
MEUNIER (ST.). La Géologie expérimentale, ill.
MEUNIER (ST.). La Géologie générale, illustré.
COSTANTIN (J.) Les Végétaux et les milieux cosmiques, illustré.
COSTANTIN (J.). La Nature tropicale, illustré.

CHIMIE

WURTZ. La Théorie atomique.
BERTHELOT. La Synthèse chimique.
BERTHELOT. La Révolution chimique : Lavoisier.
SCHUTZENBERGER. Les Fermentations, illustré.
MALMÉJAC. L'Eau dans l'alimentation, illustré.

ASTRONOMIE — MÉCANIQUE

SECCHI (le Père). Les Étoiles. 2 vol. illustrés.
YOUNG. Le Soleil, illustré.
ANGOT. Les Aurores polaires, illustré.
THURSTON. Histoire de la machine à vapeur. 2 v. ill.

PHYSIQUE

BALFOUR STEWART. La Conservation de l'énergie, illustré.
TYNDALL. Les Glaciers et les Transformations de l'eau, illustré.

THÉORIE DES BEAUX-ARTS

GROSSE. Les débuts de l'art, illustré.
GUIGNET et GARNIER. La Céramique ancienne et moderne, illustré.
BRUCKE et HELMHOLTZ. Principes scientifiques des beaux-arts, illustré.
ROOD. Théorie scientifique des couleurs, illustré.
P. BLASERNA et HELMHOLTZ. Le Son et la Musique, illustré.

SCIENCES SOCIALES

HERBERT SPENCER. Introduction à la science sociale.
HERBERT SPENCER. Les Bases de la morale évolutionniste.
A. BAIN. La Science de l'éducation.
DE LANESSAN. Principes de colonisation.
DEMOOR, MASSART et VANDERVELDE. L'Évolution régressive en biologie et en sociologie, illustré.
BAGEHOT. Lois scientifiques du développement des nations.
DE ROBERTY. La Sociologie.
DRAPER. Les Conflits de la science et de la religion.
STANLEY JEVONS. La Monnaie et le Mécanisme de l'échange.
WHITNEY. La Vie du langage.
STARCKE. La Famille primitive, ses origines, son développement.
BOURDEAU. Hist. de l'habillement et de la parure.
MOSSO (A.). Les exercices physiques et le développement intellectuel.
COLAJANNI. Latins et Anglo-Saxons   9 fr.

Chaque volume 6 fr., sauf DEMENY, Mécanisme, et COLAJANNI, Latins et Anglo-Saxons, à 9 fr.

RÉCENTES PUBLICATIONS

HISTORIQUES, PHILOSOPHIQUES ET SCIENTIFIQUES

qui ne se trouvent pas dans les collections précédentes.

ALAUX. **Esquisse d'une philosophie de l'être.** In-8. 1 fr.
— **Les Problèmes religieux au XIX° siècle.** 1 vol. in-8. 7 fr. 50
— **Philosophie morale et politique.** In-8. 1893. 7 fr. 50
— **Théorie de l'âme humaine.** 1 vol. in-8. 1895. 10 fr. (Voy. p. 2.)
— **Dieu et le Monde.** *Essai de phil. première.* 1901. 1 vol. in-12. 2 fr. 50
ALTMEYER. **Les Précurs. de la réforme aux Pays-Bas** 2 v. in-8. 12 fr.
AMIABLE (Louis). **Une loge maçonnique d'avant 1789.** 1 v. in-8. 6 fr.
Annales de sociologie et mouvement sociologique (Première année,
1900-1901), publ. par la Soc. belge de Sociologie. 1 vol. in-8. 1903. 12 fr.
ANSIAUX (M.). **Heures de travail et salaires.** In-8. 1896. 5 fr.
ARNAUNE (A.), directeur de la Monnaie. **La monnaie, le crédit et le
change**, 2° édition, revue et augmentée. 1 vol. in-8. 1902. 8 fr.
ARRÉAT. **Une Éducation intellectuelle.** 1 vol. in-18. 2 fr. 50
— **Journal d'un philosophe.** 1 vol. in-18. 3 fr. 50 (Voy. p. 2 et 5.)
*****Autour du monde**, par les BOURSIERS DE VOYAGE DE L'UNIVERSITÉ DE PARIS.
(*Fondation Albert Kahn*). 1 vol. gr. in-8. 1904. 5 fr.
AZAM. **Hypnotisme et double conscience.** 1 vol. in-8. 9 fr.
BALFOUR STEWART et TAIT. **L'Univers invisible.** 1 vol. in-8. 7 fr.
BARTHÉLEMY-SAINT-HILAIRE. (Voy. pages 5 et 11, ARISTOTE.)
— *****Victor Cousin**, sa vie, sa correspondance. 3 vol. in-8. 1895. 30 fr.
BELLANGER (A.), docteur ès lettres. **Les concepts de cause et l'activité
intentionnelle de l'esprit.** 1 vol. in-8. 1905. 5 fr.
BENOIST-HANAPPIER (L) docteur ès lettres, professeur au lycée de Caen.
Le drame naturaliste en Allemagne. 1 vol in-8 1905. 7 fr. 50
BERNATH (de). **Cléopâtre.** *Sa vie, son règne.* 1 vol in-8. 1903. 8 fr.
BERTON (H.), docteur en droit. **L'évolution constitutionnelle du
second empire.** Doctrines, textes, histoire. 1 fort vol. in-8. 1900. 12 fr.
BLONDEAU (C.). **L'absolu et sa loi constitutive.** 1 vol. in-8. 1897. 6 fr.
BLUM (E.), agrégé de philosophie. *****La Déclaration des Droits de
l'homme.** Texte et commentaire. Préface de M. G. COMPAYRÉ, Inspecteur
général. *Récompensé par l'Institut.* 3° édit. 1 vol. in-8. 1905. 3 fr. 75
BOILLEY (P.). **La Législation internationale du travail.** In-12. 3 fr.
— **Les trois socialismes** : anarchisme, collectivisme, réformisme. 3 fr. 50
— **De la production industrielle.** In-12. 1899. 2 fr. 50
BOURDEAU (Louis). **Théorie des sciences.** 2 vol. in-8. 20 fr.
— **La Conquête du monde animal.** In-8. 5 fr.
— **La Conquête du monde végétal.** In-8. 1893. 5 fr.
— **L'Histoire et les historiens.** 1 vol. in-8. 7 fr. 50
— *****Histoire de l'alimentation.** 1894. 1 vol. in-8. 5 fr.
BOUTROUX (Em.). *****De l'idée de loi naturelle dans la science et la
philosophie.** 1 vol. in-8. 1895. 2 fr. 50
BRANDON-SALVADOR (Mᵐᵉ). **A travers les moissons.** *Ancien Test. Talmud.
Apocryphes. Poètes et moralistes juifs du moyen âge.* In-16. 1903. 4 fr.
BRASSEUR. **La question sociale.** 1 vol. in-8. 1900. 7 fr. 50
BROOKS ADAMS. **Loi de la civilisat. et de la décad.** In-8. 1899. 7 fr. 50
BROUSSEAU (K.). **Éducation des nègres aux États-Unis.** 1904.
In-8. 7 fr. 50
BUCHER (Karl). **Études d'histoire et d'économie polit.** In-8. 1901. 6 fr.
BUDÉ (E. de). **Les Bonaparte en Suisse.** 1 vol. in-12. 1905. 3 fr. 50
BUNGE (N.-Ch.). **Littérature poli-économique.** 1 vol. in-8. 1898. 7 fr. 50
BUNGE (C.-O.). **Psychologie individuelle et sociale.** In-16. 1904. 3 fr.
CANTON (G.). **Napoléon antimilitariste.** 1902. In-16. 3 fr. 50

CARDON (G.). *Les Fondateurs de l'Université de Douai. In-8. 10 fr.
CELS (A.). Science de l'homme et anthropologie. 1904. 1 vol. in-8. 7 fr. 50
CHARRIAULT (H.). Après la séparation. Enquête sur l'avenir des Églises
1 vol. in-12. 1905. 3 fr. 50
CLAMAGERAN. La Réaction économique et la démocratie. In-18. 1 fr. 25
— La lutte contre le mal. 1 vol. in-18. 1897. 3 fr. 50
— Études politiques, économiques et administratives. Préface de
M. BERTHELOT. 1 vol. gr. in-8. 1904. 10 fr.
— Philosophie religieuse. Art et voyages. 1 vol. in-12. 1904. 3 fr. 50
— Correspondance (1849-1902). 1 vol. gr. in-8. 1905. 10 fr.
COMBARIEU (J.). *Les rapports de la musique et de la poésie consi-
dérés au point de vue de l'expression. 1 vol. in-8. 1893. 7 fr. 50
Congrès de l'Éducation sociale, Paris 1900. 1 vol. in-8. 1901. 10 fr.
IV° Congrès international de Psychologie, Paris 1900. 1 vol. in-8.
1901. 20 fr.
Congrès de l'enseignement des Sciences sociales, Paris 1900.
1 vol. in-8. 1901. 7 fr. 50
COSTE (Ad.). Hygiène sociale contre le paupérisme. In-8. 6 fr.
— Économie politique et physiologie sociale. In-18. 3 fr. 50
(Voy. p. 2, 6 et 30.)
COUBERTIN (P. de) La gymnastique utilitaire. Défense. Sauvetage.
Locomotion. 1 vol. in-12. 2 fr. 50
COUTURAT (Louis). *De l'infini mathématique. In-8. 1896. 12 fr.
DANY (G.), docteur en droit. *Les Idées politiques en Pologne à la
fin du XVIII° siècle. La Constit. du 3 mai 1793, in-8, 1901. 6 fr.
DAREL (Th.). La Folie. Ses causes. Sa thérapeutique. 1901. in-12. 4 fr.
— Le peuple-roi. Essai de sociologie universaliste. In-8. 1904. 3 fr. 50
DAURIAC. Croyance et réalité. 1 vol. in-18. 1889. 3 fr. 50
— Le Réalisme de Reid. In-8. 1 fr.
DAUZAT (A.), docteur en droit. Du Rôle des Chambres en matière
de traités internationaux. 1 vol. grand in-8. 1899. 5 fr. (V. p. 18.)
DEFOURNY (M.). La sociologie positiviste. Auguste Comte. In-8. 1902. 6 fr.
DERAISMES (Mlle Maria). Œuvres complètes. 4 vol. Chacun. 3 fr. 50
DESCHAMPS. Principes de morale sociale. 1 vol. in-8. 1903. 3 fr. 50.
DESPAUX. Genèse de la matière et de l'énergie. In-8. 1900. 4 fr.
— Causes des énergies attractives. 1 vol. in-8. 1902. 5 fr.
— Explication mécanique de la matière, de l'électricité et du
magnétisme. 1 vol. in-8. 1905. 4 fr.
DOLLOT (R.), docteur en droit. Les origines de la neutralité de la
Belgique (1609-1830). 1 vol. in-8. 1902. 10 fr.
DROZ (Numa). Études et portraits politiques. 1 vol. in-8. 1895. 7 fr. 50
— Essais économiques. 1 vol. in-8. 1896. 7 fr. 50
— La démocratie fédérative et le socialisme d'État. In-12. 1 fr.
DUBUC (P.). *Essai sur la méthode en métaphysique. 1 vol. in-8. 5 fr.
DUGAS (L.). *L'amitié antique. 1 vol. in-8. 1895. 7 fr. 50
DUNAN. *Sur les formes a priori de la sensibilité. 1 vol. in-8. 5 fr.
DUNANT (E.). Les relations diplomatiques de la France et de la
République helvétique (1798-1803). 1 vol. in-8. 1902. 20 fr.
DU POTET. Traité complet de magnétisme. 5e éd. 1 vol. in-8. 8 fr.
— Manuel de l'étudiant magnétiseur. 6e éd. gr. in-18, avec fig. 3 fr. 50
— Le magnétisme opposé à la médecine. 1 vol. in-8. 6 fr.
DUPUY (Paul). *Les fondements de la morale. In-8. 1900. 5 fr.
— Méthodes et concepts. 1 vol. in-8. 1903. 5 fr.
Durée légale du travail (La), par MM. FAGNOT, MILLERAND et STROHL.
1 vol. in-12. 1905. 3 fr. 50
*Entre Camarades. (par les anciens élèves de l'Université de Paris. His-
toire, littérature, philologie, philosophie, 1901. in-8. 10 fr.
ESPINAS (A.) *Les Origines de la technologie. 1 vol. in-8. 1897. 5 fr.
FEDERICI. Les Lois du progrès. 2 vol. in-8. Chacun. 6 fr.

F. ALCAN

FERRÈRE (F.). **La situation religieuse de l'Afrique romaine** depuis la fin du IVᵉ siècle jusqu'à l'invasion des Vandales. 1 v. in-8. 1898. 7 fr. 50

FERRIÈRE (Em.). **Les Apôtres**, essai d'histoire religieuse. 1 vol. in-12. 4 fr. 50

— **L'Ame est la fonction du cerveau**. 2 volumes in-18. 7 fr.

— **Le Paganisme des Hébreux**. 1 vol. in-18. 3 fr. 50

— **La Matière et l'Énergie**. 1 vol. in-18. 4 fr. 50

— **L'Ame et la Vie**. 1 vol. in-18. 4 fr. 50

— **Les Mythes de la Bible**. 1 vol. in-18. 1893. 3 fr. 50

— **La Cause première d'après les données expérim**. In-18. 1896. 3 fr. 50

— **Étymologie de 400 prénoms**. In-18. 1898. 1 fr. 50 (V. p. 11 et 30).

Fondation universitaire de Belleville (La). Ch. GIDE. *Travail intellect. et travail manuel*; J. BARDOUX. *Prem. efforts et prem. année*. In-16. 1 fr. 50

GELEY (G.). **Les preuves du transformisme et les enseignements de la doctrine évolutionniste**. 1 vol. in-8. 1901. 6 fr.

GILLET (M.). **Du fondement intellectuel de la morale**. In-8. 3 fr. 75

GIRAUD-TEULON. **Les origines de la papauté** *d'après Dollinger*. 1 vol. in-12. 1905. 2 fr.

GOBLET D'ALVIELLA. **L'Idée de Dieu**, d'après l'anthr. et l'histoire. In-8. 6 fr.

— **La représentation proportionnelle en Belgique**. 1900. 4 fr. 50

GOURD. **Le Phénomène**. 1 vol. in-8. 7 fr. 50

GREEF (Guillaume de). **Introduction à la Sociologie**. 2 vol. in-8. 10 fr.

— **L'évol. des croyances et des doctr. polit**. In-12. 1895. 4 fr. (V. p. 3 et 7.)

GRIVEAU (M.). **Les Éléments du beau**. In-18. 4 fr. 50

— **La Sphère de beauté**, 1901. 1 vol. in-8. 10 fr.

GUYAU. **Vers d'un philosophe**. In-18. 3ᵉ édit. 3 fr. 50

HALLEUX (J.). **L'Évolutionnisme en morale** (H. Spencer). In-12. 1901. 3 fr. 50

HALOT (C.). **L'Extrême-Orient**. *Études d'hier. Événements d'aujourd'hui*. 1 vol. in-16. 1905. 4 fr.

HARRACA (J.-M.). **Contribution à l'étude de l'Hérédité et des principes de la formation des races**. 1 vol. in-18. 1898. 2 fr.

HIRTH (G.). **Pourquoi sommes-nous distraits ?** 1 vol. in-8. 1895. 2 fr.

HOCQUART (E.). **L'Art de juger le caractère des hommes sur leur écriture**, préface de J. CRÉPIEUX-JAMIN. Br. in-8. 1898. 1 fr.

HORVATH, KARDOS et ENDRODI. *Histoire de la littérature hongroise*, adapté du hongrois par J. KONT. Gr. in-8, avec gr. 1900. Br. 10 fr. Rel. 15 fr.

ICARD. **Paradoxes ou vérités**. 1 vol. in-12. 1895. 3 fr. 50

JAMES (W.). **L'Expérience religieuse**, traduit par F. ABAUZIT, agrégé de philosophie. 1 vol. in-8°. 1905. (Sous presse).

JANSSENS. **Le néo-criticisme de Ch. Renouvier**. In-16. 1904. 3 fr. 50

JOURDY (Général). **L'instruction de l'armée française, de 1815 à 1902**. 1 vol. in-16. 1903. 3 fr. 50

JOYAU. **De l'Invention dans les arts et dans les sciences**. 1 v. in-8. 5 fr.

— **Essai sur la liberté morale**. 1 vol. in-18. 3 fr. 50

KARPPE (S.), docteur ès lettres. **Les origines et la nature du Zohar**, précédé d'une. *Étude sur l'histoire de la Kabbale*. 1901. In-8. 7 fr. 50

KAUFMANN. **La cause finale et son importance**. In-12. 2 fr. 50

KINGSFORD (A.) et **MAITLAND** (E.). **La Voie parfaite ou le Christ ésotérique**; précédé d'une préface d'Edouard SCHURÉ. 1 vol. in-8. 1892. 6 fr.

KOSTYLEFF. **Esquisse d'une évolution dans l'histoire de la philosophie**. 1 vol. in-16. 1903. 2 fr. 50

LAFONTAINE. **L'art de magnétiser**. 7ᵉ édit. 1 vol. in-8. 5 fr.

— **Mémoires d'un magnétiseur**. 2 vol. gr. in-18. 7 fr.

LANESSAN (de). **Le Programme maritime de 1900-1906**. In-12. 2ᵉ éd. 1903. 3 fr. 50

L'action républicaine dans la marine; 1 brochure in-12. 1 fr.

LAVELEYE (Em. de). **De l'avenir des peuples catholiques.** In-8. 25 c.
— **Essais et Études.** Première série (1861-1875). — Deuxième série (1875-1882). — Troisième série (1892-1894). Chaque vol. in-8.   7 fr. 50
LEFÉBURE (C¹). **Méthode de gymnastique éducative.** 1905. 1 vol. in-8 avec planches.   5 fr.
LEMAIRE (P.). **Le cartésianisme chez les Bénédictins.** In-8.   6 fr. 50
LEMAITRE (J.), professeur au Collège de Genève. **Audition colorée et phénomènes connexes observés chez des écoliers.** In-12. 1900. 4 fr.
LÉTAINTURIER (J.). **Le socialisme devant le bon sens.** In-18. 1 fr. 50
LEVI (Eliphas). **Dogme et rituel de la haute magie.** 3ᵉ édit. 2 vol. in-8, avec 24 figures.   18 fr.
— **Histoire de la magie.** Nouvelle édit. 1 vol. in-8, avec 90 fig.   12 fr.
— **La clef des grands mystères.** 1 vol. in-8, avec 22 pl.   12 fr.
— **La science des esprits.** 1 vol.   7 fr.
LÉVY (Albert). *Psychologie du caractère.** In-8. 1896.   5 fr.
LÉVY (L.-G.), docteur ès lettres. **La famille dans l'antiquité israélite.** 1 vol. in-8. 1905.   5 fr.
LÉVY-SCHNEIDER (L.), docteur ès lettres. **Le conventionnel Jeam-bon Saint-André** (1749-1813). 1901. 2 vol. in-8.   15 fr.
LICHTENBERGER (A.). **Le socialisme au XVIIIᵉ siècle.** In-8. 1895. 7 fr. 50
LIESSE (A.), prof. au Conservatoire des Arts et Métiers. **La statistique.** *Ses difficultés. Ses procédés. Ses résultats.* In-16, 1905.   2 fr. 50
MABILLEAU (L.). *Histoire de la philos. atomistique.** In-8. 1895. 12 fr.
MAINDRON (Ernest). *L'Académie des sciences** (Histoire de l'Académie; fondation de l'Institut national; Bonaparte, membre de l'Institut). In-8. cavalier, 53 grav., portraits, plans. 8 pl. hors texte et 2 autographes.   6 fr.
MANACÉINE (Marie de). **L'anarchie passive et Tolstoï.** In-18.   2 fr.
MANDOUL (J.). **Un homme d'État italien: Joseph de Maistre.** In-8. 8 fr.
MARGUERY (E.). **Le droit de propriété et le régime démocratique.** 1 vol. in-16. 1905.   2 fr. 50
MARIÉTAN (J.). **La classification des sciences, d'Aristote à saint Thomas.** 1 vol. in-8. 1901.   3 fr.
MATAGRIN. **L'esthétique de Lotze.** 1 vol. in-12. 1900.   2 fr.
MATTEUZZI. **Les facteurs de l'évolution des peuples.** In-8. 1900. 6 fr.
MERCIER (Mgr). **Les origines de la psych. contemp.** In-12. 1898. 5 fr.
MICHOTTE (A.). **Les signes régionaux** (répartition de la sensibilité tactile). 1 vol. in-8 avec planches, 1905.   5 fr.
MILHAUD (G.). *Le positiv. et le progrès de l'esprit.** In-16. 1902. 2 fr. 50
MISMER (Ch.). **Principes sociologiques.** 1 vol. in-8. 2ᵉ éd. 1897. 5 fr.
MONNIER (Marcel). *Le drame chinois.** 1 vol. in-16. 1900.   2 fr. 50
MORIAUD (P.). **La liberté et la conduite humaine.** In-12. 1897. 3 fr. 50
NÉPLUYEFF (N. de). **La confrérie ouvrière et ses écoles,** in-12. 2 fr.
NODET (V.). **Les agnosies, la cécité psychique.** In-8. 1899.   4 fr.
NOVICOW (J.). **La Question d'Alsace-Lorraine.** In-8. 1 fr. (V. p. 4, 9 et 17.)
— **La Fédération de l'Europe.** 1 vol. in-18. 2ᵉ édit. 1901.   3 fr. 50
— **L'affranchissement de la femme.** 1 vol. in-16. 1903.   3 fr.
PARIS (Comte de). **Les Associations ouvrières en Angleterre** (Trades-unions). 1 vol. in-18. 7ᵉ édit. 1 fr. — Édition sur papier fort.   2 fr. 50
PAUL-BONCOUR (J.). **Le fédéralisme économique,** préf. de M. WALDECK-ROUSSEAU. 1 vol. in-8. 2ᵉ édition. 1901.   6 fr.
PAULHAN (Fr.). **Le Nouveau mysticisme.** 1 vol. in-18. 1891.   2 fr. 50
PELLETAN (Eugène). *La Naissance d'une ville** (Royan). In-18.   2 fr.
— *Jarousseau, le pasteur du désert.** 1 vol. in-18.   2 fr.
— *Un Roi philosophe,** *Frédéric le Grand.* In-18.   3 fr. 50
— **Droits de l'homme.** In-16.   3 fr. 50
— **Profession de foi du XIXᵉ siècle.** In-16.   3 fr. 50
PEREZ (Bernard). **Mes deux chats.** In-12, 2ᵉ édition.   1 fr. 50
— **Jacotot et sa Méthode d'émancipation intellect.** In-18. 3 fr.
— **Dictionnaire abrégé de philosophie.** 1893. in-12. 1 fr. 50 (V. p. 9.)

PHILBERT (Louis). **Le Rire.** In-8. (Cour. par l'Académie française.) 7 fr. 50
PHILIPPE (J.) **Lucrèce dans la théologie chrétienne.** In-8. 2 fr. 50
PHILIPPSON (J.). **L'autonomie et la centralisation du système nerveux des animaux.** 1 vol. in-8 avec planches. 1905. 5 fr.
PIAT (C.). **L'Intellect actif.** 1 vol. in-8. 4 fr.
— **L'Idée ou critique du Kantisme.** 2e édition 1901. 1 vol. in-8. 6 fr.
PICARD (Ch.). **Sémites et Aryens** (1893). In-18. 1 fr. 50
PICARD (E.). **Le Droit pur.** 1 v. in-8. 1899. 7 fr. 50
PICTET (Raoul). **Étude critique du matérialisme et du spiritualisme par la physique expérimentale.** 1 vol. gr. in-8. 1896. 10 fr.
PINLOCHE (A.), professeur honre de l'Univ. de Lille. *Pestalozzi et l'éducation populaire moderne. In-16. 1902. (Cour. par l'Institut.) 2 fr. 50
POEY. **Littré et Auguste Comte.** 1 vol. in-18 3 fr. 50
* **Pour et contre l'enseign. philosophique** (*Enquête*). In-18. 1894. 2 fr.
PRAT (Louis). **Le mystère de Platon** (Aglaophamos). 1 v. in-8. 1900. 4 fr.
— **L'Art et la beauté** (Kalliklès). 1 vol. in-8. 1903. 5 fr.
PRÉAUBERT. **La vie, mode de mouvement.** In-8. 1897. 5 fr.
Protection légale des travailleurs (La). 1 vol. in-12. 1904. 3 fr. 50
On vend séparément les dix conférences composant ce volume, chacune 0 fr. 60
REGNAUD (P.). **L'origine des idées éclairée par la science du langage.** 1904. In-12. 1 fr. 50
RENOUVIER, de l'Inst. **Uchronie.** *Utopie dans l'Histoire.* 2e éd. 1901. In-8. 7 50
RIBOT (Paul). **Spiritualisme et Matérialisme.** 2e éd. 1 vol. in-8. 6 fr.
ROBERTY (J.-E.) **Auguste Bouvier,** pasteur et théologien protestant. 1826-1893. 1 fort vol. in-12. 1901. 3 fr. 50
ROISEL. **Chronologie des temps préhistoriques.** In-12. 1900. 1 fr.
ROTT (Ed.). **La représentation diplomatique de la France auprès des cantons suisses confédérés.** T. I (1498-1559). 1 vol. gr. in-8. 1900, 12 fr. — T. II (1559-1610). 1 vol. gr. in-8. 1902. 15 fr.
SAGE (V.). **Le Sommeil naturel et l'hypnose.** 1904. 1 vol. in-18. 3 fr. 50
SAUSSURE (L. de). **Psychol. de la colonisation franç.** In-12. 3 fr. 50
SAYOUS (E.), *Histoire générale des Hongrois.** 2e éd. revisée. 1 vol. grand in-8, avec grav. et pl. hors texte. 1900. Br. 15 fr. Relié. 20 fr.
SCHINZ (W.). **Problème de la tragéd. en Allemagne.** In-8. 1903. 1 fr. 25
SECRÉTAN (H.). **La Société et la morale.** 1 vol. in-12. 1897. 3 fr. 50
SEIPPEL (P.), professeur à l'École polytechnique de Zurich. **Les deux Frances et leurs origines historiques.** 1 vol. in-8. 1905. 7 fr. 50
SKARZYNSKI (L.). *Le progrès social à la fin du XIXe siècle.** Préface de M. LÉON BOURGEOIS. 1901. 1 vol. in-12. 4 fr. 50
SOREL (Albert), de l'Acad. franç. **Traité de Paris de 1815.** In-8. 4 fr. 50
STOCQUART (Emile). **Le contrat de travail.** In-12. 1895. 3 fr.
TEMMERMAN, directeur d'École normale. **Notions de psychologie** appliquées à la pédagogie et à la didactique. In-8, avec fig. 1903. 3 fr.
VAN BIERVLIET (J.-J.). **Psychologie humaine.** 1 vol. in-8. 8 fr.
— **La Mémoire.** Br. in-8. 1893. 2 fr.
— **Études de psychologie.** 1 vol. in-8. 1901. 4 fr.
— **Causeries psychologiques.** 1 vol. in-8. 1902. 3 fr.
— **Esquisse d'une éducation de la mémoire.** 1904. In-16. 2 fr.
VITALIS. **Correspondance politique de Dominique de Gabre.** 1904. 1 vol. in-8. 12 fr. 50
WEIL (Denis). **Droit d'association et Droit de réunion.** In-12. 3 fr. 50
— **Élections législatives,** législation et mœurs. 1 vol. in-18. 1895. 3 fr. 50
ZAPLETAL. **Le récit de la création dans la Genèse.** In-8. 3 fr. 50
ZIESING (Th.). **Érasme ou Salignac.** Étude sur la lettre de François Rabelais. 1 vol. gr. in-8. 4 fr.
ZOLLA (D.). **Les questions agricoles d'hier et d'aujourd'hui.** 1894, 1895. 2 vol. in-12. Chacun. 3 fr. 50

TABLE ALPHABÉTIQUE DES AUTEURS

TABLE DES AUTEURS ÉTUDIÉS

L.-Imprimeries réunies, rue Saint-Benoît, 7, Paris.— 10222.

www.ingramcontent.com/pod-product-compliance
Lightning Source LLC
Chambersburg PA
CBHW052342020726
47503CB00001B/72